WINKLER SONDER-
AUSGABE

FJODOR M. DOSTOJEWSKIJ

SCHULD UND SÜHNE

(RODION RASKOLNIKOW)

WINKLER VERLAG MÜNCHEN

Vollständige Ausgabe, aus dem Russischen übertragen
von Richard Hoffmann

 Verlegt 1960 im Winkler Verlag München.
Schutzumschlag und Einband: Meike Harms
Gesamtherstellung: Friedrich Pustet, Graphischer Großbetrieb, Regensburg
Printed in Germany 1978
ISBN 3 538 06532 2

ERSTER TEIL

1

Anfang Juli, an einem ungewöhnlich heißen Tag, verließ ein junger Mann gegen Abend die Kammer, die er in der S.-Gasse in Untermiete bewohnte, trat auf die Straße und ging langsam, gleichsam unentschlossen, in Richtung der K.-Brücke fort.

Glücklich vermied er auf der Treppe eine Begegnung mit seiner Hauswirtin. Seine winzige Kammer lag gleich unter dem Dach des hohen fünfstöckigen Hauses und war eher als eine Art Schrank denn als ein Wohnraum anzusprechen. Die Wirtin, bei der er diese Kammer mit Mittagessen und Bedienung gemietet hatte, wohnte eine Treppe tiefer in einer eigenen Wohnung, und sooft er das Haus verließ, mußte er an ihrer Küche vorbei, deren Tür zur Treppe hin fast immer sperrangelweit offen stand. Und jedesmal überkam den jungen Mann im Vorbeigehen ein schmerzlich feiges Gefühl, dessen er sich schämte und über das er angeekelt die Stirn runzelte. Er war an die Hauswirtin bis über beide Ohren verschuldet und fürchtete sich, ihr zu begegnen.

Nicht daß er von Natur feige oder schüchtern gewesen wäre, ganz im Gegenteil; aber seit einiger Zeit war er derart reizbar und lebte er in solcher Spannung, daß sein Zustand fast einer Art Hypochondrie glich. Er hatte sich so sehr in sich selbst versponnen und von allen anderen Menschen abgesondert, daß er vor überhaupt jeder Begegnung Angst hatte, nicht nur vor einer Begegnung mit seiner Hauswirtin. Er war arm; aber sogar seine bedrängte Lage beschwerte ihn in letzter Zeit kaum noch. Mit seinen eigentlichen Arbeiten befaßte er sich gar nicht mehr und wollte das auch nicht. In Wirklichkeit hatte er auch keineswegs Angst vor der Wirtin, mochte diese gegen ihn im Schilde führen, was sie wollte. Doch auf der Treppe stehenzubleiben, allerlei Unsinn über den so alltäglichen Kleinkram, der ihn gar nichts anging, alle diese ewigen Mahnungen, seine Schulden zu bezahlen, alle die Drohungen und Klagen anhören und dabei sich selber drehen und wenden, sich entschuldigen und lügen zu müssen – nein, da war es schon besser, wie eine Katze die Treppe hinabzuschleichen, so gut es ging, und das Weite zu suchen, damit niemand ihn sehe.

Übrigens machte diesmal, als er auf die Straße trat, die Furcht vor einer Begegnung mit seiner Gläubigerin sogar ihn selbst stutzig. Bei dem, was ich wagen will, fürchte ich mich vor solchen Kleinigkeiten! dachte er mit einem seltsamen Lächeln. Hm ... ja ... alles ist dem Menschen in die Hand gegeben, und alles läßt er sich entgehen, einzig aus Feigheit ... Das ist eine unumstößliche Tatsache ... Es ist interessant, was die Menschen am meisten fürchten: einen Schritt ins Ungewisse, ein neues Wort, das sie sprechen könnten, fürchten sie mehr als alles andere ... Übrigens rede ich zuviel. Weil ich rede, leiste ich auch nichts. Vielleicht ist es übrigens auch so: ich rede, weil ich nichts leiste. In diesem einen Monat habe ich zu reden gelernt, indem ich ganze Tage und Nächte in der Ecke lag und nachdachte ... über nichts. Nun, weshalb gehe ich jetzt dorthin? Bin ich etwa *dazu* fähig? Ist *das* etwa ernst gemeint? Ganz und gar nicht! Es handelt sich nur um Phantasien; ich spiele mir selber etwas vor; Spielerei! Ja, es ist wohl nur ein Spiel!

Auf der Straße war es drückend heiß. Dazu war es schwül; es herrschte Gedränge; überall lagen Kalk und Ziegelsteine umher, standen Baugerüste, es war staubig, und jener besondere sommerliche Gestank erfüllte die Luft, den jeder Petersburger so gut kennt, wenn er nicht die Möglichkeit hat, ein Sommerhäuschen zu mieten. Das alles zusammen peinigte die ohnedies schon angegriffenen Nerven des jungen Mannes. Der unerträgliche Gestank aus den Schenken, von denen es in diesem Teil der Stadt besonders viele gab, und die Betrunkenen, die einem, obwohl es Werktag war, unaufhörlich begegneten, gaben dem Bild seine letzte abstoßende, traurige Stimmung. Ein Ausdruck tiefsten Ekels huschte für einen Augenblick über die feinen Züge des jungen Mannes. Übrigens war er bemerkenswert hübsch. Er hatte sehr schöne dunkle Augen, war dunkelblond, übermittelgroß, zart und schlank. Doch bald versank er anscheinend in tiefes Sinnen, ja, es wäre sogar richtiger zu sagen: in eine Art Selbstvergessenheit; und er ging weiter, ohne auf seine Umgebung zu achten, ohne daß er überhaupt den Wunsch gehabt hätte, auf sie zu achten. Nur von Zeit zu Zeit murmelte er etwas vor sich hin, indem er seiner Gewohnheit folgte, mit sich selbst zu sprechen, die er sich eben selbst eingestanden hatte. In diesem Augenblick wurde er sich auch dessen bewußt, daß seine Gedanken manchmal in Verwirrung gerieten und daß er sehr schwach war – er hatte schon den zweiten Tag fast überhaupt nichts gegessen.

Er war so schlecht gekleidet, daß sich ein anderer, selbst wenn er daran gewöhnt gewesen wäre, geschämt hätte, bei Tag in solchen Lumpen auf die Straße zu gehen. Allerdings gehörte das Viertel zu jenen Stadtteilen, in denen es schwergefallen wäre, jemanden durch schäbige Kleidung in Erstaunen zu setzen. Die Nähe des Heumarktes, die große Zahl gewisser Häuser und die vor allem aus Handwerkern bestehende Bevölkerung, die sich in diesen ärmlichen Petersburger Straßen und Gassen zusammendrängte – das alles bestimmte das allgemeine Bild in einer Weise, daß es sonderbar gewesen wäre, sich bei der Begegnung mit einer Gestalt, wie er es war, zu wundern. Doch in der Seele des jungen Mannes hatte sich schon so viel bösartige Verachtung angesammelt, daß er sich trotz aller manchmal sehr jugendlichen Empfindlichkeit seiner Lumpen am allerwenigsten auf der Straße schämte. Anders war es, wenn er einen Bekannten oder früheren Kameraden traf, denen er überhaupt nicht gerne begegnete. Als ihm allerdings ein Betrunkener, den man Gott weiß warum und wohin gerade in einem riesigen leeren Wagen mit einem riesigen Pferd davor durch die Straße fuhr, plötzlich im Vorbeifahren zurief: »He, du da mit dem deutschen Hut!« und aus vollem Halse grölend mit der Hand auf ihn wies, blieb der junge Mann plötzlich stehen und griff hastig nach seinem Hut. Es war ein hoher runder Hut, in einem guten Geschäft gekauft, aber schon ganz abgenutzt und verschossen, voll Löcher und Flecken, ohne Krempe und auf der einen Seite häßlich eingebeult. Aber nicht Scham ergriff ihn, sondern ein ganz anderes Gefühl, das geradezu dem Entsetzen ähnelte.

Ich habe es ja gewußt! murmelte er verwirrt. Ich habe es mir ja gedacht! Das ist das Schlimmste! Eine solche Dummheit, eine alberne Kleinigkeit kann den ganzen Plan zuschanden machen. Ja, der Hut fällt allzusehr auf ... Er ist komisch und darum auffallend ... Zu meinen Lumpen hätte ich unbedingt eine Mütze nehmen sollen, und hätte sie auch ausgesehen wie ein alter Pfannkuchen, aber nicht dieses Monstrum. Niemand trägt einen solchen Hut; auf eine Werst bemerkt man ihn schon; man behält ihn im Gedächtnis ... Die Hauptsache ist: man erinnert sich an ihn, und schon ist er ein Beweisstück. Ich hätte etwas möglichst Unauffälliges gebraucht ... Die Kleinigkeiten sind das Wichtigste, die Kleinigkeiten! ... Solche Kleinigkeiten verderben immer alles! ...

Er hatte nicht weit zu gehen; er wußte sogar, wie viele Schritte es von seinem Haustor aus waren: genau siebenhundertdreißig. Einmal hatte er sie gezählt, als er tief in Gedanken versunken gewesen war. Zu jener Zeit hatte er selber diesen Träumen noch nicht geglaubt und sich nur von ihrer abscheulichen, aber lockenden Kühnheit reizen lassen. Jetzt, nach einem Monat, sah er sie allmählich schon anders an. Trotz allen spöttischen Monologen über die eigene Ohnmacht und Unschlüssigkeit hatte er sich unwillkürlich geradezu daran gewöhnt, diese »abscheulichen« Träume als wirkliches Vorhaben zu betrachten, obgleich er es sich selbst immer noch nicht zutraute. Er war jetzt sogar unterwegs, eine *Probe* für sein Vorhaben zu machen, und mit jedem Schritt wuchs seine Erregung.

Mit stockendem Herzen und nervösem Zittern gelangte er zu einem riesengroßen Haus, das mit der einen Front auf einen Kanal und mit der anderen auf die N.-Straße ging. Dieses Haus war in lauter kleine Wohnungen aufgeteilt und wurde von allerhand Gewerbetreibenden bewohnt – von Schneidern, Schlossern, Köchinnen, von verschiedenen Deutschen, von Mädchen, die auf die Straße gingen, von kleinem Beamtenvolk und ähnlichen Leuten. Ständig gingen durch die beiden Tore des Hauses und die zwei Höfe Menschen aus und ein. Es gab drei oder vier Hausknechte. Der junge Mann war sehr zufrieden, als er keinem von ihnen begegnete und unbemerkt gleich vom Tor nach rechts ins Treppenhaus schlüpfen konnte. Die Treppe war dunkel und schmal, ein Hinteraufgang, aber er kannte das alles schon und hatte es studiert, und ihm gefiel diese ganze Umgebung: in solcher Dunkelheit war sogar ein neugieriger Blick ungefährlich. Wenn ich mich jetzt schon so fürchte, was ist dann, wenn es wirklich zur *Tat selbst* kommen sollte? ... fragte er sich unwillkürlich, während er zum vierten Stockwerk hinaufstieg. Hier verstellten ihm Lastträger, ehemalige Soldaten, den Weg, die Möbel aus einer Wohnung heraustrugen. Er wußte von früher her, daß in dieser Wohnung ein Deutscher mit seiner Familie lebte, ein Beamter. Offenbar zieht der Deutsche jetzt aus. Dann ist also für die nächste Zeit im vierten Stock auf dieser Treppe nur die Wohnung der Alten bewohnt. Das ist gut ... für alle Fälle ... dachte er und klingelte an der Tür der Alten. Die Klingel läutete schwach, als wäre sie aus Blech und nicht aus Messing. In den kleinen Wohnungen solcher Häuser sind fast alle Klingeln so. Er hatte den Klang der Glocke schon vergessen, und jetzt schien ihn dieser besondere Ton plötzlich an etwas zu erinnern und es ihm klar vor Augen zu führen ... Er zuckte heftig zusammen; seine Nerven waren schon allzusehr geschwächt. Nach kurzer Zeit wurde die Tür einen winzigen Spalt weit geöffnet; die Inhaberin der Wohnung musterte den Ankömmling durch den Spalt mit sichtlichem Mißtrauen, und man sah nur ihre aus dem Dunkel leuchtenden kleinen Augen. Als sie aber die vielen Leute auf dem Treppenabsatz erblickte, wurde sie kühner und machte die Tür ganz auf. Der junge Mann trat über die Schwelle in eine dunkle Diele; sie war in der Mitte durch eine Bretterwand geteilt, hinter der eine winzige Küche lag. Die Alte stand schweigend vor ihm und blickte ihn fragend an. Sie war eine sehr kleine, dürre alte Frau von etwa sechzig Jahren, mit scharfen, bösen, kleinen Augen, einer kleinen spitzen Nase und bloßem Kopf. Ihr weißblondes, kaum ergrautes Haar war dick mit Fett eingeschmiert. Um den dünnen langen Hals, der aussah wie ein Hühnerbein, hatte sie einen Flanellappen gewickelt, und über die Schultern hing ihr trotz der Hitze ein völlig abgetragener, vergilbter Pelzkragen. Die Alte hustete und krächzte in einem fort. Offenbar sah sie der junge Mann mit einem auffallenden Blick an; denn in ihren Augen blitzte plötzlich wieder das frühere Mißtrauen auf.

»Raskolnikow, Student; ich war schon vor einem Monat bei Ihnen«, murmelte der junge Mann hastig, während er sich halb verneigte; denn es fiel ihm ein, daß er recht höflich sein mußte.

»Ich weiß, mein Lieber, ich weiß sehr gut, daß Sie hier waren«, sagte die Alte deutlich, ohne ihren fragenden Blick von seinem Gesicht zu wenden.

»Nun also . . . ich komme wieder in der gleichen Sache . . .« fuhr Raskolnikow fort, ein wenig verwirrt und verwundert durch das Mißtrauen der Alten.

Vielleicht ist sie immer so, und ich habe es damals nur nicht gemerkt, dachte er mit einem unangenehmen Gefühl.

Die Alte schwieg, als dächte sie nach, dann trat sie zur Seite, zeigte auf die Tür, die ins Wohnzimmer führte, und sagte, während sie den Gast vorangehen ließ: »Treten Sie ein, lieber Herr.«

Das kleine Zimmer, das der junge Mann betrat, ein Raum mit gelben Tapeten, mit Geranien und Musselingardinen an den Fenstern, war in diesem Augenblick von der untergehenden Sonne hell erleuchtet. Auch *dann* wird die Sonne so scheinen . . .! fuhr es Raskolnikow plötzlich durch den Kopf, und mit einem raschen Blick überflog er alle Gegenstände im Zimmer, um sich ihre Lage nach Möglichkeit einzuprägen und zu merken. Aber hier gab es nichts Besonderes. Die Einrichtung – ausnahmslos sehr alte Möbel aus gelbem Holz – bestand aus einem Diwan mit einer gewaltigen gebogenen Holzlehne, einem ovalen Tisch vor dem Diwan, einem Toilettentischchen mit einem kleinen Spiegel zwischen den Fenstern, Stühlen an den Wänden und zwei oder drei billigen Bildern in gelben Rahmen, die deutsche Damen mit Vögeln in den Händen darstellten. Das war alles. In der Ecke brannte vor einem kleinen Heiligenbild die geweihte Ampel. Alles war sehr sauber; Möbel wie Fußboden waren spiegelblank gebohnert, und alles glänzte. Das ist Lisawetas Werk, dachte der junge Mann. Kein Stäubchen ließ sich in der ganzen Wohnung entdecken. Eine derartige Sauberkeit findet man oft bei bösen alten Witwen, spann Raskolnikow seinen Gedanken weiter und schielte voll Neugier zu der Kattun-Portiere, die vor der Tür zu dem zweiten winzigen Kämmerchen hing. Dort standen das Bett und die Kommode der alten Frau, aber er hatte noch nie einen Blick in dieses Zimmer geworfen. Die ganze Wohnung bestand nur aus diesen zwei Räumen.

»Was steht zu Diensten?« fragte die Alte streng, die ihm in das Zimmer gefolgt war und sich wieder dicht vor ihn hingestellt hatte, um ihm ins Gesicht sehen zu können.

»Ich habe ein Pfand gebracht, hier!« Er holte eine flache alte silberne Uhr aus der Tasche; auf der Rückseite zeigte sie die Darstellung eines Globus. Die Kette war aus Stahl.

»Aber das alte Pfand ist schon verfallen. Vorgestern ist die Frist von einem Monat abgelaufen.«

»Ich zahle Ihnen die Zinsen für einen weiteren Monat; haben Sie nur Geduld!«

»Es liegt nur an meinem guten Willen, lieber Herr: Geduld zu haben oder Ihr Pfand sofort zu verkaufen.«

»Wieviel geben Sie mir für die Uhr, Aljona Iwanowna?«

»Sie bringen immer nur solchen Kram, Herr; die Uhr ist kaum etwas wert. Für den Ring neulich habe ich Ihnen zwei Scheine gegeben, und wenn man so etwas neu beim Juwelier kauft, kriegt man es schon für anderthalb.«

»Geben Sie mir vier Rubel; ich löse die Uhr wieder aus, sie gehört meinem Vater; ich bekomme bald Geld.«

»Anderthalb Rubel und die Zinsen im voraus, wenn Sie wollen.«

»Anderthalb Rubel?!« rief der junge Mann.

»Wie Sie wünschen.« Die Alte gab ihm die Uhr zurück. Der junge Mann nahm Uhr und Kette und geriet in solchen Zorn, daß er schon gehen wollte; aber gleich darauf besann er sich, dachte daran, daß er sonst nirgends hingehen konnte und daß er auch noch aus einem anderen Grund gekommen war.

»Geben Sie her!« sagte er grob.

Die Alte griff in die Tasche, holte ihre Schlüssel hervor und ging hinter die Portiere in den Nachbarraum. Der junge Mann, inmitten des Zimmers allein geblieben, lauschte neugierig und überlegte. Er hörte, wie sie die Kommode aufsperrte. Offenbar ist es das oberste Schubfach, dachte er. Die Schlüssel trägt sie also in der rechten Tasche ... sie hängen alle mitsammen an einem stählernen Ring ... Und dann ist da ein Schlüssel, dreimal so groß wie die anderen, mit einem zackigen Bart; natürlich gehört der nicht zu der Kommode ... Wahrscheinlich existiert da noch irgendeine Kassette oder ein Koffer ... das ist interessant. Koffer haben meist solche Schlüssel ... Ach, wie gemein ist das alles ...

Die Alte kam zurück.

»Da haben Sie das Geld, Herr; wenn ich Ihnen im Monat zehn Kopeken pro Rubel berechne, habe ich fünfzehn Kopeken für einen Monat im voraus zu bekommen. Und außerdem sind Sie mir nach demselben Zinsfuß für die früheren zwei Rubel noch zwanzig Kopeken im voraus schuldig. Macht also insgesamt fünfunddreißig. Sie bekommen demnach für Ihre Uhr einen Rubel fünfzehn Kopeken. Hier!«

»Wie? Also nur ein Rubel fünfzehn?«

»Genau.«

Der junge Mann wollte nicht mit ihr streiten und nahm das Geld. Er musterte die Alte und beeilte sich nicht mit dem Weggehen, als wünschte er noch etwas zu sagen oder zu tun, doch als wüßte er eigentlich selber nicht was.

»Vielleicht bringe ich Ihnen dieser Tage noch etwas, Aljona Iwanowna ... aus Silber ... sehr hübsch ... eine Zigarettendose ... Sobald ich sie von meinem Freund zurückbekomme ...« Er wurde verlegen und schwieg.

»Na, darüber wollen wir uns dann unterhalten, mein Lieber.«

»Leben Sie wohl ... Aber Sie sitzen den ganzen Tag allein zu Hause – ist denn Ihre Schwester nicht da?« fragte er möglichst harmlos, während er in die Diele ging.

»Was geht Sie denn meine Schwester an, Herr?«

»Gar nichts, ich habe nur gefragt. Und Sie sind gleich so . . . Leben Sie wohl, Aljona Iwanowna!«

Raskolnikow ging in größter Verwirrung fort. Diese Verwirrung wurde immer stärker. Als er die Treppe hinabstieg, blieb er sogar mehrere Male stehen, als hätte ihn irgend etwas geradezu überwältigt. Und schließlich, schon auf der Straße, rief er: »O Gott, wie abscheulich ist das alles! Und will ich denn wirklich, wirklich . . . Nein, das ist Unsinn, das ist albern!« fügte er energisch hinzu. »Und konnte mir wahrhaftig etwas so Entsetzliches in den Kopf kommen? Zu welchem Schmutz ist mein Herz doch fähig! Und vor allem: wie drekkig, wie ekelhaft, wie widerlich, widerlich! . . . Und ich habe schon einen ganzen Monat . . .«

Doch er vermochte weder mit Worten noch mit Ausrufen seine Erregung auszudrücken. Das Gefühl grenzenlosen Abscheus, das sein Herz schon bedrückt und verwirrt hatte, als er auf dem Weg zu der Alten gewesen war, nahm jetzt ein solches Ausmaß an und wurde so überwältigend groß, daß er nicht wußte, wohin er sich in seinem Gram wenden sollte. Er ging wie ein Betrunkener den Bürgersteig entlang, ohne die Entgegenkommenden, mit denen er zusammenstieß, zu bemerken, und kam erst in der nächsten Straße zur Besinnung. Als er um sich blickte, sah er, daß er vor einem Kellerlokal stand, zu dem man vom Trottoir aus über eine Treppe hinuntersteigen mußte. Aus der Tür kamen gerade in diesem Augenblick zwei Betrunkene. Fluchend stützten sie einer den anderen und kletterten auf die Straße. Ohne lange nachzudenken, ging Raskolnikow sofort in den Keller hinunter. Bisher war er noch nie in eine Schenke gegangen, doch jetzt schwindelte ihm der Kopf, und zudem quälte ihn brennender Durst. Er hatte Lust, kaltes Bier zu trinken, um so mehr, als er seine plötzliche Schwäche dem Umstand zuschrieb, daß er nichts im Magen hatte; er setzte sich in eine dunkle, schmutzige Ecke, an einen klebrigen kleinen Tisch, bestellte Bier und trank gierig das erste Glas. Sofort wurde alles leichter, und seine Gedanken wurden klarer. Das Ganze ist Unsinn, sagte er sich voll Hoffnung, und es ist gar kein

Grund, in Verwirrung zu geraten! Nichts als physische Erschöpfung! Ein Glas Bier, ein Stück Zwieback – und im nächsten Augenblick ist der Verstand wiederhergestellt, die Gedanken sind klar, die Absichten fest! O Gott, wie ekelhaft das alles ist! ... Trotz dieser abschätzigen Einstellung sah er jedoch fröhlich drein, als wäre er plötzlich von einer entsetzlichen Last befreit, und musterte die anwesenden Gäste mit freundlichen Blicken. Allerdings ahnte er auch im gleichen Augenblick dunkel, daß dieser ganze Stimmungsumschwung ebenfalls krankhaft war.

In der Schenke saßen nur noch wenige Leute. Gleich nach den beiden Betrunkenen, die ihm auf der Treppe begegnet waren, war noch eine ganze Gesellschaft, fünf Männer und ein Mädchen mit einer Ziehharmonika, gegangen. Danach wurde es ruhig und leer. Zurückgeblieben waren ein Angeheiterter, der hinter seinem Bier saß und aussah wie ein Kleinbürger; sein Gefährte, ein dicker, sehr großer Mann in kurzem Kaftan und graubärtig, der – schon ziemlich stark angetrunken – auf der Bank vor sich hin döste und von Zeit zu Zeit, ganz plötzlich und wie im Halbschlaf, mit den Fingern schnalzte und die Beine spreizte; und während er, ohne von der Bank aufzustehen, den Oberkörper hin und her wiegte, summte er irgendeinen Unsinn, bemüht, sich an den Text zu erinnern. Das Lied ging etwa so:

War ein Jahr lang lieb zu ihr,
War ein Jahr lang lieb zu ihr ...

Und manchmal, wenn der Mann gerade wieder einmal aufwachte, klang es geradezu beseligt:

Ging heut auf der Straße da,
Dort mein früh-res Lieb-chen sah ...

Doch niemand nahm teil an seinem Glück; sein schweigender Gefährte betrachtete alle diese Ausbrüche geradezu feindselig und mit Mißtrauen.

Schließlich war noch ein dritter Mann da, dem Aussehen nach ein Beamter im Ruhestand. Er saß allein vor seiner kleinen Schnapsflasche, nahm von Zeit zu Zeit einen Schluck und blickte sich im Kreise um. Auch er schien erregt zu sein.

2

Raskolnikow war an Menschenansammlungen nicht gewöhnt und ging, wie bereits gesagt, jeder Gesellschaft aus dem Wege, besonders in letzter Zeit. Doch jetzt zog ihn plötzlich etwas zu den Leuten hin. In ihm hatte sich gleichsam etwas Neues ereignet, und zugleich erfüllte ihn eine gewisse Gier nach Menschen. Er war so ermüdet von diesem Monat konzentrierter Qual und düsterer Erregung, daß er wenigstens für eine Minute den Wunsch verspürte, in einer anderen Welt zu atmen, mochte die auch sein, wie sie wollte; und so blieb er jetzt trotz allem Schmutz, der ihn umgab, mit Vergnügen in der Schenke.

Der Besitzer des Lokals hielt sich in einem zweiten Raum auf, kam aber oft in die Schankstube, zu der er ein paar Stufen heruntersteigen mußte, wobei man zuerst seine stutzerhaften Schmierstiefel mit den großen roten Stulpen zu Gesicht bekam. Er trug einen Umhang und eine über und über dreckige Atlasweste, war ohne Halstuch, und sein ganzes Gesicht schien mit Fett eingeschmiert zu sein wie ein eisernes Schloß. Hinter dem Schanktisch standen ein Bursche von etwa vierzehn Jahren und ein jüngerer Knabe, der die Gäste bediente. Auf der Theke lagen geschnittene Gurken, schwarzer Zwieback und in Portionen geteilter Fisch; das alles roch sehr schlecht. Die stickige Luft machte sogar das Sitzen zur Qual, und alles war so sehr mit Schnapsgeruch durchtränkt, daß man hätte meinen mögen, es könnte jemand allein von dieser Luft schon in fünf Minuten betrunken werden.

Wir treffen oft Menschen, selbst wenn sie uns noch völlig unbekannt sind, für die wir uns schon auf den ersten Blick interessieren, ganz plötzlich, unversehens, ehe wir noch ein Wort sagen können. Eben diesen Eindruck machte auf Raskolnikow jener Gast, der abseits an einem Tisch allein saß und wie ein Beamter im Ruhestand wirkte. Der junge Mann erinnerte sich später öfters dieses ersten Eindruckes und schrieb ihm sogar eine Art Vorbedeutung zu. Unablässig musterte er den Beamten, natürlich auch deshalb, weil der ihn ebenfalls starr ansah; es war offensichtlich, daß der andere den lebhaften Wunsch hatte, ein Gespräch mit ihm zu beginnen. Die übrigen Personen in dem Raum, auch den Schankwirt, betrachtete der Beamte gewissermaßen aus Gewohnheit, ja, geradezu mit Langerweile und zugleich auch mit einer Spur hochmütiger Geringschätzung, als wären das Leute von geringerem Stand und Herkommen, mit denen er nichts zu reden habe. Er war über die Fünfzig hinaus, von mittlerer Größe und kräftigem Körperbau, mit angegrautem Haar und einer großen Glatze, mit einem vom Trinken aufgedunsenen, gelben, ja fast grünlichen Gesicht und mit angeschwollenen Lidern, hinter denen wie aus kleinen Schlitzen winzige, aber beseelte, gerötete Augen glänzten. Doch irgend etwas berührte sehr sonderbar an ihm: in seinem Blick leuchtete gleichsam Begeisterung – also hatte er wohl einmal Verstand und Vernunft gehabt –, doch zugleich funkelte darin eine Art Irrsinn. Er trug einen alten, völlig abgerissenen schwarzen Frack, dem die Knöpfe fehlten. Ein einziger hielt noch irgendwie, und diesen hatte er auch zugeknöpft, weil er offenbar die Regeln des Anstands nicht verletzen wollte. Aus seiner Nankingweste sah ein ganz verdrücktes Oberhemd hervor, verschmiert und mit Schnaps begossen. Das Gesicht war, wie bei Beamten üblich, rasiert, aber es war lange her, daß das zum letztenmal geschehen war, so daß dichte bläuliche Borsten die Wangen überzogen. Auch in seinen Bewegungen lag wirklich etwas Würdevoll-Beamtenhaftes. Doch er schien unruhig zu sein; er raufte sich das Haar und stützte manchmal den Kopf gramvoll auf beide Hände, wobei er die durchgescheuerten Ellbogen auf den nassen, klebrigen Tisch setzte. Schließlich blickte er Raskolnikow starr an und begann laut und mit fester Stimme zu sprechen: »Darf ich es wagen, mein sehr geehrter Herr, mich mit einem anständigen Gespräch an Sie zu wenden? Denn obgleich Ihr Äußeres nicht sehr bedeutend wirkt, erkennt meine Erfahrung in Ihnen dennoch einen gebildeten und ans Trinken nicht gewöhnten Menschen. Ich habe Bildung immer hoch geschätzt, wenn Sie mit einem fühlenden Herzen Hand in Hand geht, und außerdem bin ich Titularrat. Marmeladow ist mein Name, Titularrat. Darf ich fragen, ob Sie im Staatsdienst gestanden haben?«

»Nein, ich studiere...« antwortete der junge Mann einigermaßen erstaunt, sowohl über die absonderliche, gezierte Redeweise wie auch darüber, daß der Fremde ihn so geradeheraus und ohne Umschweife angesprochen hatte. Trotz seinem eben erst für einen Augenblick empfundenen Wunsch nach irgendeiner wie auch immer beschaffenen Gemeinschaft mit Menschen spürte er bei dem ersten Wort, das wirklich an ihn gerichtet wurde, plötzlich das gewohnte unangenehme, gereizte Gefühl des Abscheus vor jeder fremden Person, die ihm nahekam oder nur nahekommen wollte.

»Also ein Student oder ein ehemaliger Student!« rief der Beamte. »Ich hab es mir ja gedacht! Erfahrung, geehrter Herr, langjährige Erfahrung!« Und mit einer Gebärde des Lobes tippte er sich mit dem Finger gegen die Stirn. »Sie waren Student oder haben sich mit den Wissenschaften befaßt! Doch erlauben Sie . . .«

Er erhob sich taumelnd, nahm Flasche und Glas und setzte sich zu dem jungen Mann, ihm schräg gegenüber. Er war betrunken, doch sprach er beredt und gewandt, wobei er nur von Zeit zu Zeit bei einzelnen Stellen aus dem Geleise kam und die Wörter in die Länge zog. Er stürzte sich geradezu mit einer gewissen Gier auf Raskolnikow, als hätte auch er einen ganzen Monat lang mit niemandem gesprochen.

»Sehr geehrter Herr«, fuhr er beinahe feierlich fort, »Armut ist keine Schande, das ist richtig. Ich weiß auch, daß Trunkenheit keine Tugend ist, das ist noch richtiger. Aber betteln, sehr geehrter Herr, betteln ist eine Schande. In der Armut bewahrt man sich noch den Edelsinn der angeborenen Gefühle, als Bettler kann das niemand . . . nie. Wenn man bettelarm ist, wird man nicht einmal mehr mit dem Stock davongejagt, sondern mit dem Besen aus der menschlichen Gesellschaft hinausgefegt, damit es nur ja beleidigend sei. Und das ist recht so; denn bin ich bettelarm, dann bin ich auch als erster bereit, mich selber zu beleidigen. Und aus diesem Grunde trinkt man dann! Sehr geehrter Herr, vor einem Monat hat Herr Lebesjatnikow meine Gemahlin verprügelt, und meine Gemahlin ist etwas ganz anderes als ich! Verstehen Sie, Herr? Gestatten Sie mir noch eine Frage – einfach so, aus bloßer

Neugier: geruhten Sie schon einmal in den Heubarken auf der Newa zu übernachten?«

»Nein, noch nie«, antwortete Raskolnikow. »Wie kommen Sie darauf?«

»Nun ja, ich komme von dort, und es ist schon die fünfte Nacht, mein Herr ...«

Er schenkte sich ein, trank das Glas aus und wurde nachdenklich. Tatsächlich sah man auf seinem Anzug und sogar in seinem Haar einzelne Heuhalme, die dort hängengeblieben waren. Höchstwahrscheinlich hatte er sich diese fünf Tage nicht ausgezogen und nicht gewaschen. Besonders seine Hände waren schmutzig, fettig und rot, und seine Fingernägel waren schwarz.

Sein Gerede schien allgemeine, wenngleich stumpfe Aufmerksamkeit zu erwecken. Die Burschen hinter dem Schanktisch begannen zu kichern. Der Wirt schien absichtlich aus dem oberen Zimmer heruntergekommen zu sein, um dem »unterhaltsamen Kerl« zuzuhören, und setzte sich abseits, während er träge, aber nachdrücklich gähnte. Offenbar war Marmeladow hier schon seit langem bekannt. Und auch die Neigung, sich besonders gewählt auszudrücken, hatte er wohl infolge der Gewohnheit, häufig mit verschiedenen Unbekannten Wirtshausgespräche zu führen, angenommen. Diese Gewohnheit wird bei manchen Trinkern zum Bedürfnis, vor allem bei jenen Trinkern, denen man zu Hause mit Strenge und Mißachtung begegnet. Daher trachten sie in Gesellschaft anderer Trinker immer eine Art Rechtfertigung ihrer selbst zu finden und womöglich sogar Respekt einzuflößen.

»Ein unterhaltsamer Kerl!« sagte der Wirt laut. »Und warum arbeitest du nicht? Warum gehen Sie nicht in den Dienst, wenn Sie Beamter sind?«

»Warum ich nicht in den Dienst gehe, sehr geehrter Herr?« erwiderte Marmeladow, wobei er sich ausschließlich an Raskolnikow wandte, als hätte er diese Frage an ihn gerichtet. »Warum ich nicht arbeite? Tut mir denn das Herz nicht weh, wenn ich vergebens im Staub kriechen muß? Als Herr Lebesjatnikow meine Gemahlin vor einem Monat eigenhändig verprügelte und ich betrunken dalag, habe ich da etwa nicht gelitten? Erlauben Sie, junger Mann, hatten Sie schon Gelegenheit ... hm ... nun, sagen wir, sich Geld ausborgen zu wollen, und zwar ohne jede Hoffnung?«

»Das ist schon vorgekommen ... Aber wieso ohne Hoffnung?«

»Das heißt völlig ohne Hoffnung; man weiß vorher schon, daß man keinen Erfolg haben wird. Man weiß zum Beispiel im voraus, weiß es ganz genau, daß dieser Mensch, dieser höchst edelgesinnte, höchst nützliche Staatsbürger, einem um keinen Preis Geld geben wird – denn weshalb, so frage ich Sie, soll er es einem geben? Er weiß doch, daß man es ihm nicht zurückzahlen wird. Aus Mitleid? Aber Herr Lebesjatnikow, der den neuen Gedanken anhängt, hat unlängst erklärt, Mitleid werde in unserer Zeit sogar von der Wissenschaft verboten; man halte das in England so, wo es die Nationalökonomie gibt. Weshalb, so frage ich Sie, sollte er einem Geld geben? Und da, obwohl Sie im voraus wissen, daß er Ihnen nichts geben wird, machen Sie sich trotzdem auf den Weg und ...«

»Aber wozu gehen Sie zu ihm?« warf Raskolnikow ein.

»Und wenn man niemanden weiter hat, wenn man sonst nirgends mehr hin kann? Jeder Mensch muß sich doch wenigstens irgendwohin wenden können! Denn es gibt Augenblicke, da man sich unbedingt wenigstens an einen Menschen wenden muß! Als meine einzige Tochter zum erstenmal mit dem gelben Ausweis auf die Straße ging, ging auch ich ... denn meine Tochter lebt mit einem gelben Ausweis* ...« fügte er wie in Parenthese hinzu, während er den jungen Mann mit einiger Unruhe ansah. »Macht nichts, sehr geehrter Herr, macht nichts!« beeilte er sich sofort zu erklären, während er sich Mühe gab, ruhig zu erscheinen, als die beiden Burschen hinter dem Ladentisch vor Lachen prusteten und sogar der Wirt lächelte. »Macht nichts, Herr; dieses Tuscheln verwirrt mich nicht, denn alles ist ohnedies schon allen bekannt, und alles Geheime wird offenbar; und ich trage es nicht mit Verachtung, sondern mit Demut. Mag es so sein!

* Der gelbe Ausweis war im zaristischen Rußland das Dokument der Prostituierten (Anmerkung des Übersetzers).

Mag es so sein! ‚Ecce homo!' Erlauben Sie, junger Mann: können Sie ... Aber nein, um es stärker und bildhafter auszudrücken: nicht *können* Sie, sondern *wagen* Sie es, wenn Sie mich zu dieser Stunde betrachten, zu behaupten, ich sei kein Schwein?«

Der junge Mann erwiderte kein Wort.

»Nun ja«, fuhr der Redner fort, nachdem er in aller Ruhe und diesmal sogar mit noch größerer Würde das Kichern, das abermals im Zimmer aufklang, abgewartet hatte, »nun ja, ich bin vielleicht ein Schwein, und sie ist eine Dame! Ich bin das Ebenbild eines Viehs, aber Katerina Iwanowna, meine Gemahlin, ist eine gebildete Person, die Tochter eines Stabsoffiziers. Mag ich auch ein Schurke sein, mag ich es sein, sie aber ist hohen Herzens und dank ihrer Erziehung voll edler Gefühle. Indessen ... oh, wenn sie nur Mitleid mit mir hätte! Sehr geehrter Herr, sehr geehrter Herr, es ist doch notwendig, daß jeder Mensch wenigstens einen einzigen Ort habe, wo man mit ihm Mitleid hat! Und Katerina Iwanowna ist zwar eine großmütige Dame, aber ungerecht ... Und obgleich ich selber einsehe, daß sie, wenn sie mich am Haar zieht, das nur aus dem Mitleid ihres Herzens tut – denn ich wiederhole ohne Verlegenheit, junger Mann, sie zieht mich am Haar«, bekräftigte er mit verdoppelter Würde, als er wieder lachen hörte –, »aber mein Gott, wenn sie nur ein einziges Mal ... doch nein! Nein! All das ist vergeblich, und es nützt kein Reden! Es nützt kein Reden! ... Denn schon öfter war es so, wie ich mir wünschte, und mehr als einmal hatte man Mitleid mit mir ... aber ... aber so ist nun einmal mein Charakter, und ich bin von Geburt an ein Vieh!«

»Das will ich meinen«, bestätigte gähnend der Wirt.

Marmeladow schlug mit der Faust energisch auf den Tisch.

»So ist nun einmal mein Charakter! Wissen Sie, mein Herr, wissen Sie, daß ich sogar ihre Strümpfe vertrunken habe? Nicht etwa die Schuhe, Herr, denn das entspräche wenigstens irgendwie dem Lauf der Welt; nein, ihre Strümpfe, ihre Strümpfe habe ich vertrunken! Auch ihr Kopftuch aus Ziegenwolle; sie besaß es von früher her; es war ein Geschenk und gehörte ihr, nicht mir. Wir leben in einem kalten Loch, und sie hat sich in diesem Winter erkältet, und manchmal hustet sie sogar schon Blut. Wir haben drei kleine Kinder, und Katerina Iwanowna arbeitet vom Morgen bis in die Nacht; sie scheuert und wäscht und hält die Kinder sauber, denn sie ist von Jugend auf an Reinlichkeit gewöhnt, hat aber eine schwache Brust und neigt zur Schwindsucht; ich fühle das. Fühle ich das etwa nicht? Und je mehr ich trinke, desto stärker fühle ich es. Deshalb trinke ich ja, weil ich im Trinken Mitleid und Gefühl suche ... Ich trinke, weil ich doppelt leiden will!« Und gleichsam in Verzweiflung neigte er den Kopf auf den Tisch.

»Junger Mann«, fuhr er fort, als er sich wieder aufrichtete, »in Ihrem Gesicht lese ich Kummer; als Sie eintraten, sah ich diesen Kummer, und darum wandte ich mich gleich an Sie. Denn wenn ich Ihnen die Geschichte meines Lebens berichte, will ich mich nicht vor diesen faulen Kerlen hier, denen ohnedies alles bekannt ist, an den Pranger stellen, sondern ich suche einen gefühlvollen, gebildeten Menschen. Hören Sie also, daß meine Gemahlin in einem vornehmen adligen Institut in einer Gouvernementsstadt erzogen worden ist und bei der Schlußfeier vor dem Gouverneur und vor anderen Persönlichkeiten mit einem Schal getanzt hat, wofür sie eine goldene Medaille und ein Ehrendiplom erhielt. Die Medaille ... Nun, die Medaille haben wir verkauft ... es ist schon lange her ... Hm! ... Aber das Ehrendiplom liegt heute noch in ihrer Truhe, und erst neulich hat sie es der Hauswirtin gezeigt. Und obgleich sie mit der Hauswirtin in ewigem, unaufhörlichem Streit lebt, so wollte sie doch wenigstens vor irgend jemandem einmal stolz sein und von den glücklichen vergangenen Tagen sprechen. Und ich verurteile sie nicht; ich verurteile sie nicht, denn das ist das letzte, was ihr von ihren Erinnerungen geblieben ist, alles andere ist in alle vier Winde verstreut! Ja, ja, sie ist eine heißblütige, stolze, unbeugsame Dame. Sie selber wäscht den Fußboden und ißt nur schwarzes Brot, aber sie duldet nicht, daß man es an Respekt vor ihr fehlen läßt. Darum wollte sie Herrn Lebesjatnikow auch seine Grobheit nicht verzeihen, und als er sie deshalb verprügelte, mußte sie sich, nicht so sehr wegen der Schläge wie vielmehr aus gekränktem Gefühl, ins Bett legen. Als ich sie heiratete, war sie Witwe, und es waren drei Kinder da, eines kleiner als das andere. Sie hatte ihren ersten Mann, einen Infanterieoffizier, aus Liebe geheiratet und war mit ihm aus dem Elternhaus geflohen. Sie liebte ihn grenzenlos, doch er ergab sich dem Kartenspiel und kam vor Gericht, und dann starb er. Während der letzten Jahre prügelte er sie oft; und obgleich sie ihm nicht verzieh, was mir aus Dokumenten authentisch bekannt ist, gedenkt sie seiner bis heute noch mit Tränen und hält ihn mir als Beispiel vor, und ich bin froh darüber, ich bin froh, denn so meint sie, wenigstens in vergangenen Zeiten einmal glücklich gewesen zu sein ... Sie blieb also nach seinem Tod mit drei kleinen Kindern zurück in einem abgelegenen, von jeder Kultur abgeschnittenen Winkel, wo auch ich damals wohnte, und sie lebte in so hoffnungsloser Armut, daß ich, obgleich ich im Leben die verschiedensten Dinge gesehen habe, nicht einmal imstande bin, es zu beschreiben. Keiner ihrer Verwandten wollte etwas von ihr wissen. Und sie war ebenfalls stolz, unbändig stolz ... Und da, mein lieber Herr, griff ich ein; ich war gleichfalls Witwer, mit einer vierzehnjährigen Tochter aus erster Ehe ... ich konnte ein solches Leid einfach nicht mit ansehen. Wie weit ihre Armut ging, mögen Sie daran erkennen, daß sie, eine gebildete und gut erzogene Frau aus bekannter Familie, einwilligte, mich zu heiraten! Aber sie heiratete mich! Weinend und schluchzend und händeringend heiratete sie mich! Denn sie konnte sonst nirgends hin. Verstehen Sie, verstehen Sie, lieber Herr, was es bedeutet, wenn jemand nirgends mehr hin kann? Nein! Das verstehen Sie noch nicht ... Und ein ganzes Jahr erfüllte ich meine Pflicht, ehrenhaft und getreulich, und ohne das da anzurühren ...« Er stieß mit dem Finger gegen die Schnapsflasche. »Denn ich habe Gefühl. Aber auch damit konnte ich es ihr nicht recht machen. Und dann verlor ich meine Stellung, allerdings nicht durch meine Schuld, sondern weil der Beamtenstatus geändert wurde, und da begann ich zu trinken! ... Anderthalb Jahre wird es schon her sein, daß wir schließlich nach vielen Irrfahrten und zahlreichen Kümmernissen hierher in unsere prächtige, mit vielen Denkmälern geschmückte Hauptstadt kamen. Und hier erhielt ich eine Stellung ... Ich erhielt sie und verlor sie wieder. Verstehen Sie, mein Herr? jetzt verlor ich meine Stellung aber durch eigene Schuld, denn diese Leidenschaft hatte mich schon erfaßt ... Wir hausen in einem Loch bei der Wirtin Amalja Fjodorowna Lippewechsel – aber wovon wir leben und womit wir bezahlen, das weiß ich nicht. Dort wohnen außer uns noch viele andere Leute ... Es ist ein ganz abscheuliches Sodom, mein Herr ... Hm! ... Ja ... Indes wuchs nun das Töchterchen heran, das ich aus erster Ehe hatte, und was meine Tochter von ihrer Stiefmutter ausstehen mußte, als sie heranwuchs – darüber will ich schweigen. Denn obgleich die großmütigsten Gefühle Katerina Iwanowna beseelen, ist sie doch eine hitzige, reizbare Dame und kann tüchtig schelten ... Aber wozu sich daran erinnern! Sie können sich ja vorstellen, daß Sonja keine Erziehung genossen hat. Vor vier Jahren versuchte ich ihr Geographie und Weltgeschichte beizubringen, aber da ich in diesen Fächern selber nicht allzu gut beschlagen bin und außerdem keine anständigen Lehrbücher zur Hand waren, denn die Bücher, die ich besessen habe ... Nun, sie waren eben nicht mehr da, diese Bücher ... Und so hatte denn der ganze Unterricht ein Ende. Wir sind bei Kyros von Persien stehengeblieben. Als sie dann in ein reiferes Alter kam, las sie einige Bücher romantischen Inhalts, und kürzlich geriet ihr durch Vermittlung des Herrn Lebesjatnikow noch ein Buch in die Hände, die ‚Physiologie' von Lewis – kennen Sie es vielleicht? Sie las es mit großem Interesse und las uns sogar Bruchstücke daraus vor; und das ist nun ihre ganze Bildung. Jetzt wende ich mich ganz von selbst mit der privaten Frage an Sie, mein lieber Herr: kann denn nach Ihrer Ansicht ein armes, aber ehrliches Mädchen mit ehrlicher Arbeit viel verdienen? ... Keine fünfzehn Kopeken am Tag verdient sie, mein Herr, wenn sie ehrbar ist und keine besondere Begabung hat, und auch da muß sie den ganzen Tag arbeiten und darf die Hände nicht einen Augenblick in den Schoß legen! Und der Staatsrat Klopstock zum Beispiel, Iwan Iwanowitsch – haben Sie den Namen vielleicht schon gehört? –, hat dabei noch nicht einmal das

Geld für das Nähen von einem halben Dutzend holländischer Hemden bezahlt, sondern meine Tochter sogar unter Beleidigungen weggeschickt, indem er mit den Füßen stampfte und ihr unanständige Schimpfworte zurief, unter dem Vorwand, die Hemdkragen wären nicht nach dem richtigen Maß genäht und säßen schief. Und zu Hause hungern die Kinder ... Und Katerina Iwanowna geht händeringend im Zimmer auf und ab, und auf ihren Wangen treten rote Flecke hervor – was bei dieser Krankheit immer geschieht. ‚Da lebst du Schmarotzerin bei uns, ißt und trinkst und genießt die Wärme, und wozu ißt und trinkst du hier, wenn selbst die Kinder oft drei Tage lang kein Stück Brot sehen?' Ich lag damals ... nun ja, Sie wissen! ... ich lag betrunken da und hörte meine Sonja erwidern – sie ist sehr friedlich und hat eine so sanfte Stimme ... sie hat blondes Haar und immer ein blasses, mageres Gesichtchen –: ‚Sagen Sie, Katerina Iwanowna, soll ich denn wirklich ein solches Leben anfangen?' Denn Darja Franzowna, eine schlechte und der Polizei zur Genüge bekannte Person, hatte sich schon dreimal durch die Hauswirtin nach ihr erkundigt. ‚Warum nicht?' antwortete Katerina Iwanowna höhnisch. ‚Wofür willst du dich bewahren? Als ob das wunder welche Kostbarkeit wäre!' Aber geben Sie ihr keine Schuld, geben Sie ihr keine Schuld, mein lieber Herr, geben Sie ihr keine Schuld! Das hat sie nicht bei klarem Verstand gesagt, sondern in der Erregung infolge ihrer Krankheit und gereizt durch das Weinen der Kinder, die nichts gegessen hatten, und es war mehr der Beleidigung halber gesagt als im wörtlichen Sinn so gemeint ... Denn Katerina Iwanowna hat eben einen solchen Charakter, und sobald die Kinder zu weinen anfangen, und wäre es auch nur aus Hunger, prügelt sie sie sofort. Und da sah ich, daß Sonjetschka aufstand – es war gegen sechs Uhr –, ihr Kopftuch und den Mantel mit der Kapuze nahm und die Wohnung verließ. Gegen neun Uhr kam sie wieder. Sie kam, ging geradewegs auf Katerina Iwanowna zu und legte ihr schweigend dreißig Silberrubel auf den Tisch. Dabei sprach sie kein Sterbenswörtchen; sie blickte überhaupt nicht auf, sondern nahm nur unseren großen grünen Wollplaid – wir haben gemeinsam so einen Plaid aus Wolle –, verhüllte damit Gesicht und Kopf und legte sich aufs Bett, das Gesicht zur Wand gekehrt; nur ihre Schultern und ihr Körper zitterten unaufhörlich... Und ich lag noch immer in dem gleichen Zustand da ... Und da sah ich, junger Mann, da sah ich später, wie Katerina Iwanowna, ebenfalls ohne ein Wort zu sprechen, zu dem Bett Sonjetschkas ging und den ganzen Abend vor ihr auf den Knien lag, ihre Füße küßte und nicht aufstehen wollte; und dann schliefen beide gemeinsam so ein, indem sie einander in den Armen hielten ... beide ... beide .. Ja, mein Herr ... und ich ... ich lag betrunken da.«

Marmeladow schwieg, als ob ihm die Stimme versagte. Dann schenkte er sich hastig ein, trank sein Glas auf einen Zug leer und ächzte.

»Seitdem, mein Herr«, sprach er nach einigem Schweigen weiter, »seitdem war infolge eines unangenehmen Zwischenfalls und auf Grund von Anzeigen übelwollender Personen - an denen besonders Darja Franzowna beteiligt war, angeblich weil wir es an der gebührenden Hochachtung fehlen ließen –, seitdem war meine Tochter, Sofja Semjonowna, genötigt, sich einen gelben Ausweis geben zu lassen, und konnte aus diesem Grunde nicht mehr bei uns bleiben. Denn weder die Hauswirtin, Amalja Fjodorowna – und sie selber hat dabei doch Darja Franzowna unterstützt! –, noch auch Herr Lebesjatnikow wollten das zulassen ... hm! ... Denn Sonjas wegen passierte diese Geschichte mit Katerina Iwanowna. Zuerst stellte er selber Sonjetschka nach, plötzlich aber kamen ihm Flausen in den Kopf. ‚Wie soll ich, ein so gebildeter Mensch, mit einer solchen Person in ein und derselben Wohnung leben?‘ Katerina Iwanowna aber wollte ihm das nicht durchgehen lassen und mischte sich ein ... Nun, und so geschah es ... Und jetzt kommt Sonjetschka zumeist in der Dämmerung zu uns und unterstützt Katerina Iwanowna und greift ihr nach Kräften mit Geld unter die Arme ... Sie lebt in der Wohnung des Schneiders Kapernaumow, wo sie ein Zimmer gemietet hat. Kapernaumow ist lahm und ein Stotterer, und seine ganze vielköpfige Familie stottert gleichfalls, auch seine Frau ... Sie sind alle in einem einzigen

Raum untergebracht, aber Sonja hat ihr eigenes Zimmer, das durch einen Bretterverschlag abgeteilt ist ... Hm! ... ja ... Es sind schrecklich arme Leute, und sie stottern ... ja ... Ich stand am nächsten Morgen auf, zog mir meine Lumpen an, hob die Arme zum Himmel und begab mich zu Seiner Exzellenz Iwan Afanasjewitsch. Sie kennen doch wohl Seine Exzellenz Iwan Afanasjewitsch? ... Nein? Nun, dann kennen Sie wahrhaftig einen Mann Gottes nicht! Er ist Wachs ... Wachs vor dem Antlitz des Herrn ... Er schmilzt wie Wachs! ... Er vergoß sogar Tränen, nachdem er geruht hatte, alles anzuhören. ‚Nun, Marmeladow', sagte er, ‚einmal hast du meine Erwartungen schon getäuscht ... ich nehme dich aber noch einmal auf, auf meine persönliche Verantwortung hin.' So sagte er. ‚Vergiß das nicht und geh jetzt!' Ich küßte den Staub seiner Füße, aber nur in Gedanken; denn in Wirklichkeit hätte er es nicht zugelassen, da er ein hoher Würdenträger und ein Mensch mit den neuen Staatsideen der gebildeten Leute ist. So ging ich nach Hause, und sobald ich erklärte, daß ich wieder in den Dienst aufgenommen sei und ein Gehalt bekommen würde, o Herr und Gott, was da los war! ...«

Wieder hielt Marmeladow in starker Erregung inne. In diesem Augenblick kam von der Straße eine ganze Schar Trunkenbolde herein, die ohnedies schon bezecht waren, und am Eingang erklangen die Weisen eines gemieteten Leierkastens und die brüchige Stimme eines siebenjährigen Kindes, das einen Gassenhauer sang. Es gab Lärm. Der Wirt und die Bedienung befaßten sich mit den neuen Gästen. Marmeladow jedoch schenkte ihnen keine Beachtung und setzte seinen Bericht fort. Er schien schon sehr geschwächt, aber je betrunkener er war, desto redseliger wurde er. Die Erinnerung an seinen Erfolg im Dienst hatte ihn gleichsam belebt und spiegelte sich in einem gewissen Glanz in seinem Gesicht wider. Raskolnikow hörte aufmerksam zu.

»Das war vor etwa fünf Wochen, mein Herr. Ja ... kaum hatten die beiden, Katerina Iwanowna und Sonjetschka, davon erfahren, o du mein Gott, da war es, als ob ich ins Himmelreich übergesiedelt wäre. Früher lag ich da wie ein

Vieh und hörte nur Schimpfreden, jetzt aber, jetzt liefen sie auf Zehenspitzen umher und ermahnten die Kinder: ‚Semjon Sacharytsch ist müde vom Dienst; er ruht sich aus, pst!' Bevor ich in den Dienst ging, bekam ich Kaffee zu trinken, und Sahne wurde warmgemacht. Richtige Sahne kauften sie mir, hören Sie! Und woher sie mir für eine anständige Bekleidung elf Rubel fünfzig Kopeken zusammengekratzt haben, das verstehe ich bis heute nicht. Stiefel, ein Vorhemd aus Perkal, eine prächtige Uniform – und das alles schneiderten sie für elfeinhalb Rubel ganz großartig zusammen. Als ich am ersten Tag heimkam, sah ich, daß Katerina Iwanowna zwei Gerichte gekocht hatte, eine Suppe und Räucherfleisch mit Meerrettich, wovon bis dahin überhaupt keine Rede hatte sein können. Sie selber besitzt gar keine Kleider ... wirklich keine, aber sie hatte sich angezogen, als ob sie einen Besuch machen wollte. Dabei trug sie gar nichts Besonderes, aber sie verstehen es, die Frauen, aus nichts etwas zu machen: sie frisieren sich, nehmen irgendeinen neuen sauberen Kragen und Ärmelschützer, und vor dir steht ein ganz neuer Mensch. Sie sah jünger und hübscher aus. Sonjetschka, mein Herzenskind, hatte nur mit Geld geholfen; denn, so sagte sie, es wäre vorläufig nicht passend, wenn sie oft zu uns käme, höchstens abends bei Dunkelheit, damit niemand sie sähe. Hören Sie, hören Sie? Nach dem Essen ging ich schlafen, und was glauben Sie? Katerina Iwanowna hatte es nicht ausgehalten, und obgleich sie sich noch eine Woche vorher mit Amalja Fjodorowna auf das schlimmste zerzankt hatte, lud sie sie jetzt zu einer Schale Kaffee ein. Zwei Stunden saßen sie beisammen und flüsterten immerzu miteinander: ‚Semjon Sacharytsch ist jetzt wieder im Dienst und bezieht ein Gehalt, und er war selbst bei Seiner Exzellenz, und Seine Exzellenz kam persönlich heraus und ließ alle anderen warten und führte Semjon Sacharytsch am Arm an allen vorbei in sein Arbeitszimmer, hören Sie? ›Natürlich‹, sagte er, ›erinnere ich mich Ihrer Verdienste, Semjon Sacharytsch, obgleich Sie diese leichtsinnige Schwäche haben. Aber da Sie mir jetzt versprechen, davon zu lassen, und da wir obendrein ohne Sie schlecht zurechtkommen konnten‹ – hören Sie, hören Sie? –,

›so hoffe ich und verlasse mich jetzt auf Ihr Wort als Edelmann ...‹' Und ich sage Ihnen, das alles hat sie erfunden, nicht so sehr aus Leichtsinn, als vielmehr um mich zu loben! Nein, mein Herr, sie selbst glaubte an all das, sie freute sich an ihren eigenen Märchen, beim wahrhaftigen Gott! Und ich verurteile das nicht; nein, das verurteile ich nicht! ... Als ich ihr vor sechs Tagen mein ganzes erstes Gehalt – dreiundzwanzig Rubel vierzig Kopeken – brachte, nannte sie mich ihren lieben Schatz. ‚Du bist wirklich mein lieber Schatz!' sagte sie. Und unter vier Augen, verstehen Sie? Nun, wer bin ich denn schon und was für ein Gatte bin ich denn? Nein, sie kniff mich in die Wange und sagte: ‚Lieber Schatz!'«

Marmeladow verstummte und wollte lächeln, plötzlich jedoch begann sein Kinn zu zittern. Er beherrschte sich aber. Die Schenke, sein verkommenes Aussehen, die fünf Nächte auf den Heukähnen, die Flasche Schnaps und dabei diese krankhafte Liebe zu seiner Frau und zu seiner Familie brachten den Zuhörer aus der Fassung. Raskolnikow lauschte angespannt, aber mit einem quälenden Gefühl. Er ärgerte sich darüber, daß er hierhergekommen war.

»Lieber Herr, lieber Herr!« rief Marmeladow und richtete sich auf, »o mein Herr, Ihnen kommt das alles vielleicht komisch vor, so wie den anderen Leuten auch, und ich störe Sie nur mit der Dummheit all dieser erbärmlichen Einzelheiten aus meinem häuslichen Leben; aber mir ist nicht zum Lachen zumute! Denn ich kann das alles fühlen ... Und während dieses ganzen paradiesischen Tages meines Lebens und während dieses ganzen Abends gab ich mich hochfliegenden Träumen hin, wie ich alles einrichten wollte, die Kinderchen bekleiden und meiner Frau Ruhe schaffen und meine einzige Tochter aus der Ehrlosigkeit in den Schoß der Familie zurückführen ... Und vieles, vieles andere ... Das ist verständlich, mein Herr, nun ja, mein lieber Herr ...« Plötzlich schien Marmeladow zu erschauern, hob den Kopf und blickte seinen Zuhörer starr an. »Nun also, und am nächsten Tag, nach all diesen Plänen – das heißt, vor genau fünf Tagen –, stahl ich am Abend auf hinterlistige Weise wie der Dieb in der Nacht aus Katerina Iwanownas Truhe ihren Schlüssel, nahm das Geld, das von dem heimgebrachten Gehalt übriggeblieben war, ich entsinne mich nicht mehr wieviel, und jetzt sehen Sie mich an, seht alle her! Den fünften Tag bin ich schon fort von daheim, und dort suchen sie mich, und mit dem Dienst ist es aus, und meine Uniform habe ich in einer Schenke an der Ägyptischen Brücke für diese Lumpen hier hergegeben ... Und alles ist zu Ende!«

Marmeladow schlug sich mit der Faust gegen die Stirn, biß die Zähne zusammen, schloß die Augen und stützte den Ellbogen fest auf den Tisch. Doch schon nach einer Minute veränderte sich sein Gesicht plötzlich, und mit einer Art gespielter Schlauheit und gemachter Frechheit sah er Raskolnikow an, lachte und stieß hervor: »Und heute war ich bei Sonja und habe sie um Geld gebeten, um mich nüchtern zu trinken! Hehehe!«

»Hat sie denn welches hergegeben?« rief einer der neuen Gäste herüber und lachte aus voller Kehle.

»Diese Flasche Schnaps ist von ihrem Geld gekauft«, sprach Marmeladow, ausschließlich an Raskolnikow gewandt. »Dreißig Kopeken hat sie mir gegeben, mit eigener Hand, die letzten, alles, was sie hatte; ich habe es selbst gesehen ... Sie sagte nichts; sie schaute mich nur schweigend an ... So betrauert und beweint man Menschen nicht auf Erden, sondern dort, im Jenseits ... Aber man macht ihnen keinen Vorwurf, keinen Vorwurf! Und das schmerzt noch mehr, noch mehr, mein Herr, wenn man keinen Vorwurf hört! ... Dreißig Kopeken, ja, mein Herr; und dabei braucht sie das Geld doch jetzt selber, nicht wahr? Was meinen Sie, lieber Herr? Sie muß doch auf Sauberkeit halten. Und diese Sauberkeit, diese besondere Sauberkeit kostet Geld, verstehen Sie, verstehen Sie? Pomaden muß sie kaufen, anders geht es ja nicht, gestärkte Unterröcke, recht elegante Schuhe, damit sie ihren Fuß herzeigen kann, wenn sie über eine Pfütze steigen muß. Verstehen Sie, mein Herr, verstehen Sie, was diese Sauberkeit bedeutet? Ja, und ich, ihr leiblicher Vater, nehme diese dreißig Kopeken, um mich nüchtern zu trinken! Und ich trinke, mein Herr! Und habe das Geld schon vertrunken ... Nun, wer hat denn Mitleid mit einem solchen Menschen, wie ich es bin? Wie? Haben Sie jetzt Mitleid mit mir? Oder nicht? Sagen Sie, mein Herr, haben Sie Mitleid oder nicht? Hehehehe!«

Er wollte sich von neuem einschenken, hatte aber keinen Schnaps mehr; die Flasche war leer.

»Weshalb soll man denn Mitleid mit dir haben?« rief der Wirt, der jetzt wieder neben ihnen saß.

Man hörte Lachen und sogar Schimpfworte. Wer zugehört hatte, lachte und schimpfte, und auch jene lachten, die nicht zugehört hatten, allein schon beim Anblick des ehemaligen Beamten.

»Mitleid? Wozu man mit mir Mitleid haben soll?« heulte Marmeladow plötzlich auf, während er sich erhob, die Hand vorgestreckt, in unverkennbarer Begeisterung, als hätte er nur auf diese Worte gewartet. »Wozu man Mitleid mit mir haben soll, fragst du? Du hast recht! Es gibt keinen Grund, mit mir Mitleid zu haben! Mich muß man kreuzigen, ans Kreuz schlagen, und nicht bedauern. Ja, kreuzige ihn, Richter, kreuzige ihn, und wenn du ihn gekreuzigt hast, dann hab Erbarmen mit ihm! Und dann komme ich selbst zur Kreuzigung zu dir, denn ich sehne mich nicht nach Lust, sondern nach Kummer und Tränen! ... Glaubst du, du Krämer, daß mir diese Flasche Schnaps Freude macht? Kummer suchte ich auf ihrem Grunde, Kummer und Tränen, und ich habe sie gefunden und habe sie gekostet; Erbarmen mit uns aber wird jener haben, der mit allen Erbarmen hat und alle und alles versteht; er, der Einzige, ist auch der Richter. An jenem Tag wird er kommen und fragen: ‚Und wo ist deine Tochter, die sich für ihre böse, schwindsüchtige Stiefmutter und für fremde kleine Kinder hergegeben hat? Wo ist deine Tochter, die mit ihrem irdischen Vater, dem unverbesserlichen Trunkenbold, ohne sich vor seiner Vertiertheit zu entsetzen, Erbarmen hatte?' Und er wird sagen: ‚Komm! Ich habe dir schon einmal vergeben ... ich habe dir einmal vergeben ... Auch jetzt vergebe ich dir deine vielen Sünden, weil du viel geliebt hast ...' Und er wird meiner Sonja vergeben, er wird ihr vergeben; ich weiß, daß er ihr vergeben wird ... Als ich jetzt bei ihr war, fühlte ich das in meinem Herzen ... Und über alle wird er zu Gericht sitzen und wird ihnen vergeben, den Guten wie den Bösen, den Weisen und den Demütigen ... Und wenn er dann mit allen fertig ist, dann wird er auch zu uns sprechen. ‚Tretet vor', wird er sagen, ‚tretet auch ihr vor! Kommt, ihr Trunkenbolde, kommt, ihr Schwachen, kommt, ihr Elenden!' Und dann werden wir alle vortreten, ohne Scham, und vor ihm stehen. Und er wird sagen: ‚Ihr seid Schweine! Ihr seid Ebenbilder des Tieres, und ihr tragt sein Zeichen; aber kommt auch ihr!' Und da werden die Weisen, da werden die Vernünftigen rufen: ‚O Herr! Warum nimmst du auch diese auf?' Und er wird sagen: ‚Ich nehme sie auf, ihr Weisen, ich nehme sie auf, ihr Vernünftigen, weil sich kein einziger von ihnen jemals dessen für würdig erachtet hat ...' Und dann streckt er uns die Hände entgegen, und wir fallen zu Boden ... Wir brechen in Tränen aus ... und verstehen alles! Dann verstehen wir alles! ... und alle verstehen uns ... auch Katerina Iwanowna; auch sie versteht mich dann ... O Herr, dein Reich komme!«

Er ließ sich auf die Bank sinken, ermattet und erschöpft, und blickte niemanden an, als hätte er, in tiefe Gedanken versunken, seine Umgebung vergessen. Die Worte, die er gesprochen hatte, machten Eindruck; für einen Augenblick herrschte Schweigen, bald aber erklangen wieder das frühere Lachen und die alten Spottreden.

»So ein Schwätzer!«

»Was der da zusammenfaselt!«

»Ein Beamter!«

Und so weiter und so weiter.

»Wir wollen gehen, mein Herr«, sagte Marmeladow plötzlich zu Raskolnikow und hob den Kopf. »Bringen Sie mich heim ... ich wohne in Kosels Haus, im Hof. Es ist Zeit ... ich muß zu Katerina Iwanowna.«

Raskolnikow hatte schon längst gehen wollen; er hatte bereits selbst daran gedacht, den anderen zu begleiten. Marmeladow war, wie sich herausstellte, weit schwächer auf den Beinen als im Reden und stützte sich fest auf den jungen Mann. Sie hatten ungefähr zwei- bis dreihundert Schritt zu gehen. Verwirrung und Angst bemächtigten sich mehr und mehr des Betrunkenen, je näher er seinem Hause kam.

»Ich fürchte jetzt nicht Katerina Iwanowna«, murmelte er erregt, »und nicht, daß sie mich an den Haaren zieht. Was sind Haare! ... Haare sind Unsinn! Das sage ich! Es ist sogar besser, wenn sie mir die Haare ausreißt, und nicht davor habe ich Angst ... Ich ... habe Angst vor ihren Augen ... Ja ... vor ihren Augen ... Auch vor den roten Flecken auf ihren Wangen habe ich Angst ... und dann, dann habe ich noch Angst vor ihrem Atmen ... Hast du schon gesehen, wie Menschen, die diese Krankheit haben, atmen ... wenn sie aufgeregt sind? Angst habe ich auch vor dem Weinen der Kinder ... Denn wenn Sonja ihnen nichts zu essen gebracht hat, dann ... dann weiß ich nicht was! Ich weiß es nicht! Aber vor Schlägen habe ich keine Angst ... Du mußt wissen, mein Herr, daß mir solche Schläge keinen Schmerz machen; im Gegenteil, sie bereiten mir sogar Genuß ... ohne Schläge könnte ich gar nicht sein. Soll sie mich schlagen, es ist besser so, soll sie ihre Seele erleichtern ... es ist besser ... Aber hier ist schon das Haus, Kosels Haus. Er ist ein Schlosser, ein Deutscher, ein reicher Mann ... Führ mich hinein!«

Sie gingen durch den Hof und stiegen in den vierten Stock hinauf. Die Treppe wurde immer dunkler, je höher sie kamen. Es war beinahe schon elf Uhr, und obwohl es in Petersburg zu dieser Jahreszeit keine richtige Nacht gibt, war es oben auf der Treppe sehr finster.

Ganz oben am Ende der Treppe stand eine kleine verräucherte Tür offen. Ein Kerzenstummel beleuchtete ein höchst armseliges Zimmer von etwa zehn Schritt Länge; man konnte es vom Flur aus ganz überblicken. Es herrschte das größte Durcheinander, vor allem eine Menge zerlumpte Kinderkleider lagen unordentlich umher. Quer vor den hintersten Winkel war ein durchlöchertes Laken gespannt. Dahinter stand wahrscheinlich ein Bett. Im Zimmer selbst gab es insgesamt nur zwei Stühle und einen Diwan, der mit zerrissenem Wachstuch bespannt war. Davor stand ein alter Küchentisch ohne Tischdecke aus rohem Fichtenholz. Auf dem Rand des Tisches stak in einem eisernen Leuchter der heruntergebrannte Stummel einer Unschlittkerze. Wie sich herausstellte, wohnte Marmeladow in einem eigenen Raum, nicht in der abgeteilten Ecke, aber dieses Zimmer hier war ein Durchgangsraum. Die Tür zu den übrigen Räumen oder vielmehr Zellen, in die die Wohnung der Amalja Lippewechsel aufgeteilt war, stand halb offen. Dahinter ging es lärmend zu, und es ließ sich Geschrei vernehmen. Es wurde gelacht. Es schien, daß man dort Karten spielte und Tee trank. Manchmal klangen die unflätigsten Worte herüber.

Raskolnikow erkannte Katerina Iwanowna sofort. Sie war eine entsetzlich abgemagerte Frau, zart, ziemlich groß und schlank, mit noch sehr schönem dunkelblondem Haar, und wirklich hatte sie rote Flecke auf den Wangen. Sie ging in dem kleinen Zimmer auf und ab, hatte die Hände vor der Brust geballt und die Lippen zusammengepreßt und atmete ungleichmäßig und stoßweise. Ihre Augen funkelten wie im Fieber, aber ihr Blick war schroff und starr, und ihr schwindsüchtiges, erregtes Gesicht machte beim letzten Licht des herabbrennenden Kerzenstummels, das auf diesem Gesicht flackerte, einen krankhaften Eindruck. Raskolnikow hielt sie für etwa dreißig, tatsächlich aber war sie weit jünger als Marmeladow. Sie hörte die beiden nicht eintreten und bemerkte sie nicht; es schien, als hätte sie alles um sich herum vergessen; sie hörte und sah nichts. Im Zimmer war es schwül, aber sie hatte das Fenster nicht geöffnet. Von der Treppe drang Gestank herein, doch war die Tür nicht geschlossen; aus den inneren Räumen zogen durch die halb geöffnete Tür ganze Schwaden von Tabakqualm ins Zimmer; sie hustete, machte aber auch diese Tür nicht zu. Das jüngste Mädchen, ein Kind von ungefähr sechs Jahren, schlief auf dem Boden, halb sitzend und zusammengekrümmt, den Kopf auf den Diwan gepreßt. Ein Knabe, ein Jahr älter als sie, stand, am ganzen Leib zitternd, in einer Ecke und weinte. Er war offenbar soeben geschlagen worden. Das älteste Kind, ein Mädchen von etwa neun Jahren, lang und dünn wie ein Streichholz, stand, nur mit einem dünnen und überall zerrissenen Hemd bekleidet und mit einem alten Wollmäntelchen über den nackten Schultern – es war ihr offenbar vor zwei Jahren gemacht worden, denn es reichte jetzt nicht einmal mehr bis zu den Knien –, in der Ecke neben dem kleinen Bruder und hielt mit dem langen, spindeldürren Arm seinen Hals umfaßt. Es schien, daß sie ihn beschwichtigte, daß sie ihm etwas zuflüsterte und ihn auf alle mögliche Weise davon abhielt, neuerlich zu heulen, während ihre großen, großen dunklen Augen gleichzeitig voll Angst die Mutter beobachteten; und diese Augen wirkten in dem abgemagerten, erschreckten Gesichtchen noch größer. Ohne das Zimmer zu betreten, fiel Marmeladow schon in der Tür auf die Knie und stieß Raskolnikow nach vorn. Die Frau sah den unbekannten Mann und blieb verwirrt vor ihm stehen; einen Augenblick kam sie zu Bewußtsein und schien darüber nachzudenken, weshalb dieser Fremde wohl eingetreten sei. Aber gewiß meinte sie gleich darauf, daß er in die anderen Räume wolle, da dieser Raum ja ein Durchgangszimmer war. Folglich schenkte sie ihm weiter keine Beachtung, ging zu der Flurtür, um sie zu schließen, und schrie plötzlich auf, als sie auf der Schwelle ihren knienden Mann erblickte.

»Ah!« kreischte sie in blinder Wut, »du bist also zurückgekommen! Du Sträfling! Du Ungeheuer! ... Und wo ist das Geld? Zeig her, wieviel du in der Tasche hast! Und was ist das für ein Anzug? Wo sind deine Sachen? Wo ist das Geld? Rede! ...«

Sie stürzte sich auf ihn, um seine Taschen zu durchsuchen. Sogleich breitete Marmeladow gehorsam und ergeben beide Arme aus, um die Durchsuchung zu erleichtern. Er besaß keine einzige Kopeke mehr.

»Wo ist das Geld?« schrie sie. »O Gott, hat er wirklich alles vertrunken? Es waren doch noch zwölf Rubel in der Truhe! ...« Und plötzlich packte sie ihn in rasender Wut am Haar und schleifte ihn ins Zimmer. Marmeladow selbst machte ihr die Arbeit leichter, indem er ihr demütig auf den Knien nachkroch.

»Das ist für mich ein Genuß! Das bereitet mir nicht Schmerz, sondern Genuß, geehrter Herr«, rief er, während er am Haar gezerrt wurde und sogar einmal mit der Stirn gegen den Boden schlug. Das Kind, das auf dem Fußboden geschlafen hatte, erwachte und fing zu weinen an. Der Knabe in der Ecke ertrug es nicht mehr, begann zu zittern, schrie auf und stürzte in furchtbarem Entsetzen, fast in einer Art Anfall, zu seiner Schwester. Die älteste Tochter zitterte vor Schlaftrunkenheit wie Espenlaub.

»Vertrunken hat er es! Alles vertrunken, alles!« rief die unglückliche Frau verzweifelt. »Und er trägt auch andere Kleider! Sie aber hungern, sie hungern!« Und sie wies händeringend auf die Kinder. »Oh, dieses verfluchte Leben! Und Sie, schämen Sie sich nicht?« fuhr sie plötzlich auf Raskolnikow los. »Sie da aus der Kneipe! Hast du dort mit ihm gesoffen? Bestimmt hast du mit ihm gesoffen! Hinaus!«

Der junge Mann ergriff hastig, und ohne ein Wort zu sagen, die Flucht. In diesem Augenblick wurde die innere Tür weit geöffnet, und einige Neugierige blickten herein. Freche, lachende Gesichter erschienen, mit Zigaretten und Pfeifen im Mund und Mützen auf dem Kopf. Man sah Gestalten im Schlafrock, völlig aufgeknöpft, in geradezu unanständig leichter Bekleidung. Manche hatten Spielkarten in der Hand. Besonders laut lachten sie, als Marmeladow, am Haar gezogen, ausrief, daß ihm das Genuß bereite. Sie kamen sogar ins Zimmer; schließlich hörte man ein unheilverkündendes Kreischen – Amalja Lippewechsel persönlich drängte sich durch die Menge, um Ordnung zu schaffen und die arme Frau zum hundertstenmal durch Schimpfworte und durch den Befehl zu ängstigen, daß morgen schon die Wohnung zu räumen sei. Im Weggehen konnte Raskolnikow noch in die Tasche greifen, wo er soviel Kupferstücke, wie er fand, zusammenraffte – alles Geld, das er in der Schenke auf seinen Rubel herausbekommen hatte –; er legte es unbemerkt auf das Fensterbrett. Als er schon auf der Treppe war, reute es ihn, und er wollte nochmals zurückgehen.

Was soll dieser Unsinn! dachte er. Sie haben ja Sonja, und ich könnte das Geld selbst nötig brauchen. Doch da er fand, daß es unmöglich sei, es zurückzunehmen, ja, daß er es auf keinen Fall zurückgenommen hätte, machte er eine geringschätzige Handbewegung und ging nach Hause. Sonja braucht Pomaden, dachte er weiter, während er die Straße entlangging, und er lachte höhnisch. Diese Sauberkeit kostet Geld ... Hm! Und vielleicht ist Sonja heute selbst bankrott; sie hat ja das gleiche Risiko zu tragen wie ein Jäger ... oder ein Goldsucher ... Ohne mein Geld säßen morgen bestimmt alle völlig auf dem trocknen ... Ach ja, Sonja! Was für einen Quell haben sie da angebohrt! Und sie machen ihn sich zunutze! Oh, sie nutzen sie aus! Und haben sich daran gewöhnt. Sie haben geweint und sich daran gewöhnt. An alles kann sich der Mensch, dieses Schwein, gewöhnen!

Er dachte nach.

»Aber wenn ich unrecht habe«, rief er plötzlich unwillkürlich, »wenn der Mensch, das heißt das ganze Menschengeschlecht, das ganze, wirklich nicht *schweinisch* ist, so ist alles übrige nur ein Vorurteil, nur angelernte Angst. Es gibt keine Schranken, und es muß so sein! ...«

3

Am nächsten Tag erwachte er spät, nach einem unruhigen Schlaf, der ihn nicht gestärkt hatte. Er erwachte gallig, reizbar und böse und betrachtete voll Haß sein Zimmer. Das war eine winzig kleine Zelle von etwa sechs Schritt Länge und sah mit den gelblichen, staubigen, überall von der Wand gerissenen Tapeten überaus kläglich aus; es war so niedrig, daß ein großer Mensch hier beinahe hätte Angst bekommen und glauben können, er werde jeden Augenblick mit dem Kopf an die Decke stoßen. Die Einrichtung entsprach dem Raum: es standen drei alte Stühle darin, schon ziemlich wacklig, ein gestrichener Tisch in der Ecke, auf dem einige Hefte und Bücher lagen – schon allein daran, wie verstaubt sie waren, ließ sich erkennen, daß sie seit langer Zeit keine Hand mehr angerührt hatte –, und schließlich ein großer plumper Diwan, der fast die ganze Wand und die Hälfte der Zimmerbreite einnahm. Einst war er mit Kattun überzogen gewesen, jetzt aber war er zerrissen und diente Raskolnikow als Bett. Oft schlief er hier, so wie er war, unausgekleidet, ohne Bettzeug, mit seinem alten schäbigen Studentenmantel zugedeckt und ein einziges kleines Kissen unter dem Kopf, unter das er alles legte, was er an sauberer und getragener Wäsche hatte, damit er höher liege. Vor dem Diwan stand ein kleines Tischchen.

Es war schwer, ärger zu verkommen und zu verwahrlosen; aber Raskolnikow empfand das in seinem jetzigen Gemütszustand geradezu als angenehm. Er hatte sich völlig von allen Menschen zurückgezogen wie eine Schildkröte in ihre Schale, und sogar das Gesicht der Magd, die ihn zu bedienen hatte und manchmal in sein Zimmer sah, erregte ihm Gallenkrämpfe. So etwas kommt manchmal bei Monomanen vor, die sich allzusehr auf eine Sache konzentrieren. Die Hauswirtin hatte schon vor zwei Wochen aufgehört, ihm Essen bringen zu lassen, und es war ihm bisher noch nie eingefallen, hinzugehen und mit ihr darüber zu sprechen, obgleich er ohne Essen dasaß. Nastasja, die Köchin und einzige Magd der Hauswirtin, war über diese Gemütsverfassung ihres Mieters einesteils froh und hatte es gänzlich aufgegeben, bei ihm Ordnung zu machen und zu fegen; nur manchmal, einmal in der Woche, griff sie gelegentlich zum Besen. Sie weckte ihn jetzt.

»Steh auf, was schläfst du!« schrie sie ihn an, während sie vor ihm stand. »Es ist zehn Uhr. Ich habe dir Tee gebracht. Willst du ein Glas Tee? Du bist ja schon dürr wie ein Zaunpfahl!«

Raskolnikow öffnete die Augen, schrak zusammen und erkannte Nastasja.

»Ist der Tee von der Hauswirtin?« fragte er, während er sich langsam und mit schmerzlicher Miene auf dem Diwan aufrichtete.

»Aber keine Rede!«

Sie stellte ihr eigenes angeschlagenes Geschirr, aus dem schon jemand Tee getrunken hatte, vor ihn hin und legte zwei Stück gelben Zucker dazu.

»Da, Nastasja, nimm bitte«, sagte er, während er in der Tasche wühlte – er hatte wieder in seinen Kleidern geschlafen – und eine Handvoll Kupfergeld herausnahm. »Geh hinunter und kauf mir ein Brötchen. Und hole im Wurstladen ein wenig Wurst, aber möglichst billige.«

»Die Semmel bringe ich dir gleich, aber möchtest du nicht statt der Wurst Kohlsuppe? Die Suppe ist gut, von gestern. Ich hatte sie dir schon gestern aufgehoben, aber du bist so spät heimgekommen. Eine gute Kohlsuppe!«

Als sie die Kohlsuppe gebracht hatte und er zu essen begann, setzte sich Nastasja neben ihn auf den Diwan und begann zu plaudern; sie war vom Lande und schwatzte sehr gern.

»Praskowja Pawlowna wird sich bei der Polizei über dich beschweren«, sagte sie.

Er runzelte unwillig die Stirn.

»Bei der Polizei? Was will sie denn?«

»Du zahlst nichts und ziehst auch nicht aus – natürlich muß sie sich beschweren.«

»Ach, zum Teufel, das hat mir gerade noch gefehlt«, murmelte er zähneknirschend. »Nein, das kommt mir jetzt ... ungelegen ... Sie ist eine dumme Gans«, setzte er laut hinzu; »ich werde heute noch hingehen und mit ihr sprechen.«

»Eine dumme Gans mag sie sein, genauso wie ich. Aber du, du gescheiter Mann, liegst hier wie ein Sack, und man sieht nichts von dir. Früher hast du gesagt, du unterrichtest Kinder, aber warum tust du jetzt gar nichts mehr?«

»Ich tue schon etwas ...« stieß Raskolnikow unwillig und finster hervor.

»Was tust du denn?«

»Arbeiten ...«

»Und was arbeitest du?«

»Ich denke«, antwortete er ernst, nachdem er eine Weile geschwiegen hatte.

Nastasja platzte geradezu heraus vor Lachen. Sie gehörte zu den lachlustigen Menschen, und wenn man sie erheiterte, lachte sie lautlos und am ganzen Körper zitternd, bis ihr beinahe schlecht wurde.

»Hast du schon viel Geld zusammengedacht?« konnte sie endlich hervorbringen.

»Ohne Schuhe kann man keine Kinder unterrichten. Und außerdem pfeife ich drauf.«

»Spuck nicht in den Brunnen, aus dem du trinkst.«

»Für den Unterricht von Kindern zahlt man nur ein paar Kopeken. Was soll ich damit anfangen?« fuhr er widerwillig fort, als gäbe er sich selbst Antwort.

»Und du möchtest wohl ein ganzes Kapital auf einmal?« Er blickte sie seltsam an.

»Ja, ein ganzes Kapital!« erwiderte er nach kurzem Schweigen in festem Ton.

»Na, nur langsam, du erschreckst einen ja; man bekommt geradezu Angst vor dir. Soll ich dir jetzt das Brötchen holen oder nicht?«

»Wie du willst.«

»Ach ja, das hätte ich fast vergessen! Gestern abend, als du weg warst, ist ein Brief für dich gekommen.«

»Ein Brief? Für mich? Von wem?«

»Von wem weiß ich nicht. Dem Postboten habe ich aus meiner eigenen Tasche drei Kopeken gezahlt. Kannst du sie mir zurückgeben?«

»So bring ihn doch schon, um Himmels willen, bring ihn!« rief Raskolnikow in größter Aufregung. »O Gott!«

Nach einem Augenblick war der Brief da. Und richtig: er kam von Raskolnikows Mutter, aus dem Gouvernement R. Er wurde geradezu bleich, als er das Schreiben entgegennahm. Schon lang hatte er keine Briefe mehr erhalten; aber jetzt preßte ihm noch etwas anderes plötzlich das Herz zusammen.

»Nastasja, geh um Gottes willen; hier hast du deine drei Kopeken, nur geh um Gottes willen rasch!«

Der Brief zitterte in Raskolnikows Händen; vor der Magd wollte er das Schreiben nicht öffnen: er wollte mit diesem Brief *allein* sein. Als Nastasja fortgegangen war, hob er ihn rasch an die Lippen und küßte ihn; dann blickte er lange die Handschrift der Adresse an, die wohlvertraute und ihm so liebe, zierliche, etwas schräge Handschrift seiner Mutter, die ihn einst lesen und schreiben gelehrt hatte. Er zögerte; er schien sich sogar vor etwas zu fürchten. Endlich öffnete er das Schreiben – der Brief war lang, auf starkem Papier geschrieben, zwei Lot schwer; zwei große Bogen Briefpapier waren ganz fein und klein vollgeschrieben.

»Mein lieber Rodja«, schrieb die Mutter, »jetzt ist es schon mehr als zwei Monate her, daß ich mit Dir nicht mehr brieflich geplaudert habe; ich habe selber gelitten und konnte sogar manche Nacht vor Grübeln nicht schlafen. Aber gewiß wirst Du mir nicht die Schuld an diesem erzwungenen Schweigen geben. Du weißt, wie ich Dich liebe; ich und Dunja haben nur Dich auf der Welt; Du bist unser alles, unsere ganze Hoffnung, unsere Zuversicht. Was habe ich durchgemacht, als ich erfuhr, daß Du schon vor einigen Monaten das Universitätsstudium aufgegeben hast, weil Du nicht mehr die Mittel hattest, Dich zu erhalten, und daß auch Deine Stunden aufgehört haben und Deine übrigen Geldquellen versiegt sind! Wie hätte ich Dir bei meiner Pension von hundertzwanzig Rubel jährlich helfen können? Die fünfzehn Rubel, die ich Dir vor vier Monaten geschickt habe, borgte ich mir, wie Du ja selber weißt, auf diese Pension von dem hiesigen Kaufmann Wasilij Iwanowitsch Wachruschin. Er ist ein guter Mensch und war noch ein Freund Deines Vaters. Doch da ich ihm das Recht eingeräumt hatte, die Pension für mich zu beheben, mußte ich warten, bis die Schuld abgezahlt war, und das ist erst jetzt der Fall, so daß ich Dir in dieser ganzen Zeit nichts schicken konnte. Doch mir scheint, daß ich Dir gottlob noch Geld werde schicken können, und überhaupt dürfen wir uns jetzt glücklich preisen, wovon Dir Kenntnis zu geben ich mich beeile. Zuerst einmal, mein lieber Rodja: Du ahnst sicher nicht, daß Deine Schwester schon anderthalb Monate bei mir wohnt und daß wir uns auch fürderhin nicht mehr trennen werden. Gepriesen sei der Herr, daß ihre Pein zu Ende ist – aber ich will Dir alles der Reihe nach erzählen, damit Du weißt, wie alles war und was wir bisher vor Dir verborgen gehalten haben. Als Du mir vor zwei Monaten schriebst, Du habest von jemandem gehört, Dunja hätte unter den Grobheiten im Hause der Herrschaften Swidrigailow viel zu leiden, und als Du genauere Aufklärung von mir verlangtest – was konnte ich Dir da antworten? Hätte ich Dir die ganze Wahrheit gestanden, Du hättest wohl alles liegen und stehen lassen und wärst – sogar zu Fuß – zu uns geeilt; denn ich kenne Deinen Charakter und

Deine Gefühle. Du hättest nicht geduldet, daß Deiner Schwester Beleidigungen zugefügt werden. Ich war schon ganz verzweifelt, aber was konnte ich machen? Außerdem kannte ich damals ja selber noch nicht die volle Wahrheit . . . Die Hauptschwierigkeit bestand darin, daß Dunjetschka, als sie im vorigen Jahr als Gouvernante in dieses Haus kam, ganze hundert Rubel im voraus genommen hatte, unter der Bedingung, daß ihr dieser Vorschuß in monatlichen Teilbeträgen von ihrem Gehalt abgezogen würde. So konnte sie den Posten nicht aufgeben, ehe diese Schuld beglichen war. Die Summe – jetzt kann ich Dir das alles berichten, mein teurer Rodja – hatte sie hauptsächlich deshalb entliehen, um Dir die sechzig Rubel schicken zu können, die Du zu jener Zeit so notwendig brauchtest und die Du im vergangenen Jahr von uns auch erhalten hast. Wir haben Dich damals hintergangen und Dir geschrieben, die sechzig Rubel stammten von dem Geld, das Dunjetschka sich erspart habe; das stimmte aber nicht, und heute teile ich Dir die ganze Wahrheit mit, weil sich jetzt plötzlich alles durch Gottes Fügung zum Besseren gewendet hat, und damit Du weißt, wie sehr Dunja Dich liebt und welch kostbares Herz sie hat. Herr Swidrigailow war anfangs wirklich sehr grob zu ihr, behandelte sie äußerst unhöflich und verspottete sie bei Tisch . . . aber ich will nicht auf alle diese beschämenden Einzelheiten eingehen, um Dich nicht unnütz aufzuregen; denn jetzt ist ja alles überstanden. Kurz und gut, das Leben war trotz dem gütigen und vornehmen Wesen Marfa Petrownas, der Gemahlin des Herrn Swidrigailow, und aller übrigen Hausgenossen für Dunja sehr beschwerlich, besonders wenn Herr Swidrigailow, wie er es vom Regiment her gewohnt war, unter dem Einfluß des Bacchus stand. Aber was stellte sich zuletzt heraus? Denk Dir nur, dieser Wahnwitzige empfand schon lange eine leidenschaftliche Zuneigung für Dunja, verbarg sie aber unter dem Mantel der Grobheit und Geringschätzung. Vielleicht schämte und entsetzte er sich, wenn er sah, daß er, ein schon bejahrter Mann und Familienvater, so leichtsinnige Hoffnungen hegte, und war darum unwillkürlich auf Dunja böse. Oder vielleicht wollte er hinter der Grobheit seines Tones und hinter seinen Spottreden nur die Wahrheit vor den anderen verheimlichen. Doch schließlich hielt er es nicht mehr aus und wagte es, Dunja unverblümt einen abscheulichen Antrag zu machen. Er versprach ihr die schönsten Geschenke, und insbesondere sagte er, er werde alles hier zurücklassen und mit ihr in ein anderes Dorf oder sogar ins Ausland fahren. Du kannst Dir vorstellen, was sie da gelitten hat! Es war unmöglich, die Stellung sofort aufzugeben, nicht nur der Schuld wegen, sondern auch aus Mitleid mit Marfa Petrowna, die plötzlich hätte Verdacht schöpfen können; so hätte Dunja nur Streit in die Familie gebracht. Und auch für Dunjetschka wäre es ein großer Skandal gewesen; so einfach wäre es nicht abgegangen. Noch verschiedene andere Gründe sprachen dafür, so daß Dunja unter sechs Wochen keineswegs damit rechnen konnte, aus diesem entsetzlichen Haus fortzukommen. Du kennst Dunja ja, Du weißt, wie klug sie ist und welch festen Charakter sie hat. Dunjetschka kann viel ertragen und bringt im Notfall sogar so viel Seelengröße auf, daß sie ihre Festigkeit nicht verliert. Nicht einmal mir hat sie von all dem geschrieben, um mich nicht zu betrüben, und dabei schrieben wir einander oft.

Der Knoten löste sich ganz unerwartet. Marfa Petrowna belauschte einmal unversehens im Garten ihren Mann, der Dunjetschka gerade anflehte, und sie faßte das falsch auf und gab die Schuld Dunjetschka: sie habe es hierauf abgesehen. Es kam an Ort und Stelle, im Garten, zu einer entsetzlichen Szene – Marfa Petrowna schlug Dunja sogar; sie wollte nichts hören und tobte eine ganze Stunde lang und gab schließlich Befehl, Dunja augenblicklich zu mir in die Stadt zurückzuschaffen, in einem einfachen Bauernwagen, auf den man alle ihre Sachen warf, die Wäsche, die Kleider, alles, wie es sich traf, nichts zusammengelegt und alles unverpackt. Zu alledem kam noch ein Platzregen, und Dunja mußte, beleidigt und beschimpft, auf dem offenen Bauernkarren ganze siebzehn Werst weit fahren. Denk jetzt selbst: was hätte ich Dir als Antwort auf Deinen Brief schreiben können, den ich vor zwei Monaten bekommen habe? Hätte ich auch hierüber schreiben können? Ich war verzweifelt; Dir die Wahrheit zu schreiben wagte ich nicht, weil Du sehr unglücklich, beleidigt und empört gewesen wärst, und was hättest Du tun können? Du hättest Dich höchstens noch zugrunde gerichtet, und dann hatte es mir Dunjetschka auch verboten; und den Brief mit Unsinn über allerhand andere Dinge anzufüllen, wenn mir solcher Kummer auf der Seele lastete – das vermochte ich nicht. Einen ganzen Monat lang klatschte man bei uns in der Stadt über diese Geschichte, und es kam schließlich so weit, daß wir nicht einmal mehr *gemeinsam* in die Kirche gehen konnten, so geringschätzig blickten die Leute uns an; sie tuschelten und redeten sogar ganz laut in unserer Gegenwart. Alle Bekannten zogen sich von uns zurück; ja, man grüßte uns nicht einmal mehr, und ich erfuhr aus sicherer Quelle, daß uns die Ladengehilfen und einige Kanzlisten eine ganz niederträchtige Beleidigung zugedacht hatten. Sie hatten nämlich vor, das Tor unseres Hauses mit Teer zu beschmieren, und die Hauswirte verlangten daher, daß wir aus der Wohnung auszögen. Die Ursache von alledem war Marfa Petrowna, die bereits in sämtlichen Familien Dunja beschuldigt und mit Schmutz beworfen hatte. Sie kennt hier alle Welt. In diesem Monat fuhr sie jeden Augenblick in die Stadt, und da sie ein wenig geschwätzig ist und gern über ihre Familienangelegenheiten spricht und sich besonders gerne bei allen und jedem über ihren Mann beklagt, was sehr wenig hübsch ist, verbreitete sie die ganze Geschichte in kurzer Zeit nicht nur in der Stadt, sondern in unserem ganzen Kreis. Ich wurde krank, Dunjetschka aber war stärker als ich; ach, wenn Du nur gesehen hättest, wie sie alles ertrug und mich noch tröstete und ermutigte! Sie ist ein Engel! Aber dank der Gnade Gottes sind nun unsere Qualen zu Ende: Herr Swidrigailow kam zur Besinnung. Er bereute, was geschehen war, und hatte wahrscheinlich Mitleid mit Dunja; so bewies er seiner Gemahlin klar und offenkundig Dunjetschkas volle Unschuld, indem er ihr einen Brief gab, den ihm Dunja, noch ehe Marfa Petrowna die beiden im Garten ertappt hatte, zu schreiben und zu übergeben genötigt war, um seine privaten Erklärungen und die geheimen Zusammenkünfte abzulehnen, auf denen er bestand; einen Brief, der nach der Abreise

Dunjetschkas in Herrn Swidrigailows Händen geblieben war. In diesem Brief machte sie ihm mit stürmischer, heftiger Entrüstung Vorwürfe, gerade wegen seines unedlen Betragens gegen Marfa Petrowna; sie hielt ihm vor, daß er Familienvater sei, und schließlich, wie abscheulich er handle, wenn er ein ohnedies schon unglückliches Mädchen quäle und unglücklich mache. Mit einem Wort, mein lieber Rodja, dieser Brief war so edel und rührend geschrieben, daß ich schluchzen mußte, als ich ihn las; und bis heute kann ich ihn nicht ohne Tränen wieder lesen. Außerdem rechtfertigten schließlich auch noch die Zeugenaussagen der Dienerschaft Dunja, die weit mehr gesehen hatten und wußten, als Herr Swidrigailow selber ahnte, wie dies ja immer zu sein pflegt. Marfa Petrowna war völlig niedergeschlagen und ‚aufs neue zerschmettert', wie sie uns selber bekannte, doch dann überzeugte sie sich vollauf von Dunjetschkas Unschuld, und schon am nächsten Tag, einem Sonntag, fuhr sie geradewegs in die Kirche, wo sie auf den Knien und unter Tränen die Gottesmutter bat, sie möge ihr die Kraft geben, die neue Prüfung zu ertragen und ihre Pflicht zu tun. Von der Kirche fuhr sie, ohne zu irgend jemandem anders zu gehen, unverzüglich zu uns, erzählte uns alles, weinte bitterlich, umarmte Dunja in tiefer Reue und beschwor sie, ihr zu vergeben. Am gleichen Vormittag noch begab sie sich, ohne im geringsten zu zaudern, gleich von uns aus in alle Häuser der Stadt, und überall rehabilitierte sie in den für Dunjetschka schmeichelhaftesten Ausdrücken und unter vielen Tränen Dunjas Unschuld und die Vornehmheit ihrer Gefühle und ihres Verhaltens. Nicht genug damit, zeigte sie den Brief herum, den Dunja eigenhändig an Herrn Swidrigailow geschrieben hatte, und las ihn vor und erlaubte sogar – was mir schon übertrieben vorkommt –, daß davon Abschriften gemacht wurden. So mußte sie einige Tage lang alle Leute in der Stadt der Reihe nach aufsuchen; denn manche waren beleidigt, daß andere ihnen vorgezogen worden waren. Deshalb wurde eine regelrechte Reihenfolge festgesetzt. In jedem Hause wartete man nun schon im voraus, und alle wußten, daß an diesem oder jenem Tage Marfa Petrowna da oder dort den Brief vorlesen werde, und zu jeder Vorlesung kamen sogar jene wieder, die den Inhalt des Briefes schon mehrere Male gehört hatten, entweder bei sich zu Hause oder bei Bekannten, wie es sich eben gerade ergeben hatte. Meine Meinung ist, daß viel, sehr viel hierbei überflüssig war, aber Marfa Petrowna hat eben einen solchen Charakter. Wenigstens hat sie die Ehre Dunjetschkas völlig wiederhergestellt, und die ganze Abscheulichkeit der Sache fiel als unauslöschliche Schmach auf ihren Gatten als auf den Hauptschuldigen zurück, so daß er mir schon richtig leid tut; sie ist allzu streng mit diesem Narren ins Gericht gegangen. Sofort begann man in einigen Häusern Dunja aufzufordern, sie möge Stunden geben, aber sie lehnte ab. Überhaupt brachten ihr jetzt alle plötzlich uneingeschränkte Hochachtung entgegen. All das aber trug hauptsächlich zu jenem unerwarteten Glücksfall bei, durch den sich jetzt, wie ich wohl sagen kann, unser ganzes Schicksal ändert.

So wisse denn, mein lieber Rodja, daß sich ein Freier um Dunja beworben und daß sie ihm schon ihre Einwilligung gegeben hat, was Dir rasch mitzuteilen ich mich beeile. Und obgleich diese Angelegenheit ohne Deinen Rat zustande gekommen ist, bist Du wahrscheinlich weder mir noch Deiner Schwester böse, da Du aus der Sachlage sehen wirst, daß es unmöglich gewesen wäre, zu warten und die Entscheidung bis zum Eintreffen Deiner Antwort hinauszuschieben. Auch hättest Du aus der Ferne das Ganze nicht genau beurteilen können.

Die Sache ging nämlich folgendermaßen vor sich: er ist bereits Hofrat, heißt Pjotr Petrowitsch Luschin und ist ein entfernter Verwandter Marfa Petrownas, die diese Angelegenheit stark gefördert hat. Es fing damit an, daß er durch sie, Marfa Petrowna, den Wunsch äußerte, mit uns bekannt zu werden; er wurde empfangen, wie es sich gehört, bekam Kaffee vorgesetzt und schickte uns schon am nächsten Tag einen Brief, in dem er überaus höflich seinen Antrag stellte und um rasche und zustimmende Antwort bat. Er ist ein sachlicher, vielbeschäftigter Mann und hat es eilig, jetzt nach Petersburg zu fahren, weil jede Minute für ihn kostbar ist.

Natürlich waren wir anfangs sehr betroffen, da das Ganze zu schnell und unerwartet kam. Beide überlegten und grübelten wir den ganzen Tag. Er ist ein verläßlicher Mensch in gesicherten Verhältnissen; er dient in zwei Ämtern und hat bereits ein eigenes Kapital. Freilich ist er schon fünfundvierzig Jahre alt, aber er ist von ziemlich angenehmem Äußeren und kann den Frauen noch gefallen, und überaupt ist er ein höchst würdiger, anständiger Mensch, nur ein wenig finster und dem Anschein nach hochmütig. Aber das scheint vielleicht nur auf den ersten Blick so. Und ich mache Dich darauf aufmerksam, mein lieber Rodja, daß Du ihn, wenn Du mit ihm in Petersburg zusammenkommst, was in sehr kurzer Zeit der Fall sein wird, nicht, wie es Deine Gewohnheit ist, allzu rasch und hitzig beurteilen darfst, sollte Dir im Anfang etwas an ihm nicht richtig gefallen. Ich sage Dir das für alle Fälle, obgleich ich überzeugt bin, daß er auf Dich einen guten Eindruck machen wird. Und außerdem muß man, um einen Menschen kennenzulernen, mag er sein, wer er will, allmählich und behutsam an ihn herangehen, damit man nicht in Irrtümer und Vorurteile verfällt, die sich später nur sehr schwer richtigstellen und beseitigen lassen. Und Pjotr Petrowitsch ist – zumindest deuten viele Anzeichen darauf hin – ein höchst ehrenwerter Mann. Bei seinem ersten Besuch erklärte er uns, daß er ein positiver Mensch sei, doch in vielem, wie er sich ausdrückte, ‚die Überzeugungen unserer jüngsten Generation' teile und alle Vorurteile verabscheue. Er sprach noch viel, weil er einigermaßen eitel zu sein scheint und es sehr liebt, daß man ihm zuhört; aber das ist ja fast kein Fehler. Ich verstand natürlich nur wenig von dem, was er sagte, aber Dunja erklärte mir, er sei zwar nicht besonders hoch gebildet, aber klug und anscheinend gut. Du weißt, wie der Charakter Deiner Schwester ist, Rodja. Sie ist ein starkes, vernünftiges, geduldiges und großherziges Mädchen, wenngleich auch etwas hitzig; ich kenne sie genau. Natürlich ist weder er noch sie besonders verliebt, aber Dunja ist, abgesehen davon, daß sie ein kluges Mädchen ist, gleichzeitig auch edel wie ein Engel und wird es als ihre Pflicht ansehen, ihren Mann glücklich zu machen, der seinerseits die Sorge für ihr Glück übernimmt; und daran zu zweifeln haben wir vorläufig keinen Grund, obgleich die Sache, wie ich zugeben muß, etwas rasch zustande kam. Zudem ist er ein sehr gescheiter, umsichtiger Mensch, und so wird er natürlich selber sehen, daß sein eigenes Eheglück um so fester gegründet ist, je glücklicher Dunjetschka mit ihm ist. Und was gewisse Unterschiede in ihrem Charakter, gewisse alte Gewohnheiten und sogar einige Verschiedenheiten in ihren Anschauungen betrifft – was sich auch in den glücklichsten Ehen nicht vermeiden läßt –, so hat mir Dunjetschka gesagt, daß sie, was das anbelange, auf sich selbst vertraue; es liege kein Grund zur Sorge vor, und sie könne sehr viel ertragen, vorausgesetzt, daß die übrigen Beziehungen ehrenhaft und gerecht seien. Das Äußere eines Menschen kann leicht täuschen. So kam er mir anfangs ein wenig schroff vor; aber das rührt möglicherweise gerade daher, daß er ein Mensch von schlichter Seele ist, und so wird es ganz gewiß auch sein. Zum Beispiel drückte er sich bei seinem zweiten Besuch, als er Dunjas Einwilligung schon erhalten hatte, im Gespräch dahin aus, daß er sich schon früher, als er Dunja noch nicht kannte, vorgenommen habe, ein ehrenhaftes, aber mitgiftloses Mädchen zu heiraten; auf jeden Fall müsse sie die Armut am eigenen Leibe kennengelernt haben; denn der Mann dürfe, wie er uns erklärte, seiner Frau niemals verpflichtet sein, und es sei weit besser, wenn die Frau in ihrem Mann ihren Wohltäter sähe. Ich muß hinzufügen, daß er sich ein wenig freundlicher und weicher ausgedrückt hat, als ich es hier berichte. Aber ich habe den eigentlichen Wortlaut vergessen und erinnere mich nur noch an den Sinn, und außerdem sagte er das keineswegs mit Absicht, sondern versprach sich offenbar in der Hitze des Gesprächs, so daß er sich später sogar bemühte, seine Äußerung richtigzustellen und abzuschwächen; aber es kam mir doch ein wenig schroff vor, und ich sagte das später auch zu Dunja. Dunja antwortete mir allerdings geradezu gereizt, daß Worte noch nicht Taten seien, und damit hat sie natürlich recht. Bevor Dunjetschka ihren Entschluß faßte, fand sie die ganze Nacht keinen Schlaf, und da sie annahm, ich schliefe schon, stand sie aus ihrem Bett auf und ging die ganze Nacht im Zimmer hin und her; schließlich kniete sie nieder und betete lange und inbrünstig vor dem Heiligenbild, und am Morgen erklärte sie mir, sie habe sich entschlossen.

Ich habe schon erwähnt, daß Pjotr Petrowitsch jetzt nach Petersburg fährt. Er hat dort wichtige Dinge zu erledigen und möchte in Petersburg eine öffentliche Anwaltskanzlei aufmachen. Er befaßt sich schon lange mit Vertretungen in verschiedenen Klagen und Prozessen und hat erst unlängst einen bedeutsamen Prozeß gewonnen. Nach Petersburg muß er aber auch deshalb fahren, weil er dort eine wichtige Angelegenheit im Senat zu betreiben hat. Auf diese Weise kann er Dir, lieber Rodja, höchst nützlich sein, in jeder Weise, und Dunja und ich sind der Ansicht, daß Du schon mit dem heutigen Tag Deine klar abgesteckte künftige Karriere beginnen und Deinen Weg als deutlich vorgezeichnet ansehen kannst. Oh, wenn das nur Wirklichkeit würde! Das wäre ein solcher Gewinn, daß wir ihn nicht anders betrachten dürften denn als eine unmittelbare Gnade, die uns der Herr der Welt erweist. Dunja träumt einzig davon. Wir haben es schon gewagt, Pjotr Petrowitsch einige Worte in dieser Hinsicht zu sagen. Er drückte sich vorsichtig aus und erklärte, daß es natürlich, da er sowieso ohne Sekretär nicht auskommen könne, besser sei, einem Verwandten ein Gehalt zu zahlen als einem Fremden, wenn sich dieser Verwandte nur für die Arbeit eigne – als ob Du Dich für irgend etwas nicht eignen könntest! –; aber sofort äußerte er Zweifel, ob Dir die Universitätsstudien für eine Arbeit in der Kanzlei auch Zeit genug ließen. Für diesmal hatte die Sache damit ihr Bewenden, aber Dunja denkt an nichts anderes mehr als daran. Sie lebt bereits seit einigen Tagen einfach in einer Art Fieber und hat schon einen ganzen Plan entworfen, daß Du später einmal der Stellvertreter, ja sogar der Partner Pjotr Petrowitschs in seinen Prozeßangelegenheiten werden könntest, um so mehr, als Du selber an der juristischen Fakultät studierst. Ich stimme völlig mit ihr überein, Rodja, und teile alle ihre Pläne und Hoffnungen, die mir recht begründet scheinen, und trotz dem jetzigen, höchst erklärlichen Ausweichen Pjotr Petrowitschs – er kennt Dich ja noch nicht – ist Dunja davon überzeugt, daß sie durch ihren guten Einfluß auf den künftigen Gatten alles erreichen wird. Sie glaubt fest daran. Natürlich haben wir uns gehütet, Pjotr Petrowitsch auch nur mit einem Sterbenswörtchen etwas von diesen Zukunftsplänen, die wir hegen, zu verraten, vor allem nicht, daß Du sein Partner werden sollst. Er ist ein positiver Mensch und hätte das wohl sehr trocken aufgenommen; er hätte das alles nur für pure Phantasterei gehalten. Und ebenso haben weder ich noch Dunja auch nur ein einziges Wort über unsere felsenfeste Hoffnung verlauten lassen, daß er uns helfen werde, Dich, solange Du an der Universität bist, mit Geld zu unterstützen. Wir haben deshalb nicht darüber gesprochen, weil sich das erstens später ganz von selbst ergeben wird; er wird gewiß, ohne ein Wort zu verlieren, von selbst dieses Angebot machen – denn so etwas könnte er doch Dunjetschka nicht abschlagen! –, vor allem, da Du ja in der Kanzlei seine rechte Hand werden sollst. Du wirst diese Hilfe also nicht in Form einer Wohltat, sondern in Form eines verdienten Gehaltes bekommen. So möchte es wenigstens Dunjetschka einrichten, und ich bin vollauf ihrer Meinung. Und zweitens haben wir deshalb nicht darüber gesprochen, weil ich Dich bei Eurer jetzt bevorstehenden Begegnung gern auf gleichem Fuß mit ihm wissen möchte. Als Dunja voll Begeisterung von Dir sprach, erwiderte er, man müsse jeden Menschen erst selber, und zwar aus möglichst großer Nähe, betrachten, um über ihn ein Urteil fällen zu können, und er behalte sich vor, sich, sobald er mit Dir bekannt geworden sei, seine Meinung über Dich zu bilden. Weißt Du, mein teurer Rodja, es scheint mir auf Grund einiger Erwägungen – die übrigens keinerlei Beziehung zu Pjotr Petrowitsch haben, sondern gewiß nur einige eigene, persönliche, vielleicht sogar schrullige Altweiberlaunen sind –, es scheint mir, daß ich vielleicht besser daran täte, nach ihrer Heirat allein zu leben, so wie jetzt, und nicht mit den beiden gemeinsam. Ich bin völlig davon überzeugt, daß er so vornehm und zartfühlend sein wird, mir von sich aus den Vorschlag zu machen, ich solle mich nicht mehr von meiner Tochter trennen. Wenn er bis jetzt noch nicht davon gesprochen hat, so natürlich deswegen, weil sich das auch ohne Worte von selbst versteht; ich will einen solchen Vorschlag jedoch ablehnen. Ich habe schon öfters im Leben gemerkt, daß Schwiegermütter den Ehegatten nicht sehr willkommen sind, und ich möchte nicht nur niemandem auch nur im geringsten zur Last fallen, sondern auch selbst völlig frei sein, solange ich nur irgendein eigenes Stückchen Brot und solche Kinder wie Dich und Dunjetschka habe. Wenn es möglich ist, werde ich mich in Euer beider Nähe niederlassen – das Angenehmste habe ich mir nämlich für das Ende dieses Briefes aufgehoben, Rodja! So wisse denn, mein lieber Freund, daß wir vielleicht sehr bald alle drei wieder vereint sein und nach fast dreijähriger Trennung einander umarmen werden! Es steht schon *ganz fest*, daß ich und Dunja nach Petersburg fahren werden, wann genau weiß ich nicht, aber jedenfalls sehr, sehr bald, vielleicht sogar schon in einer Woche. Alles hängt von den Verfügungen Pjotr Petrowitschs ab, der uns, sobald er sich nur in Petersburg umgesehen hat, sogleich Nachricht zukommen lassen wird. Er möchte aus einigen Gründen die Hochzeitszeremonie möglichst beschleunigen und, wenn es irgend geht, schon in der jetzigen Vorfastenzeit heiraten oder, falls das wegen der Kürze der Frist nicht möglich ist, sogleich nach Mariä Himmelfahrt. Oh, mit welchem Glück werde ich Dich an mein Herz drücken! Dunja ist schon ganz aufgeregt, so freut sie sich auf das Wiedersehen mit Dir, und hat einmal sogar im Scherz gesagt, daß sie schon allein deswegen Pjotr Petrowitsch heiraten würde. Sie ist ein Engel! Sie fügt diesem Brief jetzt nichts hinzu, sondern sagte mir nur, ich solle Dir schreiben, sie habe so viel mit Dir zu besprechen, so viel, daß ihre Hand jetzt gar nicht zur Feder greifen könnte, weil man in einigen Zeilen nichts mitzuteilen vermöge, sondern sich nur in trübe Stimmung bringe; sie läßt Dich innig umarmen und Dir zahllose Küsse schicken. Ungeachtet dessen, daß wir uns vielleicht sehr bald schon sehen werden, will ich Dir übrigens dieser Tage Geld schicken, soviel ich nur kann. Jetzt, da alle wissen, das Dunjetschka Pjotr Petrowitsch heiratet, ist auch mein Kredit gestiegen, und ich weiß ganz sicher, daß Afanasij Iwanowitsch mir nun auf meine Pension sogar fünfundsiebzig Rubel anvertrauen würde. Ich kann Dir also vielleicht fünfundzwanzig oder gar dreißig Rubel schicken. Ich würde Dir gerne noch mehr schicken, aber ich bin in Sorge wegen unserer Reisekosten. Obgleich Pjotr Petrowitsch so gütig war, einen Teil der Auslagen für unsere Fahrt in die Hauptstadt auf sich zu nehmen – er hat uns nämlich selbst angeboten, unser Gepäck und einen großen Koffer auf seine Kosten dorthin bringen zu lassen (irgendwie durch einen Bekannten) –, so müssen wir dennoch für die Reise selbst Geld haben; und in Petersburg können wir uns, wenigstens in den ersten Tagen, auch nicht ohne eine rote Kopeke zeigen. Übrigens haben Dunjetschka und ich alles schon genau berechnet; die Fahrt wird gar nicht soviel kosten. Bis zur Eisenbahn sind es von uns insgesamt nur neunzig Werst, und wir haben schon für alle Fälle mit einem Bauern, den wir kennen und der zugleich Fuhrmann ist, ein Abkommen getroffen; weiter können dann Dunjetschka und ich sehr bequem in der dritten Klasse fahren. So werde ich Dir vielleicht nicht fünfundzwanzig, sondern gewiß dreißig Rubel schikken können.

Aber jetzt genug; zwei Bogen habe ich schon vollgeschrieben, und es bleibt mir kein Platz mehr; es ist unsere ganze Geschichte. Nun, es sind ja auch so viele Ereignisse zusammengekommen! Und jetzt umarme ich Dich, mein lieber Rodja, bis zu unserem nächsten Wiedersehen und segne Dich mit meinem mütterlichen Segen. Du sollst Deine Schwester Dunja lieben, Rodja; liebe sie so sehr, wie sie Dich liebt, und wisse, daß sie Dich grenzenlos liebhat, mehr als sich selbst. Sie ist ein Engel, und Du, Rodja, bist unser alles – unsere ganze Hoffnung und unsere ganze Zuversicht. Wenn nur Du glücklich wirst, dann werden auch wir glücklich sein. Betest Du auch noch wie früher, Rodja, und glaubst Du an die Gnade des Schöpfers und unseres Erlösers? Ich fürchte im tiefsten Herzen, daß Dich der neue moderne Unglauben heimgesucht hat. Wenn dem so ist, will ich für Dich beten. Erinnere Dich, Lieber, wie Du als Kind, noch zu Lebzeiten Deines Vaters, auf meinen Knien Deine Gebete gelispelt hast und wie glücklich wir alle damals waren! Leb wohl, oder besser gesagt: auf Wiedersehen! Ich umarme Dich innig, innig, und küsse Dich unzählige Male.

Die Deine bis zum Grab
Pulcheria Raskolnikowa«

Während Raskolnikow diesen Brief las, die ganze Zeit über, schon von der ersten Zeile an, war sein Gesicht naß von Tränen; doch als er zu Ende gelesen hatte, war es bleich, verkrampft, und ein gequältes, galliges, böses Lächeln kräuselte seine Lippen. Er preßte den Kopf auf sein dünnes, schäbiges Kissen und dachte nach, dachte lange nach. Heftig schlug ihm das Herz, und heftig waren seine Gedanken erregt. Schließlich wurde ihm in dieser gelben Kammer, die eher einem Schrank oder einer Truhe glich, schwül und enge. Sein Blick und sein Denken verlangten nach Freiheit und Weite. Er nahm seinen Hut und ging weg, diesmal ohne die Furcht, auf der Treppe jemandem zu begegnen; das hatte er vergessen. Er schlug die Richtung zur Wasilij-Insel ein, über den W.-Prospekt, als eilte er in Geschäften dorthin; aber nach seiner Gewohnheit ging er, ohne auf den Weg zu achten. Er flüsterte vor sich hin und sprach sogar laut mit sich selber, wodurch er alle, die ihm begegneten, in großes Erstaunen setzte. Viele hielten ihn für betrunken.

4

Das Schreiben seiner Mutter quälte ihn. Aber in der Hauptsache, im wichtigsten Punkt gab es für ihn keine Minute lang einen Zweifel, nicht einmal während er den Brief las. Das Wesentliche an der Sache war für ihn schon entschieden, endgültig entschieden: diese Ehe wird nicht zustande kommen, solange ich lebe; zum Teufel mit Herrn Luschin!

Die Sache liegt ja klar zutage, murmelte er vor sich hin und feierte jetzt schon, grinsend und böse, den Erfolg seines Entschlusses. Nein, liebe Mama, nein, Dunja, ihr könnt mich nicht hinters Licht führen! ... Und sie entschuldigen sich noch, daß sie meinen Rat nicht eingeholt und die Sache ohne mich erledigt haben! Das will ich meinen! Sie glauben, jetzt wäre es nicht mehr möglich, die Verlobung zu lösen; aber wir wollen sehen, ob es möglich ist oder nicht! Wahrhaftig eine glänzende Entschuldigung: »Er ist eben ein so sachlicher Mensch, dieser Pjotr Petrowitsch, daß er gar nicht anders heiraten kann als mit der Eilpost, ja, geradezu mit der Eisenbahn.« Nein, Dunjetschka, ich sehe alles, ich weiß, worüber du mit mir soviel sprechen willst; ich weiß auch, worüber du die ganze Nacht nachgedacht hast, als du in deinem Zimmer auf und ab gingst, und worum du zur Muttergottes von Kasan gebetet hast, die in Mamas Schlafzimmer hängt. Es ist ein schwerer Weg nach Golgatha. Hm! ... Es ist also schon alles endgültig beschlossen: Sie gedenken einen sachlichen, vernünftigen Mann zu heiraten, Awdotja Romanowna, einen Mann, der ein eigenes Kapital hat – *bereits* ein eigenes Kapital hat; das klingt solider, eindrucksvoller! –, der in zwei Ämtern dient, die Überzeugungen unserer jüngsten Generation teilt, wie die liebe Mama schreibt, und anscheinend gut ist, wie Dunjetschka festgestellt hat. Dieses »anscheinend« ist am prächtigsten an der ganzen Sache. Um dieses »anscheinend« willen heiratet ihn Dunjetschka! ... Großartig! Großartig!

Dennoch wäre es interessant zu wissen, warum mir Mama das von der »jüngeren Generation« geschrieben hat. Nur um den Herrn deutlicher zu charakterisieren, oder mit der Absicht, mich für Herrn Luschin einzunehmen? Oh, Schlauheit! Interessant wäre es auch, eine zweite Sache zu klären: bis zu welchem Grad die zwei, Mama und Awdotja, gegeneinander aufrichtig waren an jenem Tag und in jener Nacht und in der ganzen darauffolgenden Zeit. Ist alles, was zwischen ihnen gesprochen wurde, ohne Rückhalt gesagt worden, oder erkannten sie, daß sie beide, die eine so gut wie die andere, nur eines im Herzen und im Sinn hatten, so daß es gar nicht notwendig war, alles laut auszusprechen, und daß jedes Reden sich erübrigte? Wahrscheinlich war es zum guten Teil so; aus dem Brief ersehe ich: Mama hielt ihn für schroff, für *ein wenig schroff*, und die liebe Mama ging zu Dunja und machte ihre Bemerkungen darüber. Die aber wurde natürlich zornig und antwortete gereizt. Das will ich meinen!

Wen bringt man durch so etwas nicht in Wut, wenn eine Sache auch ohne naive Fragen klar ist und man bereits beschlossen hat, daß es darüber nichts mehr zu reden gibt! Und was schreibt sie mir da? »Du sollst Dunja lieben, Rodja; sie liebt Dich mehr als sich selbst.« Ob nicht insgeheim Gewissensbisse sie quälen, weil sie damit einverstanden war, die Tochter dem Sohn zu opfern? »Du bist unsere ganze Zuversicht, Du bist unser alles!« O Mama! . . . Er kochte vor Zorn, und wäre ihm jetzt Herr Luschin untergekommen, er hätte ihn bestimmt umgebracht.

Hm! . . . das ist wahr, dachte er weiter, während ihm die Gedanken wie ein Wirbelsturm durch den Kopf jagten, es ist wahr, daß man »allmählich und behutsam an einen Menschen herangehen muß, um ihn kennenzulernen« – aber Herrn Luschin habe ich durchschaut. Die Hauptsache ist: »Er ist ein sachlicher Mensch und *anscheinend* gut«; es ist doch keine Kleinigkeit, daß er die Sorge für das Gepäck auf sich nimmt und auf eigene Rechnung einen großen Koffer befördern läßt! Da muß er doch gut sein! Die beiden aber, seine *Braut* und ihre Mutter, mieten ein Bauernfuhrwerk und fahren in einem Wagen, der mit einer Bastmatte ausgelegt ist – ich bin doch schon oft so gefahren! Macht nichts! Es sind ja nur neunzig Werst; »und dann werden wir sehr bequem in der dritten Klasse weiterreisen« – tausend Werst! Und das ist vernünftig: man muß sich nach der Decke strecken; aber was denken Sie sich eigentlich dabei, Herr Luschin? Es handelt sich doch um Ihre Braut . . . Und wissen Sie etwa nicht, daß Mutter die Reisekosten als Vorschuß auf ihre Pension nimmt? Natürlich, Sie haben da ein wechselseitiges Geschäft vor, ein Unternehmen auf gegenseitigen Vorteil und mit gleichen Anteilen; folglich müssen auch die Kosten richtig geteilt werden – Brot und Salz gemeinsam, Tabak jedoch extra, wie es im Sprichwort heißt. Und trotzdem hat hier der »sachliche« Mensch die beiden ein wenig übers Ohr gehauen: das Gepäck kostet weit weniger als die Reise, und vielleicht kostet es ihn überhaupt nichts. Sehen denn Mutter und Dunja das nicht, oder wollen sie es absichtlich nicht sehen? Aber sie sind ja zufrieden, zufrieden! Und wenn man bedenkt, daß das nur die Blüten sind und die richtigen Früchte erst noch nachkommen! Denn das ist der springende Punkt: es dreht sich nicht um seinen Geiz, um die Knickerei, sondern um den Ton des Ganzen. Da kündigt sich geradezu prophetisch der Ton an, der in ihrer Ehe herrschen wird ... Und wovon soll Mama denn leben? Mit wieviel Geld wird sie nach Petersburg kommen? Mit drei Silberrubeln oder zwei »Scheinchen«, wie jene Frau sagt . . . die Alte . . .? Wovon will Mama denn später in Petersburg leben? Es ist ihr ja schon an irgendwelchen Dingen aufgegangen, daß sie nach der Heirat nicht mit Dunja wird leben *können*, nicht einmal in der ersten Zeit! Der liebe Mensch hat sich sicherlich verplappert, hat sich zu erkennen gegeben, wiewohl sich Mamachen mit beiden Händen dagegen wehrt: »Ich selber will einen solchen Vorschlag ablehnen.« Aber worauf und auf wen rechnet sie dann: auf die hundertzwanzig Rubel Pension, von der noch abgezogen wird, was sie an Afanasij Iwanowitsch zurückzahlen muß? Sie strickt warme Tücher und stickt Ärmelschützer und verdirbt sich damit ihre alten Augen. Aber diese Tücher tragen ihr im Jahr nur zwanzig Rubel zu ihren hundertzwanzig ein; das weiß ich. Also rechnen die beiden ja doch auf die edlen Gefühle des Herrn Luschin. »Er wird mir von sich aus den Vorschlag machen.« Der Knicker! Doch so geht es immer bei diesen Schillerschen Schönen Seelen: bis zum letzten Augenblick schmücken sie einen Menschen mit Pfauenfedern; bis zum letzten Augenblick glauben sie an das Gute im Menschen und nicht an das Schlechte; und obgleich sie die Kehrseite der Medaille ahnen, wollen sie sich doch vorher um keinen Preis die Wahrheit eingestehen – es graut ihnen bei dem bloßen Gedanken daran; mit beiden Händen wehren sie sich gegen die Wahrheit, bis sie der so schön aufgeputzte Mensch schließlich eigenhändig mit der Nase darauf stößt. Ich wüßte gerne, ob Herr Luschin irgendwelche Orden besitzt; ich möchte darauf schwören, daß er den Annenorden im Knopfloch trägt und daß er ihn anlegt, wenn er bei Unternehmern und Kaufleuten speist. Er wird ihn wohl auch bei seiner Hochzeit tragen ... Übrigens soll ihn der Teufel holen! ...

Nun ja, das wäre es also, soweit es Mama angeht; Mama ist nun einmal so; aber Dunja? Dunjetschka, meine Liebe, ich kenne dich doch! Du warst zwanzig Jahre alt, als wir einander das letztemal sahen, und damals schon habe ich dich durchschaut. Mama schreibt: »Dunjetschka kann viel ertragen.« Das weiß ich. Das wußte ich schon vor zweieinhalb Jahren, und seither, zweieinhalb Jahre lang, habe ich gerade darüber nachgedacht, daß Dunjetschka viel ertragen kann. Wenn sie fähig war, Herrn Swidrigailow mit allem, was daraus entsprang, zu ertragen, kann sie wahrhaftig viel ertragen; und nun sind sie und Mama auf den Gedanken gekommen, daß sie auch Herrn Luschin wird ertragen können, einen Mann, der die Theorie vertritt, jenen Frauen sei der Vorzug zu geben, die aus Bettelarmut kommen und in ihrem Mann den Wohltäter sehen, und der diese Theorie fast schon bei der ersten Zusammenkunft zum besten gibt. Nun, nehmen wir an, er habe sich »versprochen«, obwohl er doch ein gescheiter Mensch ist – so daß er sich vielleicht gar nicht versprochen hat, sondern mit voller Absicht möglichst rasch Klarheit schaffen wollte. O Dunja, Dunja! Du mußt diesen Menschen doch bis auf den Grund seiner Seele durchschauen und sollst nun mit ihm leben! Lieber würde sie nur schwarzes Brot essen und dazu Wasser trinken als ihre Seele verkaufen; ihre sittliche Freiheit würde sie für allen Komfort nicht hergeben; für ganz Schleswig-Holstein nicht, geschweige denn für Herrn Luschin! Nein, Dunja war nicht so, soviel weiß ich, und ... inzwischen ist sie bestimmt nicht anders geworden! ... Was soll man da sagen! Menschen wie Swidrigailow sind eine Qual; quälend ist es, sich das ganze Leben lang für zweihundert Rubel als Erzieherin in verschiedenen Gouvernements herumzuschlagen, aber ich bin sicher, daß meine Schwester eher unter die Neger zu einem Plantagenbesitzer ginge oder unter die Letten zu einem Baltendeutschen, als daß sie ihr Gemüt und ihr sittliches Gefühl durch die Verbindung mit einem Menschen beschmutzte, den sie nicht achtet und mit dem sie nichts gemein hat – und das für immer, nur des persönlichen Vorteils halber! Und selbst wenn Herr Luschin aus purem Gold wäre, aus einem einzigen Brillanten, auch dann würde sie nicht einwilligen, die gesetzmäßige Konkubine des Herrn Luschin zu werden! Warum erklärt sie sich also jetzt einverstanden? Was steckt dahinter? Wo liegt des Rätsels Lösung? Die Sache ist klar: für sich selber, für ihr eigenes Behagen, ja, selbst um sich vom Tode zu erretten, würde sie sich nicht verkaufen, aber für einen anderen verkauft sie sich! Für einen lieben, vergötterten Menschen kann sie sich verkaufen! Das ist des Pudels Kern: für den Bruder, für die Mutter verkauft sie sich! Alles verkauft sie! Dafür kann sie, wenn nötig, auch ihr sittliches Gefühl unterdrükken, dafür ist sie bereit, ihre Freiheit, ihre Ruhe, sogar ihr Gewissen, alles, alles, auf den Trödelmarkt zu tragen. Ade, Leben, wenn nur diese geliebten Wesen glücklich werden! Nicht genug damit, legt sie sich auch eine eigene Kasuistik zurecht; sie geht bei den Jesuiten in die Schule und wird sich wohl mit der Zeit selbst beruhigen und sich einreden, es müsse so sein; es sei wirklich notwendig, denn es geschehe ja für einen guten Zweck. So ist sie eben, alles ist sonnenklar. Es ist klar, daß niemand anders dahintersteckt als Rodion Romanowitsch Raskolnikow; um ihn dreht sich alles. Natürlich, sie kann sein Glück machen, ihn sein Studium an der Universität fortsetzen lassen, ihn zum Partner in der Kanzlei machen, sein ganzes Leben auf eine sichere Grundlage stellen; vielleicht wird er eines Tages sogar noch reich, angesehen und geehrt und ist am Ende seines Lebens gar ein berühmter Mann! Und die Mutter? Oh, es handelt sich doch um Rodja, den kostbaren Rodja, den Erstgebornen! Für einen solchen Erstgebornen muß sie auch eine solche Tochter opfern! Ach, ihr lieben, ungerechten Herzen! Für ein solches Ziel nehmen wir sogar das Los Sonjetschkas in Kauf! Sonjetschka, Sonjetschka Marmeladowa, die ewige Sonjetschka, seit die Welt steht! Habt ihr beide euer Opfer, *dieses* Opfer völlig ermessen? Ist es so? Reichen eure Kräfte dazu aus? Und bringt es Nutzen? Ist es vernünftig? Weißt du, Dunjetschka, daß Sonjetschkas Schicksal in keiner Weise schrecklicher ist als das deine an der Seite des Herrn Luschin? »Natürlich ist weder er noch sie besonders verliebt«, schreibt Mama. Wie aber, wenn, abgesehen von Liebe, auch von Achtung keine Rede sein kann, sondern im Gegenteil jetzt schon Abscheu herrscht, Verachtung, Ekel – was dann? Dann kommen wir zu dem Ergebnis, daß wir auch hier »auf Sauberkeit halten« müssen. Ist's nicht so? Versteht ihr, versteht ihr denn, was diese Sauberkeit bedeutet? Versteht ihr denn nicht, daß die Sauberkeit an der Seite Luschins haargenau das gleiche ist wie die Sauberkeit Sonjetschkas? Ja, daß sie vielleicht noch schlimmer, widerlicher, gemeiner ist, weil bei dir, Dunjetschka, immerhin die Hoffnung auf ein wenig Wohlstand gegeben ist, während es dort schlicht und einfach um den Hungertod geht? Teuer ist diese Sauberkeit, teuer, Dunjetschka! Und wenn sie deine Kräfte zum Schluß übersteigt? Wenn du bereust? Wieviel Leid, Trauer, Flüche, Tränen wird es geben, vor allen verborgen gehalten, weil du doch keine Marfa Petrowna bist! Und was wird dann aus Mutter? Sie ist doch jetzt schon unruhig und quält sich; aber dann, wenn sie das alles in voller Klarheit erkennt? ... Und was wird mit mir? ... Was habt ihr denn eigentlich von mir gedacht? Ich will dein Opfer nicht, Dunjetschka, ich will es nicht, Mama! Das darf nicht geschehen, solange ich lebe; das wird nicht geschehen, das wird nicht geschehen! Ich nehme dein Opfer nicht an!

Plötzlich kam er zu sich und blieb stehen.

Das wird nicht geschehen? Und was kannst du tun, damit es nicht geschieht? Willst du es verbieten? Mit welchem Recht? Was kannst du ihnen deinerseits versprechen, um dir dieses Recht anzumaßen? Daß du ihnen dein ganzes Leben, deine Zukunft weihen wirst, *wenn du die Universität absolviert und eine Stellung erhalten hast?* Das haben wir schon gehört, das sind *Phantastereien,* aber was ist jetzt? Du mußt schon jetzt etwas unternehmen, verstehst du? Und was tust du? Du plünderst sie aus. Denn sie haben die hundert Rubel Pension und das Geld von den Herrschaften Swidrigailow verpfändet. Womit willst du sie vor den Swidrigailows, vor den Afanasij Iwanowitsch Wachruschins schützen, du zukünftiger Millionär, du Zeus, der über ihr Schicksal verfügt? Nach etwa zehn Jahren wird Mutter vom Kopftuchhäkeln und vielleicht auch vom Weinen erblindet und vom Hungern abgezehrt sein – und deine Schwester? Nun, denk einmal darüber nach, was nach zehn Jahren oder schon vorher mit deiner Schwester sein wird! Weißt du es?

So quälte und verhöhnte er sich mit solchen Fragen, und er tat es sogar mit einem gewissen Genuß. Übrigens waren all diese Fragen nicht neu, er war nicht überrascht von ihnen; sie waren alt und quälten ihn seit langem. Schon längst peinigten sie ihn und zerrissen ihm das Herz; schon längst war in ihm all dieser Gram gekeimt, er war gewachsen, größer und größer geworden und in letzter Zeit gereift, hatte sich verdichtet und die Form einer grauenvollen, wilden, phantastischen Frage angenommen, die ihm Herz und Verstand zerfleischte und unabweislich Antwort heischte. Da hatte ihn der Brief der Mutter plötzlich wie ein Donnerschlag getroffen. Er erkannte, daß es nicht darum ging, sich zu grämen, nur passiv zu leiden, indem er darüber nachgrübelte, daß diese Fragen unlösbar seien, sondern daß er unbedingt etwas tun mußte, sofort, so rasch wie möglich. Was immer es auch kosten mochte, er mußte sich wenigstens zu irgend etwas entschließen oder ...

»Oder auf das Leben ganz verzichten!« schrie er plötzlich wie ein Besessener. »Gehorsam mein Schicksal auf mich nehmen, so wie es ist, ein für allemal, und alles in mir erstikken, auf jegliches Recht, zu handeln, zu leben und zu lieben, verzichten!«

»Verstehen Sie, lieber Herr, verstehen Sie, was das bedeutet, wenn man sich nirgends mehr hinwenden kann?« Diese Frage, die Marmeladow gestern gestellt hatte, fiel ihm plötzlich ein. »Jeder Mensch muß sich doch wenigstens irgendwohin wenden können ...«

Plötzlich erschauerte er – ein Gedanke, den er ebenfalls gestern schon gedacht hatte, war ihm wieder in den Sinn gekommen. Aber er erschauerte nicht deshalb, weil ihm dieser Gedanke gekommen war. Er hatte ja gewußt, er hatte ja *im voraus gefühlt,* daß dieser Gedanke ihm unbedingt kommen werde, und hatte schon darauf gewartet; und dieser Gedanke war keineswegs von gestern. Doch der Unterschied lag darin, daß das alles vor einem Monat, ja sogar gestern noch ein Traum gewesen war, jetzt jedoch ... jetzt jedoch war es plötzlich kein Traum mehr, sondern stand in einer neuen, bedrohlichen, völlig unbekannten Form vor ihm, und dessen wurde er sich bewußt. Sein Kopf dröhnte ihm; ihm wurde dunkel vor Augen.

Hastig blickte er sich um; er suchte etwas. Er wollte sich setzen und suchte eine Bank – er befand sich gerade auf dem K.-Boulevard. Vor sich sah er eine Bank, an die hundert Schritt entfernt. Er ging, so schnell er konnte, doch unterwegs hatte er ein kleines Erlebnis, das für einige Minuten seine ganze Aufmerksamkeit in Anspruch nahm.

Während er die Bank suchte, bemerkte er etwa zwanzig Schritt vor sich eine Frau, doch schenkte er ihr anfangs ebensowenig Beachtung wie allen anderen Gegenständen, die bisher an seinem Blick vorbeigeglitten waren. Es war ihm schon oft zugestoßen, daß er zum Beispiel nach Hause ging und sich des Weges überhaupt nicht bewußt wurde, und er war schon daran gewöhnt, so zu gehen. Doch diese Frau vor ihm hatte etwas so Seltsames und schon auf den ersten Blick Auffallendes an sich, daß seine Aufmerksamkeit mehr und mehr von ihr gefesselt wurde – anfangs unwillkürlich und gleichsam verärgert, dann aber immer stärker. Plötzlich hatte er den Wunsch dahinterzukommen, was denn eigentlich an dieser Frau so sonderbar sei. Erstens ging sie, die offenbar noch ein sehr junges Mädchen war, in dieser Sonnenglut barhaupt und ohne Schirm und ohne Handschuhe und schlenkerte irgendwie komisch mit den Armen. Sie trug ein Kleid aus leichter Seide; aber auch das hatte sie auf eine merkwürdige Art angezogen: es war kaum zugeknöpft und hinten an der Taille, dort wo der Rock angesetzt war, zerrissen; ein ganzer Fetzen hing herunter. Ein kleines Tuch lag ihr um den bloßen Hals, saß aber schief und war zur Seite gerutscht. Zu alledem ging das Mädchen sehr unsicher; es strauchelte und taumelte nach allen Seiten. Dieser Anblick erweckte schließlich die ganze Aufmerksamkeit Raskolnikows. Dicht bei der Bank holte er das Mädchen ein, sie aber ließ sich, sobald sie zu der Bank gekommen war, auf das eine Ende fallen, warf den Kopf auf die Lehne und schloß die Augen, offenbar aufs äußerste erschöpft. Als er sie genauer betrachtete, erriet er sogleich, daß sie völlig betrunken war. Seltsam und grausam war dieser Anblick. Er dachte sogar schon, ob er sich nicht irre. Er sah ein blutjunges Gesichtchen vor sich; das Mädchen mochte sechzehn, vielleicht sogar erst fünfzehn Jahre zählen – es war ein kleines, blondes Gesichtchen, aber ganz erhitzt und gleichsam aufgedunsen. Das Mädchen schien kaum noch bei Bewußtsein; das eine Bein hatte sie über das andere geschlagen, wobei sie weit mehr davon zeigte, als schicklich war, und schien sich dem Anschein nach kaum darüber im klaren zu sein, daß sie sich auf der Straße befand.

Raskolnikow setzte sich nicht, wollte aber auch nicht weggehen, sondern stand verblüfft vor ihr. Dieser Boulevard ist auch sonst nur wenig belebt, jetzt aber, in der zweiten Nachmittagsstunde und bei dieser Hitze, war fast niemand hier. Allerdings stand abseits, etwa fünfzehn Schritt entfernt, am Rande der Straße ein Herr, der, wie es schien, ebenfalls große Lust hatte, aus irgendwelchen Gründen zu dem Mädchen hinzugehen. Offenbar hatte auch er sie von weitem gesehen und war ihr nachgegangen, doch Raskolnikow hatte ihn gestört. Der Fremde warf ihm böse Blicke zu, gab sich aber im übrigen Mühe, daß der andere diese Blicke nicht bemerke, und wartete ungeduldig darauf, daß der ärgerliche, zerlumpte Störenfried wegginge und die Reihe an ihn selber käme.

Die Sache war klar. Dieser Herr war ungefähr dreißig Jahre alt, kräftig und wohlgenährt, hatte ein Gesicht wie Milch und Blut, rosafarbene Lippen und ein Schnurrbärtchen und war sehr stutzerhaft gekleidet. Raskolnikow wurde wütend; plötzlich packte ihn die Lust, diesen fetten Gecken irgendwie zu beleidigen. Für einen Augenblick ließ er das Mädchen allein und ging zu dem Herrn hin.

»He, Sie Swidrigailow! Was wollen Sie hier?« rief er, während er die Fäuste ballte und mit vor Wut geifernden Lippen lachte.

»Was soll das?« fragte der Herr streng und runzelte in hochmütiger Verwunderung die Stirn.

»Scheren Sie sich weg – das soll es!«

»Wie kannst du dich unterstehen, Kanaille! . . .«

Er holte mit seinem Stöckchen aus. Mit geballten Fäusten stürzte Raskolnikow auf ihn zu, ohne auch nur daran zu denken, daß dieser kraftstrotzende Mann sogar mit zwei Leuten wie ihm fertigwerden konnte. Doch im gleichen Augenblick packte ihn jemand fest von hinten – zwischen die beiden trat ein Schutzmann.

»Lassen Sie das, meine Herren, prügeln Sie sich doch nicht auf offener Straße. – Was wollen Sie? Wer sind Sie?« wandte er sich dann streng an Raskolnikow und musterte dessen Lumpen.

Raskolnikow betrachtete ihn aufmerksam. Der Mann hatte ein wackeres Soldatengesicht mit grauem Schnurr- und Backenbart und sah vernünftig aus.

»Sie brauche ich gerade«, rief er, während er den Schutzmann am Arm faßte. »Ich bin ehemaliger Student, Raskolnikow mit Namen ... das können auch Sie hören«, wandte er sich an den fremden Herrn; »aber Sie, kommen Sie; ich will Ihnen etwas zeigen ...«

Und er nahm den Schutzmann beim Arm und zog ihn zu der Bank.

»Da, sehen Sie, sie ist ganz betrunken; eben ging sie über den Boulevard – wer weiß, aus welchen Kreisen sie stammt; es sieht aber nicht so aus, als wäre sie eine Gewerbsmäßige. Höchstwahrscheinlich hat man sie irgendwo betrunken gemacht und verführt ... zum erstenmal ... verstehen Sie? ... und sie dann so auf die Straße geschickt. Schauen Sie nur, wie zerrissen ihr Kleid ist; sehen Sie bloß, wie sie angezogen ist: irgend jemand hat sie angekleidet, nicht sie selber; und das waren ungeschickte Hände, Männerhände. Das sieht man. Und jetzt schauen Sie dorthin: dieser Stutzer, mit dem ich mich gerade schlagen wollte, ist mir unbekannt; ich bin ihm eben zum erstenmal begegnet; aber auch er hat sie jetzt auf der Straße bemerkt, wie sie betrunken, besinnungslos ihres Weges ging, und jetzt möchte er furchtbar gerne zu ihr, sie packen – da sie ja in einem solchen Zustand ist – und sie irgendwohin führen ... Ganz gewiß ist es so; Sie müssen mir glauben, ich irre mich bestimmt nicht. Ich habe selbst gesehen, wie er sie beobachtete und ihr folgte; nur habe ich ihn gestört, und nun wartet er die ganze Zeit darauf, daß ich weggehe. Jetzt ist er ein paar Schritt zur Seite gegangen, sehen Sie, da steht er und tut so, als wollte er sich eine Zigarette drehen ... Was sollen wir machen, damit wir sie ihm nicht überlassen? Was sollen wir machen, um sie nach Hause zu schaffen? Denken Sie doch darüber nach!«

Der Schutzmann hatte im Nu alles verstanden und begriffen. Die Absichten des dicken Herrn waren natürlich leicht zu durchschauen; blieb also nur noch das Mädchen. Der alte Soldat neigte sich über sie, um sie von nahem zu betrachten, und aufrichtiges Mitleid spiegelte sich in seinen Zügen.

»Ach, wie jammerschade!« sagte er und wiegte den Kopf. »Noch ein richtiges Kind. Sie ist verführt worden; das ist klar. Hören Sie, Fräulein«, rief er das Mädchen jetzt an, »wo wohnen Sie?«

Das Mädchen öffnete die müden, trüben Augen, blickte den Fragenden stumpf an und wehrte mit einer Handbewegung ab.

»Hören Sie«, sagte Raskolnikow, »hier ...« Er wühlte in seiner Tasche und zog zwanzig Kopeken hervor, die sich darin noch fanden. »Hier, nehmen Sie eine Droschke und sagen Sie dem Kutscher, er solle sie nach Hause bringen. Wenn wir nur ihre Adresse erfahren könnten!«

»Gnädiges Fräulein, Fräulein!« rief sie der Schutzmann abermals an, nachdem er das Geld genommen hatte, »ich werde Ihnen jetzt eine Droschke holen und Sie selbst nach Hause bringen. Wohin sollen wir fahren? Wie? Wo belieben Sie zu wohnen?«

»Fort! ... Wie lästig! ...« murmelte das Mädchen und wehrte mit der Hand ab.

»Ach, ach, wie arg! Ach, es ist eine Schande, Fräulein, eine Schande!« Abermals wiegte er den Kopf in Scham, Mitleid und Entrüstung. »Das ist eine Aufgabe!« wandte er sich wieder an Raskolnikow und musterte ihn zum zweitenmal mit einem flüchtigen Blick von Kopf bis Fuß. Offenbar kam ihm auch Raskolnikow verdächtig vor – so zerlumpt, wie er war, und gab Geld her!

»Haben Sie sie weit von hier gefunden?« fragte er.

»Ich sage Ihnen ja: sie ging vor mir her, hier auf dem Boulevard, und taumelte. Sobald sie zu der Bank kam, ließ sie sich darauf niederfallen.«

»Ach, wie schändlich es heute auf der Welt zugeht, du lieber Gott! Ein solches Kind und schon betrunken! Man hat sie verführt; das ist sonnenklar! Und da ist auch das Kleid zerrissen ... Ach, wieviel Laster es heutzutage gibt! ... Und wahrscheinlich ist sie aus einer guten, aber verarmten Familie ... davon gibt es heute mehr als genug. Ihrem Aussehen nach ist sie gut erzogen, wie ein gnädiges Fräulein.« Und wieder beugte er sich über sie.

Vielleicht hatte er eben solche heranwachsenden Töchter – »wie gnädige Fräulein und gut erzogen«, mit feinem Benehmen, die sich immer nach der Mode kleideten ...

»Die Hauptsache«, meinte Raskolnikow, »ist, daß wir sie diesem Schurken nicht überlassen! Soll denn auch er sie noch schänden? Es ist doch ganz eindeutig, was er möchte – der Kerl geht überhaupt nicht weg!«

Raskolnikow sprach laut und deutete unverblümt mit dem Finger auf den Fremden. Dieser hörte es und wollte schon wieder aufbrausen, doch besann er sich und begnügte sich mit einem geringschätzigen Blick. Dann ging er langsam ungefähr zehn Schritte weiter und blieb wieder stehen.

»Das läßt sich schon machen, daß er sie nicht kriegt«, antwortete der Unteroffizier nachdenklich. »Wenn uns die Dame nur sagen wollte, wohin wir sie bringen sollen, denn so ... Fräulein, he, gnädiges Fräulein!« rief er von neuem und beugte sich über sie.

Plötzlich schlug sie die Augen ganz auf, und ihr Blick war verständig, als hätte sie jetzt etwas begriffen; sie erhob sich von der Bank und ging wieder in jene Richtung, aus der sie gekommen war. »Pfui, ihr schamlosen Kerle; was belästigt ihr mich!« stieß sie hervor und wehrte abermals mit den Händen ab. Sie ging rasch, taumelte aber noch immer sehr. Der Geck folgte ihr, jedoch auf der anderen Straßenseite, und wandte keinen Blick von ihr.

»Machen Sie sich keine Sorgen; ich überlasse sie ihm nicht«, sagte der schnurrbärtige Schutzmann entschlossen und ging den beiden nach.

»Ach, was für Laster es heute gibt!« wiederholte er laut und seufzte.

In diesem Augenblick fühlte Raskolnikow eine Art Stich, ihm drehte sich das Innerste um.

»He, hören Sie!« schrie er dem Schutzmann nach.

Der blickte zurück.

»Lassen Sie sie doch! Was wollen Sie? Lassen Sie sie! Mag er seinen Spaß haben!« Er zeigte auf den Gecken. »Was geht das Sie an?«

Der Schutzmann verstand nicht und blickte ihn mit weitaufgerissenen Augen an. Raskolnikow begann zu lachen.

»Ach!« stieß der alte Soldat hervor, machte eine wegwerfende Handbewegung und ging weiter hinter dem Stutzer und dem Mädchen her; offenbar hielt er Raskolnikow für einen Verrückten oder für etwas noch Schlimmeres.

Da nimmt er meine zwanzig Kopeken mit, sagte sich Raskolnikow zornig, nachdem er allein geblieben war. Na, mag er auch von dem anderen noch Geld nehmen und ihm dann das Mädchen überlassen, und damit fertig ... Wozu habe ich mich hier bloß eingemischt und helfen wollen! Kann ich denn jemandem helfen? Habe ich überhaupt das Recht zu helfen? Sollen sie einander nur bei lebendigem Leibe auffressen – was geht das mich an! Und wie konnte ich nur wagen, diese zwanzig Kopeken herzugeben? Gehören sie denn mir?

Bei diesen sonderbaren Überlegungen überkam ihn ein Gefühl tiefer Bedrückung. Er setzte sich auf die leere Bank. Seine Gedanken schweiften ab ... überhaupt fiel es ihm in diesem Augenblick schwer, an irgend etwas Bestimmtes zu denken. Er hätte am liebsten sich selber und alles vergessen, um dann zu erwachen und ganz von neuem zu beginnen ...

Das arme Mädchen! sagte er sich im stillen und starrte das leere Bankende an. Sie wird zur Besinnung kommen und weinen, und dann erfährt es ihre Mutter ... Und die wird sie zuerst schlagen, wird sie gründlich verprügeln, schmerzhaft und beschämend, und vielleicht auch aus dem Haus jagen ... und wenn sie sie nicht aus dem Hause jagt, erschnuppern doch

Weiber wie Darja Franzowna die Sache, und bald wird mein Mädchen von Hand zu Hand gehen ... und dann kommt das Krankenhaus – das passiert stets gerade jenen, die bei sehr ehrenhaften Müttern wohnen und insgeheim Unfug treiben. Nun, und dann ... dann wieder das Krankenhaus ... Schnaps ... Spelunken ... und noch einmal das Krankenhaus ... und nach zwei, drei Jahren ist sie ein Krüppel, und das ist dann das Ergebnis ihres neunzehnjährigen oder achtzehnjährigen Lebens ... Habe ich denn solche Mädchen noch nicht gesehen? Und wie sind sie so geworden? Da, das ist der Weg, der dorthin führt ... Pfui! Aber mag es so sein! Das ist der Lauf der Welt, sagt man. Ein soundso großer Prozentsatz, sagt man, muß im Jahr ... irgendwohin ... abgehen, wohl zum Teufel, damit die übrigen frisch bleiben und man sie nicht stört. Ein Prozentsatz! Wahrhaftig! Wahrhaftig, die Kerle haben prächtige Wörter – die sind so beruhigend, so wissenschaftlich ... Wenn man einmal sagt »Prozentsatz«, braucht man sich wohl nicht mehr zu beunruhigen. Hieße das Wort anders, nun ja, dann ... wäre es vielleicht beunruhigender ... Wie aber, wenn auch Dunjetschka auf einmal unter diesen Prozentsatz fällt? ... Und falls nicht unter diesen, dann vielleicht unter einen andern?

Aber wohin gehe ich denn? dachte er plötzlich. Sonderbar. Ich bin doch aus irgendeinem Grund hier hergegangen. Sobald ich den Brief gelesen hatte, machte ich mich auf den Weg ... Zur Wasilij-Insel, zu Rasumichin wollte ich gehen ... das war es, jetzt erinnere ich mich! Aber wozu eigentlich? Und wieso ist mir der Gedanke, zu Rasumichin zu gehen, gerade jetzt in den Sinn gekommen? Das ist merkwürdig.

Er staunte über sich selbst. Rasumichin war einer seiner früheren Universitätskollegen. Bemerkenswerterweise hatte Raskolnikow an der Universität fast keine Bekannten gehabt, mit denen er näheren Umgang gepflogen hätte; er hatte sich von allen ferngehalten, war zu niemandem gegangen und hatte auch sehr ungern Besuch empfangen. Übrigens hatten sich bald alle von ihm abgewandt. Weder an Zusammenkünften noch an Gesprächen noch an Unterhaltungen noch an sonst etwas hatte er teilgenommen. Eifrig hatte er gearbeitet, ohne sich zu schonen, und dafür hatte man ihn geachtet, aber geliebt hatte ihn keiner. Er war sehr arm und von einem seltsamen, anmaßenden Stolz und ungesellig; es schien, als hätte er irgendein Geheimnis zu bewahren. Manche seiner Kameraden hatten den Eindruck, als blickte er auf die anderen herab wie auf Kinder, als wäre er ihnen allen an Entwicklung, an Kenntnissen und Überzeugungen voraus und als hielte er ihre Überzeugungen und Interessen für kindisch.

Rasumichin war er etwas nähergekommen, das heißt, er hatte sich nicht geradezu mit ihm angefreundet, aber er hatte sich ihm gegenüber gesprächiger und offener gegeben. Übrigens wäre es unmöglich gewesen, zu Rasumichin ein anderes Verhältnis zu haben. Er war ein ungemein freundlicher, geselliger Bursche, gut bis zur Einfalt. Doch verbargen sich hinter seiner Schlichtheit Tiefe und Würde. Die besten seiner Kameraden erkannten das; alle liebten ihn. Er war sehr klug, obgleich er manchmal wirklich ein wenig simpel sein konnte. Er hatte ein eindrucksvolles Äußeres – er war groß, mager, immer schlecht rasiert und schwarzhaarig. Manchmal brach er Streit vom Zaun, und er stand in dem Ruf, bärenstark zu sein. Einmal streckte er nachts, in fröhlicher Kumpanei, mit einem einzigen Schlag einen Aufseher nieder, der zwölf Werschok groß war. Trinken konnte er ohne Aufhören, doch konnte er auch völlig aufs Trinken verzichten; manchmal trieb er Unfug, der geradezu ans Unerlaubte grenzte, doch konnte er auch ganz ohne Unfug leben. Rasumichin war noch dadurch bemerkenswert, daß ihn kein Mißerfolg je in Verwirrung brachte und daß ihn auch die schlimmsten Verhältnisse, wie es schien, nicht niederzubeugen vermochten. Er wäre imstande gewesen, auch auf einem Dachboden zu hausen und höllischen Hunger und ungewöhnliche Kälte zu ertragen. Er war sehr arm und ganz auf sich gestellt; seinen Unterhalt verdiente er sich mit den verschiedensten Arbeiten. Er kannte eine Unzahl von Erwerbsquellen, aus denen er schöpfen konnte, natürlich nur durch Arbeit. Einmal heizte er einen ganzen Winter lang sein Zimmer überhaupt nicht und erklärte, das sei sogar angenehmer, weil man bei Kälte besser schlafe. Jetzt war er gezwungen gewesen, sein Studium zu unterbrechen, aber nicht für lange Zeit, und er bemühte sich mit allen Kräften, seine Verhältnisse zu verbessern, damit er sein Studium fortsetzen könne. Raskolnikow war schon etwa vier Monate nicht bei ihm gewesen, und Rasumichin wußte nicht einmal, wo er wohnte. Einmal, vor ungefähr zwei Monaten, waren sie auf der Straße einander begegnet, doch Raskolnikow hatte sich abgewandt und war sogar auf die andere Straßenseite gegangen, damit jener ihn nicht bemerkte. Und Rasumichin hatte ihn zwar bemerkt, war aber vorübergegangen, da er den *Freund* nicht beunruhigen wollte.

5

Wirklich, ich wollte erst vor kurzem noch Rasumichin um Arbeit bitten, daß er mir entweder Privatstunden oder sonst etwas verschaffe, spann Raskolnikow seine Gedanken weiter; aber womit kann er mir denn jetzt helfen? Angenommen, er verschafft mir Stunden, angenommen sogar, er teilt seine letzte Kopeke mit mir, wenn er überhaupt eine Kopeke hat, so daß ich mir Schuhe kaufen und meinen Anzug in Ordnung bringen und dann tatsächlich auch Stunden geben kann ... hm . . . und was weiter? Was fange ich mit Fünfkopekenstücken an? Brauche ich das denn jetzt? Es ist wahrhaftig lächerlich, daß ich zu Rasumichin gehe ...

Die Frage, warum er jetzt zu Rasumichin ging, machte ihm mehr zu schaffen, als er sich selber eingestand; voll Besorgnis suchte er in diesem doch ganz gewöhnlichen Vorhaben irgendeine schlimme Vorbedeutung.

Wie? Will ich denn wirklich alles nur durch Rasumichin in Ordnung bringen, habe ich in Rasumichin den Ausweg aus allen Schwierigkeiten gefunden? fragte er sich betroffen.

Nachdenklich rieb er sich die Stirn, und sonderbar: ganz unvermutet, plötzlich und fast von selbst, kam ihm nach sehr langem Grübeln ein erstaunlicher Gedanke.

Hm ... zu Rasumichin, sprach er plötzlich völlig ruhig, als handelte es sich um einen endgültigen Entschluß, ich werde zu Rasumichin gehen, natürlich ... aber ... nicht jetzt. Zu ihm gehe ich am Tage *danach*, wenn *das* schon vollbracht ist und alles neu beginnt.

Und mit einemmal kam er zur Besinnung.

Danach? rief er und sprang von der Bank. Ja, wird denn *das* geschehen? Wird es wirklich und wahrhaftig geschehen?

Er ging von der Bank fort, stürzte geradezu im Laufschritt davon; er wollte zurück, in sein Zimmer, aber nach Hause zu gehen erregte ihm plötzlich Ekel – ebendort, in diesem entsetzlichen Schrank, war ja schon vor mehr als einem Monat all *das* herangereift; und so ging er, wohin ihn die Beine trugen.

Sein nervöses Zittern wurde seltsam fiebrig; er schauerte zusammen, trotz der Hitze fror er. Mit großer Überwindung begann er, beinahe unbewußt, als triebe ihn eine innere Notwendigkeit dazu, alle Gegenstände, die ihm unterkamen, genau zu betrachten; er suchte gewaltsam nach Ablenkung, doch das gelang ihm schlecht, und er versank jeden Augenblick wieder in Grübeln. Wenn er, abermals aufschreckend, den Kopf hob und um sich blickte, vergaß er sogleich, woran er eben gedacht hatte, vergaß sogar, wo er ging. So überquerte er die ganze Wasilij-Insel, kam zur Kleinen Newa, ging über die Brücke und wandte sich den Inseln in der Newamündung zu. Das Grün und die frische Luft taten anfangs seinen müden Augen wohl, die an den Staub der Stadt, an Kalk und an die riesengroßen, beengenden, bedrückenden Häuser gewöhnt waren. Hier gab es keine Schwüle, keinen Gestank, keine Kneipen. Doch bald nahmen auch diese neuen, zunächst angenehmen Empfindungen einen krankhaften und aufreizenden Charakter an. Manchmal machte er vor einem schmukken Sommerhäuschen halt, das im Grünen fast versteckt dalag, schaute durch den Zaun und sah dahinter geputzte Frauen, die sich auf Balkons und Terrassen aufhielten, während im Garten Kinder spielten. Besonders fesselten ihn die Blumen; sie betrachtete er am längsten. Es kamen ihm auch luxuriöse Wagen entgegen, Reiter und Reiterinnen; er sah ihnen neugierig nach und vergaß sie, noch ehe sie seinem Blick entschwunden waren. Einmal blieb er stehen und zählte sein Geld nach; es waren ungefähr dreißig Kopeken.

Zwanzig dem Schutzmann, drei Nastasja für den Brief – folglich habe ich den Marmeladows gestern siebenundvierzig oder fünfzig gegeben, dachte er bei dieser sinnlosen Rechnung, doch gleich darauf hatte er vergessen, weshalb er das Geld aus der Tasche genommen hatte. Es fiel ihm wieder ein, als er an einer Gaststätte, einer Art Garküche, vorbeikam und Hunger verspürte. Er trat ein, trank einen Schnaps und kaufte sich eine Pirogge mit irgendwelcher Füllung. Er aß sie erst auf der Straße auf. Er hatte sehr lange keinen Schnaps mehr getrunken, und so tat das eine Gläschen augenblicklich seine Wirkung. Seine Beine wurden schwer, und er wurde unerträglich müde. Er schlug den Heimweg ein, doch schon auf der Peter-Insel blieb er völlig ermattet stehen, dann ging er seitwärts in ein Gebüsch, fiel ins Gras und schlief im selben Augenblick ein.

Ist ein Mensch krank, zeichnen sich seine Träume oft durch ungewöhnliche Plastik und Deutlichkeit und durch eine außerordentliche Ähnlichkeit mit der Wirklichkeit aus. Bisweilen ist der Traum im ganzen ungeheuerlich und phantastisch, aber Milieu und Ablauf des Geschehens sind dabei in solchem Maße wahrscheinlich und zeigen so feine, unerwartete, aber künstlerisch der vollen Geschlossenheit des Bildes so sehr entsprechende Einzelheiten, daß im wachen Zustand der Träumende selber sie nicht ersinnen könnte, wäre er auch ein Künstler wie Puschkin oder Turgenjew. Solche Träume, krankhafte Träume, haften immer lange in der Erinnerung und machen auf den gestörten und erregten Organismus des Menschen tiefen Eindruck.

Raskolnikow hatte einen furchtbaren Traum. Er träumte, er sei wieder ein Kind und lebe noch in seiner Heimatstadt. Er war sieben Jahre alt und ging an einem Feiertag, gegen Abend, mit seinem Vater vor der Stadt spazieren. Das Wetter war trüb, der Tag drückend schwül, die Gegend haargenauso, wie sie in seinem Gedächtnis fortlebte; ja, in der Erinnerung hatte sich das Bild sogar weit mehr verwischt, als sich die Landschaft ihm jetzt im Traum darstellte. Das Städtchen lag offen da, wie auf der flachen Hand; ringsum war nicht einmal ein Weidenbaum zu sehen; irgendwo in sehr weiter Ferne erblickte man ganz am Horizont ein schwarzes Wäldchen. Einige Schritte hinter dem letzten Gemüsegarten der Stadt stand ein Wirtshaus, ein großes Wirtshaus, das auf ihn immer einen höchst unangenehmen Eindruck gemacht und ihm sogar Furcht eingejagt hatte, wenn er auf seinen Spaziergängen mit dem Vater daran vorbeigekommen war. Dort war stets alles voll von Menschen, dort wurde so gebrüllt, gelacht, geflucht; dort sang man so häßlich und heiser, und die Männer prügelten sich oft; in der Nähe der Schenke trieben sich immer so betrunkene, furchtbare Gestalten herum ... Wenn er ihnen begegnete, preßte er sich immer fest an den Vater und zitterte am ganzen Leib. – Die Straße führte an dem Gasthaus vorbei; es war mehr eine Art Feldweg, immer staubig, und der Staub war tiefschwarz. Dieser sich dahinschlängelnde Weg machte nach etwa dreihundert Schritt rechts einen Bogen um den städtischen Friedhof. Mitten auf dem Friedhof stand eine Kirche aus Stein mit einer grünen Kuppel, und zweimal im Jahr ging er mit Vater und Mutter in diese Kirche zum Gottesdienst, wenn die Seelenmesse für seine Großmutter gelesen wurde, die schon lange gestorben war und die er niemals gesehen hatte. Bei dieser Gelegenheit brachten sie immer die Kutja* auf einer weißen Schüssel in einer Serviette mit; es war eine süße Kutja aus Reis mit Rosinen, die in Kreuzform in den Reis gedrückt waren. Er liebte diese Kirche mit ihren altertümlichen Heiligenbildern, die zum größten Teil keine Rahmen hatten, und den alten Priester mit seiner zittrigen Stimme. Neben dem Grab der Großmutter, auf dem ein Grabstein war, lag auch das kleine Grab seines jüngeren Bruders, der mit sechs Monaten gestorben war und den er ebenfalls nicht gekannt hatte und an den er sich nicht erinnern konnte; aber man hatte ihm erzählt, daß er einen kleinen Bruder gehabt habe, und sooft er den Friedhof besuchte, bekreuzigte er sich gläubig und ehrfürchtig vor dem Grab, verneigte sich und küßte es.

Und jetzt träumte er, daß er mit seinem Vater auf dem Wege zum Friedhof war und an der Schenke vorbeikam; er

* Eine Speise, die bei der Totenmesse geweiht und dann von den Hinterbliebenen gegessen wird (Anmerkung des Übersetzers).

hielt die Hand seines Vaters ganz fest und sah voll Furcht zu der Schenke hin. Ein besonderer Umstand zog seine Aufmerksamkeit auf sich: diesmal schien hier eine Art Volksfest gefeiert zu werden. Er sah eine Reihe geputzte Kleinbürgerinnen, Bauernweiber, ihre Männer und fremdes Gesindel. Alle waren betrunken; alle grölten Lieder, und vor den Türstufen des Gasthauses hielt ein Wagen – ein besonderer Wagen. Es war eines jener großen Fuhrwerke, vor die man schwere Zugpferde spannt und mit denen man Waren und Weinfässer transportiert. Von jeher hatte er diese schweren Pferde mit ihren langen Mähnen und den dicken Schenkeln gern gesehen, wenn sie ruhig und gemessen ihres Wegs zogen und einen ganzen Berg hinter sich herschleppten, ohne sich auch nur im geringsten anzustrengen, als gingen sie mit ihrer Ladung sogar leichter als ohne Last. Doch jetzt, und das war das Merkwürdige daran, war vor diesen riesigen Wagen ein kleines, mageres, fuchsbraunes Bauernpferdchen gespannt, wie sie sich oft – er hatte es wieder und wieder beobachtet – mit einer hohen Fuhre Holz oder Heu abmarterten, vor allem wenn der Wagen im Schlamm oder in einem ausgefahrenen Geleise steckenblieb. Und dann schlugen die Bauern immer so unbarmherzig, so unbarmherzig mit der Peitsche auf sie ein, manchmal gerade auf die Schnauze und auf die Augen; er aber hatte solches Mitleid, solches Mitleid, wenn er das sah, daß ihm stets die Tränen kamen und Mama ihn immer vom Fenster wegführen mußte. Jetzt jedoch brach plötzlich großer Lärm aus: mit Geschrei, und während sie zur Balalaika Lieder sangen, kamen aus der Kneipe stockbesoffene große Bauern heraus, die Jacke über das Hemd geworfen. »Steigt ein, steigt alle ein!« schrie ein noch junger Mann mit dickem Hals und fleischigem Gesicht, das rot war wie eine rote Rübe, »ich bringe euch alle heim, steigt ein!«

Doch sogleich erheben sich Gelächter und Rufe: »Eine solche Schindmähre, und die soll uns fahren?«

»Bist du denn bei Verstand, Mikolka? Wie kannst du bloß diesen Gaul vor einen solchen Wagen spannen?«

»Aber ihr Lieben, der Braune hat gewiß schon seine zwanzig Jahre auf dem Buckel!«

»Steigt ein; ich fahre euch alle!« schreit Mikolka zum zweitenmal, springt als erster auf den Wagen, ergreift die Zügel und stellt sich in seiner ganzen Größe auf dem Bock auf. »Der Falbe ist mit Matwej fort«, ruft er vom Wagen herunter, »und dieser Gaul hier reizt mir nur die Galle, Freunde; am liebsten schlüge ich ihn tot; denn er frißt bloß noch, ohne zu arbeiten. Ich sage euch, steigt ein! Wir werden im Galopp fahren! Galoppieren muß er!« Und er nimmt die Peitsche voll Genuß in die Hand, bereit, das arme Pferd zu prügeln.

»Einsteigen sagt er!« lacht man in der Menge. »Hört ihr, galoppieren wird es!«

»Das Vieh ist bestimmt seit zehn Jahren nicht mehr im Galopp gelaufen.«

»Es wird galoppieren!«

»Habt kein Mitleid, ihr Lieben; nehmt jeder eine Peitsche, und los geht's!«

»Los! Peitscht es!«

Alle steigen unter Lachen und Scherzen in Mikolkas Wagen. Sechs Leute sind schon aufgestiegen, aber der Wagen faßt noch mehr. Sie nehmen ein Weib mit, dick und rotgesichtig. Sie trägt Baumwollzeug, einen Kopfputz mit Glasperlen, hat Bauernschuhe an den Füßen und knackt lachend Nüsse. Auch rings in der Menge wird gelacht, und es ist wahrhaftig zum Lachen: ein so elendes Pferdchen, und soll mit einer solchen Last galoppieren! Zwei Burschen auf dem Wagen nehmen sofort jeder eine Peitsche, um Mikolka zu helfen. Ein »hü« ertönt; das Pferd zieht mit allen Kräften an, aber nicht einmal im Schritt kommt es von der Stelle, geschweige denn im Galopp; es stampft auf dem Fleck, schnauft und duckt sich unter den niederprasselnden Schlägen der drei Peitschen. Das Gelächter im Wagen und in der Menge verdoppelt sich, doch Mikolka wird zornig und peitscht jetzt immer öfter voll Wut den Gaul, als glaubte er wirklich, das Tier könnte galoppieren.

»Nimm auch mich mit, mein Lieber«, schreit ein Bursche aus der Menge, der Lust an der Sache bekommen hat.

»Steig ein! Steigt alle ein!« ruft Mikolka. »Alle wird er ziehen. Ich will ihn schon prügeln!« Und er peitscht und peitscht und weiß vor Raserei nicht mehr, womit er noch zuschlagen soll.

»Papa, lieber Papa«, ruft der kleine Rodja seinem Vater zu, »Papa, was machen die Leute? Papa, sie prügeln das arme Pferd!«

»Gehen wir, gehen wir!« sagt der Vater. »Sie sind betrunken, die Dummköpfe, und treiben Unfug. Gehen wir; schau nicht hin!« Und er will den Jungen wegführen, doch das Kind reißt sich von seiner Hand los und läuft wie von Sinnen zu dem Pferd hin. Aber dem armen Gaul geht es schon schlecht. Er keucht, steht still, zieht abermals an und stürzt beinahe hin.

»Prügelt es tot!« schreit Mikolka. »Jetzt ist es so weit. Ich will es totprügeln!«

»Ja, bist du denn kein Christ, du Teufel?« ruft ein alter Mann aus der Menge.

»Hat man das schon erlebt, daß so ein Schindersgaul eine solche Last schleppen soll!« fügt ein anderer hinzu.

»Du schlägst ihm ja alle Knochen kaputt!« ruft ein dritter.

»Laßt mich in Ruhe! Das Pferd gehört mir! Ich kann damit machen, was ich will! Steigt ein! Steigt alle ein! Ich will, daß es im Galopp geht ...«

Pötzlich dröhnt eine Salve von Gelächter auf und übertönt alles: das Pferd erträgt die vielen Schläge nicht mehr und schlägt ohnmächtig aus. Nicht einmal der alte Mann kann ein Lachen unterdrücken. Und wahrhaftig, es ist ein zu komisches Bild, wie die hinfällige Kreatur auszuschlagen versucht! Zwei weitere Burschen aus der Menge holen sich Peitschen und laufen zu dem Pferd hin, um es zu schlagen. Jeder eilt von einer anderen Seite heran.

»Schlagt es auf die Schnauze, auf die Augen; schlagt auf die Augen!« brüllt Mikolka.

»Ein Lied, ihr Lieben!« schreit jemand vom Wagen herunter, und alle, die auf dem Wagen sitzen, grölen los. Nun erklingt ein ausgelassenes Lied; eine Schellentrommel klappert; beim Kehrreim hört man es pfeifen. Die Bäuerin knackt ihre Nüsse und lacht.

Rodja läuft neben dem Pferd hin und her; er eilt nach

vorn und sieht, wie man es auf die Augen schlägt, gerade auf die Augen. Er weint. Das Herz krampft sich ihm zusammen; die Tränen strömen. Einer von den Schlägern stößt ihm ins Gesicht; er fühlt es nicht; er ringt die Hände, schreit, stürzt auf den grauhaarigen Alten mit dem grauen Bart zu, der den Kopf schüttelt und alles verurteilt. Ein Weib nimmt den Jungen an der Hand und will ihn wegführen, doch er reißt sich los und läuft wieder zu dem Pferd hin. Das hat schon gar keine Kraft mehr, aber noch einmal schlägt es aus.

»Daß dich doch der Teufel!« schreit Mikolka in blinder Wut. Er wirft die Peitsche fort, bückt sich und hebt eine lange, dicke Deichselstange auf, die auf dem Boden des Wagens liegt, faßt sie am Ende mit beiden Händen und holt mühsam gegen den Fuchs aus.

»Er erschlägt das Pferd!« rufen die Leute ringsum.

»Er bringt es um!«

»Es gehört ja mir!« kreischt Mikolka und läßt die Deichsel mit voller Wucht niederfallen. Man hört einen schweren Schlag.

»Prügelt es nur, prügelt es! Was steht ihr da?« werden Stimmen in der Menge laut.

Mikolka holt zum zweitenmal aus, und ein zweiter Schlag trifft mit voller Wucht den Rücken des unglücklichen Pferdes. Es geht in die Knie, stürzt fast, springt aber wieder auf und zieht an, zieht mit seiner letzten Kraft, dahin und dorthin, um den Wagen zum Rollen zu bringen; aber von allen Seiten hageln die Hiebe von sechs Peitschen darauf ein, und wieder wird die schwere Deichsel geschwungen und trifft es zum drittenmal, dann zum viertenmal, regelmäßig und mit Schwung. Mikolka ist toll vor Wut, daß er nicht imstande ist, das Tier mit einem einzigen Schlag zu töten.

»Es lebt immer noch!« schreit irgendwer in der Runde.

»Gleich wird es wieder fallen, Freunde, sicherlich, und dann ist es aus mit ihm!« ruft jemand, dem das zu gefallen scheint.

»Nimm doch das Beil! Mach ihm gleich den Garaus«, schreit ein dritter.

»Ach, daß dich doch! Macht Platz!« brüllt Mikolka wie rasend, wirft die Deichsel fort, bückt sich abermals in den Wagen und holt eine eiserne Brechstange hervor. »Aufgepaßt!« ruft er und läßt mit allen Kräften die Stange auf sein armes Pferd niedersausen. Der Schlag dröhnt dumpf; das Tier schwankt, knickt ein, will noch einmal anziehen, aber die Eisenstange trifft es mit voller Wucht ein zweites Mal auf den Rücken, und es stürzt zu Boden, als hätte man ihm alle vier Beine zugleich abgehackt.

»Macht ein Ende mit ihm!« schreit Mikolka und springt wie von Sinnen von seinem Wagen. Einige Burschen, ebenfalls mit roten Gesichern und betrunken, packen, was ihnen in die Hände kommt – Peitschen, Stöcke, die Deichsel –, und laufen zu dem verendenden Pferd. Mikolka stellt sich an der Seite auf und drischt mit der Brechstange sinnlos auf den Rücken des Tieres ein. Die Stute streckt den Kopf vor, schnaubt noch einmal schwer und ist tot.

»Aus ist's mit ihm!« schreit es in der Menge.

»Ja, warum ist es nicht im Galopp gelaufen!«

»Es ist ja mein Eigentum!« kreischt Mikolka, die Brechstange in der Hand; seine Augen sind blutunterlaufen. Er steht da, als täte es ihm leid, daß niemand mehr da ist, den er prügeln könnte.

»Wahrhaftig, jetzt sieht man, daß du kein Christ bist!« lassen sich nunmehr verschiedene Stimmen vernehmen.

Der arme Knabe ist außer sich. Schreiend drängt er durch die Menschen zu dem Pferd hin, umarmt dessen totes, bluttriefendes Maul und küßt es, küßt es auf die Augen, auf die Nüstern ... Dann springt er plötzlich auf und stürzt sich, die kleinen Fäuste geballt, auf Mikolka. In diesem Augenblick packt ihn endlich der Vater, der ihm schon lange nachgeeilt ist, und trägt ihn weg.

»Gehen wir! Gehen wir!« sagt er zu ihm. »Gehen wir heim!«

»Papa, lieber Papa! Warum haben sie ... das arme Pferdchen ... umgebracht?« schluchzt Rodja; aber der Atem stockt ihm, und die Worte entringen sich seiner beklommenen Brust als Schreie.

»Betrunken sind sie; da treiben sie böse Dinge; es ist nicht unsere Sache; gehen wir!« entgegnet der Vater. Rodja umfängt den Vater mit den Armen, doch im Herzen ist ihm so bang, so bang. Er will Atem holen, schreit auf und erwacht.

Er war ganz in Schweiß gebadet, das Haar klebte ihm vor Schweiß, er keuchte und hatte sich voll Entsetzen aufgerichtet.

Gottlob, es war nur ein Traum! sagte er sich, während er sich unter einen Baum setzte und tief Atem holte. Aber was soll das? Bekomme ich etwa Fieber? Ein so gräßlicher Traum!

Sein ganzer Körper war wie zerschlagen; in seiner Seele war es dunkel und verworren. Er stützte die Ellbogen auf die Knie und barg den Kopf in seinen Händen.

O Gott! rief er, werde ich denn wirklich das Beil nehmen, wirklich und wahrhaftig, werde ich sie über den Kopf schlagen und ihr den Schädel zerschmettern ... werde ich in dem klebrigen, warmen Blut ausgleiten, das Schloß erbrechen, stehlen und zittern; werde ich mich verstecken, blutüberströmt ... mit dem Beil ... o Herr, wird das wirklich sein?

Während dieser Worte zitterte er wie Espenlaub.

Aber was rede ich denn da! dachte er weiter, während er sich wieder erhob, gleichsam in tiefem Staunen. Ich habe doch gewußt, daß ich das nicht über mich bringen werde, warum habe ich mich dann bis jetzt so gequält? Denn schon gestern, gestern, als ich hinging, diese ... diese *Probe* zu machen ... Schon gestern erkannte ich unbezweifelbar, daß ich es nicht über mich bringen würde ... Was will ich also jetzt? Warum zweifelte ich noch bis zu diesem Augenblick? Denn schon gestern, als ich die Treppe hinunterlief, sagte ich mir selbst, daß es abscheulich sei, niedrig und gemein ... Und bei dem bloßen Gedanken wurde mir bei *wachen Sinnen* übel, die Vorstellung allein jagte mir Entsetzen ein ...

Nein, ich stehe es nicht durch, ich stehe es nicht durch! Mag in allen diesen Berechnungen meinetwegen auch nicht der kleinste Fehler stecken, mag alles, was ich im letzten Monat beschlossen habe, auch sonnenklar sein und richtig wie die Regeln der Arithmetik! ... O Herr! ich werde mich ja doch nicht dazu entschließen können! Ich werde es nicht über mich bringen, nicht über mich bringen! ... Warum also, warum habe ich bis jetzt ...

Er stand auf, sah sich überrascht um, als wunderte er sich darüber, wie er hierhergeraten war, und ging zur T.-Brücke. Er war blaß; seine Augen brannten; in allen seinen Gliedern spürte er Erschöpfung, aber plötzlich atmete er gleichsam leichter. Er fühlte, er hatte diese furchtbare Last, die ihn so lange niedergedrückt hatte, schon abgeworfen, und es wurde ihm mit einemmal unbeschwert und friedlich zumute. O Herr! betete er. Weise mir den richtigen Weg, und ich sage mich los von diesem verfluchten ... Traum!

Als er über die Brücke schritt, betrachtete er still und ruhig die Newa und den Untergang der blendend roten Sonne. Trotz seiner Schwäche fühlte er sich nicht mehr müde. Es war ihm, als wäre ein Geschwür in seinem Herzen, ein Geschwür, das ihn den ganzen Monat über gequält hatte, plötzlich aufgebrochen. Es war die Freiheit, die Freiheit! Er war jetzt frei von solcher Verzauberung, Verlockung, Behexung, Versuchung!

Wenn er sich später dieser Zeit und all dessen, was ihm in diesen Tagen widerfahren war, Minute für Minute, Punkt für Punkt, Strich für Strich, erinnerte, erregte ihn bis zu abergläubischen Vorstellungen stets auf neue ein Umstand, der im Grunde gar nicht sehr ungewöhnlich war, der ihm aber später immer wieder als eine Art Vorausbestimmung seines Schicksals erschien.

Das war folgendes: er konnte sich nicht erklären und nicht begreifen, warum er, obgleich er erschöpft und abgespannt war und es das beste gewesen wäre, auf dem kürzesten, geradesten Wege nach Hause zu gehen, den Heimweg über den Heumarkt nahm, über den er gar nicht hätte zu gehen brauchen. Der Umweg war nicht groß, aber es war ein Umweg, und er war gänzlich unnötig. Natürlich war es schon Dutzende Male passiert, daß er nach Hause gegangen war, ohne auf die Straßen zu achten, durch die er schritt. Doch wozu, so fragte er sich später immer wieder, wozu hatte sich dieses so wichtige, für ihn so entscheidende und gleichzeitig so überaus zufällige Zusammentreffen auf dem Heumarkt – über den zu gehen er ja keinerlei Anlaß hatte – ereignet, gerade in dieser Stunde, in dieser Minute seines Lebens, gerade, als er in dieser Gemütsverfassung war, und gerade unter Umständen, unter denen allein dieses Zusammentreffen den entscheidenden und endgültigen Einfluß auf sein ganzes Schicksal nehmen konnte? Als hätte diese Begegnung geradezu absichtlich hier auf ihn gewartet!

Es war gegen neun Uhr, als er über den Heumarkt ging. Alle Händler hinter ihren Tischen und in den Buden und die Kaufleute in den großen und kleinen Läden machten schon Schluß, sperrten zu oder räumten ihre Waren zusammen, packten sie weg und schickten sich an, nach Hause zu gehen, genauso wie ihre Kunden es taten. Vor den Garküchen in den unteren Stockwerken, auf den schmutzigen, stinkenden Höfen des Platzes, besonders aber vor den Kneipen hatten sich viele Handwerker und zerlumpte Leute der verschiedensten Art eingefunden. Raskolnikow hatte eine Vorliebe für diese Gegend, ebenso für die Gassen in der näheren Umgebung, wenn er ziellos durch die Straßen wanderte. Hier erweckten seine Lumpen bei niemandem hochmütige Aufmerksamkeit, und er konnte aussehen, wie er wollte, ohne bei irgendwem Anstoß zu erregen. An der Ecke der K.-Gasse hatten ein Kleinbürger und sein Weib auf zwei Ladentischen einen Handel in Betrieb: sie verkauften Garne, Bändchen, Kattuntücher und dergleichen mehr. Auch sie waren aufgestanden, um heimzugehen, verweilten aber noch, da sie mit einer Bekannten, die zu ihnen getreten war, ein Gespräch führten. Diese Bekannte war Lisaweta Iwanowna oder, wie alle sie nannten, einfach Lisaweta, die jüngere Schwester jener alten Aljona Iwanowna, der Kollegienregistratorswitwe und Wucherin, bei der Raskolnikow gestern gewesen war, um seine Uhr zu versetzen und seine *Probe* anzustellen ... Er wußte schon längst alles über diese Lisaweta, und auch sie kannte ihn flüchtig. Sie war eine große, plumpe, schüchterne und friedliche alte Jungfer, fast eine Idiotin, zählte fünfunddreißig Jahre, wurde von ihrer Schwester in völliger Sklaverei gehalten, arbeitete Tag und Nacht für sie, zitterte vor ihr und mußte sogar Schläge von ihr einstecken. Nachdenklich stand sie jetzt mit einem Bündel unterm Arm vor dem Kleinbürger und dessen Frau und hörte ihnen aufmerksam zu. Die beiden redeten mit auffallendem Eifer auf sie ein. Als Raskolnikow sie plötzlich bemerkte, beschlich ihn ein seltsames Gefühl; es bemächtigte sich seiner eine Art tiefsten Staunens, obgleich nichts Verwunderliches an dieser Begegnung war.

»Sie sollen das selbst entscheiden, Lisaweta Iwanowna«, sagte der Kleinbürger laut. »Kommen Sie doch morgen gegen sieben Uhr her. Die anderen werden auch kommen.«

»Morgen?« fragte Lisaweta gedehnt und nachdenklich, als könnte sie sich nicht entschließen.

»Aljona Iwanowna jagt Ihnen aber gehörige Angst ein!« warf die Frau des Händlers, ein munteres Weib, ein. »Wenn ich Sie so ansehe, kommen Sie mir vor wie ein kleines Kind. Dabei ist sie nicht einmal Ihre leibliche Schwester, sondern nur Ihre Stiefschwester, und trotzdem nimmt sie sich soviel heraus!«

»Sagen Sie diesmal Aljona Iwanowna lieber nichts«, unterbrach sie ihr Mann, »das ist mein Rat, und kommen Sie einfach zu uns, ohne um Erlaubnis zu fragen. Es ist ein vorteilhaftes Geschäft. Ihre Schwester wird das selbst einsehen.«

»Soll ich also kommen?«

»Um sieben Uhr morgen; auch von den andern wird jemand dasein, und Sie können dann selbst entscheiden.«

»Wir werden auch Tee machen«, fügte die Frau hinzu.

»Schön, ich komme«, erwiderte Lisaweta, noch immer nachdenklich, und machte sich langsam auf den Weg.

Raskolnikow war schon vorbei und hörte nichts mehr. Er war still an ihnen vorübergegangen, unbemerkt, und hatte sich Mühe gegeben, kein einziges Wort zu überhören. Sein ursprüngliches Staunen wandelte sich allmählich in Entsetzen, als wäre ihm ein Frostschauer über den Rücken gelaufen. Er hatte erfahren, er hatte plötzlich, unversehens und ganz und gar unerwartet, erfahren, daß morgen, genau um sieben Uhr abends, Lisaweta, die Schwester und einzige Hausgenossin der Alten, nicht daheim und daß folglich die Alte morgen um sieben Uhr abends *allein in der Wohnung* sein werde.

Bis nach Hause waren es nur noch einige Schritt. Er trat ins Haus wie ein zum Tode Verurteilter. Er dachte über nichts nach und war völlig außerstande nachzudenken, doch mit seinem ganzen Wesen fühlte er plötzlich, daß er keine Freiheit des Entschlusses und des Willens mehr hatte und daß plötzlich alles endgültig entschieden war.

Selbst wenn er Jahre auf eine günstige Gelegenheit für sein Vorhaben gewartet hätte, so hätte sich ihm kein besserer Hinweis bieten können, wie dieses Vorhaben mit Sicherheit in die Tat umgesetzt werden könnte, als jener Wink, der ihm da gegeben worden war. Jedenfalls wäre es schwierig gewesen, am Tag vorher mit Gewißheit, mit größter Genauigkeit, und ohne das geringste Risiko einzugehen, ohne irgendwelche gefährlichen Erkundigungen und Nachforschungen zu erfahren, daß morgen um soundsoviel Uhr jene Alte, der der Anschlag galt, mutterseelenallein zu Hause sein werde.

6

Später erfuhr Raskolnikow durch Zufall, weshalb der Kleinbürger und seine Frau eigentlich Lisaweta zu sich eingeladen hatten. Die Sache verhielt sich ganz einfach und war nicht im geringsten bemerkenswert. Eine verarmte Familie von auswärts hatte verschiedenes Zeug zu veräußern, Frauensachen, Kleider und dergleichen. Da es unvorteilhaft war, so etwas auf dem Markt zu verkaufen, suchten die Leute eine Vermittlerin, und Lisaweta befaßte sich mit solchen Geschäften: sie nahm Waren in Kommission, schloß in fremdem Auftrag Geschäfte ab und hatte eine zahlreiche Kundschaft, weil sie sehr ehrlich war und immer den äußersten Preis nannte; und bei dem Preis, den sie bot, blieb es dann auch. Sie sprach überhaupt wenig und war, wie bereits gesagt, sehr still und schüchtern ...

Raskolnikow aber war in letzter Zeit abergläubisch geworden. Spuren dieses Aberglaubens verlor er auch lange Zeit hernach nicht; sie waren fast nicht auszurotten. Und er neigte später immer dazu, in dieser ganzen Sache gleichsam eine seltsame Fügung zu sehen, etwas Geheimnisvolles, das dem Vorhandensein besonderer Einflüsse und Konstellationen zuzuschreiben war. Schon im Winter hatte ihm Pokorjow, ein ihm bekannter Student, ehe er nach Charkow abreiste, irgendeinmal im Gespräch die Adresse der alten Aljona Iwanowna genannt, für den Fall, daß Raskolnikow etwas versetzen wolle. Lange war er nicht zu ihr gegangen, weil er Stunden gab und sich schlecht und recht damit durchbringen konnte. Vor etwa anderthalb Monaten jedoch war ihm die Adresse wieder eingefallen. Er besaß zwei Dinge, die er versetzen konnte: die alte silberne Uhr seines Vaters und einen kleinen Goldring mit drei roten Steinchen, den ihm seine Schwester beim Abschied als Andenken geschenkt hatte. Er entschloß sich, den Ring hinzutragen; als er die Alte endlich ausfindig gemacht hatte, empfand er schon beim ersten Blick, noch ohne von ihr etwas Besonderes zu wissen, unüberwindlichen Abscheu vor ihr; er erhielt zwei »Scheinchen« und ging auf dem Rückweg in ein schäbiges kleines Gasthaus. Er bestellte Tee, setzte sich und dachte angestrengt nach. Ein seltsamer Gedanke drängte in seinem Kopf ans Licht, wie sich ein Küken durch die Eierschale pickt, und beschäftigte ihn sehr, beschäftigte ihn unablässig.

Beinahe neben ihm saßen damals an einem anderen Tischchen ein Student, den er nicht kannte und nie gesehen hatte, und ein junger Offizier. Sie hatten Billard gespielt und tranken jetzt Tee. Plötzlich hörte er, wie der Student dem Offizier von der Wucherin Aljona Iwanowna, der Kollegienregistratorswitwe, erzählte und ihm ihre Adresse gab. Dies allein schon hielt Raskolnikow für höchst bedeutsam: er kam gerade von dort und hörte jetzt wieder von ihr. Natürlich war das ein Zufall, aber er konnte einen höchst ungewöhnlichen Eindruck nicht loswerden. Und als wollte ihm jemand gleichsam zu Hilfe eilen, begann der Student plötzlich seinem Gefährten verschiedene Einzelheiten über diese Aljona Iwanowna zu berichten.

»Sie ist famos!« sagte er. »Bei ihr bekommt man immer Geld. Reich ist sie wie ein Jude, sie kann fünftausend auf einmal auf den Tisch legen, aber auch Pfänder für einen

Rubel sind ihr nicht zu gering. Von unsern Leuten gehen viele zu ihr. Nur ist sie ein greuliches Aas ...«

Und er erzählte, wie böse und launenhaft sie war; man brauchte die Frist nur um einen einzigen Tag zu überschreiten, und schon war das Pfand verfallen. Sie gab für die Sachen ein Viertel des Wertes und verlangte im Monat fünf, ja sogar sieben Prozent, und so weiter. Der Student war richtig in Schwung gekommen und berichtete außerdem noch, daß die Alte eine Schwester habe, namens Lisaweta, die sie, obgleich sie selber so klein und garstig sei, ständig schlage und in völliger Sklaverei halte wie ein kleines Kind; dabei sei Lisaweta zumindest acht Werschok groß ...

»Wahrhaftig, ein Phänomen!« rief der Student unter lautem Lachen.

Er begann von Lisaweta zu sprechen. Er erzählte von ihr mit einem seltsamen, besonderen Vergnügen und lachte in einem fort, und der Offizier hörte ihm mit großem Interesse zu und bat den Studenten, ihm diese Lisaweta zum Ausbessern der Wäsche zu schicken. Raskolnikow ließ sich kein einziges Wort entgehen und erfuhr auf diese Weise mit einemmal alles: Lisaweta war die jüngere Schwester der alten Frau, ihre Stiefschwester – von einer anderen Mutter her –, und zählte schon fünfunddreißig Jahre. Sie arbeitete Tag und Nacht für die Schwester, vertrat im Haus die Stelle einer Köchin und Wäscherin, schneiderte nebenbei außer Haus und ging sogar Fußböden scheuern – und alles, was sie verdiente, lieferte sie der Schwester ab. Keinen Auftrag und keine Arbeit wagte sie zu übernehmen, ohne daß es die Alte erlaubt hätte. Die hatte bereits ihr Testament gemacht, was Lisaweta auch wußte, die nach diesem Letzten Willen keinen Groschen zu bekommen hatte, außer der beweglichen Habe, den Stühlen und sonstigen Gegenständen; das gesamte Geld fiel einem Kloster im Gouvernement N. zu, ihres Seelenheiles halber. Lisaweta kam nicht aus dem Beamtenstand, sondern war Kleinbürgerin; sie war unvermählt, ziemlich unansehnlich, ungewöhnlich groß, hatte lange, gleichsam nach außen gedrehte Beine und trug stets schiefgetretene Schuhe aus Ziegenleder; sonst aber war sie sehr reinlich. Worüber der Student jedoch am meisten lachte und staunte, das war die Tatsache, daß Lisaweta jeden Augenblick schwanger war ...

»Du sagst aber doch, sie sei so häßlich?« warf der Offizier ein.

»Ja, sie hat eine dunkle Gesichtsfarbe und sieht aus wie ein verkleideter Soldat, aber weißt du, häßlich ist sie eigentlich nicht. Ihr Gesicht und ihre Augen sind gut. Sehr gut sogar. Ein Beweis dafür – sie gefällt vielen. Sie ist überaus still, sanft, friedfertig und fügsam und schickt sich in alles. Und ihr Lächeln wirkt sogar sehr hübsch.«

»Mir scheint, sie gefällt auch dir!« rief der Offizier lachend.

»Ja, weil sie so sonderbar ist; aber höre, ich muß dir etwas sagen: ich könnte dieses verdammte alte Weib erschlagen und ausrauben, und ich versichere dir, daß ich das ohne die geringsten Gewissensbisse täte!« sagte der Student hitzig.

Wieder lachte der Offizier laut auf, und Raskolnikow erschauerte. Wie seltsam das war!

»Erlaube mir, ich möchte eine ernste Frage an dich richten«, begann der Student von neuem. »Ich habe jetzt natürlich Spaß gemacht, aber sieh einmal: da ist auf der einen Seite ein dummes, nutzloses, nichtswürdiges, böses, krankes altes Weib, das kein Mensch braucht und das im Gegenteil allen schadet, das selber nicht weiß, wozu es auf der Welt ist, und morgen ohnedies ganz von selbst sterben wird. Verstehst du? Verstehst du?«

»Nun ja«, erwiderte der Offizier, während er den in Hitze geratenen Gefährten aufmerksam betrachtete.

»Hör weiter! Und auf der anderen Seite gibt es junge, unverbrauchte Kräfte, die ohne Unterstützung nutzlos verkommen, und das zu Tausenden, überall! Da sind hundert, tausend gute Werke und Unternehmungen, die man mit dem Geld der Alten beginnen und richtig zu Ende führen könnte, mit dem Geld, das einem Kloster vermacht ist! Da sind hundert, tausend Existenzen, die vielleicht auf den richtigen Weg gebracht, Dutzende von Familien, die vor dem Elend, der Zersetzung, dem Untergang, dem Laster, der Syphilisabteilung eines Krankenhauses gerettet werden könnten – und all das mit dem Geld dieses Weibes! Bring sie um und nimm ihr ihr Geld, und dann widme dich mit dessen Hilfe dem Ziel, der ganzen Menschheit und der gemeinsamen Sache zu dienen – was meinst du: wird dieses eine winzige Verbrechen nicht durch die Tausende von guten Werken aufgewogen werden? Für *ein* Leben tausend Leben, gerettet vor Fäulnis und Untergang; *ein* Tod und dafür hundertfaches Leben – das nenne ich ein einfaches Rechenexempel! Und wieviel ist denn, alles in allem genommen, das Leben dieser schwindsüchtigen, dummen, bösen alten Frau wert? Nicht mehr als das Leben einer Laus, einer Küchenschabe, und nicht einmal das: denn das alte Weib ist schädlich. Sie frißt fremdes Leben; sie ist böse; unlängst hat sie Lisaweta im Zorn in den Finger gebissen; beinahe hätte man ihn abschneiden müssen!«

»Natürlich ist sie es nicht wert, daß sie lebt«, bemerkte der Offizier; »aber auch die Natur hat ihre Rechte.«

»Ach, mein Lieber, die Natur wird doch auch korrigiert und gelenkt, sonst müßten wir in Vorurteilen ersticken. Ohne das hätte es keinen einzigen großen Menschen gegeben. Man sagt: ‚Pflicht, Gewissen' – ich will nichts dagegen einwenden, aber was verstehen wir denn unter Pflicht und Gewissen? Halt, ich will dir noch eine Frage vorlegen. Höre!«

»Nein, höre du; jetzt will ich dich etwas fragen!«

»Und?«

»Du redest so schön daher wie ein Redner, aber sag mir das eine: könntest du *selber* die alte Frau umbringen oder nicht?«

»Natürlich nicht! Ich spreche nur davon, daß es gerecht wäre ... Ich habe damit nichts zu tun ...«

»Und ich finde, daß hier von Gerechtigkeit keine Rede sein kann, solange du nicht selbst zu einer solchen Tat bereit bist! Komm, spielen wir noch eine Partie!«

Raskolnikow war außerordentlich erregt. Natürlich war das ein ganz gewöhnliches Gespräch, und ähnliche Gedanken hatte er schon mehr als einmal unter jungen Leuten erörtern hören, nur in anderer Form und über andere Themen. Aber warum hatte es sich so gefügt, daß er gerade jetzt ein solches Gespräch und solche Gedanken hatte mit anhören müssen, jetzt, da in seinem eigenen Kopf eben erst ... *genau dieselben Gedanken* aufgekeimt waren? Und wie kam es, daß er gerade jetzt, da er eben erst von der Alten weggegangen war, die solche Gedanken in ihm wachgerufen hatte, ein Gespräch über sie mit anhören mußte? ... Dieses Zusammentreffen erschien ihm später immer in einem merkwürdigen Licht. Das an sich so unbedeutende Gespräch in einem Gasthaus übte bei der weiteren Entwicklung des Falles einen außerordentlich starken Einfluß auf ihn aus, als hätte hier in der Tat eine Vorausbestimmung gewaltet, eine höhere Weisung ...

Als er vom Heumarkt heimgekommen war, sank er auf den Diwan und blieb eine ganze Stunde regungslos sitzen. Indes war es dunkel geworden; er hatte keine Kerze, und es kam ihm auch gar nicht der Gedanke, Licht zu machen. Er konnte sich später nie entsinnen, ob er in dieser Zeit an irgend etwas gedacht hatte oder nicht. Schließlich spürte er wieder das Fieber von vorhin, ein Schauer überlief ihn, und voll Freude stellte er fest, daß er sich auf dem Diwan ja auch niederlegen könnte. Bald übermannte ihn ein fester, bleischwerer Schlaf, der ihn gleichsam erdrückte.

Er schlief ungewöhnlich lange und traumlos. Als Nastasja am nächsten Morgen um zehn Uhr in sein Zimmer kam, konnte sie ihn nur mit Mühe wachrütteln. Sie brachte ihm Tee und Brot. Wiederum war der Tee zum zweitenmal aufgegossen, und wieder brachte ihn Nastasja in ihrer eigenen Teekanne.

»Da schläft er schon wieder!« rief sie entrüstet. »Immerzu muß er schlafen!«

Mit Anstrengung richtete er sich auf. Er hatte Kopfschmerzen; er versuchte aufzustehen, drehte sich in seinem Kämmerchen um und sank auf den Diwan zurück.

»Schon wieder schlafen!« schrie Nastasja. »Bist du am Ende krank? Wie?«

Er gab keine Antwort.

»Willst du Tee?«

»Später«, stieß er mühsam hervor, während er von neuem die Augen schloß und sich zur Wand drehte.

Nastasja pflanzte sich vor ihm auf.

»Vielleicht ist er wirklich krank«, sagte sie, drehte sich um und verließ das Zimmer.

Um zwei Uhr kam sie mit der Suppe wieder. Er lag noch immer wie am Morgen da. Der Tee war unberührt. Nastasja war geradezu beleidigt und begann ihn zornig zu rütteln.

»Was schläfst du da!« schrie sie und musterte ihn voller Abscheu. Er richtete sich auf und setzte sich, sagte aber nichts und sah zu Boden.

»Bist du krank oder nicht?« fragte Nastasja und erhielt wiederum keine Antwort. »Du solltest wenigstens auf die Straße gehen«, sagte sie nach kurzem Schweigen, »und dich auslüften. Willst du etwas essen?«

»Später«, stieß er matt hervor. »Geh jetzt!«

Und mit einer Handbewegung wies er sie hinaus.

Sie blieb noch ein wenig stehen, blickte ihn mitleidig an und ging.

Nach einigen Minuten hob er die Augen und betrachtete lange den Tee und die Suppe. Dann griff er nach dem Brot, nahm den Löffel und begann zu essen.

Er aß wenig, ohne Appetit und gleichsam mechanisch; etwa drei oder vier Löffel Suppe. Sein Kopf schmerzte nicht mehr so sehr. Nach dem Essen streckte er sich von neuem auf dem Diwan aus, konnte jedoch nicht wieder einschlafen, sondern lag regungslos auf dem Bauch da, das Gesicht ins Kissen gepreßt. Er phantasierte während der ganzen Zeit, und die Bilder, die er sich ausmalte, waren eines seltsamer als das andere: zumeist stellte er sich vor, er wäre irgendwo in Afrika, in Ägypten, in einer Oase. Die Karawane rastete; friedlich lagen die Kamele da; ringsum im Kreis wuchsen Palmen; alle aßen. Er aber trank immer wieder Wasser, gleich aus einer Quelle, die neben ihm murmelnd hervorsprudelte. Und es war so kühl, und das blaue Wasser war so wundervoll, so wundervoll kalt; es plätscherte über bunte Steine und über sauberen, goldig schimmernden Sand ... Plötzlich hörte er deutlich eine Uhr schlagen. Er fuhr zusammen, kam zu sich, hob den Kopf, sah durchs Fenster, fragte sich, welche Zeit es wohl sein mochte, und sprang plötzlich auf, völlig wach, als hätte ihn jemand vom Diwan gerissen. Auf Fußspitzen ging er zur Tür, öffnete sie leise einen Spalt weit und begann ins Treppenhaus hinauszulauschen. Sein Herz klopfte schrecklich, doch auf der Treppe war es ganz still, als ob alle schliefen ... Unbegreiflich und wunderbar kam es ihm vor, daß er seit dem gestrigen Tag so tief hatte durchschlafen können und noch nichts getan, noch nichts vorbereitet hatte ... Indessen hatte es jetzt vielleicht schon sechs Uhr geschlagen ... Ein ungewöhnlicher, fieberhafter, hektischer Eifer überkam ihn plötzlich an Stelle des Schlafes und der Stumpfheit von vorher. Übrigens hatte er nur wenige Vorbereitungen zu treffen. Er spannte die letzten Kräfte an, um an alles zu denken und nichts zu vergessen; und dabei schlug ihm das Herz; es hämmerte so sehr, daß er kaum noch zu atmen vermochte. Als erstes mußte er eine Schlinge anfertigen und innen an seinem Mantel annähen – das mochte eine Minute in Anspruch nehmen. Er griff unter das Kissen und kramte aus der daruntergestopften Wäsche ein schmutziges Hemd hervor, das alt und schon völlig zerrissen war. Von diesem Fetzen riß er einen Streifen von einem Werschok Breite und etwa acht Werschok Länge ab. Den Streifen legte er doppelt zusammen, zog sich dann den weiten, dicken, aus irgendeinem festen Baumwollstoff gemachten Sommermantel aus – sein einziges Überkleid – und begann beide Enden des Streifens innen unter der linken Achsel festzunähen. Seine Hände zitterten dabei, doch er brachte die Arbeit so gut zustande, daß von außen nichts zu sehen war, als er den Mantel wieder anzog. Nadel und Faden, schon lange vorbereitet, hatte er, in Papier eingeschlagen, in seinem Nachttisch aufbewahrt. Was die Schlinge anging, so war das ein sehr geschickter Einfall von ihm: die Schlinge war für das Beil bestimmt. Es wäre doch nicht gegangen, auf der Straße ein Beil in der Hand zu tragen! Und wenn er es unter dem Mantel versteckte, mußte er es ja doch mit der Hand festhalten, was genauso aufgefallen wäre. Jetzt jedoch, da er die Schlinge hatte, brauchte er das Beil nur mit dem Blatt hineinzuhängen, und dann hing es während des ganzen Weges ruhig unter seiner Achsel. Steckte er jedoch die Hand in die Seitentasche des Mantels, so konnte er auch noch das Ende des Griffes festhalten, damit das Werkzeug nicht baumelte; und da der Mantel sehr weit war, ein richtiger Sack, konnte es von außen gar niemand merken, wenn er durch das Taschenfutter mit der Hand etwas festhielt. Diese Schlinge hatte er sich schon vor etwa zwei Wochen ausgedacht.

Als er mit dem Nähen der Schlinge fertig war, steckte er die Finger in den kleinen Zwischenraum zwischen seinem »türkischen« Diwan und dem Fußboden, suchte links in der Ecke und zog das schon lange vorbereitete und hier verborgene *Pfand* hervor. Dieses Pfand war freilich gar kein Wertgegenstand, sondern einfach ein glattgehobeltes Holzbrettchen, nicht größer und dicker, als es eine silberne Zigarettendose hätte sein können. Das Brett hatte er bei einem seiner Spaziergänge zufällig in einem Hof gefunden, wo in einem Nebengebäude irgendeine Werkstatt untergebracht war. Dann hatte er zu dem Brettchen noch eine glatte, dünne kleine Eisenplatte getan – gewiß war das irgendein Abfall –, die er an demselben Tag gleichfalls gefunden hatte. Er hatte die beiden Tafeln, von denen die eiserne kleiner war, aufeinandergelegt, sie dann kreuzweise mit einer Schnur fest zusammengebunden und sie schließlich sorgfältig und hübsch in reines weißes Papier gewickelt und die Schnur so zugeknotet, daß sie sich möglichst schwer aufknüpfen ließ. Das alles hatte er getan, um die Aufmerksamkeit der alten Frau eine Zeitlang abzulenken, während sie sich an dem Knoten zu schaffen machte; inzwischen konnte er den richtigen Augenblick abpassen. Die Eisenplatte hatte er des Gewichtes wegen genommen, damit die Alte nicht gleich im ersten Moment dahinterkam, daß das »Pfand« aus Holz war. Das Ganze hatte er vorläufig unter seinem Diwan aufbewahrt.

Kaum hatte er das Pfand hervorgezogen, erklang plötzlich irgendwo auf dem Hof der Ruf: »Es ist schon lange sieben Uhr!«

Schon lange! O du mein Gott!

Er stürzte zur Tür, lauschte, nahm seinen Hut und begann die dreizehn Stufen von seiner Kammer bis zur Wohnung der Wirtin vorsichtig und lautlos wie eine Katze hinabzuschleichen. Das Wichtigste stand ihm noch bevor – das Beil aus der Küche zu holen. Daß er die Tat mit dem Beil begehen werde, hatte er schon längst entschieden. Er besaß noch ein zusammenklappbares Gartenmesser; doch auf das Messer und insbesondere auf die eigenen Kräfte wollte er sich nicht verlassen, und darum war er endgültig bei dem Beil geblieben. Wir wollen bei dieser Gelegenheit eine Eigentümlichkeit all der endgültigen Beschlüsse festhalten, die er in dieser Angelegenheit bereits gefaßt hatte. Sie hatten eine erstaunliche Eigenschaft: je endgültiger sie wurden, desto häßlicher und alberner waren sie im gleichen Moment in seinen eigenen Augen. Trotz all seinem qualvollen inneren Kampf konnte er während dieser ganzen Zeit nicht für einen einzigen Augenblick daran glauben, daß seine Pläne durchführbar wären.

Und hätte es sich irgendeinmal so gefügt, daß er alles bis in die letzte Einzelheit erwogen und endgültig beschlossen und auch die geringste Unklarheit ausgeschaltet hätte, dann hätte er sich bestimmt endgültig von all dem als von einer Dummheit und Unmöglichkeit losgesagt. Aber es war noch ein ganzer Abgrund voll unentschiedener Punkte und Zweifel geblieben. Was jedoch die Frage betraf, wo er das Beil hernehmen sollte, so beunruhigte ihn diese Kleinigkeit nicht im geringsten; denn nichts war leichter als das. Nastasja pflegte nämlich, vor allem am Abend, jeden Augenblick aus dem Hause zu laufen: entweder ging sie zu Nachbarn oder in den Kramladen, und stets blieb die Tür offen. Das war der einzige Grund, weshalb die Hauswirtin immer wieder mit ihr zankte. Er brauchte also nur, sobald die Zeit gekommen war, leise in die Küche zu schleichen, das Beil zu holen und es dann nach einer Stunde, wenn alles vorbei war, wieder zurückzulegen. Aber auch da stiegen ihm Zweifel auf: angenommen, er kam nach einer Stunde zurück, um das Beil wiederzubringen, und Nastasja war gleichsam wie zum Trotz schon zurückgekehrt? Natürlich mußte er dann vorbeigehen und warten, bis sie wieder die Wohnung verließ. Wie aber, wenn sie gerade dann nach dem Beil greifen wollte, es zu suchen begann und Geschrei erhob? Allein das hätte schon Verdacht erregt oder zumindest Anlaß zu einem Verdacht gegeben.

Aber das waren nebensächliche Dinge, über die er nicht näher nachdachte und für die er auch keine Zeit hatte. Er sann über die Hauptsache nach und verschob die Einzelheiten bis zu dem Zeitpunkt, da er sich selber *von allem überzeugen* mußte. Eben das stellte sich jedoch ganz entschieden als undurchführbar heraus. So schien es wenigstens ihm selber. Er konnte sich zum Beispiel nicht vorstellen, daß er einmal mit Nachdenken aufhören, aufstehen und – einfach dorthin gehen würde ... Sogar die *Probe*, die er vor kurzem angestellt hatte – das heißt, der Besuch, den er gemacht hatte, um sich endgültig mit der Örtlichkeit vertraut zu machen –, hatte er nur anzustellen *probiert*, aber nicht etwa im Ernst, sondern nur so: Ich will einmal hingehen und einen Versuch machen; wozu das ewige Träumen! – Und dann hatte er nicht durchgehalten, hatte darauf gepfiffen und war voll Abscheu und Wut gegen sich selbst davongelaufen. Indes hatte er, was die moralische Lösung des Problems betraf, die ganze Analyse, wie es schien, schon durchgeführt; seine Kasuistik war zugeschliffen wie ein Rasiermesser, und er selber konnte keine bewußten Einwände mehr finden. Doch letztlich glaubte er einfach sich selbst nicht und suchte, nach allen Seiten tastend, hartnäckig und sklavisch nach Einwänden, als ob ihn jemand dazu nötigte und dazu hinzöge. Der letzte Tag, der auf so unvermutete Art mit einem Schlag alles entschieden hatte, wirkte fast rein mechanisch auf ihn, als hätte ihn irgendwer bei der Hand genommen und mitgezogen, unwiderstehlich, blindlings, mit übernatürlicher Macht, die keinen Widerspruch duldete, genauso, als wäre er mit einem Stück seiner Kleidung in das Rad einer Maschine gekommen und würde jetzt mitgerissen.

Anfangs – übrigens schon vor langer Zeit – beschäftigte ihn unter anderem die Frage: Warum werden Verbrechen fast immer so leicht aufgespürt und entdeckt und warum sind die Spuren fast aller Verbrecher so leicht zu finden? Allmählich gelangte er zu dem vieldeutigen, interessanten Schluß, daß die Hauptursache nicht so sehr in der praktischen Unmöglichkeit liege, ein Verbrechen zu verbergen, wie vielmehr in dem Verbrecher selbst; der Verbrecher, fast jeder Verbrecher, erliegt im Augenblick seiner Tat irgendeinem Versagen des Willens und der Vernunft, an deren Stelle ein phänomenaler kindlicher Leichtsinn tritt, und zwar gerade dann, wenn Vernunft und Vorsicht am allernötigsten wären. Nach seiner Überzeugung lag die Sache so, daß diese Verdunklung des Verstandes und dieses Versagen des Willens den Menschen wie eine Krankheit befielen, sich allmählich entwickelten und kurze Zeit, ehe das Verbrechen begangen wurde, auf ihren Höhepunkt gelangten; im Augenblick des eigentlichen Verbrechens oder noch etwas länger blieben sie auf diesem Höhepunkt, je nach der einzelnen Persönlichkeit, dann vergingen sie, wie irgendeine andere Krankheit vergeht. Die Frage war: Erzeugt die Krankheit das Verbrechen, oder ist das Verbrechen selbst irgendwie seiner besonderen Natur nach immer von einer Art Krankheit begleitet? Diese Frage zu entscheiden, fühlte er sich noch nicht imstande.

Als er zu dieser Schlußfolgerung gekommen war, fand er, daß ihm persönlich bei seinem Vorhaben solche krankhaften Umwälzungen nicht zustoßen könnten. Er würde im vollen Besitz seines Verstandes und seines Willens bleiben, würde über sie verfügen können, während er seinen Plan in die Tat umsetzte, einzig weil das, was er plante, »kein Verbrechen« war . . . Wir wollen jedoch den ganzen Prozeß beiseite lassen, durch den er zu dieser Entscheidung gekommen war; wir haben ohnedies schon allzusehr vorgegriffen. Wir möchten nur so viel hinzufügen, daß die faktischen, rein materiellen Schwierigkeiten dieser Sache in seinem Denken überhaupt eine höchst zweitrangige Rolle spielten. »Man braucht nur seinen ganzen Willen und seinen ganzen Verstand zu behalten, und die materiellen Schwierigkeiten werden zur rechten Zeit überwunden, wenn es gilt, sich mit allen Einzelheiten der Tat bis zu den unscheinbarsten Punkten vertraut zu machen . . .« Aber die Tat wurde nicht in Angriff genommen. Immer weniger glaubte er an seine endgültigen Entschlüsse, und als die Stunde geschlagen hatte, kam alles ganz anders, irgendwie unversehens, ja, fast unerwartet.

Ein völlig unbedeutender Umstand trieb ihn in die Enge, noch ehe er die Treppe hinabgestiegen war. Als er zur Küche kam, deren Tür wie immer weit geöffnet war, spähte er vorsichtig hinein, um sich zu überzeugen, ob nicht während der Abwesenheit Nastasjas die Hauswirtin selbst da wäre und, falls sie nicht da war, ob die Tür zu ihrem Zimmer gut verschlossen wäre, damit nicht auch sie irgendwie herausschauen könnte, wenn er das Beil holte. Doch wie groß war sein Staunen, als er entdeckte, daß Nastasja diesmal nicht nur zu Hause und in ihrer Küche war, sondern dort auch noch arbeitete! Sie nahm Wäsche aus einem Korb und hängte sie auf eine Leine. Als sie ihn erblickte, unterbrach sie ihre Arbeit, wandte sich zu ihm und sah ihn so lange an, bis er vorüber war. Er wandte den Blick ab und ging seines Weges, als hätte er nichts bemerkt. Aber mit seinem Plan war es aus: er hatte das Beil nicht! Er war zutiefst betroffen.

Wieso glaubte ich nur, dachte er, während er durch den Hausflur zum Tor ging, wieso glaubte ich nur, daß sie gerade in diesem Augenblick nicht zu Hause sein würde? Warum, warum, warum habe ich das so bestimmt angenommen? Er war niedergeschmettert, geradezu irgendwie gedemütigt. Er hatte Lust, vor Zorn sich selbst auszulachen ... Stumpfe, tierische Wut kochte in ihm.

Unter dem Tor blieb er nachdenklich stehen. Auf die Straße zu gehen und nur so, der Form halber, einen Spaziergang zu machen war ihm widerlich; nach Hause zurückzukehren noch widerlicher. Was für eine Gelegenheit habe ich da ein für allemal versäumt! murmelte er vor sich hin, während er unschlüssig im Tor stand, gerade vor dem dunklen Zimmer des Hausknechts, das ebenfalls offen war. Plötzlich erschauerte er am ganzen Körper. Im Zimmer des Hausknechts, zwei Schritt von ihm entfernt, funkelte ihm rechts unter der Bank etwas in die Augen. Er blickte sich nach allen Seiten um – niemand war da. Auf den Fußspitzen schlich er zu dem Zimmer hin, stieg die zwei Stufen hinab und rief mit matter Stimme nach dem Hausknecht. Tatsächlich – niemand ist zu Hause! Wahrscheinlich wird er irgendwo in der Nähe sein, auf dem Hof, denn die Tür steht weit offen. Er stürzte sich hastig auf das Beil – es war ein Beil –, zog es unter der Bank hervor, wo es zwischen zwei Holzscheiten lag; an Ort und Stelle, noch im Zimmer, befestigte er es in der Schlinge, steckte beide Hände in die Taschen und verließ die Hausknechtswohnung; niemand hatte ihn bemerkt! Wenn die Vernunft am Ende ist, dann hilft der Teufel weiter! dachte er mit einem verzerrten Lachen. Dieser Zufall hatte ihn außerordentlich ermutigt.

Still und *gemessen* ging er seines Weges, ohne Hast, um keinerlei Argwohn zu erwecken. Er sah die Leute, die ihm entgegen kamen, kaum an und bemühte sich sogar, ihnen überhaupt nicht ins Gesicht zu schauen, um möglichst wenig aufzufallen. Da fiel ihm sein Hut ein. Du mein Gott! Und vorgestern hatte ich Geld und konnte ihn nicht gegen eine Mütze austauschen! Ein Fluch entrang sich ihm aus tiefster Seele.

Zufällig blickte er im Vorübergehen in einen Laden und sah, daß die Wanduhr dort schon zehn Minuten nach sieben zeigte. Er mußte sich beeilen, gleichzeitig aber einen Umweg machen – er mußte um das Haus herumgehen, damit er es von der anderen Seite erreichte . . .

Wenn er sich das früher in seiner Phantasie ausgemalt hatte, war er manchmal der Meinung gewesen, er werde große Angst haben. Aber er hatte jetzt keine große Angst, er hatte überhaupt keine Angst. In diesem Augenblick beschäftigten ihn sogar ganz nebensächliche Gedanken, allerdings nie für lange. Als er am Jusupow-Garten vorbeikam, dachte er sogar intensiv darüber nach, wie es wäre, hier hohe Springbrunnen anzulegen, und wie gut diese auf allen Plätzen die Luft erfrischen würden. Allmählich gelangte er zu der Überzeugung, daß es für die Stadt ganz herrlich und überaus zweckdienlich wäre, wenn man den Sommergarten über das ganze Marsfeld ausdehnte und ihn sogar noch mit dem Garten beim Michail-Palais vereinigte. Im Zusammenhang damit interessierte ihn plötzlich die Frage, warum der Mensch in allen großen Städten weniger aus Notwendigkeit als vielmehr aus ganz bestimmten anderen Gründen dazu neigt, sich gerade in solchen Stadtteilen anzusiedeln und zu wohnen, in denen es keine Gärten und keine Springbrunnen gibt, sondern nur Schmutz und Gestank und allerlei Häßliches. Dabei fielen ihm seine eigenen Spaziergänge auf dem Heumarkt ein, und er kam für einen Augenblick zur Besinnung. Was für Dummheiten, sagte er sich. Nein, am besten denke ich an überhaupt nichts!

So klammern sich gewiß jene, die zur Hinrichtung geführt werden, mit ihren Gedanken an alle Gegenstände, die ihnen unterwegs begegnen, fuhr es ihm blitzartig durch den Kopf; doch er verjagte diesen Gedanken möglichst rasch wieder ... Jetzt war er schon ganz nahe; da war das Haus, da das Tor. Irgendwo schlug plötzlich eine Uhr einmal. Wie, ist es wirklich schon halb acht? Das kann nicht sein; gewiß geht sie vor!

Zu seinem Glück verlief im Tor alles ohne Zwischenfall. Und nicht nur das: wie absichtlich fuhr in ebendiesem Augenblick gerade vor ihm ein hoher Wagen mit Heu durch das Tor und verdeckte ihn völlig, solange er durch den Hausflur ging; und sobald der Wagen aus dem Torweg in den Hof gelangt war, huschte Raskolnikow blitzschnell nach rechts. Von der anderen Seite des Wagens her waren Rufe und einige streitende Stimmen zu vernehmen, aber niemand bemerkte ihn, und niemand kam ihm entgegen. Von den Fenstern, die auf den großen quadratischen Hof schauten, waren viele geöffnet, doch er hob den Kopf nicht – er hatte nicht die Kraft dazu. Die Treppe, die zur Wohnung der Alten hinaufführte, war ganz nah; sie ging gleich rechts von der Einfahrt ab. Schon stand er auf der Treppe.

Mit verhaltenem Atem und die Hand auf das pochende Herz gepreßt, tastete er sogleich nach dem Beil und schob es zurecht, während er vorsichtig und leise die Stufen hinaufstieg und jeden Augenblick lauschte. Aber auch die Treppe war zu dieser Zeit ganz verlassen; alle Türen waren verschlossen; niemand kam ihm entgegen. Im zweiten Stock allerdings war eine leerstehende Wohnung weit geöffnet; Anstreicher arbeiteten darin, doch sie blickten nicht einmal auf. Er blieb eine Weile stehen, dachte nach und ging dann weiter. – Natürlich wäre es besser, wenn diese Leute überhaupt nicht hier wären, aber ... über ihnen liegen noch zwei Stockwerke.

Und da war das vierte Stockwerk; da war die Tür, da war

auch die Wohnung gegenüber, die unbewohnt war. Im dritten Stock stand die Wohnung unmittelbar unter der der Alten allem Anschein nach ebenfalls leer: die Visitenkarte, die mit Nägelchen an der Tür befestigt gewesen war, war nicht mehr da – man war also ausgezogen! ... Er atmete schwer. Für einen Augenblick schoß ihm die Frage durch den Kopf: Soll ich nicht lieber zurückgehen? Aber er gab sich keine Antwort darauf und begann vor der Wohnung der Alten zu lauschen. Totenstille. Dann lauschte er nochmals die Treppe hinab; er lauschte lange und aufmerksam ... Jetzt blickte er sich um, raffte sich zusammen, machte sich zurecht und faßte noch einmal nach dem Beil in der Schlinge. Bin ich nicht allzu ... blaß? dachte er unwillkürlich. Sehe ich nicht zu aufgeregt aus? Sie ist mißtrauisch ... Soll ich nicht noch warten ... bis mein Herz aufhört zu klopfen? ...

Aber sein Herz beruhigte sich nicht. Im Gegenteil, es schlug immer stärker, stärker, stärker ... Er hielt es nicht mehr aus, streckte langsam die Hand zum Klingelzug aus und läutete. Nach einer halben Minute klingelte er noch einmal, etwas lauter.

Niemand kam. Sinnlos zu klingeln führte zu nichts, und es lag auch nicht in seiner Art. Natürlich war die Alte zu Hause, doch sie war argwöhnisch und allein. Er kannte ihre Gewohnheiten ein bißchen ... und er preßte noch einmal das Ohr fest an die Tür. Ob nun seine Sinne so geschärft waren – was aber kaum anzunehmen ist – oder ob es wirklich so deutlich zu hören war, jedenfalls vernahm er plötzlich ein Geräusch, als griffe eine Hand vorsichtig zum Türschloß und als raschelte ein Kleid hinter der Tür. Jemand stand drinnen, die Hand am Türgriff, und lauschte ebenso heimlich, wie er draußen lauschte, und hatte wohl gleichfalls das Ohr an die Tür gelegt ...

Absichtlich machte er eine Bewegung und murmelte etwas laut vor sich hin, um nicht den Anschein zu erwecken, als wollte er sich verbergen; dann klingelte er zum drittenmal, aber leise, verhalten und ohne jedes Zeichen von Ungeduld. Sooft er sich später hieran erinnerte, standen ihm diese Augenblicke grell und klar vor Augen; sie hatten sich ihm für immer eingeprägt; und er konnte nie verstehen, wie er soviel List aufgebracht hatte, um so weniger, als sich sein Verstand immer wieder trübte und er seinen eigenen Körper fast nicht mehr fühlte ... Einen Augenblick später hörte er, wie der Riegel zurückgeschoben wurde.

7

So wie damals öffnete sich die Tür nur einen winzigen Spalt, und wieder starrten ihn aus dem Dunkel zwei scharfe, argwöhnische Augen an. Da verlor Raskolnikow den Kopf und beging beinahe einen großen Fehler.

Da er fürchtete, die alte Frau werde erschrecken, weil sie allein war, und daß sein Anblick sie kaum beruhigen werde, griff er nach der Tür und riß sie auf, damit die Alte nicht auf den Gedanken käme, sich wieder einzuschließen. Als sie das sah, zog sie die Tür zwar nicht zu, ließ aber auch die Klinke nicht los, so daß er die Alte beinahe mit der Tür ins Treppenhaus gezerrt hätte. Als er erkannte, daß sie quer in der Tür stand und ihn nicht hineinließ, trat er direkt auf sie zu. Sie sprang erschrocken zur Seite, wollte etwas sagen, schien es aber nicht fertigzubringen und blickte ihn nur groß an.

»Guten Abend, Aljona Iwanowna!« sagte er möglichst ungezwungen, aber seine Stimme gehorchte ihm nicht; sie klang wie geborsten und zitterte. »Ich habe Ihnen ... die Sache gebracht ... aber gehen wir doch lieber hinein ... zum Licht ...«

Und ohne sich weiter um sie zu kümmern, ging er geradewegs, ohne ihre Aufforderung abzuwarten, in das Zimmer. Die Alte lief ihm nach; sie hatte die Sprache wiedergefunden.

»Du lieber Gott! Was wollen Sie? ... Wer sind Sie denn? Was wollen Sie?«

»Aber ich bitte Sie, Aljona Iwanowna ... Sie kennen mich doch ... Ich heiße Raskolnikow ... Ich habe das Pfand gebracht, von dem ich Ihnen neulich erzählt habe ...«

Und er reichte ihr das Pfand.

Die Alte warf einen kurzen Blick darauf, starrte aber sogleich wieder in die Augen des ungebetenen Besuchers. Sie musterte ihn aufmerksam, böse und mißtrauisch. Es verstrich etwa eine Minute; er hatte sogar das Gefühl, in ihren Augen eine Art Hohn zu erkennen, als hätte sie alles schon durchschaut. Er merkte, wie er verwirrt wurde, wie ihn die Furcht übermannte, eine solche Furcht, daß er, hätte sie ihn noch eine halbe Minute so angestarrt und kein Wort gesprochen, vor ihr davon gelaufen wäre.

»Aber was schauen Sie denn so, als ob Sie mich nicht kennten?« stieß er, plötzlich ebenfalls zornig, hervor. »Wenn Sie wollen, nehmen Sie das Pfand; wenn nicht, muß ich zu jemand anderem gehen; ich habe wenig Zeit.«

Er hatte das gar nicht sagen wollen; die Worte kamen ihm wie von selbst über die Lippen.

Die alte Frau beruhigte sich, der feste Ton des Besuchers ermutigte sie sichtlich.

»Warum kommst du denn so plötzlich, mein Lieber ... was ist das?« fragte sie und blickte auf das Pfand.

»Eine silberne Zigarettendose – ich habe es Ihnen doch das letztemal schon gesagt.«

Sie streckte die Hand aus.

»Was bist du denn so blaß? Auch die Hände zittern! Fastest du etwa, mein Bester?«

»Fieber habe ich«, antwortete er stockend. »Da wird man blaß, ob man will oder nicht ... wenn man nichts zu essen hat«, setzte er hinzu; es war kaum zu verstehen, was er sagte. Die Kräfte verließen ihn wieder. Aber seine Antwort klang einleuchtend; die Alte nahm das Pfand.

»Was ist das?« fragte sie, während sie Raskolnikow noch einmal mit starrem Blick musterte und das Pfand in der Hand wog.

»Eine silberne ... Sache ... eine Zigarettendose ... sehen Sie sie sich an.«

»Hm, es kommt mir gar nicht so vor, als wäre das aus Silber ... Ach, hast du das verschnürt!«

Während sie sich bemühte, den Bindfaden aufzuknoten, drehte sie sich zum Fenster um, dem Licht zu – sie hatte trotz der Hitze alle Fenster in der Wohnung geschlossen –; sie kümmerte sich einige Sekunden lang überhaupt nicht um ihn und wandte ihm den Rücken zu. Er knöpfte sich den Mantel auf und befreite das Beil aus der Schlinge, zog es jedoch nicht ganz heraus, sondern hielt es nur mit der Rechten unter dem Mantel fest. Seine Hände waren ganz schwach; er spürte, wie sie mit jedem Augenblick tauber und gefühlloser wurden. Er fürchtete, er würde das Beil nicht halten können und es fallen lassen . . . Plötzlich schwindelte ihm.

»Na, wie er das bloß zugeschnürt hat!« rief die Alte ärgerlich und machte eine Bewegung, als wollte sie sich ihm wieder zuwenden.

Er durfte keinen Augenblick mehr verlieren. Er zog das Beil ganz heraus, schwang es mit beiden Händen, kaum noch bei Bewußtsein, und ließ es, fast ohne Anstrengung, fast mechanisch, mit dem Rücken auf den Kopf der Alten niederfallen. Er hatte das gleichsam ohne jeden Kraftaufwand getan. Doch sobald er einmal zugeschlagen hatte, kehrte ihm auch seine Kraft zurück.

Die Alte hatte, wie immer, nichts auf dem Kopf. Ihr helles, angegrautes, schütteres Haar, wie gewöhnlich stark mit Fett eingeschmiert, war zu einem Zöpfchen geflochten, das aussah wie ein Rattenschwanz; der Zopf war mit einem zerbrochenen Hornkamm festgesteckt, der häßlich von ihrem Hinterkopf abstand. Der Hieb hatte, da sie so klein war, genau ihren Scheitel getroffen. Sie schrie auf, aber sehr leise, und sackte dann plötzlich auf dem Boden zusammen, obgleich sie noch beide Hände zum Kopf heben konnte. In der einen Hand hielt sie noch immer das »Pfand«. Jetzt schlug er mit voller Wucht noch einmal zu und noch einmal, immer mit dem Beilrücken, immer auf den Scheitel. Das Blut strömte aus ihrem Kopf wie aus einem umgeworfenen Glas, und ihr Körper wälzte sich auf den Rücken. Raskolnikow trat zurück, ließ sie auf dem Boden liegen und beugte sich sogleich über ihr Gesicht: sie war schon tot. Die Augen standen weit offen, als wollten sie aus den Höhlen springen, und die Stirn und das ganze Gesicht waren krampfartig zusammengezogen und verzerrt.

Er legte das Beil auf den Boden neben die Tote und griff

ihr in die Tasche, wobei er Obacht gab, daß er sich nicht mit dem Blut beschmierte – griff in ebenjene rechte Tasche, aus der sie das letztemal die Schlüssel genommen hatte. Er war bei vollem Verstand; er spürte keine Schwäche und keinen Schwindel mehr; doch seine Hände zitterten noch immer. Später erinnerte er sich, daß er sogar sehr sorgsam und vorsichtig zu Werke ging und die ganze Zeit aufpaßte, daß er sich nicht mit Blut besudelte ... Die Schlüssel fand er sofort; alle hingen sie so wie damals zusammen in einem Bund an einem stählernen Ring. Er eilte mit den Schlüsseln gleich in das Schlafgemach. Das war ein sehr kleiner Raum mit einer riesigen Ikonenwand an der einen Seite. An der anderen Wand stand ein großes Bett, sehr sauber, mit einer aus Flicken zusammengenähten, wattierten Seidendecke. An der dritten Wand stand die Kommode. Sonderbar: sobald er die Schlüssel an der Kommode auszuprobieren begann, sobald er ihr Klirren hörte, krampfte sich ihm gleichsam der ganze Körper zusammen. Plötzlich packte ihn wieder das Verlangen, alles liegen und stehen zu lassen und fortzueilen. Doch das dauerte nur einen Augenblick; es war zu spät, um wegzugehen. Er lachte sogar über sich selbst, als ihn plötzlich ein anderer beunruhigender Gedanke überfiel. Es war ihm auf einmal so gewesen, als könnte die Alte vielleicht noch leben und noch einmal zu Bewußtsein kommen. Er ließ Schlüssel und Kommode, lief zu der Toten zurück, packte das Beil und holte noch einmal gegen sie aus, aber er schlug nicht zu. Es konnte keinen Zweifel geben, sie war tot. Als er sich bückte und sie wieder aus der Nähe betrachtete, sah er deutlich, daß der Schädel zerschmettert und sogar ein wenig seitlich verschoben war. Er wollte sie mit dem Finger berühren, aber er riß die Hand zurück; es war ja auch so alles klar. Indessen hatte sich schon eine richtige Blutlache gebildet. Plötzlich entdeckte er am Hals der Toten eine Schnur und zog daran, aber die Schnur war fest und riß nicht; zudem war sie ganz von Blut durchtränkt. Er versuchte die Schnur unter dem Kleid herauszuziehen, aber irgend etwas hatte sich verhängt. Ungeduldig holte er abermals mit dem Beil aus, um ohne weitere Umstände die Schnur oben am Körper der

Toten zu durchhauen, doch er wagte es nicht. Mit Mühe zerschnitt er die Schnur, ohne mit dem Beil die Leiche zu berühren, was etwa zwei Minuten in Anspruch nahm und wobei er Hände und Beil blutig machte, und zog sie heraus; er hatte sich nicht geirrt: da war ein Geldbeutel. An der Schnur hingen zwei Kreuze, eines aus Zypressenholz und eines aus Bronze, außerdem ein kleines emailliertes Heiligenbild und daneben ein verschmiertes Geldbeutelchen aus Sämischleder mit einem Bügel und einem Ring aus Stahl. Der Beutel war ganz vollgestopft; Raskolnikow steckte ihn in die Tasche, ohne ihn näher zu besehen; die Kreuze warf er der Alten auf die Brust und eilte in das Schlafzimmer zurück, wobei er diesmal das Beil mitnahm.

Er beeilte sich, sosehr er konnte; er packte die Schlüssel und begann wieder mit ihnen zu hantieren. Aber alles war vergeblich: sie paßten nicht in die Schlösser. Nicht etwa, daß seine Hände schon zu stark gezittert hätten, sondern er ergriff immer den falschen Schlüssel; und selbst wenn er zum Beispiel sah, daß ein Schlüssel nicht der richtige war und nicht paßte, versuchte er dennoch, ihn in das Schloß zu stecken. Plötzlich fiel ihm etwas ein, und er sagte sich, daß der große Schlüssel mit dem gezackten Bart, der neben den anderen, kleinen mit an dem Ring hing, überhaupt nicht zu der Kommode gehörte, wie er das letztemal angenommen hatte, sondern gewiß zu irgendeinem Koffer, und daß in diesem Koffer vielleicht alles versteckt war. Er ließ die Kommode stehen und kroch gleich unter das Bett, da er wußte, daß alte Weiber ihre Koffer gewöhnlich unter dem Bett stehen haben. So war es auch: dort fand er einen ansehnlichen Koffer von mehr als einem Arschin Länge, mit gewölbtem Deckel und überzogen mit rotem Saffian, in den kleine Stahlnägel eingeschlagen waren. Der gezackte Schlüssel paßte genau ins Schloß und öffnete es. Obenauf lag unter einem weißen Laken ein mit rotem Stoff gefütterter Hasenpelz, darunter war ein Seidenkleid, dann kam ein Schal, und weiter unten schienen nur Lappen zu liegen. Zuallererst machte er sich daran, seine blutbeschmierten Hände an dem roten Stoff abzuwischen. Der Stoff ist rot, und auf Rot sieht man Blut nicht so sehr, überlegte er, und mit einemmal kam er zur Besinnung. O Gott! Verliere ich etwa den Verstand? dachte er voller Furcht.

Doch kaum hatte er begonnen, die Lumpen zu durchstöbern, als plötzlich eine goldene Uhr unter dem Pelz zum Vorschein kam. Nun durchsuchte er alles gründlich. Wirklich, zwischen den Kleidern lagen durcheinander goldene Wertsachen - wahrscheinlich lauter nicht eingelöste Versatzstücke: Armbänder, Ketten, Ohrringe, Nadeln und dergleichen mehr. Manche steckten in einem Futteral, andere waren einfach in Zeitungspapier eingewickelt, aber ordentlich und sorgfältig, in doppelte Blätter und ringsum mit Bändern verschnürt. Unverzüglich stopfte er sich damit die Taschen seiner Hose und seines Mantels voll, ohne zwischen den Paketen und Futteralen einen Unterschied zu machen und ohne sie zu öffnen; aber er kam nicht dazu, viel einzustecken . . .

Plötzlich vernahm er Schritte aus dem Zimmer, in dem die Alte lag. Er hielt inne und vermied jedes Geräusch. Doch es war nichts mehr zu hören; offenbar hatte er sich getäuscht. Da vernahm er deutlich einen unterdrückten Aufschrei, als hätte jemand leise und abgerissen gestöhnt und wäre wieder verstummt. Dann trat abermals Totenstille ein, etwa eine oder zwei Minuten lang. Er kauerte bei dem Koffer, wagte kaum zu atmen und wartete, doch mit einemmal sprang er auf, ergriff das Beil und lief aus dem Schlafgemach.

In der Mitte des Zimmers stand Lisaweta, ein großes Bündel unterm Arm, und starrte entgeistert auf die ermordete Schwester, bleich im Gesicht wie ein Bettlaken und anscheinend außerstande zu schreien. Als sie ihn aus dem Schlafzimmer herausstürzen sah, begann sie zu zittern wie Espenlaub, rasch und flüchtig, und ihr ganzes Gesicht verzerrten krampfhafte Zuckungen. Sie hob halb die Hand, öffnete den Mund, schrie aber doch nicht und wich langsam, rückwärts gehend, vor ihm in die Ecke zurück, während sie ihn starr und unverwandt ansah; aber noch immer schrie sie nicht, als fehlte es ihr an Luft. Er stürzte mit dem Beil auf sie zu; ihre Lippen verzogen sich kläglich, wie es bei ganz kleinen Kindern der Fall ist, wenn sie sich vor etwas fürchten, gebannt auf das blicken, wovor sie Angst haben, und eben losheulen wollen. Und diese unselige Lisaweta war dermaßen einfältig und ein für allemal verprügelt und verschreckt, daß sie nicht einmal die Hände hob, ihr Gesicht zu schützen, obgleich das in diesem Augenblick die natürlichste Gebärde gewesen wäre, denn das Beil war unmittelbar über ihrem Gesicht. Sie hob nur kaum merklich die Linke, die sie frei hatte, aber nicht bis zum Gesicht, und streckte sie langsam vor, ihm entgegen, als wollte sie ihn fortschieben. Der Schlag traf sie genau auf die Schläfe, mit der Schneide, und hieb sogleich den ganzen oberen Teil der Stirn durch, fast bis zum Scheitel. Sie brach zusammen. Raskolnikow war völlig außer sich; er griff nach dem Bündel, warf es wieder hin und eilte in den Flur.

Immer größere Furcht packte ihn, vor allem nach diesem zweiten, völlig unvorhergesehenen Mord. Er wollte nur möglichst rasch weg von hier. Und wenn er in diesem Augenblick fähig gewesen wäre, klarer zu sehen und zu überlegen; wenn er sich nur alle Schwierigkeiten seiner Lage hätte ausmalen können, alle Verzweiflung, den Ekel und den Wahnwitz dieser Lage, und wenn er dabei hätte erkennen können, wie viele Hindernisse und vielleicht auch Übeltaten er noch zu überwinden und zu begehen haben würde, um von hier fortzukommen und nach Hause zu gelangen, dann hätte er höchstwahrscheinlich sofort alles liegen und stehen lassen und wäre gegangen, um sich selbst anzuzeigen – nicht etwa aus Angst um seine eigene Person, sondern einzig und allein aus Entsetzen über das, was er getan hatte, und aus Ekel davor. Besonders der Ekel stieg in ihm hoch und wuchs von Augenblick zu Augenblick. Um keinen Preis der Welt wäre er jetzt wieder zu dem Koffer oder auch nur in das Schlafzimmer zurückgegangen.

Doch eine Art Verwirrung und Nachdenklichkeit bemächtigte sich allmählich seiner; für Minuten schien er sich selbst zu vergessen, oder besser gesagt, er vergaß alles, was wichtig war, und klammerte sich an Nichtigkeiten. Unter anderem blickte er in die Küche und sah dort auf der Bank einen Eimer stehen, halb voll Wasser, und kam auf den Gedanken, seine Hände und das Beil zu waschen. Seine Hände waren voll Blut und klebten. Er steckte das Beil mit der Klinge ins Wasser, nahm dann ein Stückchen Seife, das in einer zerbrochenen Untertasse auf dem Fensterbrett lag, und begann sich in dem Eimer die Hände zu waschen. Sodann zog er das Beil aus dem Wasser, wusch das Eisen und danach längere Zeit, etwa drei Minuten lang, den Holzgriff, wo dieser blutig geworden war, und versuchte das Blut sogar mit Seife zu entfernen. Nun trocknete er alles mit Wäschestücken ab, die auf einer quer durch die Küche gespannten Leine zum Trocknen hingen, und schaute sich das Beil lange Zeit aufmerksam vorm Fenster an. Es waren keine Spuren zurückgeblieben; nur der Griff war noch feucht. Sorgfältig hängte er das Beil in die Schlinge unter seinem Mantel. Dann unterzog er, soweit das Licht in der trüben Küche das zuließ, seinen Mantel, seine Hose und seine Stiefel einer genauen Musterung. Rein äußerlich und auf den ersten Blick schien nichts zu sehen zu sein; nur die Stiefel hatten Flecke. Er machte einen Lappen naß und rieb damit die Stiefel ab. Er wußte übrigens, daß er nicht gründlich geschaut hatte, daß vielleicht noch irgend etwas Auffälliges da war, das er nicht bemerkt hatte. Nachdenklich blieb er mitten in der Küche stehen. Ein quälender, düsterer Gedanke stieg in ihm auf – der Gedanke, daß er verrückt wäre und in diesem Augenblick nicht die Kraft hätte, nachzudenken, sich zu verteidigen, daß er vielleicht ganz etwas anderes tun müßte, als er jetzt tat ... O Gott! Ich muß fliehen, fliehen! murmelte er vor sich hin und eilte in den Flur. Doch hier erwartete ihn ein Entsetzen, wie er es gewiß noch nie erlebt hatte.

Er stand da, schaute und konnte seinen Augen nicht trauen: die Tür, die äußere Tür, die ins Treppenhaus führte, die Tür, an der er vor kurzem geklingelt hatte und durch die er eingetreten war, diese Tür stand offen, sogar eine Handbreit offen – kein Schloß, kein Riegel war vorgelegt während dieser ganzen, ganzen Zeit! Die Alte hatte hinter ihm nicht zugeschlossen, vielleicht aus Vorsicht. Aber du lieber Gott! Er hatte später ja Lisaweta gesehen! Und wie war es nur möglich, wie war es möglich, nicht daran zu denken, daß sie ja irgendwo hereingekommen sein mußte! Sie war doch nicht durch die Wand gegangen!

Er stürzte zur Tür und legte den Riegel vor.

Aber nein, wieder falsch! Ich muß weg, weg ...

Er schob den Riegel zurück, öffnete die Tür und begann ins Treppenhaus hinunterzuhorchen.

Lange lauschte er so. Irgendwo, weit unten, wahrscheinlich in der Toreinfahrt, schrien Stimmen laut und kreischend, stritten und fluchten. Was wollen sie? ... Er wartete geduldig. Endlich war alles mit einem Schlag still, jedes Geräusch war wie abgeschnitten; die Leute hatten sich entfernt. Er wollte schon gehen, doch plötzlich wurde ein Stockwerk tiefer knarrend die Tür zum Treppenhaus geöffnet, und jemand stieg hinab, wobei er eine Melodie vor sich hinsummte. Was für einen Lärm sie alle machen! fuhr es ihm durch den Kopf. Wieder schloß er die Tür hinter sich und wartete. Endlich war alles still, keine Menschenseele war mehr zu hören. Er lief schon auf die Treppe zu, als er plötzlich abermals Schritte vernahm.

Diese Schritte kamen von weit her, ganz von unten, aber er erinnerte sich später noch sehr gut und mit aller Deutlichkeit daran, daß er im selben Augenblick, gleich beim ersten Geräusch, aus irgendeinem Grunde zu argwöhnen begann, jemand komme gerade *hierher*, in das vierte Stockwerk, zu der Alten. Warum? Klangen die Schritte etwa so einmalig, so bedeutungsvoll? Es waren schwere, gleichmäßige Schritte, die Schritte eines Menschen, der keine Eile hat. Jetzt hatte er schon das erste Stockwerk erreicht; jetzt stieg er weiter, das Geräusch wurde deutlicher und deutlicher. Raskolnikow hörte sein schweres Keuchen. Nun war er schon auf dem dritten Treppenabsatz ... Er kam hierher! Und plötzlich war es Raskolnikow, als wäre er zu Stein erstarrt, als wäre das alles ein böser Traum: man träumt, daß man verfolgt wird, daß die Verfolger schon nahe sind und einen töten wollen, während man selbst wie angewurzelt an Ort und Stelle steht und nicht einmal die Hände rühren kann.

Erst als der Besucher die letzte Treppe heraufstieg, zuckte Raskolnikow plötzlich am ganzen Körper zusammen. Er vermochte gerade noch rasch und gewandt in die Wohnung zu schlüpfen und die Tür hinter sich zu schließen. Dann griff er zum Riegel und schob ihn leise und unhörbar vor. Sein Instinkt half ihm. Als er damit fertig war, verbarg er sich, ohne zu atmen, gleich hinter der Tür. Der Besucher ließ einige Male ein schweres Schnaufen hören. Er ist offenbar dick und groß, dachte Raskolnikow, während er das Beil fester in die Hand nahm. Wahrhaftig, es war ihm, als erlebte er das alles im Traum. Der Besucher griff nach dem Klingelzug und läutete fest.

Sowie die Glocke scheppernd zu rasseln begann, hatte Raskolnikow den Eindruck, daß sich etwas im Zimmer regte. Einige Sekunden horchte er angespannt hin. Der Unbekannte klingelte noch einmal, wartete und begann dann mit einemmal ungeduldig und mit aller Kraft an der Türklinke zu rütteln. Voll Entsetzen sah Raskolnikow, wie der Knopf des Riegels in seinem Scharnier hüpfte, und er wartete mit stumpfer Furcht darauf, daß jeden Augenblick der Riegel heraussprănge. Und wirklich schien das möglich zu sein, so heftig riß der Fremde an der Tür ... Raskolnikow dachte sogar daran, den Riegel mit der Hand festzuhalten, doch jener hätte das durchschauen können. Wieder drehte sich ihm alles vor Augen. Gleich werde ich hinstürzen! durchfuhr es ihn; doch der Unbekannte fing an zu sprechen, und Raskolnikow kam sofort zur Besinnung.

»Ja, was ist denn? Schlafen die Weiber, oder hat sie jemand erwürgt? Diese verfluchte Bande!« grölte der Mann; es dröhnte, als säße er in einem Faß. »He, Aljona Iwanowna, Sie alte Hexe! Lisaweta Iwanowna, Sie unbeschreibliche Schönheit! Aufmachen! Dieses verdammte Pack, schlaft ihr vielleicht?«

Und wieder riß er voll Wut, etwa zehnmal hintereinander, mit aller Kraft an der Glocke. Er mußte ein herrischer Mensch sein, der hier gut bekannt war.

Im selben Augenblick ließen sich plötzlich kurze, hastige Schritte nicht weit auf der Treppe vernehmen. Es kam noch jemand. Raskolnikow hatte es bis jetzt gar nicht gehört.

»Ist wirklich niemand da?« rief der Neuankömmling laut

und fröhlich, indem er sich an den ersten Besucher wandte, der noch immer an der Klingel zog. »Seien Sie gegrüßt, Koch!«

Nach der Stimme zu schließen, muß er noch ziemlich jung sein, dachte Raskolnikow.

»Weiß der Teufel; beinahe hätte ich schon das Schloß gesprengt«, antwortete Koch. »Aber woher kennen Sie mich denn eigentlich?«

»Na, hören Sie! Ich habe gegen Sie doch vorgestern im ‚Gambrinus' hintereinander drei Partien Billard gewonnen!«

»Ah ...«

»Es ist also wirklich niemand zu Hause? Sonderbar. Übrigens entsetzlich dumm! Wohin kann die Alte denn gegangen sein? Ich habe in Geschäften mit ihr zu sprechen.«

»Auch ich bin in Geschäften hier, Verehrtester!«

»Was sollen wir bloß machen? Heimgehen!? Ach, ach! Und ich hoffte, mir Geld zu verschaffen!« rief der junge Mann.

»Natürlich müssen wir wieder nach Hause gehen, aber wozu hat sie mich erst herbestellt? Die alte Hexe hat mir selber diese Zeit angegeben. Für mich ist das doch ein Umweg. Und wo kann sie sich bloß herumtreiben? Alle Teufel, ich verstehe das nicht. Das ganze Jahr sitzt das Weib zu Hause und versauert, weil sie Schmerzen in den Beinen hat, und plötzlich geht sie bummeln!«

»Sollen wir nicht den Hausknecht fragen?«

»Was denn?«

»Wohin sie gegangen ist und wann sie wiederkommt?«

»Hm ... ach, zum Teufel ... fragen ... Aber sie geht ja sonst nie aus ...« Und noch einmal rüttelte er an der Türklinke.

»Zum Henker, da kann man nichts machen; wir müssen wieder heimgehen!«

»Halt!« schrie plötzlich der junge Mann. »Schauen Sie! Sehen Sie nicht, wie die Tür ein wenig klafft, wenn man daran zieht?«

»Na und?«

»Folglich ist sie nicht zugesperrt, sondern man hat nur den Riegel vorgeschoben! Hören Sie, wie der Riegel klirrt?«

»Und?«

»Ja, verstehen Sie denn nicht? Folglich ist doch jemand zu Hause! Wären alle weggegangen, hätten sie von außen mit dem Schlüssel zugesperrt und nicht von innen mit dem Riegel; also muß jemand zu Hause sein, verstehen Sie? Offenbar sitzen sie in der Wohnung und machen nicht auf.«

»Ach! Wahrhaftig!« rief Koch verwundert. »Ja, was treiben denn die Weiber nur?«

Und er begann wie toll an der Tür zu rütteln.

»Halt!« rief der junge Mann wieder. »Rütteln Sie nicht! Hier scheint etwas nicht zu stimmen ... Sie haben geklingelt und an der Tür gerüttelt, und man macht Ihnen nicht auf; folglich sind beide entweder ohnmächtig oder ...!«

»Oder was?«

»Das ist's eben! Gehen wir zum Hausknecht; der soll sie selber aufwecken.«

»Eine schöne Bescherung!«

Beide schickten sich an, die Treppe hinabzusteigen.

»Halt! Bleiben Sie hier, und ich laufe hinunter und hole den Hausknecht.«

»Und warum soll ich hierbleiben?«

»Man kann nie wissen!«

»Aber hören Sie ...«

»Ich bin doch angehender Untersuchungsrichter! Hier ist offenbar, ganz of-fen-bar etwas nicht in Ordnung!« schrie der junge Mann voll Eifer und rannte die Treppe hinab.

Koch blieb zurück und zog noch einmal leise an der Glocke; die ließ einen blechernen Klang hören; dann begann er still und gleichsam nachdenklich die Türklinke zu bewegen, wobei er sich umblickte; er zog sie an sich und ließ sie wieder frei, um sich noch einmal davon zu überzeugen, daß die Tür nur mit dem Riegel verschlossen war. Dann bückte er sich schnaufend und spähte durchs Schlüsselloch; aber innen steckte der Schlüssel, und so war wohl nichts zu sehen.

Raskolnikow stand da und hielt das Beil fest umklammert. Er war wie im Fieber. Er war sogar bereit, mit den beiden zu kämpfen, wenn sie eintreten sollten. Während sie geklopft und miteinander geredet hatten, war ihm mehrere Male der Gedanke gekommen, allem mit einem Schlag ein Ende zu machen und sie durch die Tür anzuschreien. Es reizte ihn, sie zu beschimpfen, sie zu verhöhnen, ehe sie öffneten. Nur rasch! zuckte es ihm durch den Kopf.

»Wo bleibt er denn, der Teufelskerl? . . .«

Die Zeit verstrich, eine Minute, eine zweite – niemand kam. Koch wurde unruhig.

»Wo bleibt er denn, der Teufelskerl!« schrie er plötzlich, verließ ungeduldig seinen Wachtposten und stieg ebenfalls hastig und mit polternden Schritten die Treppe hinab. Dann waren seine Schritte nicht mehr zu hören.

Mein Gott, was soll ich machen?

Raskolnikow zog das Beil hervor, öffnete die Tür einen Spalt weit, hörte nichts und trat plötzlich, ohne noch nachzudenken, aus der Wohnung, schloß die Tür hinter sich, so fest er konnte, und stieg die Treppe hinab.

Er war schon drei Stufen hinuntergelaufen, als plötzlich von unten lauter Lärm zu hören war. Wohin sollte er nun? Er konnte sich nirgends verbergen. Er wollte zurücklaufen, wieder in die Wohnung.

»He, du Lump, du Satan! Warte doch!«

Schreiend stürzte in einem unteren Stockwerk jemand aus einer Wohnung und sprang so rasch die Treppe hinab, daß es aussah, als fiele er. Dabei schrie er aus Leibeskräften: »Mitka! Mitka! Mitka! Mitka! Daß dich doch . . .«

Das Schreien endete in Gekreisch; der Lärm entfernte sich über den Hof und verstummte dann. Doch im selben Augenblick begannen einige Männer unter lautem, hitzigem Gespräch polternd die Treppe hinaufzusteigen. Sie waren zu dritt oder zu viert.

Raskolnikow erkannte die helle Stimme des jungen Mannes. Das sind sie, dachte er.

In völliger Verzweiflung ging er ihnen gerade entgegen – mochte geschehen, was wollte! Wenn sie ihn festhielten, war alles verloren; ließen sie ihn vorbei, war ebenfalls alles verloren – sie würden sich an ihn erinnern. Sie kamen immer näher; zwischen ihnen und ihm blieb nur noch ein Treppenabsatz – und plötzlich war die Rettung da! Wenige Stufen unter ihm lag rechts eine leere Wohnung, deren Tür weit offenstand. Es war jene Wohnung im zweiten Stockwerk, in der die Maler gearbeitet hatten, und die waren jetzt zum Glück weggegangen. Wahrscheinlich waren sie es gewesen, die soeben mit solchem Geschrei das Haus verlassen hatten. Die Fußböden waren frisch gestrichen; mitten im Zimmer standen ein kleiner Eimer und eine Schale mit Farbe und einem Pinsel. Im Nu war Raskolnikow durch die offene Tür geschlüpft und hatte sich hinter der Wand versteckt. Es war höchste Zeit: die Leute stiegen weiter und betraten eben die letzte Treppe. Sie kamen an ihm vorbei und gingen unter lautem Gespräch in den vierten Stock. Er wartete, stahl sich auf den Fußspitzen weg und lief hinab.

Niemand auf der Treppe! Auch im Torweg war niemand! Rasch ging er durch die Einfahrt und bog links in die Straße ein.

Er wußte sehr gut, wußte nur zu gut, daß sie in diesem Augenblick schon in der Wohnung waren, daß sie sich sehr wunderten, die Wohnung offen zu finden, obgleich sie doch eben noch verschlossen gewesen war, und daß sie jetzt schon die Leichen entdeckt hatten. Nicht mehr als eine Minute würde verstreichen, und sie ahnten und waren sich völlig klar darüber, daß der Mörder gerade noch hier gewesen und daß es ihm irgendwie gelungen war, verborgen zu bleiben, an ihnen vorbeizuhuschen, zu fliehen. Sie würden wohl auch darauf kommen, daß er in der leeren Wohnung gesessen hatte, während sie die Treppe erstiegen. Doch wagte er nicht schneller zu gehen, obgleich bis zur nächsten Straßenecke noch etwa hundert Schritt zurückzulegen waren. Soll ich mich nicht in einem Haustor verbergen und irgendwo auf einer fremden Treppe warten? Nein, das ist schlecht! Oder das Beil wegwerfen? Eine Droschke nehmen? Schlecht! Schlecht!

Seine Gedanken verwirrten sich. Endlich war da die Seitengasse; halbtot bog er ein; nun war er schon zur Hälfte gerettet, und er wurde sich dessen sofort bewußt. Hier erweckte er weniger Argwohn; außerdem gingen hier viele Leute, und er tauchte in der Menge unter wie ein Sandkörnchen. Doch alle diese Qualen hatten ihn so entkräftet, daß er sich kaum noch fortschleppen konnte. In Tropfen rann ihm der Schweiß übers Gesicht; sein Hals war ganz naß! »He, du bist ja besoffen!« rief ihm jemand zu, als er den Kanal erreichte.

Er war fast ohne Besinnung; je weiter er ging, desto schlimmer wurde es. Er entsann sich jedoch, wie er plötzlich, als er an das Ufer des Kanals gekommen war, darüber erschrak, daß hier so wenig Leute waren. Er mußte hier noch mehr auffallen und wollte wieder in die Gasse zurücklaufen. Obwohl er zum Umfallen müde war, machte er dennoch einen Umweg und kam von einer ganz anderen Seite nach Hause.

Halb bewußtlos betrat er die Toreinfahrt; er stand schon im Treppenhaus, da fiel ihm das Beil wieder ein. Eine höchst wichtige Aufgabe stand ihm noch bevor: er mußte das Beil noch zurücklegen, so unbemerkt es nur ging. Er hatte nicht mehr die Kraft zu erwägen, daß es gewiß weit besser gewesen wäre, das Beil nicht an die frühere Stelle zurückzulegen, sondern es vielleicht später einmal irgendwo in einem fremden Hof zu lassen.

Doch alles lief gut ab. Die Tür zu der Hausknechtswohnung war zwar geschlossen, aber nicht zugesperrt. Folglich befand sich allem Anschein nach der Hausknecht in seiner Wohnung. Aber Raskolnikow hatte die Fähigkeit, über irgend etwas nachzudenken, schon in so hohem Maße verloren, daß er geradewegs zu der Hausknechtswohnung ging und die Tür öffnete. Hätte ihn der Hausknecht gefragt, was er wolle, er hätte ihm vielleicht ohne Umschweife das Beil gereicht. Aber der Mann war wieder nicht zu Hause, und Raskolnikow konnte das Beil an seinen alten Platz unter der Bank zurücklegen und es sogar noch mit einem Holzscheit zudecken.

Niemandem, keiner einzigen Menschenseele, begegnete er dann auf dem Weg zu seinem Zimmer; die Tür der Hauswirtin war verschlossen. Als er in seine Stube trat, warf er sich, wie er war, auf den Diwan. Er schlief nicht, aber er befand sich in einer Art Dämmerzustand. Wäre jetzt jemand in sein Zimmer gekommen, Raskolnikow wäre sogleich aufgesprungen und hätte zu schreien begonnen. Bruchstücke irgendwelcher Gedanken schwirrten ihm durch den Kopf; aber er vermochte keinen festzuhalten, bei keinem zu verweilen, so große Mühe er sich auch gab . . .

ZWEITER TEIL

1

So lag er sehr lange. Gelegentlich wachte er halb auf, und dann bemerkte er, daß es bereits tiefe Nacht war; aber er dachte nicht daran, aufzustehen. Schließlich sah er, daß der Tag heraufzog. Er lag rücklings auf dem Diwan, noch erstarrt in dem früheren Dämmerzustand. Schrill klangen furchtbare, verzweifelte Schreie von der Straße zu ihm herauf, wie er sie übrigens jede Nacht gegen drei Uhr unter seinem Fenster hörte. Sie hatten ihn auch jetzt geweckt.

Ah! Jetzt kommen die Betrunkenen aus den Kneipen, dachte er. Es ist drei Uhr! – und plötzlich sprang er auf, als ob ihn jemand vom Diwan gerissen hätte. Wie! Schon drei! Er setzte sich wieder, und jetzt erinnerte er sich an alles. Plötzlich, im Augenblick fiel ihm alles wieder ein!

In der ersten Sekunde dachte er, er müsse verrückt werden. Ein furchtbarer Kälteschauer überlief ihn, aber diese Kälte rührte nur von dem Fieber her, das ihn schon befallen hatte, während er schlief. Ein solcher Schüttelfrost hatte ihn gepackt, daß ihm die Zähne klapperten und sich ihm alles nur so drehte. Er öffnete die Tür und lauschte: das ganze Haus lag in tiefem Schlaf. Voll Staunen betrachtete er sich selbst und alles ringsum in seinem Zimmer. Ihm war es unfaßlich, daß er gestern beim Heimkommen den Riegel nicht vor die Tür gelegt und sich nicht nur in seinen Kleidern, sondern sogar mit dem Hut auf dem Kopf aufs Lager geworfen hatte – der Hut war heruntergefallen und lag auf dem Boden, neben dem Kissen. Wenn jemand hereingekommen wäre, was hätte er sich denken müssen? Daß ich betrunken bin; aber ... Er eilte zum Fenster. Es war genügend hell, und er begann sich rasch zu mustern, von Kopf bis Fuß, alle seine Kleidungsstücke, ob nicht noch irgendwelche Spuren daran seien. Aber auf diese Weise war nichts zu sehen; zitternd vor Schüttelfrost zog er sich ganz aus und blickte sich wieder im Kreise um. Er wendete die Sachen hin und her, untersuchte sie bis zum letzten Faden und Flicken, und da er sich selber nicht traute, wiederholte er diese Besichtigung noch dreimal. Doch er fand nichts; anscheinend war keine Spur zurückgeblieben; nur unten an der Hose, wo sie abgenutzt und ausgefranst war, klebte an den Fransen dickes, geronnenes Blut. Er nahm ein großes Taschenmesser und schnitt die Fransen ab. Sonst schien nichts weiter dazusein. Plötzlich entsann er sich, daß der Geldbeutel und die Gegenstände, die er aus dem Koffer der Alten genommen hatte, noch immer in seinen Taschen waren. Bisher hatte er nicht daran gedacht, sie hervorzuholen und zu verstecken! Er hatte sich nicht einmal jetzt an sie erinnert, während er seine Kleider untersuchte! Wie konnte das sein? Augenblicklich nahm er sie aus den Taschen und warf sie auf den Tisch. Nachdem er alles herausgenommen und sogar seine Taschen umgedreht hatte, um sich zu überzeugen, daß nicht noch etwas zurückgeblieben sei, trug er den ganzen Haufen in eine Ecke. In dieser Ecke war unten an einer Stelle die von der Wand abstehende Tapete zerrissen, und er stopfte hastig den ganzen Kram unter die Tapete. Es geht hinein! Fort mit allem, aus meinen Augen, auch mit dem Geldbeutel! dachte er freudig, während er stehenblieb und mit stumpfem Blick in die Ecke auf das Loch in der Tapete starrte, das jetzt noch weiter klaffte. Plötzlich zuckte er vor Entsetzen am ganzen Körper zusammen. Du lieber Gott, flüsterte er verzweifelt, was ist denn nur los mit mir? Ist das etwa ein Versteck? Versteckt man etwas auf diese Weise?

Freilich hatte er nicht auf Wertgegenstände gerechnet, sondern geglaubt, er werde nur Geld finden, und darum war es ihm nicht eingefallen, im voraus über einen Platz für die Sachen nachzudenken. Aber jetzt, worüber habe ich mich denn jetzt bloß gefreut? fragte er sich. Versteckt man denn etwas auf diese Weise? Mein Verstand läßt mich wahrhaftig im Stich! Erschöpft setzte er sich auf den Diwan, und sogleich überfielen ihn wieder unerträgliche Kälteschauer. Mechanisch zog er seinen alten Studentenmantel, der neben ihm auf einem Stuhl lag, zu sich, einen warmen Wintermantel, der jetzt fast ganz zerfetzt war, deckte sich damit zu und versank wieder in Schlaf und Fieberdelirien. Er verlor abermals das Bewußtsein.

Nach höchstens fünf Minuten sprang er jedoch wieder auf und stürzte wie toll von neuem zu seinen Kleidern. Wie konnte ich bloß wieder einschlafen, obwohl noch gar nichts geschehen ist! Ein so schwerwiegender Beweis!

Er riß die Schlinge aus dem Mantel und zerfetzte sie möglichst rasch in kleine Stücke, die er in die Wäsche unter seinem Kissen steckte. Einzelne Leinwandfetzen werden in keinem Fall verdächtig sein, will mir scheinen; so will mir scheinen! wiederholte er, während er in der Mitte des Zimmers stand und mit schmerzlich angespannter Aufmerksamkeit wieder Umschau hielt, auf dem Boden und überall ringsum, ob er nicht noch etwas vergessen habe. Die Überzeugung, daß alles, sogar das Gedächtnis, sogar das primitivste Denkvermögen, ihn jetzt im Stich lasse, begann ihm unerträgliche Qualen zu bereiten. Wie, beginnt es wirklich schon? Kommt jetzt schon die Strafe? Tatsächlich, da, es ist so! Und wahrhaftig, die von seiner Hose abgeschnittenen Fransen lagen mitten im Zimmer, so daß der erstbeste, der den Raum betrat, sie gleich sehen konnte! Ja, was ist denn nur mit mir? wiederholte er, als wäre er seiner Sinne nicht mächtig!

Jetzt kam ihm ein seltsamer Gedanke: Es wäre doch möglich, daß alle seine Kleidungsstücke voll Blut waren, daß vielleicht viele Flecke darauf waren und er sie nur nicht gesehen, nicht bemerkt hatte, weil sein Denkvermögen geschwächt und zerfahren ... weil sein Verstand umdüstert war ... Plötzlich entsann er sich: auch auf dem Geldbeutel war Blut gewesen. Ah! Folglich muß auch in der Tasche Blut sein, weil ich den noch nassen Beutel gleich in die Tasche gesteckt habe! Im Nu hatte er die Tasche umgedreht, und wahrhaftig, im Futter fanden sich Blutspuren, Flecke! Offenbar bin ich doch noch nicht ganz von Sinnen; offenbar funktioniert mein Denkvermögen und mein Gedächtnis noch, wenn ich von selbst darauf gekommen bin und es erraten habe! dachte er triumphierend, während er aus tiefer Brust freudig aufatmete. Es war nur fieberhafte Schwäche, ein minutenlanges Delirium – und er riß die ganze linke Tasche aus der Hose. In diesem Augenblick fiel ein Sonnenstrahl auf seinen linken Stiefel; auf dem Socken, der aus dem Stiefel hervorsah, schienen Flecke zu sein. Er zog den Stiefel aus. Wirklich, hier ist Blut! Die ganze Fußspitze ist mit Blut durchtränkt! Offenbar war er unvorsichtig gewesen und in die Blutlache getreten ... Aber was soll ich jetzt damit machen? Wohin mit dem Socken, mit den Fransen, der Tasche?

Er knüllte alles in der Hand zusammen und blieb in der Mitte des Zimmers stehen. In den Ofen? Im Ofen sucht man zuerst! Verbrennen? Aber womit? Ich habe nicht einmal Zündhölzer. Nein, besser wäre es, aus dem Haus zu gehen und alles wegzuwerfen. Ja! Am besten wegwerfen! wiederholte er für sich, während er sich abermals auf den Diwan setzte. Und zwar gleich, noch in dieser Minute, ohne zu zögern! ... Doch statt dessen sank sein Kopf wieder auf das Kissen; wieder überfielen ihn eisige Kälteschauer; wieder zog er den alten Studentenmantel über sich. Und ein paar Stunden lang durchzuckten ihn immer wieder Gedankenfetzen: Gleich, sofort muß ich irgendwohin gehen und alles wegwerfen, damit es mir aus den Augen kommt; nur schnell, nur schnell! Einige Male riß es ihn hoch, und er wollte aufstehen, brachte es aber nicht fertig. Schließlich weckte ihn heftiges Klopfen an der Tür.

»So mach doch auf! Lebst du überhaupt noch, oder bist du tot? Immerzu muß er schlafen!« schrie Nastasja und hämmerte mit der Faust gegen die Tür. »Den lieben langen Tag verschläft er wie ein Hund! Und ein Hundevieh ist er auch! Aufmachen, hörst du! Es ist elf.«

»Vielleicht ist er gar nicht zu Hause«, erwiderte eine Männerstimme.

Oho! das ist die Stimme des Hausknechts ... was will er denn?

Raskolnikow fuhr auf und setzte sich. Sein Herz schlug so heftig, daß es ihn geradezu schmerzte.

»Und wer hat den Riegel vorgeschoben?« wandte Nastasja ein. »Jetzt fängt er gar noch an, sich einzuschließen! Als ob man ihn wegtragen wollte! Mach auf, du Neunmalkluger, wach auf!«

Was wollen die beiden nur? Und wozu ist der Hausknecht da? Sicher ist schon alles bekannt. Soll ich Widerstand leisten oder öffnen? Hol sie der Teufel ...

Er richtete sich auf, beugte sich vor und schob den Riegel zurück.

Sein Zimmer war so klein, daß er den Riegel zurückschieben konnte, ohne vom Diwan aufzustehen.

Und richtig: da standen der Hausknecht und Nastasja.

Nastasja musterte ihn irgendwie sonderbar. Mit herausfordernder und verzweifelter Miene sah er den Hausknecht an. Der reichte ihm schweigend ein graues, einfach zusammengefaltetes, mit Lack versiegeltes Schriftstück.

»Eine Vorladung, du sollst aufs Revier kommen«, sprach er, während er ihm das Schriftstück gab.

»Auf welches Revier? ...«

»Eine Vorladung der Polizei; du sollst aufs Revier kommen. Jeder weiß doch, was das ist.«

»Zur Polizei? ... Weshalb? ...«

»Woher soll ich das wissen? Man lädt dich vor, und du mußt hingehen.«

Aufmerksam betrachtete er Raskolnikow, sah sich rasch im Zimmer um und wandte sich zum Gehen.

»Bist du am Ende wirklich krank?« fragte Nastasja, die ihn nicht aus den Augen ließ. Auch der Hausknecht wandte ihm flüchtig noch einmal den Kopf zu. »Seit gestern hat er Fieber«, fügte sie hinzu.

Raskolnikow antwortete nichts und hielt das Papier in Händen, ohne es auseinanderzufalten.

»So bleib doch liegen«, sprach Nastasja weiter, die voll Mitleid sah, wie er die Füße vom Diwan nahm. »Du bist krank, so geh doch nicht hin; es wird schon nicht brennen. Was hast du denn da in der Hand?«

Er blickte hin: in seiner rechten Hand hielt er die abgeschnittenen Hosenfransen, den Socken und die Fetzen der herausgerissenen Tasche. Mit ihnen in der Hand hatte er also geschlafen. Als er später drüber nachdachte, erinnerte er sich, daß er, sooft er aus seinen Fieberträumen halb erwacht war, das alles fest in der Hand gehalten hatte und dann wieder eingeschlafen war.

»Nein, was für Lappen, was für Lappen er da aufgelesen hat, und er schläft damit, als wäre es ein Schatz ...« Nastasja brach in ihr krankhaft nervöses Lachen aus.

Sofort schob er alles unter den Studentenmantel und starrte sie unverwandt an. Obgleich er in diesem Augenblick nur sehr wenig vernünftige Erwägungen anstellen konnte, fühlte er doch, daß man nicht so mit jemandem sprach, wenn man kam, um ihn festzunehmen. Aber die Polizei? dachte er.

»Trink doch Tee! Willst du, ja? Ich bringe ihn dir; es ist noch welcher da ...«

»Nein ... ich gehe hin; ich gehe jetzt gleich«, murmelte er, während er aufstand.

»Daß du mir nicht die Treppe hinunterfällst!«

»Ich gehe ...«

»Wie du willst.«

Sie folgte dem Hausknecht. Sogleich stürzte Raskolnikow zum Fenster, um den Socken und die Fransen anzusehen. Flecke sind da, aber sie fallen nicht sehr auf; alles ist schmutzig, verwischt und schon verblaßt. Wer es nicht weiß, wird nichts entdecken. Nastasja konnte aus der Entfernung bestimmt nichts sehen, Gott sei Dank! Nun öffnete er zitternd die Vorladung und las; lange, lange Zeit las er, und endlich hatte er verstanden. Es war eine ganz gewöhnliche Aufforderung, heute um halb zehn in der Kanzlei des Revierinspektors zu erscheinen.

Wozu das? dachte er. Was mich betrifft, so habe ich doch nichts mit der Polizei zu schaffen! Und warum gerade heute? Die Ungewißheit quälte ihn. Du lieber Gott, wenn ich es nur rasch hinter mir hätte! Er wollte schon auf die Knie sinken, um zu beten, doch dann mußte er selber lachen – nicht über das Gebet, sondern über sich. Rasch kleidete er sich an. Wenn ich verloren bin, bin ich eben verloren; es gilt alles gleich! – Den Socken sollte ich anziehen! fiel ihm plötzlich ein. Er wird dann noch schmutziger, und das Blut ist fast nicht mehr zu sehen. Doch kaum hatte er ihn angezogen, als er ihn gleich voll Abscheu und Entsetzen wieder vom Fuß riß. Er rollte ihn zusammen, doch als er sich überlegte, daß er keinen anderen hatte, nahm er ihn wieder, zog ihn zum zweitenmal an – und lachte abermals. Es ist alles bedingt; alles ist relativ; all das sind nur äußere Formen, dachte er flüchtig, in einem versteckten Winkel seines Gehirns; zugleich zitterte er am ganzen Körper. – Siehst du, jetzt hast du ihn angezogen. Hast ihn doch schließlich angezogen! Sein Lachen wich aber sofort der Verzweiflung. Nein, es übersteigt meine Kräfte ... dachte er. Seine Beine schlotterten. Vor Angst! murmelte er vor sich hin. Sein Kopf schwindelte und schmerzte vor Fieber. Es ist eine Falle! Sie wollen mich mit List dorthinlocken und mich dann plötzlich des Verbrechens überführen, dachte er, während er auf die Treppe trat. Schlimm ist nur, daß ich hohes Fieber habe ... Da kann ich irgendwelche Dummheiten schwatzen ...

Auf der Treppe besann er sich, daß er alle Sachen in dem Loch unter der Tapete zurückgelassen hatte. Vielleicht wollen sie in meiner Abwesenheit eine Haussuchung vornehmen, dachte er und blieb stehen. Doch es hatten sich seiner auf einmal solche Verzweiflung und, wenn man so sagen darf, ein solcher Zynismus des Untergangs bemächtigt, daß er abwinkte und weiterging.

Wenn es nur rasch vorüber wäre! ...

Auf der Staße herrschte wieder unerträgliche Hitze; wäre nur in all diesen Tagen ein einziger Tropfen Regen gefallen! Wieder gab es Staub, Ziegel und Kalk; wieder drang der Gestank aus Kaufläden und Gasthäusern ins Freie; wieder begegneten ihm jeden Augenblick Betrunkene, finnische Laufburschen und ramponierte Droschken. Die Sonne stach ihm grell in die Augen, so daß es ihn schmerzte, und der Kopf drehte sich ihm um und um – die gewöhnlichen Beschwerden eines Fiebernden, der plötzlich an einem hellen, sonnigen Tag auf die Straße tritt.

Als er an die Ecke der Straße von gestern kam, blickte er in qualvoller Unruhe hin auf *jenes* Haus ... und wandte den Blick sofort ab.

Wenn sie mich danach fragen, sage ich ihnen vielleicht alles, dachte er, als er auf das Revier zuschritt.

Das Revier lag etwa eine Viertelwerst weit. Es war erst kürzlich in neuen Räumen im vierten Stock eines neuen Hauses untergebracht worden. In den früheren Räumlichkeiten war er einmal ganz kurz gewesen, doch war das schon sehr lange her. Als er durch das Tor trat, sah er rechts eine Treppe, auf der ein Mann herunterkam, ein Meldebuch in Händen. Offenbar ist das ein Hausknecht, und offenbar befindet sich hier auch das Revier, dachte er und stieg aufs Geratewohl hinauf. Er wollte an niemanden auch nur eine einzige Frage richten.

Ich will hineingehen, auf die Knie sinken und alles gestehen ... sagte er sich, während er den vierten Treppenabsatz hinaufstieg ...

Die Treppe war schmal, steil und naß von Spülwasser. Die Küchen der Wohnungen in allen vier Stockwerken gingen auf diese Treppe und standen fast den ganzen Tag offen. Daher rührte die drückende Schwüle. Hausknechte mit ihren Büchern unter dem Arm, Amtsboten und verschiedene Leute, Männer und Frauen, gingen da aus und ein – alles Besucher des Amtes. Auch die Tür zur Kanzlei stand weit offen. Raskolnikow trat ein und blieb im ersten Raum stehen. Außer ihm standen noch einige Männer da und warteten. Auch in diesem Zimmer war es ungemein schwül, und zudem schlug einem von dem stinkenden Firnis der neugetünchten Zimmer ein Geruch frischer, noch nicht ganz getrockneter Farbe entgegen, der fast einen Brechreiz verursachte. Nachdem er ein wenig gewartet hatte, hielt er es für besser, in das nächste Zimmer weiterzugehen. Alle Räume waren winzig klein und niedrig. Schreckliche Ungeduld trieb ihn weiter, immer weiter. Niemand achtete auf ihn. Im zweiten Raum saßen Schreiber und kritzelten; sie waren vielleicht ein wenig besser gekleidet als er, sahen aber recht merkwürdig aus. Er wandte sich an einen von ihnen.

»Was willst du?« fragte der Mann

Raskolnikow zeigte ihm seine Vorladung.

»Sie sind Student?« fragte der andere, nachdem er auf das Schreiben geblickt hatte.

»Ja, ehemaliger Student.«

Der Schreiber musterte ihn, übrigens ohne jegliche Neugier. Er war besonders abgerissen und hatte einen ganz starren Blick.

Von dem erfahre ich nichts, weil ihm alles gleichgültig ist, dachte Raskolnikow.

»Gehen Sie dorthin, zum Schriftführer«, fuhr der Schreiber fort und zeigte mit dem Finger auf das letzte Zimmer.

Raskolnikow betrat diesen Raum – es war der vierte –, der eng war und vollgepfercht mit Leuten; sie waren jedoch etwas besser angezogen als die in den drei andern Räumen. Unter den Besuchern waren auch zwei Damen. Die eine, ärmlich gekleidet und in Trauer, saß an einem Tisch, dem Schriftführer gegenüber, und schrieb etwas, das er ihr diktierte. Die andere Dame, sehr üppig und krebsrot, mit Flecken im Gesicht, eine stattliche Frau, ein wenig allzu auffallend gekleidet, mit einer Brosche, so groß wie eine Untertasse, stand abseits und wartete auf etwas. Raskolnikow reichte dem Schriftführer seine Vorladung. Der Mann blickte flüchtig auf, sagte: »Warten Sie!« und befaßte sich weiterhin mit der Dame in Trauer.

Raskolnikow atmete freier. Es ist sicherlich nicht das! Allmählich faßte er Mut; mit allen Kräften redete er sich zu, Mut zu haben und klaren Kopf zu bewahren.

Irgendeine Dummheit, eine ganz nichtige Unvorsichtigkeit, und ich liefere mich selbst ans Messer. Hm ... Schade, daß hier so wenig frische Luft ist, dachte er weiter, diese Schwüle! ... Mein Schwindelgefühl wird noch stärker werden ... Und meine Gedanken verwirren sich noch mehr ...

Er fühlte in seinem Inneren ein furchtbares Durcheinander und hatte Angst, die Beherrschung zu verlieren. Er bemühte sich, sich an etwas festzuklammern und an irgend etwas zu denken, an etwas ganz am Rande Liegendes, doch das gelang ihm nicht. Übrigens interessierte ihn der Schriftführer sehr, und es verlangte ihn, aus dem Gesicht dieses Mannes irgend etwas herauszulesen, ihn zu durchschauen. Er war noch ziemlich jung, vielleicht zweiundzwanzig Jahre alt, und hatte ein lebhaftes, dunkles Gesicht, das ein wenig älter wirkte, als er war; er trug sich nach der letzten Mode, stutzerhaft, hatte einen Scheitel bis zum Nacken, war gut frisiert und pomadisiert, hatte eine Menge Ringe an den weißen, wohlgepflegten Fingern und goldene Ketten über der Weste. Mit einem Ausländer, der ebenfalls da war, wechselte er sogar einige französische Worte, und zwar in recht gutem Französisch.

»Luisa Iwanowna, setzen Sie sich doch«, sagte er nebenbei zu der herausgeputzten krebsroten Dame, die noch immer dastand, als wagte sie nicht, sich unaufgefordert niederzusetzen, obwohl neben ihr ein Stuhl frei war.

»Ich danke«, erwiderte sie leise auf deutsch und ließ sich unter dem Rauschen ihres Seidenkleides auf den Stuhl sinken. Ihr hellblaues Kleid mit der weißen Spitzengarnitur blähte sich wie ein Luftballon rings um den Stuhl und nahm beinahe das halbe Zimmer ein. Parfümgeruch wehte herüber. Ihr war es jedoch sichtlich peinlich, daß sie soviel Platz beanspruchte und so stark nach Parfüm roch; sie lächelte feige und zugleich frech, auf jeden Fall aber in deutlicher Unruhe.

Die Dame in Trauer war nun endlich fertig und erhob sich. Plötzlich trat ziemlich lärmend ein Offizier ein, der bei jedem Schritt herausfordernd und irgendwie eigenartig die Schultern bewegte; er warf seine Mütze mit der Kokarde auf einen Tisch und setzte sich in den Lehnsessel. Die üppige Dame hüpfte, als sie ihn sah, nur so von ihrem Platz und begann mit einem komischen Entzücken zu knicksen; der Offizier jedoch schenkte ihr keine Beachtung, und sie wagte sich in seiner Gegenwart nicht mehr zu setzen. Es war der Stellvertreter des Revierinspektors; er hatte einen horizontal nach beiden Seiten abstehenden rötlichen Schnurrbart und ungemein feine Gesichtszüge, die allerdings außer einiger Anmaßung nichts ausdrückten. Scheel und ein wenig empört betrachtete er Raskolnikow; der trug einen allzu abscheulichen Anzug, und trotz aller Erniedrigung stimmte seine Haltung ganz und gar nicht mit seiner Kleidung überein; unvorsichtigerweise starrte Raskolnikow ihn allzu lange an, so daß der andere geradezu beleidigt war.

»Was willst du?« fragte er, offenbar erstaunt darüber, daß ein so zerlumpter Kerl gar nicht daran dachte, sich vor seinem blitzenden Blick in nichts aufzulösen.

»Ich bin ... vorgeladen ...« antwortete Raskolnikow mühsam.

»Das ist die Sache mit der Geldforderung an den Herrn *Studenten*«, erklärte der Schriftführer eilig und blickte von seinen Akten auf. »Hier!« Und er schob Raskolnikow ein Heft hin und zeigte auf eine Stelle. »Lesen Sie!«

Geldforderung? Was für Geld? dachte Raskolnikow. Aber jedenfalls ist es nicht das! und er zitterte vor Freude. Plötzlich wurde ihm furchtbar leicht zumute, unsagbar leicht. Die ganze Last war ihm von der Seele genommen.

»Und um wieviel Uhr hätten Sie laut Vorladung kommen sollen, geehrter Herr?« rief der Leutnant, der aus Gott weiß welchen Gründen immer verdrießlicher wurde. »Hier steht neun Uhr, und jetzt ist es schon zwölf!«

»Man hat mir das Schreiben erst vor einer Viertelstunde gebracht«, antwortete Raskolnikow laut und über die Schulter hinweg. Auch er war jetzt unversehens, und ohne daß er es erwartet hätte, zornig geworden und fand daran sogar eine Art Vergnügen. »Es ist ohnedies schon genug, daß ich trotz meinem Fieber hergekommen bin.«

»Schreien Sie gefälligst nicht!«

»Ich schreie nicht; ich rede sehr ruhig; aber Sie schreien, und ich bin Student und lasse mich nicht anschreien.«

Der Stellvertreter des Inspektors geriet in solchen Zorn, daß es ihm für einen Moment die Sprache verschlug und nur Speichelblasen von seinen Lippen spritzten. Er sprang auf.

»Schweigen Sie gefälligst! Sie befinden sich bei einer Behörde. Wo bleiben Ihre Manieren, Herr!«

»Auch Sie befinden sich bei einer Behörde«, rief Raskolnikow. »Und nicht nur, daß Sie schreien; Sie rauchen sogar noch, lassen es also an Höflichkeit gegen uns alle mangeln.«

Als Raskolnikow das gesagt hatte, empfand er einen unaussprechlichen Genuß. Mit einem Lächeln beobachtete der Schriftführer die beiden. Der hitzige Leutnant war sichtlich betroffen.

»Das geht Sie gar nichts an, Herr!« rief er schließlich unnatürlich laut. »Geben Sie lieber die Erklärung ab, die man von Ihnen verlangt. Zeigen Sie es ihm, Alexander Grigorjewitsch! Eine Forderung gegen Sie! Sie zahlen Ihre Schulden nicht! Ein feiner Herr!«

Doch Raskolnikow hörte nicht mehr hin, griff gierig nach dem Akt und suchte möglichst schnell des Rätsels Lösung zu erfahren. Er las einmal, zweimal und verstand noch immer nicht.

»Was soll das heißen?« fragte er den Schriftführer.

»Es ist eine Klage gegen Sie eingereicht worden; man verlangt Geld von Ihnen auf Grund eines Wechsels. Sie müssen entweder die Summe mit allen Kosten, Strafgeldern und dergleichen erlegen oder eine schriftliche Erklärung abgeben, wann Sie zahlen können. Gleichzeitig müssen Sie sich verpflichten, bis zur Begleichung der Schuld die Stadt nicht zu verlassen und Ihre Habseligkeiten weder zu veräußern noch beiseitezuschaffen. Und Ihr Gläubiger hat das Recht, Ihr Eigentum zu verkaufen und gegen Sie nach dem Gesetz vorzugehen.«

»Aber ich ... ich bin ja niemandem etwas schuldig!«

»Das geht uns nichts an. Wir haben nur einen bereits fälligen, gesetzlich protestierten Wechsel zur Eintreibung erhalten, lautend auf hundertfünfzehn Rubel, die Ihnen die Kollegienassesorswitwe Sarnizyna vor neun Monaten ausbezahlt hat; von der Witwe Sarnizyna ist dieser Wechsel an den Hofrat Tschebarow weitergegeben worden, und wir fordern Sie jetzt auf, sich dazu zu äußern.«

»Aber sie ist doch meine Hauswirtin!«

»Daß sie Ihre Hauswirtin ist, spielt doch keine Rolle.«

Der Schriftführer sah ihn mit einem herablassenden Lächeln an, voll Mitleid und auch mit einem gewissen Triumph, wie einen Rekruten, der eben erst die Feuertaufe erhalten hat, als hätte er gedacht: Na, wie fühlst du dich jetzt? Aber was kümmerte Raskolnikow jetzt ein Wechsel oder eine Klage! War das in diesem Augenblick ein Grund, sich zu sorgen, oder überhaupt der geringsten Aufmerksamkeit wert? Er stand da, las, hörte zu, antwortete und stellte sogar selber Fragen, doch das alles nur rein mechanisch. Der Triumph der Selbsterhaltung, aus einer fürchterlichen Gefahr errettet zu sein – das erfüllte jetzt sein ganzes Wesen, ohne daß er an die Zukunft dachte, ohne daß er dies Gefühl analysierte, ohne daß er daran herumrätselte und sich den Kopf darüber zerbrach, ohne daß er zweifelte und fragte. Es war eine Minute völliger, unmittelbarer, rein animalischer Freude. Doch im selben Augenblick ereignete sich in der Kanzlei etwas, das einem Ungewitter glich. Der Leutnant, noch immer erschüttert von Raskolnikows unehrerbietigem Benehmen, zornig und offenbar bestrebt, seinen angeschlagenen Ehrgeiz wiederaufzurichten, fiel mit Blitz und Donner über die unglückliche herausgeputzte Dame her, die ihn, seit er eingetreten war, mit einem überaus dummen Lächeln anstarrte.

»Und du, du elendes Miststück«, schrie er plötzlich aus vollem Halse – die Dame in Trauer war schon weggegangen –, »was ist heute nacht bei dir losgewesen? He? Schon wieder Krakeel und Radau, daß die ganze Straße auf den Beinen war? Schon wieder Schlägereien und Sauferei? Du willst wohl ins Arbeitshaus kommen?! Ich habe es dir schon einmal gesagt, ich habe dich schon zehnmal gewarnt, daß ich es dir beim elftenmal nicht durchgehen lasse! Und du fängst schon wieder an, du Weibsstück, du!«

Raskolnikow ließ das Papier fallen und starrte verstört die zurechtgemachte Dame an, die da ohne viel Federlesens so abgekanzelt wurde; doch er erkannte bald, worum es sich handelte, und nun begann ihm die ganze Geschichte ungemeinen Spaß zu machen. Er hörte mit Vergnügen zu, mit so großem Vergnügen, daß ihn geradezu die Lust ankam, zu lachen, zu lachen, zu lachen ... Alle seine Nerven vibrierten nur so.

»Ilja Petrowitsch!« begann der Schriftführer besorgt, hielt aber inne, um den richtigen Zeitpunkt abzuwarten; denn wenn der Leutnant einmal in Hitze geraten war, konnte man ihn nur mit Brachialgewalt zurückhalten, was der Schriftführer aus eigener Erfahrung wußte.

Die aufgetakelte Dame zitterte zwar anfangs unter diesem Donnerwetter, doch seltsam: je zahlreicher und kräftiger die Schimpfworte wurden, desto liebenswürdiger sah sie drein, desto bezaubernder war das Lächeln, das sie dem polternden Leutnant schenkte. Sie trat unruhig von einem Bein aufs andere, knickste unablässig und wartete geduldig darauf, daß man endlich auch ihr erlauben werde, zu Wort zu kommen. Schließlich war es so weit.

»Kein Lärm, keine Prügelei sind bei mir zu Haus gewesen, Herr Hauptmann«, begann sie plötzlich in fließendem Russisch, aber mit starkem deutschem Akzent zu schnattern; es klang, als schüttete man Erbsen über den Boden. »Und kein Skandal, kein Skandal, sondern es sind besoffene Gäste gekommen. Ich will Ihnen alles erzählen, Herr Hauptmann. Ich bin unschuldig . . . Ich habe ein anständiges Haus, Herr Hauptmann, und dort geht es vornehm zu, Herr Hauptmann, und ich selber vermeide einen Skandal, wo es geht. Aber die Herren gestern sind schon ganz besoffen gekommen, und dann haben sie noch drei Flaschen bestellt. Einer hat schließlich die Beine hochgenommen und mit den Füßen Klavier gespielt, und das gehört sich doch wahrhaftig nicht in einem anständigen Haus, und er hat zuletzt das ganze Klavier zertrümmert, und das sind doch überhaupt, überhaupt keine Manieren; ich habe es ihm auch gesagt. Aber er hat die Flasche genommen und alle von hinten mit der Flasche gestoßen. Und ich habe gleich den Hausknecht gerufen, und Karl ist auch gekommen; er aber nimmt Karl und schlägt ihm das Auge blau, und auch Henriette schlägt er das Auge blau, und mir gibt er fünf Ohrfeigen. Und das ist doch so unanständig in einem vornehmen Haus, Herr Hauptmann, und ich habe geschrien. Er aber reißt das Fenster zum Kanal auf und quiekt hinaus wie ein junges Schwein. Das ist doch eine Schande! Vom Fenster aus wie ein junges Schwein auf die Straße hinunterzuquieken! Das müßte doch verboten werden! Pfui, pfui, pfui! Und Karl hat ihn hinten am Frack gepackt und vom Fenster weggezogen, und dabei hat er ihm, das ist wahr, Herr Hauptmann, den Frack zerrissen. Und er schreit, daß er fünfzehn Silberrubel für den Schaden verlangt. Und ich selber, Herr Hauptmann, habe ihm noch fünf Rubel für seinen Rock gezahlt. Das war ein feiner Gast, Herr Hauptmann, er hat den ganzen Skandal gemacht! Er sagte: ‚Ich will eine große Satire auf Sie schreiben und drucken lassen; denn ich kann in allen Zeitungen über Sie schreiben.'«

»Also ein Schriftsteller ist er?«

»Ja, Herr Hauptmann, und was für ein unfeiner Gast, Herr Hauptmann, wenn er in einem vornehmen Haus ...«

»Na, na, na! Genug! Ich habe dir doch schon gesagt, ich habe dir gesagt ...«

»Ilja Petrowitsch!« warf der Schriftführer wiederum bedeutsam ein. Der Leutnant blickte rasch zu ihm hin, und der Schriftführer nickte leicht mit dem Kopf.

»... das ist also mein letztes Wort, verehrteste Lawisa Iwanowna, ich sage es dir zum allerletztenmal«, sprach der Leutnant weiter, »wenn es in deinem vornehmen Hause auch nur ein einziges Mal wieder Skandal gibt, dann lasse ich dich hinter Schloß und Riegel bringen, wie man das poetisch umschreibt. Hast du gehört? Also hat ein Schriftsteller, ein Literat in deinem vornehmen Haus fünf Silberrubel für seinen Kittel genommen? Ja, ja, so sind sie, die Schriftsteller!« Und er warf Raskolnikow einen vernichtenden Blick zu. »Vorgestern gab es auch so eine Geschichte in einem Gasthaus; da hat einer gegessen und wollte nicht zahlen und sagte: ‚Ich werde eine Satire auf Sie schreiben.' Und auf einem Dampfer hat wieder ein anderer vorige Woche die angesehene Familie eines Staatsrates, Frau und Tochter, mit den gemeinsten Schimpfwörtern bedacht. Und einen haben sie neulich mit Fußtritten aus einer Konditorei hinausgeschmissen. So sind sie eben, die Herren Schriftsteller, Literaten, Studenten, Schreihälse ... Pfui Teufel! Und du sieh jetzt, daß du verschwindest! Ich werde selber einmal bei dir nachschauen ... Also aufgepaßt! Hörst du?«

Luisa Iwanowna begann mit hastiger Liebenswürdigkeit nach allen Seiten zu knicksen und taumelte knicksend bis zur Tür; doch in der Tür stieß sie mit dem Hinterteil gegen einen stattlichen Offizier mit offenem, frischem Gesicht und prächtigem, sehr dichtem blondem Backenbart. Das war Nikodim Fomitsch persönlich, der Revierinspektor. Luisa Iwanowna versank sofort in einem tiefen Knicks fast bis zum Fußboden und verließ dann hüpfend und mit trippelnden Schritten hastig die Kanzlei.

»Schon wieder Gepolter, schon wieder Donner und Blitz und Wirbelsturm und Orkan!« sagte Nikodim Fomitsch liebenswürdig und freundschaftlich zu Ilja Petrowitsch. »Hast dich wieder aufgeregt, bist wieder in Hitze geraten! Ich habe es schon auf der Treppe gehört!«

»Ach was!« erwiderte Ilja Petrowitsch mit vornehmer Geringschätzung, ging mit irgendwelchen Akten zu dem zweiten Tisch, wobei er bei jedem Schritt malerisch mit der Schulter zuckte, immer auf der Seite, auf der er ausschritt. »Bitte, sehen Sie sich das doch einmal an! Der Herr Schriftsteller, das heißt der Herr Student, der ehemalige Herr Student, zahlt seine Schulden nicht; er hat Wechsel ausgestellt und will die Wohnung nicht räumen; unablässig laufen Beschwerden gegen ihn ein, und dabei geruhte er beleidigt zu sein, weil ich mir in seiner hohen Gegenwart eine Zigarette angezündet habe! Er selber benimmt sich schlecht, aber hier – belieben Sie ihn nur anzusehen: da steht der große Herr mit seinem so höchst anziehenden Äußeren!«

»Armut ist keine Schande, mein Freund, da ist kein Wort drüber zu verlieren! Natürlich, lieber Schießpulver, konntest du die Kränkung nicht ertragen. – Sie fühlten sich gewiß aus irgendeinem Grunde von ihm beleidigt und hielten sich nicht zurück«, sprach Nikodim Fomitsch liebenswürdig zu Raskolnikow gewandt weiter. »Aber Sie hatten keinen Grund dazu: er ist der alleredelste Mensch, das kann ich Ihnen versichern; nur das reine Schießpulver, das reine Schießpulver! Er flammt auf, zischt, brennt nieder – und Schluß! Dann ist alles vorbei! Doch im ganzen hat er ein goldenes Herz! Auch beim Regiment nannte man ihn immer ‚Leutnant Schießpulver' ...«

»Und was für ein Regiment das war!« rief Ilja Petrowitsch, höchst zufrieden damit, daß man seiner Eitelkeit so geschmeichelt hatte, doch noch immer schmollend.

Raskolnikow verspürte plötzlich das Bedürfnis, ihnen allen etwas Angenehmes zu sagen.

»Aber ich bitte Sie, Herr Hauptmann«, begann er sehr gelassen, wobei er sich plötzlich an Nikodim Fomitsch wandte, »versetzen Sie sich doch einmal in meine Lage ... ich bin sogar bereit, den Herrn um Entschuldigung zu bitten, wenn ich es meinerseits an der nötigen Höflichkeit habe fehlen lassen. Ich bin ein armer Student und krank und zermalmt« – er sagte wahrhaftig: »zermalmt« – »von der Armut. Ich habe das Studium einstweilen aufgegeben, weil ich jetzt nicht für meinen Unterhalt sorgen kann, aber ich bekomme wieder Geld ... Ich habe meine Mutter und eine Schwester im Gouvernement N. Sie werden mir Geld schicken, und dann kann ich zahlen. Meine Hauswirtin ist eine gute Frau; aber weil ich meine Stunden verloren und ihr schon den vierten Monat keine Miete gezahlt habe, ist sie so erbittert, daß sie mir nicht einmal mehr Essen schickt ... Und ich verstehe wahrhaftig nicht, was der Wechsel hier soll! Jetzt verlangt sie von mir auf Grund dieses Wechsels Geld, doch wie kann ich ihr denn zahlen? Sagen Sie selbst! ...«

»Aber das ist doch nicht unsere Sache ...« bemerkte der Schriftführer.

»Bitte, bitte, ich bin völlig mit Ihnen einverstanden, doch gestatten Sie auch mir, den Fall aufzuklären«, fiel Raskolnikow wieder ein, wobei er sich jedoch nicht an den Schriftführer wandte, sondern an Nikodim Fomitsch; allerdings war er nach Kräften bemüht, auch zu Ilja Petrowitsch zu sprechen, obwohl der hartnäckig in seinen Papieren blätterte und geringschätzig so tat, als schenkte er ihm keine Beachtung. »Erlauben Sie mir, auch meinerseits zu erklären, daß ich schon ungefähr drei Jahre bei ihr wohne, seit ich aus der Provinz gekommen bin. Und früher ... früher ... übrigens, warum soll ich das nicht gestehen, gleich im Anfang gab ich ihr das Versprechen, ihre Tochter zu heiraten, ein mündliches Versprechen; ich gab es ihr aus völlig freien Stücken ... Sie war ein Mädchen ... sie gefiel mir übrigens ... obwohl ich nicht in sie verliebt war ... Mit einem Wort: die Jugend ... das heißt, ich will sagen, daß mir die Wirtin damals großen Kredit einräumte und daß ich zum Teil ein solches Leben führte ... ich war sehr leichtsinnig ...«

»Wir verlangen von Ihnen gar keine intimen Geständnisse, sehr geehrter Herr; wir haben überhaupt nicht die Zeit dazu«, unterbrach ihn Ilja Petrowitsch grob und triumphierend; aber Raskolnikow gebot ihm hitzig Einhalt, wiewohl es ihm plötzlich außerordentlich schwerfiel zu sprechen.

»Aber erlauben Sie mir, erlauben Sie mir doch, wenigstens andeutungsweise zu erzählen ... wie die Sache war, und ... Meinerseits ... bin ich ja Ihrer Ansicht, daß es überflüssig ist, das zu erzählen ... doch vor einem Jahr starb dieses Mädchen an Typhus, und ich blieb in der Wohnung wie früher, und sobald die Hauswirtin in ihr heutiges Quartier übersiedelte, sagte sie mir ... und sie sagte es freundschaftlich ... sie setze volles Vertrauen in mich und dergleichen mehr ... aber ob ich nicht bereit wäre, ihr diesen Wechsel über hundertfünfzehn Rubel auszustellen; das war der ganze Betrag, den ich ihr schuldete. Gestatten Sie: sie sagte mir nämlich, daß sie mir, sobald ich ihr diesen Schein gäbe, auch weiterhin Kredit geben würde, soviel ich nur wollte, und daß sie ihrerseits – das waren ihre eigenen Worte – niemals, niemals von diesem Papier Gebrauch machen würde, bis ich alles bezahlt hätte ... Doch siehe, jetzt, da ich meine Stunden verloren und nichts zu essen habe, will sie ihr Geld eintreiben lassen ... Was soll ich dazu sagen?«

»Alle diese gefühlvollen Einzelheiten gehen uns nichts an, geehrter Herr«, schnitt ihm Ilja Petrowitsch schroff das Wort ab. »Sie müssen Ihre Erklärung abgeben und die Verpflichtung unterschreiben; daß Sie aber verliebt waren, und all diese tragischen Dinge kümmern uns nicht im geringsten!«

»Na, jetzt bist du schon wieder ... recht hart ...« murmelte Nikodim Fomitsch, während er sich an seinen Tisch setzte und ebenfalls Akten zu unterzeichnen begann. Er schien sich zu schämen.

»Schreiben Sie also«, sagte der Schriftführer zu Raskolnikow.

»Was denn?« fragte dieser mit besonderer Grobheit.

»Ich werde es Ihnen diktieren.«

Raskolnikow hatte den Eindruck, als behandelte ihn der Schriftführer nach seiner Beichte nachlässiger und geringschätziger, doch sonderbarerweise wurde er plötzlich selber völlig gleichgültig gegen die Meinung irgendeines Menschen; dieser Umschwung hatte sich irgendwie in einem einzigen Augenblick, in einer einzigen Sekunde vollzogen. Hätte er nur ein wenig nachdenken wollen, er wäre bestimmt erstaunt gewesen, daß er zu diesen Leuten vor einer Minute noch so hatte sprechen und ihnen sogar seine Gefühle hatte aufdrängen können. Woher kam bloß dieser Gefühlsumschwung? Wären jetzt im Zimmer plötzlich nicht Polizeibeamte, sondern seine nächsten Freunde gewesen, er hätte für sie wohl kein einziges menschliches Wort gefunden, so sehr war sein Herz mit einemmal verödet. Das düstere Gefühl qualvoller, endloser Einsamkeit und Entfremdung wurde unversehens seiner Seele bewußt. Nicht die Niedrigkeit seiner Herzensergüsse vor Ilja Petrowitsch, nicht die Niedrigkeit, die in dem Triumph des Leutnants über ihn lag, hatten ihm plötzlich das Herz so verwandelt. Oh, was kümmerte ihn jetzt die eigene Gemeinheit, was gingen ihn all diese ehrgeizigen Bestrebungen an, die Leutnants, deutschen Weiber, Geldforderungen, Ämter und so weiter und so weiter! Wäre er in diesem Augenblick sogar zum Tod durch Verbrennen verurteilt worden, er hätte sich nicht gerührt, hätte kaum das Urteil aufmerksam angehört. In ihm war etwas vorgegangen, das ihm völlig unbekannt und neu war, etwas Plötzliches, noch nie Erlebtes. Er verstand nicht nur, sondern empfand auch klar, fühlte mit aller Kraft der Empfindung, daß er sich, ganz abgesehen von sentimentalen Weitschweifigkeiten wie vorhin, überhaupt mit nichts mehr an die Leute in diesem Polizeirevier wenden durfte, selbst wenn sie alle seine leiblichen Brüder und Schwestern gewesen wären und nicht Polizeioffiziere; er spürte, daß er in gar keinem Falle auch nur den geringsten Anlaß gehabt hätte, sich an sie zu wenden. Noch nie hatte er bis zu dieser Minute eine ähnlich sonderbare und entsetzliche Empfindung gehabt. Und was am qualvollsten war – es handelte sich hier mehr um eine Empfindung als um ein Wissen, ein Erkennen; nein, um eine unmittelbare Empfindung, die quälendste von allen, die er bisher in seinem Leben erfahren hatte.

Der Schriftführer diktierte ihm nun die in solchen Fällen übliche Erklärung, das heißt: daß er nicht zahlen könne, daß er jedoch für dann und dann – für irgendwann – die Zahlung verspreche, daß er die Stadt nicht verlassen, seine Habe nicht verkaufen oder verschenken werde, und dergleichen mehr.

»Aber Sie können ja gar nicht schreiben; Ihnen fällt ja die Feder aus der Hand«, bemerkte der Schriftführer und musterte Raskolnikow neugierig. »Sind Sie krank?«

»Ja . . . der Kopf dreht sich mir . . . Diktieren Sie weiter!«

»Es ist schon fertig; unterschreiben Sie.«

Der Schriftführer nahm das Papier an sich und wandte sich dann anderen Akten zu.

Raskolnikow gab die Feder zurück, doch statt sich zu erheben und wegzugehen, stützte er beide Ellbogen auf den Tisch und hielt sich den Kopf mit den Händen. Ihm war, als schlüge man ihm einen Nagel ins Gehirn. Ein seltsamer Gedanke drängte sich ihm auf: sogleich aufzustehen, zu Nikodim Fomitsch hinzutreten und ihm zu erzählen, was gestern vorgefallen war, alles bis zur letzten Einzelheit, dann gemeinsam mit den Polizeibeamten in seine Wohnung zu gehen und ihnen dort in der Ecke, in dem Loch unter der Tapete, die Sachen zu zeigen. Dieses Verlangen war so stark, daß er schon aufstand, um seine Absicht wahrzumachen. Soll ich nicht wenigstens eine Minute noch darüber nachdenken? überlegte er. Nein, lieber nicht, und ich bin die Last los! Doch plötzlich blieb er wie angewurzelt stehen: Nikodim Fomitsch sprach eifrig auf Ilja Petrowitsch ein, und seine Worte drangen zu ihm herüber: »Das kann nicht sein; man wird beide freilassen müssen. Es spricht alles dagegen; bedenken Sie nur: wozu hätten sie den Hausknecht gerufen, wenn sie die Täter gewesen wären? Um sich selber zu überführen, wie? Oder aus Schlauheit? Nein, das wäre schon allzu raffiniert! Und schließlich haben beide Hausknechte und die Kleinbürgerin den Studenten Pestrjakow am Tor in dem Augenblick gesehen, als er eintrat: er war mit drei Freunden gekommen und verabschiedete sich von ihnen unmittelbar vor dem Tor; und dann fragte er die Hausknechte nach der Wohnung, während seine Freunde noch da waren. Fragt etwa ein Verbrecher nach der Wohnung, wenn er mit einer solchen Absicht gekommen ist? Und was Koch betrifft, so saß der, ehe er zu der Alten ging, eine halbe Stunde unten bei dem Silberschmied und begab sich dann genau um dreiviertel acht von ihm zu der alten Frau. Jetzt überlegen Sie einmal . . .«

»Aber erlauben Sie, wie erklären Sie sich dann diesen Widerspruch: die Leute behaupten selber, sie hätten geklopft, und die Tür wäre verschlossen gewesen; aber als sie drei Minuten später mit dem Hausknecht zurückkamen, zeigte sich, daß die Tür offen war?«

»Das ist es eben: der Mörder war ohne Zweifel in der Wohnung und hatte den Riegel vorgeschoben; und ohne Zweifel wäre er dort gefaßt worden, hätte Koch nicht die Dummheit begangen, ebenfalls zu dem Hausknecht zu gehen. Und gerade in dieser Zeit konnte der Verbrecher die Treppe hinuntergehen und irgendwie an ihnen vorbeikommen. Koch bekreuzigt sich jetzt noch mit beiden Händen. ‚Wäre ich dort geblieben', sagt er, ‚er wäre aus der Wohnung gestürzt und hätte auch mich mit dem Beil erschlagen.' Er will sogar eine Dankmesse lesen lassen – hehehe!«

»Und den Mörder hat niemand gesehen?«

»Wie denn? Das Haus ist die reinste Arche Noah«, mischte sich der Schriftführer ein, der von seinem Platz aus zugehört hatte.

»Der Fall liegt klar; der Fall liegt klar!« wiederholte Nikodim Fomitsch hitzig.

»Nein, der Fall ist höchst dunkel«, widersprach Ilja Petrowitsch.

Raskolnikow nahm seinen Hut und wollte zur Tür gehen, aber er kam nicht bis zur Tür . . .

Als er aus seiner Ohnmacht erwachte, bemerkte er, daß er auf einem Stuhl saß, daß ihn ein Mann auf der rechten Seite stützte, daß links von ihm ein anderer Mann ein gelbes Glas mit gelbem Wasser in der Hand hielt und daß Nikodim Fomitsch vor ihm stand und ihn unverwandt ansah. Er erhob sich von dem Stuhl.

»Was fehlt Ihnen? Sind Sie krank?« fragte Nikodim Fomitsch ziemlich schroff.

»Der Herr hat schon beim Unterschreiben kaum die Feder halten können«, erklärte der Schriftführer, während er sich wieder an seinen Platz setzte und neuerlich seine Akten zu studieren begann.

»Sind Sie schon lange krank?« rief Ilja Petrowitsch von seinem Tisch aus und blätterte ebenfalls in den Akten. Natürlich hatte auch er den Kranken betrachtet, während dieser nicht bei Bewußtsein gewesen war; doch sobald Raskolnikow wieder zur Besinnung kam, hatte sich Ilja Petrowitsch sofort an seinen Platz zurückbegeben.

»Seit gestern ...« murmelte Raskolnikow.

»Und sind Sie gestern aus dem Haus gegangen?«

»Ja.«

»Trotz Ihrer Krankheit?«

»Ja.«

»Um wieviel Uhr?«

»Gegen acht Uhr abends.«

»Und wohin, wenn ich fragen darf?«

»Auf die Straße.«

»Das ist kurz und bündig.«

Raskolnikow hatte schroff und knapp geantwortet; er war weiß wie ein Leintuch und schlug die schwarzen, entzündeten Augen vor dem Blick Ilja Petrowitschs nicht nieder.

»Der Mann kann sich ja kaum auf den Beinen halten, und du ...« warf Nikodim Fomitsch ein.

»Macht nichts!« antwortete Ilja Petrowitsch in eigenartigem Tonfall. Nikodim Fomitsch wollte noch etwas entgegnen, doch dann sah er zu dem Schriftführer hin, der ihn ebenfalls ganz starr anblickte, und schwieg. Alle waren plötzlich verstummt. Es war seltsam.

»Nun schön, mein Herr«, sagte Ilja Petrowitsch plötzlich. »Wir wollen Sie nicht länger aufhalten.«

Raskolnikow verließ das Zimmer. Er konnte beim Weggehen noch hören, wie sich plötzlich wieder ein lebhaftes Gespräch entspann, in dem am deutlichsten die fragende Stimme Nikodim Fomitschs zu vernehmen war ... Auf der Straße kam er völlig zu sich.

Eine Haussuchung, eine Haussuchung ... gleich werden sie

alles durchsuchen! sagte er sich immer wieder, während er sich beeilte, nach Hause zu kommen. Diese Banditen! Sie verdächtigen mich!

Die Furcht von vorhin packte ihn plötzlich wieder am ganzen Leib, vom Kopf bis zu den Füßen.

2

Wie aber, wenn schon eine Haussuchung war? wenn ich die Leute zu Hause antreffe?

Doch da war schon sein Zimmer. Nichts und niemand; niemand war dagewesen. Sogar Nastasja hatte nichts angerührt. Aber du lieber Gott! Wie hatte er nur all die Sachen in diesem Loch unter der Tapete lassen können!

Er lief in die Ecke, griff unter die Tapete, zog das ganze Zeug heraus und stopfte es sich in die Taschen. Insgesamt waren es acht Gegenstände: zwei Schächtelchen mit Ohrringen oder etwas Ähnlichem – er sah es nicht genau an –, vier kleine Etuis aus Saffianleder, eine Kette, die einfach in Zeitungspapier eingewickelt war, und schließlich noch irgend etwas, das ebenfalls in Zeitungspapier eingewickelt war, anscheinend ein Orden ...

Er steckte das alles in verschiedene Taschen, in den Mantel und in die übriggebliebene rechte Hosentasche, wobei er sich Mühe gab, alles so zu verstauen, daß es möglichst wenig auffiel. Auch den Geldbeutel steckte er zu sich. Hierauf verließ er das Zimmer und ließ die Tür diesmal weit offenstehen.

Er ging rasch und festen Schrittes, und obgleich er sich am ganzen Körper wie zerschlagen fühlte, war er bei vollem Bewußtsein. Er fürchtete, daß er verfolgt würde; er fürchtete, daß in einer halben Stunde, vielleicht schon in einer Viertelstunde die Weisung ergehen würde, ihn zu beobachten; daher mußte er um jeden Preis noch rechtzeitig alle Spuren beseitigen. Er mußte damit fertigwerden, solange er noch irgendwie bei Kräften war und noch einen Rest von Denkvermögen besaß ... Wohin sollte er gehen?

Das war schon lange entschieden: alles in einen Kanal

werfen; dann liegt das Beweismaterial samt und sonders im Wasser, und die Sache hat ein Ende. Das hatte er noch nachts beschlossen, im Fieber, sooft ihm die Sachen wieder eingefallen waren und er einige Male hatte aufstehen und weggehen wollen; nur rasch, nur rasch, und alles fortwerfen! Es stellte sich aber als sehr schwierig heraus, die Sachen wegzuwerfen.

Er schlenderte über den Kai des Jekaterinenkanals – schon eine halbe Stunde, vielleicht auch länger – und betrachtete die Treppen, die zum Wasser hinabführten. Aber es war gar nicht daran zu denken, daß er seine Absicht hätte verwirklichen können: entweder hatten Flöße gerade bei der Treppe festgemacht, oder Frauen wuschen ihre Wäsche dort, oder Kähne hatten angelegt; überall aber wimmelte es nur so von Menschen; von überallher, vom Kai, von allen Seiten konnte man ihn sehen und beobachten. Es war doch verdächtig, wenn jemand zum Wasser hinabstieg, stehenblieb und etwas in den Kanal warf! Und am Ende sanken die Etuis gar nicht unter, sondern schwammen auf dem Wasser? Natürlich mußte es so sein. Jeder konnte es sehen. Ohnedies schauten sie ihn jetzt schon alle an, wenn sie ihm begegneten, und musterten ihn, als hätten sie sich um nichts anderes zu kümmern als um ihn. Warum sie das nur tun, oder kommt es mir vielleicht nur so vor? dachte er.

Schließlich fiel ihm ein, ob es nicht besser wäre, irgendwohin an die Newa zu gehen. Dort gab es weniger Leute, und das Ganze fiel auch nicht so auf; jedenfalls war es bequemer, und – die Hauptsache – es war recht weit weg von hier. Und plötzlich wunderte er sich, daß er sich eine geschlagene halbe Stunde bekümmert und beunruhigt in dieser gefährlichen Gegend herumgetrieben hatte und daß ihm das nicht früher eingefallen war. Und einzig deswegen hatte er diese geschlagene halbe Stunde an ein sinnloses Vorhaben verschwendet, weil es einmal so beschlossen war, im Schlafe, im Fieber! Er war jetzt außerordentlich zerstreut und vergeßlich geworden und wußte das. Er mußte sich ganz entschieden beeilen!

Er ging über den W.-Prospekt zur Newa; unterwegs kam ihm plötzlich ein neuer Gedanke. Weshalb zur Newa? Wozu ins Wasser werfen? Ist es nicht besser, irgendwohin zu gehen, sehr weit fort, meinetwegen wieder auf die Inseln, und dort alles an irgendeiner einsamen Stelle im Wald, unter einem Strauch zu vergraben und sich vielleicht den Baum zu merken? Und obwohl er fühlte, daß er nicht imstande war, in diesem Augenblick alles klar und vernünftig zu erwägen, schien ihm dieser letzte Gedanke doch der einzig richtige.

Aber es war ihm auch nicht beschieden, zu den Inseln zu kommen, sondern es geschah etwas ganz anderes. Als er vom W.-Prospekt auf einen Platz einbog, sah er plötzlich links den Eingang zu einem Hof, den Mauern ganz ohne Fenster und Türen umgaben. Gleich rechts vom Eingang zog sich tief in den Hof hinein eine lange ungetünchte Mauer, die zu dem dreistöckigen Nebenhaus gehörte. Linker Hand, parallel zu der fensterlosen Mauer, begann ebenfalls gleich hinter dem Tor eine Bretterplanke, führte etwa zwanzig Schritt tief in den Hof und machte dann eine Biegung nach links. Auf dem umzäunten Raum lag allerlei Altmaterial. Etwas weiter in der Tiefe des Hofes sah die Ecke einer niedrigen, verräucherten, steinernen Scheune über die Planke, die offenbar zu einer Werkstätte gehörte. Hier war sicherlich irgendeine Fabrik untergebracht, eine Wagnerei oder Schlosserei oder so etwas; überall, fast gleich vom Tor an, lag schwarzer Kohlenstaub. Hier sollte ich die Sachen hinwerfen und dann gehen, dachte er plötzlich. Da er niemanden auf dem Hof bemerkte, schritt er durch das Tor. Gleich daneben entdeckte er eine Rinne, die an der Planke angebracht war, wie man sie oft in Häusern findet, in denen viele Fabrikarbeiter, Handwerker, Kutscher und dergleichen Leute aus und ein gehen, und über der Rinne prangte auf den Brettern die in solchen Fällen immer zu findende scherzhafte Kreideaufschrift: »Stehenbleiben verboten.« Also war diese Stelle auch deshalb günstig, weil es keinerlei Verdacht erregen konnte, wenn er eintrat und stehenblieb. Hier will ich alles wegwerfen, auf einen Haufen, und dann gehen!

Er blickte sich noch einmal um und griff schon in die Tasche, als er plötzlich dicht an der Außenmauer, zwischen dem Tor und der Rinne, zwischen denen nur etwa ein Arschin

Zwischenraum war, einen großen unbehauenen Stein bemerkte, der vielleicht etwa anderthalb Pud schwer sein mochte und gerade an der steinernen Mauer zur Straße lag. Hinter dieser Mauer war die Straße, der Bürgersteig; er hörte die Leute vorübergehen, und hier herrschte immer ziemlich starker Verkehr; doch durch das Tor konnte ihn niemand sehen, es sei denn, daß jemand von der Straße hereinkäme. Das war übrigens sehr leicht möglich, und darum mußte er sich beeilen.

Er bückte sich zu dem Stein, packte ihn oben fest mit beiden Händen und drehte ihn mit aller Kraft um. Unter dem Stein hatte sich eine kleine Vertiefung gebildet; er warf sofort den Inhalt seiner Taschen hinein. Ganz obenauf kam die Geldbörse zu liegen, und trotzdem blieb in der Vertiefung noch Platz. Dann packte er den Stein wieder und brachte ihn mit einem Ruck in die frühere Lage zurück; der Stein lag jetzt genauso da wie vorher, nur daß er vielleicht ein ganz klein wenig höher zu sein schien. Raskolnikow scharrte ringsherum Erde zusammen und stampfte sie am Rand mit dem Fuß fest. Es war nichts zu sehen. Dann verließ er den Hof und ging auf den Platz zurück.

Schon wieder befiel ihn für einen Augenblick eine heftige, kaum erträgliche Freude, so wie vorhin in dem Revier. Alle Spuren sind verwischt! Und wem, wem könnte es in den Sinn kommen, unter diesem Stein nachzusuchen? Der liegt hier vielleicht schon, seit die Mauer gebaut worden ist, und wird wohl noch ebenso lange liegenbleiben. Und selbst wenn man die Sachen findet, wer wird an mich denken? Alles ist jetzt erledigt! Es gibt keine Beweise mehr! Und er lachte auf. Ja, er entsann sich später, daß er, ohne aufzuhören, nervös, rasch und lautlos lachte; noch während er über den Platz ging, lachte er. Doch als er auf den K.-Boulevard kam, wo er vorgestern jenem Mädchen begegnet war, verging ihm mit einemmal das Lachen. Andere Gedanken stiegen in ihm auf. Er hatte plötzlich das Gefühl, als wäre es ihm unmöglich, an jener Bank vorbeizugehen, auf der er damals, nachdem das Mädchen gegangen war, in Gedanken versunken gesessen hatte; als wäre es ihm entsetzlich, abermals jenem schnurrbärtigen Schutzmann zu begegnen, dem er die zwanzig Kopeken gegeben hatte. Hol ihn der Teufel!

Unterwegs blickte er zerstreut und böse um sich. Alle seine Gedanken kreisten jetzt um einen einzigen wichtigen Punkt; und er spürte selbst, daß das wirklich ein höchst wichtiger Punkt war und daß er jetzt, gerade jetzt, ganz allein, diesem wichtigen Punkt gegenüberstand – zum erstenmal seit den letzten zwei Monaten.

Der Teufel hole das alles! dachte er plötzlich in einem Anfall blinder Wut. Wenn es angefangen hat, hat es eben angefangen; der Teufel hole das neue Leben! O Gott, wie dumm das ist! ... Und wieviel habe ich heute gelogen, wieviel gemeine Dinge geredet! Wie abscheulich habe ich vorhin vor diesem Vieh Ilja Petrowitsch scharwenzelt und ihm geschmeichelt! Übrigens ist auch das Unsinn! Ich pfeife auf sie alle; ich pfeife auch darauf, daß ich geschmeichelt und scharwenzelt habe! Es geht um etwas anderes! Es geht um etwas ganz anderes! ...

Er blieb stehen; eine neue, völlig unerwartete und höchst einfache Frage hatte ihn plötzlich aus seinem Gedankengang gerissen und ihn in bitteres Erstaunen versetzt.

Wenn diese Tat wirklich bewußt geschehen ist und nicht in einem Anfall von Verrücktheit, wenn du wirklich ein bestimmtes, festes Ziel gehabt hast, warum hast du dann bis jetzt nicht ein einziges Mal in den Geldbeutel hineingesehen? Du weißt also nicht einmal, was dir dafür zugefallen ist, daß du alle diese Qualen auf dich genommen hast und dich zu einer so gemeinen, abscheulichen, niedrigen Tat hast hinreißen lassen! Und dabei wolltest du eben noch diesen Geldbeutel samt den anderen Sachen, die du gleichfalls noch nicht einmal angesehen hast, ins Wasser werfen! ... Wie kommt das nur?

Ja, so war es; so war es. Übrigens hatte er das schon vorher gewußt, und es war für ihn überhaupt keine neue Frage; bereits als er nachts beschlossen hatte, die Sachen ins Wasser zu werfen, hatte er diesen Entschluß ohne jegliches Zaudern und ohne Einwand gefaßt, vielmehr so, als ob das so sein müßte, als ob es anders gar nicht sein könnte ... Ja, er wußte das alles und erinnerte sich daran; und vielleicht war es schon gestern so beschlossen gewesen, in dem Augenblick, da er vor dem Koffer gekauert und die Etuis herausgezogen hatte ... So war es! ...

Das kommt daher, daß ich sehr krank bin, entschied er schließlich finster. – Ich habe mich gequält und gepeinigt und weiß selber nicht, was ich tue ... Gestern und vorgestern und die ganze Zeit über habe ich mich gequält ... Ich werde gesund werden und ... mich nicht mehr quälen ... Wie aber, wenn ich überhaupt nicht gesund werde? O Gott! Wie satt ich das alles habe! ... Er ging weiter, ohne stehenzubleiben. Er hatte die größte Lust, sich irgendwie zu zerstreuen, doch er wußte nicht, was er tun und was er unternehmen sollte. Eine neue, unbezwingbare Empfindung bemächtigte sich seiner, von Minute zu Minute mehr; es war ein merkwürdiger, grenzenloser, fast physischer Abscheu vor allem, dem er begegnete und das ihn umgab, ein Abscheu voll Starrsinn, Zorn und Haß. Alle Menschen, die ihm entgegenkamen, waren ihm widerlich; widerlich waren ihm sogar ihre Gesichter, ihr Gang, ihre Bewegungen. Wenn ihn jetzt jemand angesprochen hätte, wäre er ohne weiteres imstande gewesen, ihn anzuspucken, ja, ihn zu beißen ...

Er blieb stehen, als er in der Nähe der Brücke den Kai der Kleinen Newa auf der Wasilij-Insel erreicht hatte. Hier wohnt er ja, in diesem Haus, dachte er. Was soll das heißen? Bin ich wirklich von allein zu Rasumichin gegangen? Schon wieder die gleiche Geschichte wie damals ... Es wäre wahrhaftig interessant zu erfahren, ob ich mit Absicht hierhergegangen bin oder nur aus Zufall hierhergeriet. Aber mag dem sein, wie ihm wolle: ich habe doch ... vorgestern gesagt ... daß ich am Tage *danach* zu ihm gehen würde! Also gehe ich jetzt eben zu ihm! Weshalb sollte ich auch nicht? ...

Er stieg in das fünfte Stockwerk zu Rasumichin hinauf.

Der war zu Hause, in seinem Zimmer, und arbeitete; er schrieb und öffnete ihm selbst die Tür. Es war vier Monate her, daß sie einander nicht gesehen hatten. Rasumichin saß in einem ganz zerrissenen Schlafrock da, mit Pantoffeln an den nackten Füßen, zerzaust, unrasiert und ungewaschen. Er sah höchst erstaunt aus.

»Nein, so etwas! Du?« rief er, während er Raskolnikow, der inzwischen eingetreten war, vom Kopf bis zu den Füßen musterte; dann verstummte er und stieß einen Pfiff aus.

»Geht es dir wirklich schon so schlecht? Du übertriffst ja sogar unsereinen an Vornehmheit«, sagte er dann und betrachtete Raskolnikows Lumpen. »So setz dich doch, du bist sicher müde!«

Und während sich der Besucher auf den mit Wachstuch bezogenen türkischen Diwan sinken ließ, der noch schlechter war als sein eigener, erkannte Rasumichin plötzlich, daß Raskolnikow krank war.

»Aber du bist doch ernsthaft krank! Weißt du das?«

Er fühlte ihm den Puls; Raskolnikow riß seine Hand zurück.

»Laß das«, sagte er. »Ich bin gekommen ... Es handelt sich darum: ich habe keine Stunden mehr ... und da wollte ich ... übrigens brauche ich gar keine Stunden ...«

»Weißt du was, du redest ja im Fieber!« bemerkte Rasumichin, der ihn aufmerksam beobachtet hatte.

»Nein, ich rede nicht im Fieber ...«

Raskolnikow stand auf. Als er zu Rasumichin hinaufgestiegen war, hatte er nicht daran gedacht, daß er dem anderen von Angesicht zu Angesicht werde gegenüberstehen müssen. Jetzt aber wußte er sofort, wußte er aus dieser Erfahrung heraus, daß er in dieser Minute am allerwenigsten fähig war, irgend jemandem auf der ganzen Welt von Angesicht zu Angesicht gegenüberzustehen. Die Galle stieg ihm hoch. Er erstickte beinahe vor Zorn auf sich selbst, daß er Rasumichins Schwelle überschritten hatte.

»Leb wohl!« sagte er plötzlich und wandte sich zur Tür.

»So bleib doch, bleib doch, du sonderbarer Kauz!«

»Ich brauche nichts! ...« wiederholte Raskolnikow, der seine Hand zum zweitenmal zurückzog.

»Warum zum Teufel bist du dann gekommen?! Bist du am Ende verrückt, wie? Das ist ja ... fast beleidigend. So lasse ich dich nicht weg.«

»Ach, höre: ich kam zu dir, weil ich außer dir niemanden

kenne, der mir helfen könnte ... neu zu beginnen ... weil du besser, das heißt klüger bist als sie alle und denken kannst ... Aber jetzt sehe ich, daß ich nichts brauche, hörst du? gar nichts brauche ... niemandes Dienste und niemandes Anteilnahme ... Ich werde selber ... allein ... Ach, Schluß damit! Laßt mich alle in Ruhe!«

»So warte doch noch eine Minute, du Schornsteinfeger! Du bist ja völlig verrückt! Aber meinetwegen mach, was du willst. Siehst du: Stunden gebe ich auch nicht, und ich kann darauf pfeifen; denn da gibt es auf dem Trödelmarkt den Buchhändler Cheruwimow, der ist besser als alles Stundengeben. Ich möchte ihn nicht gegen fünf Schüler in Kaufmannshäusern eintauschen. Er veröffentlicht kleine Traktate und gibt naturwissenschaftliche Broschüren heraus – und die haben einen Absatz! Was allein schon die Titel wert sind! Du behauptest immer, ich sei dumm, aber weiß Gott, lieber Freund, es gibt Leute, die sind noch viel dümmer! Jetzt hat er sich auch noch auf moderne Literatur verlegt; er selber ist ein Erzdummkopf, aber ich bestärke ihn natürlich in seinem Vorhaben. Hier siehst du zwei Bogen eines deutschen Textes – nach meiner Ansicht die denkbar dümmste Albernheit; es geht mit einem Wort darum, ob die Frau ein Mensch ist oder nicht. Nun, natürlich weist er feierlich nach, daß sie ein Mensch ist. Cheruwimow will das als Beitrag zur Frauenfrage herausbringen, und ich übersetze es. Diese zweieinhalb Bogen will er auf sechs auseinanderziehen; wir denken uns einen großartigen Titel aus, anderthalb Seiten lang, und verkaufen das Heft dann für einen halben Rubel. Das wird einschlagen! Für die Übersetzung bekomme ich sechs Silberrubel pro Bogen, also bringt mir das Ganze fünfzehn Rubel ein, und sechs habe ich als Vorschuß genommen. Wenn wir damit fertig sind, beginnen wir mit der Übertragung einer Abhandlung über Walfische, und dann haben wir uns höchst langweilige Redereien aus dem zweiten Teil der *Confessions* vorgemerkt und werden sie ebenfalls übersetzen. Jemand hat Cheruwimow eingeredet, Rousseau wäre eine Art Radistschew. Natürlich widerspreche ich ihm nicht, hol ihn der Teufel! Nun, willst du den zweiten Bogen dieser Abhandlung *Ist die Frau ein Mensch?* übersetzen? Wenn ja, so nimm gleich den Text mit, nimm Federn, Papier – das bekomme ich alles kostenlos geliefert – und nimm auch drei Rubel; da ich für die ganze Übersetzung Vorschuß genommen habe, für den ersten und für den zweiten Bogen nämlich, entfallen genau drei Rubel auf deinen Teil. Und wenn du den Bogen fertig hast, bekommst du weitere drei Silberlinge. Und noch etwas: bitte halte das für keine Gefälligkeit meinerseits. Im Gegenteil, im selben Augenblick, als du hereinkamst, dachte ich schon daran, daß du mir vielleicht helfen könntest. Erstens steht es mit meiner Orthographie nicht zum besten, und zweitens bin ich im Deutschen recht miserabel, so daß ich zumeist Eigenes hinzudichte und mich nur damit tröste, daß das Ganze dadurch höchstens besser wird. Na, wer weiß, vielleicht wird es auch nicht besser, sondern nur noch schlechter . . . Willst du, ja?«

Schweigend nahm Raskolnikow den Bogen des deutschen Textes, nahm die drei Rubel und ging weg, ohne ein Wort zu sprechen. Rasumichin blickte ihm verwundert nach. Doch als Raskolnikow bis zur ersten Querstraße gelangt war, kehrte er plötzlich um, stieg wieder zu Rasumichin hinauf, legte sowohl den deutschen Text wie die drei Rubel auf den Tisch und ging zum zweitenmal, wiederum ohne ein Wort zu sprechen.

»Ja, bist du denn verrückt geworden, he?« brüllte Rasumichin, der endlich doch wütend wurde. »Was führst du hier für eine Komödie auf!? Du machst ja sogar mich ganz irre . . . Weshalb bist du denn überhaupt gekommen, zum Teufel?«

»Ich brauche keine . . . Übersetzungen . . .« murmelte Raskolnikow, während er die Treppe schon hinabstieg.

»Was brauchst du dann also in drei Teufels Namen?« schrie ihm Rasumichin von der Treppe her nach. Raskolnikow aber setzte stumm seinen Weg fort.

»He du! Wo wohnst du denn jetzt?«

Er bekam keine Antwort.

»Dann soll dich doch der Teufel holen! . . .«

Raskolnikow trat schon auf die Straße. Auf der Nikolaj-Brücke kam er infolge eines für ihn sehr unangenehmen

Zwischenfalles wieder völlig zu sich. Der Kutscher eines Wagens versetzte ihm einen heftigen Peitschenhieb auf den Rücken, weil Raskolnikow beinahe unter die Pferde gelaufen wäre, obgleich ihn der Kutscher drei- oder viermal angerufen hatte. Der Peitschenschlag erbitterte Raskolnikow derart, daß er zum Brückengeländer zurücksprang – weiß Gott, warum er mitten auf der Brücke, auf der Fahrbahn, gegangen war – und zornig knirschend die Zähne zusammenbiß. Ringsum erhob sich natürlich Gelächter.

»Recht geschieht ihm!«

»So ein Spitzbube!«

»Das kennt man schon: er stellt sich betrunken und läuft absichtlich unter die Räder; und unsereins trägt dann die Verantwortung.«

»Das ist ein regelrechtes Gewerbe, lieber Herr, ein regelrechtes Gewerbe . . .«

Doch in dem Augenblick, da er am Geländer stand, noch immer in sinnloser Wut dem weiterfahrenden Wagen nachblickte und sich den Rücken rieb, fühlte Raskolnikow plötzlich, daß ihm jemand Geld in die Hand drückte. Er sah auf: eine ältere Kaufmannsfrau mit Haube und Ziegenlederschuhen stand vor ihm und neben ihr ein Mädchen, wahrscheinlich die Tochter, mit Hut und grünem Sonnenschirm. »Nimm das, mein Lieber, in Christi Namen.« Er nahm das Geld, und die beiden Frauen gingen weiter. Es war ein Zwanzigkopekenstück. Seiner Kleidung und seinem Aussehen nach konnte man Raskolnikow leicht für einen richtigen Bettler halten, der auf der Straße um Almosen bat; dieses Zwanzigkopekenstück verdankte er offenbar dem Peitschenhieb, der das Mitleid der Frau erweckt hatte.

Er hielt das Geldstück fest in der Hand, ging noch etwa zehn Schritt weiter, drehte sich dann zur Newa um und schaute zum Winterpalais hin. Am Himmel war nicht die kleinste Wolke zu sehen, und das Wasser war fast blau, was bei der Newa so selten der Fall ist. Die Kuppel der Kathedrale, die sich von keinem anderen Punkt als von hier aus, von der Brücke, etwa zwanzig Schritt vor dem Wächterhäuschen, schöner ausnimmt, glänzte nur so, und in der klaren Luft ließen sich alle Verzierungen deutlich erkennen. Der Schmerz von dem Peitschenhieb hatte nachgelassen, und Raskolnikow vergaß den Schlag; jetzt beschäftigte ihn ausschließlich ein verwirrender, nicht ganz klarer Gedanke. Er stand da und schaute lange Zeit unverwandt in die Ferne; diese Stelle hier war ihm besonders vertraut. Als er noch auf die Universität ging, war er – zumeist auf dem Heimweg – gewöhnlich, vielleicht Hunderte von Malen, gerade an dieser Stelle stehengeblieben, hatte das wahrhaftig großartige Panorama betrachtet und sich jedesmal über den unklaren, unerklärlichen Eindruck gewundert, den dieses Bild auf ihn machte. Es wehte ihn daraus immer eine rätselhafte Kälte an; dieses prächtige Panorama war für ihn immer mit einem stummen, dumpfen Geist erfüllt ... Jedesmal staunte er über den düsteren, geheimnisvollen Eindruck und hatte das Nachdenken darüber, da er sich selbst nicht vertraute, auf eine ferne Zukunft verschoben. Jetzt entsann er sich plötzlich dieser früheren Fragen und Zweifel, und es war ihm, als hätte er nicht zufällig ihrer gedacht. Schon das eine kam ihm seltsam und wunderbar vor: daß er an derselben Stelle wie früher stehengeblieben war, als hätte er sich wirklich eingebildet, er könnte jetzt noch genauso denken wie früher, sich auch heute noch für die Themen und Bilder, die ihn früher gefesselt hatten ... vor gar nicht so langer Zeit ... interessieren. Das kam ihm beinahe lächerlich vor, und zugleich spürte er einen fast schmerzhaften Druck auf der Brust. Tief unten, irgendwo, kaum wahrnehmbar unter seinen Füßen, sah er jetzt diese ganze Vergangenheit vor sich, seine früheren Gedanken, seine früheren Probleme und Themen, die früheren Eindrücke, dieses ganze Panorama und sich selbst, alles, alles ... Es war ihm, als wäre er hoch hinaufgeflogen und als wäre seinem Blick alles entschwunden ... Als er mit der Hand eine unwillkürliche Bewegung machte, fühlte er plötzlich in der Faust das Zwanzigkopekenstück. Er öffnete die Hand, sah die Münze starr an, holte aus und warf sie ins Wasser; dann wandte er sich um und trat den Heimweg an. Er hatte das Gefühl, als hätte er sich in diesem Augenblick mit einer Schere von allem und allen abgeschnitten.

Er kam gegen Abend heim, war also offenbar insgesamt sechs Stunden unterwegs gewesen. Wo und wie er nach Hause gekommen war, das wußte er nicht. Er zog sich aus und legte sich, am ganzen Körper schlotternd wie ein müdegehetztes Pferd, auf den Diwan, zog den alten Mantel über sich und versank augenblicklich in Vergessen . . .

Er erwachte, als es bereits dunkelte, von einem entsetzlichen Geschrei. Du lieber Gott, was für ein Geschrei war das! Einen so unnatürlichen Lärm, solches Geheul und Winseln, Klirren und Weinen, Schlagen und Schimpfen hatte er noch nie gehört und erlebt. Er konnte sich ein derartiges Wüten, eine derartige Raserei gar nicht vorstellen. Entsetzt erhob er sich und saß auf seinem Lager; er atmete unter Qualen. Aber das Prügeln, das Schreien und Schimpfen wurden immer lauter. Und jetzt erkannte er zu seinem größten Staunen plötzlich die Stimme seiner Hauswirtin. Sie heulte, kreischte und jammerte, sie schrie so hastig und sich überstürzend, daß man ihre Worte nicht verstehen konnte; sie flehte – natürlich bat sie, daß man aufhöre, sie zu schlagen; denn sie wurde auf der Treppe erbarmungslos geprügelt. Die Stimme dessen, der sie schlug, klang so grauenvoll vor Zorn, daß man nur noch ein Krächzen vernahm; aber trotzdem sagte auch er etwas, und er sprach ebenfalls rasch und unverständlich stammelnd. Plötzlich erzitterte Raskolnikow am ganzen Leibe: er hatte die Stimme erkannt – es war die Stimme Ilja Petrowitschs. Ilja Petrowitsch war hier und prügelte die Hauswirtin! Er trat sie mit Füßen; er schlug ihr den Kopf auf die Treppenstufen – das war klar, das merkte Raskolnikow an den Geräuschen, an dem Geschrei, an den Schlägen! Was bedeutete das . . . stand die Welt auf dem Kopf? Er vernahm, wie in allen Stockwerken, auf der ganzen Treppe, die Leute zusammenliefen; er vernahm Stimmen und Rufe; man stieg herauf; man klopfte; Türen wurden zugeworfen; die Leute liefen treppauf und treppab. Aber weshalb, weshalb? Wie ist das nur möglich? sagte er sich immer wieder und glaubte ernsthaft, daß er schon ganz verrückt sei. Doch nein, er hörte es allzu deutlich! . . . Und offenbar kamen sie jetzt gleich auch zu ihm – weil . . . das alles ganz gewiß deswegen ist . . .

wegen des gestrigen ... o Gott! Er wollte die Tür zuriegeln, doch er konnte die Hand nicht heben ... und es wäre ja auch nutzlos gewesen ... Eiskalte Furcht verdunkelte sein Gemüt, quälte ihn, machte ihn erstarren ... Doch allmählich begann der Lärm, der gewiß zehn Minuten gedauert hatte, zu verstummen. Die Hauswirtin stöhnte und ächzte. Ilja Petrowitsch drohte noch immer und fluchte ... Endlich schien auch er still geworden zu sein; man hörte ihn nicht mehr. Ist er am Ende weggegangen? O Gott! dachte Raskolnikow. Jetzt ging auch die Hauswirtin, noch immer unter Stöhnen und Weinen ... jetzt fiel ihre Tür zu ... Dann kehrten auch die Leute vom Treppenhaus in ihre Wohnungen zurück – sie ächzten, stritten und redeten durcheinander, wobei sie die Stimme bald zu einem Geschrei erhoben, bald zu einem Flüstern senkten. Es waren offenbar viele Menschen; beinahe das ganze Haus war zusammengelaufen. Aber du lieber Gott, wie ist das alles denn möglich? Und weshalb, weshalb ist er hergekommen?

Kraftlos sank Raskolnikow auf sein Lager zurück, doch er konnte kein Auge mehr schließen; etwa eine halbe Stunde lang lag er so da, in solchem Leid, in einem so unerträglichen Gefühl grenzenlosen Grauens, wie er es bisher noch nie empfunden hatte. Plötzlich erhellte grelles Licht sein Zimmer; Nastasja war mit einer Kerze und mit einem Teller Suppe gekommen. Nachdem sie ihn aufmerksam betrachtet und gesehen hatte, daß er nicht schlief, stellte sie die Kerze auf den Tisch und begann hinzulegen, was sie mitgebracht hatte: Brot, Salz, den Teller, den Löffel.

»Du hast wohl seit gestern nichts gegessen? Den ganzen Tag ist der Mensch herumgestrolcht, und dabei schüttelt ihn das Fieber!«

»Nastasja ... weswegen hat man die Hauswirtin geschlagen?«

Sie sah ihn unverwandt an.

»Wer soll die Wirtin geschlagen haben?«

»Jetzt eben ... vor einer halben Stunde; Ilja Petrowitsch, der Stellvertreter des Inspektors, auf der Treppe ... Warum hat er sie so geschlagen? und ... weshalb war er da?«

Schweigend und mit gerunzelter Stirn musterte ihn Nastasja. Lange Zeit wandte sie ihren Blick nicht von ihm. Dieses Anstarren bedrückte ihn; er bekam geradezu Furcht.

»Nastasja, warum sagst du nichts?« fragte er endlich zaghaft und mit matter Stimme.

»Es muß das Blut sein«, antwortete sie nach längerer Zeit leise, als spräche sie zu sich selbst.

»Das Blut! ... Welches Blut? ...« murmelte er. Er wurde totenblaß und rückte an die Wand.

Nastasja sah ihn weiter schweigend an.

»Niemand hat die Hauswirtin geschlagen«, stieß sie schließlich in strengem, entschlossenem Ton hervor.

Er sah sie an und atmete kaum.

»Ich habe es doch selbst gehört ... Ich schlief nicht ... Ich saß hier«, sprach er, noch zaghafter als zuvor. »Ich habe lange zugehört ... Der Stellvertreter des Revierinspektors war hier ... auf der Treppe liefen die Leute zusammen, aus allen Wohnungen ...«

»Niemand war hier. Es ist das Blut, das in dir schreit. Wenn es keinen Ausweg findet und sich in der Leber staut, dann fängt man an zu phantasieren ... Wirst du jetzt essen, ja?«

Er antwortete nicht. Nastasja stand noch immer vor ihm, sah ihn unverwandt an und rührte sich nicht von der Stelle.

»Gib mir zu trinken ... Nastasjuschka.«

Sie ging hinab und kam nach etwa zwei Minuten mit Wasser in einem weißen irdenen Krug zurück; doch was weiter geschah, entfiel seinem Gedächtnis. Er wußte nur noch, daß er einen Schluck von dem kalten Wasser nahm und etwas aus dem Krug auf die Brust verschüttete. Dann wurde er abermals bewußtlos.

3

Er war nicht während der ganzen Zeit seiner Krankheit bewußtlos: er fieberte, hatte Delirien und war dazwischen halb bei Bewußtsein. An einzelne Dinge konnte er sich später noch erinnern. Manchmal schien es ihm, als wären an seinem Bett viele Menschen zusammengekommen; sie wollten etwas mitnehmen, ihn forttragen und stritten und diskutierten heftig über ihn. Manchmal war er plötzlich allein im Zimmer; alle waren weggegangen und hatten Angst vor ihm, und nur gelegentlich, ganz selten, öffneten sie die Tür einen winzigen Spalt breit, sahen ihn an, drohten ihm, verhandelten miteinander und lachten und verspotteten ihn. Er entsann sich, daß Nastasja oft bei ihm war; dann unterschied er noch jemanden, der ihm sehr bekannt vorkam; aber wer das war, darauf konnte er nicht kommen, und er grämte sich darüber, ja, er weinte sogar deshalb. Manchmal war ihm, als läge er schon einen Monat so da; ein andermal glaubte er, es wäre noch immer derselbe Tag. *Jenes* jedoch, *jenes* hatte er völlig vergessen; dafür erinnerte er sich jeden Augenblick daran, daß er etwas vergessen hatte, das er nicht hätte vergessen dürfen. Er quälte sich ab, zermarterte sich, damit es ihm wieder einfiele; er stöhnte; es befiel ihn entsetzliche Wut oder grauenvolle, unerträgliche Angst. Dann wollte er aufspringen, wollte davonlaufen, aber immer hielt ihn jemand mit Gewalt zurück, und er fiel wieder in Ohnmacht und Bewußtlosigkeit. Endlich kam er ganz zu sich.

Das geschah an einem Vormittag gegen zehn Uhr. In dieser Stunde des Morgens warf an klaren Tagen die Sonne immer einen langen Lichtstreifen über die rechte Wand seines Zimmers und beleuchtete die Ecke bei der Tür. Vor seinem Bett standen Nastasja und ein Mann, der ihn sehr neugierig musterte und ihm ganz unbekannt war. Es war ein junger Mann im Kaftan und mit einem Spitzbart, und er sah aus wie ein Angestellter. Durch die halb geöffnete Tür spähte die Hauswirtin ins Zimmer. Raskolnikow richtete sich auf.

»Wer ist das, Nastasja?« fragte er und zeigte auf den Burschen.

»Du bist ja wieder zu dir gekommen!« antwortete sie.

»Der Herr ist wieder bei sich«, bestätigte der Fremde.

Als die Hauswirtin hörte, daß er zu sich gekommen sei, schloß sie sofort die Tür und verschwand. Sie war seit jeher schüchtern gewesen und beteiligte sich an Gesprächen und Erklärungen nur sehr ungern; sie zählte etwa vierzig Jahre und war dick und fett, hatte schwarze Augen und schwarzes Haar, war vor Fett und Trägheit gutmütig und zudem recht hübsch. Sie war außerordentlich und mehr als nötig verschämt.

»Wer sind Sie?« fragte Raskolnikow noch einmal den fremden Mann.

In diesem Augenblick wurde die Tür abermals weit geöffnet, und ein wenig gebückt, weil er ja so groß war, trat Rasumichin ein.

»Die reinste Schiffskajüte«, rief er im Hereinkommen. »Jedesmal renne ich mir die Stirn an; und so etwas nennt sich eine Wohnung! Du bist also wieder bei dir, mein Lieber? Ich habe es gerade von Paschenka gehört.«

»Eben erst ist er zu Bewußtsein gekommen«, erwiderte Nastasja.

»Der Herr ist eben erst zu Bewußtsein gekommen«, bestätigte der fremde Mann und lächelte erneut.

»Und wer sind Sie, wenn ich fragen darf?« wandte sich Rasumichin plötzlich an ihn. »Ich heiße Rasumichin, wenn's gefällig ist, bin Student, Sohn aus adligem Hause, und er ist mein Freund. So, und wer sind Sie?«

»Ich bin Angestellter in unserem Büro, beim Kaufmann Schelopajew, und bin in Geschäften hier.«

»Belieben Sie, auf diesem Stuhl Platz zu nehmen.« Rasumichin selbst setzte sich auf den zweiten Stuhl, der auf der anderen Seite des Tischchens stand. »Das war klug von dir, mein Lieber, daß du zu dir gekommen bist«, fuhr er, zu Raskolnikow gewandt, fort. »Schon den vierten Tag ißt und trinkst du kaum. Allerdings haben wir dir mit dem Löffel Tee eingeflößt. Ich habe zweimal Sosimow mit hergebracht. Erinnerst du dich an Sosimow? Er hat dich gründlich untersucht und gleich gesagt, daß das alles ungefährlich sei; irgend etwas sei dir zu Kopf gestiegen. Irgendeine dumme Geschichte mit den Nerven; du habest zu schlecht gegessen, behauptete er; man habe dir zu wenig Bier und Meerrettich gegeben, und die Krankheit rühre daher. Es sei aber nichts weiter; es vergehe bald, und du spürtest dann überhaupt nichts mehr davon. Sosimow ist ein tüchtiger Bursche; er hat dich geschickt behandelt. – Na also, ich will Sie nicht länger aufhalten«, wandte er sich dann wieder an den Fremden. »Erklären Sie bitte, was Sie wollen. Du mußt wissen, Rodja, daß schon zum zweitenmal jemand aus diesem Büro hier ist; nur ist das erstemal nicht dieser Mann gekommen, sondern ein anderer, und ich habe ihm die Sachlage erklärt. Wer war denn das erstemal von euch da?«

»Das war wohl vorgestern, nicht wahr? Da muß es Alexej Semjonowitsch gewesen sein; der arbeitet auch bei uns im Büro.«

»Der ist wohl gescheiter als Sie – was meinen Sie?«

»Ja, er ist schon tüchtiger als ich, mein Herr.«

»Das lobe ich mir; sprechen Sie weiter.«

»Von Afanasij Iwanowitsch Wachruschin, von dem Sie wohl schon öfter gehört haben werden, ist auf Bitten Ihrer Frau Mama an unser Büro Geld für Sie überwiesen worden«, begann der Mann, indem er sich direkt an Raskolnikow wandte. »Falls Sie schon bei vollem Bewußtsein sind, soll ich Ihnen fünfunddreißig Rubel aushändigen, die von Afanasij Iwanowitsch an Semjon Semjonowitsch auf Bitten Ihrer Frau Mama so wie früher überwiesen worden sind. Sie erinnern sich gewiß, mein Herr?«

»Ja ... ich entsinne mich ... Wachruschin ...« sagte Raskolnikow nachdenklich.

»Hören Sie: er kennt den Kaufmann Wachruschin!« rief Rasumichin aus. »Wie soll er da nicht bei Bewußtsein sein? Übrigens merke ich jetzt, daß auch Sie ein kluger Mensch sind. Nun ja! gescheite Leute hört man gern reden.«

»Ja, der ist es, Wachruschin, Afanasij Iwanowitsch; und auf Bitten Ihrer Frau Mama, die Ihnen durch ihn auf dieselbe Art schon einmal Geld geschickt hat, hat er sich auch diesmal dazu bereit erklärt und von seinem Wohnsitz aus Semjon Semjonowitsch dieser Tage verständigt, daß Ihnen in Erwartung von Besserem fünfunddreißig Rubel auszuzahlen sind.«

»‚In Erwartung von Besserem' haben Sie wirklich schön gesagt; auch ‚Ihre Frau Mama' klang nicht übel. Nun, was meinen Sie: ist er bei vollem Bewußtsein oder nicht?«

»Wie kann ich das wissen? Es handelt sich nur um seine Unterschrift.«

»Die wird er Ihnen schon hinkritzeln. Haben Sie ein Zustellbuch da?«

»Ja, mein Herr, hier.«

»Geben Sie her. Na, steh auf, Rodja. Ich werde dich halten; schreibe ihm dein ‚Raskolnikow' hinein; nimm die Feder, denn Geld, mein Lieber, schmeckt uns jetzt besser als Honigseim.«

»Es ist nicht nötig«, sagte Raskolnikow und schob die Feder beiseite.

»Was ist nicht nötig?«

»Ich unterschreibe nicht.«

»Ach, zum Teufel, wie willst du denn das Geld ohne Quittung kriegen?«

»Ich brauche ... kein Geld ...«

»So, du brauchst kein Geld! Na, das stimmt wohl nicht, mein Lieber; ich kann das bezeugen! – Machen Sie sich keine Sorgen, bitte sehr, das sagt er nur so ... er phantasiert schon wieder. Übrigens passiert ihm das auch im wachen Zustand ... Sie sind ein vernünftiger Mensch, und wir werden ihn anleiten, das heißt, ihm einfach die Hand führen; dann unterschreibt er schon. Also los ...«

»Ich kann ja auch ein andermal wiederkommen, mein Herr.«

»Nein, nein; wozu sollen Sie sich die Mühe machen! Sie sind ein vernünftiger Mensch ... Also halte unseren Besuch nicht auf, Rodja ... du siehst doch, daß er wartet.« Und er schickte sich ernstlich an, seinem Freund die Hand zu führen.

»Laß das, ich kann es schon selber ...« erwiderte Raskolnikow, nahm die Feder und bestätigte in dem Buch den Empfang des Betrages. Der Bürodiener zählte das Geld auf den Tisch und ging.

»Bravo! Willst du jetzt essen, mein Lieber?«

»Ja«, antwortete Raskolnikow.

»Haben Sie Suppe?«

»Von gestern«, antwortete Nastasja, die die ganze Zeit dabeigestanden hatte.

»Mit Kartoffeln und Reis?«

»Ja, mit Kartoffeln und Reis.«

»Das kenne ich schon auswendig! Bring die Suppe und bring auch Tee!«

»Gleich.«

Raskolnikow betrachtete das alles mit tiefem Staunen und mit stumpfer, sinnloser Angst. Er beschloß, zu schweigen und abzuwarten, was weiter geschehen werde. Offenbar phantasiere ich nicht mehr, dachte er; offenbar ist das alles Wirklichkeit ...

Nach zwei Minuten kam Nastasja mit der Suppe zurück und erklärte, der Tee werde gleich fertig sein. Zu der Suppe brachte sie zwei Löffel, zwei Teller und alles, was dazugehörte: das Salzfaß, ein Pfefferfäßchen, Senf für das Rindfleisch und alles übrige, was es in solcher Ordnung schon lange nicht mehr gegeben hatte. Das Tischtuch war sauber.

»Es wäre nicht schlecht, Nastasjuschka, wenn Praskowja Pawlowna zwei Flaschen Bier spendierte. Wir möchten gern trinken.«

»Na, das auch noch!« murrte Nastasja und ging, den Auftrag auszuführen.

Wirr und mit Anspannung beobachtete Raskolnikow die weitere Entwicklung der Dinge. Indes hatte sich Rasumichin plump wie ein Bär zu ihm auf den Diwan gesetzt. Er nahm mit der linken Hand den Kopf des Freundes, obwohl Raskolnikow ihn selbst heben konnte, und führte ihm mit der Rechten einen Löffel Suppe an die Lippen, nachdem er mehrere Male daraufgeblasen hatte, damit Raskolnikow sich nicht den Mund verbrenne. Die Suppe war kaum noch warm. Gierig schluckte Raskolnikow, dann nahm er ein zweitesmal, ein drittesmal einen Löffel voll. Doch nachdem Rasumichin ihm einige Löffel eingeflößt hatte, hielt er plötzlich inne und erklärte, der weiteren Löffel wegen müsse er Sosimow zu Rate ziehen.

Nastasja kam mit den zwei Flaschen Bier.

»Willst du Tee?«

»Ja, gern.«

»Dann rasch her mit dem Tee, Nastasja; denn was Tee betrifft, so brauchen wir dazu die medizinische Fakultät wohl nicht. Da ist ja auch das Bier!« Er setzte sich wieder auf seinen

Stuhl, zog die Suppe und das Rindfleisch zu sich heran und begann mit solchem Appetit zu essen, als hätte er drei Tage lang nichts zu sich genommen.

»Ja, mein lieber Rodja, so speise ich bei euch jetzt Tag für Tag«, murmelte er, soweit sein mit Rindfleisch vollgestopfter Mund das zuließ. »Und das alles stellt mir Paschenka, deine liebe Hauswirtin, zur Verfügung; sie schätzt mich von ganzem Herzen. Natürlich bestehe ich nicht darauf, aber ich protestiere auch nicht dagegen. Da ist ja schon Nastasja mit dem Tee. Ein flinkes Weib! Nastenka, willst du einen Schluck Bier?«

»Du hast immer nur Unfug im Kopf!«

»Oder Tee?«

»Tee vielleicht!«

»Dann schenk ein. Halt, ich will dir selber einschenken; setz dich an den Tisch.«

Sofort nahm er die Dinge in die Hand und schenkte ein; dann goß er eine zweite Tasse voll Tee, ließ sein Essen stehen und setzte sich wieder auf den Diwan. So wie vorhin nahm er mit der Linken den Kopf des Patienten, hob ihn ein wenig hoch und begann ihm mit dem Löffelchen Tee einzuflößen, wobei er abermals mit großer Ausdauer und besonderem Eifer auf den Löffel blies, als läge darin der wichtigste und rettende Faktor der Genesung. Raskolnikow schwieg und widersetzte sich nicht, wiewohl er sich genügend kräftig fühlte, um sich ohne jede fremde Hilfe aufzurichten, auf dem Diwan zu sitzen und nicht nur einen Löffel oder eine Teeschale zu halten, sondern vielleicht auch hin und her zu gehen. Aber mit einer überraschenden, fast tierischen Verschlagenheit war ihm plötzlich der Gedanke gekommen, seine Kräfte vorläufig noch zu verbergen, sich nicht zu erkennen zu geben und, wenn nötig, so zu tun, als verstünde er nicht alles, indes jedoch gut aufzupassen und herauszubekommen, was hier eigentlich vorging. Übrigens konnte er seines Widerwillens doch nicht Herr werden: nachdem er etwa zehn Löffel Tee geschluckt hatte, machte er plötzlich seinen Kopf frei, stieß den Löffel verdrießlich zurück und ließ sich wieder auf die Kissen sinken. Unter seinem Kopf lagen jetzt wirklich richtige Kissen

– mit Flaumfedern gefüllt und mit sauberem Bezug; er bemerkte auch das und bezog es in seine Überlegungen ein.

»Paschenka muß uns heute noch Himbeersaft schicken, damit wir ihm etwas zu trinken machen können«, sagte Rasumichin, der an seinen Platz zurückging und sich von neuem über die Suppe und das Bier hermachte.

»Und woher soll sie Himbeersaft für dich nehmen?« fragte Nastasja, die ihre Untertasse auf den gespreizten fünf Fingern hielt und so den Tee durch ein Stück Zucker, das sie im Mund hatte, einsog.

»Den Himbeersaft kann sie im Laden besorgen, meine Teure. Siehst du, Rodja, während du nicht bei Bewußtsein warst, hat sich hier eine ganze Geschichte abgespielt. Als du damals auf so schuftige Art von mir Reißaus nahmst und mir nicht einmal deine Adresse sagtest, packte mich plötzlich solche Wut, daß ich beschloß, dich ausfindig zu machen und zu bestrafen. Ich ging noch am selben Tag ans Werk. Was für Wege mich das kostete, was für ein Gefrage! Diese Wohnung hier, deine jetzige, hatte ich vergessen; übrigens konnte ich mich auch nicht an sie erinnern, weil ich sie ja gar nicht kannte. Nun, und deine frühere Wohnung – ich wußte nur noch, daß sie an den Pjat Uglow war, in Charlamows Haus. Ich suchte und suchte dieses Haus, und dann stellte sich heraus, daß es gar nicht Charlamow gehörte, sondern einem gewissen Mann namens Buch – wie man sich doch manchmal im Klang irren kann! Da wurde ich böse. Und in meinem Zorn ging ich für alle Fälle am nächsten Tag erst einmal zum Meldeamt, und stell dir nur vor: in zwei Minuten hatten sie dich herausgefunden. Du bist dort eingetragen.«

»Eingetragen?«

»Ei freilich, aber während ich dort war, konnten sie die Adresse eines Generals namens Kobeljow nicht finden. Nun, das ist eine lange Geschichte. Sobald ich hier hereinplatzte, erfuhr ich von deinem ganzen Treiben; von allem, mein Lieber, von allem; ich weiß alles; sie kann es dir bezeugen! Ich lernte Nikodim Fomitsch kennen, und man zeigte mir auch Ilja Petrowitsch, und dann sprach ich mit deinem Hausknecht und mit Herrn Sametow – er heißt Alexander Grigorjewitsch –, dem Schriftführer im hiesigen Revier, und schließlich auch mit Paschenka. Das war der Höhepunkt; Nastasja hier kann es dir bezeugen ...«

»Du hast dir zuviel Zucker genommen«, murmelte Nastasja mit verschmitztem Lachen.

»Sie sollten auch Zucker in den Tee nehmen, Nastasja Nikiforowna.«

»Ach, du Viehkerl!« rief Nastasja plötzlich und wollte vor Lachen schier platzen. »Ich heiße doch Petrowna, nicht Nikiforowna«, fügte sie plötzlich hinzu, als sie zu lachen aufgehört hatte.

»Das werden wir künftighin im Auge behalten, meine Dame. Nun also, lieber Freund, um nicht zu weitschweifig zu werden: ich wollte hier anfangs überall den elektrischen Strom einführen, um alle Vorurteile in dieser Gegend mit einem Schlage auszurotten; aber Paschenka hat mich bezwungen. Ich hätte nicht erwartet, mein Lieber, daß sie so ... einnehmend ist. Was meinst du?«

Raskolnikow schwieg, obwohl er keine Sekunde den beunruhigten Blick von seinem Freund abwandte und ihn in einem fort starr ansah.

»Sogar außerordentlich einnehmend«, fuhr Rasumichin fort, der sich durch dieses Schweigen keineswegs beirren ließ; es war, als bestätigte er eine Antwort, die er von Rodja erhalten hätte; »sie ist in allen Punkten völlig in Ordnung.«

»Nein, so ein Viehkerl!« rief Nastasja plötzlich. Dieses Gespräch schien ihr offenbar ein unerklärliches Vergnügen zu machen.

»Es war nur schlecht, mein Lieber, daß du es von Anfang an nicht verstanden hast, die Sache richtig anzupacken. Mit ihr hättest du anders umgehen sollen. Sie ist doch, wenn ich so sagen darf, ein völlig überraschender Charakter! Na, über den Charakter später ... Wie konnte es nur zum Beispiel so weit kommen, daß sie es wagte, dir kein Essen mehr heraufzuschicken? Oder wie konnte diese Geschichte mit dem Wechsel passieren? Ja, warst du denn verrückt, als du den Wechsel unterzeichnetest? Oder zum Beispiel dieser Eheplan, als ihre Tochter Natalja Jegorowna noch lebte ... Ich weiß alles! Übrigens sehe ich, daß das ein heikler Punkt ist, und ich bin ein Esel; du mußt mich schon entschuldigen. Was aber die Dummheit betrifft: weißt du, daß Praskowja Pawlowna gar nicht so dumm ist, mein Lieber, wie man auf den ersten Blick annehmen könnte?«

»Ja ...« stieß Raskolnikow hervor und sah zur Seite; doch er hatte erkannt, daß es vorteilhafter war, das Gespräch in Gang zu halten.

»Habe ich nicht recht?« rief Rasumichin, offenbar erfreut, weil er eine Antwort erhalten hatte. »Aber klug ist sie auch nicht, nicht wahr? Ein völlig überraschender Charakter, völlig überraschend! Manchmal weiß ich selber nicht bei ihr Bescheid, das kannst du mir glauben, mein Lieber. Sie hat gut ihre Vierzig auf dem Buckel. Sie sagt, sie wäre sechsunddreißig, und das ist ihr gutes Recht. Übrigens schwöre ich dir, daß ich sie mehr vom Geistigen her beurteile, vom rein Metaphysischen; das sind so verwickelte Probleme, Freund, daß die Algebra nichts dagegen ist! Ich verstehe nichts davon! Doch das ist alles Unsinn! Als sie sah, daß du nicht mehr studiertest, keine Stunden mehr gabst und auch nichts zum Anziehen mehr hattest und daß nach dem Tod des jungen Fräuleins jeder Anlaß beseitigt war, dich als Familienmitglied zu behandeln, hat sie plötzlich Angst bekommen; und da du dich zurückzogst und keine deiner früheren Verbindungen aufrechterhieltest, kam sie auf den Gedanken, dich aus der Wohnung hinauszuekeln. Sie hatte diese Absicht schon lange, aber es tat ihr um den Wechsel leid. Außerdem hattest du ja selbst versichert, deine Mama werde zahlen ...«

»Das tat ich aus Gemeinheit ... Meine Mutter muß selber beinahe um Almosen betteln ... Und ich log, damit ich in der Wohnung bleiben konnte und ... etwas zu essen bekam«, sprach Raskolnikow laut und deutlich.

»Ja, das war sehr vernünftig von dir. Nur war der eine Haken bei der Sache, daß dieser Herr Tschebarow auftauchte, ein Hofrat und geschäftstüchtiger Mann. Ohne ihn wäre Paschenka niemals auf solche Gedanken gekommen; dazu ist sie ja viel zu schüchtern. Aber dieser geschäftstüchtige Mann war nicht schüchtern und stellte zuallererst natürlich die Frage: Besteht überhaupt die Hoffnung, daß der Wechsel eingelöst wird? Die Antwort lautete: Ja, denn da ist seine Mama, die mit ihren hundertzwanzig Rubel Pension ihrem Rodjenka sicher beispringen wird, selbst wenn sie nichts zu essen haben sollte, und dann ist da auch noch eine Schwester, die sich für ihren lieben Bruder in die Sklaverei verkaufen ließe. Und darauf baute er seinen Plan . . . Was fährst du denn so auf? Ich kenne jetzt alle deine tiefsten Geheimnisse, mein Lieber; das kommt davon, daß du zu Paschenka so offenherzig warst, als du mit ihr noch auf familiärem Fuße lebtest. Und ich spreche jetzt davon, weil ich dich gern habe . . . Das ist eben so: ein ehrlicher, gefühlvoller Mensch ist offenherzig, und ein geschäftstüchtiger Mensch hört zu und frißt, und zuletzt frißt er auch dich auf. Sie gab diesen Wechsel jedenfalls, angeblich an Zahlungs Statt, an Tschebarow weiter, und der machte ohne viel Federlesens die Forderung auf gesetzlichem Wege geltend. Ich wollte ihm, sobald ich das alles erfahren hatte, nur so, zur Beruhigung meines Gewissens, ebenfalls ein Bein stellen, aber zu dieser Zeit bestand zwischen Paschenka und mir schon eine Harmonie der Seelen, und ich befahl ihr, die ganze Sache niederzuschlagen, sie gleich im Keim zu ersticken, und verbürgte mich dafür, daß du zahlen würdest. Ich habe mich für dich verbürgt, mein Lieber, hörst du? Wir zitierten Tschebarow her, warfen ihm zehn Silberrubel in den Rachen und bekamen das Papier zurück. Und hiermit habe ich die Ehre, es Ihnen zu überreichen – jetzt glaubt man Ihnen aufs Wort –, da, nehmen Sie; ich habe es schon durchgerissen, wie es sich gehört.«

Rasumichin legte den Wechsel auf den Tisch; Raskolnikow starrte ihn an und drehte sich, ohne ein Wort zu sprechen, zur Wand. Sogar Rasumichin war beleidigt.

»Ich sehe, lieber Freund«, sagte er nach einer Weile, »daß ich mich schon wieder idiotisch benommen habe. Ich hatte geglaubt, dich abzulenken und durch mein Geschwätz zu zerstreuen, aber mir scheint, es hat nur deine Galle aufgeregt.«

»Warst du das, den ich im Fieber nicht erkannte?« fragte

Raskolnikow, nachdem er ebenfalls eine Weile geschwiegen hatte, ohne den Kopf zu wenden.

»Ja, und du wurdest deshalb sogar ganz toll vor Wut, besonders als ich einmal Sametow mitbrachte.«

»Sametow? ... den Schriftführer? ... Wozu?«

Raskolnikow wandte sich rasch um und maß Rasumichin mit starrem Blick.

»Was hast du denn ... warum regst du dich auf? Er wollte dich näher kennenlernen; er selbst äußerte den Wunsch, weil wir beide viel über dich gesprochen hatten ... Von wem hätte ich denn sonst soviel über dich in Erfahrung gebracht? Er ist ein prächtiger Junge, mein Lieber, ein wundervoller Mensch ... natürlich in seiner Art. Wir haben uns miteinander angefreundet und kommen fast täglich zusammen. Ich bin nämlich auch in diese Gegend übergesiedelt. Das weißt du noch nicht? Eben jetzt erst. Zweimal war ich mit ihm schon bei Lawisa. Du erinnerst dich doch an Lawisa, Lawisa Iwanowna?«

»Habe ich im Fieber gesprochen?«

»Ei freilich! Du warst ja ganz durcheinander.«

»Wovon habe ich denn gesprochen?«

»Ach Gott! Wovon du gesprochen hast? Man weiß ja, was Fieberkranke reden ... Jetzt aber an die Arbeit, mein Lieber, damit wir keine Zeit mehr verlieren.«

Er stand auf und griff nach seiner Mütze.

»Wovon habe ich gesprochen?«

»Es läßt dir keine Ruhe! Hast du denn Angst um irgendein Geheimnis? Sei ganz ohne Sorge: von der Gräfin war mit keinem Sterbenswörtchen die Rede, aber von einer Bulldogge, von Ohrringen und Ketten, dann noch von der Krestowskij-Insel und von irgendeinem Hausknecht und viel von Nikodim Fomitsch und Ilja Petrowitsch, dem Stellvertreter des Inspektors. Und außerdem beliebten der Herr sich geradezu außerordentlich für den eigenen Socken zu interessieren, sehr sogar! Sie jammerten: Gebt mir den Socken her! Immer wieder, immer wieder! Sametow persönlich suchte in allen Winkeln nach Ihrem Socken, fand ihn und gab Ihnen den Lumpen mit eigener, parfümierter, beringter Hand. Dann erst waren Sie beruhigt; Sie hielten den Socken volle vierundzwanzig Stunden fest, und man konnte ihn Ihnen nicht wegnehmen. Gewiß liegt er jetzt irgendwo noch immer unter deiner Decke. Und dann batest du noch um Hosenfransen, batest ganz weinerlich und kläglich darum! Wir fragten dich, was für Fransen du meintest, doch es war nichts aus dir herauszubekommen ... Nun also, zur Sache! Hier liegen fünfunddreißig Rubel; ich nehme zehn davon und werde in etwa zwei Stündchen mit dir darüber abrechnen. Gleichzeitig will ich auch Sosimow verständigen, obwohl er schon längst hier sein müßte, denn es ist zwölf. Und Sie, Nastenka, schauen in meiner Abwesenheit möglichst oft herein, ob er etwas zu trinken braucht oder sonst welche Wünsche hat ... Und Paschenka will ich gleich selber alles sagen, was nötig ist. Auf Wiedersehen!«

»Er nennt sie Paschenka! Ach, du durchtriebenes Mannsbild!« rief ihm Nastasja nach; dann öffnete sie die Tür und lauschte, doch sie hielt es nicht aus und lief ebenfalls hinab. Es interessierte sie zu brennend, worüber er mit der Hausfrau sprach; überhaupt war es nicht zu verheimlichen, daß sie von Rasumichin ganz bezaubert war.

Kaum hatte sich die Tür hinter ihr geschlossen, als der Kranke schon die Decke abwarf und wie ein Besessener aus dem Bett sprang. Mit brennender, schmerzhafter Ungeduld hatte er gewartet, daß die beiden möglichst rasch weggingen, damit er sich in ihrer Abwesenheit gleich ans Werk machen könnte. Aber was, was hatte er tun wollen? Das schien er, als müßte es so sein, völlig vergessen zu haben.

O Herr und Gott! Sag mir nur das eine: wissen sie schon alles oder nicht? Wie aber, wenn sie es schon wissen und sich nur verstellen und Komödie spielen, solange ich krank liege, und dann plötzlich hereinkommen und mir sagen, daß alles schon längst bekannt sei und daß sie bisher nur so ... Was wollte ich jetzt bloß machen? Ich habe es vergessen, plötzlich vergessen – und eben wußte ich es noch! ...

Er stand mitten im Zimmer und blickte in qualvollem Zweifel rings um sich; er ging zur Tür, öffnete sie und lauschte; aber das war es nicht gewesen. Plötzlich schien es ihm wieder eingefallen zu sein; er stürzte zu der Ecke hin, wo das Loch unter der Tapete war, besichtigte alles, griff in das Loch, wühlte darin, aber auch das war es nicht gewesen. Er ging zum Ofen, öffnete die Klappe und stöberte in der Asche: dort lagen die abgeschnittenen Hosenfransen und die Fetzen der herausgerissenen Tasche, so wie er sie damals hineingeworfen hatte; also war niemand hier gewesen, um nachzusehen! Jetzt entsann er sich des Sockens, von dem Rasumichin gesprochen hatte. Richtig, da lag er auf dem Diwan, unter der Decke, aber er war schon so kaputt und schmutzig, daß Sametow natürlich nichts mehr hatte entdecken können.

Ah, Sametow! ... das Revier! ... Aber warum bestellt man mich auf das Revier? Wo ist die Vorladung? Ach! ... ich bringe das durcheinander: das war ja schon damals! Auch damals habe ich mir den Socken angesehen, und jetzt ... jetzt war ich krank. Doch weshalb ist Sametow hergekommen? Weshalb hat Rasumichin ihn mitgebracht? ... murmelte er kraftlos und setzte sich wieder auf den Diwan. Was bedeutet das? Phantasiere ich noch immer, oder ist es Wirklichkeit? Es scheint Wirklichkeit zu sein ... Ah, jetzt weiß ich wieder: ich muß fliehen! So schnell wie möglich fliehen, unbedingt fliehen, unbedingt! Aber ... wohin? Und wo sind meine Kleider? Ich finde die Stiefel nicht! Man hat sie weggeschafft! Versteckt! Ich verstehe! Und hier ist der Mantel – den haben sie durchsucht! Hier liegt das Geld auf dem Tisch, gottlob! Und hier ist auch der Wechsel ... Ich will das Geld nehmen und weggehen und mir eine andere Wohnung mieten; sie werden mich nicht aufspüren! ... Ja, aber das Meldeamt? Sie finden mich! Rasumichin wird mich finden. Am besten, ich gehe ganz fort ... weit weg ... nach Amerika ... und pfeife auf alle! Auch den Wechsel nehme ich mit ... dort kann ich ihn brauchen ... Was soll ich noch mitnehmen? Sie glauben, ich sei krank! Sie wissen ja nicht, daß ich gehen kann, hehehe! Ich habe es ihren Augen angesehen, daß sie alles wissen! Wenn ich nur die Treppe hinunterkomme! Wie aber, wenn sie unten jemanden hingestellt haben, der mich bewachen soll, einen Polizisten? Was ist das hier ... Tee? Und hier ist auch noch Bier übriggeblieben, eine halbe Flasche kaltes Bier!

Er nahm die Flasche, in der noch ein ganzes Glas Bier war, und trank sie auf einen Zug leer, als wollte er ein Feuer in seiner Brust löschen. Aber nach kaum einer Minute stieg ihm das Bier schon zu Kopfe, und über den Rücken lief ihm ein leichter, geradezu angenehmer Schauer. Er legte sich hin und zog die Decke über sich. Seine Gedanken, ohnedies schon krankhaft und ohne Zusammenhang, verwirrten sich mehr und mehr, und bald umfing ihn ein leichter und angenehmer Schlaf. Voll Genuß suchte er mit dem Kopf einen Platz auf dem Kissen, deckte sich fest mit der weichen wattierten Decke zu, die er jetzt statt des zerrissenen Mantels von früher hatte, seufzte leise und fiel in einen tiefen, festen, heilsamen Schlaf.

Er erwachte, als er hörte, daß jemand ins Zimmer kam; er öffnete die Augen und sah Rasumichin, der die Tür weit aufgemacht hatte und, im Zweifel, ob er hereinkommen solle oder nicht, auf der Schwelle stand. Raskolnikow richtete sich auf dem Diwan rasch auf und blickte den anderen an, als versuchte er sich an etwas zu erinnern.

»Ah, du schläfst nicht; nun, da bin ich wieder! Nastasja, bring das Bündel her!« rief Rasumichin nach unten. »Gleich rechne ich mit dir ab . . .«

»Wieviel Uhr ist es?« fragte Raskolnikow, während er sich unruhig umblickte.

»Du hast tüchtig geschlafen, mein Lieber; es ist schon Abend; es wird gegen sechs Uhr sein. Du hast länger als sechs Stunden geschlafen . . .«

»O Gott! Was habe ich denn . . .«

»Was willst du nur? Wohl bekomm's! Du hast doch keine Eile? Mußt du am Ende zu einem Stelldichein? Wie? Die ganze Zeit gehört jetzt uns. Ich warte schon seit drei Stunden; zweimal war ich da, du hast aber immer geschlafen. Zweimal habe ich auch nach Sosimow gesehen; er war nicht zu Hause! Das macht aber nichts, er kommt bestimmt! . . . Eigene Besorgungen hatte ich auch zu erledigen. Ich bin nämlich heute übergesiedelt, ganz übergesiedelt, zusammen mit meinem Onkel. Ich habe ja jetzt einen Onkel . . . Nun ja, hol's der Teufel, zur Sache! Nastenka, gib das Bündel her! Wir wollen gleich ... Und wie fühlst du dich überhaupt, mein Lieber?«

»Ich bin gesund; ich bin nicht krank ... Rasumichin, bist du schon lange hier?«

»Ich sagte dir ja, ich warte seit drei Stunden.«

»Nein, früher?«

»Was meinst du mit früher?«

»Seit wann kommst du hierher?«

»Ich habe es dir ja schon erzählt; erinnerst du dich nicht?«

Raskolnikow dachte nach. Wie im Traum zog das unlängst Gehörte an ihm vorbei. Allein er konnte sich nicht entsinnen und blickte Rasumichin fragend an.

»Hm!« sagte dieser, »er hat es vergessen. Schon vorhin war mir so, als ob du noch immer nicht ganz in Ordnung wärst ... Jetzt der Schlaf hat dir gutgetan ... Du siehst wirklich weit besser aus. Bravo! Nun, zur Sache! Es wird dir gleich alles wieder einfallen! Sieh einmal her, mein Lieber!«

Er begann das Bündel, für das er sich offenbar außerordentlich interessierte, aufzuknüpfen.

»Das hat mir besonders auf dem Herzen gelegen; du kannst es mir glauben, lieber Freund. Denn wir müssen aus dir ja wieder einen Menschen machen. Fangen wir oben an. Siehst du hier den Helm?« sagte er, indem er aus dem Paket eine noch ziemlich gute, aber doch auch recht gewöhnliche, billige Mütze nahm. »Probiere ihn bitte auf.«

»Nachher, später«, wehrte Raskolnikow angeekelt ab.

»Nein, lieber Rodja, widersetze dich nicht; denn es ist schon spät, und ich könnte die ganze Nacht nicht schlafen, weil ich die Mütze, ohne Maß zu nehmen, aufs Geratewohl gekauft habe. Sitzt wie nach Maß!« rief er triumphierend, nachdem er ihm die Mütze aufgesetzt hatte. »Paßt genau! Die Kopfbedeckung, mein Lieber, ist das Allerwichtigste bei der Kleidung, eine Art Empfehlungsschreiben. Mein Freund Tolstjakow muß jedesmal den Hut abnehmen, wenn er irgendwohin kommt, wo die anderen mit Hüten und Mützen herumstehen. Alle Welt glaubt, er mache das aus sklavischer Gesinnung, und dabei tut er es nur deshalb, weil er sich seines Vogelnestes schämt; er ist ja so schüchtern! Schauen Sie her, Nastenka, hier sehen Sie zwei Kopfbedeckungen: diesen Palmerston« – er holte aus der Ecke Raskolnikows zerknitterten runden Hut, den er aus unbekannten Gründen »Palmerston« nannte – »und dieses Schmuckstück hier! Rate einmal, Rodja, wieviel ich dafür bezahlt habe! Nun, Nastasjuschka?« wandte er sich dann an sie, als er bemerkte, daß Raskolnikow schwieg.

»Zwanzig Kopeken wird er wohl gekostet haben«, antwortete Nastasja.

»Zwanzig Kopeken? Dumme Gans!« rief er beleidigt. »Heute bekommt man für zwanzig Kopeken nicht einmal dich zu kaufen! Achtzig! Und auch das nur, weil ich die Mütze aus zweiter Hand gekauft habe. Allerdings habe ich noch die Bedingung ausgehandelt, daß wir im nächsten Jahr, wenn die Mütze abgetragen ist, dafür eine andere umsonst bekommen, weiß Gott! Na also, wenden wir uns jetzt den Vereinigten Staaten von Amerika zu, wie wir das im Gymnasium genannt haben. Ich mache dich darauf aufmerksam – auf *die* Hosen bin ich stolz!« Und er legte vor Raskolnikow eine Hose aus sommerlich leichtem Wollstoff hin. »Kein Loch, kein einziger Fleck und dabei höchst anständig, wenngleich ebenfalls getragen, und dazu passend die Weste, einfarbig, wie die Mode es verlangt. Und daß die Sachen getragen sind, ist wahrhaftig noch ein Vorteil: sie sind dann weicher und schmiegen sich besser an ... Weißt du, Rodja, wenn man in der Welt Karriere machen will, genügt es nach meiner Meinung, immer auf die Saison zu achten; ißt man im Januar keinen Spargel, behält man ein paar Silberrubel mehr in der Tasche; und das gleiche trifft auch auf diesen Kleiderkauf zu. Jetzt haben wir Sommer, und ich habe dementsprechend eingekauft, weil im Herbst die Saison ohnedies wärmere Stoffe verlangt und du diese Sachen dann auf jeden Fall weggeben mußt ... um so mehr, als sie sich bis dahin bestimmt von selbst erledigt haben; wenn nicht weil deine Ansprüche gestiegen sind, so doch aus innerer Schwäche. Schätze nun! Was kostet das Ganze wohl? – Zwei Rubel fünfundzwanzig Kopeken. Und wohlgemerkt wieder unter derselben Bedingung: wenn alles ausgedient hat, bekommst du nächstes Jahr das gleiche umsonst! In Fedjajews Laden ist das so üblich: wenn man einmal gezahlt hat, genügt das fürs ganze Leben, weil man ja ein zweitesmal von selber nicht wieder hingeht. Na, und jetzt wollen wir uns einmal die Schuhe ansehen – was sagst du dazu? Man sieht zwar, daß sie getragen sind, aber zwei Monate werden sie wohl noch halten, weil sie aus dem Ausland importiert sind: der Sekretär der englischen Botschaft hat sie vorige Woche auf dem Trödelmarkt verkauft; insgesamt hat er sie nur sechs Tage getragen, aber er brauchte dringend Geld. Sie kosten einen Rubel fünfzig. Ist das nicht ein guter Kauf?«

»Vielleicht passen sie aber nicht?« bemerkte Nastasja.

»Nicht passen! Und was ist das?« Bei diesen Worten zog er den alten durchlöcherten Stiefel Raskolnikows aus der Tasche. »Ich habe vorgesorgt, und nach diesem gräßlichen Ding bekam ich das richtige Maß. Ich habe mich der Sache aus ganzem Herzen angenommen. Und wegen der Wäsche ist alles schon mit der Hauswirtin besprochen. Du bekommst zuerst drei Hemden, zwar aus grobem Leinen, aber mit modernem Kragen ... Hier also die Abrechnung: achtzig Kopeken die Mütze, zwei Rubel fünfundzwanzig die übrigen Kleidungsstücke, macht insgesamt drei Rubel fünf Kopeken; einen Rubel fünfzig die Schuhe – weil sie eben so schön sind –, das macht vier Rubel fünfundfünfzig; und fünf Rubel kostet all die übrige Wäsche – wir haben gleich einen Engrospreis vereinbart –, macht zusammen genau neun Rubel fünfundfünfzig Kopeken. Fünfundvierzig Kopeken bekommst du in Kupfermünzen zurück; hier bitte, nimm ... Und so bist du jetzt ganz neu eingekleidet, Rodja; denn meiner Ansicht nach kannst du deinen Mantel noch sehr gut tragen, ja, er sieht sogar besonders vornehm aus. Das kommt eben davon, wenn man seine Sachen vom feinsten Schneider bezieht. Was Socken und den übrigen Kleinkram anbelangt, so überlasse ich das dir selber; es bleiben uns ja noch fünfundzwanzig Rubel. Wegen Paschenka und der Wohnungsmiete mach dir keine Sorgen: ich habe mit ihr gesprochen, und sie räumt dir unbegrenzten Kredit ein. Jetzt aber erlaube, mein Teurer, daß wir dir die Wäsche wechseln; denn am Ende sitzt deine Krankheit jetzt nur noch im Hemd ...«

»Laß mich! Ich will nicht!« wehrte Raskolnikow ab, der den gewollt scherzhaften Bericht Rasumichins über den Kleiderkauf voll Abscheu angehört hatte ...

»Das geht nicht, lieber Freund; weshalb hätte ich mir denn sonst die Hacken abgelaufen!« beharrte Rasumichin. »Nastasjuschka, schämen Sie sich nicht, sondern helfen Sie mir ... Sehen Sie, so!«

Und trotz Raskolnikows Widerstand wechselte er ihm doch schlecht und recht die Wäsche. Der Kranke fiel auf das Kopfkissen zurück und sprach etwa zwei Minuten lang kein Wort.

Werden sie mich noch lange quälen? dachte er.

»Von welchem Gelde ist das alles gekauft worden?« fragte er schließlich, während er zur Wand blickte.

»Geld? da ist es ja! Von deinem eigenen Geld. Es war doch heute dieser Bote da; deine Mama hat dir durch Wachruschin Geld geschickt; hast du denn auch das vergessen?«

»Jetzt entsinne ich mich . . .« sprach Raskolnikow nach langem, finsterem Grübeln. Rasumichin blickte ihn besorgt und mit gerunzelter Stirn an.

Die Tür öffnete sich, und ein großer, starker Mann trat ein, den Raskolnikow ebenfalls schon irgendwie vom Sehen zu kennen glaubte.

»Sosimow! Endlich!« rief Rasumichin erfreut.

4

Sosimow war ein großer, feister Mensch mit aufgedunsenem, farblos blassem, glattrasiertem Gesicht und hellblondem, straffem Haar; er trug eine Brille, und an seiner fetten Hand glänzte ein großer goldener Ring. Er mochte etwa siebenundzwanzig Jahre alt sein. Er trug einen weiten, eleganten leichten Mantel und helle Sommerhosen, und überhaupt war alles an ihm weit, elegant und nagelneu; seine Wäsche war tadellos, und er hatte eine massive Uhrkette. Er gab sich langsam, gleichsam schläfrig, und dabei *gelehrtenhaft-*

zerstreut; übrigens kam sein gewaltsam unterdrückter Hochmut jeden Augenblick wieder zum Ausbruch. Alle, die ihn kannten, fanden, daß er etwas schwerfällig sei, räumten jedoch ein, daß er sein Fach verstehe.

»Ich war schon zweimal bei dir, mein Lieber ... Du siehst, er ist zu sich gekommen!« rief Rasumichin.

»Ich sehe, ich sehe; nun also, wie fühlen wir uns jetzt, he?« wandte sich Sosimow an Raskolnikow, während er ihn unverwandt ansah und sich zu ihm auf den Diwan setzte. Er nahm am Fußende Platz und machte es sich, so gut es ging, bequem.

»Er fängt aber immer noch Grillen«, sprach Rasumichin weiter. »Als wir ihm vorhin die Wäsche wechselten, brach er beinahe in Tränen aus.«

»Das ist verständlich; mit der Wäsche hättet ihr auch noch warten können, wenn er keine Lust hatte ... Der Puls ist prächtig. Der Kopf schmerzt wohl noch immer ein bißchen, nicht wahr?«

»Ich bin gesund, ich bin völlig gesund!« stieß Raskolnikow hartnäckig und gereizt hervor; er hatte sich auf seinem Lager plötzlich aufgerichtet, und seine Augen funkelten; doch sofort sank er wieder in die Kissen zurück und kehrte sich zur Wand. Sosimow beobachtete ihn aufmerksam.

»Sehr gut ... alles in Ordnung«, sprach er matt. »Hat er gegessen?«

Man berichtete ihm und fragte, was der Patient bekommen dürfe.

»Alles ... Suppe, Tee ... Pilze und Gurken soll man ihm selbstverständlich nicht geben, auch Rindfleisch lieber nicht, und ... Na, wozu soviel reden! ...« Er wechselte einen Blick mit Rasumichin. »Macht nur weiter so mit den Arzneimitteln und allem andern; morgen schaue ich wieder vorbei ... Es hätte auch heute ... nun ja ...«

»Morgen abend will ich mit ihm spazierengehen!« entschied Rasumichin! »in den Jusupow-Garten, und dann gehen wir in den Kristallpalast.«

»Morgen würde ich ihn lieber noch nicht ausführen; aber freilich ... ein wenig schon ... Dann werden wir ja sehen.«

»Ach, wie schade! Heute feiere ich gerade den Einzug in meine neue Wohnung; es ist nur zwei Schritt von hier; da hätte er doch auch dabeisein sollen. Und wenn er dort nur auf dem Diwan liegt, in unserer Gesellschaft! – Kommst du?« fragte er Sosimow plötzlich. »Vergiß nicht, komm auf einen Sprung! Du hast es mir versprochen!«

»Ja, aber vielleicht komme ich etwas später. Was gibt es denn?«

»Nichts Besonderes: Tee, Wodka, Hering, eine Pirogge. Es kommen nur gute Bekannte.«

»Wer denn?«

»Nur Leute von hier, fast lauter neue Bekannte – abgesehen vielleicht von meinem alten Onkel; aber auch der ist eigentlich neu: erst gestern kam er in irgendwelchen Geschäften nach Petersburg. Fünf Jahre habe ich ihn nicht gesehen.«

»Was ist er denn?«

»Sein ganzes Leben hat er als Postmeister in einer Kreisstadt dahinvegetiert ... Er bezieht eine kleine Pension, ist fünfundsechzig, aber es lohnt sich gar nicht, viel über ihn zu reden ... Übrigens mag ich ihn. Porfirij Semjonowitsch kommt ebenfalls, der hiesige Untersuchungsrichter ... ein Jurist. Aber du kennst ihn ja ...«

»Ist er nicht auch irgendwie mit dir verwandt?«

»Ganz entfernt; aber was machst du denn für ein finsteres Gesicht? Weil ihr einmal gestritten habt? Willst du am Ende deshalb nicht kommen?«

»Ach, ich pfeife auf ihn ...«

»Um so besser. Nun, und dann werden noch ein paar Studenten dasein, ein Lehrer, ein Beamter, ein Musiker, ein Offizier, Sametow ...«

»Sag mir bloß, was könnt ihr, du oder er hier ...« Sosimow wies mit einem Kopfnicken zu Raskolnikow hin ... »mit einem Menschen wie Sametow gemein haben?«

»Ach, diese heiklen Leute! Diese Prinzipienreiter! ... Und du ruhst auf deinen Prinzipien aus wie auf Sprungfedern: du getraust dich überhaupt nicht mehr, dich aus eigenem Antrieb auch nur zu rühren. Ich halte ihn jedenfalls für einen guten Kerl – da hast du mein Prinzip, und sonst will ich nichts wissen. Sametow ist ein ganz prächtiger Mensch.«

»Aber Bestechungsgelder steckt er ein!«

»Nun, meinetwegen, ich pfeife drauf! Und wenn er es tut!« rief Rasumichin plötzlich in seltsam unnatürlicher Gereiztheit. »Habe ich denn gebilligt, daß er sich bestechen läßt? Ich habe nur gesagt, daß er auf seine Art ein prächtiger Kerl ist! Und aufrichtig gesprochen: wenn man überall so genau hinschaut, bleiben dann viele gute Menschen übrig? Ich bin überzeugt davon, daß man in dem Fall für mich samt allen meinen Eingeweiden höchstens eine gebratene Zwiebel gäbe, und das auch nur mit dir als Draufgabe . . .!«

»Das ist zu wenig; ich gäbe für dich sogar zwei Zwiebeln . . .«

»Aber ich für dich nur eine! Mach nur Witze! Sametow ist ja noch ein grüner Junge; ich werde ihn schon am Haar zupfen, denn ihn muß man anziehen, nicht abstoßen. Dadurch, daß man einen Menschen abstößt, bessert man ihn nicht, schon gar nicht, wenn er noch sehr jung ist. Mit einem Knaben heißt es doppelt vorsichtig umgehen. Aber davon versteht ihr stumpfen Fortschrittler ja nichts. Ihr achtet den Menschen nicht und setzt euch selber herab . . . Und wenn du es genau wissen willst: vielleicht haben er und ich gemeinsam etwas vor.«

»Das wäre interessant zu erfahren!«

»Es handelt sich um die Geschichte mit dem Maler, das heißt mit dem Anstreicher . . . Wir werden ihn schon herausreißen! Übrigens ist die Sache nur noch halb so schlimm. Der Fall liegt klar, ganz klar. Wir wollen nur ein bißchen nachhelfen.«

»Was für ein Anstreicher ist denn das?«

»Wie, habe ich dir das nicht erzählt? wirklich nicht? Richtig, ich habe dir ja nur den Anfang berichtet . . . von der Ermordung der alten Wucherin, der Beamtenwitwe . . . Nun, und jetzt ist ein Anstreicher in die Sache verwickelt . . .«

»Von dem Mord wußte ich schon vorher; und ich interessiere mich sogar dafür . . . in gewissem Sinne . . . aus einem bestimmten Grund . . . ich habe die Zeitungsberichte darüber verfolgt. Und da . . .«

»Auch Lisaweta haben sie umgebracht!« schnatterte Nastasja plötzlich dazwischen, indem sie sich an Raskolnikow wandte.

Sie war die ganze Zeit über im Zimmer geblieben, hatte sich an der Tür klein gemacht und zugehört.

»Lisaweta?« murmelte Raskolnikow, und seine Stimme war kaum zu vernehmen.

»Hast du denn Lisaweta, die Händlerin, nicht gekannt? Sie kam manchmal zu uns in die Wohnung. Sie hat dir noch ein Hemd ausgebessert.«

Raskolnikow drehte sich zur Wand um, wo er sich auf der schmutzigen gelben Tapete mit den weißen Blumen eine plumpe weiße, mit braunen Strichen gezeichnete Blume aussuchte und anzustarren begann. Er zählte, wieviel Blütenblätter sie hatte, betrachtete die Zacken an den Blättern und zählte die Striche. Er fühlte seine Hände und Füße taub werden, als würden sie gelähmt, aber er versuchte gar nicht, sich zu rühren, sondern starrte nur hartnäckig die Blume an.

»Also was ist mit dem Anstreicher?« unterbrach Sosimow mit einem seltsamen, geradezu besonderen Ärger das Geschwätz Nastasjas. Sie verstummte seufzend.

»Den halten sie eben für den Mörder!« erwiderte Rasumichin hitzig.

»Was für Beweise liegen denn vor?«

»Zum Teufel mit Beweisen! Natürlich haben sie einen Hinweis, aber der ist kein Beweis, und das müssen wir klarstellen! Es ist haargenauso wie zu Anfang, als sie diese beiden festnahmen und verdächtigten, wie hießen sie doch gleich ... ja, Koch und Pestrjakow. Pfui! Die ganze Sache wird ja so dumm angefaßt, daß sogar einem Außenstehenden grauen kann! Pestrjakow kommt übrigens heute vielleicht ebenfalls zu mir ... Nebenbei bemerkt, Rodja, erinnerst du dich an den Fall? Er hat sich vor deiner Erkrankung abgespielt, gerade einen Tag, ehe du bei der Polizei in Ohnmacht fielst. Man sprach dort gerade darüber ...«

Sosimow sah Raskolnikow neugierig an, aber der rührte sich nicht.

»Weißt du was, Rasumichin? Wenn ich dich so aus der

Nähe betrachte ... du bist doch wirklich ein unruhiger Geist«, bemerkte Sosimow.

»Mag sein, aber trotzdem werden wir ihn herausreißen!« schrie Rasumichin und schlug mit der Faust auf den Tisch. »Und weißt du, was das Empörendste daran ist? Nicht daß die Leute lügen. Lügen kann man immer verzeihen; lügen ist etwas Hübsches, weil es zur Wahrheit führt. Nein, ärgerlich ist, daß sie lügen und sich noch vor den eigenen Lügen verbeugen. Ich achte Porfirij, aber ... höre bloß, was sie zuallererst aus der Fassung brachte. Die Tür war verschlossen; als man dann aber mit dem Hausknecht kam, war sie offen – folglich mußten Koch und Pestrjakow die Mörder gewesen sein! So sieht die Logik dieser Leute aus!«

»Reg dich nicht auf; man hat sie doch nur festgenommen; man konnte ja gar nicht anders ... Übrigens habe ich diesen Koch kennengelernt; es hat sich herausgestellt, daß er der Alten verfallene Pfandstücke abkaufte! Was sagst du dazu?«

»Ja, er ist ein Gauner! Er kauft auch Wechsel auf. Er macht höchst anrüchige Geschäfte. Aber hol ihn der Teufel! Verstehst du, worüber ich so zornig bin? Ihre altersschwache, dumme, klapprige Routine erbost mich ... Dabei müßte man, allein schon um diesen einen Fall zu klären, einen ganz neuen Weg einschlagen. Nur auf Grund der psychologischen Tatsachen ließe sich die richtige Spur finden. ‚Wir haben Fakten!' sagen sie. Aber Tatsachen sind nicht alles; mindestens die halbe Arbeit liegt darin, wie man mit den Tatsachen umzugehen versteht!«

»Und verstehst du mit den Tatsachen umzugehen?«

»Ja; und ich kann doch nicht schweigen, wenn ich fühle, wenn ich geradezu mit dem Tastsinn spüre, daß ich hier helfen kann ... Wenn ... ach! Kennst du den Fall genau?«

»Ich warte noch immer auf den Anstreicher.«

»Ach ja! Hör zu: Genau am dritten Tag nach dem Mord, am Morgen, als sie sich noch mit Koch und Pestrjakow abgaben – obgleich diese über jeden ihrer Schritte Rechenschaft ablegen konnten und die Sache völlig eindeutig war! –, kam plötzlich eine höchst unerwartete Tatsache ans Licht. Ein Bauer namens Duschkin, der eine Schenke gerade gegenüber jenem Haus besitzt, meldet sich im Revier, bringt ein Schmucketui mit goldenen Ohrringen und erzählt einen ganzen Roman dazu: ‚Vorgestern, etwas nach acht Uhr abends' – der Tag und die Stunde, merkst du etwas? –, ‚kommt ein Arbeiter zu mir, ein Anstreicher, der auch vorher schon untertags ein paarmal bei mir war, er heißt Nikolaj, und zeigt mir die Schachtel hier mit den goldenen Ohrringen und den Steinchen und bittet mich, ihm darauf zwei Rubel zu borgen. Auf meine Frage, woher er das habe, erwidert er, er habe es auf dem Gehsteig gefunden. Weitere Fragen stellte ich ihm nicht', sagte Duschkin, ‚sondern ich gab ihm ein Scheinchen' – also einen Rubel –, ‚weil ich glaubte, wenn ich das Zeug nicht nehme, versetzt er es bei einem andern; er versäuft es ohnedies, und da soll es lieber bei mir liegen. Wenn irgend etwas aufkommt oder ein Gerede entsteht, kann ich es noch immer melden.' Natürlich war das alles nur Geschwätz; er lügt wie gedruckt, ich kenne diesen Duschkin; er ist selber ein Wucherer und kauft gestohlenes Gut auf; und dieses Schmuckstück im Wert von dreißig Rubel hat er dem armen Nikolaj nicht abgelistet, um dann den Fall zu melden. Er bekam einfach Angst. Nun ja, zum Teufel mit ihm, hör also, was er weiter sagte: ‚Und diesen Bauern Nikolaj Dementjew kenne ich seit meiner Kindheit; er kommt aus dem gleichen Kreis unseres Gouvernements wie ich, aus Sarajsk, wir sind beide Rjasaner. Nikolaj ist zwar kein Säufer, aber er trinkt; und mir war bekannt, daß er in ebendiesem Haus gemeinsam mit Dmitrij arbeitete und die Zimmer ausmalte ... auch Dmitrij ist aus derselben Gegend. Er bekam also einen Rubel, ließ ihn gleich wechseln, trank hintereinander zwei Gläschen, steckte das Wechselgeld ein und ging weg; Dmitrij aber war nicht bei ihm. Und am nächsten Tag hörten wir, daß Aljona Iwanowna und ihre Schwester Lisaweta Iwanowna mit dem Beil erschlagen worden waren. Ich kannte die beiden Frauen, und da kamen mir Zweifel wegen der Ohrringe – denn mir war bekannt, daß die Gottselige Wertsachen belieh. Da ging ich hinüber in ihr Haus und hielt vorsichtig und behutsam Umschau, und zuallererst fragte ich: ›Ist Nikolaj hier?‹ Da erzählte mir Dmitrij, daß Nikolaj die Nacht durchgebummelt habe, beim Morgengrauen betrunken nach Hause gekommen, ungefähr zehn Minuten geblieben und dann wieder weggegangen sei. Dmitrij hatte ihn seither nicht mehr gesehen und machte die Arbeit allein fertig. Sie arbeiten nämlich im Treppenhaus der Ermordeten im zweiten Stock. Ich hörte mir das alles an, sagte aber niemandem etwas', erzählte Duschkin weiter, ‚und suchte nur soviel wie möglich über den Mord herauszubekommen. Dann ging ich heim; noch immer war ich im Zweifel. Und heute morgen um acht Uhr' – das heißt am dritten Tag, verstehst du? – ‚sah ich, wie Nikolaj zu mir hereinkam, nicht nüchtern, aber auch nicht sehr betrunken, so daß er verstehen konnte, was man zu ihm sagte. Er setzte sich auf die Bank und sprach kein Wort. Außer ihm war zu der Zeit nur noch ein Fremder in der Schenke, und ein zweiter Mann, ein Bekannter von mir, schlief auf der Bank, und ferner waren noch zwei von meinen Jungen da. ›Hast du Dmitrij gesehen?‹ fragte ich. ›Nein‹, antwortete er, ›ich habe ihn nicht gesehen.‹ – ›Und wo hast du heute übernachtet?‹ – ›Im Peskij-Viertel‹, sagte er, ›bei den Leuten aus Kolomna.‹ – ›Und wo hast du damals die Ohrringe gefunden?‹ – ›Auf dem Gehsteig.‹ Und er sagte das so, als schämte er sich, und sah mir nicht in die Augen. – ›Und hast du gehört‹, fragte ich weiter, ›was an demselben Abend zu derselben Stunde in demselben Treppenhaus geschehen ist?‹ – ›Nein‹, sagte er, ›ich habe es nicht gehört.‹ Ich erzählte es ihm, und er riß die Augen auf und wurde plötzlich weiß wie Kreide. Während ich erzählte, sah ich ihn an, und auf einmal nahm er seine Mütze und stand auf. Da wollte ich ihn zurückhalten. ›Warte, Nikolaj‹, sagte ich, ›willst du denn nichts trinken?‹ Und ich blinzelte meinem Burschen zu, er solle die Tür zuhalten, und kam selber hinter dem Schanktisch hervor; doch da rannte er plötzlich aus der Schenke und auf die Straße hinaus und lief Hals über Kopf in eine Seitengasse, so daß ich ihn aus den Augen verlor. Da hatte ich keinen Zweifel mehr; er ist der Schuldige, es kann nicht anders sein . . .'«

»Freilich! . . .« meinte Sosimow.

»Halt! hör doch bis zu Ende! Natürlich suchte man jetzt

eifrig nach Nikolaj; Duschkin wurde festgenommen, und sie veranstalteten eine Haussuchung bei ihm. Auch Dmitrij nahmen sie fest; sie prüften die Leute aus Kolomna auf Herz und Nieren – und erst vorgestern machten sie plötzlich Nikolaj ausfindig; sie nahmen ihn beim N.-Schlagbaum in einem Gasthof fest. Er war dorthin gekommen, hatte ein silbernes Kreuz von seinem Hals genommen und gebeten, daß man ihm ein Glas Schnaps dafür gebe. Er bekam es. Wenige Minuten darauf ging ein Weib in den Kuhstall und sah durch einen Spalt, wie er nebenan in der Scheune seinen Gürtel an einen Balken geknüpft und eine Schlinge gemacht hatte; er stieg auf einen Holzklotz und wollte sich die Schlinge um den Hals legen; das Weib erhob ein Zetergeschrei, und da liefen die Leute zusammen. ‚So einer bist du also!' – ‚Führt mich in das und das Revier', sagte er, ‚ich will alles gestehen.' Man brachte ihn also mit den gebührenden Ehren in jenes Revier, das heißt in unseres. Da nahm man ihn ins Kreuzverhör, wer er sei, wie alt – zweiundzwanzig – und so weiter und so fort. Man fragte: ‚Als ihr, du und Dmitrij, bei der Arbeit wart, habt ihr da zu dieser und jener Stunde jemanden auf der Treppe gesehen?' Die Antwort lautete: ‚Natürlich sind Leute vorbeigekommen, aber wir haben nicht darauf geachtet.' – ‚Und habt ihr nichts gehört, Lärm oder dergleichen?' – ‚Wir haben nichts Besonderes gehört.' – ‚Und wußtest du, Nikolaj, daß an ebendiesem Tag und zu ebendieser Stunde eine Witwe namens Soundso und ihre Schwester ermordet und beraubt worden sind?' – ‚Ich weiß von nichts; ich weiß überhaupt nichts. Zum erstenmal hörte ich drei Tage später von Afanasij Pawlytsch in der Schenke davon.' – ‚Und woher hast du die Ohrringe?' – ‚Auf dem Gehsteig gefunden.' – ‚Warum bist du am nächsten Tag nicht zur Arbeit gekommen?' – ‚Weil ich die Nacht über gebummelt habe.' – ‚Und wo hast du gebummelt?' – ‚Dort und dort.' – ‚Warum bist du vor Duschkin davongelaufen?' – ‚Weil ich damals große Angst hatte.' – ‚Wovor hattest du Angst?' – ‚Daß man mich einsperren würde.' – ‚Wie konntest du davor Angst haben, wenn du dich ganz unschuldig fühltest?' ... Tatsächlich, ob du es mir glaubst oder nicht, Sosimow, diese Frage wurde ihm gestellt, wortwörtlich, ich weiß das ganz sicher; man hat es mir genau wiedererzählt! Was sagst du dazu? Was sagst du dazu?«

»Aber es liegen doch immerhin Beweise vor.«

»Ich spreche jetzt nicht von den Beweisen; ich spreche von dieser Frage, davon, wie die Leute von der Polizei ihre Arbeit auffassen! Ach, der Teufel soll sie holen! . . . Und sie bedrängten ihn, nahmen ihn in die Zange und kniffen ihn, und da gestand er, daß er die Ohrringe nicht auf dem Gehsteig gefunden habe, sondern in der Wohnung, in der er und Dmitrij die Wände strichen. ‚Wie das?' – ‚Das war so: wir beide malten den ganzen Tag bis acht Uhr und wollten schon weggehen, und da nahm Dmitrij den Pinsel und schmierte mir rote Farbe ins Gesicht. Er bemalte mir also die Fresse mit roter Farbe und lief davon, und ich rannte ihm nach. Und da rannte ich ihm nach und schrie aus Leibeskräften, und als ich von der Treppe in die Toreinfahrt lief, prallte ich mit vollem Schwung auf den Hausknecht und auf ein paar Herren, aber wie viele Herren es waren, weiß ich nicht mehr. Der Hausknecht beschimpfte mich, und auch ein anderer Hausknecht schimpfte, und die Frau des Hausknechts kam heraus und beschimpfte mich ebenfalls, und ein Herr trat gerade mit einer Dame durchs Tor und beschimpfte uns gleichfalls, denn Mitka und ich lagen quer über dem Weg; ich hatte Mitka bei den Haaren gepackt und zu Boden gerissen und bearbeitete ihn mit den Fäusten, und auch Mitka, der unter mir lag, zog mich an den Haaren und drosch mit den Fäusten auf mich ein, aber wir taten das nicht im Bösen, sondern in aller Freundschaft, nur so zum Spaß. Und dann machte sich Mitka frei und lief auf die Straße, und ich rannte hinter ihm her, aber ich holte ihn nicht ein und ging allein in die Wohnung zurück, weil ich dort unsere Sachen noch wegräumen mußte. Ich räumte also auf und wartete, ob Dmitrij vielleicht zurückkäme. Aber hinter der Wand im Flur, fast in der Ecke, fand ich dieses Kästchen. Ich sah hin, und da lag es, in Papier eingewickelt. Ich wickelte es aus und sah zwei winzige Häkchen, und diese Häkchen schob ich zurück – und da lagen Ohrringe in dem Kästchen.'«

»Hinter der Tür? Hinter der Tür lagen sie? Hinter der Tür?« rief Raskolnikow plötzlich, blickte mit trüben, erschreckten Augen zu Rasumichin hin und richtete sich halb auf, indem er sich mit dem Arm aufstützte.

»Ja ... und? Was hast du denn? was willst du?« Auch Rasumichin hatte sich ein wenig von seinem Platz erhoben.

»Ach, nichts! ...« antwortete Raskolnikow leise, sank zurück auf das Kissen und drehte sich abermals zur Wand. Alle schwiegen eine Weile.

»Er hat wohl geschlummert und sprach halb im Schlaf«, sagte Rasumichin schließlich und sah Sosimow fragend an; der schüttelte verstohlen den Kopf.

»Also erzähl weiter«, sagte Sosimow. »Was gab es dann?«

»Was es dann gab? Sobald er die Ohrringe sah, vergaß er Wohnung und Mitka, nahm seine Mütze und lief zu Duschkin, von dem er, wie bekannt, einen Rubel erhielt und dem er vorlog, er hätte die Ohrringe auf dem Gehsteig gefunden; und dann begann er zu bummeln. Was aber den Mord betrifft, so behauptet er nach wie vor: ‚Ich weiß von nichts; ich weiß überhaupt nichts, ich habe erst am dritten Tag davon gehört.' – ‚Und warum hast du dich bis jetzt nicht gemeldet?' – ‚Aus Angst.' – ‚Und weshalb hast du dich aufhängen wollen?' – ‚Weil ich mir etwas dachte.' – ‚Was dachtest du?' – ‚Daß man mich einsperren würde.' – Da hast du die ganze Geschichte. Und was, meinst du, haben sie daraus gefolgert?«

»Was soll ich meinen? Es ist wenigstens irgendeine Spur, eine Tatsache. Man kann deinen Anstreicher nicht auf freien Fuß setzen!«

»Sie bezichtigen ihn jetzt aber einfach des Mordes! Sie zweifeln gar nicht mehr daran ...«

»Du übertreibst; du steigerst dich da hinein. Und die Ohrringe? Du mußt doch selbst zugeben: wenn an demselben Tag und zur selben Stunde Ohrringe aus der Truhe der Alten in Nikolajs Besitz kommen, dann müssen sie auf irgendeine Weise in seine Hände geraten sein. Und das bedeutet nicht wenig bei einer solchen Untersuchung.«

»Wie sie in seinen Besitz gekommen sind!? Wie?« schrie Rasumichin. »Ja, siehst du denn, du, ein Arzt, der vor allem den Menschen studieren soll und mehr als irgendein anderer Gelegenheit hat, die menschliche Natur zu studieren ... siehst du denn wirklich nicht, nach all dem, was ich dir erzählt habe, was für ein Mensch dieser Nikolaj ist? Siehst du denn nicht auf den ersten Blick, daß alles, was er bei dem Verhör ausgesagt hat, die heilige Wahrheit ist? Die Ohrringe sind haargenau so in seine Hände gekommen, wie er es berichtet hat. Er ist auf das Kästchen getreten und hat es aufgehoben!«

»Die heilige Wahrheit! Er hat doch selber gestanden, daß er das erstemal gelogen hat!«

»Hör mir zu, hör nur aufmerksam zu: sowohl der Hausknecht wie auch Koch und Pestrjakow, ferner der zweite Hausknecht und die Frau des ersten Hausknechts und die Kleinbürgerin, die zu dieser Zeit bei ihr in der Stube saß, und schließlich der Hofrat Krjukow, der in ebendiesem Augenblick aus der Droschke stieg und Arm in Arm mit einer Dame in die Toreinfahrt trat – sie alle, das heißt acht oder neun Zeugen, sagen einstimmig aus, daß Nikolaj seinen Freund Dmitrij zu Boden geworfen hatte, auf ihm lag und ihn mit den Fäusten bearbeitete, während Dmitrij den andern an den Haaren zog und ihn ebenfalls verdrosch. Da lagen die beiden mitten im Weg, so daß man nicht durch das Tor gehen konnte; man beschimpfte sie von allen Seiten, aber sie lagen ‚wie kleine Kinder' – dies ist der wörtliche Ausdruck der Zeugen – einer auf dem anderen, kreischten, balgten sich und lachten; beide lachten aus voller Kehle, schnitten die komischsten Gesichter, und dann lief der eine dem anderen nach, und sie rannten wie Kinder auf die Straße. Hast du gehört? Jetzt überlege folgendes: die Leichen in der Wohnung oben sind noch warm, hörst du; sie waren noch warm, als man sie fand! Wenn die beiden die Täter waren oder wenn es auch nur Nikolaj allein war, wenn sie die Truhe erbrachen oder sich auch nur irgendwie an dem Raub beteiligten, so darf ich dir wohl die eine einzige Frage stellen: Läßt sich eine solche Gemütsverfassung – das heißt Kreischen, Lachen, kindliches Gebalge im Tor – mit einem Beil vereinbaren, mit Blut, mit verbrecherischer Heimtücke, mit Berechnung, mit Raub? Eben erst haben sie die Frauen umgebracht, vor höchstens fünf oder zehn Minuten, denn die Leichen waren ja noch warm, und plötzlich lassen sie die Leichen und die offene Wohnung im Stich, obwohl sie wissen, daß gerade Leute vorbeigegangen sind, wälzen sich ohne ihre Beute wie kleine Kinder auf der Erde, grölen vor Lachen und lenken die allgemeine Aufmerksamkeit auf sich, wofür es zehn übereinstimmende Zeugenaussagen gibt?«

»Natürlich wäre das sonderbar! Es versteht sich, daß das nicht möglich ist, aber ...«

»Nein, mein Lieber, hier gibt es kein *Aber*! Und wenn die Ohrringe, die am selben Tag und zur selben Stunde in Nikolajs Händen waren, wirklich einen wichtigen Indizienbeweis gegen ihn bilden – welche Tatsache übrigens durch seine Aussage auf höchst einfache Weise erklärt wird, folglich also ein noch *strittiger Beweis* ist –, so muß man doch auch die Fakten in Erwägung ziehen, die zu seinen Gunsten sprechen, um so mehr, als sie *unwiderlegbare* Fakten sind. Aber was meinst du, wenn du die Natur unserer Jurisprudenz berücksichtigst: wird man eine solche Tatsache, die einzig auf die psychologische Unmöglichkeit, einzig also auf seelische Gegebenheiten gegründet ist, als Tatsache anerkennen, die unwiderlegbar ist und alle weiteren belastenden Tatbestände, wie sie auch sein mögen, entkräftet? Sind diese Leute dazu fähig? Nein, sie werden diese Tatsache nicht anerkennen, um keinen Preis werden sie das; denn das Kästchen wurde gefunden, und der Mann wollte sich erhängen – ‚was unmöglich gewesen wäre, hätte er sich nicht schuldig gefühlt!' Das ist der Grund, warum ich mich aufrege! Versteh das doch!«

»Ich sehe, daß du dich aufregst. Warte, ich habe vergessen, dich etwas zu fragen. Wodurch ist bewiesen, daß das Etui mit den Ohrringen wirklich aus der Truhe der Alten stammte?«

»Das ist bewiesen«, antwortete Rasumichin mit gerunzelter Stirn und fast widerwillig. »Koch hat den Schmuck erkannt und auch gesagt, wer ihn verpfändet hat; und der Eigentümer hat einwandfrei nachgewiesen, daß die Ohrringe ihm gehören.«

»Das ist schlimm. Jetzt noch etwas: hat niemand Nikolaj in jener Zeit gesehen, da Koch und Pestrjakow hinaufgingen, und läßt sich damit nichts beweisen?«

»Das ist es eben, daß niemand ihn gesehen hat«, entgegnete Rasumichin ärgerlich. »Das ist ja das Schlimme; nicht einmal Koch und Pestrjakow haben die beiden bemerkt, als sie die Treppe hinaufstiegen, obgleich ihre Aussage jetzt auch nicht allzuviel Gewicht besessen hätte. ‚Wir haben gesehen, daß die Wohnung offenstand', sagten sie; ‚anscheinend wurde darin gearbeitet, doch beim Hinaufgehen achteten wir nicht darauf, und wir erinnern uns nicht genau, ob in diesem Augenblick Arbeiter in der Wohnung waren oder nicht.'«

»Hm! ... So besteht also der einzige Gegenbeweis darin, daß die beiden einander verdroschen und dabei lachten. Angenommen, das wäre ein stichhaltiger Beweis, aber ... erlaube: wie erklärst du dir selber den ganzen Vorfall? Wie erklärst du dir das Auffinden der Ohrringe, wenn Nikolaj sie wirklich in der Weise gefunden hat, wie er erzählt?«

»Wie ich mir das erkläre? Was gibt es da viel zu erklären: der Fall ist ganz klar! Jedenfalls ist zumindest der Weg klar, den die Untersuchung einschlagen müßte; er ist klar vorgezeichnet, und gerade das Schmucketui gibt einen Anhaltspunkt dafür. Der wirkliche Mörder hat diese Ohrringe verloren. Der Mörder war in der Wohnung der Alten, als Koch und Pestrjakow klopften, und saß hinter der verriegelten Tür. Koch beging die Dummheit und lief nach unten; da eilte der Mörder davon und ging ebenfalls die Treppe hinunter; er hatte ja gar keinen anderen Weg. Auf der Treppe versteckte er sich vor Koch, Pestrjakow und dem Hausknecht in der leeren Wohnung, gerade nachdem Dmitrij und Nikolaj weggelaufen waren; er blieb hinter der Tür stehen, während der Hausknecht und die anderen die Treppe hinaufstiegen, wartete ab, bis die Schritte nicht mehr zu hören waren, und ging dann seelenruhig hinunter, genau in dem Augenblick, da Dmitrij und Nikolaj auf die Straße gelaufen und alle fortgegangen waren, so daß niemand mehr im Torweg stand. Vielleicht hat man ihn auch gesehen, aber nicht auf ihn geachtet; es gehen dort doch immer sehr viele Leute vorbei.

Und das Kästchen verlor er aus der Tasche, als er hinter der Tür stand, und er bemerkte nicht, daß er es verlor, weil er an etwas anderes dachte. Das Kästchen beweist schlüssig, daß er dort stand. Das wäre alles!«

»Schlau; sehr schlau! Nein, mein Lieber, das ist zu schlau ausgedacht!«

»Aber warum denn? warum nur?«

»Weil da alles viel zu gut ineinanderpaßt und ... konstruiert ist ... Genau wie im Theater.«

»Ach du!« rief Rasumichin; doch in diesem Augenblick öffnete sich die Tür, und ein neuer Besucher trat ein, den keiner der Anwesenden kannte.

5

Es war ein Herr gesetzten Alters, würdevoll und pedantisch aussehend, stattlich und mit einem argwöhnischen, mißmutigen Gesicht, und er führte sich damit ein, daß er in der Tür stehenblieb und mit beleidigend unverhohlenem Staunen um sich blickte, als wollte er fragen: Wohin bin ich denn da geraten!? Mißtrauisch, wobei er sogar einen gewissen Schrecken zum Ausdruck brachte, ja, sogar aussah, als hätte man ihn beleidigt, musterte er die enge, niedere »Kajüte« Raskolnikows. Mit dem gleichen Erstaunen wandte er dann den Blick auf Raskolnikow selbst und starrte ihn an, wie der Kranke da entkleidet, zerzaust und ungewaschen auf seinem elenden schmutzigen Diwan lag und ihn ebenfalls unbeweglich musterte. Schließlich betrachtete er mit dem gleichen Zögern die Gestalt des zerlumpten, unrasierten, ungekämmten Rasumichin, der ihm seinerseits dreist fragend gerade in die Augen sah, ohne sich von der Stelle zu rühren. Das spannungsgeladene Schweigen hielt etwa eine Minute an, und endlich vollzog sich, wie das ja auch zu erwarten war, ein kleiner Dekorationswechsel. Der Herr, der eben hereingekommen war, hatte offenbar an einigen, übrigens recht auffälligen Anzeichen erkannt, daß er hier, in dieser »Kajüte«, mit übertrieben strenger Haltung nichts ausrichten könne, und so wurde er etwas umgänglicher und wandte sich höflich, obgleich noch immer nicht ohne Strenge, an Sosimow, indem er jede Silbe seiner Frage deutlich akzentuierte: »Rodion Romanytsch Raskolnikow, Student oder ehemaliger Student?«

Sosimow rührte sich langsam und hätte vielleicht auch geantwortet, wenn ihm nicht Rasumichin, an den die Frage gar nicht gerichtet war, sofort zuvorgekommen wäre.

»Dort liegt er auf dem Diwan! Was wollen Sie denn?«

Dieses familiäre: »Was wollen Sie denn?« traf den pedantischen Herrn wie ein Schlag; er drehte sich sogar schon ein wenig zu Rasumichin um, konnte sich aber doch noch rechtzeitig beherrschen und richtete gleich darauf den Blick abermals auf Sosimow.

»Das da ist Raskolnikow!« murmelte Sosimow, indem er zu dem Kranken hinnickte; darauf gähnte er, wobei er den Mund ungewöhnlich weit aufriß und ungewöhnlich lange offenhielt, und zuletzt griff er langsam in die Westentasche, zog eine riesige, gewölbte, unförmige goldene Uhr, öffnete sie, sah darauf und steckte sie ebenso langsam und träge wieder ein.

Raskolnikow selbst lag indes schweigend auf dem Rücken und starrte den Eingetretenen hartnäckig, doch ohne irgendeinen Gedanken an. Sein Gesicht, das er von der interessanten Blume auf der Tapete abgewandt hatte, war außerordentlich blaß und drückte tiefes Leid aus, als hätte er eben eine schmerzhafte Operation überstanden oder als wäre er gerade gefoltert worden. Doch der Neuankömmling erweckte in ihm allmählich immer größere Aufmerksamkeit, dann Zweifel, schließlich Mißtrauen und zuletzt sogar eine Art Angst. Als Sosimow sagte: »Das da ist Raskolnikow!« und dabei auf ihn zeigte, erhob er sich rasch ein wenig, als wollte er aufspringen, setzte sich auf dem Diwan zurecht und sprach in fast herausforderndem Ton, aber mit stockender, matter Stimme: »Ja! Ich bin Raskolnikow! Was wünschen Sie?«

Der Besucher sah ihn aufmerksam an und sagte gewichtig: »Pjotr Petrowitsch Luschin. Ich hege die volle Zuversicht, daß Ihnen mein Name nicht mehr ganz unbekannt ist.«

Raskolnikow, der etwas ganz anderes erwartet hatte, sah

ihn stumpf und grübelnd an und antwortete nichts, als hörte er den Namen Pjotr Petrowitschs das erstemal.

»Wie? Haben Sie wirklich bis jetzt noch nichts über mich gehört, mein Herr?« fragte Pjotr Petrowitsch einigermaßen gekränkt.

Statt einer Antwort ließ sich Raskolnikow langsam wieder auf das Kissen sinken, verschränkte die Hände unter dem Kopf und starrte die Zimmerdecke an. Luschins Antlitz verriet Unruhe. Sosimow und Rasumichin begannen ihn nun mit noch größerer Neugier zu betrachten, bis er zum Schluß offenbar verwirrt war.

»Ich nahm an ... rechnete fest damit«, stammelte er, »daß ein Brief, der schon vor mehr als zehn Tagen, ja, beinahe vor zwei Wochen an Sie abging ...«

»Hören Sie, was stehen Sie denn die ganze Zeit bei der Tür?« unterbrach ihn Rasumichin plötzlich. »Wenn Sie etwas zu sagen haben, so setzen Sie sich; denn für euch beide – für Sie und Nastasja – ist dort zuwenig Platz. Nastasjuschka, tritt zur Seite und laß ihn durch! Kommen Sie nur, hierher, da haben Sie einen Stuhl! Quetschen Sie sich durch!«

Er schob seinen Stuhl vom Tisch zurück, wodurch er zwischen seinen Knien und dem Tisch ein bißchen Platz freimachte, und wartete eine Weile in dieser unbequemen Haltung, damit sich der Besucher durch diesen schmalen Zugang »quetsche«. Der Augenblick war so gewählt, daß es unmöglich gewesen wäre, nein zu sagen, und der Fremde zwängte sich also eilig und überall anstoßend durch den schmalen Zwischenraum. Als er bei dem Stuhl angelangt war, setzte er sich und sah Rasumichin böse an.

»Sie brauchen nicht verlegen zu sein«, schwatzte dieser weiter. »Rodja ist schon den vierten Tag krank; drei Tage lang hat er phantasiert, doch jetzt ist er wieder zu sich gekommen und hat sogar mit Appetit gegessen. Dort sitzt sein Arzt; der hat ihn eben untersucht, und ich bin Rodkas Kamerad, ebenfalls ehemaliger Student; ich pflege ihn jetzt; Sie brauchen also auf uns gar nicht zu achten und brauchen keine Scheu vor uns zu haben, sondern können ruhig sagen, was Sie wünschen.«

»Ich danke Ihnen. Werde ich aber den Kranken durch meine Anwesenheit und mein Reden auch nicht stören?« wandte sich Pjotr Petrowitsch an Sosimow.

»N-nein«, murmelte Sosimow, »Sie könnten ihn sogar dadurch ablenken.« Und er gähnte wieder.

»Oh, er ist schon lange bei Bewußtsein, seit heute morgen«, sprach Rasumichin sofort weiter, dessen Vertraulichkeit so ungekünstelt und schlicht wirkte, daß Pjotr Petrowitsch allmählich wieder Mut faßte, vielleicht zum Teil auch deshalb, weil dieser zerlumpte, dreiste Kerl sich als Student vorgestellt hatte.

»Ihre Frau Mama ...« begann Luschin.

»Hm!« machte Rasumichin laut.

Luschin sah ihn fragend an.

»Es ist nichts; das fuhr mir nur so heraus; sprechen Sie weiter ...«

Luschin zuckte die Achseln.

»Ihre Frau Mama hat, als ich noch dort war, einen Brief an Sie zu schreiben begonnen. Nach meiner Ankunft in Petersburg ließ ich absichtlich einige Tage verstreichen, ehe ich Sie aufsuchte, weil ich völlig davon überzeugt sein wollte, daß Sie über alles bereits unterrichtet wären; jetzt aber sehe ich zu meinem Staunen ...«

»Ich weiß, ich weiß!« stieß Raskolnikow plötzlich mit dem Ausdruck höchst ungeduldigen Ärgers hervor. »Sie sind das also? der Bräutigam? Nun, ich weiß! ... Schluß damit ...«

Pjotr Petrowitsch war entschieden beleidigt, sagte aber nichts. Krampfhaft dachte er darüber nach, was das alles zu bedeuten habe. Ungefähr eine Minute schwiegen alle.

Indes begann ihn Raskolnikow, der sich bei seiner Antwort dem anderen ein wenig zugewandt hatte, von neuem hartnäckig und mit einer besonderen Art von Neugier zu mustern, als hätte er ihn vorhin noch nicht genau in Augenschein nehmen können oder als wäre er von etwas Neuem an ihm betroffen; zu diesem Zweck richtete er sich sogar absichtlich aus dem Kissen auf. Und wirklich lag im Aussehen Pjotr Petrowitschs etwas Besonderes, das verblüffen konnte und gerade die Bezeichnung »Bräutigam« zu rechtfertigen schien, die Raskolnikow ihm eben so grob gegeben hatte. Erstens sah man, und zwar ziemlich deutlich, daß Pjotr Petrowitsch eifrig bemüht gewesen war, die wenigen Tage seines Aufenthaltes in der Residenz dazu zu benutzen, sich in Erwartung seiner Braut neu einzukleiden und schön auszustaffieren – was übrigens etwas sehr Harmloses und völlig statthaft war. Sogar das vielleicht allzu eitle Bewußtsein der angenehmen Veränderung zum Besseren war in einem solchen Fall verzeihlich; denn Pjotr Petrowitsch zählte eben zu den Bräutigamen. Seine ganze Kleidung kam frisch vom Schneider, und alles war trefflich, ausgenommen höchstens, daß alles zu neu war und einen bestimmten Zweck zu sehr kundtat. Sogar der elegante, nagelneue runde Hut deutete auf diesen Zweck hin: Pjotr Petrowitsch ging allzu ehrerbietig mit ihm um und hielt ihn allzu behutsam in Händen. Auch das prächtige Paar lilafarbener Handschuhe bezeugte das gleiche, wäre es auch nur dadurch gewesen, daß er sie nicht angezogen hatte, sondern nur so, der Repräsentation halber, in der Hand hielt. In Pjotr Petrowitschs Kleidung herrschten helle, jugendliche Farben vor. Er trug eine hübsche hellbraune Sommerjacke, eine helle leichte Hose, eine ebensolche Weste, neue feine Wäsche und eine sehr leichte Battistkrawatte mit rosa Streifen! und was das beste war: all das stand ihm sogar zu Gesicht. Sein Gesicht, sehr frisch und geradezu schön, wirkte auch so schon jünger als die fünfundvierzig Jahre, die er zählte. Ein dunkler Backenbart umrahmte es angenehm zu beiden Seiten und wurde zu dem frischrasierten, schimmernden Kinn hin auf höchst malerische Art immer dichter. Nicht einmal das Haar, nur ein ganz klein wenig angegraut, wirkte, weil es vom Friseur gekämmt und gekräuselt war, dadurch irgendwie komisch oder albern, was bei gekräuseltem Haar sonst immer der Fall ist; denn das verleiht dem Gesicht unvermeidlich eine Ähnlichkeit mit einem Deutschen, der heiraten will. Wenn an diesem recht schönen, würdevollen Gesicht dennoch etwas wirklich Unangenehmes und Abstoßendes war, so waren andere Ursachen daran schuld. – Raskolnikow musterte also Herrn Luschin unverhohlen, lächelte giftig, sank wieder auf das Kissen zurück und starrte wie früher zur Decke hinauf.

Doch Herr Luschin hatte sich zusammengenommen und offenbar beschlossen, all diesen Absonderlichkeiten vorläufig keine Beachtung zu schenken.

»Ich bedaure außerordentlich, Sie in diesem Zustand vorzufinden«, begann er von neuem und unterbrach damit mühsam das Schweigen. »Hätte ich von Ihrer Unpäßlichkeit gewußt, ich wäre früher gekommen. Aber wissen Sie, die Geschäfte! ... Ich habe außerdem einen für meine Anwaltstätigkeit äußerst wichtigen Fall im Senat laufen, und schon gar nicht will ich von jenen Sorgen sprechen, die Sie wohl erraten werden. Ich erwarte ja stündlich die Ihren, das heißt Ihre Frau Mama und Ihr Fräulein Schwester ...«

Raskolnikow zuckte zusammen und wollte etwas sagen; seine Miene verriet einige Erregung. Pjotr Petrowitsch hielt inne und wartete; da aber der andre nichts sagte, fuhr er fort: »... stündlich. Jedenfalls habe ich ihnen für die erste Zeit ein Quartier beschafft ...!«

»Wo?« fragte Raskolnikow leise.

»Gar nicht weit von hier, im Hause Bakalejew ...«

»Das ist am Wosnesenskij-Prospekt«, unterbrach ihn Rasumichin. »Dort vermietet der Kaufmann Juschin zwei Stockwerke zimmerweise; ich war schon dort.«

»Ja, zimmerweise ...«

»Es ist entsetzlich dort: Schmutz und Gestank, zudem ist es ein ziemlich anrüchiges Lokal; es sind schon allerhand Dinge dort vorgekommen; der Teufel mag wissen, was für Leute da wohnen! ... Ich war selbst einmal dort, anläßlich eines Skandals. Billig ist es allerdings.«

»Ich konnte natürlich nicht so viele Erkundigungen einziehen, weil ich ja selber hier fremd bin«, wandte Pjotr Petrowitsch empfindlich ein. »Es sind aber zwei sehr saubere Zimmerchen, sehr sauber, und da es ja nur für ganz kurze Zeit sein soll ... Ich habe auch schon eine richtige Wohnung für uns gefunden«, wandte er sich wieder Raskolnikow zu, »und jetzt wird sie instand gesetzt; ich selber begnüge mich einstweilen mit einem möblierten Zimmer bei einer gewissen Frau

Lippewechsel, in der Wohnung eines jungen Freundes, Andrej Semjonytsch Lebesjatnikows; er hat mir auch das Haus Bakalejew genannt ...«

»Lebesjatnikow?« sagte Raskolnikow langsam, als wollte er sich an etwas erinnern.

»Ja, Andrej Semjonytsch Lebesjatnikow; er arbeitet in einem Ministerium. Kennen Sie ihn etwa?«

»Aber nein ...« entgegnete Raskolnikow.

»Entschuldigen Sie, es schien mir nur so nach Ihrer Frage. Ich war einmal sein Vormund ... Ein sehr lieber junger Mann ... und aufgeweckt ... Ich freue mich immer, mit der Jugend zusammenzukommen; bei ihr erfährt man, was es Neues gibt.«

Pjotr Petrowitsch blickte alle Anwesenden hoffnungsvoll an.

»In welchem Sinne?« fragte Rasumichin.

»Im allerernstesten Sinn, sozusagen was das Wesen der Dinge betrifft«, erwiderte Pjotr Petrowitsch, anscheinend erfreut über die Frage des anderen. »Wissen Sie, ich war schon seit zehn Jahren nicht mehr in Petersburg. Alle diese Neuerungen, diese Reformen und neuen Ideen sind natürlich auch bis zu uns in die Provinz gedrungen; doch um deutlicher zu sehen, um alles zu sehen, muß man in Petersburg sein. Nun, und meine Ansicht ist eben, daß man am meisten sieht und erfährt, wenn man unsere junge Generation beobachtet. Ich muß gestehen, daß ich erfreut bin ...«

»Worüber eigentlich?«

»Ihre Frage ist recht umfassend. Ich kann mich ja täuschen, aber es will mir scheinen, als fände ich hier einen klareren Blick, sozusagen mehr Kritik: mehr Tüchtigkeit ...«

»Das ist wahr«, stimmte Sosimow bei.

»Keine Rede; Tüchtigkeit gibt es bei uns nicht«, hakte Rasumichin ein. »Tüchtigkeit muß mühsam erworben werden und fällt einem nicht so ohne weiteres in den Schoß. Und wir sind durch fast zweihundert Jahre jeglicher Arbeit entwöhnt ... Ideen brodeln wohl überall«, wandte er sich nun an Pjotr Petrowitsch, »und es ist auch der Wille zum Guten vorhanden, wenn er auch über ein kindliches Stadium nicht hinausgelangt, und sogar Ehrenhaftigkeit kann man finden, obwohl sich hier ganz unmerklich eine Menge Betrüger zusammengerottet haben – aber Tüchtigkeit gibt es trotzdem nicht! Bis zu der haben wir's noch weit.«

»Da pflichte ich Ihnen nicht bei«, widersprach Pjotr Petrowitsch mit sichtlichem Genuß. »Natürlich gibt es Schwärmereien und Unzulänglichkeiten, doch müssen wir nachsichtig sein; Schwärmerei bezeugt Leidenschaftlichkeit im Werk und wird von jener falschen äußeren Umgebung hervorgerufen, in der das Werk noch steckt. Wenn bisher wenig geleistet wurde, so war doch auch noch nicht viel Zeit dazu – von den Mitteln spreche ich gar nicht. Nach meiner persönlichen Ansicht ist sogar, wenn Sie wollen, einiges geleistet worden: neue, nützliche Gedanken wurden verbreitet; einige neue nützliche literarische Werke finden an Stelle der früheren verträumten, romantischen ihren Absatz; die Literatur nimmt eine reifere Nuance an; viele schädliche Vorurteile sind ausgerottet worden und werden verlacht ... mit einem Wort, wir haben uns ein für allemal von der Vergangenheit gelöst, und das ist meiner Ansicht nach schon eine Leistung, mein Herr ...«

»Das hat er auswendig gelernt! Er will sich ins rechte Licht setzen«, warf Raskolnikow plötzlich ein.

»Wie bitte?« fragte Pjotr Petrowitsch, der nicht recht gehört zu haben meinte, doch er erhielt keine Antwort.

»Das alles trifft zu«, beeilte sich Sosimow zu bemerken.

»Nicht wahr, mein Herr?« sprach Pjotr Petrowitsch weiter und sah Sosimow freundlich an. »Sie müssen selber zugeben«, fuhr er, zu Rasumichin gewandt, doch jetzt schon im Tonfall eines gewissen Triumphes und einer gewissen Überlegenheit, fort – und er hätte beinahe »junger Mann« hinzugefügt –, »daß ein gewisses Gedeihen oder, wie man sagt, ein Fortschritt vorliegt, und sei es auch nur im Namen der Wissenschaft und der ökonomischen Wahrheit ...«

»Das ist ein Gemeinplatz!«

»Nein, das ist kein Gemeinplatz, mein Herr! Wenn man mir zum Beispiel bisher gesagt hat: Du sollst lieben! und ich liebte – was kam dabei heraus?« sprach Pjotr Petrowitsch, vielleicht allzu hitzig, weiter. »Ich riß meinen Kaftan in zwei Teile und gab den einen davon meinem Nächsten, und wir blieben beide zur Hälfte nackt, wie es das russische Sprichwort sagt: ‚Wenn du mehrere Hasen gleichzeitig verfolgst, wirst du keinen erbeuten!‘ Die Wissenschaft jedoch lehrt uns: Liebe vor allen anderen nur dich selbst; denn alles in der Welt gründet sich auf das persönliche Interesse. Wenn du nur dich selbst liebst, wirst du deine Angelegenheiten in Ordnung halten, wie es sich gehört, und dein Kaftan bleibt ganz. Und die ökonomischen Erkenntnisse fügen hinzu, daß die Gesellschaft, je mehr private Unternehmungen geschaffen werden und je mehr Kaftane daher sozusagen ganz bleiben, auf um so festeren Grundlagen ruht und daß um so mehr auch die gemeinsame Sache in der Gesellschaft gefördert wird. Wenn ich also einzig und allein für mich erwerbe, erwerbe ich damit gleichzeitig auch gewissermaßen für alle und trage dazu bei, daß mein Nächster etwas mehr erhält als einen zerrissenen Kaftan, und zwar nicht auf Grund privater, individueller Großmut, sondern infolge des allgemeinen Wohlstandes. Dieser einfache Gedanke ist den Menschen leider allzulange verborgen geblieben, weil er von Begeisterung und Träumerei verdeckt war; doch es will mir scheinen, daß man hier nur ein wenig Scharfsinn braucht, um zu sehen . . .«

»Entschuldigen Sie, ich bin nicht scharfsinnig«, unterbrach ihn Rasumichin schroff, »und darum wollen wir aufhören. Ich habe dieses Gespräch ja nur in einer ganz bestimmten Absicht begonnen; sonst sind mir dieses ganze selbstbetrügerische Geschwätz, all diese ewigen, unablässigen Gemeinplätze . . . immer das gleiche, immer das gleiche . . . in den letzten drei Jahren dermaßen widerlich geworden, daß ich beim wahrhaftigen Gott rot werde, wenn andere – von mir ganz zu schweigen – in meiner Gegenwart davon reden. Sie wollten natürlich möglichst schnell mit Ihren Kenntnissen glänzen; das ist sehr verzeihlich, und ich verurteile es nicht. Ich habe nur herauskriegen wollen, was für ein Mensch Sie sind; denn wissen Sie, der gemeinsamen Sache haben sich in letzter Zeit so viele Professionelle der verschiedensten Art bemächtigt, und sie haben alles, was sie nur anrührten, so sehr zu ihrem eigenen Vorteil umgebogen, daß die ganze Sache entschieden beschmutzt worden ist. Nun, und damit Schluß!«

»Mein Herr«, begann Herr Luschin beleidigt und ungewöhnlich würdevoll, »Sie wollen mit diesen so derben Worten doch nicht sagen, daß ich ...«

»Aber bitte, bitte ... kann ich denn das?! ... Na, aber jetzt genug davon!« schnitt ihm Rasumichin das Wort ab und wandte sich unvermittelt an Sosimow, indem er sein früheres Gespräch mit ihm fortsetzte.

Pjotr Petrowitsch zeigte sich klug genug, der Erklärung des anderen sofort Glauben zu schenken. Freilich hatte er beschlossen, in zwei Minuten wegzugehen.

»Ich hoffe, daß unsere heute angeknüpfte Bekanntschaft«, sagte er zu Raskolnikow, »nach Ihrer Genesung und in Anbetracht der Ihnen bekannten Umstände noch enger werden wird ... Ich wünsche Ihnen vor allem gute Besserung ...«

Raskolnikow wandte nicht einmal den Kopf. Pjotr Petrowitsch erhob sich langsam von seinem Stuhl.

»Ohne Zweifel ist ein Pfandschuldner der Mörder!« sagte Sosimow überzeugt.

»Ohne Zweifel!« bestätigte Rasumichin. »Porfirij verrät nicht, was er denkt, trotzdem verhört er die Eigentümer der Pfänder ...«

»Er verhört die Eigentümer der Pfänder?« fragte Raskolnikow laut.

»Ja; wieso?«

»Nichts.«

»Woher kennt er sie denn?« fragte Sosimow.

»Koch hat einige genannt; die Namen anderer standen auf den Papieren vermerkt, in die die Pfänder eingewickelt waren, und manche kamen auch von selbst, sobald sie von der Sache gehört hatten ...«

»Jedenfalls muß der Mörder eine geschickte, gerissene Kanaille sein! Welche Kühnheit! Welche Entschlossenheit!«

»Das ist es eben, daß das nicht stimmt!« fiel ihm Rasumichin ins Wort. »Das bringt euch alle vom richtigen Weg ab. Ich behaupte, er ist ungeschickt und unerfahren, und es war ganz gewiß sein erstes Verbrechen! Wenn man hier Berechnung und eine gerissene Kanaille vermutet, wird alles unwahrscheinlich. Nimm aber an, der Täter ist unerfahren, und sofort zeigt sich, daß ihn nur ein Zufall gerettet hat – und was bringt der Zufall nicht alles fertig! Ich bitte dich, er hat die Schwierigkeiten vielleicht nicht einmal vorausgesehen! Und wie ging er zu Werke? Er nimmt Sachen, die zehn oder zwanzig Rubel wert sind, stopft sich damit die Taschen voll, wühlt in der Truhe der Alten und in den Lappen, aber in der Kommode hat man im obersten Schubfach in einer Schatulle allein an Bargeld eineinhalbtausend Rubel gefunden, gar nicht zu reden von den Kassenscheinen! Er verstand sich überhaupt nicht aufs Stehlen; das einzige, wovon er etwas verstand, war der Mord! Es ist sein erstes Verbrechen, sage ich dir, sein erstes; er hat den Kopf dabei verloren! Und nicht, weil er gerissen war, konnte er entkommen, sondern nur durch einen Zufall!«

»Mir scheint, Sie sprechen von dem unlängst begangenen Mord an der alten Beamtenwitwe?« mischte sich jetzt, zu Sosimow gewandt, Pjotr Petrowitsch ein, der schon Hut und Handschuhe in Händen hatte, aber vor dem Weggehen noch einige kluge Worte sagen wollte. Offenbar war er darauf bedacht, einen guten Eindruck zu machen, und seine Eitelkeit hatte die Oberhand über alle vernünftigen Erwägungen gewonnen.

»Ja. Haben Sie davon gehört?«

»Aber natürlich, es passierte doch hier in der Gegend ...«

»Kennen Sie die Einzelheiten?«

»Das könnte ich nicht sagen; aber mich interessiert daran etwas anderes, sozusagen das grundlegende Problem. Ich spreche nicht davon, daß etwa in den letzten fünf Jahren die Verbrechen in den unteren Klassen zugenommen haben; ich spreche auch nicht von den unaufhörlichen Diebstählen und Brandstiftungen überall; aber ich finde es sonderbar, daß sich die Verbrechen auch in den höheren Klassen auf ebensolche Weise gehäuft haben, sozusagen parallel damit. Da hört man, daß ein ehemaliger Student auf der Landstraße den Postwagen überfällt; da fälschen Menschen, die nach ihrer gesellschaftlichen Stellung den oberen Schichten angehören, Banknoten; da wird in Moskau eine ganze Gesellschaft ausgehoben, die Lose der letzten Prämienanleihe gefälscht hat, und unter den Hauptschuldigen befindet sich ein Professor für Weltgeschichte; da wird aus rätselhaften finanziellen Gründen einer unserer Botschaftssekretäre im Ausland ermordet ... Und wenn jetzt diese alte Wucherin von jemandem aus den höheren Gesellschaftskreisen umgebracht wurde – denn Bauern verpfänden doch keine goldenen Wertsachen –, womit kann man dann diese gewisse Verderbtheit des zivilisierten Teiles unserer Gesellschaft erklären?«

»Es hat viele wirtschaftliche Umwälzungen gegeben ...« entgegnete Sosimow.

»Womit man das erklären soll?« griff Rasumichin Pjotr Petrowitschs Worte auf. »Man könnte es vielleicht mit allzu stark eingewurzelter Untüchtigkeit erklären.«

»Wie meinen Sie das, bitte?«

»Was hat dieser Professor in Moskau auf die Frage, warum er Wertpapiere gefälscht habe, geantwortet? ‚Alle bereichern sich auf die verschiedenste Art und Weise, und so wollte auch ich möglichst rasch reich werden!' Ich entsinne mich nicht genau des Wortlautes, aber der Sinn war der, daß er sich möglichst rasch und mühelos auf fremde Kosten bereichern wollte! Die Leute sind gewohnt, aus dem vollen zu leben, alles fertig vorgesetzt zu bekommen, Vorgekautes zu essen. Nun, und wenn dann die große Stunde geschlagen hat, trachtet jeder, an sich zu reißen, was ihm vor Augen kommt ...«

»Aber die Moral? Die Grundsätze sozusagen? ...«

»Warum zerbrechen Sie sich darüber den Kopf?« mischte sich Raskolnikow unerwartet ein. »Das entspricht doch Ihrer eigenen Theorie!«

»Wieso meiner Theorie?«

»Denken Sie das, was Sie vorhin gepredigt haben, bis in die letzten Konsequenzen durch, und das Ergebnis ist, daß man Menschen abschlachten darf ...«

»Aber ich bitte Sie!« rief Luschin.

»Nein, so ist es nicht!« widersprach auch Sosimow.

Raskolnikow lag blaß da; seine Oberlippe zitterte, und er atmete mühsam.

»Alles hat seine Grenzen!« fuhr Luschin hochmütig fort. »Die ökonomische Idee ist noch lange keine Aufforderung zum Mord, und wenn man nur annimmt ...«

»Ist es aber wahr«, unterbrach ihn Raskolnikow von neuem, und seine Stimme, in der eine seltsame Freude, den anderen zu beleidigen, mitschwang, zitterte vor Wut, »ist es wahr, daß Sie Ihrer Braut ... in derselben Stunde, in der Sie ihr Jawort erhielten, sagten, Sie freuten sich vor allem darüber ... daß sie bettelarm sei ... weil Sie es für vorteilhafter hielten, eine arme Frau zu nehmen, damit Sie dann die Macht über sie hätten ... und ihr vorwerfen könnten, sie empfange Wohltaten von Ihnen? ...«

»Geehrter Herr!« schrie Luschin zornig und gereizt; er ereiferte sich und wurde verwirrt, »geehrter Herr ... wie kann man einen Gedanken so entstellen! Entschuldigen Sie, aber ich muß Ihnen offen sagen, daß die Gerüchte, die zu Ihnen gedrungen sind, oder besser gesagt: die man Ihnen zugetragen hat, auch jedes Schattens einer realen Grundlage entbehren; und ich ... ich ahne schon, wer das war ... Mit einem Wort ... dieser Stich ... mit einem Wort, Ihre Frau Mama ... Sie schien mir ohnedies, ungeachtet all ihrer im übrigen vortrefflichen Eigenschaften, von ein wenig exaltierter und romantischer Gemütsart zu sein ... Trotzdem jedoch war ich Tausende von Meilen von der Vermutung entfernt, sie könnte imstande sein, die Sache in so phantastisch verzerrter Form aufzufassen und wiederzugeben ... Und schließlich ... schließlich ...«

»Wissen Sie was?« schrie Raskolnikow, indem er sich von seinem Kissen aufrichtete und Luschin mit einem durchdringenden, funkelnden Blick anstarrte, »wissen Sie was?«

»Nun?« Luschin blieb stehen und wartete mit beleidigter, herausfordernder Miene. Einige Sekunden herrschte eisiges Schweigen.

»Folgendes: wenn Sie sich noch einmal ... unterstehen, auch nur ein einziges Wort ... über meine Mutter zu sagen ... werfe ich Sie die Treppe hinunter.«

»Was ist mit dir?« rief Rasumichin.

»Aha, so steht es also?« Luschin wurde blaß und biß sich

auf die Lippe. »Hören Sie, mein Herr«, begann er, indem er jedes Wort betonte; dabei hielt er sich mit allen Kräften zurück, keuchte aber dennoch; »ich habe schon vorhin, beim ersten Schritt in Ihr Zimmer, Ihre Feindseligkeit gespürt, bin aber doch absichtlich geblieben, um noch mehr zu erfahren. Einem Kranken und noch dazu jemandem aus der Verwandtschaft könnte ich viel verzeihen, jetzt aber ... Ihnen ... niemals ...«

»Ich bin nicht krank!« schrie Raskolnikow.

»Um so schlimmer, mein Herr ...«

»Scheren Sie sich zum Teufel!«

Aber Luschin ging schon von selbst, ohne zu Ende zu sprechen, und zwängte sich zwischen Tisch und Stuhl durch; diesmal stand Rasumichin auf, um ihn vorbeizulassen. Ohne jemanden anzublicken und auch ohne Sosimow zuzunicken, der ihm schon längst durch Zeichen bedeutet hatte, er möge den Kranken in Ruhe lassen, verließ Luschin das Zimmer, wobei er aus Vorsicht seinen Hut in Höhe der Schultern hielt, während er gebückt durch die Tür schritt. Und sogar sein gebeugter Rücken schien bei dieser Gelegenheit auszudrücken, daß er eine tödliche Beleidigung mit sich nahm.

»Wie kann man nur ... Wie kann man nur! ...« sprach Rasumichin bekümmert und schüttelte den Kopf.

»Laßt mich, laßt mich alle!« schrie Raskolnikow wütend. »Werdet ihr mich nicht endlich in Ruhe lassen, ihr Folterknechte? Ich fürchte euch nicht! Ich fürchte jetzt niemanden, niemanden! Fort mit euch! Ich will allein sein, allein, allein, allein!«

»Gehen wir!« sagte Sosimow und nickte Rasumichin zu.

»Aber ich bitte dich, man kann ihn doch so nicht allein lassen!«

»Gehen wir!« wiederholte Sosimow hartnäckig und verließ den Raum. Nach kurzem Nachdenken eilte Rasumichin ihm nach.

»Es wäre vielleicht nicht gut für ihn, wenn wir ihm nicht gehorchten«, sagte Sosimow, schon auf der Treppe. »Man darf ihn nicht reizen ...«

»Was ist denn mit ihm?«

»Wenn er nur irgendwie etwas aufgemuntert würde! Das wäre das Richtige. Früher war er bei Kräften ... Weißt du, etwas bedrückt sein Gemüt. Etwas Starres lastet auf ihm ... Davor habe ich große Angst, ganz bestimmt!«

»Vielleicht ist es dieser Herr, dieser Pjotr Petrowitsch! Ihrem Gespräch ließ sich entnehmen, daß er Rodjas Schwester heiraten will und daß dieser knapp vor seiner Erkrankung durch einen Brief davon erfuhr ...«

»Ja, der Teufel hat ihn gerade jetzt hergebracht; mag sein, daß nun alles verdorben ist. Und hast du bemerkt, daß dein Freund sich gegen alles gleichgültig verhält, daß er auf alles schweigt bis auf einen einzigen Punkt, bei dem er außer sich gerät: das ist dieser Mord ...«

»Ja, ja!« stimmte Rasumichin zu, »das habe ich sehr genau bemerkt. Er interessiert sich dafür. Der Fall schreckt ihn. Damit hat man ihn am Tag seiner Erkrankung geängstigt, im Revier, bei dem Inspektor; er fiel in Ohnmacht.«

»Erzähl mir das heute abend ausführlicher; ich werde dir dann auch etwas sagen können. Er interessiert mich, interessiert mich sehr! In einer halben Stunde will ich nochmals nach ihm sehen ... übrigens ist eine Entzündung kaum zu befürchten ...«

»Sei bedankt! Ich warte einstweilen bei Paschenka und lasse ihn durch Nastasja beobachten ...«

Als Raskolnikow allein geblieben war, sah er ungeduldig und gramvoll Nastasja an, doch die zögerte noch mit dem Weggehen.

»Willst du jetzt Tee trinken?« fragte sie.

»Später! Ich möchte jetzt schlafen! Laß mich allein ...«

Krampfhaft drehte er sich zur Wand; Nastasja ging hinaus.

6

Sobald sie hinausgegangen war, stand er auf, legte den Riegel vor die Tür, öffnete das Bündel mit den Kleidern, das Rasumichin vorhin gebracht und dann wieder zugeschnürt hatte, und begann sich anzuziehen. Sonderbar: er schien plötzlich ganz ruhig geworden zu sein; das halbirre Phantasieren von vorhin war verschwunden, ebenso die panische Angst, die er in der ganzen letzten Zeit gehabt hatte. Es war der erste Augenblick einer sehr merkwürdigen plötzlichen Ruhe. Seine Bewegungen waren exakt und klar; in ihnen äußerte sich eine feste Absicht. Heute noch, heute noch! ... murmelte er vor sich hin. Er erkannte, daß er noch schwach war, aber seine überaus starke seelische Anspannung, die sich bis zur Ruhe steigerte, bis zu einer fixen Idee, verlieh ihm Kräfte und Selbstvertrauen; er hoffte, daß er auf der Straße nicht hinfallen werde. Nachdem er seine neuen Kleidungsstücke angelegt und sich völlig angekleidet hatte, blickte er auf das Geld, das auf dem Tisch lag, dachte eine Weile nach und steckte es in die Tasche. Es waren fünfundzwanzig Rubel. Er nahm auch alle die kupfernen Fünfkopekenstücke – das Wechselgeld von den zehn Rubel, die Rasumichin für die Kleidung ausgegeben hatte. Dann schob er leise den Riegel zurück, verließ das Zimmer, stieg die Treppe hinab und blickte in die weitgeöffnete Küche: Nastasja stand mit dem Rücken zu ihm und fachte gebückt den Samowar der Hauswirtin an; sie hörte nichts. Und wer hätte auch annehmen können, daß er weggehen werde? Eine Minute später stand er schon auf der Straße.

Es war etwa acht Uhr, und die Sonne ging unter. Es war noch immer schwül, doch voll Gier atmete er diese stinkende, staubige, von der Stadt verpestete Luft ein. Es wurde ihm ein wenig schwindlig; eine seltsam wilde Energie funkelte plötzlich in seinen entzündeten Augen und in seinem eingefallenen gelblichfahlen Gesicht auf. Er wußte nicht, wohin er gehen sollte, und er dachte auch nicht darüber nach; er wußte nur das eine: *das* alles muß beendet werden, heute noch, mit einem Schlag, gleich; denn sonst gehe ich nicht mehr nach Hause zurück, weil ich *so nicht leben will.* Wie es beenden? Womit es beenden? Davon hatte er keine Ahnung, und er wollte auch nicht darüber nachdenken. Er verscheuchte diesen Gedanken, der ihn quälte. Er fühlte und wußte nur, daß alles, so oder so, anders werden mußte – auf welche Weise es auch sein mag, sagte er sich wiederholt mit verzweifelter, starrer Selbstsicherheit und Entschlossenheit.

Aus alter Gewohnheit begab er sich auf dem gleichen Weg, wo er früher spazierenzugehen pflegte, geradeaus auf den Heumarkt. Noch vor dem Heumarkt stand auf dem Gehsteig vor einem Kleinkramladen ein junger schwarzhaariger Leierkastenmann und spielte eine höchst empfindsame Romanze. Er begleitete ein Mädchen von etwa fünfzehn Jahren, das vor ihm auf dem Bürgersteig stand. Sie war gekleidet wie eine Dame, mit Krinoline, Mantille, Handschuhen und einem Strohhut, der eine feuerfarbene Feder trug; all das war bekannt und abgedroschen. Mit der brüchigen, aber ziemlich angenehmen und kräftigen Stimme einer Straßensängerin sang sie ihre Romanze herunter und wartete auf ein Zweikopekenstück aus dem Laden. Raskolnikow blieb neben zwei, drei Zuhörern stehen, lauschte, zog ein Fünfkopekenstück hervor und legte es in die Hand des Mädchens. Sie unterbrach ihren Gesang bei der allergefühlvollsten, höchsten Note, als schnitte man ihr die Stimme ab, rief dem Leierkastenmann schroff zu: »Genug!« und beide zogen weiter zum nächsten Laden.

»Lieben Sie Straßenmusik?« fragte Raskolnikow plötzlich einen nicht mehr jungen Herrn, der neben ihm vor dem Leierkasten gestanden hatte und aussah wie ein Müßiggänger. Der sah ihn starr an und war erstaunt. »Ich liebe es«, sprach Raskolnikow weiter, aber mit einer Miene, als redete er von etwas ganz anderem als von Straßenmusik, »ich liebe es, wenn an einem kalten, finsteren, feuchten Herbstabend zum Leierkasten gesungen wird. Es muß unbedingt an einem feuchten Abend sein, an dem alle Vorübergehenden grünlichbleiche, kranke Gesichter haben; oder noch besser, wenn nasser Schnee fällt, ganz senkrecht, bei Windstille, wissen Sie? ... und wenn durch den Schnee die Gaslaternen schimmern ...«

»Ich weiß nicht, mein Herr ... entschuldigen Sie mich ...« murmelte der Fremde, erschreckt durch die Frage und durch das seltsame Aussehen Raskolnikows, und ging auf die andere Straßenseite.

Raskolnikow setzte seinen Weg fort und kam an jene Ecke des Heumarktes, wo der Kleinbürger und seine Frau, die damals mit Lisaweta gesprochen hatten, ihren Handel betrieben; aber sie waren nicht da. Er erkannte ihren Verkaufsplatz, blieb stehen, hielt Umschau und wandte sich dann an einen jungen Burschen in roter Hemdbluse, der gähnend vor dem Eingang zu einem Mehlladen stand.

»Hier an der Ecke betreibt doch ein Kleinbürger mit einem Weib, seiner Frau, einen Handel, nicht wahr?«

»Hier betreiben alle möglichen Leute ihren Handel«, antwortete der Bursche, der Raskolnikow von oben herab mit den Blicken maß.

»Wie heißt er?«

»Er wird so heißen, wie man ihn getauft hat.«

»Bist du am Ende auch aus Sarajsk? Aus welchem Gouvernement?«

Der Bursche blickte Raskolnikow abermals an.

»Wir haben kein Gouvernement, Euer Durchlaucht, sondern einen Kreis, und mein Bruder ist weggefahren, und ich bin zu Hause geblieben, so daß ich nicht weiß ... Verzeihen Sie gnädigst, Euer Durchlaucht!«

»Ist das dort oben eine Garküche?«

»Das ist ein Gasthaus; es gibt auch ein Billard dort, und da können Sie Prinzessinnen finden ... zuckersüß!«

Raskolnikow überquerte den Platz. An der Ecke standen dichtgedrängt eine Menge Menschen, lauter Bauern. Er mischte sich in das Gewühl und musterte die Gesichter. Irgend etwas trieb ihn, mit allen Leuten ein Gespräch zu beginnen. Aber die Männer kümmerten sich nicht um ihn, sondern redeten und stritten alle untereinander, zu Haufen zusammengeschart. Er blieb eine Weile stehen, dachte nach und wandte sich dann auf den Bürgersteig, der nach rechts in Richtung des W.-Prospekts führt. Als er den Platz hinter sich hatte, kam er in die N.-Gasse.

Er war auch früher schon oft durch diese kurze Gasse gegangen, die eine Biegung macht und den Platz mit der Sadowaja verbindet. In der letzten Zeit drängte es ihn geradezu, wenn ihm schwer ums Herz war, über alle diese Orte zu schlendern – damit mir noch schwerer werde! Jetzt betrat er die Gasse jedoch, ohne an etwas zu denken. Dort stand ein großes Haus, in dem sich lauter Schenken und sonstige Gaststätten befanden; jeden Augenblick liefen Frauen heraus, so bekleidet, wie man »über die Straße« geht – barhaupt oder nur mit einem Kopftuch. An zwei, drei Stellen drängten sie sich auf dem Gehsteig zu Gruppen, besonders vor den Eingängen zum Kellergeschoß, in das man über zwei Stufen hinuntergelangen konnte und das verschiedene höchst unterhaltsame Lokalitäten beherbergte. In einer dieser Gaststätten herrschte im Augenblick Gepolter und Lärm, daß die ganze Straße davon widerhallte; eine Gitarre klimperte; man sang Lieder, und es ging höchst fröhlich zu. Eine große Gruppe Frauen hatte sich vor dem Eingang versammelt; einige saßen auf den Stufen, andere auf dem Gehsteig, andere wieder standen und sprachen miteinander. Nebenan auf der Fahrbahn torkelte unter lautem Fluchen ein betrunkener Soldat mit einer Zigarette entlang. Er schien in ein Lokal gehen zu wollen, jedoch vergessen zu haben wohin. Ein zerlumpter Kerl stritt schimpfend mit einem anderen zerlumpten Kerl, und ein Stockbetrunkener wälzte sich mitten auf der Straße. Raskolnikow blieb vor einer großen Gruppe von Frauen stehen. Sie sprachen mit heiseren Stimmen; alle trugen Kattunkleider und Ziegenlederschuhe und waren barhaupt. Manche hatten die Vierzig schon überschritten, aber es gab auch Siebzehnjährige darunter; fast allen waren die Augen blau geschlagen.

Aus irgendeinem Grund interessierten ihn der Gesang dort unten, der Tumult und Lärm ... Man hörte, wie jemand unter Lachen und Gekreisch zu der hohen Fistelstimme eines verwegenen Sängers, der von einer Gitarre begleitet wurde, verzweifelt tanzte und dabei den Takt mit den Absätzen stampfte. Aufmerksam, düster und nachdenklich lauschte Raskolnikow vor dem Eingang und blickte neugierig in den Vorraum hinunter.

»Ach, mein Liebster, laß dir sagen,
Wozu willst du mich nur schlagen!«

schmetterte die hohe Stimme des Sängers. Raskolnikow hatte schreckliche Lust zuzuhören, was man da sang, als ob das jetzt von höchster Wichtigkeit wäre.

Soll ich nicht hinuntergehen? überlegte er. Wie sie lachen! Sie sind alle betrunken. Wie wäre es, wenn ich mich auch betränke?

»Gehen Sie nicht hinunter, lieber Herr?« fragte eine der Frauen mit recht wohlklingender, noch nicht ganz heiserer Stimme. Sie war hübsch und nicht einmal abstoßend – als einzige in der ganzen Gruppe.

»Sieh nur, was für ein hübsches Kind!« antwortete er, indem er sich aufrichtete und sie ansah.

Sie lächelte; das Kompliment hatte ihr gut gefallen.

»Sie selber sind auch sehr hübsch«, meinte sie.

»Aber mager!« bemerkte eine andere mit Baßstimme. »Man hat Sie wohl eben erst aus dem Krankenhaus entlassen?«

»Aussehen tun sie wie Generalstöchter, nur ihre Nasen sind platt!« unterbrach sie plötzlich ein angeheiterter Mann, der mit offener Jacke und verschlagenem Lächeln herzugetreten war. »Da geht's lustig zu!«

»Geh hinein, wenn du schon hier bist.«

»Das will ich auch! Mit Vergnügen!«

Und er torkelte hinunter.

Raskolnikow schlenderte weiter.

»Hören Sie, gnädiger Herr!« rief ihm das Mädchen nach.

»Was gibt's?«

Sie wurde verlegen.

»Ich bin immer gern bereit, lieber Herr, Ihnen meine Zeit zu widmen, aber jetzt bringe ich gar nicht den Mut auf, Sie darum zu bitten. Schenken Sie mir doch sechs Kopeken, damit ich etwas trinken kann, schöner Kavalier!«

Raskolnikow zog Geld hervor, soviel er auf einmal zu fassen bekam; es waren drei Fünfkopekenstücke.

»Ach, was für ein nobler Herr!«

»Wie heißt du?«

»Fragen Sie nur nach Duklida!«

»Nein, das geht denn doch zu weit!« rief plötzlich eine Frau aus der Gruppe und blickte Duklida kopfschüttelnd an. »Ich verstehe wirklich nicht, wie du so betteln kannst! Ich würde vor Scham im Erdboden versinken ...«

Raskolnikow blickte die Sprecherin neugierig an. Sie war ein pockennarbiges Mädchen von ungefähr dreißig Jahren, ganz voll blauer Flecke, und ihre Oberlippe war geschwollen. Sie sprach ruhig und ernst.

Wo habe ich das nur gelesen, dachte Raskolnikow, als er weiterging, wo habe ich nur gelesen, wie ein zum Tode Verurteilter eine Stunde vor seiner Hinrichtung sagt oder denkt: wenn er irgendwo auf einem hohen Berg leben müßte, auf einem Felsen und auf so engem Raum, daß er nur mit den Füßen darauf stehen könnte, und ringsum gähnten Abgründe, der Ozean, ewiges Dunkel, ewige Einsamkeit und ewiger Sturm, und er müßte so bleiben, auf einem Raum von einem Klafter, das ganze Leben lang, tausend Jahre, eine Ewigkeit – daß es dann trotzdem besser wäre, so zu leben, als jetzt sterben zu müssen! Nur leben, leben, leben! Wenn man nur leben kann – einzig leben! ... Wie wahr das ist! O Gott, wie wahr! Der Mensch ist gemein! ... Und gemein ist auch, wer ihn deswegen gemein nennt, setzte er nach einer Weile hinzu.

Er gelangte in eine andere Straße.

Ach! Der Kristallpalast! Vorhin hat Rasumichin vom Kristallpalast gesprochen. Aber was wollte ich nur? Ja, Zeitungen lesen! ... Sosimow sagte, daß er in den Zeitungen davon gelesen habe ...

»Haben Sie Zeitungen?« fragte er, als er das sehr geräumige und sogar saubere Lokal betrat, das aus mehreren, übrigens ziemlich leeren Räumen bestand. Zwei, drei Gäste tranken Tee, und in einem der Hinterzimmer saß eine Gruppe von ungefähr vier Personen. Sie tranken Champagner. Es schien Raskolnikow, als wäre Sametow unter ihnen. Allerdings konnte er das aus der Ferne nicht richtig erkennen.

Meinetwegen! dachte er.

»Wünschen Sie Wodka?« fragte der Kellner.

»Bring mir Tee. Und dann besorge doch noch Zeitungen, alte, etwa von den letzten fünf Tagen. Du sollst auch ein Trinkgeld bekommen.«

»Zu Befehl. Hier sind die von heute. Wünschen Sie Wodka?«

Die alten Zeitungen und der Tee wurden gebracht. Raskolnikow setzte sich und begann zu suchen: »Isler – Islers Vergnügungspark – Die letzten Azteken in Petersburg – Die letzten Azteken zu besichtigen – Die Liliputaner Bartola und Massimo – Die letzten Azteken – Isler . . . Pfui Teufel! Aber hier kommen die Lokalnachrichten: eine Frau die Treppe hinabgestürzt – ein Kleinbürger an Alkoholvergiftung gestorben – Feuersbrunst in Peskij-Viertel – Brand auf der Petersburger Seite – noch ein Brand auf der Petersburger Seite – wieder ein Brand auf der Petersburger Seite – Ankündigungen – Ankündigungen . . . Ah, hier . . .«

Er hatte endlich gefunden, was er suchte, und begann zu lesen. Die Zeilen hüpften vor seinen Augen; dennoch las er den ganzen Bericht und suchte dann eifrig in den nächsten Nummern nach weiteren Einzelheiten. Seine Hände zitterten beim Umblättern vor krampfhafter Ungeduld. Plötzlich setzte sich jemand neben ihn an seinen Tisch. Er blickte auf – es war Sametow, ebenjener Sametow, unverändert, mit seinen Ringen an den Fingern, mit den Uhrketten, mit dem Scheitel in dem schwarzen, gekräuselten, pomadisierten Haar. Er trug eine elegante Weste, einen einigermaßen abgetragenen Rock und nicht ganz saubere Wäsche. Er war gut gelaunt; jedenfalls lächelte er sehr fröhlich und gutmütig. Sein dunkles Gesicht schien vom Champagner, den er getrunken hatte, ein wenig erhitzt.

»Wie! Sie sind hier?« begann Sametow staunend und in einem Ton, als wären sie schon seit einer Ewigkeit miteinander bekannt. »Und dabei hat mir Rasumichin erst gestern gesagt, daß Sie noch immer nicht bei Bewußtsein seien! Das ist sonderbar. Ich war übrigens bei Ihnen . . .«

Raskolnikow hatte gewußt, daß Sametow kommen werde. Er legte die Zeitungen beiseite und wandte sich dem anderen zu. Auf seinen Lippen lag ein Lächeln, und eine seltsam neue, gereizte Ungeduld drückte sich in diesem Lächeln aus.

»Ich weiß, daß Sie bei mir waren«, antwortete er. »Ich habe es gehört. Sie haben den Socken gesucht . . . Wissen Sie, Rasumichin ist ganz entzückt von Ihnen; er erzählte, daß Sie beide bei Lawisa Iwanowna gewesen seien, bei jener Frau, für die Sie sich damals so einsetzten, indem Sie dem Leutnant

Schießpulver zuzwinkerten; aber der begriff überhaupt nicht, erinnern Sie sich? Wie man so etwas nicht begreifen kann! Der Fall war doch ganz klar ... nicht wahr?«

»Er ist ein furchtbarer Krakeeler!«

»Leutnant Schießpulver?«

»Nein, Ihr Freund Rasumichin ...«

»Sie haben ein gutes Leben, Herr Sametow; zu den nettesten Lokalen haben Sie freien Zutritt! Wer hat Ihnen denn jetzt den Champagner spendiert?«

»Wir haben da ... ein bißchen ... getrunken ... Spendiert, sagen Sie? ...«

»Ein Honorar! Sie schlagen aus allem Nutzen!« Raskolnikow lachte auf. »Macht nichts, Sie braver Knabe, macht nichts!« fügte er hinzu und klopfte Sametow auf die Schulter. »Ich sage es ja nicht im Bösen, ‚sondern in aller Liebe und nur aus Spaß', wie sich der Anstreicher ausdrückte, als er Mitka verdrosch – Sie entsinnen sich: in der Mordsache der Alten.«

»Woher wissen Sie das?«

»Vielleicht weiß ich mehr als Sie!«

»Sie sind ein sonderbarer Mensch ... Gewiß sind Sie noch sehr krank. Sie hätten nicht ausgehen sollen.«

»Ich komme Ihnen also sonderbar vor?«

»Ja. Was machen Sie hier? Lesen Sie Zeitungen?«

»Ja.«

»Jetzt wird viel über Brände berichtet.«

»Nein, das lese ich nicht.« Dabei sah er Sametow rätselhaft an; ein spöttisches Lächeln verzerrte von neuem seine Lippen. »Nein, das lese ich nicht«, wiederholte er und zwinkerte Sametow zu. »Aber gestehen Sie nur, lieber junger Mann, daß Sie furchtbar gerne wissen möchten, was ich gelesen habe!«

»Das möchte ich nicht im geringsten wissen; ich habe bloß so gefragt. Darf man denn nicht fragen? Was Sie nur immer ...«

»Hören Sie, Sie sind doch ein gebildeter, belesener Mensch, wie?«

»Ich habe sechs Klassen Gymnasium absolviert«, antwortete Sametow mit einiger Würde.

»Sechs Klassen! Ach, du liebes Spätzchen! Mit einem Scheitel und mit Ringen an den Fingern – ein reicher Mann! Mein Gott, was für ein lieber Junge!«

Raskolnikow brach in ein nervöses Lachen aus; er lachte Sametow gerade ins Gesicht. Der wich zurück und war zwar nicht gerade beleidigt, aber doch höchst erstaunt.

»Zum Teufel, wie sonderbar Sie sind!« wiederholte Sametow sehr ernst. »Mir kommt es so vor, als fieberten Sie noch immer.«

»Fiebern? Keine Rede, mein Spätzchen! ... Ich bin also sonderbar? Ich interessiere Sie wohl, wie? Interessiere ich Sie?«

»Ja.«

»Sie möchten also wissen, was ich in den Zeitungen gelesen, was ich darin gesucht habe? Schauen Sie nur her, wie viele Nummern ich mir bringen ließ! Das ist doch verdächtig, wie?«

»Na, erzählen Sie es doch!«

»Sie müssen aber die Ohren spitzen!«

»Was denn noch?«

»Später will ich Ihnen sagen, mein Lieber, warum Sie die Ohren spitzen sollen, jetzt aber erkläre ich Ihnen ... Nein, besser gesagt: ‚Ich gestehe‘ ... Nein das ist auch nicht das Richtige: ‚Ich gebe eine Aussage zu Protokoll, und Sie nehmen sie auf‘ – jetzt habe ich's! Ich gebe also zu Protokoll, was ich gelesen, wofür ich mich interessiert, was ich gesucht ... und gefunden habe.« Raskolnikow kniff die Augen zusammen und wartete. »Ich habe – und zu diesem Zweck bin ich hierhergekommen – die Nachrichten über den Mord an der alten Beamtenwitwe gesucht«, sprach er schließlich fast flüsternd, während er sein Gesicht ganz nahe an das Sametows heranbrachte. Sametow starrte ihn an, rührte sich nicht und zog auch sein Gesicht nicht zurück. Am sonderbarsten fand Sametow später, daß dieses beiderseitige Schweigen eine volle Minute dauerte und daß sie eine volle Minute einander in die Augen sahen.

»Na und? Was ist denn dabei, wenn Sie das gelesen haben?« schrie er plötzlich in ungeduldiger Entrüstung. »Was kümmert mich das! Was ist denn dabei?«

»Das ist doch jene Alte«, fuhr Raskolnikow in dem gleichen Flüstern fort, ohne sich bei dem Ausruf Sametows auch nur zu rühren, »von der Sie damals im Revier, wie Sie sich erinnern werden, erzählten; ich fiel dabei in Ohnmacht. Nun, verstehen Sie jetzt?«

»Was soll das? Was meinen Sie ... mit ‚verstehen'?« fragte Sametow, der allmählich unruhig wurde.

Das unbewegliche, ernste Gesicht Raskolnikows verwandelte sich mit einem Schlag, und er brach plötzlich wieder in das gleiche nervöse Lachen aus wie vorhin, als wäre er völlig außerstande, sich zusammenzunehmen. Und schlagartig erinnerte er sich mit außerordentlicher Klarheit daran, was er in jener Minute vor wenigen Tagen empfunden hatte, als er mit dem Beil in der Hand hinter der Tür stand, während der Riegel hüpfte, die Leute draußen fluchten und an der Türe rüttelten, und als er plötzlich Lust bekam, sie anzuschreien, sie zu beschimpfen, ihnen die Zunge herauszustrecken, sie zu verhöhnen und zu lachen, laut, laut, laut zu lachen!

»Sie sind entweder verrückt oder ...« nahm Sametow das Gespräch wieder auf und hielt dann inne, als hätte ihn ein plötzlicher, unversehens aufgetauchter Gedanke betroffen gemacht.

»Oder? Was – ‚oder'? Nun? Na, sagen Sie es doch!«

»Nichts!« antwortete Sametow zornig. »Das ist alles Unsinn!«

Beide verstummten. Nach dem jähen Lachanfall war Raskolnikow auf einmal nachdenklich und traurig geworden. Er stützte die Ellbogen auf den Tisch und hielt sich den Kopf. Es schien, als hätte er Sametow ganz vergessen. Das Schweigen dauerte ziemlich lange.

»Warum trinken Sie Ihren Tee nicht? Er wird kalt«, sagte Sametow.

»Was? Wie? Der Tee? ... Bitte sehr ...« Raskolnikow nahm einen Schluck aus dem Glas, steckte ein Stück Brot in den Mund, sah Sametow an und schien sich plötzlich an alles zu erinnern und sich gleichsam aufzuraffen; doch im selben Augenblick nahm sein Gesicht wieder den alten spöttischen Ausdruck an. Er trank noch einen Schluck Tee.

»Heuzutage gibt es viele Gauner«, sagte Sametow. »Vor kurzem erst habe ich in den *Moskowskije Wjedomosti* gelesen, daß man in Moskau eine ganze Bande von Geldfälschern festgenommen hat. Es war eine regelrechte Organisation. Sie stellten Banknoten her.«

»Oh, das war schon vor langer Zeit! Es ist gut einen Monat her, daß ich das gelesen habe«, antwortete Raskolnikow ruhig. »Diese Leute sind also Ihrer Ansicht nach Gauner?« fügte er grinsend hinzu.

»Was denn, wenn nicht Gauner?«

»Was? Kinder waren das, Grünschnäbel, und keine Gauner! Rund ein halbes Hundert Menschen hatte sich zu diesem Zweck zusammengetan! Ist denn so etwas möglich? In einem solchen Fall sind drei schon zuviel, oder es müßte jeder dem anderen noch mehr vertrauen können als sich selber! Es braucht sich ja nur einer im Rausch zu verplappern, und alles fliegt auf! Grünschnäbel! Da stellen sie unzuverlässige Leute an, um das Geld in den Banken zu wechseln ... kann man denn so heikle Geschäfte dem erstbesten anvertrauen? Und sogar angenommen, die Sache gelingt, und jeder dieser Grünschnäbel wechselt sich eine Million ein – was wird später? Das ganze Leben lang? Jeder wäre doch für Lebenszeit von den anderen abhängig! Da wäre es wahrhaftig besser, gleich den Strick zu nehmen! Nicht einmal darauf verstanden sie sich, das Geld einzuwechseln: da ging einer in die Bank zum Wechseln, bekam fünftausend, und die Hände zitterten ihm. Viertausend zählte er nach, aber das fünfte Tausend zählte er nicht mehr nach und nahm es auf Treu und Glauben entgegen, nur um es rasch in der Tasche zu haben und gleich weglaufen zu können. Na, und so erweckte er Argwohn. Und dieses einen Dummkopfes wegen platzte die ganze Geschichte! Ist denn so etwas denkbar?«

»Daß ihm die Hände gezittert haben?« fiel Sametow ein. »Ja, das ist sehr wohl möglich. Ich bin völlig überzeugt, daß das möglich ist. Manchmal hält man eben nicht durch.«

»Meinen Sie?«

»Würden Sie es denn durchhalten? Ich könnte es jedenfalls nicht! Für hundert Rubel Belohnung sich einem solchen

Entsetzen preisgeben? Hingehen und Falschgeld einwechseln – in einer Bank, wo die Leute sowieso mit allen Wassern gewaschen sind? Nein, ich würde den Kopf verlieren. Sie etwa nicht?«

Raskolnikow verspürte plötzlich wieder große Lust, »die Zunge herauszustrecken«. Minutenlang jagte ihm ein Schauer nach dem andern über den Rücken.

»Ich würde nicht so vorgehen«, begann er lässig. »Ich würde das Geldwechseln folgendermaßen vornehmen: ich würde die ersten Tausend nachzählen, so etwa viermal von vorn und von hinten, und würde jeden Geldschein eingehend betrachten, ehe ich mit dem zweiten Tausend begönne. Ich finge an, die zweiten Tausend zu zählen, käme bis zur Hälfte, und dann nähme ich irgendeinen Fünfzigrubelschein heraus, hielte ihn gegen das Licht, drehte ihn um und hielte ihn wieder gegen das Licht – ob er nicht etwa eine Fälschung sei. ‚Ich habe Angst', sagte ich. ‚Eine Verwandte von mir hat neulich auf diese Art fünfundzwanzig Rubel eingebüßt . . .' Und dann erzählte ich die ganze Geschichte. Und wenn ich das dritte Tausend nachzählte – nein, oho, da schiene mir, daß ich vorhin, beim zweiten Tausend, das siebente Hundert nicht richtig nachgezählt hätte, und Zweifel befielen mich, und ich ließe das dritte Tausend liegen und wendete mich wieder dem zweiten zu – und so weiter, bis alle fünf Tausend nachgezählt wären. Doch sobald ich fertig wäre, nähme ich aus dem fünften und aus dem zweiten Tausend je einen Schein, hielte sie gegen das Licht, und wieder kämen sie mir zweifelhaft vor: ‚Bitte geben Sie mir dafür andere Scheine' – und so ließe ich den Bankbeamten Blut schwitzen, daß er froh wäre, mich loszuwerden und mich nie wiederzusehen! Und wenn dann alles endlich fertig wäre, ginge ich weg, öffnete die Tür – doch nein, verzeihen Sie, ich kehrte nochmals um, fragte nach irgend etwas, zöge Erkundigungen ein . . . Sehen Sie, so ginge ich vor!«

»Oh, was für schreckliche Dinge Sie da reden!« sagte Sametow lachend. »Nur: das ist bloße Rederei; in Wirklichkeit verlören Sie gewiß den Kopf! Ich sage Ihnen, nach meiner Ansicht könnte in einem solchen Fall nicht einmal ein geriebener, verzweifelter Bursche für sich bürgen, geschweige denn Sie oder ich. Aber wozu so weit ausholen – nehmen Sie nur zum Beispiel den Mord an der Alten in unserem Viertel. Da sollte man glauben, daß das ein abgefeimter Verbrecher war, der bei hellichtem Tag jedes Risiko auf sich nahm; aber die Hände zitterten ihm doch, er verstand nicht zu stehlen, er hielt nicht durch; das sieht man an dem ganzen Tatbestand ...«

Raskolnikow fühlte sich gleichsam beleidigt.

»Das sieht man, sagen Sie! Aber so fangen Sie ihn doch, los, jetzt gleich!« rief er voll spöttischer Schadenfreude.

»Nun ja, man wird ihn schon fangen.«

»Wer? Sie? Sie wollen ihn fangen? Da können Sie sich lange bemühen! Ich weiß ja, was bei euch die Hauptsache ist: ob jemand Geld ausgibt oder nicht. Früher hat er nichts gehabt, und jetzt wirft er plötzlich das Geld zum Fenster hinaus – na, da muß er es ja sein! Ein kleines Kind könnte euch, wenn es wollte, damit ein Schnippchen schlagen!«

»Das ist es ja eben, daß sie das alle tun«, entgegnete Sametow. »Da begeht einer einen raffinierten Mord und setzt sein Leben aufs Spiel; dann rennt er gleich in die Kneipe und gerät in die Falle. Mit dem Geldausgeben verraten sie sich. Nicht alle sind so schlau wie Sie. Sie gingen natürlich nicht in eine Kneipe.«

Raskolnikow runzelte die Stirn und blickte Sametow unverwandt an.

»Mir scheint, Sie sind auf den Geschmack gekommen und möchten gerne herausbringen, wie ich in einem solchen Fall vorginge?« fragte er mürrisch.

»Das möchte ich wohl«, erwiderte der andere fest und ernst. Er hatte fast allzu ernst gesprochen und geblickt.

»Sehr gern?«

»Ja.«

»Schön. Ich ginge also folgendermaßen vor«, sagte Raskolnikow, während er sein Gesicht wieder ganz nahe an das Gesicht Sametows heranbrachte, ihn wieder starr anblickte und wieder im Flüsterton sprach, so daß der andere diesmal geradezu erschauerte, »ich ginge also folgendermaßen vor: ich nähme das Geld und die Sachen, und sobald ich aus dem

Hause wäre, ginge ich, ohne mich aufzuhalten, irgendwohin, wo ein öder Platz ist, nur Zäune und fast kein Mensch – in irgendeinen Gemüsegarten oder dergleichen. Natürlich hätte ich mich schon vorher dort umgesehen. In diesem Hof liegt ein Stein, etwa ein oder anderthalb Pud schwer, in einer Ecke beim Zaun; er liegt vielleicht schon dort, seit das Haus gebaut worden ist; ich hebe den Stein auf – darunter muß eine Vertiefung sein; und in diese Vertiefung lege ich dann alles: die Sachen und das Geld. Ich lege sie hinein, dann wälze ich den Stein wieder darauf, genauso wie er früher gelegen hat, stampfe die Erde ein wenig fest und gehe wieder fort. Und ein Jahr, zwei Jahre hole ich es nicht, drei Jahre nicht – na, und nun suchen Sie! Ich steige trocken aus dem Wasser!«

»Sie sind verrückt«, sagte Sametow ebenfalls flüsternd und rückte aus irgendwelchen Gründen plötzlich von Raskolnikow ab.

Dessen Augen begannen mit einemmal zu funkeln; er war totenblaß geworden; seine Oberlippe bebte und zuckte. Er neigte sich möglichst nahe zu Sametow und bewegte den Mund, sprach jedoch nichts; das dauerte eine halbe Minute; er war sich bewußt, was er tat, konnte sich jedoch nicht zurückhalten. Das furchtbare Wort hüpfte nur so auf seinen Lippen wie damals der Riegel an der Tür – jetzt, jetzt mußte es sich losreißen; jetzt, jetzt es nur sagen, jetzt nur sprechen!

»Und wenn ich die Alte und Lisaweta erschlagen hätte?« stieß er plötzlich hervor und – kam zur Besinnung.

Sametow sah ihn verstört an und wurde weiß wie das Tischtuch. Ein Lächeln verzerrte sein Gesicht.

»Ja, wäre denn das möglich?« stieß er kaum hörbar hervor.

Raskolnikow sah ihn böse an.

»Gestehen Sie, daß Sie es geglaubt haben!« sagte er schließlich kalt und höhnisch. »Ja? Nicht wahr?«

»Aber keine Spur! Jetzt glaube ich es weniger denn je!« erwiderte Sametow hastig.

»Endlich sind Sie mir in die Falle gegangen! Nun habe ich das Spätzchen gehascht. Sie haben es also früher geglaubt, wenn Sie es jetzt ‚weniger denn je' glauben?«

»Aber nein!« rief Sametow in offenkundiger Verwirrung. »Sie haben mich wohl nur deshalb so erschreckt, um mich dahin zu bringen?«

»Sie glauben es also nicht? Und worüber haben Sie damals gesprochen, nachdem ich Ihre Kanzlei verlassen hatte? Und weshalb hat mich Leutnant Schießpulver nach meiner Ohnmacht verhört? He du«, rief er dem Kellner zu, während er aufstand und seine Mütze nahm, »wieviel macht es?«

»Alles in allem dreißig Kopeken, mein Herr«, antwortete der Kellner, der herbeigeeilt war.

»Da hast du noch zwanzig Kopeken Trinkgeld. Sehen Sie nur, wieviel ich da habe!« Und er hielt Sametow die zitternde Hand mit den Banknoten hin. »Rote Scheine, blaue Scheine, fünfundzwanzig Rubel. Woher ich die wohl habe? Und woher kommt der neue Anzug? Sie wissen ja, daß ich keine einzige Kopeke besaß! Sie haben doch sicher auch die Hauswirtin befragt ... Na, Schluß! Assez causé! Auf Wiedersehen ... Auf fröhliches Wiedersehen!«

Er ging weg. Eine wilde, hysterische Empfindung, die zur Hälfte indes auch unerträglicher Genuß war, ließ ihn am ganzen Körper erzittern; sonst aber war er düster gestimmt und furchtbar müde. Sein Gesicht war verzerrt wie nach irgendeinem Anfall. Seine Müdigkeit wurde rasch stärker. Seine Kräfte konnten wohl plötzlich erwachen und beim ersten Anstoß, bei der ersten aufreizenden Empfindung aufleben, aber sie ermatteten ebenso rasch wieder, je schwächer der Reiz wurde.

Sametow, der allein geblieben war, saß noch lange nachdenklich an seinem Platz. Raskolnikow hatte ihm unversehens alle Zweifel über einen gewissen Punkt genommen und seine Ansicht endgültig bestätigt.

Ilja Petrowitsch ist ein Schwätzer! fand er schließlich.

Kaum hatte Raskolnikow die Tür zur Straße geöffnet, als er auf der Treppe mit dem gerade eintretenden Rasumichin zusammenstieß. Beide hatten einander nicht einmal auf einen Schritt Entfernung bemerkt, und so rannten sie fast mit den Köpfen zusammen. Einige Zeit maßen sie einander mit dem Blick. Rasumichin war aufs höchste erstaunt, doch plötzlich funkelte in seinen Augen drohender Zorn auf, echter Zorn.

»Hier bist du also!« schrie er aus vollem Halse. »Vom Krankenbett davongelaufen! Und ich habe ihn sogar unter dem Diwan gesucht! Auf den Dachboden sind wir gestiegen! Deinetwegen hätte ich Nastasja beinahe verprügelt! ... Und jetzt ist er hier! Aber Rodja! Was hat das zu bedeuten? Sag die Wahrheit! Gestehe! Hörst du?!«

»Das hat zu bedeuten, daß ihr mir alle auf den Tod lästig seid und daß ich allein sein will«, antwortete Raskolnikow ruhig.

»Allein? Wenn du noch nicht einmal gehen kannst, wenn dein Gesicht noch kreidebleich ist, wenn du kaum Luft kriegst? Du Dummkopf ... Was hast du im Kristallpalast gemacht? Gesteh mir's unverzüglich!«

»Laß mich durch!« sagte Raskolnikow und wollte an ihm vorbeigehen. Das brachte Rasumichin in Wut; er packte Raskolnikow fest an der Schulter.

»Durchlassen! Du wagst es, zu mir zu sagen: ‚Laß mich durch!' nach dem, was du getan hast? Weißt du, was ich jetzt mit dir machen werde? Ich werde dich mit beiden Armen packen, dich zu einem Bündel zusammenschnüren und unter dem Arm nach Hause tragen; dort kommst du dann hinter Schloß und Riegel!«

»Höre, Rasumichin«, begann Raskolnikow leise und, wie es schien, ganz ruhig, »siehst du denn nicht, daß ich deine Wohltaten nicht will? Und was ist das für ein seltsames Vergnügen, Leuten Gutes zu tun, die ... darauf pfeifen? Leuten, denen es letzten Endes wirklich schwerfällt, das zu ertragen? Sag mir, warum hast du mich zu Beginn meiner Krankheit aufgesucht? Ich wäre vielleicht sehr froh gewesen zu sterben! Habe ich dir denn heute nicht schon deutlich genug gesagt, daß du mich quälst, daß du mir ... lästig bist?! Wahrhaftig, das muß ein Vergnügen sein, Menschen zu quälen! Ich versichere dir, daß das alles meiner Genesung ernstlich im Wege steht, weil es mich unablässig reizt. Vorhin ist doch sogar Sosimow weggegangen, um mich nicht zu reizen! So laß auch du mich um des Himmels willen in Ruhe! Und welches Recht hast du schließlich, mich mit Gewalt zu Hause zu halten? Siehst du denn nicht, daß ich jetzt im Vollbesitz meines Verstandes spreche? Sag mir doch, wobei, wobei soll ich dich beschwören, daß du dich mir nicht aufdrängst und mich mit deinen Wohltaten verschonst? Mag ich undankbar, mag ich niedrig sein, nur laßt mich alle um Gottes willen in Ruhe, laßt mich doch! Laßt mich! Laßt mich!«

Rasumichin stand da, dachte nach und ließ Raskolnikows Hand los.

»Scher dich zum Teufel!« sagte er leise und fast nachdenklich. »Halt!« brüllte er unversehens, als Raskolnikow gehen wollte, »hör mich an. Ich erkläre dir, daß ihr samt und sonders nur Schwätzer und Maulhelden seid! Habt ihr irgendein Wehwehchen, erhebt ihr ein Gezeter wie eine Henne, wenn sie ein Ei gelegt hat! Und selbst dabei schmückt ihr euch noch mit fremden Federn. Ihr habt keine Spur selbständiges Leben! Ihr seid aus Walfischtran gemacht, und statt Blut habt ihr Molke in den Adern! Ich glaube keinem von euch! Euer erstes Anliegen ist es unter allen Umständen, nur ja nicht wie ein Mensch zu sein! Halt! Halt!« rief er mit verdoppelter Wut, als er bemerkte, daß Raskolnikow abermals fortgehen wollte. »Hör mich nur bis zu Ende an! Du weißt, daß heute Gäste zu mir kommen, um meinen Einzug in die neue Wohnung zu feiern; vielleicht sind sie jetzt schon da; ich habe meinen Onkel dort gelassen, bin gleich losgelaufen, er soll inzwischen die Gäste empfangen. Wenn du also kein Dummkopf bist, kein alberner Dummkopf, kein verstockter Dummkopf, kein nachgemachter Ausländer ... weißt du, Rodja, ich gestehe, daß du ein kluger Junge bist, aber du bist trotzdem ein Dummkopf! ... Wenn du also kein Dummkopf bist, kommst du heute lieber zu mir und verbringst dort den Abend, als daß du sinnlos deine Stiefel abnutzt. Wenn du nun schon weggegangen bist, dann ist sowieso nichts mehr zu machen! Ich könnte dir einen weichen Lehnsessel hinstellen, meine Wirtsleute haben welche ... es gibt Tee, Leute sind da ... und wenn nicht, kann ich dich auch auf meinem Bett unterbringen, da würdest du immerhin bei uns liegen ... Auch Sosimow kommt. Willst du?«

»Nein.«

»Was redest du da!« rief Rasumichin ungeduldig. »Woher willst du das wissen? Du kannst ja gar nicht für dich selbst einstehen! Und du verstehst auch gar nichts davon ... Genauso wie du habe ich schon tausendmal auf die Menschen gespuckt und bin dann doch wieder zu ihnen zurückgekehrt ... Man schämt sich und kehrt zu den Menschen zurück! Merk dir also: im Haus Potschinkow, dritter Stock ...«

»Sie würden bestimmt irgend jemandem erlauben, Sie zu schlagen, Herr Rasumichin, nur um des Vergnügens willen, ihm eine Wohltat zu erweisen!«

»Wen schlagen? Mich?! Für den bloßen Gedanken schon reiße ich jedem die Nase aus! Also im Haus Potschinkow, Nr. 47, in der Wohnung des Beamten Babuschkin ...«

»Ich komme nicht, Rasumichin!«

Raskolnikow wandte sich ab und ging.

»Ich wette darauf, daß du kommst!« rief Rasumichin ihm nach. »Sonst bist du ... sonst sind wir geschiedene Leute! He, halt! Ist Sametow unten?«

»Ja.«

»Hast du ihn gesehen?«

»Ja.«

»Und gesprochen?«

»Ja.«

»Worüber habt ihr gesprochen? Na, hol dich der Teufel; du brauchst es mir nicht zu sagen. Im Haus Potschinkow, 47, bei Babuschkin, merk es dir.«

Raskolnikow ging bis zur Sadowaja und bog um die Ecke. Rasumichin blickte ihm sinnend nach. Schließlich machte er eine wegwerfende Handbewegung und ging in das Lokal, doch blieb er auf halber Treppe plötzlich stehen.

Zum Teufel! dachte er fast laut, er redet ganz vernünftig, und es scheint ... Aber ich bin ja dumm! Können denn Verrückte nicht auch vernünftig reden? Und mir war so, als ob Sosimow gerade das befürchtete! Er tippte sich mit dem Finger gegen die Stirn. Wenn er aber ... Ach, wie kann ich ihn jetzt nur allein lassen? Am Ende geht er noch ins Wasser ... Ich war wohl allzu hitzig! Es geht nicht! Und er lief zurück, um Raskolnikow einzuholen, aber von dem war keine Spur mehr zu sehen. Rasumichin spuckte aus und ging mit raschen Schritten zum Kristallpalast zurück, um unverzüglich Sametow auszufragen.

Raskolnikow ging geradeaus weiter, kam auf die N.-Brücke, blieb in der Mitte stehen, stützte sich mit beiden Ellbogen auf das Geländer und schaute in die Ferne. Nachdem er sich von Rasumichin getrennt hatte, hatte ihn eine solche Schwäche befallen, daß er kaum bis hierhergelangt war. Er hatte Lust, sich irgendwo auf der Straße hinzusetzen oder niederzulegen. Über das Wasser gebeugt, blickte er mechanisch auf den letzten rosenfarbenen Widerschein des Sonnenunterganges, auf die Häuserzeile, die in der dichter werdenden Dämmerung dunkel hervortrat, auf ein fernes Dachfensterchen irgendwo am linken Kai, das funkelte, als wäre es vom letzten Sonnenstrahl, der es für einen Augenblick getroffen hatte, in Flammen gesetzt worden, und auf das schwarze Wasser des Kanals; das Wasser schien seine ganze Aufmerksamkeit gefangenzunehmen. Schließlich drehten sich vor seinen Augen rote Kreise, die Häuser wichen zurück, die Passanten, die Kais, die Equipagen – alles begann sich zu drehen und rings im Kreise zu tanzen. Plötzlich schrak er zusammen, vor einer neuen Ohnmacht vielleicht nur durch diesen schrecklichen, abscheulichen Anblick gerettet. Er spürte, wie jemand rechts neben ihn trat; er sah auf und erblickte eine Frau, groß, ein Tuch auf dem Kopf, mit einem gelben, länglichen, versoffenen Gesicht und mit rötlichen, tiefliegenden Augen. Sie blickte ihn starr an, sah jedoch offenbar nichts und konnte niemanden erkennen. Plötzlich stützte sie sich mit der Rechten auf das Geländer, hob das rechte Bein und schwang es über das Gitter, dann das linke, und so stürzte sie sich in den Kanal. Das schmutzige Wasser spritzte auf und verschlang für einen Augenblick das Opfer, doch nach einer Minute tauchte sie wieder auf, und die Strömung trieb sie langsam ab; Kopf und Beine waren unter Wasser, nur der Rücken ragte heraus; ihr Rock hatte sich zurückgeschlagen und über dem Wasser aufgebauscht wie ein Kissen.

»Sie ist ins Wasser gesprungen! Sie ist ins Wasser gesprungen!« schrien Dutzende von Stimmen; Leute liefen zusammen;

beide Kais wurden schwarz von Zuschauern; auf der Brücke drängte sich rings um Raskolnikow eine dichte Menschenmenge, die ihn von hinten an das Geländer drückte.

»Du lieber Himmel, das ist ja unsere Afrosinjuschka!« ließ sich in der Nähe der weinerliche Ruf einer Frau vernehmen. »Du lieber Himmel, rettet sie! Ihr lieben guten Leute, zieht sie doch heraus!«

»Einen Kahn! Einen Kahn!« rief es aus der Menge.

Aber ein Kahn war nicht mehr nötig; ein Schutzmann war eine der Treppen zum Kanal hinuntergelaufen, hatte den Mantel abgeworfen, die Schuhe ausgezogen und war ins Wasser gesprungen. Er brauchte sich nicht allzusehr anzustrengen: die Frau, die in den Kanal gesprungen war, wurde von der Strömung zwei Schritte entfernt an der Treppe vorbeigetrieben; der Schutzmann packte sie mit der Rechten am Kleid und konnte sich mit der Linken an einer Stange festhalten, die ein Kamerad ihm hinhielt, und gleich darauf hatte man die Frau herausgezogen. Man legte sie auf die granitenen Fliesen vor der Treppe. Sie kam bald wieder zu Bewußtsein, richtete sich auf, setzte sich und begann zu niesen und zu schnauben, wobei sie sinnlos ihr nasses Kleid mit den Händen abwischte. Sie sprach kein Wort.

»Sie hat sich höllisch besoffen, ihr Lieben, höllisch«, heulte dieselbe Frauenstimme von vorhin, jetzt neben Afrosinjuschka. »Sie wollte sich neulich schon erhängen, und wir mußten sie vom Strick herunternehmen. Jetzt ging ich in den Laden und ließ das kleine Mädchen zum Aufpassen bei ihr – und so ist das Unglück geschehen. Sie ist eine Kleinbürgerin, lieber Herr, unsere Kleinbürgerin, sie wohnt neben uns, im zweiten Haus von der Ecke, sehen Sie, da ...«

Die Leute gingen auseinander; die Polizisten machten sich noch mit der Frau zu schaffen; jemand rief etwas vom Revier ... Raskolnikow betrachtete das alles mit einem absonderlichen Gefühl des Gleichmuts und der Teilnahmslosigkeit. Es begann ihn zu ekeln. Nein, das ist widerlich ... das Wasser ... das nicht, murmelte er vor sich hin. Es wird nichts weiter sein, fügte er hinzu, es lohnt sich nicht, zu warten. Was ist mit dem Revier? ... Und warum ist Sametow nicht dort? Das Büro ist doch bis um zehn geöffnet ... Er lehnte sich mit dem Rücken gegen das Geländer und blickte sich um.

Nun, was! Meinetwegen! sprach er energisch, verließ die Brücke und schlug die Richtung nach dem Revier ein. Sein Herz war traurig und leer. Denken wollte er nicht. Sogar der Kummer war ihm vergangen; er spürte nichts mehr von der früheren Energie, mit der er von zu Hause weggegangen war, damit »das alles ein Ende habe«. An ihre Stelle war völlige Apathie getreten.

Schließlich ist auch das ein Ausweg! dachte er, während er leise und matt den Kai des Kanals entlangging. Trotz allem mache ich ein Ende, weil ich's so will ... Ist das aber ein Ausweg? Ganz gleich! Einen Klafter Platz werde ich haben – ha! Aber was für ein Ende ist das! Ist es wirklich das Ende? Werde ich es ihnen sagen oder nicht? Ach ... zum Teufel! Ich bin müde; wenn ich mich nur rasch irgendwohin legen oder setzen könnte! Am meisten schäme ich mich, weil das alles gar zu dumm ist. Pfeifen wir drauf! Pfui, was für Dummheiten mir in den Sinn kommen ...

Zum Polizeirevier mußte er geradeaus gehen und bei der zweiten Straßenkreuzung nach links einbiegen; dann waren es nur noch zwei Schritt. Doch als er zu der ersten Ecke gekommen war, blieb er stehen, dachte nach und machte einen Umweg durch zwei Straßen – vielleicht ohne jede Absicht, aber vielleicht auch, um wenigstens noch eine Minute zu zögern und Zeit zu gewinnen. Er ging mit gesenktem Blick. Plötzlich war ihm, als hätte ihm jemand etwas ins Ohr geflüstert. Er hob den Kopf und sah, daß er vor *jenem* Haus stand, dicht vor dem Tor. Seit *jenem* Abend war er nicht hier gewesen und nicht daran vorbeigegangen.

Ein unabweisbarer, unerklärlicher Wunsch lockte ihn. Er trat in das Haus, schritt durch die ganze Toreinfahrt, ging dann durch die erste Tür rechts und begann die bekannte Treppe zum vierten Stock hinaufzusteigen. Auf der schmalen, steilen Treppe war es sehr finster. Auf jedem Absatz blieb er stehen und blickte sich neugierig um. Im ersten Stock war der Fensterrahmen herausgenommen. Das war damals noch nicht, dachte Raskolnikow. Jetzt kam die Wohnung im zweiten

Stock, in der Nikolaschka und Mitka gearbeitet hatten. Sie ist zugesperrt, und die Tür ist frisch gestrichen; sie wird also jetzt vermietet, dachte er. Und nun der dritte Stock ... der vierte ... Hier! Zweifel packten ihn: die Tür zu dieser Wohnung stand weit offen; Leute arbeiteten darin; er hörte ihre Stimmen; das hatte er nicht erwartet. Nachdem er ein wenig gezögert hatte, stieg er die letzten Stufen hinauf und trat in die Wohnung.

Sie wurde renoviert; Arbeiter waren da; das schien ihn zu verblüffen. Er wußte selbst nicht warum, aber er hatte sich vorgestellt, daß er alles genauso wiederfinden würde, wie er es damals verlassen hatte, daß vielleicht sogar die Leichen noch an derselben Stelle auf dem Fußboden lägen. Jetzt aber sah er nur kahle Wände, keine Möbel, und das berührte ihn sonderbar. Er schritt zum Fenster und setzte sich auf das Fensterbrett.

Es waren nur zwei Arbeiter da, beides junge Burschen, der eine etwas älter als der andere. Sie tapezierten die Wände mit einer weißen Tapete mit lila Blumen an Stelle der früheren gelben Tapete, die abgenutzt und zerrissen war. Sonderbarerweise mißfiel das Raskolnikow aufs äußerste; er sah die neuen Tapeten feindselig an, als täte es ihm leid, daß hier alles so verändert wurde.

Die Arbeiter waren offensichtlich spät dran und rollten jetzt ihr Papier rasch zusammen, um heimzugehen. Das Auftauchen Raskolnikows störte sie überhaupt nicht. Sie plauderten über etwas. Raskolnikow verschränkte die Arme und hörte ihnen zu.

»Da kommt sie am Vormittag zu mir, dieses Frauenzimmer«, sagte der Ältere zu dem Jüngeren, »schon ganz zeitig, richtig aufgetakelt. ‚Was willst du denn von mir, weil du so aussiehst wie ein Zitrönchen? Brauchst du denn vor mir', sage ich, ‚so zu tun wie ein Apfelsinchen?' – ‚Tit Wasiljitsch, ich will Ihnen von nun an für alle Zeit völlig zu Diensten sein', antwortet sie. Das war es also! Und wie aufgedonnert sie war: das reinste Modejournal, das reinste Modejournal!«

»Was ist denn das, ein Modejournal, Onkel?« fragte der Junge. Offenbar war er der Lehrling des »Onkels«.

»Ein Modejournal, mein Lieber, ja, weißt du, das sind solche Bilderchen, farbige Bilder, und die hiesigen Schneider bekommen sie jeden Samstag mit der Post aus dem Ausland, damit sie wissen, wie sich die Leute anziehen sollen, Männer so gut wie Frauen. Es sind nämlich Zeichnungen. Die Männer werden meist mit verschnürten Pelzmänteln dargestellt, was aber die Frauen betrifft, so findest du da Dinge, mein Lieber, daß du sie gar nicht bezahlen könntest!«

»Was es nicht alles in diesem Petersburg gibt!« rief der Jüngere hingerissen. »Außer Vater und Mutter gibt es einfach alles hier!«

»Außer Vater und Mutter, mein Lieber, findest du tatsächlich alles hier«, bestätigte der Ältere lehrhaft.

Raskolnikow erhob sich und ging in das zweite Zimmer, in dem früher die Truhe, das Bett und die Kommode gestanden hatten; der Raum kam ihm ohne Möbel furchtbar klein vor. Hier waren noch die alten Tapeten; auf ihnen zeichnete sich in der Ecke scharf der Platz ab, wo die Ikonenwand gewesen war. Er betrachtete das alles und ging zu seinem Fensterbrett zurück. Der ältere Arbeiter musterte ihn von der Seite.

»Was wollen Sie?« fragte er plötzlich.

Statt zu antworten, stand Raskolnikow auf, ging in den Vorraum, faßte nach dem Klingelgriff und zog. Dasselbe Glöckchen, der gleiche blecherne Klang! Er zog ein zweites, ein drittes Mal; er lauschte und erinnerte sich. Die damalige qualvolle, furchtbare, entsetzliche Empfindung kehrte ihm immer klarer und lebhafter ins Gedächtnis zurück; er schrak bei jedem Klingeln zusammen, und dabei wurde ihm immer wohler zumute.

»Was wünschen Sie denn? Wer sind Sie?« rief der Arbeiter und kam zu ihm heraus.

Raskolnikow trat durch die Tür zurück in die Wohnung.

»Ich will die Wohnung mieten«, sagte er, »und sehe sie mir an.«

»Nachts werden Wohnungen nicht vermietet; und außerdem müßten Sie mit dem Hausknecht kommen.«

»Haben Sie den Boden gewaschen? Wird er neu gestrichen?« fragte Raskolnikow weiter. »Ist kein Blut mehr da?«

»Was für Blut?«

»Hier hat man doch die Alte und ihre Schwester erschlagen. Da gab es eine ganze Blutlache.«

»Wer bist du eigentlich?« rief der Arbeiter beunruhigt.

»Ich?«

»Ja!«

»Das möchtest du wohl gerne wissen? ... Komm mit aufs Polizeirevier, dort werde ich es sagen.«

Verblüfft sahen die Arbeiter ihn an.

»Wir müssen jetzt nach Hause gehen; wir haben uns verspätet. Komm, Aljoschka. Wir müssen zuschließen«, sagte der Ältere.

»Na, kommt!« erwiderte Raskolnikow gleichmütig, ging voran und stieg langsam die Treppe hinunter. »He, Hausknecht!« rief er, als er in die Toreinfahrt gekommen war.

Einige Leute standen unmittelbar vor dem Eingang auf der Straße und gafften die Vorübergehenden an; es waren die zwei Hausknechte, eine Frau, ein Kleinbürger im Schlafrock und noch jemand. Raskolnikow ging geradeswegs auf sie zu.

»Sie wünschen?« fragte einer der beiden Hausknechte.

»Warst du im Polizeirevier?«

»Gerade jetzt. Was wollen Sie?«

»Sind die Beamten noch dort?«

»Ja.«

»Auch der Stellvertreter des Inspektors?«

»Der war eine Zeitlang da. Was wollen Sie?«

Raskolnikow antwortete nicht und blieb in Gedanken versunken neben ihnen stehen.

»Er wollte sich die Wohnung ansehen«, sagte der ältere Arbeiter und trat näher.

»Welche Wohnung?«

»In der wir arbeiten. ‚Weshalb habt ihr das Blut weggewaschen?' fragte er. ‚Hier ist ein Mord begangen worden, und ich bin gekommen, die Wohnung zu mieten.' Und er hat so wild an der Glocke gezogen, daß er sie fast abgerissen hätte. ‚Gehen wir aufs Revier; dort will ich alles sagen.' Er war geradezu aufdringlich!«

Staunend und mit gerunzelter Stirn musterte der Hausknecht Raskolnikow.

»Wer sind Sie denn?« fragte er grob.

»Ich bin Rodion Romanytsch Raskolnikow, ehemaliger Student, und lebe im Hause Schill, dort in der Gasse, nicht weit von hier, in Wohnung Nr. 14. Du brauchst nur den Hausknecht zu fragen ... Er kennt mich.« Raskolnikow sagte das alles in eigentümlich trägem Ton, beinahe nachdenklich, ohne sich umzuwenden, und blickte dabei unverwandt auf die dunkel gewordene Straße.

»Und warum sind Sie in die Wohnung gegangen?«

»Sie anzusehen.«

»Was gibt es denn dort zu sehen?«

»Man sollte ihn packen und aufs Revier führen!« mischte sich plötzlich der Kleinbürger ein und verstummte wieder.

Raskolnikow sah ihn über die Schulter an, betrachtete ihn aufmerksam und sagte dann ebenso leise und träge: »Gehen wir!«

»Führt ihn nur hin!« rief der Kleinbürger, der inzwischen Mut gefaßt hatte. »Warum hat er *danach* gefragt, was hat er im Sinn, he?«

»Besoffen ist er anscheinend nicht. Der liebe Gott mag wissen, was mit ihm los ist«, murmelte der Arbeiter.

»Was wollen Sie?« rief der Hausknecht abermals und begann jetzt ernstlich zornig zu werden. »Was gibst du denn keine Ruhe?«

»Du hast wohl Angst, mit aufs Revier zu kommen?« fragte Raskolnikow höhnisch.

»Warum Angst? Was willst du eigentlich?«

»So ein Spitzbube!« rief die Frau.

»Warum lange mit ihm reden!« schrie der zweite Hausknecht, ein Riese von einem Mann, in weit geöffnetem Wams, den Schlüsselbund am Gürtel. »Scher dich weg! ... du Spitzbube, du ... Marsch!«

Er packte Raskolnikow an der Schulter und schleuderte ihn auf die Straße. Raskolnikow überschlug sich beinahe, stürzte aber nicht, sondern richtete sich auf, betrachtete schweigend alle die Zuschauer und ging weiter.

»Ein wunderlicher Kerl«, meinte der Arbeiter.

»Die meisten sind heutzutage wunderlich«, erwiderte die Frau.

»Man hätte ihn doch zur Polizei führen sollen«, fügte der Kleinbürger hinzu.

»Weshalb die Scherereien!« fand der zweite Hausknecht. »Ein richtiger Strolch! Erst fordert er einen selber heraus, natürlich, wie es immer ist; wenn man sich aber darauf einläßt, kommt man aus der Geschichte nicht mehr heraus ... Das kennt man schon!«

Soll ich also hingehen oder nicht? dachte Raskolnikow. Er blieb mitten auf einer Kreuzung stehen und blickte sich rings um, als erwartete er von jemandem das entscheidende Wort. Aber von niemandem und von nirgends hörte er eine Antwort; alles war öde und tot wie die Steine, auf denen er schritt, tot für ihn, für ihn allein ... Plötzlich unterschied er in etwa zweihundert Schritt Entfernung am Ende der Straße in dem immer dichter werdenden Dunkel einen Menschenauflauf, hörte lautes Sprechen und Rufen ... Mitten unter den Leuten stand eine Equipage ... ein Licht blitzte auf. Was ist das? Raskolnikow wandte sich nach rechts und ging auf die Menge zu. Er klammerte sich gewissermaßen an alles und lachte kalt, als ihm das klar wurde; denn er war schon fest entschlossen, zur Polizei zu gehen, und wußte genau, daß alles gleich zu Ende sein werde.

7

Mitten auf der Straße stand ein eleganter herrschaftlicher Wagen, mit einem Paar feuriger Grauschimmel bespannt; der Wagen war leer, und der Kutscher, der vom Bock gestiegen war, stand daneben; Leute hielten die Pferde am Zaum. Ringsum drängten sich eine Menge Menschen, allen voran Polizisten. Einer von ihnen hatte eine Laterne angezündet, hielt sie in der Hand und beleuchtete damit, indem er sich bückte, etwas, das neben den Rädern auf dem Pflaster lag. Alle redeten, schrien und jammerten durcheinander; der Kutscher schien verwundert zu sein und wiederholte immer von neuem: »Was für ein Unglück! Du lieber Gott, was für ein Unglück!«

Raskolnikow drängte sich durch, so gut er konnte, und entdeckte schließlich den Gegenstand all dieser neugierigen Geschäftigkeit. Auf der Erde lag ein Mann, den die Pferde eben erst zu Boden getreten hatten. Er war ohne Bewußtsein, seine Kleidung machte einen schäbigen, wenngleich »vornehmen« Eindruck und war voll Blut. Gesicht und Kopf waren blutüberströmt; sein Gesicht war ganz zerschlagen, geschunden und entstellt. Man sah, daß seine Verletzungen sehr ernst waren.

»Du lieber Himmel!« leierte der Kutscher. »Ist's denn meine Schuld? Ja, wenn ich schnell gefahren wäre oder wenn ich nicht gerufen hätte, aber ich fuhr langsam und gemächlich. Alle haben es gesehen, und Volkes Stimme ist Gottes Stimme. Aber ein Betrunkener ist ja nicht zurechnungsfähig ... das weiß man doch! ... Da sah ich ihn, wie er über die Straße ging; er torkelte und fiel beinahe hin; ich schrie ihn an; ich schrie ein zweites Mal und ein drittes Mal und hielt die Pferde zurück; aber er fiel ihnen gerade vor die Hufe. Als hätte er es mit Absicht getan, oder weil er eben so betrunken war ... Die Pferde sind jung und schreckhaft; sie gingen hoch, er schrie, und da traten sie ihn nieder ... und das Unglück war passiert!«

»Das stimmt haargenau!« rief ein Zeuge aus der Menge.

»Er hat gerufen, das ist richtig; dreimal hat er ihn angerufen«, bestätigte eine zweite Stimme.

»Genau dreimal; alle haben es gehört!« schrie ein dritter.

Übrigens war der Kutscher nicht allzu betrübt oder erschrocken. Man sah, daß die Equipage einem reichen, angesehenen Mann gehören mußte, der wohl irgendwo auf sie wartete; und die Polizisten machten sich natürlich keine geringe Sorge, wie sie diesem Umstand Rechnung tragen sollten. Es galt nun, den Verletzten auf das Polizeirevier und ins Krankenhaus zu schaffen. Niemand kannte seinen Namen.

Indes hatte sich Raskolnikow durchgedrängt und zu dem Mann hinabgebeugt. Plötzlich beleuchtete die Laterne hell das Gesicht des Unglücklichen, und Raskolnikow erkannte ihn.

»Ich kenne ihn, ich kenne ihn!« rief er, während er sich ganz nach vorn durchquetschte. »Er ist ein ehemaliger Beamter, der Titularrat Marmeladow! Er wohnt hier in der Nähe, im Hause Kosel ... Rasch einen Arzt! Ich zahle es, hier!« Er zog Geld aus der Tasche und zeigte es einem Polizisten. Er war außerordentlich erregt.

Die Polizisten waren froh, daß sie nunmehr wußten, wer der Verletzte war. Raskolnikow nannte auch seinen Namen und gab seine Adresse an und sprach leidenschaftlich, als handelte es sich um seinen leiblichen Vater, auf die Leute ein, den bewußtlosen Marmeladow so rasch wie möglich in dessen Wohnung zu bringen.

»Es ist gleich hier, drei Häuser weiter«, sagte er geschäftig, »im Hause Kosel; es gehört einem reichen Deutschen ... Wahrscheinlich ging er gerade betrunken heim. Ich kenne ihn ... er ist ein Trinker ... dort wohnt seine Familie, seine Frau, die Kinder, und dann ist noch eine Tochter da ... Wozu ihn ins Krankenhaus schleppen; in seinem Hause gibt es gewiß einen Arzt! Ich zahle alles, alles! ... Dort kann ihn seine Familie pflegen, und man kann ihm gleich helfen; sonst stirbt er womöglich noch auf dem Weg zum Krankenhaus ...«

Er brachte es sogar fertig, dem Polizisten unbemerkt Geld zuzustecken; die Sache war übrigens klar und gesetzmäßig, und jedenfalls konnte auf diese Art rascher Hilfe zur Stelle sein. Man hob den Verletzten auf und trug ihn weg; es hatten sich freiwillige Helfer gefunden. Bis zum Hause Kosel war es etwa dreißig Schritt weit. Raskolnikow ging hinterdrein, wobei er behutsam den Kopf Marmeladows stützte und den Trägern den Weg wies.

»Dorthin, dorthin! Über die Treppe müssen Sie ihn mit dem Kopf voran tragen; drehen Sie sich um ... so ist's recht! Ich werde alles bezahlen, ich werde mich erkenntlich zeigen«, murmelte er.

Katerina Iwanowna hatte, wie stets, sobald sich nur eine freie Minute fand, begonnen, in ihrem kleinen Zimmer auf und ab zu gehen, vom Fenster zum Ofen und zurück, die Arme fest über der Brust verschränkt, während sie mit sich selber sprach und hustete. In letzter Zeit hatte sie immer mehr die Gewohnheit angenommen, mit ihrem ältesten Töchterchen zu reden, mit der zehnjährigen Polenka, die zwar vieles noch nicht verstand, aber dafür sehr gut begriff, was die Mutter brauchte; sie beobachtete sie daher unaufhörlich mit ihren großen klugen Augen und bemühte sich krampfhaft, so zu tun, als verstünde sie alles. Jetzt hatte Polenka ihren kleinen Bruder ausgezogen, dem den ganzen Tag nicht recht wohl gewesen war, und wollte ihn ins Bett bringen. Während der Knabe darauf wartete, daß man ihm das Hemd wechsle, das noch in der Nacht gewaschen werden sollte, saß er schweigend auf seinem Stuhl, mit ernster Miene, aufrecht und regungslos, und hielt die eng aneinandergepreßten Beinchen ausgestreckt, die Fersen nach vorn und die Fußspitzen nach außen gekehrt. Er hörte, was seine Mama zu dem Schwesterchen sprach, schob die Lippen vor, riß die Augen auf und rührte sich nicht, genauso wie alle braven Kinder sitzen sollen, wenn man sie auszieht, um sie zu Bett zu bringen. Ein Mädchen, noch jünger als er, stand in völlig zerrissenen Kleidern bei dem Wandschirm und wartete darauf, daß sie an die Reihe käme. Die Tür zur Treppe war offen, damit der Tabakqualm, der aus den anderen Räumen hereindrang und die arme Schwindsüchtige jeden Augenblick zwang, lange und qualvoll zu husten, wenigstens zum Teil abzog. Katerina Iwanowna schien in dieser einen Woche noch magerer geworden zu sein, und die roten Flecke auf ihren Wangen brannten noch hektischer als sonst.

»Du glaubst nicht, kannst dir nicht vorstellen, Polenka«, sprach sie, während sie im Zimmer auf und ab ging, »wie fröhlich und üppig wir im Hause meines Vaters lebten und wie dieser Trunkenbold mich zugrunde gerichtet hat und euch alle zugrunde richten wird! Papa war Zivilbeamter im Rang eines Obersten, beinahe schon Gouverneur; bis dahin war es nur noch ein Schritt, so daß alle Leute zu ihm kamen und sagten: ‚Wir halten Sie ja jetzt schon für unseren Gouverneur, Iwan Michailytsch.‘ Als ich ... ich ... als ich ... kch-kch-kch ... oh, du verfluchtes Leben!« rief sie, hustete Schleim und griff sich an die Brust ... »als mich ... als mich auf dem letzten Ball ... im Hause des Adelsmarschalls ... die Fürstin Bessemelnaja sah – die mich später segnete, als ich deinen Papa heiratete, Polja –, fragte sie gleich: ‚Ist das nicht jenes hübsche Mädchen, das bei der Schlußfeier mit dem Schal getanzt hat?‘ ... Du mußt diese Naht flicken; nimm eine Nadel und bessere sie gleich aus, wie ich es dich gelehrt habe, sonst wird sie morgen ... kch! ... morgen ... kch-kch-kch! ... noch mehr aufreißen!« schrie sie, nach Atem ringend. »Damals war aus Petersburg gerade der Kammerjunker Fürst Stschegolskij gekommen ... der tanzte mit mir eine Mazurka und machte mir am nächsten Tage einen Heiratsantrag; aber ich dankte ihm in schmeichelhaften Ausdrücken und erklärte ihm, daß mein Herz schon lange einem anderen gehöre. Dieser andere war dein Vater, Polja; Papa wurde schrecklich zornig ... Ist das Wasser fertig? Na, gib das Hemd her; und die Strümpfe? ... Lida«, wandte sie sich an ihre kleinere Tochter, »du mußt heute nacht wohl ohne Hemd schlafen; irgendwie wird es schon gehen ... die Strümpfe leg daneben ... ich werde sie gleich mitwaschen ... Warum kommt denn dieser Lumpenkerl noch nicht, dieser Säufer! Sein Hemd sieht schon aus wie ein Scheuerlappen; es ist ganz zerrissen. Ich möchte alles auf einmal waschen, um mich nicht zwei Nächte hintereinander abrackern zu müssen! O Gott! Kch-kch-kch-kch! Schon wieder! Was ist das?« rief sie, als sie einen Menschenauflauf im Flur sah und Leute, die sich mit einer Last in ihr Zimmer durchdrängten. »Was ist das? Was tragen sie da? O Gott!«

»Wohin können wir ihn legen?« fragte ein Polizist und hielt Umschau, als man den blutüberströmten, bewußtlosen Marmeladow in das Zimmer geschleppt hatte.

»Auf den Diwan! Legen Sie ihn einfach auf den Diwan, den Kopf hierher«, sagte Raskolnikow und zeigte darauf hin.

»Er ist auf der Straße überfahren worden! Betrunken war er!« rief jemand aus der Menge.

Katerina Iwanowna war ganz bleich geworden und atmete mühsam. Die Kinder waren fürchterlich erschrocken. Die kleine Lidotschka schrie auf, lief zu Polenka hin und klammerte sich an sie, am ganzen Leibe zitternd.

Nachdem man Marmeladow hingelegt hatte, eilte Raskolnikow zu Katerina Iwanowna.

»Um Gottes willen, beruhigen Sie sich, haben Sie keine Angst!« sprach er rasch. »Er ging über die Straße; ein Wagen stieß ihn nieder; beunruhigen Sie sich nicht; er kommt wieder zu sich; ich ließ ihn hierhertragen ... ich war ja schon einmal bei Ihnen, wissen Sie noch? ... Er wird zu sich kommen; ich zahle alles!«

»Jetzt hat er es erreicht!« rief Katerina Iwanowna verzweifelt und stürzte zu ihrem Mann.

Raskolnikow bemerkte rasch, daß sie nicht zu jenen Frauen zählte, die gleich in Ohnmacht fallen. Im Augenblick hatte der Unglückliche ein Kissen unter dem Kopf, woran bisher niemand gedacht hatte; Katerina Iwanowna entkleidete und untersuchte ihn; bei aller Geschäftigkeit geriet sie nicht in Verwirrung; sie hatte sich selbst vergessen und biß sich auf die zitternden Lippen, um die Schreie zu unterdrücken, die sich ihrer Brust entringen wollten.

Raskolnikow hatte indes jemanden überredet, zu einem Arzt zu eilen. Es stellte sich heraus, daß im übernächsten Haus ein Arzt wohnte.

»Ich habe nach einem Arzt geschickt«, sprach er auf Katerina Iwanowna ein, »beunruhigen Sie sich nicht; ich werde es bezahlen. Haben Sie kein Wasser da? ... Und geben Sie mir eine Serviette, ein Handtuch, rasch, irgend etwas; wir wissen noch nicht, wie schwer er verletzt ist ... Er ist verletzt, aber nicht tot, seien Sie überzeugt davon ... Warten wir ab, was der Arzt sagt! ...«

Katerina Iwanowna eilte zum Fenster; dort stand in der Ecke auf einem durchgesessenen Stuhl ein großes irdenes Bekken mit Wasser, das sie bereitgestellt hatte, um in der Nacht die Wäsche ihres Mannes und der Kinder zu waschen. Dieses nächtliche Waschen besorgte Katerina Iwanowna selber, mindestens zweimal in der Woche und manchmal noch öfter; denn es war mit ihnen schon so weit gekommen, daß sie fast gar keine Wäsche zum Wechseln mehr hatten und daß jedes Familienmitglied nur eine Garnitur besaß; und da Katerina Iwanowna Unsauberkeit nicht ertrug, war sie lieber bereit, sich nachts über ihre Kräfte hinaus abzuquälen, während alle schliefen, damit die nasse Wäsche bis zum Morgen auf einer Leine trocknen und sie den Ihren saubere Wäsche geben könnte, als daß sie Schmutz im Hause geduldet hätte. Sie griff nach dem Waschbecken, um Raskolnikows Forderung nachzukommen und es ihm zu bringen, doch wäre sie unter der Last beinahe gestürzt. Raskolnikow hatte schon ein Handtuch gefunden und es naß gemacht und begann nun das blutüberströmte Gesicht Marmeladows zu waschen. Katerina Iwanowna stand neben ihm; jeder Atemzug schmerzte sie, und sie preßte die Hände gegen die Brust. Sie brauchte selbst Hilfe. Raskolnikow sah allmählich ein, daß er vielleicht nicht richtig gehandelt hatte, als er die Leute bewogen hatte, den Verletzten hierherzutragen. Auch der Schutzmann stand unschlüssig da.

»Polja!« rief Katerina Iwanowna, »lauf rasch zu Sonja. Wenn du sie nicht zu Hause triffst, so laß ihr jedenfalls ausrichten, daß ihr Vater überfahren worden ist und daß sie sofort herkommen soll ... gleich wenn sie heimkommt. Nur schnell, Polja! Da, nimm ein Tuch um den Kopf!«

»Lauf, so schnell du kannst!« schrie der kleine Knabe plötzlich von seinem Stuhl her, und nachdem er das gesagt hatte, versank er wieder in Schweigen, saß da, riß die Augen auf, streckte die Fersen nach vorn und hielt die Fußspitzen auseinander.

Währenddessen war das Zimmer so voll geworden, daß keine Stecknadel hätte zu Boden fallen können. Die Polizisten waren gegangen, bis auf einen, der vorläufig noch dablieb und das Publikum, das von der Treppe hereingekommen war, wieder auf die Treppe zurückzuscheuchen versuchte. Dafür kamen aus den inneren Räumen fast alle Mieter der Frau Lippewechsel herein; anfangs drängten sie sich nur in der Tür, doch dann platzten sie in einem ganzen Haufen in das Zimmer. Katerina Iwanowna geriet in Wut.

»Laßt ihn doch wenigstens ruhig sterben!« schrie sie die Leute an. »Was habt ihr denn hier zu gaffen? Und noch dazu mit Zigaretten! Kch-kch-kch! Und mit dem Hut auf dem Kopf! ... Da steht einer, der hat den Hut auf ... Hinaus! Wenigstens vor einem Toten sollte man doch Respekt haben!«

Husten erstickte ihre Stimme, aber ihr drohender Ton hatte Erfolg. Offenbar hatte man vor Katerina Iwanowna geradezu Angst; einer nach dem anderen drängten sich die Mieter wieder durch die Tür, mit jener sonderbaren innerlichen Genugtuung, die man immer, sogar an den nächsten Angehörigen, feststellen kann, wenn einem der Ihren unversehens ein Unglück zugestoßen ist, und deren sich kein einziger Mensch zu erwehren vermag, ohne Ausnahme, selbst dem aufrichtigsten Gefühl des Mitleids und der Teilnahme zum Trotz.

Hinter der Tür ließen sich übrigens Stimmen vernehmen, die vom Krankenhaus sprachen; es gehe nicht an, hier grundlos Unruhe zu schaffen.

»Es geht nicht, daß er so stirbt!« schrie Katerina Iwanowna und stürzte zur Tür, um sie aufzureißen und ein ganzes Donnerwetter auf die Köpfe dieser Leute loszulassen; doch in der Tür stieß sie mit Frau Lippewechsel zusammen, die gerade erst von dem Unfall erfahren hatte und herbeigelaufen war, um ihre Anordnungen zu treffen. Sie war eine ungewöhnlich alberne, zerstreute Deutsche.

»Ach, mein Gott!« rief sie händeringend. »Ihr Mann ist betrunken unter die Pferde gekommen! Er muß ins Krankenhaus! Ich bin die Wirtin!«

»Amalja Ludwigowna! Ich bitte Sie zu bedenken, was Sie reden!« begann Katerina Iwanowna hochmütig – zu der Hauswirtin sprach sie immer in hochfahrendem Ton, damit Amalja Ludwigowna »sich ihres Platzes bewußt sei«, und selbst jetzt konnte sie sich dieses Vergnügen nicht versagen –, »Amalja Ludwigowna ...«

»Ich habe Ihnen ein für allemal gesagt, Sie sollen mich nicht Amalja Ludwigowna nennen; ich heiße Amalja Iwanowna!«

»Sie heißen nicht Amalja Iwanowna, sondern Amalja Ludwigowna! Ich gehöre nun einmal nicht zu Ihren elenden Speichelleckern, wie Herr Lebesjatnikow, der jetzt dort hinter der Tür lacht« – und hinter der Tür konnte man wirklich Lachen und den Ausruf: »Sie geraten sich gleich in die Haare!« vernehmen –, »und deshalb werde ich Sie immer Amalja Ludwigowna nennen. Ich verstehe wahrhaftig nicht, warum

Ihnen dieser Name nicht gefällt. – Sie sehen ja selbst, was mit Semjon Sacharowitsch geschehen ist; er liegt im Sterben. Ich bitte Sie, die Tür sofort zu schließen und niemandem zu erlauben einzutreten. Lassen Sie ihn doch wenigstens ruhig sterben! Sonst wird morgen schon, das versichere ich Ihnen, Ihr Vorgehen dem Generalgouverneur zu Ohren kommen. Der Fürst kennt mich seit meiner Mädchenzeit und erinnert sich sehr gut an Semjon Sacharowitsch, dem er oft Wohltaten erwiesen hat. Jedermann weiß, daß Semjon Sacharowitsch viele Freunde und Gönner hatte, von denen er sich selber aus edlem Stolz abwandte, weil er sich seiner unglückseligen Schwäche bewußt war; aber jetzt hilft uns« – dabei deutete sie auf Raskolnikow – »ein großmütiger junger Mann, der über genügend Geldmittel und Beziehungen verfügt und Semjon Sacharowitsch schon seit seiner Kindheit kennt. Sie können überzeugt sein, Amalja Ludwigowna ...«

All das stieß Katerina Iwanowna außerordentlich rasch hervor, und je weiter sie kam, um so schneller sprach sie, doch mit einem Schlag unterbrach ein Hustenanfall ihre Beredsamkeit. Im selben Moment kam der Sterbende zu sich und stöhnte, und sie lief zu ihm hin. Er schlug die Augen auf; er erkannte noch niemanden und verstand nichts, sondern starrte nur den vor ihm stehenden Raskolnikow an. Marmeladow atmete schwer, tief und unregelmäßig; Blut rann ihm aus den Mundwinkeln, und der Schweiß trat ihm auf die Stirn. Da er Raskolnikow nicht erkannte, begann er unruhig um sich zu blicken. Katerina Iwanowna sah ihn traurig, aber streng an, und aus ihren Augen strömten Tränen.

»Mein Gott! Ihm ist ja die ganze Brust zerquetscht! Und wieviel Blut, wieviel Blut!« brachte sie verzweifelt hervor. »Wir müssen ihm die Oberkleider ausziehen. Dreh dich ein bißchen um, Semjon Sacharowitsch, wenn du kannst«, bat sie ihn.

Marmeladow erkannte sie.

»Einen Priester!« flehte er mit heiserer Stimme.

Katerina Iwanowna ging zum Fenster, lehnte die Stirn an den Fensterrahmen und rief verzweifelt: »Oh, dieses verfluchte Leben!«

»Einen Priester!« wiederholte der Sterbende nach einem minutenlangen Schweigen.

»Wir lassen schon einen holen!« rief ihm Katerina Iwanowna laut zu, und er verstummte. Sein schüchterner, bekümmerter Blick suchte sie; sie hatte sich ihm wieder zugewandt und war an das Kopfende seines Lagers getreten. Er beruhigte sich ein wenig, aber nicht für lange. Bald blieb sein Blick auf der kleinen Lidotschka, seinem Liebling, haften, die zitternd wie in einem Fieberanfall in der Ecke stand und ihn mit ihren erstaunten, kindlich aufmerksamen Augen ansah.

»Ah . . . ah . . .!« stöhnte er und zeigte unruhig auf sie.

»Was ist denn?« fragte Katerina Iwanowna.

»Barfuß! Barfuß!« murmelte er, während er einen verstörten Blick auf die nackten Füße des kleinen Mädchens warf.

»Halt den Mund!« schrie Katerina Iwanowna gereizt. »Du weißt ja selbst, warum sie barfuß ist!«

»Gottlob, der Arzt!« rief Raskolnikow erfreut.

Der Arzt trat ein, ein adrettes altes Männchen, ein Deutscher; er sah sich mißtrauisch um, ging zu dem Kranken, fühlte ihm den Puls, betastete ihm aufmerksam den Kopf und knöpfte mit Katerina Iwanownas Hilfe das von Blut ganz durchtränkte Hemd auf, um die Brust des Patienten freizumachen. Die ganze Brust Marmeladows war eingedrückt, gequetscht und aufgerissen; einige Rippen auf der rechten Seite waren gebrochen. Links, gerade über dem Herzen, sah man einen großen, gelblich-schwarzen, unheimlichen Fleck, den harten Tritt eines Hufes. Der Doktor runzelte die Stirn. Der Polizist erzählte ihm, daß der Verletzte von einem Rad erfaßt und etwa dreißig Schritt weit über das Pflaster geschleift worden sei.

»Erstaunlich, daß er noch einmal zu sich gekommen ist«, flüsterte der Arzt Raskolnikow zu.

»Was halten Sie davon?« fragte der.

»Er macht's nicht mehr lange.«

»Besteht wirklich keine Hoffnung mehr?«

»Nicht die geringste! Er liegt im Sterben . . . Außerdem ist er auch am Kopf lebensgefährlich verletzt . . . Hm! . . .

Man könnte ihn vielleicht noch zur Ader lassen ... Aber ... das wird nichts mehr nützen. In fünf oder zehn Minuten stirbt er ohne Zweifel.«

»So lassen Sie ihn doch zur Ader!«

»Bitte ... Aber ich mache Sie darauf aufmerksam, daß es völlig zwecklos ist.«

In diesem Augenblick waren Schritte zu hören; die Menge im Flur wich auseinander, und in die Tür trat ein Priester mit dem Allerheiligsten, ein grauhaariger alter Mann. Ihm folgte ein Polizist von der Straße. Der Doktor räumte dem Geistlichen sogleich den Platz und tauschte mit ihm einen bedeutsamen Blick. Raskolnikow bat den Arzt, noch ein wenig zu warten. Der zuckte die Achseln und blieb.

Alle waren zur Seite getreten. Die Beichte dauerte nicht lange. Der Sterbende verstand kaum noch etwas; er vermochte auch nur abgerissene, undeutliche Laute hervorzubringen. Katerina Iwanowna nahm Lidotschka bei der Hand, hob den Jungen vom Stuhl, ging in die Ecke zum Ofen, kniete nieder und ließ die Kinder vor sich knien. Das Mädchen zitterte nur; der Knabe aber, auf nackten Knien, hob gemessen die Hand, machte das große Kreuzeszeichen, verneigte sich tief und schlug mit der Stirn auf den Boden, was ihm sichtliches Vergnügen bereitete. Katerina Iwanowna biß sich auf die Lippen und hielt ihre Tränen zurück; auch sie betete, wobei sie von Zeit zu Zeit einem Kind das Hemdchen zurechtschob und einmal dem Mädchen ein Tuch über die allzu nackten Schultern warf, das sie von der Kommode genommen hatte, ohne aufzustehen oder ihr Gebet zu unterbrechen. Indessen wurde die Tür zu den inneren Zimmern wieder von Neugierigen geöffnet. Im Flur drängten sich die Zuschauer dichter und dichter zusammen, alle Hausbewohner waren zusammengelaufen; sie taten jedoch keinen Schritt über die Schwelle des Zimmers. Nur ein Kerzenstummel beleuchtete die ganze Szene.

In diesem Augenblick drängte sich Polenka, die zu der Schwester gelaufen war, rasch durch die Schar, die sich im Hausflur versammelt hatte. Sie trat ein, atemlos vom Laufen, nahm das Kopftuch ab, suchte mit den Blicken die Mutter, ging zu ihr hin und sagte: »Sie kommt! Ich bin ihr auf der Straße begegnet!« Ihre Mutter drückte sie neben sich auf die Knie. Durch die Leute zwängte sich jetzt leise und schüchtern ein Mädchen, und ihr plötzliches Erscheinen in diesem Zimmer, in dieser Bettelarmut, unter diesen Lumpen, angesichts des Todes und der Verzweiflung, war seltsam. Auch sie trug erbärmliches Zeug; ihre Kleidung war keinen Groschen wert; aber sie war nach der Art der Straßenmädchen aufgeputzt, nach dem Geschmack und den Regeln, die sich in ihrer besonderen Welt zu einem klar und schmachvoll zur Schau getragenen Zweck herausgebildet haben. Sonja blieb unmittelbar vor der Schwelle im Flur stehen, überschritt sie aber nicht und blickte wie verloren vor sich hin, ohne sich irgendwelcher Dinge bewußt zu werden. Ebensowenig dachte sie an ihr aus vierter Hand gekauftes, hier ziemlich anstößig wirkendes buntes Seidenkleid mit der überlangen, lächerlichen Schleppe, an ihre riesenhafte Krinoline, die die ganze Tür ausfüllte, an ihre hellen Schuhe, an den kleinen Sonnenschirm, den sie nachts nicht brauchte, den sie aber mitgenommen hatte, und an den komischen runden Strohhut mit der grellen, feuerfarbenen Feder. Unter diesem knabenhaft schief aufgesetzten Hut sah ein mageres, blasses, erschrecktes Gesichtchen hervor, mit offenem Mund und entsetzensstarren Augen. Sonja war von zierlichem Wuchs, etwa achtzehn Jahre alt, eine magere, aber recht hübsche Blondine mit auffallenden blauen Augen. Starr blickte sie auf das Bett, auf den Priester; auch sie war atemlos vom raschen Gehen. Endlich schienen das Zischeln und einige Worte aus der Menge zu ihr gedrungen zu sein. Sie blickte zu Boden, tat einen Schritt über die Schwelle und stand nun im Zimmer, aber immer noch dicht bei der Tür.

Die Beichte und die Kommunion waren zu Ende. Katerina Iwanowna trat aufs neue an das Bett ihres Mannes. Der Geistliche tat einen Schritt zur Seite und wollte im Weggehen Katerina Iwanowna zwei Worte sagen, um sie aufzurichten und zu trösten.

»Und was mache ich mit denen hier?« unterbrach sie ihn schroff und gereizt, während sie auf die Kleinen wies.

»Gott ist gnädig; hoffen Sie auf die Hilfe des Allmächtigen«, begann der Geistliche.

»Ach! Gnädig ... aber nicht zu uns!«

»Das ist eine Sünde, meine Dame, eine Sünde«, erwiderte der Priester kopfschüttelnd.

»Und das ist keine Sünde?« rief Katerina Iwanowna und zeigte auf den Sterbenden.

»Vielleicht werden sich jene, die ohne ihr Wollen Ursache des Unglücks waren, bereit erklären, Sie zu entschädigen, und sei es auch nur, daß sie Ihnen den Verlust an Einkünften ersetzen ...«

»Sie verstehen mich nicht!« rief Katerina Iwanowna gereizt und winkte ab. »Wofür denn entschädigen? Er ist doch selber, betrunken, wie er war, in die Pferde gelaufen! Und was für Einkünfte? Von ihm hatte ich keine Einkünfte, ich hatte nur Ärger mit ihm. Er hat doch alles vertrunken, dieser Säufer! Uns bestahl er und trug das Geld in die Kneipen. Das Leben der Kinder und das meine hat er in den Schenken zugrunde gerichtet! Gottlob, daß er stirbt! So haben wir weniger Schaden!«

»In der Sterbestunde muß man einem Menschen vergeben; so zu denken ist eine Sünde, gnädige Frau, eine große Sünde!«

Katerina Iwanowna war geschäftig um den Kranken bemüht; sie gab ihm zu trinken, wischte ihm den Schweiß und das Blut vom Kopf, schob seine Kissen zurecht und sprach dabei mit dem Priester, zu dem sie sich hin und wieder während ihrer Arbeit umwenden konnte. Jetzt fiel sie plötzlich fast wütend über ihn her.

»Ach, Hochwürden! Das sind Worte, nur Worte! Vergeben! Wäre er nicht überfahren worden, er wäre heute betrunken heimgekommen, und er hat nur ein einziges Hemd, ganz abgetragen und in Fetzen, und er hätte sich hingeworfen, um zu schnarchen, und ich hätte bis zum Morgengrauen seine Fetzen und die der Kinder im Wasser spülen können, um sie dann am Fenster zu trocknen und mich gleich zum frühen Morgen hinzusetzen und sie zu stopfen – das wäre meine Nacht gewesen! ... Was für einen Sinn hat es, da von Vergebung zu reden! Auch das habe ich ihm vergeben!«

Ein heftiger, furchtbarer Hustenanfall unterbrach sie. Sie hustete in ihr Taschentuch und hielt es dann dem Priester hin, um es ihm zu zeigen, während sie unter Schmerzen die andere Hand gegen die Brust preßte. Das Tuch war ganz voll Blut ...

Der Priester neigte den Kopf und sagte nichts.

Marmeladow lag im letzten Todeskampf; er wandte den Blick nicht vom Antlitz Katerina Iwanownas, die sich wieder über ihn gebeugt hatte. Die ganze Zeit wollte er ihr etwas sagen; er setzte immer wieder an, bewegte angestrengt die Zunge und lallte unverständliche Worte; aber Katerina Iwanowna hatte bereits begriffen, daß er sie um Verzeihung bitten wollte, und herrschte ihn an: »Halt den Mund! Das ist nicht nötig! Ich weiß, was du sagen willst! ...«

Der Kranke verstummte; aber im selben Moment fiel sein irrender Blick auf die Tür, und er bemerkte Sonja.

Bisher hatte er sie noch nicht gesehen: sie stand in der Ecke, im Schatten.

»Wer ist das? Wer ist das?« stieß er plötzlich keuchend und mit heiserer Stimme hervor, während er in tiefer Unruhe und voll Entsetzen mit dem Blick auf die Tür wies, wo seine Tochter stand; mühsam versuchte er sich aufzurichten.

»Bleib liegen! Bleib liegen!« schrie Katerina Iwanowna.

Aber er vermochte sich mit gewaltsamer Anstrengung, auf den Arm gestützt, aufzurichten. Wie von Sinnen starrte er eine Zeitlang seine Tochter an, als ob er sie nicht erkennte. Er hatte sie noch nie in dieser Kleidung gesehen. Plötzlich erkannte er sie, wie sie, gedemütigt, geschlagen, herausgeputzt und voll Scham, still darauf wartete, daß an sie die Reihe komme, von dem sterbenden Vater Abschied zu nehmen. Unendliches Leid malte sich in seinen Zügen.

»Sonja! Tochter! Verzeih!« rief er und wollte ihr die Hand entgegenstrecken, doch er verlor das Gleichgewicht und fiel vom Diwan, das Gesicht zur Erde; man stürzte zu ihm hin, hob ihn auf und legte ihn wieder zurecht, doch der Tod umfing ihn bereits. Sonja schrie leise auf, lief zu ihm, schlang ihre Arme um ihn und erstarrte in dieser Haltung. Er starb in ihren Armen.

»Jetzt hat er es geschafft!« rief Katerina Iwanowna, als sie sah, daß ihr Mann tot war. »Was soll ich nun anfangen?! Wovon ihn begraben lassen? Und was soll ich ihnen, was soll ich ihnen morgen zu essen geben?«

Raskolnikow trat auf Katerina Iwanowna zu.

»Katerina Iwanowna!« sagte er, »vorige Woche hat mir Ihr dahingegangener Mann sein ganzes Leben berichtet, mit allen näheren Einzelheiten ... Seien Sie überzeugt, daß er von Ihnen mit Begeisterung und Ehrfurcht gesprochen hat. An diesem Abend, als ich erfuhr, wie ergeben er Ihnen allen war und wie er besonders Sie, Katerina Iwanowna, ungeachtet seiner unglücklichen Schwäche, achtete und liebte – an diesem Abend wurden wir Freunde. Erlauben Sie mir also jetzt ... Ihnen behilflich zu sein ... meinem verewigten Freund die letzten Ehren zu erweisen. Hier haben Sie ... es dürften zwanzig Rubel sein ... Und wenn es Ihnen eine Hilfe bedeutet, bin ich ... mit einem Wort, ich werde wiederkommen – ich werde gewiß wiederkommen ... Vielleicht komme ich schon morgen ... Leben Sie wohl!«

Er eilte aus dem Zimmer und drängte sich rasch durch die Menschen, die auf der Treppe standen. Da stieß er plötzlich mit Nikodim Fomitsch zusammen, der von dem Unfall erfahren hatte und nun persönlich nach dem Rechten sehen wollte. Seit jener Szene in der Kanzlei waren sie einander nicht mehr begegnet, doch Nikodim Fomitsch erkannte ihn sofort.

»Ah, Sie sind das?« fragte er.

»Er ist tot«, erwiderte Raskolnikow. »Ein Arzt war hier, ein Priester ... alles, wie es sich gehört. Beunruhigen Sie die arme Frau nicht; sie ist außerdem noch schwindsüchtig. Ermutigen Sie sie, wenn Sie das irgendwie können ... Sie sind ja ein guter Mensch, das weiß ich ...« fügte er lächelnd hinzu und sah ihm gerade in die Augen.

»Sie haben sich ganz blutig gemacht«, bemerkte Nikodim Fomitsch, der beim Licht der Laterne einige frische Flecke auf Raskolnikows Weste entdeckte.

»Ja, ich habe mich blutig gemacht ... ich bin ganz voll

Blut!« antwortete Raskolnikow mit einer sonderbaren Miene; dann lächelte er, nickte und stieg die Treppe hinab.

Er ging ruhig, ohne Hast, ganz im Fieber und – ohne sich dessen bewußt zu werden – erfüllt von dem neuen, unfaßbaren Gefühl, daß plötzlich das Leben in hohen, mächtigen Wogen auf ihn zubrandete. Dieses Gefühl mochte dem Gefühl eines zum Tode Verurteilten ähneln, dem plötzlich und unerwartet die Begnadigung verkündet wird. Auf halber Treppe überholte ihn der Priester, der auf dem Heimweg war; Raskolnikow machte ihm schweigend den Weg frei, nachdem er mit ihm einen wortlosen Gruß getauscht hatte. Doch als er schon die letzten Stufen hinabstieg, hörte er auf einmal hinter sich hastige Schritte. Jemand eilte ihm nach. Es war Polenka; sie lief hinter ihm her und rief: »Hören Sie! Hören Sie!«

Er wandte sich zu ihr um. Sie lief den letzten Treppenabsatz herunter und blieb eine Stufe über ihm stehen. Vom Hof drang trübes Licht herein. Raskolnikow sah, wie mager, aber trotzdem hübsch das Gesichtchen des Mädchens war, das ihm zulächelte und ihn kindlich-strahlend ansah. Sie war mit einem Auftrag gekommen, der ihr offenbar selber große Freude machte.

»Hören Sie; wie heißen Sie nur? Und noch etwas: wo wohnen Sie?« fragte sie atemlos.

Er legte ihr beide Hände auf die Schultern und blickte sie glücklich an. Es tat ihm so wohl, sie anzuschauen – er wußte selbst nicht warum.

»Wer hat Sie geschickt?«

»Meine Schwester Sonja«, antwortete das Mädchen und lächelte noch freudiger.

»Ich wußte ja, daß Ihre Schwester Sonja Sie geschickt hat.«

»Mich schickt auch Mama. Als meine Schwester Sonja mir den Auftrag gab, kam Mama dazu und sagte: ‚Lauf rasch, Polenka!‘«

»Lieben Sie Ihre Schwester Sonja?«

»Ich liebe sie mehr als alles auf der Welt!« erwiderte Polenka mit einer besonderen Festigkeit, und ihr Lächeln war plötzlich ernster geworden.

»Und werden Sie auch mich liebhaben?«

Er sah, wie statt einer Antwort das Gesichtchen der Kleinen sich ihm näherte und wie die vollen Lippen sich naiv vorwölbten, um ihn zu küssen. Plötzlich umfingen ihn ihre streichholzdünnen Arme fest, sehr fest; ihr Kopf neigte sich an seine Schulter, und das Mädchen begann leise zu weinen, während sie das Gesicht immer enger an ihn schmiegte.

»Es tut mir leid um Papa!« sagte sie nach einer Minute, während sie ihr verweintes Gesicht hob und sich mit den Händen die Tränen wegwischte. »Bei uns kommt jetzt ein Unglück nach dem andern«, fügte sie dann unerwartet hinzu, mit jener gemacht würdevollen Miene, wie Kinder sie aufsetzen, wenn sie reden wollen wie »die Großen«.

»Und hat Ihr Papa Sie liebgehabt?«

»Er liebte Lidotschka mehr als uns alle«, sprach sie sehr ernst, und ohne zu lächeln, weiter, jetzt schon ganz so, wie Erwachsene reden. »Er liebte sie, weil sie klein war, und dann auch noch ihrer Krankheit wegen; er brachte ihr immer Geschenke mit, und uns lehrte er lesen, und mich unterrichtete er in Grammatik und Religion«, fügte sie würdevoll hinzu. »Mama sagte zwar nichts, aber wir wußten, daß sie das gern sah, und Papa wußte es auch, und Mama will mich im Französischen unterrichten; es ist doch schon Zeit, daß ich mir Bildung aneigne.«

»Und können Sie auch beten?«

»Ei freilich können wir das! Schon lange. Seit ich groß bin, bete ich für mich allein, aber Kolja und Lidotschka beten gemeinsam laut mit Mama; zuerst sprechen sie die ‚Gottesmutter' und dann noch ein Gebet: ‚Lieber Gott, vergib unserer Schwester Sonja und segne sie', und dann noch: ‚Lieber Gott, vergib unserem zweiten Papa und segne ihn'; denn unser früherer Papa ist schon gestorben, und dieser hier war der zweite, aber wir beten auch für den ersten.«

»Polenka, ich heiße Rodion; beten Sie manchmal auch für mich: ‚Und vergib deinem Knecht Rodion' und sonst nichts.«

»Mein ganzes Leben lang will ich künftig für Sie beten«, antwortete das Mädchen leidenschaftlich, lachte plötzlich wieder auf, stürzte auf ihn zu und umarmte ihn innig ein zweitesmal.

Raskolnikow nannte ihr seinen Namen, gab ihr seine Adresse und versprach, am nächsten Tag bestimmt wiederzukommen. Das Mädchen ging zurück, ganz begeistert von ihm. Es war elf Uhr, als er auf die Straße trat. Fünf Minuten später stand er auf der Brücke, genau an derselben Stelle, von der vorhin jene Frau ins Wasser gesprungen war.

Genug! sagte er sich entschlossen und feierlich. Fort mit den Trugbildern, fort mit der falschen Angst, fort mit den Gespenstern! ... Das Leben existiert! Habe ich jetzt etwa nicht gelebt? Mein Leben ist nicht mit jener Alten gestorben! Der Herr habe sie selig, und nun – genug damit, liebe Alte, es ist Zeit, daß du zur Ruhe gehst! Jetzt treten Vernunft und Licht ihre Herrschaft an! Und ... der Wille und die Kraft ... Und nun wollen wir sehen! Nun wollen wir unsere Kräfte messen! setzte er hochmütig hinzu, als wendete er sich mit einer Herausforderung an eine dunkle Macht. Und ich war schon bereit, auf einem Klafter Raum zu leben!

... Ich bin jetzt sehr schwach, aber ... es scheint mir, daß meine Krankheit ganz überstanden ist. Ich wußte ja, als ich vorhin die Wohnung verließ, daß ich sie überwinden würde. Übrigens ist Potschinkows Haus zwei Schritt von hier. Ich muß unbedingt zu Rasumichin, mag es auch weiter als zwei Schritt sein ... Soll er doch seine Wette gewinnen! ... Soll auch er seine Freude haben ... Meinetwegen! ... Kraft braucht man, Kraft: ohne Kraft erreicht man nichts, und Kraft muß man durch Kraft erlangen! Das wissen die Leute eben nicht, fügte er in selbstsicherem Stolz hinzu und verließ die Brücke. Er vermochte kaum noch seine Beine zu heben. Stolz und Selbstsicherheit wuchsen in ihm von Minute zu Minute; von Augenblick zu Augenblick war er ein ganz anderer Mensch. Was war denn eigentlich so Besonderes geschehen, was hatte ihn so verwandelt? Er wußte es selbst nicht recht; gleich jemandem, der sich an einen Strohhalm klammert, vermeinte er plötzlich, auch er könne leben, es gebe das Leben noch; sein Leben sei nicht mit jenem alten Weib gestorben. Vielleicht war er allzu vorschnell mit dieser Schlußfolgerung, aber daran dachte er nicht.

Und ich habe sie gebeten, des Gottesknechtes Rodion zu gedenken, fuhr es ihm plötzlich durch den Sinn. Nun ja, das ist ... für alle Fälle! dachte er weiter und lachte dann selber über diese knabenhafte List. Er war in bester Stimmung.

Er fand Rasumichin ohne Mühe; in Potschinkows Haus kannte man den neuen Mieter bereits, und der Hausknecht zeigte ihm gleich den Weg. Schon auf halber Treppe konnte er den Lärm und die lebhaften Gespräche einer großen Gesellschaft vernehmen. Die Tür zur Treppe stand weit offen; er hörte, wie man schrie und diskutierte. Das Zimmer Rasumichins war ziemlich groß, und es hatten sich hier etwa fünfzehn Personen zusammengefunden. Raskolnikow blieb im Flur stehen. Hier machten sich hinter einer Bretterwand zwei Mägde der Hauswirtin an zwei großen Samowaren zu schaffen und hantierten mit Flaschen, Tellern und Schüsseln; es gab Piroggen und Vorspeisen, die aus der Küche der Hausleute stammten. Raskolnikow ließ Rasumichin holen. Der kam begeistert herbeigelaufen. Schon auf den ersten Blick war zu erkennen, daß er ungewöhnlich viel getrunken hatte, und obgleich Rasumichin fast nie richtig betrunken war, war ihm diesmal doch etwas anzumerken.

»Höre!« sagte Raskolnikow eilig, »ich bin nur gekommen, um dir zu sagen, daß du deine Wette gewonnen hast und daß wirklich niemand weiß, was ihm widerfahren kann. Ich fühle mich außerstande hineinzukommen; ich bin so schwach, daß ich gleich umfalle. Und darum sei gegrüßt und leb wohl! Und komm morgen zu mir ...«

»Weißt du was, ich bring dich nach Hause! Wenn du erst selbst zugibst, daß du schwach bist, dann ...«

»Und die Gäste? Wer ist denn dieser Kerl mit den Locken, der eben hergeschaut hat?«

»Der? Weiß der Teufel! Wahrscheinlich ein Bekannter meines Onkels; vielleicht ist er auch ganz von selbst gekommen ... Ich lasse den Onkel bei ihnen; er ist ein vortrefflicher Mensch, schade, daß du jetzt nicht seine Bekanntschaft machen kannst.

Übrigens soll sie alle der Teufel holen! Die kümmern sich jetzt sowieso nicht um mich, und auch ich muß mich auslüften. Du bist gerade zur rechten Zeit gekommen, lieber Freund; noch zwei Minuten, und ich hätte eine Schlägerei angefangen, weiß Gott! Solchen Unsinn zu reden! ... Du kannst dir gar nicht vorstellen, bis zu welchem Grad ein Mensch sich auf irgendwelchen Blödsinn versteifen kann! Übrigens, warum sollst du dir das nicht vorstellen können? Faseln wir nicht selbst manchmal solches Zeug zusammen? Mögen sie nur aufschneiden; dafür tun sie es nachher nicht mehr ... bleib eine Minute sitzen, ich hole Sosimow.«

Sosimow stürzte sich geradezu gierig auf Raskolnikow; man merkte, daß er ein besonderes Interesse an ihm nahm; bald jedoch heiterte sich seine Miene auf.

»Unverzüglich schlafen gehen«, entschied er, nachdem er den Patienten, soweit es hier möglich war, untersucht hatte. »Und für die Nacht nehmen Sie dieses Medikament. Werden Sie es nehmen? Ich habe es schon für Sie anfertigen lassen ... ein Pulver.«

»Meinetwegen zwei«, antwortete Raskolnikow.

Er nahm das Pulver an Ort und Stelle ein.

»Es ist sehr gut, daß du ihn begleitest«, sagte Sosimow zu Rasumichin. »Morgen wollen wir weitersehen, aber heute geht es ihm nicht schlecht; sein Zustand hat sich bedeutend gebessert. Man lernt eben nie aus ...«

»Weißt du, was mir Sosimow jetzt beim Weggehen zugeflüstert hat?« schwatzte Rasumichin drauflos, sobald sie auf der Straße waren. »Ich will dir nicht alles so wortwörtlich wiedererzählen, mein Lieber; denn diese Kerle sind doch Dummköpfe; aber Sosimow bat mich, unterwegs mit dir zu plaudern und auch dich zum Plaudern zu bringen und ihm dann alles zu berichten, denn er hat die Idee ... daß du ... verrückt bist oder wenigstens nahe daran. Stell dir das bloß vor! Erstens bist du dreimal klüger als er, zweitens kannst du, wenn du nicht verrückt bist, darauf pfeifen, daß er solchen Blödsinn im Kopfe hat, und drittens hat sich dieses Stück Fleisch, das in seinem Spezialfach Chirurg ist, jetzt auf Geisteskrankheiten verlegt; dein heutiges Gespräch mit

Sametow hat ihn, was dich anbelangt, endgültig verdreht gemacht.«

»Hat dir Sametow alles erzählt?«

»Ja, und er tat sehr gut daran. Ich verstehe jetzt alles, durch und durch, und auch Sametow hat es verstanden ... Nun ja Rodja, mit einem Wort ... die Sache ist die ... ich bin jetzt ein wenig betrunken ... aber das macht nichts ... die Sache ist die, daß dieser Gedanke ... du verstehst, ja? ... ihnen wirklich gekommen war ... verstehst du? Das heißt, niemand von ihnen wagte es, diesen Gedanken laut auszusprechen, weil es ja der alleralbernste Blödsinn war; und vor allem als man diesen Maler festnahm, zerplatzte die ganze Idee und wurde für immer fallengelassen. Aber weshalb sind sie solche Dummköpfe? Ich habe damals Sametow ein wenig verdroschen – das muß aber unter uns bleiben, mein Lieber; du darfst nicht einmal eine Andeutung darüber machen, daß du davon weißt; ich habe schon gemerkt, daß er empfindlich ist; es geschah damals bei Lawisa –; aber heute, heute ist alles klar geworden ... In erster Linie dieser Ilja Petrowitsch! Er machte sich an jenem Tag, in der Kanzlei, deine Ohnmacht zunutze, und dann schämte er sich dessen selber; ich weiß es genau ...«

Raskolnikow hörte gierig zu. Rasumichin hatte in seinem Rausch ein wenig aus der Schule geplaudert.

»Ich bin damals in Ohnmacht gefallen, weil es so schwül war und so nach Ölfarbe roch«, sagte Raskolnikow.

»Wozu noch Erklärungen! – Es war nicht die Ölfarbe allein; die Entzündung steckte doch schon einen ganzen Monat in dir! Sosimow ist Zeuge dafür! Und der Knabe ist jetzt so zerknirscht, daß du es dir nicht einmal vorstellen kannst! ‚Ich bin den kleinen Finger dieses Menschen nicht wert!' – damit meint er nämlich dich. Manchmal hat er treffliche Gefühle, lieber Freund. Aber die Lektion, diese Lektion, die du ihm heute im Kristallpalast erteilt hast, war der Gipfel! Du hast ihn anfangs so erschreckt, daß er beinahe Krämpfe bekam! Du brachtest ihn fast so weit, wieder an diesen ganzen abscheulichen Unsinn zu glauben, und dann hast du ihm plötzlich – die Zunge herausgestreckt: ‚Na, was sagen Sie nun?‘ Glänzend! Jetzt ist er zerschmettert, vernichtet! Du bist ein Meister, weiß Gott; so muß man mit diesen Leuten umgehen! Ach, daß ich nicht dabei war! Er hat heute abend sehr auf dich gewartet. Porfirij möchte dich ebenfalls kennenlernen ...«

»Ah ... auch der noch ... Und warum hält man mich für verrückt?«

»Nicht gerade für verrückt. Mir scheint, mein Lieber, ich habe dir etwas zuviel vorgeschwatzt ... Weißt du, Sosimow wurde heute stutzig, weil dich nur dieser eine Punkt interessiert ... Jetzt ist es klar warum; wenn man alle Umstände kennt ... und in Betracht zieht, wie dich das damals gereizt hat und wie die ganze Geschichte mit deiner Krankheit zusammenfiel ... Ich bin ein wenig betrunken, mein Lieber, nur, zum Teufel, er hat da so seine eigenen Ideen ... Ich sage dir ja: er befaßt sich jetzt mit Geisteskrankheiten. Aber pfeif darauf ...«

Eine Weile schwiegen beide.

»Höre, Rasumichin«, nahm Raskolnikow das Gespräch wieder auf, »ich will es dir geradeheraus sagen: ich war eben bei einem Toten; ein ehemaliger Beamter ist gestorben ... ich habe all mein Geld hergegeben ... und außerdem hat mich soeben ein Wesen geküßt, das, selbst wenn ich jemanden erschlagen hätte ... mit einem Wort, ich habe dort noch ein anderes Wesen gesehen ... mit einer feuerfarbenen Feder ... Ach, übrigens ist das alles nur ungereimtes Zeug; ich bin sehr schwach, stütze mich ... gleich kommt die Treppe.«

»Was hast du? Was hast du?« fragte Rasumichin besorgt.

»Ein wenig Schwindel; aber das spielt keine Rolle. Mir ist so traurig ums Herz, so traurig! ... wie einer Frau ... wahrhaftig! Aber sieh dort, was ist das? Sieh doch! Sieh!«

»Was soll sein?«

»Siehst du es denn nicht? In meinem Zimmer ist Licht, siehst du es nicht? Im Türspalt ...«

Sie befanden sich schon auf dem letzten Treppenabsatz, vor der Tür der Hauswirtin, und wirklich konnte man von unten bemerken, daß in Raskolnikows Zimmerchen Licht brannte.

»Sonderbar! Vielleicht ist es Nastasja?« meinte Rasumichin. »Um diese Zeit ist sie nie bei mir, bestimmt schläft sie schon lange; aber ... nun, mir gilt alles gleich! Leb wohl!«

»Was willst du? Ich bringe dich doch bis in dein Zimmer; wir gehen zusammen hinein!«

»Ich weiß, daß wir zusammen hineingehen, aber ich möchte dir schon hier die Hand drücken und hier von dir Abschied nehmen. Nun, gib mir die Hand; leb wohl!«

»Was hast du, Rodja?«

»Nichts ... gehen wir ... Du wirst Zeuge sein ...«

Sie stiegen die letzten Stufen hinauf, und Rasumichin dachte flüchtig, daß Sosimow vielleicht doch recht haben könnte. Ach! ich habe ihn mit meinem Geschwätz ganz durcheinandergebracht, überlegte er. Plötzlich hörten sie, als sie näher zu der Tür kamen, Stimmen in der Stube.

»Ja, was ist denn nur los?« rief Rasumichin.

Raskolnikow griff als erster nach der Klinke und riß die Tür weit auf; er riß sie auf und blieb wie angewurzelt auf der Schwelle stehen.

Seine Mutter und seine Schwester saßen auf dem Diwan; sie warteten schon seit anderthalb Stunden. Warum hatte er nur gerade sie am allerwenigsten erwartet, gerade an sie am wenigsten gedacht, trotz der heute nochmals wiederholten Nachricht, daß sie abzureisen gedächten, unterwegs seien, gleich ankommen würden? Während dieser ganzen anderthalb Stunden hatten sie, wobei sie einander immer wieder ins Wort fielen, Nastasja ins Kreuzverhör genommen, die auch jetzt noch vor ihnen stand und ihnen schon alles bis zur kleinsten Kleinigkeit erzählt hatte. Sie wußten vor Schreck nicht aus noch ein, als sie hörten, daß er »heute davongelaufen« sei, krank und, wie aus dem Bericht hervorging, ganz gewiß im Delirium! »O Gott, was ist nur mit ihm!« Beide weinten, beide hatten in diesen anderthalb Stunden des Wartens wahre Folterqualen erduldet.

Ein freudiger Entzückensschrei begrüßte das Erscheinen Raskolnikows. Die beiden Frauen stürzten auf ihn zu. Aber er stand wie leblos da; eine plötzliche, unerträgliche Empfindung hatte ihn getroffen wie ein Blitz. Und seine Hände hoben sich nicht, die beiden Frauen zu umarmen – sie waren nicht fähig dazu. Mutter und Schwester drückten ihn an die Brust, küßten ihn, lachten, weinten ... Er tat einen Schritt, schwankte und fiel ohnmächtig zu Boden.

Unruhe, Schreie des Entsetzens, Stöhnen ... Rasumichin, der auf der Schwelle stehengeblieben war, flog ins Zimmer, packte mit seinen kraftvollen Armen den Kranken, und dieser lag einen Augenblick später auf dem Diwan.

»Es ist nichts, es ist nichts!« rief Rasumichin Mutter und Schwester zu. »Nur eine Ohnmacht; hat gar nichts zu bedeuten! Gerade vorhin erst hat der Arzt bestätigt, daß es ihm weit besser gehe, daß er bereits völlig gesund sei! Wasser! Da, sehen Sie, er kommt schon wieder zu sich, sehen Sie, er ist schon aufgewacht! ...«

Und er packte Dunjetschka so fest, daß er ihr beinahe die Hand ausrenkte, und zog sie zu sich her, damit sie sehe, wie ihr Bruder »schon aufgewacht« sei. Und Mutter und Schwester betrachteten Rasumichin wie die Vorsehung, voll Rührung und Dankbarkeit; sie hatten von Nastasja schon gehört, wieviel dieser »geschickte junge Mann« – so nannte ihn am selben Abend Pulcheria Alexandrowna Raskolnikowa selber in einem vertraulichen Gespräch mit Dunja – für ihren Rodja während seiner ganzen Krankheit getan hatte.

DRITTER TEIL

1

Raskolnikow richtete sich auf dem Diwan auf und setzte sich.

Er machte zu Rasumichin eine matte Handbewegung, damit dieser den Strom seiner zusammenhangslosen, leidenschaftlichen Trostreden unterbreche, mit denen er Raskolnikows Mutter und Schwester zusprach, nahm beide an der Hand und sah etwa zwei Minuten, ohne auch nur ein Wort zu sagen, bald die eine, bald die andere an. Die Mutter erschrak über seinen Blick. Es leuchtete ein bis zur Qual gesteigertes Gefühl aus ihm, doch zugleich lag etwas Starres, fast Irres darin. Pulcheria Alexandrowna brach in Tränen aus.

Awdotja Romanowna war blaß; ihre Hand zitterte in der des Bruders.

»Geht nach Hause mit ihm«, brachte Raskolnikow stockend hervor und zeigte auf Rasumichin. »Auf morgen also; alles weitere morgen . . . Seid ihr schon lange da?«

»Seit heute abend, Rodja«, antwortete Pulcheria Alexandrowna. »Der Zug hatte entsetzliche Verspätung. Aber ich gehe jetzt um keinen Preis von dir weg, Rodja! Ich übernachte bei dir . . .«

»Quälen Sie mich nicht!« erwiderte er und wehrte gereizt ab.

»Ich will bei ihm bleiben!« rief Rasumichin. »Keine Minute lasse ich ihn allein! Zum Teufel mit meinen Gästen; mögen sie die Wände hinaufklettern! Mein Onkel führt dort den Vorsitz.«

»Wie kann ich Ihnen danken, wie nur!« sagte Pulcheria Alexandrowna und drückte Rasumichin abermals die Hand; aber Raskolnikow unterbrach sie.

»Ich kann nicht, ich kann nicht«, wiederholte er gereizt; »quält mich nicht! Genug, geht jetzt . . . Ich kann nicht! . . .«

»Kommen Sie, liebe Mama, verlassen wir wenigstens für

einige Minuten das Zimmer«, flüsterte Dunja erschrocken. »Wir bringen ihn ja um; das sieht man doch!«

»Ach, darf ich ihn denn wirklich nicht einmal anschauen nach diesen drei Jahren!« rief Pulcheria Alexandrowna und brach in Tränen aus.

»Halt!« gebot er ihnen von neuem. »Ihr unterbrecht mich ständig, und meine Gedanken geraten durcheinander ... Habt ihr Luschin gesehen?«

»Nein, Rodja, aber er weiß schon von unserer Ankunft. – Wir haben gehört, Rodja, daß Pjotr Petrowitsch so gütig war, dich heute zu besuchen«, fügte Pulcheria Alexandrowna einigermaßen zaghaft hinzu.

»Ja ... er war so gütig ... Dunja, ich erklärte Luschin, ich würde ihn die Treppe hinunterwerfen, und schickte ihn zum Teufel ...«

»Rodja, was redest du da! Du willst doch gewiß ... nicht sagen ...« unterbrach ihn Pulcheria Alexandrowna erschrokken, hielt jedoch inne, als sie Dunja anschaute.

Awdotja Romanowna wandte keinen Blick von ihrem Bruder und wartete, was er weiter sagen würde. Nastasja hatte sie von dem Streit schon unterrichtet, soweit sie imstande gewesen war, dem Gespräch zu folgen und es wiederzugeben, und der Zweifel und die Ungewißheit hatten Dunja gequält.

»Dunja«, fuhr Raskolnikow mühsam fort, »ich wünsche diese Ehe nicht, und darum mußt du morgen schon, beim ersten Wort, Luschin abweisen, daß er auf Nimmerwiedersehen verschwindet.«

»O Gott!« rief Pulcheria Alexandrowna.

»Bruder, bedenke, was du sagst!« fuhr Awdotja Romanowna auf, beherrschte sich jedoch gleich wieder. »Du bist jetzt vielleicht zu aufgeregt; du bist müde«, sagte sie sanft.

»Ich rede vielleicht gar im Fieber? Nein ... Du heiratest Luschin *meinetwegen*. Ich aber nehme dein Opfer nicht an. Und deshalb schreibe ihm morgen einen Brief ... mit der Absage ... Am Vormittag laß mich den Brief lesen, und fertig!«

»Das kann ich nicht!« rief das Mädchen beleidigt. »Mit welchem Recht ...«

»Dunjetschka, auch du bist aufgebracht, schweig jetzt davon, morgen ... Siehst du denn nicht ...« entsetzte sich die Mutter und stürzte auf Dunja zu. »Ach, gehen wir doch lieber!«

»Er redet im Fieber!« schrie der betrunkene Rasumichin. »Wie könnte er es sonst wagen! ... Morgen sind ihm alle diese Flausen schon vergangen ... Aber heute hat er ihn wirklich hinausgeworfen. Das ist richtig. Nun, der andere wurde ganz böse ... Er hielt hier große Reden, protzte mit seinen Kenntnissen, und dann ging er weg wie ein geprügelter Hund ...«

»Es ist also wahr?« rief Pulcheria Alexandrowna.

»Auf morgen, Bruder«, sagte Dunja teilnahmsvoll. »Kommen Sie, liebe Mama ... Leb wohl, Rodja!«

»Hörst du, Schwester«, rief Raskolnikow ihr nach, indem er seine letzten Kräfte zusammennahm, »ich rede nicht im Fieber; diese Ehe ist eine Schurkerei. Mag ich ein Schurke sein, du darfst es nicht ... einer ist schon genug. Mag ich auch ein Schurke sein, ich könnte eine solche Schwester nicht mehr als Schwester betrachten. Entweder ich oder Luschin! Geht jetzt ...«

»Du bist ja verrückt geworden! Du Despot!« brüllte Rasumichin, doch Raskolnikow antwortete nichts und besaß vielleicht auch nicht mehr die Kraft, zu antworten. Er lag auf dem Diwan und hatte sich in völliger Erschöpfung zur Wand gedreht. Awdotja Romanowna sah Rasumichin neugierig an; ihre schwarzen Augen funkelten; Rasumichin fuhr geradezu zusammen unter diesem Blick. Pulcheria Alexandrowna stand betroffen dabei.

»Ich kann um keinen Preis weggehen!« flüsterte sie beinahe verzweifelt Rasumichin zu. »Ich bleibe hier, irgendwo ... Begleiten Sie Dunja.«

»Aber Sie verderben damit alles!« widersprach ebenfalls flüsternd Rasumichin, der außer sich geriet. »Gehen wir wenigstens auf die Treppe. Nastasja, leuchte uns! Ich schwöre Ihnen«, fuhr er flüsternd fort, als sie schon auf der Treppe waren, »daß er mich und den Arzt vorhin beinahe verprügelt hätte! Können Sie das verstehen? Sogar den Arzt! Und der gab nach, um ihn nicht weiter zu reizen, und ging weg, und ich blieb unten, um auf ihn aufzupassen, er aber zog sich an und nahm Reißaus. Auch jetzt wird er heimlich verschwinden, wenn Sie ihn reizen, mitten in der Nacht, und es kann ihm etwas zustoßen ...«

»Ach, was sagen Sie da!«

»Und auch Awdotja Romanowna kann nicht ohne Sie, allein, in dem Hotelzimmer bleiben! Bedenken Sie nur, wo Sie wohnen! Dieser elende Kerl Pjotr Petrowitsch konnte Ihnen kein besseres Quartier ... Übrigens müssen Sie wissen, daß ich ein wenig betrunken bin und ihn deshalb beschimpfe; kümmern Sie sich nicht ...«

»Ich werde zu der Hauswirtin gehen«, beharrte Pulcheria Alexandrowna, »und sie beschwören, daß sie mir und Dunja für diese Nacht ein Winkelchen einräumt. Ich kann ihn nicht so allein lassen, ich kann es nicht!«

Während sie sich so unterhielten, standen sie auf dem Treppenabsatz, direkt vor der Tür der Hauswirtin. Nastasja, die über ihnen auf der Treppe stand, leuchtete ihnen. Rasumichin war in ungewöhnlicher Aufregung. Noch vor einer halben Stunde, als er Raskolnikow nach Hause brachte, war er zwar übermäßig geschwätzig gewesen – und er hatte das auch sehr wohl selbst gewußt –, aber dabei völlig munter und fast frisch, ungeachtet der entsetzlichen Menge Wein, die er an diesem Abend getrunken hatte. Jetzt jedoch war er geradezu verzückt, und gleichzeitig schien ihm all der Wein, den er getrunken hatte, auf einmal und mit verdoppelter Kraft wieder zu Kopf zu steigen. Er stand bei den Damen, hatte beide bei der Hand gefaßt, redete auf sie ein und brachte mit erstaunlicher Offenherzigkeit seine Argumente vor, wobei er, wahrscheinlich der größeren Überzeugungskraft wegen, nahezu bei jedem Wort den beiden fest, sehr fest und fast schmerzhaft die Hände drückte wie mit einer Zange; gleichzeitig verschlang er Awdotja Romanowna mit den Blicken, ohne sich den geringsten Zwang aufzuerlegen. Vor Schmerz wollten sie manchmal ihre Hände aus seinen riesigen, knochigen Pranken losmachen, doch er bemerkte nicht nur nicht, was los war, sondern zog sie noch fester zu sich heran. Hätten sie ihm befohlen, sich ihnen zuliebe die Treppe hinunterzustürzen, er hätte das sogleich getan, ohne nur einen Augenblick zu überlegen oder zu zögern. Pulcheria Alexandrowna, ganz beunruhigt durch den Gedanken an ihren Rodja, fühlte zwar, daß dieser junge Mann sich höchst merkwürdig aufführte und ihr so heftig die Hand drückte, daß sie es vor Schmerz kaum aushielt; aber da sie gleichzeitig in ihm die Vorsehung sah, wollte sie alle diese exzentrischen Einzelheiten nicht bemerken. Und obwohl die gleiche Sorge sie quälte, begegnete Awdotja Romanowna, zwar keineswegs schreckhaften Charakters, mit Staunen, ja, fast mit Angst den in wildem Feuer funkelnden Blicken dieses jungen Mannes, der der Freund ihres Bruders war; und nur das grenzenlose Vertrauen, das ihr die Berichte Nastasjas über diesen furchtbaren Menschen eingeflößt hatten, hielt sie vor dem Versuch zurück, davonzulaufen und die Mutter mit sich fortzuziehen. Sie erkannte auch, daß es jetzt wohl nicht mehr möglich war, ihm zu entfliehen. Übrigens fühlte sie sich nach zehn Minuten beträchtlich beruhigt: Rasumichin hatte die Eigenschaft, im Augenblick alle seine Gefühle und Gedanken auszusprechen, in welcher Stimmung er auch sein mochte, so daß die beiden sehr bald erkannten, mit wem sie es zu tun hatten.

»Zur Hauswirtin können Sie nicht; das ist ein fürchterlicher Unsinn«, rief er, um Pulcheria Alexandrowna zu überzeugen. »Sie sind zwar seine Mutter, aber wenn Sie hierbleiben, bringen Sie ihn zur Raserei, und dann weiß der Teufel, was geschehen wird! Hören Sie, wir wollen es so machen: jetzt soll Nastasja bei ihm sitzen, und ich begleite Sie beide nach Hause, weil Sie nicht allein auf die Straße gehen können ... In dieser Hinsicht ist es bei uns in Petersburg ... na ja, da kann man nichts machen! ... Dann laufe ich von Ihnen gleich wieder hierher zurück und berichte Ihnen eine Viertelstunde später, mein großes Ehrenwort darauf, wie es ihm geht, ob er schläft oder nicht, und so weiter. Dann, hören Sie nur, dann laufe ich von Ihnen zu mir in die Wohnung; dort habe ich Gäste, sie sind alle betrunken, und hole Sosimow – das ist der Arzt, der ihn behandelt; er sitzt jetzt gleichfalls bei mir und ist nicht betrunken; er ist nicht betrunken, er ist nie betrunken! Ich schleppe ihn mit zu Rodja und gleich darauf zu Ihnen; Sie können also innerhalb einer Stunde zweimal Nachricht über den Kranken haben – auch vom Arzt, verstehen Sie, vom Arzt selber; das ist doch etwas ganz anderes als nur von mir! Und wenn es ihm schlecht geht, dann bringe ich Sie wieder hierher, das schwöre ich Ihnen, und meinetwegen können Sie dann hier schlafen. Ich aber werde die ganze Nacht hierbleiben, im Flur; er wird nichts hören, und ich will Sosimow bereden, ebenfalls hier zu übernachten, in der Wohnung der Hauswirtin, damit er immer bei der Hand ist. Nun sagen Sie selbst: was ist jetzt besser für ihn: Sie oder der Arzt? Der Arzt ist doch wichtiger, auf jeden Fall! Nun also, gehen Sie nach Hause! Und zu der Hauswirtin können Sie nicht, weil sie Sie nicht einläßt ... weil sie eine dumme Gans ist ... Wenn Sie es wissen wollen: sie wird um meinetwillen auf Awdotja Romanowna eifersüchtig werden und auch auf Sie ... Aber auf Awdotja Romanowna ganz bestimmt. Sie ist ein völlig unberechenbarer Charakter! Übrigens bin auch ich ein Dummkopf ... Pfeifen wir drauf! Wollen wir jetzt gehen? Glauben Sie mir? Nun, glauben Sie mir oder nicht?«

»Kommen Sie, Mama!« sagte Awdotja Romanowna, »er wird sicherlich tun, was er verspricht. Er hat Rodja schon einmal das Leben gerettet, und wenn sich der Arzt wirklich bereit erklärt, hier zu übernachten, was können wir uns Besseres wünschen?«

»Sehen Sie, Sie ... Sie ... verstehen mich, weil Sie ein Engel sind!« rief Rasumichin begeistert. »Gehen wir! Nastasja! Lauf augenblicklich hinauf und bleib mit dem Licht bei ihm sitzen; ich komme in einer Viertelstunde wieder ...«

Pulcheria Alexandrowna war zwar noch nicht ganz überzeugt, widersetzte sich aber nicht länger. Rasumichin nahm beide unterm Arm und zerrte sie die Treppe hinab. Übrigens hatte er keineswegs einen beruhigenden Einfluß auf die Mutter. Er ist zwar gewandt und gut, dachte sie, aber ob er auch imstande ist durchzuführen, was er verspricht? Er ist doch in einem solchen Zustand! ...

»Ah, ich verstehe, Sie glauben, ich wäre zu betrunken!« unterbrach Rasumichin ihre Gedanken, die er erraten hatte, und rannte mit seinen Riesenschritten den Bürgersteig entlang, so daß die beiden Damen ihm kaum zu folgen vermochten, was er übrigens nicht merkte. »Unsinn! Das heißt ... ich bin betrunken wie ein Bürstenbinder, aber darum handelt es sich nicht; ich bin nicht vom Wein berauscht. Als ich Sie sah, ist mir das zu Kopf gestiegen ... aber kümmern Sie sich nicht um mich, achten Sie nicht auf mich: ich rede dummes Zeug; ich bin Ihrer nicht würdig ... ich bin Ihrer im höchsten Grade unwürdig ... Aber sobald ich Sie nach Hause gebracht habe, werde ich mir hier am Kanal zwei Eimer Wasser über den Kopf schütten, und dann ist Schluß damit ... Wenn Sie nur wüßten, wie sehr ich Sie beide liebe! ... Lachen Sie nicht und seien Sie nicht zornig! ... Zürnen Sie allen, aber mir dürfen Sie nicht zürnen! Ich bin sein Freund, also auch Ihr Freund. Ich will es so ... ich habe es vorausgeahnt ... voriges Jahr war da so ein Augenblick ... Übrigens hab ich gar nichts geahnt, Sie sind wie vom Himmel gefallen ... Ich werde heute wohl die ganze Nacht nicht schlafen ... Dieser Sosimow hat befürchtet, Rodja könnte verrückt werden ... und deshalb darf man ihn nicht reizen ...«

»Was sagen Sie da?!« rief die Mutter.

»Hat das wirklich der Arzt behauptet?« fragte Awdotja Romanowna erschrocken.

»Ja, aber das stimmt nicht, das stimmt keinesfalls. Er hat ihm auch eine Arznei gegeben, ein Pulver, ich habe es selber gesehen, aber inzwischen sind Sie gekommen ... Ach! ... Sie hätten lieber morgen kommen sollen! Es ist gut, daß wir weggegangen sind. Und in einer Stunde wird Ihnen Sosimow persönlich über alles berichten. Nein, der ist nicht betrunken! Und auch ich bin dann nicht mehr betrunken ... Weshalb bin ich überhaupt so durcheinander? Weil mich die verdammten Kerle in einen Streit hineingezogen haben! Dabei habe ich das Gelübde getan, nie mehr zu diskutieren! ... Sie reden ja solchen Blödsinn! Beinahe hätte ich eine Prügelei angezettelt! Ich habe den Onkel dort gelassen, der soll den Vorsitz über sie führen ... ob Sie es mir glauben oder nicht: es geht diesen Kerlen darum, daß einer nur ja keine Persönlichkeit sei;

das gefällt ihnen! Wenn einer nur nicht er selber ist und am wenigsten sich selber gleicht! Das gilt ihnen als der allergrößte Fortschritt. Und wenn ihr Geschwätz wenigstens eine eigene Note hätte; so aber ...«

»Hören Sie«, unterbrach ihn Pulcheria Alexandrowna schüchtern, aber damit goß sie nur Öl ins Feuer.

»Und was glauben Sie?« rief Rasumichin und schrie noch lauter, »glauben Sie, ich sage das deswegen, weil die Kerle dummes Zeug reden? Unsinn! Ich habe es gern, wenn die Leute irgend etwas zusammenphantasieren. Phantasieren ist das einzige Privileg, das der Mensch vor allen anderen Organismen voraushat. Phantasiert und lügt einer, kommt er zur Wahrheit! Weil man lügt, ist man ja ein Mensch. Keine einzige Wahrheit wäre errungen worden, wäre nicht vorher vierzehnmal oder vielleicht auch hundertvierzehnmal gelogen worden. Das ist in seiner Art höchst ehrenvoll. Aber wir verstehen es nicht einmal, aus eigenem Verstand zu lügen! Lüg mich an, aber auf deine eigene Weise, und ich werde dich dafür küssen. Auf eigene Weise zu lügen ist ja fast noch besser, als fremde Wahrheiten nachzuplappern; im ersten Fall bist du ein Mensch, und im zweiten höchstens ein Vogel! Die Wahrheit läuft nicht davon, aber mit fremder Wahrheit kann man das eigene Leben ersticken; dafür gibt es Beispiele genug. Nun, und was sind wir jetzt? Wir alle, ohne jede Ausnahme, sitzen, was Wissenschaft betrifft, Entwicklung, Denken, Erfindungen, Ideale, Bestrebungen, Liberalismus, Verstand, Erfahrung und alles, alles, alles, alles, alles, noch in der ersten Vorbereitungsklasse des Gymnasiums! Es genügt uns, uns mit fremdem Verstand zu behelfen, und wir gefallen uns darin! Ist's nicht so? Habe ich nicht recht?« schrie Rasumichin, wobei er beiden Damen die Hände schüttelte und drückte. »Ist's nicht so?«

»O Gott, ich weiß nicht«, stammelte die arme Pulcheria Alexandrowna.

»Es ist so, ja ... obgleich ich nicht in allem mit Ihnen einverstanden bin«, pflichtete ihm Awdotja Romanowna ernst bei, schrie jedoch sogleich auf, so schmerzhaft hatte er ihr diesmal die Hand zusammengepreßt.

»Es ist so? Sie sagen, es ist so? Nun, dann sind Sie ... sind Sie ...« rief er begeistert, »sind Sie die Quelle der Güte, der Lauterkeit, der Vernunft und ... der Vollendung! Geben Sie mir Ihre Hand, geben Sie sie mir ... auch Sie; ich will Ihnen hier die Hände küssen, auf den Knien!«

Und er kniete mitten auf dem Gehsteig nieder, der jetzt zum Glück menschenleer war.

»Hören Sie auf, ich bitte Sie, was tun Sie denn?« rief Pulcheria Alexandrowna, aufs äußerste beunruhigt.

»Stehen Sie auf, stehen Sie auf«, sagte auch Dunja unruhig und lachend.

»Um keinen Preis, wenn Sie mir nicht die Hände geben! So ist's recht, und Schluß damit; ich bin auch schon aufgestanden; gehen wir! Ich bin ein unseliger Tölpel; ich bin Ihrer unwürdig und betrunken und schäme mich ... Ich bin nicht würdig, Sie zu lieben, aber sich vor Ihnen zu neigen ist die Verpflichtung jedes Menschen, wenn er nicht ein vollendetes Rindvieh ist! Und ich habe mich vor Ihnen geneigt ... Da ist auch bereits Ihr Quartier; allein deswegen schon hatte Rodion recht, als er heute Ihren Pjotr Petrowitsch hinauswarf! Wie konnte der Mann es nur wagen, Sie in diesem Haus unterzubringen? Das ist ein Skandal! Wissen Sie, was für Leute man hier einläßt? Und Sie sind seine Verlobte! Das sind Sie doch, wie? Nun, dann will ich es Ihnen sagen: Ihr Bräutigam ist ein Schuft!«

»Hören Sie, Herr Rasumichin; Sie vergessen ...« versuchte Pulcheria Alexandrowna einzuwenden.

»Ja, ja, Sie haben recht, ich habe mich vergessen; ich schäme mich!« rief Rasumichin, der zur Besinnung gekommen war. »Aber ... aber ... Sie können mir nicht böse sein, weil ich das gesagt habe! Denn ich meine das ernst, nicht etwa weil ... Hm! Das wäre gemein; mit einem Wort: nicht weil ich in Sie ... Hm! ... Nun, lassen wir das; ich darf und ich werde nicht sagen weshalb, ich bringe es nicht fertig ... Aber wir haben alle erkannt, gleich als er eintrat, daß das kein Mensch ist, der zu uns paßt. Nicht etwa weil er sich beim Friseur das Haar hat kräuseln lassen, nicht weil er sich beeilte, seinen Verstand ins rechte Licht zu setzen, sondern weil er ein Spitzel und Spekulant, weil er ein Jude und Gauner ist. Das sieht man auf den ersten Blick. Sie glauben, er sei klug? Nein, er ist ein Dummkopf! Nun, paßt er etwa zu Ihnen? O du lieber Gott! Sehen Sie, meine Damen«, sagte er, schon auf der Treppe zu den Fremdenzimmern, während er plötzlich stehenblieb, »obgleich alle, die jetzt bei mir sitzen, betrunken sind, sind sie trotzdem ehrenhafte Menschen; und obgleich wir phantasieren und lügen, denn auch ich lüge ja, werden wir uns schließlich doch zur Wahrheit durchphantasieren, weil wir einen anständigen Weg gehen; Pjotr Petrowitsch jedoch ... geht keinen anständigen Weg. Zwar habe ich diese Leute jetzt nach Strich und Faden beschimpft, aber ich achte sie dennoch, selbst Sametow; und wenn ich ihn schon nicht achte, so liebe ich ihn doch, weil er ein junges Hündchen ist. Sogar dieses Rindvieh Sosimow achte ich; denn er ist ehrenhaft und versteht sich auf seinen Beruf ... Aber Schluß damit; alles ist gesagt und vergeben. Ist es vergeben? Ja? Dann gehen wir. Ich kenne diesen Korridor; ich war schon öfter hier; da, auf Nummer drei, gab es einmal einen Skandal ... Nun, wo ist Ihr Zimmer? Welche Nummer? Acht? Sperren Sie aber über Nacht zu und lassen Sie niemanden ein. In einer Viertelstunde komme ich wieder und berichte Ihnen, und in einer weiteren halben Stunde komme ich noch einmal mit Sosimow; Sie werden schon sehen! Leben Sie wohl, ich laufe!«

»O Gott, Dunjetschka, was wird bloß werden?« sagte Pulcheria Alexandrowna besorgt und angstvoll zu ihrer Tochter.

»Beruhigen Sie sich, liebe Mama«, antwortete Dunja, während sie Hut und Mantille ablegte, »Gott selber hat uns diesen Herrn geschickt, obgleich er geradewegs von einem Trinkgelage kam. Auf ihn können wir uns verlassen, das versichere ich Ihnen. Und was er schon alles für Rodja getan hat ...«

»Ach, Dunjetschka, weiß der Himmel, ob er wiederkommen wird! Und wie konnte ich mich nur bereit finden, Rodja allein zu lassen ... Ich habe mir nicht vorgestellt, daß ich ihn so wiederfinden würde, ganz und gar nicht! Wie hart er war, als freute er sich nicht über uns ...«

Tränen traten ihr in die Augen.

»Nein, so ist es nicht, liebe Mama. Sie haben ihn sich ja gar nicht richtig angesehen, sondern nur immerzu geweint. Seine schwere Krankheit hat ihn sehr mitgenommen – das ist der ganze Grund.«

»Ach, diese Krankheit! Was soll bloß werden, was soll bloß werden! Und wie er mit dir gesprochen hat, Dunja!« fuhr die Mutter fort, während sie der Tochter zaghaft in die Augen sah, um ihre Gedanken zu erraten; aber zur Hälfte war sie doch schon getröstet, weil Dunja ihren Bruder verteidigte, ihm also verziehen hatte.

»Ich bin überzeugt, daß er sich morgen eines Besseren besinnen wird«, fügte sie, noch immer forschend, hinzu.

»Und ich bin überzeugt, daß er auch morgen ... was diese Sache betrifft ... dasselbe sagt«, schnitt Awdotja ihr das Wort ab.

Und hier brach ihr Gespräch ab; denn das berührte einen Punkt, über den zu sprechen Pulcheria Alexandrowna sich jetzt zu sehr fürchtete. Dunja trat zu der Mutter und küßte sie. Pulcheria Alexandrowna umarmte das Mädchen wortlos und innig. Dann saß sie unruhig da und wartete auf die Rückkehr Rasumichins, während sie schüchtern die Tochter beobachtete, die mit gekreuzten Armen und ebenfalls erwartungsvoll im Zimmer hin und her ging und nachdachte. Dieses nachdenkliche Wandern von einer Ecke in die andere gehörte von jeher zu Awdotja Romanownas Angewohnheiten, und die Mutter hatte immer irgendwie Angst, sie zu einer solchen Zeit in ihren Grübeleien zu stören.

Rasumichin war natürlich lächerlich in seiner plötzlichen, im Rausch aufgeflammten Leidenschaft für Awdotja Romanowna; aber viele hätten ihn, hätten sie Awdotja Romanowna gesehen, zumal jetzt, da sie traurig und nachdenklich mit gekreuzten Armen durchs Zimmer schritt, vielleicht entschuldigt. Dabei wollen wir von seiner exzentrischen Verfassung ganz absehen. Awdotja Romanowna war bemerkenswert hübsch, groß, erstaunlich gut gebaut, kraftvoll und selbstsicher, was sich in jeder ihrer Gebärden äußerte, aber trotzdem ihren Bewegungen keineswegs die Weichheit und Anmut nahm. Ihr Gesicht ähnelte dem des Bruders, aber man hätte sie geradezu eine Schönheit nennen können. Sie hatte dunkelblondes

Haar – es war ein wenig heller als das Raskolnikows – und fast schwarze, funkelnde Augen, stolz und zu gleicher Zeit oft ungewöhnlich gütig. Sie war blaß, aber nicht krankhaft blaß; ihr Gesicht strahlte vor Frische und Gesundheit. Der Mund war etwas klein, die Unterlippe, frisch und blutrot, trat ein ganz klein wenig vor, ebenso das Kinn – was die einzige Unregelmäßigkeit in dem schönen Gesicht war, ihm jedoch seine besondere Eigenart und, nebenbei bemerkt, gleichsam ein hochmütiges Aussehen verlieh. Ihr Ausdruck war immer nachdenklich und mehr ernst als fröhlich; doch wie gut paßte dafür ein Lächeln zu diesem Gesicht, wie gut paßte zu ihr ein fröhliches, junges, gelöstes Lachen! Es ist verständlich, daß der hitzige, aufrichtige, ein wenig naive, ehrliche, hünenhaft starke und betrunkene Rasumichin, der niemals etwas Ähnliches gesehen hatte, beim ersten Blick schon den Kopf verlor. Dazu hatte ihm der Zufall wie mit Absicht Dunja zum erstenmal in dem herrlichen Augenblick gezeigt, als sie in der Liebe und Freude über das Wiedersehen mit dem Bruder erstrahlte. Dann sah er als Antwort auf dessen dreisten, undankbar-grausamen Befehl ihre Unterlippe in Entrüstung zittern – und er konnte nicht mehr widerstehen.

Übrigens hatte er die Wahrheit gesagt, als er vorhin auf der Treppe in seinem Rausch damit herausgeplatzt war, daß Raskolnikows überspannte Hauswirtin Praskowja Pawlowna seinetwegen nicht nur auf Awdotja Romanowna, sondern wohl auch auf Pulcheria Alexandrowna eifersüchtig sein werde. Obwohl Pulcheria Alexandrowna schon dreiundvierzig Jahre zählte, hatte ihr Gesicht noch immer Spuren ihrer früheren Schönheit bewahrt, und außerdem schien sie viel jünger zu sein, als sie war, was fast immer bei Frauen der Fall ist, die sich Klarheit des Geistes, frische Empfindung und die ehrliche, lautere Glut des Herzens bis ins Alter bewahrt haben. In Parenthese wollen wir hinzufügen, daß die Erhaltung all dessen das einzige Mittel ist, selbst im Alter die Schönheit nicht zu verlieren. Ihr Haar begann schon grau und schütter zu werden; strahlenförmige Fältchen umgaben ihre Augenwinkel; ihre Wangen waren eingefallen und mager geworden vor Sorgen und Kummer, und dennoch war dieses Antlitz sehr schön. Es war das Porträt Dunjetschkas, nur zwanzig Jahre älter und ohne jenen charakteristischen Ausdruck der Unterlippe, die bei Pulcheria Alexandrowna nicht vortrat ... Pulcheria Alexandrowna war gefühlvoll, aber nicht sentimental; sie war schüchtern und nachgiebig, aber nur bis zu einem gewissen Grad: sie konnte vieles nachsehen, sich mit vielen Dingen, sogar mit solchen, die ihrer Überzeugung widersprachen, abfinden, doch immer gab es eine Linie der Ehrenhaftigkeit, der Grundsätze und der Überzeugungen, eine äußerste Linie, die zu überschreiten keinerlei Umstände sie bewegen konnten.

Genau zwanzig Minuten, nachdem Rasumichin weggegangen war, wurde zweimal leise, aber hastig an die Tür geklopft; er war zurückgekommen.

»Ich gehe gar nicht hinein, ich habe keine Zeit!« sagte er rasch, als ihm geöffnet wurde. »Er schläft wie ein Bär; er schläft vortrefflich und ruhig; gebe Gott, daß er zehn Stunden so weiterschläft. Nastasja sitzt bei ihm; ich habe ihr befohlen, nicht wegzugehen, bis ich zurückkomme. Jetzt hole ich Sosimow; er wird Ihnen berichten, und dann können auch Sie sich aufs Ohr legen; ich sehe ja, Sie sind völlig erschöpft . . .«

Und er lief schon wieder den Korridor hinunter.

»Was für ein gewandter und . . . ergebener junger Mann!« rief Pulcheria Alexandrowna ganz begeistert.

»Wie es scheint, ein prächtiger Mensch!« erwiderte Awdotja Romanowna eifrig und begann dann wieder im Zimmer auf und ab zu wandern.

Nach fast einer Stunde erklangen wiederum Schritte im Korridor, und es wurde abermals geklopft. Beide Frauen hatten diesmal in der festen Überzeugung gewartet, daß Rasumichin sein Versprechen halten werde; und wirklich, es war ihm gelungen, Sosimow mitzubringen. Sosimow hatte sich sogleich bereit erklärt, das Gelage zu verlassen und nach Raskolnikow zu sehen, doch zu den Damen war er nur ungern und voll Mißtrauen gegangen, da er dem betrunkenen Rasumichin nicht glaubte. Seine Eitelkeit war sofort beruhigt, und es wurde ihr sogar geschmeichelt: er erkannte, daß man auf seinen Bericht wirklich gewartet hatte wie auf einen Orakelspruch. Er blieb genau zehn Minuten sitzen und konnte Pulcheria Alexandrowna völlig überzeugen und beruhigen. Er sprach mit ungewöhnlicher Anteilnahme, aber gemessen und gleichsam mit bemühtem Ernst, haargenauso wie ein siebenundzwanzigjähriger junger Arzt bei einer wichtigen Konsultation, schweifte mit keinem einzigen Wort vom Thema ab und zeigte nicht den geringsten Wunsch, persönlichere und privatere Beziehungen zu den beiden Damen anzuknüpfen. Nachdem er gleich beim Eintreten bemerkt hatte, wie blendend schön Awdotja Romanowna war, bemühte er sich sofort, sie während der ganzen Zeit seines Besuches überhaupt nicht mehr zu beachten, und sprach einzig zu Pulcheria Alexandrowna. All das bereitete ihm eine außerordentliche innere Befriedigung. Über den Kranken selbst äußerte er sich dahingehend, daß er dessen Zustand im gegenwärtigen Augenblick für höchst zufriedenstellend halte. Nach seinen Beobachtungen rühre das Leiden des Patienten, abgesehen von der schlechten materiellen Lage während der letzten Monate, noch von einigen moralischen Ursachen her: »Es liegt hier sozusagen ein Produkt vieler komplizierter moralischer und materieller Einflüsse, von Sorgen, Befürchtungen, Beunruhigungen, einigen Ideen ... und so weiter vor.« Als Sosimow zufällig bemerkte, daß Awdotja Romanowna ihm hierbei besonders aufmerksam zuhörte, verbreitete er sich noch etwas über dieses Thema. Auf die ängstliche, zaghafte Frage Pulcheria Alexandrownas, es lägen doch wohl Verdachtsmomente vor, die auf eine Geisteskrankheit schließen ließen, antwortete er mit einem ruhigen, aufrichtigen Lächeln, seine Worte seien allzu übertrieben wiedergegeben worden; natürlich lasse der Patient eine fixe Idee erkennen, etwas, das auf Monomanie hinweise – denn er, Sosimow, verfolge jetzt diesen außerordentlich interessanten Zweig der Heilkunde mit besonderem Eifer –, aber man müsse auch bedenken, daß der Patient fast bis zum heutigen Tag im Delirium gelegen habe und ... und daß die Ankunft der Seinen ihn selbstverständlich stärken, ablenken und einen höchst wohltätigen Einfluß auf ihn ausüben werde; »wenn es nur möglich ist, neue, außergewöhnliche Erschütterungen zu vermeiden«, fügte er bedeutsam hinzu. Dann stand er auf, verneigte sich würdevoll und höflich und verließ, geleitet von Segenssprüchen, von leidenschaftlichen Dankesworten und flehenden Bitten, wobei ihm Awdotja Romanowna ohne sein Zutun sogar die Hand reichte, das Zimmer, außerordentlich zufrieden mit seinem Besuch und noch mehr mit sich selber.

»Morgen werden wir weitersehen; legen Sie sich schlafen, gleich, unbedingt!« schärfte Rasumichin den beiden ein, als er mit Sosimow wegging. »Morgen komme ich möglichst früh zu Ihnen und berichte.«

»Was für ein entzückendes Mädchen diese Awdotja Romanowna ist!« bemerkte Sosimow, als die beiden Männer auf die Straße getreten waren, und leckte sich beinahe die Lippen.

»Entzückend? Du sagst entzückend?!« brüllte Rasumichin, fiel plötzlich über Sosimow her und packte ihn an der Gurgel. »Wenn du es jemals wagen solltest ... verstehst du? verstehst du?« schrie er, zerrte ihn am Kragen und drückte ihn an eine Hausmauer. »Hast du gehört?«

»So laß mich doch, du besoffener Teufel!« setzte sich Sosimow zur Wehr.

Und dann betrachtete er den anderen aufmerksam, nachdem dieser ihn freigegeben hatte, und barst beinahe vor Lachen. Rasumichin stand mit gesenkten Armen in ernstem, düsterem Brüten vor ihm.

»Selbstverständlich bin ich ein Esel«, stieß Rasumichin, finster wie eine Gewitterwolke, hervor, »aber ... aber du auch.«

»O nein, mein Lieber, ganz und gar nicht. Ich setze mir keine Flausen in den Kopf.«

Schweigend schritten sie weiter, und erst als sie nahe bei Raskolnikows Wohnung waren, brach Rasumichin in großer Besorgnis das Schweigen.

»Höre«, sagte er zu Sosimow, »du bist ein netter Junge, aber abgesehen von all deinen sonstigen schlechten Eigenschaften bist du auch noch ein liederlicher Kerl, das weiß ich, und hast außerdem eine Vorliebe für den Schmutz. Du bist ein nervöser, schwacher Dreckkerl, dumm und störrisch; du bist fett geworden und kannst dir nichts versagen; und das nenne ich schon Schmutz, weil es geradeswegs zum Schmutz führt. Du hast dich so verhätschelt, daß ich weiß Gott nicht verstehe, wie es dir möglich ist, bei all dem ein guter und sogar opferbereiter Arzt zu sein. Schläft auf Federbetten – ein Arzt! –, und nachts steht er eines Patienten wegen auf! ... So in drei Jahren wirst du für keinen Patienten mehr aufstehen ... Nun ja, hol's der Teufel, jetzt geht es nicht darum, sondern um folgendes: du übernachtest heute in der Wohnung der Hauswirtin – ich habe sie mit Mühe und Not dazu überredet! –, und ich schlafe in der Küche; da habt ihr Gelegenheit, näher miteinander bekannt zu werden. Nicht etwa so, wie du glaubst! Gar keine Rede, mein Lieber ...«

»Ich denke auch gar nicht daran.«

»Hier findest du nur Schamhaftigkeit, lieber Freund, Schweigsamkeit, Schüchternheit und erbitterte Keuschheit; und trotz alledem braucht es nur einen Seufzer, und sie schmilzt dahin wie Wachs! Schaff sie mir vom Halse, um aller Teufel willen, die es auf der Welt gibt! Sie ist mir schon sehr lästig ... Ich will es dir lohnen, und wenn es mich den Kopf kostet!«

Sosimow lachte noch heftiger als zuvor.

»Dich hat es aber erwischt! Und was fange ich mit ihr an?«

»Ich versichere dir: es kostet wenig Mühe! Du brauchst bloß dummes Zeug zu schwatzen, was dir gerade einfällt, wenn du nur bei ihr sitzt und redest. Zudem bist du Arzt – kuriere sie von irgendeiner Krankheit. Ich schwöre dir, du wirst es nicht bereuen. In ihrer Wohnung steht ein altes Klavier; du weißt ja, daß ich ein wenig klimpere; da kenne ich ein Liedchen, ein echt russisches Lied: ‚Und bittre Tränen weine ich ...' Sie liebt solche Lieder; nun, und mit so etwas hat es auch begonnen. Aber du bist ja auf dem Klavier ein Virtuose, ein Meister, ein Rubinstein ... Ich versichere dir, daß du es nicht bereuen wirst ...«

»Hast du ihr irgendwelche Zusagen gemacht, he? Schriftlich, in aller Form? Hast du ihr vielleicht die Ehe versprochen?«

»Aber nein, rein gar nichts, keine Rede! Und sie ist auch gar nicht so; Tschebarow hat ihr ...«

»Na, dann laß sie stehen!«

»Das geht nicht!«

»Warum nicht?«

»Nun ja, irgendwie geht es eben nicht, und damit Punktum! Irgend etwas an ihr zieht einen einfach an, mein Lieber.«

»Und weshalb hast du sie angezogen?«

»Das habe ich doch gar nicht getan. Vielleicht bin ich selber angezogen worden, durch meine eigene Dummheit, und ihr ist es ganz gleichgültig, ob du es bist oder ich, wenn nur einer bei ihr sitzt und seufzt. Mein Lieber, das ist ... ich kann es nicht so richtig ausdrücken; das ist ... Nun, du kennst dich doch gut in der Mathematik aus und beschäftigst dich auch jetzt noch damit; das ist mir bekannt ... so nimm mit ihr die Integralrechnung durch; bei Gott, ich spaße nicht, ich sage das in vollem Ernst; ihr gilt entschieden alles gleich: sie wird dich anblicken und seufzen, ein ganzes Jahr lang. Ich habe ihr unter anderem vor zwei Tagen ausführlich vom preußischen Herrenhaus erzählt – denn worüber soll ich mit ihr sprechen? –, und sie seufzte nur und schwitzte! Bloß von Liebe fang nicht zu sprechen an ... sie ist krankhaft scheu ... aber zeig ihr, daß du dich nicht von ihr losreißen kannst, mehr braucht es nicht. Es ist riesig bequem, ganz wie zu Hause – du kannst lesen, sitzen, daliegen, schreiben ... Du darfst sie sogar küssen, allerdings mit Vorsicht ...«

»Aber was soll ich denn mit ihr?«

»Ach, das kann ich dir nicht erklären. Weißt du: ihr beide paßt wunderbar zueinander! Ich habe schon früher an dich gedacht ... so muß es ja doch mit dir enden! Kann es dir da nicht ganz gleich sein, ob früher oder später? Dort herrscht gleichsam ein Federbetten-Prinzip – ach, und es geht nicht nur um Federbetten! Dort wirst du eingesogen; dort ist das Ende der Welt, der Anker, der stille Zufluchtsort, der Nabel der Erde, das Fundament des Alls, die Essenz der Pfannkuchen, der fetten Fischpiroggen, des abendlichem Samowars, der leisen Seufzer und der warmen Jacken, der wohlgewärmten Ofenbänke – es ist dir, als wärst du gestorben und zugleich lebendig: du genießt mit einemmal die Vorteile von dem einen so gut wie von dem anderen. Nun, mein Lieber, ich habe wieder einmal teuflischen Unsinn geschwatzt; es ist Zeit, schlafen zu gehen. Höre, ich wache nachts manchmal auf, und dann will ich zu ihm gehen und nach ihm sehen. Es ist Unsinn, das Ganze, alles ist gut. Mach auch du dir keine Sorgen; wenn du aber willst, geh auch einmal zu ihm. Sobald du aber irgend etwas bemerkst, zum Beispiel daß er phantasiert oder Fieber hat oder sonst etwas, weck mich sofort! Aber es ist ja bestimmt nichts . . .«

2

Ernst und voll Sorgen erwachte Rasumichin am nächsten Tag um acht Uhr. Viele neue, unvorhergesehene Zweifel hatten ihn an diesem Morgen befallen. Nicht im Traum hätte er sich früher vorstellen können, daß er jedesmal so erwachen würde. Er entsann sich all dessen, was gestern geschehen war, bis in die kleinsten Einzelheiten und erkannte, daß ihm etwas völlig Unerwartetes widerfahren war, daß er einen einzigartigen Eindruck empfangen hatte, der ihm bislang unbekannt war und sich von Grund auf von allem unterschied, was ihm bis jetzt begegnet war. Gleichzeitig stand ihm klar vor Augen, daß der in ihm entbrannte Traum unerfüllbar war – so unerfüllbar, daß er sich dieses Traums zu schämen begann und rasch zu anderen, wichtigeren Sorgen und Zweifeln überging, die ihm der »gottverfluchte gestrige Tag« als Erbe hinterlassen hatte.

Seine entsetzlichste Erinnerung war die, wie »niedrig und abscheulich« er sich gestern benommen hatte, nicht nur weil er betrunken gewesen war, sondern weil er vor dem Mädchen, indem er ihre Lage ausnutzte, aus dumm-übereilter Eifersucht ihren Verlobten beschimpft hatte, obwohl er weder die wechselseitigen Beziehungen und Verpflichtungen der beiden noch auch den Mann selbst richtig kannte. Welches Recht hatte er denn, so blindlings und überstürzt über ihn zu urteilen? Und wer hatte ihn zum Richter bestellt? Und konnte denn ein Wesen wie Awdotja Romanowna sich des Geldes wegen einem Unwürdigen hingeben? Folglich mußte auch dieser Mensch Vorzüge besitzen. Die Sache mit dem Quartier? Ja, woher hätte er denn wirklich wissen sollen, was das für eine Herberge war? Jetzt wollte er doch eine Wohnung einrichten lassen ... Pfui, wie gemein das alles war! Eine schöne Rechtfertigung: Ich habe im Rausch gesprochen! Nur eine dumme Ausflucht, die ihn noch mehr erniedrigte! Im Wein liegt Wahrheit, und diese Wahrheit war auch rückhaltlos ausgesprochen worden – das heißt, ausgesprochen wurde der ganze Schmutz meines neidischen, brutalen Herzens! Und war denn ein solcher Traum ihm, Rasumichin, auch nur von ferne erlaubt? Wer war er denn im Vergleich mit einem solchen Mädchen – er, der betrunkene Krakeeler und Prahlhans von gestern? Ist denn eine so zynische, lächerliche Nebeneinanderstellung überhaupt möglich? Rasumichin errötete verzweifelt bei diesem Gedanken, und im selben Augenblick erinnerte er sich plötzlich, als wäre es damit noch nicht genug, wie er gestern den beiden Frauen, als sie auf der Treppe standen, gesagt hatte, die Hauswirtin werde seinetwegen auf Awdotja Romanowna eifersüchtig sein ... Das war zuviel. Mit aller Kraft schmetterte er die Faust auf den Küchenherd, schlug eine Kachel heraus und verletzte sich die Hand.

Natürlich, murmelte er nach einer Minute mit einem sonderbaren Gefühl der Selbsterniedrigung vor sich hin, natürlich kann ich jetzt all diese ekelhaften Dinge niemals mehr vertuschen und wiedergutmachen ... es gibt also gar keinen Grund, darüber auch nur nachzudenken. Ich muß den Frauen, ohne ein Wort zu verlieren, gegenübertreten und ... meine Verpflichtungen erfüllen ... ebenfalls wortlos, und ... und ich darf nicht um Entschuldigung bitten und nicht sprechen, und ... und jetzt ist natürlich alles zu Ende!

Trotzdem nahm er, während er sich ankleidete, seinen Anzug kritischer in Augenschein als sonst. Einen anderen Anzug besaß er nicht, und selbst wenn er einen besessen hätte, hätte er ihn vielleicht doch nicht angezogen – gewiß, absichtlich hätte ich ihn nicht angezogen. Doch auf keinen Fall durfte er ein solcher Zyniker und Schmutzfink bleiben; er hatte nicht das Recht, die Gefühle anderer zu beleidigen, um so weniger, als diese anderen ihn brauchten und ihn zu sich riefen. Sorgfältig bürstete er seinen Anzug aus; seine Wäsche war sauber; in dieser Hinsicht, und was körperliche Reinlichkeit betraf, war er stets peinlich genau.

Eifrig wusch er sich an diesem Morgen – er hatte bei Nastasja Seife gefunden –; er wusch sich das Haar, den Hals und besonders gründlich die Hände. Als sich nun die Frage erhob, ob er seinen stoppligen Bart abrasieren sollte oder nicht – Praskowja Pawlowna besaß vortreffliche Rasiermesser, die ihr nach dem Tode des gottseligen Herrn Sarnizyn verblieben waren –, wurde diese Frage geradezu erbittert verneint. Das bleibt so! Am Ende denken sie, ich hätte mich rasiert, um ... Ja, ganz gewiß würden sie das denken! Um keinen Preis der Welt!

Aber ... aber die Hauptsache: ich bin so derb, so schmutzig, benehme mich wie in der Kneipe; und angenommen, ich weiß, daß ich genausogut ein anständiger Mensch bin, sei es auch nur ein ganz kleines bißchen ... nun, welchen Grund hätte ich, darauf stolz zu sein, daß ich anständig bin? Jeder Mensch hat anständig zu sein und noch mehr als das, und ... und trotzdem, entsann er sich, gab es auch bei mir manches ... nicht gerade unehrenhafte Dinge, aber immerhin! ... Und was für Gedanken mir oft durch den Kopf gingen! Hm! ... Und das alles soll mit Awdotja Romanowna auf einer Stufe stehen?! Ach, hol's der Teufel! Meinetwegen! Mit Absicht will ich so schmutzig und speckig aufkreuzen, als käme ich aus der Kneipe ... Ich pfeife drauf! Es ist mir ganz gleich! ...

Über solchen Selbstgesprächen wurde er von Sosimow überrascht, der im Salon Praskowja Pawlownas genächtigt hatte.

Er wollte eben nach Hause gehen und vor dem Weggehen noch rasch einen Blick auf den Patienten werfen. Rasumichin berichtete ihm, daß der Kranke schlafe wie ein Murmeltier. Sosimow verbot, Raskolnikow zu wecken, bis dieser von selber aufwache, und versprach, gegen elf Uhr wiederzukommen.

»Wenn er nur zu Hause bleibt«, fügte er hinzu. »Ach, zum

Teufel! Nicht einmal über den eigenen Patienten ist man Herr, und dann soll man ihn kurieren. Weißt du vielleicht, ob er zu ihnen geht oder ob sie herkommen?«

»Sie kommen her, glaube ich«, antwortete Rasumichin, der Sosimows Frage richtig verstanden hatte, »und sie werden natürlich über ihre Familienangelegenheiten sprechen. Ich ziehe mich dann zurück. Du als Arzt hast selbstverständlich größere Rechte als ich.«

»Auch ich bin kein Beichtvater; ich will gleich wieder weggehen; ich habe ohnedies viel zu tun.«

»Etwas beunruhigt mich«, unterbrach ihn Rasumichin und runzelte die Stirn. »Gestern habe ich mich im Rausch verplappert und ihm auf dem Heimweg allerlei Dummheiten vorgeschwatzt ... verschiedene Dinge ... unter anderem, daß du befürchtest, er könnte ... geisteskrank werden ...«

»Das hast du gestern auch den Damen erzählt.«

»Ich weiß, daß das dumm war! Prügel verdiente ich! Sag aber, vermutest du wirklich etwas Bestimmtes in dieser Richtung?«

»Ach, Unsinn! Von bestimmten Vermutungen kann gar keine Rede sein. Du selbst hast ihn mir als Monomanen beschrieben, als du mich zu ihm führtest ... Und wir haben dann gestern noch Öl ins Feuer gegossen, das heißt, du hast es getan mit deinen Erzählungen ... über jenen Anstreicher; ein nettes Gespräch, da doch das vielleicht mit seiner Verrücktheit in Zusammenhang steht! Hätte ich genau gewußt, was damals im Revier passiert ist, und daß ihn dort irgendeine Kanaille durch diesen Verdacht gekränkt hat ... hm ... ich hätte gestern ein solches Gespräch nicht erlaubt. Monomanen wie er machen doch aus einer Mücke einen Elefanten, sehen im wachen Zustand Gespenster ... Soweit ich die Geschichte überblicke, wurde mir gestern aus dem Bericht Sametows die Sache halbwegs klar. Und was in solchen Fällen alles geschehen kann! Ich kenne einen Fall ... da hat ein Hypochonder, ein Mann von vierzig Jahren, der außerstande war, bei Tisch die täglichen Spötteleien eines achtjährigen Jungen zu ertragen, den Bengel erstochen! Und hier: ein Mensch ganz in Lumpen; ein Lümmel von der Polizei; die Krankheit, die schon in ihm steckt – und dann noch ein solcher Verdacht! Und das alles muß einem reizbaren Hypochonder passieren! Bei seiner wahnsinnigen, abnormen Eitelkeit! Vielleicht hat hier die Krankheit ihren Ursprung! Na, hol's der Teufel ... Nebenbei bemerkt ist dieser Sametow wirklich ein netter Junge, nur ... hm ... war es nicht gerade notwendig, daß er das gestern erzählt hat. Ein schrecklicher Schwätzer!«

»Aber wem hat er es denn erzählt? Doch nur dir und mir!«

»Und Porfirij!«

»Nun, und was ist dabei, wenn er es auch Porfirij erzählt hat?«

»Hast du übrigens irgendwelchen Einfluß auf die beiden, auf seine Mutter und seine Schwester? Sie sollen heute recht vorsichtig mit ihm umgehen ...«

»Dazu werden sie wohl bereit sein!« antwortete Rasumichin unwillig.

»Und warum ist er über diesen Luschin so hergefallen? Der Mann hat vermutlich Geld und ist ihr anscheinend nicht zuwider ... Sie besitzen doch keinen Knopf, nicht wahr?«

»Was du nicht alles wissen willst!« rief Rasumichin verärgert. »Woher soll ich denn wissen, ob sie einen Knopf haben oder nicht? Frag sie selber, dann wirst du's vielleicht erfahren ...«

»Oh, wie dumm du manchmal bist! In dir steckt noch der ganze Suff von gestern ... Auf Wiedersehen; richte Praskowja Pawlowna meinen Dank für das Nachtlager aus. Sie hat sich eingeschlossen; auf mein bon jour, das ich ihr durch die Tür zurief, gab sie keine Antwort; dabei ist sie schon um sieben aufgestanden, und über den Flur wurde ihr aus der Küche Tee gebracht ... Ich wurde nicht für würdig befunden, ihr Antlitz zu schauen ...«

Pünktlich um neun erschien Rasumichin in Bakalejews Gasthof. Beide Damen hatten schon lange voll krankhafter Ungeduld auf ihn gewartet. Sie waren bereits um sieben Uhr oder vielleicht noch früher aufgestanden. Finster wie die Nacht trat er ein und verbeugte sich ungeschickt, weswegen er sogleich wütend wurde – natürlich auf sich selber. Er hatte aber die Rechnung ohne den Wirt gemacht: Pulcheria Alexandrowna stürzte sofort auf ihn zu, nahm seine beiden Hände und hätte sie beinahe geküßt. Schüchtern blickte er zu Awdotja Romanowna hin; doch auch dieses sonst so hochmütige Gesicht zeigte jetzt einen solchen Ausdruck dankbarer Freundschaft, eine so völlige, für ihn unerwartete Hochachtung an Stelle der spöttischen Blicke und der schlecht verhohlenen unwillkürlichen Verachtung, daß es ihm wahrhaftig leichter gefallen wäre, hätten sie ihn mit Schimpfreden begrüßt; denn so war der Empfang allzu verwirrend für ihn. Zum Glück war das Gesprächsthema gegeben, und er klammerte sich geradezu daran.

Als Pulcheria Alexandrowna hörte, daß Raskolnikow noch nicht erwacht, daß aber alles »in bester Ordnung« sei, erklärte sie, das sei gut, weil sie »sehr, sehr, sehr dringend« vorher mit ihm, Rasumichin, sprechen müsse. Dann fragte sie ihn, ob er schon Tee getrunken habe, und lud ihn ein, mit ihnen zu frühstücken; sie hatten in Erwartung Rasumichins noch nichts zu sich genommen. Awdotja Romanowna klingelte, und daraufhin erschien ein schmutziger, zerlumpter Kerl, und man bestellte bei ihm den Tee, der endlich auch gebracht wurde; aber er wurde so unsauber und unappetitlich serviert, daß es den Damen peinlich war. Rasumichin begann heftig über diese Unterkunft herzuziehen, doch da fiel ihm Luschin ein; er verstummte, wurde verlegen und freute sich schrecklich, als schließlich die Fragen Pulcheria Alexandrownas wie ein Sturzbach auf ihn niederprasselten.

Er gab ausführlich Antwort auf alles und sprach drei Viertelstunden lang, unaufhörlich durch Fragen unterbrochen, und es gelang ihm, wenigstens die wichtigsten und nötigsten Tatsachen, die ihm aus dem letzten Lebensjahr Rodion Romanowitschs bekannt waren, wiederzugeben und schließlich einen eingehenden Bericht über dessen Krankheit zu liefern. Er ließ übrigens vieles weg, was weggelassen werden mußte, unter anderem auch die Szene im Revier mit allen ihren Folgen. Die beiden Frauen lauschten gierig seinen Worten; doch als er glaubte, er wäre schon zu Ende und hätte seine Zuhörerinnen zufriedengestellt, zeigte sich, daß er für sie gewissermaßen noch gar nicht angefangen hatte.

»Sagen Sie, sagen Sie mir, was meinen Sie ... ach, verzeihen Sie, ich weiß noch immer Ihren Namen und Vatersnamen nicht«, sprach Pulcheria Alexandrowna hastig.

»Dmitrij Prokofjitsch.«

»Nun also, Dmitrij Prokofjitsch, ich wüßte sehr, sehr gern ... wie er jetzt überhaupt ... die Dinge betrachtet, das heißt ... verstehen Sie mich? Wie soll ich Ihnen das erklären? Das heißt, besser ausgedrückt: was liebt er und was liebt er nicht? Ist er immer so reizbar? Welche Wünsche und, sozusagen, Träume hat er? Können Sie mir das erzählen? Was übt gerade jetzt besonderen Einfluß auf ihn aus? Mit einem Wort, ich möchte ...«

»Ach, Mama, wie kann man denn alle diese Fragen auf einmal beantworten!« warf Dunja ein.

»Du lieber Gott, ich habe ja nicht im entferntesten, nicht im entferntesten erwartet, ihn so anzutreffen, Dmitrij Prokofjitsch.«

»Das ist sehr natürlich, gnädige Frau«, antwortete Rasumichin. »Ich habe keine Mutter mehr, nun, aber mein Onkel kommt Jahr für Jahr hierher und erkennt mich fast jedesmal nicht wieder, sogar rein äußerlich, und dabei ist er ein kluger Mann; nun, und die drei Jahre, die Sie ihn nicht gesehen haben, sind eine lange Zeit. Aber was soll ich Ihnen sagen? Seit anderthalb Jahren kenne ich ihn jetzt: er ist mürrisch, finster, anmaßend und stolz; seit langer Zeit – aber vielleicht schon länger – ist er nachtragend und hypochondrisch. Er ist großmütig und gut. Seine Gefühle stellt er nicht gern zur Schau; lieber beginge er eine Grausamkeit, als daß er sein Herz in Worten offenbarte. Übrigens ist er manchmal gar nicht hypochondrisch, sondern nur kalt und gefühllos bis zur Unmenschlichkeit, wahrhaftig so, als ob zwei entgegengesetzte Charaktere ständig in ihm abwechselten. Manchmal ist er furchtbar wortkarg! Nie hat er Zeit; immer stört man ihn, und dabei liegt er da und tut nichts. Nie ist er spöttisch; aber nicht weil es ihm an Witz fehlte, sondern es sieht so aus, als ob er für solche Bagatellen keine Zeit hätte. Er hört nicht zu, wenn man ihm etwas erzählt. Niemals interessiert er sich für das, wofür sich im Augenblick alle interessieren. Er hat eine furchtbar hohe Meinung von sich selbst; und wie mir scheinen will, nicht ohne ein gewisses Recht. Nun, und was noch? ... Ich glaube, Ihre Ankunft wird auf ihn einen höchst heilsamen Einfluß ausüben.«

»Ach, gebe es Gott!« rief Pulcheria Alexandrowna, die Rasumichins Worte über ihren Rodja zutiefst getroffen hatten.

Rasumichin blickte schließlich Awdotja Romanowna mit etwas mehr Mut an. Er hatte sie, während er sprach, oft angesehen, aber stets nur flüchtig, nur für eine Sekunde, und dann gleich den Blick wieder abgewandt. Awdotja Romanowna saß bald am Tisch und hörte aufmerksam zu, bald stand sie wieder auf und ging, wie es ihre Gewohnheit war, mit verschränkten Armen und zusammengepreßten Lippen von einer Ecke in die andere, wobei sie gelegentlich, ohne ihre Wanderung zu unterbrechen, nachdenklich eine Frage stellte. Auch sie pflegte nicht richtig anzuhören, was man sprach. Sie trug ein dunkles Kleid aus leichtem Stoff und einen durchsichtigen weißen Schal um den Hals. An vielen Dingen hatte Rasumichin sogleich gemerkt, daß die Ausstattung der beiden Frauen äußerst armselig war. Wäre Awdotja Romanowna wie eine Königin gekleidet gewesen, er hätte wahrscheinlich gar keine Furcht vor ihr empfunden; jetzt aber, vielleicht gerade weil sie so ärmliche Sachen trug und weil er merkte, wie dürftig ihre Verhältnisse waren, hatte sich Furcht in sein Herz geschlichen, und er bangte bei jedem Wort, das er sprach, und bei jeder Bewegung – was natürlich für einen Menschen, der sich ohnedies selbst nicht vertraut, sehr bedrückend war.

»Sie haben viel Interessantes über den Charakter meines Bruders geäußert und ... Sie haben es gesagt, ohne voreingenommen zu sein. Das ist gut; ich hatte gemeint, Sie schwärmten für ihn«, erklärte Awdotja Romanowna lächelnd. »Mir will scheinen, es trifft zu, daß er eine Frau um sich haben sollte«, fügte sie nachdenklich hinzu.

»Das habe ich nicht gesagt; übrigens haben Sie vielleicht auch hierin recht, nur ...«

»Was?«

»Er liebt ja niemanden, und vielleicht wird er nie jemanden lieben«, erwiderte Rasumichin rasch.

»Heißt das, er sei unfähig zu lieben?«

»Ach, wissen Sie, Awdotja Romanowna, Sie selbst sind Ihrem Bruder furchtbar ähnlich, in allem!« platzte er plötzlich, sogar für ihn selbst unerwartet, heraus; doch sofort fiel ihm ein, was er gerade über Raskolnikow gesagt hatte, und er wurde rot wie ein Krebs und entsetzlich verlegen. Awdotja Romanowna sah ihn an und konnte ein Lächeln nicht unterdrücken.

»Was Rodja betrifft, so täuscht ihr euch sicher beide«, fiel Pulcheria Alexandrowna ein wenig gekränkt ein. »Ich spreche nicht von jetzt, Dunjetschka. Was Pjotr Petrowitsch in diesem Brief schreibt ... und was wir beide vermutet haben, trifft vielleicht nicht zu, aber Sie können sich nicht vorstellen, Dmitrij Prokofjitsch, was für ein Phantast und wie ... wie soll ich das nur sagen ... wie launenhaft er ist. Seinem Charakter konnte ich niemals ganz vertrauen, selbst als er erst fünfzehn Jahre alt war. Ich bin überzeugt, daß er auch jetzt plötzlich mit sich irgend etwas tun könnte, das kein Mensch von ihm erwartet hätte ... Aber man braucht gar nicht so weit zu gehen: ist Ihnen bekannt, wie er mich vor anderthalb Jahren in Erstaunen gesetzt, erschüttert und beinahe ins Grab gebracht hat, als er den Einfall bekam, diese, wie hieß sie nur ... die Tochter dieser Sarnizyna, seiner Hauswirtin, zu heiraten?«

»Wissen Sie etwas Näheres über diese Geschichte?« fragte Awdotja Romanowna.

»Glauben Sie etwa«, fuhr Pulcheria Alexandrowna leidenschaftlich fort, »meine Tränen, meine Bitten, meine Erkrankung, vielleicht mein Tod an gebrochenem Herzen und unsere große Armut hätten ihn damals davon abgehalten? Seelenruhig wäre er über alle diese Hindernisse hinweggegangen. Liebt er uns denn wirklich nicht, wirklich nicht?«

»Er selbst hat über diese Geschichte nie ein Wort zu mir verlauten lassen«, erwiderte Rasumichin vorsichtig, »aber ich habe einiges von Frau Sarnizyna gehört, die ebenfalls in ihrer Art nicht gern etwas erzählt; und was ich gehört habe, ist tatsächlich etwas sonderbar . . .«

»Was haben Sie gehört, was?« fragten beide Frauen gleichzeitig.

»Ach, es ist gar nichts so Besonderes. Ich erfuhr nur, daß diese Ehe, die schon eine beschlossene Sache war und nur wegen des Todes der Braut nicht zustande kam, der Frau Sarnizyna höchst unwillkommen war . . . Außerdem soll das Mädchen gar nicht hübsch gewesen sein, im Gegenteil, so sagt man, geradezu häßlich . . . und so krank und . . . und merkwürdig . . . Aber trotzdem dürfte sie einige Vorzüge gehabt haben. Unbedingt muß sie irgendwelche Vorzüge gehabt haben, sonst wäre die Geschichte ganz unverständlich . . . Eine Mitgift war ebenfalls nicht da, aber mit einer Mitgift hätte er auch gewiß nicht gerechnet . . . Überhaupt ist es schwer, so etwas zu beurteilen . . .«

»Ich bin überzeugt, daß sie ein achtenswertes Mädchen war«, bemerkte Awdotja Romanowna kurz.

»Gott möge mir vergeben, aber ich habe mich damals geradezu über ihren Tod gefreut, obwohl ich nicht weiß, wer von den beiden den andern zugrunde gerichtet hätte: er sie oder sie ihn«, sagte Pulcheria Alexandrowna abschließend; dann begann sie vorsichtig, indem sie immer wieder eine Pause machte und ständig auf Dunja schaute, was dieser sichtlich unangenehm war, von neuem nach der gestrigen Szene zwischen Rodja und Luschin zu fragen. Dieses Ereignis beunruhigte sie offensichtlich mehr als alles andere; sie zitterte geradezu vor Angst und Beklommenheit.

Rasumichin erzählte alles noch einmal und ließ auch die kleinsten Einzelheiten nicht unerwähnt, fügte jedoch jetzt seine eigene Schlußfolgerung hinzu: er beschuldigte Raskolnikow unverblümt, Pjotr Petrowitsch vorsätzlich beleidigt zu haben, und entschuldigte ihn diesmal kaum mit seiner Krankheit.

»Er hat das schon vor seiner Erkrankung geplant«, schloß er.

»Das ist auch meine Ansicht«, entgegnete Pulcheria Alexandrowna mit niedergeschlagener Miene. Es wunderte sie jedoch sehr, daß sich Rasumichin diesmal über Pjotr Petrowitsch so vorsichtig und sogar gewissermaßen respektvoll ausgelassen hatte. Auch Awdotja Romanowna war davon betroffen.

»Was also ist ihre Meinung über Pjotr Petrowitsch?« konnte sich Pulcheria Alexandrowna nicht enthalten, ihn zu fragen.

»Über den zukünftigen Mann Ihrer Tochter kann ich keiner anderen Ansicht sein«, antwortete Rasumichin fest und feurig; »und ich sage das nicht nur aus alberner Höflichkeit, sondern weil ... weil ... nun, und sei es auch nur aus dem Grunde, weil Awdotja Romanowna selber diesen Mann freiwillig ihrer Wahl gewürdigt hat. Wenn ich ihn gestern so beschimpft habe, dann geschah das, weil ich da ekelhaft betrunken und dann noch ... verrückt war; ja, verrückt, kopflos; ich hatte völlig den Verstand verloren ... und heute schäme ich mich dessen! ...«

Er wurde rot und verstummte. Awdotja Romanowna fuhr auf, brach aber das Schweigen nicht. Von dem Augenblick an, da die Rede auf Luschin gekommen war, hatte sie kein einziges Wort mehr gesprochen.

Indes schien Pulcheria Alexandrowna ohne die Unterstützung ihrer Tochter ratlos zu sein. Schließlich erklärte sie stockend, und indem sie abermals ständig zu Awdotja Romanowna hinüberschaute, daß ein Umstand ihr jetzt außerordentliche Sorge bereite.

»Sehen Sie, Dmitrij Prokofjitsch . . .« begann sie, »– ich werde zu Dmitrij Prokofjitsch ganz aufrichtig sein, nicht wahr, Dunjetschka?«

»Aber natürlich, liebe Mama«, erwiderte Awdotja Romanowna mit Nachdruck.

»Die Sache ist also die«, fuhr sie hastig fort, als wäre ihr mit der Erlaubnis, ihren Kummer mitteilen zu dürfen, ein Stein vom Herzen genommen, »heute, sehr früh am Morgen, erhielten wir von Pjotr Petrowitsch ein Schreiben, mit dem er uns auf unsere gestrige Nachricht, daß wir angekommen seien, Antwort gab. – Wissen Sie, gestern hätte er uns – jedenfalls hatte er es versprochen – an der Bahn abholen sollen.

Statt dessen schickte er einen Diener, der die Adresse dieser Unterkunft hier hatte und uns den Weg zeigte, und er selbst ließ uns ausrichten, daß er uns heute morgen aufsuchen werde. Doch heute morgen traf an seiner Stelle dieses Schreiben hier ein ... am besten, Sie lesen es selbst; es ist ein Punkt darin, der mich sehr beunruhigt ... Sie werden gleich sehen, welcher Punkt das ist, und ... Sie müssen mir aufrichtig Ihre Meinung sagen, Dmitrij Prokofjitsch. Sie kennen den Charakter Rodjas besser als alle anderen und können mir am ehesten raten. Ich mache Sie darauf aufmerksam, daß Dunjetschka gleich im ersten Augenblick ihre Entscheidung getroffen hat; aber ich ... ich weiß noch nicht, wie ich mich verhalten soll, und ... und ich habe die ganze Zeit nur auf Sie gewartet.«

Rasumichin öffnete den Brief, der das Datum des Vortages trug, und las folgendes:

»Sehr verehrte Pulcheria Alexandrowna, ich habe die Ehre, Sie davon in Kenntnis zu setzen, daß ich infolge unvorhergesehener Hindernisse außerstande war, Sie auf dem Bahnhof zu erwarten, und daß ich Ihnen deshalb einen sehr tüchtigen Mann schicke. Ebenso muß ich mir morgen vormittag die Ehre eines Wiedersehens mit Ihnen versagen, da mich unaufschiebbare Geschäfte im Senat festhalten und da ich Ihre Zusammenkunft mit Ihrem Sohn und das Wiedersehen Awdotja Romanownas mit ihrem Bruder nicht stören möchte. Ich werde jedoch die Ehre haben, Sie am morgigen Tage Punkt acht Uhr abends in Ihrem Quartier aufzusuchen und Ihnen meine Aufwartung zu machen, wobei ich die entschiedene und, wie ich betonen muß, dringende Bitte hinzufüge, daß bei unserem gemeinsamen Zusammenkommen Rodion Romanowitsch nicht zugegen sei; er hat mich bei meinem gestrigen Krankenbesuch beispiellos und voll Mißachtung beleidigt, und außerdem muß ich mich unter vier Augen mit Ihnen über einen gewissen Punkt aussprechen, über den ich Ihre eigene Ansicht zu hören wünsche. Gleichzeitig habe ich die Ehre, Sie im voraus darauf aufmerksam zu machen, daß ich, sollte ich entgegen meiner Bitte Rodion Romanowitsch bei Ihnen vorfinden, genötigt wäre, mich unverzüglich zu entfernen; die Folgen hätten Sie sich dann selbst zuzuschreiben.

Ich erwähne das in der Annahme, daß Rodion Romanowitsch, der bei meinem Besuch so krank zu sein schien, aber zwei Stunden später plötzlich wieder gesund wurde, wohl auch das Haus verlassen und zu Ihnen kommen könnte. Ich habe mich davon mit eigenen Augen überzeugen können, und zwar in der Wohnung eines von Pferden niedergestoßenen Trunkenboldes, der später seinen Verletzungen erlag und dessen Tochter, einem Mädchen von üblem Ruf, Rodion Romanowitsch gestern an die fünfundzwanzig Rubel, angeblich für das Begräbnis, aushändigte, was mich sehr in Erstaunen setzte; denn ich weiß, unter welchen Sorgen Sie diese Summe aufgebracht haben. Indem ich der geehrten Awdotja Romanowna meine besondere Hochachtung bezeige, bitte ich Sie, das Gefühl meiner respektvollen Verehrung entgegenzunehmen.

Ihr ergebener Diener
P. Luschin«

»Was soll ich jetzt tun, Dmitrij Prokofjitsch?« fragte Pulcheria Alexandrowna, den Tränen nahe. »Wie soll ich denn Rodja den Vorschlag machen, er möge nicht herkommen? Er forderte gestern immer wieder, wir sollten Pjotr Petrowitsch den Laufpaß geben, und jetzt verlangt Pjotr Petrowitsch, wir sollen Rodja nicht empfangen. Wenn Rodja das erfährt, kommt er absichtlich, aus Trotz, und ... und was wird dann?«

»Richten Sie sich ganz danach, was Awdotja Romanowna entschieden hat«, antwortete Rasumichin ruhig und ohne Zögern.

»Ach! Du lieber Gott! Sie sagt ... Gott weiß was; und sie erklärt mir nicht ihre Gründe! Sie sagt, es sei besser, das heißt nicht besser, sondern zu irgendeinem Zweck angeblich unbedingt nötig, daß auch Rodja heute um acht Uhr herkäme und daß die beiden einander auf jeden Fall begegneten ... Und ich wollte ihm eigentlich den Brief gar nicht zeigen, sondern es irgendwie mit List und durch Ihre Vermittlung dahin bringen, daß er nicht käme ... weil er so reizbar ist ... Ich verstehe überhaupt nichts von all dem; was für ein Trunkenbold ist denn da gestorben und was ist das für eine Tochter und wie konnte er dieser Tochter das letzte Geld geben ... das ich ...«

»Das Sie mit solcher Mühe aufgebracht haben, Mama«, ergänzte Awdotja Romanowna.

»Er war nicht ganz bei Verstand«, meinte Rasumichin nachdenklich. »Wenn Sie wüßten, was er gestern in einem Gasthaus gemacht hat, obgleich es klug war ... hm! Aber über einen Verstorbenen und über irgendein Mädchen hat er tatsächlich gesprochen, als ich ihn nach Hause brachte, doch habe ich kein Wort davon verstanden ... Übrigens war ich gestern selber ...«

»Am besten, wir gehen zu ihm, Mama; ich versichere Ihnen, daß wir dort gleich sehen werden, was wir tun können. Und außerdem ist es schon Zeit – o Gott! Elf Uhr!« rief Dunja, nachdem sie auf die prächtige emaillierte Uhr geschaut hatte, die an einer zarten venezianischen Kette an ihrem Hals hing und in schreiendem Gegensatz zu der sonstigen dürftigen Kleidung des Mädchens stand.

Ein Geschenk ihres Verlobten, dachte Rasumichin.

»Ach, es ist Zeit! ... Es ist Zeit, Dunjetschka, es ist Zeit!« pflichtete ihr Pulcheria Alexandrowna in unruhiger Geschäftigkeit bei. »Er glaubt sonst noch, wir wären ihm wegen gestern böse, weil wir so lange nicht kommen. Ach, du lieber Gott!«

Bei diesen Worten warf sie hastig ihre Mantille über die Schultern und setzte sich den Hut auf. Auch Dunjetschka zog sich an. Ihre Handschuhe waren nicht nur abgetragen, sondern hatten auch Löcher, was Rasumichin bemerkte; indes verlieh die offenkundige Armut, mit der die beiden Damen gekleidet waren, ihnen eine Art besondere Würde, was immer bei jenen Menschen der Fall ist, die armselige Kleidung mit Anstand zu tragen wissen. Voll andächtiger Verehrung blickte er Dunjetschka an und war stolz, daß er sie begleiten durfte. Jene Königin, dachte er, die im Kerker ihre Strümpfe stopfte, sah in dem Augenblick bestimmt wie eine echte Königin aus, und königlicher noch als bei den üppigsten Festen und Feiern.

»O Gott!« rief Pulcheria Alexandrowna, »hätte ich je gedacht, daß ich Angst haben könnte vor einem Wiedersehen mit meinem Sohn, mit meinem lieben, lieben Rodja, solche Angst wie jetzt? ... Ich habe Angst, Dmitrij Prokofjitsch!« fügte sie hinzu, während sie ihn zaghaft ansah.

»Fürchten Sie nichts, liebe Mama«, erwiderte Dunja und küßte sie; »glauben Sie lieber an ihn. Ich tue es.«

»Ach Gott! Auch ich glaube an ihn, doch habe ich die ganze Nacht nicht geschlafen!« rief die arme Frau.

Sie traten auf die Straße.

»Weißt du, Dunjetschka, als ich – es war bereits gegen Morgen – ein wenig einschlummerte, träumte ich plötzlich von der gottseligen Marfa Petrowna ... Sie war ganz in Weiß gekleidet ... und kam auf mich zu und nahm mich bei der Hand, während sie den Kopf schüttelte, so streng, so streng, als ob sie mich verurteilte ... Hat das etwas Gutes zu bedeuten? Ach, du lieber Himmel, Sie wissen es ja noch gar nicht, Dmitrij Prokofjitsch: Marfa Petrowna ist gestorben!«

»Nein, ich weiß wirklich nichts; was für eine Marfa Petrowna?«

»Ganz plötzlich. Und stellen Sie sich nur vor ...«

»Später, Mama!« mischte sich Dunja ein. »Er weiß ja noch gar nicht, wer Marfa Petrowna war.«

»Ach, Sie wissen das nicht? Und ich dachte, Ihnen wäre das alles bekannt. Sie müssen verzeihen, Dmitrij Prokofjitsch, zur Zeit bin ich einfach ganz durcheinander. Ich sehe Sie gewissermaßen als unsere Vorsehung an, und darum war ich ganz überzeugt davon, daß Sie alles bereits wüßten. Ich habe das Gefühl, als gehörten Sie zur Familie ... Seien Sie nicht böse, daß ich das sage. Ach du lieber Himmel, was haben Sie denn da an der rechten Hand? Haben Sie sich verletzt?«

»Ja, ich habe mich verletzt«, murmelte Rasumichin beglückt.

»Manchmal trage ich das Herz wirklich auf der Zunge, so daß Dunja mich zurückhalten muß ... aber mein Gott, in was für einer Kammer er wohnt! Ob er wohl schon aufgewacht ist? Und diese Frau, seine Hauswirtin, bezeichnet so etwas als Zimmer? Hören Sie, Sie sagen, er liebe es nicht, sein Herz auszuschütten; da werde ich ihm vielleicht durch meine Schwächen ... lästig fallen? ... Wollen Sie mir nicht raten, Dmitrij Prokofjitsch, wie ich mich ihm gegenüber verhalten soll? Wissen Sie, ich bin schon ganz verwirrt.«

»Fragen Sie ihn nicht zu sehr aus, wenn Sie sehen, daß er ein finsteres Gesicht zieht; insbesondere erkundigen Sie sich nicht zu eingehend nach seiner Gesundheit – das mag er nicht.«

»Ach, Dmitrij Prokofjitsch, wie schwer ist es, Mutter zu sein! Aber da sind wir ja schon bei dieser Treppe ... Eine schreckliche Treppe!«

»Liebe Mama, Sie sind ja geradezu blaß; beruhigen Sie sich doch, meine Teuerste!« sagte Dunja und liebkoste sie. »Er sollte glücklich sein, Sie zu sehen, und Sie quälen sich so«, fügte sie hinzu, und ihre Augen funkelten.

Langsam stiegen die Damen hinter Rasumichin hinauf, der vorausgeeilt war. Als sie im vierten Stock an der Tür der Hauswirtin vorbeigingen, bemerkten sie, daß diese Tür einen kleinen Spalt weit geöffnet war und daß zwei flinke schwarze Augen aus dem Dunkel herausspähten. Als dieser Blick dem der beiden Frauen begegnete, wurde die Tür zugeschlagen, und zwar mit einem solchen Krach, daß Pulcheria Alexandrowna vor Schreck beinahe aufgeschrien hätte.

3

»Er ist gesund, gesund!« rief Sosimow den Eintretenden fröhlich entgegen. Er war vor etwa zehn Minuten gekommen und saß wie gestern in der Ecke auf dem Diwan. Raskolnikow saß ihm gegenüber in der anderen Ecke, völlig angezogen und sogar sorgfältig gewaschen und gekämmt, was schon lange nicht mehr der Fall gewesen war. Das Zimmer war im Nu voll, doch Nastasja hatte es trotzdem verstanden, hinter den Besuchern hineinzuschlüpfen, und lauschte jetzt.

Wirklich war Raskolnikow fast gesund, vor allem im

Vergleich mit gestern, nur war er sehr blaß, zerstreut und verdrießlich. Er sah gewissermaßen wie ein Verwundeter aus oder wie ein Mensch, der einen heftigen körperlichen Schmerz erleidet: seine Brauen waren zusammengezogen, die Lippen aufeinandergepreßt; die Augen entzündet. Er sprach wenig und ungern, als kostete es ihn Überwindung oder als erfüllte er eine Verpflichtung, und hin und wieder äußerte sich in seinen Bewegungen eine Art Unruhe. Es fehlte nur noch irgendeine Bandage an der Hand oder ein Fingerling aus Taft, um die Ähnlichkeit mit einem Menschen vollkommen zu machen, der zum Beispiel einen sehr schmerzhaft eiternden Finger hat oder eine verletzte Hand oder sonst eine derartige Wunde.

Übrigens erhellte sich auch dieses blasse, finstere Gesicht für einen Augenblick, als würde es mit Licht übergossen, als Mutter und Schwester eintraten; aber gleich darauf schien nur eine noch konzentriertere Qual an Stelle der früheren gramvollen Zerstreutheit zu treten. Das Licht erlosch, und die Qual blieb. Sosimow beobachtete und studierte seinen Patienten mit all dem jugendlichen Feuereifer eines Arztes, der eben erst mit seiner Praxis begonnen hat, und er sah verwundert, wie Raskolnikows Gesicht bei der Ankunft seiner Verwandten an Stelle von Freude gewissermaßen eine gequälte, heimliche Entschlossenheit verriet, ein oder zwei Stunden lang eine unvermeidliche Folter zu erdulden. Dann sah er, wie fast jedes Wort des folgenden Gespräches irgendeine Wunde in seinem Patienten zu berühren schien und ihn schmerzte; gleichzeitig aber staunte er nicht wenig, wie gut Raskolnikow sich heute zu beherrschen und seine monomanischen Gefühle von gestern zu verbergen verstand, als er wegen des kleinsten Wortes fast in Raserei geraten war.

»Ja, ich sehe jetzt selbst, daß ich fast gesund bin«, sagte Raskolnikow freundlich, während er Mutter und Schwester küßte, weswegen Pulcheria Alexandrowna sogleich vor Glück strahlte; »und ich sage das *nicht so wie gestern*«, fügte er hinzu, wandte sich an Rasumichin und drückte ihm freundschaftlich die Hand.

»Ich muß heute geradezu staunen über ihn«, begann Sosimow, der sich über die Ankunft der Besucher sehr freute, weil ihm schon während dieser zehn Minuten der Gesprächsstoff mit seinem Patienten ausgegangen war. »Wenn es so weitergeht, ist er in drei, vier Tagen wieder ganz der alte, das heißt so, wie er vor einem Monat war oder vor zwei oder vielleicht sogar vor drei Monaten. Die Krankheit hat ja schon lange in ihm gesteckt und geschwelt ... nicht wahr? Sie geben jetzt sicher zu, daß Sie vielleicht auch selber etwas Schuld hatten?« fügte er mit einem vorsichtigen Lächeln hinzu, als fürchtete er noch immer, ihn durch irgend etwas zu reizen.

»Das ist sehr wohl möglich«, erwiderte Raskolnikow kalt.

»Ich sage das deshalb«, sprach Sosimow, der auf den Geschmack gekommen war, weiter, »weil Ihre baldige Genesung jetzt hauptsächlich von Ihnen abhängt. Heute, da man schon mit Ihnen sprechen kann, möchte ich Ihnen einschärfen, daß unbedingt die ursprünglichen, sozusagen die wurzelhaften Ursachen beseitigt werden müssen, die Ihren krankhaften Zustand hervorgerufen haben; nur dann werden Sie gesund; sollte das nicht gelingen, wird Ihr Zustand sogar noch schlimmer werden. Diese primären Ursachen kenne ich nicht, aber Ihnen müssen sie bekannt sein. Sie sind ein kluger Mensch und haben sich natürlich selbst beobachtet. Mir will scheinen, daß der Beginn Ihrer Krankheit mit dem Zeitpunkt zusammenfällt, da Sie die Universität verlassen haben. Sie können nicht ohne Beschäftigung sein, und deshalb glaube ich, daß Arbeit und ein unverrückbares Ziel Ihnen sehr helfen könnten.«

»Ja, ja, Sie haben völlig recht ... Ich will jetzt bald wieder mein Universitätsstudium aufnehmen, und dann wird alles gehen ... wie geschmiert ...«

Sosimow, der diese klugen Ratschläge zum Teil auch deshalb von sich gegeben hatte, weil er Eindruck auf die Damen machen wollte, war natürlich einigermaßen beunruhigt, als er zum Schluß seiner Ausführungen einen Blick auf Raskolnikow warf und in dessen Gesicht einen entschiedenen Spott bemerkte. Übrigens dauerte das nur eine Sekunde. Pulcheria Alexandrowna dankte Sosimow sogleich, insbesondere für den nächtlichen Besuch gestern in ihrer Herberge.

»Wie, war er heute nacht bei euch?« fragte Raskolnikow, der unruhig zu sein schien. »Also habt ihr trotz eurer Reise nicht geschlafen?«

»Ach, Rodja, das war doch nur bis zwei Uhr. Dunja und ich gehen auch zu Hause nie vor zwei Uhr zu Bett.«

»Auch ich weiß nicht, wie ich ihm danken soll«, fuhr Raskolnikow fort, der plötzlich mit finsterem Gesicht zu Boden blickte. »Da ich die Geldfrage ausschalte – entschuldigen Sie, daß ich das erwähne«, wandte er sich an Sosimow –, »weiß ich wirklich nicht, wordurch ich diese so besondere Aufmerksamkeit verdient habe. Ich verstehe es einfach nicht ... und ... es bedrückt mich geradezu, weil es mir unverständlich ist. Ich sage Ihnen das ganz offen.«

»Ärgern Sie sich nicht«, entgegnete Sosimow mit gezwungenem Lachen. »Nehmen Sie einfach an, Sie wären mein erster Patient! Unsereiner, der soeben zu praktizieren angefangen hat, liebt seine ersten Patienten, als wären sie seine leiblichen Kinder, und manche verlieben sich sogar in sie. Ich bin nämlich an Patienten noch gar nicht so reich.«

»Von ihm rede ich gar nicht erst«, sprach Raskolnikow weiter und deutete auf Rasumichin; »auch er hat außer Beleidigungen und Sorgen nichts von mir gehabt.«

»Das lügt er! Du bist heute wohl in einer etwas pathetischen Stimmung, wie?« rief Rasumichin.

Hätte er einen schärferen Blick besessen, er hätte gesehen, daß hier von pathetischer Stimmung keine Rede sein konnte, sondern daß gerade das Gegenteil zutraf. Aber Awdotja Romanowna hatte es gemerkt. Angespannt und unruhig beobachtete sie den Bruder.

»Und von Ihnen, Mama, schweige ich überhaupt«, fuhr er fort, als wäre das eine Lektion, die er den ganzen Morgen über auswendig gelernt hätte. »Erst heute wurde mir halbwegs klar, wie ihr gestern hier gelitten haben müßt, als ihr auf meine Rückkehr gewartet habt.« Bei diesen Worten streckte er plötzlich, lächelnd und schweigend, seiner Schwester die Hand hin. Doch in seinem Lächeln war diesmal ein echtes, unverfälschtes Gefühl zu erkennen. Dunja ergriff froh und dankbar die dargereichte Hand und drückte sie innig. Zum erstenmal hatte er sich nach dem gestrigen Zwist an sie gewandt. Angesichts dieser endgültigen, wortlosen Versöhnung der beiden Geschwister erhellten Entzücken und Glück das Antlitz der Mutter.

»Eben deshalb liebe ich ihn!« flüsterte Rasumichin, der ja alles übertrieb, während er sich auf seinem Stuhl energisch umwandte. »Er hat solche Gesten! ...«

Wie treffend er das gesagt hat, dachte die Mutter im stillen. Welch edle Regungen er hat und wie schlicht und zartfühlend er diese ganze gestrige Meinungsverschiedenheit mit seiner Schwester aus der Welt geschafft hat – nur dadurch, daß er ihr in dieser Minute die Hand reichte und sie liebevoll ansah ... Wie wunderschön seine Augen sind und wie wunderschön das ganze Gesicht! ... Er ist sogar schöner als Dunjetschka ... aber, du lieber Gott, was für einen Anzug er anhat, wie schrecklich er angezogen ist! Selbst der Laufjunge Wasja in Afanasij Iwanowitschs Laden ist besser angezogen ... So gerne würde ich jetzt auf ihn zueilen und ihn umarmen ... und weinen, aber ich habe Angst, Angst ... was ist er bloß für ein Mensch, du mein Herr und Gott! Er spricht ganz freundlich, aber ich habe Angst! Wovor nur? ...

»Ach, Rodja, du wirst nicht glauben«, begann sie plötzlich, indem sie sich beeilte, seine Bemerkung zu beantworten, »wie ... unglücklich Dunjetschka und ich gestern waren! Jetzt, da alles vergeben und vergessen ist und wir hier wieder glücklich sind, kann ich es ja erzählen. Stell dir nur vor, wir eilen hierher, direkt von der Eisenbahn, um dich in die Arme zu schließen, und diese Frau – ah, da ist sie ja! sei gegrüßt, Nastasja! – sagt uns plötzlich, du lägest mit Nervenfieber zu Bett und seist eben hinter dem Rücken des Arztes im Delirium auf die Straße gelaufen, und man suche dich! Du kannst dir nicht ausmalen, wie uns zumute war! Mir fiel sofort ein, auf was für tragische Weise Leutnant Potantschikow umkam, ein Bekannter von uns, ein Freund deines Vaters – du erinnerst dich nicht an ihn, Rodja –; der lief ebenfalls im Nervenfieber, genauso wie du, aus dem Haus und fiel im Hof in den Brunnen; erst am nächsten Tag konnte man ihn herausziehen. Und wir haben das Ganze natürlich noch übertrieben. Wir wollten davoneilen und Pjotr Petrowitsch suchen, damit wir wenigstens mit seiner Hilfe ... denn wir waren ja allein, ganz allein«, rief sie mit kläglicher Stimme und wußte plötzlich nicht mehr weiter, da ihr einfiel, daß es noch recht gefährlich sei, von Pjotr Petrowitsch zu sprechen, obgleich jetzt »alles vergessen und sie wieder glücklich« waren.

»Ja, ja ... natürlich ist all das ... ärgerlich«, antwortete Raskolnikow murmelnd, aber mit einer so zerstreuten, fast unaufmerksamen Miene, daß Dunjetschka ihn verblüfft ansah.

»Was wollte ich denn noch sagen?« fuhr er fort und strengte sein Gedächtnis an. »Ja: Mama und du, Dunjetschka, glaubt bitte nicht, ich hätte heute nicht als erster zu euch kommen wollen und hätte darauf gewartet, daß ihr kämt.«

»Aber was redest du da, Rodja!« rief Pulcheria Alexandrowna ebenfalls erstaunt.

Was hat er denn? Antwortet er uns etwa nur aus Pflicht? dachte Dunjetschka. Er schließt Frieden und bittet um Verzeihung, als wollte er einen Ritus zelebrieren oder eine Lektion aufsagen.

»Ich bin eben erst aufgewacht und wollte zu euch gehen, wurde aber wegen meines Anzuges aufgehalten; ich hatte gestern vergessen, ihr ... Nastasja ... zu sagen, daß sie dieses Blut auswasche ... erst jetzt konnte ich mich anziehen.«

»Blut? Was für Blut?« fragte Pulcheria Alexandrowna beunruhigt.

»Das war so ... Seien Sie unbesorgt, liebe Mama; das Blut kam daher, daß ich gestern, als ich noch ein wenig im Fieber hin und her taumelte, auf einen Mann stieß, der überfahren worden war ... auf einen Beamten ...«

»Im Fieber? Aber du erinnerst dich doch an alles«, unterbrach ihn Rasumichin.

»Das ist richtig«, erwiderte Raskolnikow mit Bedacht; »ich erinnere mich an alles, an die kleinste Kleinigkeit; aber warum ich das und jenes getan habe, dahin und dorthin gegangen bin und dies und das gesagt habe, das kann ich mir nicht mehr richtig erklären.«

»Ein höchst bekanntes Phänomen«, warf Sosimow ein.

»Eine Handlung wird bisweilen meisterhaft und überaus klug ausgeführt; der Zweck dieser Handlung jedoch und ihr Ursprung sind unklar, und verschiedene krankhafte Eindrücke sind an ihr schuld. Das ist wie im Traum.«

Es ist vielleicht ganz gut, daß er mich für halb verrückt hält, dachte Raskolnikow.

»So geht es hin und wieder auch Gesunden«, bemerkte Dunjetschka, die Sosimow unruhig ansah.

»Eine zutreffende Bemerkung«, antwortete der Arzt. »In diesem Sinne verhalten wir uns alle, und zwar sehr oft, wie Geistesgestörte, nur mit dem kleinen Unterschied, daß die ‚Kranken' doch noch ein bißchen mehr gestört sind als wir; die Grenze darf man da nicht übersehen. Allerdings: einen vollkommen harmonischen Menschen gibt es fast überhaupt nicht, das ist wahr; unter Zehntausenden, ja, vielleicht unter vielen Hunderttausenden findet man einen, und auch der ist meist ein ziemlich schwaches Exemplar ...«

Als das Wort »geistesgestört« dem Arzt, der über sein Lieblingsthema in Feuer geriet, auf so unvorsichtige Weise entschlüpfte, runzelten alle die Stirn. Raskolnikow saß da, als kümmerte er sich nicht darum; er war in Nachdenken versunken, und ein seltsames Lächeln umspielte seine blassen Lippen. Er überlegte etwas.

»Nun also, was war mit diesem überfahrenen Mann? Ich habe dich unterbrochen«, rief Rasumichin schnell.

»Was?« Raskolnikow schien wieder zu sich zu kommen. »Nun ... der war ganz blutüberströmt, als ich ihn in seine Wohnung tragen half ... Übrigens habe ich da etwas Unverzeihliches getan, Mama; ich war wohl wirklich nicht recht bei Verstand. Ich habe gestern alles Geld, das Sie mir geschickt hatten ... seiner Frau gegeben ... für das Begräbnis. Sie ist jetzt Witwe, ein schwindsüchtiges, erbarmungswürdiges Geschöpf ... drei hungrige kleine Waisen ... sie haben nichts im Haus ... und es ist noch eine Tochter da ... Vielleicht hätten Sie selber das Geld hergegeben, hätten Sie das gesehen ... Ich hatte übrigens keinerlei Recht, das zu tun, das gestehe ich, zumal da ich wußte, wie schwer Sie dieses Geld aufgebracht haben. Um zu helfen, muß man zuerst das Recht dazu haben, andernfalls: ‚Crevez, chiens, si vous n'êtes pas contents!‘« Er lachte auf. »Ist's nicht so, Dunja?«

»Nein, es ist nicht so«, antwortete Dunja fest.

»Bah! Auch du ... verfolgst eine Absicht! ...« murmelte er und blickte sie mit einem höhnischen Lächeln, ja, fast mit Haß an. »Ich hätte daran denken sollen ... nun ja, das ist löblich; du hast es leichter ... Aber du wirst an eine Grenze kommen, die du nicht überschreiten kannst, und dann wirst du unglücklich sein; und wenn du sie überschreitest, wirst du vielleicht noch unglücklicher sein!« setzte er gereizt hinzu, voll Ärger darüber, daß er sich unwillkürlich hatte fortreißen lassen. »Ich wollte nur sagen, daß ich Ihre Verzeihung erbitte, Mama«, sprach er schließlich abgerissen und schroff.

»Laß es genug sein, Rodja! Ich bin überzeugt, daß alles sehr gut ist, was du tust!« erwiderte seine Mutter freudig.

»Seien Sie davon nicht so überzeugt«, entgegnete er mit einem schiefen Lächeln.

Ein Schweigen trat ein. Sowohl ihr Gespräch wie dieses Schweigen war mit Spannung geladen, ihre Versöhnung so gut wie die Bitte um Verzeihung, und alle fühlten das.

Es ist ja, als hätten sie Angst vor mir, dachte Raskolnikow insgeheim, während er Mutter und Schwester finster anstarrte. Pulcheria Alexandrowna wurde wirklich immer schüchterner, je länger sie schwieg.

Und aus der Ferne habe ich die beiden doch so sehr geliebt, dachte er flüchtig.

»Weißt du, Rodja, daß Marfa Petrowna gestorben ist?« platzte Pulcheria Alexandrowna plötzlich heraus.

»Welche Marfa Petrowna?«

»Ach, du lieber Gott, Marfa Petrowna Swidrigailowa! Ich habe dir doch soviel über sie geschrieben.«

»Ja, ja, ich entsinne mich ... sie ist also gestorben? Ach, wirklich?« rief er mit plötzlichem Erschrecken, als wäre er eben erwacht. »Sie ist also gestorben? Woran denn?«

»Stell dir nur vor, ganz plötzlich«, fuhr Pulcheria Alexandrowna hastig fort, denn seine Neugier ermutigte sie; »gerade, als ich damals den Brief an dich absandte, am selben Tag! Denk dir nur, dieser entsetzliche Mensch scheint auch die Ursache ihres Todes gewesen zu sein. Er soll sie furchtbar verprügelt haben!«

»Haben sie denn so schlecht miteinander gelebt?« fragte er, indem er sich an seine Schwester wandte.

»Nein, ganz im Gegenteil. Ihr gegenüber war er immer sehr geduldig, ja höflich. In mancher Beziehung hatte er sogar zu große Nachsicht mit ihrem Charakter, volle sieben Jahre lang ... Plötzlich scheint er die Geduld verloren zu haben.«

»Also war er gar nicht so entsetzlich, wenn er sieben Jahre durchgehalten hat? Du scheinst ihn zu entschuldigen, Dunjetschka!«

»Nein, nein, er ist ein entsetzlicher Mensch! Etwas Entsetzlicheres kann ich mir gar nicht vorstellen«, erwiderte Dunja beinahe zitternd und mit nachdenklich gerunzelter Stirn.

»Das war am Vormittag«, erzählte Pulcheria Alexandrowna überstürzt weiter. »Nach dieser Prügelei ließ sie gleich die Pferde anspannen, um sofort nach Tisch in die Stadt zu fahren; denn in solchen Fällen fuhr sie immer in die Stadt; bei Tisch aß sie, wie man sagt, mit großem Appetit ...«

»Trotz den Prügeln?«

»... sie hatte übrigens seit jeher die ... Angewohnheit und ging jedesmal gleich nach dem Essen, um nicht zu spät wegzufahren, in die Badestube ... Weißt du, sie machte eine Badekur; dort haben sie eine kalte Quelle, und darin badete sie regelmäßig jeden Tag. Doch als sie jetzt ins Wasser stieg, traf sie plötzlich der Schlag!«

»Das kann ich mir vorstellen!« warf Sosimow ein.

»Und hatte er sie sehr verprügelt?«

»Das spielt doch gar keine Rolle«, entgegnete Dunja.

»Hm! Übrigens, warum macht es Ihnen soviel Spaß, Mama, solchen Unsinn zu erzählen?« stieß Raskolnikow plötzlich mit unerwarteter Gereiztheit hervor.

»Ach, mein Lieber, ich wußte ja nicht mehr, worüber ich sprechen sollte«, entfuhr es Pulcheria Alexandrowna.

»Ja, habt ihr denn alle Angst vor mir?« fragte er mit einem verzerrten Grinsen.

»Es ist wirklich so«, rief Dunja, während sie den Bruder offen und streng anblickte. »Als Mama die Treppe heraufkam, bekreuzigte sie sich sogar vor Furcht.«

Sein Gesicht verzog sich wie in einem Krampf.

»Ach, was redest du da, Dunja! Rodja, sei bitte nicht böse ... Warum sagst du so etwas, Dunja?!« widersprach Pulcheria Alexandrowna verwirrt. »Freilich, als ich hierherfuhr, malte ich mir während der ganzen Fahrt in unserem Abteil aus, wie wir einander sehen und über alles miteinander plaudern würden ... und ich war so glücklich, daß ich die Fahrt nicht einmal spürte! Aber was rede ich da! Ich bin doch auch jetzt glücklich ... Warum sagst du solche Dinge, Dunja? Ich bin allein schon deshalb glücklich, Rodja, weil ich dich sehe ...«

»Lassen Sie es gut sein, Mama«, murmelte er verwirrt und drückte ihr die Hand, ohne zu ihr aufzusehen; »wir werden schon noch Zeit haben, nach Herzenslust miteinander zu reden!«

Bei diesen Worten erbleichte er in plötzlicher Bestürzung: wieder war das schon einmal empfundene entsetzliche Gefühl wie mit Eiseskälte durch seine Seele gezogen; wieder sah er mit einem Schlag ein, daß er jetzt eine furchtbare Lüge gesagt hatte, stand ihm klar vor Augen, daß er nicht nur nie wieder nach Herzenslust werde reden können, sondern daß er jetzt niemals und mit niemandem mehr über irgend etwas auch nur sprechen dürfe. Der Eindruck, den dieser qualvolle Gedanke auf ihn machte, war so stark, daß Raskolnikow für einen Augenblick fast alles vergaß, aufstand und, ohne jemanden anzusehen, aus dem Zimmer gehen wollte.

»Was hast du?« rief Rasumichin und packte ihn am Arm.

Raskolnikow setzte sich wieder und blickte schweigend um sich; alle betrachteten ihn erstaunt.

»Was seid ihr denn so langweilig!« rief er plötzlich ganz unerwartet. »Sagt doch etwas! Was sitzen wir denn hier so herum! Na, so redet doch! Wir wollen uns unterhalten ... Da sind wir zusammengekommen, und jetzt schweigen wir ... Na, irgend etwas!«

»Gott sei Dank! Ich dachte schon, es finge wieder so etwas

wie gestern an«, sagte Pulcheria Alexandrowna und schlug das Kreuz.

»Was hast du, Rodja?« fragte Awdotja Romanowna mißtrauisch.

»Aber gar nichts; ich habe mich gerade an etwas erinnert«, antwortete er und lachte auf.

»Nun, wenn es etwas Komisches ist, ist es ja gut! Ich dachte schon . . .« murmelte Sosimow, während er sich vom Diwan erhob. »Ich muß übrigens gehen; ich komme vielleicht wieder . . . Wenn ich Sie hier treffe . . .«

Er verneigte sich und ging.

»Ein prächtiger Mensch!« bemerkte Pulcheria Alexandrowna.

»Ja, prächtig, vortrefflich, gebildet, klug . . .« stimmte Raskolnikow zu. Er sprach plötzlich unerwartet rasch und mit einer Lebhaftigkeit, die man an ihm bisher nicht gewohnt war. »Ich weiß nicht, wo ich ihm früher, vor meiner Erkrankung, schon begegnet bin . . . Mir will scheinen, ich kenne ihn von irgendwo . . . Aber auch der hier ist ein guter Mensch!« fuhr er fort und nickte Rasumichin zu. »Gefällt er dir, Dunja?« wandte er sich darauf an seine Schwester und lachte mit einemmal aus unerfindlichen Gründen.

»Sehr«, antwortete Dunja.

»Pfui, was bist du für ein . . . Schwein!« stieß Rasumichin hervor. Er war furchtbar verlegen, wurde feuerrot und erhob sich von seinem Stuhl. Pulcheria Alexandrowna lächelte flüchtig, und Raskolnikow brach in lautes Lachen aus.

»Wohin gehst du denn?«

»Ich . . . muß ebenfalls fort.«

»Du mußt gar nicht, bleib! Sosimow ist weg, und deshalb willst du auch gehen. Bleib da . . . Wie spät ist es denn? Schon zwölf? Was für eine hübsche Uhr du hast, Dunja! Aber was schweigt ihr schon wieder? Immer rede ich allein! . . .«

»Sie ist ein Geschenk Marfa Petrownas«, antwortete Dunja.

»Eine sehr kostbare Uhr«, fügte Pulcheria Alexandrowna hinzu.

»Ah, ah! Aber ziemlich groß, fast zu groß für eine Damenuhr.«

»Das habe ich gern«, meinte Dunja.

Also kein Geschenk ihres Bräutigams, dachte Rasumichin und freute sich, ohne zu wissen warum.

»Und ich dachte, sie wäre ein Geschenk Luschins«, bemerkte Raskolnikow.

»Nein, er hat Dunjetschka noch gar nichts geschenkt.«

»Aha! Entsinnen Sie sich noch, Mama, wie ich einmal verliebt war und heiraten wollte?« sagte er plötzlich und blickte seine Mutter an, die durch diese unerwartete Wendung des Gesprächs und durch den Ton, in dem er sprach, verblüfft war.

»Ach, mein Lieber, freilich!« Pulcheria Alexandrowna wechselte einen Blick mit Dunjetschka und Rasumichin.

»Hm! ... Ja! Aber was soll ich euch erzählen? Ich erinnere mich selbst kaum noch daran. Sie war ein so krankes Mädchen«, fuhr er fort, als versänke er plötzlich wieder in Nachdenken, und blickte zu Boden, »sterbenskrank; sie gab gerne den Armen und träumte die ganze Zeit davon, ins Kloster zu gehen, und einmal brach sie in Tränen aus, als sie mir davon erzählte; ja, ja ... jetzt fällt mir alles wieder ein ... Ich entsinne mich sehr gut. Sie war ... recht häßlich. Ich weiß wahrhaftig nicht, was mich damals zu ihr hinzog, vielleicht daß sie immer krank war ... Wäre sie außerdem noch lahm gewesen oder bucklig, ich glaube, ich hätte sie noch mehr geliebt ...« Er lächelte nachdenklich. »Nun ja, es war eine Art Frühlingsdelirium ...«

»Nein, das war nicht nur ein Frühlingsdelirium«, widersprach Dunjetschka innig.

Mit angespannter Aufmerksamkeit sah er die Schwester an, doch ohne ihre Worte richtig vernommen oder gar verstanden zu haben. Dann erhob er sich in tiefem Grübeln, trat zu seiner Mutter, küßte sie, kehrte an seinen Platz zurück und setzte sich.

»Du liebst sie auch jetzt noch«, sagte Pulcheria Alexandrowna gerührt.

»Lieben? Jetzt noch? Ach ... Sie sprechen von ihr?! Nein. Das alles kommt mir jetzt wie aus einer fremden Welt vor ... Lange schon ist mir, als geschähe alles, was rings um mich vorgeht, wie auf einem fremden Stern.«

Aufmerksam sah er sie einen nach dem anderen an.

»Auch euch ... sehe ich wie aus einer Entfernung von tausend Werst ... Aber weiß der Teufel, warum wir über diese Dinge reden! Und wozu das Gefrage?« fügte er verärgert hinzu, verstummte, biß sich auf die Fingernägel und begann von neuem zu grübeln.

»Wie schlecht du untergebracht bist, Rodja; das Zimmer sieht ja aus wie ein Sarg«, brach Pulcheria Alexandrowna nach einer Weile das drückende Schweigen. »Ich bin überzeugt, daß du zur Hälfte durch diese Wohnung ein solcher Melancholiker geworden bist.«

»Die Wohnung? ...« antwortete er zerstreut. »Ja, die Wohnung hat viel dazu getan ... ich habe selbst schon daran gedacht ... Aber wenn ihr nur wüßtet, was für einen seltsamen Gedanken Sie jetzt geäußert haben, Mama«, fügte er plötzlich mit sonderbarem Lächeln hinzu.

Es fehlte nur wenig noch, und diese Gesellschaft, die Verwandten, die er nach dreijähriger Trennung wiedersah, und der familiäre Ton ihres Gespräches – obwohl es ihm völlig unmöglich war, auch nur über irgend etwas zu reden – wären ihm ganz unerträglich geworden. Doch wartete eine unaufschiebbare Aufgabe auf ihn, die so oder so heute gelöst werden mußte – das hatte er schon, als er erwachte, beschlossen. Jetzt freute er sich über diese *Aufgabe,* weil sie einen Ausweg bot.

»Weißt du, Dunja«, begann er ernst und trocken, »natürlich bitte ich dich für alles, was gestern geschehen ist, um Verzeihung; aber ich halte es für meine Pflicht, dir wiederum in Erinnerung zu rufen, daß ich von meinem Hauptpunkt nicht abgehe. Entweder ich oder Luschin! Mag ich gemein sein, du darfst es nicht. Ein Schuft ist genug. Wenn du Luschin heiratest, höre ich sofort auf, dich als meine Schwester anzusehen.«

»Aber Rodja, Rodja! Das ist doch keinen Deut anders als gestern!« rief Pulcheria Alexandrowna in bitterem Kummer aus. »Und warum bezeichnest du dich immer als Schuft? Das ertrage ich nicht! Gestern schon hast du es getan ...«

»Bruder«, antwortete Dunja fest und in ebenso trockenem

Ton wie er, »dieser ganzen Sache liegt ein Irrtum deinerseits zugrunde. Ich habe heute nacht darüber nachgedacht und diesen Irrtum herausgefunden. Alles kommt daher, daß du offenbar annimmst, ich brächte mich irgend jemandem zum Opfer. Das ist keineswegs der Fall. Ich heirate nur meinetwegen, weil mir selber dieses Leben zur Last wird; natürlich bin ich froh, wenn ich den Meinen nützlich sein kann, aber für meinen Entschluß war das nicht ausschlaggebend ...«

Sie lügt! dachte er und kaute zornig an seinen Nägeln. Ein stolzes Geschöpf! Sie will nicht zugeben, daß sie Wohltaten erweisen möchte! Oh, diese kleinen Charaktere! Selbst ihre Liebe soll noch aussehen wie Haß ... Oh, wie ich ... wie ich sie alle hasse!

»Mit einem Wort, ich heirate Pjotr Petrowitsch«, sprach Dunjetschka weiter, »weil ich von zwei Übeln das kleinere wähle. Ich bin gesonnen, ehrlich alles zu tun, was er von mir erwartet, betrüge ihn also nicht ... Warum hast du jetzt so gelächelt?«

Auch sie fuhr auf, und in ihren Augen blitzte Zorn.

»Du willst alles tun?« fragte er mit giftigem Lachen.

»Bis zu einer gewissen Grenze, ja. Die Art und Weise, in der Pjotr Petrowitsch seine Bewerbung vorgetragen hat, zeigte mir sofort, was er braucht. Er hat natürlich eine hohe Meinung von sich selbst, vielleicht eine allzu hohe, aber ich hoffe, daß er auch mich schätzt ... Was lachst du schon wieder?«

»Und warum bist du schon wieder rot geworden? Du lügst, liebe Schwester, du lügst und bist dir dessen bewußt; nur aus weiblichem Starrsinn lügst du, nur um mir gegenüber auf deinem Willen zu beharren ... Du kannst Luschin gar nicht achten: ich habe ihn gesehen und mit ihm gesprochen. Du verkaufst dich für Geld und handelst also auf jeden Fall niedrig, und ich freue mich, daß du wenigstens noch rot werden kannst!«

»Das ist nicht wahr! Ich lüge nicht!« schrie Dunjetschka, die alle ihre Kaltblütigkeit verlor. »Ich würde ihn nicht heiraten, wäre ich nicht davon überzeugt, daß er mich schätzt und achtet; ich würde ihn nicht heiraten, wäre ich nicht fest davon überzeugt, daß ich selber ihn zu achten vermag. Zum Glück kann ich mich dessen noch heute mit Sicherheit vergewissern. Und eine solche Ehe ist keine schuftige Gemeinheit, wie du behauptest! Und selbst wenn du recht hättest, wenn ich mich wirklich zu einer Gemeinheit entschlossen hätte, wäre es dann nicht grausam von dir, so zu mir zu sprechen? Weshalb verlangst du von mir ein Heldentum, das du vielleicht selbst nicht aufbringst? Das ist Despotismus, das ist Willkür! Wenn ich jemand anderen zugrunde richtete und nicht nur mich ... aber ich habe noch niemanden ermordet ... Warum siehst du mich so an? Warum bist du so blaß? Rodja, was hast du? Rodja, Liebster! ...«

»O Gott! Jetzt hat sie es so weit gebracht, daß er ohnmächtig wird!« rief Pulcheria Alexandrowna.

»Nein, nein ... Unsinn ... Es ist nichts ... ein kleiner Schwindelanfall. Keine Rede von einer Ohnmacht ... Was wollt ihr bloß ewig mit eurer Ohnmacht! ... Hm! Ja ... was wollte ich nur sagen? Richtig! Wie willst du dich heute davon überzeugen, daß du ihn zu achten vermagst und daß er dich ... schätzt – nicht wahr, so hast du gesagt? Mir scheint, du hast auch gesagt: heute? Oder habe ich mich verhört?«

»Mama, zeigen Sie ihm den Brief Pjotr Petrowitschs«, erwiderte Dunjetschka.

Mit zitternden Händen reichte ihm Pulcheria Alexandrowna den Brief. Er nahm ihn mit sichtlicher Neugier. Doch ehe er ihn öffnete, sah er unvermittelt, gleichsam erstaunt, Dunjetschka an.

»Seltsam«, sprach er langsam, als hätte ihn ein neuer Gedanke überrascht. »Warum rege ich mich nur so auf? Warum das ganze Geschrei? Heirate, wen du willst!«

Er sagte das gleichsam in einem lauten Selbstgespräch und starrte die Schwester eine Zeitlang an, als wäre er in Sorgen versunken.

Endlich öffnete er den Brief, noch immer mit der Miene eines betroffenen Staunens; dann begann er ihn langsam und aufmerksam zu lesen und las ihn zweimal vom Anfang bis zum Ende. Pulcheria Alexandrowna war höchst beunruhigt, aber auch die anderen warteten gespannt.

»Eines wundert mich«, sagte er schließlich nach einigem Nachdenken und gab der Mutter den Brief zurück, doch ohne seine Worte direkt an einen der Anwesenden zu richten, »er betreibt doch Geschäfte, er ist Anwalt, und selbst im Reden ... hat er ... einen gewissen Schwung; und dabei schreibt er so ungebildet.«

Alle fuhren auf; das hatten sie am wenigsten erwartet.

»Aber diese Leute schreiben doch immer so«, entgegnete Rasumichin kurz angebunden.

»Hast du den Brief denn gelesen?«

»Ja.«

»Wir haben den Brief hergezeigt, Rodja ... Wir haben uns vorhin beraten«, wandte Pulcheria Alexandrowna verlegen ein.

»Es ist eigentlich ein unverfälschter Gerichtsstil«, fiel ihr Rasumichin ins Wort. »Gerichtliche Bescheide werden heute noch so abgefaßt.«

»Gerichtliche Bescheide? Ja, es ist ein gerichtlicher, sachlicher Stil ... Nicht gerade sehr ungebildet, aber auch nicht sehr literarisch; eben sachlich!«

»Pjotr Petrowitsch macht ja gar kein Hehl daraus, daß er fast kein Geld hatte, um zu studieren, und rühmt sich dessen sogar, daß er sich seinen Weg aus eigenen Kräften gebahnt hat«, bemerkte Awdotja Romanowna, ein wenig beleidigt durch den neuen Ton ihres Bruders.

»Nun ja, wenn er sich dessen rühmt, hat er wohl auch Grund dazu – ich will das nicht abstreiten. Du scheinst beleidigt zu sein, Schwester, weil ich dem ganzen Brief nichts weiter entnommen habe als den Anlaß zu einer so frivolen Bemerkung, und du glaubst, daß ich absichtlich von solchen Kleinigkeiten rede, um dir, weil ich mich ärgere, zu widersprechen. Im Gegenteil; anläßlich des Stils ist mir eine im vorliegenden Fall keineswegs überflüssige Bemerkung eingefallen. In dem Brief kommt die Wendung vor: ‚Die Folgen hätten Sie sich selber zuzuschreiben.‘ Das ist sehr deutlich und unmißverständlich gesagt und enthält außerdem die Drohung, daß er sofort gehen würde, wenn ich käme. Diese Drohung ist gleichbedeutend mit der Drohung, euch beide im Stich zu lassen, wenn ihr euch ihm widersetzt, und zwar jetzt im Stich zu lassen, da er euch nach Petersburg gerufen hat. Nun, was glaubst du: kann man durch eine solche Wendung ebenso beleidigt werden, wenn Luschin sie gebraucht, wie dann, wenn der hier« – er zeigte auf Rasumichin – »das geschrieben hätte oder Sosimow oder sonst einer von uns?«

»N-ein«, antwortete Dunjetschka lebhaft; »ich habe sehr gut verstanden, daß das allzu naiv formuliert ist und daß er sich vielleicht nicht gerade glänzend auszudrücken weiß ... Das siehst du vollkommen richtig, Bruder. Ich hätte das gar nicht erwartet ...«

»So drückt man sich eben im Gerichtsstil aus; im Gerichtsstil hätte er gar nicht anders schreiben können, es kam nur brutaler heraus, als er vielleicht wollte. Übrigens muß ich dich ein bißchen enttäuschen: in diesem Brief findet sich eine zweite Wendung, in der er mich verleumdet, und zwar auf ziemlich gemeine Weise verleumdet. Ich habe das Geld gestern der Witwe, einer schwindsüchtigen, verprügelten Frau, nicht ‚angeblich für das Begräbnis' gegeben, sondern tatsächlich für das Begräbnis; und ich habe es nicht der Tochter ausgehändigt – einem Mädchen, das, wie er schreibt, einen ‚üblen Ruf hat' und das ich gestern zum erstenmal im Leben gesehen habe –, sondern der Witwe. In alledem erkenne ich den voreiligen Wunsch, mich zu verunglimpfen und mit euch zu entzweien. Das ist wiederum im Stil eines Gerichtsbeschlusses ausgedrückt, das heißt, indem der Zweck allzu deutlich und mit einer höchst naiven Eilfertigkeit bloßgelegt wird. Er ist ein kluger Mann, aber um klug zu handeln, reicht es nicht. Das alles wirft ein bezeichnendes Licht auf ihn, und ... ich glaube nicht, daß er dich sehr schätzt. Ich teile dir das nur zu deiner moralischen Erbauung mit, weil ich dir von Herzen alles Gute wünsche...«

Dunjetschka antwortete nicht; ihr Entschluß war schon gefaßt; sie wartete nur auf den Abend.

»Wie entscheidest du dich also, Rodja?« fragte Pulcheria Alexandrowna, durch seinen neuen, geschäftsmäßigen Tonfall in noch größere Unruhe versetzt.

»Was meinen Sie mit ‚entscheiden‘?«

»Pjotr Petrowitsch schreibt ja doch, daß du am Abend nicht bei uns sein sollst und daß er sofort gehen würde, falls du kämst. Nun also ... wirst du kommen?«

»Das habe natürlich nicht ich zu entscheiden, sondern in erster Linie Sie, wenn diese Forderung Pjotr Petrowitschs Sie nicht beleidigt, und zweitens Dunja, sofern auch sie nicht beleidigt ist. Ich werde tun, was Sie für gut befinden«, fügte er trocken hinzu.

»Dunjetschka hat ihren Entschluß schon gefaßt, und ich stimme mit ihr völlig überein«, beeilte sich Pulcheria Alexandrowna zu versichern.

»Ich habe beschlossen, dich, Rodja, zu bitten, dringend zu bitten, unbedingt bei dieser Zusammenkunft zugegen zu sein«, sagte Dunja. »Kommst du?«

»Ja.«

»Ich möchte auch Sie bitten, um acht Uhr bei uns zu sein«, wandte sie sich an Rasumichin. »Mama, ich lade auch Herrn Rasumichin ein.«

»Vortrefflich, Dunjetschka. Nun, wie ihr euch entschieden habt«, erwiderte Pulcheria Alexandrowna, »so soll es auch sein. Und für mich ist es so ebenfalls leichter; ich heuchle und lüge nicht gern; es ist besser, wir sagen die ungeschminkte Wahrheit ... mag Pjotr Petrowitsch darüber in Zorn geraten oder nicht!«

4

In diesem Augenblick ging leise die Tür auf, und ein Mädchen, das sich schüchtern umblickte, trat ins Zimmer. Alle wandten sich ihr erstaunt und neugierig zu. Raskolnikow konnte sie auf den ersten Blick nicht erkennen. Es war Sofja Semjonowna Marmeladowa. Gestern hatte er sie zum erstenmal gesehen, aber alle die besonderen Umstände ihrer Begegnung, der Zeitpunkt, die Umgebung und ihre Kleidung, hatten zur Folge gehabt, daß sich seinem Gedächtnis das Bild eines ganz anderen Gesichtes eingeprägt hatte. Jetzt war sie ein einfach, sogar ärmlich gekleidetes Mädchen, noch sehr jung, fast ein Kind noch, mit bescheidenen, anständigen Manieren und klarem, aber gleichsam verschrecktem Gesicht. Sie trug ein sehr schlichtes Hauskleidchen; auf ihrem Kopf saß ein alter, altmodischer Hut; nur in den Händen hielt sie wie gestern einen Sonnenschirm. Als sie wider Erwarten das Zimmer voller Menschen sah, wurde sie nicht nur verlegen, sondern gänzlich verwirrt und zaghaft wie ein kleines Kind und machte sogar schon Anstalten, wieder wegzugehen.

»Ach ... Sie sind das? ...« sagte Raskolnikow in ungewöhnlichem Staunen und wurde plötzlich selber verlegen. Ihm fiel ein, daß seine Mutter und seine Schwester aus Luschins Brief bereits flüchtig von einem Mädchen »mit üblem Ruf« wußten. Gerade erst hatte er gegen Luschins Verleumdung protestiert und erwähnt, daß er dieses Mädchen gestern zum erstenmal gesehen habe, und jetzt erschien sie plötzlich selbst. Er entsann sich auch, daß er gegen den Ausdruck »übler Ruf« keineswegs Einwendungen erhoben hatte. All das fuhr ihm blitzartig durch den Kopf. Doch als er näher hinsah, erkannte er plötzlich, daß dieses erniedrigte Geschöpf sich in einem solchen Maße bedrückt fühlte, daß er mit einemmal Mitleid mit ihr bekam. Als sie jene Bewegung machte, als wollte sie vor Schreck davonlaufen, schien sich in ihm gleichsam etwas umzudrehen.

»Sie hätte ich am allerwenigsten erwartet«, sagte er hastig und hielt sie mit dem Blick zurück. »Tun Sie mir den Gefallen und setzen Sie sich. Sie kommen gewiß von Katerina Iwanowna! Erlauben Sie, nicht hierher, sondern dorthin, setzen Sie sich dorthin...«

Gleich als Sonja hereinkam, war Rasumichin, der gleich neben der Tür auf einem der drei Stühle Raskolnikows gesessen hatte, aufgestanden, um sie durchzulassen. Zuerst hatte ihr Raskolnikow den Platz auf der Diwanecke anbieten wollen, wo Sosimow gesessen hatte, aber dann entsann er sich, daß dieser Diwan ein allzu *familiärer* Platz war und ihm als Nachtlager diente, und so beeilte er sich, auf Rasumichins Stuhl zu deuten.

»Und du setz dich hierher«, wandte er sich an Rasumichin und ließ ihn auf Sosimows Diwanecke Platz nehmen.

Sonja setzte sich, zitternd vor Furcht, und sah schüchtern die beiden Damen an. Man merkte, daß sie selber nicht begriff, wie sie sich neben sie hatte setzen können. Bei diesem Gedanken durchfuhr sie ein solcher Schrecken, daß sie sofort wieder aufstand und sich in völliger Verwirrung an Raskolnikow wandte.

»Ich ... ich ... bin nur für eine Minute gekommen, verzeihen Sie, daß ich störe«, sagte sie stockend. »Ich komme von Katerina Iwanowna, und sie konnte niemanden anders schicken ... und Katerina Iwanowna läßt Sie sehr herzlich bitten, morgen vormittag ... nach der Messe ... zur Beerdigung zu kommen ... auf den Mitrofan-Friedhof, und dann zu uns ... zu ihr ... zu einem Imbiß ... Sie möchten ihr die Ehre erweisen ... sie läßt Sie bitten.«

Sonja unterbrach sich und verstummte.

»Ich werde mich gewiß bemühen ... ganz gewiß ...« antwortete Raskolnikow, der sich ebenfalls halb erhoben hatte und ebenfalls abbrach und nicht zu Ende sprach. »Tun Sie mir den Gefallen, setzen Sie sich wieder«, fuhr er plötzlich fort. »Ich muß mit Ihnen sprechen. Ich bitte Sie ... Vielleicht sind Sie in Eile; aber haben Sie doch die Güte und schenken Sie mir zwei Minuten ...«

Er schob ihr den Stuhl zu. Sonja setzte sich wieder, sah abermals zaghaft, verwirrt und rasch die beiden Damen an und senkte plötzlich den Blick.

Das bleiche Gesicht Raskolnikows wurde dunkelrot; es war gleichsam ganz verzerrt; seine Augen funkelten.

»Mama«, sagte er fest und bestimmt, »das ist Sofja Semjonowna Marmeladowa, die Tochter jenes unseligen Herrn Marmeladow, der gestern vor meinen Augen überfahren wurde und von dem ich Ihnen schon erzählt habe ...«

Pulcheria Alexandrowna sah Sonja an und kniff die Augen zusammen. Obwohl der hartnäckige, herausfordernde Blick Rodjas sie verlegen machte, konnte sie sich dieses Vergnügen nicht versagen. Dunjetschka blickte dem armen Mädchen ernst und aufmerksam ins Gesicht und betrachtete sie staunend.

Als Sonja hörte, wie man sie vorstellte, schaute sie wieder auf, geriet aber in noch größere Verwirrung als zuvor.

»Ich wollte Sie fragen«, wandte sich Raskolnikow rasch wieder ihr zu, »wie das heute bei Ihnen war. Hat man Sie nicht belästigt? ... War nicht vielleicht die Polizei bei Ihnen?«

»Nein ... alles ging ohne Schwierigkeiten vor sich ... Die Todesursache war ja ganz klar; so hat man uns nicht weiter behelligt; nur die anderen Mieter sind wütend.«

»Weshalb?«

»Weil die Leiche so lange daliegt ... es ist ja jetzt so heiß ... der Geruch ... Deshalb wird er heute abend zur Messe auf den Friedhof gebracht, in die Kapelle, und dort bleibt er bis morgen. Katerina Iwanowna war zuerst sehr dagegen, aber jetzt sieht sie selbst ein, daß es anders nicht geht ...«

»Also heute?«

»Sie bittet Sie, uns die Ehre zu erweisen und morgen zum Gottesdienst in die Kirche zu kommen und sich dann zu ihr zu bemühen, zu einem Essen zu seinem Andenken.«

»Sie gibt ein Essen?«

»Ja, einen Imbiß; sie läßt Ihnen vielen Dank sagen, weil Sie uns gestern geholfen haben ... Ohne Sie hätten wir überhaupt kein Geld für das Begräbnis gehabt.« Ihre Lippen und ihr Kinn begannen plötzlich zu zucken, aber sie bezwang sich und senkte möglichst rasch den Blick wieder zu Boden.

Während des Gespräches hatte Raskolnikow sie unverwandt angesehen. Sie hatte ein schmächtiges, mageres, blasses Gesichtchen, ziemlich unregelmäßige, etwas spitze Züge, eine spitze kleine Nase und ein ebensolches Kinn. Man hätte sie nicht eigentlich hübsch nennen können, doch hatte sie klare blaue Augen, und wenn sie lebhaft wurde, nahm ihr Gesicht einen so guten, schlichten Ausdruck an, daß man sich unwillkürlich angezogen fühlte. Zudem war für ihr Gesicht und ihre ganze Gestalt ein weiterer Zug besonders charakteristisch: ungeachtet ihrer achtzehn Jahre wirkte sie fast noch wie ein kleines Mädchen. Sie sah weit jünger aus, als sie war, beinahe wie ein richtiges Kind noch, und das verlieh einigen ihrer Bewegungen manchmal etwas geradezu Komisches.

»Aber konnte denn Katerina Iwanowna das alles wirklich mit so geringen Mitteln bestreiten, daß sie sogar noch ein Essen geben will?« fragte Raskolnikow, der hartnäckig an dem Gesprächsthema festhielt.

»Der Sarg ist ganz einfach ... alles ist einfach, so daß es nicht viel kostet. Katerina Iwanowna und ich haben es ausgerechnet, und es bleibt uns noch etwas für das Essen ... Katerina Iwanowna möchte es so gern. Es geht doch nicht anders ... Für sie bedeutet es einen Trost ... sie ist ja so, Sie kennen sie doch ...«

»Ich verstehe, ich verstehe ... natürlich ... Was schauen Sie denn mein Zimmer so an? Auch Mama sagt, es sähe aus wie ein Sarg.«

»Sie haben uns gestern all Ihr Geld gegeben!« flüsterte Sonjetschka plötzlich erregt und rasch und schlug abermals die Augen nieder.

Ihre Lippen und ihr Kinn begannen aufs neue zu zucken. Sie war betroffen von der armseligen Umgebung Raskolnikows, und diese Worte waren ihr plötzlich ganz von selbst entschlüpft. Alle schwiegen. Dunjetschkas Augen waren ganz hell geworden, und Pulcheria Alexandrowna sah Sonja geradezu freundlich an.

»Rodja«, sagte sie und stand auf, »wir werden selbstverständlich zusammen essen. Komm, Dunjetschka ... und du, Rodja, solltest ein wenig spazierengehen und danach ausruhen und dich niederlegen; und dann kommst du gleich zu uns ... Wir haben dich angestrengt, fürchte ich ...«

»Ja, ja, ich komme«, antwortete er, während er sich hastig erhob. »Ich habe übrigens jetzt noch etwas zu erledigen ...«

»Ja, eßt ihr denn wirklich nicht gemeinsam zu Mittag?« rief Rasumichin, der Raskolnikow verblüfft anstarrte. »Was hast du denn vor?«

»Ja, ja, ich komme, natürlich komme ich ... Aber du bleib doch noch eine Minute hier. Sie brauchen ihn doch jetzt nicht, Mama? Oder nehme ich ihn euch vielleicht weg?«

»Ach nein, nein! Aber Sie kommen doch auch zum Essen, Dmitrij Prokofjitsch, nicht wahr?«

Rasumichin verbeugte sich und strahlte über das ganze Gesicht. Für einen Augenblick waren alle merkwürdig verlegen.

»Leb wohl, Rodja – das heißt auf Wiedersehen; ich sage nicht gern ‚leb wohl'. Leb wohl, Nastasja ... ach, jetzt habe ich es schon wieder gesagt!«

Pulcheria Alexandrowna wollte sich zwar auch von Sonjetschka verabschieden, brachte es aber irgendwie nicht über die Lippen und verließ hastig das Zimmer.

Awdotja Romanowna schien darauf gewartet zu haben, daß die Reihe an sie käme, und als sie hinter der Mutter an Sonja vorbeiging, verbeugte sie sich aufmerksam, höflich und tief vor ihr. Sonjetschka geriet in Verwirrung, erwiderte eilig und erschreckt den Gruß, und ein geradezu schmerzliches Gefühl spiegelte sich in ihrem Gesicht wider, als bedrückte und quälte sie die Höflichkeit und Aufmerksamkeit Awdotja Romanownas.

»Dunja, leb wohl!« rief Raskolnikow, als sie schon im Treppenhaus war. »Gib mir doch die Hand!«

»Aber ich habe sie dir ja gegeben, weißt du das nicht mehr?« antwortete Dunja, während sie sich zärtlich und ungeschickt zu ihm umwandte.

»Das macht nichts, gib sie mir noch einmal!«

Und er drückte ihr fest die kleinen Finger. Dunjetschka lächelte ihm zu, wurde rot, entzog ihm rasch die Hand und folgte der Mutter; aber auch sie war aus irgendwelchen Gründen sehr glücklich.

»Nun, das ist ja vortrefflich!« sagte Raskolnikow zu Sonja, als er in sein Zimmer zurückkehrte, und sah sie mit klaren Augen an. »Gott schenke den Toten die Ruhe, aber wir müssen weiterleben! Ist's nicht so? Ist's nicht so? Ich habe doch recht?«

Sonja betrachtete geradezu mit Erstaunen sein plötzlich hell gewordenes Gesicht; einige Augenblicke starrte er sie schweigend und unverwandt an; alles, was ihm ihr verstorbener Vater über sie erzählt hatte, kam ihm in diesem Augenblick in den Sinn ...

»Du lieber Gott, Dunjetschka!« sagte Pulcheria Alexandrowna, sobald sie auf der Straße waren, »jetzt bin ich geradezu froh, daß wir weggegangen sind; es ist mir irgendwie leichter ums Herz. Ach, hätte ich mir gestern im Eisenbahnzug träumen lassen, daß ich mich darüber freuen würde?«

»Ich versichere Ihnen noch einmal, Mama, daß er sehr krank ist. Sehen Sie das denn nicht? Vielleicht hat er seine Gesundheit ruiniert, weil er um uns litt. Man muß Nachsicht üben, und vieles, vieles kann man verzeihen.«

»Aber du warst gar nicht nachsichtig!« fiel ihr Pulcheria Alexandrowna sogleich hitzig und eifersüchtig ins Wort. »Weißt du, Dunja, ich habe euch beide jetzt beobachtet: ihr gleicht euch wie ein Ei dem andern. Damit meine ich nicht so sehr euer Äußeres wie vielmehr eure Seelen: ihr seid beide Melancholiker; beide seid ihr mürrisch und jähzornig, beide anmaßend und beide großherzig ... Es ist doch ganz ausgeschlossen, daß er ein Egoist wäre, nicht wahr, Dunjetschka? ... Wenn ich aber an heute abend denke, bleibt mir das Herz stehen!«

»Machen Sie sich keine Sorgen, liebe Mama; es wird geschehen, was geschehen muß.«

»Aber Dunjetschka! So bedenke doch nur, in welcher Lage wir jetzt sind! Und was geschieht, wenn Pjotr Petrowitsch zurücktritt?« platzte die arme Pulcheria Alexandrowna plötzlich unvorsichtig heraus.

»Was wäre er dann wert!« antwortete Dunjetschka schroff und geringschätzig.

»Wir haben gut daran getan, daß wir jetzt weggegangen sind«, nahm Pulcheria Alexandrowna hastig das Gespräch wieder auf. »Er hatte es eilig, irgend etwas zu erledigen; er soll nur ein wenig ausgehen und frische Luft schöpfen ... Es ist furchtbar schwül bei ihm ... Aber wo gibt es hier denn frische Luft? Selbst auf der Straße ist es so drückend wie in einem Zimmer, das man nicht lüften kann. Du lieber Himmel, was für eine Stadt! ... Halt, geh beiseite; sie stoßen dich noch um! Da wird etwas getragen! Das war ein Klavier ... Wie die Leute drängeln ... Auch vor dem Mädchen habe ich große Angst ...«

»Vor welchem Mädchen, Mama?«

»Vor dieser Sofja Semjonowna, die eben gekommen ist ...«

»Weshalb nur?«

»Mir schwant da etwas, Dunja. Ob du mir glaubst oder nicht, im selben Augenblick, als sie eintrat, dachte ich, daß hier die Hauptursache liegt ...«

»Gar nichts liegt!« rief Dunja ärgerlich. »Was Sie nur immer mit Ihren Ahnungen haben, Mama! Er kennt sie doch erst seit gestern; und als sie heute kam, wußte er zuerst gar nicht, wer sie war.«

»Nun, du wirst schon sehen! Ich bin in Unruhe ihretwegen; du wirst sehen, du wirst sehen! Und wie erschrocken sie war: sie sah mich an, sah mich immer an, mit solchen Augen, und sie hielt es kaum auf ihrem Stuhl aus, als er sie vorstellte, erinnerst du dich? Und eins finde ich besonders merkwürdig: Pjotr Petrowitsch schreibt solche Dinge über sie, und Rodja stellt sie uns vor, noch dazu dir! Sie muß ihm also viel bedeuten!«

»Pjotr Petrowitsch schreibt viele Dinge. Auch über uns hat man geklatscht und geschrieben; haben Sie das schon vergessen? Ich bin überzeugt, daß sie ein guter Mensch ist und daß alles andere Unsinn ist!«

»Gebe es Gott!«

»Pjotr Petrowitsch ist ein elender Schwätzer«, schnitt Dunjetschka ihr plötzlich das Wort ab.

Pulcheria Alexandrowna zuckte geradezu zusammen und erwiderte nichts mehr.

»Weißt du, ich habe folgendes Anliegen an dich ...« begann Raskolnikow, während er Rasumichin zum Fenster führte.

»Ich werde also Jekaterina Iwanowna bestellen, daß Sie kommen ...« sagte Sonja rasch und verbeugte sich, um sich zu verabschieden.

»Gleich, Sofja Semjonowna; wir haben keine Geheimnisse zu bereden, Sie stören uns nicht ... ich habe Ihnen dann noch kurz etwas ... Höre also«, wandte er sich wieder, indem er sich mitten im Satz unterbrach, an Rasumichin, »du kennst doch diesen ... wie heißt er denn nur? ... diesen Porfirij Petrowitsch?«

»Das will ich meinen! Er ist doch mit mir verwandt. Was willst du denn von ihm?« erwiderte Rasumichin, dessen Neugier sichtlich erwacht war.

»Er bearbeitet doch jetzt diesen Fall ... nun, du weißt doch, diese Mordsache ... ihr habt erst gestern darüber gesprochen ...«

»Gewiß; und?« fragte Rasumichin mit weit aufgerissenen Augen.

»Er hat doch die Eigentümer der Pfänder verhört ... es ist auch etwas von mir dort, ganz wertloses Zeug übrigens, ein kleiner Ring, den mir meine Schwester zur Erinnerung geschenkt hat, als ich hierherfuhr, und die silberne Uhr meines Vaters. Insgesamt ist es fünf oder sechs Rubel wert, aber für mich sind die Sachen als Andenken kostbar. Was soll ich jetzt tun? Ich möchte nicht, daß die Stücke verlorengehen, insbesondere die Uhr nicht. Ich habe vorhin schon Angst gehabt, meine Mutter könnte sie sehen wollen, als wir über die Uhr Dunjetschkas sprachen. Es ist ja das einzige, was uns von meinem Vater verblieben ist. Mutter wird krank, wenn diese Uhr verlorengeht. So sind die Frauen! Jetzt sag mir, was ich machen soll! Ich weiß, daß ich eigentlich aufs Revier gehen müßte, aber soll ich mich nicht lieber an Porfirij persönlich wenden, wie? Was meinst du? Damit die Angelegenheit möglichst rasch erledigt wird? Du wirst sehen, Mama fragt mich noch vor Tisch danach!«

»Geh keineswegs aufs Revier, wende dich unbedingt an Porfirij!« rief Rasumichin ungewöhnlich erregt. »Ach, wie ich mich freue! Aber warum warten wir noch? Gehen wir gleich; es ist zwei Schritt von hier; wir treffen ihn bestimmt an!«

»Also gut ... gehen wir ...«

»Er wird sich sehr, sehr, sehr, sehr freuen, deine Bekanntschaft zu machen. Ich habe ihm zu verschiedenen Malen eine Menge von dir erzählt ... auch gestern haben wir über dich gesprochen. Gehen wir! ... Du hast also die Alte gekannt? So etwas! ... Das trifft sich ja ganz prächtig! ... Ach ja ... Sofja Iwanowna ...«

»Sofja Semjonowna«, verbesserte ihn Raskolnikow. »Das ist mein Freund Rasumichin, Sofja Semjonowna; er ist ein guter Mensch ...«

»Wenn Sie jetzt weggehen müssen ...« erwiderte Sonja, ohne Rasumichin überhaupt anzusehen, was sie aber nur in noch größere Verwirrung brachte.

»Gehen wir also!« entschied Raskolnikow. »Ich komme heute noch zu Ihnen, Sofja Semjonowna; sagen Sie mir nur, wo Sie wohnen.« Er war nicht eigentlich verwirrt, aber es schien, als hätte er es eilig und als wiche er ihrem Blick aus. Sonja nannte ihre Adresse und wurde rot dabei. Sie gingen alle zusammen weg.

»Schließt du denn deine Tür nicht ab?« fragte Rasumichin, während er hinter den beiden die Treppe hinabstieg.

»Nie! ... Übrigens will ich mir schon seit zwei Jahren ein Schloß kaufen«, entgegnete Raskolnikow leichthin. »Die Menschen sind glücklich, die nichts zu versperren haben, nicht wahr?« wandte er sich lachend an Sonja.

Sie blieben im Hauseingang stehen.

»Sie müssen nach rechts, nicht wahr, Sofja Semjonowna? Übrigens: wie haben Sie mich eigentlich gefunden?« fragte er; aber seine Stimme klang, als wollte er ihr etwas ganz anderes sagen. Es verlangte ihn immerzu danach, in ihre stillen, klaren Augen zu sehen, aber irgendwie gelang ihm das nicht richtig ...

»Sie haben doch gestern Poletschka Ihre Adresse gegeben.«

»Polja? Ach ja ... Poletschka! Das ist ... diese Kleine ... Ihre Schwester? Ihr habe ich also meine Adresse gegeben?«

»Wissen Sie das denn nicht mehr?«

»Ach ja ... ich entsinne mich ...«

»Ich habe schon durch meinen verstorbenen Vater von Ihnen gehört ... nur kannte ich damals Ihren Namen noch nicht, und auch er wußte nicht ... Und als ich jetzt kam ... da ich ja gestern Ihren Namen erfahren habe ... fragte ich einfach: ‚Wo wohnt hier Herr Raskolnikow?‘ und ich wußte gar nicht, daß auch Sie in Untermiete wohnen ... Leben Sie wohl ... Ich werde also Katerina Iwanowna ausrichten ...«

Sie war überglücklich, endlich weggekommen zu sein; sie

lief mit gesenktem Kopf hastig davon, um möglichst rasch aus der Sichtweite der beiden zu kommen, um möglichst rasch die zwanzig Schritt bis zur nächsten Straße, die nach rechts abbog, hinter sich zu bringen und um endlich allein zu sein, damit sie nachdenken, sich erinnern, jedes Wort, das gesprochen worden war, jeden Umstand erwägen konnte, während sie weitereilte, ohne jemanden anzublicken oder irgend etwas zu beachten. Noch niemals, niemals hatte sie etwas Ähnliches empfunden. Eine ganz neue Welt war ungeahnt und unklar in ihre Seele eingezogen. Es wurde ihr plötzlich bewußt, daß Raskolnikow heute zu ihr kommen wollte, vielleicht noch am Vormittag, vielleicht jetzt gleich!

Nur nicht heute, o bitte nicht heute! murmelte sie mit stockendem Herzen vor sich hin, als flehte sie jemanden an wie ein erschrockenes Kind. O Gott! Zu mir ... in dieses Zimmer ... er wird merken ... O Gott!

Und so mußte sie natürlich in diesem Augenblick einen ihr unbekannten Herrn übersehen, der sie interessiert beobachtete und ihr dicht auf dem Fuße folgte. Er ging ihr schon nach, seit sie aus dem Tor getreten war. In jenem Augenblick, da sie alle drei – Rasumichin, Raskolnikow und sie – auf dem Bürgersteig stehengeblieben waren, um noch ein paar Worte zu wechseln, war dieser Passant gleichsam zusammengeschrokken, als er an ihnen vorüberkam und unversehens die Worte Sonjas erhaschte: »... fragte ich einfach: ‚Wo wohnt hier Herr Raskolnikow?‘« Rasch, aber aufmerksam hatte er alle drei gemustert, vor allem Raskolnikow, zu dem Sonja gesprochen hatte; dann hatte er das Haus betrachtet und es sich gemerkt. All das war in einem Augenblick geschehen; der Herr war möglichst unauffällig weitergegangen, hatte aber gleichsam erwartungsvoll den Schritt verlangsamt. Er wartete auf Sonja; er sah, daß die drei sich verabschiedeten und daß Sonja jetzt nach Hause gehen wollte.

Aber wo ist ihr Zuhause? Dieses Gesicht habe ich doch irgendwo schon gesehen, dachte er und versuchte sich an Sonjas Gesicht zu erinnern ... Ich muß es in Erfahrung bringen.

Als er an der Kreuzung angelangt war, ging er auf die andere Straßenseite, wandte sich um und sah, daß Sonja bereits auf dem gleichen Weg hinter ihm herkam und daß sie nichts gemerkt hatte. An der Ecke bog sie in ebendiese Straße ein. Er ging ihr nach, ohne den Blick von ihr zu wenden; nachdem er etwa fünfzig Schritt gegangen war, wechselte er wieder auf jene Seite hinüber, auf der Sonja ging, holte sie ein und folgte ihr, immer in einem Abstand von etwa fünf Schritt.

Er war ungefähr fünfzig Jahre alt, überdurchschnittlich groß, korpulent und hatte breite, steil abfallende Schultern, weshalb es aussah, als ginge er gebückt. Er war elegant und bequem gekleidet und wirkte wie ein Mann aus besseren Kreisen. In der Hand hielt er einen hübschen Spazierstock, mit dem er bei jedem Schritt auf den Gehsteig aufstieß, und seine Hände steckten in neuen Handschuhen. Sein breites Gesicht mit den hervortretenden Backenknochen war recht angenehm und hatte, anders als es in Petersburg sonst üblich ist, eine frische Farbe. Sein Haar, noch sehr dicht, war ganz blond, vielleicht ein ganz klein wenig angegraut, und sein breiter, schaufelförmiger dichter Bart war noch heller als das Kopfhaar. Seine blauen Augen blickten kalt, hartnäckig und nachdenklich; seine Lippen waren blutrot. Überhaupt war er ein Mann, der sich gut gehalten hatte und weit jünger aussah, als er war.

Als Sonja zum Kanal kam, befanden sie sich beide allein auf dem Gehsteig. Während er sie beobachtete, konnte er feststellen, wie nachdenklich und zerstreut sie war. Sonja war nun vor ihrem Haus angelangt und trat ins Tor; er folgte ihr und schien einigermaßen verblüfft zu sein. Sie schritt in den Hof und wandte sich nach rechts, wo die Treppe zu ihrer Wohnung hinaufführte. »Ah!« murmelte der Unbekannte und stieg hinter ihr die Stufen empor. Erst jetzt entdeckte Sonja ihn. Sie ging in den dritten Stock, lief über die Galerie und klingelte an der Tür Nr. 9, auf der mit Kreide geschrieben stand: »Kapernaumow, Schneider«. »Ah!« sagte der Unbekannte noch einmal, voll Staunen über dieses sonderbare Zusammentreffen, und klingelte nebenan vor Nr. 8. Beide Türen lagen etwa sechs Schritt voneinander entfernt.

»Wohnen Sie bei Herrn Kapernaumow?« fragte er, während er Sonja lachend ansah. »Er hat mir gestern eine Weste umgeändert. Ich wohne hier, gleich neben Ihnen, bei Madame Röslich, Gertruda Karlowna. Was für ein Zufall!«

Sonja betrachtete ihn aufmerksam.

»Wir sind also Nachbarn«, fuhr er betont freundlich fort. »Ich bin erst den dritten Tag hier in der Stadt. Nun, inzwischen auf Wiedersehen!«

Sonja antwortete nichts; die Tür zu ihrer Wohnung wurde geöffnet, und sie schlüpfte hinein. Sie schämte sich aus irgendeinem Grunde und schien voll Furcht zu sein ...

Auf dem Weg zu Porfirij war Rasumichin besonders lebhaft und aufgeräumt.

»Das ist prächtig, mein Lieber«, wiederholte er immer wieder; »ich freue mich! ich freue mich!«

Worüber freust du dich denn eigentlich so? dachte Raskolnikow.

»Ich wußte ja gar nicht, daß auch du bei der Alten etwas versetzt hattest. Und ... und war das schon vor langer Zeit? Das heißt, warst du vor langer Zeit bei ihr?«

Was für ein einfältiger Dummkopf!

»Wann?« Raskolnikow blieb stehen und dachte nach. »Nun, es dürfte so etwa drei Tage vor ihrem Tod gewesen sein. Übrigens gehe ich jetzt nicht hin, um die Sachen auszulösen«, setzte er hastig hinzu, als machten ihm die Pfänder Kopfzerbrechen. »Ich besitze ja wieder nur einen einzigen Silberrubel ... wegen dieser verdammten Fiebergeschichte von gestern! ...«

Auf das Wort Fiebergeschichte legte er besonderen Nachdruck.

»Nun ja, ja, ja«, bestätigte Rasumichin rasch, und ohne zu wissen, was er da bejahte; »das ist also der Grund, warum die Sache dich damals ... so betroffen gemacht hat ... Und weißt du, daß du auch im Fieber während der ganzen Zeit von Ringen und Ketten gesprochen hast? ... Nun ja, ja ... das ist klar; jetzt ist alles klar.«

Da haben wir es! Dieser Gedanke läßt sie nicht los! Dieser Mensch ließe sich für mich kreuzigen, und trotzdem freut er sich, daß *sich aufgeklärt hat,* weshalb ich im Fieber von Ringen gesprochen habe. Sie alle sind zutiefst davon überzeugt! ...

»Und werden wir ihn antreffen?« fragte er laut.

»Gewiß, gewiß«, versicherte Rasumichin eifrig. »Er ist ein prächtiger Bursche, mein Lieber, du wirst schon sehen! Ein wenig ungeschickt – das heißt, er ist zwar ein Mann von Welt; aber ich meine, ungeschickt in bestimmter Hinsicht. Ein kluger Kerl, klug, sogar sehr klug, aber seine Gedanken gehen bisweilen eigenartige Wege... Er ist mißtrauisch, skeptisch, zynisch ... Er führt einen gerne hinters Licht, das heißt, nicht eigentlich das, sondern er spielt den Dummkopf... Natürlich hängt er der alten materiellen Methode an ... Aber er versteht sein Geschäft, versteht es von Grund auf ... Im vorigen Jahr hat er einen Mordfall aufgeklärt, bei dem fast alle Spuren verwischt waren! Er wünscht sehr, sehr, sehr, mit dir bekannt zu werden!«

»Warum wünscht er das denn so sehr?«

»Natürlich nicht weil ... Weißt du, in letzter Zeit, während du krank warst, hatte ich oft Gelegenheit, auf dich zu sprechen zu kommen ... Nun, er hörte mir zu ... und als er erfuhr, daß du Jura studiert hast und dein Studium aus verschiedenen Gründen nicht fortsetzen konntest, meinte er: ‚Wie schade!‘ Daraus schloß ich ... das heißt, aus allem, nicht nur aus dem allein; und gestern hat Sametow ... Weißt du, Rodja, ich habe dir gestern in meinem Rausch etwas vorgeschwatzt, als wir nach Hause gingen ... und darum fürchte ich, mein Lieber, weißt du, du könntest es vielleicht zu schwer nehmen ...«

»Was meinst du? Daß man mich für verrückt hält? Aber vielleicht stimmt das.«

Er lachte gezwungen.

»Ja, ja ... aber natürlich nein! ... Nun, all das, was ich gesagt habe ... war ja Unsinn – auch was ich sonst noch geredet habe –, und nur mein Rausch war daran schuld.«

»Warum entschuldigst du dich denn?! Wie lästig mir das alles ist!« rief Raskolnikow unverhältnismäßig gereizt.

Übrigens spielte er ein bißchen Komödie.

»Ich weiß, ich weiß, ich verstehe. Sei überzeugt, daß ich dich verstehe. Ich schäme mich geradezu, darüber zu sprechen ...«

»Wenn du dich schämst, dann schweig doch lieber!«

Sie verstummten. Rasumichin war mehr als entzückt. Raskolnikow spürte das, und es erfüllte ihn mit Abscheu. Auch was Rasumichin soeben von Porfirij gesagt hatte, beunruhigte ihn.

Auch dem muß ich etwas vorjammern, dachte er. Alle Farbe wich aus seinem Gesicht, und sein Herz klopfte. Und noch dazu muß es möglichst natürlich klingen. Am natürlichsten wirkte es freilich, wenn ich überhaupt nicht jammerte, wenn ich mich gewaltsam dazu zwänge! Nein, *gewaltsam* wäre wiederum nicht natürlich ... Nun, mögen die Dinge sich entwickeln ... wir werden ja sehen ... jetzt gleich ... ob es gut ist oder nicht, daß ich hingehe. Der Schmetterling fliegt von selber ins Licht. Ich habe Herzklopfen, und das ist nicht gut! ...

»Hier, in dem grauen Haus wohnt er«, sagte Rasumichin.

Das Wichtigste ist, ob Porfirij weiß, daß ich gestern in der Wohnung der alten Hexe war ... und nach dem Blut gefragt habe. Das muß ich sofort herausbekommen; beim ersten Schritt, sowie ich sein Zimmer betrete, muß ich es ihm am Gesicht ablesen; sonst ... Und wenn ich zugrunde gehe, herausbekommen muß ich es!

»Weißt du was?« wandte er sich plötzlich mit einem verschlagenen Lächeln an Rasumichin. »Mir ist aufgefallen, mein Lieber, daß du seit heute vormittag ungewöhnlich aufgeregt bist. Habe ich recht?«

»Wieso aufgeregt? Von Aufregung kann überhaupt keine Rede sein«, erwiderte Rasumichin heftig.

»Nein, lieber Freund, man merkt es deutlich. Vorhin hast du auf deinem Stuhl gesessen, wie du es sonst nie tust, irgendwie auf dem Rande und ganz zappelig, und alle Augenblicke bist du ohne ersichtlichen Grund aufgesprungen. Bald warst du zornig, und bald zogst du die süßeste Fratze von der Welt. Du bist sogar rot geworden; besonders als sie dich zum Essen einluden; da wurdest du ganz entsetzlich rot.«

»Ach was! Das ist glatt gelogen! ... Warum erzählst du das?«

»Weil du dich wie ein Schuljunge aufführst! Ach, zum Teufel, da ist er schon wieder rot geworden!«

»Was für ein Schwein du doch bist!«

»Warum wirst du denn so verlegen? Du Romeo! Warte nur, ich werde es heute schon an der richtigen Adresse anbringen, hahaha! Das wird Mama Spaß machen ... Und sonst noch jemandem ...«

»Hör doch, hör doch, im Ernst, das ist ja ... Was soll denn das, zum Teufel!« rief Rasumichin, endgültig aus der Fassung gebracht und eiskalt vor Entsetzen. »Was willst du ihnen erzählen? Lieber Freund, ich ... Pfui, was für ein Schwein du bist!«

»Wahrhaftig, du glühst wie eine Pfingstrose! Und wenn du nur wüßtest, wie gut dich das kleidet: ein Romeo, der zehn Werschok groß ist! Und wie du heute gewaschen bist; du hast dir ja die Nägel sauber gemacht, wie? Wann wäre das schon einmal vorgekommen? Wahrhaftiger Gott, du hast dir sogar Pomade ins Haar geschmiert! Bück dich doch mal!«

»Du Schwein!!!«

Raskolnikow lachte, als könnte er sich überhaupt nicht wieder beruhigen, und so betraten sie lachend Porfirij Petrowitschs Wohnung. Das hatte Raskolnikow gewollt: von drinnen konnte man hören, wie sie laut lachend hereinkamen und in der Diele noch immer weiterlachten.

»Kein Wort hier, oder ich ... schlage dich tot!« flüsterte Rasumichin wütend und packte Raskolnikow an der Schulter.

5

Der aber trat schon ins Zimmer. Er tat das mit einer Miene, als müßte er sich mit aller Gewalt zusammennehmen, um nicht laut herauszuplatzen. Ihm folgte mit völlig niedergeschlagener, zorniger Miene, rot wie eine Pfingstrose, lang aufgeschossen und ungeschickt, der beschämte Rasumichin. Sein Antlitz und seine ganze Gestalt waren in diesem Augenblick wirklich komisch und rechtfertigten Raskolnikows Lachen. Da Rodion noch nicht vorgestellt war, verbeugte er sich vor dem Hausherrn, der inmitten des Zimmers stand und die beiden fragend anblickte, reichte ihm die Hand und drückte die seine, immer noch offenkundig bemüht, seine Heiterkeit zu bezähmen und wenigstens zwei, drei Worte hervorzubringen, um sich vorzustellen. Doch kaum war es ihm gelungen, eine ernste Miene aufzusetzen und etwas zu murmeln, blickte er plötzlich, gleichsam unwillkürlich, wieder zu Rasumichin hin und vermochte jetzt nicht mehr an sich zu halten: sein unterdrücktes Lachen brach um so unaufhaltsamer hervor, je angestrengter er es bis jetzt bezwungen hatte. Die ungewöhnliche Wut, mit der Rasumichin dieses »von Herzen kommende« Lachen aufnahm, verlieh der ganzen Szene den Anschein der aufrichtigsten Fröhlichkeit und gab ihr, was die Hauptsache war, ein höchst natürliches Aussehen. Rasumichin trug, als hätte er es darauf abgesehen, nicht wenig dazu bei.

»Pfui Teufel!« brüllte er, holte mit der Hand aus und traf ein rundes Tischchen, auf dem ein leeres Teeglas stand.

Alles stürzte klirrend zu Boden.

»Aber meine Herren, weshalb denn die Möbel zerschlagen! Sie schädigen ja den Staat damit!« rief Porfirij Petrowitsch aufgeräumt.

Die Szene bot sich jetzt folgendermaßen dar: Raskolnikow lachte noch immer und hatte seine Hand in der des Hausherrn gleichsam vergessen; doch da er darauf bedacht war, Maß zu halten, wartete er nur einen günstigen Augenblick ab, um möglichst rasch und unauffällig ein Ende zu machen. Rasumichin, endgültig verwirrt durch den Sturz des Tischchens und durch das zerbrochene Glas, starrte finster auf die Scherben, machte eine wegwerfende Handbewegung und wandte sich schroff dem Fenster zu, wo er mit dem Rücken zum Publikum stehenblieb, mit furchtbar bösem Gesicht hinausschaute und nichts sah. Porfirij Petrowitsch lachte, und lachte aufrichtigen Herzens, doch war es offenkundig, daß man ihm eine Erklärung schuldete. In einer Ecke saß auf einem Stuhl Sametow, der sich, als die Besucher hereinkamen, erhoben hatte und wartend dastand; er hatte den Mund zu einem Lächeln verzogen und betrachtete die ganze Szene staunend, ja gleichsam ungläubig; Raskolnikow sah er sogar mit einer Art Verlegenheit an. Die unerwartete Anwesenheit Sametows berührte Raskolnikow unangenehm.

Darüber muß ich mir noch klarwerden! dachte er.

»Verzeihen Sie bitte«, sagte er mit gespielter Verwirrung. »Raskolnikow ...«

»Bitte, ich freue mich sehr; und Sie sind auch auf eine so amüsante und nette Art hereingekommen ... Was ist denn mit ihm? Will er mich nicht einmal begrüßen?« entgegnete Porfirij Petrowitsch und nickte zu Rasumichin hin.

»Beim wahrhaftigen Gott, ich weiß nicht, weshalb er so wütend auf mich ist. Ich habe unterwegs nur zu ihm gesagt, daß er Romeo gleiche, und ... und habe ihm auch gesagt weshalb, und sonst war gar nichts, scheint mir.«

»Du Schwein!« erwiderte Rasumichin, ohne sich umzudrehen.

»Er muß wohl sehr ernste Gründe haben, wenn er eines einzigen Wortes wegen so in Zorn geraten ist«, meinte Porfirij lachend.

»Ach du! Alter Kriminalist! ... Der Teufel soll euch alle holen!« entgegnete Rasumichin. Und plötzlich kam er, lachend und wieder mit fröhlichem Gesicht, als wäre nichts gewesen, auf Porfirij Petrowitsch zu.

»Schluß damit! Wir sind alle Dummköpfe. – Zur Sache: hier mein Freund Rodion Romanytsch Raskolnikow hat erstens von dir gehört und wollte deine Bekanntschaft machen, und zweitens hat er ein kleines Anliegen an dich. Ach, Sametow! Wieso bist du hier? Kennt ihr einander denn? Kennt ihr einander schon lange?«

Was soll denn das nun wieder! dachte Raskolnikow unruhig.

Sametow schien für einen Augenblick verlegen.

»Wir haben uns doch gestern bei dir kennengelernt«, sagte er dann ungezwungen.

»Also hat mir der liebe Gott etwas erspart. In der vorigen Woche hat mich Sametow ganz dringend gebeten, ich solle ihn dir irgendwie empfehlen, Porfirij, und jetzt habt ihr euch auch ohne meine Hilfe gefunden ... Wo hast du den Tabak?«

Porfirij Petrowitsch war im Hausanzug; er trug einen Schlafrock, sehr saubere Wäsche und schiefgetretene Pantoffeln. Er war ein Mann von etwa fünfunddreißig Jahren, ziemlich klein, dick, hatte sogar ein kleines Bäuchlein, war glattrasiert, ohne Schnurrbart und ohne Backenbart, und sein Haar auf dem großen runden Kopf, der über dem Nacken besonders kugelig ausgebaucht war, war ganz kurz geschnitten. Sein feistes, rundes, ein wenig stupsnäsiges Gesicht hatte eine kränkliche dunkelgelbe Farbe, trotzdem sah er recht munter aus, fast spöttisch. Man hätte seine Gesichtszüge sogar gutmütig nennen können, wäre nicht der Ausdruck der Augen gewesen, die einen wäßrigen Glanz hatten und fast ganz von den weißblonden Wimpern überdeckt wurden. Ständig blinzelte er, als zwinkerte er jemandem zu. Der Blick dieser Augen stand in sonderbarer Disharmonie zu der ganzen Gestalt, die geradezu etwas Weibisches an sich hatte, und verlieh ihr etwas weit Ernsteres, als man in der ersten Minute erwartet hätte.

Sobald Porfirij Petrowitsch gehört hatte, daß ihm sein Besucher ein »kleines Anliegen« vortragen wollte, bat er ihn, auf dem Diwan Platz zu nehmen, setzte sich selber an das andere Ende und starrte den Gast, von dem er die unverzügliche Darlegung seiner Bitte erwartete, mit jener übertrieben ernsten Aufmerksamkeit an, die zunächst geradezu bedrückt und verwirrt, zumal wenn man miteinander nicht bekannt ist und vor allem wenn man selbst der Überzeugung ist, das, was man vorzubringen hat, stehe in gar keinem Verhältnis zu der so ungewöhnlichen Aufmerksamkeit, die einem erwiesen wird. Aber Raskolnikow trug sein Anliegen in kurzen, knappen Worten vor, ohne Umschweife, und war mit sich selbst so sehr zufrieden, daß er sogar noch Zeit fand, Porfirij ziemlich eingehend zu mustern. Auch Porfirij Petrowitsch wandte während dieser ganzen Zeit kein einziges Mal den Blick von ihm. Rasumichin, der ihnen am Tisch gegenübersaß, verfolgte mit gespannter Ungeduld die Auseinandersetzung des Falles, wobei er unaufhörlich vom einen zum anderen blickte, was geradezu auffällig war.

Der Dummkopf! schimpfte Raskolnikow im stillen.

»Sie müssen eine Eingabe an die Polizei machen«, antwortete Porfirij mit sachlicher Miene, »und ausführen, der Fall läge so und so, Sie hätten von diesem und jenem Ereignis erfahren, das heißt von dem Mord, und bäten Ihrerseits, den Untersuchungsrichter, dem die Sache übergeben wurde, davon in Kenntnis zu setzen, daß diese und jene Gegenstände Ihnen gehörten und daß Sie den Wunsch hätten, sie auszulösen ... so ungefähr ... Übrigens wird man Ihnen dabei behilflich sein.«

»Das ist es ja eben, daß ich im Augenblick nicht recht bei Kasse bin ...« meinte Raskolnikow und gab sich ein möglichst verlegenes Aussehen. »Sogar eine solche Kleinigkeit übersteigt meine Mittel ... Wissen Sie, ich möchte jetzt nur mein Eigentum an diesen Sachen erklären, und sobald ich wieder Geld habe ...«

»Das ist ganz ohne Belang, mein Herr«, erwiderte Porfirij Petrowitsch kalt, der Raskolnikows Erklärung, wie es mit seinen Finanzen stünde, ohne mit der Wimper zu zucken, aufgenommen hatte. »Übrigens können Sie, wenn Sie wollen, auch unmittelbar an mich schreiben, in dem Sinne, Sie hätten von dieser und jener Sache erfahren, gäben zu Protokoll, daß die Gegenstände Ihnen gehörten, und bäten daher ...«

»Auf einfachem Papier?« unterbrach ihn Raskolnikow rasch, womit er wiederum sein Interesse an der finanziellen Seite der Angelegenheit bewies.

»Oh, auf ganz gewöhnlichem Papier, mein Herr!«

Und plötzlich sah ihn Porfirij Petrowitsch mit ganz offenkundigem Spott an; er kniff die Augen zusammen und schien ihm gleichsam zuzuzwinkern. Übrigens konnte sich Raskolnikow darin auch getäuscht haben, denn das Ganze dauerte nur den Bruchteil einer Sekunde. Aber irgend etwas dieser Art war gewesen. Raskolnikow hätte schwören mögen, daß der andere, weiß der Teufel weshalb, ihm zugezwinkert habe.

Er weiß alles! durchfuhr es ihn wie ein Blitz.

»Entschuldigen Sie, daß ich Sie mit solchen Kleinigkeiten belästigt habe«, sagte er schließlich, einigermaßen aus der Fassung gebracht. »Meine Sachen sind höchstens fünf Rubel wert, aber mir sind sie besonders teuer, als Andenken an jene, von denen ich sie bekommen habe; und ich muß gestehen, daß ich sehr erschrocken war, als ich von all dem erfuhr ...«

»Deshalb warst du gestern so außer dir, als ich im Gespräch

mit Sosimow erwähnte, Porfirij verhöre die Eigentümer der Pfänder!« warf Rasumichin mit unmißverständlicher Absicht ein.

Das war zuviel. Raskolnikow vermochte sich nicht mehr zu beherrschen und funkelte Rasumichin mit zornlodernden Augen an. Aber gleich besann er sich wieder.

»Mein Lieber, mir scheint, du machst dich über mich lustig?« wandte er sich mit geschickt gespielter Gereiztheit an ihn. »Ich gebe zu, daß ich mich vielleicht um diese Sachen, die in deinen Augen völlig wertloses Zeug sein mögen, allzusehr sorge; aber deshalb brauchst du mich weder für einen Egoisten noch für habgierig zu halten; denn für mich sind diese zwei kleinen Dinge eben kein wertloses Zeug. Ich habe dir vorhin schon gesagt, daß die silberne Uhr, die keinerlei Wert hat, das einzige Erbstück von meinem Vater ist. Du kannst mich deshalb auslachen, aber meine Mutter ist angekommen«, fuhr er fort, wobei er plötzlich wieder zu Porfirij sprach, »und wenn sie erführe« – dabei richtete er das Wort rasch wieder an Rasumichin und gab sich besondere Mühe, seine Stimme zittern zu lassen –, »daß diese Uhr verloren ist, wäre sie verzweifelt, das schwöre ich dir! Ja, die Frauen!«

»Aber davon kann ja gar keine Rede sein! Ich habe doch so etwas nie gesagt. Ganz im Gegenteil!« rief Rasumichin erbittert.

War das gut? Klang es natürlich? Wirkte es nicht übertrieben? fragte sich Raskolnikow beunruhigt. Wozu mußte ich sagen: »die Frauen«?

»Ihre Frau Mutter ist zu Besuch gekommen?« erkundigte sich Porfirij Petrowitsch aus unerfindlichen Gründen.

»Ja.«

»Wann denn?«

»Gestern abend.«

Porfirij schwieg, als ob er nachdächte.

»Ihre Sachen hätten auf keinen Fall verlorengehen können«, fuhr er schließlich ungerührt fort. »Ich warte hier ja schon lange auf Sie.«

Und als ob nichts gewesen wäre, schob er Rasumichin, der ungeniert seine Zigarettenasche auf den Boden fallen ließ, sorgsam einen Aschenbecher hin. Raskolnikow zuckte zusammen, aber Porfirij schien ihn nicht einmal anzusehen und noch immer von Rasumichins Zigarette beunruhigt zu sein.

»Was? Wie? Du hast auf ihn gewartet? Ja, wußtest du denn, daß auch er *dort* etwas versetzt hatte?« rief Rasumichin.

Porfirij Petrowitsch wandte sich direkt an Raskolnikow.

»Ihre beiden Sachen, den Ring und die Uhr, hatte *sie* in ein Papier gewickelt, und auf dem Papier stand deutlich mit Bleistift Ihr Name geschrieben sowie das Datum, an dem sie das Pfand von Ihnen erhalten hatte ...«

»Sie passen aber genau auf«, erwiderte Raskolnikow und lächelte ungeschickt. Er wollte dem anderen gerade in die Augen sehen, brachte es aber nicht über sich und setzte unvermittelt hinzu: »Ich meine, weil die Zahl der Pfandschuldner wahrscheinlich sehr groß ist, so daß es Ihnen schwerfallen dürfte, sich jeden einzelnen zu merken ... Doch siehe da, ganz im Gegenteil, Sie erinnern sich so genau an alle und ... und ...«

Das war dumm! Das war schwach! Warum habe ich das hinzugefügt?

»Fast alle Pfandschuldner haben wir inzwischen kennengelernt, nur Sie hatten bisher nicht die Güte, uns die Ehre zu erweisen ...« antwortete Porfirij mit einem kaum merklichen Anflug von Spott.

»Ich war nicht ganz gesund.«

»Auch davon habe ich gehört, mein Herr; ich habe sogar gehört, daß Sie aus irgendwelchen Gründen sehr mit den Nerven herunter waren. Sie scheinen mir auch jetzt noch blaß zu sein ...«

»Ich bin gar nicht blaß ... im Gegenteil, ich bin kerngesund!« schnitt ihm Raskolnikow grob und böse das Wort ab. Seine Stimme klang völlig verändert; der Zorn kochte in ihm, und er konnte ihn nicht unterdrücken.

Und im Zorn werde ich aus der Schule plaudern! fuhr es ihm durch den Kopf. Aber weshalb quälen sie mich auch so! ...

»Kerngesund!« fiel Rasumichin ein. »Wie er aufschneidet!

Bis zum gestrigen Tag phantasierte er und war fast nicht bei Bewußtsein ... Ob du mir glaubst oder nicht, Porfirij, er konnte sich gestern kaum auf den Beinen halten, doch sobald Sosimow und ich ihm den Rücken gekehrt hatten, zog er sich an, nahm insgeheim Reißaus und trieb sich bis beinahe Mitternacht irgendwo herum, und das, obwohl er kaum seiner Sinne mächtig war, sage ich dir! Kannst du dir das vorstellen? Wirklich eine tolle Geschichte!«

»Tatsächlich *nicht seiner Sinne mächtig*? Ich bitte Sie!« Porfirij schüttelte mit einer seltsam weibischen Gebärde den Kopf.

»Ach, Unsinn! Glauben Sie das nicht! Sie glauben es übrigens auch so nicht!« entfuhr es Raskolnikow in seiner rasenden Wut. Doch Porfirij Petrowitsch schien diese merkwürdigen Worte überhört zu haben.

»Wie hättest du denn weggehen können, wenn du bei Verstand gewesen wärst?« ereiferte sich Rasumichin. »Wozu bist du weggegangen? Weshalb? ... Und warum heimlich? Du kannst doch überhaupt nicht bei klarem Verstand gewesen sein! Jetzt, da alle Gefahr vorüber ist, sage ich dir das ganz offen!«

»Die beiden gingen mir gestern ausgesprochen auf die Nerven«, wandte sich Raskolnikow plötzlich mit dreist-herausforderndem Lächeln an Porfirij. »Und da lief ich ihnen davon, um mir eine Wohnung zu suchen, damit sie mich nicht fänden, und nahm einen Haufen Geld mit. Herr Sametow hier hat das Geld gesehen. Sagen Sie nur, Herr Sametow, war ich gestern bei Verstand, oder phantasierte ich? Entscheiden Sie den Streit!«

Er hätte in diesem Augenblick Sametow erwürgen mögen. Dessen Blick und Schweigen mißfielen ihm aufs höchste.

»Nach meiner Meinung war das, was Sie sagten, recht vernünftig und sogar gerissen, nur waren Sie ziemlich reizbar«, erklärte Sametow trocken.

»Heute hat mir Nikodim Fomitsch erzählt«, warf Porfirij Petrowitsch ein, »daß er Sie gestern sehr spät abends in der Wohnung eines Beamten gesehen habe, der unter die Pferde geraten sei ...«

»Nehmen wir nur zum Beispiel die Geschichte mit diesem Beamten!« fiel Rasumichin ein. »Nun, warst du gestern in seiner Wohnung nicht verrückt? Sein letztes Geld gab er der Witwe für das Begräbnis! Nun, wenn du helfen wolltest, hättest du fünfzehn Rubel, ja zwanzig hergeben können, so daß dir wenigstens noch drei Silberrubel geblieben wären; aber du hast ihr alle fünfundzwanzig geschenkt!«

»Vielleicht habe ich irgendeinen Schatz gefunden, und du weißt es bloß nicht, und ich war deshalb gestern so freigebig ... Herr Sametow weiß, daß ich einen Schatz gefunden habe! ... Verzeihen Sie bitte«, wandte er sich mit zitternden Lippen an Porfirij, »daß wir Sie mit so läppischem Gezeter schon eine halbe Stunde behelligen. Wir sind Ihnen sicher schon lästig, nicht wahr?«

»Aber bitte, bitte, im Gegenteil. Ganz im Gegenteil! Wenn Sie wüßten, wie sehr Sie mich interessieren! Es ist fesselnd für mich, Sie anzusehen und Ihnen zuzuhören ... Ich muß gestehen, ich freue mich sehr, daß Sie sich endlich herbemüht haben ...«

»So setze uns doch wenigstens Tee vor; die Kehle ist mir schon ganz trocken!« rief Rasumichin.

»Ein vortrefflicher Einfall! Vielleicht wollen alle mithalten? Aber möchtest du nicht vor dem Tee ... etwas Kräftigeres?«

»Mach schon, daß du wegkommst!«

Porfirij Petrowitsch verließ das Zimmer und bestellte Tee.

Die Gedanken jagten sich in Raskolnikows Kopf wie ein Wirbelsturm. Er war aufs äußerste gereizt.

Das Schönste ist, daß sie mit ihrem Wissen nicht im geringsten hinter dem Berge halten und gar keine Umstände mehr machen! Weshalb hast du denn, wenn du mich überhaupt nicht kennst, mit Nikodim Fomitsch über mich gesprochen? Offenbar wollen sie gar nicht mehr verhehlen, daß sie hinter mir her sind wie eine Meute Hunde! Und so spukken sie mir ganz offen ins Gesicht! Er zitterte vor Wut. Schlagt mich doch gleich nieder, aber spielt nicht mit mir Katze und Maus! Das ist nicht eben höflich, mein lieber Porfirij Petrowitsch, und vielleicht bin ich noch immer imstande, es nicht zuzulassen! ... Ich will aufstehen und euch allen die Wahrheit ins Gesicht schreien, und dann könnt ihr sehen, wie ich euch verachte! ... Er atmete mühsam. Wie aber, wenn mir das alles nur so schiene? Wie, wenn alles Einbildung wäre und ich in allem irrte und aus Unerfahrenheit zornig würde und meine gemeine Rolle nicht durchhielte? Steckt vielleicht hinter all dem doch keine Absicht? Was sie sprechen, klingt ganz gewöhnlich, aber trotzdem liegt irgend etwas darin ... Alle diese Reden könnten jederzeit und überall geführt werden, aber etwas steckt dahinter. Warum sagte er nur: »*Sie* hat in ein Papier gewickelt«? Warum hat Sametow hinzugefügt, ich hätte *gerissen* gesprochen? Warum reden sie in einem solchen Ton? Ja ... der Ton ... Rasumichin saß doch ebenfalls hier; warum hat er nichts gemerkt? Dieser arglose Schwätzer merkt nie etwas! Ich habe schon wieder Fieber! ... Hat Porfirij mir vorhin zugezwinkert? Es sind sicher die Nerven, die mir versagen, oder will man mich wirklich verhöhnen? Entweder ist alles Einbildung, oder *sie wissen es*! Sogar Sametow ist frech ... Ist Sametow frech? Sametow hat sich die Sache gestern nacht überlegt. Ich habe ja geahnt, daß er darüber nachdenken würde! Er sitzt da, als ob er zum Haus gehörte, dabei ist er das erstemal hier. Porfirij behandelt ihn keineswegs wie einen Gast; er dreht ihm den Rücken zu. Sie haben sich zusammengefunden! Und ganz gewiß *meinetwegen*! Ganz gewiß haben sie vorhin über mich gesprochen! ... Wissen sie über die Sache mit der Wohnung Bescheid? Das muß ich möglichst rasch herausbekommen! ... Als ich sagte, ich sei gestern fortgelaufen, um eine neue Wohnung zu mieten, ging er darüber hinweg, als hätte er es nicht gehört ... Diese Bemerkung mit der Wohnung war aber ganz geschickt von mir; sie wird mir später noch nützlich sein. Natürlich im Fieber ... Hahaha! Er weiß alles, was gestern abend vorgefallen ist! Aber von der Ankunft meiner Mutter wußte er nichts! ... Und jene Hexe hat sogar das Datum mit Bleistift notiert! ... Faselt nur weiter, ich kapituliere nicht! Das sind noch keine Beweise, das sind nur Hirngespinste! Nein, liefert mir Beweise! Die Sache mit der Wohnung ist kein Beweis, sondern geschah im Fieber; ich weiß schon, was ich zu sagen habe ... Ist ihnen die Sache mit der Wohnung bekannt? Ich gehe nicht weg, ehe ich das in Erfahrung gebracht habe! Wozu bin ich denn hergekommen? Aber daß ich jetzt zornig bin, das mag wohl ein Beweis sein! Ach, wie reizbar ich nur bin! Aber vielleicht ist das gut: die Rolle eines Kranken ... Er tastet mich ab. Und wird mich aus dem Gleichgewicht bringen. Warum bin ich bloß hergekommen?

Das alles zuckte ihm blitzartig durch den Kopf.

Porfirij Petrowitsch kam gleich wieder zurück. Er schien plötzlich sehr guter Laune zu sein.

»Mein Lieber, von gestern abend brummt mir heute noch der Kopf ... ich fühle mich ganz zerschlagen«, begann er in völlig verändertem Ton und lachte.

»Nun, war es noch interessant? Ich verließ euch doch gerade, als es am spannendsten war. Wer hat gesiegt?«

»Natürlich niemand. Sie stritten über die ewig alten Fragen; alle schwebten in den höchsten Regionen.«

»Stell dir nur vor, Rodja, worum gestern die Diskussion ging: gibt es ein Verbrechen oder nicht! Ich habe ihnen gleich gesagt, da könnten sie disputieren, bis sie schwarz würden!«

»Was findest du so erstaunlich daran? Das ist doch ein ganz gewöhnliches soziales Problem«, antwortete Raskolnikow zerstreut.

»Die Frage war nicht so formuliert«, bemerkte Porfirij.

»Nicht ganz so, das ist richtig«, pflichtete ihm Rasumichin bei, wobei er, wie es seine Gewohnheit war, sofort hitzig wurde. »Sieh einmal, Rodion ... hör zu und sag mir deine Meinung. Mir liegt sehr viel daran. Ich bin gestern, als wir miteinander stritten, beinahe aus der Haut gefahren, weil ich die ganze Zeit auf dich wartete; ich hatte ihnen gesagt, daß du kommen würdest ... Zuerst wurde die Ansicht der Sozialisten erörtert: das Verbrechen ist nichts weiter als ein Protest gegen die unnatürlichen sozialen Zustände – Schluß, aus, fertig. Außer dem gibt es keine Ursachen ... keine! ...«

»Das stellst du nicht richtig dar!« rief Porfirij Petrowitsch. Er war sichtlich lebhaft geworden und lachte jeden Augenblick, sobald er Rasumichin nur ansah, und brachte ihn damit in noch größere Hitze.

»Außer dem gibt es keine Ursachen!« unterbrach ihn Rasumichin leidenschaftlich. »Ich stelle nichts falsch dar! ... Ich kann dir genug Bücher dieser Leute zeigen: bei ihnen hat alles einen einzigen Grund: ‚Das Milieu ist schuld' ... Sonst nichts! Das ist ihre Lieblingsphrase! Daraus schließen sie, daß auch alle Verbrechen mit einem Schlag verschwinden, sobald die Gesellschaft nur normal konstituiert ist; denn dann gibt es nichts mehr, wogegen man protestieren könnte, und alle Menschen werden im Handumdrehen Gerechte sein. Die Natur wird nicht in Rechnung gestellt; die Natur wird ausgeschaltet; die Natur wird einfach ignoriert. Nach Meinung der Sozialisten wird nicht die Menschheit, die sich auf historischem, *lebendigem* Wege bis zum Ende entwickelt hat, ganz von selbst schließlich zu einer normalen Gesellschaftsordnung finden, sondern im Gegenteil, ein soziales System, das irgendeinem mathematischen Kopf entsprungen ist, wird unverzüglich der ganzen Menschheit die richtige Ordnung geben und sie augenblicklich gerecht und sündelos machen, früher, als es jeder lebendige Prozeß, als es jeder historische und lebendige Weg vermöchte! Darum lehnen sie instinktiv alle Geschichte ab: ‚Die Geschichte besteht ja doch nur aus Abscheulichkeiten und Dummheiten!' und aus diesem Grund wird alles nur mit der menschlichen Dummheit erklärt! Den *lebendigen* Prozeß des Lebens aber lehnen sie ab, weil es keine *lebendige Seele* geben darf! Die lebendige Seele verlangt nach Leben; die lebendige Seele gehorcht keiner Mechanik; die lebendige Seele ist verdächtig; die lebendige Seele ist reaktionär! Freilich, wenn sie auch nach Aas riecht, man kann eine Seele aus Kautschuk machen – dafür ist sie aber nicht lebendig, dafür ist sie willenlos, dafür ist sie sklavisch und rebelliert nicht! Und zum Schluß ist nur noch eines wichtig: wie in ihrem Gemeinschaftshaus die Ziegel gesetzt und die Korridore und Zimmer angeordnet werden! Das Gemeinschaftshaus steht schon bereit, aber eure Natur ist noch nicht bereit für ein Gemeinschaftshaus; sie will das Leben; sie hat den lebendigen Prozeß noch nicht vollendet; es ist für sie noch zu früh, sich auf dem Friedhof begraben zu lassen! Mit Logik allein kann man nicht die Natur besiegen! Die Logik sieht drei Möglichkeiten voraus, aber es gibt eine Million Möglichkeiten! Die ganze Million zu ignorieren und alles nur auf die Frage des Komforts zurückzuführen – das ist freilich die bequemste Lösung! Verlockend einfach, und man braucht nicht nachzudenken! Das ist die Hauptsache – man braucht nicht zu denken! Das ganze Geheimnis des Lebens findet Platz auf zwei Druckbogen!«

»Jetzt kommst du in Schwung; jetzt ziehst du vom Leder! Man müßte dir die Hände festbinden«, rief Porfirij lachend. »Stellen Sie sich nur vor«, wandte er sich an Raskolnikow, »so ging es auch gestern abend zu. Sechs Leute schrien in einem einzigen Zimmer durcheinander, und dazu hatte er uns vorher noch Punsch gegeben ... Können Sie sich das ausmalen? Nein, mein Lieber, du hast nicht recht: das ‚Milieu' spielt beim Verbrechen eine große Rolle; das kann ich bestätigen.«

»Das weiß ich ja selbst, aber beantworte mir nur die eine Frage: ein Vierzigjähriger schändet ein zehnjähriges Mädchen ... hat ihn da das Milieu dazu genötigt?«

»Nun ja, im strengen Sinne mag es schon das Milieu sein«, bemerkte Profirij mit erstaunlichem Nachdruck. »Ein solches Verbrechen an einem kleinen Mädchen kann man sogar sehr gut mit dem ‚Milieu' erklären.«

Rasumichin geriet nahezu in Raserei.

»Wenn du willst, *beweise* ich dir ohne alle Umstände«, brüllte er, »daß du allein deshalb weißblonde Wimpern hast, weil der Iwan Welikij* fünfunddreißig Klafter hoch ist, und ich beweise es dir klar, exakt, fortschrittlich und sogar mit einer liberalen Nuance. Das traue ich mir zu! Willst du wetten?«

»Einverstanden! Wir wollen uns einmal anhören, wie er diesen Beweis führt!«

»Die ganze Zeit tut er nur so, dieser Satan!« schrie Rasumichin. Er sprang auf und fuchtelte mit den Armen. »Lohnt es sich denn überhaupt, mit dir zu sprechen? Er tut das ja alles mit Absicht; du kennst ihn noch nicht, Rodion! Auch gestern hat er ihre Partei ergriffen, nur um alle an der Nase herumzuführen. Und was hat er dabei geredet, du lieber

* Glockenturm im Kreml (Anmerkung des Übersetzers).

Himmel! Und die Kerle waren noch ganz glücklich darüber! ... So etwas kann er zwei Wochen lang durchhalten. Im vorigen Jahr versicherte er uns, ich weiß nicht weshalb, daß er ins Kloster gehen wolle ... Zwei Monate blieb er dabei! Unlängst fiel ihm ein zu behaupten, er werde heiraten, alles stehe für die Hochzeit schon bereit. Er ließ sich sogar einen neuen Anzug machen. Wir beglückwünschten ihn schon. Aber keine Rede von einer Braut, keine Rede von irgend etwas ... alles Schwindel.«

»Jetzt lügst aber du! Den Anzug ließ ich mir schon früher machen. Eben durch den neuen Anzug kam ich ja auf die Idee, euch alle zum Narren zu halten.«

»Können Sie sich wirklich so gut verstellen?« fragte Raskolnikow obenhin.

»Glauben Sie mir etwa nicht? Warten Sie nur, ich führe auch Sie noch hinters Licht ... Hahaha! Nein, mein Herr, sehen Sie, ich will Ihnen die Wahrheit sagen. Da wir gerade all diese Probleme erörtern, Verbrechen, Milieu, kleine Mädchen, ist mir eben ein Artikel von Ihnen wieder eingefallen – der mich übrigens auch damals schon sehr interessiert hat. Er hieß: *Über das Verbrechen* ... oder so ähnlich; ich habe es vergessen, kann mich nicht mehr darauf besinnen. Vor zwei Monaten hatte ich das Vergnügen, ihn in der *Perioditscheskaja Retsch* zu lesen.«

»Meinen Artikel? In der *Perioditscheskaja Retsch*?« fragte Raskolnikow erstaunt. »Ich habe wirklich vor einem halben Jahr, als ich die Universität verließ, anläßlich eines Buches einen Artikel geschrieben, aber ich brachte ihn damals der *Jeshenedjelnaja Retsch* und nicht der *Perioditscheskaja*.«

»Aber erschienen ist er in der *Perioditscheskaja*.«

»Die *Jeshenedjelnaja Retsch* stellte ihr Erscheinen ein, darum wurde der Artikel damals nicht gebracht ...«

»Das trifft zu; aber als die *Jeshenedjelnaja Retsch* ihr Erscheinen einstellte, fusionierte sie mit der *Perioditscheskaja Retsch*, und darum ist Ihr Artikel vor zwei Monaten in der *Perioditscheskaja Retsch* erschienen. Wußten Sie das nicht?«

Raskolnikow hatte wirklich nichts davon gewußt.

»Aber ich bitte Sie, da steht Ihnen doch für diesen Artikel

noch ein Honorar zu! Einen merkwürdigen Charakter haben Sie! Sie leben so für sich, daß Sie selbst von Dingen, die Sie unmittelbar betreffen, keine Ahnung haben. Es ist tatsächlich so ... dieser Artikel beweist es.«

»Bravo, Rodka! Auch ich habe nichts davon gewußt!« rief Rasumichin. »Heute noch laufe ich in die Lesehalle und lasse mir die Nummer geben. Vor zwei Monaten war das? An welchem Tag? Aber ganz gleich – ich finde sie schon! Das ist ja allerhand! Und er sagt kein Wort!«

»Und wie haben Sie erfahren, daß der Artikel von mir ist? Er war nur mit einem Buchstaben gezeichnet.«

»Ganz zufällig hörte ich dieser Tage davon. Ein Redakteur erzählte es mir; ich kenne ihn ... Es hat mich sehr interessiert.«

»Ich erinnere mich; ich analysierte da den psychologischen Zustand eines Verbrechers während des ganzen Ablaufs seiner Tat.«

»Ja, mein Herr, und Sie behaupteten, daß die Ausführung eines Verbrechens immer von einer Art Krankheit begleitet sei. Originell, sehr originell, aber ... mich hat eigentlich nicht so sehr dieser Teil Ihrer Darlegungen interessiert wie vielmehr ein Gedanke, den Sie erst am Schluß Ihres Artikels vorbringen, leider freilich nur andeutungsweise und nicht recht klar ... Mit einem Wort – wenn Sie sich noch erinnern –: es findet sich da eine Anspielung, daß es auf dieser Welt gewissermaßen Personen gebe, die ... jeglichen Exzeß und jegliches Verbrechen begehen könnten ... das heißt, nicht nur könnten, sondern ein Recht dazu hätten, als existierte für sie das Gesetz nicht.«

Raskolnikow lachte über diese gewaltsame, absichtliche Verzerrung seiner Idee.

»Wie? Was soll das? Ein Recht auf Verbrechen? Aber doch nicht deshalb, weil das ‚Milieu an allem schuld' ist?« fragte Rasumichin geradezu betroffen.

»Nein, nein, gewiß nicht deshalb«, antwortete Porfirij. »Die ganze Sache ist die, daß in dem Artikel dieses Herrn alle Menschen irgendwie in ‚gewöhnliche' und ‚ungewöhnliche' Menschen eingeteilt werden. Die Gewöhnlichen müssen in

Gehorsam leben und haben kein Recht, das Gesetz zu übertreten, eben weil sie gewöhnlich sind. Die Ungewöhnlichen aber haben das Recht, jegliches Verbrechen zu begehen und auf jede Art das Gesetz zu übertreten, weil sie ungewöhnlich sind. So steht es doch in Ihrem Artikel, wenn ich nicht irre?«

»Aber was soll denn das? Das ist doch nicht möglich!« murmelte Rasumichin verblüfft.

Raskolnikow lachte abermals auf. Er hatte sofort begriffen, worum es ging und wohin man ihn bringen wollte; er entsann sich seines Artikels genau. Er entschloß sich also, die Herausforderung anzunehmen.

»Das habe ich wohl nicht ganz so geschrieben«, begann er schlicht und bescheiden. »Übrigens gestehe ich zu, daß Sie den Inhalt des Artikels fast richtig wiedergegeben haben, ja, wenn Sie wollen, sogar vollkommen richtig ...« Es schien ihm Vergnügen zu bereiten, dieses Zugeständnis zu machen. »Der einzige Unterschied ist, daß ich keineswegs verlange, die ungewöhnlichen Menschen *müßten* stets allerlei Exzesse, wie Sie sagten, begehen oder wären gar dazu verpflichtet. Ich bin übrigens fest davon überzeugt, daß man einen solchen Artikel kaum zum Druck freigegeben hätte. Ich deutete ganz einfach an, daß der ‚ungewöhnliche' Mensch das Recht habe ... das heißt nicht offiziell, sondern aus sich selber das Recht habe, seinem Gewissen zu gestatten ... über manche Hindernisse hinwegzuschreiten; und auch das nur, sofern die Durchführung seiner Idee – die manchmal vielleicht für die ganze Menschheit zum Segen ausschlägt – das erfordert. Sie beliebten zu sagen, mein Artikel sei nicht ganz klar; ich bin bereit, ihn, so gut ich kann, zu erklären. Vielleicht irre ich nicht in der Annahme, daß Sie das wünschen; also bitte sehr! Meine Ansicht ist folgende: falls die Entdeckungen Keplers und Newtons der Menschheit infolge irgendwelcher Umstände nur hätten bekannt werden können, wenn einer, wenn zehn, hundert oder noch mehr Personen geopfert worden wären, die diese Entdeckung gestört oder verhindert hätten, dann hätte Newton das Recht gehabt, ja, wäre sogar verpflichtet gewesen ... diese zehn oder hundert Menschen zu *beseitigen,* um seine Entdeckungen der ganzen Welt mitzuteilen. Daraus folgt übrigens keineswegs, daß Newton das Recht gehabt hätte, wahllos jeden umzubringen, der ihm gerade in den Weg gelaufen wäre, oder daß er täglich auf dem Markt hätte stehlen dürfen. Ferner habe ich, wie ich mich erinnere, in meinem Artikel den Gedanken entwickelt, daß alle ... nun, zum Beispiel alle Gesetzgeber und Führer der Menschheit, von den ältesten Zeiten über Lykurg, Solon, Mohammed bis zu Napoleon und so weiter, ausnahmslos Verbrecher waren, schon weil sie, indem sie ein neues Gesetz gaben, eben dadurch das alte brachen, das von der Gesellschaft heilig gehalten wurde und von den Vätern übernommen war. Und natürlich machten sie auch vor Blut nicht halt, sofern das Blut – manchmal gänzlich schuldloses und für das Gesetz heldenhaft vergossenes Blut – ihnen nur helfen konnte. Es springt geradezu in die Augen, daß die meisten dieser Wohltäter und Führer besonders schreckliche Bluthunde waren. Mit einem Wort: ich ziehe den Schluß, daß alle großen Männer – auch jene, die nur ein ganz klein wenig das Alltägliche überragen, das heißt jene, die nur überhaupt fähig sind, etwas Neues zu sagen – ihrem Wesen nach unbedingt Verbrecher sein müssen ... mehr oder weniger selbstverständlich. Sonst fiele es ihnen schwer, das alltägliche Maß zu überschreiten; sie können sich eben, weil das so in ihrer Natur liegt, nicht damit abfinden, im alltäglichen Rahmen zu bleiben, und meiner Meinung nach sind sie sogar verpflichtet, sich nicht damit abzufinden. Sie sehen also, daß bis hierhin nichts besonders Neues in dem Artikel steht. Das ist schon tausendmal geschrieben worden, und man hat es tausendmal gelesen. Was aber die Klassifizierung der Menschen in gewöhnliche und ungewöhnliche betrifft, so pflichte ich Ihnen bei, daß sie einigermaßen willkürlich ist, doch ich versteife mich ja nicht auf genaue Zahlen. Ich glaube nur an meinen Grundgedanken. Der besteht eben darin, daß die Menschen auf Grund eines Naturgesetzes *ganz allgemein* in zwei Kategorien zerfallen: in eine niedere Kategorie – die gewöhnlichen Menschen; sie bilden sozusagen das Material, das einzig zur Erzeugung von seinesgleichen dient – und in Menschen im eigentlichen Sinne des Wortes, das heißt solche, die die Gabe oder das Talent besitzen, in ihrem Kreis ein *neues Wort* zu sagen. Selbstverständlich gibt es hier zahllose Differenzierungen, aber die Trennungslinie zwischen beiden Kategorien ist ziemlich scharf gezogen; die erste Kategorie, das heißt, allgemein gesprochen, das Material, besteht aus Leuten, die ihrer Natur nach konservativ und ordentlich sind, in Gehorsam leben und es lieben, gehorsam zu sein. Nach meiner Ansicht haben sie auch die Pflicht, gehorsam zu sein, das ist ihre Bestimmung, und es liegt für sie ganz entschieden nichts Erniedrigendes darin. Alle Angehörigen der zweiten Kategorie übertreten das Gesetz; sie sind Zerstörer oder neigen wenigstens dazu, je nach ihren Fähigkeiten. Die Verbrechen dieser Menschen sind natürlich relativ und von sehr unterschiedlicher Art; zumeist fordern sie – auf die mannigfaltigste Weise –, daß das Gegenwärtige im Namen eines Besseren zerstört werde. Wenn nun ein solcher Mensch für seine Idee über Leichen gehen und Blut vergießen muß, so spricht ihm sein Gewissen hierfür doch das Recht zu, wie ich glaube – allerdings nur im Ausmaß und nach dem Wert seiner Idee, wohlgemerkt! Einzig in diesem Sinne spreche ich in meinem Artikel von dem Recht solcher Menschen auf das Verbrechen – Sie erinnern sich, diese ganze Diskussion hat ja mit der juristischen Frage begonnen. Übrigens liegt kein Grund zu großer Besorgnis vor: die Masse wird ihnen niemals, *fast* niemals dieses Recht zubilligen; sie wird sie, mehr oder minder, bestrafen und aufhängen und erfüllt dadurch, völlig zu Recht, ihre konservative Bestimmung – freilich stellen spätere Generationen dieser gleichen Masse die Hingerichteten, mehr oder minder, auf ein Piedestal und neigen sich vor ihnen. Die erste Kategorie ist immer Herr der Gegenwart, die zweite Herr der Zukunft. Die ersten erhalten die Welt und vermehren die Menschheit; die zweiten bewegen die Welt und führen sie zum Ziel. Die einen so gut wie die anderen haben das gleiche Recht zu existieren. Mit einem Wort, ich spreche in meinem Artikel beiden dasselbe Daseinsrecht zu und ... vive la guerre éternelle – natürlich nur bis zum Neuen Jerusalem.«

»Immerhin glauben Sie also an das Neue Jerusalem?«

»Ich glaube daran«, antwortete Raskolnikow fest; bei diesen Worten blickte er, ebenso wie während seiner ganzen langen Rede, zu Boden, wo er sich eine Stelle auf dem Teppich ausgesucht hatte.

»U-u-und ... glauben Sie an Gott? Verzeihen Sie, daß ich so neugierig bin!«

»Ich glaube an ihn«, wiederholte Raskolnikow und blickte Porfirij an.

»Und glauben Sie an die Erweckung des Lazarus?«

»Ja ... ja. Wozu wollen Sie das alles wissen?«

»Glauben Sie buchstäblich daran?«

»Buchstäblich.«

»So ist das also ... Ich war nur neugierig; entschuldigen Sie. Gestatten Sie mir aber, daß ich noch einmal auf das, was Sie eben gesagt haben, zurückkomme. Man bestraft sie doch nicht immer; im Gegenteil, manche ...«

»Triumphieren zu Lebzeiten? O ja, manche erreichen noch zu Lebzeiten ihr Ziel, und dann ...«

»Dann lassen sie selbst hinrichten?«

»Wenn nötig, ja; und wissen Sie, das ist sogar meistens der Fall. Ihre Bemerkung ist sehr treffend.«

»Besten Dank, mein Herr. Aber sagen Sie mir nur das eine noch: wie soll man die ungewöhnlichen und die gewöhnlichen Menschen unterscheiden? Gibt es da gewisse Anzeichen bei der Geburt? Ich frage das, weil hier doch eine größtmögliche Genauigkeit nötig wäre, sozusagen eine möglichst deutliche äußere Kennzeichnung; verzeihen Sie mir diese natürliche Sorge eines praktischen und wohlgesinnten Menschen! Aber könnte man nicht zum Beispiel eine besondere Kleidung einführen, irgendein Mal, was meinen Sie? Denn Sie müssen zugeben, wenn da ein Durcheinander entstünde und einer von der einen Kategorie sich einbildete, er gehöre zur anderen, und anfinge, ‚alle Hindernisse zu beseitigen', wie Sie sich höchst glücklich ausgedrückt haben, so wäre ja ...«

»Oh, das kommt sehr oft vor! Diese Bemerkung beweist sogar noch mehr Scharfsinn als die von vorhin ...«

»Besten Dank, mein Herr ...«

»Keine Ursache; aber bedenken Sie, daß ein Irrtum nur den

Angehörigen der ersten Kategorie, das heißt den ‚gewöhnlichen Menschen', wie ich sie vielleicht recht ungeschickt genannt habe, unterlaufen kann. Trotz ihrer angeborenen Neigung zum Gehorsam lieben es sehr viele von ihnen dank irgendeiner Verspieltheit ihres Wesens, wie sie nicht einmal einer Kuh versagt ist, sich für fortschrittliche Leute zu halten, für ‚Zerstörer', und ein ‚neues Wort' zu versuchen, und zwar in aller Aufrichtigkeit. Die wirklich *Neuen* dagegen werden von den ‚gewöhnlichen' Menschen sehr oft gar nicht bemerkt, ja, sogar als rückständige und niedrigdenkende Menschen verachtet. Ich glaube aber, daß hier keine nennenswerte Gefahr besteht und daß Sie wirklich keinen Grund zur Besorgnis haben; denn diese Leute kommen niemals weit. Dafür, daß sie sich hinreißen lassen, kann man sie natürlich manchmal verprügeln, um ihnen ihren Platz in Erinnerung zu rufen, mehr aber nicht; hier braucht es gar keinen gerichtlichen Vollzug; sie werden sich gegenseitig verprügeln, weil sie sehr gesittet sind; manche werden einander diesen Dienst erweisen, andere wieder sich selber und eigenhändig ... Dabei werden sie verschiedene öffentliche Reuebekenntnisse ablegen; das wirkt schön und erbaulich ... Kurz, Sie haben keinen Anlaß zur Besorgnis ... das ist geradezu ein Naturgesetz.«

»Nun, wenigstens haben Sie mich von dieser Seite her einigermaßen beruhigt; aber da ist ja schon wieder ein Haken: sagen Sie mir bitte, gibt es viele Menschen, die das Recht haben, andere abzuschlachten – ich meine, viele ‚Ungewöhnliche'? Ich bin natürlich bereit, mich vor ihnen zu beugen, aber Sie müssen selbst zugeben, daß es ein wenig unheimlich ist, wenn ihrer sehr viele sind, nicht wahr?«

»Oh, machen Sie sich auch darüber keine Sorge«, sprach Raskolnikow im gleichen Ton weiter. »Menschen mit neuen Gedanken, die auch nur irgendwie fähig sind, wenigstens *etwas Neues* zu sagen, werden höchst selten geboren, ja geradezu erstaunlich selten. Klar ist nur eines: die Ordnung, nach der die Menschen in alle diese Kategorien und Unterabteilungen hineingeboren werden, ist offenbar durch irgendein Naturgesetz sehr sicher und genau geregelt. Dieses Gesetz ist jetzt natürlich noch unbekannt, aber ich glaube, daß es existiert und später auch einmal entdeckt werden kann. Die überwiegende gewaltige Masse der Menschen, das Material, ist nur dazu auf der Welt, um sich zu bemühen, auf Grund irgendeines bis jetzt noch unentdeckten Vorganges, durch irgendeine Kreuzung von Sippen und Rassen, schließlich, sagen wir aus Tausenden, einen einzigen wenigstens einigermaßen selbständigen Menschen hervorzubringen. Mit größerer Selbständigkeit wird vielleicht einer unter Zehntausenden geboren – ich spreche anschaulich und nur des Beispiels halber. Mit noch größerer Selbständigkeit einer aus Hunderttausenden, geniale Menschen aus Millionen, und große Geister, die die Welt wirklich ihrem Ziel zuführen, vielleicht erst nach dem Hinscheiden vieler tausend Millionen Menschen. Kurz und gut, ich habe in die Retorte, in der das alles geschieht, nicht hineingeschaut. Aber es gibt ganz gewiß ein bestimmtes Gesetz; es muß eines geben; hier kann kein Zufall walten.«

»Ja, was treibt ihr denn, ihr beiden? Reißt ihr Witze?« rief Rasumichin endlich. »Wollt ihr euch gegenseitig zum Narren halten? Da sitzen sie und ziehen einander auf! Sprichst du im Ernst, Rodja?«

Raskolnikow hob schweigend das blasse, fast traurige Gesicht zu ihm und gab keine Antwort. Der unverhohlene, aufdringliche, aufreizende und *unhöfliche* giftige Hohn Porfirijs wirkte neben diesem stillen, traurigen Antlitz seltsam auf Rasumichin.

»Nun, mein Lieber, wenn du das wirklich ernst meinst, so ... Du hast natürlich recht, wenn du sagst, das sei nicht neu und gleiche all dem, was wir schon tausendmal gelesen und gehört haben; was aber an dem ganzen wirklich *originell* ist und wirklich nur von dir allein stammt, ist zu meinem Entsetzen die Tatsache, daß du immerhin erlaubst, nach dem eigenen *Gewissen* Blut zu vergießen, daß du es darüber hinaus, verzeih schon, sogar mit einem solchen Fanatismus forderst ... Darin liegt wohl der Hauptgedanke deines Artikels: es gibt eine Erlaubnis, *nach dem eigenen Gewissen* Blut zu vergießen, und das ... das ist meiner Ansicht nach furchtbarer, als es eine offizielle, im Gesetz verankerte Erlaubnis zum Blutvergießen wäre ...«

»Vollkommen richtig; das ist furchtbarer«, stimmte Porfirij zu.

»Nein, du hast dich irgendwie verrannt! Dem muß ein Irrtum zugrunde liegen. Ich werde den Artikel lesen ... Du hast dich verrannt! Du kannst gar nicht so denken ... Ich will es lesen.«

»In dem Artikel steht das alles nicht drin; dort finden sich nur Andeutungen«, entgegnete Raskolnikow.

»Sehr wohl, sehr wohl«, meinte Porfirij, der kaum noch ruhig sitzen konnte, »jetzt ist mir fast klargeworden, wie Sie das Verbrechen zu betrachten belieben, mein Herr, aber ... verzeihen Sie bitte meine Hartnäckigkeit – ich falle Ihnen wirklich allzusehr zur Last, und es ist mir selber peinlich! –, aber sehen Sie: Sie haben mich soeben hinsichtlich einer zufälligen Verwechslung der beiden Kategorien sehr beruhigt, doch ... doch ich zerbreche mir noch immer den Kopf über allerlei praktische Fälle! Wie, wenn irgendein Mann – oder ein Jüngling – sich einbildete, er wäre ein Lykurg oder ein Mohammed ... natürlich ein künftiger ... und jetzt anfinge, alle Hindernisse, die dem im Wege stehen, zu beseitigen ... Wenn er sagte, er habe einen weiten Marsch vor und für den Marsch brauche er Geld ... und dann verschaffte er sich das Geld dafür ... wissen Sie?«

Sametow prustete in seiner Ecke plötzlich los. Raskolnikow blickte nicht einmal zu ihm auf.

»Ich muß zugeben«, antwortete er ruhig, »daß solche Fälle wirklich vorkommen können. Dumme und eitle Menschen werden sich mit diesem Köder besonders leicht fangen lassen; zumal junge Leute.«

»Sehen Sie also, mein Herr! Und was ist dann?«

»Das ändert nichts«, lachte Raskolnikow; »dafür bin ich nicht verantwortlich. So ist es nun einmal, und so wird es immer sein. Da hat er« – er nickte zu Rasumichin hin – »jetzt gesagt, ich erlaubte, daß Blut vergossen würde. Na und? Die Gesellschaft hat sich durch Verbannung, Gefängnisse, Untersuchungsrichter und Zwangsarbeit hinreichend gesichert – wozu sich also Sorgen machen? Sucht den Dieb nur! ...«

»Und wenn wir ihn finden?«

»Geschieht ihm recht.«

»Sie sind jedenfalls sehr logisch. Aber was ist mit seinem Gewissen?«

»Was kümmert Sie das?«

»Nur so, aus Humanität, mein Herr.«

»Wer ein Gewissen hat, soll ruhig leiden, wenn er sich seines Irrtums bewußt wird. Das ist dann seine Strafe – außer der Zwangsarbeit.«

»Was ist aber mit den wirklich genialen Menschen?« fragte Rasumichin und runzelte die Stirn. »Mit jenen, denen das Recht gegeben ist, jemanden abzuschlachten, mit jenen, die nicht einmal wegen vergossenen Blutes leiden dürfen?«

»Was soll hier das Wort *dürfen*? Hier gibt es keine Erlaubnis und kein Verbot. Mag er leiden, wenn sein Opfer ihn dauert ... Leiden und Schmerz sind für eine umfassende Erkenntnis und für ein tiefes Herz seit jeher unerläßlich. Mir will scheinen, als müßten die wahrhaft großen Menschen auf dieser Welt zeitlebens sehr traurig sein«, fügte er plötzlich nachdenklich und in einem ganz anderen Tone als bisher hinzu.

Er hob den Blick, sah alle gedankenvoll an und griff lächelnd nach seiner Mütze. Er war allzu ruhig im Vergleich mit jener Stimmung, in der er vorhin hereingekommen war, und er fühlte das. Alle standen auf.

»Beschimpfen Sie mich oder beschimpfen Sie mich nicht, seien Sie wütend oder nicht – ich kann mich nicht zurückhalten«, sagte Porfirij Petrowitsch abschließend. »Erlauben Sie mir noch eine einzige kurze Frage ... ich belästige Sie wirklich sehr! Ich wollte nur einen ganz unbedeutenden Gedanken vorbringen, einzig und allein, um ihn zu vergessen, mein Herr ...«

»Schön, bringen Sie Ihren Gedanken vor«, erwiderte Raskolnikow, der blaß und in ernster Erwartung vor ihm stand.

»Sehen Sie ... ich weiß wirklich nicht, wie ich mich am geschicktesten ausdrücken soll ... dieser Gedanke ist gar zu verspielt ... ein psychologischer Gedanke ... Nun also, als

Sie Ihren Artikel verfaßten – aber das kann ja gar nicht anders sein, hehehe! es kann ja gar nicht anders sein –, haben Sie sich da auch wenigstens ein ganz klein bißchen für einen ‚ungewöhnlichen' Menschen gehalten, der ein *neues Wort* zu sagen hat . . . in Ihrem Sinne? War es so?«

»Das ist sehr leicht möglich«, antwortete Raskolnikow voll Verachtung. Rasumichin machte eine Bewegung.

»Und wenn dem so ist, würden Sie sich dann wirklich entschließen können – sagen wir, in Anbetracht irgendwelcher Mißerfolge und Bedrängnisse im Leben, oder um damit irgendwie die ganze Menschheit zu fördern –, über ein Hindernis hinwegzuschreiten? . . . zum Beispiel zu töten und zu stehlen? . . .«

Und plötzlich schien er Raskolnikow abermals mit dem linken Auge zuzuzwinkern und lautlos zu lachen – genauso wie vorhin.

»Hätte ich ein solches Hindernis überschritten, ich würde es Ihnen natürlich nicht sagen«, entgegnete Raskolnikow anmaßend und mit herausfordernder Geringschätzung.

»Nein, ich habe nur aus Interesse gefragt, eigentlich nur um Ihren Artikel besser zu verstehen, einzig und allein aus literarischen Gründen . . .«

Pfui, wie plump und unverschämt! dachte Raskolnikow angeekelt.

»Gestatten Sie mir die Bemerkung«, antwortete er trocken, »daß ich mich für keinen Mohammed oder Napoleon halte . . . und auch für keinen anderen Mann dieser Art und daß ich Ihnen daher, da ich weder ein Mohammed noch ein Napoleon bin, keine befriedigende Erklärung darüber geben kann, wie ich vorginge.«

»Ach, genug damit, wer hält sich denn bei uns in Rußland heutzutage nicht für einen Napoleon?« erwiderte Porfirij plötzlich mit erschreckender Vertraulichkeit. Sogar in seinem Tonfall lag diesmal etwas besonders Deutliches.

»Hat nicht am Ende irgendein künftiger Napoleon vorige Woche unsere Aljona Iwanowna mit dem Beil umgebracht?« platzte Sametow plötzlich in seiner Ecke heraus.

Raskolnikow schwieg und sah Porfirij unverwandt und

fest an. Rasumichin runzelte finster die Stirn. Schon vorher war ihm anscheinend irgend etwas aufgefallen. Zornig blickte er sich um. Eine Minute düsteren Schweigens verstrich. Raskolnikow wandte sich zum Gehen.

»Sie gehen schon?« sprach Porfirij freundlich und reichte ihm überaus liebenswürdig die Hand. »Ich habe mich sehr, sehr gefreut, Ihre Bekanntschaft gemacht zu haben. Und was Ihr Anliegen betrifft, so seien Sie ganz ohne Sorge. Fassen Sie das Gesuch genauso ab, wie ich es Ihnen gesagt habe. Am besten, Sie kommen damit selbst zu mir ... an einem der nächsten Tage ... meinethalben schon morgen. Ich bin so gegen elf Uhr bestimmt im Büro. Wir werden alles in Ordnung bringen ... und darüber sprechen ... Als einer der letzten, die dort gewesen sind, könnten Sie uns vielleicht noch irgend etwas mitteilen ...« setzte er mit der gutmütigsten Miene von der Welt hinzu.

»Wollen Sie mich offiziell verhören, mit allem, was dazugehört?« fragte Raskolnikow scharf.

»Aber warum denn? Vorläufig ist das keineswegs erforderlich. Sie haben mich mißverstanden. Wissen Sie, ich lasse keine Gelegenheit vorübergehen und ... und habe bereits mit allen Eigentümern der Pfänder gesprochen ... Von einigen habe ich die Aussagen zu Protokoll genommen ... und Sie als der letzte ... ach ja, da fällt mir etwas ein!« rief er unvermutet und schien sich über irgend etwas zu freuen. »Dabei fällt mir ein, was ich Sie fragen wollte!« fuhr er fort und wandte sich an Rasumichin. »Du hast mir doch damals mit diesem Nikolaschka die Ohren vollgejammert ... Nun ja, ich weiß ja selber, ich weiß selbst«, wandte er sich wieder an Raskolnikow, »daß der Bursche schuldlos ist, aber was soll ich machen? Auch Mitka mußte ich behelligen ... Also hören Sie, worum es sich handelt. Das ganze Problem ist: als Sie damals die Treppe hinaufgingen ... erlauben Sie ... Sie waren doch um acht Uhr dort?«

»Ja«, antwortete Raskolnikow und hatte im selben Augenblick das unangenehme Gefühl, daß er das lieber nicht hätte sagen sollen.

»Als Sie also um acht Uhr die Treppe hinaufgingen, haben

Sie da nicht im zweiten Stock, in der offenen Wohnung – Sie erinnern sich doch? –, zwei Arbeiter oder wenigstens einen von ihnen gesehen? Die Leute strichen dort die Wände. Haben Sie sie nicht bemerkt? Es wäre für die beiden sehr, sehr wichtig! ...«

»Anstreicher? Nein, die habe ich nicht gesehen ...« antwortete Raskolnikow langsam, als ob er mühsam überlegte. Zugleich spannte sich sein ganzes Wesen und erstarrte in der qualvollen Bemühung, möglichst rasch herauszubekommen, worin eigentlich die Falle lag; er durfte nichts außer acht lassen. »Nein, die habe ich nicht gesehen, und auch eine offene Wohnung habe ich nicht bemerkt ... Wohl aber erinnere ich mich, daß im vierten Stock« – er hatte die Falle jetzt durchschaut und triumphierte – »ein Beamter aus seiner Wohnung auszog ... gegenüber von Aljona Iwanownas Tür ... ich entsinne mich ... ich entsinne mich deutlich ... Soldaten trugen einen Diwan heraus und drängten mich gegen die Wand ... aber Maler ... nein, ich erinnere mich nicht, daß Maler dort gewesen wären ... und es scheint mir auch, als hätte ich nirgends eine offene Wohnung gesehen ... nein, es stand gewiß keine offen ...«

»Aber was redest du denn da!« rief Rasumichin plötzlich, als wäre ihm beim Nachdenken etwas eingefallen. »Die Anstreicher arbeiteten doch am Mordtag dort, und er war drei Tage vorher da! Was fragst du denn so?«

»Ach! Ich habe es verwechselt!« rief Porfirij und tippte sich gegen die Stirn. »Hol's der Teufel, dieser Fall hat mich schon ganz um den Verstand gebracht!« wandte er sich an Raskolnikow, als wollte er sich geradezu bei ihm entschuldigen. »Es wäre für uns ja so wichtig gewesen zu erfahren, ob niemand die beiden um acht Uhr in dieser Wohnung gesehen hat, und darum bildete ich mir jetzt plötzlich ein, daß auch Sie uns etwas sagen könnten ... ich habe das völlig durcheinandergebracht!«

»Da muß man eben besser aufpassen!« bemerkte Rasumichin verdrießlich.

Die letzten Worte wurden schon in der Diele gesprochen. Porfirij Petrowitsch begleitete die beiden außerordentlich liebenswürdig bis zur Tür. Sie traten finster und mißmutig auf die Straße und gingen einige Schritte, ohne ein Wort zu sagen. Raskolnikow holte tief Atem.

6

»Ich glaube es nicht! Ich kann es nicht glauben!« wiederholte Rasumichin besorgt ein ums andere Mal, während er mit allen Kräften trachtete, die Argumente Raskolnikows zu widerlegen. Sie befanden sich jetzt bereits vor Bakalejews Pension, wo Pulcheria Alexandrowna und Dunja schon lange auf sie warteten. Rasumichin war unterwegs im Eifer des Gesprächs jeden Augenblick stehengeblieben, allein schon durch die Tatsache verwirrt und erregt, daß man jetzt zum erstenmal deutlich *davon* gesprochen hatte.

»Glaub es eben nicht!« antwortete Raskolnikow mit kaltem, geringschätzigem Lächeln. »Du hast nach deiner Gewohnheit wieder einmal nichts bemerkt, aber ich habe jedes Wort genau erwogen.«

»Du bist mißtrauisch, und darum hast du jedes Wort auf die Goldwaage gelegt ... hm ... Ich gebe wirklich zu, daß der Ton Porfirijs ziemlich seltsam war, und insbesondere dieser Schurke Sametow ... Du hast recht, er hatte irgend etwas; aber warum, warum?«

»Er hat sich über Nacht anders besonnen ...«

»Aber im Gegenteil, ganz im Gegenteil! Hätten die Leute diese hirnverbrannte Idee, sie würden sich mit allen Kräften bemühen, sie geheimzuhalten und ihre Karten nicht aufzudecken, um später loszuschlagen. Jetzt wäre es doch nur frech und unvorsichtig!«

»Besäßen sie Beweise, das heißt wirkliche Beweise, oder hätten sie einen wenigstens irgendwie begründeten Verdacht, sie würden sich wirklich Mühe geben, ihr Spiel geheimzuhalten, weil sie dann hoffen könnten, noch mehr zu gewinnen ... und außerdem hätten sie schon längst eine Haussuchung vorgenommen! Aber sie haben keine Beweise, keinen einzigen – sie bilden sich das alles nur ein, alles hat zwei Seiten und ist nur eine flüchtige Idee –, und darum wollen sie mich durch Frechheit hineinlegen. Und vielleicht war er wütend, weil er keine Beweise hat, und ist aus Ärger damit herausgeplatzt. Aber vielleicht verfolgt er auch eine bestimmte Absicht ... er scheint klug zu sein ... Mag sein, daß er mich dadurch, daß er alles weiß, schrecken wollte ... Das ist eine ganz eigene Psychologie, mein Lieber ... Übrigens widerstrebt es mir, das alles zu erörtern. Lassen wir es!«

»Und wie beleidigend es ist, wie beleidigend! Ich verstehe dich! Aber ... da wir jetzt schon so offen darüber gesprochen haben – und es ist sehr gut, daß wir endlich offen darüber sprechen; ich freue mich darüber! –, muß ich dir auch gestehen, daß mir schon lange so etwas an ihnen aufgefallen ist, irgendein derartiger Gedanke, während der ganzen Zeit. Natürlich haben sie das kaum andeutungsweise und nur so nebenbei verlauten lassen, aber weshalb bloß? Wie können sie das wagen? Wo liegen die Ursachen für eine solche Vermutung? Wenn du wüßtest, wie wütend ich war! Da steht ein armer Student, ganz heruntergekommen vor bitterer Armut und Hypochondrie, vom Ausbruch einer schweren Krankheit mit Fieber bedroht, das – wohlgemerkt – vielleicht schon in ihm wütet, ein argwöhnischer, stolzer Mensch, der seinen Wert kennt, sechs Monate in seiner Ecke saß und keine Seele sah – da steht dieser Mensch in Lumpen und in Stiefeln ohne Sohle vor irgendwelchen Lümmeln aus dem Revier und muß ihre Schmähungen erdulden; da ist die Rede von einer unvermuteten Schuld, von einem verfallenen Wechsel in den Händen des Hofrats Tschebarow; die Ölfarbe stinkt, es herrschen dreißig Grad Reaumur, die Luft ist stickig, eine Menge Leute sind anwesend, es wird über die Ermordung einer Person berichtet, bei der er kurz vorher gewesen ist, und bei all dem ist sein Magen leer! Wie soll man da nicht in Ohnmacht fallen! Und darauf alles aufbauen, nur darauf? Hol's der Teufel! Ich verstehe ja, daß das ärgerlich ist, aber an deiner Stelle, Rodka, würde ich ihnen allen ins Gesicht lachen oder, noch besser, möglichst saftig in die Fresse spucken und nach allen Seiten gute zwei Dutzend Ohrfeigen verteilen, mit Verstand natürlich, wie man eben Ohrfeigen austeilen muß, und damit wäre die Sache für mich erledigt. Pfeif drauf! Fasse Mut! Es ist ja eine Schande!«

Er hat das Ganze recht hübsch dargelegt, dachte Raskolnikow.

»Darauf pfeifen? Und morgen gibt es ein neues Verhör!« erwiderte er bitter. »Muß ich mich denn wirklich diesen Leuten gegenüber auf Erklärungen einlassen? Es ärgert mich ohnedies schon, daß ich mich gestern in dem Gasthaus so weit erniedrigt habe, mit Sametow zu sprechen . . .«

»Zum Teufel! Ich will selber zu Porfirij gehen und ihn mir vorknöpfen, auf *verwandtschaftliche Art*; mag er mir alles haarklein auseinandersetzen! Und was Sametow betrifft . . .«

Endlich kommt er drauf! dachte Raskolnikow.

»Halt!« schrie Rasumichin und packte ihn plötzlich an der Schulter. »Halt! Du hast nicht recht! Ich habe es mir überlegt. Du hast nicht recht! Wieso war das denn eine Falle? Du sagst, die Frage nach den Malern sei eine Falle gewesen. Denk nach: wenn du *das* wirklich getan hättest, hättest du dich dann so verraten können? Hättest du zugegeben, du habest gesehen, wie in der Wohnung gemalt wurde . . . und auch die Arbeiter bemerkt? Im Gegenteil: nichts hättest du gesehen, selbst wenn du es gesehen hättest! Wer wird denn gegen sich selbst aussagen?«

»Wenn ich *jene Tat* begangen hätte, hätte ich unbedingt gesagt, ich hätte die Arbeiter in der Wohnung gesehen«, antwortete Raskolnikow wider Willen und offensichtlich angeekelt.

»Aber weshalb solltest du gegen dich selbst aussagen?«

»Deshalb, weil nur Bauern oder ganz unerfahrene Neulinge, wenn sie verhört werden, im voraus und auf alles nein antworten! Ein halbwegs gebildeter, erfahrener Mann bemüht sich auf jeden Fall, nach Möglichkeit alle äußeren, unbestreitbaren Tatsachen zuzugeben – nur sucht er ihnen andere Ursachen unterzuschieben. Er fügt aus eigenem eine besondere, unerwartete Kleinigkeit hinzu, die den Fakten eine völlig andere Bedeutung gibt und sie in einem neuen Licht zeigt. Porfirij konnte gerade damit rechnen, daß ich gewiß so antworten und gewiß der Wahrscheinlichkeit halber sagen würde, ich hätte die Arbeiter gesehen, und dabei hätte ich noch irgend etwas zur näheren Erklärung hinzugefügt . . .«

»Aber dann wäre er dir wohl sogleich damit in die Parade gefahren, daß du dort zwei Tage früher gar keine Arbeiter hättest sehen können, daß du also gerade am Tag des Mordes um acht Uhr im Hause gewesen sein müßtest. Mit dieser Kleinigkeit hätte er dich gefangen!«

»Er rechnete eben damit, daß ich nicht rasch genug überlegen und mich beeilen würde, möglichst glaubwürdig zu antworten, und daß ich dabei vergessen könnte, daß zwei Tage früher keine Maler dort gewesen sind.«

»Wie hättest du das vergessen können?«

»Überaus leicht. Mit so unscheinbaren Kleinigkeiten lassen sich schlaue Menschen am allerleichtesten fangen. Je schlauer jemand ist, desto weniger argwöhnt er, daß man ihn mit einer einfachen Frage fangen könnte. Den gerissensten Menschen muß man gerade mit den einfachsten Mitteln eine Schlinge legen. Porfirij ist keineswegs so dumm, wie du glaubst . . .«

»Nach all dem ist er ein Schwein!«

Raskolnikow konnte ein Lächeln nicht unterdrücken. Doch in diesem Augenblick kamen ihm seine eigene Lebhaftigkeit und die Lust, mit der er seine letzte Erklärung vorgetragen hatte, sehr merkwürdig vor, da er doch während des ganzen vorhergehenden Gesprächs einen finsteren Widerwillen an den Tag gelegt und offenbar nur unter dem Zwang der Situation Rede und Antwort gestanden hatte.

Allmählich komme ich auf den Geschmack! dachte er im stillen.

Doch fast im selben Augenblick wurde er mit einemmal unruhig, als machte ihn ein unerwarteter, besorgniserregender Gedanke bestürzt. Seine Unruhe wuchs. Sie waren inzwischen vor Bakalejews Pension angelangt.

»Geh allein«, sagte Raskolnikow plötzlich. »Ich bin gleich wieder zurück.«

»Wohin willst du denn? Wir sind doch schon da!«

»Ich muß weg. Ich muß; ich habe noch etwas zu erledigen ... in einer Viertelstunde bin ich wieder da ... Richte ihnen das aus.«

»Wie du meinst; aber ich begleite dich!«

»Wie! Willst auch du mich quälen!« schrie Raskolnikow, so bitter gereizt und mit solcher Verzweiflung im Blick, daß Rasumichin die Arme sinken ließ. Eine Zeitlang stand er noch auf den Türstufen und sah finster zu, wie der andere rasch in Richtung seiner Wohnung davonlief. Schließlich biß er die Zähne zusammen, ballte die Fäuste und gelobte sich an Ort und Stelle, er werde heute noch Porfirij ausquetschen wie eine Zitrone; dann stieg er die Treppe hinauf, um Pulcheria Alexandrowna zu beruhigen, die die lange Abwesenheit der beiden schon in helle Aufregung versetzt hatte.

Als Raskolnikow zu Hause ankam, waren seine Schläfen naß von Schweiß, und er atmete schwer. Hastig rannte er die Treppe hinauf, trat in sein unverschlossenes Zimmer und sperrte sofort mit dem Riegel zu. Dann stürzte er in sinnlosem Schrecken zu jener Ecke, zu dem Loch in der Tapete, in dem damals die Sachen gelegen hatten, griff hinein und tastete einige Minuten lang sorgsam alles ab, wobei er jede Falte und Ausbuchtung der Tapete untersuchte. Da er nichts fand, stand er auf und holte tief Atem. Als er vorhin schon vor der Tür zu Bakalejews Hause gestanden hatte, hatte er sich plötzlich eingebildet, irgend etwas, ein Kettchen, ein Manschettenknopf oder auch nur ein Papier, in das ein Pfand eingewickelt gewesen war und das vielleicht einen Vermerk von der Hand der Alten trug, sei ihm damals irgendwie durch die Finger gerutscht, habe sich in einem Spalt verkrochen und könne ihm jetzt plötzlich als unerwarteter, unwiderlegbarer Beweis vorgehalten werden.

Er stand gleichsam nachdenklich da, und ein seltsames, gedemütigtes, halbirres Lächeln zuckte um seine Lippen. Endlich nahm er seine Mütze und verließ leise das Zimmer. Seine Gedanken waren verwirrt. Ganz in Grübeleien versunken, schritt er durch das Tor.

»Da ist ja der Herr!« rief laut eine Stimme.

Er hob den Kopf.

Der Hausknecht stand vor der Tür zu seiner Wohnung

und wies auf ihn; er sprach mit einem kleinen Mann, der aussah wie ein Kleinbürger, eine Art Schlafrock und eine Weste trug und von ferne zum Verwechseln einem Bauernweib ähnelte. Den Kopf mit der speckigen Mütze hielt er gesenkt, und er machte überhaupt den Eindruck, als wäre er bucklig. Sein welkes, runzliges Gesicht zeigte, daß er über fünfzig war; die kleinen, verschwommenen Augen blickten finster, streng und unzufrieden.

»Was gibt es?« fragte Raskolnikow, während er auf den Hausknecht zutrat.

Der Kleinbürger starrte ihn finster an, musterte ihn aufmerksam und unverwandt und ließ sich Zeit; dann wandte er sich langsam um und trat, ohne ein Wort zu sagen, aus dem Tor des Hauses auf die Straße.

»Was soll denn das?« rief Raskolnikow.

»Er hat gefragt, ob hier ein Student wohne, und hat Ihren Namen genannt. Dann wollte er wissen, bei wem Sie wohnen. Inzwischen kamen Sie herunter. Ich zeigte Sie ihm, und er ging. Das war alles.«

Auch der Hausknecht wunderte sich einigermaßen, allerdings nicht sehr lange; und nachdem er noch eine kleine Weile nachgedacht hatte, wandte er sich um und kroch in seine Behausung zurück.

Raskolnikow eilte dem Kleinbürger nach und sah ihn sofort auf der anderen Straßenseite gehen, immer mit gleichmäßigem, gemächlichem Schritt, den Blick zu Boden gesenkt und anscheinend in Nachdenken versunken. Raskolnikow holte ihn bald ein und ging eine Zeitlang hinter ihm her; schließlich kam er auf gleiche Höhe mit ihm und blickte ihm von der Seite ins Gesicht. Der andere bemerkte ihn sofort, musterte ihn rasch, senkte aber wieder den Blick, und so gingen sie etwa eine Minute einer neben dem anderen, ohne ein Wort zu sagen.

»Sie haben ... den Hausknecht ... nach mir gefragt ...?« sprach ihn Raskolnikow endlich leise an.

Der Kleinbürger gab keine Antwort und sah ihn nicht einmal an.

Wieder schwiegen beide.

»Was wollen Sie denn? ... Sie fragen nach mir ... und dann schweigen Sie ... was soll denn das?«

Raskolnikow versagte die Stimme, und die Worte wollten sich gleichsam nicht in seinem Munde formen.

Diesmal hob der Kleinbürger den Blick und sah Raskolnikow drohend und finster an.

»Mörder!« stieß er plötzlich leise und deutlich hervor ...

Raskolnikow ging neben ihm weiter. Seine Beine waren plötzlich ganz schwach geworden; Kälteschauer liefen ihm über den Rücken, und sein Herz schien auszusetzen, als wäre es ihm aus der Brust gerissen worden. So liefen sie etwa hundert Schritt nebeneinander her, wiederum in völligem Schweigen.

Der Kleinbürger würdigte ihn keines Blickes.

»Aber ... was ... was reden Sie da ... Wer ist ein Mörder? ...« murmelte Raskolnikow kaum vernehmlich.

»*Du* bist der Mörder«, antwortete der andere, noch nachdrücklicher und gleichsam mit einem Lächeln haßerfüllten Triumphes, und abermals starrte er herausfordernd Raskolnikow in das blasse Gesicht und in dessen leblose Augen.

Beide waren jetzt zu einer Straßenkreuzung gelangt. Der Kleinbürger bog nach links ein und ging weiter, ohne sich umzublicken, Raskolnikow dagegen blieb stehen und schaute ihm lange nach. Er sah, wie sich der andere, nachdem er etwa fünfzig Schritt gegangen war, umwandte und ihn betrachtete, während er selber noch immer regungslos an derselben Stelle stand. Es war unmöglich, mehr zu erkennen, aber Raskolnikow hatte den Eindruck, daß der Mann auch diesmal sein kalt-gehässiges, triumphierendes Lächeln aufgesetzt hatte.

Mit leisen, matten Schritten und zitternden Knien, fast als wäre er furchtbar durchgefroren, ging Raskolnikow zurück und stieg in seine Kammer hinauf. Er nahm die Mütze ab, legte sie auf den Tisch und stand zehn Minuten unbeweglich da. Dann legte er sich erschöpft auf den Diwan und streckte sich müde und mit schwachem Stöhnen aus; seine Augen waren geschlossen. So lag er ungefähr eine halbe Stunde.

Er dachte an nichts. Gewiß gingen ihm irgendwelche Gedanken oder Bruchstücke von Gedanken durch den Kopf, sinnlose Vorstellungen ohne Zusammenhang: Gesichter von Menschen, die er einst in der Kindheit gekannt hatte oder denen er irgendwo nur ein einziges Mal begegnet war und an die er sonst niemals gedacht hätte; der Glockenturm der W.-Kirche; das Billard in einem Gasthaus und ein Offizier vor diesem Billard; Zigarrengeruch in einem Tabakladen, der im Kellergeschoß lag; eine Schenke; eine pechfinstere Hintertreppe, ganz naß von Spülwasser und mit Eierschalen bestreut; und von irgendwo vernahm er das sonntägliche Glokkenläuten ... Die Bilder lösten einander ab und kreisten unaufhörlich in ihm. Manche gefielen ihm sogar, und er hätte sie gern festgehalten, aber sie verloschen. Irgend etwas bedrückte ihn, es bedrückte ihn aber nicht allzusehr. Manchmal fühlte er sich geradezu wohl ... Die leichten Kälteschauer hielten immer noch an, und auch das empfand er beinahe als angenehm.

Er hörte die hastigen Schritte Rasumichins und dessen Stimme, schloß die Augen und stellte sich schlafend. Rasumichin öffnete die Tür, stand einige Zeit auf der Schwelle und schien nachzudenken. Dann trat er leise ins Zimmer und ging behutsam auf den Diwan zu. Raskolnikow hörte Nastasja flüstern: »Rühr ihn nicht an; er soll nur schlafen; essen kann er später.«

»Du hast recht«, antwortete Rasumichin.

Beide gingen vorsichtig aus dem Zimmer und schlossen die Tür. Eine weitere halbe Stunde verstrich. Raskolnikow öffnete die Augen, drehte sich wieder auf den Rücken und legte die Arme unter den Kopf ...

Wer ist er? Wer ist dieser Mensch, der aus der Erde aufgestiegen ist? Wo war er und was hat er gesehen? Er hat alles gesehen, das läßt sich nicht bezweifeln. Wo stand er damals und von wo aus sah er zu? Warum steigt er jetzt erst aus der Erde auf? Und wie konnte er es sehen, wie war das möglich? ... Hm! ... dachte Raskolnikow, während er vor Kälte zusammenfuhr, und das Etui, das Nikolaj hinter der Tür gefunden hat, war das etwa auch nicht möglich? Beweise? Wenn man auch nur den hunderttausendsten Teil eines Punktes übersieht – schon hat man einen Beweis von der Höhe einer ägyptischen Pyramide! Eine Fliege war dort; die hat es gesehen! Ist denn das möglich?

Von Ekel erfüllt, spürte er plötzlich, wie er schwach wurde, körperlich schwach.

Ich hätte das wissen müssen, dachte er mit bitterem Lächeln. Und wie konnte ich wagen, obgleich ich mich kenne, obgleich ich *vorausahnte*, wie ich mich verhalten würde – wie konnte ich wagen, das Beil zu nehmen und mich mit Blut zu besudeln? Ich hätte das vorher wissen müssen ... Ach, und ich habe es ja auch vorher gewußt! ... flüsterte er verzweifelt.

Zuweilen ließ ihn irgendein Gedanke gar nicht wieder los.

Nein, so sind jene Menschen nicht ... Der wahre *Gebieter*, dem alles erlaubt ist, *zerschmettert* Toulon, *veranstaltet* das Gemetzel in Paris, *vergißt* die Armee in Ägypten, *vergeudet* eine halbe Million Menschen im Moskauer Feldzug, kommt in Wilna mit einem Witz davon, und nach seinem Tod werden ihm Götzenbilder aufgestellt; also ist ihm *alles* erlaubt. Nein, diese Menschen haben offenbar keinen Körper aus Fleisch und Blut, sondern aus Bronze!

Ein plötzlicher, abseitiger Gedanke machte ihn mit einemmal fast lachen.

Napoleon, die Pyramiden, Waterloo – und eine widerliche, magere Registratorswitwe, ein altes Weib, eine Wucherin mit einer roten Truhe unter dem Bett – das gibt Porfirij Petrowitsch wenigstens eine Nuß zu knacken ... Das soll er nur verdauen! ... Die Ästhetik hindert ihn daran: würde denn Napoleon unter das Bett eines alten Weibes kriechen? Ach, abscheulich! ...

Minutenlang fühlte er, daß er zu phantasieren begann; ein fieberhaft begeisterter Zustand hatte ihn ergriffen.

Das alte Weib ist Unsinn! dachte er in seiner abrupten Art. Die Alte mag sogar ein Irrtum sein; es handelt sich nicht um sie! Die Alte war nur eine Krankheit ... ich wollte sie möglichst rasch hinter mich bringen ... Ich habe nicht einen Menschen getötet; ich tötete ein Prinzip! Das Prinzip habe ich getötet, aber hinter mich gebracht habe ich es nicht; es liegt noch immer vor mir ... nichts anderes konnte ich als töten! Und auch darauf verstand ich mich nicht, wie sich zeigte ... Das Prinzip? Warum hat vorhin dieser Dummkopf Rasumichin die Sozialisten beschimpft? Sie sind doch arbeitsame, geschäftige Leute; sie befassen sich mit »dem allgemeinen Glück« ... Nein, das Leben ist mir nur einmal geschenkt und wird sich nie wiederholen; ich will nicht das »allgemeine Glück« abwarten. Ich will selber leben oder lieber gar nicht leben. Und nun? Ich wollte nur nicht an einer hungernden Mutter vorübergehen und meinen Rubel in Erwartung des »allgemeinen Glücks« in der Tasche festhalten. Ich trage meinen Baustein zum allgemeinen Glück bei und fühle deshalb die »Ruhe des Herzens«. Haha! Warum habt ihr mich übergangen? Ich lebe ja doch nur einmal; ich will doch auch ... Ach, ich bin eine ästhetische Laus und sonst nichts, fügte er plötzlich, wie ein Irrer lachend, hinzu. Ja, ich bin wirklich eine Laus, fuhr er fort, während er sich voll Schadenfreude an diesen Gedanken klammerte, darin wühlte, mit ihm spielte und an ihm seine Freude fand; und sei es auch nur deswegen, weil ich erstens jetzt darüber grüble, daß ich eine Laus bin; weil ich zweitens einen ganzen Monat lang die allgütige Vorsehung bemüht habe, indem ich sie als Zeugen dafür anrief, daß ich nicht zu eigenem Nutz und Frommen meine Tat unternähme, sondern mit einem großartigen, erstrebenswerten Ziel im Auge – haha! Und weil ich mir drittens vorgenommen hatte, bei der Durchführung so exakt wie möglich vorzugehen, Gewicht und Maß und Arithmetik zu beachten; von allen Läusen suchte ich mir die nutzloseste aus, und nachdem ich sie getötet hatte, wollte ich ihr nur genausoviel wegnehmen, wie ich für den ersten Schritt brauchte, nicht mehr und nicht weniger – das übrige wäre dann wohl ihrem Testament zufolge einem Kloster zugefallen, haha! ... und deshalb, deshalb bin ich endgültig eine Laus, fügte er zähneknirschend hinzu, weil ich selbst vielleicht noch abscheulicher und widerwärtiger bin als die Laus, die ich getötet habe, und weil ich im voraus fühlte – daß ich mir das sagen würde, erst *nachdem* ich sie getötet hätte! Läßt sich denn irgend etwas mit solchem Grauen vergleichen? O Albernheit, o Schurkerei! ... Ah, wie ich den »Propheten« zu Pferde verstehe mit dem Säbel in der Faust – Allah befiehlt, und du gehorche, »bebendes« Geschöpf! Recht hat er, der »Prophet«, recht hat er, wenn er irgendwo eine stattliche Batterie quer über die Straße auffahren und auf Schuldige und Unschuldige schießen läßt, ohne sie auch nur einer Erklärung zu würdigen! Gehorche, bebendes Geschöpf, und – *wünsche nicht*; denn das ist nicht deine Sache! ... Oh, um keinen Preis, um keinen Preis der Welt werde ich das dem alten Weib verzeihen!

Sein Haar klebte von Schweiß; seine zitternden Lippen waren heiß und trocken; sein starrer Blick war auf die Zimmerdecke gerichtet.

Meine Mutter, meine Schwester, wie sehr habe ich euch geliebt! Warum hasse ich euch jetzt? Ja, ich hasse sie, ich hasse sie körperlich; ich kann sie nicht in meiner Nähe ertragen ... Vorhin ging ich zu meiner Mutter und küßte sie, ich erinnere mich ... Sie zu umarmen und zu denken, wenn sie es erführe ... Hätte ich es ihr vielleicht ... sagen sollen? Das sähe mir ähnlich ... hm! *Sie* muß ebenso gewesen sein wie ich, setzte er hinzu, während er mit Mühe nachdachte, als kämpfte er mit den Fieberphantasien, die ihn packten. Oh, wie ich jetzt das alte Weib hasse! Ich würde sie wohl ein zweitesmal erschlagen, wenn sie wieder zum Leben erwachte! Arme Lisaweta! Weshalb ist sie gerade dazugekommen ... Sonderbar übrigens, daß ich fast gar nicht an sie denke, als hätte ich sie nicht umgebracht! ... Lisaweta! Sonja! Ihr armen, sanften Geschöpfe mit euren sanften Augen ... Die Lieben! ... Warum weinen sie nicht? Warum stöhnen sie nicht? ... Sie geben alles her ... sie blicken sanft und still ... Sonja, Sonja! Stille Sonja! ...

Er sank in Vergessen; es kam ihm merkwürdig vor, daß er sich später nicht entsinnen konnte, wie er wieder auf die Straße gelangt war. Es war schon spät am Abend. Das Dunkel wurde dichter; der Vollmond strahlte heller und heller, aber in der Luft lag eine drückende Schwüle. Menschen liefen in Scharen durch die Straßen; Handwerker und Arbeiter waren auf dem Heimweg; andere gingen nur spazieren; es roch nach Kalk, nach Staub, nach stehendem Wasser. Raskolnikow ging traurig und sorgenerfüllt seines Weges; er entsann sich sehr genau, daß er mit irgendeiner bestimmten Absicht das Haus verlassen hatte, daß er etwas tun, und zwar rasch tun mußte; doch was das gewesen war, das wußte er nicht mehr. Plötzlich blieb er stehen und bemerkte, wie auf der anderen Straßenseite auf dem Bürgersteig ein Mann stand und ihm zuwinkte. Er ging quer über den Fahrdamm auf diesen Mann zu, doch plötzlich wandte der sich um und ging weiter, als ob nichts gewesen wäre; er hatte den Kopf gesenkt, drehte sich nicht um und tat so, als hätte er ihn überhaupt nicht gerufen. Hat er mich nun gerufen oder nicht? dachte Raskolnikow und eilte ihm nach. Als er ihm noch keine zehn Schritt gefolgt war, erkannte er ihn plötzlich und erschrak; es war der Kleinbürger von vorhin, im selben Schlafrock und ebenso bucklig. Raskolnikow ging ihm nach; sein Herz pochte; sie bogen in eine Gasse ein, aber der andere wandte sich noch immer nicht um. Weiß er, daß ich ihm folge? dachte Raskolnikow. Der Mann trat an das Tor eines großen Hauses. Auch Raskolnikow schritt rasch auf das Tor zu und hielt Ausschau, ob der andere sich nicht umblicken und ihn rufen würde. Und wahrhaftig, als der Kleinbürger schon durch die ganze Toreinfahrt gegangen und in den Hof gekommen war, drehte er sich plötzlich um und schien abermals zu winken. Raskolnikow schritt sogleich durch das Tor, doch im Hof war der Mann nicht mehr zu erblicken. Offenbar war er gleich hier in das erste Treppenhaus gegangen. Raskolnikow lief ihm nach. Und wahrhaftig, zwei Stockwerke höher waren seine gemessenen, gemächlichen Schritte zu vernehmen. Sonderbar, die Treppe kam ihm bekannt vor! Da war das Fenster im ersten Stockwerk; traurig und geheimnisvoll drang das Mondlicht durch die Scheiben; und hier kam der zweite Stock. Ah! das war die Wohnung, in der damals die Maler gearbeitet hatten ... Daß er das nicht gleich erkannt hatte! Die Schritte des Mannes vor ihm waren jetzt verstummt – wahrscheinlich ist er stehengeblieben oder hat sich irgendwo versteckt. Und nun der dritte Stock; sollte er noch weitergehen? Und wie still es hier war; es war geradezu zum Fürchten ... Aber er ging weiter. Der Lärm seiner eigenen Schritte erschreckte und beunruhigte ihn. O Gott, wie finster es hier war! Der Kleinbürger lag gewiß in irgendeiner Ecke auf der Lauer! Ah! die Tür zu der Wohnung stand weit offen; er überlegte eine Weile und trat dann ein. In der Diele war es sehr dunkel und ganz leer. Keine Menschenseele, als hätte man alles hinausgetragen; leise, auf den Fußspitzen ging er in die Stube; das Zimmer war vom Mondlicht hell übergossen; alles war wie früher: die Stühle, der Spiegel, der gelbe Diwan und die Bilder in den Rahmen. Ein riesiger, runder kupferroter Mond sah gerade durchs Fenster. Diese Stille kommt vom Mond, dachte Raskolnikow. Er ist gewiß jetzt dabei, das Rätsel zu lösen. Raskolnikow stand da und wartete; er wartete lange, und je stiller der Mond war, desto heftiger klopfte ihm das Herz, desto schmerzhafter wurde ihm zumute. Und die Stille hörte nicht auf. Auf einmal vernahm er ein kurzes, trockenes Knarren, als wäre ein Holzspan abgebrochen worden, und dann war alles wieder still. Eine Fliege war erwacht, stieß im Flug plötzlich gegen die Scheibe und summte kläglich. In ebendiesem Augenblick entdeckte er in der Ecke, zwischen dem kleinen Schrank und dem Fenster, einen Umhang, der an der Wand zu hängen schien. Was soll dieser Umhang hier? dachte er. Der war doch früher nicht da ... Er trat leise hinzu; er ahnte, daß hinter dem Umhang jemand versteckt sein mußte. Vorsichtig zog er ihn zurück und sah, daß ein Stuhl dort stand, und auf dem Stuhl in der Ecke saß die alte Frau, ganz zusammengekrümmt und den Kopf so geneigt, daß er ihr Gesicht nicht sehen konnte; aber sie war es. Er stand vor ihr. Sie hat Angst! dachte er, holte leise das Beil aus der Schlinge und schlug die Alte auf den Schädel, einmal, zweimal. Doch sonderbar: sie rührte sich nicht unter seinen Schlägen, als wäre sie aus Holz. Er erschrak, bückte sich und betrachtete sie; aber sie neigte den Kopf noch tiefer. Da bückte er sich bis zum Boden und sah ihr von unten ins Gesicht; er blickte sie an und erstarrte: die Alte saß da und lachte; sie lachte ein leises, unhörbares Lachen, aber war mit allen Kräften bemüht, es nicht laut werden zu lassen. Plötzlich schien ihm, als wäre die Tür zum Schlafzimmer einen Spalt weit geöffnet worden und als würde auch dort gelacht und geflüstert. Wut packte ihn; mit aller Kraft schlug er auf die Alte ein, schlug sie auf den Kopf; aber bei jedem Schlag wurden das Lachen und Flüstern im Schlafzimmer lauter, und das alte Weib schüttelte sich nur so vor Lachen. Er wollte fliehen, doch die ganze Diele war voller Menschen; die Tür zur Treppe stand weit offen, und auf dem Treppenabsatz und auf den Stufen standen bis ganz hinunter Leute; Leute, Kopf an Kopf, und alle schauten, aber alle trachteten sich zu verbergen und warteten und schwiegen ... Das Herz krampfte sich ihm zusammen; er konnte seine Beine nicht mehr bewegen, sie waren wie gelähmt ... Er wollte aufschreien und erwachte.

Mühsam holte er Atem, aber merkwürdig: sein Traum schien sich fortzusetzen; die Tür stand weit offen, und auf der Schwelle stand ein ihm völlig unbekannter Mann und musterte ihn unverwandt.

Raskolnikow hatte die Augen noch gar nicht richtig geöffnet und schloß sie sofort wieder. Er lag auf dem Rücken und rührte sich nicht.

Träume ich noch immer? dachte er und hob abermals kaum merklich die Lider, um zu sehen: der Unbekannte stand an derselben Stelle und starrte ihn noch immer an.

Plötzlich trat er vorsichtig über die Schwelle, schloß behutsam die Tür hinter sich, ging an den Tisch, wartete ungefähr eine Minute, ohne während der ganzen Zeit den Blick von Raskolnikow zu wenden, und setzte sich leise, geräuschlos auf den Stuhl vor dem Diwan; seinen Hut legte er neben sich auf den Boden, stützte beide Hände auf seinen Spazierstock und legte das Kinn auf die Hände.

Man sah, daß er bereit war, lange Zeit zu warten. Soweit Raskolnikow, der unter den Augenlidern hervorblinzelte, feststellen konnte, war er ein nicht mehr junger stämmiger Mann und trug einen dichten, hellblonden, fast weißen Bart ...

Etwa zehn Minuten verstrichen. Es war zwar noch hell, aber der Abend brach herein. Im Zimmer herrschte völlige Stille; sogar von der Treppe drang kein einziger Laut herauf. Nur eine große Fliege summte und stieß manchmal gegen die Fensterscheibe. Schließlich wurde es unerträglich: Raskolnikow erhob sich jäh und setzte sich auf dem Diwan auf.

»Nun, so sagen Sie doch, was Sie wünschen!«

»Ich wußte ja, daß Sie nicht schliefen, sondern nur so taten«, antwortete der Unbekannte in sonderbarem Ton und mit ruhigem Lachen. »Gestatten Sie, daß ich mich vorstelle: Arkadij Iwanowitsch Swidrigailow . . .«

VIERTER TEIL

1

Träume ich denn noch immer? dachte Raskolnikow noch einmal. Vorsichtig und ungläubig musterte er den unerwarteten Besucher.

»Swidrigailow? Was für ein Unsinn! Das kann nicht sein!« erwiderte er schließlich staunend.

Der Gast schien sich über diesen Ausruf keineswegs zu verwundern.

»Ich bin aus zwei Gründen zu Ihnen gekommen. Erstens möchte ich gern persönlich mit Ihnen bekannt werden, da ich schon längst höchst interessante und für Sie vorteilhafte Dinge von Ihnen gehört habe; und zweitens hoffe ich, daß Sie mir nicht Ihre Hilfe bei einem Unternehmen versagen, das unmittelbar die Interessen Ihrer lieben Schwester Awdotja Romanowna betrifft. Mich allein wird sie ohne Empfehlung wahrscheinlich nicht einmal in ihr Haus einlassen, infolge ihrer Vorurteile; aber wenn Sie mir Ihre Hilfe leihen, rechne ich im Gegenteil damit, daß ...«

»Da rechnen Sie falsch«, fiel ihm Raskolnikow ins Wort.

»Die Damen sind doch erst gestern angekommen, wenn Sie die Frage gestatten?«

Raskolnikow antwortete nicht.

»Gestern, das weiß ich. Ich selber bin ja erst seit vorgestern hier. Nun, was soll ich Ihnen, Rodion Romanowitsch, zu der ganzen Geschichte sagen? Ich halte es für überflüssig, mich zu rechtfertigen; aber eine Bemerkung müssen Sie mir gestatten: was ist an all dem nun eigentlich so besonders verbrecherisch von meiner Seite, das heißt, wenn man die Sache unbefangen und mit ruhiger Vernunft ansieht?«

Raskolnikow maß ihn weiterhin schweigend mit seinen Blicken.

»Daß ich in meinem Hause ein schutzloses Mädchen verfolgt und ‚mit abscheulichen Anträgen beleidigt' habe – nicht wahr, das ist der springende Punkt? Doch ich greife vor! Aber bedenken Sie, daß auch ich nur ein Mensch bin, et nil humanum ... mit einem Wort, auch ich bin fähig, mich verlocken zu lassen und in Liebe zu entbrennen – was natürlich nicht von meinem eigenen Willen abhängt –, und dann erklärt sich alles auf die natürlichste Weise. Die Frage ist lediglich: bin ich ein Unmensch, oder bin ich selbst ein Opfer? Und wenn ich tatsächlich das Opfer bin? Ich habe doch dem Gegenstand meiner Liebe den Antrag gemacht, mit mir nach Amerika oder in die Schweiz zu fliehen; dazu bewogen mich vielleicht die achtbarsten Gefühle, und ich dachte daran, uns beiden ein Glück aufzubauen ... Die Vernunft leistet ja stets der Leidenschaft Helferdienste; mich selbst habe ich wohl in noch größeres Verderben gestürzt. Bedenken Sie das bitte! ...«

»Aber darum handelt es sich ja gar nicht«, unterbrach ihn Raskolnikow angeekelt. »Sie sind ganz schlicht und einfach widerlich, ob Sie recht haben oder nicht, und deshalb will niemand etwas mit Ihnen zu tun haben. Jeder jagt Sie davon, also bitte gehen Sie jetzt! ...«

Swidrigailow lachte hell auf.

»Sie ... Sie kann man wirklich nicht ins Bockshorn jagen!« rief er, noch immer aus vollem Halse lachend. »Ich dachte Sie zu überlisten, aber nein, Sie haben sofort den springenden Punkt herausgefunden!«

»Und Sie wollen auch in diesem Augenblick noch mit Ihrer List zum Ziel kommen!«

»Und? Und?« entgegnete Swidrigailow, der sich gar nicht wieder beruhigen konnte. »Das ist doch, wie man sagt, bonne guerre und die erlaubteste List von der Welt! ... Aber Sie haben mich unterbrochen: so oder so behaupte ich noch einmal, daß es keinerlei Hindernisse gegeben hätte, wäre nicht jene Geschichte im Garten passiert. Marfa Petrowna ...«

»Es heißt, daß Sie Marfa Petrowna umgebracht hätten?« unterbrach ihn Raskolnikow grob.

»Haben Sie davon gehört? ... aber das versteht sich eigentlich von selbst ... Nun, was diese Frage anbelangt, so weiß ich wirklich nicht, was ich Ihnen antworten soll, obwohl mein Gewissen in diesem Punkte ganz rein ist. Das heißt, Sie dürfen nicht glauben, daß ich irgend etwas Derartiges befürchtet hätte; alles war völlig in Ordnung, und die medizinische Untersuchung ist aufs sorgfältigste durchgeführt worden. Dabei ergab sich, daß sie infolge eines Bades gleich nach einer reichlichen Mahlzeit, bei der sie fast eine ganze Flasche Wein ausgetrunken hatte, einen Schlaganfall erlitt, und etwas anderes hätte man auch gar nicht feststellen können ... Nein, mein Herr, aber eine andere Sache hat mich eine gewisse Zeitlang beschäftigt, besonders jetzt während der Reise, als ich in meinem Abteil saß: ob ich nicht dieses ganze ... Unglück, moralisch gesehen, irgendwie gefördert habe, indem ich sie ständig reizte, oder auf ähnliche Weise. Aber ich kam zu dem Schluß, daß davon schlechterdings keine Rede sein könne.«

Raskolnikow lachte.

»Das nenne ich ein Vergnügen, sich darüber den Kopf zu zerbrechen!«

»Aber worüber lachen Sie denn? Bedenken Sie nur ... ich schlug nur zweimal mit der Reitgerte zu; es war überhaupt nichts zu sehen ... Halten Sie mich bitte nicht für zynisch; ich weiß ja ganz genau, wie abscheulich das von mir war, und so weiter; ich weiß aber auch ebenso sicher, daß sich Marfa Petrowna über meinen Ausbruch, wenn ich so sagen darf, vielleicht sogar freute. Die Geschichte mit Ihrer Schwester war bis zum letzten ausgeschöpft. Marfa Petrowna mußte nun schon den dritten Tag zu Hause sitzen; sie hatte nichts, womit sie sich in der Stadt hätte wichtig machen können, und dort war sie auch allen schon mit diesem Brief auf die Nerven gefallen – Sie haben gewiß von der Verlesung des Briefes gehört? Da kamen diese beiden Schläge mit der Reitgerte wie ein Geschenk des Himmels! Das erste war, daß sie den Wagen anspannen ließ! ... Ich rede gar nicht davon, daß es Frauen manchmal äußerst angenehm ist, beleidigt zu werden, trotz aller zur Schau getragenen Entrüstung. Das kommt bei allen Menschen vor; jeder Mensch liebt es überhaupt ungemein, beleidigt zu werden; haben Sie das schon bemerkt? Aber für die Frauen trifft das ganz besonders zu. Man kann sogar so weit gehen zu sagen, daß das ihr einziges Vergnügen sei.«

Für einen Augenblick hatte Raskolnikow aufstehen, das Zimmer verlassen und damit dem Gespräch ein Ende machen wollen. Aber eine gewisse Neugier und sogar eine Art Berechnung hielten ihn zurück.

»Prügeln Sie gerne?« fragte er zerstreut.

»Nein, nicht sehr!« antwortete Swidrigailow ruhig. »Und Marfa Petrowna habe ich fast nie geprügelt. Wir kamen sehr gut miteinander aus, und sie war immer mit mir zufrieden. Zur Peitsche habe ich in all den sieben Jahren unserer Ehe nur zweimal gegriffen – wenn ich ein drittes Mal nicht einrechne, über welchen Fall man sehr geteilter Meinung sein kann. Das erstemal habe ich sie zwei Monate nach unserer Heirat verprügelt, gleich nach der Ankunft auf unserem Gut, und jetzt war es das zweitemal. Und Sie dachten schon, ich sei ein Unmensch, ein Reaktionär, der es mit der Leibeigenschaft hält? Hehe ... Erinnern Sie sich übrigens, Rodion Romanowitsch, wie bei uns vor einigen Jahren, zur Zeit einer heilsamen Aktivität der Presse, ein Adliger in aller Öffentlichkeit und in sämtlichen Zeitungen an den Pranger gestellt wurde? Seinen Namen habe ich leider vergessen. Er hatte eine Deutsche im Eisenbahnabteil durchgeprügelt, entsinnen Sie sich? Im selben Jahr, wie mir scheint, ereignete sich auch die *abscheulichste Tat des Jahrhunderts* – nun, die *Ägyptischen Nächte* von Puschkin, erinnern Sie sich? Es war eine öffentliche Lesung. Schwarze Augen! ... Oh, wohin bist du entschwunden, goldene Zeit unserer Jugend! – Nun also, meine Meinung ist: mit jenem Herrn, der die Deutsche verprügelte, habe ich kein besonders tiefes Mitgefühl, weil das wirklich und wahrhaftig ... Was soll man mit ihm fühlen? Aber trotzdem kann ich es mir nicht versagen zu erklären, daß einem manchmal so aufreizende deutsche Weiber über den Weg laufen, daß es, scheint's, keinen einzigen Fortschrittler gibt, der völlig für sich einstehen könnte. Von diesem Gesichtspunkt aus betrachtete damals niemand den Fall, und dabei ist dieser Gesichtspunkt der einzig richtige und humane. Wahrhaftig!«

Swidrigailow lachte plötzlich abermals auf, und Raskolnikow erkannte, daß dieser Mensch ein bestimmtes Ziel fest ins Auge gefaßt hatte und unbeirrt darauf zusteuerte.

»Sie haben wohl ein paar Tage lang mit niemandem gesprochen?« fragte er.

»Beinahe ist es so. Sie wundern sich wohl, daß ich so umgänglich bin?«

»Nein, ich wundere mich nur, daß Sie viel zu umgänglich sind.«

»Weil ich mich durch die Grobheit Ihrer Fragen nicht beleidigen lasse, nicht wahr? Aber ... warum sollte ich beleidigt sein? So, wie ich gefragt wurde, habe ich auch geantwortet«, fügte er in erstaunlicher Gutmütigkeit hinzu. »Ich interessiere mich ja fast für nichts, weiß Gott«, fuhr er gleichsam nachdenklich fort. »Zumal jetzt beschäftige ich mich mit nichts ... Übrigens dürfen Sie ruhig überzeugt sein, daß ich mich bei Ihnen nur anbiedern will. Tatsächlich habe ich ja auch ein Anliegen an Ihre Schwester, wie ich Ihnen bereits erklärt habe. Aber ich muß Ihnen ganz aufrichtig gestehen: ich langweile mich schrecklich, besonders seit den letzten drei Tagen, so daß ich mich auf Ihre Bekanntschaft geradezu freute ... Werden Sie nicht böse, Rodion Romanowitsch, aber Sie selber machen aus irgendwelchen Gründen einen höchst seltsamen Eindruck auf mich. Denken Sie von mir, was Sie wollen, doch irgend etwas ist da, und zwar gerade jetzt; das heißt, nicht eigentlich in diesem Augenblick, aber jetzt überhaupt ... nun, nun, ich sage nichts weiter, ich sage nichts weiter, runzeln Sie nicht die Stirn! Ich bin ja kein solcher Bär, wie Sie glauben.«

Raskolnikow starrte ihn finster an.

»Sie sind vielleicht überhaupt kein Bär«, erwiderte er. »Mir will sogar scheinen, daß Sie zur guten Gesellschaft zählen oder wenigstens bei Gelegenheit verstehen, sich auch als ordentlicher Mensch aufzuführen.«

»Ich interessiere mich ja nicht sehr für irgend jemandes Meinung«, antwortete Swidrigailow trocken und sogar mit einem Anflug von Hochmut, »aber warum sollte ich nicht auch ab und zu trivial sein, da sich dieses Kostüm in unserem

Klima doch so bequem tragen läßt und ... namentlich, wenn man von Natur dazu neigt«, fügte er hinzu und lachte von neuem.

»Ich habe mir übrigens sagen lassen, daß Sie hier viele Bekannte hätten. Sie sind doch, was man einen ‚Mann mit Beziehungen' nennt. Wozu brauchen Sie mich also, wenn nicht zu einem ganz bestimmten Zweck?«

»Es ist richtig, daß ich Bekannte habe«, fiel Swidrigailow ein, ohne auf den wichtigsten Punkt zu antworten. »Ich bin einigen bereits begegnet; schon den dritten Tag treibe ich mich hier herum; ich habe sie wiedererkannt, und mir scheint, daß man auch mich erkennt. Natürlich bin ich anständig angezogen und gelte als nicht arm; uns hat ja auch die Bauernreform verschont: die Wälder und Wiesen werden jedes Jahr überschwemmt, und deshalb hat man sie uns gelassen; die Einkünfte daraus sind uns also fast ungeschmälert geblieben; aber ich mag meine Bekannten nicht aufsuchen. Das war mir schon früher lästig ... Jetzt bin ich den dritten Tag hier und habe mich noch bei niemandem gezeigt ... Und dazu diese Stadt! Daß es so etwas überhaupt bei uns gibt, ich bitte Sie? Eine Stadt der Kanzleibeamten und aller möglichen Seminaristen! Freilich ist mir früher vieles gar nicht aufgefallen, als ich mich so vor acht Jahren hier herumtrieb ... jetzt hoffe ich nur noch auf die Anatomie, weiß Gott!«

»Wieso auf die Anatomie?«

»Was diese Klubs betrifft, diese vielen verschiedenen französischen Zirkel oder gar den Fortschritt – nun, ohne mich«, fuhr er fort, ohne auf Raskolnikows Frage einzugehen. »Und beim Spiel zu betrügen macht schließlich auch keinen Spaß.«

»Sie sind also auch Falschspieler gewesen?«

»Wie denn nicht? Wir waren ein ganzer hochanständiger Kreis, etwa vor acht Jahren; wir vertrieben uns die Zeit damit. Und wissen Sie, wir waren lauter Leute mit Manieren, Dichter, reiche Leute. Überhaupt findet man bei uns in der russischen Gesellschaft die besten Manieren bei jenen Leuten, die einst geschlagen wurden – ist Ihnen das auch schon aufgefallen? Ich bin ja jetzt auf dem Lande ein bißchen verbauert. Trotzdem wollte man mich damals etlicher Schulden halber einsperren; da war so ein verweichlichter Kerl, ein Grieche ... Und da sprang Marfa Petrowna für mich ein; sie feilschte mit ihm und löste mich für dreißigtausend Silberlinge aus – insgesamt schuldete ich ihm siebzigtausend. So traten wir in den heiligen Stand der Ehe, und sie entführte mich sogleich auf ihren Landsitz, als ob ich ein Schatz wäre. Sie war fünf Jahre älter als ich und liebte mich sehr. Sieben Jahre kam ich nicht aus dem Dorf. Und stellen Sie sich vor, während der ganzen Zeit hatte sie einen Schuldtitel über diese dreißigtausend Rubel gegen mich in Händen – er war auf einen fremden Namen ausgestellt –, so daß ich gleich eingesteckt worden wäre, hätte ich mich irgendwie gegen sie aufgelehnt. Und sie hätte es getan! Bei den Frauen haben ja alle diese Dinge Platz nebeneinander.«

»Und wäre dieser Schuldtitel nicht gewesen, Sie hätten sich wohl aus dem Staube gemacht?«

»Ich weiß nicht, was ich Ihnen darauf antworten soll. Mich hat dieses Dokument fast nicht gestört. Ich hatte keine Lust, irgendwohin zu fahren, und ins Ausland zu reisen schlug mir Marfa Petrowna selber zweimal vor, als sie sah, daß ich mich langweilte. Aber wozu? Im Ausland war ich schon früher gewesen, und ich hatte mich dort nie recht wohl gefühlt. Nicht daß es mir gerade schlecht gegangen wäre – aber wenn ich so sah, wie sich der Himmel über dem Golf von Neapel rötete, und wenn ich das Meer sah, wurde mir immer traurig zumute. Das gräßlichste daran ist, daß man da wirklich über irgend etwas tief traurig ist! Nein, zu Hause ist es besser: da gibt man wenigstens den andern die Schuld an allem und ist selbst gerechtfertigt. Vielleicht würde ich jetzt eine Nordpolexpedition begleiten; denn j'ai le vin mauvais, und das Trinken ist mir widerlich, und außer dem Wein bleibt mir ja nichts; ich habe es ausprobiert. Aber es heißt, daß Berg am Sonntag im Jusupow-Garten mit einem riesigen Luftballon aufsteigen will und für einen bestimmten Preis Passagiere mitnimmt, nicht wahr?«

»Nun, und würden Sie aufsteigen?«

»Ich? Nein ... Ich sage das nur so ...« murmelte Swidrigailow, der wirklich über etwas nachzudenken schien.

Was will er denn eigentlich? Was hat er nur? überlegte Raskolnikow.

»Nein, der Schuldtitel hat mich nicht weiter gestört«, fuhr Swidrigailow nachdenklich fort. »Ich blieb aus freien Stücken auf dem Lande, und außerdem ist es jetzt ungefähr ein Jahr her, daß Marfa Petrowna mir an meinem Namenstag dieses Papier zurückgab und mir obendrein noch eine beachtliche Summe schenkte. Sie hatte ja Vermögen. ‚Sehen Sie, Arkadij Iwanowitsch, wie ich Ihnen vertraue', waren ihre Worte. Sie glauben mir wohl nicht, daß sie sich so ausgedrückt hat? Aber Sie müssen wissen, daß ich auf dem Lande ein guter Hauswirt geworden war; man kannte mich in der ganzen Gegend. Ich exzerpierte auch Bücher. Marfa Petrowna war anfangs damit einverstanden, später aber hatte sie immerzu Angst, ich könnte vom Studieren dumm werden.«

»Es scheint, daß Sie sich sehr nach Marfa Petrowna sehnen?«

»Ich? Vielleicht, wahrhaftig, es kann sein. A propos, glauben Sie an Gespenster?«

»An was für Gespenster?«

»An ganz gewöhnliche Gespenster, an irgendwelche!«

»Glauben Sie denn daran?«

»Nein, das wohl nicht, pour vous plaire ... das heißt, eigentlich ...«

»Erscheinen Ihnen welche?«

Swidrigailow sah ihn seltsam an.

»Marfa Petrowna hat die Güte, mich zuweilen zu besuchen«, stieß er dann hervor, wobei er den Mund zu einem merkwürdigen Lächeln verzog.

»Wieso hat sie die Güte?«

»Sie ist schon dreimal dagewesen. Zuerst sah ich sie am Tag ihres Begräbnisses, eine Stunde, nachdem ich vom Friedhof zurückgekehrt war. Das war kurz vor meiner Abreise. Das zweitemal erschien sie mir vorgestern auf der Reise. Es war im Morgengrauen, und wir hielten an der Station Malaja Wischera. Das drittemal sah ich sie vor zwei Stunden, in dem Zimmer, das ich hier bewohne; ich war allein.«

»Und bei wachen Sinnen?«

»Völlig. Jedesmal war ich vollkommen wach. Sie kommt,

spricht ungefähr eine Minute mit mir und geht dann durch die Tür weg ... immer durch die Tür. Und mir scheint sogar, man hört es.«

»Weshalb dachte ich bloß, daß Ihnen unbedingt derartige Dinge widerfahren müßten?« sagte Raskolnikow mit einemmal. Und im selben Augenblick wunderte er sich, daß er das gesagt hatte. Er war aufs höchste erregt.

»So-o? Das haben Sie gedacht?« fragte Swidrigailow verblüfft. »Wirklich? Nun, habe ich nicht gesagt, daß es zwischen uns etwas Gemeinsames gibt, wie?«

»Niemals haben Sie das gesagt!« entgegnete Raskolnikow in plötzlichem Zorn.

»Habe ich das nicht gesagt?«

»Nein!«

»Es schien mir so. Als ich vorhin hier hereinkam und sah, wie Sie mit geschlossenen Augen dalagen und sich schlafend stellten, da sagte ich mir gleich: Das ist der Richtige!«

»Was soll das heißen: das ist der Richtige? Was meinen Sie damit?« schrie Raskolnikow.

»Was ich damit meine? Ich weiß es wahrhaftig nicht so recht ...« murmelte Swidrigailow treuherzig. Er schien verwirrt.

Etwa eine Minute schwiegen sie. Beide starrten einander mit weit aufgerissenen Augen an.

»Das ist ja alles Unsinn!« rief Raskolnikow endlich verärgert. »Was sagt sie Ihnen denn, wenn sie kommt?«

»Was sie sagt? Das ist es ja eben: sie redet über die belanglosesten Kleinigkeiten, und wunderlich, wie der Mensch nun einmal ist, bringt mich gerade das in Zorn. Als sie das erstemal kam ... Sie müssen wissen, ich war müde: die Begräbniszeremonie mit den Gebeten für ihr Seelenheil, dann die Messe, das Essen; und endlich war ich allein in meinem Arbeitszimmer, zündete mir eine Zigarre an und dachte nach ... da trat sie durch die Tür und sagte: ‚Arkadij Iwanowitsch, Sie haben über all dem Trubel vergessen, die Uhr im Speisezimmer aufzuziehen.' Und wirklich hatte ich die Uhr alle diese sieben Jahre lang jede Woche selber aufgezogen, und sooft ich es vergessen hatte, erinnerte sie mich daran. Am nächsten

Tag hatte ich schon meine Reise angetreten. Im Morgengrauen stieg ich auf einer Station aus – ich hatte in der Nacht nur gedöst, fühlte mich wie zerschlagen und brachte vor Müdigkeit kaum die Augen auf – und bestellte mir Kaffee; und da sehe ich, wie Marfa Petrowna sich plötzlich neben mich setzt, ein Spiel Karten in der Hand. ‚Soll ich Ihnen nicht für die Reise die Karten legen, Arkadij Iwanowitsch?' Sie war übrigens eine Meisterin im Kartenlegen. Ich kann es mir nicht verzeihen, daß ich sie nicht die Karten legen ließ. Ich lief erschrocken davon, und da wurde auch schon das Zeichen zur Abfahrt gegeben. – Heute sitze ich nach einer miserablen Mahlzeit, die ich in einer Speisewirtschaft eingenommen hatte, mit schwerem Magen in meinem Zimmer, sitze da und rauche, und plötzlich kommt wiederum Marfa Petrowna herein, ganz festlich angezogen, in einem neuen grünen Seidenkleid mit endlos langer Schleppe. ‚Seien Sie gegrüßt, Arkadij Iwanowitsch! Wie gefällt Ihnen mein Kleid? Nicht einmal Aniska könnte so etwas fertigbringen.' Aniska ist unsere Dorfschneiderin, eine frühere Leibeigene; sie war in Moskau in der Lehre – ein hübsches Mädchen. Da steht nun Marfa Petrowna vor mir und dreht sich nach allen Seiten. Ich betrachte ihr Kleid; dann sehe ich ihr aufmerksam ins Gesicht und sage: ‚Es macht Ihnen einen merkwürdigen Spaß, Marfa Petrowna, sich wegen solcher Bagatellen die Mühe zu nehmen und zu mir zu kommen!' – ‚Ach, mein Gott, Liebster, nicht einmal stören darf man dich mehr!' Ich sage, um sie zu ärgern, zu ihr: ‚Ich will wieder heiraten, Marfa Petrowna.' – ‚Das sieht Ihnen ähnlich, Arkadij Iwanowitsch; es macht Ihnen keine große Ehre, daß Sie sofort auf Brautschau fahren, kaum daß Sie mich begraben haben. Und wenn Sie wenigstens eine gute Wahl getroffen hätten, aber so ... Ich bin sicher, Sie nützen damit weder ihr noch sich und machen sich nur bei allen guten Menschen lächerlich.' Und damit ging sie, und es war, als ob sie mit der Schleppe raschelte. Ist das nicht ein greulicher Unsinn?«

»Vielleicht ist das alles nur gelogen?« erwiderte Raskolnikow.

»Ich lüge selten«, meinte Swidrigailow nachdenklich, als

hätte er gar nicht gemerkt, wie unhöflich diese Frage war.

»Und haben Sie früher niemals Gespenster gesehen?«

»O doch, ein einziges Mal in meinem Leben; es ist jetzt sechs Jahre her. Ich hatte da einen Leibeigenen namens Filka; kaum hatten wir ihn zu Grabe getragen, als ich plötzlich gedankenlos rief: ‚Filka, meine Pfeife!' Da trat er ein und ging ohne Zögern zu dem Regal, auf dem meine Pfeifen standen. Ich saß da und dachte: Das tut er aus Rache, denn knapp vor seinem Tod hatten wir uns heftig gestritten. ‚Wie kannst du dich unterstehen', rief ich, ‚mit einem zerrissenen Ärmel in mein Zimmer zu kommen – hinaus, du Lümmel!' Da machte er kehrt, ging und kam nicht mehr wieder. Ich habe Marfa Petrowna damals nichts davon erzählt. Ich wollte schon eine Seelenmesse für ihn lesen lassen, aber es war mir dann zu peinlich.«

»Gehen Sie doch zu einem Arzt!«

»Daß ich nicht ganz gesund bin, weiß ich auch ohne Sie, obwohl ich wirklich keine Ahnung habe, was mir fehlt; meiner Ansicht nach bin ich aber gewiß fünfmal gesünder als Sie. Ich habe Sie aber nicht gefragt, ob Sie glauben, daß einem Gespenster erscheinen können oder nicht; ich habe Sie gefragt, ob Sie glauben, daß es Gespenster gibt!«

»Nein, das glaube ich um keinen Preis!« brauste Raskolnikow auf.

»Wie sagt man denn gewöhnlich?« murmelte Swidrigailow, gleichsam für sich selbst, während er zur Seite blickte und den Kopf sinken ließ. »Die Leute sagen: Du bist krank, folglich ist das, was du siehst, einzig und allein nur ein Fieberwahn und existiert nicht. Aber das ist nicht streng logisch gedacht. Ich will zugeben, daß Gespenster nur Kranken erscheinen; aber das beweist ja einzig, daß Gespenster eben niemandem anders als einem Kranken erscheinen können; es beweist nicht, daß es sie nicht gibt.«

»Natürlich gibt es sie nicht!« warf Raskolnikow gereizt ein.

»Nein? Glauben Sie?« sprach Swidrigailow weiter und blickte ihn gelassen an. »Wie aber, wenn man so argumentiert – helfen Sie mir doch –: Gespenster sind Fetzen und Bruchstücke aus anderen Welten; deren Beginn sozusagen. Ein gesunder Mensch hat selbstverständlich keinen Anlaß, sie zu sehen. Ein gesunder Mensch ist vor allem ein irdischer Mensch und hat nur das Leben hier in Fülle und Ordnung zu leben. Doch kaum ist er erkrankt, kaum ist die normale irdische Ordnung in seinem Organismus gestört, zeichnet sich auch gleich die Möglichkeit einer anderen Welt ab, und je kränker er ist, desto mehr Berührung hat er mit der anderen Welt, so daß er, wenn er stirbt, unmittelbar in diese andere Welt hinübergehen kann. Ich habe lange darüber nachgedacht. Wenn Sie an ein jenseitiges Leben glauben, so können Sie auch dieser Argumentation Glauben schenken.«

»Ich glaube nicht an ein Leben im Jenseits«, erwiderte Raskolnikow. Swidrigailow saß versonnen da.

»Wie aber, wenn es dort nur Spinnen und ähnliche Dinge gibt?« fragte er plötzlich.

Er ist verrückt, fuhr es Raskolnikow durch den Kopf.

»Wir denken uns die Ewigkeit ja immer als eine Idee, die man nicht verstehen kann, als etwas Gewaltiges, Endloses. Aber warum muß sie denn unbedingt gewaltig groß sein? Stellen Sie sich nur vor, wenn dann statt dessen plötzlich nur ein kleines Zimmer dort wäre, etwa so groß wie eine Badestube auf dem Land und ganz verräuchert, und Spinnen säßen in allen Ecken, und das wäre die ganze Ewigkeit ... Wissen Sie, mir will es manchmal so scheinen.«

»Und können Sie sich wirklich, wirklich nichts Tröstlicheres und Gerechteres vorstellen als das?« rief Raskolnikow krankhaft erregt.

»Etwas Gerechteres? Aber vielleicht ist das gerade gerecht, wer kann es wissen? Und sehen Sie, ich würde es unbedingt und mit voller Absicht so einrichten!« antwortete Swidrigailow mit einem unbestimmten Lächeln.

Bei dieser merkwürdigen Antwort überlief es Raskolnikow kalt. Swidrigailow hob den Kopf, sah ihn unverwandt an und begann plötzlich laut zu lachen.

»Nein, denken Sie nur!« rief er. »Vor einer halben Stunde hatten wir einander noch nie gesehen und hielten uns für

Feinde; zwischen uns stand eine ungelöste Frage; wir ließen diese Frage beiseite, und jetzt sind wir auf einmal in ein so literarisches Fahrwasser geraten! Nun, habe ich nicht recht, wenn ich sage, daß wir Früchte vom selben Baum sind?«

»Tun Sie mir den Gefallen«, antwortete Raskolnikow wütend, »und erklären Sie sich bitte möglichst bald und teilen Sie mir mit, was mir eigentlich die Ehre Ihres Besuches verschafft ... und ... ich bin in Eile; ich habe keine Zeit; ich will fortgehen ...«

»Aber bitte, gern. Ihre Schwester Awdotja Romanowna heiratet doch diesen Herrn Luschin, Pjotr Petrowitsch Luschin?«

»Wäre es Ihnen nicht möglich, jede Frage nach meiner Schwester zu vermeiden und ihren Namen nicht in den Mund zu nehmen? Ich begreife wahrhaftig nicht, wie Sie es wagen können, ihren Namen in meiner Gegenwart auszusprechen, sofern Sie wirklich Swidrigailow sind.«

»Aber ich bin doch hergekommen, um mit Ihnen über sie zu sprechen; da muß ich doch ihren Namen nennen!«

»Schön; dann sprechen Sie, aber rasch!«

»Ich bin überzeugt, daß Sie sich über diesen Herrn Luschin, mit dem ich durch meine Frau verschwägert bin, schon ein Urteil gebildet haben, wenn Sie ihn auch nur eine halbe Stunde gesehen oder auch nur irgend etwas über ihn aus sicherer und zuverlässiger Quelle gehört haben. Er paßt nicht zu Awdotja Romanowna. Meines Erachtens will sich Awdotja Romanowna in diesem Falle höchst großmütig und unbedacht für ... für ihre Familie aufopfern. Nach allem, was ich von Ihnen gehört habe, schien mir nun festzustehen, daß Sie Ihrerseits sehr zufrieden wären, wenn diese Ehe, ohne daß die Interessen Ihrer Schwester Schaden litten, nicht zustande käme. Jetzt jedoch, da ich Sie persönlich kennengelernt habe, bin ich davon sogar völlig überzeugt.«

»Das ist ziemlich einfältig von Ihnen; entschuldigen Sie, ich meinte: ziemlich unverschämt«, unterbrach ihn Raskolnikow.

»Sie wollen damit wohl sagen, ich arbeitete in die eigene Tasche? Seien Sie unbesorgt, Rodion Romanowitsch, wenn ich meinen persönlichen Vorteil im Auge hätte, würde ich mich kaum so offen äußern; ich bin doch nicht ganz dumm. Was das anbelangt, so will ich Ihnen eine psychologische Merkwürdigkeit verraten. Als ich vorhin meine Liebe zu Awdotja Romanowna rechtfertigen wollte, sagte ich, ich selbst sei das Opfer gewesen. Nun, und jetzt muß ich Ihnen gestehen, daß ich keinen Funken Liebe mehr für sie empfinde, nicht das geringste bißchen. Das berührt mich selber geradezu sonderbar, weil ich ja wirklich etwas für sie empfunden habe ...«

»Aus Müßiggang und Laster«, fiel ihm Raskolnikow ins Wort.

»Wahrhaftig, das stimmt. Aber darüber hinaus besitzt Ihre Schwester so viele Vorzüge, daß sie einfach einen gewissen Eindruck auf mich machen *mußte*. Aber das war alles Unsinn; ich sehe es jetzt selber ein.«

»Haben Sie das schon lange eingesehen?«

»Ich habe es schon früher bemerkt; endgültig überzeugte ich mich davon vorgestern, fast im selben Augenblick, als ich in Petersburg ankam. Übrigens bildete ich mir noch in Moskau ein, ich reiste hierher, um um Awdotja Romanownas Hand anzuhalten und um als Herrn Luschins Rivale aufzutreten.«

»Entschuldigen Sie, daß ich Sie unterbreche, aber tun Sie mir einen Gefallen: können Sie sich nicht kürzer fassen und endlich auf den Zweck Ihres Besuches zu sprechen kommen? Ich bin in Eile; ich muß weggehen ...«

»Mit dem größten Vergnügen. Da ich nun hier eingetroffen bin und mich entschlossen habe, jetzt eine ... eine längere Reise zu unternehmen, wollte ich vorher noch einige notwendige Anordnungen treffen. Meine Kinder sind bei ihrer Tante; sie sind reich, und mich persönlich brauchen sie nicht. Und was für ein Vater bin ich ihnen denn schon! Ich selbst habe mir nur das genommen, was Marfa Petrowna mir vor einem Jahr geschenkt hat. Für mich reicht das. Entschuldigen Sie, ich komme gleich zur Sache. Vor meiner Reise, die ich vielleicht schon recht bald antrete, möchte ich mit Herrn Luschin Schluß machen. Nicht gerade daß ich ihn nicht ausstehen könnte, aber um seinetwillen habe ich mich schließlich mit Marfa Petrowna überworfen, als ich erfuhr, daß sie diese Partie vermittelt hatte. Ich möchte mich jetzt mit Awdotja Romanowna treffen – durch Ihre Vermittlung und, wenn Sie wollen, auch in Ihrem Beisein – und ihr erstens erklären, daß sie von Herrn Luschin nicht nur nicht den geringsten Nutzen, sondern sogar ganz gewiß unbestreitbaren Schaden haben wird. Dann möchte ich mich bei ihr für all die Unannehmlichkeiten der letzten Zeit entschuldigen und sie um die Erlaubnis bitten, ihr zehntausend Rubel anbieten und ihr auf diese Weise den Bruch mit Herrn Luschin erleichtern zu dürfen, einen Bruch, dem sie selbst, wie ich überzeugt bin, nicht abgeneigt wäre, wenn sich nur eine Möglichkeit dazu böte.«

»Sie sind ja wahrhaftig verrückt, weiß Gott!« rief Raskolnikow, weniger verärgert als vielmehr erstaunt. »Wie können Sie sich unterstehen, von so etwas zu sprechen!«

»Ich wußte ja, daß Sie schreien würden; aber diese zehntausend Rubel habe ich nun einmal, obgleich ich nicht reich bin, im Augenblick übrig, das heißt, ich brauche sie nicht, brauche sie überhaupt nicht. Wenn Awdotja Romanowna das Geld nicht nimmt, werde ich es vielleicht auf noch viel dümmere Weise zum Fenster hinauswerfen. Und zweitens: mein Gewissen ist völlig ruhig; ich mache diesen Vorschlag ohne irgendwelche Hintergedanken. Sie können mir das glauben oder auch nicht glauben, aber später werden sowohl Sie wie Awdotja Romanowna es einsehen. Mein einziger Grund ist, daß ich Ihrem sehr verehrten Fräulein Schwester wirklich einige Sorgen und Unannehmlichkeiten bereitet habe; folglich möchte ich von Herzen, da ich aufrichtige Reue fühle, nicht etwa mich loskaufen oder für diese Unannehmlichkeiten bezahlen, sondern ihr ganz schlicht und einfach nützlich sein; denn ich habe ja wahrhaftig nicht allein das Privileg, nur Böses zu tun. Leitete mich bei meinem Vorschlag auch nur die geringste Berechnung, ich würde ihr diesen Vorschlag nicht so geradeheraus unterbreiten, und ich würde ihr auch nicht bloß zehntausend Rubel anbieten, da ich ihr doch vor kaum fünf Wochen viel mehr angeboten habe. Außerdem werde ich mich vielleicht sehr, sehr bald mit einem Mädchen verheiraten, folglich werden alle Verdächtigungen, daß ich irgend etwas gegen Awdotja Romanowna im Schilde führte, eben dadurch gegenstandslos. Zum Schluß will ich sagen, daß Awdotja Romanowna, wenn sie Herrn Luschin heiratet, das gleiche Geld nimmt, nur von einer anderen Seite ... Brausen Sie nicht auf, Rodion Romanowitsch, sondern denken Sie ruhig und sachlich nach.«

Bei diesen Worten war Swidrigailow selbst außerordentlich sachlich und ruhig.

»Ich bitte Sie, zum Schluß zu kommen«, erwiderte Raskolnikow. »Auf jeden Fall ist das Ganze eine unverzeihliche Frechheit.«

»Nicht im geringsten. Wenn das zuträfe, könnte ein Mensch seinem Mitmenschen auf dieser Welt einzig und allein nur Böses zufügen, und er hätte nicht das leiseste Recht, auch nur ein Krümchen Gutes zu tun, und das nur einiger leerer, hergebrachter Anstandsformen halber. Das ist albern. Wäre ich zum Beispiel gestorben und hätte Ihrer Schwester diese Summe testamentarisch vermacht, würde sie sich auch dann weigern, das Geld anzunehmen?«

»Das ist sehr leicht möglich.«

»Nun, ich glaube kaum. Übrigens, wenn sie das Geld durchaus nicht nehmen will, dann kann ich es auch nicht ändern. Nur sind zehntausend Rubel unter Umständen eine recht hübsche Summe. Auf jeden Fall bitte ich Sie, was ich gesagt habe, Awdotja Romanowna auszurichten.«

»Nein, ich richte ihr das nicht aus.«

»Dann sehe ich mich leider gezwungen, Rodion Romanowitsch, mich um eine persönliche Zusammenkunft zu bemühen; ich muß also Ihre Schwester erst recht belästigen.«

»Und wenn ich es ausrichte, bemühen Sie sich dann nicht um eine persönliche Zusammenkunft?«

»Ich weiß wirklich nicht, was ich Ihnen darauf antworten soll. Ich möchte sie sehr gern noch einmal sehen.«

»Geben Sie sich keinen falschen Hoffnungen hin.«

»Schade. Übrigens kennen Sie mich noch nicht. Vielleicht werden wir einander noch näherkommen.«

»Sie glauben, daß wir einander näherkommen werden?«

»Warum denn nicht?« entgegnete Swidrigailow lächelnd, während er sich erhob und seinen Hut nahm. »Ich hatte wirklich nicht die Absicht, Ihnen lästig zu fallen, und als ich auf dem Wege zu Ihnen war, rechnete ich auch gar nicht mit dieser Möglichkeit, obwohl mir Ihr Gesicht schon heute vormittag tiefen Eindruck gemacht hat . . .«

»Wo haben Sie mich denn heute vormittag gesehen?« fragte Raskolnikow unruhig.

»Zufällig, mein Herr . . . Mir will es noch immer so vorkommen, als hätten Sie etwas, das mir gliche . . . Aber beunruhigen Sie sich nicht, langweilig bin ich nicht; ich konnte mit Falschspielern auskommen und fiel auch dem Fürsten Swirbej, einem entfernten Verwandten und hohen Würdenträger, nicht zur Last, und der Frau Prilukowa wußte ich über eine Madonna Raffaels etwas ins Album zu schreiben, und mit Marfa Petrowna lebte ich sieben Jahre zusammen, ohne unser Dorf nur einmal zu verlassen, und in alten Zeiten übernachtete ich oft im Hause Wjasemskij auf dem Heuplatz, und vielleicht werde ich noch mit Berg in dessen Ballon aufsteigen.«

»Na schön. Darf ich fragen, ob Sie Ihre Fahrt bald antreten?«

»Welche Fahrt?«

»Diese Reise . . . Sie haben doch selber davon gesprochen.«

»Die Reise? Ach ja! Wirklich, ich habe Ihnen von der Reise erzählt . . . aber das ist eine schwierige Frage. Oh, wenn Sie wüßten, was Sie da fragen!« setzte er hinzu und lachte kurz auf. »Statt der Reise werde ich vielleicht heiraten; man sucht mir eine Braut.«

»Hier?«

»Ja.«

»Wie haben Sie denn das so schnell zustande gebracht?«

»Aber ich möchte sehr gern Awdotja Romanowna noch einmal sehen. Ich bitte Sie ernstlich darum. Also, Gott befohlen . . . Ach ja! Sehen Sie, das hätte ich beinahe vergessen! Bestellen Sie Ihrer Schwester, Rodion Romanowitsch, daß sie in Marfa Petrownas Testament mit dreitausend Rubel bedacht ist. Das ist ganz sicher. Eine Woche vor ihrem Tode hat Marfa Petrowna über ihren Nachlaß verfügt, und zwar in meiner Gegenwart. In zwei, drei Wochen kann Awdotja Romanowna das Geld in Händen haben.«

»Ist das wahr?«

»Gewiß. Bestellen Sie es ihr. Nun also, Ihr ergebenster Diener. Ich wohne gar nicht weit von Ihnen.«

Als er ging, stieß Swidrigailow in der Tür mit Rasumichin zusammen.

2

Es war schon fast acht Uhr; die beiden eilten in Bakalejews Haus, um vor Luschin dazusein.

»Wer war denn das?« fragte Rasumichin, sobald sie auf der Straße waren.

»Das war Swidrigailow, jener Gutsbesitzer, in dessen Hause meine Schwester beleidigt wurde, als sie dort Gouvernante war. Weil er ihr nachstellte, wurde sie von seiner Frau, Marfa Petrowna, davongejagt. Diese Marfa Petrowna bat Dunja später um Verzeihung, und jetzt ist sie plötzlich gestorben. Erst vor kurzem haben wir von ihr gesprochen. Ich weiß nicht warum, aber ich fürchte diesen Menschen sehr. Er kam gleich nach dem Begräbnis seiner Gattin hier an. Er ist höchst sonderbar und zu irgend etwas entschlossen ... Er scheint etwas zu wissen. Man muß Dunja vor ihm beschützen ... Das wollte ich dir sagen, hörst du?«

»Beschützen! Was kann er Awdotja Romanowna denn antun? Nun, hab Dank, Rodja, daß du das zu mir gesagt hast ... Wir werden sie beschützen, das werden wir ... Wo wohnt er?«

»Ich weiß es nicht.«

»Warum hast du ihn nicht danach gefragt? Ach, wie schade! Übrigens werde ich das schon herauskriegen!«

»Hast du ihn dir genau angesehen?« fragte Raskolnikow nach einigem Schweigen.

»Ja, ich habe mir sein Gesicht gemerkt.«

»Hast du ihn dir gut angesehen? Ganz genau?« wiederholte Raskolnikow hartnäckig.

»Gewiß, ich erinnere mich ganz deutlich an ihn; ich würde ihn unter Tausenden herauskennen; ich habe ein vortreffliches Gedächtnis für Gesichter.«

Sie schwiegen abermals.

»Hm! ... so, so ...« murmelte Raskolnikow. »Du mußt nämlich wissen ... ich dachte ... mir kommt es immer so vor ... als ob das vielleicht nur Einbildung gewesen wäre.«

»Wieso? Ich verstehe dich nicht.«

»Ihr alle behauptet doch immer«, fuhr Raskolnikow fort und verzog den Mund zu einem Lächeln, »daß ich geistesgestört sei; und jetzt kam es mir so vor, als ob ich vielleicht wirklich verrückt wäre und nur eine Vision gesehen hätte.«

»Was redest du denn da?«

»Wer kann das genau wissen? Vielleicht bin ich wahrhaftig verrückt, und vielleicht ist alles, was in diesen Tagen geschehen ist, nur in meiner Einbildung geschehen ...«

»Ach, Rodja! Dieser Swidrigailow hat dich schon wieder aufgeregt! ... Was hat er denn gesagt? Weshalb hat er dich aufgesucht?«

Raskolnikow antwortete nicht. Rasumichin dachte eine Weile nach.

»Höre, was ich dir zu erzählen habe«, begann er schließlich. »Ich war vorhin schon einmal bei dir, aber da schliefst du. Dann haben wir gegessen, und danach ging ich zu Porfirij. Sametow sitzt noch immer bei ihm. Ich wollte über diese Sache mit ihm reden, aber es wurde nichts daraus. Es war mir nicht möglich, richtig darüber zu reden. Es war, als verstünden sie mich nicht und als könnten sie mich nicht verstehen, aber sie waren keineswegs verlegen. Ich führte Porfirij zum Fenster und schnitt von neuem dieses Thema an, aber wieder wurde irgendwie nichts daraus; er blickte zur Seite, und auch ich blickte zur Seite. Schließlich hielt ich ihm die Faust unter die Nase und sagte, ich würde ihn grün und blau schlagen, wie es unter Verwandten üblich ist. Er schaute mich nur an. Da spuckte ich drauf und ging, und das war alles. Sehr dumm. Mit Sametow wechselte ich kein Wort. Nur, weißt du, ich hatte gedacht, ich hätte die Sache verpfuscht; aber als ich die Treppe hinunterlief, kam mir ein

Gedanke, geradezu eine Erleuchtung. Weshalb machen wir beide uns solche Sorgen? Wenn dir irgendeine Gefahr drohte oder wenn irgend etwas dahintersteckte, dann wäre das berechtigt. Aber was brauchst du dich darum zu kümmern? Dich geht ja die ganze Sache nichts an; so pfeif auf die Kerle; wir werden sie später schon noch auslachen, und ich an deiner Stelle würde sie obendrein noch zum Narren halten. Wie sie sich dann schämen werden! Pfeif drauf; später können wir sie ja verprügeln, aber jetzt wollen wir sie auslachen!«

»Natürlich!« antwortete Raskolnikow.

Und was wirst du morgen sagen? dachte er im stillen. Sonderbar, aber bis jetzt war ihm noch kein einziges Mal der Gedanke gekommen: Was wird Rasumichin sagen, wenn er es erfährt? Als ihm das jetzt durch den Kopf fuhr, blickte Raskolnikow seinen Freund unverwandt an. Rasumichins Bericht über seinen Besuch bei Porfirij interessierte ihn nur sehr wenig – seither war ja so vieles unwichtig geworden, und so vieles hatte an Bedeutung gewonnen! ...

Im Korridor trafen sie mit Luschin zusammen; dieser war pünktlich um acht Uhr gekommen und hatte das Zimmer gesucht, so daß alle drei zusammen eintraten, doch ohne einander anzusehen oder zu grüßen. Die jungen Leute gingen voran, und Pjotr Petrowitsch verweilte anstandshalber noch ein wenig im Flur, während er den Mantel ablegte. Pulcheria Alexandrowna kam sogleich heraus, um ihn an der Schwelle zu ihrem Zimmer zu empfangen. Dunja begrüßte den Bruder.

Pjotr Petrowitsch trat ein und verbeugte sich ziemlich höflich, wenngleich betont würdevoll vor den Damen. Übrigens sah er aus, als wäre er ein wenig verwirrt und hätte sich noch nicht wieder gefaßt. Pulcheria Alexandrowna, die ebenfalls verlegen zu sein schien, ließ alle sogleich an dem runden Tisch Platz nehmen, auf dem der Samowar brodelte. Dunja und Luschin setzten sich einander gegenüber, und Rasumichin und Raskolnikow erhielten ihre Plätze gegenüber Pulcheria Alexandrowna – Rasumichin an der Seite Luschins, Raskolnikow neben seiner Schwester.

Es trat für einen Moment Schweigen ein. Ohne Eile zog

Pjotr Petrowitsch ein Battisttaschentuch hervor, das nach Parfum roch, und schneuzte sich mit der Miene eines zwar tugendhaften, aber trotzdem in seiner Würde schwer gekränkten Menschen, der außerdem fest entschlossen ist, Erklärungen zu fordern. Schon in der Diele war ihm der Gedanke gekommen, den Mantel gar nicht abzulegen und gleich wieder zu gehen, um so die beiden Damen streng und nachdrücklich zu bestrafen und sie gleich fühlen zu lassen, wie beleidigt er war; aber er konnte sich nicht dazu durchringen. Außerdem liebte er keine Ungewißheit, und hier mußte er eine Erklärung haben: wenn sein Befehl so offenkundig mißachtet worden war, mußte das einen bestimmten Grund haben. Also war es wohl besser, erst dahinterzukommen, was los war. Seine Strafe auszuteilen, hatte er noch Zeit genug; das lag ganz und gar in seiner Hand.

»Ich hoffe, daß Sie eine gute Reise gehabt haben?« wandte er sich steif an Pulcheria Alexandrowna.

»Gottlob, Pjotr Petrowitsch.«

»Sehr angenehm zu hören, und Awdotja Romanowna ist auch nicht zu sehr mitgenommen?«

»Ich bin jung und stark; mir macht so etwas nichts aus, aber für Mama war es doch sehr, sehr anstrengend«, antwortete Dunjetschka.

»Was soll man machen; in unserem Vaterland sind die Entfernungen eben beträchtlich. Groß ist das sogenannte ‚Mütterchen Rußland' ... Ich konnte gestern leider beim besten Willen nicht mehr zurechtkommen, um Sie abzuholen. Ich hoffe aber, daß alles ohne besondere Schwierigkeiten abgelaufen ist?«

»Ach nein, Pjotr Petrowitsch, wir waren sehr verzagt«, beeilte sich Pulcheria Alexandrowna mit besonderem Nachdruck zu erklären. »Und wenn uns nicht Gott selbst, wie mir scheint, gestern Dmitrij Prokofjitsch geschickt hätte, wären wir einfach verloren gewesen. Das ist Dmitrij Prokofjitsch Rasumichin«, stellte sie ihn vor.

»Oh, ich hatte schon das Vergnügen ... gestern«, murmelte Luschin, während er einen unfreundlichen Seitenblick auf Rasumichin warf; er zog ein mißmutiges Gesicht und schwieg.

Überhaupt gehörte Pjotr Petrowitsch zu jenen Leuten, die nach außenhin in der Gesellschaft ungemein liebenswürdig sind und einen besonderen Anspruch auf Liebenswürdigkeit erheben, die aber, sobald ihnen nur irgend etwas nicht paßt, alle ihre Gewandtheit einbüßen und eher Mehlsäcken gleichen als ungezwungenen Kavalieren, die eine Gesellschaft unterhalten können. Wiederum schwiegen alle: Raskolnikow blieb sowieso hartnäckig stumm; Awdotja Romanowna wollte vorläufig noch nicht das Wort ergreifen; Rasumichin hatte keinen Anlaß, etwas zu sagen; und so wurde Pulcheria Alexandrowna abermals unruhig.

»Sie haben ja gehört, daß Marfa Petrowna gestorben ist?« nahm sie das Gespräch wieder auf, indem sie ihr Lieblingsthema anschnitt.

»Natürlich habe ich davon gehört. Schon gleich nach ihrem Tode wurde ich davon verständigt, und ich bin sogar gekommen, um Ihnen mitzuteilen, daß sich Arkadij Iwanowitsch Swidrigailow unverzüglich nach dem Begräbnis seiner Gemahlin nach Petersburg begeben hat. So lauten jedenfalls sehr verläßliche Nachrichten, die mir zu Ohren gekommen sind.«

»Nach Petersburg? Hierher?« fragte Dunjetschka unruhig und wechselte einen Blick mit ihrer Mutter.

»Ganz richtig; und natürlich verfolgt er damit eine bestimmte Absicht, wenn man seine überstürzte Abreise und überhaupt die vorangegangenen Umstände in Betracht zieht.«

»Ach du lieber Gott! Ja, will er denn tatsächlich auch hier Dunjetschka nicht in Ruhe lassen?« rief Pulcheria Alexandrowna.

»Es scheint mir kein Grund zu besonderer Unruhe gegeben zu sein, weder für Sie noch für Awdotja Romanowna; ausgenommen natürlich, Sie hätten selber den Wunsch, wieder irgendwelche Beziehungen zu ihm aufzunehmen. Was mich betrifft, so gehe ich der Sache nach und lasse jetzt feststellen, wo er abgestiegen ist . . .«

»Ach, Pjotr Petrowitsch, Sie glauben gar nicht, wie sehr Sie mich eben erschreckt haben!« fuhr Pulcheria Alexandrowna fort. »Ich habe ihn nur zweimal gesehen, aber er hat mir einen entsetzlichen, entsetzlichen Eindruck gemacht! Ich bin überzeugt, daß er am Tod der gottseligen Marfa Petrowna schuld ist.«

»Was das betrifft, so darf man darüber ein endgültiges Urteil wohl noch nicht fällen. Ich habe genaue Informationen. Ich will nicht abstreiten, daß er den Verlauf der Dinge vielleicht etwas beschleunigt hat, sozusagen durch die moralische Wirkung seiner Kränkung; was Sie jedoch über sein Verhalten und über seine sittliche Persönlichkeit im allgemeinen gesagt haben, findet meine volle Zustimmung. Ich weiß nicht, ob er jetzt reich ist und was Marfa Petrowna ihm eigentlich hinterlassen hat; darüber werde ich in Kürze unterrichtet sein; aber natürlich wird er hier in Petersburg, wenn ihm auch nur einige Geldmittel zur Verfügung stehen, sofort sein altes Leben wiederaufnehmen. Er ist von allen Menschen seiner Art der lasterhafteste und am meisten durch Ausschweifungen verdorben! Ich habe triftige Gründe, anzunehmen, daß Marfa Petrowna, die das Unglück hatte, ihn zu lieben und vor acht Jahren von seinen Schulden loszukaufen, ihm auch noch in anderer Hinsicht einen Dienst erwiesen hat: einzig und allein ihren Bemühungen und Opfern ist es zu danken, daß seinerzeit ein strafrechtliches Verfahren gleich in seinen Anfängen niedergeschlagen wurde, das einen tierischen, einen sozusagen phantastischen Mord zum Gegenstand hatte, eine Untat, für die er sehr wohl nach Sibirien verschickt worden wäre. So ist dieser Mensch, wenn Sie es wissen wollen.«

»Ach du lieber Himmel!« rief Pulcheria Alexandrowna. Raskolnikow hatte aufmerksam zugehört.

»Ist es richtig, daß Sie genaue Informationen darüber haben?« fragte Dunja mit betonter Strenge.

»Ich berichte nur, was ich selbst von der verstorbenen Marfa Petrowna unter dem Siegel der Verschwiegenheit gehört habe. Übrigens muß ich hinzusetzen, daß dieser Fall vom juristischen Standpunkt aus gesehen höchst dunkel ist. Hier lebte früher und lebt vielleicht jetzt noch eine gewisse Röslich, eine Ausländerin und kleine Wucherin, die sich aber auch mit anderen Geschäften befaßte. Zu dieser Röslich stand Herr Swidrigailow schon seit langem in engen und höchst undurchsichtigen Beziehungen. Bei ihr lebte eine entfernte Verwandte, ich glaube eine Nichte, ein taubstummes Mädchen von fünfzehn oder gar nur vierzehn Jahren, und diese Röslich haßte sie maßlos und machte ihr jedes Stück Brot zum Vorwurf; ja, sie prügelte sie sogar unmenschlich. Eines Tages fand man das Mädchen erhängt auf dem Dachboden. Es wurde festgestellt, daß Selbstmord vorlag. Nach den üblichen Formalitäten war der Fall damit erledigt, aber später lief eine Anzeige ein, daß das Kind von Swidrigailow ... grausam mißbraucht worden sei. Freilich war die ganze Angelegenheit höchst dunkel; die Anzeige hatte eine andere Deutsche, eine Frau üblen Lebenswandels, die keineswegs vertrauenswürdig war, erstattet; schließlich fiel auch dank den Bemühungen und dem Geld Marfa Petrownas diese Anzeige unter den Tisch; alles blieb auf ein Gerücht beschränkt. Doch immerhin war dieses Gerücht sehr aufschlußreich. Gewiß haben Sie, Awdotja Romanowna, im Hause Swidrigailows auch von der Geschichte mit diesem Filka gehört, der vor sechs Jahren – noch zur Zeit der Leibeigenschaft – an Mißhandlungen starb?«

»Ich habe gehört, daß dieser Filka sich erhängt hat.«

»Sehr wohl, aber zu diesem gewaltsamen Tode trieben oder, besser gesagt, prädisponierten ihn Herrn Swidrigailows unablässige Verfolgungen und Mißhandlungen.«

»Das weiß ich nicht«, antwortete Dunja trocken. »Ich habe nur eine sehr seltsame Geschichte gehört, der zufolge dieser Filka ein Hypochonder war, eine Art Philosoph; die Leute sagten, er sei ‚vom Lesen' verrückt geworden, und er habe sich mehr des Spottes wegen als wegen der Schläge Herrn Swidrigailows aufgehängt. Herr Swidrigailow betrug sich übrigens, solange ich in seinem Hause war, anständig zu den Leuten, und sie hatten ihn sogar gern, obgleich auch sie ihm die Schuld an Filkas Tode gaben.«

»Ich sehe, Awdotja Romanowna, daß Sie plötzlich geneigt sind, ihn zu rechtfertigen«, bemerkte Luschin, während er den Mund zu einem zweideutigen Lächeln verzog. »Er ist wirklich ein gerissener, verführerischer Mensch, was die Damen betrifft, wofür Marfa Petrowna, die auf so sonderbare Weise gestorben ist, ein beklagenswertes Beispiel gibt. Ich wollte Ihnen und Ihrer Frau Mama mit meinem Rat nur dienlich sein in Anbetracht der Tatsache, daß er unzweifelhaft neue Annäherungsversuche unternehmen wird. Was mich angeht, so bin ich fest davon überzeugt, daß dieser Mensch früher oder später wieder im Schuldgefängnis landet. Marfa Petrowna hatte nie und nimmer die Absicht, ihm irgend etwas zu hinterlassen, da sie auf die Zukunft ihrer Kinder bedacht war; und wenn sie ihm irgend etwas vererbt hat, so ist es bestimmt nur so viel, wie er unbedingt braucht, eine unbedeutende Summe, die für einen Menschen von seinen Lebensgewohnheiten nicht einmal ein Jahr lang reicht.«

»Pjotr Petrowitsch, ich bitte Sie«, warf Dunja ein, »sprechen wir nicht weiter über Herrn Swidrigailow. Das langweilt mich.«

»Er war soeben bei mir«, warf plötzlich Raskolnikow ein, der zum erstenmal das Wort ergriff.

Von allen Seiten wurden Ausrufe der Überraschung laut, und alle wandten sich ihm zu. Sogar Pjotr Petrowitsch war erregt.

»Vor anderthalb Stunden, als ich schlief, kam er zu mir, weckte mich auf und stellte sich vor«, erzählte Raskolnikow weiter. »Er war ziemlich ungezwungen und fröhlich und ist sicher überzeugt, daß ich mich mit ihm vertragen werde. Übrigens möchte er dich gern treffen, Dunja, und bat mich dringend, eine Zusammenkunft mit dir zu vermitteln. Er möchte dir einen Vorschlag machen; er sagte mir auch, worin dieser Vorschlag besteht. Außerdem hat er mir mitgeteilt, daß Marfa Petrowna dir, Dunja, eine Woche vor ihrem Tode testamentarisch dreitausend Rubel vermacht hat und daß du dieses Geld in kürzester Zeit erhalten wirst.«

»Gott sei gelobt!« rief Pulcheria Alexandrowna aus und bekreuzigte sich. »Du mußt für sie beten, Dunja, bete für sie!«

»Das ist wirklich wahr«, entschlüpfte es Luschin.

»Nun, und was weiter?« drängte Dunjetschka.

»Weiter sagte er, er selbst sei nicht reich; das gesamte Vermögen seiner Frau falle an seine Kinder, die jetzt bei ihrer Tante wohnen. Ferner erzählte er, daß er nicht weit von mir abgestiegen sei, aber wo, weiß ich nicht; ich habe ihn nicht danach gefragt ...«

»Aber was will er denn Dunjetschka vorschlagen?« fragte Pulcheria Alexandrowna aufgeregt. »Hat er es dir gesagt?«

»Ja.«

»Was ist es?«

»Das werde ich später erzählen.«

Raskolnikow verstummte und wandte sich seinem Tee zu.

Pjotr Petrowitsch zog die Uhr.

»Ich habe noch Geschäfte zu erledigen und werde also nicht länger stören«, erklärte er mit gekränkter Miene und wollte aufstehen.

»Bleiben Sie, Pjotr Petrowitsch«, sagte Dunja. »Sie hatten doch vor, den Abend bei uns zu verbringen. Zudem haben Sie selbst geschrieben, daß Sie etwas mit Mama zu klären wünschten.«

»Sehr wohl, Awdotja Romanowna«, erwiderte Pjotr Petrowitsch nachdrücklich und setzte sich wieder auf seinen Stuhl, behielt jedoch den Hut in der Hand. »Ich wollte tatsächlich mit Ihnen sowohl wie mit Ihrer sehr geehrten Frau Mama etwas besprechen, und zwar etwas sehr Wichtiges. Aber ebenso, wie Ihr Bruder sich in meiner Gegenwart nicht über gewisse Vorschläge Herrn Swidrigailows auslassen kann, so will und kann auch ich nicht ... in Gegenwart anderer ... über einige überaus wichtige Punkte mit Ihnen reden. Überdies ist meiner angelegentlichen und sehr dringenden Bitte nicht entsprochen worden ...«

Luschin setzte eine verletzte Miene auf und verstummte voll Würde.

»Ihrer Bitte, daß mein Bruder bei unserer Zusammenkunft nicht zugegen sei, ist einzig auf mein Betreiben hin nicht entsprochen worden«, erklärte Dunja. »Sie schreiben, Sie seien von meinem Bruder beleidigt worden; ich glaube, das muß unverzüglich aufgeklärt werden, und Sie beide müssen sich aussöhnen. Und wenn Rodja Sie wirklich beleidigt hat, *muß* und *wird* er Sie um Entschuldigung bitten.«

Pjotr Petrowitsch witterte sofort Morgenluft.

»Gewisse Beleidigungen, Awdotja Romanowna, kann man

beim besten Willen nicht vergessen. Alles hat eine Grenze, die zu überschreiten gefährlich ist; denn hat man sie einmal überschritten, kann man nicht mehr zurück.«

»Das habe ich eigentlich gar nicht gemeint, Pjotr Petrowitsch«, unterbrach ihn Dunja ein wenig ungeduldig. »Sie müssen doch einsehen, daß unsere ganze Zukunft jetzt davon abhängt, ob diese Angelegenheit möglichst bald aufgeklärt und beigelegt werden kann oder nicht. Ich sage gleich von Anfang an ganz offen, daß ich es anders nicht anzusehen vermag, und wenn Sie mich nur ein kleines bißchen schätzen, dann muß, mag es auch noch so schwer sein, diese Geschichte heute aus der Welt geschafft werden. Ich wiederhole nochmals: wenn mein Bruder die Schuld trägt, wird er Sie um Verzeihung bitten.«

»Ich wundere mich, daß Sie die Frage so stellen, Awdotja Romanowna«, erwiderte Luschin, der sich mehr und mehr ärgerte. »Obgleich ich Sie schätze und sozusagen anbete, bin ich doch gleichzeitig imstande, irgend jemanden Ihrer Angehörigen nicht zu lieben. Wenn ich auf das Glück Ihrer Hand Anspruch erhebe, kann ich damit doch nicht Verpflichtungen auf mich nehmen, die ich als unvereinbar ...«

»Ach, lassen Sie doch diese Empfindlichkeit, Pjotr Petrowitsch«, fiel ihm Dunja ärgerlich ins Wort, »und seien Sie jener kluge, vornehme Mensch, für den ich Sie immer gehalten habe und halten will. Ich habe Ihnen ein großes Versprechen gegeben; ich bin Ihre Verlobte; vertrauen Sie mir in dieser Sache und glauben Sie mir, daß ich leidenschaftslos zu urteilen vermag. Daß ich die Rolle des Richters übernehme, ist für meinen Bruder ebenso überraschend wie für Sie. Als ich ihn heute, nachdem ich Ihren Brief erhalten hatte, aufforderte, unbedingt bei unserer Zusammenkunft zugegen zu sein, teilte ich ihm nichts von meinen Absichten mit. Verstehen Sie doch, daß ich, wenn Sie sich nicht mit ihm aussöhnen, zwischen Ihnen beiden wählen muß: entweder Sie oder er. So wurde die Frage sowohl von Ihnen wie auch von ihm formuliert. Ich will und darf mich bei dieser Wahl nicht irren. Ihretwegen müßte ich mit meinem Bruder brechen; meines Bruders wegen müßte ich mich von Ihnen trennen. Ich will und kann mir jetzt die Gewißheit verschaffen: ist er mein Bruder? und was Sie betrifft: bin ich Ihnen teuer, achten Sie mich, sind Sie ein Gatte für mich?«

»Awdotja Romanowna«, entgegnete Luschin gekränkt, »Ihre Worte sind für mich sehr schwerwiegend, mehr noch, sie sind geradezu beleidigend, wenn ich die Stellung bedenke, die ich im Hinblick auf Sie einzunehmen die Ehre habe. Ich will kein Wort über die verletzende, sonderbare Gleichsetzung meiner Person mit ... einem aufgeblasenen Jüngling verlieren; Ihre Worte lassen aber die Möglichkeit offen, das mir gegebene Gelöbnis zu brechen. Sie sagen: ‚Entweder Sie oder er', zeigen mir damit also, wie wenig ich Ihnen bedeute ... Ich kann das angesichts der zwischen uns bestehenden Beziehungen und ... Verpflichtungen nicht hinnehmen.«

»Wie?« fuhr Dunja auf. »Ich stelle Ihr Interesse auf eine Stufe mit allem, was mir bisher im Leben kostbar war, was bis jetzt mein *ganzes Leben* ausmachte, und Sie sind auf einmal beleidigt, weil ich Sie *zuwenig* schätze!«

Raskolnikow schwieg und lächelte giftig; Rasumichin vermochte kaum sitzen zu bleiben; aber Pjotr Petrowitsch anerkannte diesen Einwand nicht; im Gegenteil, er wurde mit jedem Wort noch streitbarer und gereizter, als käme er jetzt erst auf den Geschmack.

»Die Liebe zum künftigen Lebensgefährten, zum Gatten, muß höher stehen als die Liebe zum Bruder«, dozierte er; »ich kann nie und nimmer mit ihm auf einer Stufe stehen ... Obwohl ich vorhin betont habe, daß ich in Gegenwart Ihres Bruders all das, weshalb ich gekommen bin, nicht aufklären will und kann, so bin ich nichtsdestoweniger jetzt gesonnen, mich an Ihre sehr geehrte Frau Mama zu wenden, um mir die unerläßliche Aufklärung über einen äußerst wichtigen und für mich beleidigenden Punkt zu verschaffen. Ihr Sohn«, wandte er sich jetzt an Pulcheria Alexandrowna, »hat mich gestern in Anwesenheit Herrn Rassudkins ... so heißen Sie doch, nicht wahr? Verzeihen Sie, ich habe mir Ihren Namen nicht richtig gemerkt ...« Er verneigte sich liebenswürdig vor Rasumichin. » ... Ihr Sohn hat mich beleidigt, indem er einen

Gedanken entstellte, den ich einmal in Ihrer Gegenwart in einem Privatgespräch geäußert habe, als wir am Kaffeetisch saßen, daß nämlich die Ehe mit einem armen Mädchen, das schon das Leid des Lebens kennengelernt hat, meiner Ansicht nach für die Beziehungen zwischen den Gatten vorteilhafter ist als die Ehe mit einer Frau, die in Wohlstand und Überfluß großgeworden ist, weil das mehr der moralischen Entwicklung eines Menschen dient. Ihr Sohn hat den Sinn dieser Worte absichtlich ins Alberne übertrieben, wobei er mich böser Absichten bezichtigte, und meiner Meinung nach geht er dabei von dem aus, was Sie ihm geschrieben haben. Ich schätzte mich glücklich, wenn es Ihnen, verehrte Pulcheria Alexandrowna, möglich wäre, mich vom Gegenteil zu überzeugen und dadurch sehr zu beruhigen. Teilen Sie mir mit, in welchem Wortlaut Sie meine Äußerung in Ihrem Brief an Rodion Romanowitsch wiedergegeben haben.«

»Ich erinnere mich nicht mehr«, sagte Pulcheria Alexandrowna verwirrt. »Ich gab die Worte so wieder, wie ich sie selbst aufgefaßt hatte. Ich weiß nicht, was Rodja Ihnen gesagt hat . . . Vielleicht hat er etwas übertrieben.«

»Ohne daß Sie ihm eine Handhabe geboten haben, konnte er nicht übertreiben.«

»Pjotr Petrowitsch«, entgegnete Pulcheria Alexandrowna voll Würde, »daß Dunja und ich *hier* sind, beweist, daß wir Ihre Äußerung nicht in allzu schlechtem Sinne ausgelegt haben.«

»Sehr gut, Mama!« warf Dunja billigend ein.

»Also bin ich wohl auch hier der Schuldige!« meinte Luschin beleidigt.

»Sehen Sie, Pjotr Petrowitsch, Sie greifen die ganze Zeit über Rodion an, und dabei haben Sie selber Unwahrheiten über ihn verbreitet«, fügte Pulcheria Alexandrowna, die Mut gefaßt hatte, hinzu.

»Ich kann mich nicht erinnern, je irgendeine Unwahrheit verbreitet zu haben.«

»Sie haben geschrieben«, erklärte Raskolnikow schroff, ohne sich Luschin zuzuwenden, »ich hätte gestern das Geld nicht der Witwe des Verunglückten gegeben, wie das in Wirklichkeit der Fall war, sondern seiner Tochter, die ich bis zum gestrigen Tag noch nie gesehen hatte. Sie schrieben das, um mich mit meinen Angehörigen zu entzweien, und deshalb fügten Sie eine häßliche Bemerkung über den Lebenswandel eines Mädchens hinzu, das Sie nicht kennen. All das sind niedrige Verleumdungen.«

»Entschuldigen Sie, mein Herr«, entgegnete Luschin zitternd vor Wut, »in meinem Brief ließ ich mich über Ihre Eigenschaften und Ihr Vorgehen einzig deshalb aus, um einer Bitte Ihrer Schwester und Ihrer Frau Mama nachzukommen. Sie hatten mich nämlich gebeten, ich sollte ihnen schildern, wie ich Sie angetroffen hätte und was für einen Eindruck Sie auf mich gemacht hätten. Was aber die Ausführungen in meinem Brief anbetrifft, so werden Sie darin keine einzige unrichtige Zeile finden, oder haben Sie das Geld etwa nicht ausgegeben, und gehören dieser Familie, mag sie auch unglücklich sein, etwa nicht unwürdige Personen an?«

»Und ich bin der Ansicht, daß Sie samt allen Ihren Vorzügen nicht den kleinen Finger jenes unglücklichen Mädchens wert sind, auf das Sie Steine werfen.«

»Sie brächten es also fertig, sie auch in die Gesellschaft Ihrer Schwester und Ihrer Frau Mutter einzuführen?«

»Das habe ich schon getan, wenn Sie es wissen wollen. Heute ließ ich sie neben Mama und Dunja Platz nehmen.«

»Rodja!« rief Pulcheria Alexandrowna.

Dunjetschka wurde rot; Rasumichin runzelte die Stirn; Luschin lächelte höhnisch und anmaßend.

»Sie sehen wohl nun selbst ein, Awdotja Romanowna«, sagte er, »daß hier eine Einigung unmöglich ist. Ich hoffe, daß damit diese Angelegenheit bereinigt und geklärt ist. Ich gehe, um den weiteren angenehmen Verlauf des Familientreffens und die Mitteilung der gegenseitigen Geheimnisse nicht länger zu stören.« Er stand auf und nahm seinen Hut. »Doch ehe ich gehe, erlaube ich mir die Bemerkung, daß ich hoffe, künftig mit derartigen Begegnungen und sozusagen Kompromißverhandlungen verschont zu bleiben. Sie, hochgeehrte Pulcheria Alexandrowna, möchte ich in dieser Hinsicht besonders inständig bitten, um so mehr, als mein Brief an Sie gerichtet war und an niemanden anders.«

Pulcheria Alexandrowna war verletzt.

»Sie wollen uns wohl ganz unter Ihre Botmäßigkeit zwingen, Pjotr Petrowitsch? Dunja hat Ihnen auseinandergesetzt, weshalb Ihr Wunsch nicht erfüllt worden ist . . . und ihre Absichten waren rein. Und auch Ihr Brief klang so, als wollten Sie uns Befehle erteilen. Sollen wir denn wirklich jeden Ihrer Wünsche als Befehl ansehen? Im Gegenteil! Ich muß Ihnen sagen, daß Sie jetzt besonders zartfühlend und nachsichtig zu uns sein müßten, weil wir alles im Stich gelassen haben und im Vertrauen auf Sie hierhergereist sind, so daß wir auch ohnedies fast schon in Ihrer Gewalt sind.«

»Das ist nicht ganz richtig, Pulcheria Alexandrowna, zumal jetzt nicht, nachdem Sie von den dreitausend Rubel erfahren haben, die Ihnen Marfa Petrowna hinterlassen hat. – Das scheint Ihnen übrigens sehr gelegen zu kommen, nach dem neuen Ton zu schließen, den Sie mir gegenüber anschlagen«, fügte er mit beißendem Spott hinzu.

»Dieser Bemerkung könnte man wirklich entnehmen, daß Sie mit unserer Hilflosigkeit gerechnet haben«, erwiderte Dunja gereizt.

»Jetzt wenigstens kann ich nicht mehr damit rechnen. Ich möchte also auf keinen Fall dem Bericht über die geheimen Vorschläge Arkadij Iwanowitsch Swidrigailows im Wege stehen, mit denen er Ihren Bruder als seinen Bevollmächtigten betraut hat und die, wie ich sehe, für Sie eine höchst wichtige und vielleicht auch sehr angenehme Bedeutung haben.«

»Ach, du mein Gott!« rief Pulcheria Alexandrowna.

Rasumichin konnte es auf seinem Stuhl kaum mehr aushalten.

»Und du schämst dich nicht, Schwester?« fragte Raskolnikow.

»Ich schäme mich, Rodja«, erwiderte Dunja. »Pjotr Petrowitsch, gehen Sie!« wandte sie sich dann an Luschin, ganz bleich vor Zorn.

Pjotr Petrowitsch schien ein solches Ende nicht erwartet zu

haben. Er hatte sich allzusehr auf sich selbst, auf die eigene Macht und auf die Hilflosigkeit seiner Opfer verlassen. Er konnte das Ganze nicht verstehen. Er wurde blaß, und seine Lippen begannen zu zittern.

»Awdotja Romanowna, wenn ich durch diese Tür gehe, nachdem Sie mich so verabschiedet haben, werde ich – bedenken Sie das – niemals wiederkommen. Besinnen Sie sich gut! Mein Wort ist unwiderruflich.«

»Was für eine Frechheit!« schrie Dunja, die aufgesprungen war. »Ich will ja gar nicht, daß Sie wiederkommen!«

»Wie? Ach, so ist das!« rief Luschin, der bis zum letzten Augenblick an eine solche Lösung nicht geglaubt und daher den Faden völlig verloren hatte. »Ach, so ist das! Aber wissen Sie, Awdotja Romanowna, daß ich dagegen Protest einlegen könnte?«

»Welches Recht haben Sie, so zu ihr zu sprechen!« griff Pulcheria Alexandrowna ein. »Wie könnten Sie Protest einlegen? Und was für Rechte haben Sie? Und Ihnen, einem solchen Menschen, soll ich meine Dunja geben? Gehen Sie, verlassen Sie uns! Wir sind selbst schuld, daß wir uns auf eine so ungerechte Sache eingelassen haben, und am allermeisten bin ich schuld ...«

»Immerhin, Pulcheria Alexandrowna«, ereiferte sich Luschin, der in Wut geriet, »haben Sie mich durch mein Wort gebunden, das Sie mir jetzt zurückgeben ... Und schließlich ... schließlich wurde ich dadurch sozusagen sogar zu Auslagen veranlaßt ...«

Diese letzte Unverschämtheit paßte so sehr zu Pjotr Petrowitsch, daß Raskolnikow, blaß vor Zorn und vor Anstrengung, sich zu beherrschen, plötzlich nicht mehr an sich halten konnte und laut zu lachen begann. Doch Pulcheria Alexandrowna geriet ganz außer sich.

»Zu Auslagen? Zu was für Auslagen? Sie meinen doch nicht am Ende unseren Koffer? Den hat Ihnen ja der Schaffner umsonst mitgenommen! Du lieber Gott, wir hätten Sie gebunden! So kommen Sie doch zur Besinnung, Pjotr Petrowitsch, und begreifen Sie, daß *Sie* uns an Händen und Füßen gebunden haben, aber nicht wir Sie!«

»Genug, liebe Mama, genug!« flehte Awdotja Romanowna. »Pjotr Petrowitsch, gehen Sie bitte!«

»Ich gehe, aber ein letztes Wort habe ich noch zu sagen!« stieß er hervor; er war nicht mehr Herr seiner selbst. »Ihre Frau Mama scheint völlig vergessen zu haben, daß ich mich entschlossen hatte, Sie zu meiner Frau zu machen, trotz all dem Klatsch, der in der Stadt und in der ganzen Umgegend über Ihren Ruf verbreitet war. Ihretwegen mißachtete ich die öffentliche Meinung, und so konnte ich wohl, weil ich Ihren Ruf wiederherstellte, voll und ganz auf Ihre Erkenntlichkeit rechnen und sogar Dankbarkeit von Ihnen fordern ... Aber erst jetzt sind mir die Augen aufgegangen! Ich sehe selbst, daß ich vielleicht wirklich übereilt handelte, als ich die Stimme der Allgemeinheit unberücksichtigt ließ ...«

»Ja, ist denn der Mann noch bei Trost!« schrie Rasumichin, sprang auf und wollte sich auf Luschin stürzen.

»Sie sind ein gemeiner, niederträchtiger Mensch!« sagte Dunja.

»Kein Wort! Keine Bewegung!« rief Raskolnikow und hielt Rasumichin zurück, dann trat er ganz nahe an Luschin heran. »Belieben Sie jetzt zu gehen!« sagte er leise und drohend. »Und kein Wort weiter, sonst ...«

Pjotr Petrowitsch blickte ihn einige Sekunden mit blassem, von Zorn verzerrtem Gesicht an, dann wandte er sich um und verließ das Zimmer, und nur selten trug jemals irgendwer in seinem Herzen einen so wilden Haß gegen einen anderen mit sich davon, wie ihn jetzt Luschin gegen Raskolnikow empfand. Ihm und nur ihm gab er die Schuld an allem. Bemerkenswert ist, daß er sich, als er schon die Treppe hinabstieg, noch immer einbildete, die Sache sei vielleicht noch nicht endgültig verloren und, was die Damen betreffe, sogar »ganz und gar« wieder einzurenken.

3

Ausschlaggebend war, daß er bis zur allerletzten Sekunde keineswegs eine solche Lösung erwartet hatte. Bis zuletzt hatte er den Mund vollgenommen, ohne sich die Möglichkeit auch nur träumen zu lassen, die zwei bettelarmen, hilflosen Frauen könnten seiner Macht entgleiten. Zu dieser Überzeugung trugen nicht wenig seine Eitelkeit und jenes übertriebene Selbstbewußtsein bei, das man am besten als Verliebtheit in sich selbst bezeichnen könnte. Pjotr Petrowitsch, der sich aus kleinen Verhältnissen emporgearbeitet hatte, pflegte sich selbst fast in krankhaftem Maße zu bewundern, schätzte den eigenen Verstand und die eigenen Fähigkeiten überaus hoch ein und war manchmal sogar, wenn er allein war, im Spiegel in sein eigenes Gesicht verliebt. Doch am meisten auf der Welt liebte und schätzte er sein durch Arbeit und auf allerlei anderen Wegen erworbenes Geld ... denn dieses Geld stellte ihn auf eine Stufe mit allem, was eigentlich höher stand als er.

Als Pjotr Petrowitsch vorhin Dunja voll Bitterkeit daran erinnert hatte, daß er ungeachtet der Verleumdungen, die man über sie verbreitet hatte, gesonnen gewesen war, sie zu heiraten, hatte er völlig aufrichtig gesprochen und geradezu tiefe Entrüstung über diese »schwarze Undankbarkeit« gefühlt. Doch als er sich damals um Dunja beworben hatte, war er durch und durch von der Albernheit all dieser Gerüchte überzeugt gewesen, die von Marfa Petrowna selbst überall entkräftet und von der ganzen Stadt schon seit langem fallengelassen worden waren; denn man gab Dunja ohne Einschränkung recht. Und er hätte selbst jetzt nicht geleugnet, daß er das alles auch schon zu jener Zeit gewußt hatte. Nichtsdestoweniger schätzte er seinen Entschluß, Dunja zu sich zu erheben, hoch ein und hielt ihn für eine heldenhafte Tat. Als er das Dunja gegenüber zum Ausdruck gebracht hatte, hatte er einen geheimen Lieblingsgedanken geäußert, den er schon mehr als einmal bewundert hatte, und er konnte nicht verstehen, wie andere imstande waren, diese Tat nicht zu bewundern. Als er Raskolnikow besucht hatte, war er mit dem Gefühl eines Wohltäters gekommen, der sich anschickt, die Früchte seiner hochherzigen Handlungsweise zu ernten und überaus angenehme Komplimente einzuheimsen. Und natürlich hielt er sich jetzt, während er die Treppe hinabstieg, für im höchsten Grade beleidigt und verkannt.

Dunja aber war ihm einfach unentbehrlich; auf sie zu verzichten war für ihn undenkbar. Schon seit langer Zeit, seit einigen Jahren, träumte er voll Wonne von einer Heirat, hatte aber immer nur Geld gescheffelt und gewartet. Berauscht träumte er in seinem tiefsten Innern von einem ehrbaren, armen – unbedingt einem armen! –, sehr jungen, sehr hübschen, vornehmen und gebildeten Mädchen, das sehr verängstigt war, außerordentlich viel Unglück hatte erdulden müssen und sich vor ihm völlig beugte, von einem Mädchen, das ihn das ganze Leben lang für den Retter gehalten, ihn voll Ehrfurcht angebetet und sich ihm und nur ihm allein staunend unterworfen hätte. Wie viele Szenen, wie viele wollüstige Episoden schuf er in seiner Phantasie über dieses bezaubernde, verführerische Thema, wenn er in der Stille von seinen Geschäften ausruhte! Und siehe da, der Traum so vieler Jahre war fast schon in Erfüllung gegangen: die Schönheit und Anmut Awdotja Romanownas hatten tiefen Eindruck auf ihn gemacht; ihre hilflose Lage spornte ihn bis aufs äußerste an. Hier war sogar noch mehr geboten, als er erträumt hatte ... ein Mädchen hatte seinen Weg gekreuzt, stolz, charaktervoll, tugendhaft, an Erziehung und geistiger Entwicklung ihm überlegen – er fühlte das –, und ein solches Wesen würde ihm das ganze Leben lang für seine heldenhafte Leistung in sklavischer Dankbarkeit ergeben sein und in Andacht vor ihm ersterben, während er grenzenlos und unbeschränkt seine Herrschaft über sie ausüben konnte! ... Als müßte es so sein, hatte er kurz vorher nach langem Erwägen und Warten endlich beschlossen, seiner Laufbahn eine neue Richtung zu geben und sich einem größeren Wirkungskreis zuzuwenden, um damit allmählich auch in die höhere Gesellschaft aufzusteigen, was ihm schon lange als Erfüllung seiner sehnlichsten Wünsche vorschwebte ... Mit einem Wort, er hatte beschlossen, es mit Petersburg zu versuchen. Er wußte, daß man durch Frauen viel, sehr viel erreichen kann. Der Zauber einer so herrlichen, tugendhaften und gebildeten Frau mußte seinen Weg wunderbar ebnen, mußte ihm Leute gewogen machen, ihn mit einem Glorienschein umgeben ... und jetzt, jetzt war alles vorbei! Der unerwartete, häßliche

Bruch wirkte auf ihn wie ein Keulenschlag. Es war ein abscheulicher Scherz, eine Albernheit! Er hatte ja nur ein ganz kleines bißchen übertrieben; er hatte noch nicht einmal alles gesagt, was er hatte sagen wollen. Er hatte einfach gescherzt, sich hinreißen lassen, und die Sache mußte ein so ernstes Ende nehmen! Schließlich liebte er Dunja sogar auf seine Art; in seinen Träumen hatte er sich bereits als ihren Gebieter gesehen – und auf einmal! ... Nein! Gleich morgen, gleich morgen mußte er alles wieder einrenken, ausgleichen, gutmachen; vor allem mußte er diesen aufgeblasenen Grünschnabel in seine Schranken weisen, diesen Knaben, der an allem die Schuld trug. Mit einem schmerzhaften Gefühl fiel ihm plötzlich, irgendwie unwillkürlich, Rasumichin ein ... Übrigens beruhigte er sich bald in dieser Hinsicht: konnte man denn einen solchen Menschen mit ihm vergleichen! Aber wen er wirklich ernsthaft fürchtete, das war – Swidrigailow ... Mit einem Wort, es stand ihm viel Unruhe bevor....

»Nein, ich trage die größte Schuld, ich!« rief Dunja, während sie die Mutter umarmte und küßte. »Ich ließ mich von seinem Geld verlocken, aber ich schwöre dir, Bruder ... ich habe mir nicht vorgestellt, daß er ein so unwürdiger Mensch ist. Hätte ich ihn früher durchschaut, ich hätte mich um keinen Preis dazu bewegen lassen! Klage mich nicht zu hart an, Bruder!«

»Gott hat uns gerettet! Gott hat uns gerettet!« murmelte Pulcheria Alexandrowna halb unbewußt, als hätte sie all das, was geschehen war, noch gar nicht richtig erfaßt.

Alle freuten sich; nach fünf Minuten lachten sie sogar. Nur Dunjetschka wurde bisweilen blaß und runzelte die Stirn, wenn ihr wieder zu Bewußtsein kam, was geschehen war. Pulcheria Alexandrowna hätte sich nicht träumen lassen, daß auch sie sich freuen würde; der Bruch mit Luschin war ihr noch am Vormittag als schreckliches Unglück erschienen. Rasumichin aber triumphierte. Er wagte noch nicht, sein ganzes Entzücken zu zeigen, doch zitterte er am ganzen Leibe wie im Fieber, als wäre ihm ein Zentnergewicht vom Herzen gefallen. Nun hatte er das Recht, den beiden sein ganzes Leben zu weihen, ihnen zu dienen ... Was war jetzt nicht alles möglich! Aber sofort wies er alle weiteren Gedanken weit von sich und fürchtete sich geradezu vor seiner eigenen Phantasie. Einzig und allein Raskolnikow saß unbewegt an seinem Platz, fast verdrießlich, ja zerstreut. Er, der am hartnäckigsten darauf bestanden hatte, daß man Luschin den Laufpaß gebe, schien sich jetzt am wenigsten für das zu interessieren, was vorgefallen war. Dunja dachte unwillkürlich, er sei ihr noch immer sehr böse, und Pulcheria Alexandrowna warf ihm ängstliche Blicke zu.

»Was hat dir Swidrigailow eigentlich gesagt?« fragte Dunja und trat auf ihn zu.

»Ach, ja, ja!« rief Pulcheria Alexandrowna.

Raskolnikow hob den Kopf.

»Er will dir unbedingt zehntausend Rubel schenken und äußerte gleichzeitig den Wunsch, dich noch ein einziges Mal in meinem Beisein zu sehen.«

»Zu sehen! Um keinen Preis der Welt!« rief Pulcheria Alexandrowna. »Und wie kann er sich unterstehen, ihr Geld anzubieten!«

Sodann berichtete Raskolnikow – ziemlich trocken – von seinem Gespräch mit Swidrigailow, wobei er die Erscheinungen Marfa Petrownas wegließ, um nicht zu weit vom Thema abzuschweifen; außerdem empfand er einen Widerwillen davor, abgesehen vom allernötigsten, überhaupt etwas zu sagen.

»Und was hast du ihm geantwortet?« fragte Dunja.

»Zuerst sagte ich, daß ich es dir nicht ausrichten würde. Darauf erklärte er, er selbst werde mit allen Mitteln danach trachten, eine Zusammenkunft herbeizuführen. Er versicherte mir, daß seine Leidenschaft für dich Wahnsinn gewesen sei und daß er jetzt nichts mehr für dich fühle ... Er möchte nicht, daß du Luschin heiratest ... Und überhaupt redete er ganz wirres Zeug.«

»Und was für einen Eindruck hast du von ihm, Rodja? Wie findest du ihn?«

»Ich muß gestehen, daß ich ihn nicht ganz begreife. Er bietet dir zehntausend Rubel an und behauptet im selben

Atemzug, daß er nicht reich sei. Er erklärt, er wolle irgendwohin verreisen, und zehn Minuten später hat er vergessen, daß er davon gesprochen hat. Plötzlich sagt er, er werde heiraten, und man bewerbe sich bereits um eine Braut für ihn ... Natürlich verfolgt er bestimmte Absichten, höchstwahrscheinlich sogar schlechte Absichten. Aber andererseits ist doch kaum anzunehmen, daß er so dumm an die Sache heranginge, falls er Böses gegen dich im Schilde führte ... Ich habe selbstverständlich in deinem Namen dieses Geld ein für allemal ausgeschlagen. Überhaupt kam er mir sehr sonderbar vor, und manches ... deutete sogar ... auf eine Art Verrücktheit hin. Aber ich kann mich auch täuschen; vielleicht hat er nur in seiner Art geschwindelt. Der Tod Marfa Petrownas scheint ihm nahezugehen ...«

»Gott schenke ihr die ewige Ruhe!« rief Pulcheria Alexandrowna. »Mein Lebtag, mein Lebtag werde ich für sie beten! Was würde denn jetzt aus uns beiden, Dunja, ohne diese dreitausend Rubel! Du lieber Gott, das Geld ist ja geradezu ein Geschenk des Himmels! Ach, Rodja, wir hatten doch heute morgen insgesamt nur noch drei Silberrubel, und Dunjetschka und ich rechneten uns nun aus, wie wir irgendwo möglichst rasch die Uhr versetzen könnten, um nichts von diesem Manne zu nehmen, ehe er nicht selber auf den Gedanken gekommen wäre, uns auszuhelfen.«

Der Vorschlag Swidrigailows hatte Dunja anscheinend zutiefst getroffen. Die ganze Zeit über war sie in Gedanken versunken.

»Er hat irgend etwas Entsetzliches vor!« sprach sie fast flüsternd vor sich hin. Ein Grauen überlief sie.

Raskolnikow sah, wie sie sich ängstigte.

»Wahrscheinlich werde ich ihn noch öfter sehen«, sagte er zu Dunja.

»Wir werden ihn schon aufspüren! Ich werde ihn finden!« rief Rasumichin energisch. »Ich lasse ihn nicht aus den Augen! Rodja hat mir das erlaubt. Er sagte vorhin selbst zu mir: ‚Beschütze meine Schwester!' Gestatten Sie mir das, Awdotja Romanowna?«

Dunja reichte ihm lächelnd die Hand, doch die Besorgnis

verschwand nicht aus ihrem Gesicht. Pulcheria Alexandrowna blickte sie schüchtern an; übrigens hatten die dreitausend Rubel sie sichtlich beruhigt.

Nach einer Viertelstunde waren alle in ein sehr angeregtes Gespräch vertieft. Sogar Raskolnikow hörte eine Zeitlang aufmerksam zu, obgleich er nichts redete. Rasumichin führte das große Wort.

»Und weshalb sollten Sie wegfahren, weshalb?« erging er sich berauscht in einer begeisterten Rede. »Was wollen Sie denn in Ihrem Städtchen anfangen? Die Hauptsache ist doch, Sie sind hier alle beisammen, und einer braucht den anderen – braucht ihn sehr, verstehen Sie! Nun, wenigstens für eine gewisse Zeit ... Mich nehmen Sie als Freund, als Geschäftspartner, und ich versichere Ihnen, daß wir ein großartiges Unternehmen aufziehen werden. Hören Sie, ich will Ihnen das in allen Einzelheiten auseinandersetzen – das ganze Projekt! Schon heute vormittag, als das alles noch nicht passiert war, ging mir die Sache im Kopf herum ... Hören Sie, worum es sich handelt: ich habe einen Onkel – ich werde Sie mit ihm bekannt machen; er ist ein höchst verständiger, ehrenwerter alter Mann! –, und dieser Onkel besitzt ein Kapital von tausend Rubel, lebt aber von seiner Pension und braucht das Geld nicht. Das zweite Jahr schon quält er mich, ich solle diese tausend von ihm nehmen und ihm dafür sechs Prozent zahlen. Ich durchschaue ihn: er möchte mir einfach helfen. Im vergangenen Jahr brauchte ich das Geld nicht, doch jetzt war ich sowieso entschlossen, es zu nehmen, und wartete nur auf seine Ankunft. Sie geben ebenfalls tausend Rubel von Ihren dreitausend dazu; das genügt fürs erste, und wir können uns zusammenschließen. Was wollen wir also damit anfangen?«

Und nun begann Rasumichin sein Projekt auseinanderzusetzen. Er sprach vor allem davon, daß fast alle unsere Buchhändler und Verleger nur wenig von ihrem Geschäft verstünden und daher gewöhnlich auch schlechte Verleger seien, während anständige Publikationen bestimmt großen Absatz fänden und oft bedeutende Zinsen abwürfen. Von einer Arbeit als Verleger träumte Rasumichin also, der schon seit zwei Jahren für andere arbeitete und drei europäische Sprachen nicht schlecht beherrschte, obgleich er vor sechs Tagen noch zu Raskolnikow gesagt hatte, er sei schlecht im Deutschen. Er hatte ihn damit nur bewegen wollen, die Hälfte der Übersetzungsarbeit und drei Rubel Vorschuß anzunehmen. Das war damals eine Lüge gewesen, und Raskolnikow hatte gewußt, daß Rasumichin log.

»Weshalb, weshalb bloß sollten wir unsere Gelegenheit verpassen, da doch eine der wichtigsten Voraussetzungen gegeben ist – eigenes Kapital?« ereiferte er sich. »Natürlich werden wir viel arbeiten müssen, aber wir wollen doch auch arbeiten: Sie, Awdotja Romanowna, ich, Rodion ... Manche Bücher werfen jetzt einen glänzenden Gewinn ab! Aber die wichtigste Grundlage unseres Unternehmens ist, daß wir wissen, was wir übersetzen müssen. Wir werden übersetzen und herausgeben und lernen, alles zugleich. Da kann ich von Nutzen sein, weil ich darin schon Erfahrung habe. Seit bald zwei Jahren treibe ich mich bei allen möglichen Verlegern herum und kenne ihren ganzen Betrieb in- und auswendig: es ist keine Hexerei dabei, glauben Sie mir! Und weshalb, weshalb sollten wir uns diesen Bissen wegschnappen lassen? Ich selbst kenne – halte es jedoch geheim – zwei, drei Werke, die so gut sind, daß man allein schon für den Gedanken, sie zu übersetzen und herauszugeben, hundert Rubel pro Buch bekommen müßte; bei dem einen würde ich die Idee nicht einmal für fünfhundert Rubel hergeben. Und was glauben Sie, wenn ich diese Idee einem Verleger vortrüge, er würde noch Zweifel hegen, dieser Klotz! Und was die eigentlich geschäftliche Seite, die Sorge um die Druckerei, das Papier, den Verkauf, betrifft, so überlassen Sie das getrost mir! Ich kenne da alle Schliche! Wir wollen klein anfangen und Großes erreichen; zumindest werden wir uns ernähren können und jedenfalls unser Kapital zurückbekommen.«

Dunjas Augen glänzten.

»Was Sie da sagen, Dmitrij Prokofjitsch, gefällt mir sehr«, erklärte sie.

»Ich verstehe natürlich nichts davon«, äußerte sich Pulcheria

Alexandrowna. »Vielleicht ist es gut, aber das weiß der liebe Gott. Für mich ist dieses Gebiet eben neu und unbekannt. Natürlich müssen wir hierbleiben, wenigstens für eine gewisse Zeit ...«

Und sie blickte zu Rodja hin.

»Was hältst du davon, Bruder?« fragte Dunja.

»Ich glaube, daß das ein recht guter Gedanke ist«, antwortete er. »Natürlich braucht man nicht gleich zu Anfang an eine großartige Firma zu denken, aber fünf, sechs Bücher könnte man wirklich mit unzweifelhaftem Erfolg herausbringen. Ich kenne selbst ein Werk, das ganz gewiß einen guten Absatz fände. Und daß er sich auf die Führung eines solchen Unternehmens versteht, unterliegt keinem Zweifel: er weiß Bescheid in diesem Geschäft ... Übrigens habt ihr ja noch Zeit, euch zu einigen ...«

»Hurra!« schrie Rasumichin. »Nun hören Sie: ich weiß eine Wohnung hier im Hause bei Ihren jetzigen Wirtsleuten. Sie ist ganz abgeschlossen und steht mit diesen Fremdenzimmern in keiner Verbindung; Möbel sind auch vorhanden; der Preis ist mäßig ... drei kleine Räume. Die mieten Sie fürs erste. Morgen werde ich Ihre Uhr versetzen und Ihnen das Geld bringen, und dann wollen wir alles regeln. Die Hauptsache ist, daß Sie dort alle drei zusammen wohnen können, auch du, Rodja ... Ja, wohin gehst du denn, Rodja?«

»Wie, Rodja, du willst schon weg?« fragte Pulcheria Alexandrowna geradezu erschrocken.

»Und das ausgerechnet jetzt!« rief Rasumichin.

Dunja blickte den Bruder in ungläubigem Staunen an. Er hatte die Mütze in Händen; er war im Aufbruch begriffen.

»Ihr tut ja geradezu, als ob ihr mich zu Grabe tragen oder für ewig Abschied von mir nehmen wolltet«, stieß er in einem merkwürdigen Tonfall hervor.

Er schien zu lächeln, aber sein Lächeln war kein Lächeln.

»Und wer weiß, vielleicht sehen wir uns wirklich zum letztenmal«, fügte er unvermutet hinzu.

Er hatte das eigentlich nur gedacht, es aber seltsamerweise ganz unwillkürlich laut ausgesprochen.

»Was hast du denn?« rief seine Mutter.

»Wohin gehst du, Rodja?« fragte Dunja betroffen.

»Nur so ... ich muß dringend weg«, antwortete er wirr, als wüßte er nicht recht, was er eigentlich hatte sagen wollen. Aber sein blasses Gesicht drückte düstere Entschlossenheit aus.

»Als ich herkam ... wollte ich sagen ... wollte ich Ihnen, Mama ... und dir, Dunja, sagen, daß es besser ist, wenn wir uns für einige Zeit trennen. Ich fühle mich nicht wohl; ich bin nicht ruhig ... ich werde später kommen, von selber, wenn ... ich kann. Ich werde an euch denken und euch lieben ... Laßt mich jetzt! Laßt mich allein! Ich habe das so beschlossen, schon früher ... fest beschlossen ... Was immer mit mir geschehen mag, ob ich zugrunde gehe oder nicht, ich will allein sein. Vergeßt mich. Das ist am besten ... Erkundigt euch nicht nach mir. Wenn es nötig ist, komme ich selbst zu euch oder ... lasse euch rufen. Vielleicht wird alles wieder aufwärts gehen! ... Jetzt aber, wenn ihr mich liebt, verzichtet auf mich ... sonst müßte ich euch hassen; das fühle ich ... Lebt wohl!«

»O Gott!« rief Pulcheria Alexandrowna.

Mutter und Schwester waren aufs tiefste erschrocken; Rasumichin ebenfalls.

»Rodja, Rodja! Versöhne dich mit uns; es soll alles wieder so sein wie früher!« rief die arme Mutter.

Er wandte sich langsam zur Tür und ging langsam aus dem Zimmer. Dunja eilte ihm nach.

»Bruder! Was machst du mit unserer Mutter?« flüsterte sie, und ihre Augen funkelten vor Entrüstung.

Er sah sie starr an.

»Es ist nichts; ich komme wieder; ich werde kommen!« murmelte er halblaut, als wüßte er selbst nicht recht, was er sagen wollte, und verließ den Raum.

»Du gefühlloser, kalter Egoist«, rief ihm Dunja nach.

»Er ist verrückt und nicht gefühllos! Er ist verrückt! Sehen Sie das nicht? Dann sind Sie selbst gefühllos! ...« flüsterte Rasumichin ihr ins Ohr, während er ihr fest die Hand drückte.

»Ich komme gleich zurück!« rief er der leichenblassen Pulcheria Alexandrowna zu und lief aus dem Zimmer.

Raskolnikow erwartete ihn am Ende des Ganges.

»Ich habe ja gewußt, daß du mir nachkommen würdest«, sagte er. »Geh wieder zu ihnen und sei an ihrer Seite ... Sei auch morgen bei ihnen ... immer. Ich werde ... vielleicht wiederkommen ... wenn ich kann. Leb wohl!«

Und ohne ihm die Hand zu reichen, ließ er ihn stehen.

»Wohin gehst du denn? Was hast du? Was ist mit dir? Das ist doch nicht möglich! ...« murmelte Rasumichin fassungslos.

Raskolnikow blieb noch einmal stehen.

»Ein für allemal: du darfst mich nie nach etwas fragen. Ich kann dir nicht antworten ... Komm nicht zu mir. Vielleicht werde ich hierherkommen ... Laß mich, aber sie ... *laß nicht im Stich.* Verstehst du?«

Auf dem Korridor war es ziemlich dunkel; sie standen neben der Lampe. Etwa eine Minute lang blickten sie einander schweigend an. Rasumichin erinnerte sich sein ganzes späteres Leben hindurch an diese Minute. Der lodernde, starre Blick Raskolnikows schien von Sekunde zu Sekunde stärker zu werden; er drang Rasumichin in die Seele, ins Bewußtsein. Plötzlich erschauerte Rasumichin. Etwas Seltsames schien zwischen ihnen vorzugehen ... Ein Gedanke huschte vorüber, eine Art Andeutung: etwas Entsetzliches, Abscheuliches, das plötzlich beide verstanden hatten ... Rasumichin wurde totenblaß.

»Verstehst du jetzt?« sagte Raskolnikow plötzlich mit schmerzlich verzerrtem Gesicht. »Geh zurück, bleib bei ihnen«, fügte er mit einemmal hinzu, wandte sich rasch um und verließ das Haus ...

Ich will jetzt nicht beschreiben, was an jenem Abend bei Pulcheria Alexandrowna geschah, wie Rasumichin zu den beiden zurückkam, wie er sie beruhigte, wie er schwor, man müsse Rodja sich von seiner Krankheit erholen lassen, wie er schwor, Rodja werde unbedingt wiederkommen, jeden Tag kommen; seine Nerven seien sehr, sehr zerrüttet; man dürfe ihn nicht reizen; er, Rasumichin, werde ihn beobachten, ihm einen guten Arzt beschaffen, den besten Arzt, ein ganzes

Konsilium ... Mit einem Wort: von diesem Abend an war Rasumichin den zwei Frauen Sohn und Bruder.

4

Raskolnikow suchte unverzüglich das Haus am Kanal auf, wo Sonja wohnte. Es war drei Stockwerke hoch, ziemlich alt und grün angestrichen. Er suchte den Hausknecht auf und erhielt von ihm nur eine unklare Auskunft, wo der Schneider Kapernaumow wohne. Nachdem er in der Ecke des Hofes den Eingang zu der schmalen, dunklen Treppe gefunden hatte, stieg er endlich in den zweiten Stock hinauf und gelangte auf eine Galerie, die auf der Hofseite um das Haus herumlief. Während er im Dunkeln suchte, wo wohl die Eingangstür zu Kapernaumows Wohnung sein könnte, wurde plötzlich, drei Schritt von ihm entfernt, eine Tür geöffnet; mechanisch griff er nach der Klinke.

»Wer ist da?« fragte eine Frauenstimme beunruhigt.

»Ich bin's ... ich komme zu Ihnen«, erwiderte Raskolnikow und trat in die winzige Diele. Dort stand auf einem durchgesessenen Stuhl in einem verbogenen Messingleuchter eine Kerze.

»Sie sind es! Ach du lieber Gott!« rief Sonja leise und stand da wie angewurzelt.

»Wo ist der Eingang? Hier?«

Und Raskolnikow trat, bemüht, Sonja nicht anzusehen, möglichst rasch in das Zimmer.

Gleich darauf folgte ihm Sonja mit der Kerze, stellte sie hin und trat vor ihn, ganz verwirrt, in unaussprechlicher Erregung und durch seinen unerwarteten Besuch sichtlich erschreckt. Mit einemmal übergoß eine dunkle Röte ihr blasses Gesicht, und es traten ihr sogar Tränen in die Augen. Ihr war bange, und sie schämte sich, und es war so süß ... Raskolnikow wandte sich rasch ab und setzte sich auf einen Stuhl vor den Tisch. Mit einem flüchtigen Blick musterte er das Zimmer.

Es war groß, aber außerordentlich niedrig, das einzige

Zimmer, das von der Familie Kapernaumow vermietet wurde; links führte eine jetzt geschlossene Tür zu den anderen Räumen. Auf der anderen Seite, in der rechten Wand, war noch eine Tür, die immer fest verriegelt war. Sie führte in die Nachbarwohnung, die eine eigene Türnummer hatte. Das Zimmer Sonjas sah wie eine Scheune aus; es hatte den Grundriß eines sehr unregelmäßigen Vierecks, und das machte es häßlich. Die eine Wand mit drei Fenstern, die auf den Kanal hinausgingen, schloß den Raum schräg ab, weshalb die sehr spitze Ecke ganz in der Tiefe verschwand und bei der schwachen Beleuchtung nicht einmal richtig zu erkennen war; die andere Ecke bildete einen häßlich stumpfen Winkel. Der ganze große Raum war fast unmöbliert. In der Ecke rechts stand das Bett, daneben, näher zur Tür hin, ein Stuhl. An derselben Wand wie das Bett stand dicht vor der Tür zu der Nachbarwohnung ein einfacher Brettertisch mit einer blauen Decke; neben dem Tisch standen zwei Rohrstühle. An der gegenüberliegenden Wand, nahe dem spitzen Winkel, stand schließlich noch eine kleine Kommode aus einfachem Holz, die sich in dieser Öde zu verlieren schien. Das war das gesamte Mobiliar. Die vergilbten, schäbigen, zerrissenen Tapeten waren in den Ecken ganz schwarz geworden; offenbar war es hier im Winter feucht und muffig. Die Armut sprang in die Augen; nicht einmal das Bett hatte einen Vorhang.

Schweigend sah Sonja den Besucher an, der ihr Zimmer so aufmerksam und ungeniert musterte, und schließlich begann sie vor Angst geradezu zu zittern, als stünde sie vor ihrem Richter, der über ihr Geschick zu entscheiden hätte.

»Ich komme spät ... ist es schon elf?« fragte er, noch immer ohne sie anzusehen.

»Ja«, murmelte Sonja. »Ach ja!« fuhr sie plötzlich hastig fort, als läge darin ihre ganze Zuflucht. »Eben hat die Uhr meiner Wirtsleute geschlagen ... Ich habe es selbst gehört ... Es ist elf.«

»Ich bin zum letztenmal zu Ihnen gekommen«, sprach Raskolnikow finster weiter, obgleich er doch zum erstenmal hier war; »ich werde Sie vielleicht nie wiedersehen ...«

»Sie ... verreisen?«

»Das weiß ich nicht ... erst morgen entscheidet sich ...«

»So kommen Sie morgen nicht zu Jekaterina Iwanowna?« Sonjas Stimme zitterte.

»Ich weiß es nicht; alles entscheidet sich morgen vormittag ... Doch darum geht es jetzt nicht; ich bin gekommen, Ihnen etwas zu sagen ...«

Er sah sie nachdenklich von unten her an und merkte plötzlich, daß er saß, während sie noch immer vor ihm stand.

»Warum stehen Sie denn? Setzen Sie sich doch«, sagte er plötzlich in verändertem, stillem, liebkosendem Ton.

Sie setzte sich. Freundlich und fast mit Mitleid sah er sie lange an.

»Wie mager Sie sind! Was für Hände Sie haben! Ganz durchsichtig. Finger wie eine Tote.«

Er nahm ihre Hand. Sonja lächelte matt.

»Ich war immer so«, antwortete sie.

»Auch als Sie noch zu Hause lebten?«

»Ja.«

»Nun, dann natürlich!« stieß er abgerissen hervor, und sein Gesichtsausdruck und der Tonfall seiner Stimme hatten sich plötzlich abermals verändert. Er blickte sich von neuem um.

»Sie leben bei den Kapernaumows?«

»Ja ...«

»Wohnen die hinter der Tür dort?«

»Ja ... sie haben ein ebensolches Zimmer.«

»Hausen alle in dem einen Raum?«

»Ja.«

»Ich würde mich in Ihrem Zimmer nachts fürchten«, bemerkte er düster.

»Die Hausleute sind sehr gut und freundlich«, entgegnete Sonja, die noch immer nach Fassung rang und nicht begriffen hatte. »Und alle Möbel und alles ... alles gehört den Hauswirten. Sie sind sehr gut, auch die Kinder kommen oft zu mir ...«

»Das sind diese Stotterer?«

»Ja, er stottert, und außerdem ist er lahm. Und seine Frau stottert auch ... Übrigens stottert sie nicht eigentlich; sie spricht alles nur nicht richtig aus. Sie ist sehr gut. Und er war früher Knecht auf einem Gutshof. Sie haben sieben Kinder ... und nur das Älteste stottert, die anderen sind einfach krank ... stottern aber nicht ... Doch wieso wissen Sie davon?« schloß sie erstaunt.

»Mir hat seinerzeit Ihr Vater davon erzählt ... Er erzählte mir von Ihnen ... auch wie Sie um sechs Uhr weggingen und um neun zurückkamen und wie Katerina Iwanowna vor Ihrem Bett auf den Knien lag.«

Sonja wurde verlegen.

»Mir war, als hätte ich ihn heute gesehen«, flüsterte sie scheu.

»Wen?«

»Meinen Vater. Ich ging die Straße entlang, ganz bei Ihnen in der Nähe, an der Ecke, gegen zehn Uhr, und er schien vor mir herzugehen ... genauso, als wäre er es wirklich. Ich wollte schon zu Katerina Iwanowna schauen ...«

»Sie gingen ... spazieren?«

»Ja«, flüsterte Sonja tonlos; sie war abermals verlegen geworden und blickte zu Boden.

»Katerina Iwanowna hat Sie doch, als Ihr Vater noch lebte, öfters geschlagen?«

»Ach nein, was reden Sie da! Niemals!« rief Sonja und starrte ihn geradezu erschreckt an.

»Lieben Sie sie vielleicht?«

»Katerina Iwanowna? Aber freilich!« erwiderte Sonja gedehnt und kläglich und faltete plötzlich leiderfüllt die Hände. »Ach, Sie kennen sie ja nicht ... wenn Sie sie nur kennten! Sie ist wie ein Kind ... Ihr Verstand ist gleichsam getrübt ... vor Kummer. Und wie klug sie war ... wie großherzig ... wie gut! Sie wissen ja nichts, nichts ... Ach!«

Sonja sagte das wie in Verzweiflung, erregt und bekümmert, und rang die Hände. Ihre blassen Wangen waren rot geworden; in ihren Augen lag ein Ausdruck von Qual. Man sah, daß vieles in ihr angerührt worden war, daß es sie drängte, etwas auszusprechen, etwas zu sagen, für jemanden einzutreten. Ein *nicht zu stillendes* Mitleiden, wenn man sich so ausdrücken darf, spiegelte sich mit einem Schlag in ihren Zügen.

»Geschlagen! Was sagen Sie da? Du lieber Gott, geschlagen hätte sie mich?! Und selbst wenn sie es getan hätte, was wäre dabei? Nun, was wäre dabei? Sie wissen nichts, gar nichts ... Sie ist eine so unglückliche Frau, ach, wie unglücklich! Und krank ... Sie sucht Gerechtigkeit ... sie ist rein. Sie glaubt felsenfest daran, daß in allem Gerechtigkeit walten muß, sie fordert es ... Und wenn man sie auch folterte, sie würde nichts Unrechtes tun. Sie selbst merkt gar nicht, wie unmöglich es ist, daß es unter den Menschen gerecht zugehe, und sie wird zornig ... wie ein Kind, wie ein Kind! Sie ist gerecht, gerecht!«

»Und was soll jetzt aus Ihnen werden?«

Sonja sah ihn fragend an.

»Sie müssen doch jetzt für alle sorgen. Freilich lag auch bisher die ganze Last auf Ihren Schultern, und der Verstorbene kam trotzdem zu Ihnen und bat Sie um Geld, damit er seinen Katzenjammer ertränken konnte. Aber was wird jetzt?«

»Ich weiß es nicht«, antwortete Sonja traurig.

»Bleiben sie dort wohnen?«

»Das weiß ich nicht; sie sind der Wirtin schon die Miete schuldig, und heute hörte ich, daß sie ausziehen müssen. Katerina Iwanowna sagt selbst, daß sie keine Minute länger bleiben würde.«

»Woher nimmt sie diesen Mut? Verläßt sie sich auf Sie?«

»Ach nein, so dürfen Sie nicht sprechen! ... Wir gehören doch zusammen«, sagte Sonja, plötzlich wieder erregt, ja geradezu gereizt, genauso, als wäre ein Kanarienvogel oder ein anderes kleines Vögelchen böse geworden. »Und was soll sie denn machen? Was denn, was?« fragte sie eifrig und aufgeregt. »Und wie sehr sie heute geweint hat, wie sehr! Sie ist ganz wirr im Kopfe, haben Sie das nicht gemerkt? Völlig wirr: bald macht sie sich Sorgen wie ein kleines Kind, daß morgen auch alles in Ordnung sei, daß es einen Imbiß gebe und so fort ... bald ringt sie die Hände, hustet Blut, weint und schlägt plötzlich mit dem Kopf gegen die Wand, als wäre sie verzweifelt. Und dann tröstet sie sich wieder; sie hofft auf Sie; sie sagt, Sie seien jetzt ihre Hilfe, und sie werde irgendwo ein wenig Geld aufnehmen, mit mir in ihre Heimatstadt fahren und dort ein Pensionat für vornehme Mädchen eröffnen; ich soll dort die Aufsicht führen, und dann werde für uns ein ganz neues, herrliches Leben anfangen; und sie küßt mich, umarmt mich, tröstet mich, und sie glaubt ja so fest an diese Phantasien, so fest! Kann ich ihr denn da widersprechen? Heute wäscht sie den ganzen Tag, macht sauber, flickt; mit ihren schwachen Kräften hat sie selber den Waschtrog ins Zimmer geschleppt; sie war ganz außer Atem und fiel nur so aufs Bett; und am Vormittag sind wir beide noch auf den Markt gegangen, um Schuhe für Poljetschka und Lena zu kaufen; denn die Schuhe der Kinder sind schon ganz zerfetzt; nur reichte das Geld, das wir ausgerechnet hatten, nicht; es fehlte sehr viel, und sie hatte so hübsche Schuhe ausgesucht ... sie hat nämlich Geschmack, Sie kennen sie nur nicht ... Dort im Laden fing sie vor den Verkäufern zu weinen an, weil das Geld nicht reichte ... Ach, es war ein trauriger Anblick.«

»Da ist es verständlich, wenn Sie ... dieses Leben führen«, meinte Raskolnikow mit bitterem Lächeln.

»Haben Sie etwa kein Mitleid mit ihr? Kein Mitleid?« rief Sonja. »Ich weiß doch, daß Sie Ihr letztes Geld hergegeben haben, ohne daß Sie auch nur eine Ahnung von ihr hatten! Und wenn Sie alles wüßten, ach du mein Gott! Und wie oft, wie oft hat sie um mich Tränen vergossen! Noch vor acht Tagen! Ach, ich bin ... eine Woche vor seinem Tod! ... Ich war so grausam! Und so oft, so oft war ich das! Ach, wie weh hat es mir getan, sooft ich heute daran gedacht habe!«

Sonja rang die Hände, während sie das sagte, so sehr schmerzte sie die Erinnerung.

»Sie sind grausam gewesen?«

»Ja, ich, ich! Ich kam damals zu ihnen«, sprach sie weinend weiter, »und da sagte der Verstorbene zu mir: ‚Lies mir vor, Sonja, ich habe Kopfschmerzen, lies mir vor ... dort liegt das Buch‘; es war irgendein Buch, das er von Andrej Semjonytsch bekommen hatte, von Lebesjatnikow; der wohnt auch dort, und er hat ihm immer so komische Bücher verschafft. Da sagte ich: ‚Ich muß weggehen', weil ich ihm nicht vorlesen wollte; ich war aber vor allem deswegen zu ihnen gegangen, um Katerina Iwanowna Kragen zu zeigen; Lisaweta, die Händlerin, hatte mir billig Kragen und Manschetten besorgt, und die waren sehr schön und noch ganz neu und hatten ein hübsches Muster. Sie gefielen Katerina Iwanowna sehr; sie legte sie um und besah sich im Spiegel, und die Kragen gefielen ihr außerordentlich gut. ‚Schenk sie mir, Sonja', sagte sie, ‚bitte.' *Bitte* sagte sie, und sie hätte die Kragen so gerne gehabt! Aber was hätte sie damit anfangen sollen? Es kamen ihr eben nur die einstigen glücklichen Zeiten in Erinnerung! Sie sah in den Spiegel und freute sich, aber sie besitzt ja kein einziges Kleid, zu dem der Kragen paßte, nichts, rein gar nichts, schon seit vielen Jahren nicht mehr! Und niemals bittet sie jemanden um etwas; sie ist zu stolz dazu. Eher gibt sie selbst ihr Letztes her, und jetzt bat sie mich – so sehr gefielen ihr die Kragen! Und mir tat es leid, sie herzugeben. ‚Wozu wollen Sie sie haben, Katerina Iwanowna?' So sagte ich wörtlich: ‚wozu?' Das hätte ich nicht sagen dürfen! Sie schaute mich an, und es wurde ihr ganz traurig zumute, ganz traurig, weil ich ihr die Bitte abgeschlagen hatte; es war jammervoll, das mit anzusehen ... Und nicht wegen der Kragen kränkte sie sich, sondern weil ich ihr ihre Bitte abgeschlagen hatte, das merkte ich. Ach, wie gern möchte ich jetzt alles wiedergutmachen, alles zurücknehmen, alle meine Worte ... Ach, ich ... aber was! ... Ihnen ist das ja gleichgültig!«

»Haben Sie diese Händlerin Lisaweta gekannt?«

»Ja ... Haben Sie sie denn auch gekannt?« fragte Sonja mit einigem Staunen.

»Katerina Iwanowna hat die Schwindsucht; sie wird bald sterben«, sagte Raskolnikow, der eine Weile geschwiegen und auf Sonjas Frage nicht geantwortet hatte.

»Ach nein, nein, nein!« Und mit einer unbewußten Geste nahm ihn Sonja bei beiden Händen, als wollte sie ihn anflehen, daß das nicht geschehe.

»Aber es ist doch besser, wenn sie stirbt!«

»Nein, es ist nicht besser, nicht besser, ganz und gar nicht besser!« rief sie erschrocken, und ohne zu zögern.

»Und die Kinder? Wo wollen Sie die denn unterbringen, wenn nicht bei sich selbst?«

»Ach, ich weiß nicht!« rief Sonja beinahe verzweifelt und griff sich an den Kopf. Man sah, daß diese Frage sie schon oft und oft gequält hatte und daß er diesen Gedanken jetzt nur wieder aufgeschreckt hatte.

»Und wenn Sie selbst noch zu Katerina Iwanownas Lebzeiten erkranken und ins Spital müssen, was dann?« beharrte er erbarmungslos.

»Ach, was reden Sie da, was reden Sie da! Das kann ja gar nicht sein!« Sonjas Gesicht verzerrte sich in furchtbarem Entsetzen.

»Wieso kann das nicht sein?« fuhr Raskolnikow mit bösem Lächeln fort. »Sie sind doch dagegen nicht gefeit? Was wird dann aus Ihrer Familie? Sie werden alle miteinander auf die Straße gehen; sie wird husten und betteln und irgendwo ihren Kopf gegen die Mauer schlagen wie heute, und die Kinder werden weinen ... Und sie wird zusammenbrechen; man bringt sie aufs Revier und ins Krankenhaus; dort stirbt sie, und die Kinder ...«

»Ach nein! ... Gott wird das nicht zulassen!« entrang es sich endlich der bedrängten Brust Sonjas. Flehend hatte sie ihn angeblickt, während sie ihm zuhörte, und hielt die Hände in einer stummen Bitte gefaltet, als hinge alles von ihm ab.

Raskolnikow erhob sich und begann im Zimmer auf und ab zu gehen. Etwa eine Minute verstrich. Sonja stand unbeweglich, Kopf und Arme gesenkt, in namenlosem Elend.

»Und können Sie nichts sparen? Geld für schlechte Zeiten zurücklegen?« fragte er, während er plötzlich vor ihr stehenblieb.

»Nein«, flüsterte Sonja.

»Natürlich nicht! Haben Sie es schon versucht?« fuhr er beinahe höhnisch fort.

»Ja.«

»Und es wurde nichts daraus?! Nun ja, versteht sich! Wozu fragen!«

Und wieder ging er im Zimmer auf und ab. Abermals verstrich eine Minute.

»Verdienen Sie nicht jeden Tag etwas?«

Sonjas Verlegenheit wuchs, und wieder stieg ihr die Röte ins Gesicht.

»Nein«, flüsterte sie mit qualvoller Anstrengung.

»Poljetschka wird wahrscheinlich ebenso enden wie Sie«, sagte er plötzlich.

»Nein! Nein! Das darf nicht geschehen, niemals!« schrie Sonja verzweifelt, als hätte man sie mit einem Messer verwundet. »Gott wird etwas so Grauenvolles nicht zulassen!«

»Bei andern läßt er es auch zu!«

»Nein, nein! Gott wird sie schützen, Gott! ...« sagte sie immer wieder, ganz außer sich.

»Aber vielleicht gibt es Gott gar nicht«, entgegnete Raskolnikow fast mit einer Art Schadenfreude, lachte und sah sie an.

Das Gesicht Sonjas hatte sich plötzlich erschreckend verändert; krampfhafte Zuckungen liefen über ihre Züge. Unsagbar vorwurfsvoll blickte sie ihn an, wollte sprechen, brachte aber kein Wort hervor und begann mit einemmal bitterlich zu schluchzen, die Hände vors Gesicht geschlagen.

»Sie haben gesagt, Katerina Iwanowna verliere den Verstand, aber Sie selbst verlieren ihn ja«, sagte er, nachdem er einen Augenblick geschwiegen hatte.

Es vergingen fünf Minuten. Er ging noch immer schweigend, und ohne sie anzusehen, hin und her. Schließlich trat er auf sie zu; seine Augen funkelten. Mit beiden Händen nahm er sie bei den Schultern und schaute ihr in das tränennasse Gesicht. Der Blick seiner brennenden Augen war scharf und durchdringend; seine Lippen zuckten ... Plötzlich beugte er sich rasch bis zum Boden und küßte ihr den Fuß. Sonja taumelte entsetzt zurück, als wäre er wahnsinnig. Und wahrhaftig, er starrte sie an wie ein völlig Wahnsinniger.

»Was tun Sie da? Was tun Sie? Vor mir!« murmelte sie totenblaß, und schmerzhaft, schmerzhaft preßte sich plötzlich ihr Herz zusammen.

Er stand sofort wieder auf.

»Ich habe mich nicht vor dir gebeugt, sondern ich habe mich vor allem menschlichen Leid gebeugt«, sagte er mit einer seltsamen Scheu und ging zum Fenster. »Höre«, fügte er hinzu, als er nach einem Augenblick zu ihr zurückkam, »ich habe heute zu einem Menschen, der mich beleidigt hatte, gesagt, daß er deinen kleinen Finger nicht wert sei ... und daß ich meiner Schwester eine Ehre erwiesen hätte, als ich sie neben dir sitzen ließ.«

»Ach, weshalb haben Sie das gesagt! Und vielleicht gar in Gegenwart Ihrer Schwester?« rief Sonja erschreckt. »Neben mir! Eine Ehre! Ich bin doch ... ehrlos ... Ach, warum haben Sie das gesagt!«

»Nicht deiner Ehrlosigkeit und deiner Sünde wegen habe ich das gesagt, sondern weil du ein so großes Leid trägst. Daß du eine große Sünderin bist, ist richtig«, fügte er fast triumphierend hinzu. »Vor allem bist du deswegen eine Sünderin, weil du dich *vergeblich* getötet und preisgegeben hast. Das eben ist das Grauenvolle, das ist so grauenvoll, daß du in diesem Schmutz lebst, den du so sehr haßt, und dabei doch selbst weißt – du brauchst ja nur die Augen aufzumachen –, daß du damit niemandem hilfst und niemanden vor irgend etwas rettest! So sag mir doch endlich«, stieß er wie besessen hervor, »wie kann sich in dir solche Schmach und Niedrigkeit mit den entgegengesetzten, den heiligsten Gefühlen vereinbaren? Es wäre doch richtiger, tausendmal richtiger und vernünftiger, kopfüber ins Wasser zu springen und mit einem Schlag allem ein Ende zu machen!«

»Und was wird dann aus ihnen?« fragte Sonja leise; sie blickte ihn schmerzlich an, schien sich aber doch über seinen Vorschlag keineswegs zu wundern.

Raskolnikow sah sie eigentümlich an.

Ihr Blick allein hatte ihm alles gesagt. Offenbar war ihr dieser Gedanke wirklich selbst schon gekommen. Vielleicht hatte sie in ihrer Verzweiflung bereits oft und ernsthaft darüber nachgedacht, wie es wäre, mit einem Schlag ein Ende zu machen, so ernsthaft darüber nachgedacht, daß sein Vorschlag sie nicht im mindesten überraschte. Sie merkte nicht einmal, wie grausam seine Worte waren – den Sinn seiner Vorwürfe und seine besonderen Ansichten über ihre Schmach hatte sie natürlich ebenfalls nicht begriffen, das sah er deutlich. Aber er erkannte, bis zu welch ungeheuerlicher Qual – und zwar schon seit langem – sich der Gedanke an ihre ehrlose, schmachvolle Lage gesteigert hatte. Was, was nur kann, so dachte er, sie bis jetzt abgehalten haben, allem mit einem Schlag ein Ende zu machen? Und jetzt erst erkannte er, was ihr diese armen, verwaisten kleinen Kinder und diese bejammernswerte, halb verrückte, schwindsüchtige Katerina Iwanowna, die mit dem Kopf gegen die Wand schlug, bedeuteten.

Andererseits war ihm ebenso klar, daß Sonja mit ihrem Charakter und mit jener Erziehung, die sie, wenn auch oberflächlich, genossen hatte, eigentlich auf keinen Fall so leben konnte, wie sie es tat. Und es drängte sich ihm geradezu die Frage auf: wie hatte sie so lange, allzulange schon, auf diese Weise leben können, ohne verrückt geworden zu sein, wenn sie schon nicht die Kraft besaß, ins Wasser zu springen? Natürlich sah er ein, daß Sonjas Situation, obwohl sie keine einzigartige Ausnahme im gesellschaftlichen Gefüge darstellte, doch von mancherlei Zufälligkeiten bestimmt war. Aber gerade diese Zufälligkeit und dazu ihre Bildung, so mittelmäßig sie sein mochte, und ihr ganzes vorhergegangenes Leben hätten sie, wie ihm schien, schon beim ersten Schritt auf einem so abstoßenden Wege töten müssen. Was also hielt sie aufrecht? Doch nicht das Laster? All diese Schmach berührte sie offenbar nur rein äußerlich; das wirkliche Laster hatte noch nicht Eingang in ihr Herz gefunden; er sah das; er durchschaute sie bis ins Innerste . . .

Ihr stehen drei Wege offen, dachte er. Sie kann in den Kanal springen, im Irrenhaus enden oder . . . oder sich schließlich dem Laster ergeben, das den Geist verdüstert und das Herz versteinert. Dieser letzte Gedanke stieß ihn am meisten ab; aber Raskolnikow war Skeptiker, er war jung, mit abstrakten Gedanken vertraut und wohl auch grausam; und darum mußte ihm der letzte Weg, das heißt der Weg ins Laster, als der wahrscheinlichste vorkommen.

Aber ist das wirklich wahr? dachte er weiter. Wird sich denn auch dieses Geschöpf, das noch die ganze Lauterkeit seines Gemüts bewahrt hat, schließlich in diese widerliche, stinkende Grube hineinziehen lassen? Ist sie vielleicht schon auf dem Wege dazu, und hat sie nur deshalb durchhalten können, weil das Laster für sie seine Schrecken verloren hat? Nicht doch, nicht doch, das kann ja nicht sein! dachte er, wie es vorhin Sonja ausgedrückt hatte. Nein, vom Kanal wurde sie bis jetzt durch den Gedanken an die Sünde und *an sie, an jene* abgehalten ... Wenn sie bis jetzt noch nicht verrückt geworden ist ... Aber wer sagt denn, daß sie nicht schon verrückt ist? Ist sie denn noch bei klarem Verstand? Kann man dann so sprechen wie sie? Kann man bei klarem Verstand so denken wie sie? Kann man am Rande des Verderbens stehen, am Rand der stinkenden Grube, in die sie bereits hineingezogen wird, und mit den Händen abwehren und sich die Ohren zuhalten, wenn jemand über die Gefahr spricht? Was will sie nur? Wartet sie auf ein Wunder? Ganz gewiß! Sind das etwa nicht die ersten Zeichen des Wahnsinns?

Hartnäckig verbohrte er sich in diesen Gedanken. Eine solche Erklärung leuchtete ihm sogar mehr ein als jede andere. Er musterte sie aufmerksam.

»Du betest also viel, Sonja?« fragte er endlich.

Sonja schwieg; er stand neben ihr und wartete auf ihre Antwort.

»Was wäre ich ohne Gott?« flüsterte sie dann rasch und mit Nachdruck, während sie ihn mit aufblitzenden Augen schnell ansah und ihm fest die Hand drückte.

Tatsächlich, es ist so! dachte er.

»Und was tut Gott für dich?« fragte er, um sie weiter auszuforschen.

Sonja schwieg lange Zeit, als brächte sie es nicht fertig zu antworten. Ihre zarte Brust hob und senkte sich vor Erregung.

»Schweigen Sie! Fragen Sie nicht! Sie sind es nicht wert! ...« rief sie auf einmal und funkelte ihn streng und zornig an.

Es ist so! Es ist so! wiederholte er im stillen.

»Alles tut er!« flüsterte sie hastig, während sie wieder zu Boden blickte.

Das ist ihr Ausweg! Das ist auch die Erklärung für ihren Ausweg! folgerte er in Gedanken, während er sie mit gierigem Interesse beobachtete.

Mit einem neuen, seltsamen, fast krankhaften Gefühl starrte er dieses blasse, magere, unregelmäßige, eckige Gesichtchen an, diese sanften blauen Augen, die in solchem Feuer, in einem so strengen, lodernden Gefühl funkeln konnten, diesen zarten Körper, der noch vor Entrüstung und Zorn zitterte, und das alles kam ihm noch sonderbarer vor, fast unmöglich. Eine Gottesnärrin! Eine Gottesnärrin! sagte er sich immer wieder.

Auf der Kommode lag ein Buch. Sooft er daran vorbeigegangen war, hatte er es bemerkt; jetzt nahm er es in die Hand und sah es aufmerksam an. Es war das Neue Testament in russischer Übersetzung. Das Buch, in Leder gebunden, war alt und zerlesen.

»Woher hast du das?« rief er ihr durch das Zimmer zu.

Sie stand noch immer an der alten Stelle, drei Schritte vom Tisch entfernt.

»Irgend jemand hat es mir gegeben«, antwortete sie gleichsam widerstrebend, und ohne ihn anzusehen.

»Wer hat es dir gegeben?«

»Lisaweta; ich bat sie darum.«

Lisaweta? Seltsam! dachte er.

Alles an Sonja war ihm auf unbegreifliche Weise von Minute zu Minute merkwürdiger und wunderbarer geworden. Er trug das Buch zu der Kerze und begann darin zu blättern.

»Wo steht die Geschichte von Lazarus?« fragte er schließlich.

Sonja blickte hartnäckig zu Boden und antwortete nicht. Sie stand ein wenig abgewandt vom Tisch.

»Wo steht die Geschichte von der Erweckung des Lazarus? Such sie mir heraus, Sonja!«

Sie blickte ihn von der Seite an.

»Nein, nicht da . . . sie steht im vierten Evangelium! . . .« flüsterte sie streng, ohne sich zu rühren.

»Such sie und lies sie mir vor«, sagte er, setzte sich, stützte die Ellbogen auf den Tisch und den Kopf in die Hände und starrte finster zur Seite, bereit, zuzuhören.

In etwa drei Wochen ist sie im Irrenhaus! Und ich bin wahrscheinlich auch dort, wenn es nicht noch schlimmer kommt, murmelte er vor sich hin.

Sonja trat auf Raskolnikows sonderbares Geheiß unschlüssig zum Tisch; sie war voll Mißtrauen. Trotzdem nahm sie das Buch zur Hand.

»Haben Sie die Geschichte denn noch nicht gelesen?« fragte sie, während sie ihn über den Tisch hinweg ungläubig ansah. Ihre Stimme war immer strenger geworden.

»Vor langer Zeit . . . als ich noch zur Schule ging. Lies!«

»Und in der Kirche haben Sie sie nicht gehört?«

»Ich gehe nicht zur Kirche. Du gehst wohl oft hin?«

»N-nein«, flüsterte Sonja.

Raskolnikow verzog das Gesicht zu einem Lächeln.

»Ich verstehe . . . Da kommst du wohl morgen auch nicht zum Begräbnis deines Vaters?«

»O doch. Ich war auch vorige Woche in der Kirche . . . Ich ließ eine Seelenmesse lesen.«

»Für wen?«

»Für Lisaweta. Sie ist mit dem Beil erschlagen worden.«

Seine Nerven spannten sich, der Kopf begann sich ihm zu drehen.

»Warst du mit Lisaweta befreundet?«

»Ja . . . sie war gerecht . . . Sie besuchte mich manchmal . . . es ging nicht anders . . . wir beide lasen . . . und plauderten. Sie wird Gott schauen.«

Diese Bibelworte berührten ihn seltsam, und wiederum erfuhr er etwas Neues: sie hatte geheimnisvolle Zusammenkünfte mit Lisaweta gehabt . . . und beide waren sie Närrinnen in Gott.

Hier wird man ja selbst zu einem Gottesnarren! Das ist ansteckend! dachte er. »Lies!« rief er plötzlich eigensinnig und ärgerlich.

Sonja zögerte noch immer. Das Herz schlug ihr bis zum Halse. Aus irgendwelchen Gründen wagte sie nicht, ihm vorzulesen. Mit einer qualvollen Empfindung betrachtete er »die unglückliche Irre«.

»Wozu wollen Sie das? Sie sind doch nicht gläubig?« flüsterte sie leise und stockend.

»Lies! Ich will es!« wiederholte er. »Du hast doch auch Lisaweta vorgelesen!«

Sonja öffnete das Buch und suchte die Stelle. Ihre Hände zitterten; die Stimme versagte ihr. Zweimal setzte sie an und vermochte doch das erste Wort nicht auszusprechen.

»Es lag aber einer krank mit Namen Lazarus, von Bethanien ...« sagte sie schließlich mühsam, doch plötzlich, schon beim dritten Wort, brach ihr die Stimme und sprang wie eine zu straff gespannte Saite. Der Atem versagte ihr, und ihre Brust schnürte sich zusammen.

Raskolnikow begriff bis zu einem gewissen Grade, warum sich Sonja nicht entschließen konnte, ihm vorzulesen, und er verstand dies um so mehr, je dringender und gereizter er auf dem Vorlesen beharrte. Er begriff nur allzugut, wie schwer es ihr fiel, *ihr Innerstes* preiszugeben und zu enthüllen. Er erkannte, daß diese Gefühle ihr seit langem gehütetes tiefes *Geheimnis* waren, vielleicht seit ihrer Kindheit schon, als sie noch im Kreis ihrer Familie, an der Seite ihres unglücklichen Vaters und ihrer vor Kummer verrückt gewordenen Stiefmutter, gelebt hatte, mitten unter den hungernden Kindern, unter häßlichem Geschrei und unter ständigen Vorwürfen. Doch gleichzeitig wußte er, und er wußte es mit Sicherheit, daß sie sich zwar fürchtete und sich vor irgend etwas entsetzte, wenn sie ihm jetzt vorlesen sollte, daß sie dabei aber selbst den qualvollen Wunsch hegte, ihm trotz aller Furcht und trotz allem Entsetzen vorzulesen, gerade *ihm*, damit er es höre, und unbedingt jetzt – »was auch daraus später werden möge! ...« Er sah das ihren Augen an; er erriet es aus ihrer begeisterten Erregung ... Sie bezwang sich, unterdrückte den Krampf in ihrer Kehle, der ihr zu Beginn des Verses die Stimme erstickt hatte, und setzte die Vorlesung aus dem elften Kapitel des Johannes-Evangeliums fort. Sie kam zum neunzehnten Vers.

»Und viele Juden waren zu Martha und Maria gekom-

men, sie zu trösten über ihren Bruder. Als Martha nun hörte, daß Jesus kommt, geht sie ihm entgegen; Maria aber blieb daheim sitzen. Da sprach Martha zu Jesus: Herr, wärest du hier gewesen, mein Bruder wäre nicht gestorben! Aber ich weiß auch noch, daß, was du bittest von Gott, das wird dir Gott geben.«

Hier hielt sie abermals inne, weil sie beschämt fühlte, daß ihre Stimme wieder zittern und versagen werde.

»Jesus spricht zu ihr: Dein Bruder soll auferstehen. Martha spricht zu ihm: Ich weiß wohl, daß er auferstehen wird in der Auferstehung am Jüngsten Tage. Jesus spricht zu ihr: Ich bin die Auferstehung und das Leben. Wer an mich glaubet, der wird leben, ob er gleich stürbe; und wer da lebet und glaubet an mich, der wird nimmermehr sterben. Glaubst du das? Sie spricht zu ihm ...«

Und Sonja, die gleichsam unter Schmerzen Atem holte, las deutlich und voll Kraft weiter, als predigte sie, damit alle es hörten: *»Herr, ja, ich glaube, daß du bist Christus, der Sohn Gottes, der in die Welt gekommen ist.«*

Sie schwieg, hob rasch den Blick zu ihm, bezwang sich aber sofort wieder und las weiter. Raskolnikow saß da und lauschte unbeweglich, ohne sich umzudrehen, und schaute, auf den Tisch gestützt, zur Seite. Sie kamen zum zweiunddreißigsten Vers.

»Als nun Maria kam, da Jesus war, und sah ihn, fiel sie zu seinen Füßen und sprach zu ihm: Herr, wärest du hier gewesen, mein Bruder wäre nicht gestorben! Als Jesus sie sah weinen und die Juden auch weinen, die mit ihr kamen, ergrimmte er im Geist und betrübte sich selbst und sprach: Wo habt ihr ihn hingelegt? Sie sprachen zu ihm: Herr, komm und sieh es! Und Jesus gingen die Augen über. Da sprachen die Juden: Siehe, wie hat er ihn so liebgehabt! Etliche aber unter ihnen sprachen: Konnte, der dem Blinden die Augen aufgetan hat, nicht verschaffen, daß auch dieser nicht stürbe?«

Raskolnikow wandte sich ihr zu und betrachtete sie erregt. Ja, so war es! Sie zitterte am ganzen Körper in richtigem Fieber. Er hatte das erwartet. Sie gelangte nun zu dem Bericht über das größte, unerhörteste Wunder, und ein Gefühl gewaltigen Triumphes hatte sie erfaßt. Ihre Stimme klang wie Metall; Triumph und Freude schwangen darin mit und festigten sie. Die Zeilen verschwammen ihr vor dem Blick, weil ihr dunkel vor Augen wurde, aber sie kannte das, was sie las, auswendig. Bei dem letzten Vers: »*Konnte, der dem Blinden die Augen aufgetan hat ...*« gab sie mit gesenkter Stimme, lodernd und leidenschaftlich, den Zweifel, den Vorwurf und den Tadel der ungläubigen, blinden Juden wieder, die jetzt gleich, im nächsten Augenblick, wie vom Blitz getroffen niederstürzen, aufschluchzen und glauben mußten ... Auch *er, er,* ebenfalls blind und ungläubig, auch *er* wird es hören; auch er wird glauben, ja, ja! Jetzt, jetzt gleich! träumte sie und zitterte in freudiger Erwartung.

»*Da ergrimmte Jesus abermals in sich selbst und kam zum Grabe. Es war aber eine Kluft und ein Stein draufgelegt. Jesus sprach: Hebt den Stein ab! Spricht zu ihm Martha, die Schwester des Verstorbenen: Herr, er stinkt schon; denn er ist vier Tage gelegen.*«

Das Wort *vier* hob sie besonders hervor.

»*Jesus spricht zu ihr: Habe ich dir nicht gesagt, so du glauben würdest, du solltest die Herrlichkeit Gottes sehen? Da hoben sie den Stein ab, da der Verstorbene lag. Jesus aber hob seine Augen empor und sprach: Vater, ich danke dir, daß du mich erhört hast. Doch ich weiß, daß du mich allezeit hörst; aber um des Volks willen, das umhersteht, sage ich's, daß sie glauben, du habest mich gesandt. Da er das gesagt hatte, rief er mit lauter Stimme: Lazarus, komm heraus! Und der Verstorbene kam heraus ...*«

Sonja las diese Worte laut und verzückt, zitternd und in Kälte erschauernd, als sähe sie alles mit eigenen Augen.

»*... gebunden mit Grabtüchern an Füßen und Händen und sein Angesicht verhüllt mit einem Schweißtuch. Jesus spricht zu ihnen: Löset ihn auf und lasset ihn gehen!*

Viele nun der Juden, die zu Maria gekommen waren und sahen, was Jesus tat, glaubten an ihn.«

Weiter las sie nicht; sie konnte nicht mehr lesen; sie schloß das Buch und stand rasch auf.

»Das ist alles, was über die Erweckung des Lazarus geschrieben steht«, flüsterte sie stockend und abweisend, wandte sich zur Seite und blieb regungslos stehen, da sie nicht wagte – und sich wohl auch schämte –, den Blick zu ihm zu erheben. Sie zitterte noch immer wie im Fieber. Die Kerze in dem schiefen Leuchter war schon tief heruntergebrannt und beleuchtete trübe den Mörder und die Buhlerin in diesem armseligen Zimmer, die sich beim Lesen des Ewigen Buches so seltsam gefunden hatten. Fünf Minuten oder noch mehr vergingen.

»Ich bin gekommen, um mit dir eine wichtige Sache zu besprechen«, sagte Raskolnikow endlich mit abweisender Miene; dann erhob er sich und trat auf Sonja zu. Sie blickte schweigend zu ihm auf. Der Ausdruck seiner Augen war hart, und eine wilde Entschlossenheit spiegelte sich darin.

»Ich habe heute meine Familie verlassen«, sagte er, »Mutter und Schwester. Ich gehe nicht mehr zu ihnen. Ich habe alles hinter mir abgebrochen.«

»Weshalb?« fragte Sonja, starr vor Staunen.

Die Begegnung mit seiner Mutter und seiner Schwester hatte ihr tiefen Eindruck gemacht, wenngleich sie sich selbst nicht darüber Rechenschaft zu geben vermochte. Deshalb nahm sie die Nachricht von dem Bruch beinahe mit Entsetzen auf.

»Ich habe jetzt nur noch dich«, fuhr er fort. »Laß uns gemeinsam weitergehen ... Ich bin zu dir gekommen. Beide sind wir verflucht, so wollen wir auch gemeinsam unsern Weg weitergehen.«

Seine Augen funkelten. Als wäre er wahnsinnig! dachte Sonja jetzt ihrerseits.

»Wohin?« fragte sie angstvoll und trat unwillkürlich einen Schritt zurück.

»Wie kann ich das wissen? Ich weiß nur, daß wir denselben Weg zu gehen haben. Das weiß ich gewiß – sonst nichts. Wir haben dasselbe Ziel!«

Sie blickte ihn an und verstand kein Wort. Sie verstand nur, daß er zutiefst, daß er unsagbar unglücklich war.

»Niemand würde dich verstehen, wenn du so zu ihnen sprechen wolltest«, fuhr er fort; »aber ich habe dich verstanden. Ich brauche dich, und deshalb bin ich zu dir gekommen.«

»Ich verstehe nicht ...« flüsterte Sonja.

»Später wirst du verstehen. Hast du denn nicht das gleiche getan? Auch du hast dich vergangen ... hast es über dich gebracht, dich zu vergehen. Du hast Hand an dich gelegt, du hast ein Leben vernichtet ... *dein* Leben – aber das gilt gleich! Du hättest ein Leben im Geist und in der Klarheit führen können und endest auf dem Heumarkt ... Aber du wirst dieses Leben nicht durchhalten können; und wenn du *allein* bleibst, wirst du verrückt wie ich. Du bist jetzt schon wie wahnsinnig; folglich müssen wir miteinander gehen, auf derselben Straße! Komm!«

»Wozu? Wozu das alles!« stieß Sonja hervor, von seinen Worten zutiefst getroffen und erregt.

»Wozu? Weil es so nicht bleiben darf – das ist der Grund! Wir müssen doch endlich ernsthaft und klar nachdenken und dürfen nicht wie Kinder jammern und schreien, daß Gott es nicht zulassen könne! Was wird denn geschehen, wenn man dich morgen wirklich ins Krankenhaus bringt? Katerina Iwanowna ist nicht bei vollem Verstand und ist schwindsüchtig; sie wird bald sterben, und was wird dann aus den Kindern? Wird Poljetschka etwa nicht untergehen? Hast du denn hier nicht an den Straßenecken die Kinder gesehen, die von ihren Müttern ausgeschickt werden, um betteln zu gehen? Ich habe mich erkundigt, wo und in welchen Verhältnissen diese Mütter leben. Dort können die Kinder nicht Kinder bleiben. Da ist ein Siebenjähriger schon lasterhaft und ein Dieb. Und die Kinder sind doch das Ebenbild Christi: *ihrer ist das Himmelreich.* Er hat geboten, sie zu behüten und zu lieben; sie sind das künftige Menschengeschlecht ...«

»Was soll ich denn tun, was?« rief Sonja immer wieder unter hysterischem Weinen und rang die Hände.

»Was du tun sollst? Alles, was zerbrochen werden muß, zerbrechen, ein für allemal, sonst nichts – und dein Leid auf dich nehmen! Du verstehst mich nicht? Später wirst du mich verstehen ... Freiheit und Macht, vor allem Macht! Über jegliche zitternde Kreatur, über den ganzen Ameisenhaufen! ... das ist das Ziel! Das mußt du verstehen! Das ist mein Abschiedswort an dich! Vielleicht spreche ich zum letztenmal mit dir. Wenn ich morgen nicht wiederkomme, wirst du von andern alles erfahren, und dann erinnere dich meiner jetzigen Worte. Und später einmal, nach Jahren vielleicht, wirst du verstehen, was sie bedeuten. Wenn ich morgen wiederkomme, werde ich dir sagen, wer Lisaweta getötet hat. Leb wohl!«

Sonja zitterte vor Furcht.

»Wissen Sie denn, wer sie umgebracht hat?« fragte sie in eiskaltem Entsetzen und sah ihn verstört an.

»Ich weiß es und werde es dir sagen ... dir, nur dir! Dich habe ich auserwählt. Ich werde nicht kommen, dich um Vergebung zu bitten, sondern um dir die Wahrheit zu sagen. Ich habe dich schon lange auserwählt, um es dir zu sagen; schon damals, als dein Vater von dir sprach und als Lisaweta noch am Leben war, dachte ich daran. Leb wohl. Gib mir nicht die Hand. Auf morgen!«

Er ging. Sonja sah ihm nach wie einem Irren; aber auch sie war gleichsam von Sinnen und fühlte das. Ihr schwindelte. O Gott! Wieso weiß er, wer Lisaweta getötet hat? Was bedeuten seine Worte? Das ist furchtbar! Doch trotzdem kam ihr *ein* Gedanke nicht in den Kopf. Keineswegs! Auch nicht von ferne! ... Oh, er muß grauenvoll unglücklich sein! ... Er hat Mutter und Schwester verlassen. Weshalb? Was ist geschehen? Und was hat er vor? Was hat er mir gesagt? Er hat mir den Fuß geküßt und gesagt ... gesagt – ja, er hat das klar ausgesprochen –, daß er ohne mich nicht mehr leben könne ... Oh, mein Gott und Herr!

Sonja verbrachte die ganze Nacht in Fieberphantasien. Manchmal sprang sie auf, weinte, rang die Hände, dann versank sie wieder in unruhigen Schlaf, und ihr träumte von Poljetschka, Katerina Iwanowna, Lisaweta, von der Vorlesung des Evangeliums und von ihm ... von ihm mit seinem blassen Gesicht und den brennenden Augen ... Er küßte ihr die Füße, er weinte ... O Gott!

Hinter der Tür rechter Hand, hinter ebenjener Tür, die zu der Wohnung Gertruda Karlowna Röslichs führte, war eine kleine Stube, die schon lange leerstand und zu den Räumen der Frau Röslich gehörte; Gertruda Karlowna vermietete das Zimmer, was sie durch ein kleines Plakat im Tor und durch Zettel bekanntgab, die an die Scheiben der auf den Kanal hinausgehenden Fenster geklebt waren. Sonja war seit langem gewohnt, das Zimmer als leerstehend zu betrachten. Indes hatte während der ganzen Zeit hinter der Tür, die in die leere Stube führte, Herr Swidrigailow gestanden und heimlich gelauscht. Er blieb noch stehen, als Raskolnikow fortgegangen war, dachte eine Zeitlang nach, ging auf den Fußspitzen in sein Zimmer, das an den leeren Raum grenzte, holte einen Stuhl herbei und trug ihn, ohne Lärm zu machen, zu der Tür, die in Sonjas Gemach führte. Das Gespräch hatte ihn gefesselt und ihm sehr, sehr gut gefallen – so gut gefallen, daß er sogar den Stuhl holte, damit er das nächstemal, zum Beispiel schon morgen, nicht wieder die Unannehmlichkeit auf sich nehmen müßte, eine ganze Stunde lang zu stehen. So konnte er es sich bequem einrichten, um in jeder Hinsicht ein vollkommenes Vergnügen zu haben.

5

Als Raskolnikow am nächsten Morgen, Punkt elf Uhr, das Polizeirevier betrat, die Kriminalabteilung aufsuchte und sich bei Porfirij Petrowitsch anmelden ließ, wunderte er sich geradezu darüber, wie lange man ihn warten ließ: es vergingen mindestens zehn Minuten, ehe man ihn hereinrief. Seiner Ansicht nach hätten sich jetzt alle nur so auf ihn stürzen müssen. Indessen stand er im Wartezimmer, und ständig kamen und gingen Leute an ihm vorbei, ohne sich überhaupt um ihn zu kümmern. In dem anstoßenden Raum, offenbar einer Kanzlei, saßen einige Schreiber bei der Arbeit, und offensichtlich hatte keiner von ihnen auch nur den geringsten Begriff davon, wer und was Raskolnikow war. Unruhig und argwöhnisch sah er sich um, ob nicht irgendein Polizist in der Nähe stünde, um ihn zu bewachen, ob er nicht irgendeinen geheimnisvollen Blick auffangen könnte, der ihn beobachtete und am Fortgehen hinderte. Aber nichts dergleichen war zu entdecken: er konnte einzig und allein einige Schreiber bemerken, die mit ihren eigenen kleinen Sorgen beschäftigt waren, und dazu irgendwelche anderen Leute; und keiner von ihnen kümmerte sich auch nur im geringsten um ihn. Er hätte sofort gehen können, wohin er nur wollte. Mehr und mehr festigte sich in ihm der Gedanke, daß man ihn jetzt doch gewiß nicht hier stehen und ruhig warten ließe, falls dieser rätselhafte Mann von gestern, dieses Gespenst, das aus dem Erdboden aufgestiegen war, wirklich alles wußte und alles gesehen hatte. Und hätte man dann auch bis elf Uhr auf ihn gewartet – bis er selber es für gut befand, sich herzubemühen? Jener Mann hatte also entweder noch gar keine Anzeige gemacht, oder ... oder er wußte eben nichts und hatte nichts mit eigenen Augen gesehen ... Und wie hätte er auch etwas sehen können? Also mußte alles, was gestern gewesen und ihm, Raskolnikow, widerfahren war, wiederum nur eine Halluzination gewesen sein, von seiner krankhaft gereizten Phantasie ins Maßlose übersteigert. Diese Vermutung hatte sich schon gestern, als er völlig verzweifelt gewesen war, in ihm festgesetzt. Jetzt, da er das alles überdachte und sich auf einen neuen Kampf vorbereitete, fühlte er plötzlich, daß er zitterte – und bei dem Gedanken, daß er vielleicht aus Furcht vor dem verhaßten Porfirij Petrowitsch zitterte, kochte er geradezu vor Empörung. Für ihn war es das Entsetzlichste, jetzt wieder mit diesem Menschen zusammenzukommen; er haßte ihn abgrundtief, haßte ihn ohne Maß und Ziel und hatte sogar Angst, sich durch seinen Haß irgendeine Blöße zu geben. Und seine Empörung war so groß, daß sein Zittern sofort verging; er nahm sich vor, mit kalter, dreister Miene einzutreten, und ermahnte sich, möglichst viel zu schweigen, dafür aber Augen und Ohren offenzuhalten und wenigstens dieses eine Mal seine krankhaft gereizte Natur um jeden Preis zu bezwingen. In diesem Augenblick wurde er in Porfirij Petrowitschs Zimmer gerufen.

Porfirij Petrowitsch war allein in seinem Arbeitszimmer. Dieses Zimmer war weder groß noch klein; ein großer Schreibtisch vor einem mit Wachstuch bespannten Diwan stand darin, ein Schreibpult, ein Schrank in der Ecke und einige

Stühle – das übliche Mobiliar aus poliertem gelbem Holz, wie es der Staat zur Verfügung zu stellen pflegt. In der Ecke war in die hintere Wand, die man besser einen Bretterverschlag hätte nennen können, eine geschlossene Tür eingelassen; dort mußten sich also noch weitere Räume anschließen. Sowie Raskolnikow eingetreten war, schloß Porfirij Petrowitsch die Tür, durch die der Besucher gekommen war, und sie blieben allein. Er empfing ihn mit der fröhlichsten und freundlichsten Miene von der Welt, und erst einige Minuten später konnte Raskolnikow an einigen Anzeichen merken, daß der andere gewissermaßen verwirrt war – als hätte man ihn plötzlich aus der Fassung gebracht oder bei einer geheimnisvollen, ganz privaten Beschäftigung ertappt.

»Ach, Verehrtester! da sind Sie ja ... in unseren Gefilden ...« begrüßte ihn Porfirij und streckte ihm beide Hände entgegen. »Setzen Sie sich doch, mein Freund! Oder haben Sie es vielleicht nicht gern, wenn man Sie Verehrtester und ... Freund nennt – sozusagen tout court? Halten Sie das aber bitte nicht für eine Vertraulichkeit ... Hier, bitte, setzen Sie sich auf den Diwan.«

Raskolnikow nahm Platz, ohne den Blick von Porfirij Petrowitsch zu wenden.

»In unseren Gefilden«, die Entschuldigung wegen der vertraulichen Anrede, der französische Ausdruck »tout court« und so weiter und so weiter – das alles war höchst bezeichnend. Er hat mir zwar beide Hände entgegengestreckt, aber keine gegeben; er hat sie rechtzeitig zurückgezogen, dachte Raskolnikow mißtrauisch. Beide beobachteten einander, doch sobald sich ihre Blicke trafen, sahen sie blitzschnell weg.

»Ich bringe Ihnen das Gesuch ... wegen der Uhr ... hier. Ist es so richtig aufgesetzt, oder muß ich es noch einmal schreiben?«

»Was? Das Gesuch? Ach so ... machen Sie sich nur keine Sorgen! Sehr gut«, erwiderte Porfirij Petrowitsch, als hätte er es eilig, nahm sofort das Blatt Papier zur Hand und las es durch. »Ja, genau richtig. Mehr ist nicht nötig«, bestätigte er hastig und legte das Schreiben auf den Tisch.

Einen Augenblick später, als er schon von etwas anderem

redete, nahm er das Gesuch wieder vom Tisch und legte es auf sein Schreibpult.

»Mir scheint, Sie haben gestern gesagt, daß Sie mich ... in aller Form ... über meine Bekanntschaft mit dieser ... Ermordeten verhören wollten?« nahm Raskolnikow das Gespräch wieder auf. Aber weshalb sage ich: »mir scheint«? fuhr es ihm blitzschnell durch den Kopf. Und warum beunruhige ich mich so, weil ich »mir scheint« gesagt habe? dachte er gleich darauf ebenso schnell.

Plötzlich hatte er das Gefühl, daß sein Argwohn allein schon, weil er mit Porfirij in Berührung gekommen war, allein durch die ersten zwei Worte, durch die ersten zwei Blicke zu ungeheuerlichen Ausmaßen angewachsen war ... und daß das eine schreckliche Gefahr bedeutete: seine Nerven spannten sich, seine Erregung wuchs ... Ein Jammer! Ein Jammer! ... Ich werde mich wieder verplappern.

»Ja, ja, ja! Machen Sie sich nur keine Sorgen! Wir haben Zeit, wir haben Zeit, mein Herr«, murmelte Porfirij Petrowitsch, während er neben dem Schreibtisch ziellos auf und ab wanderte, manchmal zum Fenster, manchmal zum Pult und dann wieder zum Tisch. Bald wich er dem argwöhnischen Blick Raskolnikows aus, bald blieb er stehen und sah seinen Besucher starr an. Dabei wirkte seine kleine, dicke, rundliche Gestalt außerordentlich komisch, als ob ein Ball nach verschiedenen Richtungen rollte und sogleich von allen Wänden und Ecken wieder zurückspränge.

»Wir haben genug Zeit, genug Zeit! ... Rauchen Sie? Haben Sie etwas zu rauchen? Hier, nehmen Sie bitte«, fuhr er fort, während er dem Besucher eine Zigarette reichte. »Wissen Sie, ich empfange Sie hier, aber meine Wohnung ist gleich nebenan, dort, hinter dieser Bretterwand ... eine Dienstwohnung; vorläufig jedoch wohne ich noch privat. Ich muß noch einige Reparaturen vornehmen lassen. Jetzt ist allerdings alles schon fast fertig ... Wissen Sie, eine Dienstwohnung ist eine prächtige Sache, nicht wahr? Was meinen Sie?«

»Ja, eine prächtige Sache«, antwortete Raskolnikow, während er ihn beinahe höhnisch ansah.

»Eine prächtige Sache, eine prächtige Sache ...« wiederholte

Porfirij Petrowitsch, als dächte er plötzlich über etwas ganz anderes nach. »Ja! Eine prächtige Sache!« schrie er schließlich beinahe, während er zwei Schritt vor Raskolnikow stehenblieb und ihm plötzlich einen forschenden Blick zuwarf. Diese alberne, immer aufs neue wiederholte Bemerkung, daß eine Dienstwohnung eine prächtige Sache sei, stand in stärkstem Widerspruch zu dem ernsten, gedankenvollen, rätselhaften Blick, mit dem Porfirij jetzt seinen Besucher musterte.

Doch das brachte den Zorn Raskolnikows zum Kochen, und er konnte eine höhnische, ziemlich unvorsichtige Herausforderung nicht unterdrücken.

»Wissen Sie was?« fragte er plötzlich, während er den anderen beinahe frech anstarrte und an der eigenen Frechheit Genuß zu haben schien, »es gibt doch, glaube ich, eine kriminalistische Regel, eine kriminalistische Methode für alle denkbaren Untersuchungsbeamten ... daß man zuerst mit nebensächlichen Dingen beginnt, mit Kleinigkeiten oder auch mit ernsten Sachen, die aber gar nichts mit dem Fall zu tun haben, damit man den Verhörten ermutigt oder, besser gesagt, ablenkt und seine Vorsicht einschläfert, um ihn dann plötzlich mit irgendeiner verhängnisvollen und gefährlichen Frage wie mit einem Beil auf den Kopf zu schlagen; ist's nicht so? Das gilt, glaube ich, auch heute noch als strenge Regel und steht in allen Vorschriften und Instruktionen?«

»Ja, ja ... Aha, Sie glauben wohl, ich hätte Ihnen die Geschichte von der Dienstwohnung ... wie?« Und bei diesen Worten kniff Porfirij Petrowitsch die Augen zusammen und zwinkerte; ein Ausdruck von Fröhlichkeit und List huschte über sein Gesicht; die Runzeln auf seiner Stirn glätteten sich, seine Augen wurden schmäler, seine Gesichtszüge länger, und plötzlich brach er in ein nervöses, lang andauerndes Lachen aus, das seinen ganzen Körper erschütterte, und dabei sah er Raskolnikow gerade in die Augen. Raskolnikow lachte ebenfalls, wenngleich mit einiger Anstrengung; doch als Porfirij sah, daß auch sein Besucher lachte, steigerte sich sein Gelächter derart, daß er puterrot im Gesicht anlief, und da gewann Raskolnikows Abscheu plötzlich die Oberhand über alle Vorsicht. Er hörte zu lachen auf, runzelte die Stirn und starrte Porfirij haßerfüllt an, ohne den Blick von ihm zu wenden.

Das dauerte so lange, wie Porfirij, der seinen Heiterkeitsausbruch anscheinend absichtlich in die Länge zog, weiterlachte. Übrigens waren beide unvorsichtig: Porfirij Petrowitsch lachte seinem Besucher gewissermaßen ins Gesicht, dieser nahm sein Lachen haßerfüllt auf, und trotzdem ließ sich Porfirij durch diesen Umstand sehr wenig stören. Das war sehr wichtig für Raskolnikow: er merkte, daß Porfirij Petrowitsch vorhin ganz bestimmt nicht verwirrt gewesen war, dagegen war er, Raskolnikow, wohl in die Falle gegangen; hier lag ganz deutlich etwas vor, von dem er keine Ahnung hatte, irgendeine feste Absicht; vielleicht war alles aufs sorgfältigste vorbereitet und mußte sich jetzt, im nächsten Augenblick, enthüllen und über ihn hereinbrechen ...

Er zögerte keinen Moment länger, stand auf und nahm seine Mütze.

»Porfirij Petrowitsch«, begann er entschlossen, aber in ziemlich gereiztem Ton, »Sie haben gestern den Wunsch geäußert, ich solle wegen irgendeines Verhörs zu Ihnen kommen.« Er legte besonderen Nachdruck auf das Wort »Verhör«. »Ich bin also da, und wenn Sie irgendwelche Wünsche haben, so fragen Sie mich aus, wenn nicht, dann gestatten Sie mir, wieder zu gehen. Ich habe wenig Zeit; ich habe etwas vor ... Ich muß zum Begräbnis jenes verunglückten Beamten gehen, von dem Sie ... ebenfalls wissen ...« fügte er hinzu; er geriet jedoch sofort wegen dieses Zusatzes in Zorn und wurde immer gereizter. »Mir hängt das alles schon zum Halse heraus, mein Herr, hören Sie, schon lange ... Und zum Teil bin ich auch deshalb krank geworden ...« schrie er, obwohl er fühlte, daß der Hinweis auf seine Erkrankung noch viel weniger am Platze war. »Mit einem Wort: entweder belieben Sie mich zu befragen oder mich gehen zu lassen, und zwar sofort ... Und wenn Sie mich verhören, dann bitte in aller Form! Auf etwas anderes lasse ich mich nicht ein; und darum leben Sie einstweilen wohl, denn wir beide haben im Augenblick wohl nichts weiter miteinander zu besprechen.«

»Du lieber Gott! Was reden Sie denn da! Wonach soll ich

Sie denn ausfragen?« schnatterte Porfirij Petrowitsch plötzlich los, indem er blitzartig sowohl seinen Ton wie seinen Gesichtsausdruck wechselte und im Nu zu lachen aufhörte. »Aber bitte, regen Sie sich doch nicht auf«, beschwichtigte er ihn, während er von neuem bald nach allen Seiten lief, bald Raskolnikow aufforderte, wieder Platz zu nehmen. »Wir haben Zeit, wir haben Zeit, mein Herr; das alles sind ja lauter Lappalien! Im Gegenteil, ich freue mich ja so sehr, daß Sie endlich zu uns gekommen sind ... Ich empfange Sie wie einen Gast. Und wegen dieses verfluchten Lachens müssen Sie mich entschuldigen, mein lieber Rodion Romanowitsch, Sie heißen doch Rodion Romanowitsch, nicht wahr? Das ist doch Ihr Name und Vatersname, scheint mir? ... Ich bin ziemlich nervös; Sie haben mich durch den Scharfsinn Ihrer Bemerkung sehr zum Lachen gebracht; und manchmal zittere ich dann vor Lachen wie Gummielastikum, eine halbe Stunde lang ... Ich lache sehr gern. Bei meiner Konstitution habe ich geradezu Angst vor einem Schlaganfall. So setzen Sie sich doch, was wollen Sie denn? ... Ich bitte Sie, mein Lieber, setzen Sie sich, sonst muß ich glauben, Sie seien mir böse ...«

Schweigend hörte ihm Raskolnikow zu; er beobachtete ihn noch immer mit zornig gerunzelter Stirn. Übrigens setzte er sich, legte aber die Mütze nicht aus der Hand.

»Ich will Ihnen etwas verraten, teurer Rodion Romanowitsch, sozusagen um Ihnen meinen Charakter verständlich zu machen«, fuhr Porfirij Petrowitsch fort, während er im Zimmer hin und her schoß und so wie zuvor dem Blick seines Besuchers auszuweichen schien. »Wissen Sie, ich bin Junggeselle. Ich bin kein Gesellschaftsmensch, ich habe keine Bekannten, und dazu bin ich ein Mensch, der mit seiner Entwicklung bereits fertig ist; ich bin sozusagen in die Samen geschossen ... ich ... und ... und ... Haben Sie übrigens schon bemerkt, Rodion Romanowitsch, daß bei uns, das heißt in Rußland und vor allem in unsern Petersburger Kreisen, zwei kluge Menschen, die noch nicht allzugut miteinander bekannt sind, aber einander sozusagen respektieren wie zum Beispiel wir beide jetzt – daß bei uns zwei kluge Menschen, wenn sie einander begegnen, eine halbe Stunde lang keinen Gesprächsstoff finden können? Sie sitzen stocksteif da und genieren sich voreinander. Alle andern Leute haben Gesprächsthemen, die Damen zum Beispiel ... oder Leute von Welt, Angehörige der höchsten Gesellschaftsschicht ... stets finden sie ein Gesprächsthema, c'est de rigueur, aber Leute aus den mittleren Schichten wie wir sind immer verlegen und wortkarg ... das heißt, wenn sie klug sind. Woher kommt das wohl, mein Lieber? Haben wir etwa keine allgemeinen Interessen, oder sind wir so ehrenhaft, daß wir einander nichts vormachen wollen? ... Ich weiß es nicht. Nun? Was meinen Sie? Ach, legen Sie doch Ihre Mütze weg; es ist ja peinlich mit anzusehen ... als ob Sie gleich gehen wollten ... Im Gegenteil, ich freue mich ja so sehr ...«

Raskolnikow legte die Mütze aus der Hand, hüllte sich weiter in Schweigen und hörte ernst und finster dem leeren, sprunghaften Geschwätz Porfirijs zu. Was will er denn eigentlich? Möchte er vielleicht durch sein dummes Geplapper meine Aufmerksamkeit ablenken?

»Zu einem Kaffee kann ich Sie leider nicht einladen, mein Herr; aber warum sollte man sich mit einem Freund nicht für ein paar Minuten zusammensetzen?« prasselten Porfirijs Worte unaufhörlich auf Raskolnikow nieder. »Und wissen Sie, mein Herr, alle diese dienstlichen Obliegenheiten ... Ach, seien Sie nicht beleidigt, mein Lieber, daß ich ständig herumlaufe; entschuldigen Sie, mein Lieber, ich habe große Angst, Sie zu verletzen, aber Bewegung ist einfach lebensnotwendig für mich. Ich sitze ja den ganzen Tag, und da freue ich mich, wenn ich einmal fünf Minuten lang herumlaufen kann ... Die Hämorrhoiden, wissen Sie ... immer wieder nehme ich mir vor, sie mit Gymnastik wegzukurieren; man sagt, daß sogar Staatsräte, wirkliche Staatsräte und sogar Geheimräte, mit Vergnügen Seil springen; ja, ja, so ist das, die Wissenschaft in unserem Jahrhundert ... ja, ja ... Was aber meine Pflichten hier betrifft, die Verhöre und all diese Formalitäten ... Sie selbst, mein Lieber, haben ja eben die Verhöre erwähnt ... Wissen Sie, diese Verhöre bringen manchmal den Verhörenden selbst mehr aus der Fassung als den Verhörten, mein lieber Rodion Romanowitsch ... Das haben Sie soeben ganz richtig und überaus scharfsinnig bemerkt.« Raskolnikow hatte nichts Derartiges gesagt. »Da wird man durcheinandergebracht! Wahrhaftig, man gerät völlig durcheinander, und immer ist es ein und dasselbe, ein und dasselbe ... wie ein unaufhörlicher Trommelwirbel! Jetzt kommt eine Reform, und wir werden wenigstens einen anderen Titel führen, hehehe! Was aber unsere kriminalistischen Methoden betrifft, wie Sie sich so scharfsinnig ausdrückten, so bin ich vollauf mit Ihnen einverstanden. Sagen Sie mir doch: wer von allen Angeklagten, und mag er auch nur ein ganz einfacher Bauer sein, wüßte nicht, daß man ihn zuerst mit nebensächlichen Fragen einzuschläfern versucht, um Ihren glücklichen Ausdruck zu wiederholen, um ihn dann plötzlich auf den Schädel zu hauen ... wie mit einem Beil, hehehe! Genau auf den Schädel, nach Ihrem so gelungenen Vergleich, hehe! Sie haben also wirklich geglaubt, daß ich Sie mit dieser Dienstwohnung ... hehe! Sie scheinen zur Ironie zu neigen! Nun, nun, ich höre schon auf! Ach ja, ein Wort gibt das andere, ein Gedanke zieht den andern nach sich – Sie haben vorhin von den Formalitäten gesprochen, von Verhören, nicht wahr ... aber was soll die Form?! Wissen Sie, in vielen Fällen ist die Form Unsinn. Oft kommt man viel weiter, wenn man nur freundschaftlich miteinander plaudert. Die Form läuft einem nicht davon; gestatten Sie mir, daß ich Sie in dieser Hinsicht beruhige; und was ist denn eigentlich die Form, frage ich Sie? Mit der Form darf man einen Untersuchungsrichter nicht auf Schritt und Tritt einengen. Die Arbeit des Untersuchungsrichters ist doch in ihrer Art sozusagen eine freie Kunst oder etwas Ähnliches ... hehehe! ...«

Porfirij Petrowitsch holte einen Augenblick Atem. Ohne Pause hatte er sinnlos leere Sätze auf Raskolnikow niederprasseln lassen, plötzlich irgenwelche rätselhaften Anspielungen gemacht und war dann sogleich wieder in sein albernes Geschwätz verfallen. Jetzt rannte er förmlich durch das Zimmer; rascher und rascher trippelte er mit seinen dicken Beinen, während er unverwandt zu Boden blickte. Er hatte die rechte Hand auf den Rücken gelegt und machte mit der

Linken verschiedene schwungvolle Gebärden, die auf höchst erstaunliche Weise nie zu seinen Worten paßten. Raskolnikow fiel auf, daß Porfirij Petrowitsch, während er im Zimmer auf und ab lief, zweimal für einen Augenblick vor der Tür halt machte und zu lauschen schien ...

Wartet er vielleicht auf jemanden?

»Und Sie haben wirklich recht, mein Herr«, begann Porfirij fröhlich von neuem und sah Raskolnikow treuherzig an – Raskolnikow fuhr geradezu zusammen und war augenblicklich auf der Hut –, »Sie haben wirklich recht, wenn Sie sich über den Formalitätenkram in der Juristerei so geistreich lustig machen, hehe! Unsere tiefsinnigen psychologischen Methoden – natürlich nur einige – sind im höchsten Maße lächerlich und wohl auch nutzlos, sofern man sich allzu eng an die vorgeschriebenen Formen hält. Nun ja, mein Herr ... angenommen, ich wüßte, oder besser gesagt: ich hätte den Verdacht, irgend jemand oder ein zweiter oder ein dritter sei in einem Fall, der mir übertragen worden ist, der Verbrecher ... Sie studieren doch die Rechte, Rodion Romanowitsch?«

»Ja, ich habe Jura studiert ...«

»Nun also, da haben Sie sozusagen ein Beispiel für die Zukunft – das heißt, Sie dürfen nicht glauben, daß ich mich unterstehen wollte, Sie zu belehren ... Sie, der Sie doch selbst Aufsätze über das Verbrechen veröffentlichen! Nein, mein Herr, ich möchte Ihnen nur ganz einfach in Form eines konkreten Falles ein kleines Beispiel vorführen. Nehmen wir also an, ich hielte irgend jemanden für einen Verbrecher, nun, wozu sollte ich ihn dann, so frage ich Sie, vorzeitig beunruhigen, selbst wenn ich Beweise gegen ihn in der Hand hätte? Den einen muß ich zum Beispiel so rasch wie möglich verhaften; ein anderer aber hat einen ganz anderen Charakter; warum sollte ich ihn dann nicht in der Stadt spazierengehen lassen, hehe? Nein, ich sehe, daß Sie mich nicht richtig verstehen; deshalb will ich es Ihnen ganz deutlich erklären: wenn ich ihn zum Beispiel allzu früh hinter Schloß und Riegel setzte, gäbe ich ihm damit sozusagen eine moralische Stütze, hehehe! Sie lachen?« Raskolnikow dachte gar nicht daran, zu lachen; er saß mit zusammengepreßten Lippen da und wandte den entzündeten Blick nicht von den Augen Porfirij Petrowitschs. »Aber es ist tatsächlich so, und bei dem einen oder anderen kann das genau das Richtige sein; denn die Menschen sind grundverschieden, und die Praxis ist für alle gleich. Sie beliebten soeben von Beweisen zu sprechen; aber selbst angenommen, ich hätte Beweise, so sind Beweise doch meist eine sehr zweischneidige Angelegenheit, mein Lieber; ich bin zwar Untersuchungsrichter, aber trotzdem bin ich ein schwacher Mensch, ich gebe es zu: ich möchte meine Untersuchung sozusagen mit mathematischer Präzision durchführen; ich möchte einen Beweis in die Hände bekommen, der schlüssig ist wie: zweimal zwei ist vier, einen Beweis, der ein wirklicher, unmittelbarer, unbestreitbarer Beweis ist! Wenn ich den Mann – mag ich auch davon überzeugt sein, daß *er* der Täter ist – vorzeitig hinter Schloß und Riegel setze, dann nehme ich mir damit vielleicht die Möglichkeit, ihn endgültig zu überführen, und warum? Ich bringe ihn sozusagen in eine klar umrissene Situation, ich lege ihn psychologisch fest und beruhige ihn; er zieht sich in seine Schale zurück, er begreift endlich, daß er ein Häftling ist. Man erzählt sich, daß kluge Leute in Sewastopol gleich nach der Schlacht bei Alma große Angst hatten, der Feind könnte sofort mit voller Kraft angreifen und Sewastopol im Sturm nehmen; sobald sie aber merkten, daß der Feind einer regelrechten Belagerung den Vorzug gab und die ersten Laufgräben ausheben ließ, freuten sich, so heißt es, ebendiese klugen Leute sehr; denn damit war die Sache für mindestens zwei Monate hinausgezögert, da eine regelrechte Belagerung doch eine Weile dauert. Schon wieder lachen Sie, schon wieder glauben Sie mir nicht? Natürlich haben auch Sie auf Ihre Weise recht. Sie haben recht, mein Herr, Sie haben recht! Das alles sind Einzelfälle, da pflichte ich Ihnen bei; was ich angeführt habe, ist wirklich ein Sonderfall! Aber dabei muß man eben eines im Auge behalten, mein lieber Rodion Romanowitsch: den allgemeingültigen Fall, jenen Fall, auf den alle juristischen Formen zugeschnitten und berechnet sind und der in die Lehrbücher aufgenommen ist, den gibt es in Wirklichkeit gar nicht; den gibt es nicht, weil jede Handlung, jedes Verbrechen zum Beispiel, sobald sie in Wirklichkeit geschieht, sofort zu einem Sonderfall wird, manchmal in so hohem Maße, daß die Tat mit nichts früherem verglichen werden kann. Manchmal ereignen sich da höchst komische Dinge. Wenn ich zum Beispiel einen Mann völlig in Ruhe lasse – ich verhafte ihn weder, noch belästige ich ihn, aber er soll zu jeder Stunde und zu jeder Minute wissen oder wenigstens argwöhnen, daß ich alles weiß, bis in die letzte Einzelheit; daß ich ihn Tag und Nacht beobachte, ihn unermüdlich verfolge; und so halte ich ihn bewußt in ewigem Argwohn und ewiger Angst –, dann wird er, weiß Gott, irre. Er kommt vielleicht von selbst zu mir oder stellt irgend etwas an, das dann wirklich so schlüssig ist, wie zweimal zwei macht vier, und das die Sache sozusagen mit mathematischer Sicherheit aufgehen läßt. Das ist dann sehr angenehm, mein Herr. Das kann einem einfachen Bauern passieren, aber auch unsereinem, einem klugen, modernen Menschen, der zudem noch eine ganz bestimmte Entwicklung hinter sich hat, davon bin ich überzeugt! Denn es ist höchst wichtig, mein Lieber, zu erkennen, welche Entwicklung ein Mensch genommen hat. Und die Nerven, die Nerven; die haben Sie ganz vergessen! Heute ist doch jeder krank, anfällig, gereizt! ... Und die Galle dieser Menschen, die Galle! Das alles ist, muß ich Ihnen gestehen, gelegentlich eine Art Goldgrube! Und warum soll ich mir darüber Sorgen machen, daß er keine Fesseln trägt und in der Stadt spazierengeht? Mag er doch spazierengehen, warum denn nicht? Ich weiß ja ohnedies, daß er mein liebes Opfer ist und nirgendhin entfliehen kann! Wohin sollte er denn fliehen? Hehe! Etwa ins Ausland? Ins Ausland flieht ein Pole, aber *er* nicht, um so weniger, als ich aufpasse und meine Maßnahmen getroffen habe. Wird er etwa ins Innere unseres Vaterlandes fliehen? Aber dort leben ja Bauern, unverfälschte, derbe russische Bauern; und so wird ein modern erzogener Mensch eher ins Gefängnis gehen, als daß er mit so völlig fremden Geschöpfen zusammen lebt, wie es unsere lieben Bauern sind, hehe! Aber das alles ist ja Unsinn, es geht am Wesentlichen vorbei. Was heißt fliehen! Das ist rein formal gedacht und trifft nicht den Kern der Sache; nicht, weil er nirgend hin kann, entflieht er mir nicht; er flieht nicht, weil das *psychologisch* unmöglich ist, hehe! Was für ein Ausdruck das ist! Ein Naturgesetz hindert ihn an einer Flucht vor mir, selbst wenn er wüßte, wohin er fliehen kann. Sie haben doch schon gesehen, wie ein Schmetterling sich vor einer brennenden Kerze benimmt? Nun, genauso wird er die ganze Zeit um mich herumflattern wie um eine Kerze; er wird seiner Freiheit nicht froh werden; er wird sich den Kopf zerbrechen und sich in Grübeleien verstricken; er verstrickt sich überall wie in einem Netz und wird sich zu Tode ängstigen! ... Und nicht genug damit: er selbst wird mir irgendeinen mathematisch unanfechtbaren Beweis wie zweimal zwei ist vier in die Hand geben – wenn ich ihm nur eine genügend lange Atempause gönne ... Und immerzu, immerzu wird er um mich Kreise ziehen, und der Radius seiner Kreise wird kleiner und kleiner werden, und auf einmal – schnapp! – fliegt er mir geradenwegs in den Mund, und ich verschlucke ihn, und das ist höchst angenehm, hehehe! Glauben Sie nicht?«

Raskolnikow antwortete nichts; er saß blaß und regungslos da und blickte noch immer mit der gleichen Anspannung Porfirij ins Gesicht.

Die Lektion ist gut! dachte er, während ihn ein Kälteschauer überlief; das ist nicht mehr das Katz- und Mausspiel von gestern. Er zeigt mir nicht grundlos seine Stärke und ... gibt nicht ohne Absicht seine Geheimnisse preis; dazu ist er viel zu klug ... Er verfolgt ein anderes Ziel, aber welches? Ach, Unsinn, du willst mich nur erschrecken und überlisten, mein Lieber! Du hast keine Beweise, und der Mann von gestern existiert gar nicht! Oder willst du mich einfach nur verwirren und mich vorzeitig reizen und mich dann erledigen? Aber da irrst du, damit kommst du nicht zum Ziel, bestimmt nicht! Doch weshalb deckt er seine Karten auf, weshalb nur? ... Er rechnet wohl mit meinen kranken Nerven! ... Nein, mein Lieber, da täuschst du dich, damit fängst du mich nicht, magst du auch noch so viele Trümpfe im Ärmel haben ... Na, wir wollen einmal sehen, welches Geschütz du noch auffährst.

Und er nahm alle Kraft zusammen, um sich auf die furchtbare, unbekannte Katastrophe vorzubereiten. Zuzeiten überkam ihn das Verlangen, sich auf Porfirij zu stürzen und ihn an Ort und Stelle zu erdrosseln. Schon als er hereingekommen war, hatte er vor diesem Jähzorn Angst gehabt. Er fühlte, wie seine Lippen ganz trocken waren, wie sein Herz hämmerte, wie ihm Schaum auf die Lippen trat. Dennoch war er entschlossen, zu schweigen und vorläufig kein Wort zu sprechen. Er hatte erkannt, daß das in seiner Lage die beste Taktik war, weil er sich auf diese Weise nicht verraten konnte, sondern im Gegenteil den Feind durch solches Schweigen sogar reizte, so daß dieser sich vielleicht verriet. Zumindest hoffte er das.

»Nein, ich sehe, daß Sie mir nicht glauben; Sie meinen in einem fort, ich brächte nur harmlose Späße vor«, nahm Porfirij das Gespräch wieder auf, wobei er immer heiterer wurde, ohne Aufhören kicherte und wieder im Zimmer herumzulaufen begann. »Natürlich haben Sie recht; der liebe Gott hat mir nun einmal eine Gestalt gegeben, die auf andere unbedingt komisch wirkt; ich sehe aus wie ein Possenreißer, mein Herr; aber ich werde Ihnen etwas sagen und wiederhole noch einmal: Sie, verehrtester Rodion Romanowitsch – Sie müssen mir altem Mann schon verzeihen –, sind noch ein junger Mensch, stehen sozusagen in der ersten Jugend und schätzen daher am höchsten den menschlichen Geist, wie es die Jugend stets tut. Das scharfsinnige Spiel des Geistes und die abstrakten Argumente des Verstandes verführen Sie. Das ist haargenauso wie mit dem früheren österreichischen Hofkriegsrat zum Beispiel – wenigstens soweit ich militärische Ereignisse beurteilen kann: auf dem Papier hatte er Napoleon schon geschlagen und gefangengenommen; er hatte alles auf die scharfsinnigste Weise in seinen Büros vorausberechnet und überlegt, aber siehe da, General Mack ergab sich mit seiner ganzen Armee, hehehe! Ich sehe, mein lieber Rodion Romanowitsch, Sie lachen mich aus, weil ich als Zivilist meine Beispiele immer aus der Kriegsgeschichte wähle. Aber was kann ich machen; das ist nun eben meine schwache Seite; ich liebe das Militärwesen und lese alle diese Kriegsberichte so gern ... ich habe entschieden die falsche Laufbahn eingeschlagen. Ich hätte wahrhaftig zum Militär gehen sollen. Ein Napoleon wäre ich wahrscheinlich nicht geworden, aber zum Major hätte ich es sicher gebracht, hehehe! Nun, mein Lieber, ich will Ihnen jetzt einmal die volle Wahrheit sagen, ganz ungeschminkt, was nämlich den *Einzelfall* betrifft: die Wirklichkeit und die Natur sind äußerst wichtige Faktoren, und wie sehr können sie manchmal die umsichtigste Berechnung durchkreuzen! Ach, hören Sie auf einen alten Mann, im Ernst, Rodion Romanowitsch« – bei diesen Worten schien der kaum dreißigjährige Porfirij Petrowitsch wahrhaftig mit einemmal ganz alt geworden zu sein; sogar seine Stimme hatte sich verwandelt, und er sah geradezu gebeugt aus –, »zudem bin ich sehr aufrichtig ... Bin ich aufrichtig oder nicht? Was meinen Sie? Es scheint, daß ich völlig aufrichtig bin: ich teile Ihnen unentgeltlich so viele interessante Dinge mit und fordere nicht einmal etwas dafür, hehehe! Aber genug, ich fahre fort: Scharfsinn ist meiner Ansicht nach etwas Großartiges; er ist sozusagen die Zierde der Natur und der Trost des Lebens, und oft bringt er solche Zauberkunststückchen zuwege, daß ein armer Untersuchungsrichter sie beim besten Willen nicht erraten kann, vor allem, wenn er sich von der eigenen Phantasie mit fortreißen läßt, was ja stets geschieht; denn auch er ist ja nur ein Mensch. Aber die Natur rettet den armen Untersuchungsrichter, das ist das Malheur! Und daran denkt die von ihrem Scharfsinn begeisterte Jugend nicht, die ‚sich über alle Hindernisse hinwegsetzt', wie Sie sich gestern höchst geistvoll und tiefsinnig auszudrücken beliebten. Nehmen wir an, er lügt, der Mensch nämlich, dieser *Einzelfall,* dieses Inkognito; er lügt vortrefflich und aufs raffinierteste; deshalb könnte er vielleicht triumphieren und die Früchte seines Scharfsinns genießen, aber pardautz – gerade bei der interessantesten, der kompromittierendsten Stelle fällt er in Ohnmacht. Natürlich – die Krankheit ... Manchmal ist es auch in den Zimmern sehr schwül, aber trotzdem! Trotzdem hat er einen auf eine bestimmte Vermutung gebracht. Er hat meisterhaft gelogen – aber die Natur hat er nicht in Rechnung stellen können. Hier liegt er, der Fehler, hier! Ein andermal läßt er sich von seinem allzu lebhaften Scharfsinn hinreißen, beginnt den Mann, der ihn verdächtigt, dumm zu machen, erblaßt gleichsam absichtlich, weil das zu seiner Rolle gehört, doch er wird *zu natürlich* blaß, es wirkt zu echt, und da hat er den andern auf einen neuen Gedanken gebracht. Wenn sich der auch zuerst täuschen läßt, er besinnt sich doch über Nacht, falls er nicht allzu leicht hinters Licht zu führen ist. Und so geht es auf Schritt und Tritt! Zum Beispiel: er kommt selbst zu einem; er steckt seine Nase in Sachen, nach denen man ihn gar nicht gefragt hat; er redet unablässig von Dingen, über die er im Gegenteil lieber schweigen sollte; er führt verschiedene Allegorien an, hehehe! Schließlich kommt er selbst angelaufen und fragt: ‚Warum nimmt man mich noch immer nicht fest?' Hehehe! Und das kann dem gescheitesten Menschen passieren, einem Psychologen und Literaten! Die Natur ist ein Spiegel, gewiß, ein Spiegel, der klarste, den es gibt! Man braucht nur hineinzusehen und sich selbst zu bewundern, das ist alles! – Warum sind Sie denn so blaß geworden, Rodion Romanowitsch, ist es Ihnen am Ende hier zu schwül, soll ich vielleicht das Fenster öffnen?«

»O bitte, geben Sie sich keine Mühe«, rief Raskolnikow und lachte plötzlich laut auf. »Geben Sie sich bitte keine Mühe!«

Porfirij war wartend vor ihm stehengeblieben und lachte plötzlich genauso los wie Raskolnikow. Der brach in seinem Lachanfall ganz unvermittelt ab und erhob sich vom Diwan.

»Porfirij Petrowitsch!« sagte er laut und deutlich, obwohl er sich auf seinen zitternden Beinen kaum aufrecht halten konnte, »ich sehe endlich klar, daß Sie mich tatsächlich der Ermordung jener alten Frau und ihrer Schwester Lisaweta verdächtigen. Ich meinerseits erkläre Ihnen, daß mir das schon längst lästig geworden ist. Wenn Sie finden, daß Sie das Recht haben, mich von Gesetzes wegen zu verfolgen, dann verfolgen Sie mich; wenn Sie das Recht dazu haben, verhaften Sie mich. Aber ich erlaube nicht, daß man mir ins Gesicht lacht und mich quält ...«

Plötzlich begannen seine Lippen zu zucken; seine Augen loderten in wilder Wut auf. Seine bisher gedämpfte Stimme steigerte sich zum Schreien.

»Ich erlaube es nicht, mein Herr!« rief er und schlug mit aller Kraft mit der Faust auf den Tisch. »Hören Sie, Porfirij Petrowitsch? Ich erlaube es nicht!«

»Ach du lieber Gott, was soll denn das nun wieder?« entgegnete Porfirij Petrowitsch, offenbar völlig erschreckt. »Verehrtester Rodion Romanowitsch! Mein lieber, teurer Rodion Romanowitsch! Was haben Sie denn?«

»Ich erlaube es nicht!« schrie Raskolnikow zum drittenmal.

»Aber Verehrtester, leise! Man wird Sie sonst hören und hereinkommen! Denken Sie doch nur: was sollen wir den Leuten denn sagen?« flüsterte Porfirij Petrowitsch entsetzt, während er sein Gesicht ganz nahe an das Raskolnikows hielt.

»Ich erlaube es nicht, ich erlaube es nicht!« wiederholte Raskolnikow mechanisch, aber er hatte seine Stimme ebenfalls zu einem ganz leisen Flüstern gedämpft.

Porfirij wandte sich rasch um und lief zum Fenster, um es zu öffnen.

»Wir wollen frische Luft hereinlassen! Und Sie müssen einen Schluck Wasser trinken, mein Teuerster, das war ja ein regelrechter Anfall!«

Er wollte schon zur Tür stürzen, um Wasser bringen zu lassen, doch da fand sich in der Ecke des Zimmers eine volle Karaffe.

»Trinken Sie, mein Lieber«, flüsterte er, während er mit der Flasche zu ihm hinlief, »vielleicht hilft es . . .«

Der Schreck und auch die Teilnahme Porfirij Petrowitschs wirkten so natürlich, daß Raskolnikow verstummte und ihn nur mit scheuer Neugier anblickte. Das Wasser wies er zurück.

»Rodion Romanowitsch! Lieber Freund! Auf diese Art bringen Sie sich noch gänzlich um den Verstand, das versichere ich Ihnen! Ach, ach! Trinken Sie doch! Trinken Sie wenigstens einen Schluck!«

Er zwang ihn geradezu, das Glas Wasser in die Hand zu nehmen. Raskolnikow führte es mechanisch an die Lippen, doch dann besann er sich und stellte es voll Abscheu auf den Tisch zurück.

»Ja, mein Lieber, Sie hatten einen regelrechten Anfall! Auf diese Weise holen Sie sich noch Ihre Krankheit von neulich wieder«, schnatterte Porfirij Petrowitsch mit freundschaftlicher Teilnahme weiter; übrigens sah er noch immer sonderbar zerstreut aus. »Du lieber Gott! Wie kann man nur so wenig auf sich achtgeben! Gestern war unter andern Dmitrij Prokofjitsch bei mir – ich gebe ja zu, daß ich einen boshaften Charakter habe, ich gebe es zu, aber was der Mann daraus für Schlüsse zog! ... Du lieber Gott! Gestern kam er, nachdem er bei Ihnen gewesen war; wir aßen miteinander, und er redete und redete, daß ich nur noch staunen konnte; na, dachte ich ... ach du lieber Gott! Er kam wohl in Ihrem Auftrag? So nehmen Sie doch Platz, mein Lieber, setzen Sie sich um Christi willen!«

»Nein, er kam nicht in meinem Auftrag! Aber ich wußte, daß er zu Ihnen ging, und weshalb er das tat«, antwortete Raskolnikow scharf.

»Sie wußten es?«

»Ich wußte es. Und was folgt daraus?«

»Daraus folgt, mein teurer Rodion Romanowitsch, daß ich noch ganz andere Dinge über Sie weiß; ich bin über alles unterrichtet! Mir ist auch bekannt, wie Sie wegliefen, um *die Wohnung zu mieten;* es war fast schon Nacht und ganz dunkel, und Sie rissen an der Glocke und fragten nach dem Blut, so daß die Arbeiter und die Hausleute gar nicht wußten, was sie davon halten sollten. Ich begreife ja, wie es in Ihnen ausgesehen haben muß ... aber trotzdem werden Sie sich auf diese Art einfach noch um den Verstand bringen, weiß Gott! Sie werden noch wahnsinnig werden! Sie kochen vor Entrüstung, gewiß, und es ist eine edle Entrüstung; denn Sie haben zu viele Beleidigungen hinnehmen müssen, zuerst durch das Schicksal und dann von den Beamten im Polizeirevier; und jetzt tun Sie alles Erdenkliche, um sozusagen jeden möglichst rasch zum Sprechen zu bringen und so der ganzen Sache mit einem Schlag ein Ende zu setzen, weil Ihnen solche Dummheiten und alle diese Verdächtigungen mit der Zeit auf die Nerven gehen. Ist's nicht so? Habe ich Ihre Stimmung richtig erraten? ... Aber auf diese Weise werden Sie nicht nur sich selbst, sondern auch meinen Rasumichin verrückt machen; er ist ja für all das ein viel zu guter Mensch; Sie selbst wissen das am besten. Sie haben Ihre Krankheit, aber er hat Tugend, und das ist ebenso wie eine hartnäckige Krankheit ... Ich werde Ihnen, sobald Sie sich beruhigt haben, erzählen ... So setzen Sie sich doch, mein Lieber, um Christi willen! Bitte, erholen Sie sich ein bißchen, Sie sehen ja grauenvoll aus; nehmen Sie doch Platz.«

Raskolnikow setzte sich; sein Zittern hatte sich verloren, und er meinte, am ganzen Körper zu glühen. In tiefem Staunen hörte er angespannt dem erschrockenen, freundschaftlich um ihn bemühten Porfirij Petrowitsch zu. Er glaubte ihm kein einziges Wort, obgleich er eine seltsame Neigung verspürte, ihm Glauben zu schenken. Die unerwartete Bemerkung Porfirijs über die Wohnung hatte ihn völlig aus dem Konzept gebracht. Woher weiß er bloß die Sache mit der Wohnung? schoß es ihm plötzlich durch den Kopf. Und er erzählt mir selber davon!

»Ja, mein Herr, da gab es einmal fast genau den gleichen Fall in unserer Gerichtspraxis, einen Fall, in dem krankhafte psychologische Momente eine Rolle spielten«, fuhr Porfirij rasch fort. »Ein Mann bezichtigte sich ebenfalls fälschlich eines Mordes – und wie er sich beschuldigte! Er brachte eine ganz phantastische Geschichte vor, er führte Tatsachen an, er berichtete über die näheren Umstände, und so machte er alle und jeden verrückt. Aber was stak dahinter? Er war, ganz ohne jede Absicht, mitschuldig an einem Mord geworden, aber nur zum Teil schuldig, und als er erfuhr, daß er den Mördern den Weg geebnet hatte, wurde er schwermütig. Sein Verstand verwirrte sich; er dachte sich alles mögliche aus und kam ganz durcheinander und redete sich ein, er sei der Mörder. Schließlich untersuchte der zuständige Senat den Fall, und der Unglückliche wurde freigesprochen und in eine Anstalt eingewiesen. Dank sei dem Senat! Ach, ja, ja, ja! Was soll denn das, mein Lieber? Auf diese Weise kann man sich leicht ein Nervenfieber zuziehen, wenn man solchen Anwandlungen nachgibt und seine Nerven ruiniert, indem man nachts hingeht, Glocken läutet und nach Blut fragt! All diese Psychologie habe ich in der Praxis gründlich studiert. Genauso treibt es manchmal einen Menschen, aus dem Fenster oder von einem Turm zu springen, und dieses Gefühl ist höchst verlockend und verführerisch. Ebenso geht es einem auch mit einer Glocke, mein Herr ... Das ist eben eine Krankheit, Rodion Romanowitsch, eine Krankheit! Sie achten nachgerade zu wenig auf Ihre Krankheit. Sie sollten einen erfahrenen Arzt konsultieren, denn wer ist schon dieser dicke Kerl ... Sie phantasieren! Das alles passiert Ihnen einfach nur im Delirium! ...«

Für einen Augenblick drehte sich alles vor Raskolnikows Augen.

Lügt er denn auch jetzt? überlegte er. Auch jetzt? Das ist unmöglich, unmöglich! wies er diesen Gedanken zurück, da er im voraus fühlte, bis zu welch blinder Wut ein solcher Gedanke ihn zu bringen vermochte; er fühlte, daß er vor Wut verrückt werden könnte.

»Das geschah nicht im Delirium; ich habe es bei vollem Bewußtsein getan!« rief er laut und strengte all seine Verstandeskräfte an, um das Spiel Porfirijs zu durchschauen. »Bei vollem Bewußtsein, bei vollem Bewußtsein! Hören Sie?«

»Ja, ich höre, mein Herr, und verstehe! Sie haben schon gestern betont, daß Sie bei Bewußtsein gewesen seien; Sie legten sogar besonderen Nachdruck auf die Behauptung, das Sie das nicht im Fieber getan hätten! Ich verstehe Sie vollkommen! Ach, ach! ... Hören Sie doch, Rodion Romanowitsch, Sie mein Wohltäter, wir brauchen uns doch nur eines vor Augen zu halten: wären Sie wirklich und wahrhaftig der Mörder oder auch bloß irgendwie in diese verdammte Sache verwickelt – würden Sie dann, ich bitte Sie, selber darauf bestehen, daß Sie das alles nicht im Delirium taten, sondern bei vollem Bewußtsein? Würden Sie dann so hartnäckig darauf bestehen, mit einem so eigenartigen Starrsinn – wäre das möglich, ich bitte Sie, wäre das überhaupt möglich? Nein, ganz im Gegenteil, meine ich. Denn wenn Sie sich irgendeiner Schuld bewußt wären, müßten Sie doch eigentlich darauf bestehen, daß Sie im Delirium gehandelt hätten! Ist's nicht so? Habe ich nicht recht?«

Etwas Tückisches lag in dieser Frage. Raskolnikow wich bis an die Lehne des Diwans zurück, um Porfirij zu entgehen, der sich zu ihm niederbeugte, und musterte ihn unsicher und zweifelnd.

»Und nehmen wir zum Beispiel Herrn Rasumichin – ich meine, ob er gestern aus eigenem Antrieb kam, um mit mir zu sprechen, oder auf Ihre Anstiftung hin ... Da hätten Sie doch behaupten müssen, er sei aus freien Stücken gekommen, Sie hätten doch auf jeden Fall verheimlichen müssen, daß er es auf Ihr Betreiben hin tat. Aber Sie verheimlichen es ja gar nicht! Sie bestehen sogar darauf, daß Sie ihn dazu bewogen haben!«

Raskolnikow hatte das nie behauptet. Es lief ihm kalt über den Rücken.

»Sie lügen ja«, erwiderte er langsam und matt, und seine Lippen waren zu einem schmerzlichen Lächeln verzerrt. »Sie wollen mir abermals zeigen, daß Sie mein Spiel durchschauen, daß Sie alle meine Antworten im voraus kennen«, sagte er. Dabei hatte er selbst das Gefühl, daß er seine Worte nicht so auf die Waagschale legte, wie er es hätte tun sollen. »Sie wollen mich in Verwirrung bringen ... und lachen mich einfach aus ...«

Er sah ihn bei diesen Worten noch immer starr an, und plötzlich funkelte in seinen Augen maßloser Zorn auf.

»Sie lügen ja!« schrie er. »Sie selbst wissen ganz genau, daß die beste Taktik für einen Verbrecher darin besteht, die Wahrheit zu sagen, soweit er kann ... nach Möglichkeit nichts zu verbergen, was nicht verborgen zu werden braucht. Ich glaube Ihnen nicht!«

»Was für ein unruhiger Geist Sie doch sind!« rief Porfirij kichernd. »Man kommt nicht zu Rande mit Ihnen, mein Lieber; Sie haben eine regelrechte fixe Idee. Sie glauben mir also nicht? Ich sage Ihnen aber, daß Sie mir bereits glauben, daß Sie mir schon für eine Viertelelle glauben, und ich werde es fertigbringen, daß eine ganze Elle daraus wird, weil ich Sie aufrichtig liebe und Ihnen von ganzem Herzen wohlwill.«

Raskolnikows Lippen begannen wiederum zu zittern.

»Ja, mein Herr, ich will Ihnen wohl, mein Herr, und ich möchte Ihnen nochmals sagen, mein Herr«, fuhr Porfirij fort, während er Raskolnikow leicht und freundschaftlich ein wenig oberhalb des Ellbogens beim Arm nahm, »ich will Ihnen nochmals sagen, mein Herr: achten Sie auf Ihre Krankheit. Außerdem ist doch jetzt Ihre Familie zu Ihnen gekommen; denken Sie auch an sie! Sie müssen die Damen beruhigen und liebhaben, aber Sie regen sie nur auf ...«

»Was kümmert Sie das? Woher wissen Sie das? Weshalb interessieren Sie sich so sehr dafür? Sie beobachten mich also und wollen mir das zu verstehen geben?«

»Aber mein Lieber! Ich weiß es doch von Ihnen selbst, Sie haben es mir doch mit eigenem Munde gesagt! Sie merken ja gar nicht, daß Sie in Ihrer Erregung alles ausplaudern, nicht nur mir, sondern auch allen anderen. Und von Herrn Rasumichin, von Dmitrij Prokofjitsch, habe ich gestern viele interessante Einzelheiten erfahren. Nein, mein Herr, Sie haben mich unterbrochen ... Ich wollte Ihnen gerade erklären, daß Sie durch Ihren Argwohn – bei allem Scharfsinn – geradezu den vernünftigen Blick für die Dinge zu verlieren anfangen. Nehmen wir zum Beispiel nur noch einmal die Geschichte mit der Glocke ... und eine solche Kostbarkeit, einen solchen Beweis – es ist ja doch ein Beweis! – habe ich Ihnen mit Haut und Haar preisgegeben, ich, der Untersuchungsrichter! Und Sie schließen nichts daraus? Hegte ich auch nur den kleinsten Verdacht gegen Sie, dann wäre das doch wohl nicht das richtige Vorgehen gewesen! Im Gegenteil, ich hätte zunächst Ihr Mißtrauen einschläfern müssen und hätte keinesfalls so tun dürfen, als ob ich von dieser Tatsache bereits wüßte; ich hätte Ihren Argwohn in die entgegengesetzte Richtung ablenken müssen, um Ihnen dann plötzlich, wie Sie sich ausdrückten, mit dem Beil auf den Schädel zu hauen. Ich hätte Sie dann gefragt: Und was beliebten Sie um zehn Uhr abends oder gar schon um elf Uhr im Hause der

Ermordeten zu tun, mein Herr? Und warum haben Sie die Glocke gezogen? Und dann nach dem Blut gefragt? Und weshalb brachten Sie die Hausknechte durcheinander und forderten sie auf, auf das Polizeirevier zu dem diensthabenden Leutnant mitzukommen? Sehen Sie, so hätte ich vorgehen müssen, wenn ich auch nur den leisesten Verdacht gegen Sie hätte. Ich hätte Ihre Aussage in aller Form zu Protokoll genommen, eine Haussuchung gemacht und Sie zum Schluß auch noch verhaftet ... Folglich hege ich keinen Verdacht gegen Sie, denn ich bin anders vorgegangen! Aber Sie haben den klaren Blick verloren und sehen nichts mehr; ich wiederhole es noch einmal!«

Raskolnikow zitterte am ganzen Körper; Porfirij Petrowitsch konnte es ganz deutlich merken.

»Sie lügen in einem fort!« rief Raskolnikow. »Ich weiß nicht, was Sie vorhaben, aber Sie lügen ununterbrochen ... Vorhin haben Sie ganz anders gesprochen, ich kann mich nicht täuschen ... Sie lügen!«

»Ich lüge?« fiel Porfirij ein, der jetzt offenbar in Hitze geriet, aber dabei eine recht fröhliche, spöttische Miene beibehielt und sich nicht die geringsten Sorgen darum zu machen schien, was für eine Meinung Herr Raskolnikow über ihn hatte, »ich lüge? ... Nun, und wie habe ich mich jetzt Ihnen gegenüber verhalten – ich, der Untersuchungsrichter! –, als ich Ihnen selbst die Antworten in den Mund legte und Ihnen jedes Argument für Ihre Verteidigung preisgab, indem ich Ihnen alle diese psychologischen Motive auseinandersetzte? ‚Die Krankheit', sagte ich, ‚das Fieber, die schweren Kränkungen, die Melancholie und dazu noch die Beamten im Revier', und so weiter. Wie? hehehe! Obgleich übrigens, wie ich nebenbei bemerken will, alle diese psychologischen Argumente, diese Ausflüchte und Kniffe, zur Verteidigung höchst unzulänglich sind und zwei Seiten haben. ‚Krankheit, Fieber, Wahnvorstellungen, Halluzinationen, Erinnerungslücken' – das alles ist gut und schön; aber warum, mein Lieber, haben Sie denn in Ihrer Krankheit, im Delirium stets nur gerade solche Visionen und nicht andere? Es könnten doch auch andere sein, nicht wahr? Hehehe!«

Raskolnikow sah ihn stolz und voll Verachtung an.

»Mit einem Wort«, sagte er nachdrücklich und laut, während er aufstand und dabei Porfirij ein wenig zur Seite drängte, »mit einem Wort, ich will wissen, ob Sie mich endgültig als frei von jedem Verdacht ansehen oder *nicht*. Sagen Sie mir das, Porfirij Petrowitsch, sagen Sie es mir eindeutig und endgültig und möglichst schnell, sagen Sie es mir auf der Stelle!«

»Ach du lieber Himmel! Mit Ihnen hat man wirklich seine liebe Not«, rief Porfirij mit fröhlicher, listiger und keineswegs beunruhigter Miene. »Wozu wollen Sie das denn wissen, wozu wollen Sie so vieles wissen, wenn man Sie doch noch gar nicht richtig belästigt hat? Sie sind wahrhaftig wie ein Kind und verlangen, daß man Ihnen das Feuer in die Hand gibt! Und weshalb diese Aufregung? Weshalb drängen Sie sich uns so auf, weshalb nur? Wie? Hehehe!«

»Ich wiederhole Ihnen«, schrie Raskolnikow wütend, »daß ich das nicht länger ertrage ...«

»Was denn? Die Ungewißheit?« unterbrach ihn Porfirij.

»Verspotten Sie mich nicht! Ich erlaube es nicht! ... Ich sage Ihnen, ich erlaube es nicht! ... Ich kann und will es nicht ... Hören Sie! Hören Sie!« schrie er und hieb wieder mit der Faust auf den Tisch.

»Nur leise, leise! Man kann Sie sonst hören! Ich mache Sie im Ernst darauf aufmerksam, daß Sie auf sich achtgeben müssen. Das ist kein Scherz, mein Herr!« flüsterte Porfirij; doch diesmal lag nicht mehr der weibisch-gutmütige, erschreckte Ausdruck von vorhin in seinen Zügen – im Gegenteil, jetzt *befahl* er geradezu, streng und mit gerunzelter Stirn, als wollte er mit einemmal alle Geheimnisse und Zweideutigkeiten aus der Welt schaffen. Doch das dauerte nur einen Augenblick. Raskolnikow, der zunächst betroffen war, loderte in hellem Zorn auf – aber seltsam, wiederum gehorchte er dem Befehl, leise zu sprechen, obgleich er vor Wut raste.

»Ich lasse mich nicht quälen«, flüsterte er dann wie vorhin. Zugleich war er sich schmerzhaft und voll Haß dessen bewußt, daß er es nicht über sich vermochte, den Befehl zu ignorieren, und dieser Gedanke versetzte ihn in noch größere Wut. »Verhaften Sie mich; machen Sie eine Haussuchung, aber halten Sie sich gefälligst an die vorgeschriebenen Formen und spielen Sie nicht mit mir! Unterstehen Sie sich nicht . . .«

»So machen Sie sich doch keine Sorgen um die Form«, unterbrach ihn Porfirij mit dem gleichen verschlagenen Lächeln, während er Raskolnikow geradezu mit Genuß ansah. »Ich habe Sie doch ganz zwanglos eingeladen, auf durchaus freundschaftliche Art!«

»Ich will Ihre Freundschaft nicht und pfeife darauf! Hören Sie? Und jetzt nehme ich meine Mütze und gehe. Was sagst du nun, falls du die Absicht hast, mich zu verhaften?«

Er nahm die Mütze und ging zur Tür.

»Und die kleine Überraschung, die ich für Sie habe, wollen Sie am Ende gar nicht mehr sehen?« kicherte Porfirij, der ihn wieder ein wenig oberhalb des Ellbogens am Arm nahm und ihn vor der Tür festhielt. Er wurde sichtlich fröhlicher und lebhafter, und das brachte Raskolnikow endgültig aus dem Gleichgewicht.

»Was für eine Überraschung? Was soll das?« fragte er, wobei er mit einem Ruck stehenblieb und Porfirij erschreckt ansah.

»Eine kleine Überraschung; sie sitzt gleich hier hinter der Tür, hehehe!« Er zeigte mit dem Finger auf die verschlossene Tür in der Bretterwand, auf die Tür, die zu seiner Dienstwohnung führte. »Ich habe die Überraschung eingeschlossen, damit sie nicht davonläuft.«

»Was soll das? Wo? Wie? . . .« Raskolnikow ging zu der Tür und wollte sie öffnen, doch sie war zugeschlossen.

»Die Tür ist versperrt, hier habe ich den Schlüssel, mein Herr.«

Und er zeigte ihm wirklich den Schlüssel, den er aus der Tasche gezogen hatte.

»Du lügst!« brüllte Raskolnikow, der sich nicht mehr beherrschen konnte. »Du lügst, verfluchter Hanswurst!« Und er stürzte sich auf Porfirij, der sich zur Tür zurückzog, aber keineswegs ängstlich geworden war.

»Ich verstehe alles, alles!« rief Raskolnikow und war mit einem Satz bei Porfirij. »Du lügst und verhöhnst mich, damit ich mich verrate ...«

»Aber verehrtester, liebster Rodion Romanowitsch, mehr kann man sich doch gar nicht verraten. Sie sind ja ganz blind vor Wut. Schreien Sie nicht, sonst rufe ich Leute!«

»Du lügst, nichts wird geschehen! Ruf nur Leute! Du weißt, daß ich krank bin, und wolltest mich reizen, bis zur Tollheit reizen, damit ich mich verrate ... das war dein Ziel! Nein, zeig mir Beweise! Ich durchschaue das Ganze! Du hast keine Beweise; du hast nur nichtige, dreckige Vermutungen, genau wie Sametow! ... Du kennst meinen Charakter; du wolltest mich in Wut bringen und mich dann plötzlich mit Popen und Deputierten in die Enge treiben ... Auf die wartest du wohl, wie? Worauf wartest du? Wo ist dein Geheimnis? Her damit!«

»Wie kommen Sie denn auf Deputierte, lieber Freund? Was der Mensch für Ideen hat! Wie Sie sich das vorstellen, mein Lieber, würde es ja allen vorgeschriebenen Formen widersprechen; Sie verstehen nichts von dieser Arbeit, mein Freund ... Die Form läuft uns nicht davon; das werden Sie schon noch sehen! ...« murmelte Porfirij, während er plötzlich aufhorchte.

Und wirklich hörte man jetzt Lärm dicht hinter der Tür zum Nebenzimmer.

»Ah, sie kommen«, rief Raskolnikow. »Du hast nach ihnen geschickt ... du hast sie erwartet! Du hast gedacht ... Nun, nur herein mit ihnen; mögen sie doch kommen, die Deputierten, die Zeugen, wen du nur willst ... Her mit ihnen! Ich bin bereit! Ich bin bereit!«

Doch da ereignete sich etwas Eigenartiges, etwas, das nach dem gewöhnlichen Verlauf der Dinge so unerwartet war, daß natürlich weder Raskolnikow noch Porfirij Petrowitsch mit einer solchen Lösung hatten rechnen können.

6

Wenn sich Raskolnikow später dieses Augenblickes entsann, stellte sich ihm alles in folgender Form dar: Der Lärm, der hinter der Tür zu hören gewesen war, wurde plötzlich stärker, und die Tür öffnete sich einen Spalt weit.

»Was gibt es denn?« rief Porfirij Petrowitsch ärgerlich. »Ich habe mir doch jede Störung ...«

Er bekam nicht gleich Antwort, aber man merkte, daß vor der Tür mehrere Leute standen, und es schien, als ob sie jemanden zurückhielten.

»Was gibt es denn eigentlich?« fragte Porfirij Petrowitsch beunruhigt.

»Man hat einen Häftling gebracht, Nikolaj«, entgegnete jemand.

»Den kann ich jetzt nicht brauchen! Fort mit ihm! Er soll warten! ... Was will er denn hier? Was für eine Wirtschaft ist das bloß!« rief Porfirij und stürzte zur Tür.

»Aber er ...« erwiderte dieselbe Stimme wie vorhin und verstummte plötzlich.

Für zwei Sekunden, nicht länger, schien ein richtiges Handgemenge stattzufinden; dann war es plötzlich, als ob jemand einen anderen mit Gewalt zurückstieße, und schließlich taumelte ein sehr blasser Mensch in Porfirij Petrowitschs Arbeitszimmer.

Er wirkte auf den ersten Blick recht eigenartig. Er starrte vor sich hin, aber so, als ob er niemanden sähe. In seinen Augen glühte Entschlossenheit, doch zugleich war sein Gesicht von tödlicher Blässe überzogen, als ob man ihn zur Hinrichtung führte. Seine kalkweißen Lippen zitterten leicht.

Er war noch sehr jung, gekleidet wie ein einfacher Mann aus dem Volke, von mittlerer Statur, ziemlich mager, mit rund geschnittenem Haar und mit feinem, gleichsam ausgetrocknetem Gesicht. Der Mann, den er so unerwartet zurückgestoßen hatte, lief als erster hinter ihm ins Zimmer und konnte ihn an der Schulter packen – es war ein Begleitsoldat; aber Nikolaj riß seinen Arm zurück und machte sich noch einmal von ihm los.

In der Tür hatten sich einige Neugierige eingefunden. Ein paar von ihnen machten Miene, ins Zimmer zu kommen. Alles, was wir eben beschrieben haben, spielte sich fast in einem einzigen Augenblick ab.

»Fort mit dir! Es ist noch zu früh. Warte, bis man dich holt! . . . Weshalb habt ihr ihn jetzt schon hergebracht?« murmelte Porfirij Petrowitsch in größtem Ärger, als wären ihm alle Felle davongeschwommen.

Doch Nikolaj warf sich plötzlich vor ihm auf die Knie.

»Was hast du denn?« rief Porfirij verblüfft.

»Ich bin schuldig! Auf mir lastet das Verbrechen! Ich bin der Mörder!« stieß Nikolaj plötzlich hervor; er keuchte, aber seine Stimme klang ziemlich laut.

Für einen Moment herrschte Schweigen, als wären alle wie betäubt; selbst der Wachsoldat war zurückgewichen und verfolgte Nikolaj nicht länger, sondern begab sich mechanisch zur Tür, wo er unbeweglich stehenblieb.

»Was soll denn das?« rief Porfirij Petrowitsch endlich, der allmählich seine Fassung wiedergewann.

»Ich bin . . . der Mörder . . .« wiederholte Nikolaj, nachdem er einen kurzen Augenblick geschwiegen hatte.

»Wie? . . . Du? . . . Wieso? . . . Wen hast du ermordet?«

Porfirij Petrowitsch war sichtlich verwirrt. Nikolaj schwieg abermals für einen Moment.

»Aljona Iwanowna und ihre Schwester Lisaweta Iwanowna; ich habe sie . . . mit dem Beil erschlagen . . . Ich war verblendet . . .« fügte er plötzlich hinzu und schwieg dann abermals.

Er kniete noch immer.

Porfirij Petrowitsch stand einige Augenblicke gleichsam in Nachdenken versunken da, doch plötzlich fuhr er auf und fuchtelte mit den Armen herum, um die ungebetenen Zeugen zu verscheuchen. Die verschwanden im Nu, und die Tür wurde geschlossen. Dann blickte er zu Raskolnikow hin, der in der Ecke stand und Nikolaj verstört ansah; Porfirij Petrowitsch wollte zu ihm hingehen, doch plötzlich hielt er inne, musterte ihn, sah aber sofort wieder Nikolaj an, dann abermals Raskolnikow, dann wiederum Nikolaj, und plötzlich fiel er wie ein Besessener über Nikolaj her.

»Was erzählst du mir da ungebeten von deiner sogenannten Verblendung?« schrie er ihn beinahe zornig an. »Ich habe dich doch gar nicht gefragt, ob du von Sinnen warst oder nicht ... Sag: hast du den Mord begangen?«

»Ich bin der Mörder ... Ich will ein Geständnis ablegen«, antwortete Nikolaj.

»Ach, ach! Womit hast du sie denn erschlagen?«

»Mit dem Beil. Ich hatte es mir vorher besorgt.«

»Nur langsam, langsam! Warst du allein?«

Nikolaj verstand nicht, worauf Porfirij hinauswollte.

»Hast du den Mord allein begangen?«

»Ja, allein. Mitka ist unschuldig und hat mit dem allem nichts zu tun.«

»Nicht so hitzig mit Mitka! Ach! ... Wie bist du denn damals die Treppe hinuntergekommen? Die Hausknechte haben doch euch beide gesehen!«

»Das tat ich, um den Verdacht von mir abzulenken ... Darum bin ich damals ... mit Mitka die Treppe hinuntergelaufen«, antwortete Nikolaj hastig, als hätte er sich diese Entgegnung schon vorher überlegt.

»Ja, natürlich!« rief Porfirij böse. »Lauter eingelerntes Zeug!« murmelte er halb für sich, und da erblickte er plötzlich wieder Raskolnikow.

Er war sichtlich so mit Nikolaj beschäftigt gewesen, daß er für einen Augenblick sogar Raskolnikow vergessen hatte. Jetzt besann er sich plötzlich wieder und wurde für einen Augenblick geradezu verlegen.

»Teuerster Rodion Romanowitsch, Sie müssen wirklich entschuldigen«, rief er und eilte auf ihn zu, »das geht nicht ... Ich bitte Sie ... Sie haben hier nichts zu suchen ... Ich selber ... sehen Sie, was für Überraschungen es gibt! ... Darf ich Sie bitten ...«

Er nahm ihn bei der Hand und zeigte ihm die Tür.

»Das haben Sie wohl nicht erwartet?« erwiderte Raskolnikow, der natürlich von all dem nichts begriff, aber trotzdem schon wieder Mut gefaßt hatte.

»Sie haben es wohl ebensowenig erwartet, Verehrtester! Sehen Sie nur, wie Ihre Hand zittert! Hehehe!«

»Sie zittern ja selber, Porfirij Petrowitsch!«

»Freilich; damit hatte ich nicht gerechnet.«

Sie standen schon in der Tür. Porfirij wartete ungeduldig, daß Raskolnikow ginge.

»Und Ihre kleine Überraschung wollen Sie mir wohl vorenthalten?« fragte Raskolnikow plötzlich.

»Da redet er nun so daher, und dabei klappern ihm die Zähne im Mund, hehe! Sie sind ein ironischer Mensch! Also, auf Wiedersehen!«

»Ich meine eher: *leben Sie wohl!*«

»Wie Gott es fügt, wie Gott es fügt!« murmelte Porfirij und lächelte schief.

Als Raskolnikow durch die Schreibstube ging, bemerkte er, daß viele ihn aufmerksam ansahen. Unter den Leuten im Wartezimmer konnte er noch die beiden Hausknechte von *jenem* Hause entdecken, die er damals aufgefordert hatte, mit ihm zum Polizeirevier zu kommen. Sie standen da und warteten auf irgend etwas. Doch sobald er die Treppe erreicht hatte, hörte er auf einmal, wie Porfirij Petrowitsch ihm etwas nachrief. Er wandte sich um und sah, daß Porfirij ganz außer Atem hinter ihm hergelaufen kam.

»Ein Wort noch, Rodion Romanowitsch: was alles andere betrifft, so wollen wir es Gottes Fügung überlassen; aber der Form halber werde ich Sie doch noch einiges fragen müssen ... Wir sehen einander also noch, nicht wahr?«

Und Porfirij blieb lächelnd vor ihm stehen.

»Nicht wahr?« fragte er noch einmal.

Man hatte das Gefühl, daß er noch etwas sagen wollte, was er aber nicht so recht über die Lippen brachte.

»Sie müssen mein heutiges Benehmen verzeihen, Porfirij Petrowitsch, ich habe mich hinreißen lassen ...« begann Raskolnikow, der seinen ganzen Mut zurückgewonnen hatte und dem Wunsch, die Sache auf die Spitze zu treiben, nicht länger widerstehen konnte.

»Macht nichts, macht nichts, mein Lieber«, entgegnete Porfirij erfreut. »Ich selber war ja auch ... ich habe eine boshafte

Natur, ich gebe es zu, ich gebe es zu! Wir sehen also einander noch. Wenn Gott es so fügt, werden wir einander sogar noch sehr oft sehen! ...«

»Und uns ganz genau kennenlernen?« ergänzte Raskolnikow.

»Und uns ganz genau kennenlernen«, bejahte Porfirij Petrowitsch. Er musterte Raskolnikow sehr ernst mit leicht zusammengekniffenen Augen. »Sie gehen also jetzt zu einer Namenstagfeier?«

»Zu einem Begräbnis.«

»Ach richtig, zu einem Begräbnis! Achten Sie auf Ihre Gesundheit, achten Sie auf Ihre Gesundheit ...«

»Ich weiß wahrhaftig nicht, was ich Ihnen meinerseits wünschen soll!« fiel ihm Raskolnikow ins Wort, während er sich schon anschickte, die Treppe hinabzusteigen; doch plötzlich wandte er sich noch einmal zu Porfirij um. »Ich möchte Ihnen einen recht guten Erfolg wünschen; Sie sehen ja selber, wie komisch Ihre Arbeit ist!«

»Wieso denn komisch?« rief Porfirij Petrowitsch, der sofort die Ohren spitzte. Auch er war schon im Begriff gewesen umzukehren.

»Aber natürlich ... Da haben Sie jetzt diesen armen Nikolka bestimmt bis aufs Blut gepeinigt und gequält, auf Ihre eigene Manier, bis er zuletzt alles gestanden hat; Tag und Nacht haben Sie ihm bewiesen: ‚Du bist der Mörder, du bist der Mörder ...‘ Und jetzt, da er endlich ein Geständnis abgelegt hat, nehmen Sie ihn sicher abermals in die Zange. ‚Du lügst‘, sagen Sie, ‚du bist nicht der Mörder! Du kannst gar nicht der Mörder sein! Du redest lauter eingelerntes Zeug daher!‘ Und da wollen Sie noch behaupten, Ihr Beruf sei nicht komisch?«

»Hehehe! Sie haben also gehört, wie ich eben zu Nikolaj sagte, seine Worte seien eingelerntes Zeug?«

»Wie hätte ich es nicht hören sollen?«

»Hehe! Sie sind äußerst scharfsinnig, mein Herr, wirklich scharfsinnig! Sie merken auch alles! Ein wahrhaft lebhafter Geist! Und immer verstehen Sie es, die komische Seite einer Sache herauszufinden ... Hehe! Man sagt doch, daß unter unsern Schriftstellern besonders Gogol diese Gabe besessen habe?«

»Ja, Gogol hatte sie.«

»Jawohl, Gogol, mein Herr ... Auf ein fröhliches Wiedersehen!«

»Auf ein fröhliches Wiedersehen ...«

Raskolnikow ging ohne Umweg nach Hause. Er war so verwirrt und erschöpft, daß er, als er schon daheim war und sich auf den Diwan hatte fallen lassen, eine gute Viertelstunde lang dasaß, nur ausruhte und sich bemühte, wenigstens irgendwie Ordnung in seine Gedanken zu bringen. Über Nikolaj dachte er überhaupt nicht nach; er fühlte, daß er erschüttert war, daß an dem Geständnis Nikolajs etwas Unerklärliches, Erstaunliches war, das er jetzt nicht zu fassen vermochte. Aber Nikolajs Geständnis war eine Tatsache. Die Folgen dieser Tatsache wurden ihm sogleich klar: Nikolajs Lüge mußte aufgedeckt werden, und dann nahm man ihn, Raskolnikow, von neuem vor. Aber bis dahin wenigstens war er frei; also mußte er unbedingt etwas in seinem eigenen Interesse unternehmen, denn die Gefahr war unabwendbar.

Aber bis zu welchem Grade bestand überhaupt eine Gefahr? Die Lage hatte sich zu klären begonnen. Wenn er sich in *groben Umrissen* die ganze Szene mit Porfirij vergegenwärtigte, mußte er abermals vor Entsetzen erstarren. Selbstverständlich hatte er bei weitem nicht Porfirijs Absichten durchschaut und konnte dessen Überlegungen nicht folgen. Aber zum Teil hatte jener seine Karten aufgedeckt, und natürlich vermochte niemand besser als er, Raskolnikow, zu ermessen, wie furchtbar für ihn dieser »Schachzug« in Porfirijs Spiel gewesen war. Es hatte nur wenig gefehlt, und er hätte sich völlig preisgegeben, unwiderruflich. Porfirij, der wußte, wie krankhaft reizbar Raskolnikows Charakter war, und der ihn auf den ersten Blick schon richtig eingeschätzt und durchschaut hatte, handelte entschlossen und des Erfolges so gut wie sicher. Ohne Zweifel hatte sich Raskolnikow bereits zusehr kompromittiert, aber immerhin war noch nichts *bewiesen;* noch immer war alles nur relativ. Aber faßte er das alles jetzt auch richtig auf? Täuschte er sich nicht? Zu welchem Ergebnis hatte Porfirij heute kommen wollen? Hatte er wirklich etwas vorbereitet gehabt? Und was war es gewesen? Hatte er tatsächlich auf etwas gewartet oder nicht? Wie wären sie heute wohl auseinander gegangen, wäre es nicht durch den Auftritt mit Nikolaj zu dieser unerwarteten Katastrophe gekommen?

Porfirij hatte fast sein ganzes Spiel aufgedeckt, was natürlich ein Wagnis gewesen war, aber er hatte es aufgedeckt; und – so schien es Raskolnikow wenigstens – hätte Porfirij mehr gewußt, er hätte wohl auch das gezeigt. Worin hatte diese »Überraschung« bestanden? Hatte er ihn damit nur verspotten wollen? War dem eine Bedeutung zuzumessen oder nicht? Konnte sich etwas dahinter verbergen, das wenigstens irgendwie einem Beweis, einer positiven Beschuldigung ähnlich sah? Der Mann von gestern? Wohin war der wohl verschwunden? Wo war er heute? Denn wenn Porfirij irgend etwas Positives in der Hand hatte, stand das natürlich mit dem Mann von gestern in Verbindung ...

Er saß auf dem Diwan, hatte den Kopf gesenkt, die Ellbogen auf die Knie gestützt und das Gesicht in den Händen vergraben. Ein nervöses Zittern lief noch immer über seinen ganzen Körper. Endlich stand er auf, nahm seine Mütze und ging nach kurzem Grübeln zur Tür.

Er hatte das Gefühl, daß er sich wenigstens für heute als fast in Sicherheit betrachten durfte. Plötzlich empfand er so etwas wie Freude im Herzen: er wollte möglichst rasch zu Katerina Iwanowna gehen. Für das Begräbnis war es natürlich schon zu spät, aber zum Leichenschmaus konnte er gerade noch zurechtkommen, und dabei würde er Sonja wiedersehen.

Er blieb stehen, überlegte, und ein schmerzliches Lächeln spielte um seine Lippen.

Heute! Heute! wiederholte er für sich. Ja, noch heute! Es muß sein ...

Er wollte eben die Tür öffnen, als diese plötzlich von selbst aufging. Er schrak zusammen und sprang zurück. Die Tür wurde langsam und leise geöffnet, und plötzlich stand da eine Gestalt – der Mann von gestern, *aufgestiegen aus der Erde.*

Der Fremde blieb auf der Schwelle stehen, blickte Raskolnikow schweigend an und tat einen Schritt ins Zimmer. Er sah genauso aus wie gestern – dieselbe Gestalt, dieselbe Kleidung –, aber sein Gesicht und sein Blick hatten sich völlig verwandelt: er schaute jetzt seltsam bedrückt drein, blieb eine Weile stehen und seufzte tief. Es fehlte nur noch, daß er die flache Hand an die Wange gelegt und den Kopf zur Seite geneigt hätte, und er hätte aufs Haar einem Bauernweib geglichen.

»Was wollen Sie?« fragte Raskolnikow, bis ins Mark getroffen.

Der Mann schwieg, und plötzlich verneigte er sich tief vor ihm, fast bis zur Erde. Zumindest berührte er mit den Fingern der rechten Hand den Fußboden.

»Was wollen Sie?« rief Raskolnikow.

»Ich bitte Sie um Verzeihung«, antwortete der Mann leise.

»Wofür?«

»Für meine bösen Gedanken.«

Beide blickten einander an.

»Ich hatte mich geärgert. Als Sie damals kamen, vielleicht im Rausch, und die Hausknechte aufforderten, mit aufs Polizeirevier zu gehen, und als Sie nach dem Blut fragten, da ärgerte ich mich, daß man Sie laufen ließ und für einen Betrunkenen hielt. Ich ärgerte mich so, daß ich nicht schlafen konnte. Und da ich mir Ihre Adresse gemerkt hatte, kam ich gestern hierher und fragte ...«

»Wer kam her?« unterbrach ihn Raskolnikow, der sich zu erinnern begann.

»Ich; das heißt, ich habe Sie beleidigt.«

»Sie wohnen also in jenem Hause?«

»Ja; damals stand ich mit den anderen im Torgang, oder haben Sie das schon vergessen? Ich habe dort auch meine Werkstatt, seit langem schon. Ich bin Kürschner, ein Kleinbürger, und arbeite zu Haus ... Ich ärgerte mich so ...«

Plötzlich entsann sich Raskolnikow deutlich der ganzen Szene, die sich vorgestern in dem Torweg abgespielt hatte; er erinnerte sich, daß damals außer den Hausknechten noch einige andere Leute, auch Frauen, da gestanden hatten. Es fiel ihm ein, wie jemand verlangt hatte, man solle ihn unverzüglich aufs Revier bringen. An das Gesicht jenes Mannes konnte er sich nicht mehr erinnern, und er erkannte ihn auch jetzt nicht wieder, aber er wußte noch, daß er ihm damals etwas geantwortet und sich zu ihm umgedreht hatte ...

Das also war die Erklärung für das ganze Grauen von gestern! Am entsetzlichsten war ihm der Gedanke, daß er eines so *unbedeutenden* Umstandes wegen beinahe zugrunde gegangen wäre, sich beinahe zugrunde gerichtet hätte. Dieser Mann konnte also außer dem Besuch in der Wohnung und außer den Gesprächen über das Blut nichts gegen ihn vorbringen. Demnach hatte auch Porfirij nichts Positives in Händen, nichts außer diesem *Fieberwahn,* nur seine *Psychologie,* die *zwei Seiten* hatte! Wenn also keine anderen Tatsachen mehr zutage kamen – und sie durften nicht zutage kommen, sie durften nicht, sie durften nicht! ... was konnte man ihm dann anhaben? Wessen konnte man ihn eindeutig überführen, selbst wenn man ihn verhaftete? Und Porfirij hatte wohl erst jetzt, erst heute von der Wohnung erfahren und bisher nichts davon gewußt ...

»Sie haben wohl heute Porfirij erzählt ... daß ich dort war?« fragte er, von seinem unvermuteten Einfall zutiefst betroffen.

»Welchem Porfirij?«

»Dem Untersuchungskommissar.«

»Dem habe ich allerdings davon berichtet. Die Hausknechte sind nicht zu ihm gegangen, und so habe ich ihn aufgesucht.«

»Heute?«

»Ganz kurz vor Ihnen war ich bei ihm. Und ich habe alles mit angehört, alles, wie er Sie quälte.«

»Wo? Wie? Wann?«

»Dort, bei ihm; die ganze Zeit über saß ich hinter der Bretterwand in seinem Zimmer.«

»Also waren Sie die Überraschung? Aber wie war das nur möglich? Erzählen Sie; bitte, erzählen Sie.«

»Als ich sah«, begann der Kleinbürger, »daß die Hausknechte trotz meiner Aufforderung nicht aufs Revier gehen wollten, da es schon zu spät sei, wie sie sagten, und der Beamte vielleicht wütend würde, weil sie nicht zur richtigen Stunde kämen, ärgerte ich mich und konnte nicht schlafen. Ich beschloß also, mich umzuhören. Und nachdem ich mich gestern umgehört hatte, ging ich heute zu ihm. Das erstemal war er nicht da. Ich kam eine Stunde später wieder und wurde nicht vorgelassen; erst als ich das drittemal kam, hatte ich Erfolg. Ich berichtete ihm alles, was gewesen war, und er fing an, im Zimmer hin und her zu hüpfen und sich mit der Faust an die Brust zu schlagen. ‚Was treibt ihr nur mit mir, ihr Banditen?' rief er. ‚Hätte ich das früher gewußt, ich hätte ihn mit einer Eskorte abholen lassen!' Hierauf lief er aus dem Zimmer, rief jemanden zu sich und sprach in einer Ecke mit ihm. Dann kam er zu mir zurück, um mich auszufragen und zu beschimpfen. Er machte mir heftige Vorwürfe. Ich berichtete ihm alles haarklein und sagte auch, daß Sie mir auf meine gestrigen Worte nicht zu antworten gewagt und mich nicht erkannt hätten. Und dann lief er wieder im Zimmer auf und ab und schlug sich an die Brust und war zornig, lief immer hin und her, und als man Sie meldete, sagte er zu mir: ‚Na, versteck dich mal hier hinter der Wand. Bleib da sitzen und rühr dich nicht, was du auch hören magst', und er brachte mir selber einen Stuhl und schloß die Tür ab, denn er sagte, daß er mich vielleicht noch ausfragen werde. Als man jedoch Nikolaj zu ihm gebracht hatte, entließ er mich, nachdem Sie weggegangen waren, aus meinem Versteck. ‚Ich werde dich noch brauchen', sagte er, ‚und dich noch einiges fragen' . . .«

»Und warst du auch dabei, als er Nikolaj verhörte?«

»Sobald er mit Ihnen fertig war, schickte er mich ebenfalls weg, und dann erst begann er Nikolaj zu verhören.«

Der Kleinbürger hielt inne und machte plötzlich wieder eine Verbeugung, wobei er mit den Fingern den Boden berührte.

»Verzeihen Sie mir meine Verleumdung und meine Bosheit!«

»Gott wird dir verzeihen«, antwortete Raskolnikow, und kaum hatte er das gesagt, verneigte sich der Kleinbürger abermals vor ihm, aber nicht mehr bis zur Erde, sondern nur bis zur Höhe seines Gürtels; dann wandte er sich langsam um und verließ das Zimmer. Alles hat zwei Seiten; jetzt hat alles zwei Seiten, sagte sich Raskolnikow und verließ sein Zimmer in einer so gehobenen Stimmung wie schon lange nicht mehr.

Nun wollen wir erst recht unsere Kräfte messen, dachte er mit bösem Lächeln, als er die Treppe hinabstieg. Sein Zorn richtete sich gegen ihn selbst; voll Verachtung und Scham erinnerte er sich an seine »Verzagtheit«.

FÜNFTER TEIL

1

Der Morgen nach der für ihn so verhängnisvollen Auseinandersetzung mit Dunjetschka und Pulcheria Alexandrowna übte auch auf Pjotr Petrowitsch eine ernüchternde Wirkung aus. Zu seinem größten Leidwesen war Luschin gezwungen, das, was ihm gestern noch als ein fast phantastisches Ereignis erschienen war, was er für undenkbar gehalten hatte, nunmehr als feststehende, unwiderrufliche Tatsache zu betrachten. Der schwarze Drache der verwundeten Eigenliebe hatte ihm die ganze Nacht über am Herzen genagt. Sowie Pjotr Petrowitsch sein Bett verlassen hatte, betrachtete er sich im Spiegel. Er hegte die Befürchtung, über Nacht könnte sich seine Galle ins Blut ergossen haben. Doch in dieser Hinsicht war vorläufig alles in Ordnung, und nachdem Pjotr Petrowitsch sein edles, blasses, in letzter Zeit ein wenig fett gewordenes Antlitz gemustert hatte, tröstete er sich sogar für einen Augenblick, weil er vollauf davon überzeugt war, daß er irgendwoanders eine neue Braut, und vielleicht sogar eine noch bessere Braut, finden werde; aber sofort kam er wieder zur Besinnung und spuckte energisch aus, womit er bei seinem Freund und Zimmergenossen Andrej Semjonowitsch Lebesjatnikow ein stummes, aber sarkastisches Lächeln hervorrief. Pjotr Petrowitsch bemerkte dieses Lächeln und stellte es seinem jungen Freund sofort in Rechnung. Er hatte ihm in der letzten Zeit schon ziemlich viel vorwerfen können. Sein Zorn verdoppelte sich, als er sich plötzlich darüber klar wurde, daß er Andrej Semjonowitsch von den Ereignissen des gestrigen Abends gar keine Mitteilung hätte zu machen brauchen. Das war der zweite Fehler, den er gestern in seiner Gereiztheit und aus übermäßigem Mitteilungsdrang begangen hatte ... Dann war während des ganzen Vormittags wie aus Bosheit eine Unannehmlichkeit der andern gefolgt. Sogar im Senat war ihm in der von ihm vertretenen Sache ein Mißerfolg beschieden. Besonders ärgerte ihn jedoch der Besitzer der Wohnung, die er im Hinblick auf seine baldige Heirat gemietet und auf eigene Kosten hatte herrichten lassen: der Wohnungsinhaber, ein reich gewordener deutscher Handwerker, ließ sich um keinen Preis bewegen, den eben erst geschlossenen Vertrag wieder rückgängig zu machen, und forderte die volle Abstandssumme, die in dem Vertrag vorgesehen war, obgleich Pjotr Petrowitsch die Wohnung in fast völlig renoviertem Zustand zurückgeben wollte. Ebenso weigerte man sich in dem Möbelgeschäft, auch nur einen einzigen Rubel der Anzahlung für die Möbel zurückzuerstatten, die bereits gekauft, aber noch nicht in die Wohnung geschafft worden waren.

Ich kann doch nicht eigens wegen der Möbel heiraten! dachte Pjotr Petrowitsch zähneknirschend, und dabei zuckte ihm abermals die verzweifelte Hoffnung durch den Sinn: Ja, ist das alles denn wahrhaftig schon endgültig verloren und vorbei? Kann ich wirklich nicht noch einen letzten Versuch machen? Der Gedanke an Dunjetschka bedrängte ihm verlockend das Herz. Voll Qual ertrug er diesen Augenblick, und hätte der bloße Wunsch Raskolnikow zu töten vermocht, Pjotr Petrowitsch hätte diesen Wunsch, ohne zu zögern, ausgesprochen.

Außerdem war es ein Fehler von mir, daß ich ihnen überhaupt kein Geld gegeben habe, dachte er, als er traurig in Lebesjatnikows Zimmer zurückkehrte. Warum nur, hol's der Teufel, habe ich mich so filzig wie ein Jude benommen? Diese Rechnung ist nicht aufgegangen! Ich wollte sie bloß knapp halten und so weit bringen, daß sie zu mir aufgeschaut hätten wie zu der Vorsehung, aber weg sind sie! ... Pfui! ... Nein, wenn ich ihnen vorderhand sagen wir: anderthalb Tausend gegeben hätte, für die Aussteuer und für Geschenke, für allerhand Kästchen, Necessaires, Kameen, Stoffe und für all diesen Kram, wie er bei Knopp oder im Englischen Kaufhaus ausgestellt ist, das wäre gescheiter gewesen und ... sicherer! Dann hätten sie mir nicht so leicht den Laufpaß geben können! Sie gehören zu den Leuten, die unbedingt meinen, sie müßten im Falle eines Bruches Geschenke und Geld zurückgeben; und das wäre ihnen recht schwergefallen und hätte ihnen leid getan! Auch von ihrem Gewissen wären sie gekitzelt worden, und sie hätten sich gesagt: Wie können wir plötzlich einen Menschen zum Teufel jagen, der bis jetzt so großzügig und recht zartfühlend war? ... Hm! da habe ich mich verrechnet!

Und Pjotr Petrowitsch knirschte noch einmal mit den Zähnen und nannte sich einen Dummkopf – nur ganz im stillen, versteht sich.

Als er zu dieser Schlußfolgerung gelangt war, betrat er seine Wohnung doppelt so zornig und gereizt, wie er sie verlassen hatte. Die Vorbereitungen für Katerina Iwanownas Leichenschmaus hatten seine Neugier geweckt und lenkten ihn ein wenig ab. Er hatte schon gestern einiges über diesen Leichenschmaus erfahren; ihm war sogar, als hätte man auch ihn dazu eingeladen; doch über seinen eigenen Sorgen hatte er alles andere vergessen. Eilig begab er sich zu Frau Lippewechsel, die in Abwesenheit Katerina Iwanownas – diese war auf dem Friedhof – den Tisch deckte, erkundigte sich bei ihr und erfuhr, daß es bei dem Leichenschmaus recht festlich zugehen werde, daß fast alle Wohnungsgenossen eingeladen seien, darunter auch solche, die der Verstorbene gar nicht gekannt habe, daß zu den Gästen sogar Andrej Semjonowitsch Lebesjatnikow zähle, obwohl er sich damals mit Katerina Iwanowna gestritten habe, und daß schließlich er selbst, Pjotr Petrowitsch, nicht nur eingeladen sei, sondern sogar mit großer Ungeduld erwartet werde, da er doch unter allen Mietern beinahe der angesehenste Gast sei. Amalja Iwanowna selbst war, ungeachtet aller früheren Meinungsverschiedenheiten, ebenfalls unter großen Ehrenbezeigungen eingeladen worden, und darum rackerte sie sich jetzt mit der Wirtschaft ab, was ihr beinahe Genuß bereitete. Obendrein hatte sie sich mit lauter neuen Sachen herausgeputzt, war in Samt und Seide, wenn sie auch Trauerkleider trug, und sie war nicht wenig stolz darauf. Alle diese Tatsachen und Mitteilungen brachten Pjotr Petrowitsch auf neue Gedanken, und er ging in sein Zimmer, das heißt in das Zimmer Andrej Semjonowitsch Lebesjatnikows, und war einigermaßen nachdenklich. Er hatte erfahren, auch Raskolnikow zähle zu den Gästen.

Andrej Semjonowitsch blieb aus unerfindlichen Gründen den ganzen Vormittag zu Hause. Pjotr Petrowitschs Beziehungen zu diesem Herrn waren ein wenig sonderbar, mochten sie zum Teil auch erklärlich sein: Pjotr Petrowitsch verachtete und haßte Lebesjatnikow geradezu, beinahe seit demselben Tage, da er zu ihm gezogen war; aber gleichzeitig schien er ihn auch zu fürchten. Nach seiner Ankunft in Petersburg war er nicht nur aus übertriebener Sparsamkeit bei ihm abgestiegen, obwohl das beinahe der wichtigste Grund gewesen war, sondern auch aus anderen Überlegungen heraus. Noch in der Povinz hatte er von Andrej Semjonowitsch, seinem ehemaligen Mündel, als von einem der führenden jungen Fortschrittler gehört, der sogar in einigen interessanten legendären Zirkeln eine bedeutende Rolle spielen sollte. Das hatte Pjotr Petrowitsch verblüfft. Denn diese mächtigen, allwissenden, von Verachtung gegen alle erfüllten und alles entlarvenden Zirkel hatten Pjotr Petrowitsch schon lange mit einer Art Angst erfüllt, die übrigens völlig unbestimmt war. Natürlich hatte er sich in der Provinz von etwas *Derartigem* keinen auch nur annähernd genauen Begriff machen können. So wie alle anderen hatte er gehört, daß es, zumal in Petersburg, irgendwelche Fortschrittler, Nihilisten, Ankläger und dergleichen gäbe, doch gleich vielen anderen hatte er den Sinn und die Bedeutung dieser Bezeichnungen bis ins Alberne übertrieben und verzerrt. Vor allem fürchtete er, und das seit Jahren schon, eine *Entlarvung,* und das war der tiefste Grund für seine ständige maßlose Unruhe, besonders seit er daran dachte, seinen Wirkungskreis nach Petersburg zu verlegen. In dieser Beziehung war er, wie man so sagt, *verschreckt,* wie kleine Kinder manchmal verschreckt sind. Vor einigen Jahren hatte er in der Provinz, als er erst am Beginn seiner Laufbahn stand, zwei Fälle miterlebt, in denen recht bedeutende Persönlichkeiten des Gouvernements grausam entlarvt worden waren, an die er sich bis dahin gehängt hatte und die seine Gönner gewesen waren. Der eine Fall endete für die betroffene Person ganz besonders skandalös, und der andere nahm ein beinahe noch schlimmeres Ende. Aus diesem Grunde hatte sich Pjotr Petrowitsch vorgenommen, unverzüglich nach seiner Ankunft in Petersburg herauszubekommen, wie die Dinge lagen, und, wenn nötig, ihnen jedenfalls zuvorzukommen und sich bei »unserer jungen Generation« lieb Kind zu machen. Dabei rechnete er auf Andrej Semjonowitsch, und als er beispielshalber Raskolnikow besuchte, hatte er schon gelernt, einige irgendwo aufgeschnappte Phrasen in wohlgesetzten Worten wiederzugeben ...

Natürlich durchschaute er Andrej Semjonowitsch bald als einen reichlich abgeschmackten, einfältigen Menschen. Das änderte aber nichts an seiner Meinung über ihn und machte Pjotr Petrowitsch auch nicht kühner. Selbst wenn er davon überzeugt gewesen wäre, daß alle Fortschrittler ebensolche Dummköpfe seien, seine Unruhe hätte sich auch dann nicht beschwichtigt. Eigentlich kümmerte er sich nicht im mindesten um alle diese Lehren, Gedanken und Systeme, mit denen ihn Andrej Semjonowitsch geradezu überfallen hatte. Er hatte sein eigenes Ziel. Er mußte nur möglichst rasch, mußte unverzüglich in Erfahrung bringen, was und wie *hier* gespielt wurde. Besaßen *diese Leute* Einfluß oder nicht? Brauchte gerade er etwas zu fürchten oder nicht? Würde man ihn *entlarven*, wenn er das oder jenes unternähme, oder nicht? Und wenn man ihn entlarvte, weshalb gerade ihn und weshalb gerade jetzt? Nicht genug damit: war es nicht vielleicht möglich, sich irgendwie bei diesen Leuten einzuschmeicheln und sie dann zu hintergehen, falls sie wirklich mächtig und einflußreich waren? Sollte er das tun oder nicht? Konnte er nicht zum Beispiel in seiner Karriere gerade durch die Vermittlung dieser Leute etwas erreichen? Mit einem Wort: es gab Hunderte von Fragen.

Andrej Semjonowitsch war ein kränklicher, skrofulöser Mann von kleinem Wuchs; er war Beamter in irgendeiner Behörde, war geradezu auffallend blond und hatte einen kurzen Backenbart, auf den er sehr stolz war. Überdies schmerzten ihn fast ständig die Augen. Sein Herz war ziemlich weich, doch seine Rede höchst selbstsicher und manchmal geradezu ungewöhnlich anmaßend – was im Verein mit seiner zarten Gestalt fast immer lächerlich wirkte. Übrigens galt er bei Amalja Iwanowna als ziemlich angesehener Mieter, das heißt, er betrank sich nicht und zahlte regelmäßig seine Miete. Trotz diesen Eigenschaften war Andrej Semjonowitsch wirklich recht dumm. Dem Fortschritt und »unserer jungen Generation« hatte er sich mit Leidenschaft verschrieben. Er war einer aus jener buntscheckigen Legion zahlloser alberner Kerle, verfaulender Frühgeburten und eingebildeter Gesellen, die nie etwas gelernt haben, aber sofort jeder gerade modernen Idee nachlaufen, um sie sogleich lächerlich zu machen und im Nu all das zu karikieren, dem sie manchmal auf die aufrichtigste Weise dienen.

Auch Lebesjatnikow konnte allmählich, obgleich er sehr gutmütig war, seinen Zimmergenossen und ehemaligen Vormund Pjotr Petrowitsch nicht mehr ausstehen. Das war bei beiden irgendwie unvermutet und gegenseitig gekommen. So einfältig Andrej Semjonowitsch auch sein mochte, er erkannte mit der Zeit doch, daß Pjotr Petrowitsch ihn hinterging und ihn insgeheim verachtete und daß er »gar nicht der Mensch« war, für den er ihn gehalten hatte. Er hatte versucht, Pjotr Petrowitsch das System Fouriers und die Theorie Darwins klarzumachen, aber Pjotr Petrowitsch hörte ihm, besonders seit einiger Zeit, nur noch mit großer Herablassung zu und hatte in der allerletzten Zeit sogar angefangen, ihn zu verspotten. Das kam daher, daß Pjotr Petrowitsch sein Mündel mehr und mehr durchschaute. Er entdeckte, daß Lebesjatnikow nicht nur ein reichlich einfältiger und dummer kleiner Kerl war, sondern daß er obendrein aufschnitt. Zudem besaß er keinerlei nennenswerte Beziehungen, nicht einmal in seinen eigenen Kreisen, sondern schmückte sich nur mit fremden Federn, und schließlich verstand er nicht einmal etwas von seiner Aufgabe, der *Propaganda,* weil er allzuoft den Faden verlor und von einem »Ankläger« meilenweit entfernt war. Übrigens müssen wir einflechten, daß sich Pjotr Petrowitsch in diesen anderthalb Wochen – vor allem zu Beginn – von Andrej Semjonowitsch die seltsamsten Lobsprüche mit Vergnügen gefallen ließ; er erhob zum Beispiel keinen Einwand und schwieg, wenn Andrej Semjonowitsch ihm die Absicht unterschob, zur möglichst baldigen Einrichtung einer »Kommune« irgendwo in der Mestschanskaja uliza beitragen zu wollen, oder wenn er annahm, Pjotr Petrowitsch werde Dunjetschka nicht daran hindern, nach dem ersten Monat ihrer Ehe einen Liebhaber zu nehmen, oder wenn er meinte, er werde seine Kinder nicht taufen lassen, und so weiter und so fort. Nach alter Gewohnheit erhob Pjotr Petrowitsch keinen Einwand gegen solche Unterstellungen und ließ sich sogar auf diese Art in den Himmel heben – so angenehm war ihm jedes Lob.

Pjotr Petrowitsch, der Gott weiß warum an diesem Vormittag einige fünfprozentige Wertpapiere verkauft hatte, saß am Tisch und zählte die Geldscheine und Banknoten nach. Andrej Semjonowitsch, der fast nie Geld hatte, ging im Zimmer auf und ab und tat so, als ließen ihn all diese Scheine völlig kalt, ja, als verachtete er sie. Pjotr Petrowitsch jedoch hätte um nichts in der Welt geglaubt, daß Andrej Semjonowitsch soviel Geld wirklich mit Gleichmut ansehen könnte; Andrej Semjonowitsch hinwiederum dachte voll Bitterkeit, daß Pjotr Petrowitsch vielleicht tatsächlich imstande sei, so von ihm zu denken, und daß er seinen jungen Freund möglicherweise durch die ausgebreiteten Banknotenbündel ärgern und verhöhnen wolle, indem er ihm damit seine Bedeutungslosigkeit und den zwischen ihnen bestehenden Unterschied in Erinnerung rief.

Andrej Semjonowitsch fand Pjotr Petrowitsch diesmal ungewöhnlich reizbar und unaufmerksam, obwohl er, Andrej Semjonowitsch, ihm sein Lieblingsthema zu entwickeln begonnen hatte: die Errichtung einer neuen, ganz einzigartigen »Kommune«. Die kurzen Einwände und Bemerkungen, die sich Pjotr Petrowitsch, sooft die klappernden Kugeln an dem Rechenbrett verstummten, abrang, atmeten den deutlichsten und mit Absicht unhöflichen Hohn. Aber der »humane« Andrej Semjonowitsch schrieb Pjotr Petrowitschs Stimmung dem Eindruck zu, den der gestrige Bruch mit Dunjetschka auf ihn gemacht hatte, und brannte vor Begierde, möglichst rasch das Gespräch auf dieses Thema zu bringen; er hatte dazu so manches Fortschrittliche und Propagandistische zu sagen, was seinen geehrten Freund sicher trösten und dessen weitere Entwicklung »ohne jeden Zweifel« fördern konnte.

»Was für ein Leichenschmaus wird hier eigentlich veranstaltet ... bei dieser ... Witwe?« fragte Pjotr Petrowitsch plötzlich, indem er Andrej Semjonowitsch an der interessantesten Stelle unterbrach.

»Als ob Sie das nicht wüßten! Ich habe doch gestern mit Ihnen darüber gesprochen und Ihnen gesagt, was ich über alle diese Bräuche denke ... Sie selbst sind doch ebenfalls eingeladen, soviel ich weiß. Sie haben sich doch gestern mit ihr unterhalten ...«

»Ich hätte nie erwartet, daß diese bettelarme dumme Gans das gesamte Geld, das sie von diesem anderen Dummkopf ... von diesem Raskolnikow bekommen hat, für einen Leichenschmaus hinauswerfen würde. Ich war ganz erstaunt, als ich eben durch ihr Zimmer kam, so großartige Vorbereitungen wurden da getroffen; alle möglichen Weinsorten stehen bereit ... eine ganze Reihe Leute sind eingeladen – weiß der Teufel, was für einen Sinn das hat!« meinte Pjotr Petrowitsch; er schien mit seinen Fragen und mit diesem Gespräch irgendeine bestimmte Absicht zu verfolgen. »Was? Sie sagen, ich sei gleichfalls eingeladen?« setzte er plötzlich hinzu und hob den Kopf. »Wann soll denn das gewesen sein? Ich kann mich nicht erinnern. Übrigens gehe ich nicht hin. Was habe ich denn dort zu suchen? Gestern habe ich nur flüchtig mit ihr über die Möglichkeit gesprochen, daß sie als völlig mittellose Beamtenwitwe vielleicht ein Jahresgehalt in Form einer einmaligen Beihilfe bekommen könnte. Lädt sie mich am Ende deswegen ein? Hehehe!«

»Auch ich werde nicht hingehen«, versetzte Lebesjatnikow.

»Das will ich meinen! Sie haben sie doch einmal eigenhändig verprügelt. Versteht sich, daß Ihnen das peinlich ist, hehe!«

»Wer hat wen verdroschen?« begehrte Lebesjatnikow auf und wurde sogar rot.

»Sie! Sie haben doch Katerina Iwanowna vor einem Monat verprügelt, nicht wahr? Ich habe es gestern erst gehört ...

Das nenne ich Grundsätze! ... Und wie steht es mit der Frauenfrage? Hehehe!«

Und als wäre er gleichsam getröstet, fing Pjotr Petrowitsch wieder mit dem Rechenbrett zu klappern an.

»Das ist nichts als Unsinn und üble Verleumdung!« ereiferte sich Lebesjatnikow, dem immer ängstlich zumute wurde, sooft man ihn an diese Geschichte erinnerte. »Das verhielt sich ganz anders! So war es nicht ... Sie haben das nicht richtig gehört; das ist nichts als eine böswillige Verleumdung! Ich habe mich damals nur verteidigt. Sie stürzte sich auf mich und wollte mich kratzen ... Sie riß mir den ganzen Backenbart aus ... jeder Mensch darf doch, wie ich hoffen will, die eigene Person verteidigen. Außerdem lasse ich mir keine Gewalttätigkeit gefallen ... aus Prinzip nicht. Denn das ist ja beinahe schon Despotismus. Was hätte ich denn tun sollen? Etwa ruhig stehenbleiben? Ich schob sie nur zurück.«

»Hehehe!« lachte Luschin nur boshaft weiter.

»Sie sticheln, weil Sie selber zornig und böse sind ... Das Ganze ist Unsinn und hat nichts, aber auch nicht das geringste mit der Frauenfrage zu tun! Sie verstehen das nicht richtig; ich habe sogar schon gedacht, wenn nun einmal feststeht, daß die Frau dem Manne in allem gleichgestellt ist, selbst was die physische Kraft anbelangt – was bereits verschiedentlich behauptet wurde –, so muß wohl auch hierin Gleichheit herrschen. Natürlich kam ich später zu der Schlußfolgerung, daß diese Frage eigentlich gegenstandslos ist, weil Prügeleien überhaupt unzulässig und in der zukünftigen Gesellschaft völlig undenkbar sind ... und natürlich wäre es sonderbar, in einer Schlägerei Gleichberechtigung zu suchen. Ich bin nicht so dumm ... obgleich Prügeleien selbstverständlich vorkommen können ... das heißt, später wird es sie nicht mehr geben, aber jetzt gibt es sie noch ... uff! hol's der Teufel! Bei Ihnen verliert man ja völlig den Faden! Ich bleibe jedenfalls nicht dieses unangenehmen Vorfalls wegen der Leichenfeier fern. Ich gehe einfach aus Prinzip nicht hin, weil ich mich nicht an einer Sache beteiligen will, die in meinen Augen auf einem abscheulichen Vorurteil basiert, das ist alles! Übrigens könnte ich ja hingehen, um etwas zum Lachen zu haben ... schade nur, daß keine Popen zugegen sein werden. Dann ginge ich unbedingt hin.«

»Das heißt, Sie würden sich an einen fremden Tisch setzen und ihn bespucken und zugleich auch jene bespucken, die Sie eingeladen haben. Ist's nicht so?«

»Ich will keineswegs spucken, sondern protestieren. Ich habe einen nützlichen Zweck im Auge. Ich kann dadurch mittelbar den Fortschritt und die Propaganda fördern. Jeder Mensch ist verpflichtet, den Fortschritt zu fördern und Propaganda zu treiben, und je rigoroser er vorgeht, desto besser ist es vielleicht. Ich kann eine Idee aussäen, ein Samenkorn ... und aus diesem Korn wächst dann eine Tatsache. Womit beleidige ich die Leute? Anfangs sind sie vielleicht beleidigt, aber dann werden sie selber einsehen, daß ich ihnen einen Dienst erwiesen habe. So hat man bei uns zum Beispiel die Terebjewa, die jetzt in einer Kommune lebt, angegriffen, weil sie, als sie ihre Familie verließ und sich ... einem Manne hingab, ihrer Mutter und ihrem Vater schrieb, sie wolle sich nicht länger von Vorurteilen leiten lassen und gehe eine freie Ehe ein. Man behauptete, das wäre den Eltern gegenüber zu schroff gewesen; sie hätte sie schonen und freundlicher schreiben können. Meiner Meinung nach ist das jedoch Unsinn; sie hätte keinesfalls schonender vorgehen dürfen, im Gegenteil, ganz im Gegenteil: an Ort und Stelle hätte sie protestieren sollen. Oder zum Beispiel die Warenz: sieben Jahre war sie mit ihrem Mann verheiratet, und trotzdem ließ sie ihre zwei Kinder im Stich und machte mit einem Schlag Schluß mit ihrem Mann, indem sie ihm folgendes schrieb: ‚Ich habe erkannt, daß ich mit Ihnen nicht glücklich sein kann; niemals werde ich Ihnen verzeihen, daß Sie mich hintergangen haben, indem Sie mir die Tatsache verheimlichten, daß es noch eine andere Gesellschaftsordnung gibt, nämlich die Kommune. Ich habe das erst vor kurzem von einem großherzigen Mann erfahren, dem ich mich auch hingab, und gemeinsam werden wir eine Kommune aufbauen. Ich sage das ganz offen, weil ich es für ehrlos halte, Sie zu betrügen. Leben Sie weiterhin, wie es Ihnen beliebt. Hoffen Sie nicht darauf, daß ich zu Ihnen zurückkehre; Sie sind allzusehr hinter der Zeit zurückgeblieben. Ich wünsche Ihnen, daß Sie glücklich werden.' So schreibt man derartige Briefe!«

»Diese Terebjewa ist doch jene Frau, von der Sie neulich erzählt haben, sie lebte schon in der dritten freien Ehe?«

»Erst in der zweiten, wenn man es genau nimmt! Aber wenn es auch die vierte wäre oder meinethalben die fünfzehnte – was wäre denn dabei? Und wenn ich je bedauert habe, daß meine Eltern gestorben sind, dann jetzt! Oft träume ich geradezu davon, wie ich ihnen, wären sie noch am Leben, jetzt mit Protesten einheizte! Ich hätte das schon richtig verstanden ... was soll denn das heißen: ‚ein abgetrennter Teil von einem selbst'? Pfui Teufel! Ich hätte es ihnen gezeigt! Ich hätte sie in Erstaunen gesetzt! Es ist wahrhaftig schade, daß ich niemanden mehr habe!«

»Um ihn in Erstaunen setzen zu können? Hehe! Na, wie Sie wollen«, unterbrach ihn Pjotr Petrowitsch; »aber sagen Sie mir folgendes: Sie kennen doch die Tochter des Verstorbenen, dieses zarte kleine Ding! Ist es wirklich wahr, was man sich über sie erzählt?«

»Was soll diese Frage? Nach meiner persönlichen Überzeugung ist das der normale Zustand einer Frau. Warum auch nicht? Das heißt, distinguons! In unserer heutigen Gesellschaft ist dieser Zustand freilich nicht ganz normal, weil er erzwungen ist; doch in Zukunft wird das, was sie tut, völlig normal sein, weil es dann aus freien Stücken geschieht. Aber auch jetzt hatte sie ein Recht, so zu handeln: sie war in Not, und das war ihr Fonds, sozusagen ihr Kapital, über das zu verfügen sie ein uneingeschränktes Recht hatte. Natürlich wird man in der zukünftigen Gesellschaft solche Fonds nicht mehr brauchen; da wird die Rolle einer Frau in ganz anderem Sinne umrissen sein, harmonisch und rationell geregelt. Und was Sofja Semjonowna persönlich angeht, so sehe ich ihr Vorgehen als einen energischen, Fleisch gewordenen Protest gegen die Gesellschaftsordnung an und achte sie dafür hoch; ich freue mich sogar, wenn ich sie sehe!«

»Mir hat man aber erzählt, Sie hätten sie hier aus der Wohnung hinausgeekelt?«

Lebesjatnikow wurde geradezu wütend.

»Das ist abermals eine Verleumdung!« brüllte er. »Die Sache war ganz, ganz anders! Wahrhaftig, so verhält es sich nicht! Das alles sind Lügen, die Katerina Iwanowna in die Welt gesetzt hat, weil sie nichts davon versteht! Ich bin Sofja Semjonowna nicht im geringsten zu nahe getreten! Ich habe einfach nur für ihre Entwicklung gesorgt, völlig uneigennützig, indem ich mich bemühte, in ihr einen Protest wachzurufen ... Mir lag nur dieser Protest am Herzen; außerdem hätte Sofja Semjonowna sowieso nicht hier in der Wohnung bleiben können!«

»Sie luden sie wohl in eine Kommune ein?«

»Sie machen sich über alles lustig, aber ohne jeden Erfolg, wenn Sie mir diese Bemerkung gestatten. Sie verstehen rein gar nichts von diesen Dingen! In einer Kommune gibt es solche Berufe nicht. Die Kommune wird ja gerade zu dem Zweck eingerichtet, daß solche Berufe überflüssig werden. In der Kommune wird dieser Beruf etwas völlig anderes sein, und was hier dumm ist, wird dort klug sein, was hier, unter den gegenwärtigen Umständen, unnatürlich ist, wird dort natürlich sein. Alles hängt davon ab, in welcher Umgebung und in welchem Milieu jemand lebt. Das Milieu ist alles, der Mensch selbst bedeutet nichts. Mit Sofja Semjonowna vertrage ich mich auch jetzt noch sehr gut, was Ihnen als Beweis dafür dienen kann, daß sie mich niemals für ihren Feind gehalten hat oder für jemanden, der sie beleidigt hat. Ja! ich will sie jetzt für die Kommune gewinnen, aber aus ganz, ganz anderen Motiven! Was finden Sie daran so komisch? Wir wollen unsere eigene Kommune einrichten, eine besondere Kommune, aber auf viel breiterer Grundlage, als man es bisher versucht hat. Wir sind in unseren Überzeugungen vorwärtsgekommen! Wir negieren noch mehr! Wenn Dobroljubow aus dem Grab aufstünde, ich würde mit ihm polemisieren! Und Belinskij würde ich in die Enge treiben! ... Einstweilen aber sorge ich für die Entwicklung Sofja Semjonownas. Sie ist eine herrliche, eine herrliche Natur!«

»Nun, und Sie genießen wohl diese herrliche Natur, wie? Hehehe!«

»Nein, nein! O nein! Im Gegenteil!«

»Sogar im Gegenteil? Hehehe! Das haben Sie hübsch gesagt!«

»So glauben Sie mir doch! Weshalb sollte ich Ihnen denn etwas vormachen, sagen Sie mir das doch bitte! Im Gegenteil, ich finde es selbst offengestanden merkwürdig: aber mir gegenüber ist sie geradezu übertrieben keusch und schamhaft, als ob sie mich fürchtete!«

»Und Sie sorgen natürlich für ihre Entwicklung ... hehehe! Sie beweisen ihr, daß all dieses schamhafte Getue Unsinn ist?«

»Keineswegs! Keineswegs! Oh, wie grob, ja geradezu dumm – verzeihen Sie – Sie das Wort Entwicklung doch auffassen! Sie verstehen wirklich nichts davon! O Gott, wie sehr sind Sie doch noch ... zurück! Wir streben nach der Freiheit der Frau, und Sie haben nichts anderes im Kopf ... Völlig abgesehen von der Frage der Keuschheit und der weiblichen Schamhaftigkeit, die an sich nutzlose Dinge und sogar Vorurteile sind, billige ich ihr durchaus zu, mir gegenüber Keuschheit an den Tag zu legen; sie will es so, also ist es ihr gutes Recht. Natürlich, wenn sie selbst zu mir sagte: Ich will dich haben, dann hielte ich das für einen großen Erfolg, weil mir das Mädchen gut gefällt; aber bis jetzt, bis jetzt hat sich niemand höflicher und ehrerbietiger gegen sie verhalten als ich, niemand hat größeren Respekt vor ihrer Würde gezeigt ... Ich warte und hoffe – sonst nichts!«

»Schenken Sie ihr doch lieber etwas. Ich möchte wetten, daß Sie daran noch gar nicht gedacht haben.«

»Ich sage ja, nichts verstehen Sie von diesen Dingen, nichts! Natürlich ist ihre Lage beengt, aber das ist eine ganz andere Frage! Eine völlig andere! Sie verachten sie einfach. Da Sie eine Tatsache sehen, die Sie irrtümlich für verachtenswert halten, verweigern Sie einem menschlichen Wesen die humane Beurteilung, die ihm zusteht. Sie wissen eben noch nicht, was für eine Natur sie ist! Mich ärgert nur, daß sie in letzter Zeit offenbar ganz aufgehört hat zu lesen und sich keine Bücher mehr von mir ausborgt. Früher hat sie das getan. Es tut mir auch leid, daß sie trotz aller Energie und Entschlossenheit zum Protest – die sie schon einmal bewiesen hat – doch noch immer zu wenig Selbständigkeit besitzt, zu wenig Unabhängigkeit, sozusagen zu wenig Negierung, um sich völlig von einigen Vorurteilen und ... Dummheiten zu lösen. Trotzdem versteht sie manche Fragen vortrefflich. So hat sie zum Beispiel großartig das Problem des Handkusses erfaßt, das heißt, daß der Mann die Frau als unter ihm stehend behandelt und sie beleidigt, wenn er ihr die Hand küßt. Über diese Frage war seinerzeit bei uns debattiert worden, und ich erzählte ihr gleich davon. Auch meinen Bericht über die Arbeiterverbände in Frankreich hörte sie aufmerksam an. Jetzt setze ich ihr auseinander, daß man in der künftigen Gesellschaft ohne weitere Umstände in alle Wohnungen wird gehen können.«

»Was ist denn das schon wieder?«

»In letzter Zeit erörterten wir die Frage: Hat ein Mitglied der Kommune das Recht, jederzeit das Zimmer eines anderen Mitglieds, mag das nun ein Mann sein oder eine Frau, zu betreten? ... Nun, und wir fanden, daß er das Recht dazu habe ...«

»Aber wenn er oder sie in diesem Augenblick gerade ein dringendes Bedürfnis befriedigt? Hehe!«

Andrej Semjonowitsch wurde wütend.

»Sie reden immerzu dasselbe! Nichts weiter haben Sie im Kopf als diese verdammten ‚Bedürfnisse'!« schrie er voll Haß. »Ich könnte mich schwarz ärgern, daß ich Ihnen damals, als ich Ihnen mein System auseinandersetzte, vorzeitig von diesen verdammten Bedürfnissen erzählte. Hol's der Teufel! Das ist der Stein des Anstoßes für alle Leute Ihres Schlages, und was das Schlimmste ist: sie haken immer an diesem Punkt ein, ehe sie überhaupt wissen, worum es geht! Als ob sie sich wunder was auf ihre Weisheit einbilden könnten! Pfui! Ich habe schon öfters betont, daß man diese ganze Frage Neulingen erst zum Schluß auseinandersetzen darf, wenn sie bereits von dem System überzeugt sind, wenn eine bestimmte Entwicklungsstufe erreicht ist und sie auf dem richtigen Wege sind. Sagen Sie mir doch, was Sie an Senkgruben so schmachvoll und verächtlich finden? Ich bin als erster bereit, jede beliebige Senkgrube auszuräumen! Das ist noch nicht einmal ein Opfer für mich! Ich sehe das als eine Arbeit an, die der Gesellschaft höchst nützlich ist, als eine achtenswerte Beschäftigung, die soviel wert ist wie jede andere und weit höher steht als zum Beispiel die Tätigkeit irgendeines Raffael oder Puschkin, weil sie größeren Nutzen bringt.«

»Und vor allem ist sie edler, edler . . . hehehe!«

»Was heißt ‚edler'? Ich verstehe solche Ausdrücke nicht, wenn es sich darum handelt, die menschliche Arbeit zu definieren. ‚Edler', ‚großherziger' – das ist doch Unsinn, das sind Albernheiten, Worte voll alter Vorurteile! Ich lehne das ab! Alles, was der Menschheit *nützlich* ist, ist auch edel. Ich verstehe nur das eine Wort: *nützlich*! Lachen Sie nach Herzenslust, aber es ist so!«

Pjotr Petrowitsch lachte aus vollem Halse. Er war mit seiner Abrechnung fertig und steckte sein Geld ein. Übrigens ließ er aus irgendwelchen Gründen etwas Geld auf dem Tisch liegen. Dieses »Problem der Senkgruben« war trotz aller Albernheit schon einige Male Anlaß zu Meinungsverschiedenheiten, ja fast zum Bruch zwischen Pjotr Petrowitsch und seinem jungen Freund gewesen. Dumm war nur, daß Andrej Semjonowitsch wirklich zornig wurde. Luschin fand das stets erheiternd, und im jetzigen Augenblick wollte er Lebesjatnikow besonders gern in Zorn bringen.

»Sie sind sicher wegen Ihres gestrigen Mißgeschicks so böse, und deshalb suchen Sie Streit mit mir«, platzte Lebesjatnikow schließlich heraus, obgleich er es im allgemeinen ungeachtet seiner ganzen »Unabhängigkeit« und aller »Proteste« nicht wagte, Pjotr Petrowitsch entgegenzutreten, und ihm gegenüber überhaupt noch immer die aus früheren Jahren gewohnte Ehrerbietung wahrte.

»Sagen Sie mir lieber folgendes«, unterbrach ihn Pjotr Petrowitsch von oben herab und verärgert, »könnten Sie . . . oder besser gesagt: sind Sie wirklich mit diesem jungen Mädchen so gut bekannt, daß Sie es für einen Augenblick in unser Zimmer bitten könnten? Anscheinend sind alle schon vom Friedhof zurück . . . ich höre Leute gehen. Ich möchte sie nämlich sprechen.«

»Wozu denn?« fragte Lebesjatnikow verwundert.

»Ich möchte sie eben sprechen, es ist nötig. Heute oder morgen ziehe ich hier doch aus, und darum möchte ich ihr mitteilen ... übrigens, bleiben Sie bitte während unseres Gespräches im Zimmer. Das ist bestimmt besser. Sonst kommen Sie am Ende noch auf weiß Gott was für Gedanken.«

»Ich denke mir überhaupt nichts dabei ... Ich habe nur so gefragt, und wenn Sie etwas von ihr wollen, so ist nichts leichter, als sie zu rufen. Ich gehe gleich. Und Sie können überzeugt sein, daß ich Sie nicht stören werde.«

Tatsächlich kehrte Lebesjatnikow nach etwa fünf Minuten mit Sonjetschka zurück. Sie war höchst erstaunt und betrat das Zimmer mit der ihr eigenen Schüchternheit. Immer war sie in solchen Fällen schüchtern; sie scheute sich vor neuen Gesichtern und neuen Bekannten; schon als Kind hatte sie sich gefürchtet, und das war jetzt weit schlimmer geworden. Pjotr Petrowitsch empfing sie »freundlich und höflich«, übrigens mit einem gewissen Unterton herablassender Vertraulichkeit, wie sie nach seiner Meinung einem so achtbaren und soliden Menschen wie ihm im Umgang mit einem so jungen und in gewissem Sinne interessanten Geschöpf wie Sonja wohl anstand. Er beeilte sich, ihr »Mut zu machen«, und ließ sie an der anderen Seite des Tisches ihm gegenüber Platz nehmen. Sonja setzte sich und schaute sich um; zuerst sah sie Lebesjatnikow an, dann das Geld, das auf dem Tische lag, dann sah sie plötzlich wieder Pjotr Petrowitsch an und wandte die Augen nicht mehr von ihm, als wäre ihr Blick an seinem Gesicht festgeschmiedet. Lebesjatnikow ging zur Tür; Pjotr Petrowitsch stand auf, bedeutete Sonja mit einer Handbewegung, sitzen zu bleiben, und hielt Lebesjatnikow an der Tür zurück.

»Ist dieser Raskolnikow schon da? Ist er gekommen?« fragte er flüsternd.

»Raskolnikow? Ja. Warum? Er ist hier ... Er ist gerade gekommen ... Ich habe ihn eben gesehen ... Warum?«

»Nun, dann möchte ich Sie besonders dringend bitten, hier bei uns zu bleiben und mich mit diesem ... Mädchen nicht allein zu lassen. Es handelt sich zwar um eine Bagatelle, aber man könnte daraus Gott weiß welche Schlüsse ziehen. Ich will nicht, daß Raskolnikow *dort* erzählt ... Verstehen Sie, was ich meine?«

„Ich verstehe, ich verstehe!« rief Lebesjatnikow, dem die Sache plötzlich klargeworden war. »Sie haben gewiß recht ... Natürlich gehen Sie nach meiner persönlichen Überzeugung in Ihren Befürchtungen zu weit, aber ... aber Sie haben trotzdem recht! Bitte, ich kann gern bleiben. Ich werde mich hier ans Fenster stellen und Sie nicht stören ... Meiner Ansicht nach haben Sie recht ...«

Pjotr Petrowitsch ging zum Diwan zurück, setzte sich Sonja gegenüber, betrachtete sie aufmerksam und setzte plötzlich eine außerordentlich würdevolle und sogar strenge Miene auf, als ob er sagen wollte: Mach dir keine dummen Gedanken, mein Fräulein! Sonja wurde noch mehr verlegen.

»Zuerst bitte ich Sie, Sofja Semjonowna, entschuldigen Sie mich bei Ihrer sehr verehrten Frau Mama ... Das ist sie doch, nicht wahr? Katerina Iwanowna vertritt doch Mutterstelle an Ihnen?« sprach Pjotr Petrowitsch sie betont würdevoll, aber trotzdem recht freundlich an. Man sah, daß er die allerwohlwollendsten Absichten hatte.

»Ganz recht, so ist es ... Mutterstelle«, stammelte Sonja hastig und verschreckt.

»Nun also, dann entschuldigen Sie mich bei ihr, weil ich infolge von Umständen, die ich nicht ändern kann, gezwungen bin, ihrem Essen fernzubleiben ... das heißt, dem Leichenschmaus fernzubleiben, obgleich Ihre Frau Mama mich so lieb eingeladen hat.«

»Sehr wohl ... ich werde es ihr gleich ausrichten.«

Sonjetschka sprang auf.

»Das ist *noch nicht* alles, meine Dame«, fuhr Pjotr Petrowitsch fort, der über ihre Einfalt und über ihre Unkenntnis der feinen Umgangsformen lächeln mußte. »Sie kennen mich sehr wenig, verehrteste Sofja Semjonowna, wenn Sie glauben, ich hätte Sie aus diesem nichtigen Anlaß, der nur für mich wichtig ist, persönlich bemüht und zu mir gerufen. Ich habe noch ein anderes Anliegen.«

Sonja setzte sich sofort wieder. Die grauen und regenbogenfarbenen Geldscheine, die noch auf dem Tisch lagen, flimmerten wieder vor ihren Augen; aber sie wandte rasch das Gesicht ab und sah Pjotr Petrowitsch an; plötzlich fand sie es entsetzlich unanständig, besonders für *sie,* fremdes Geld anzusehen. Sie starrte auf das goldene Lorgnon, das Pjotr Petrowitsch in der linken Hand hielt, und betrachtete gleichzeitig auch den großen, massiven, außerordentlich schönen Ring mit dem grünen Stein, der an dem Ringfinger derselben Hand steckte – aber schnell wandte sie auch davon den Blick ab, und da sie nicht mehr wußte, wohin sie schauen sollte, starrte sie aufs neue Pjotr Petrowitsch unverwandt in die Augen. Dieser schwieg noch eine Weile, dann sprach er weiter: »Ich hatte gestern Gelegenheit, im Vorbeigehen zwei Worte mit der unglücklichen Katerina Iwanowna zu wechseln. Diese zwei Worte genügten, um mich davon zu überzeugen, daß sie sich in einem – wenn man sich so ausdrücken darf – naturwidrigen Zustand befindet.«

»Ja, mein Herr ... in einem naturwidrigen Zustand«, bestätigte Sonja hastig.

»Oder einfacher und verständlicher gesagt: daß sie krank ist.«

»Ja, mein Herr, einfacher und verständ ... ja, mein Herr, sie ist krank.«

»So ist es. Ich möchte ihr also aus Humanität und ... und sozusagen aus Mitgefühl in irgendeiner Weise nützlich sein, da ich das unvermeidlich unselige Los dieser Frau voraussehe. Offenbar ist diese ganze Familie, die in bitterster Armut lebt, jetzt einzig und allein auf Sie angewiesen?«

»Gestatten Sie mir die Frage«, unterbrach ihn Sonja und stand plötzlich auf, »was haben Sie ihr gestern über die Möglichkeit einer Pension gesagt? Sie hat mir noch gestern erzählt, Sie hätten sich anerboten, ihr eine Pension zu verschaffen. Ist das richtig?«

»Keineswegs; in gewissem Sinne ist es sogar eine Albernheit. Ich deutete nur an, daß die Witwe eines im Dienst verstorbenen Beamten möglicherweise eine einmalige Beihilfe erhalten kann – natürlich nur, falls sie irgendwelche Protektion hat. Aber mir scheint, als hätte Ihr verstorbener Herr Vater gar nicht seine volle Dienstzeit abgeleistet, ja, als hätte er in der letzten Zeit überhaupt keine Anstellung mehr gehabt. Mit einem Wort, eine gewisse Hoffnung hätte wohl bestanden, aber nur eine sehr vage Hoffnung, weil genaugenommen keinerlei Recht auf eine Unterstützung vorliegt, sondern im Gegenteil ... Und sie hat schon an eine Pension gedacht, hehehe! Eine flinke Dame!«

»Ja, mein Herr, an eine Pension ... weil sie leichtgläubig und gut ist und in ihrer Güte alles glaubt und ... und ... und ... weil ihr Verstand ... ja ... entschuldigen Sie, mein Herr«, erwiderte Sonja und stand abermals auf, um wegzugehen.

»Erlauben Sie, Sie haben mich nicht zu Ende sprechen lassen.«

»Gewiß, ich habe Sie nicht zu Ende sprechen lassen«, murmelte Sonja.

»So setzen Sie sich doch!«

Sonja war furchtbar verlegen und setzte sich zum drittenmal.

»Im Hinblick darauf, wie entsetzlich ihre Lage mit den unglücklichen Kindern ist, möchte ich ihr – wie schon gesagt – helfen, soweit es meine Kräfte zulassen, mehr nicht. Man könnte zum Beispiel für Katerina Iwanowna eine Sammlung veranstalten oder eine Art Lotterie ... oder sonst etwas dieser Art, wie das in ähnlichen Fällen von seiten Nahestehender oder auch Fremder, die helfen wollen, immer geschieht. Davon wollte ich Ihnen Mitteilung machen. Das könnte man versuchen.«

»Ja, mein Herr, das wäre gut ... Gott soll es Ihnen ...« lispelte Sonja, während sie Pjotr Petrowitsch unverwandt ansah.

»Das kann man versuchen, aber ... damit wollen wir uns später befassen ... das heißt, wir könnten es auch heute schon in die Wege leiten. Heute abend wollen wir uns noch einmal zusammensetzen und die Sache besprechen und sozusagen einen Anfang machen. Kommen Sie also gegen sieben Uhr wieder hierher. Andrej Semjonowitsch wird, wie ich hoffe, ebenfalls an unserem Gespräch teilnehmen ... Aber da gibt es einen Umstand, den wir vorher noch eingehend erörtern müssen. Darum habe ich Sie auch hierherbemüht, Sofja Semjonowna. Ich bin nämlich der Ansicht, daß es falsch, ja gefährlich wäre, Katerina Iwanowna selbst Geld in die Hand zu geben; das beweist allein schon dieser Leichenschmaus von heute. Obwohl sie sozusagen keinen Bissen Brot für morgen im Hause hat und ... und obwohl es an Schuhwerk und allem Nötigen fehlt, wurden heute Jamaika-Rum und sogar, wie mir scheint, Madeira und Kaffee gekauft. Ich habe das im Vorbeigehen gesehen. Morgen liegt die ganze Last wieder auf Ihnen; bis zum letzten Stück Brot müssen Sie für alles aufkommen; das ist doch unvernünftig. Und darum müßte die Sammlung, das ist jedenfalls meine Meinung, so durchgeführt werden, daß die unglückliche Witwe von dem Geld gar nichts weiß, sondern daß zum Beispiel nur Sie eingeweiht sind. Habe ich recht?«

»Ich weiß nicht, mein Herr ... Sie wollte doch nur heute ... nur einmal in ihrem Leben ... Sie wollte so gern dem Toten die letzte Ehre erweisen und sein Andenken feiern ... Sonst ist sie doch so klug. Aber wie Sie wollen ... Ich bin Ihnen sehr, sehr, sehr ... alle werden wir Ihnen ... und Gott wird Sie ... und auch die Waisen ...«

Sonja konnte nicht zu Ende sprechen. Sie brach in Tränen aus.

»Also gut. Merken Sie sich, was ich Ihnen gesagt habe, und haben Sie jetzt die Güte, im Interesse Ihrer Verwandten fürs erste von mir persönlich eine Summe anzunehmen, die meinen Kräften entspricht. Ich wünsche aber, daß mein Name dabei nicht genannt wird. Hier ... Da ich sozusagen selber Sorgen habe, kann ich leider keine höhere ...«

Pjotr Petrowitsch reichte Sonja einen Zehnrubelschein, den er sorgsam auseinandergefaltet hatte. Sonja nahm das Geld, wurde über und über rot, stand auf, murmelte etwas und verabschiedete sich möglichst rasch. Pjotr Petrowitsch begleitete sie feierlich bis zur Tür. Endlich schlüpfte sie aus dem Zimmer, ganz erregt und beschämt, und in größter Verwirrung kehrte sie zu Katerina Iwanowna zurück.

Während dieser ganzen Szene hatte Andrej Semjonowitsch teils am Fenster gestanden, teils war er im Zimmer auf und ab gegangen, weil er das Gespräch nicht hatte stören wollen; doch sobald Sonja das Zimmer verlassen hatte, trat er zu Pjotr Petrowitsch und reichte ihm feierlich die Hand.

»Ich habe alles gehört und alles *gesehen*«, sagte er, wobei er das letzte Wort besonders betonte. »Das ist edel, das heißt ... ich wollte sagen: human! Sie wollten ihrer Dankbarkeit aus dem Wege gehen; das habe ich wohl verstanden! Und obgleich ich sagen muß, daß ich im Prinzip für private Wohltätigkeit nichts übrig habe, weil sie das Übel nicht mit der Wurzel ausrottet, sondern im Gegenteil sogar fördert, kann ich doch nicht umhin, zuzugeben, daß ich Ihre Handlungsweise mit dem größten Vergnügen beobachtet habe – ja, ja, das gefällt mir.«

»Ach, das ist doch Unsinn!« murmelte Pjotr Petrowitsch. Er war einigermaßen erregt und starrte Lebesjatnikow seltsam prüfend an.

»Nein, das ist kein Unsinn! Ein Mensch, der beleidigt und verärgert ist, so wie Sie es sind durch das, was gestern geschehen ist, und der gleichzeitig doch an das Unglück anderer zu denken vermag ... ein solcher Mensch ist ... obgleich er durch sein Vorgehen einen sozialen Mißgriff begeht ... trotzdem aller Hochachtung wert! Ich hätte das von Ihnen nie erwartet, Pjotr Petrowitsch, um so weniger, als Ihre Ansichten ... oh, wie Ihre Ansichten Sie doch behindern! Wie zum Beispiel dieses Mißgeschick von gestern Sie aufregt«, rief der gutmütige Andrej Semjonowitsch, der sich jetzt wieder stärker zu Pjotr Petrowitsch hingezogen fühlte. »Und wozu, wozu brauchen Sie denn unbedingt diese Ehe, diese *gesetzliche* Ehe? Wenn Sie wollen, können Sie mich verprügeln, aber ich freue mich, ich freue mich wirklich, daß diese Ehe nicht zustande gekommen ist, daß Sie noch nicht ganz für die Menschheit verloren sind. Ich freue mich ... Sehen Sie, das ist meine Meinung!«

»Weil ich in eurer freien Ehe keine Hörner tragen und keine fremde Kinder aufziehen will, deshalb will ich gesetzlich verheiratet sein, das ist alles«, erwiderte Luschin, nur um überhaupt etwas zu sagen. Offenbar weilten seine Gedanken ganz woanders.

»Kinder? Sie haben von Kindern gesprochen?« fragte Andrej Semjonowitsch und erzitterte wie ein Schlachtroß, das das Signal zum Angriff hört. »Kinder sind ein soziales Problem, ein Problem von höchster Wichtigkeit, das gebe ich zu; aber die Kinderfrage wird anders gelöst werden. Einige lehnen Kinder sogar ganz ab wie alles, was nur irgendwie mit der Familie zusammenhängt. Von den Kindern wollen wir jedoch später reden; beschäftigen wir uns erst einmal mit den Hörnern! Ich gestehe, daß das mein schwacher Punkt ist. Dieser häßliche, husarenhafte Puschkinsche Ausdruck ist im Wörterbuch der Zukunft geradezu undenkbar. Was sind denn Hörner? Oh, welche Verirrung! Was für Hörner? Wozu Hörner? Was für ein Unsinn! Im Gegenteil, in der freien Ehe wird es keine Hörner mehr geben! Hörner sind nur die natürliche Folge jeder gesetzlichen Ehe, sozusagen deren Korrektur, ein Protest gegen sie, und in diesem Sinne sind sie auch keineswegs demütigend ... Wenn ich jemals – nehmen wir einmal diesen unmöglichen Fall an – eine gesetzliche Ehe eingehen sollte, würde ich mich über Ihre gottverdammten Hörner sogar noch freuen; ich würde zu meiner Frau sagen: Mein Schatz, bis jetzt habe ich dich nur geliebt; von nun an aber achte ich dich, weil du es verstanden hast zu protestieren! Sie lachen? Das kommt daher, daß Sie nicht die Kraft haben, sich von Ihren Vorurteilen zu lösen. Hol's der Teufel, ich verstehe ja, worin eigentlich die Unannehmlichkeit liegt, wenn man in einer gesetzmäßigen Ehe betrogen wird; aber das ist doch nur die erbärmliche Folge einer erbärmlichen Tatsache, bei der beide Teile im gleichen Maße erniedrigt werden. Wenn die Hörner aber in aller Öffentlichkeit aufgesetzt werden, wie es in der freien Ehe der Fall ist, dann gibt es sie gar nicht mehr; sie sind undenkbar, und kein Mensch wird sie mehr Hörner nennen. Im Gegenteil, Ihre Frau beweist Ihnen dann nur, wie sehr sie Sie achtet, weil sie Sie für unfähig hält, sich ihrem Glück zu widersetzen, und weil sie Sie für so fortgeschritten ansieht, daß Sie des neuen Mannes wegen keine Rache an ihr nehmen werden. Hol's der Teufel, manchmal glaube ich, wenn man mich unter die Haube brächte ... ach, was sage ich da! Wenn ich verheiratet wäre, in freier oder in gesetzlicher Ehe, das ist ganz gleichgültig, ich würde wahrscheinlich selber meiner Frau einen Liebhaber zuführen, wenn sie sich lange Zeit keinen genommen hätte. Meine Teure, würde ich zu ihr sagen, ich liebe dich, aber noch mehr liegt mir am Herzen, daß du mich achtest – hier! Habe ich nicht recht, habe ich nicht recht? ...«

Pjotr Petrowitsch kicherte zwar, als er das vernahm, aber ohne besonders bei der Sache zu sein. Er hatte kaum zugehört. In Wirklichkeit war er mit etwas ganz anderem beschäftigt, und sogar Lebesjatnikow merkte das schließlich. Pjotr Petrowitsch war geradezu aufgeregt; er rieb sich die Hände, während er nachdachte. Das alles kam Andrej Semjonowitsch erst später richtig zu Bewußtsein, und da wurde ihm manches klar ...

2

Es wäre eine schwierige Aufgabe, genau die Gründe aufzuzeigen, weshalb sich in Katerina Iwanownas verstörtem Kopf die Idee dieses sinnlosen Leichenschmauses festgesetzt hatte. Für das Essen waren in der Tat beinahe zehn Rubel von den mehr als zwanzig draufgegangen, die sie eigentlich für Marmeladows Begräbnis von Raskolnikow erhalten hatte. Vielleicht hielt sich Katerina Iwanowna dem Verstorbenen gegenüber für verpflichtet, sein Andenken zu ehren, »wie es sich gehört«, damit alle Mieter und insbesondere Amalja Iwanowna sahen, daß er keinesfalls geringer gewesen war als sie, sondern vielleicht sogar »weit besser«, und daß niemand von ihnen das Recht hatte, über ihn »die Nase zu rümpfen«. Vielleicht hatte zu ihrem Entschluß am meisten jener besondere *Stolz der Armen* beigetragen, der ja oft schuld ist, wenn bei einigen gesellschaftlichen Bräuchen, die nun einmal für alle und jeden verbindlich sind, viele arme Teufel ihre letzten Kräfte anstrengen und ihre sauer zusammengesparten Kopeken ausgeben, nur um »nicht geringer als die anderen« dazustehen, und damit diese anderen »nicht irgendwie über sie reden« können. Sehr wahrscheinlich ist ferner auch, daß Katerina Iwanowna den Wunsch hegte, gerade bei dieser Gelegenheit, gerade in dem Augenblick, da sie dem Anschein nach von allen auf der Welt verlassen war, ihren »unbedeutenden, abscheulichen Mitbewohnern« zu zeigen, daß sie nicht nur »zu leben und Gäste zu empfangen« verstehe, sondern daß sie überdies in keiner Weise für ein solches Leben erzogen worden sei, sondern »in dem vornehmen, ja man kann sogar sagen: aristokratischen Hause eines Obersts«, und daß ihr nicht an der Wiege gesungen war, sie müsse einmal selbst den Boden fegen und in den Nächten die Fetzen ihrer Kinder waschen. Solche Paroxysmen des Stolzes und der Eitelkeit suchen bisweilen gerade die ärmsten und verprügeltsten Menschen heim und äußern sich in einem reizbaren, unwiderstehlichen Bedürfnis nach Glanz und Prachtentfaltung. Dabei gehörte Katerina Iwanowna noch nicht einmal zu den verprügelten Leuten: die Umstände konnten sie zwar zerbrechen, aber sie moralisch zu *verprügeln*, das heißt, sie einzuschüchtern und ihren Willen zu unterjochen war unmöglich. Außerdem hatte Sonjetschka mit gutem Grund gesagt, Katerina Iwanownas Verstand verwirre sich. Freilich konnte man das noch nicht mit unumstößlicher Gewißheit behaupten, aber in der letzten Zeit, während des ganzen letzten Jahres, war ihr armer Kopf wirklich allzusehr gequält worden, um nicht einigen Schaden zu nehmen. Zudem begünstigt der rasche Fortschritt der Schwindsucht, wie die Ärzte sagen, eine Störung der geistigen Fähigkeiten.

Verschiedene *Weine* oder vielmehr verschiedene Weinsorten gab es nun freilich nicht, auch keinen *Madeira*; das war eine Übertreibung gewesen; aber Wein war da, desgleichen Wodka, Rum und Portwein, alles von der abscheulichsten Qualität, aber in hinreichender Menge. Zu essen gab es außer der Kutja, der traditionellen süßen Grütze, drei oder vier Gerichte – unter anderem auch Pfannkuchen –, alles aus der Küche Amalja Iwanownas, und obendrein hatte man gleich zwei Samoware für den Tee und Punsch, den es nach dem Essen geben sollte, auf den Tisch gestellt. Katerina Iwanowna hatte alles selbst eingekauft, indem sie nur die Hilfe eines Wohnungsgenossen, eines armseligen Polen, der Gott weiß warum bei Frau Lippewechsel wohnte, in Anspruch nahm;

dieser hatte sich sogleich angeboten, für Katerina Iwanowna Wege zu besorgen, und war den ganzen gestrigen Tag und heute vormittag unermüdlich und mit heraushängender Zunge umhergelaufen, wobei er sich anscheinend besondere Mühe gab, daß man das auch bemerke. Wegen der geringsten Kleinigkeit kam er jede Minute zu Katerina Iwanowna gelaufen, rannte sogar auf den Basar, um sie zu suchen, nannte sie unablässig »Frau Fähnrich« und wurde ihr schließlich unbeschreiblich lästig, obgleich sie anfangs gesagt hatte, daß sie ohne diesen »dienstbereiten, großherzigen Mann« völlig verloren wäre. Es war kennzeichnend für Katerina Iwanowna, daß sie den erstbesten, der ihr über den Weg lief, mit den schönsten, hellsten Farben ausschmückte, ihn in den Himmel hob, bis es manchem sogar peinlich wurde, daß sie zu seinem Lob einfach die verschiedensten Dinge erfand, die es gar nicht gab – wobei sie selbst allerdings völlig aufrichtig und reinen Herzens glaubte, es verhielte sich wirklich so –, und daß sie dann mit einemmal enttäuscht war, alle Beziehungen abbrach und den Menschen, vor dem sie sich soeben noch buchstäblich bis zur Erde verneigt hatte, beschimpfte und grob davonjagte. Von Natur aus hatte sie einen heiteren, fröhlichen, friedliebenden Charakter, aber infolge der nicht abreißenden Kette von Unglück und Mißerfolg begann sie jetzt so *toll* zu wünschen und zu fordern, alle möchten in Frieden und Freude leben und *sich nicht unterstehen*, anders zu leben, daß die geringste Dissonanz im Leben, der kleinste Mißerfolg sie gleich in Raserei versetzten und daß sie unmittelbar nach den rosigsten Hoffnungen und Phantasien anfing, ihr Schicksal zu verfluchen, alles zu zerreißen und fortzuwerfen, was ihr unter die Finger kam, und mit dem Kopf gegen die Wand zu rennen. Auch Amalja Iwanowna hatte aus unerfindlichen Gründen plötzlich ungewöhnliche Bedeutung für Katerina Iwanowna gewonnen und deren größte Hochachtung erlangt, vielleicht einzig deswegen, weil dieser Leichenschmaus veranstaltet wurde und weil Amalja Iwanowna sofort von ganzem Herzen bereit gewesen war, nach besten Kräften mitzuhelfen. Sie hatte es auf sich genommen, den Tisch zu decken, die Tischwäsche, das Geschirr und alles übrige zur Verfügung zu stellen und in ihrer Küche die Speisen zubereiten zu lassen. Katerina Iwanowna hatte ihr sozusagen eine Generalvollmacht gegeben und sie in der Wohnung zurückgelassen, während sie selbst sich auf den Friedhof begab. Und wirklich war alles prächtig hergerichtet: der Tisch war sogar recht hübsch gedeckt, obwohl das Geschirr, die Gabeln, die Messer, die Schnapsgläser, die Weingläser, die Teeschalen ... obwohl das alles natürlich nicht zusammenpaßte und von verschiedener Form und verschiedener Größe war, da man es von einer ganzen Reihe Mietern ausgeborgt hatte. Aber alles stand zur bestimmten Stunde auf dem richtigen Platz, und Amalja Iwanowna empfing die vom Friedhof Zurückkehrenden in dem Gefühl, ihre Sache vortrefflich gemacht zu haben, sogar mit einigem Stolz; sie hatte sich ganz festlich angezogen und trug eine Haube mit neuen Trauerbändern und ein schwarzes Kleid. Ihr Stolz war zwar nicht unbegründet, mißfiel aber Katerina Iwanowna aus irgendeinem Grund – wahrhaftig, als ob man ohne Amalja Iwanowna den Tisch nicht hätte decken können! Ihr mißfiel auch die Haube mit den neuen Bändern – ist diese dumme Deutsche am Ende stolz darauf, daß sie die Hauswirtin ist und sich aus Gnade herabließ, den armen Mietern zu helfen? Aus Gnade! Da muß ich schon sehr bitten! Bei Katerina Iwanownas Papa, der Oberst gewesen war und beinahe Gouverneur geworden wäre, war der Tisch manchmal für vierzig Personen gedeckt gewesen, so daß man irgendeine Amalja Iwanowna oder, besser gesagt, Ludwigowna dort nicht einmal in die Küche gelassen hätte ... Übrigens wollte Katerina Iwanowna vorläufig ihren Gefühlen nicht die Zügel schießen lassen, obgleich sie im tiefsten Herzen entschlossen war, unbedingt heute noch Amalja Iwanowna kleinzukriegen und auf den richtigen Platz zu verweisen, sonst könnte sich die vielleicht weiß Gott was einbilden; einstweilen begnügte sich Katerina Iwanowna jedoch damit, sie kühl zu behandeln. Eine andere Unannehmlichkeit kam noch hinzu und trug nicht wenig Schuld an Katerina Iwanownas Gereiztheit: von allen Mietern, die dazu eingeladen worden waren, hatte außer dem Polen, der es sogar noch fertigbrachte, auch auf den

Friedhof zu eilen, fast keiner am Begräbnis teilgenommen; und was die Leichenfeier anging, das heißt das Gedächtnisessen, so hatten sich auch dazu nur die Unscheinbarsten und Ärmsten eingefunden, viele von ihnen nicht einmal in nüchternem Zustand: richtiges Gesindel. Die würdigeren und angeseheneren Mieter waren dem Essen ausnahmslos ferngeblieben, wie mit Absicht, als hätten sie sich verabredet. Pjotr Petrowitsch Luschin zum Beispiel, der, wie man wohl sagen konnte, angesehenste unter allen Mietern, fehlte, und dabei hatte Katerina Iwanowna noch am gestrigen Abend aller Welt, das heißt Amalja Iwanowna, Poljetschka, Sonja und dem Polen, erzählt, daß Luschin, ein überaus vornehmer, großherziger Mann mit gewaltigen Verbindungen und großem Vermögen, der einst ein Freund ihres ersten Mannes und auch im Haus ihres Vaters ein gerngesehener Gast gewesen sei, versprochen habe, alles in Bewegung zu setzen, um ihr eine erhebliche Pension zu erwirken. Wir wollen einflechten, daß Katerina Iwanowna, sooft sie mit den Beziehungen und dem Vermögen irgend jemandes prahlte, das ohne jede eigennützige Absicht tat, ohne jede Berechnung, sozusagen nur aus übervollem Herzen, nur um des Vergnügens willen, das Gelobte noch mehr zu loben und ihm noch höheren Wert zu verleihen. Ebenso wie Luschin und wahrscheinlich »infolge seines Beispiels« war auch »dieser abscheuliche Schurke Lebesjatnikow« nicht erschienen. Wofür hielt sich denn dieser Kerl? Er war doch nur aus Gnade eingeladen worden, und auch das lediglich, weil er mit Pjotr Petrowitsch in einem Zimmer wohnte und dessen Bekannter war, so daß »es peinlich gewesen wäre, ihn nicht zu dem Mahl aufzufordern«. Ferner waren auch eine vornehme Dame und ihre »überreife Tochter« nicht erschienen, zwei Frauen, die zwar erst seit etwa zwei Wochen bei Amalja Iwanowna wohnten, sich aber schon mehrmals über den Lärm und das Geschrei im Zimmer der Familie Marmeladow beschwert hatten, zumal wenn der Verstorbene betrunken nach Hause gekommen war. Katerina Iwanowna hatte von diesen Beschwerden bereits durch Amalja Iwanowna erfahren, als diese bei einem Streit drohte, sie werde die ganze Familie hinauswerfen, und aus voller Kehle schrie, sie störten »vornehme Mieter, deren kleinen Finger sie nicht wert« seien. Katerina Iwanowna hatte daraufhin diese Dame und ihre Tochter, deren kleinen Finger sie angeblich nicht wert war, absichtlich eingeladen, vor allem, da jene sich bisher bei zufälligen Begegnungen hochmütig umgedreht hatte. Diese Person sollte wissen, daß man hier »vornehmer dachte und fühlte und jemanden einlud, ohne ihm etwas nachzutragen«, und die beiden sollten sehen, daß Katerina Iwanowna nicht gewohnt war, in einer solchen Umgebung zu leben. Das gedachte sie unbedingt den beiden Damen bei Tisch zu erklären, ebenso wie sie von der Gouverneurskandidatur ihres verstorbenen Papas erzählen und dabei gleichzeitig die Andeutung fallen lassen wollte, daß gar kein Grund vorliege, sich bei einem Zusammentreffen umzudrehen, sondern daß das bloß außerordentlich dumm sei. Auch der dicke Oberstleutnant – in Wirklichkeit war er Stabskapitän im Ruhestand – war nicht gekommen, aber es stellte sich heraus, daß er schon seit dem gestrigen Vormittag sinnlos betrunken war. Kurz und gut, erschienen waren nur der Pole; ferner ein widerlicher Kanzleibeamter in einem verschmierten Frack, ein Kerl, der das Gesicht voll Pusteln hatte, abscheulich roch und kein Wort sprach; ein taubes und fast völlig blindes altes Männchen, das seinerzeit einmal in einem Postamt gedient hatte und dem von irgend jemandem seit undenklichen Zeiten und aus unbekannten Gründen der Aufenthalt bei Amalja Iwanowna bezahlt wurde; schließlich ein völlig betrunkener Leutnant im Ruhestand, der in Wirklichkeit Proviantbeamter war, ein Mensch mit einem höchst unanständigen, lauten Lachen, der – »stellen Sie sich das nur vor!« – nicht einmal eine Weste trug! Ein weiterer Gast hatte sich gleich zu Tisch begeben und hingesetzt, ohne Katerina Iwanowna auch nur zu begrüßen, und zuletzt erschien ein Kerl im Schlafrock, der keinen Anzug besaß. Aber das ging wahrhaftig zu weit, so daß er dank den Bemühungen Amalja Iwanownas und des Polen aus dem Zimmer geführt wurde. Der Pole hatte übrigens noch zwei andere Polen mitgebracht, die noch nie bei Amalja Iwanowna gewohnt hatten und die bisher niemand im Hause kannte. All das reizte Katerina Iwanowna im höchsten Maße. Für wen sind bloß alle diese Vorbereitungen getroffen worden? Sogar die Kinder hatte man, um Platz zu gewinnen, nicht an den Tisch gesetzt, der ohnedies schon das ganze Zimmer einnahm, sondern es war für sie in der hinteren Ecke auf einer Truhe gedeckt worden; die beiden Kleinen hatte man auf eine niedere Bank gesetzt, und Poljetschka als die Größte sollte auf sie aufpassen, ihnen zu essen geben und ihnen, »wie es sich für vornehme Kinder gehört«, die Nase putzen. Mit einem Wort, es war kein Wunder, daß Katerina Iwanowna jetzt unwillkürlich glaubte, alle mit verdoppelter Würde, ja sogar mit Hochmut behandeln zu müssen. Einige musterte sie besonders streng und lud sie von oben herab ein, sich zu Tisch zu setzen. Da sie aus irgendwelchen Gründen der Meinung war, daß für alle Nichterschienenen Amalja Iwanowna die Verantwortung zu tragen habe, begann sie diese plötzlich höchst geringschätzig zu behandeln, was Amalja Iwanowna unverzüglich bemerkte und was sie sofort zutiefst beleidigte. Ein solcher Anfang verhieß kein gutes Ende.

Schließlich hatten alle Platz genommen. Raskolnikow war fast im selben Augenblick eingetreten, als die Familie vom Friedhof zurückkehrte. Katerina Iwanowna freute sich schrecklich über sein Kommen, erstens weil er der einzige »gebildete Gast« war und »sich bekanntlich vorbereitete, in zwei Jahren an der hiesigen Universität einen Lehrstuhl zu übernehmen«, und zweitens weil er sich sogleich auf die ehrerbietigste Weise bei ihr entschuldigte, daß er entgegen seinen Wünschen dem Begräbnis nicht habe beiwohnen können. Sie stürzte sich geradezu auf ihn und wies ihm am Tisch den Platz zu ihrer Linken an – rechts von ihr saß Amalja Iwanowna –; und trotz ihrer ununterbrochenen Geschäftigkeit und ihrer Sorge, daß die Speisen auch richtig aufgetragen würden und daß jeder etwas erhielte, trotz dem quälenden Husten, der jeden Augenblick ihre Worte unterbrach und sie beinahe erstickte – er schien in diesen letzten zwei Tagen besonders hartnäckig geworden zu sein –, wandte sie sich in einem fort an Raskolnikow und beeilte sich, ihm halblaut alle Gefühle zu offenbaren, die sich in ihr angesammelt hatten, und vor ihm ihre ganze gerechte Entrüstung über die mißlungene Leichenfeier auszuschütten. Freilich wechselte ihre Entrüstung oft mit dem fröhlichsten, unaufhaltsamsten Lachen über die versammelten Gäste, hauptsächlich jedoch über die Hauswirtin, ab.

»An allem ist diese Pute schuld, Sie verstehen schon, wen ich meine – sie, sie!« Und Katerina Iwanowna nickte mit dem Kopf zu der Hauswirtin hin. »Sehen Sie nur: da hat sie die Augen aufgerissen und merkt, daß wir von ihr reden, aber sie kann mich nicht hören und glotzt bloß. Pfui, diese Eule! Hahaha! . . . Kch–kch–kch! Und was will sie bloß mit ihrer Haube! Kch–kch–kch! Haben Sie gemerkt: sie möchte allen weismachen, daß sie uns begönnert und mir durch ihre Anwesenheit eine Ehre erweist. Ich habe sie, weil ich sie für anständig hielt, gebeten, möglichst gute Leute einzuladen, insbesondere solche, die der Verstorbene gekannt hat, aber sehen Sie nur, wen sie da alles herbeigeschleppt hat: Hanswürste! Mistfinken! Sehen Sie sich nur diesen da mit dem unsauberen Gesicht an; eine Rotznase auf zwei Beinen! Und diese Polacken . . . hahaha! Kch–kch–kch! Kein Mensch hat sie je hier gesehen, auch ich nicht; warum sind sie also gekommen, frage ich Sie? Da sitzen sie artig nebeneinander. – Pane, he!« rief sie plötzlich einem der Polen zu, »haben Sie schon Pfannkuchen genommen? Nehmen Sie doch noch! Trinken Sie Bier, trinken Sie! Wollen Sie keinen Schnaps? – Schauen Sie bloß: da ist er aufgesprungen und verbeugt sich . . . Schauen Sie bloß: die Leute müssen ja ganz ausgehungert sein, die Armen! Macht nichts, mögen sie nur essen! Wenigstens machen sie keinen Lärm, nur . . . nur fürchte ich freilich für die Silberlöffel der Hauswirtin . . . Amalja Iwanowna!« wandte sie sich mit einemmal fast für alle hörbar laut an ihre Nachbarin, »falls man Ihnen vielleicht Löffel stiehlt, bin ich dafür nicht verantwortlich, ich mache Sie schon jetzt darauf aufmerksam! – Hahaha!« platzte sie heraus, wandte sich wieder Raskolnikow zu, deutete mit dem Kopf abermals auf die Hauswirtin und freute sich über ihren Angriff. »Sie hat mich nicht verstanden; schon wieder hat sie mich nicht verstanden! Da sitzt sie und sperrt den Mund auf, sehen Sie nur: eine Eule, eine richtige

Eule, ein Waldkauz mit neuen Bändern an der Haube, hahaha!«

Hier ging ihr Lachen aufs neue in einen unerträglichen Husten über, der etwa fünf Minuten dauerte. Ihr Taschentuch war etwas blutig geworden; Schweißtropfen traten ihr auf die Stirn. Schweigend zeigte sie Raskolnikow das Blut, doch kaum hatte sie sich erholt, als sie ihm wieder mit außerordentlicher Lebhaftigkeit, rote Flecke auf den Wangen, zuflüsterte: »Sehen Sie, ich gab ihr auf die allerfeinste Weise, wie man wohl sagen kann, den Auftrag, diese Dame und ihre Tochter einzuladen ... Sie wissen doch, von wem ich spreche? Da hätte sie ungemein zartfühlend vorgehen und die Sache auf die kunstvollste Art in Angriff nehmen müssen. Aber sie hat es so verkehrt angefangen, daß diese erst neulich zugereiste dumme Gans, diese anmaßende Kreatur, diese nichtswürdige Provinzlerin nur deshalb, weil sie die Witwe irgendeines Majors ist und sich in die Hauptstadt begeben hat, um wegen ihrer Pension vorzusprechen und in allen Ämtern ihren Rocksaum abzuwetzen, und weil sie sich mit fünfundfünfzig Jahren die Lider schwärzt und sich weiß und rot anmalt – das ist bekannt! ... daß also diese Kreatur es nicht für nötig hielt, meiner Einladung zu folgen, ja, daß sie nicht einmal, wenn sie schon nicht kommen konnte, eine Entschuldigung geschickt hat, wie es in solchen Fällen doch die primitivste Höflichkeit erfordert! – Ich kann mir gar nicht erklären, warum Pjotr Petrowitsch nicht gekommen ist. Und wo bleibt Sonja denn? Wo ist sie nur hingegangen? Ah, da ist sie ja endlich! Nun, Sonja, wo warst du denn? Merkwürdig, daß du sogar bei der Leichenfeier für deinen Vater so unpünktlich bist. Rodion Romanowitsch, lassen Sie sie an Ihrer Seite Platz nehmen. Dort ist ein Stuhl, Sonjetschka ... nimm dir, was du willst. Nimm dir von der Sülze, die ist am besten. Gleich werden die Pfannkuchen aufgetragen. Haben die Kinder schon bekommen? Poljetschka, habt ihr alles? Kch–kch–kch! Ja, gut. Sei artig, Lenja, und du, Kolja, wippe nicht mit den Beinen; sitz, wie ein artiger Junge zu sitzen hat. Was sagst du, Sonjetschka?«

Sonja richtete ihr rasch die Entschuldigung Pjotr Petrowitschs aus. Sie gab sich Mühe, möglichst laut zu sprechen, damit alle es hören konnten, und gebrauchte die ehrerbietigsten und ausgesuchtesten Ausdrücke, die sie Pjotr Petrowitsch absichtlich in den Mund legte, indem sie seine Sätze ausschmückte. Sie fügte hinzu, Pjotr Petrowitsch lasse vor allem bestellen, daß er, sobald ihm das möglich sei, unverzüglich kommen werde, um mit Katerina Iwanowna unter vier Augen über die *geschäftlichen Dinge* zu sprechen und mit ihr zu verabreden, was man in Zukunft tun und unternehmen könne, und so weiter und so weiter.

Sonja wußte, daß das Katerina Iwanowna versöhnen und beruhigen werde, daß es ihr schmeichelte und daß dann vor allem ihrem Stolz Genüge getan war. Sie saß neben Raskolnikow, vor dem sie sich rasch verbeugt hatte, und musterte ihn neugierig von der Seite. Übrigens vermied sie es während der ganzen folgenden Zeit, ihn anzusehen und mit ihm zu sprechen. Sie schien geradezu zerstreut, obgleich sie unentwegt Katerina Iwanowna ins Gesicht sah, um ihr jeden Wunsch von den Augen abzulesen. Weder sie noch Katerina Iwanowna trugen Trauer, weil sie keine entsprechenden Kleider hatten; Sonja hatte ein dunkelbraunes Kleid an, und Katerina Iwanowna hatte ihr einziges Kleid, ein dunkles, gestreiftes Kattunkleid, angezogen. Die Mitteilung über Pjotr Petrowitsch tat Katerina Iwanowna sichtlich wohl. Sie hörte Sonja mit gewichtiger Miene zu und erkundigte sich mit der gleichen Wichtigkeit, wie es Pjotr Petrowitsch gehe. Unverzüglich darauf *flüsterte* sie Raskolnikow beinahe laut zu, es wäre auch merkwürdig gewesen, wenn sich ein so geachteter und angesehener Mann wie Pjotr Petrowitsch in eine »so ungewöhnliche Gesellschaft« verirrt hätte, trotz all seiner Ergebenheit ihrer Familie gegenüber und trotz seiner alten Freundschaft mit ihrem, Katerina Iwanownas, Papa.

»Und darum bin ich Ihnen, lieber Rodion Romanowitsch, auch so besonders dankbar, daß Sie meine Gastfreundschaft nicht verschmäht haben, trotz dieser Umgebung«, setzte sie fast laut hinzu; »allerdings bin ich davon überzeugt, daß nur Ihre besondere Freundschaft mit meinem armen verstorbenen Mann Sie bewogen hat, Ihr Wort zu halten.«

Dann musterte sie noch einmal stolz und würdevoll ihre Gäste und erkundigte sich plötzlich mit ungewöhnlicher Fürsorge laut über den Tisch hinweg bei dem tauben alten Mann, ob er nicht noch etwas Braten wolle und ob man ihm auch Portwein eingeschenkt habe. Der Alte antwortete nicht und konnte die längste Zeit nicht verstehen, wonach er gefragt wurde, obgleich seine Nachbarn ihn des Spaßes halber sogar mit den Ellbogen anstießen. Er blickte lediglich mit offenem Munde um sich, womit er die allgemeine Heiterkeit nur noch schürte.

»Sehen Sie, was für ein Klotz! Schauen Sie nur, schauen Sie nur! Wozu hat man ihn bloß mit hierhergebracht? Was übrigens Pjotr Petrowitsch angeht, so habe ich immer gewußt, was wir an ihm haben«, fuhr Katerina Iwanowna, zu Raskolnikow gewandt, fort; »er ist natürlich etwas ganz anderes ...« sagte sie dann scharf und laut und mit ungewöhnlich strenger Miene zu Amalja Iwanowna, worauf diese förmlich erschrak. »Er ist etwas ganz anderes als Ihre aufgedonnerten Weiber mit der Schleppe, die man in Papas Haus nicht einmal in die Küche gelassen hätte; mein verstorbener Mann hätte ihnen nur eine Ehre erwiesen, wenn er sie empfangen hätte, und auch das hätte er sicher nur in seiner unausschöpfbaren Güte getan.«

»Ja, ja, er hat gern getrunken; das hat er gern getan, getrunken hat er!« rief plötzlich der Proviantmeister im Ruhestand, während er das zwölfte Glas Schnaps leerte.

»Mein gottseliger Mann hatte wirklich diese Schwäche, und das wissen wir alle«, entgegnete Katerina Iwanowna kampfbereit; »aber er war ein guter, edler Mensch, der seine Familie liebte und achtete; schlimm war nur, daß er in seiner Güte allerlei lasterhaften Leuten zu sehr vertraute und mit Gott weiß wem trank, mit Leuten, die nicht einmal seine Schuhsohlen wert waren! Stellen Sie sich nur vor, Rodion Romanowitsch: in seiner Tasche fanden wir einen Lebkuchenhahn; er war völlig betrunken, dachte aber doch an seine Kinder.«

»Einen Hahn? Sie sagten: einen Hahn?« rief der Herr vom Verpflegungswesen.

Katerina Iwanowna würdigte ihn keiner Antwort. Sie seufzte gedankenvoll.

»Sie glauben gewiß, wie alle, ich sei zu streng mit ihm gewesen«, fuhr sie, zu Raskolnikow gewandt, fort. »Aber das stimmt nicht. Er achtete mich, er achtete mich aufrichtig! Er war ein Mensch mit einer guten Seele! Und wie leid er mir manchmal getan hat! Oft saß er in seiner Ecke und sah mich an; da bekam ich solches Mitleid mit ihm, und es drängte mich geradezu, freundlich zu ihm zu sein, aber dann dachte ich: Wenn du jetzt freundlich zu ihm bist, wird er sich sicher wieder betrinken! Nur mit Strenge konnte man ihn ein bißchen zurückhalten.«

»Jawohl, meine Dame. Er wurde auch an den Haaren gezogen, mehr als einmal sogar, meine Dame«, grölte der Proviantbeamte wiederum und schenkte sich noch ein Glas Schnaps ein.

»Solche Dummköpfe sollte man nicht nur an den Haaren ziehen, sondern es wäre auch ganz angebracht, sie mit dem Besenstiel zu bearbeiten. Jetzt meine ich aber nicht den Verstorbenen!« fiel Katerina Iwanowna dem Proviantbeamten ins Wort.

Die roten Flecke auf ihren Wangen wurden dunkler und dunkler. Ihre Brust hob und senkte sich. Noch ein Augenblick, und sie wäre bereit gewesen, einen Skandal zu inszenieren. Ein paar kicherten; den meisten war das alles sichtlich angenehm. Die Nachbarn des Proviantbeamten stießen ihn mit dem Ellbogen an und flüsterten ihm etwas zu. Offenbar wollten sie die beiden gegeneinanderhetzen.

»Er-er-erlauben Sie mir die Frage: wen meinen Sie mit Ihren Worten?« wandte sich der Proviantbeamte an sie; »das heißt, auf wen . . . waren Ihre Worte jetzt . . . Ach, lassen wir das! Unsinn! Eine Witwe! Eine arme Witwe! Ich verzeihe ihr . . . Ich passe!«

Er stürzte abermals ein Glas Wodka hinunter.

Raskolnikow saß da und lauschte schweigend und angeekelt. Nur aus Höflichkeit aß er ein paar Bissen von dem, was ihm Katerina Iwanowna jeden Augenblick auf den Teller häufte; und auch das tat er nur, um sie nicht zu beleidigen. Unverwandt sah er Sonja an. Sonja aber wurde immer unruhiger und sorgenvoller; auch sie sah voraus, daß der Leichenschmaus kein friedliches Ende nehmen werde, und beobachtete voll Angst die wachsende Gereiztheit Katerina Iwanownas. Es war ihr übrigens bekannt, daß die beiden fremden Damen die Einladung Katerina Iwanownas vor allem ihret-, Sonjas, wegen so geringschätzig übergangen hatten. Sie hatte von Amalja Iwanowna gehört, daß die ältere Dame über die Einladung geradezu beleidigt gewesen war und die Frage gestellt hatte, wie sie denn ihre Tochter neben ein *solches Mädchen* setzen könnte. Sonja ahnte, daß Katerina Iwanowna auf irgendeine Art schon davon erfahren hatte, und eine Sonja zugefügte Beleidigung bedeutete für Katerina Iwanowna mehr als eine Beleidigung ihrer eigenen Person, ihrer Kinder, ihres Papas; sie war mit einem Wort eine tödliche Beleidigung, und Sonja war sich darüber im klaren, daß Katerina Iwanowna jetzt nicht ruhen noch rasten werde, bis sie diesen Haubenstöcken gezeigt hatte, daß sie beide ... und so weiter und so fort. Wie aus böser Absicht reichte gerade in diesem Moment jemand vom anderen Ende des Tisches Sonja einen Teller herauf, auf dem zwei aus schwarzem Brot geknetete Herzen lagen, von einem Pfeil durchbohrt. Katerina Iwanowna fuhr auf und rief sofort mit sehr lauter Stimme über den Tisch hinweg, der Absender sei gewiß »ein betrunkener Esel«. Amalja Iwanowna, der ebenfalls Böses schwante und die gleichzeitig bis in die tiefste Seele durch den Hochmut Katerina Iwanownas beleidigt war, begann plötzlich, um die gereizte Stimmung der Gesellschaft zu besänftigen und sich nebenbei in der allgemeinen Meinung ein besseres Ansehen zu verschaffen, ganz ohne ersichtlichen Grund von einem ihrer Bekannten zu erzählen. »Karl aus der Apotheke«, wie er hieß, sei nachts in einer Droschke gefahren, und da habe der Kutscher ihn umbringen wollen; aber Karl habe sehr, sehr schön gebeten, er möge ihn am Leben lassen, und habe viel geweint und die Hände gerungen und sich gefürchtet, und vor Angst sei ihm das Herz ganz »durchbohrt« gewesen. Katerina Iwanowna lächelte zwar, bemerkte aber gleich darauf, Amalja Iwanowna sollte keine Geschichten auf russisch erzählen. Amalja Iwanowna war noch mehr beleidigt und wandte ein, ihr Vater aus Berlin sei ein sehr, sehr wichtiger Mann gewesen und sei immer »mit die Hände in die Taschen gegangen«. Katerina Iwanowna konnte sich nicht mehr zurückhalten und begann furchtbar zu lachen, so daß Amalja Iwanowna ihre letzte Geduld verlor und sich kaum noch zu beherrschen fähig war.

»Sehen Sie sich bloß diese Eule an!« flüsterte Katerina Iwanowna beinahe fröhlich Raskolnikow zu. »Sie wollte sagen, daß er seine Hände in der Tasche behielt, und es hörte sich so an, als ob er anderen in die Taschen gegriffen hätte, kch-kch-kch. Ist Ihnen schon aufgefallen, Rodion Romanowitsch, daß diese Ausländer, die in Petersburg leben, zumal die Deutschen, die aus irgendwelchen Gründen zu uns kommen, alle ohne Ausnahme dümmer sind als wir? Sie müssen doch selber zugeben: kann man denn so etwas erzählen, daß ‚Karls Herz vor Angst durchbohrt' gewesen sei und daß er, diese Rotznase, statt den Droschkenkutscher zu fesseln, ‚die Hände gerungen und geweint und sehr schön gebeten habe'? Ach, diese dumme Ziege! Und sie meint noch, das sei sehr rührend, und ahnt gar nicht, wie dumm sie ist! Meiner Ansicht nach ist dieser betrunkene Proviantmensch weit klüger als sie; wenigstens sieht man gleich auf den ersten Blick, daß er ein liederlicher Kerl ist und seinen letzten Verstand versoffen hat, aber die andern sind alle so gesittet und so ernst... Da sitzt sie jetzt da und reißt die Augen auf. Sie kocht vor Zorn! Sie kocht! Hahaha! Kch – kch – kch!«

In ihrer fröhlichen Stimmung verlor sich Katerina Iwanowna sofort in hundert Einzelheiten und begann plötzlich davon zu sprechen, daß sie mit Hilfe der Pension, die man ihr erwirken werde, unbedingt in T., ihrer Heimatstadt, ein Pensionat für vornehme junge Mädchen eröffnen werde. Raskolnikow hatte das von Katerina Iwanowna selbst noch nicht gehört, und sie ließ sich sofort hinreißen, ihm die verlockendsten Details zu schildern. Plötzlich – niemand wußte wie – hatte sie ebenjenes Diplom in der Hand, von dem ihr verstorbener Gatte damals Raskolnikow erzählt hatte, als er ihm in dem Gasthaus berichtete, wie Katerina Iwanowna, seine Gemahlin, seinerzeit bei der Schlußfeier des Instituts mit einem Schal »vor dem Gouverneur und vor anderen Persönlichkeiten« getanzt habe. Dieses Diplom sollte offenbar als Beweis dafür dienen, daß Katerina Iwanowna befähigt war, ein Pensionat zu leiten; aber sie hatte es hauptsächlich deshalb in Bereitschaft gehalten, um »diese beiden aufgedonnerten Haubenstöcke« endgültig mundtot zu machen, falls sie zu dem Essen kommen sollten, und um ihnen klar zu beweisen, daß Katerina Iwanowna aus einem höchst vornehmen, »man kann sogar sagen: aus einem aristokratischen Haus« stammte und als Tochter eines Obersts ganz gewiß besser war als manche der in letzter Zeit so aus dem Boden geschossenen Abenteurerinnen. Das Diplom ging unter den betrunkenen Gästen sofort von Hand zu Hand, wogegen Katerina Iwanowna nichts einzuwenden hatte; denn es stand tatsächlich darin, en toutes lettres, daß sie die Tochter eines Hofrats und Ritters mehrerer Orden war, folglich wirklich beinahe als die Tochter eines Obersts gelten konnte. Katerina Iwanowna, die in Hitze geraten war, verbreitete sich unverzüglich über alle Einzelheiten ihres künftigen herrlichen und ruhigen Lebens in T.; sie sprach von den Gymnasiallehrern, die sie zum Unterricht in ihrem Pensionat heranziehen werde, von einem ehrwürdigen alten Männlein, einem Franzosen namens Mangot, der Katerina Iwanowna einst selber noch im Institut unterrichtet hatte und der jetzt seinen Lebensabend in T. verbrachte ... und ganz gewiß gegen eine mäßige Bezahlung zu ihr kommen werde. Schließlich kam man auch auf Sonja zu sprechen, die gemeinsam mit Katerina Iwanowna nach T. fahren und ihr dort in allem helfen und zur Hand gehen sollte. Doch da prustete plötzlich jemand am Ende des Tisches vor Lachen los. Katerina Iwanowna bemühte sich sofort, voll Verachtung das am anderen Ende des Tisches losgebrochene Gelächter zu überhören, und begann mit absichtlich lauterer Stimme begeistert Sofja Semjonownas unzweifelhafte Fähigkeiten zu rühmen, ihr als Hilfe zu dienen, und »ihre Sanftmut, Geduld, Aufopferung, Vornehmheit und Bildung« zu loben, wobei sie Sonjas Wange tätschelte und zweimal aufstand und sie innig küßte. Sonja war ganz rot geworden, und Katerina Iwanowna brach plötzlich in Tränen aus und bemerkte von sich selber, sie sei »eine dumme Gans mit schwachen Nerven« und am Ende ihrer Kräfte; es sei Zeit, Schluß zu machen und, da der Imbiß schon eingenommen sei, den Tee aufzutragen. Im selben Augenblick unternahm Amalja Iwanowna, die nunmehr endgültig beleidigt war, weil sie an dem ganzen Gespräch nicht hatte teilnehmen können und weil man ihr überhaupt nicht zuhörte, plötzlich einen letzten Versuch und riskierte es, indem sie ihren Ärger hinunterschluckte, zu Katerina Iwanowna eine außerordentlich sachliche und tiefsinnige Bemerkung zu machen: sie müsse in ihrem zukünftigen Pensionat der sauberen Wäsche der Mädchen besondere Aufmerksamkeit schenken; es sei unbedingt eine tüchtige Dame nötig, die auf die Wäsche aufpasse; und sodann dürften die jungen Mädchen in der Nacht nicht heimlich Romane lesen. Katerina Iwanowna, die wirklich verstört und überaus müde war und der diese ganze Feier schon allzusehr auf die Nerven fiel, schnitt Amalja Iwanowna sogleich das Wort ab und fuhr sie an, sie »rede Unsinn« und habe keine Ahnung von diesen Dingen; für die Wäsche habe die Beschließerin zu sorgen, nicht aber die Vorsteherin eines vornehmen Pensionats, und was das Lesen von Romanen anbelange, so sei ihre Bemerkung schlechthin unanständig, und sie, Katerina Iwanowna, bitte sie, den Mund zu halten. Amalja Iwanowna wurde rot und bemerkte zornig, daß sie es nur gut gemeint habe, sehr gut sogar, daß man ihr aber für die Wohnung schon lange nichts mehr gezahlt habe. Katerina Iwanowna verwies sie sogleich auf den ihr gebührenden Platz und sagte, sie lüge, wenn sie behaupte, sie meine es gut; erst gestern, als der Verstorbene noch auf dem Tisch gelegen habe, habe sie sie wegen der Miete gequält. Darauf entgegnete Amalja Iwanowna höchst folgerichtig, sie habe die beiden Damen ja eingeladen, aber diese Damen seien nicht gekommen, weil sie vornehme Damen seien und deshalb unvornehme Damen nicht besuchen könnten. Katerina Iwanowna betonte sogleich, da sie, die Hauswirtin, eine Mistschlampe sei, könne sie nicht beurteilen, worin wahre Vornehmheit bestehe. Amalja Iwanowna ließ diesen

Vorwurf nicht auf sich sitzen und erklärte unverzüglich, ihr Vater aus Berlin sei ein hochwichtiger Mann gewesen und sei immer mit die Hände in die Taschen gegangen und habe immer paff, paff! gemacht. Und um ihren Vater möglichst wahrheitsgetreu darzustellen, sprang Amalja Iwanowna auf, steckte beide Hände in die Taschen, blies die Wangen auf und begann mit dem Mund unbestimmbare Geräusche zu erzeugen, die wie paff, paff! klangen. Alle Mieter brachen in schallendes Gelächter aus und hetzten durch ihren Beifall Amalja Iwanowna absichtlich auf, da sie eine Balgerei zwischen den beiden Frauen voraussahen. Katerina Iwanowna konnte es nicht mehr ertragen. Sie schrie so laut, daß alle es hören konnten, Amalja Iwanowna habe vielleicht überhaupt keinen Vater gehabt; sie sei einfach eine versoffene Petersburger Finnin und früher ganz gewiß irgendwo Köchin gewesen, wenn nicht etwas noch Schlimmeres. Amalja Iwanowna wurde rot wie ein Krebs und kreischte, Katerina Iwanowna habe vielleicht keinen Vater gehabt; ihr Vater aber stamme aus Berlin; er habe einen ganz langen Rock getragen und immer paff, paff, paff! gemacht. Katerina Iwanowna bemerkte geringschätzig, ihre Herkunft sei wohl allen bekannt, und in diesem Diplom hier stehe schwarz auf weiß, daß ihr Vater Oberst gewesen sei; Amalja Iwanownas Vater dagegen – wenn sie überhaupt irgendeinen Vater gehabt habe – sei gewiß irgendein Petersburger Finne oder Este gewesen und habe Milch verkauft; aber wahrscheinlich habe sie überhaupt keinen Vater gehabt, denn bis jetzt wisse niemand, wie der Vatersname Amalja Iwanownas eigentlich laute: Iwanowna oder Ludwigowna. Da geriet Amalja Iwanowna endgültig in Wut, schlug mit der Faust auf den Tisch und kreischte, sie heiße Amalja Iwanowna und nicht Ludwigowna, ihr Vater habe Johann geheißen und sei Bürgermeister gewesen; Katerina Iwanownas Vater sei ganz bestimmt niemals Bürgermeister gewesen. Katerina Iwanowna erhob sich von ihrem Platz und bemerkte streng und mit scheinbar ruhiger Stimme, obgleich sie ganz blaß war und ihre Brust sich stürmisch hob und senkte, wenn Amalja Iwanowna es auch nur ein einziges Mal wage, ihren dreckigen, jämmerlichen Vater mit ihrem,

Katerina Iwanownas, Papa in einem Atem zu nennen, dann werde sie, Katerina Iwanowna, ihr die Haube herunterreißen und mit den Füßen zertrampeln. Als Amalja Iwanowna das hörte, lief sie im Zimmer hin und her, schrie aus voller Kehle, sie sei hier die Herrin im Haus, und Katerina Iwanowna müsse noch in dieser Minute die Wohnung verlassen; dann stürzte sie zum Tisch und räumte die silbernen Löffel weg. Lärm und Gepolter erhoben sich; die Kinder begannen zu weinen. Sonja lief zu Katerina Iwanowna, um sie zurückzuhalten, doch als Amalja Iwanowna plötzlich laut schreiend eine Bemerkung über den gelben Ausweis machte, stieß Katerina Iwanowna Sonja zurück, warf sich auf Amalja Iwanowna und wollte an Ort und Stelle ihre Drohung mit der Haube verwirklichen. Im selben Augenblick ging die Tür auf, und auf der Schwelle erschien Pjotr Petrowitsch Luschin. Er stand da und musterte mit strengem, aufmerksamem Blick die ganze Gesellschaft. Katerina Iwanowna stürzte auf ihn zu.

3

»Pjotr Petrowitsch!« schrie sie, »nehmen Sie mich in Schutz! Machen Sie diesem dummen Geschöpf klar, daß sie sich nicht unterstehen darf, mit einer ins Unglück geratenen vornehmen Dame so umzugehen, und daß es dagegen sogar einen gerichtlichen Schutz gibt ... Ich gehe zum Generalgouverneur persönlich ... Vor dem wird sie sich verantworten müssen ... Erinnern Sie sich doch der Gastfreundschaft meines Vaters und schützen Sie die Waisen!«

»Erlauben Sie, gnädige Frau ... erlauben Sie, erlauben Sie, gnädige Frau«, wehrte Pjotr Petrowitsch ab. »Wie Sie selbst wissen, hatte ich keineswegs die Ehre, Ihren Herrn Papa zu kennen ... Erlauben Sie, gnädige Frau!« Jemand lachte laut auf. »Aber ich habe nicht die mindeste Absicht, mich in Ihre ununterbrochenen Streitigkeiten mit Amalja Iwanowna zu mischen ... Ich komme in einer wichtigen Angelegenheit ... und möchte mich unverzüglich mit Ihrer Stieftochter, Sofja

... Iwanowna ... das ist doch richtig? ... aussprechen. Bitte, lassen Sie mich vorbei ...«

Pjotr Petrowitsch machte einen Bogen um Katerina Iwanowna und ging in die entgegengesetzte Ecke, wo Sonja stand.

Katerina Iwanowna blieb wie vom Blitz getroffen stehen und rührte sich nicht vom Fleck. Sie konnte nicht fassen, wie Pjotr Petrowitsch es fertigbrachte, die Gastfreundschaft ihres Vaters zu verleugnen. Nachdem sie die Geschichte mit dieser Gastfreundschaft einmal erfunden hatte, glaubte sie jetzt daran wie ans Evangelium. Sie war auch von dem sachlichen, trockenen Ton Pjotr Petrowitschs, der geradezu eine geringschätzige Drohung anklingen ließ, erschüttert. Auch die übrigen Gäste waren bei seinem Erscheinen verstummt. Abgesehen davon, daß dieser »nüchterne, seriöse« Mann überhaupt nicht in ihre Gesellschaft paßte, merkte man außerdem, daß er in einer wichtigen Sache gekommen war. Wahrscheinlich war es kein gewöhnlicher Grund, der ihn eine solche Gesellschaft hatte aufsuchen lassen, und es mußte gleich irgend etwas geschehen. Raskolnikow, der neben Sonja stand, trat zur Seite, um ihn vorbeizulassen; Pjotr Petrowitsch schien ihn überhaupt nicht zu bemerken. Einen Augenblick später zeigte sich auch Lebesjatnikow auf der Schwelle; ins Zimmer trat er nicht, sondern er blieb ebenfalls in einer Art besonderer Neugier, beinahe mit Staunen, stehen; er lauschte, doch hatte es den Anschein, als könnte er lange Zeit nicht begreifen, was sich vor seinen Augen abspielte.

»Entschuldigen Sie, wenn ich Sie störe, aber die Angelegenheit ist ziemlich dringend«, sagte Pjotr Petrowitsch gleichsam zu allen, ohne sich an jemanden persönlich zu wenden. »Ich freue mich sogar, wenn ich mehrere Zuhörer habe. Amalja Iwanowna, ich bitte Sie ganz ergebenst, in Ihrer Eigenschaft als Inhaberin dieser Wohnung auf mein nun folgendes Gespräch mit Sofja Iwanowna ganz besonders achtzugeben. Sofja Iwanowna«, fuhr er fort, indem er sich unmittelbar an die völlig verblüffte und schon im voraus erschrockene Sonja wandte, »von meinem Tisch im Zimmer meines Freundes Andrej Semjonowitsch Lebesjatnikow ist, wie ich gleich nach

Ihrem Besuch entdeckte, eine mir gehörende Banknote im Wert von hundert Rubel verschwunden. Falls Sie wissen sollten und uns sagen könnten, wo dieser Geldschein jetzt ist, dann soll die Angelegenheit damit bereinigt sein. Darauf gebe ich Ihnen mein Ehrenwort, und ich rufe alle Anwesenden dafür zu Zeugen auf. Im gegenteiligen Fall sähe ich mich leider gezwungen, höchst ernsthafte Maßnahmen zu ergreifen ... die Folgen hätten Sie sich selbst zuzuschreiben.«

Tiefes Schweigen herrschte in dem Zimmer. Sogar die weinenden Kinder waren still geworden. Sonja stand totenblaß da, starrte auf Luschin und vermochte nichts zu antworten. Sie schien gar nicht begriffen zu haben, was er wollte. Einige Sekunden verstrichen.

»Nun also, wie steht die Sache?« fragte Luschin und sah sie unverwandt an.

»Ich weiß nicht . . . ich weiß von nichts . . .« stieß Sonja endlich mit matter Stimme hervor.

»Nein? Sie wissen von nichts?« fragte Luschin und schwieg abermals einige Sekunden. »Denken Sie nach Mademoiselle«, fügte er dann streng hinzu, als wollte er ihr gut zureden; »überlegen Sie sich's genau; ich bin bereit, Ihnen noch eine Bedenkzeit zu geben. Sehen Sie, wenn ich meiner Sache nicht so sicher wäre, würde ich es bei meiner Erfahrung selbstverständlich nicht wagen, Sie so geradeheraus zu beschuldigen; denn sollte eine so unmittelbare und öffentliche Beschuldigung falsch sein oder auf einem Irrtum beruhen, müßte ich ja dafür geradestehen. Das ist mir sehr wohl bekannt. Heute morgen habe ich für meine persönlichen Bedürfnisse einige fünfprozentige Wertpapiere im Nennwert von dreitausend Rubel verkauft. Die Abrechnung habe ich mir notiert, sie befindet sich in meiner Brieftasche. Als ich nach Hause kam, zählte ich – Andrej Semjonowitsch kann das bezeugen – das Geld nach, und nachdem ich zweitausenddreihundert Rubel gezählt hatte, steckte ich das Geld in meine Brieftasche und die Brieftasche in die Seitentasche meines Rocks. Auf dem Tisch blieben ungefähr fünfhundert Rubel in Banknoten liegen, darunter drei Hundertrubelscheine. In diesem Augenblick kamen Sie herein – auf meine Bitte hin –, und die ganze Zeit, die

Sie dann bei mir verbrachten, waren Sie ungewöhnlich verwirrt, so daß Sie sogar dreimal mitten im Gespräch aufstanden und aus unbekannten Gründen weglaufen wollten, obgleich unser Gespräch noch gar nicht beendet war. Andrej Semjonowitsch kann das alles ebenfalls bestätigen. Wahrscheinlich, Mademoiselle, werden auch Sie sich nicht weigern, meine Worte zu bekräftigen und zu erklären, daß ich Sie durch Andrej Semjonowitsch rufen ließ, einzig und allein um mit Ihnen über die verzweifelte, hilflose Lage Ihrer Verwandten Katerina Iwanowna, zu deren Leichenfeier ich nicht kommen konnte, zu sprechen sowie darüber, daß es angebracht wäre, zu ihren Gunsten so etwas wie eine Sammlung oder eine Lotterie zu veranstalten. Sie dankten mir und vergossen sogar Tränen ... ich erzähle alles so, wie es war; erstens um es Ihnen in Erinnerung zu rufen; und zweitens um Ihnen zu zeigen, daß mir auch nicht die kleinste Einzelheit entfallen ist. Dann nahm ich einen Zehnrubelschein vom Tisch und gab ihn Ihnen, damit Sie ihn in meinem Namen Ihrer Verwandten als erste Hilfe überreichten. Andrej Semjonowitsch hat das alles gesehen. Schließlich begleitete ich Sie zur Tür – Sie waren noch immer ganz verwirrt –, worauf ich mit Andrej Semjonowitsch allein blieb und etwa zehn Minuten mit ihm sprach; Andrej Semjonowitsch verließ endlich das Zimmer, und ich wandte mich wieder dem Tisch zu, auf dem das Geld lag, in der Absicht, es zu zählen und es, wie ich mir schon vorher vorgenommen hatte, gesondert zu verwahren. Zu meinem Erstaunen fehlte ein Hundertrubelschein. Bedenken Sie bitte: Andrej Semjonowitsch kann ich in keinem Falle verdächtigen; der bloße Gedanke daran läßt mich vor Scham rot werden. Ich kann mich auch nicht verzählt haben; denn eine Minute, ehe Sie eintraten, hatte ich schon alles nachgezählt, und die Summe hatte gestimmt. Sie müssen selbst zugeben, daß ich, wenn ich Ihre Verwirrung, Ihr hastiges Bestreben wegzulaufen sowie den Umstand bedachte, daß Sie die Hand eine Zeitlang auf dem Tisch liegen hatten; wenn ich schließlich Ihre gesellschaftliche Stellung und die damit verbundenen Gewohnheiten in Betracht zog ... daß ich dann sozusagen mit Entsetzen und geradezu gegen den eigenen Willen *genötigt* war, diesen – natürlich grausamen, aber trotzdem gerechten – Verdacht zu fassen! Ich will hinzufügen und wiederholen: trotz meiner *felsenfesten* Überzeugung weiß ich, daß meine jetzige Anschuldigung für mich mit einem gewissen Risiko verbunden ist. Aber wie Sie sehen, lasse ich die Sache nicht auf sich beruhen; ich greife sie auf und werde Ihnen auch sagen warum: einzig und allein Ihrer so schwarzen Undankbarkeit wegen, mein liebes Fräulein! Wie? Ich fordere Sie auf, im Interesse Ihrer so unglücklichen Verwandten zu mir zu kommen, ich gebe Ihnen ein meinen Kräften angemessenes Geschenk von zehn Rubel, und Sie vergelten mir das alles, ohne auch nur zu zögern, durch ein solches Vorgehen? Nein, meine Dame, das ist wahrhaftig nicht schön! Das hat eine Lektion verdient! Überlegen Sie; mehr noch, als Ihr wahrer Freund bitte ich Sie – denn einen besseren Freund können Sie in diesem Augenblick nicht haben! –: kommen Sie zur Besinnung! Sonst werde ich unerbittlich sein! Also?«

»Ich habe Ihnen nichts genommen«, flüsterte Sonja entsetzt. »Sie gaben mir zehn Rubel, da, nehmen Sie sie wieder.« Sonja zog das Tuch aus der Tasche, suchte den Knoten, band ihn auf, holte den Zehnrubelschein heraus und reichte ihn Luschin.

»Und zu den übrigen hundert Rubel bekennen Sie sich nicht?« erwiderte er vorwurfsvoll und hartnäckig, ohne den Zehnrubelschein anzurühren.

Sonja sah sich um. Alle starrten sie mit furchtbaren, strengen, höhnischen, haßerfüllten Gesichtern an. Sie schaute zu Raskolnikow ... der stand mit gekreuzten Armen an der Wand und betrachtete sie mit loderndem Blick.

»O mein Herr und Gott!« entrang es sich ihr.

»Amalja Iwanowna, man wird die Polizei verständigen müssen, und darum bitte ich Sie ganz ergebenst, schicken Sie vorläufig nach dem Hausknecht«, sagte Luschin leise und geradezu freundlich.

»Gott der Barmherzige! Ich weiß ja, daß sie stehlen!« rief Amalja Iwanowna und rang die Hände.

»Sie wußten das?« fiel Luschin ein. »Offenbar haben Sie

auch früher wenigstens irgendeinen Anlaß gehabt, das anzunehmen. Ich bitte Sie, hochverehrte Amalja Iwanowna, Ihre Worte, die Sie übrigens vor Zeugen gesagt haben, im Gedächtnis zu behalten!«

Von allen Seiten wurde jetzt laut durcheinandergesprochen. Die Gesellschaft war in Bewegung geraten.

»Wie! Was!« schrie plötzlich Katerina Iwanowna auf. Sie war zur Besinnung gekommen und stürzte sich, als hätte sie jemand fortgerissen, auf Luschin. »Wie! Sie bezichtigen sie des Diebstahls? Sonja? Ach, diese Schurken, diese Schurken!« Und sie eilte zu Sonja und umfing sie mit ihren dürren Armen fest wie in einem Schraubstock.

»Sonja! Wie konntest du es wagen, zehn Rubel von ihm anzunehmen! Wie konntest du so dumm sein! Gib her! Gib sofort diese zehn Rubel her! Da!«

Und Katerina Iwanowna, die Sonja den Schein aus der Hand gerissen hatte, knitterte ihn zusammen und warf ihn Luschin gerade ins Gesicht. Die Papierkugel traf ihn ins Auge und fiel auf den Boden zurück. Amalja Iwanowna sprang hinzu, um das Geld aufzuheben. Pjotr Petrowitsch geriet in Zorn.

»Halten Sie diese Verrückte zurück!«

In der Tür zeigten sich in diesem Augenblick neben Lebesjatnikow noch einige andere Leute, unter ihnen auch die beiden fremden Damen.

»Wie? Verrückt? Ich soll verrückt sein? Du bist selbst verrückt!« kreischte Katerina Iwanowna auf. »Du bist selbst ein Idiot, ein Rechtsverdreher, ein gemeiner Mensch! Sonja soll ihm Geld gestohlen haben, Sonja! Sie soll eine Diebin sein! Das wird sie dir noch heimzahlen, du Dummkopf!« Katerina Iwanowna brach in hysterisches Lachen aus. »Haben Sie je einen solchen Dummkopf gesehen?« fragte sie einen nach dem anderen, während sie im Zimmer herumlief und auf Luschin zeigte. »Wie? Und auch du?« Sie hatte plötzlich die Hauswirtin erblickt. »Auch du Wurstkrämerin behauptest, Sonja würde stehlen, du alberner preußischer Hühnerknochen in einer Krinoline? Ach, ihr! Ach, ihr! Sie ist doch die ganze Zeit hier im Zimmer gewesen, und als sie von dir kam, du elender Kerl, setzte sie sich gleich neben mich; alle haben das gesehen. Hier saß sie neben Rodion Romanowitsch . . . Durchsucht sie doch! Wenn sie das Zimmer nicht verlassen hat, muß sie das Geld ja noch bei sich haben! Durchsucht sie, sucht, sucht doch! Aber wenn du das Geld nicht findest, wirst du dich verantworten müssen, mein Schatz, entschuldige schon! Zum Zaren, zum Zaren, zu unserem gnädigen Zaren selbst will ich eilen und mich ihm zu Füßen werfen, heute noch, jetzt gleich! Ich bin allein auf der Welt! Mich läßt man vor! Du glaubst am Ende, man ließe mich nicht vor? Da irrst du dich, ich komme schon zu ihm! Ich komme zu ihm! Du hast wohl damit gerechnet, daß sie so sanft ist? Darauf hast du gehofft? Dafür lasse *ich* mir nichts bieten! Du sollst dir an ihr die Zähne ausbeißen! Suche, suche, durchsuche sie doch; los, such!«

Voll Wut zog Katerina Iwanowna Luschin am Arm und zerrte ihn zu Sonja.

»Schon gut, meine Dame, ja, ich übernehme die Verantwortung . . . Aber beruhigen Sie sich doch, meine Gnädige, beruhigen Sie sich doch! Ich sehe nur zu gut, daß Sie sich nichts bieten lassen! . . . Aber wie . . . wie . . . kann man denn das machen?« murmelte Luschin. »Das müßte doch vor der Polizei getan werden . . . Obgleich übrigens auch jetzt mehr als genug Zeugen da sind . . . Ich bin bereit . . . Aber immerhin ist es etwas schwierig für einen Mann . . . des Geschlechtes wegen . . . vielleicht geht es mit Amalja Iwanownas Hilfe. Aber das ist auch nicht das Richtige . . . Wie sollen wir es also anstellen?«

»Nehmen Sie, wen Sie wollen! Mag sie durchsuchen, wer will!« rief Katerina Iwanowna. »Sonja, dreh die Taschen um! So, so! Sieh nur, du Ungeheuer, diese Tasche ist leer; hier war ihr Tuch; die Tasche ist leer, siehst du? Und jetzt die andere Tasche, los, los! Siehst du? Siehst du?«

Katerina Iwanowna stülpte beide Taschen Sonjas nicht nur um, sondern riß sie geradezu heraus, eine nach der anderen. Doch aus der zweiten Tasche, der rechten, sprang plötzlich ein Papier, beschrieb in der Luft einen Bogen und fiel Luschin vor die Füße. Alle sahen es; ein paar schrien auf. Pjotr Petrowitsch bückte sich, hob mit zwei Fingern das Papier vom Boden auf, hielt es hoch, damit alle es sähen, und faltete es auseinander. Es war ein Hundertrubelschein, achtmal zusammengelegt. Pjotr Petrowitsch drehte die Hand nach allen Seiten und zeigte jedem den Schein.

»Diebin! Hinaus aus der Wohnung! Polizei, Polizei!« winselte Amalja Iwanowna auf. »Sie gehört nach Sibirien! Hinaus!«

Ringsum wurden Ausrufe laut. Raskolnikow schwieg, ohne den Blick von Sonja zu wenden, sah jedoch von Zeit zu Zeit rasch zu Luschin hin. Sonja stand wie betäubt noch immer am selben Fleck. Sie schien nicht einmal erstaunt. Plötzlich überzog sich ihr ganzes Antlitz mit tiefer Röte; sie schrie auf und bedeckte das Gesicht mit den Händen.

»Nein, ich war es nicht! Ich habe das Geld nicht genommen! Ich weiß von nichts!« schrie sie herzzerreißend auf und stürzte zu Katerina Iwanowna. Die umfing sie und drückte sie fest an sich, als wollte sie sie mit ihrer Brust vor allen schützen.

»Sonja! Sonja! Ich glaube es nicht! Siehst du, ich glaube es nicht«, rief Katerina Iwanowna trotz dem offenkundigen Beweis und wiegte Sonja in ihren Armen wie ein Kind; sie küßte sie zahllose Male; sie nahm Sonjas Hände und preßte sie innig an ihre Lippen. »*Du* sollst etwas genommen haben? Oh, wie dumm sind doch die Menschen! Ach du lieber Gott! Dumm seid ihr, dumm«, schrie sie allen ins Gesicht; »aber ihr wißt nicht, ihr wißt nicht, was für ein Herz sie hat, was für ein Mädchen sie ist! Sie soll stehlen? Sie gibt doch ihr letztes Kleid her und verkauft es und gibt es euch und geht barfuß, wenn euch das hilft ... So ist sie! Auch den gelben Ausweis hat sie genommen, damit meine Kinder nicht verhungerten; für uns hat sie sich verkauft! ... Ach, mein lieber Mann, mein lieber Mann! Oh, Lieber, Lieber! Siehst du? Siehst du? Das ist nun deine Leichenfeier! O Gott! So nehmt sie doch in Schutz, was steht ihr alle so da! Rodion Romanowitsch, warum treten Sie nicht für sie ein? Glauben etwa auch Sie daran? Ihr seid ihren kleinen Finger nicht wert, alle, alle, alle, alle seid ihr ihn nicht wert! O Gott! So beschütze uns doch endlich!«

Die Tränen der armen, schwindsüchtigen, verlassenen Katerina Iwanowna schienen auf die Versammelten einen tiefen Eindruck zu machen. Es lag so viel Erbarmenswertes, so viel Leidendes in diesem schmerzverzerrten, verdorrten, schwindsüchtigen Gesicht, in diesen ausgetrockneten, mit geronnenem Blut verschmierten Lippen, in dieser heiser schreienden Stimme, in diesem schluchzenden Weinen, das dem Weinen eines Kindes glich, in diesem vertrauensvollen, kindlichen und dabei verzweifelten Flehen um Schutz, daß alle mit der Unglücklichen Mitleid zu haben schienen. Wenigstens hatte Pjotr Petrowitsch sogleich *Mitleid* mit ihr.

»Gnädige Frau! Gnädige Frau!« rief er in eindringlichem Ton, »Sie haben damit doch gar nichts zu schaffen! Niemand wird es wagen, Sie einer bösen Absicht oder auch nur des Einverständnisses zu bezichtigen, um so weniger, als Sie selbst ja die Tat entdeckten, indem Sie ihr die Taschen umdrehten; folglich konnten Sie ja gar keine Ahnung davon haben. Ich bin sofort bereit, Gnade vor Recht ergehen zu lassen, wenn die Armut Sofja Semjonowna zu diesem Schritt bewogen hat; aber weshalb wollten Sie Ihren Diebstahl nicht eingestehen, Mademoiselle? Fürchteten Sie die Schande? War es das erstemal? Vielleicht hatten Sie den Kopf verloren? Das wäre sehr begreiflich ... Aber weshalb sich schließlich auf so etwas einlassen! Meine Herrschaften!« wandte er sich jetzt gleichsam an alle Anwesenden, »meine Herrschaften! Da ich Mitleid und sozusagen Mitgefühl mit Ihnen habe, bin ich bereit, Ihnen selbst jetzt noch zu verzeihen, ungeachtet der persönlichen Beleidigungen, die mir zugefügt wurden. Die heutige Schande soll Ihnen eine Lehre für die Zukunft sein«, wandte er sich an Sonja; »ich lasse das weitere auf sich beruhen und unternehme in Gottes Namen nichts mehr. Schluß damit!«

Pjotr Petrowitsch warf einen Seitenblick auf Raskolnikow. Ihre Augen trafen sich. Der flammende Blick Raskolnikows war bereit, ihn zu durchbohren. Indes schien Katerina Iwanowna nichts mehr gehört zu haben. Wie eine Wahnsinnige umarmte und küßte sie Sonja. Auch die Kinder umfingen Sonja von allen Seiten mit ihren dünnen Armen, und Poljetschka – die übrigens nicht ganz verstand, worum es ging – schien in

Tränen geradezu zu ertrinken; sie wurde von Schluchzen geschüttelt und barg das vom Weinen verschwollene hübsche Gesichtchen an Sonjas Schulter.

»Wie gemein!« ließ sich plötzlich eine laute Stimme in der Tür vernehmen. Pjotr Petrowitsch blickte sich rasch um.

»Was für eine Gemeinheit!« wiederholte Lebesjatnikow, der ihm starr in die Augen sah.

Pjotr Petrowitsch schien geradezu zusammenzuschrecken. Alle bemerkten das und erinnerten sich später daran. Lebesjatnikow trat ins Zimmer.

»Und Sie wagen es, mich als Zeugen aufzurufen?« sagte er und ging auf Pjotr Petrowitsch zu.

»Was soll das heißen, Andrej Semjonowitsch? Wovon sprechen Sie?« murmelte Luschin.

»Das soll heißen, daß Sie ... ein Verleumder sind; das will ich damit sagen!« erwiderte Lebesjatnikow heftig, während er Luschin mit seinen kurzsichtigen kleinen Augen streng musterte. Er war furchtbar zornig. Raskolnikow konnte den Blick gar nicht von ihm wenden, als müßte er Andrej Semjonowitsch jedes Wort von den Lippen ablesen und es prüfen. Wiederum herrschte Schweigen. Pjotr Petrowitsch war ziemlich verwirrt, besonders im ersten Moment.

»Wenn Sie so etwas mir ...« begann er stockend. »Aber was haben Sie denn nur? Haben Sie den Verstand verloren?«

»Ich bin durchaus bei Verstand; aber Sie sind ein ... Betrüger! Ach, wie gemein das ist! Ich habe alles gehört, was Sie gesagt haben; absichtlich habe ich gewartet, um das Ganze zu begreifen; denn offengestanden ist mir die Sache bis jetzt noch nicht recht klar. Ich verstehe nicht, weshalb Sie das getan haben.«

»Ja, was habe ich denn getan? Hören Sie doch endlich auf, in so blödsinnigen Rätseln zu sprechen! Oder sind Sie etwa betrunken?«

»Sie trinken vielleicht, Sie gemeiner Mensch, aber ich trinke nicht! Ich trinke überhaupt nie Schnaps, weil das meinen Überzeugungen widerspricht! Stellen Sie sich nur vor, meine Herrschaften: er, er selber hat Sofja Semjonowna mit eigenen

Händen diesen Hundertrubelschein gegeben – ich habe es gesehen, ich bin Zeuge, ich kann es beeiden! Er war es, er selbst!« wiederholte Lebesjatnikow, indem er sich an alle wandte.

»Ja, sind Sie denn übergeschnappt, Sie Grünschnabel?« kreischte Luschin auf. »Sie hat doch selbst, hier, vor Ihnen ... Sie hat doch soeben, hier, vor allen bestätigt, daß sie außer den zehn Rubel von mir nichts erhalten hat. Wie hätte ich ihr das Geld denn später geben können?«

»Ich habe es gesehen, ich habe es gesehen!« schrie Lebesjatnikow, um seine Worte zu bekräftigen. »Und obgleich es gegen meine Überzeugungen verstößt, erkläre ich mich bereit, sofort vor Gericht jeden Eid zu schwören, daß ich gesehen habe, wie Sie ihr das Geld heimlich zusteckten. Nur war ich Dummkopf der Meinung, Sie hätten es ihr aus Mitleid zugesteckt, um ihr etwas Gutes zu tun! Als Sie sich in der Tür von ihr verabschiedeten und sie sich zur Seite wandte und Sie ihr mit der Rechten die Hand drückten, steckten Sie ihr mit der Linken heimlich den Schein in die Tasche. Ich habe es gesehen! Ich habe es gesehen!«

Luschin wurde blaß.

»Was lügen Sie da zusammen!« schrie er frech. »Wie konnten Sie überhaupt, da Sie doch beim Fenster standen, die Banknote erkennen? Sie haben das nur geträumt ... Sie sind ja kurzsichtig; Sie reden im Fieber!«

»Nein, ich habe das nicht geträumt! Und wenn ich auch nicht in der Nähe stand, so habe ich doch alles, alles gesehen. Obwohl es vom Fenster aus wirklich schwer ist, einen Geldschein zu erkennen – da haben Sie ganz recht –, so wußte ich in diesem besonderen Fall doch ganz genau, daß es ein Hundertrubelschein war; denn als Sie Sofja Semjonowna diese Zehnrubelnote gaben, nahmen Sie gleichzeitig – das habe ich mit eigenen Augen gesehen – einen Hundertrubelschein vom Tisch. Ich habe das gesehen, weil ich in diesem Augenblick in Ihrer Nähe stand und weil mir sofort ein bestimmter Gedanke durch den Kopf schoß; und darum habe ich auch nicht vergessen, daß Sie den Geldschein in der Hand hatten. Sie falteten ihn zusammen und hielten ihn die ganze Zeit über in der geschlossenen Hand. Dann vergaß ich die Sache, doch als Sie aufstanden, sah ich, wie Sie die Banknote aus der rechten Hand in die linke nahmen, wobei Sie sie fast hätten fallen lassen; und da fiel mir das Ganze wieder ein, weil mir gleich wieder der Gedanke kam, daß Sie ihr vielleicht, ohne daß ich es merkte, eine Wohltat erweisen wollten. Sie können sich vorstellen, wie ich aufzupassen begann – und da sah ich, wie es Ihnen gelang, ihr das Geld in die Tasche zu stecken. Ich habe es gesehen, ich habe es gesehen, ich werde es beeiden.«

Lebesjatnikow keuchte beinahe. Von allen Seiten wurden die verschiedensten Ausrufe laut, die vor allem der Verwunderung Ausdruck gaben; aber es mischte sich auch ein drohender Ton hinein. Alle drängten zu Pjotr Petrowitsch. Katerina Iwanowna stürzte sich auf Lebesjatnikow.

»Andrej Semjonowitsch! Ich habe mich in Ihnen getäuscht! Beschützen Sie sie! Sie allein stehen auf ihrer Seite! Sie ist verwaist; Gott hat uns Sie gesandt! Andrej Semjonowitsch, Liebster, Teuerster!«

Und Katerina Iwanowna warf sich vor ihm auf die Knie. Sie wußte fast nicht mehr, was sie tat.

»Blödsinn!« heulte Luschin in rasender Wut auf. »Sie reden Blödsinn, mein Herr. ‚Ich vergaß es, dann fiel es mir wieder ein, es war mir eingefallen, und dann vergaß ich es wieder' – was soll denn das? Ich habe ihr das Geld also mit Absicht zugesteckt? Weshalb? Zu welchem Zweck? Was hätte ich gemein mit dieser ...«

»Zu welchem Zweck? Das ist es ja eben, was ich nicht verstehe; daß ich aber die Tatsachen wahrheitsgetreu berichtet habe, steht fest! Ich irre mich so wenig, Sie schurkischer, verbrecherischer Mensch, daß ich mich gerade daran erinnere, wie mir aus diesem Anlaß sogleich, das heißt, als ich Ihnen dankte und Ihnen die Hand drückte, die Frage in den Sinn kam: Weshalb haben Sie ihr das Geld heimlich in die Tasche gesteckt, weshalb ausgerechnet heimlich? Etwa nur damit ich es nicht sähe, weil Sie wußten, daß ich gegenteiliger Überzeugung bin und jede private Wohltätigkeit, die nichts radikal ändert, ablehne? Nun, und da fand ich, daß es Ihnen wirklich vor mir peinlich gewesen sein konnte, solche Almosen zu geben; und außerdem dachte ich: Vielleicht will er ihr eine Überraschung bereiten und sie in Staunen setzen, wenn sie ganze hundert Rubel in ihrer Tasche findet – denn manche Wohltäter lieben es, ihre Wohltaten auf solche Art zu verbergen; das weiß ich. Dann dachte ich noch, Sie wollten sie vielleicht auf die Probe stellen; Sie wollten vielleicht wissen, ob sie, wenn sie das Geld fände, kommen und sich bedanken werde. Später meinte ich, Sie wollten allen Danksagungen aus dem Wege gehen, damit, na, wie heißt es denn nur ... damit die rechte Hand nicht wisse ... nicht wahr, mit einem Wort, ungefähr so ... Kurz und gut, mir kamen da allerlei Gedanken, so daß ich beschloß, mir später den Kopf darüber zu zerbrechen. Auf jeden Fall aber fand ich es taktlos, Ihnen zu verraten, daß ich Ihr Geheimnis kenne. Freilich fragte ich mich gleich darauf: Wie, wenn Sofja Semjonowna das Geld, ehe sie es noch entdeckt, am Ende gar verliert? Und darum entschloß ich mich, hierherzukommen, sie beiseite zu rufen und ihr mitzuteilen, daß man ihr hundert Rubel in die Tasche gesteckt habe. Im Vorbeigehen suchte ich noch die Damen Kobyljatnikow in ihrem Zimmer auf, um ihnen den *Allgemeinen Grundriß der positiven Methode* zu bringen und um ihnen besonders einen Artikel von Piderit – übrigens auch einen von Wagner – zu empfehlen; schließlich kam ich hierher, und da war schon diese Szene im Gange! Wären denn derartige Gedanken und Erwägungen möglich gewesen, wären sie möglich gewesen, wenn ich nicht wirklich und tatsächlich gesehen hätte, wie Sie ihr hundert Rubel in die Tasche steckten?«

Als Andrej Semjonowitsch seine wortreiche Argumentation mit einer so logischen Folgerung abgeschlossen hatte, war er entsetzlich müde; es lief ihm geradezu der Schweiß übers Gesicht. Ach, er verstand es nicht einmal, sich auf russisch ordentlich auszudrücken – übrigens beherrschte er keine zweite Sprache –, so daß er auf einmal ganz erschöpft war und nach seiner rhetorischen Leistung geradezu abgemagert schien. Dennoch hatten seine Worte einen außerordentlich starken Erfolg. Er hatte mit solchem Schwung, mit solcher

Überzeugung gesprochen, daß alle ihm sichtlich glaubten. Pjotr Petrowitsch fühlte, daß es schlecht um ihn stand.

»Was kümmert es mich, daß Ihnen eine Reihe dumme Fragen in den Sinn kamen!« schrie er. »Das ist kein Beweis, mein Herr! Sie können das alles auch nur geträumt haben, und damit gut! Ich sage Ihnen jedoch, mein Herr: Sie lügen! Sie lügen und streuen Verleumdungen aus, weil Sie mich hassen, weil Sie ärgerlich sind, daß ich auf Ihre freidenkerischen und gottlosen sozialistischen Vorschläge nicht eingehe; das ist der ganze Grund!«

Aber dieser Kniff nützte Pjotr Petrowitsch nichts. Im Gegenteil, von allen Seiten ließ sich drohendes Murren vernehmen.

»Ah, darauf willst du hinaus!« rief Lebesjatnikow. »Da hast du dich jedoch verrechnet! Ruf die Polizei, und ich will einen Eid ablegen! Nur das eine kann ich nicht verstehen: warum hat er sich entschlossen, das Wagnis einer so niederträchtigen Handlung einzugehen? Oh, dieser erbärmliche, gemeine Kerl!«

»Ich kann erklären, warum er ein solches Wagnis eingegangen ist, und wenn nötig, will ich es beeiden!« sprach Raskolnikow endlich mit fester Stimme und trat vor.

Er machte einen entschlossenen und ruhigen Eindruck. Allen war auf den ersten Blick klar, daß er wirklich wußte, worum es ging, und daß sich jetzt die Sache aufklären mußte.

»Jetzt ist mir alles völlig klar«, fuhr Raskolnikow fort, wobei er sich unmittelbar an Lebesjatnikow wandte. »Gleich zu Anfang ahnte ich, daß hinter dieser Geschichte irgendeine böswillige Intrige steckte; ich schloß das aus einigen besonderen Umständen, die nur mir allein bekannt sind und die ich jetzt allen darlegen will: sie sind der Angelpunkt der ganzen Sache! Durch Ihre wertvolle Aussage haben Sie, verehrter Andrej Semjonowitsch, mir die Angelegenheit endgültig verständlich gemacht. Ich bitte alle, alle, zuzuhören. Dieser Herr« – er zeigte auf Luschin – »bewarb sich unlängst um ein Mädchen, um meine Schwester Awdotja Romanowna Raskolnikowa. Doch sowie er in Petersburg eingetroffen war, überwarf er sich vorgestern bei unserer ersten Zusammenkunft mit mir, und ich jagte ihn davon, wofür ich zwei Zeugen habe. Dieser Mensch ist sehr böse ... Vorgestern wußte ich noch nicht, daß er hier bei Ihnen abgestiegen ist, Andrej Semjonowitsch, und daß er wohl am selben Tag, an dem wir miteinander stritten, das heißt vorgestern, Zeuge war, wie ich in meiner Eigenschaft als Freund des nunmehr verstorbenen Herrn Marmeladow dessen Gemahlin Katerina Iwanowna ein wenig Geld für das Begräbnis gab. Er schrieb sofort meiner Mutter einen Brief und teilte ihr mit, ich hätte das gesamte Geld nicht Katerina Iwanowna, sondern Sofja Semjonowna gegeben; und dabei äußerte er sich in den gemeinsten Ausdrücken über ... über den Charakter Sofja Semjonownas, das heißt, er rückte meine Beziehungen zu Sofja Semjonowna in ein schlechtes Licht. All das tat er, wie Sie verstehen werden, in der Absicht, mich mit meiner Mutter und meiner Schwester zu entzweien, indem er ihnen einflüsterte, ich vergeudete zu niedrigen Zwecken ihr letztes Geld, mit dem sie mir hatten helfen wollen. Gestern abend nun stellte ich im Beisein meiner Mutter und meiner Schwester und in seiner Anwesenheit die Wahrheit fest und erklärte, ich hätte das Geld nicht Sofja Semjonowna, sondern Katerina Iwanowna für die Beerdigung gegeben; ich hätte vorgestern Sofja Semjonowna überhaupt noch nicht gekannt und hätte sie nie vorher von Angesicht zu Angesicht gesehen. Dabei fügte ich hinzu, er, Pjotr Petrowitsch Luschin, sei trotz allen seinen Vorzügen nicht einmal den kleinen Finger Sofja Semjonownas wert, über die er sich so häßlich auslasse. Auf seine Frage, ob ich Sofja Semjonowna neben meiner Schwester Platz nehmen ließe, antwortete ich, ich hätte das am selben Tage schon getan. Aus Zorn darüber, daß meine Mutter und meine Schwester sich auf Grund seiner Verleumdungen nicht mit mir entzweien wollten, begann er ihnen unverzeihliche Frechheiten zu sagen. Es kam zum endgültigen Bruch, und ich jagte ihn aus dem Hause. Das geschah gestern abend. Jetzt erbitte ich Ihre besondere Aufmerksamkeit ... Stellen Sie sich vor: wenn ihm nun der Beweis gelungen wäre, daß Sofja Semjonowna eine Diebin sei, hätte er erstens meiner Mutter und meiner Schwester gezeigt, daß er mit seinen Verdächtigungen recht gehabt habe; daß er folglich mit Grund erzürnt gewesen sei, weil ich meine Schwester und Sofja Semjonowna auf eine Stufe stelle; und daß er schließlich, indem er mich angriff, auch die Ehre meiner Schwester, seiner Verlobten, verteidigt und bewahrt habe. Mit einem Wort: durch all das konnte er mich abermals mit den Meinen entzweien, und dann hoffte er natürlich, von neuem in Gnaden aufgenommen zu werden. Ich rede gar nicht erst davon, daß er gleichzeitig auch an mir persönlich Rache nehmen wollte, weil seine Annahme, daß mir die Ehre und das Glück Sofja Semjonownas sehr teuer seien, nicht unbegründet ist. Das war sein ganzer Plan! So fasse ich diesen Fall auf! Das war sein einziger Beweggrund, einen anderen kann es nicht geben!«

So oder beinahe so schloß Raskolnikow seine Rede, die von den Versammelten oft durch laute Ausrufe unterbrochen worden war, obgleich sie ihm sehr aufmerksam zugehört hatten. Doch trotz allen Unterbrechungen hatte er ruhig, genau, klar und bestimmt gesprochen. Seine energische Stimme, sein überzeugter Tonfall und sein strenges Gesicht machten auf alle einen außerordentlich tiefen Eindruck.

»Ja, so ist es, so ist es!« stimmte Lebesjatnikow begeistert zu. »Es muß so sein; denn sobald Sofja Semjonowna in unser Zimmer gekommen war, fragte er mich, ob Sie hier seien und ob ich Sie unter den Gästen Katerina Iwanownas nicht gesehen hätte. Zu diesem Zweck rief er mich ans Fenster und fragte mich dort leise aus. Offenbar war es für ihn von größter Wichtigkeit, daß Sie hier waren! Ja, so ist es, genauso.«

Luschin schwieg und lächelte herablassend. Übrigens war er sehr blaß. Er schien darüber nachzudenken, wie er sich herauswinden könnte. Vielleicht hätte er mit Vergnügen alles liegen und stehen lassen und wäre gegangen, doch im gegenwärtigen Augenblick war das fast unmöglich; es hätte bedeutet, die Richtigkeit der gegen ihn erhobenen Beschuldigungen und die Tatsache einzugestehen, daß er Sofja Semjonowna wirklich verleumdet hatte. Außerdem waren die Anwesenden, die ohnedies schon betrunken waren, auch in zu großer Erregung. Der Proviantbeamte, der freilich das meiste nicht begriffen hatte, überschrie die anderen und schlug einige für Luschin höchst peinliche Maßnahmen vor. Aber es gab auch Nüchterne; denn aus allen Wohnungen hatten sich Leute eingefunden. Die drei Polen waren furchtbar aufgeregt und schrien ihm unablässig zu: »Pane Spitzbube!« und fügten noch einige Drohungen auf polnisch hinzu. Sonja hatte angespannt zugehört, schien aber ebenfalls nicht alles verstanden zu haben, als wäre sie aus einer Ohnmacht erwacht. Nur wandte sie den Blick nicht von Raskolnikow, denn sie fühlte, daß er jetzt ihr einziger Schutz war. Katerina Iwanowna atmete mühsam und rasselnd und war anscheinend am Ende ihrer Kräfte. Am dümmsten stand Amalja Iwanowna da; sie hatte den Mund weit aufgerissen und verstand überhaupt nichts. Sie sah nur, daß Pjotr Petrowitsch irgendwie in die Enge getrieben worden war. Raskolnikow bat nochmals ums Wort, doch man ließ ihn nicht ausreden; alle schrien durcheinander und drängten sich schimpfend und drohend um Luschin. Pjotr Petrowitsch jedoch ließ den Mut keineswegs sinken. Als er sah, daß er mit seiner Anschuldigung gegen Sonja völlig Schiffbruch erlitten hatte, nahm er seine Zuflucht zur Frechheit.

»Erlauben Sie, meine Herrschaften, erlauben Sie; drängen Sie nicht so, lassen Sie mich doch durch!« rief er, während er sich durch die Menge zwängte. »Und verschonen Sie mich gefälligst mit Ihren Drohungen; ich versichere Ihnen, daß Sie damit kein Glück haben und nichts ausrichten werden; ich bin wahrhaftig kein Mann, der sich einschüchtern ließe; ganz im Gegenteil werden Sie es, meine Herrschaften, zu verantworten haben, daß Sie mit Gewalt ein Verbrechen gedeckt haben. Die Diebin ist mehr als überführt, und ich werde den Fall weiterverfolgen. Bei Gericht ist man nicht so blind und ... nicht betrunken; man wird dort kaum zwei erklärten Atheisten, Aufrührern und Freidenkern Glauben schenken, die mich, um ihre private Rache zu haben, beschuldigen, was sie in ihrer Dummheit sogar selbst zugeben ... Gestatten Sie, meine Herrschaften!«

»Daß Sie sich von nun an ja nicht mehr in meinem Zimmer blicken lassen! Ziehen Sie aus, wir sind geschiedene Leute!

Wenn ich bedenke, welche Mühe ich mir gegeben habe, ihm alles auseinanderzusetzen ... Volle zwei Wochen lang ...«

»Ich habe Ihnen doch selbst gesagt, Andrej Semjonowitsch, daß ich ausziehe, vor kurzem erst, als Sie mich noch zurückhalten wollten; jetzt habe ich nur noch hinzuzufügen, daß Sie ein Dummkopf sind, mein Herr! Ich wünsche Ihnen für Ihren Verstand und für Ihre halbblinden Augen gute Besserung. Gestatten Sie, meine Herrschaften!«

Er zwängte sich durch; aber der Proviantbeamte hatte keine Lust, ihn so ohne weiteres, nur von Schimpfreden begleitet, abziehen zu lassen; er nahm ein Glas vom Tisch, holte aus und warf es nach Pjotr Petrowitsch; aber das Glas traf Amalja Iwanowna. Sie kreischte auf, und der Proviantbeamte, der, als er so wuchtig ausholte, das Gleichgewicht verloren hatte, fiel unter den Tisch. Pjotr Petrowitsch suchte sein Zimmer auf, und nach einer halben Stunde war er nicht mehr im Hause. Sonja, von Natur aus schüchtern, hatte schon immer gewußt, daß man sie leichter ins Unglück bringen konnte als irgend jemanden anders und daß jeder sie zu beleidigen vermochte, ohne irgendeine Strafe befürchten zu müssen. Dennoch hatte sie bis zu diesem Augenblick geglaubt, sie könnte dem Unglück irgendwie durch Vorsicht ausweichen, durch Sanftmut und Ergebenheit allen und jedem gegenüber. Sie war daher völlig niedergeschlagen. Natürlich konnte sie mit Geduld, und ohne zu murren, alles ertragen – sogar das. Aber im ersten Augenblick war der Schlag doch zu schwer für sie. Trotz ihrem Triumph und ihrer Rechtfertigung hatte, als der erste Schreck und die erste Erstarrung überwunden waren, als sie begriffen hatte, das Gefühl der Hilflosigkeit und Kränkung ihr Herz qualvoll bedrängt. Sie war einem hysterischen Anfall nahe. Schließlich ertrug sie es nicht mehr, stürzte aus dem Zimmer und lief nach Hause. Das geschah fast gleich, nachdem Luschin gegangen war. Auch Amalja Iwanowna hielt es, als sie unter dem lauten Gelächter der Anwesenden das Glas traf, nicht mehr aus, für alles den Sündenbock abzugeben. Kreischend wie eine Besessene fiel sie über Katerina Iwanowna her, der sie an allem die Schuld gab.

»Raus aus der Wohnung! Sofort! Marsch!«

Unter diesen Worten begann sie alles, was ihr von Katerina Iwanownas Sachen in die Hände fiel, zu packen und auf den Boden zu werfen. Die ohnedies schon halbtote, keuchende, blasse Katerina Iwanowna, die, einer Ohnmacht nahe, in ihrer Erschöpfung auf ihr Bett gesunken war, sprang hoch und stürzte sich auf Amalja Iwanowna. Aber es war ein zu ungleicher Kampf; die Hauswirtin stieß sie zurück, als wäre Katerina Iwanowna eine Flaumfeder.

»Wie! Nicht genug, daß man uns gottlos verleumdet hat, fällt diese Kreatur auch noch tätlich über mich her! Wie! Am Tag, an dem mein Mann begraben wurde, jagt man mich aus der Wohnung, nachdem man meine Gastfreundschaft genossen hat, setzt man mich auf die Straße, mich und die Waisen?! Wohin soll ich denn gehen?« weinte die arme Frau; sie schluchzte und keuchte. »O Gott!« schrie sie plötzlich mit brennenden Augen, »gibt es denn wirklich keine Gerechtigkeit mehr?! Wen solltest du, Gott, denn beschützen, wenn nicht uns, die Waisen? Wir werden ja sehen! Es gibt noch Recht und Gerechtigkeit auf Erden, es gibt sie; ich werde sie finden! Warte nur, du gottlose Kreatur! Poljetschka, bleib bei den Kindern, ich komme gleich zurück. Wartet auf mich . . . wenn es sein muß, auf der Straße! Wir wollen sehen, ob es auf der Welt noch Gerechtigkeit gibt!«

Katerina Iwanowna band sich jenes grüne Wolltuch, von dem der verstorbene Marmeladow erzählt hatte, um den Kopf, drängte sich durch die unruhige, betrunkene Schar der Mieter, die sich noch immer in ihrem Zimmer breitmachten, und lief schluchzend und tränenüberströmt auf die Straße – mit dem unklaren Ziel, irgendwo sofort und um jeden Preis Gerechtigkeit zu finden. Poljetschka hatte sich voll Angst mit den Kindern auf die Truhe in der Ecke zurückgezogen, wo sie, am ganzen Körper zitternd und die Arme um die beiden Kleinen gelegt, auf die Rückkehr ihrer Mutter wartete. Amalja Iwanowna lief wie von Sinnen im Zimmer hin und her, kreischte, winselte, warf alles, was ihr unter die Hände kam, auf den Boden und machte einen fürchterlichen Lärm. Die Mieter krakeelten durcheinander; einige redeten über das, was eben passiert war, soweit sie etwas davon verstanden hatten, andere stritten und zankten, und ein paar wieder fingen zu singen an ...

Nun ist es auch für mich Zeit, dachte Raskolnikow. Jetzt, Sofja Semjonowna, wollen wir einmal sehen, was Sie nun zu sagen haben!

Und er machte sich auf den Weg zu Sonjas Wohnung.

4

Raskolnikow war der tatkräftige, kühne Anwalt Sonjas gegen Luschin gewesen, obwohl er selbst soviel eigenes Grauen und Leid in der Seele trug. Doch er hatte am Vormittag so viel erlitten, daß er sich geradezu über die Gelegenheit gefreut hatte, durch neue Eindrücke das, was ihn fast unerträglich bedrückte, für eine Weile vergessen zu können, gar nicht zu reden davon, wieviel ihm persönlich daran lag und welche Herzenssache es für ihn war, für Sonja einzutreten. Außerdem hatte er unaufhörlich und mit einer Sorge, die sich in manchen Augenblicken bis zum Entsetzen steigerte, an die bevorstehende Zusammenkunft mit Sonja gedacht; er *mußte* ihr nunmehr offenbaren, wer Lisaweta ermordet hatte, und er fühlte schon im voraus die furchtbare Qual, die ihm das bereiten würde, und setzte sich gegen diese Qual zur Wehr. Als er Katerina Iwanownas Wohnung verließ und im stillen ausrief: Jetzt, Sofja Semjonowna, wollen wir einmal sehen, was Sie nun zu sagen haben! da befand er sich offenbar noch immer in einem äußerlich erregten Zustand der Munterkeit und der Kampfeslust, in einem Taumel, in den ihn der eben erst errungene Sieg über Luschin versetzt hatte. Aber es war sonderbar: sowie er die Wohnung der Kapernaumow erreicht hatte, befielen ihn unvermutet Kraftlosigkeit und Angst. Nachdenklich blieb er vor der Tür stehen und stellte sich die seltsame Frage: Muß ich ihr sagen, wer Lisaweta getötet hat? Die Frage war seltsam, weil er im selben Moment fühlte, daß es gar nicht möglich war, es ihr nicht zu sagen, ja, daß er sein Geständnis nicht einmal für kurze Zeit hinauszögern durfte. Er wußte noch nicht, warum er das nicht durfte; er *fühlte* es nur, und dieses qualvolle Bewußtsein der eigenen Ohnmacht gegenüber dem, was notwendig war, erdrückte ihn beinahe. Um nicht weiter nachzugrübeln und sich zu quälen, öffnete er rasch die Tür, und schon von der Schwelle aus erblickte er Sonja. Sie saß beim Tisch, hatte die Ellbogen aufgestützt und das Gesicht in den Händen verborgen, doch als sie Raskolnikow sah, stand sie rasch auf und ging ihm entgegen, als ob sie ihn erwartet hätte.

»Was wäre ohne Sie aus mir geworden!« sagte sie schnell, als sie in der Mitte des Zimmers mit ihm zusammentraf. Das war es offenbar, was sie ihm so rasch wie möglich hatte sagen wollen und weshalb sie auf ihn gewartet hatte.

Raskolnikow ging zum Tisch und setzte sich auf den Stuhl, von dem sie sich gerade erhoben hatte. Sie stand zwei Schritte vor ihm, genauso wie gestern.

»Nun, Sonja«, sagte er, und er fühlte plötzlich, wie seine Stimme zitterte, »die ganze Geschichte stützte sich ja einzig auf Ihre ‚gesellschaftliche Stellung und auf die damit verbundenen Gewohnheiten'. Haben Sie das vorhin verstanden?«

Ihr Gesicht drückte tiefes Leid aus.

»Reden Sie bitte nicht wieder so mit mir wie gestern!« unterbrach sie ihn. »Bitte, fangen Sie nicht wieder davon an. Ich habe ohnedies genug Kummer ...«

Sie lächelte flüchtig, da sie befürchtete, dieser Vorwurf könne ihm vielleicht mißfallen.

»Es war sicher dumm von mir, vorhin wegzulaufen. Was ist jetzt dort los? Ich wollte schon wieder zurückgehen, aber ich dachte, daß ... daß vielleicht Sie kämen.«

Er erzählte ihr, daß Amalja Iwanowna die Familie aus dem Hause gejagt habe und daß Katerina Iwanowna weggelaufen sei, um irgendwo »Gerechtigkeit zu suchen«.

»O Gott!« rief Sonja. »Rasch! Gehen wir zurück ...«

Und sie ergriff ihren Mantel.

»Es ist immer und ewig das gleiche!« rief Raskolnikow gereizt. »Sie denken an nichts anderes als an sie! Bleiben Sie doch bei mir!«

»Und ... Katerina Iwanowna?«

»Katerina Iwanowna läuft Ihnen nicht davon; sie kommt

von selbst zu Ihnen, wenn sie schon aus dem Haus gelaufen ist«, fügte er geringschätzig hinzu. »Und wenn sie Sie dann nicht antrifft, sind Sie selbst schuld daran ...«

In qualvoller Unschlüssigkeit setzte sich Sonja auf einen Stuhl. Raskolnikow schwieg, blickte zu Boden und dachte über etwas nach.

»Nehmen wir an, Luschin hat das jetzt nicht gewollt«, begann er, ohne zu Sonja aufzusehen. »Aber wenn es in seiner Absicht gelegen oder irgendwie in seine Pläne gepaßt hätte, hätte er Sie jetzt ins Gefängnis gebracht, wären nicht ich und Lebesjatnikow dagewesen! Nicht wahr?«

»Ja«, erwiderte sie matt. »Ja!« wiederholte sie dann zerstreut und beunruhigt.

»Und es wäre doch durchaus möglich gewesen, daß ich nicht dagewesen wäre! Und auch Lebesjatnikow kam ganz zufällig hinzu.«

Sonja schwieg.

»Nun, und wenn Sie jetzt im Gefängnis säßen, was wäre dann? Erinnern Sie sich an das, was ich Ihnen gestern gesagt habe?«

Sonja antwortete auch jetzt nicht. Er wartete.

»Und ich dachte schon, Sie würden abermals schreien: Ach, sprechen Sie nicht davon, hören Sie auf!« fuhr Raskolnikow fort und lachte; aber sein Lachen klang gezwungen. »Wie, schon wieder schweigen Sie?« fragte er nach einer Weile. »Über irgend etwas müssen wir doch sprechen? Beispielsweise wäre es für mich interessant zu sehen, wie Sie ein ‚Problem', um Lebesjatnikows Worte zu gebrauchen, lösen!« Er schien in Verwirrung zu geraten. »Nein, ich rede wirklich im Ernst. Stellen Sie sich vor, Sonja, Sie hätten die Absichten Luschins früher gekannt, Sie hätten gewußt – das heißt, unzweifelhaft gewußt –, daß durch Luschins Pläne Katerina Iwanowna und die Kinder völlig zugrunde gerichtet werden mußten; obendrein übrigens auch Sie ... da Sie sich selbst ja für nichts achten, sage ich *obendrein* ... Poljetschka desgleichen ... denn ihr bliebe kein anderer Weg als der Ihre. Nun also: wenn man Ihnen jetzt plötzlich zur Entscheidung anheimgestellt hätte: Soll er oder sollen sie alle auf Erden leben, das heißt, soll Luschin am Leben bleiben und Schurkereien begehen, oder soll Katerina Iwanowna sterben — wie hätten Sie sich dann entschieden? wer hätte sterben sollen? Das möchte ich von Ihnen wissen.«

Sonja blickte ihn unruhig an; aus seiner stockenden Rede, mit der er sich an irgend etwas heranzutasten schien, hatte sie einen besonderen Klang herauszuhören vermeint.

„Ich habe schon geahnt, daß Sie mich etwas Derartiges fragen würden«, sagte sie schließlich und blickte ihn forschend an.

»Schön, das mag sein; aber immerhin: wie würden Sie hier entscheiden?«

»Weshalb fragen Sie nach Dingen, die unmöglich geschehen können?« fragte Sonja widerwillig.

»Wäre es also besser, wenn Luschin am Leben bliebe und Schurkereien beginge? Wagen Sie auch diese Fragen nicht zu beantworten?«

»Aber ich kenne doch die göttliche Vorsehung nicht ... Und weshalb fragen Sie Dinge, die man nicht fragen darf? Wozu so törichte Fragen? Wie wäre es möglich, daß das von meiner Entscheidung abhinge? Und wer hätte mich hier zum Richter darüber gesetzt, wer leben soll und wer nicht?«

»Sobald die göttliche Vorsehung ins Spiel kommt, kann man nichts mehr machen«, erklärte Raskolnikow mißmutig.

»Sagen Sie lieber geradeheraus, was Sie wollen!« rief Sonja gequält. »Sie wollen wieder auf irgend etwas hinaus ... Sind Sie denn wirklich nur gekommen, um mich zu quälen?«

Sie konnte sich nicht mehr beherrschen und fing plötzlich bitter zu weinen an. In düsterer Melancholie betrachtete er sie. Etwa fünf Minuten verstrichen.

»Du hast recht, Sonja«, sagte er endlich leise. Plötzlich war eine Veränderung mit ihm vorgegangen; sein gemacht dreister und kraftlos herausfordernder Ton war verschwunden. Sogar seine Stimme klang mit einemmal müde. »Ich habe dir gestern selbst gesagt, daß ich nicht kommen würde, dich um Verzeihung zu bitten, und jetzt habe ich beinahe damit angefangen, daß ich dich um Verzeihung bitte ... Mit all dem, was ich über Luschin und den Willen Gottes sagte, habe ich mich gemeint ... Das war meine Bitte um Verzeihung, Sonja ...«

Er wollte lächeln, aber es blieb bei einem schwachen, ohnmächtigen Versuch. Er neigte den Kopf und bedeckte das Gesicht mit den Händen.

Und plötzlich zuckte ihm das seltsame, unerwartete Gefühl eines brennenden Hasses gegen Sonja durchs Herz. Als ob er selbst über dieses Gefühl staunte und sich davor ängstigte, hob er plötzlich den Kopf und sah sie unverwandt an; aber er begegnete ihrem Blick, der in qualvoller Sorge auf ihn gerichtet war; in diesem Blick lag Liebe; und sein Haß verschwand wie ein Spuk. Es war kein Haß gewesen; er hatte das eine Gefühl für das andere gehalten. Er hatte nur gespürt, daß *der Augenblick gekommen war.*

Wieder bedeckte er das Gesicht mit den Händen und neigte den Kopf. Plötzlich wurde er blaß, erhob sich von seinem Stuhl, sah Sonja an und setzte sich mechanisch, ohne ein Wort zu sprechen, auf ihr Bett.

Diese Minute erinnerte ihn in grauenvoller Weise an jenen Augenblick, da er hinter der Alten gestanden, sein Beil schon aus der Schlinge gezogen und gefühlt hatte, er dürfe »keine Sekunde mehr verlieren«.

»Was haben Sie?« fragte Sonja in tödlicher Verzagtheit.

Er brachte kein Wort über die Lippen. Er hatte sich seine *Erklärung* ganz, ganz anders vorgestellt, und er verstand selbst nicht, was jetzt mit ihm geschah. Leise trat sie zu ihm, setzte sich neben ihn auf das Bett und wartete, ohne den Blick von ihm zu wenden. Ihr Herz klopfte unregelmäßig. Es wurde unerträglich; er hatte ihr sein totenblasses Gesicht zugewandt; seine Lippen verzerrten sich ohnmächtig in dem Bemühen zu sprechen. Entsetzen griff Sonja ans Herz.

»Was haben Sie?« wiederholte sie, während sie ein wenig von ihm fortrückte.

»Nichts, Sonja. Erschrick nicht... Es ist Unsinn! Allerdings, wenn man es richtig bedenkt ...« murmelte er mit der Miene eines Menschen, der nicht bei Sinnen ist und im Fieber redet. »Warum bin ich nur gekommen, dich zu peinigen?« fügte er plötzlich hinzu und sah sie an. »Wirklich! Warum? Die ganze Zeit frage ich mich das, Sonja ...«

Vielleicht hatte er sich diese Frage auch schon vor einer Viertelstunde gestellt, doch jetzt sprach er in völliger Entkräftung, kaum bei vollem Bewußtsein, und er fühlte, wie sein Körper unaufhörlich zitterte.

»Ach, wie Sie sich quälen!« sprach sie traurig und starrte ihn an.

»Das alles ist Unsinn! ... Höre, Sonja!« Plötzlich lächelte er aus irgendeinem Grunde, blaß und kraftlos, etwa zwei Sekunden lang. »Weißt du noch, was ich dir gestern gesagt habe?«

Sonja wartete unruhig.

»Ich sagte, als ich ging, ich nähme vielleicht für immer von dir Abschied, doch wenn ich heute noch einmal käme, würde ich dir sagen ... wer Lisaweta getötet hat.«

Sie erzitterte plötzlich am ganzen Körper.

»Nun, und jetzt bin ich gekommen, es dir zu sagen.«

»Haben Sie das gestern denn wirklich ...« flüsterte sie mit Anstrengung. »Wissen Sie es denn?« fragte sie dann rasch, als ob sie auf einmal zur Besinnung gekommen wäre.

Sonja atmete schwer. Ihr Gesicht wurde immer blasser.

»Ich weiß es.«

Sie schwieg einen Augenblick.

»Hat man *ihn* denn gefunden?« fragte sie schließlich schüchtern.

»Nein, man hat ihn nicht gefunden.«

»Wieso wissen Sie dann *davon*?« fragte sie kaum hörbar, nach einem Schweigen, das wieder fast eine Minute gedauert hatte.

Er wandte sich ihr zu und musterte sie starr.

»Rate einmal«, antwortete er dann mit dem gleichen verzerrten, kraftlosen Lächeln wie vorhin.

Es war, als krampfte sich ihr ganzer Körper zusammen.

»Aber ... warum ... warum ... erschrecken Sie mich so?« stieß sie endlich hervor und lächelte wie ein Kind.

»Offenbar bin ich mit *ihm* gut befreundet, wenn ich es weiß«, fuhr Raskolnikow fort, während er ihr noch immer unentwegt ins Gesicht sah, als hätte er nicht mehr die Kraft, seinen Blick abzuwenden. »Er wollte ... Lisaweta ... gar nicht töten ... er tötete sie ... aus Versehen ... er wollte die Alte töten ... als sie allein war ... und ging hin ... doch plötzlich kam Lisaweta ... und da hat er ... auch sie erschlagen.«

Abermals verstrich eine grauenvolle Minute. Beide sahen einander an.

»Kannst du es denn nicht erraten?« fragte er plötzlich, und er hatte das Gefühl, als stürzte er sich von einem hohen Turm.

»N-n-nein«, flüsterte Sonja; ihre Stimme war kaum zu vernehmen.

»Sieh mich an!«

Und kaum hatte er das gesagt, ließ wieder jenes Gefühl, das er schon kannte, seine Seele zu Eis erstarren: er blickte sie an, und da war ihm mit einemmal, als erkennte er in ihrem Gesicht gleichsam das Gesicht Lisawetas. Mit greller Deutlichkeit sah er den Gesichtsausdruck Lisawetas vor sich, als er damals mit dem Beil auf sie zuging und sie vor ihm zur Wand zurückwich und die Hände vorstreckte, mit völlig kindlichem Entsetzen in den Zügen ... genauso wie kleine Kinder aussehen, wenn sie plötzlich vor irgend etwas Angst bekommen, regungslos, aber unruhig auf den Gegenstand starren, der sie ängstigt, zurückweichen, die Händchen vorstrecken und anfangen wollen zu weinen. Fast das gleiche geschah jetzt auch mit Sonja. Ebenso ohnmächtig, mit der gleichen Angst sah sie ihn eine Zeitlang an, streckte plötzlich die Linke vor, stieß ihn leicht mit dem Finger gegen die Brust, stand langsam vom Bett auf und wich mehr und mehr vor ihm zurück, wobei ihr Blick, den sie auf ihn gerichtet hielt, immer starrer wurde. Ihr Entsetzen teilte sich auch ihm mit; genau der gleiche Schreck spiegelte sich auch auf seinem Antlitz wider; in derselben Weise begann er sie jetzt anzusehen, und seine Züge zeigten dabei sogar fast das gleiche *kindliche* Lächeln.

»Hast du es jetzt erraten?« flüsterte er endlich.

»O Herr und Gott!« schrie sie plötzlich aus tiefster Brust auf.

Kraftlos fiel sie aufs Bett, das Gesicht in die Kissen

gepreßt. Doch sofort sprang sie wieder auf, rückte zu ihm hin, nahm ihn bei beiden Händen, drückte sie mit ihren zarten Fingern fest wie in einem Schraubstock und sah ihm abermals unbeweglich, wie erstarrt, ins Gesicht. Mit diesem verzweifelten Blick wollte sie vielleicht noch eine letzte Hoffnung erhaschen. Aber es gab keine Hoffnung mehr; es blieb kein Zweifel: alles war *so*! Sogar später, sooft sie sich dieses Augenblickes entsann, war es ihr seltsam und verwunderlich, wie sie so auf *einmal* hatte sehen können, daß kein Zweifel mehr bestand. Sie konnte doch nicht zum Beispiel sagen, daß sie irgend etwas Derartiges geahnt hätte? Trotzdem schien ihr plötzlich, sobald er ihr das gesagt hatte, als hätte sie gerade *das* vorausgeahnt.

»Laß gut sein, Sonja, genug! Quäl mich nicht!« bat er sie schmerzlich.

Er hatte es ihr nicht auf diese Weise sagen wollen, ganz und gar nicht, aber *so* war es eben gekommen.

Völlig verstört sprang sie auf und ging händeringend bis zur Mitte des Zimmers; doch gleich kam sie wieder zurück und setzte sich aufs neue neben Raskolnikow, so daß ihre Schulter beinahe die seine berührte. Plötzlich schrak sie zusammen, als hätte man sie mit einem Dolch durchbohrt, schrie auf und warf sich, ohne selbst zu wissen weshalb, vor ihm auf die Knie.

»Was haben Sie sich da angetan, warum?« stieß sie verzweifelt hervor.

Und sie sprang auf, warf sich ihm an den Hals, umfing ihn und preßte ihn fest, fest in ihren Armen.

Raskolnikow taumelte zurück und betrachtete sie mit traurigem Lächeln.

»Wie sonderbar du bist, Sonja – du umarmst und küßt mich, obgleich ich dir *das* gesagt habe. Du weißt nicht, was du tust!«

»Nein, jetzt gibt es keinen unglücklicheren Menschen auf der ganzen Welt als dich!« rief sie wie wahnsinnig; sie hatte seine Bemerkung nicht gehört und begann plötzlich zu schluchzen wie in einem hysterischen Anfall.

Ein schon lange nicht mehr gekanntes Gefühl durchströmte

seine Seele und machte ihm das Herz weich. Er widersetzte sich dieser Regung nicht; zwei Tränen rollten aus seinen Augen und blieben an den Wimpern hängen.

»Du wirst mich also nicht verlassen, Sonja?« fragte er endlich und blickte sie beinahe hoffnungsvoll an.

»Nein, nein; niemals, unter keinen Umständen!« rief Sonja. »Ich werde dir folgen, überallhin folge ich dir! O Gott! ... Ach, ich Unglückliche! ... Warum, warum nur habe ich dich nicht eher gekannt? Weshalb bist du nicht früher gekommen? O Gott!«

»Jetzt bin ich ja gekommen.«

»Jetzt! Oh, was sollen wir jetzt machen! ... Gemeinsam, gemeinsam!« wiederholte sie, als hätte sie alles andere vergessen, und wiederum umarmte sie ihn, »gemeinsam mit dir gehe ich nach Sibirien!«

Plötzlich traf es ihn wie ein Schlag; das haßerfüllte, fast anmaßende Lächeln von vorhin zeigte sich wieder auf seinen Lippen.

»Vielleicht will ich nicht nach Sibirien, Sonja«, sagte er.

Sonja blickte ihn rasch an.

Nach dem ersten leidenschaftlichen, qualvollen Ausbruch ihres Mitgefühls mit dem Unglücklichen erschütterte sie aufs neue die furchtbare Vorstellung des Mordes. In dem veränderten Ton seiner Worte hatte sie plötzlich den Mörder vernommen. In starrem Staunen sah sie ihn an. Sie wußte noch nichts – weder weshalb noch wie noch warum das geschehen war. Jetzt erhoben sich mit einemmal alle diese Fragen vor ihr. Und wieder vermochte sie es nicht zu glauben: er soll ein Mörder sein? Ja, ist denn das möglich?

»Was ist das? Wo bin ich nur?« sprach sie in tiefer Verwunderung, als wäre sie noch immer nicht recht bei sich. »Wie konnten Sie, Sie, ein *solcher* Mensch ... sich dazu entschließen? Wie konnte das geschehen?«

»Um sie zu berauben, wahrscheinlich! Hör auf, Sonja!« antwortete er müde, ja fast ärgerlich. Sonja stand da wie betäubt, doch plötzlich schrie sie auf: »Du hast Hunger gelitten? Du ... du wolltest deiner Mutter helfen? Nicht wahr?«

»Nein, Sonja, nein«, murmelte er, wandte sich ab und

senkte den Kopf. »Ich war nicht so hungrig ... meiner Mutter wollte ich allerdings helfen, aber ... auch das stimmt nicht ganz ... quäl mich nicht, Sonja!«

Sonja rang die Hände.

»Aber ist es denn wirklich wahr, ist es wirklich wahr? O Gott, wie kann das nur wahr sein! Wer vermag das zu glauben? ... Und wieso, wieso geben Sie das Letzte her und haben dabei gemordet, um zu stehlen? Wie? ...« fuhr sie plötzlich auf, »jenes Geld, das Sie Katerina Iwanowna gaben ... jenes Geld ... O Gott, war etwa auch jenes Geld ...?«

»Nein, Sonja«, unterbrach er sie hastig, »das stammte nicht von dort, beruhige dich! Das hatte mir meine Mutter durch einen Kaufmann geschickt, und ich war krank, als ich es erhielt, am selben Tag, an dem ich es hergab ... Rasumichin hat es gesehen ... er hat es für mich in Empfang genommen ... es war mein Geld, mein eigenes Geld, wirklich mein Geld.«

Sonja hörte ihm verwundert zu und nahm alle ihre Kräfte zusammen, um sich über etwas klarzuwerden.

»Und *jenes* Geld ... ich weiß übrigens nicht einmal, ob auch Geld dabei war«, fügte er leise und gleichsam nachdenklich hinzu. »Ich nahm ihr wohl einen Beutel vom Hals, einen Beutel aus Sämischleder ... er war prall gefüllt ... aber ich sah gar nicht hinein; ich fand wohl nicht die Zeit dazu ... Nun, und die Sachen ... es waren Manschettenknöpfe und Ketten und solche Dinge ... Alle diese Sachen und den Beutel versteckte ich in einem Hof am W.-Prospekt unter einem Stein, gleich am nächsten Morgen ... Dort liegen sie auch heute noch ...«

Sonja hatte angespannt zugehört.

»Nun, aber weshalb denn ... Sie sagten doch, Sie wollten sie berauben, und trotzdem haben Sie nichts genommen?« fragte sie rasch, als klammerte sie sich an einen Strohhalm.

»Ich weiß nicht ... ich bin mir noch nicht klar darüber geworden, ob ich das Geld nehme oder nicht«, entgegnete er, wiederum gleichsam grübelnd, und plötzlich kam er zur Besinnung und lachte kurz und trocken auf. »Ach, was für eine Dummheit ich da eben gesagt habe, nicht wahr?«

Sonja durchzuckte der Gedanke: Ist er am Ende wahnsinnig? Aber sogleich ließ sie ihn wieder fallen: Nein, es ist etwas anderes. Nichts begriff sie von all dem, nichts!

»Weißt du, Sonja«, sagte er plötzlich wie in einer Eingebung, »weißt du, was ich dir sagen will: hätte ich sie nur deshalb umgebracht, weil ich Hunger litt«, fuhr er fort, wobei er jedes Wort nachdrücklich betonte und sie rätselhaft, aber aufrichtig ansah, »ich wäre jetzt ... *glücklich!* Das mußt du wissen! Und was hast du davon, was hast du davon«, rief er nach einem Augenblick geradezu verzweifelt, »was hast du davon, wenn ich dir jetzt gestehe, ich hätte schlecht gehandelt? Nun, was hättest du von diesem dummen Triumph über mich? Ach, Sonja, bin ich etwa deswegen jetzt zu dir gekommen?«

Sonja wollte abermals etwas sagen, schwieg jedoch.

»Deshalb habe ich gestern zu dir gesagt, du sollst mit mir gehen; denn du bist der einzige Mensch, den ich noch habe.«

»Wohin soll ich mit dir gehen?« fragte Sonja schüchtern.

»Nicht um zu stehlen und um zu morden, sei ganz ohne Sorge, nicht deshalb«, sagte er mit bitterem Lächeln. »Wir sind Menschen zu verschiedener Art ... Weißt du, Sonja, ich habe doch erst heute, erst jetzt erkannt, *wohin* du mit mir gehen sollst! Als ich das gestern zu dir sagte, wußte ich selbst noch nicht wohin. Aus einem einzigen Grunde habe ich dich gerufen, aus einem einzigen Grund bin ich gekommen: verlaß mich nicht. Bleibst du bei mir, Sonja?«

Sie drückte ihm fest die Hand.

»Ach, weshalb, weshalb nur habe ich es ihr gesagt, weshalb es ihr gestanden?« rief er nach einer Weile verzweifelt und blickte sie in grenzenlosem Leid an. »Da wartest du, daß ich dir alles erkläre, Sonja; da sitzt du und wartest, ich sehe es ...! Und was kann ich dir sagen? Du verstehst doch nichts davon, sondern wirst nur furchtbar leiden, meinetwegen leiden! Nun weinst du und umarmst mich abermals – weshalb umarmst du mich? Weil ich es selbst nicht mehr ertragen konnte und gekommen bin, alles auf einen anderen abzuwälzen: Leide auch du, dann wird mir leichter sein! ... Kannst du denn einen solchen Schurken lieben?«

»Quälst du dich nicht auch?« rief Sonja.

Von neuem brandete jenes Gefühl gleich einer hohen Woge in seiner Seele auf und stimmte ihn für einen Augenblick weich.

»Sonja, ich habe ein böses Herz, merke dir das. Damit läßt sich vieles erklären. Auch deshalb bin ich gekommen, weil ich böse bin. Es gibt Menschen, die nicht gekommen wären. Doch ich bin ein Feigling und ... ein Lump! Aber lassen wir das! Das alles ist ja nicht wichtig ... ich müßte jetzt reden, kann aber den Anfang nicht finden ...«

Er hielt inne und begann nachzudenken.

»Ach, wir sind zu verschieden!« rief er dann. »Wir passen nicht zusammen. Und weshalb bin ich gekommen, weshalb nur? Das kann ich mir nie verzeihen!«

»Nein, nein, es ist gut, daß du gekommen bist!« entgegnete Sonja. »Es ist besser, daß ich alles weiß! Viel besser!«

Schmerzerfüllt sah sie ihn an.

»Und wie war es denn wirklich?« fuhr er fort, als wäre er mit seinem Nachdenken zu Ende. »Ja, so war es! Höre: ich wollte ein Napoleon werden, und deshalb habe ich gemordet ... verstehst du jetzt?«

»N-n-nein«, flüsterte Sonja naiv und zaghaft. »Aber ... sprich, sprich nur! Ich werde es verstehen; ich werde alles *für mich* verstehen!« flehte sie ihn an.

»Du wirst es begreifen? Nun schön, wir wollen sehen!«

Er verstummte und grübelte lange Zeit.

»Die Sache ist die: eines Tages stellte ich mir folgende Frage: Wenn zum Beispiel Napoleon in meiner Lage gewesen wäre, und zu Beginn seiner Laufbahn hätte es weder Toulon noch Ägypten noch den Übergang über den Montblanc gegeben, sondern an Stelle all dieser schönen, monumentalen Dinge wäre da schlicht und einfach nur ein lächerliches altes Weib gewesen, eine Registratorswitwe, die er überdies hätte erschlagen müssen, um aus ihrer Truhe Geld zu nehmen ... für seine Laufbahn, verstehst du? ... hätte er sich dann wohl zu diesem Mord entschlossen, wenn er keinen anderen Ausweg gehabt hätte? Oder wäre er davor zurückgeschreckt, weil das viel zu wenig monumental gewesen wäre und obendrein ...

und obendrein eine Sünde? Ich muß dir sagen, daß ich mich mit dieser Frage furchtbar lange abquälte, daß ich mich entsetzlich schämte, als ich am Ende – irgendwie ganz plötzlich – darauf kam, daß er nicht nur nicht zurückgeschreckt wäre, sondern daß es ihm gar nicht in den Sinn hätte kommen können, das sei nicht monumental ... und daß er nicht einmal ganz verstanden hätte, wovor er da hätte zurückschrecken sollen. Und wenn er keinen anderen Weg gehabt hätte, hätte er sie ohne jedes Bedenken ... erwürgt, daß sie keinen Mucksser mehr von sich gegeben hätte! Nun, und ich ... hörte auf zu grübeln ... und brachte sie um ... nach dem Beispiel dieser Autorität ... Haargenau so war es. Das kommt dir komisch vor? Ja, Sonja, am allerkomischsten ist vielleicht, daß es genauso war ...«

Ihr war ganz und gar nicht komisch zumute.

»Sprechen Sie lieber ganz einfach zu mir ... ohne Beispiele«, bat sie schüchtern und leise.

Er wandte sich ihr zu, blickte sie traurig an und nahm sie bei den Händen.

»Du hast abermals recht, Sonja. Das alles ist Unsinn, fast reines Geschwätz! Siehst du: du weißt, daß meine Mutter fast nichts besitzt. Meine Schwester hat zufällig eine gute Erziehung genossen und war verurteilt, als Gouvernante ihr Leben zu fristen. Alle ihre Hoffnungen hatten die zwei auf mich gesetzt. Ich studierte, konnte aber meinen Unterhalt nicht bestreiten und war gezwungen, mein Studium für einige Zeit zu unterbrechen. Wenn sich das zehn oder zwölf Jahre so hingezogen hätte, hätte ich trotzdem – günstige Umstände vorausgesetzt – darauf hoffen dürfen, irgendein Lehrer oder Beamter mit einem Jahresgehalt von tausend Rubel zu werden ...« Er sagte das wie eine auswendig gelernte Lektion her. »Und bis dahin hätte sich meine Mutter wahrscheinlich vor Sorgen und Kummer verzehrt, und ich hätte es trotzdem nicht zustande gebracht, ihr Ruhe zu verschaffen, und meiner Schwester ... nun, meiner Schwester hätte es noch schlimmer ergehen können! ... Ja, und wer hat denn schon Lust, sein ganzes Leben lang an allem vorbeizugehen und auf alles zu verzichten ... die Mutter zu vergessen und zum Beispiel die

Schmähungen, die der Schwester widerfahren, demütig zu ertragen? Wozu? Um, wenn ich die beiden begraben habe, neue Menschen an mich zu ziehen – eine Frau und Kinder – und sie dann ebenfalls ohne einen Groschen und ohne einen Bissen Brot zurückzulassen? Nun ... und da beschloß ich, mir das Geld der alten Frau anzueignen. In den ersten Jahren wollte ich es verwenden, um mich, ohne meiner Mutter zur Last fallen zu müssen, an der Universität halten zu können, und dann gedachte ich es für meine ersten Schritte nach der Universität zu gebrauchen – alles wollte ich großzügig und von Grund auf anders einrichten, um mir ein völlig neues Leben aufzubauen und um einen neuen Weg einschlagen zu können, ohne von irgendwem abhängig zu sein ... Das ist alles ... Selbstverständlich war es schlecht, daß ich die Alte umbrachte ... aber genug davon!«

Halb ohnmächtig hatte er seinen Bericht zu Ende gebracht und senkte den Kopf.

»Ach, das ist nicht richtig, das stimmt ja nicht«, rief Sonja bekümmert. »Kann man denn ... nein, das ist nicht richtig, nein, gewiß nicht!«

»Du siehst selber, daß das nicht richtig ist! ... Aber trotzdem habe ich aufrichtig erzählt ... ich habe die Wahrheit gesagt!«

»Was wäre denn das für eine Wahrheit? O Herr und Gott!«

»Ich habe ja nur eine Laus erschlagen, Sonja, eine nutzlose, widerwärtige, schädliche Laus.«

»Ein Mensch soll eine Laus sein?«

»Ich weiß selbst, daß ein Mensch keine Laus ist«, antwortete Raskolnikow, während er Sonja seltsam ansah. »Übrigens lüge ich, Sonja«, fügte er hinzu, »ich lüge die ganze Zeit ... Das alles ist nicht richtig – da hast du sehr recht. Ich hatte ganz, ganz andere Gründe! ... Ich habe schon lange mit niemandem mehr gesprochen, Sonja ... Der Kopf tut mir sehr weh.«

Seine Augen brannten in fiebrigem Feuer. Er begann beinahe zu phantasieren, ein unruhiges Lächeln zuckte um seine Lippen. Die geistige Erregung verbarg kaum seine völlige physische Erschöpfung. Sonja sah, wie sehr er sich quälen mußte. Auch ihr begann schwindlig zu werden. Und wie sonderbar er redete: es klang alles ganz verständlich, aber ... Aber wie! Wie denn! O Gott! Und sie rang verzweifelt die Hände.

»Nein, Sonja, das alles ist nicht richtig!« begann er abermals und hob plötzlich den Kopf, als hätte ihn ein neuer, unvermuteter Gedanke erschüttert und belebt. »Das alles ist nicht richtig! Besser ... du nimmst an – ja! so ist es wirklich besser! –, du nimmst an, ich sei eitel, neidisch, böse, gemein und rachsüchtig ... und vielleicht neige ich dazu noch zum Wahnsinn. Nimm alles in einem! Über meinen Wahnsinn hat man schon früher geredet, ich habe es wohl gemerkt! Ich habe dir vorhin erklärt, ich hätte an der Universität meinen Unterhalt nicht bestreiten können. Aber weißt du, vielleicht hätte ich es doch gekonnt. Meine Mutter hätte mir die Studiengelder geschickt, und für Schuhe, Kleider und Kost hätte ich selber aufkommen können, ganz gewiß! Ich hätte Stunden geben können; man bot mir für eine Stunde einen halben Rubel. Rasumichin arbeitet doch auch! Aber ich war böse geworden und wollte nicht. Ich war *böse geworden* – das ist der treffende Ausdruck! Ich hatte mich damals wie eine Spinne in eine Ecke verkrochen. Du warst ja in meinem Stall, du hast ihn gesehen ... Und weißt du, Sonja, daß enge Räume und niedrige Zimmerdecken die Seele und den Verstand niederdrücken? Oh, wie ich dieses Loch haßte! Dennoch wollte ich nicht weg von dort. Aus Trotz wollte ich nicht! Tagelang verließ ich mein Zimmer nicht, ich wollte nicht arbeiten, wollte nicht einmal essen; die ganze Zeit lag ich da. Wenn Nastasja mir etwas brachte, aß ich es, wenn sie nichts brachte, verging der Tag auch ohne Essen; absichtlich und aus Trotz bat ich sie um nichts! Nachts hatte ich kein Licht; ich lag im Dunkel, wollte mir aber nicht das Geld für Kerzen verdienen! Ich hätte studieren sollen, doch die Bücher hatte ich verkauft; und auf meinem Tisch, auf meinen Notizen und Heften liegt auch jetzt noch fingerdick der Staub. Lieber lag ich auf dem Diwan, um nachzudenken. Und die ganze Zeit grübelte ich ... Ständig träumte ich; ich träumte die verschiedensten, merkwürdigsten Träume, es lohnt sich gar nicht zu erzählen, was für Träume das waren! Und da erst kam mir der Gedanke, daß ... Aber nein, so war es auch nicht! Wieder erzähle ich nicht richtig! Siehst du, ich fragte mich damals immer wieder: Wenn die anderen schon dumm sind und wenn du ganz gewiß weißt, daß sie dumm sind – warum bist du dann ebenso dumm, indem du nicht klüger sein willst? – Später habe ich erfahren, Sonja, daß es wohl allzu lange dauern würde, wollte man darauf warten, daß alle klug werden ... Später sah ich ein, daß dieser Fall niemals eintreten wird, daß die Menschen sich nicht ändern, daß niemand sie anders machen kann und daß es sich nicht lohnt, irgendeine Mühe daranzuwenden! Ja, so ist es! Das ist ihr Gesetz . . . ein Gesetz, Sonja! So ist es! ... Und jetzt weiß ich, Sonja, daß der, der stark ist und machtvoll an Geist und Verstand, über die Menschen gebieten kann! Wer vieles wagt, ist bei den Menschen im Recht. Wer auf das meiste spucken kann, der ist ihr Gesetzgeber, und wer am meisten wagt, genießt die meisten Rechte! So war es bisher, und so wird es immer sein! Nur ein Blinder sieht das nicht!«

Als Raskolnikow das sagte, blickte er zwar Sonja an, kümmerte sich aber nicht mehr darum, ob sie ihn verstand oder nicht. Das Fieber hatte ihn gepackt. Er sprach in einer Art düsterer Begeisterung – und wirklich, er hatte schon allzu lange mit niemandem mehr gesprochen! Sonja erkannte, daß dieser finstere Katechismus für ihn Glaube und Gesetz war.

»Damals ahnte ich, Sonja«, fuhr er begeistert fort, »daß die Macht nur dem gegeben wird, der es wagt, sich zu bücken und sie aufzuheben. Hier ist nur eines wichtig, nur eines: es kommt einzig darauf an, es zu wagen! Damals hatte ich einen Gedanken – zum erstenmal in meinem Leben einen Gedanken, den vor mir noch nie jemand gedacht hatte! niemand! –, und mir war plötzlich sonnenklar: Warum hat bis heute noch keiner gewagt und wagt es auch jetzt noch nicht, wenn er all diesen Irrsinn mit ansieht, den ganzen Kram schlicht und einfach beim Schwanz zu packen und zum Teufel zu jagen? Ich ... ich wollte mir Mut machen zu diesem Wagnis, und deshalb mordete ich ... Ich wollte mir nur Mut machen, Sonja, das war der ganze Grund!«

»Oh, schweigen Sie, schweigen Sie!« rief Sonja und rang die Hände. »Sie haben sich von Gott abgewandt, und Gott hat Sie geschlagen und dem Teufel ausgeliefert! ...«

»Ja, nicht wahr, Sonja – als ich so im Dunkel lag und mir das alles ausdachte, da hat mich der Teufel verwirrt? Nicht wahr?«

»Schweigen Sie! Spotten Sie nicht, Sie lästern Gott! Nichts verstehen Sie, nichts! O Gott! Nichts, nichts versteht er!«

»Sei still, Sonja, ich spotte nicht; ich weiß ja selbst, daß der Teufel mich verführt hat. Sei still, Sonja, sei still«, wiederholte er finster und hartnäckig. »Ich weiß das alles. Ich habe es mir wieder und wieder überlegt, als ich damals im Dunkel lag ... All das diskutierte ich bis in die letzte, kleinste Einzelheit mit mir selber, und ich weiß alles, alles! Dieses Geschwätz hing mir damals schon zum Hals heraus! Ich wollte alles vergessen, Sonja, und von neuem beginnen und aufhören zu schwatzen. Und glaubst du etwa, ich wäre so einfach dorthin gelaufen wie ein Dummkopf, auf gut Glück? Ich habe mich wie ein kluger Mann ans Werk gemacht, und das hat mich zugrunde gerichtet! Und glaubst du etwa, ich hätte zum Beispiel nicht wenigstens das eine gewußt: sobald ich anfing, mich zu fragen und zu erforschen, ob ich das Recht hätte, Macht zu besitzen – daß ich im selben Moment schon das Recht auf Macht verwirkt hatte? Sobald ich mir die Frage stellte, ob der Mensch eine Laus sei, war der Mensch schon *für mich* keine Laus mehr; er ist es nur für den, dem so eine Frage gar nicht in den Sinn kommt und der, ohne zu fragen, handelt ... Wenn ich mich also so viele Tage damit abquälte, ob Napoleon so gehandelt hätte wie ich oder nicht, fühlte ich schon mit aller Deutlichkeit, daß ich kein Napoleon war ... Ich erlitt alle, alle Qualen dieses Geschwätzes, Sonja, und ich wollte diese Last abschütteln; ich wollte töten, Sonja, ohne Kasuistik, nur für mich töten, für mich allein! Ich wollte mir dabei nicht einmal etwas vorlügen! Nicht um meiner Mutter zu helfen, habe ich getötet – Unsinn! ... Nicht darum habe ich getötet, um zu Geld und zu Macht zu kommen und dann ein Wohltäter der Menschheit zu werden – das ist alles Unsinn. Ich habe einfach nur getötet; für mich habe ich getötet, für mich allein; und ob ich dann der Wohltäter irgendeines Menschen sein oder mein ganzes Leben lang wie eine Spinne alle in meinem Netz fangen und aus allen die Lebenssäfte saugen würde, das war mir in jenem Augenblick sicher völlig gleichgültig! Und nicht das Geld brauchte ich, Sonja, als ich tötete, nicht das Geld, sondern etwas anderes ... Jetzt ist mir das alles klar ... Versteh mich recht: vielleicht hätte ich, wäre ich auf diesem Weg weitergegangen, auch überhaupt nicht getötet. Aber ich mußte etwas anderes wissen, etwas anderes trieb mich ... ich mußte wissen, und zwar so rasch wie möglich, ob ich eine Laus bin wie alle anderen oder ein Mensch; ich mußte wissen, ob ich jene Grenze überschreiten kann oder nicht, ob ich es wagen würde, mich zu bücken und die Macht zu packen; ob ich eine zitternde Kreatur bin oder ob ich *das Recht* habe ...«

»Zu töten? Sie hätten das Recht zu töten?« rief Sonja händeringend.

»Ach, Sonja!« schrie er gereizt; er wollte ihr etwas entgegnen, verstummte aber verächtlich. »Unterbrich mich nicht, Sonja. Ich wollte dir nur das eine klarmachen: daß mich damals der Teufel verleitet hat und daß er mir nachher erklärte, ich hätte gar nicht das Recht gehabt, diesen Weg zu gehen, weil ich ebenso eine Laus bin wie alle andern! Er lachte mich aus, und siehe, jetzt bin ich zu dir gekommen! Empfange deinen Gast! Wäre ich keine Laus – wäre ich dann zu dir gekommen? Höre: als ich damals zu der Alten ging, da wollte ich ja nur *eine Probe* anstellen ... Nun weißt du es!«

»Und Sie haben gemordet! Gemordet!«

»Aber wie habe ich gemordet? Begeht man vielleicht einen Mord auf eine solche Art? Wenn man einen andern erschlagen will, geht man dann so zu ihm, wie ich hinging? ... Ich werde dir einmal erzählen, wie ich hinging ... Habe ich etwa das alte Weib umgebracht? Mich selbst habe ich doch umgebracht, nicht die Alte! Mit einem Schlag habe ich mich getötet, für alle Zeiten! ... Das alte Weib, das hat der Teufel erschlagen, nicht ich ... Genug davon, genug, Sonja, genug! Laß mich!« schrie er plötzlich, als hätte ihn ein Krampf gepackt.

Er hatte die Ellbogen auf die Knie gestützt und preßte seinen Kopf zwischen den Händen wie mit einer Zange.

»Was für ein Leid!« entrang es sich ihr in einem qualvollen Schrei.

»Was soll ich jetzt machen? Sag mir das!« fragte er, während er plötzlich den Kopf hob und sie, das Gesicht vor Verzweiflung grauenhaft verzerrt, ansah.

»Was du machen sollst?« rief sie und sprang auf; ihre Augen, die bisher voll Tränen gewesen waren, begannen zu funkeln. »Steh auf!« Sie packte ihn bei der Schulter; er erhob sich und blickte sie fast verwundert an. »Geh jetzt, geh noch im selben Augenblick, stell dich an die Straßenecke, beuge dich nieder, küsse zuerst die Erde, die du geschändet hast, und dann verneige dich nach den vier Seiten vor aller Welt und sage laut: Ich habe getötet! Dann wird dir Gott dein Leben wiederschenken. Gehst du? Gehst du?« fragte sie ihn, und sie zitterte am ganzen Leib wie in einem Anfall, nahm seine beiden Hände, drückte sie fest in den ihren und sah ihn mit einem lodernden Blick an.

Er staunte und war geradezu erschüttert von dieser unerwarteten Begeisterung.

„Meinst du damit die Zwangsarbeit, Sonja? Muß ich mich selbst stellen?« fragte er düster.

»Du mußt dein Leid auf dich nehmen und damit deine Tat sühnen, das sollst du tun.«

»Nein! Ich gehe nicht zu ihnen, Sonja!«

»Aber leben? Wie willst du weiterleben? Womit leben?« rief Sonja. »So ist es doch nicht möglich! Und wie willst du mit deiner Mutter sprechen? Oh, was wird jetzt aus ihnen, was wird aus den beiden! Aber was rede ich da! Du hast ja Mutter und Schwester schon verlassen! Verlassen hast du sie, verlassen. O Gott!« rief sie. »Doch er weiß das ja alles selbst! Aber wie kann man denn ohne einen Menschen leben? Was wird jetzt aus dir?«

»Sei kein Kind, Sonja«, erwiderte er leise. »Welche Schuld

habe ich denn vor den Menschen? Weshalb soll ich hingehen? Was ihnen sagen? Das alles ist ja nur ein Spuk ... Sie selbst bringen Menschen zu Millionen um und betrachten das noch als Wohltat. Sie sind Hanswurste und Schurken, Sonja! ... Ich gehe nicht hin. Und was sollte ich ihnen auch sagen? Daß ich getötet habe, das Geld aber nicht zu nehmen wagte und es unter einem Stein versteckte?« fügte er mit höhnischem Lachen hinzu. »Sie werden mich nur auslachen und sagen: Ein Dummkopf, daß er es nicht genommen hat. Ein Feigling und ein Dummkopf! Nichts werden sie verstehen, Sonja, nichts; sie sind unwürdig, es zu verstehen. Weshalb sollte ich hingehen? Ich gehe nicht. Sei kein Kind, Sonja ...«

»Wie du dich quälst, wie du dich quälst«, sagte sie, während sie ihm in verzweifeltem Flehen die Hände entgegenstreckte.

»Vielleicht habe ich mich auch bloß verleumdet«, fuhr er düster fort, gleichsam in tiefem Sinnen. »Vielleicht bin ich *doch* ein Mensch und keine Laus, vielleicht habe ich mich vorschnell verurteilt ... *Noch* werde ich kämpfen.«

Ein anmaßendes Lächeln spielte um seine Lippen.

»Eine solche Qual zu ertragen! Das ganze Leben lang, das ganze Leben! ...«

»Ich werde mich daran gewöhnen ...« entgegnete er finster. »Höre«, begann er eine Minute später, »jetzt ist genug geweint, jetzt ist es Zeit, zur Sache zu kommen. Ich bin hier, um dir zu sagen, daß man mich verfolgt, daß man hinter mir her ist ...«

»Ach!« rief Sonja geängstigt.

„Was schreist du da? Du willst ja selbst, daß ich nach Sibirien gehe, und jetzt hast du Angst? Aber eines muß ich dir noch sagen: ich werde mich ihnen nicht ergeben. Ich will kämpfen, und sie können mir nichts anhaben. Sie haben keine richtigen Beweise. Gestern war ich in großer Gefahr und hielt mich schon für verloren; heute steht die Sache besser. Alle ihre Beweise sind zweischneidig, das heißt, ich kann ihre Anschuldigungen auch zu meinen Gunsten auslegen, verstehst du? Und das werde ich tun; denn ich habe es inzwischen gelernt ... Aber ins Gefängnis bringen sie mich bestimmt. Wäre nicht ein Zufall dazwischengekommen, ich säße vielleicht heute schon hinter Schloß und Riegel, ganz gewiß, vielleicht wird man mich sogar *noch heute* verhaften ... Aber das macht nichts, Sonja, ich bleibe eine Zeitlang eingesperrt, und dann müssen sie mich wieder freilassen ... weil sie keinen einzigen richtigen Beweis in Händen haben; und sie werden auch keinen bekommen, darauf gebe ich dir mein Wort. Und mit dem, was sie aufzuweisen haben, kann man niemanden zur Strecke bringen ... Aber genug davon ... Ich sage dir das nur, damit du es weißt ... Was meine Schwester und meine Mutter angeht, so will ich es möglichst so einrichten, daß ich sie von meiner Unschuld überzeuge und sie nicht ängstige ... Meine Schwester scheint übrigens jetzt versorgt zu sein ... folglich auch meine Mutter ... So, das wäre alles. Sei übrigens vorsichtig. Wirst du mich im Gefängnis besuchen, wenn man mich einsperrt?«

»O ja! Ja!«

Beide saßen nebeneinander, traurig und geschlagen, als wären sie von einem Sturm an ein ödes, einsames Gestade verschlagen worden. Er sah Sonja an und fühlte, wieviel Liebe sie ihm entgegenbrachte, und seltsam, mit einemmal bedrückte ihn ihre Liebe in geradezu schmerzhafter Weise. Ja, es war ein seltsames, ein entsetzliches Gefühl! Als er auf dem Wege zu Sonja gewesen war, hatte er gemeint, alle seine Hoffnung und sein einziger Ausweg lägen in ihr; er hatte gedacht, wenigstens einen Teil seiner Qualen loswerden zu können; doch jetzt, da sich ihr Herz ihm plötzlich zugewandt hatte, fühlte und erkannte er, daß er nur noch viel, viel unglücklicher geworden war als vorher.

»Sonja«, sagte er, »komm lieber nicht zu mir, wenn ich im Gefängnis bin.«

Sonja antwortete nicht; sie weinte. Es vergingen einige Minuten.

»Hast du ein Kreuz?« fragte sie ihn dann unvermittelt, als wäre ihr das plötzlich eingefallen.

Er verstand zuerst gar nicht, was sie meinte.

»Nein? Du hast keins? Da, nimm dieses hier, es ist aus Zypressenholz. Ich habe noch ein zweites, aus Kupfer; es gehörte Lisaweta. Ich habe mit Lisaweta getauscht; sie gab mir ihr Kreuz, und ich gab ihr mein Heiligenbildchen. Jetzt will ich das Kreuz Lisawetas tragen, und das da soll dir gehören. Nimm es ... es ist ja mein Kreuz! Es ist meines!« flehte sie. »Wir werden miteinander leiden, und so wollen wir auch miteinander das Kreuz tragen! ...«

»Gib her!« sagte Raskolnikow. Er wollte sie nicht kränken. Doch sofort zog er die Hand, die er nach dem Kreuz ausgestreckt hatte, wieder zurück.

»Nicht jetzt, Sonja ... lieber später«, setzte er hinzu, um sie zu beruhigen.

»Ja, ja, das ist besser, besser«, stimmte sie ihm leidenschaftlich zu. »Wenn du deinen Leidensweg antrittst, wirst du das Kreuz nehmen. Komm dann zu mir, ich will es dir um den Hals hängen; dann wollen wir beten und gehen.«

In diesem Augenblick klopfte jemand dreimal an die Tür.

»Sofja Semjonowna, darf ich eintreten?« fragte eine bekannte höfliche Stimme.

Sonja eilte erschrocken zur Tür. Das Gesicht des blonden Herrn Lebesjatnikow schaute ins Zimmer.

5

Lebesjatnikow sah recht aufgeregt aus.

»Entschuldigen Sie, daß ich zu Ihnen komme, Sofja Semjonowna ... Ich wußte ja, daß ich Sie hier treffen würde«, wandte er sich dann unvermittelt an Raskolnikow; »das heißt, ich wußte nichts ... nichts dergleichen ... aber ich dachte mir eben ... Katerina Iwanowna ist verrückt geworden«, sagte er darauf zu Sonja, indem er Raskolnikow keine weitere Beachtung schenkte.

Sonja schrie auf.

»Das heißt, es scheint wenigstens so. Übrigens ... keiner weiß, was wir mit ihr anfangen sollen, das ist es! Sie kam zurück, offenbar hat man sie irgendwo hinausgeworfen, vielleicht auch geschlagen ... wenigstens hat es den Anschein ... Sie lief zu Semjon Sacharytschs Vorgesetztem; sie traf ihn zu Hause nicht an; er war zu Tisch bei einem anderen General ... und stellen Sie sie sich nur vor: sie ist ihm sofort nachgelaufen ... zu diesem anderen General, und tatsächlich, sie setzte ihren Willen durch, sie ließ den Vorgesetzten Semjon Sacharytschs herausrufen, vom Essen weg, glaube ich. Sie können sich ausmalen, was darauf geschah. Natürlich wurde sie hinausgeschmissen, aber sie erzählte, sie selbst habe den General beschimpft und etwas nach ihm geworfen. Das erscheint ziemlich glaubhaft ... ich verstehe bloß nicht, warum man sie nicht festgenommen hat! Jetzt erzählt sie allen Leuten diese Geschichte, auch Amalja Iwanowna; aber man kann sie nur schwer verstehen; sie tobt und schlägt um sich ... Ach ja – sie schreit und sagt, sie werde jetzt, da sie von allen verlassen sei, die Kinder nehmen und auf die Straße gehen und Leierkasten spielen, und die Kinder sollen mit ihr zusammen singen und tanzen, und sie werde Geld sammeln; sie wolle dann jeden Tag vor die Fenster des Generals gehen ... ‚Sollen die Leute nur sehen', sagt sie, ‚wie vornehme Kinder, deren Vater Beamter war, auf der Straße betteln müssen!' Sie schlägt die Kinder, alle drei, und sie weinen. Sie lehrt Lenja, den ‚Meierhof' zu singen, und dem Knaben bringt sie das Tanzen bei, Polina Michailowna ebenfalls; sie zerreißt alle Kleider und macht den Kindern Mützen daraus, wie sie die Schauspieler tragen; sie selbst will ein Gong mitnehmen, um statt der Musik den Takt darauf zu schlagen ... sie hört auf niemanden ... Stellen Sie sich nur vor, wo soll denn das hinführen? Das ist doch einfach unmöglich!«

Lebesjatnikow hätte noch weitergesprochen, aber Sonja, die ihm mit angehaltenem Atem zugehört hatte, packte plötzlich Hut und Mantel und eilte aus dem Zimmer; noch im Laufen zog sie sich an. Raskolnikow ging hinter ihr her; Lebesjatnikow folgte als letzter.

»Sie ist ohne Zweifel übergeschnappt!« sagte er zu Raskolnikow, als er mit ihm auf die Straße trat. »Ich wollte Sofja Semjonowna nur nicht erschrecken und sagte darum: ‚Es scheint', aber es kann kein Zweifel daran bestehen. Es heißt, daß sich bei Schwindsucht Knötchen im Gehirn bilden. Schade, daß ich nichts von Medizin verstehe. Übrigens versuchte ich ihr gut zuzureden, aber sie hört ja auf niemanden.«

»Haben Sie ihr von diesen Knötchen erzählt?«

»Nicht gerade von den Knötchen. Außerdem hätte sie das auch gar nicht begriffen. Aber ich meine: wenn man einen Menschen logisch davon überzeugt, daß er eigentlich keinen Grund hat zu weinen, hört er zu weinen auf. Das ist sonnenklar. Oder glauben Sie, er hört nicht auf?«

»Dann wäre das Leben allzu einfach«, entgegnete Raskolnikow.

»Erlauben Sie, erlauben Sie; natürlich ist es für Katerina Iwanowna schwer, irgend etwas zu verstehen; aber wissen Sie, daß in Paris schon ernsthafte Experimente durchgeführt wurden ... indem man versuchte, Irre nur durch logische Überredung zu heilen? Ein dortiger Professor, der unlängst gestorben ist, ein seriöser Gelehrter, war der Meinung, daß man sie dadurch heilen könne. Seine Grundidee ist, daß bei Irren keine besondere organische Störung vorliege und daß der Wahnsinn sozusagen ein logischer Irrtum sei, ein Irrtum des Denkens, eine unrichtige Art, die Dinge zu betrachten. So versuchte er also, die Anschauungen seiner Patienten zu widerlegen, und stellen Sie sich vor, er soll damit sogar gewisse Erfolge gehabt haben! Doch da er nebenbei auch Duschen anwandte, sind die Resultate dieser Kur natürlich zweifelhaft ... Wenigstens scheint es so ...«

Raskolnikow hatte schon längst nicht mehr zugehört. Als sie jetzt an seinem Haus vorbeikamen, nickte er Lebesjatnikow zu und trat ins Tor. Lebesjatnikow kam zur Besinnung, blickte sich um und eilte weiter.

Raskolnikow betrat seine Kammer und blieb mitten im Zimmer stehen. Weshalb bin ich hierher zurückgekommen? Er betrachtete die vergilbten, zerrissenen Tapeten, den Staub, sein Lager ... Vom Hof klang unablässig ein scharfes Klopfen herauf, offenbar wurde irgendwo irgend etwas eingeschlagen, vielleicht ein Nagel ... Er trat zum Fenster, stellte sich auf die Zehenspitzen und schaute lange und mit gespannter Miene auf den Hof hinunter. Aber der Hof lag verlassen da, und man sah niemanden hämmern. Links, im

Nebengebäude, waren einige Fenster geöffnet; auf den Fensterbrettern standen Blumentöpfe mit kümmerlichen Geranien. Hinter den Fenstern hing Wäsche ... All das kannte er auswendig. Er wandte sich um und setzte sich auf den Diwan.

Noch nie, noch nie hatte er sich so furchtbar einsam gefühlt.

Ja, er fühlte wiederum, daß er Sonja vielleicht wirklich hassen werde, gerade jetzt, da er sie noch unglücklicher gemacht hatte. Weshalb bin ich nur zu ihr gegangen? Um sie um ihre Tränen zu bitten? Weshalb mußte ich unbedingt ihr Leben zerstören? Oh, welche Gemeinheit!

Ich will allein bleiben, sagte er plötzlich entschlossen. Und sie wird mich im Gefängnis nicht besuchen!

Nach etwa fünf Minuten hob er den Kopf und lächelte seltsam. Ein sonderbarer Einfall war ihm gekommen: Vielleicht ist es in Sibirien wirklich besser!

Er wußte nicht mehr, wie lange er, in unklare Gedanken versunken, in seinem Zimmer gesessen hatte. Mit einemmal öffnete sich die Tür, und Awdotja Romanowna trat ein. Zuerst blieb sie in der Tür stehen und sah ihn an, so wie er vorhin Sonja angesehen hatte; dann trat sie näher und setzte sich ihm gegenüber auf einen Stuhl, auf denselben Platz, auf dem sie gestern gesessen hatte. Schweigend und gedankenverloren sah er sie an.

»Sei nicht zornig, Bruder, ich bin nur für einen Augenblick gekommen«, sagte Dunja. Ihre Miene war nachdenklich, aber nicht streng, ihr Blick klar und ruhig. Er sah, daß auch sie aus Liebe zu ihm gekommen war.

»Bruder, ich weiß jetzt alles, *alles.* Dmitrij Prokofjitsch hat es mir erzählt und erklärt. Man verfolgt und quält dich mit diesem dummen, abscheulichen Verdacht ... Dmitrij Prokofjitsch sagt, daß keinerlei Gefahr bestünde und daß du gar keinen Grund hättest, so entsetzt zu sein. Ich bin nicht seiner Ansicht und *verstehe vollauf*, wie sehr in dir alles aufgewühlt ist, und daß diese Entrüstung für immer ihre Spuren in dir zurücklassen muß. Das eben fürchte ich. Ich verurteile dich nicht, weil du uns verlassen hast, ich wage dich nicht zu verurteilen; deshalb verzeih mir, wenn ich dir Vorwürfe gemacht habe. Ich fühle ja selbst, daß ich mich genauso, wenn mir ein so großes Unglück widerfahren wäre, von allen absondern würde. Unserer Mutter will ich *davon* nichts erzählen, aber ich will unablässig von dir sprechen und ihr in deinem Namen sagen, daß du sehr bald zu uns zurückkommen wirst. Mach dir keine Sorgen um sie; *ich* will sie beruhigen; aber auch du darfst sie nicht zu sehr quälen – komm wenigstens einmal zu uns; denk daran, daß sie deine Mutter ist! Und jetzt bin ich nur hier, um dir zu sagen« – Dunja erhob sich –, »daß du, falls du mich irgendwie brauchst, wäre es auch ... mein ganzes Leben oder sonst irgend etwas ... daß du mich dann rufen mußt; ich werde kommen. Leb wohl!«

Sie wandte sich rasch um und ging zur Tür.

»Dunja!« hielt Raskolnikow sie zurück; er war aufgestanden und ging auf sie zu. »Dieser Rasumichin, Dmitrij Prokofjitsch, ist ein sehr guter Mensch.«

Dunja wurde ein wenig rot.

»Und?« fragte sie nach einer Weile.

»Er ist tüchtig, fleißig und ehrenhaft und vermag leidenschaftlich zu lieben ... Leb wohl, Dunja.«

Dunja wurde dunkelrot, dann geriet sie plötzlich in Sorge.

»Was soll das, Bruder? Trennen wir uns denn für immer, daß du mir ... so ein Vermächtnis hinterläßt?«

»Ganz gleich ... leb wohl ...«

Er wandte sich ab und trat zum Fenster. Sie blieb eine Weile stehen, sah ihn unruhig an und verließ dann voll Sorge das Zimmer.

Nein, er war nicht kalt gegen sie. Es hatte einen Augenblick – ganz zum Schluß – gegeben, da er das kaum zu stillende Verlangen verspürt hatte, sie innig zu umarmen und von ihr *Abschied zu nehmen*, da er es ihr sogar hatte *sagen* wollen; aber er hatte sich nicht einmal entschließen können, ihr die Hand zu geben.

Später würde sie am Ende noch erschrecken, wenn sie sich daran erinnert, wie ich sie jetzt umarmt habe, und sie würde vielleicht sagen, ich hätte ihr diesen Abschiedskuß gestohlen!

Würde sie es ertragen oder nicht? setzte er nach einigen Minuten für sich hinzu. Nein, sie würde es nicht ertragen;

solche Menschen ertragen das nicht! Menschen wie sie können so etwas niemals ertragen ... Und er dachte an Sonja.

Vom Fenster kam frische Luft herein. Auf dem Hof war es dämmrig geworden. Raskolnikow nahm pöltzlich seine Mütze und verließ das Haus.

Natürlich konnte er nicht darauf Rücksicht nehmen, daß er krank war, und er wollte es auch nicht. Aber all diese beständigen Sorgen und all das tägliche Grauen konnten nicht ohne Folgen an ihm vorübergehen. Und wenn er noch nicht an einem wirklichen Nervenfieber erkrankt war, so vielleicht gerade deshalb, weil ihn diese unablässige innere Unruhe auf den Beinen und bei Bewußtsein erhielt, freilich nur künstlich, nur vorläufig.

Er trieb sich ziellos umher. Die Sonne ging unter. Ein besonderer Schmerz quälte ihn in letzter Zeit. Dieser Schmerz hatte nichts Ätzendes, nichts Brennendes, aber etwas Bleibendes, Ewiges ging von ihm aus; er ahnte hoffnungslose Jahre dieses kalten, tötenden Schmerzes voraus; er fühlte die Ewigkeit »auf einem Klafter Raum« voraus. Gegen Abend begann ihn diese Empfindung meist noch stärker zu bedrücken.

Und angesichts solcher höchst dummer, rein physischer Beschwerden, die beispielsweise von Sonnenuntergängen abhängen, soll man sich auch noch davor hüten, Dummheiten zu machen! Ich wäre imstande, nicht nur zu Sonja, sondern sogar zu Dunja zu gehen! murmelte er voll Haß.

Er wurde angerufen und blickte sich um; Lebesjatnikow lief auf ihn zu.

»Stellen Sie sich vor, ich war gerade bei Ihnen; ich suchte Sie. Sie werden es nicht für möglich halten: sie hat ihre Absicht wahrgemacht und die Kinder auf die Straße geführt! Sofja Semjonowna und ich haben Mühe gehabt, sie zu finden. Sie schlägt auf eine Pfanne, und die Kinder müssen tanzen. Die Kinder weinen. Sie bleiben an Straßenkreuzungen und vor Kaufläden stehen. Allerlei dummes Volk läuft ihnen nach. Kommen Sie.«

»Und Sonja? ...« fragte Raskolnikow unruhig, während er Lebesjatnikow folgte.

»Sie ist einfach außer sich. Das heißt, nicht Sofja Semjonowna, sondern Katerina Iwanowna; übrigens ist auch Sofja Semjonowna ganz außer sich. Aber Katerina Iwanowna ist völlig von Sinnen. Ich sage Ihnen, sie ist endgültig verrückt geworden. Man wird sie noch zur Polizei schleppen. Sie können sich vorstellen, wie das auf sie wirken muß ... Sie sind jetzt am Kanal, in der Nähe der N.-Brücke, gar nicht weit von Sofja Semjonownas Wohnung.«

Am Kanal, nicht sehr weit von der Brücke und nur zwei Häuser von Sonjas Wohnung entfernt, hatte sich ein Menschenauflauf gebildet. Vor allem Knaben und kleine Mädchen waren zusammengeströmt. Die heisere, brüchige Stimme Katerina Iwanownas konnte man schon von der Brücke aus hören. Und wirklich, es war ein merkwürdiges Schauspiel, gerade recht, die Leute auf der Straße zu unterhalten. Katerina Iwanowna in ihrem alten Kleid, den Wollschal umgebunden und einen verbeulten Strohhut auf dem Kopf, der als häßlicher Klumpen ganz auf die Seite gerutscht war, war wirklich nicht mehr bei sich. Sie keuchte vor Erschöpfung. Ihr gequältes, schwindsüchtiges Gesicht wirkte noch leidender als je zuvor – zudem sehen auf der Straße und in der Sonne Schwindsüchtige ja immer noch kränker und entstellter aus als zu Hause –; aber ihre Erregung klang nicht ab, sondern im Gegenteil, sie wurde von Minute zu Minute reizbarer. Sie fiel über die Kinder her, schrie sie an, redete ihnen zu, unterwies sie hier vor allem Volk, wie sie tanzen und was sie singen sollten, und setzte ihnen auseinander, weshalb das sein müsse; die Verständnislosigkeit der Kleinen brachte sie zur Verzweiflung; sie schlug sie ... Dann stürzte sie sich plötzlich zwischen das Publikum; wenn sie einen auch nur ein bißchen besser angezogenen Menschen entdeckte, der stehengeblieben war, um sich dieses Schauspiel anzusehen, erklärte sie ihm sofort, wie weit es mit diesen Kindern »aus einem vornehmen, man kann sogar sagen: aus einem aristokratischen Hause« gekommen sei. Wenn sie in der Menge Lachen oder irgendein höhnisches Wort vernahm, fiel sie sogleich über diese frechen Menschen her und begann sie zu beschimpfen. Manche lachten wirklich; andere wieder schüttelten den Kopf; aber alle fanden es interessant, diese Verrückte mit den erschrokkenen Kindern zu beobachten. Die Pfanne, von der Lebesjatnikow erzählt hatte, war nicht da; zumindest konnte Raskolnikow sie nicht sehen, doch statt auf die Pfanne zu schlagen, begann Katerina Iwanowna mit ihren dürren Händen den Takt zu klatschen, wenn sie Poljetschka zu singen und Lenja und Kolja zu tanzen zwang, wobei sie sogar selber gelegentlich mit einstimmte; aber jedesmal wurde sie schon beim zweiten Ton von einem qualvollen Husten unterbrochen, was sie neuerlich zur Verzweiflung brachte, so daß sie ihren Husten verfluchte und sogar in Tränen ausbrach. Am schlimmsten brachten sie das Weinen und die Furcht Koljas und Lenjas auf. Sie hatte wirklich versucht, die Kinder in ein Kostüm zu stecken, wie sich Straßensänger und Straßensängerinnen herausputzen. Der Knabe trug einen Turban aus einem rotweiß gemusterten Stoff, damit er einen Türken vorstelle. Bei Lenja hatte es zu keinem Kostüm gereicht; sie hatte nur die rote, aus Wolle gestrickte Kappe – oder besser gesagt: Schlafmütze – des verstorbenen Semjon Sacharytsch auf dem Kopf, und in der Mütze steckte der traurige Rest einer weißen Straußenfeder, die noch der Großmutter Katerina Iwanownas gehört hatte und die bis jetzt als Familienrarität in der Truhe aufbewahrt worden war. Poljetschka trug ihr gewöhnliches Kleidchen. Zaghaft und scheu blickte sie die Mutter an, wich nicht von deren Seite, verbarg ihre Tränen, ahnte den Irrsinn Katerina Iwanownas und sah sich unruhig nach allen Seiten um. Die Straße und die Menschenmenge ängstigten sie schrecklich. Sonja ging dicht hinter Katerina Iwanowna her und weinte und flehte sie jeden Augenblick an, nach Hause zurückzugehen. Doch Katerina Iwanowna war unerbittlich.

»Hör auf, Sonja, hör auf!« rief sie hastig unter Keuchen und Husten. »Du weißt ja gar nicht, um was du mich da bittest wie ein Kind! Ich habe dir doch schon erklärt, daß ich zu dieser betrunkenen Deutschen nicht zurückgehe. Mag jedermann, mag ganz Petersburg sehen, wie die Kinder eines vornehmen Vaters um Almosen betteln, eines Vaters, der sein ganzes Leben lang treu und ehrlich gedient hat und der, wie man wohl sagen kann, im Dienst gestorben ist.« Katerina

Iwanowna hatte sich bereits dieses Phantasiebild geschaffen und glaubte blindlings daran. »Mag es dieser schändliche Kerl von einem General nur sehen, mag er es nur sehen! Du bist dumm, Sonja ... Was sollen wir denn jetzt essen? Sag mir das! Wir haben dich genug gequält, ich will nicht mehr! – Ach, Rodion Romanytsch, Sie sind da!« rief sie, als sie Raskolnikow erblickte, und stürzte auf ihn zu. »Erklären Sie doch bitte diesem dummen Ding, daß wir gar nichts Gescheiteres tun konnten! Sogar Leierkastenmänner verdienen Geld, und uns werden gleich alle ansehen, daß wir eine arme, vornehme verlassene Familie sind, die an den Bettelstab gebracht wurde; und dann wird dieser Kerl von General seinen Posten verlieren, passen Sie nur auf! Wir wollen jeden Tag unter seine Fenster gehen, und wenn der Zar vorüberfährt, werde ich mich auf die Knie werfen, diese Kinder vor mich hinstellen, auf sie zeigen und rufen: ‚Beschütze sie, Vater!' Er ist der Vater der Waisen. Er ist barmherzig, er wird uns in Schutz nehmen, passen Sie nur auf, und er wird diesem Kerl von General ... Lenja! Tenez-vous droite! Und du, Kolja, wirst du wohl weitertanzen! Was greinst du denn? Schon wieder greint er! Ja, wovor, wovor fürchtest du dich denn, du dummer kleiner Kerl? O Gott, was soll ich bloß mit den Kindern anfangen, Rodion Romanytsch! Wenn Sie nur wüßten, wie schwer von Begriff sie sind! Was kann man denn mit solchen Kindern anfangen! ...«

Und sie zeigte, selbst den Tränen nahe – was sie nicht hinderte, unablässig weiterzureden –, auf die weinenden Kinder. Raskolnikow versuchte ihr gut zuzureden, sie solle nach Hause gehen, und sagte sogar, um sie an der Ehre zu packen, es gehöre sich nicht, daß sie durch die Straßen ziehe wie ein Leierkastenmann, weil sie doch die Absicht habe, Vorsteherin eines vornehmen Mädchenpensionates zu werden.

»Ein Pensionat, hahaha! Wo sind diese Träume hin!« rief Katerina Iwanowna, deren Lachen sofort von Husten unterbrochen wurde. »Nein, Rodion Romanowitsch, solche Flausen habe ich mir aus dem Kopf geschlagen! Alle haben uns verlassen! ... Und dieser Kerl von General ... Wissen Sie, Rodion Romanytsch, ich habe mit dem Tintenfaß nach ihm geworfen ... Dort im Vorzimmer stand gerade ein Tintenfaß neben dem Blatt Papier, auf dem sich die Besucher eintragen, und ich trug mich ein, warf das Tintenfaß nach ihm und lief weg. Oh, diese gemeinen, gemeinen Menschen! Aber ich pfeife auf sie! Jetzt werde ich die Waisen hier selber ernähren und vor niemandem katzbuckeln! Wir haben sie genug gequält!« Sie wies auf Sonja. »Poljetschka, zeig her, wieviel ihr eingenommen habt! Was? Nur zwei Kopeken? Oh, diese abscheulichen Menschen! Sie geben nichts her; sie laufen uns nur mit heraushängender Zunge nach! Nun, was lacht denn dieser Tölpel?« Sie zeigte auf einen Mann in der Menge. »Das kommt alles nur daher, daß dieser Kolja so schwer von Begriff ist; man hat es schwer mit ihm! Was willst du denn, Poljetschka? Sprich französisch mit mir, parlez-moi français. Ich habe es dir doch beigebracht; du kannst doch einige Sätze! ... Wie soll man denn sonst merken, daß ihr aus einer vornehmen Familie seid, wohlerzogene Kinder und ganz etwas anderes als die anderen Straßensänger? Wir bringen auf der Straße ja auch nicht irgendeinen ordinären ‚Petruschka', sondern wir wollen eine vornehme Romanze singen ... Ach ja! Was singen wir denn nur? Ihr unterbrecht mich immer, und dabei sind wir ... wissen Sie, Rodion Romanytsch ... hier stehengeblieben, um ein Lied auszusuchen ... ein Lied, zu dem Kolja auch tanzen kann ... denn Sie können sich ja vorstellen ... daß wir noch gar keine Vorbereitungen zu treffen vermochten; aber man muß das doch besprechen, damit alles richtig einstudiert ist, und dann wollen wir auf den Newskij-Prospekt gehen, wo bedeutend mehr Leute aus der höheren Gesellschaft spazierengehen, dort wird man sofort auf uns aufmerksam werden. Lenja kann den ‚Meierhof' ... Aber heute singt jedermann den ‚Meierhof', immer und ewig nur den ‚Meierhof'! Wir müssen etwas Vornehmeres singen ... Nun, ist dir etwas eingefallen, Polja? Wenn wenigstens du deiner Mutter helfen wolltest! Ich habe kein Gedächtnis mehr, kein Gedächtnis mehr, sonst fiele mir schon etwas ein! Wir können doch wahrhaftig nicht den ‚Husaren mit dem Säbel' singen! Ach ja, singen wir etwas Französisches: ‚Cinq sous'! Ich habe euch das doch beigebracht;

ihr kennt es. Und die Hauptsache ist, alle werden, da der Text französisch ist, gleich sehen, daß ihr adlige Kinder seid, und dann ist es viel rührender ... Wir können auch ‚Malborough s'en va-t-en guerre', singen, da das ein richtiges Kinderlied ist und in allen aristokratischen Häusern gesungen wird, wenn die Kinder einschlafen sollen:

Malborough s'en va-t-en guerre
Ne sait quand reviendra ...«

begann sie zu singen ... »Ach nein, besser ist ‚Cinq sous'! Los, Polja, stemm die Hände in die Seiten, schnell, und du, Lenja, dreh dich nach der anderen Richtung, und Poljetschka und ich wollen singen und in die Hände klatschen!

Cinq sous, cinq sous,
Pour monter notre ménage ...

Kch-kch-kch!« Wieder schüttelte sie ein Hustenanfall. »Zieh dein Kleid zurecht, Poljetschka, die Schultern rutschen herunter«, bemerkte sie mitten unter dem Husten und keuchte. »Ihr müßt euch jetzt besonders anständig und manierlich benehmen, damit jedermann sieht, daß ihr adlige Kinder seid. Ich habe doch damals gleich gesagt, man solle ihr das Leibchen länger zuschneiden und den Stoff doppelt nehmen. Daran bist nur du schuld, Sonja, mit deinen Ratschlägen: ‚Möglichst kurz, möglichst kurz!' Jetzt schau nur, wie häßlich das Kind aussieht ... Ach, da weint ihr schon wieder alle! Was wollt ihr denn, ihr dummen Kinder! Los, Kolja, fang an, rasch, rasch – oh, ein unausstehliches Kind! ...

Cinq sous, cinq sous –

Schon wieder ein Polizist! Was willst du denn?«

Wirklich drängte sich ein Schutzmann durch die Menge. Doch gleichzeitig näherte sich ihr ein Herr in Uniform und langem Mantel, ein würdevoller Beamter von etwa fünfzig Jahren, der einen Orden um den Hals trug. Das war Katerina Iwanowna äußerst angenehm und machte Eindruck auf den Schutzmann. Er reichte ihr schweigend einen grünen Dreirubelschein. Sein Gesicht drückte aufrichtiges Mitgefühl aus.

Katerina Iwanowna nahm das Geld und verneigte sich höflich, geradezu zeremoniell.

»Ich danke Ihnen, sehr geehrter Herr!« begann sie von oben herab. »Die Gründe, die uns bewogen haben ... da, nimm das Geld, Poljetschka. Siehst du, es gibt doch noch vornehme und großzügige Menschen, die gleich bereit sind, einer armen Adligen in ihrem Unglück beizustehen. Hier sehen Sie, sehr geehrter Herr, adlige Waisen vor sich, man kann sogar sagen, Kinder mit den aristokratischsten Verbindungen ... Und dieser Kerl von General saß da und aß sein Haselhuhn ... Vor Zorn stampfte er mit den Füßen auf, weil ich ihn störte ... ‚Euer Exzellenz', sagte ich, ‚nehmen Sie die Waisen in Schutz, da Sie', sagte ich, ‚den verstorbenen Semjon Sacharytsch so gut kannten und weil am Tag seines Begräbnisses seine leibliche Tochter von dem schurkischsten aller Schurken verleumdet wurde ...' Schon wieder dieser Polizist! Beschützen Sie mich!« rief sie dem Beamten zu. »Was belästigt mich denn dieser Mensch? Wir sind schon in der Meschtschanskaja vor einem Schutzmann davongelaufen ... Was hast du hier denn zu suchen, du Dummkopf?«

»Weil das auf der Straße verboten ist. Treiben Sie gefälligst keinen Unfug!«

»Du selbst treibst Unfug! Das ist genau das gleiche, wie wenn ich mit einem Leierkasten ginge; was kümmert das denn dich?«

»Für einen Leierkasten muß man eine Lizenz haben, aber Sie erregen auf diese Art nur Ärgernis. Wo wohnen Sie, bitte?«

»Wie? Eine Lizenz?« heulte Katerina Iwanowna auf. »Ich habe heute meinen Mann begraben, was reden Sie da von einer Lizenz!«

»Gnädige Frau, gnädige Frau, beruhigen Sie sich!« sagte der Beamte; »gehen wir, ich begleite Sie ... Hier in diesem Menschenauflauf ist wirklich nicht der rechte Platz für Sie ... Sie sind krank ...«

»Sehr geehrter Herr, sehr geehrter Herr, Sie wissen ja nicht!« rief Katerina Iwanowna. »Wir wollen auf den Newskij-Prospekt gehen ... Sonja, Sonja!! Ja, wo ist sie denn? Auch sie weint! Was habt ihr bloß alle! ... Kolja,

Lenja, wohin wollt ihr?« schrie sie plötzlich erschrocken. »Oh, diese dummen Kinder! Kolja, Lenja, wo lauft ihr denn hin! . . .«

Kolja und Lenja, ganz verstört durch die Menschen, die sich um sie drängten, und durch die Ausfälle ihrer wahnsinnigen Mutter, hatten sich, als sie schließlich den Polizisten sahen, der sie festnehmen und irgendwohin abführen wollte, wie auf Verabredung plötzlich bei den Händen gefaßt und zu laufen angefangen. Heulend und weinend rannte ihnen die arme Katerina Iwanowna nach. Es war ein gräßlicher und erbarmenswerter Anblick, wie sie da lief, weinte und keuchte. Sonja und Poljetschka eilten hinter ihr her.

»Bring sie zurück, Sonja, bring sie zurück! Oh, diese dummen, undankbaren Kinder! . . . Polja! hole sie . . . euretwegen habe ich doch . . .«

Sie stolperte und stürzte hin.

»Sie hat sich blutig geschlagen! O Gott!« rief Sonja, die sich über sie beugte.

Alle liefen zusammen und drängten sich um sie. Raskolnikow und Lebesjatnikow waren unter den ersten; auch der Beamte war gleich zur Stelle, und ihm folgte der Schutzmann; er knurrte »Ach!« und machte eine Handbewegung, als ahnte er, daß diese Sache mit Scherereien enden werde.

»Weg! Weg!« schrie er, um die Leute, die herumstanden, auseinanderzutreiben.

»Sie stirbt!« rief jemand.

»Verrückt geworden ist sie!« sagte ein zweiter.

»O Herr, beschütze uns!« meinte eine Frau und schlug das Kreuz. »Haben sie das Mädchen und den Kleinen schon? Ja, da bringt man sie; die Älteste hat sie eingeholt . . . Ach, diese unvernünftigen Kinder!«

Doch als man Katerina Iwanowna genauer untersuchte, zeigte sich, daß sie sich keineswegs an einem Stein blutig geschlagen hatte, wie Sonja geglaubt hatte, sondern daß sie aus der Lunge blutete. Das Pflaster war bereits ganz rot.

»Das kenne ich, ich habe so etwas schon gesehen«, meinte der Beamte flüsternd zu Raskolnikow und Lebesjatnikow. »Das ist so bei der Schwindsucht; da schießt das Blut hoch und erstickt den Kranken. Ich war erst unlängst dabei, wie das bei einer Verwandten von mir geschah ... Ganz plötzlich kam es ... etwa anderthalb Glas Blut ... Da kann man nichts machen; sie wird bald sterben.«

»Hierher, hierher, in meine Wohnung!« flehte Sonja. »Ich wohne gleich hier ! ... Dieses Haus da, das zweite von hier ... Nur rasch zu mir, nur rasch! ...« bat sie aufgeregt alle Anwesenden. »Schicken Sie nach einem Arzt ... o Gott! ...«

Dank den Bemühungen des Beamten ging alles glatt vonstatten; sogar der Schutzmann half Katerina Iwanowna tragen. Man brachte die Bewußtlose zu Sonja und legte sie auf das Bett. Das Bluten dauerte an, aber sie schien allmählich zu sich zu kommen. Im Zimmer waren außer Sonja noch Raskolnikow und Lebesjatnikow, ferner der Beamte und der Schutzmann, der zuerst noch die Menge vertrieben hatte; denn einige waren bis zur Tür mitgekommen. Poljetschka führte Kolja und Lenja an der Hand herein; beide zitterten und weinten. Auch einige Mitglieder der Familie Kapernaumow hatten sich eingefunden: er selbst, ein lahmer, einäugiger, seltsam anzusehender Mann mit borstigem, aufrecht stehendem Haar und einem Backenbart; seine Frau, die stets ein erschrockenes Gesicht zog, und ein paar ihrer Kinder; ihre Gesichter schienen vor Staunen versteinert zu sein, und sie hatten den Mund weit aufgerissen. Unter all diesen Leuten tauchte plötzlich auch Swidrigailow auf. Raskolnikow bemerkte ihn mit Verwunderung; denn er konnte nicht verstehen, woher er gekommen sein mochte, und erinnerte sich nicht, ihn in dem Menschenauflauf auf der Straße gesehen zu haben.

Man sprach von einem Arzt und vom Priester. Der Beamte flüsterte zwar Raskolnikow zu, ein Arzt scheine bereits überflüssig zu sein, ließ aber doch einen holen. Kapernaumow lief nach dem Arzt.

Indes war Katerina Iwanowna wieder zu sich gekommen, und auch das Bluten hatte aufgehört. Mit schmerzlichem, aber unverwandtem und durchdringendem Blick sah sie die bleiche, zitternde Sonja an, die ihr mit dem Taschentuch die Schweißtropfen von der Stirn wischte; schließlich bat sie, man möge sie aufrichten. Man setzte sie im Bett auf und stützte sie von beiden Seiten.

»Wo sind die Kinder?« fragte sie mit matter Stimme. »Hast du sie gebracht, Polja? Oh, diese Dummen! Warum seid ihr denn weggelaufen ... Oh!«

Blut klebte auf ihren ausgetrockneten Lippen. Sie blickte sich aufmerksam um.

»So wohnst du also, Sonja! Ich war kein einziges Mal bei dir ... Erst jetzt hat es sich so getroffen ...«

Traurig blickte sie ihre Stieftochter an.

»Wir haben dich ausgesogen, Sonja ... Polja, Lenja, Kolja, kommt her ... Nun, da sind sie, da sind sie alle, Sonja, nimm sie ... ich vertraue sie dir an ... ich habe genug! ... Der Ball ist aus! Ach! ... Legt mich wieder hin, laßt mich wenigstens ruhig sterben ...«

Man bettete sie wieder in die Kissen.

»Wie? Einen Priester? ... Nicht nötig ... Wo hättet ihr denn einen Silberrubel dafür übrig ... Ich habe keine Sünden! ... Gott muß mir ohnedies vergeben ... Er weiß, wie ich gelitten habe! ... Und wenn er mir nicht vergibt, kann ich es auch nicht ändern! ...«

Sie fing immer stärker zu phantasieren an. Von Zeit zu Zeit fuhr sie zusammen, blickte um sich, erkannte alle für einen Augenblick; aber gleich darauf schwand ihr das Bewußtsein wieder. Sie atmete rasselnd und mühsam; irgend etwas gurgelte gleichsam in ihrer Kehle.

»Ich sagte zu ihm: ‚Euer Exzellenz! ...‘« rief sie und rang bei jedem Wort nach Atem. »Diese Amalja Ludwigowna ... ach! Lenja, Kolja, die Hände in die Seiten, rasch, rasch; glissez, glissez, pas-de-basque! Stampft mit den Füßen ... Sei doch ein bißchen graziös, Kind.

Du hast Diamanten und Perlen ...

Wie geht es nur weiter? Das sollten wir singen ...

Du hast die schönsten Augen ...
Mädchen, was willst du mehr? ...

Ja, ja, natürlich! Was willst du mehr ... Einfälle hat dieser Schwätzer ... Ach ja, und dann dieses Lied:

In Mittagsglut, im daghestanschen Tale ...

Oh, wie ich das geliebt habe ... abgöttisch habe ich diese Romanze geliebt ... Weißt du, Poljetschka, dein Vater ... pflegte sie noch als Bräutigam zu singen ... Oh, jene Tage! ... Dieses Lied sollten wir singen, gerade das! Aber wie ging es nur, wie ging es nur ... ich habe es vergessen ... Helft mir doch, wie ging es bloß?«

Sie war außerordentlich erregt und wollte sich aufrichten. Endlich begann sie mit einer schrecklichen, heiseren, brüchigen Stimme zu singen, wobei sie bei jedem Wort aufschrie und keuchte und ihre Angst immer mehr zunahm:

»In Mittagsglut ... im daghestanschen ... Tale! ...
Die Brust vom Blei durchbohrt! ...

Euer Exzellenz!« heulte sie plötzlich herzzerreißend und brach in Tränen aus, »beschützen Sie die Waisen! Sie haben doch die Gastfreundschaft des gottseligen Semjon Sacharytsch genossen! ... Eines Aristokraten, wie man sagen kann! ... Ach!« Sie erschauerte, kam zur Besinnung und sah alle mit Entsetzen an; sogleich erkannte sie Sonja. »Sonja, Sonja!« sagte sie sanft und zärtlich, gleichsam verwundert darüber, sie vor sich zu sehen. »Sonja, Liebe, auch du bist hier?«

Man richtete sie wieder auf.

»Schluß! ... Es ist Zeit! ... Leb wohl, mein Armes! ... Die Mähre ist zuschanden gefahren! ... Hat sich das Kreuz gebrochen! ...« rief sie verzweifelt und haßerfüllt, und ihr Kopf fiel auf das Kissen zurück.

Sie war abermals bewußtlos geworden, doch diese letzte Bewußtlosigkeit dauerte nicht lange. Ihr fahles, abgezehrtes Gesicht neigte sich nach hinten; der Mund öffnete sich; ihre Beine streckten sich wie in einem Krampf. Sie seufzte tief auf und starb.

Sonja warf sich über die Leiche, umfing sie mit den Armen, preßte den Kopf an die dürre Brust der Toten und blieb in dieser Haltung liegen. Poljetschka stürzte zu der Mutter, küßte ihr die Füße und schluchzte laut. Kolja und Lenja, die noch nicht verstanden, was geschehen war, aber etwas Furchtbares ahnten, legten sich gegenseitig die Arme um die Schultern, starrten einander an, öffneten plötzlich gleichzeitig den Mund und begannen zu schreien. Beide waren noch kostümiert: Kolja hatte den Turban auf dem Kopf, Lenja die Kappe mit der Straußenfeder.

Und wie war dieses »Diplom« plötzlich auf das Bett gekommen, an Katerina Iwanownas Seite? Es lag dort neben dem Kissen. Raskolnikow sah es.

Er ging zum Fenster. Lebesjatnikow eilte zu ihm.

»Sie ist tot!« sagte er.

»Rodion Romanowitsch, ich habe dringend zwei Worte mit Ihnen zu sprechen«, unterbrach ihn Swidrigailow, der ebenfalls herzugetreten war.

Lebesjatnikow räumte sofort das Feld und verschwand. Swidrigailow führte den erstaunten Raskolnikow noch tiefer in die Ecke.

»All diese Sorgen, das heißt das Begräbnis und alles übrige, nehme ich auf mich. Wissen Sie, es ist ja doch eine Geldfrage, und ich habe schon gesagt, daß ich Geld genug habe. Die zwei Knirpse und Poljetschka will ich in irgendeinem Waisenhaus möglichst gut unterbringen, und für jeden möchte ich bis zu seiner Volljährigkeit fünfzehnhundert Rubel Kapital einzahlen, damit Sofja Semjonowna völlig beruhigt sein kann. Und auch sie will ich aus dem Sumpf ziehen, denn sie ist ein gutes Mädchen, nicht wahr? Nun also, richten Sie Awdotja Romanowna aus, daß ich ihre zehntausend Rubel auf diese Weise verwende.«

»Welche Ziele verfolgen Sie mit Ihrer Wohltätigkeit?« fragte Raskolnikow.

»Ach, ach! Sie sind ein argwöhnischer Mensch!« lachte Swidrigailow auf. »Ich habe Ihnen doch gesagt, daß ich das Geld nicht brauche. Und daß ich das schlicht und einfach aus Menschlichkeit tue, vermögen Sie nicht zu glauben? Sie war doch keine ‚Laus'« – er zeigte mit dem Finger in die Ecke, in der die Verstorbene lag – »wie irgendeine alte Wucherin. Und Sie müssen doch selbst zugeben: ‚Soll Luschin wirklich am

Leben bleiben und Schurkereien begehen, oder soll sie sterben?‘ Wenn ich nicht hülfe, würde doch zum Beispiel auch ‚Poljetschka der gleiche Weg bevorstehen . . .‘«

Er sagte das mit der Miene einer *augenzwinkernden*, fröhlichen Verschlagenheit, ohne den Blick von Raskolnikow zu wenden. Raskolnikow erblaßte, und ihm wurde kalt, als er seine eigenen Worte hörte, die er zu Sonja gesagt hatte. Er wich zurück und sah Swidrigailow verwirrt an.

»Wo-wo-woher . . . wissen Sie das?« flüsterte er; er vermochte kaum Atem zu holen.

»Ich wohne doch hier, gleich hinter dieser Wand, bei Madame Röslich. Hier wohnt Kapernaumow, und dort nebenan haust Madame Röslich, eine alte, mir sehr ergebene Freundin. Ich bin Sonjas Nachbar.«

»Sie?«

»Ja«, erwiderte Swidrigailow und schüttelte sich vor Lachen; »und ich kann Ihnen auf Ehre versichern, liebster Rodion Romanowitsch, daß Sie mich im höchsten Maße interessieren. Ich habe Ihnen doch gesagt, daß wir noch näher miteinander bekannt werden würden; ich habe es Ihnen vorausgesagt – und sehen Sie, jetzt ist es so weit. Und Sie werden sehen, was für ein umgänglicher Mensch ich bin. Sie werden sehen, daß man mit mir auskommen kann . . .«

SECHSTER TEIL

1

Für Raskolnikow brach eine seltsame Zeit an: es war, als hätte sich plötzlich ein Nebel über ihn gesenkt und ihn in eine ausweglose, drückende Vereinsamung eingeschlossen. Wenn er sich später, nach vielen Jahren, dieser Tage erinnerte, ahnte er, daß sein Bewußtsein zeitweise getrübt gewesen sein mußte und daß das mit einigen Unterbrechungen bis zur endgültigen Katastrophe so geblieben war. Er war fest davon überzeugt, daß er sich damals in vielem täuschte, zum Beispiel in der Reihenfolge und der Dauer einiger Ereignisse. Jedenfalls konnte er, wenn er später über diese Zeit nachdachte und seine Erinnerungen zu klären versuchte, vieles über sich selbst nur durch die Aussagen anderer Leute erfahren. Er verwechselte beispielsweise häufig zwei Ereignisse miteinander; manches hielt er für die Folge eines Vorfalls, der nur in seiner Einbildung existierte. Zuweilen befiel ihn eine krankhaftqualvolle Unruhe, die geradezu in panische Angst überging. Aber er erinnerte sich auch, daß es Minuten, Stunden und vielleicht sogar Tage gab, die erfüllt waren von einer Apathie, die ihn gleichsam als Gegensatz zu der früheren Angst überkommen hatte und dem krankhaft-gleichgültigen Zustand mancher Sterbender glich. Überhaupt trachtete er selber in diesen letzten Tagen, einer klaren, vollständigen Erkenntnis seiner Lage auszuweichen; einige Dinge, die dringend nach einer unverzüglichen Klärung verlangten, bedrückten ihn ganz besonders; wie froh wäre er gewesen, wenn er sich hätte freimachen und manchen Sorgen tatsächlich hätte entfliehen können! Aber diese Dinge zu vergessen hätte ihn in seiner Lage mit dem endgültigen, unvermeidlichen Untergang bedroht.

Besonders Swidrigailow beunruhigte ihn; man konnte sogar sagen, daß sein Denken einzig um Swidrigailow kreiste. Seit jenen drohenden und unmißverständlichen Worten, die

Swidrigailow in dem Augenblick, da Katerina Iwanowna gestorben war, in Sonjas Wohnung zu ihm gesagt hatte, schien der gewöhnliche Gang seiner Gedanken unterbrochen zu sein. Doch obgleich diese neue Tatsache ihn aufs äußerste beunruhigte, beeilte er sich doch aus irgendwelchen Gründen keineswegs, den Fall zu klären. Wenn er sich manchmal irgendwo in einem abgelegenen, einsamen Stadtteil aufhielt, in irgendeiner armseligen Kneipe, allein am Tisch und in tiefem Sinnen, kaum dessen bewußt, wie er hierhergeraten war, fiel ihm plötzlich Swidrigailow ein; es kam ihm mit einemmal klar und mit zermürbender Deutlichkeit zu Bewußtsein, daß er sich möglichst bald mit diesem Menschen einigen und, wenn es irgendwie anging, einen endgültigen Entschluß fassen mußte. Als er einmal irgendwo über die Stadtgrenze hinausgekommen war, bildete er sich sogar ein, Swidrigailow warte hier auf ihn und sie hätten hier ein Zusammentreffen verabredet. Ein andermal erwachte er vor dem Morgengrauen irgendwo in einem Gebüsch auf der blanken Erde und wußte nicht mehr, wie er dorthin geraten war. Übrigens hatte er Swidrigailow in diesen zwei, drei Tagen nach Katerina Iwanownas Tod schon ein paarmal getroffen, zumeist in Sonjas Wohnung, wohin Raskolnikow wie ohne Absicht und fast immer nur für einen Sprung gekommen war. Sie wechselten jedesmal ein paar flüchtige Worte miteinander und brachten die Sprache niemals auf den wesentlichen Punkt, als wäre es zwischen ihnen als selbstverständlich vereinbart, darüber vorläufig zu schweigen. Der Leichnam Katerina Iwanownas lag noch auf der Bahre. Swidrigailow sorgte für das Begräbnis und erledigte alle Wege. Auch Sonja war sehr beschäftigt. Bei ihrer letzten Begegnung hatte Swidrigailow ihm erklärt, daß er die Angelegenheit mit Katerina Iwanownas Kindern bereits erfolgreich zu Ende geführt habe; dank einigen Verbindungen habe er etliche Leute ausfindig gemacht, mit deren Hilfe er alle drei Waisen unverzüglich in sehr anständigen Waisenhäusern unterbringen könne; auch das Geld, das er für sie angelegt habe, sei dabei sehr förderlich gewesen, da es weit leichter falle, Waisen, die ein Kapital besäßen, irgendwo unterzubringen als ganz arme Kinder. Er sagte auch etwas über Sonja, versprach, irgendeinmal in der nächsten Zeit zu Raskolnikow zu kommen, und erwähnte, er möchte sich »mit ihm beraten; denn er habe sehr dringend mit ihm zu sprechen, es gebe da einige Angelegenheiten ...« Dieses Gespräch fand im Hausflur statt, unten an der Treppe. Swidrigailow sah Raskolnikow fest in die Augen, und nachdem er eine Weile geschwiegen hatte, fragte er mit gesenkter Stimme: »Aber was haben Sie denn, Rodion Romanytsch? Sie sind ja ganz verändert! Wahrhaftig! Da hören Sie zu und schauen einen an, und es kommt einem vor, als ob Sie gar nichts verstünden! Fassen Sie Mut! Wir wollen uns doch einmal richtig aussprechen; nur schade, daß ich so viele Geschäfte zu erledigen habe, fremde sowohl wie eigene ... Ach, Rodion Romanytsch«, fügte er plötzlich hinzu, »alle Menschen brauchen Luft, Luft, Luft! Das ist das wichtigste!«

Plötzlich trat er zur Seite, um dem Priester und dem Vorsänger, die die Treppe hinauf wollten, Platz zu machen. Die beiden kamen, um eine Seelenmesse zu lesen; denn auf Swidrigailows Verfügung hin wurde pünktlich zweimal am Tag eine Seelenmesse für Katerina Iwanowna gehalten. Swidrigailow ging gleich darauf fort, Raskolnikow dagegen verweilte noch ein wenig, dachte nach und folgte dann dem Priester in Sonjas Wohnung.

Er blieb in der Tür stehen. Der Gottesdienst begann: leise, würdig und traurig. In der Vorstellung des Todes und in dem Gefühl, daß der Tod nahe sei, hatte für Raskolnikow seit jeher, seit seiner Kindheit schon, etwas Bedrückendes und mystisch Grauenvolles gelegen; zudem hatte er schon lange keine Seelenmesse mehr gehört. Schließlich kam hier auch noch etwas anderes hinzu, etwas Entsetzliches, Beängstigendes. Er sah die Kinder an – sie knieten vor dem Sarg; Poljetschka weinte. Hinter ihnen betete Sonja, die leise und gleichsam schüchtern vor sich hinschluchzte. Sie hat mich in all den Tagen kein einziges Mal angesehen und kein Wort zu mir gesagt, dachte Raskolnikow. Die Sonne schien hell ins Zimmer; der Weihrauch stieg in Wolken auf; der Priester las: »Schenk ihr die ewige Ruhe, Herr!« Raskolnikow blieb bis zum Ende des Gottesdienstes. Der Priester sah ihn, während er den

Segen austeilte und sich verabschiedete, mit einem seltsamen Blick an. Raskolnikow trat nach der Seelenmesse auf Sonja zu. Sie nahm plötzlich seine beiden Hände und neigte den Kopf an seine Schulter. Diese kurze freundschaftliche Gebärde erschütterte Raskolnikow geradezu und verwunderte ihn. Wie, war das überhaupt möglich? Sie hegte nicht den geringsten Abscheu, nicht den geringsten Ekel vor ihm; ihre Hand hatte nicht ein bißchen gezittert? Was für eine unermeßliche Selbsterniedrigung! Jedenfalls faßte er es so auf. Sonja sprach nichts. Raskolnikow drückte ihr die Hand und ging. Wäre es ihm möglich gewesen, in diesem Augenblick irgendwohin zu gehen und allein zu bleiben, wäre es auch für das ganze Leben, er hätte sich glücklich geschätzt. Aber die Sache war die, daß er in letzter Zeit zwar fast immer allein war, aber trotzdem nie das Gefühl hatte, allein zu sein. So war er schon vor die Stadt gegangen, auf die Landstraße gekommen, einmal sogar in ein kleines Wäldchen; aber je einsamer die Gegend war, desto stärker hatte sich seiner die Empfindung bemächtigt, daß irgend etwas ihm nahe sei und ihn beunruhige; es war nichts Schreckliches, aber etwas, das ihn belästigte, so daß er möglichst schnell in die Stadt zurückging, sich unter die Menge mischte, in Gasthäuser ging, in Schenken, auf den Trödelmarkt oder auf den Heuplatz. Hier fühlte er sich gewissermaßen freier, sogar einsamer. In einer Garküche wurden einmal gegen Abend Lieder gesungen; er saß eine geschlagene Stunde lang da und lauschte, und er entsann sich später, daß ihm das sogar angenehm gewesen war. Doch zuletzt wurde er wieder unruhig, als quälten ihn plötzlich Gewissensbisse. Da sitze ich und höre mir Lieder an; habe ich denn nichts Wichtigeres zu tun? fragte er sich. Übrigens ahnte er im gleichen Augenblick, daß nicht allein das ihn beunruhigte; da war etwas, das eine sofortige Entscheidung forderte, das er aber weder in klare Gedanken fassen noch in Worte kleiden konnte. All das hatte sich zu einem unentwirrbaren Knäuel verschlungen. Nein, ein Kampf wäre besser! Meinethalben mit Porfirij ... oder mit Swidrigailow ... Nur möglichst rasch irgendeine neue Herausforderung, ein Angriff von irgend jemandem ... Ja! Ja! dachte er. Er verließ die Garküche und begann beinahe zu lachen. Der Gedanke an Dunja und an seine Mutter versetzte ihn plötzlich aus irgendwelchen Gründen in panischen Schrecken. In ebendieser Nacht war er kurz vor dem Morgengrauen in einem Gebüsch auf der Krestowskij-Insel aufgewacht, am ganzen Leib vor Fieber zitternd; er machte sich auf den Heimweg, kam aber erst am frühen Vormittag zu Hause an. Nach einigen Stunden Schlaf war das Fieber vergangen; er erwachte spät – es war zwei Uhr nachmittags.

Er entsann sich, daß für diesen Tag das Begräbnis Katerina Iwanownas angesetzt war, und freute sich, daß er daran nicht teilzunehmen brauchte. Nastasja brachte ihm etwas zu essen; er aß und trank mit großem Appetit, beinahe gierig. Sein Kopf war frischer, und er selbst war ruhiger als in den letzten drei Tagen. Er wunderte sich sogar ein wenig über seine panische Angst von vorhin. Da öffnete sich die Tür, und Rasumichin trat ein.

„Ah! Da ißt er ja wieder, folglich ist er nicht mehr krank!« sagte Rasumichin, nahm sich einen Stuhl und setzte sich Raskolnikow gegenüber an den Tisch. Er war aufgeregt und gab sich keine Mühe, das zu verbergen. Er sprach mit sichtlichem Ärger, aber ohne Hast, und ohne die Stimme besonders zu heben. Man hätte meinen können, daß ihn eine ganz bestimmte Absicht hergeführt habe. »Höre«, begann er entschlossen, »ich schere mich den Teufel um euch alle, aber an dem, was ich jetzt sehe, erkenne ich klar, daß ich kein Wort mehr verstehe. Glaube bitte nicht, daß ich gekommen bin, um dich auszufragen. Ich pfeife darauf! Ich will gar nichts wissen! Und wenn du mir jetzt selbst alle eure Geheimnisse entdecken wolltest, ich würde mir das vielleicht gar nicht anhören, sondern darauf pfeifen und weggehen. Ich bin nur gekommen, um mich persönlich und endgültig davon zu überzeugen, ob du wirklich verrückt bist. Es gibt nämlich Leute, mußt du wissen – wo spielt keine Rolle –, die dich für ernstlich verrückt halten oder zumindest für nicht weit davon entfernt. Ich muß dir gestehen, daß ich ebenfalls sehr dazu neige, mich dieser Meinung anzuschließen, erstens auf Grund deiner dummen und zum Teil abscheulichen Handlungen, die ich mir anders nicht erklären kann, und zweitens auf Grund dessen, wie du dich das letztemal deiner Mutter und deiner Schwester gegenüber verhalten hast. Nur ein Ungeheuer oder ein Schurke oder eben ein Verrückter könnte ihnen gegenüber so vorgehen, wie du es getan hast; folglich bist du verrückt ...«

»Ist es schon lange her, daß du sie gesehen hast?«

»Ich komme gerade von ihnen. Aber du hast sie wohl seit damals nicht wiedergesehen? Wo treibst du dich denn bloß herum? Sag mir das doch bitte; ich war schon dreimal bei dir. Deine Mutter ist seit gestern ernstlich krank. Sie wollte dich besuchen; Awdotja Romanowna hielt sie zurück, aber deine Mutter wollte von nichts hören. ‚Wenn er krank ist', sagte sie, ‚wenn er wirklich den Verstand verloren hat, wer könnte ihm dann helfen, wenn nicht ich, seine Mutter?' So kamen wir alle miteinander hierher, denn Dunja und ich konnten sie nicht allein lassen. Bis zu deiner Tür redeten wir auf sie ein, sie solle sich beruhigen. Wir kamen in dein Zimmer; du warst nicht da; auf diesem Stuhl hier hat sie gesessen. Zehn Minuten saß sie da, und wir standen schweigend vor ihr. Dann erhob sie sich und sagte: ‚Wenn er aus dem Hause gehen kann und folglich gesund ist und seine Mutter vergessen hat, dann ist es für seine Mutter unpassend und eine Schande, an seiner Schwelle zu stehen und ihn um Freundlichkeiten zu bitten wie um ein Almosen.' Darauf ging sie nach Hause und legte sich zu Bett; jetzt hat sie Fieber. ‚Ich sehe', sagte sie, ‚daß er für sein *Mädchen* Zeit hat.' Sie nimmt an, daß Sofja Semjonowna dein *Mädchen* ist, deine Braut oder deine Geliebte, was weiß ich. Ich ging sofort zu Sofja Semjonowna, weil ich alles in Erfahrung bringen wollte, mein Lieber. Ich kam also hin und sah dort einen Sarg stehen und die Kinder weinen. Sofja Semjonowna probierte ihnen gerade Trauerkleider an. Du warst nicht da. Ich schaute und entschuldigte mich und ging weg, und das erzählte ich auch Awdotja Romanowna. Also ist alles, was wir uns überlegt haben, Unsinn, und es steckt keineswegs dein *Mädchen* dahinter, sondern du bist einfach verrückt. Aber da sitzt du hier und frißt gekochtes Rindfleisch, als hättest du drei Tage lang nichts gegessen. Übrigens essen wahrscheinlich auch Verrückte, aber obwohl du bis jetzt noch kein Wort gesagt hast, bist du ... doch nicht verrückt. Hol euch alle der Teufel! Hier liegt irgendein Mysterium vor, ein Geheimnis, und ich bin nicht gesonnen, mir über eure Geheimnisse den Kopf zu zerbrechen. Ich bin einfach nur gekommen, um dich gründlich zu beschimpfen«, schloß er, während er aufstand; »ich möchte bloß meinem Ärger Luft machen und weiß schon, was ich jetzt zu tun habe!«

»Was willst du denn jetzt tun?«

»Das geht dich nichts an.«

»Paß auf, du wirst dich besaufen!«

»Woher ... woher weißt du das denn?«

»Das ist nicht schwer zu erraten!«

Rasumichin schwieg einen Augenblick.

»Du warst seit jeher ein sehr vernünftiger Mensch und niemals, niemals ein Narr«, bemerkte er plötzlich zornig. »Es ist schon so: ich werde mich betrinken! Leb wohl!« Er wollte gehen.

»Ich habe, wie mir scheint, vorgestern mit meiner Schwester über dich gesprochen, Rasumichin.«

»Über mich? ... Ja, wo hast du sie denn vorgestern gesehen?« rief Rasumichin erstaunt; er war sogar ein wenig blaß geworden. Man konnte förmlich sehen, wie ihm das Herz langsam und schwer in der Brust schlug.

»Sie kam zu mir, allein; hier saß sie, und wir sprachen miteinander.«

»Sie?«

»Ja, sie.«

»Was hast du denn gesagt ... ich meine – über mich?«

»Ich sagte zu ihr, daß du ein sehr guter, ehrenhafter und tüchtiger Mensch seist. Daß du sie liebst, sagte ich ihr nicht, weil sie das ohnehin weiß.«

»Sie weiß es?«

»Wieso denn nicht? Hör zu! Wohin ich auch gehe, was mit mir auch geschehen mag, du sollst bei ihnen bleiben, als ihre Vorsehung. Ich vertraue dir sozusagen die beiden an, Rasumichin. Ich sage das, weil ich genau weiß, wie sehr du sie liebst, und weil ich von der Lauterkeit deines Herzens überzeugt bin. Ich weiß auch, daß sie fähig ist, dich ebenfalls zu lieben, und daß sie dich vielleicht jetzt schon liebt. Und nun mußt du es halten, wie du es für gut befindest; du mußt selber entscheiden, ob du dich besaufen sollst oder nicht.«

»Rodka ... weißt du ... Nun ... Ach, zum Teufel! Und wohin willst du gehen? Weißt du: wenn das alles ein Geheimnis ist, dann wollen wir es lassen! Aber ich ... ich werde das Geheimnis herausbekommen ... Und ich bin überzeugt, daß das alles ganz gewiß Unsinn ist, eine belanglose Bagatelle, und daß du dir nur irgendwelche Flausen in den Kopf gesetzt hast. Übrigens bist du ein prächtiger Kerl! Ein ganz prächtiger Kerl! ...«

»Und ich wollte gerade hinzufügen – aber du läßt mich ja nicht ausreden –, daß es höchst vernünftig von dir ist, diese Mysterien und Geheimnisse nicht wissen zu wollen. Laß das vorläufig und mach dir keine Sorgen! Wenn es an der Zeit ist, wirst du alles erfahren, das heißt, wenn es sein muß. Gestern sagte jemand zu mir, der Mensch brauche Luft, Luft, Luft! Ich will jetzt zu ihm gehen und erfahren, was er damit meint ...«

Rasumichin stand nachdenklich da und überlegte angestrengt.

Er ist ein politischer Verschwörer! Ganz gewiß! Und er steht vor einem entscheidenden Schritt – das ist sicher! Anders kann es nicht sein, und Dunja ... Dunja weiß es ... dachte er mit einemmal.

»Awdotja Romanowna besucht dich also«, sagte er dann, indem er seinen Worten einen besonderen Nachdruck gab, »und du willst dich mit einem Mann treffen, der sagt, der Mensch brauche mehr Luft, mehr Luft ... Und auch dieser Brief steht offenbar ... damit in Zusammenhang«, schloß er; seine letzten Worte hatte er wie im Selbstgespräch gesagt.

»Welcher Brief?«

»Sie hat heute einen Brief bekommen, der sie sehr aufgeregt hat; sehr, sogar zu sehr. Ich fing von dir zu reden an, und da bat sie mich zu schweigen. Dann ... dann sagte sie, wir würden uns vielleicht sehr bald trennen müssen, worauf sie mir für irgend etwas leidenschaftlich dankte; zuletzt ging sie in ihr Zimmer und schloß sich ein.«

»Sie hat einen Brief bekommen?« fragte Raskolnikow betroffen.

»Ja, einen Brief; wußtest du das nicht? Hm! ...«

Beide schwiegen.

»Leb wohl, Rodion. Weißt du, mein Lieber ... es gab eine Zeit ... Ach, leb wohl; siehst du, es gab eine Zeit ... leb wohl! Ich muß gehen. Ich werde mich nicht betrinken. Jetzt ist das nicht mehr nötig ... du täuschst dich!«

Er war in Eile; doch als er bereits draußen war und die Tür schon fast hinter sich geschlossen hatte, öffnete er sie noch einmal und sagte, wobei er es vermied, Raskolnikow anzublicken: »Übrigens – erinnerst du dich noch an diesen Mord, na, du weißt schon ... Porfirij ... das alte Weib? Nun, dann höre, daß der Mörder gefunden ist. Er hat freiwillig ein Geständnis abgelegt und alle Beweise beigebracht. Es ist tatsächlich einer von diesen Arbeitern, von den zwei Malern, stell dir das bloß vor; erinnerst du dich noch, wie ich sie damals in Schutz nahm? Ob du mir glaubst oder nicht, aber diese ganze Szene mit seinem Kameraden, die Balgerei und das Gelächter auf der Treppe, als die Leute, der Hausknecht und die beiden Zeugen, hinaufstiegen – diese ganze Komödie hat er mit Absicht aufgeführt, um den Verdacht von sich abzulenken. Was für eine List, was für eine Geistesgegenwart bei einem so jungen Burschen! Es fällt einem schwer, das zu glauben; aber er selbst hat es erklärt, er selbst hat alles eingestanden! Und wie ich mich damals getäuscht habe! Nun, meiner Ansicht nach ist er geradezu ein Genie der Verstellungskunst und der Erfindungsgabe, ein Genie der kriminalistischen Irreführung – folglich braucht man sich über nichts zu wundern! Warum sollte es so ein Genie nicht geben? Und weil er nicht charakterstark genug war, um seine Rolle durchzuhalten, und ein Geständnis abgelegt hat, glaube ich ihm nur noch eher. So ist die ganze Geschichte wahrscheinlicher! ... Aber wie sehr ich mich damals getäuscht habe! Ich habe doch geradezu meine Hand für diesen Burschen ins Feuer gelegt!«

»Sag mir doch bitte, woher du das weißt und warum dich das so interessiert«, fragte Raskolnikow sichtlich erregt.

»Nun, das ist doch klar! Warum es mich interessiert? Daß du so etwas überhaupt fragen kannst! ... Ich weiß es von Porfirij; aber auch andere reden davon. Übrigens habe ich das meiste doch von ihm erfahren.«

»Von Porfirij?«

»Ja, von Porfirij.«

»Und ... und was sagt er dazu?« fragte Raskolnikow erschrocken.

»Er hat mir das Ganze vortrefflich erklärt, psychologisch erklärt, auf seine übliche Manier.«

»Er hat es dir erklärt? Er hat es dir selber erklärt?«

»Ja, er selbst, er selbst; aber leb wohl! Ein andermal erzähle ich dir mehr davon; jetzt habe ich zu tun. Es gab ... es gab eine Zeit, da habe ich geglaubt ... ach, später! ... Weshalb sollte ich mich jetzt betrinken? Du hast mich auch ohne Wein berauscht. Ich bin nämlich berauscht, Rodka! Ich bin ohne Wein berauscht; nun aber leb wohl; ich komme wieder, ich komme sehr bald wieder!«

Er ging.

Er ist ... er ist ein politischer Verschwörer, gewiß, ganz gewiß! dachte Rasumichin, während er langsam die Treppe hinabstieg. Und er hat auch seine Schwester mit hineingezogen; das ist bei Awdotja Romanownas Charakter durchaus möglich, durchaus. Sie haben Zusammenkünfte ... sie hat mir ja ebenfalls Andeutungen darüber gemacht. Aus manchem, was sie gesagt hat, aus Anspielungen und einzelnen Bemerkungen geht das ganz klar hervor! Und wie könnte man sich diesen Wirrwarr auch anders erklären? Hm! Und ich dachte schon ... O Gott, was habe ich mir da nur eingebildet! Ja, das war Verblendung, und ich bin ihm gegenüber schuldig! Er selber hat mich damals bei der Lampe im Korridor so durcheinandergebracht. Pfui! Was für ein häßlicher, brutaler, gemeiner Gedanke von mir! Nikolka ist ein Prachtbursche, weil er gestanden hat ... Und jetzt ist auch alles klar, was vorher war, seine Krankheit, sein sonderbares Wesen ... Sogar früher schon, früher, als er noch an der Universität war – wie finster und mürrisch war er da immer! ... Aber was hat bloß dieser Brief zu bedeuten? Auch dahinter steckt wohl etwas. Von wem ist dieser Brief? Ich vermute ... hm! Nein, ich werde das schon noch herauskriegen!

Er dachte plötzlich an Dunjetschka, an die Gefahr, in der sie schwebte, und sein Herz blieb stehen. Er riß sich gleichsam los und begann zu laufen.

Sobald Rasumichin weggegangen war, stand Raskolnikow auf, wandte sich zum Fenster, stieß sich an der einen Ecke seines Zimmers und dann an der anderen, als hätte er vergessen, wie eng seine Behausung war, und ... setzte sich wieder auf den Diwan. Er fühlte sich wie neugeboren: wieder gab es Kampf – also hatte sich ein Ausweg gefunden!

Ja, es hat sich ein Ausweg gefunden. Alles in mir war schon allzusehr erstickt und versperrt; ein qualvoller Druck lastete auf mir, und ich war wie benommen. Seit der Szene mit Nikolka und Porfirij hatte er hoffnungslos in Bedrängnis gekeucht. Und nach dem Auftritt mit Nikolka, am selben Tage noch, hatte er mit Sonja gesprochen; er hatte das Gespräch in keiner Weise so geführt und beendet, wie er es sich vorgenommen hatte, ganz und gar nicht ... er war also augenblicklich schwach geworden, mit einem Schlag hatte er alle seine Kraft verloren! Und so hatte er damals Sonja darin zugestimmt, daß er mit einer solchen Tat auf dem Herzen allein nicht leben könne! Und Swidrigailow? Swidrigailow war ein Rätsel ... Swidrigailow beunruhigte ihn, das traf zu, aber es beunruhigte ihn in anderer Weise. Mit Swidrigailow mochte ihm ebenfalls noch ein Kampf bevorstehen. Auch Swidrigailow war vielleicht ein Ausweg; mit Porfirij aber war es eine völlig andere Sache.

Porfirij hat den Fall sogar selbst Rasumichin erklärt, er hat ihm das Ganze *psychologisch* erklärt! Schon wieder ist er mit seiner verdammten Psychologie gekommen! Porfirij? Ja, konnte Porfirij denn auch nur einen einzigen Augenblick lang geglaubt haben, daß Nikolka schuldig sei, nach dem, was zwischen ihm und Raskolnikow damals vorgefallen war, nach jener Szene unter vier Augen, ehe noch Nikolka gekommen war, nach einer Szene, für die es nur *eine einzige richtige Deutung* gab? Raskolnikow waren während dieser Tage schon oft Bruchstücke der Szene mit Porfirij durch den Kopf gegangen; sich den ganzen Auftritt zu vergegenwärtigen hatte jedoch seine Kräfte überstiegen. Während ihrer Unterhaltung waren zwischen ihnen solche Worte gefallen, hatte es solche Bewegungen und Gesten gegeben, hatten sie solche Blicke getauscht, war so manches Wort in solchem Ton gesprochen worden, war das Ganze so sehr auf die Spitze getrieben worden, daß nach all dem Nikolka – den Porfirij schon beim ersten Wort und bei der ersten Gebärde durchschaut hatte –, daß Nikolka Porfirij bestimmt nicht in seiner Überzeugung zu erschüttern vermocht hatte.

Und dann! Sogar Rasumichin verdächtigte mich bereits! Die Szene im Korridor bei der Lampe ist damals also nicht spurlos an ihm vorübergegangen. Und da lief er zu Porfirij ... aber weshalb hat ihn der so hinters Licht geführt? Was kann er damit bezwecken, daß er den Verdacht Rasumichins auf Nikolka ablenkt? Nein, er führt unbedingt etwas im Schilde; er verfolgt irgendwelche Absichten, aber welche? Freilich ist seit jenem Vormittag viel Zeit vergangen – zuviel, zuviel Zeit –, und Porfirij hat nichts von sich hören und sehen lassen. Nun ja, das ist selbstverständlich ein schlimmes Zeichen ... Raskolnikow nahm seine Mütze und verließ nachdenklich das Zimmer. Es war der erste Tag in dieser ganzen Zeit, da er sich bei klarem Bewußtsein fühlte. Ich muß mit Swidrigailow zu einem Ende kommen, dachte er; um jeden Preis und so rasch wie möglich; Swidrigailow wartet anscheinend, daß ich zu ihm komme. Und in diesem Augenblick stieg in seinem müden Herzen plötzlich solcher Haß auf, daß er vielleicht fähig gewesen wäre, einen der beiden zu töten: Swidrigailow oder Porfirij. Zumindest fühlte er, daß er, wenn schon nicht jetzt, so doch später dazu imstande wäre. Wir werden sehen, wir werden sehen, wiederholte er sich immer wieder.

Doch kaum hatte er die Tür zur Treppe geöffnet, als er mit Porfirij zusammenstieß. Porfirij wollte ihn gerade besuchen. Raskolnikow war für einen Augenblick wie versteinert, aber nur für einen ganz kurzen Moment. Seltsam war, daß er sich kaum über Porfirijs Erscheinen wunderte und sich fast nicht vor ihm fürchtete. Er fuhr nur zusammen, war aber rasch, im Nu, wieder gefaßt. Vielleicht ist das die Lösung! Aber wie leise er sich herangeschlichen hat, wie eine Katze! Ich habe nichts gehört! Hat er am Ende gelauscht?

»Sie haben wohl keinen Gast erwartet, Rodion Romanytsch«, rief Porfirij fröhlich. »Ich wollte Sie schon lange einmal aufsuchen; jetzt kam ich bei Ihnen vorbei und dachte: Warum soll ich ihm nicht für fünf Minuten guten Tag sagen? Sie wollten gerade weggehen? Ich werde Sie nicht aufhalten. Ich will nur eine Zigarette hier bei Ihnen rauchen, wenn Sie erlauben.«

»So nehmen Sie doch Platz, Porfirij Petrowitsch, nehmen Sie Platz ...« erwiderte Raskolnikow und bot seinem Gast mit einer sichtlich so zufriedenen, freundschaftlichen Miene einen Stuhl an, daß er wahrhaftig über sich selbst gestaunt hätte, hätte er sich sehen können.

Er hatte seine letzten Kräfte zusammengerafft. So geschieht es manchmal, daß ein Mensch, der von einem Räuber überfallen wird, eine halbe Stunde der Todesangst durchlebt; sobald ihm aber das Messer endgültig an der Kehle sitzt, verspürt er plötzlich nicht einmal mehr Furcht. Raskolnikow setzte sich Porfirij gegenüber und blickte ihn, ohne mit der Wimper zu zucken, an. Porfirij kniff die Augen zusammen und zündete sich eine Zigarette an.

Nun, so sprich doch schon, sprich doch! schrie es in Raskolnikow. Warum sprichst du denn nicht? Warum sprichst du nicht endlich?

2

»Ach, diese Zigaretten!« sagte Porfirij Petrowitsch schließlich, als seine Zigarette brannte und er ein wenig verschnauft hatte. »Das Zeug ist schädlich, das reine Gift, aber ich kann das Rauchen nicht lassen! Ich huste; ich kriege keine Luft und keuche. Wissen Sie, ich bin feige; und da fuhr ich neulich zu B. – jeden Patienten untersucht er mindestens eine halbe

Stunde lang –, aber als er mich sah, lachte er, klopfte und horchte mich ab und meinte dann: ‚Übrigens ist Tabak nichts für Sie; Ihre Lungen sind erweitert'; aber wie soll ich das Rauchen aufgeben? Wodurch es ersetzen? Ich trinke nicht ... das ist der ganze Jammer, hehehe; daß ich nicht trinke, ist ein Jammer! Alles ist eben relativ, Rodion Romanytsch, alles ist relativ!«

Worauf will er denn hinaus? Fängt er wieder mit solchen Mätzchen an wie neulich? dachte Raskolnikow angeekelt. Ihre ganze letzte Unterredung stand mit einemmal wieder vor ihm, und das gleiche Gefühl wie damals brandete wie eine Woge an sein Herz.

»Ich war schon vorgestern einmal hier; wissen Sie das nicht?« fuhr Porfirij Petrowitsch fort und sah sich im Zimmer um. »Hierher bin ich gekommen, in ebendieses Zimmer, genauso wie heute; ich kam vorbei und dachte: Du solltest ihm doch einmal einen Besuch machen! Ich stieg hinauf, und das Zimmer stand weit offen; ich sah mich um und wartete und meldete mich nicht einmal bei Ihrem Dienstmädchen, sondern ging einfach wieder weg. Sperren Sie nie Ihre Tür ab?«

Raskolnikows Gesicht wurde immer finsterer. Porfirij erriet die Gedanken des jungen Mannes genau.

»Ich bin gekommen, um Ihnen eine Erklärung zu geben, liebster Rodion Romanytsch! Ich bin Ihnen eine Erklärung schuldig, unbedingt, mein Herr«, fügte er mit einem Lächeln hinzu und schlug Raskolnikow mit der flachen Hand leicht aufs Knie. Aber fast im selben Augenblick setzte er plötzlich eine ernste, besorgte Miene auf; es schien sogar, als spräche sich Trauer darin aus, was Raskolnikow in Staunen versetzte. Er hatte an Porfirij noch nie einen solchen Ausdruck gesehen und auch nicht vermutet.

»Eine seltsame Szene hat sich das letztemal zwischen uns abgespielt, Rodion Romanytsch. Vielleicht kann man das auch von unserem ersten Zusammentreffen behaupten, doch damals ... Aber das ist jetzt ganz gleichgültig! Hören Sie: ich bin Ihnen gegenüber vielleicht sehr schuldig; ich fühle das, mein Herr. Erinnern Sie sich nur, wie wir auseinander gegangen sind: Ihre Nerven waren aufs äußerste gespannt, und Ihre Kniekehlen zitterten; und auch meine Nerven waren aufs äußerste gespannt, und auch mir zitterten die Kniekehlen. Und wissen Sie, wie wir damals miteinander umgingen, das war gar nicht fein, gar nicht gentlemanlike. Und wir sind doch Gentlemen; in jedem Falle und zuallererst Gentlemen; das darf man nicht vergessen, mein Herr. Sie erinnern sich ja, wie weit es dann kam ... das war weiß Gott nicht mehr fein!«

Was will er denn? Wofür hält er mich nur? fragte sich Raskolnikow verwundert, während er den Kopf hob und Porfirij mit weit aufgerissenen Augen anstarrte.

»Ich bin zu dem Schluß gekommen, daß es besser ist, wenn wir aufrichtig zueinander sind«, fuhr Porfirij Petrowitsch fort; er wandte das Gesicht ein wenig ab und schlug die Augen nieder, als wollte er sein ehemaliges Opfer nicht durch seine Blicke in Verwirrung bringen und als verachtete er jetzt seine einstigen Methoden und Kniffe. »Ja, mein Herr, solche Verdächtigungen und Szenen dürfen nicht zu weit gehen. Die Lösung brachte uns damals Nikolka, sonst weiß ich nicht, wie weit es zwischen uns noch gekommen wäre. Dieser verdammte Kleinbürger saß damals hinter meiner Bretterwand – können Sie sich das vorstellen? Aber Sie wissen das natürlich schon; auch mir ist bekannt, daß er hernach zu Ihnen ging; aber Ihre damalige Vermutung traf nicht zu: ich hatte nach niemandem geschickt und auch noch keinerlei Verfügungen getroffen. Sie werden fragen, warum ich das nicht getan habe? Ja, wie soll ich Ihnen das erklären: mich selbst hat damals alles gewissermaßen überrascht. Ich konnte kaum noch die Hausknechte holen lassen – Sie werden sie ja wohl im Vorbeigehen bemerkt haben. Damals zuckte mir ein Gedanke durch den Kopf, blitzschnell; wissen Sie, Rodion Romanytsch, ich war meiner Sache ganz sicher. Meinetwegen, dachte ich, du kannst die eine Sache für eine gewisse Zeit außer acht lassen, dafür packst du die andere beim Kragen – aber dein Ziel, dein Ziel verfehlst du nicht.

Sie sind von Natur sehr reizbar, Rodion Romanytsch; sogar in zu hohem Maße reizbar, wenn man alle anderen grundlegenden Eigenschaften Ihres Charakters und Herzens in

Betracht zieht, die ich, wie ich mir schmeichle, zum Teil erkannt habe, mein Herr. Natürlich konnte ich nicht einmal damals damit rechnen, daß mein Plan in Erfüllung gehen würde; denn das geschieht selten, daß ein Mensch aufsteht und einem alle seine Geheimnisse ins Gesicht schleudert. Es kommt zwar vor, zumal wenn man jemanden um seine letzte Geduld bringt, aber das ist außerordentlich selten. Ich konnte nicht damit rechnen. Nein, dachte ich, du brauchst nur einen kleinen Fingerzeig! Wäre es auch nur der allerkleinste Anhaltspunkt, nur ein einziger, aber ein Hinweis, den man mit Händen greifen könnte, etwas Reales, nicht ewig diese Psychologie Denn wenn ein Mensch schuldig ist, dachte ich, dann kann man natürlich in jedem Falle irgend etwas Positives von ihm erwarten; es ist sogar erlaubt, mit den überraschendsten Ergebnissen zu rechnen. Ich rechnete damals mit Ihrem Charakter, mein Herr, vor allem mit Ihrem Charakter. Ich setzte große Hoffnungen in Sie!«

»Aber ... aber warum sagen Sie mir das jetzt alles?« murmelte Raskolnikow schließlich, ohne recht zu wissen, was er da eigentlich sagte. Wovon redet er bloß? dachte er verwirrt. Hält er mich denn wirklich für unschuldig?

»Warum ich das sage? Ich bin doch gekommen, um Ihnen eine Erklärung zu geben, was ich sozusagen für meine heilige Pflicht halte. Ich will Ihnen ganz genau darlegen, wie alles war, die ganze Geschichte meiner damaligen Verblendung, wenn ich so sagen darf. Ich habe Ihnen viel Kummer gemacht, Rodion Romanytsch; aber ich bin kein Unmensch. Ich verstehe ja, wie einem Menschen zumute sein muß, der all das mit sich herumschleppt, einem bedrückten Menschen, der aber stolz, herrisch und ungeduldig ist, vor allem ungeduldig! Ich halte Sie auf jeden Fall für einen überaus edlen Menschen, der sogar Ansätze zur Großmut hat, obgleich ich nicht mit allen Ihren Überzeugungen übereinstimme, was Ihnen im voraus und in aller Offenheit zu erklären ich für meine Pflicht halte; denn vor allem liegt mir daran, Sie nicht zu täuschen. Als ich Sie kennenlernte, fühlte ich mich Ihnen verbunden. Sie lachen vielleicht über diese Worte? Das sei Ihnen unbenommen, mein Herr. Ich weiß, daß Sie mich schon auf den ersten Blick verabscheuten, und es ist ja eigentlich auch gar kein Anlaß gegeben, mich zu lieben. Aber denken Sie darüber, wie Sie wollen ... ich meinerseits möchte jedenfalls mit allen Mitteln den Eindruck, den Sie von mir haben, verwischen und Ihnen beweisen, daß auch ich ein Mensch mit Herz und Gewissen bin. Ich spreche aufrichtig, mein Herr.«

Porfirij Petrowitsch hielt würdevoll inne. Raskolnikow fühlte, wie eine neue Welle von Furcht ihn übermannte. Der Gedanke, Porfirij könnte ihn für unschuldig halten, begann ihn plötzlich zu ängstigen.

»Es ist wohl kaum nötig, der Reihe nach genau zu erzählen, wie das damals plötzlich begonnen hat«, fuhr Porfirij Petrowitsch fort. »Ich halte es sogar für überflüssig und wäre dazu wohl auch kaum in der Lage. Denn wie sollte man so etwas ausführlich erklären? Zunächst tauchten einige Gerüchte auf. Was das für Gerüchte waren, von wem sie stammten und wann das war ... und weshalb die Sache gerade auf Sie hinwies – auch davon zu sprechen ist meiner Meinung nach überflüssig. Mich persönlich brachte ein Zufall auf diesen Gedanken, eine sozusagen ganz zufällige Zufälligkeit, die nun einmal da war, wie sie ebensogut auch nicht hätte dazusein brauchen. Was das war? Hm! Ich glaube, auch darüber brauche ich nicht zu reden. All das, die Gerüchte und die Zufälle, brachte mich damals auf einen ganz bestimmten Gedanken. Ich gebe das aufrichtig zu; denn wenn man schon ein Geständnis ablegt, muß man auch alles gestehen ... ich war der erste, der damals an Sie dachte. Die Notizen zum Beispiel, die die Alte auf den Pfändern vermerkt hatte, und so weiter und so weiter – das ist alles belanglos, gewiß. Derartige Dinge können hundertfach vorkommen. Ich hatte damals auch Gelegenheit, den Vorfall im Polizeirevier mit allen Einzelheiten zu erfahren – ebenfalls zufällig, mein Herr, und keineswegs nur so beiläufig, sondern von einem besonderen, sehr zuverlässigen Gewährsmann, der diese Szene, ohne es zu wissen, erstaunlich gut schilderte. Und so fügte sich das eine zum andern, das eine zum andern, Rodion Romanytsch, mein Lieber! ... Nun, wie hätte ich da nicht eine ganz bestimmte Richtung in meinen Überlegungen einschlagen sollen?

Aus hundert Kaninchen kann man niemals ein Pferd machen und aus hundert Verdachtsmomenten niemals einen Beweis, wie ein englisches Sprichwort lautet, doch das sagt nur die Vernunft; man versuche einmal, mit seinen Leidenschaften fertigzuwerden ... und ein Untersuchungsrichter ist schließlich auch nur ein Mensch! Da fiel mir Ihr Artikel ein, erinnern Sie sich? In dieser Zeitschrift ... bei Ihrem ersten Besuch hatten wir ja ausführlich darüber gesprochen. Damals zog ich das Ganze ein wenig ins Lächerliche, aber das geschah nur, um Sie zu weiteren Äußerungen herauszufordern. Ich sage Ihnen noch einmal, Rodion Romanytsch, daß Sie sehr ungeduldig und krank sind. Daß Sie kühn sind, begabt, ernst und ... und viel, viel empfunden haben, das wußte ich schon längst. Mir sind alle diese Empfindungen bekannt, und als ich Ihren Artikel las, war mir, als kennte ich ihn schon. In schlaflosen Nächten und in rasender Besessenheit haben Sie ihn ersonnen, mit wehem, hämmerndem Herzen, mit unterdrücktem Enthusiasmus. Aber dieser unterdrückte, stolze Enthusiasmus der Jugend ist gefährlich! Ich machte mich damals darüber lustig, doch jetzt will ich Ihnen gestehen, daß ich, sozusagen als Amateur, diese erste jugendliche, leidenschaftliche Talentprobe sehr liebe. Da ist Rauch, da ist Nebel, und in diesem Nebel erklingt eine Saite. Ihr Artikel ist albern und phantastisch, aber er zeugt von viel Aufrichtigkeit; es liegt ein jugendlicher, unbestechlicher Stolz darin und die Kühnheit der Verzweiflung; es ist ein düsterer Artikel, aber das ist gut, mein Herr. Ich habe damals Ihren Artikel gelesen und zur Seite gelegt, und ... als ich ihn damals zur Seite legte, dachte ich: Dieser Mensch wird noch einmal Aufsehen erregen! Jetzt sagen Sie mir: wie hätte ich mich nach diesen Voraussetzungen nicht von dem, was später geschah, mitreißen lassen sollen? Ach, du lieber Gott! Sage ich am Ende jetzt etwas? Behaupte ich vielleicht irgend etwas? Damals wurde ich nur aufmerksam. Was steckt dahinter? dachte ich. Nichts, wirklich gar nichts, vielleicht im höchsten Maße nichts. Folglich gehörte es sich für mich in keiner Weise, daß ich mich so hinreißen ließ; ich habe ja auch Nikolka am Hals, und zwar mit Tatsachen – sagen Sie, was sie wollen, aber es sind Tatsachen! Und er begründet sein Verhalten sogar psychologisch; er muß seine Sünde beichten, weil es um Leben und Tod geht. Warum ich Ihnen das jetzt alles erkläre? Nun, damit Sie Bescheid wissen und mir, da Sie doch Verstand und Herz besitzen, wegen meines damaligen bösartigen Vorgehens keine Vorwürfe machen. Es war aber nicht bösartig gemeint, ich sage Ihnen das ganz offen, mein Herr, hehehe! Glauben Sie denn, ich hätte damals keine Haussuchung veranstaltet? Ich habe es getan, ich habe es getan, hehe, ich habe es getan, als Sie hier krank im Bettchen lagen. Nicht offiziell und nicht in eigener Person, aber ich habe es getan. Bis zur letzten Ecke wurde Ihre Wohnung durchstöbert und überall nach Spuren gesucht, aber – vergebens! Da dachte ich: Jetzt wird dieser Mensch zu mir kommen; er wird von selbst kommen, und zwar sehr bald; wenn er schuldig ist, kommt er unbedingt. Ein anderer käme nicht, aber der wird kommen. Und erinnern Sie sich, wie sich Herr Rasumichin Ihnen gegenüber verplapperte? Das war Absicht von mir, um Sie in Unruhe zu bringen; wir brachten absichtlich dieses Gerücht in Umlauf, damit er sich Ihnen gegenüber verplappere; Herr Rasumichin ist nämlich ein Mensch, der seine Entrüstung nicht verbergen kann. Herrn Sametow waren vor allem Ihr Zorn und Ihre offenkundige Kühnheit aufgefallen ... Freilich, wenn einer im Gasthaus plötzlich losplatzt: ‚Ich bin der Mörder!' – das ist allzu kühn, mein Herr, allzu dreist; und wenn er schuldig ist, dann ist er ein furchtbarer Gegner! So überlegte ich damals. Ich wartete. Ich wartete auf Sie mit rasender Ungeduld, und Sie hatten damals Sametow einfach an die Wand gedrückt, um ... das ist es eben, daß all diese verdammte Psychologie eine zweischneidige Sache ist! Nun, und so wartete ich auf Sie, und siehe da, Gott fügte es – Sie kamen! Da hatte ich Herzklopfen! Ach! Nun, und weshalb mußten Sie damals kommen? Ihr Lachen, dieses Lachen, als Sie eintraten, erinnern Sie sich? Da war mir, als sähe ich durch Glas; hätte ich allerdings nicht so ungeduldig auf Sie gewartet, ich hätte auch an Ihrem Lachen nichts bemerkt. Da sehen Sie, wieviel von der jeweiligen Stimmung abhängt! Und Herr Rasumichin damals – ach, der Stein, der Stein, erinnern Sie sich? Jener

Stein, unter dem die Sachen versteckt sind? Nun, ich sah ihn genau vor mir, irgendwo in einem Gemüsegarten – Sie sprachen doch zu Sametow von einem Gemüsegarten, und mir sagten Sie das zweitemal das gleiche? Und als Sie damals Ihren Artikel auszulegen begannen, als wir uns darüber unterhielten, da mußte ich doch jedes Ihrer Worte in doppeltem Sinne verstehen, als ob hinter jedem Wort ein zweites verborgen wäre! Sehen Sie, Rodion Romanytsch, auf diese Weise gelangte ich zu den äußersten Grenzpfählen, und als ich mit dem Schädel dagegenrannte, kam ich zur Besinnung. Nein, sagte ich mir, was tue ich da! Denn wenn man will, kann man das alles bis in die letzte Kleinigkeit auch in entgegengesetzter Weise ausdeuten, und eine solche Erklärung wäre sogar viel ungezwungener. Ich gebe ja selbst zu, sie wäre viel näherliegend. Eine Qual! Nein, dachte ich, eine kleine Tatsache wäre mir schon lieber! ... Und als ich damals die Geschichte von dieser Türglocke hörte, war ich geradezu starr und fing sogar zu zittern an. Da hast du ja deine kleine Tatsache, dachte ich. Das ist es! Und weiter dachte ich nicht darüber nach; ich wollte einfach nicht. Tausend Rubel aus meiner eigenen Tasche hätte ich in diesem Augenblick dafür gegeben, wenn ich Sie mit eigenen *Augen* hätte beobachten können, wie Sie damals hundert Schritte neben dem Kleinbürger hergingen, nachdem er Ihnen das Wort ‚Mörder' ins Gesicht geschleudert hatte, und wie Sie ihn diese ganzen hundert Schritt nichts zu fragen wagten! ... Nun, und jener Kälteschauer im Rückenmark? Jenes Türgeklingel im halben Fieberwahn? Mein lieber Rodion Romanytsch, wie dürfen Sie sich nach all dem wundern, daß ich damals mit Ihnen solche Scherze aufführte? Und warum sind Sie selbst gerade in jenem Augenblick gekommen? Das war doch, als hätte jemand Sie dazu getrieben, weiß Gott, und wenn uns damals Nikolka nicht auseinandergebracht hätte ... erinnern Sie sich? Haben Sie es sich gut gemerkt? Das war doch wie ein Donnerschlag! Das war doch wie ein Donnerschlag aus einer Gewitterwolke! Nun, und wie habe ich ihn empfangen? Ich glaubte kein bißchen an diesen Donnerkeil, das haben Sie ja selbst gesehen! Ach woher! Später dann, als Sie weggegangen waren und er begann, sehr vernünftig einige Punkte zu beantworten, so daß ich mich selber wundern mußte – auch später glaubte ich ihm für keine Kopeke! Da sehen Sie, was es heißt, überzeugt zu sein! Nein, dachte ich, keine Rede! Was hat denn Nikolka damit zu tun!«

»Mir hat Rasumichin heute erzählt, daß Sie Nikolaj noch immer beschuldigen und auch ihn selbst, Rasumichin, davon überzeugt haben ...«

Der Atem stockte ihm, und er sprach nicht zu Ende. Er hörte in unaussprechlicher Erregung zu, wie der Mensch, der ihn völlig durchschaut hatte, sich selbst verleugnete. Er fürchtete sich, ihm zu glauben, und glaubte ihm nicht. Gierig suchte er in den zweideutigen Worten Porfirijs etwas Bestimmtes, etwas Endgültiges zu erhaschen.

»Ach, Herr Rasumichin!« rief Porfirij Petrowitsch, als freute er sich darüber, daß Raskolnikow, der die ganze Zeit geschwiegen hatte, jetzt etwas sagte. »Hehehe! Ich mußte ja Herrn Rasumichin auf diese Art ablenken: ein dritter konnte unser Spiel doch nur stören. Herr Rasumichin, als völlig Außenstehender, kam ganz blaß zu mir gelaufen ... Nun, Gott mit ihm – warum hätte ich ihn hineinziehen sollen! Und was Nikolka betrifft – wollen Sie wissen, was das für ein Subjekt ist, wenigstens so wie ich ihn verstehe? Vor allem ist er noch ein Kind, ein Minderjähriger; er ist nicht gerade ein Feigling, aber irgendwie eine Art Künstler. Wirklich, lachen Sie nicht darüber, daß ich ihn mir so erkläre. Er ist arglos und für alle Eindrücke empfänglich. Er hat Herz und Phantasie. Er kann singen, er kann tanzen, und es heißt, er könne auch so schön Märchen erzählen, daß sogar von weither die Leute zusammenkommen, um ihm zuzuhören. Er geht in die Schule, er kann bis zum Umfallen lachen, wenn jemand nur den Finger bewegt, und sich bis zur Sinnlosigkeit besaufen, aber nicht etwa aus Laster, sondern nur so, wenn ihm jemand zu trinken gibt, ganz wie es eben Kinder tun. Er hat doch damals gestohlen und weiß das selber nicht ... ‚Wieso habe ich gestohlen, wenn ich es vom Boden aufhob?‘ Und wissen Sie, er ist doch ein

Raskolnik* – vielleicht nicht gerade ein Raskolnik, sondern einfach ein Sektierer; Begunen* verkehrten mit ihm, und er hat erst vor kurzer Zeit zwei Jahre lang auf dem Lande unter der geistlichen Leitung eines Starez gelebt. All das habe ich von Nikolka selbst und von Leuten aus Sarajsk erfahren. Und denken Sie nur, er wollte einfach in die Wüste laufen! Es trieb ihn dazu, nachts betete er, las alte, ‚wahrhaftige' Bücher und war ganz verrückt mit dem Lesen. Petersburg übte einen starken Einfluß auf ihn aus, zumal das weibliche Geschlecht, und natürlich auch der Schnaps. Er ist eben für alles empfänglich, und so hat er seinen Wundermönch und alles andere vergessen. Mir ist bekannt, daß ihn hier ein Maler liebgewann und ihn oft besuchte, und dann kam diese Geschichte! Da verlor er allen Mut und wollte sich aufhängen! Davonlaufen! Was soll man denn machen bei diesen Begriffen, die das Volk von unserer Jurisdiktion hat! Mancher fürchtet schon das Wort ‚vor Gericht kommen'. Und wer ist daran schuld? Wir werden ja sehen, was die neuen Gerichte helfen können. Ach, gebe es Gott! – Nun also, im Gefängnis entsann er sich offenbar von neuem des ehrenhaften Wundermönchs; auch eine Bibel war wieder zur Hand; wissen Sie, Rodion Romanytsch, was für manche dieser Leute das Wort ‚leiden' bedeutet? Man muß nicht etwa für irgend jemanden leiden, sondern schlicht und einfach nur ‚leiden', also das Leid auf sich nehmen; und wenn einem die Machthaber dieses Leid antun, dann ist es um so besser. Da saß zu meiner Zeit ein höchst friedlicher Häftling ein ganzes Jahr im Gefängnis; nachts lag er auf dem Ofen und las immerzu in der Bibel, bis er vom Lesen närrisch wurde, ganz närrisch, wissen Sie, so närrisch, daß er eines Tages mir nichts dir nichts einen Ziegel nahm und damit nach dem Inspektor warf, ohne daß ihm der das geringste zuleide getan hätte. Und wie er warf! Absichtlich warf er eine Elle vorbei, um dem Inspektor nur ja keinen Schaden zuzufügen. Nun, man weiß doch, was einem Arrestanten blüht, der mit der Waffe gegen die Obrigkeit losgeht – er hat also ‚Leid auf sich genommen'. Und so argwöhne

* Bezeichnungen russischer Sektierer (Anmerkung des Übersetzers).

ich auch jetzt, daß Nikolka ‚das Leid auf sich nehmen' wollte oder irgend etwas Ähnliches. Ich weiß das übrigens ganz sicher, sogar aus Tatsachen. Er weiß nur nicht, daß ich es weiß. Wollen Sie nicht zugeben, daß aus solchem Volk phantastische Menschen hervorgehen können? Ganz gewiß ist das der Fall. Der Wundermönch begann wieder auf ihn zu wirken; besonders nach der Geschichte mit der Schlinge hat sich Nikolka an ihn erinnert. Übrigens wird er mir das alles selbst erzählen; er wird kommen. Sie glauben, er könnte seine Rolle durchstehen? Warten Sie nur ab, er wird noch widerrufen! Ich rechne von Stunde zu Stunde damit, daß er kommt, um seine Aussage zurückzunehmen. Ich habe diesen Nikolka liebgewonnen und studiere ihn gründlich. Und was meinen Sie? Hehe! Auf manche Punkte hat er mir sehr vernünftig geantwortet; offenbar konnte er sich da die nötigen Informationen beschaffen und sich geschickt vorbereiten, aber in anderen Punkten ist es, als ob er in eine Pfütze tappte; da weiß er überhaupt nichts, hat keine Ahnung und denkt nicht einmal im Schlaf daran, daß er keine Ahnung hat! Nein, mein lieber Rodion Romanytsch, Nikolka hat mit dem Mord nichts zu schaffen! Das ist eine phantastische, düstere Sache, eine moderne Sache, ein Fall aus unserer Zeit, da sich das Herz des Menschen getrübt hat, da man die Phrase zitiert, Blut ‚erfrische', da ein Leben in Komfort als erstrebenswert gepredigt wird! Hier liegen Buch-Träume zugrunde, hier steckt ein Herz dahinter, das sich an Theorien berauscht hat, hier sieht man förmlich, wie sich der Täter zu einem ersten Schritt entschlossen hat, aber seine Entschlossenheit ist von besonderer Art – er hat sich entschlossen, aber dann war es, als wäre er von einem Berg gestürzt oder von einem Turm gefallen; er ist gewissermaßen gar nicht auf eigenen Füßen an das Verbrechen herangegangen. Er vergaß, die Tür hinter sich zu schließen, aber er mordete; er ermordete zwei Menschen auf Grund einer Theorie. Er mordete, aber das Geld verstand er nicht zu nehmen, und was er zusammenraffen konnte, versteckte er unter einem Stein. Es war ihm zuwenig, daß er Qualen ausstand, als er hinter der Tür saß und man an der Klinke rüttelte und die Glocke zog – nein, er ging später, halb im Fieber, noch einmal in die schon leere Wohnung, um sich das Klingeln der Glocke in Erinnerung zu rufen und um die Kälte im Rückenmark wieder zu fühlen; danach verlangte ihn ... Nun ja, nehmen wir an, damals sei er krank gewesen – aber da ist noch etwas: er hat zwar gemordet, hält sich jedoch für einen Ehrenmann; er verachtet die Menschen; er geht als blasser Engel umher – nein, geliebter Rodion Romanytsch, was hätte irgendein Nikolka damit zu schaffen; nein, Nikolka ist nicht der Täter!«

Diese letzten Worte kamen nach all dem, was Porfirij vorher gesagt und das ganz so ausgesehen hatte, als nähme er seinen Verdacht zurück, allzu unerwartet. Raskolnikow erzitterte am ganzen Körper, als hätte man ihn durchbohrt.

»Also ... wer ist dann ... der Mörder?« fragte er keuchend; er konnte sich nicht mehr beherrschen. Porfirij Petrowitsch taumelte geradezu auf die Stuhllehne zurück, als hätte er diese Frage nicht im entferntesten erwartet und als wäre er über sie erstaunt.

»Wer der Mörder ist?« fragte er zurück und schien seinen Ohren nicht zu trauen. »Aber der Mörder sind doch *Sie*, Rodion Romanytsch! Sie sind der Mörder, mein Herr ...« wiederholte er fast flüsternd in völlig überzeugtem Ton.

Raskolnikow sprang vom Diwan auf, blieb einige Sekunden stehen und setzte sich dann wieder, ohne ein Wort zu sprechen. Kleine Zuckungen überliefen sein ganzes Gesicht.

»Schon wieder zittert Ihre Lippe . . . wie das letztemal«, murmelte Porfirij Petrowitsch geradezu mit einer Art Anteilnahme. »Mir kommt es so vor, Rodion Romanytsch, als ob Sie mich nicht recht verstanden hätten«, fügte er dann nach kurzem Schweigen hinzu, »und als ob Sie deshalb so erstaunt wären. Ich bin doch gerade deshalb zu Ihnen gekommen, um Ihnen das alles zu sagen, damit wir mit offenen Karten spielen!«

»Ich habe nicht gemordet«, flüsterte Raskolnikow; er gebärdete sich genauso wie ein verschrecktes kleines Kind, das man bei irgendeinem Unfug ertappt hat.

»Doch, Sie waren es, Rodion Romanytsch, Sie waren es und niemand sonst«, flüsterte Porfirij streng und überzeugt.

Beide sprachen kein Wort mehr, und ihr Schweigen dauerte merkwürdig lange, vielleicht zehn Minuten. Raskolnikow stützte die Ellbogen auf den Tisch und fuhr sich wortlos durchs Haar. Porfirij Petrowitsch saß da und wartete. Plötzlich blickte Raskolnikow ihn geringschätzig an.

»Sie singen schon wieder Ihr altes Lied, Porfirij Petrowitsch! Immer wieder die gleichen Methoden! Wahrhaftig, daß Ihnen das nicht langweilig wird!«

»Ach, Schluß damit, wozu brauche ich jetzt irgendwelche Methoden! Etwas anderes wäre es, wenn wir hier Zeugen hätten; aber so sitzen wir unter vier Augen beisammen und flüstern zu zweit miteinander! Sie sehen doch selbst, daß ich nicht gekommen bin, um Sie zu hetzen und zu fangen wie einen Hasen. Ob Sie die Tat gestehen oder nicht, gilt mir in diesem Augenblick ganz gleich. Für mich selbst bin ich auch ohne Ihr Geständnis völlig überzeugt.«

»Und wenn dem so ist, weshalb sind Sie dann gekommen?« fragte Raskolnikow gereizt. »Ich will Ihnen die Frage, die ich Ihnen das letztemal bereits gestellt habe, noch einmal vorlegen: wenn Sie mich für schuldig halten, weshalb nehmen Sie mich dann nicht in Haft?«

»Das ist freilich eine handfeste Frage! Ich will sie Ihnen Punkt für Punkt beantworten: erstens einmal ist es für mich gar nicht vorteilhaft, Sie so einfach einzusperren.«

»Was heißt: nicht vorteilhaft? Wenn Sie von meiner Schuld überzeugt sind, müssen Sie doch . . .«

»Ach, was hat es denn zu sagen, daß ich davon überzeugt bin? Das sind ja vorläufig nur Träume von mir. Und weshalb sollte ich Sie jetzt in Haft setzen? Dort hätten Sie ja *Ruhe*; Sie selbst wissen das am besten, weil Sie darum bitten. Wenn ich Sie zum Beispiel jenem Kleinbürger gegenüberstelle, um Sie zu überführen, und Sie sagen zu ihm: ‚Du bist wohl betrunken? Wer hat dich denn mit mir gesehen? Ich habe dich einfach für besoffen gehalten, und du warst es auch' – nun, was könnte ich Ihnen darauf antworten? Ihre Worte sind auf jeden Fall glaubwürdiger als die seinen, weil hinter seiner Aussage nichts weiter steht als Psychologie – was bei seiner Visage geradezu widersinnig wirkt – und weil Sie ins

Schwarze treffen; denn der Kerl ist wirklich ein Schnapssäufer; ja, er ist sogar bekannt dafür. Und ich selber habe Ihnen doch schon offen eingestanden, sogar mehrmals eingestanden, daß diese Psychologie eine höchst zweischneidige Angelegenheit ist und daß die zweite Schneide oft weit schärfer schneidet und die größere Wahrscheinlichkeit für sich hat ... Und sonst habe ich ja vorläufig nichts weiter gegen Sie in Händen. Wenn ich Sie aber trotzdem noch einsperren werde und sogar jetzt selber – ganz entgegen unseren üblichen Gepflogenheiten – gekommen bin, um Ihnen das im voraus anzukündigen, so sage ich Ihnen dennoch ganz offen – ebenfalls entgegen unseren Gepflogenheiten –, daß es für mich unvorteilhaft ist. Nun, und zweitens bin ich zu Ihnen gekommen, weil ...«

»Also zweitens?« Raskolnikow keuchte noch immer.

»Weil ich mich, wie ich Ihnen bereits gesagt habe, für verpflichtet halte, Ihnen eine Erklärung zu geben. Ich will nicht, daß Sie in mir ein Ungeheuer sehen, um so weniger, als ich Ihnen, ob Sie es glauben oder nicht, aufrichtig zugetan bin. Und infolgedessen kam ich drittens mit dem offenen, unumwundenen Vorschlag zu Ihnen – daß Sie sich selbst stellen mögen. Das wäre für Sie unendlich viel günstiger, aber auch ich hätte Nutzen davon, weil ich den Fall dann los wäre. Nun, was sagen Sie: ist das aufrichtig von mir oder nicht?«

Raskolnikow dachte eine Weile nach.

»Hören Sie, Porfirij Petrowitsch: Sie haben doch selbst gesagt, das Ganze sei nur auf Psychologie gegründet, und jetzt reden Sie, als handelte es sich um einen mathematischen Beweis. Nun, und wenn Sie sich täuschen?«

»Nein, Rodion Romanytsch, ich täusche mich nicht. *Einen* kleinen Hinweis habe ich. Diesen Hinweis fand ich damals schon; der Herrgott selber hat ihn mir in die Hände gespielt.«

»Was für ein Hinweis ist das?«

»Das sage ich Ihnen nicht, Rodion Romanytsch. Jedenfalls habe ich nun nicht mehr das Recht, länger zu zögern; ich werde Sie in Haft nehmen, mein Herr. Bedenken Sie selbst: mir gilt nun alles gleich, folglich handle ich einzig und allein in Ihrem Interesse. Bei Gott, es wäre das Beste für Sie, Rodion Romanytsch!«

Raskolnikow lächelte böse.

»Das ist nicht nur lächerlich, das ist schon geradezu schamlos. Denn angenommen, ich wäre schuldig – was ich aber keineswegs zugebe –, warum sollte ich dann zu Ihnen kommen und mich selbst anzeigen, wenn Sie sagen, daß ich mich dort bei Ihnen *zur Ruhe* setzen könnte?«

»Ach, Rodion Romanytsch, klammern Sie sich doch nicht so fest an Worte; so *ruhig* wird es da vielleicht gar nicht zugehen. Das ist doch nur eine Theorie, noch dazu eine Theorie von mir, und welche Autorität wäre ich denn für Sie? Vielleicht verberge ich auch jetzt noch etwas vor Ihnen? Ich kann doch nicht hingehen und Ihnen einfach alle Karten aufdecken, hehe! Und zweitens: was für einen Vorteil es für Sie hätte? Ja, wissen Sie denn nicht, welche Strafminderung man Ihnen zubilligen würde? Denn wann stellen Sie sich? Bedenken Sie das doch! Sie stellen sich genau in einem Augenblick, da ein anderer schon das Verbrechen auf sich genommen und den ganzen Fall verwirrt hat! Und ich schwöre Ihnen bei Gott: ich will ‚dort' darauf hinwirken und alles so einrichten, daß Ihr Geständnis völlig unerwartet kommt. Wir wollen dieser ganzen Psychologie völlig den Garaus machen; jeden Verdacht gegen Sie will ich ausschalten, so daß sich Ihr Verbrechen lediglich als Folge einer Art Umnachtung darstellt; denn das war es auch, wie man mit gutem Gewissen sagen kann: eine Umnachtung. Ich bin ein ehrlicher Mensch, Rodion Romanytsch, und ich halte mein Wort.«

Raskolnikow schwieg traurig und ließ den Kopf hängen; lange Zeit dachte er nach und lächelte schließlich wieder, aber sein Lächeln war jetzt sanft und wehmütig.

»Ach, das ist nicht nötig!« erwiderte er schließlich, als wollte er vor Porfirij überhaupt nichts mehr verbergen. »Das lohnt sich nicht. Ich brauche Ihre Nachsicht nicht!«

»Das eben habe ich befürchtet!« rief Porfirij heftig und gleichsam unwillkürlich. »Das eben habe ich befürchtet, daß Sie unsere Nachsicht nicht brauchen.«

Raskolnikow sah ihn traurig und eindringlich an.

»Ach, schätzen Sie das Leben nicht so gering ein!« fuhr Porfirij fort. »Sie haben noch ein langes Leben vor sich. Wie könnten Sie da unsere Nachsicht nicht brauchen! Sie sind ein ungeduldiger Mensch!«

»Was habe ich denn noch vor mir?«

»Das Leben! Sind Sie ein Prophet, wissen Sie so viel? Suchen Sie, und Sie werden finden! Vielleicht wartet Gott auf Sie. Und Sie werden sie ja nicht ewig tragen müssen, die Kette ...«

»Richtig, ich werde eine Strafminderung bekommen ...« lachte Raskolnikow auf.

»Oder fürchten Sie etwa die Schande im bürgerlichen Sinne? Vielleicht schreckt Sie das tatsächlich, und Sie wissen es selbst nicht – weil sie jung sind! Aber dennoch sollten gerade Sie keine Angst haben oder sich schämen, Ihre Schuld einzugestehen.«

»Ach, ich pfeife darauf!« flüsterte Raskolnikow geringschätzig und voll Abscheu, als wollte er am liebsten gar nichts mehr sagen. Er war abermals aufgestanden, als ob er sich wegzugehen anschickte, setzte sich dann jedoch wieder. Er war offensichtlich zutiefst verzweifelt.

»Sie pfeifen also darauf! Sie haben das Vertrauen verloren und glauben, ich schmeichelte Ihnen plump; aber sind Sie denn auch alt genug dazu? Verstehen Sie denn soviel davon? Da hat er sich eine Theorie ausgedacht und schämt sich jetzt, weil die Sache schiefging und das Ergebnis so wenig originell ausfiel! Das Ergebnis war gemein, doch Sie sind trotzdem kein hoffnungslos gemeiner Kerl! Nein, Sie sind nicht gemein, sind es nicht im mindesten! Jedenfalls haben Sie sich nicht allzulange etwas vorgemacht, sondern sind gleich bis zur äußersten Grenze gegangen. Wissen Sie, wofür ich Sie halte? Ich halte Sie für einen jener Menschen, denen man die Därme herausschneiden kann, und sie stehen da und schauen lächelnd auf ihre Peiniger – sofern sie nur ihren Glauben oder ihren Gott gefunden haben. Nun, Sie werden ihn finden, und Sie werden leben. Zudem brauchen Sie schon seit langem eine Luftveränderung. Und schließlich – auch das Leid ist etwas Gutes. Leiden Sie! Nikolka hat vielleicht recht, wenn er das anstrebt. Ich weiß, daß Sie mir nicht glauben wollen – aber tüfteln Sie nicht allzu klug herum; geben Sie sich dem Leben einfach hin, ohne nachzudenken; machen Sie sich keine Sorgen – Sie werden schon einmal ans Ufer gespült und auf die Beine gestellt werden. An welches Ufer? Woher soll ich das wissen? Ich glaube nur, daß Sie noch viel Leben vor sich haben. Ich bin überzeugt, daß Sie alle meine Worte jetzt als eingelernten Sermon auffassen; aber vielleicht werden Sie sich später ihrer entsinnen und sie einmal brauchen können; deshalb sage ich sie Ihnen. Es ist nur gut, daß Sie bloß das alte Weib umgebracht haben. Hätten Sie sich eine andere Theorie in den Kopf gesetzt, Sie wären sicher imstande gewesen, etwas hundertmillionenfach Abscheulicheres anzurichten! Sie können Gott dafür danken; und wissen Sie denn ... vielleicht spart Gott Sie für irgend etwas auf? Haben Sie ein großes Herz und fürchten Sie möglichst wenig! Sie ängstigen sich wohl vor dem großen Schritt, der Ihnen bevorsteht? Nein, das wäre wahrhaftig beschämend, wenn Sie da Angst hätten. Wenn man getan hat, was Sie getan haben, muß man stark sein können. Das verlangt die Gerechtigkeit. Erfüllen Sie, was die Gerechtigkeit erfordert. Ich weiß, daß Sie mir nicht glauben, aber bei Gott, das Leben wird Sie an Land werfen, und es wird Ihnen dann selbst lieb werden. Es fehlt Ihnen jetzt nur an Luft, an Luft, an Luft!«

Raskolnikow erschauerte geradezu.

»Wer sind Sie denn?« rief er. »Sind Sie etwa ein Prophet? Von der Höhe welch majestätischer Ruhe herab verkünden Sie mir diese überaus weisen Prophezeiungen?«

»Wer ich bin? Ich bin ein Mensch, der am Ende ist, sonst nichts. Ein Mensch, der vielleicht fühlt und mitfühlt, der vielleicht auch etwas weiß, der aber völlig am Ende ist. Doch Sie sind ein anderer Fall: Ihnen hält Gott das Leben noch bereit – allerdings, wer weiß das, vielleicht wird es auch bei Ihnen nur wie ein Hauch vergehen, und nichts wird daraus entstehen. Nun, und was ist dabei, wenn Sie in eine andere Menschenkategorie hinüberwechseln? Ihnen, der Sie ein so großes Herz haben, wird es doch um den Komfort nicht leid tun? Oder macht es Ihnen etwas aus, daß vielleicht lange

Zeit niemand Sie sehen wird? Nicht um die Zeit handelt es sich doch, sondern um Sie selbst! Werden Sie eine Sonne, und alle werden Sie sehen. Eine Sonne muß vor allem Sonne sein. Warum lächeln Sie schon wieder? Weil ich ein solcher Schiller bin? Ich möchte schwören, daß Sie glauben, ich wolle Ihnen jetzt schmeicheln! Nun, vielleicht schmeichle ich Ihnen wirklich, hehehe! Bitte, glauben Sie mir nicht wortwörtlich, Rodion Romanytsch, glauben Sie mir überhaupt niemals so ganz – das ist nun einmal so meine Art, ich gebe es zu; und eines will ich noch sagen: inwieweit ich niedrig bin und inwieweit ehrenhaft, das können Sie, scheint mir, selbst beurteilen!«

»Wann gedenken Sie mich zu verhaften?«

»Na, so anderthalb oder zwei Tage kann ich Sie noch umherlaufen lassen. Überlegen Sie gut, mein Teurer, beten Sie zu unserem Herrgott! Es ist vorteilhafter für Sie, weiß Gott vorteilhafter!«

»Und wenn ich fliehe?« fragte Raskolnikow mit einem seltsamen Lächeln.

»Nein, Sie fliehen nicht. Ein Bauer würde fliehen, ein moderner Sektierer würde fliehen – der Lakai eines fremden Gedankens, weil man ihm nur den kleinen Finger zu zeigen braucht, und er glaubt sein ganzes Leben lang, woran man will. Aber Sie selber glauben ja nicht mehr an Ihre Theorie – womit also könnten Sie fliehen? Und was hätten Sie von einer Flucht? Auf der Flucht zu leben ist abscheulich und schwer; Sie aber brauchen vor allem das Leben und eine bestimmte Stellung, eine entsprechende Luft – und hätten Sie dort Ihre Luft? Sie würden fliehen und freiwillig zurückkommen. *Ohne uns kommen Sie nicht aus.* Und wenn ich Sie hinter Schloß und Riegel setze, werden Sie einen Monat oder zwei oder meinethalben auch drei Monate sitzen und sich dann plötzlich meiner Worte erinnern und sich selbst anzeigen, vielleicht sogar, ohne daß Sie es erwartet hätten! Eine Stunde vorher werden Sie noch nicht wissen, daß Sie kommen werden, um zu gestehen. Ich bin sogar überzeugt, daß Sie gesonnen sind, ‚Ihr Leid auf sich zu nehmen'; jetzt glauben Sie mir nicht, aber Sie werden noch selber zu diesem Ergebnis gelangen. Denn das Leid ist etwas Großes, Rodion Romanytsch; nehmen Sie nicht Anstoß daran, daß ich dick bin und keine Not kenne, ich weiß das trotzdem; lachen Sie nicht darüber: im Leiden liegt eine Idee. Nikolka hat recht. Nein, Sie laufen nicht davon, Rodion Romanytsch.«

Raskolnikow erhob sich und nahm seine Mütze. Auch Porfirij Petrowitsch stand auf.

»Sie wollen einen Spaziergang machen? Der Abend wird schön; hoffentlich kommt kein Gewitter. Übrigens würde uns eine kleine Abkühlung auch ganz guttun.«

Er griff gleichfalls nach seiner Mütze.

»Setzen Sie sich aber bitte nicht in den Kopf, Porfirij Petrowitsch, daß ich Ihnen heute ein Geständnis abgelegt hätte«, sagte Raskolnikow streng und hartnäckig. »Sie sind ein merkwürdiger Mensch, und ich habe Ihnen nur aus Neugier zugehört. Gestanden habe ich Ihnen nichts ... merken Sie sich das.«

»Nun ja, ich weiß schon, ich werde es mir merken – siehe da, Sie zittern ja geradezu! Machen Sie sich keine Sorgen, mein Lieber, Sie sollen Ihren Willen haben. Gehen Sie ein wenig spazieren; allzu lange können Sie doch nicht mehr spazierengehen. Für alle Fälle habe ich jedoch noch eine kleine Bitte an Sie«, fügte er mit gesenkter Stimme hinzu. »Es ist eine heikle Bitte, aber sie ist wichtig: wenn Sie, das heißt für alle Fälle ... aber ich glaube selbst nicht daran und halte Sie für völlig unfähig dazu ... wenn Sie also – ich sage das nur für alle Fälle! – irgendwie im Verlauf dieser vierzig bis fünfzig Stunden Lust bekommen sollten, die Sache anders, auf irgendeine andere phantastische Art, abzuschließen oder Hand an sich zu legen – eine alberne Vermutung; aber Sie müssen mir das schon verzeihen –, dann hinterlassen Sie eine kurze, aber genaue Nachricht. Nur zwei Zeilen, nur zwei kurze Zeilen, und bezeichnen Sie auch den Stein – das würde vornehmer wirken. Nun also, auf Wiedersehen ... Ich wünsche Ihnen gute Gedanken und gutes Gelingen!«

Porfirij ging weg, gleichsam gebückt, und als vermiede er es, Raskolnikow anzusehen. Dieser stellte sich ans Fenster und wartete in ungeduldiger Gereiztheit so lange, bis nach seiner Berechnung der andere aus dem Haus getreten und schon ein Stück Weges gegangen sein mußte. Dann verließ auch er hastig sein Zimmer.

3

Er eilte zu Swidrigailow. Was er von diesem Menschen erwartete, wußte er selbst nicht. Aber Swidrigailow besaß irgendeine geheime Macht über ihn. Seit er sich dessen einmal bewußt geworden war, konnte er sich nicht mehr beruhigen, und außerdem war jetzt auch die Zeit dazu gekommen.

Unterwegs quälte ihn vor allem eine Frage: War Swidrigailow bei Porfirij gewesen?

Soweit er es beurteilen konnte, und er hätte einen Eid darauf geleistet, war Swidrigailow nicht bei ihm gewesen. Raskolnikow dachte immer wieder darüber nach, rief sich den Besuch Porfirijs in allen Einzelheiten in Erinnerung und überlegte hin und her. Nein, Swidrigailow war nicht bei ihm gewesen, natürlich nicht!

Aber wenn er bis jetzt nicht dort gewesen war, würde er dann noch zu Porfirij gehen oder nicht?

Vorläufig schien es ihm, als ob dieser Fall nicht eintreten würde. Warum? Er konnte sich das nicht erklären, aber selbst wenn er dazu in der Lage gewesen wäre, hätte er sich jetzt darüber nicht allzusehr den Kopf zerbrochen. All das quälte ihn, schien ihn aber gleichzeitig irgendwie nicht zu berühren. Es war sonderbar, und vielleicht hätte ihm das niemand geglaubt, aber über sein zukünftiges Schicksal machte er sich nur flüchtig und nur am Rande Sorgen. Etwas anderes peinigte ihn, etwas weit Wichtigeres, etwas Außerordentliches – etwas, das ihn selbst und niemanden anders betraf; das wurde zur Hauptsache für ihn und erhielt immer größere Bedeutung. Außerdem fühlte er sich moralisch ganz erschöpft, obgleich sein Verstand an diesem Vormittag besser arbeitete als in all den letzten Tagen.

Und lohnte es sich jetzt, nach allem, was gewesen war, überhaupt noch, all diese neuen, jämmerlichen Schwierigkeiten zu überwinden? Lohnte es sich zum Beispiel, irgendwelche Intrigen einzufädeln, damit Swidrigailow nicht zu Porfirij ginge; Swidrigailow zu studieren, ihn auszuforschen, an einen Menschen wie ihn Zeit zu vergeuden? Oh, wie satt er das alles hatte!

Trotzdem ging er zu Swidrigailow; erwartete er denn von ihm irgend etwas *Neues*, irgendeinen Hinweis, glaubte er, Swidrigailow könne ihm einen Ausweg zeigen? Ein Ertrinkender klammert sich an jeden Strohhalm! War es nicht das Schicksal, irgendein Instinkt, der sie zusammengeführt hatte? Doch vielleicht war es nur Müdigkeit und Verzweiflung gewesen; vielleicht brauchte er gar nicht Swidrigailow, sondern jemand anders, und Swidrigailow war eben nur als einziger zur Stelle? Sonja? Weshalb hätte er jetzt zu Sonja gehen sollen? Sollte er sie wieder um ihre Tränen bitten? Er fürchtete sich vor Sonja. Sonja bedeutete für ihn das unerbittliche Urteil, den unabänderlichen Entschluß. Hier gab es nur ihren Weg oder den seinen. Und gerade jetzt hätte er es nicht ertragen, sie zu sehen. Nein, war es nicht viel besser, Swidrigailow darüber auszuholen, was eigentlich los war? Und er mußte sich insgeheim eingestehen, daß er Swidrigailow tatsächlich schon seit langem für irgend etwas brauchte.

Doch was konnte es zwischen ihnen Gemeinsames geben? Nicht einmal ihre Verbrechen hätten von gleicher Art sein können. Swidrigailow war außerdem ein sehr unangenehmer Mensch, offenbar außerordentlich lasterhaft, unbedingt hinterlistig und ein Betrüger, und vielleicht war er sogar bösartig. Man erzählte sich allerlei über ihn. Freilich hatte er für Katerina Iwanownas Kinder gesorgt; aber wer konnte wissen, was dahintersteckte? Swidrigailow verfolgte unentwegt irgendwelche dunklen Absichten und Pläne.

Ein Gedanke beschäftigte Raskolnikow in den letzten Tagen immer wieder, und obwohl er sich die größte Mühe gab, ihn zu unterdrücken, beunruhigte und ängstigte er ihn im höchsten Maße. Und zwar war es folgende Überlegung: Swidrigailow hatte sich ständig in seiner, Raskolnikows, Nähe aufgehalten, und er tat das auch jetzt noch; Swidrigailow kannte sein, Raskolnikows, Geheimnis; Swidrigailow hatte

Dunja einst mit seinen Anträgen verfolgt. Und vielleicht hatte er auch jetzt noch Absichten auf sie? Man konnte diese Frage fast mit Sicherheit bejahen. War es da nicht möglich, daß er jetzt, nachdem er Raskolnikows Geheimnis entdeckt und so eine gewisse Macht über ihn gewonnen hatte – daß er diese seine Macht jetzt als Waffe gegen Dunja verwendete?

Dieser Gedanke verfolgte Raskolnikow bisweilen bis in den Schlaf, aber noch nie war er ihm mit so brennender Klarheit zu Bewußtsein gekommen wie jetzt, da er sich auf dem Wege zu Swidrigailow befand. Diese Vorstellung versetzte ihn in blinde Wut. Wenn seine Vermutung zutraf, dann änderte das seine ganze Lage, und er mußte unverzüglich Dunja sein Geheimnis offenbaren. Vielleicht mußte er sich sogar selbst stellen, um Dunjetschka von irgendeinem unvorsichtigen Schritt abzuhalten. Der Brief? Heute vormittag hatte Dunja einen Brief erhalten. Von wem konnte sie hier in Petersburg Briefe bekommen? Am Ende von Luschin? Freilich, Rasumichin paßte auf sie auf; doch Rasumichin wußte ja nichts. Vielleicht sollte er sich auch Rasumichin anvertrauen? Raskolnikow wies diese Möglichkeit voll Abscheu von sich.

Jedenfalls galt es, Swidrigailow möglichst rasch zu sprechen – zu diesem endgültigen Schluß war er mittlerweile gekommen. Gottlob waren, was das anging, die Einzelheiten nicht so wichtig wie vielmehr die Sache selbst; aber wenn er, wenn er es nur fertigbrachte ... Falls Swidrigailow irgend etwas gegen Dunja im Schilde führte, dann ...

Raskolnikow hatte die letzte Zeit, der ganze vergangene Monat, so erschöpft, daß er solche Fragen jetzt nicht mehr anders lösen konnte als durch den einzigen Entschluß: Dann bringe ich ihn um. Er faßte diesen Vorsatz in kalter Verzweiflung. Ein drückendes Gefühl preßte ihm das Herz zusammen; er blieb mitten auf der Straße stehen und sah sich um, wo er denn gehe und wohin er geraten sei. Er befand sich auf dem A.-Prospekt, etwa dreißig oder vierzig Schritt vom Heumarkt entfernt, den er bereits überquert hatte. Das ganze erste Stockwerk eines Hauses zu seiner linken Seite wurde von einem Gasthaus eingenommen. Alle Fenster standen weit offen; das Lokal mußte, nach den Gestalten zu schließen, die sich hinter den Fenstern bewegten, überfüllt sein. Im Saal wurden Lieder gesungen; eine Klarinette dudelte, es wurde Geige gespielt, und eine türkische Trommel dröhnte. Man hörte Frauen kreischen. Raskolnikow, verblüfft, daß er auf den A.-Prospekt gelangt war, wollte schon umkehren, als er plötzlich in einem der letzten offenen Fenster des Gasthauses Swidrigailow erkannte, der am Teetisch dicht beim Fenster saß, die Pfeife zwischen den Zähnen. Das erschütterte Raskolnikow und entsetzte ihn. Swidrigailow starrte ihn schweigend an und beobachtete ihn und schien, was Raskolnikow besonders befremdete, aufstehen zu wollen, um heimlich wegzugehen, ehe man ihn bemerkt hätte. Raskolnikow tat sofort so, als hätte er ihn gar nicht gesehen, und blickte nachdenklich zur Seite, doch beobachtete er ihn weiterhin aus den Augenwinkeln. Sein Herz klopfte unruhig. Es war wahrhaftig so: Swidrigailow wollte offenbar nicht, daß man ihn bemerke; er hatte die Pfeife aus dem Mund genommen und wollte sich zurückziehen, doch als er aufgestanden war und den Stuhl zurückgeschoben hatte, merkte er offenbar, daß Raskolnikow ihn entdeckt hatte und beobachtete. Zwischen den beiden spielte sich jetzt etwas ab, das ihrer ersten Begegnung in Raskolnikows Wohnung, als Rodion geschlafen hatte, glich. Ein verschmitztes Lächeln glitt über Swidrigailows Gesicht und zog es in die Breite. Beide wußten, daß sie einander sahen und beobachteten. Schließlich brach Swidrigailow in lautes Lachen aus.

»Nein, so etwas! Kommen Sie doch herauf, wenn Sie wollen; ich bin hier!« rief er vom Fenster herunter.

Raskolnikow stieg die Treppe hinauf.

Swidrigailow saß in einem sehr kleinen, einfenstrigen Hinterzimmer neben dem großen Saal, in dem an zwanzig kleinen Tischchen zu dem verzweifelten Geplärre eines Sängerchors eine Menge Gäste, Kaufleute, Beamte und andere, Tee tranken. Von irgendwo war der Anprall von Billardkugeln zu vernehmen. Auf Swidrigailows Tisch stand eine Flasche Champagner, daneben ein halbvolles Glas. Außer ihm waren noch ein kleiner Leierkastenjunge mit einer tragbaren Drehorgel im Zimmer und ein stämmiges, rotbackiges Mädchen in einem aufgeschürzten gestreiften Rock, einen Tirolerhut mit Bändern auf dem Kopf; sie war etwa achtzehn Jahre alt, eine Art Straßensängerin, und sang trotz dem Chor im Nebenzimmer zur Begleitung des kleinen Leierkastens in ziemlich heiserem Alt einen Gassenhauer.

»Na, Schluß jetzt!« unterbrach Swidrigailow das Mädchen, als Raskolnikow eintrat.

Sie hörte sogleich auf und blieb in ehrerbietiger Erwartung stehen. Auch ihren schmissigen Gassenhauer hatte sie mit einem sonderbar ernsten, respektvollen Gesichtsausdruck gesungen.

»He, Filipp, noch ein Glas!« rief Swidrigailow.

»Ich trinke keinen Wein«, erklärte Raskolnikow.

»Wie Sie wollen; ich habe das Glas auch nicht für Sie bestellt. Trink, Katja, heute brauche ich euch nicht mehr, geht jetzt!«

Er schenkte ihr das zweite Glas voll und gab ihr eine gelbe Banknote. Katja leerte das Glas auf einen Zug, aber so, wie Frauen Wein zu trinken pflegen: ohne abzusetzen, jedoch in etwa zwanzig kleinen Schlucken; dann nahm sie den Geldschein, küßte Swidrigailow die Hand, was er sich mit höchst ernster Miene gefallen ließ, und verließ das Zimmer, worauf sich auch der Knabe mit dem Leierkasten trollte. Man hatte sie beide von der Straße heraufgeholt. Swidrigailow war noch keine volle Woche in Petersburg, und doch stand alles in seiner Umgebung bereits irgendwie auf patriarchalischem Fuße mit ihm. Auch der Kellner Filipp war schon ein »Bekannter« von ihm und schwänzelte unablässig um ihn herum. Die Tür zum Saal wurde geschlossen; Swidrigailow war in diesem kleinen Zimmer wie zu Hause und verbrachte vielleicht ganze Tage dort. Das Gasthaus war schmutzig, schäbig und höchst drittrangig.

»Ich war auf dem Wege zu Ihnen; ich wollte Sie besuchen«, begann Raskolnikow, »und weiß gar nicht, weshalb ich vom Heumarkt plötzlich auf den A.-Prospekt abgebogen bin. Ich tue das nie und komme nie hierher. Vom Heumarkt biege ich immer nach rechts ab. Und auch der Weg zu Ihnen führt nicht hier vorüber. Doch kaum kam ich hier vorbei, saßen Sie da! Das ist seltsam!«

»Warum sagen Sie nicht geradeheraus: das ist ein Wunder?«

»Weil es vielleicht nur ein Zufall ist!«

»So sind diese Leute!« lachte Swidrigailow auf. »Selbst wenn sie im Innersten an ein Wunder glauben, geben sie es doch nie zu! Und dabei räumen Sie doch selbst ein, daß es ‚vielleicht' nur ein Zufall sei! Sie können sich gar nicht vorstellen, wie feige die Leute hier hinsichtlich ihrer eigenen Meinung sind, Rodion Romanytsch! Ich spreche natürlich nicht von Ihnen. Sie haben eine eigene Meinung, und Sie haben auch keine Angst davor, eine Meinung zu haben. Eben dadurch haben Sie ja auch meine Neugier erweckt.«

»Sonst durch nichts?«

»Das genügt doch!«

Swidrigailow war offensichtlich gehobener Stimmung, wenn auch nicht übermäßig angeregt; er hatte nicht mehr als ein halbes Glas Champagner getrunken.

»Mir scheint, Sie sind zu mir gekommen, noch ehe Sie erfahren hatten, daß ich fähig bin, das, was Sie eine eigene Meinung nennen, zu haben«, bemerkte Raskolnikow.

»Nun, damals war das etwas anderes. Jeder hat seine höchst persönlichen Methoden. Und was das Wunder betrifft, so muß ich Ihnen sagen, daß Sie die letzten zwei, drei Tage anscheinend verschlafen haben. Ich selbst habe Ihnen dieses Gasthaus angegeben, und es war kein Wunder dabei, daß Sie geradewegs hierherkamen; ich selbst habe Ihnen den Weg erklärt, habe Ihnen das Gasthaus beschrieben und die Stunde genannt, zu der man mich hier finden kann. Erinnern Sie sich?«

»Ich hatte es vergessen«, antwortete Raskolnikow erstaunt.

»Das glaube ich. Zweimal habe ich es Ihnen gesagt. Die Adresse hat sich anscheinend mechanisch Ihrem Gedächtnis eingeprägt. Sie bogen auch mechanisch hierher ab, schlugen aber genau den richtigen Weg ein, ohne es selbst zu wissen. Als ich Ihnen das damals sagte, hoffte ich gar nicht, daß Sie mich verstanden hätten. Sie verraten sich zu sehr, Rodion Romanytsch. Und noch etwas: ich bin überzeugt, daß in

Petersburg sehr viele Leute im Gehen mit sich selbst sprechen. Petersburg ist eine Stadt der Halbverrückten. Wenn wir mehr Sinn für die Wissenschaften hätten, könnten Ärzte, Juristen und Philosophen, jeder in seinem Fach, über Petersburg die wertvollsten Untersuchungen anstellen. Nur mit Mühe dürfte man einen andern Ort finden, wo die Menschenseele so vielen düsteren, schroffen und seltsamen Einflüssen preisgegeben ist wie hier in Petersburg. Was allein schon das Klima ausmacht! Dabei ist die Stadt das Verwaltungszentrum ganz Rußlands, und ihr Wesen muß sich in allem niederschlagen ... Doch darum handelt es sich jetzt nicht; es handelt sich vielmehr darum, daß ich Sie schon einige Male beobachtet habe. Sie verlassen Ihr Haus – da halten Sie den Kopf noch gerade. Nach zwanzig Schritt lassen Sie ihn schon hängen und legen die Hände auf den Rücken. Sie haben zwar die Augen offen, aber anscheinend sehen Sie weder vor sich noch neben sich irgend etwas. Schließlich bewegen Sie die Lippen und sprechen mit sich selbst, wobei Sie manchmal eine Hand freimachen und deklamieren, und schließlich bleiben Sie mitten auf der Straße für längere Zeit stehen. Das ist gar nicht gut, mein Lieber. Vielleicht könnte Sie außer mir auch sonst jemand beobachten, und das wäre keineswegs vorteilhaft für Sie. Mir kann das freilich gleichgültig sein, und ich will Sie auch gar nicht kurieren – aber Sie verstehen mich natürlich.«

»Und wissen Sie, daß man mich verfolgt?« fragte Raskolnikow und blickte ihn forschend an.

»Nein, davon weiß ich nichts«, erwiderte Swidrigailow. Er war offenbar erstaunt.

»Nun, dann lassen wir meine Person aus dem Spiel«, murmelte Raskolnikow mit finsterem Gesicht.

»Schön, lassen wir Sie aus dem Spiel.«

»Erklären Sie mir lieber folgendes: wenn Sie öfters hierherkommen, um zu trinken, und wenn Sie mir selbst zweimal gesagt haben, ich solle Sie hier aufsuchen, warum haben Sie sich dann jetzt versteckt, als ich von der Straße zu Ihrem Fenster aufsah, und warum wollten Sie weggehen? Ich habe das sehr genau bemerkt.«

»Hehe! Und warum haben Sie, als ich damals in Ihrer Zimmertür stand, mit geschlossenen Augen auf Ihrem Diwan gelegen und so getan, als ob Sie schliefen, obwohl Sie gar nicht schliefen? Ich habe das sehr genau bemerkt!«

»Ich kann ... meine ... Gründe gehabt haben ... Sie wissen das ja selbst.«

»Ich kann ebenfalls meine Gründe gehabt haben, wenn Sie sie auch nicht kennen.«

Raskolnikow setzte den rechten Ellbogen auf den Tisch, legte sein Kinn auf die Finger der rechten Hand und starrte Swidrigailow unverwandt an. Eine ganze Weile lang betrachtete er das Gesicht des anderen, das ihn auch schon früher immer stutzig gemacht hatte. Es war ein irgendwie merkwürdiges Gesicht und sah aus wie maskiert: weiß und rot, mit roten, tiefroten Lippen, einem hellblonden Bart und noch ziemlich dichtem blondem Haar. Die Augen wirkten irgendwie zu blau, und ihr Blick war bedrückend und starr. Etwas höchst Unangenehmes lag in diesem schönen und für Swidrigailows Jahre außerordentlich jugendlichen Gesicht. Swidrigailows Kleidung war elegant und sommerlich leicht; besonderen Wert legte er auf feine Wäsche. Am Finger trug er einen großen Ring mit einem kostbaren Stein.

»Ja, muß ich mich denn wirklich auch noch mit Ihnen herumschlagen?« sagte Raskolnikow plötzlich. Er konnte seine Ungeduld nicht länger bezwingen und ging zum offenen Angriff über. »Obgleich Sie vielleicht sehr gefährlich sind, wenn Sie einem schaden wollen, habe ich doch keine Lust mehr, länger Komödie vor Ihnen zu spielen. Ich werde Ihnen jetzt zeigen, daß ich nicht so großen Wert auf mich selbst lege, wie Sie wahrscheinlich annehmen. Hören Sie also: ich bin gekommen, um Ihnen unumwunden zu erklären, daß ich Sie umbringen werde – und zwar noch ehe Sie mich ins Gefängnis bringen könnten –, falls Sie noch immer Ihre früheren Absichten hinsichtlich meiner Schwester haben sollten und falls Sie zu diesem Zweck irgend etwas, das Ihnen in letzter Zeit bekannt geworden ist, auszunutzen gedächten. Ich gebe Ihnen mein Wort darauf, und Sie wissen, daß ich fähig bin, es zu halten. Und zweitens möche ich Ihnen sagen: sofern Sie mir etwas mitteilen wollen – und die ganze Zeit über schien es mir, als wollten Sie mir etwas sagen –, so tun Sie das möglichst rasch; denn die Zeit ist kostbar, und vielleicht wird es schon sehr bald zu spät dazu sein.«

»Ja, warum denn solche Eile?« fragte Swidrigailow, während er Raskolnikow neugierig musterte.

»Jeder hat eben seine höchst persönlichen Methoden«, erwiderte Raskolnikow mürrisch und ungeduldig.

»Sie selbst haben mich gerade aufgefordert, aufrichtig zu sein, und gleich auf die erste Frage verweigern Sie mir die Antwort«, bemerkte Swidrigailow lächelnd. »Ständig glauben Sie, ich verfolgte irgendwelche dunklen Absichten, und darum betrachten Sie mich mit solchem Mißtrauen. Nun ja, das ist in Ihrer Lage völlig verständlich. Aber sosehr ich mich mit Ihnen zu einigen wünsche, so wenig will ich doch die Mühe auf mich nehmen, Sie vom Gegenteil zu überzeugen. Bei Gott, das lohnte sich nicht, und zudem hatte ich gar nicht die Absicht, mit Ihnen über so spezielle Dinge zu sprechen.«

»Wozu brauchten Sie mich dann? Sie machten mir doch geradezu den Hof?«

»Einfach deshalb, weil Sie mich als Studienobjekt interessierten. Sie gefielen mir, weil ich Ihre Lage so phantastisch fand – das war's! Außerdem sind Sie der Bruder einer Person, die mich sehr interessiert hat, und schließlich habe ich von dieser Person selbst seinerzeit furchtbar viel über Sie gehört, woraus ich eben den Schluß zog, daß Sie großen Einfluß auf sie hätten; ist Ihnen das etwa zu wenig? Hehehe! Übrigens muß ich gestehen, daß Ihre Frage für mich sehr kompliziert ist und daß es mir schwerfällt, sie zu beantworten. So sind Sie doch jetzt zum Beispiel keineswegs wegen irgendeiner sachlichen Angelegenheit zu mir gekommen, sondern um etwas Neues zu erfahren? Ist's nicht so? Ist's nicht so?« beharrte Swidrigailow mit verschlagenem Lächeln auf seiner Frage. »Ja, und nun stellen Sie sich vor, daß ich gleichfalls, als ich hierherreiste, in der Eisenbahn, auf Sie rechnete; daß ich damit rechnete, auch Sie würden mir etwas *Neues* sagen, und es werde mir gelingen, bei Ihnen eine Anleihe zu machen! Da sehen Sie, wie reich wir sind!«

»Was für eine Anleihe wollten Sie denn machen?«

»Wie soll ich Ihnen das erklären? Weiß ich es denn? Sehen Sie, da sitze ich die ganze Zeit in einer solchen Spelunke, und das macht mir Freude, das heißt nicht gerade Freude, sondern ich sitze eben hier, weil man doch irgendwo sitzen muß. Und nehmen Sie etwa diese arme Katja ... Sie haben sie doch gesehen? ... Wenn ich wenigstens noch ein Freßsack wäre, ein Gourmet, der in seinem Klub ißt, aber schauen Sie doch, was ich hier essen kann!« Er deutete mit dem Finger in die Ecke, wo auf einem kleinen Tischchen in einer Blechschüssel die Reste eines abscheulichen Beefsteaks mit Kartoffeln standen. »Haben Sie übrigens schon gespeist? Ich habe ein paar Bissen gegessen und mag nichts mehr. Wein trinke ich zum Beispiel überhaupt nicht, höchstens Champagner, und auch von dem nur ein Glas am Abend, und schon das macht mir Kopfschmerzen. Ich habe ihn jetzt bloß bestellt, um mich aufzupulvern, weil ich etwas vorhabe, und Sie finden mich in einer ganz besonderen Stimmung. Deshalb habe ich mich vorhin auch wie ein Schuljunge versteckt; denn ich glaubte, Sie würden mich aufhalten; aber mir scheint« – er zog die Uhr –, »daß ich noch eine Stunde mit Ihnen hier sitzen kann; es ist erst halb fünf. Ob Sie mir glauben oder nicht: wenn ich wenigstens irgend etwas wäre ... wenn ich beispielsweise Gutsbesitzer wäre oder Vater oder Ulan oder Photograph oder Journalist ... aber nichts bin ich, nicht die geringsten Spezialkenntnisse kann ich aufweisen! Manchmal langweile ich mich geradezu. Freilich hatte ich angenommen, daß Sie mir etwas Neues sagen würden.«

»Wer sind Sie eigentlich und weshalb sind Sie nach Petersburg gekommen?«

»Wer ich bin? Sie wissen es doch: ein Adliger; zwei Jahre habe ich bei der Kavallerie gedient; dann trieb ich mich hier in Petersburg herum, später habe ich dann Marfa Petrowna geheiratet und auf dem Lande gelebt. Da hätten Sie meine Biographie!«

»Sie sind, scheint es, ein Spieler?«

»Nein, woher denn? Ein Falschspieler, kein Spieler!«

»Sie sind Falschspieler gewesen?«

»Ja, auch das.«

»Hat man Sie da manchmal verprügelt?«

»Das ist vorgekommen. Warum?«

»Nun, weil Sie da die Leute doch zum Duell hätten fordern können ... und weil es überhaupt auffrischt.«

»Ich möchte Ihnen nicht widersprechen, und außerdem bin ich kein Meister im Philosophieren. Ich will Ihnen gestehen, daß ich hauptsächlich der Frauen wegen nach Petersburg gekommen bin.«

»Nachdem Sie eben erst Marfa Petrowna beerdigt hatten?«

»Nun ja«, entgegnete Swidrigailow und lächelte mit bezwingender Offenheit. »Was ist dabei? Sie scheinen etwas Schlechtes daran zu finden, daß ich so von den Frauen spreche?«

»Das heißt, Sie fragen, ob ich am Laster etwas Schlechtes finde?«

»Am Laster? Darauf wollen Sie hinaus? Da muß ich Ihnen, was die Frauen angeht, zuerst einmal ganz im allgemeinen antworten; wissen Sie, ich bin gerade zum Schwatzen aufgelegt. Sagen Sie mir, weshalb sollte ich mich zurückhalten? Wozu die Frauen aufgeben, wenn ich so für sie schwärme? Es ist doch wenigstens eine Beschäftigung.«

»Sie sind also nur hierhergekommen, um sich dem Laster zu ergeben?«

»Nun, wenn Sie darauf bestehen, meinetwegen: um mich dem Laster zu ergeben! Das Laster liegt Ihnen wahrhaftig sehr am Herzen! Aber wenigstens liebe ich es, wenn man mit seiner Meinung nicht hinter dem Berge hält! In diesem Laster steckt zumindest etwas Beständiges, etwas, das sich auf die Natur gründet und nicht nur auf die Phantasie, etwas, das im Blut als ständig entfachte Glut wohnt, das ewig brennt und das man nicht so schnell, vielleicht nicht einmal im Alter, löschen kann. Geben Sie es doch zu: ist es nicht in seiner Weise eine Art Beschäftigung?«

»Ist das ein Anlaß, sich zu freuen? Das ist eine Krankheit, noch dazu eine gefährliche.«

»Ach, da schießen Sie über das Ziel hinaus! Ich räume ein, daß es eine Krankheit ist, wie alles, was ein bestimmtes Maß überschreitet – und in diesem Fall muß das Maß unbedingt überschritten werden –, aber erstens ist das bei dem einen so und bei dem andern anders, und zweitens soll man natürlich in allem Maß halten; und wenngleich es scheußlich ist, gerade hier Berechnungen anzustellen, was kann man denn machen? Wäre dem nicht so, man müßte sich sofort erschießen. Ich gebe zu, daß sich ein anständiger Mensch langweilen muß, daß es seine Pflicht ist, sich zu langweilen, aber schließlich ...«

»Und Sie brächten es fertig, sich zu erschießen?«

»Ach, hören Sie auf!« parierte Swidrigailow angeekelt. »Tun Sie mir den Gefallen und sprechen Sie nicht davon«, sagte er dann hastig und ohne jenen selbstgefälligen, großtuerischen Unterton, der sich in allen seinen bisherigen Reden geäußert hatte. Selbst sein Gesicht schien plötzlich anders geworden zu sein. »Ich gestehe, das ist eine unverzeihliche Schwäche von mir, aber was soll ich dagegen tun? Ich fürchte den Tod und habe es nicht gern, wenn man von ihm spricht. Wissen Sie, ich bin irgendwo ein Mystiker.«

»Ah! Das Gespenst Marfa Petrownas? Erscheint sie Ihnen noch immer?«

»Erinnern Sie mich nicht daran; in Petersburg ist sie mir noch nicht erschienen, hol sie der Teufel!« rief Swidrigailow gereizt. »Nein, sprechen wir lieber von diesem ... übrigens ... hm! Ich habe leider wenig Zeit, ich kann nicht lange mit Ihnen beisammen bleiben, und das ist schade! Ich hätte Ihnen etwas mitzuteilen.«

»Was haben Sie denn vor? Eine Frau?«

»Ja, eine Frau, ein ganz unerwarteter Zufall ... aber das meine ich nicht!«

»Und wie abscheulich das alles ist, das berührt Sie schon gar nicht mehr, wie? Haben Sie schon die Kraft verloren, dem zu widerstehen?«

»Aber Sie haben diese Kraft? Hehehe! Sie haben mich soeben in Erstaunen gesetzt, Rodion Romanytsch, obgleich ich im voraus wußte, daß es so kommen würde. Sie sprechen zu mir von Laster und von Ästhetik! Sie Schiller, Sie Idealist! Das alles muß natürlich so sein, und es wäre erstaunlich, wenn es anders wäre, aber immerhin kommt es einem trotzdem merkwürdig vor, wenn einem so etwas in Wirklichkeit begegnet ... Ach, wie schade, daß ich so wenig Zeit habe; denn Sie sind tatsächlich ein überaus interessanter Mensch! Lieben Sie übrigens Schiller? Ich liebe ihn ungemein.«

»Was für ein überheblicher Schwätzer Sie sind!« entgegnete Raskolnikow angewidert.

»Nun, bei Gott, das bin ich nicht!« antwortete Swidrigailow lachend. »Übrigens will ich mit Ihnen nicht streiten und bin meinetwegen ein überheblicher Schwätzer; aber warum soll man nicht große Reden führen, wenn es niemandem schadet? Sieben Jahre habe ich bei Marfa Petrowna auf dem Lande gelebt, und wenn ich jetzt auf einen klugen Menschen wie Sie stoße – auf einen klugen und höchst interessanten Menschen –, dann freue ich mich einfach darüber, schwatzen zu können; außerdem habe ich schon dieses halbe Glas Wein getrunken; das ist mir ein klein wenig zu Kopfe gestiegen. Aber vor allem gibt es da eine Sache, die mich sehr angeregt hat, über die ich aber ... schweigen werde. Wohin wollen Sie denn?« fragte Swidrigailow plötzlich erschrocken.

Raskolnikow war aufgestanden. Er fühlte sich bedrückt und beengt, und es war ihm irgendwie peinlich, hierhergekommen zu sein. Er hielt Swidrigailow nachgerade für den ödesten und belanglosesten Halunken der Welt.

»Ach, ach! Bleiben Sie doch sitzen, gehen Sie noch nicht«, bat Swidrigailow, »und bestellen Sie sich wenigstens Tee. Na, bleiben Sie sitzen, ich werde keinen Unsinn mehr schwatzen, das heißt, ich werde nichts mehr über mich sagen. Ich will Ihnen etwas erzählen. Wenn Sie mögen, erzähle ich Ihnen, wie mich eine Frau, um in Ihrem Stil zu sprechen, ‚retten' wollte. Das wäre sogar eine Antwort auf Ihre erste Frage, denn diese Frau war Ihre Schwester. Darf ich es erzählen? Wir bringen damit wenigstens die Zeit herum.«

»Erzählen Sie, aber ich hoffe, daß Sie ...«

»Oh, seien Sie unbesorgt! Außerdem kann Awdotja Romanowna einem so abscheulichen, nichtswürdigen Menschen wie mir nur tiefsten Respekt einflößen.«

4

»Sie wissen vielleicht – übrigens habe ich Ihnen das selbst erzählt«, fuhr Swidrigailow fort –, »daß ich hier im Schuldgefängnis gesessen habe, wegen eines sehr hohen Betrages und ohne die geringsten Mittel, diese Schuld begleichen zu können. Es ist unnötig, im einzelnen zu berichten, wie Marfa Petrowna mich damals losgekauft hat; Sie wissen ja, bis zu welchem Grad von Blindheit eine Frau unter Umständen zu lieben vermag.

Marfa Petrowna war eine ehrenhafte Frau und keineswegs dumm, allerdings war sie völlig ungebildet. Nun stellen Sie sich vor, daß diese eifersüchtige, ehrenhafte Frau sich nach vielen entsetzlichen Wutanfällen und Vorwürfen zu einer Art Kontrakt mit mir herbeiließ und ihn während der ganzen Dauer unserer Ehe auch einhielt. Die Sache war die, daß sie weit älter war als ich und außerdem ständig Gewürznelken kaute. Ich war gemein, aber andererseits auch ehrlich genug, um ihr geradeheraus zu erklären, daß ich ihr nicht ganz treu bleiben könne. Dieses Geständnis versetzte sie in Wut, aber meine brutale Aufrichtigkeit schien ihr gewissermaßen zu gefallen. Also will er mich gar nicht betrügen, wenn er das selbst im voraus ankündigt, wird sie sich wohl gedacht haben, nun, und für eine eifersüchtige Frau ist das ja das Wichtigste. Nach vielen Tränen einigten wir uns endlich auf folgenden mündlichen Vertrag: erstens durfte ich Marfa Petrowna niemals verlassen und mußte für immer ihr Gatte bleiben; zweitens durfte ich ohne ihre Erlaubnis nicht wegfahren; drittens durfte ich mir keine ständige Geliebte anschaffen; viertens gestattete mir Marfa Petrowna dafür, daß ich mir gelegentlich eines von den Stubenmädchen aussuchte, aber nur mit ihrem geheimen Einverständnis; fünftens durfte ich mich nicht in eine Frau unseres Standes verlieben, Gott bewahre; sechstens mußte ich für den Fall, daß mich – was der Herr verhüten mochte! – irgendeine große, ernste Leidenschaft packte, versprechen, es Marfa Petrowna zu offenbaren ... Was den letzten Punkt betraf, so fühlte sich Marfa Petrowna übrigens während der ganzen Zeit ziemlich beruhigt; sie war eine kluge Frau und konnte mich folglich nur für einen lasterhaften, liederlichen Menschen halten, der nicht imstande war, ernsthaft zu lieben. Aber eine kluge Frau und eine eifersüchtige Frau sind zwei verschiedene Dinge, und das war unser ganzer Jammer. Übrigens muß man, wenn man leidenschaftslos über manche Menschen urteilen will, im voraus auf gewisse vorgefaßte Meinungen und auf die Gewöhnung an Leute und Gegenstände, die uns Tag für Tag umgeben, verzichten. Ich habe das Recht, Ihrem Urteil mehr zu vertrauen als dem irgendeines anderen Menschen. Ihnen ist vielleicht schon sehr viel Komisches und Albernes über Marfa Petrowna zu Ohren gekommen – und sie hatte wirklich einige höchst lächerliche Angewohnheiten –; aber ich will Ihnen ganz offen sagen, daß ich ihre zahllosen Kümmernisse, deren Ursache ich war, aufrichtig bedauere. Nun, das dürfte für eine anständige oraison funèbre, die ein überaus zärtlicher Mann seiner überaus zärtlichen Frau hält, genügen. Wenn wir stritten, schwieg ich zumeist und ärgerte mich nicht, und dieses Gentleman-Getue brachte mich fast immer ans Ziel; es machte Eindruck auf sie und gefiel ihr sogar; es gab Fälle, da sie auf mich geradezu stolz war. Aber Ihre Schwester war zuviel für sie. Wie hatte es nur dazu kommen können, daß sie eine so auffallende Schönheit als Gouvernante ins Haus zu nehmen wagte? Ich kann es mir nur so erklären, daß sich Marfa Petrowna, die eine leidenschaftliche, leicht zu beeindruckende Frau war, einfach in Ihre Schwester verliebte – buchstäblich verliebte. Nun ja, Awdotja Romanowna! Ich erkannte schon auf den ersten Blick, daß die Sache schiefgehen würde, und – was meinen Sie wohl? – ich beschloß sofort, sie überhaupt nicht anzusehen. Aber Awdotja Romanowna tat selbst den ersten Schritt, ob Sie es glauben oder nicht. Und auch das können Sie mir glauben oder nicht: Marfa Petrowna ging so weit, daß sie anfangs sogar böse auf mich war, weil ich über Ihre Schwester nie ein Wort verlor und weil ich auf ihre ständigen verliebten Äußerungen über Awdotja Romanowna überhaupt nicht einging. Ich verstehe selbst nicht, was sie eigentlich wollte! Natürlich erzählte sie Awdotja Romanowna bis in die kleinsten Einzelheiten alles über mich; sie hatte die unglückliche Neigung, alle unsere Familiengeheimnisse vor jedem Menschen auszukramen und sich bei jedermann unaufhörlich über mich zu beschweren – wie hätte sie da eine so neue, herrliche Freundin übergehen können? Ich vermute, daß die beiden keinen anderen Gesprächsstoff hatten als mich, und ganz gewiß kannte Awdotja Romanowna alle die düsteren, geheimnisvollen Märchen, die über mich in Umlauf sind ... Ich möchte wetten, daß auch Sie von solchen Dingen gehört haben?«

»Ja, Luschin beschuldigte Sie sogar, Sie sollen am Tod eines Kindes schuld gewesen sein. Ist das wahr?«

»Tun Sie mir den Gefallen und verschonen Sie mich mit diesen Albernheiten«, wehrte Swidrigailow angeekelt und mürrisch ab. »Wenn Sie diesen ganzen Unsinn hören wollen, erzähle ich Ihnen ein andermal davon; jetzt ...«

„Man berichtete auch von einem Ihrer Diener auf dem Lande ... daß Sie da gleichfalls an irgend etwas schuld seien.«

»Bitte, Schluß damit!« unterbrach ihn Swidrigailow abermals mit deutlicher Ungeduld.

»War das nicht jener Diener, der nach seinem Tode zu Ihnen kam, um Ihnen die Pfeife zu stopfen? Sie haben mir das doch selbst erzählt«, fragte Raskolnikow, dessen Gereiztheit immer größer wurde.

Swidrigailow sah Raskolnikow aufmerksam an, und es kam diesem vor, als funkelte in den Augen des anderen jäh wie ein Blitz ein tückisches Lächeln auf; aber Swidrigailow bezwang sich und antwortete sehr höflich: »Es war derselbe. Ich merke, daß das alles auch Sie außerordentlich interessiert, und ich werde es für meine Pflicht halten, Ihre Wißbegier bei der ersten passenden Gelegenheit in allen Punkten zu befriedigen. Hol's der Teufel, ich sehe, daß man mich ab und zu wirklich für eine romantische Persönlichkeit hält. Beurteilen Sie nun selbst, bis zu welchem Grade ich nach all dem der gottseligen Marfa Petrowna dafür dankbar sein muß, daß sie Ihrer Schwester soviel Geheimnisvolles und Interessantes über mich mitgeteilt hat! Was für einen Eindruck das auf sie gemacht hat, das wage ich nicht zu entscheiden, doch jedenfalls war es für mich günstig. Bei allem natürlichen

Abscheu, den Awdotja Romanowna vor mir hegte, und trotz meiner ständig finsteren, abweisenden Miene begann sie endlich Mitleid mit mir zu bekommen, jenes Mitleid, das man mit einem verlorenen Menschen hat. Und wenn das Herz eines Mädchens *Mitleid* empfindet, ist das selbstverständlich für sie das Allergefährlichste. Da möchte sie einen dann unbedingt ‚retten', zur Vernunft bringen, zu neuem Leben erwecken, zu edleren Zielen begeistern, zu einem neuen Leben und Wirken anspornen – nun, man weiß ja, wie derartige Träume aussehen. Ich erkannte sofort, daß der Vogel von selbst ins Netz fliegen würde, und machte mich meinerseits bereit. Mir scheint, Sie runzeln die Stirn, Rodion Romanytsch, aber Sie haben keinen Grund dazu; wie Sie wissen, war das Ganze nur eine Bagatelle. – Hol's der Teufel, wieviel Wein ich trinke! – Wissen Sie, ich bedauerte immer, gleich von Anfang an, daß das Schicksal Ihre Schwester nicht im zweiten oder dritten Jahrhundert unserer Zeitrechnung zur Welt kommen ließ, irgendwo als Tochter eines regierenden Fürsten oder Statthalters oder Prokonsuls in Kleinasien. Ohne Zweifel wäre sie eine von jenen Frauen gewesen, die den Märtyrertod erduldeten, und sie hätte natürlich gelächelt, wenn man ihr die Brust mit glühenden Zangen verbrannt hätte. Sie hätte dieses Schicksal absichtlich auf sich genommen, und im vierten oder fünften Jahrhundert wäre sie in die ägyptische Wüste gezogen und hätte dort dreißig Jahre gelebt und sich von Wurzeln, Ekstasen und Visionen genährt. Sie sehnt sich ja nur nach einem: für irgend jemanden möglichst schnell irgendeine Qual auf sich zu nehmen; wenn man ihr diese Qual vorenthält, springt sie einmal vielleicht noch zum Fenster hinaus. Ich habe etwas von einem gewissen Herrn Rasumichin erzählen hören. Er soll ein vernünftiger Bursche sein – worauf auch sein Name hinweist; offenbar stammt er aus einer Seminaristenfamilie; nun, mag er auf Ihre Schwester nur aufpassen! Mit einem Wort, es scheint, daß ich Awdotja Romanowna durchschaut habe, was ich mir zur Ehre anrechne. Doch damals ... Zu Beginn einer Bekanntschaft ist man ja immer, wie Sie wissen, ziemlich leichtfertig und dumm; man betrachtet die Dinge falsch und sieht nichts richtig. Hol's der

Teufel, weshalb ist sie auch so schön? Ich bin nicht schuld! Mit einem Wort: bei mir begann die Geschichte damit, daß ich sie leidenschaftlich begehrte und das nicht zu unterdrükken vermochte. Awdotja Romanowna aber ist schrecklich keusch, wie man es noch nicht gehört und gesehen hat. – Merken Sie es sich, ich teile Ihnen das von Ihrer Schwester als Tatsache mit. Sie ist vielleicht krankhaft keusch, trotz aller Klugheit, und das wird ihr schaden. – Damals hatten wir eine Magd namens Parascha, die schwarzäugige Parascha – wir hatten sie eben erst aus einem anderen Dorf bekommen –, ein Stubenmädchen, das ich vorher noch nie gesehen hatte: sehr hübsch, aber unwahrscheinlich dumm. Sie brach sofort in Tränen aus, erhob ein Geschrei, daß das ganze Haus davon widerhallte, und so gab es einen Skandal. Einmal nach Tisch suchte mich Awdotja Romanowna auf, als ich allein in einer Allee unseres Gartens spazierenging, und *forderte* mit blitzenden Augen von mir, ich solle die arme Parascha in Ruhe lassen. Das war vielleicht das erste Gespräch, das wir unter vier Augen führten. Ich hielt es selbstverständlich für eine Ehre, ihrem Wunsch nachzukommen, stellte mich besiegt und verwirrt – mit einem Wort, ich spielte meine Rolle nicht schlecht. Jetzt traten wir in nähere Beziehungen, es gab geheimnisvolle Gespräche, erbauliche Predigten, Belehrungen, Bitten, flehentliche Bitten, sogar Tränen – ob Sie mir glauben oder nicht, sogar Tränen! Da sehen Sie, wie weit bei manchen Mädchen die Leidenschaft geht, andere zu bekehren! Ich schob natürlich alles auf mein Schicksal, tat so, als sehnte ich mich voll Gier nach dem Licht, und wandte schließlich das stärkste und sicherste Mittel an, mit dem man ein Frauenherz bezwingen kann, ein Mittel, das niemals und bei niemandem versagt und das auf alle Frauen ohne jede Ausnahme wirkt. Es ist ein bekanntes Mittel: die Schmeichelei. Es gibt nichts Schwierigeres auf der Welt, als aufrichtig zu sein, und nichts ist leichter, als zu schmeicheln. Wenn die Aufrichtigkeit auch nur um einen Hundertstelton falsch ist, ergibt sich sofort eine grelle Dissonanz, der ein Skandal folgt. Bei der Schmeichelei mag jedoch alles bis zur letzten Note falsch sein, sie ist immer noch angenehm, und man hört sie nicht ohne Vergnügen – zwar mit einem primitiven Vergnügen, aber dennoch mit Vergnügen. Und so plump die Schmeichelei auch sein mag, man nimmt zumindest doch die Hälfte für bare Münze. Das gilt für alle Stufen der Entwicklung und für alle Schichten der Gesellschaft. Sogar eine Vestalin kann man mit Schmeicheleien verführen, von gewöhnlichen Menschen ganz zu schweigen. Ich kann nicht, ohne zu lachen, daran zurückdenken, wie ich einmal eine Dame verführte, die ihrem Gatten, ihren Kindern und ihren Tugenden völlig ergeben war. Wie vergnüglich das war, und wie wenig Arbeit es kostete! Dabei war diese Dame wirklich tugendhaft, wenigstens auf ihre Art. Meine ganze Taktik bestand darin, daß ich einfach jeden Augenblick von ihrer Tugend überwältigt war und mich vor dieser Tugend bis zur Erde neigte. Ich schmeichelte ihr gottlos, und sobald ich einen Händedruck oder einen Blick erhascht hatte, machte ich mir Vorwürfe, ich hätte ihr das mit Gewalt abgerungen; sie hätte sich widersetzt, sie hätte sich so sehr widersetzt, daß ich ganz gewiß niemals irgend etwas erreicht hätte, wäre ich nicht so lasterhaft; sie hätte in ihrer Unschuld meine Hinterlist nicht durchschaut und nachgegeben, ohne es zu wollen, ohne es zu wissen, ohne auch nur eine Ahnung davon zu haben, und so weiter und so fort. Mit einem Wort, ich erreichte alles, und meine Dame war im höchsten Maße davon überzeugt, unschuldig und keusch zu sein, alle ihre Pflichten und Obliegenheiten zu erfüllen und völlig unversehens zum Opfer geworden zu sein. Und wie böse sie auf mich war, als ich ihr schließlich und endlich erklärte, daß sie nach meiner festen Überzeugung den Genuß genauso gesucht habe wie ich! Auch die arme Marfa Petrowna war für Schmeicheleien sehr empfänglich, und hätte ich es darauf angelegt, sie hätte mir ihr ganzes Gut noch bei Lebzeiten überschrieben. – Übrigens trinke ich viel zuviel Wein und schwatze zuviel. – Sie sind mir hoffentlich nicht böse, wenn ich jetzt erwähne, daß sich mit der Zeit die gleiche Wirkung auch bei Awdotja Romanowna einstellte. Aber ich war dumm und ungeduldig und verdarb damit alles. Ihrer Schwester hatte schon früher – und bei einer Gelegenheit ganz besonders – der Ausdruck meiner

Augen sehr mißfallen, glauben Sie das? Kurz und gut, in meinen Augen flammte immer heftiger und unvorsichtiger ein gewisses Feuer auf, das sie ängstigte und ihr schließlich ganz verhaßt wurde. Es hat keinen Sinn, sich in Einzelheiten zu verlieren, jedenfalls kamen wir auseinander. Da beging ich eine zweite Dummheit. Ich fing auf die gröbste Art über all diese Moralpredigten und Bekehrungsversuche zu spotten an; Parascha erschien wieder auf der Bildfläche, und nicht nur sie allein – es war ein richtiges Sodom. Ach, Rodion Romanytsch, wenn Sie nur ein einziges Mal im Leben gesehen hätten, wie die Augen Ihrer lieben Schwester manchmal funkeln können! Es hat nichts zu sagen, daß ich jetzt angeheitert bin und schon ein ganzes Glas Wein getrunken habe, ich spreche trotzdem die Wahrheit; ich versichere Ihnen, daß ich von diesem Blick träumte; das Rascheln ihres Kleides konnte ich schließlich nicht mehr ertragen. Wahrhaftig, ich glaubte, ich würde die Fallsucht bekommen; nie hatte ich mir vorgestellt, daß ich einer solchen Raserei fähig sein könnte. Mit einem Wort, ich mußte mich unbedingt, unbedingt mit ihr versöhnen; aber das war nicht mehr möglich. Und stellen Sie sich nur vor, was ich damals getan habe! Wie weit kann doch die Raserei einen Menschen abstumpfen! Unternehmen Sie niemals etwas in der Raserei, Rodion Romanytsch! Ich überlegte mir, daß Awdotja Romanowna eigentlich eine Bettlerin war – ach, verzeihen Sie, ich wollte nicht ... aber ist es nicht ganz gleichgültig, wie man einen Begriff umschreibt? –, also daß sie von ihrer Hände Arbeit lebte, daß sie ihre Mutter erhalten mußte und auch Sie ... ach, zum Teufel, schon wieder runzeln Sie die Stirn ... und so beschloß ich, ihr all mein Geld anzubieten – ich konnte damals an die dreißigtausend flüssig machen –, wenn sie mit mir wenigstens hierher nach Petersburg fliehen wollte. Selbstverständlich hätte ich ihr dann ewige Liebe und Wonne und so weiter und so weiter geschworen. Glauben Sie mir, ich hatte mich damals so sehr verrannt, daß ich, hätte sie zu mir gesagt: Ersticht oder vergifte Marfa Petrowna und heirate mich – daß ich das augenblicklich getan hätte. Doch das Ganze endete mit der Ihnen schon bekannten Katastrophe, und Sie werden mir nachfühlen können, in welche Wut ich geriet, als ich erfuhr, daß Marfa Petrowna damals diese höchst einfältige Schreiberseele hervorgeholt und beinahe eine Ehe zwischen den beiden zustande gebracht hatte – was letztlich haargenau das gleiche gewesen wäre wie das, was ich ihr vorgeschlagen hatte. Ist's nicht so? Ist's nicht so? Ich habe doch recht? Ich stelle fest, daß Sie mir inzwischen sehr aufmerksam zuhören ... Sie interessanter junger Mann ...«

Voll Ungeduld schlug Swidrigailow mit der Faust auf den Tisch. Er war krebsrot im Gesicht. Raskolnikow merkte deutlich, daß das eine Glas oder die anderthalb Gläser, die Swidrigailow mit unmerklichen Schlucken allmählich getrunken hatte, ihn in krankhafter Weise verändert hatten, und beschloß, die Gelegenheit auszunutzen. Swidrigailow war ihm sehr verdächtig.

»Nun, nach all dem bin ich völlig davon überzeugt, daß Sie nur meiner Schwester wegen hierhergereist sind«, sagte er geradeheraus und ohne jedes weitere Versteckspiel, um Swidrigailow noch mehr zu reizen.

»Ach, lassen Sie das«, rief Swidrigailow plötzlich, als käme er zur Besinnung. »Ich habe Ihnen doch gesagt ... und außerdem kann Ihre Schwester mich nicht ausstehen.«

»Davon bin ich fest überzeugt, daß sie Sie nicht ausstehen kann, aber darum geht es jetzt gar nicht.«

»Sie sind also davon überzeugt?« Swidrigailow kniff die Augen zusammen und lächelte spöttisch. »Sie haben recht, sie liebt mich nicht; aber verbürgen Sie sich niemals für Dinge, die sich zwischen Mann und Frau oder zwischen Liebhaber und Geliebter abspielen. Da gibt es immer ein Winkelchen, das der ganzen Welt unbekannt bleibt und von dem nur die beiden etwas wissen. Sie verbürgen sich also dafür, daß Awdotja Romanowna mich verabscheut?«

»An einigen Worten und Andeutungen, die Sie während Ihrer Erzählung fallen ließen, habe ich erkannt, daß Sie nach wie vor Ihre eigenen Absichten im Hinblick auf Dunja verfolgen ... selbstverständlich schmutzige Absichten. Sie haben Ihre Pläne nicht aufgegeben.«

»Wie? Mir wären solche Worte und Andeutungen entschlüpft?« entsetzte sich Swidrigailow mit einemmal naiv, ohne dem Epitheton, das seinen Absichten beigelegt worden war, auch nur die geringste Beachtung zu schenken.

»Ja, und sie entschlüpfen Ihnen auch jetzt. Wovor haben Sie zum Beispiel solche Angst? Warum sind Sie jetzt so plötzlich erschrocken?«

»Ich hätte Angst, und ich wäre erschrocken? Erschrocken vor Ihnen? Eher müßten Sie mich fürchten, cher ami. Ach, was ist das für ein Unsinn ... Übrigens bin ich betrunken; das merke ich ... beinahe hätte ich wieder Dinge gesagt, die ich nicht sagen will. Zum Teufel mit dem Wein! He, Wasser!«

Er nahm die Flasche und warf sie ohne viel Umstände durchs Fenster. Filipp brachte Wasser.

»Das ist alles Unsinn«, wiederholte Swidrigailow, während er ein Tuch feucht machte und es sich auf den Kopf legte; »ich kann Sie mit einem einzigen Wort beruhigen und alle Ihre Verdächtigungen gegenstandslos machen. Wissen Sie zum Beispiel, daß ich heiraten werde?«

»Sie haben mir das schon einmal gesagt!«

»So? Das hatte ich ganz vergessen. Doch damals konnte ich noch nichts Positives sagen, weil ich meine Braut noch nicht einmal gesehen hatte; ich hatte nur die Absicht, zu heiraten. Aber inzwischen habe ich sogar schon eine Braut, und die Sache ist abgemacht; und wenn ich nicht unaufschiebbare Geschäfte zu erledigen hätte, würde ich Sie ganz gewiß jetzt zu den Leuten mitnehmen; denn ich möchte Ihren Rat erbitten. Ach, zum Teufel! Es bleiben mir höchstens noch zehn Minuten. Da, schauen Sie auf die Uhr; übrigens will ich es Ihnen erzählen, weil es eine interessante Sache ist, meine Heirat meine ich ... das heißt, in ihrer Art interessant – wohin wollen Sie denn? Wollen Sie schon wieder weg?«

»Nein, jetzt gehe ich nicht mehr weg.«

»Überhaupt nicht mehr weg? Wir werden ja sehen! Ich will Sie dorthin mitnehmen, das ist wahr, um Ihnen meine Braut zu zeigen, aber nur nicht jetzt; denn jetzt ist Ihre Zeit bald um. Sie gehen dann nach rechts, ich nach links. Kennen Sie diese Röslich? Madame Röslich, bei der ich wohne? Wie? Hören Sie? Nein, wo denken Sie denn hin, das ist jene Frau, von der man sich erzählt, daß dieses Mädchen ... im Wasser ... im Winter ... hören Sie zu? Hören Sie zu? Nun, die hat mir das also eingefädelt ... ‚Du langweilst dich so', sagte sie, ‚zerstreue dich eine Zeitlang.' Ich bin tatsächlich ein mürrischer, langweiliger Mensch. Sie meinen, ich sei fröhlich? Nein, ich bin mürrisch; ich füge niemandem Schaden zu und sitze in der Ecke; manchmal rede ich drei Tage lang nicht. Diese Röslich ist jedoch ein schlaues Weib, das kann ich Ihnen versichern; sie hat sich das so gedacht: Ich werde mich langweilen, verlasse meine Gattin und fahre weg, und die Frau bleibt in ihren Händen zurück, so daß sie, die Röslich, sie verschachern kann, in unseren Kreisen und noch höher hinauf. ‚Da gibt es einen gelähmten Vater', sagte sie also zu mir, ‚einen Beamten im Ruhestand; er sitzt in seinem Lehnsessel und kann schon das dritte Jahr die Beine nicht bewegen. Es ist auch eine Mutter da', sagte sie, ‚eine vernünftige Frau, diese Mama. Der Sohn dient irgendwo in der Provinz und kann ihnen nicht helfen. Die eine Tochter hat geheiratet und kommt nicht auf Besuch, und sie haben zwei kleine Neffen auf dem Halse' – als ob sie nicht genug eigene Sorgen hätten! –, ‚und da haben sie die jüngste Tochter vor Beendigung ihrer Studien aus dem Gymnasium genommen; in einem Monat wird sie sechzehn Jahre alt, also kann man sie in einem Monat verheiraten.' Mit mir nämlich. Wir fuhren also hin; es war sehr komisch bei diesen Leuten. Ich stelle mich vor, als Gutsbesitzer und Witwer, aus guter Familie, mit diesen und jenen Verbindungen und mit Kapital – nun, und was macht es da aus, daß ich schon fünfzig bin, sie aber noch nicht einmal sechzehn? Wer wird denn auf so etwas sehen? Nun, es ist doch verlockend, wie? Nicht wahr, es ist verlockend, haha! Sie hätten nur sehen sollen, wie ich mit dem lieben Papa und der lieben Mama ins Gespräch kam! Man hätte bezahlen müssen, einzig dafür, mich damals sehen zu können. Dann kam das Mädchen herein, knickste – können Sie sich das vorstellen: noch im kurzen Kleidchen, eine geschlossene Knospe; sie wurde rot, erglühte wie die Morgenröte ... natürlich hatten sie es ihr gesagt. Ich weiß nicht, wie Sie über Frauengesichter denken, aber meiner Ansicht nach sind diese sechzehn Jahre, diese noch kindlichen Augen, diese Schüchternheit und diese Tränen der Verschämtheit – meiner Ansicht nach ist das der Schönheit vorzuziehen, und zudem ist das Mädel wirklich bildhübsch: helles Haar, Locken, zu Korkziehern gedreht, üppige, dunkelrote Lippen, und die Beine – eine Pracht ... Nun, wir wurden miteinander bekannt; ich erklärte, ich müsse wegen häuslicher Angelegenheiten bald wegfahren, und am nächsten Tag, das heißt vorgestern, gaben die Eltern uns ihren Segen zur Verlobung. Seither nehme ich sie, sobald ich zu ihnen komme, sofort auf die Knie und lasse sie nicht mehr weg ... Sie erglüht wie das Morgenrot, und ich küsse sie jeden Augenblick; die Frau Mama bleut ihr natürlich ein, daß ich ihr künftiger Gatte sei und daß sich das so gehöre – mit einem Wort, es ist das reine Vergnügen! Mein jetziger Zustand als Bräutigam ist vielleicht noch angenehmer als der Ehestand. Da findet man sozusagen la nature et la vérité! Haha! Ich habe zweimal mit der Kleinen gesprochen – das Mädchen ist keineswegs dumm; manchmal sieht sie mich heimlich in einer Weise an, daß es mich geradezu verbrennt. Und wissen Sie, ihr Gesichtchen ist wie das einer Madonna Raffaels. Die Sixtinische Madonna hat ein phantastisches Gesicht, das Gesicht einer betrübten Gottesnärrin, ist Ihnen das noch nicht aufgefallen? Nun, so ähnlich sieht sie aus. Schon am nächsten Tag, nachdem man uns den Segen gegeben hatte, brachte ich ihr Geschenke für anderthalbtausend Rubel: einen Brillantschmuck, einen mit Perlen und ein Toilettenetui aus Silber – sehen Sie, so groß ... mit allen möglichen Dingen darin, so daß sie, diese Madonna, ganz rot wurde. Gestern nahm ich sie wieder auf die Knie, habe aber wahrscheinlich zu wenig Umstände gemacht – sie wurde über und über rot, und die Tränen kamen ihr; sie brannte lichterloh, nur wollte sie es nicht verraten. Für eine Minute waren alle weggegangen, und wir waren allein; plötzlich warf sie sich mir an den Hals – zum erstenmal von selbst –, umfing mich mit beiden Armen, küßte mich und gelobte, sie werde mir eine gehorsame, treue und gute Gattin sein; sie wolle mich glücklich machen, sie wolle diesem Ziel ihr ganzes Leben weihen, jede Minute ihres

Lebens, sie werde alles, alles opfern, und als Dank dafür wünsche sie *nur meine Achtung*, und sonst brauche sie ‚nichts, nichts, keine Geschenke'! Sie müssen zugeben, daß ein solches Geständnis unter vier Augen von diesem sechzehnjährigen Engelchen im Tüllkleid, mit den gedrehten Locken, mit der Röte mädchenhafter Scham im Gesicht und mit Tränen der Begeisterung in den Augen – Sie müssen zugeben, daß das ziemlich verlockend ist. Es ist doch verlockend? Das ist doch etwas wert, wie? Nun, das ist doch etwas wert? Hören Sie ... hören Sie ... fahren wir zu meiner Braut ... aber nicht jetzt!«

»Mit einem Wort, dieser ungeheuerliche Unterschied im Alter und in der Entwicklung erweckt Ihnen Wollust! Wollen Sie wirklich und wahrhaftig eine solche Ehe eingehen?«

»Warum denn nicht? Unbedingt. Jeder sorge für sich selbst, und am fröhlichsten lebt der, der sich selber am besten betrügen kann. Haha! Aber warum steuern Sie wieder mit vollen Segeln auf die Tugend zu? Verschonen Sie mich damit, mein Lieber, ich bin ein sündiger Mensch. Hehehe!«

»Und dabei haben Sie für die Kinder Katerina Iwanownas gesorgt. Übrigens ... übrigens hatten Sie Ihre Gründe dafür ... Jetzt verstehe ich alles.«

»Ich liebe Kinder überhaupt; ich liebe Kinder sehr«, lachte Swidrigailow. »In dieser Hinsicht kann ich Ihnen sogar eine höchst interessante Episode erzählen, die noch immer weitergeht. Am ersten Tag, als ich eben hier angekommen war, besuchte ich gleich die verschiedensten Spelunken; nach den vergangenen sieben Jahren stürzte ich mich nur so darauf. Sie werden wahrscheinlich bemerkt haben, daß ich mich nicht beeile, mit meinen früheren Bekannten zusammenzukommen, mit den einstigen Gefährten und Freunden. Nun ja, und ich möchte auch ohne sie auskommen, solange ich kann. Wissen Sie, bei Marfa Petrowna auf dem Lande quälten mich die Erinnerungen an alle diese geheimnisvollen großen und kleinen Lokale zu Tode, wo jemand, der Bescheid weiß, soviel Reizvolles finden kann. Hol's der Teufel! Das Volk säuft; die gebildete Jugend verbrennt vor Untätigkeit in unerfüllbaren Träumen und Wahnvorstellungen; sie verliert sich in

Theorien; von irgendwoher sind die Juden gekommen und raffen das Geld zusammen, und alle übrigen frönen dem Laster. Und so wehte mich diese Stadt schon in den ersten Stunden mit ihrem vertrauten Geruch an. Ich geriet auf einen sogenannten Tanzabend – eine schreckliche Kloake, aber ich liebe gerade diese dreckigen Kloaken. Natürlich wurde Cancan getanzt wie sonst nirgends, und wie es ihn zu meiner Zeit nicht gegeben hat. Ja, mein Herr, darin liegt Fortschritt! Plötzlich entdeckte ich ein Mädchen von etwa dreizehn Jahren, sehr lieb angezogen, das mit einem Virtuosen in diesem Fach tanzte; einen zweiten hatte sie als Visavis. An der Wand saß ihre Mutter auf einem Stuhl. Nun, Sie können sich ja vorstellen, wie dieser Cancan aussah! Das Mädchen wurde verlegen, wurde rot, schließlich war es beleidigt und begann zu weinen. Der Virtuose packte sie und begann sie herumzuwirbeln und alle seine Künste zu zeigen; alles ringsum grölte vor Lachen – ich liebe in solchen Augenblicken das Petersburger Publikum, wäre es auch nur bei einem Cancan –; die Leute lachten und schrien: ‚So ist's recht! Warum bringt man auch Kinder hierher!' Nun, ich brauchte mich ja nicht darum zu kümmern, und es ging mich auch nichts an, ob sie sich logisch oder nicht logisch unterhielten! Ich wußte gleich, was ich zu tun hatte, setzte mich zu der Mutter und begann damit, daß auch ich hier fremd sei, daß die Leute hier ungeschliffene Kerle seien und daß sie es nicht verstünden, wahre Würde zu erkennen und den gebührenden Respekt zu zeigen; ich gab ihr zu verstehen, daß ich viel Geld hätte, lud sie in meinen Wagen ein, brachte sie nach Hause, und die Bekanntschaft war geschlossen. Sie wohnen in einem Kämmerchen in Untermiete und sind eben erst hier angekommen. Die Mutter erklärte mir, daß sowohl sie wie ihre Tochter die Bekanntschaft mit mir nicht anders betrachten könnten denn als Ehre; ich erfuhr, daß sie keinen roten Heller besitzen und hierhergekommen sind, um bei irgendeiner Behörde irgendeine Angelegenheit zu betreiben; ich bot ihnen meine Dienste und mein Geld an; ich hörte, daß sie aus Versehen zu diesem Abend gegangen waren, weil sie geglaubt hatten, dort werde wirklich Unterricht im Tanzen gegeben;

ich machte mich meinerseits erbötig, die Ausbildung des jungen Mädchens in Französisch und im Tanzen zu fördern. Sie nahmen mein Angebot begeistert an; sie halten es für eine Ehre, und unsere Bekanntschaft dauert noch immer fort ... Wenn Sie wollen, können wir hinfahren, aber nur nicht jetzt.«

»Lassen Sie das doch, lassen Sie doch Ihre ekelhaften, niedrigen Geschichten, Sie lasterhafter, gemeiner, lüsterner Mensch!«

»Der reinste Schiller, unser Schiller, ein Schiller! Où-va-t-elle la vertu se nicher? Wissen Sie, ich werde Ihnen absichtlich noch mehr solche Dinge erzählen, nur um Sie schreien zu hören. Das macht Spaß!«

»Das will ich meinen! Ich komme mir ja selber in diesem Augenblick lächerlich vor!« murmelte Raskolnikow böse.

Swidrigailow lachte aus vollem Halse; schließlich rief er Filipp, bezahlte und stand auf.

»Jetzt bin ich richtig betrunken ... assez causé!« sagte er. »Das macht Spaß!«

»Natürlich haben Sie Spaß daran«, rief Raskolnikow, der sich ebenfalls erhob. »Macht es einem ausgepichten Wüstling etwa keinen Spaß, wenn er sich mit irgendeiner ungeheuerlichen Absicht dieser Art trägt, von solchen Abenteuern zu erzählen, noch dazu unter solchen Umständen und einem Menschen wie mir? ... Das regt an!«

»Na, wenn dem so ist«, erwiderte Swidrigailow geradezu mit einigem Staunen, während er Raskolnikow musterte, »wenn dem so ist, dann sind Sie ja auch ein recht ordentlicher Zyniker. Jedenfalls haben Sie das richtige Zeug dazu. Sie können vieles verstehen, sehr vieles ... aber Sie können auch viel tun. Nun aber Schluß! Ich bedauere aufrichtig, daß ich mich so wenig mit Ihnen unterhalten konnte, aber Sie laufen mir ja nicht davon ... Warten Sie doch ...«

Swidrigailow verließ das Gasthaus. Raskolnikow folgte ihm. Swidrigailow war übrigens nicht sehr betrunken; der Wein war ihm nur für einen Augenblick zu Kopf gestiegen; sein Rausch verflüchtigte sich von Minute zu Minute. Er hatte irgend etwas vor, eine außerordentlich wichtige Sache, und zog ein finsteres Gesicht. Er erwartete etwas, das ihn sichtlich erregte und beunruhigte. Er hatte Raskolnikow gegenüber in den letzten Minuten plötzlich einen ganz neuen Ton angeschlagen und wurde gröber und spöttischer. Raskolnikow fiel das auf, und er war ebenfalls beunruhigt. Swidrigailow war ihm sehr verdächtig geworden, und darum beschloß er, ihm zu folgen.

Sie betraten den Gehsteig.

»Sie gehen jetzt nach rechts und ich nach links oder umgekehrt, nur – adieu mon plaisir, auf frohes Wiedersehen!«

Und er begab sich nach rechts zum Heumarkt.

5

Raskolnikow folgte ihm.

»Was soll das?« rief Swidrigailow und wandte sich um. »Ich habe Ihnen doch, scheint mir, gesagt ...«

»Das soll heißen, daß ich jetzt nicht von Ihrer Seite weiche.«

»Was? Wie?«

Beide waren stehengeblieben, und beide blickten sich eine Weile an, als wollten sie ihre Kräfte messen.

»Aus all Ihren halbbesoffenen Erzählungen«, sprach Raskolnikow schroff, »habe ich *positiv* den Schluß gezogen, daß Sie Ihre niederträchtigen Absichten auf meine Schwester nicht nur nicht aufgegeben haben, sondern sich noch mehr denn je damit beschäftigen. Mir ist bekannt, daß meine Schwester heute vormittag einen Brief erhalten hat. Sie konnten ja die ganze Zeit über kaum ruhig auf Ihrem Stuhl sitzen ... Nehmen wir sogar an, daß Sie unterwegs irgendeine Frau für sich aufgegabelt haben, aber das hat nichts zu besagen. Ich will mich persönlich vergewissern ...«

Raskolnikow wäre wohl kaum imstande gewesen, genau anzugeben, was er eigentlich wollte und wessen er sich persönlich zu vergewissern wünschte.

»So ist das also! Wollen Sie, daß ich gleich die Polizei rufe?«

»Rufen Sie sie!«

Wieder standen sie etwa eine Minute einander gegenüber. Endlich nahm Swidrigailows Gesicht einen anderen Ausdruck an. Nachdem er sich davon überzeugt hatte, daß Raskolnikow seine Drohung nicht fürchtete, setzte er plötzlich die fröhlichste und freundschaftlichste Miene auf.

»Was für ein Mensch Sie bloß sind! Ich habe absichtlich nicht über Ihre Angelegenheit mit Ihnen gesprochen, obwohl mich die Neugier plagt ... das versteht sich ja von selbst. Eine phantastische Geschichte! Ich wollte das auf ein andermal verschieben, aber Sie sind wahrhaftig fähig, selbst einen Toten in Harnisch zu bringen ... Gehen wir also, doch das sage ich Ihnen im voraus: ich gehe nur für einen Sprung nach Hause, um mir Geld einzustecken; dann schließe ich meine Wohnung zu, nehme eine Droschke und fahre für den ganzen Abend auf die Inseln. Wozu wollen Sie mir da nachgehen?«

»Ich komme vorläufig mit zu Ihnen, gehe aber nicht in Ihre Wohnung, sondern zu Sofja Semjonowna, um mich zu entschuldigen, daß ich nicht an dem Begräbnis teilgenommen habe.«

»Das können Sie halten, wie es Ihnen beliebt; aber Sofja Semjonowna ist nicht zu Hause. Sie hat ihre drei Geschwister zu einer Dame gebracht, zu einer angesehenen alten Dame, einer Bekannten von mir aus früheren Zeiten, die in irgendwelchen Waisenhäusern eine führende Stellung einnimmt. Ich habe diese Dame völlig bezaubert, indem ich ihr für alle drei Kinder Katerina Iwanownas Geld brachte und außerdem noch für die Waisenhäuser Geld stiftete; schließlich habe ich ihr noch von Sofja Semjonowna erzählt, sogar mit allen Einzelheiten, ohne etwas zu verheimlichen. Das hat einen unbeschreiblichen Erfolg gehabt. Und darum wurde Sofja Semjonowna aufgefordert, heute unverzüglich im Hotel N. vorzusprechen, wo meine Dame, die aus der Sommerfrische kommt, ihren vorläufigen Aufenthalt genommen hat.«

„Macht nichts, ich gehe trotzdem hin.«

»Wie Sie wollen, nur kann ich Ihnen nicht Gesellschaft leisten; aber was kümmert mich das! Wir sind gleich da. Sagen Sie, ich bin überzeugt, daß Sie mich nur deshalb mit so großem Mißtrauen betrachten, weil ich selber so zartfühlend war und Sie bis jetzt nicht mit Fragen belästigte ... Sie verstehen? Das kam Ihnen ungewöhnlich vor; ich möchte darauf wetten, daß es sich so verhält. Und da soll man noch taktvoll sein!«

»Und an den Türen horchen!«

»Ach, davon sprechen Sie!« rief Swidrigailow lachend. »Weiß Gott, ich wäre erstaunt gewesen, wenn Sie schließlich – nicht doch eine Bemerkung darüber gemacht hätten. Haha! Ich habe zwar einiges von dem verstanden, was Sie damals ... dort ... angestellt haben und was Sie dann selber Sofja Semjonowna erzählten, aber was hat das letzten Endes zu bedeuten? Ich bin vielleicht ein ganz rückständiger Mensch und kann nichts mehr verstehen. Erklären Sie es mir, mein Teuerster, um des Himmels willen! Erleuchten Sie mich mit den neuesten Prinzipien!«

»Sie konnten ja gar nichts hören; Sie haben alles nur gelogen!«

»Aber davon rede ich ja gar nicht, davon rede ich gar nicht – obwohl ich natürlich doch einiges gehört habe! Nein, ich meine, daß Sie jetzt so ächzen und stöhnen! Der Schiller in Ihnen gerät ja jeden Augenblick in Wallung! Jetzt soll man plötzlich nicht einmal mehr an den Türen horchen! Wenn Sie dieser Ansicht sind, dann gehen Sie doch hin und melden Sie der Polizei, die Sache sei die und die, es habe sich dieser und jener Fall ereignet, in Ihrer Theorie sei Ihnen ein kleiner Irrtum unterlaufen. Wenn Sie überzeugt sind, daß man zwar nicht an Türen horchen, wohl aber alte Weiber mit dem, was man gerade zur Hand hat, nach Herzenslust totschlagen darf, dann fahren Sie nur lieber irgendwohin nach Amerika! Fliehen Sie, junger Mann! Vielleicht ist noch Zeit dazu. Ich meine es aufrichtig mit Ihnen. Haben Sie vielleicht kein Geld? Ich gebe es Ihnen!«

»Ich denke gar nicht daran«, fiel ihm Raskolnikow angeekelt ins Wort.

»Ich verstehe – übrigens brauchen Sie sich meinetwegen keine Mühe zu geben; wenn Sie nicht wollen, brauchen Sie gar nicht viel zu reden ... Ich verstehe, was für Probleme jetzt in

Ihnen umgehen – moralische Probleme, nicht wahr? Die Frage, was Sie als Staatsbürger und Mensch für Pflichten haben? Lassen Sie das lieber; was nützen Ihnen jetzt solche Überlegungen? Hehe! Weil Sie noch immer ein Staatsbürger und Mensch sind? Wenn dem so ist, dann hätten Sie die Finger davon lassen sollen; wozu sich in fremde Angelegenheiten mischen? Erschießen Sie sich doch; oder haben Sie keine Lust dazu?«

»Mir scheint, Sie wollen mich absichtlich reizen, nur damit ich Sie jetzt allein lasse ...«

»Sie sind ein sonderbarer Mensch ... aber da sind wir schon; darf ich Sie bitten, sich die Treppe hinaufzubemühen? Sehen Sie, hier ist die Tür zu Sofja Semjonownas Zimmer; schauen Sie nach: niemand zu Hause! Sie glauben es nicht? Fragen Sie Herrn Kapernaumow; sie gibt ihren Schlüssel immer bei ihm ab. Aber da ist ja Madame de Kapernaumow persönlich ... Was? – Sie ist ein wenig taub! – Weggegangen? Wohin? Nun, haben Sie's jetzt gehört? Sie ist nicht da und kommt sicher vor dem späten Abend nicht zurück. Na, gehen wir also zu mir. Sie wollten doch auch zu mir? Da sind wir schon. Madame Röslich ist nicht zu Hause. Diese Frau hat ewig irgend etwas vor, aber sie ist eine gute Frau, ganz bestimmt ... vielleicht könnte sie auch für Sie von Nutzen sein, wenn Sie ein wenig vernünftiger wären. So, nun passen Sie gefälligst auf: hier nehme ich dieses fünfprozentige Wertpapier aus dem Schreibtisch – sehen Sie, wie viele ich noch habe? –, und das geht jetzt zur Bank. Haben Sie es gesehen? Ich kann leider nicht noch mehr Zeit verlieren. Der Schreibtisch wird verschlossen; die Wohnung wird zugeschlossen, und jetzt sind wir wieder auf der Treppe. Wenn Sie wollen, nehmen wir eine Droschke. Ich will ja auf die Inseln. Möchten Sie nicht auch eine Spazierfahrt machen? Sehen Sie, ich nehme jetzt diesen Wagen zur Jelagin-Insel – was meinen Sie zu meinem Vorschlag? Sie lehnen ab? Sie haben die Geduld verloren? Fahren wir doch spazieren; es ist nichts dabei. Es scheint Regen zu kommen, aber das macht nichts, wir lassen einfach das Verdeck hochschlagen ...«

Swidrigailow saß schon im Wagen. Raskolnikow war zu

der Überzeugung gekommen, daß sein Verdacht, wenigstens in diesem Augenblick, nicht gerechtfertigt war. Ohne ein Wort zu antworten, drehte er sich um und ging in Richtung des Heumarktes zurück. Hätte er sich unterwegs auch nur ein einziges Mal umgeblickt, er hätte sehen können, wie Swidrigailow, nachdem er höchstens hundert Schritt weit gefahren war, den Kutscher bezahlte, ausstieg und schon wieder auf dem Bürgersteig stand. Doch Raskolnikow konnte nichts mehr sehen und war schon um die Ecke gebogen. Tiefer Abscheu trieb ihn von Swidrigailow weg. »Wie konnte ich auch nur einen Augenblick lang irgend etwas von diesem brutalen Kerl erwarten, von diesem lüsternen Wüstling und Schurken!« rief er unwillkürlich aus. Freilich war Raskolnikows Urteil allzu vorschnell und leichtfertig. Im ganzen Wesen Swidrigailows lag etwas, das diesem Mann zumindest eine gewisse Originalität, wenn nicht sogar etwas Geheimnisvolles verlieh. Was aber Awdotja Romanowna betraf, so hegte Raskolnikow dennoch die feste Überzeugung, daß Swidrigailow sie nicht in Ruhe lassen werde. Doch es ging über seine Kräfte, immer und immer wieder die gleichen Überlegungen anzustellen.

Nach seiner Gewohnheit verfiel er, sobald er allein war, schon nach zwanzig Schritt in tiefes Grübeln. Als er auf eine Brücke kam, blieb er am Geländer stehen und starrte ins Wasser hinunter. Plötzlich stand Awdotja Romanowna hinter ihm.

Er war ihr schon am Anfang der Brücke begegnet, aber an ihr vorübergegangen, ohne sie zu bemerken. Dunjetschka hatte ihn noch nie in diesem Zustand auf der Straße erblickt und war zutiefst, bis zum Entsetzen, erschüttert. Sie blieb stehen und wußte nicht, ob sie ihn anreden sollte oder nicht. Plötzlich bemerkte sie Swidrigailow, der vom Heumarkt her eilig auf sie zusteuerte.

Aber es sah so aus, als näherte er sich ihr nur heimlich und unter Beobachtung größter Vorsicht. Er betrat die Brücke gar nicht erst, sondern blieb an der Seite auf dem Gehsteig stehen und gab sich die größte Mühe, von Raskolnikow nicht gesehen zu werden. Er hatte Dunja schon längst bemerkt und machte ihr Zeichen. Sie hatte den Eindruck, als wollte er sie bitten, den Bruder in Ruhe zu lassen und nicht anzusprechen, und als riefe er sie zu sich.

Dunja folgte ihm. Leise ging sie an Raskolnikow vorbei und kam auf Swidrigailow zu.

»Gehen wir rasch weiter«, flüsterte Swidrigailow. »Ich möchte nicht, daß Rodion Romanytsch uns beisammen sieht. Ich mache Sie darauf aufmerksam, daß ich hier in der Nähe mit ihm in einem Wirtshaus gesessen habe, wo er mich selbst aufgesucht hatte, und daß ich ihn nur mit Mühe loswerden konnte. Er hat irgendwie von dem Brief erfahren, den ich Ihnen geschrieben habe, und steckt voller Mißtrauen. Sie haben es ihm natürlich nicht verraten? Aber wenn nicht Sie es waren, wer war es dann?«

»Jetzt sind wir um die Ecke«, unterbrach ihn Dunja. »Mein Bruder kann uns nicht mehr sehen. Weiter gehe ich nicht mit Ihnen. Erklären Sie mir hier, was Sie mir zu sagen haben; Sie können das ohne weiteres auf der Straße tun.«

»Erstens kann ich das keinesfalls auf der Straße tun; zweitens müssen Sie auch Sofja Semjonowna anhören; und drittens möchte ich Ihnen einige dokumentarische Unterlagen zeigen ... Freilich, wenn Sie es ablehnen, zu mir zu kommen, verzichte ich auf alle Aufklärungen und lasse Sie sofort allein. Aber ich bitte Sie, nicht zu vergessen, daß das höchst interessante Geheimnis Ihres geliebten Bruders völlig in meinen Händen ruht.«

Dunja blieb unschlüssig stehen und musterte Swidrigailow mit einem durchdringenden Blick.

»Was fürchten Sie denn?« bemerkte dieser ruhig. »In der Stadt ist es doch etwas ganz anderes als auf dem Lande. Zudem haben Sie mir auf dem Lande mehr geschadet als ich Ihnen, und hier ...«

»Ist Sofja Semjonowna verständigt?«

»Nein, ich habe ihr kein Wort gesagt und bin nicht einmal ganz sicher, ob sie jetzt zu Hause ist. Übrigens wird sie wahrscheinlich doch dasein. Sie hat heute ihre Stiefmutter begraben, und an einem solchen Tag macht man keine Besuche. Vorläufig will ich übrigens niemanden in diese Sache einweihen, und ich bereue schon, daß ich Ihnen etwas davon gesagt habe. Die kleinste Unvorsichtigkeit kann in diesem Falle bereits einer Denunziation gleichkommen. Ich wohne hier, sehen Sie, in diesem Haus; da sind wir schon. Das ist unser Hausknecht; er kennt mich sehr gut; sehen Sie, er grüßt mich sogar; er sieht, daß ich mit einer Dame komme, und hat sich natürlich Ihr Gesicht gleich gemerkt ... Das kann Ihnen ja nur lieb sein, wenn Sie so große Angst vor mir haben und mich verdächtigen. Entschuldigen Sie, daß ich so unverblümt rede. Ich lebe in Untermiete; Sofja Semjonowna wohnt Wand an Wand neben mir, ebenfalls in Untermiete. Das ganze Stockwerk ist vermietet. Weshalb fürchten Sie sich also wie ein Kind? Bin ich wirklich so schrecklich?«

Das Gesicht Swidrigailows hatte sich zu einem herablassenden Lächeln verzogen; doch es war ihm gar nicht nach Lächeln zumute. Sein Herz hämmerte, und der Atem stockte ihm. Mit Absicht sprach er recht laut, um seine wachsende Erregung zu verbergen, aber Dunja hatte diese besondere Erregung gar nicht bemerkt; seine Worte, sie fürchte ihn wie ein Kind, und ob er für sie wirklich so schrecklich sei, hatten sie allzusehr aufgebracht.

»Obwohl ich weiß, daß Sie ein Mensch ... ohne Ehre sind, fürchte ich Sie doch nicht im geringsten. Gehen Sie voran«, sagte sie scheinbar gefaßt; aber ihr Gesicht war sehr blaß.

Swidrigailow blieb vor Sonjas Tür stehen.

»Erlauben Sie, daß ich frage, ob sie zu Hause ist ... Nein? Welches Pech! Aber ich bin sicher, daß sie bald zurückkommt. Wenn sie fortgegangen ist, ist sie gewiß nur bei einer Dame, der Kinder wegen. Deren Mutter ist doch gestorben. Ich habe ihr etwas unter die Arme gegriffen und einige Verfügungen getroffen. Wenn Sofja Semjonowna in zehn Minuten nicht zurück ist, schicke ich sie selbst zu Ihnen; wenn Sie wollen, noch heute; nun, sehen Sie, das ist meine Tür. Und hier sind meine zwei Zimmer. Hinter dieser Tür wohnt meine Hauswirtin, Frau Röslich. Jetzt schauen Sie hierher! Ich will Ihnen meine wichtigsten Beweisstücke zeigen: aus meinem Schlafzimmer führt diese Tür zu zwei völlig leeren Räumen, die vermietet werden. Hier ... das müssen Sie sich etwas aufmerksamer ansehen ...«

Swidrigailow bewohnte zwei ziemlich geräumige möblierte Zimmer. Dunjetschka hielt mißtrauisch Umschau, ihr fiel aber weder an der Einrichtung noch an der Lage der Zimmer irgend etwas Besonderes auf, obwohl sie schon etwas hätte entdecken können, zum Beispiel, daß Swidrigailows Wohnung zwischen zwei völlig leerstehenden Wohnungen lag. Man konnte vom Korridor aus nicht unmittelbar in seine Räume gelangen, sondern mußte zunächst durch zwei Zimmer, die der Hauswirtin gehörten und fast leerstanden. Und nachdem er eine verschlossene Tür aufgesperrt hatte, zeigte ihr Swidrigailow die andere ebenfalls leere Wohnung, die vermietet werden sollte. Dunjetschka blieb an der Schwelle stehen und begriff nicht, weshalb sie sich das ansehen sollte; doch Swidrigailow beeilte sich, es ihr zu erklären.

»Sehen Sie hierher in dieses zweite große Zimmer. Achten Sie auf die Tür dort; sie ist zugesperrt. Neben der Tür steht ein Stuhl, ein einziger Stuhl in zwei Zimmern. Den habe ich aus meiner Wohnung herübergetragen, um bequemer zuhören zu können. Denn gleich hinter der Tür steht Sofja Semjonownas Tisch; dort saß sie und redete mit Rodion Romanytsch. Und ich hörte hier zu, auf diesem Stuhl, zwei Abende hintereinander, jedesmal etwa zwei Stunden lang – da konnte ich natürlich so manches in Erfahrung bringen, meinen Sie nicht?«

»Sie lauschten?«

»Ja, ich lauschte; gehen wir jetzt wieder zu mir hinüber; hier kann man ja nirgends sitzen.«

Er führte Awdotja Romanowna in das erste Zimmer zurück, das ihm als Wohnzimmer diente, und bot ihr einen Stuhl an. Er selbst setzte sich an das andere Ende des Tisches, zumindest einen Klafter von ihr entfernt, aber wahrscheinlich brannte in seinen Augen schon jene Flamme, die Dunjetschka einst so erschreckt hatte. Sie fing zu zittern an und blickte sich noch einmal mißtrauisch um. Diese Bewegung geschah ganz unwillkürlich; Dunja wollte offenbar ihr Mißtrauen nicht zeigen. Aber die abgeschiedene Lage der Wohnung war ihr endlich doch aufgefallen. Sie wollte schon fragen, ob wenigstens Swidrigailows Wirtin zu Hause sei, doch sie unterließ es ... aus Stolz. Außerdem war ihr Herz von einem anderen, unvergleichlich größeren Leid erfüllt als von der Angst um sich selbst. Sie litt unerträgliche Qualen.

»Hier ist Ihr Brief«, sagte sie und legte das Schreiben auf den Tisch. »Ist das denn möglich, was Sie darin ausführen? Sie spielen auf ein Verbrechen an, das mein Bruder begangen haben soll. Diese Anspielungen sind allzu deutlich, als daß Sie es wagen könnten, sich jetzt herauszureden. Aber Sie müssen wissen, daß ich schon vorher von diesem dummen Märchen gehört habe und kein einziges Wort davon glaube! Das ist ein abscheulicher und zugleich lächerlicher Verdacht. Ich kenne die Geschichte und weiß, woher diese Verleumdung stammt und wie sie entstanden ist. Sie können keine Beweise haben. Aber Sie haben versprochen, mir Beweise zu liefern – also reden Sie! Aber Sie sollen im voraus wissen, daß ich Ihnen nicht glaube! Ich glaube Ihnen nicht! ...«

Dunjetschka hatte das alles hastig hervorgesprudelt, und für einen Augenblick war ihr das Blut ins Gesicht gestiegen.

»Wenn Sie mir nicht bereits geglaubt hätten, wie hätten Sie es dann gewagt, allein zu mir zu kommen? Weshalb sind sie gekommen? Nur aus Neugier?«

»Quälen Sie mich nicht, sprechen Sie, sprechen Sie!«

»Ich muß schon sagen, Sie sind ein mutiges Mädchen. Bei Gott, ich dachte, Sie würden Herrn Rasumichin bitten, Sie zu begleiten. Aber er war weder bei Ihnen noch irgendwo in Ihrer Nähe; ich habe genau geschaut ... Das ist kühn von Ihnen; Sie wollten also Rodion Romanytsch schonen. Ach, alles an Ihnen ist göttlich ... Was aber Ihren Bruder angeht, was soll ich Ihnen da sagen? Sie haben ihn ja eben selbst gesehen ... Was halten Sie davon?«

»Sie stützen sich doch nicht etwa allein darauf?«

»Nein, nicht darauf, sondern auf seine eigenen Worte. Sehen Sie, er kam zwei Abende hintereinander zu Sofja Semjonowna. Ich habe Ihnen gezeigt, wo die beiden saßen. Er legte ihr eine vollständige Beichte ab. Er ist der Mörder. Er hat die alte Beamtenwitwe erschlagen, die Wucherin, bei der er selbst Sachen verpfändet hatte; er erschlug auch ihre Schwester, eine Händlerin namens Lisaweta, die zufällig zur

Zeit des Mordes in die Wohnung kam. Er erschlug sie beide mit einem Beil, das er mitgebracht hatte. Er tötete sie, um sie zu berauben, und er beraubte sie auch – er nahm Geld und einige Wertsachen an sich ... Er selbst hat das alles Wort für Wort Sofja Semjonowna erzählt, die allein um dieses Geheimnis weiß, aber an dem Mord weder mit Worten noch mit Taten beteiligt ist; im Gegenteil, sie entsetzte sich damals ebenso, wie jetzt Sie sich entsetzen. Seien Sie unbesorgt: sie wird ihn nicht verraten.«

»Es kann nicht sein!« murmelte Dunjetschka mit blutleeren Lippen; sie keuchte. »Es kann nicht sein; er hatte nicht den geringsten Grund dazu, nicht den geringsten Grund, nicht den kleinsten Anlaß ... Sie lügen! Sie lügen!«

»Er beraubte sie, das ist der ganze Grund. Er nahm Geld und einige Wertsachen. Freilich machte er nach seinem eigenen Geständnis weder von dem Geld noch von den Sachen Gebrauch, sondern versteckte sie irgendwo unter einem Stein, wo sie auch jetzt noch liegen. Aber das tat er nur, weil er es nicht wagte, davon Gebrauch zu machen.«

»Ist es denn überhaupt vorstellbar, daß er stehlen, daß er rauben konnte? Daß er daran auch nur zu denken fähig war?« rief Dunja und sprang auf. »Sie kennen ihn doch, Sie haben ihn doch gesehen! Sieht *so* ein Mörder aus?«

Es war, als wollte sie Swidrigailow beschwören; sie hatte alle Angst vergessen.

»Hier gibt es Tausende und Millionen von Kombinationen und Unterschieden, Awdotja Romanowna. Ein gewöhnlicher Dieb stiehlt und weiß dabei ganz genau, daß er ein Schurke ist; aber ich habe auch einmal von einem vornehmen Mann gehört, der die Post überfallen hat ... Wer weiß, vielleicht glaubte er wahrhaftig, etwas Anständiges zu tun! Selbstverständlich hätte auch ich es nicht für möglich gehalten, ebensowenig wie Sie, wenn ich es von einem Dritten gehört hätte. Meinen eigenen Ohren jedoch glaubte ich. Er hat Sofja Semjonowna auch alle seine Motive auseinandergesetzt; sie wollte anfangs nicht einmal ihren Ohren trauen, doch glaubte sie schließlich ihren Augen, ihren eigenen Augen. Er hat ihr ja alles selbst erzählt.«

»Was waren das für . . . Motive?«

»Das ist eine lange Geschichte, Awdotja Romanowna. Es steckt, wie soll ich mich nur ausdrücken, eine eigenartige Theorie dahinter; jene Theorie, der im Grunde auch ich anhänge, daß nämlich zum Beispiel eine einzelne Missetat erlaubt sein kann, wenn nur der Zweck gut ist. Ein einziges Verbrechen gegen hundert gute Taten! Und natürlich ist es für einen jungen talentierten Mann, der außerdem an übermäßiger Selbsteinschätzung leidet, kränkend zu wissen, daß sich seine ganze Karriere, seine Zukunft und das Ziel seines Lebens anders gestalten würden, wenn er zum Beispiel nur dreitausend Rubel besäße, welche dreitausend Rubel aber nicht da sind. Nehmen Sie noch dazu, daß er durch den Hunger gereizt ist, durch seine enge Behausung, durch seine zerlumpte Kleidung und durch die allzu klare Einsicht, wie rosig seine soziale Lage aussieht, von der Situation seiner Schwester und Mutter ganz zu schweigen. Aber am meisten peinigt der Ehrgeiz, der Stolz und der Ehrgeiz, freilich – Gott mag das wissen –, bei guten Neigungen vielleicht . . . Ich verurteile ihn ja nicht, glauben Sie bitte nur das nicht, das ist ja auch nicht meine Sache. Außerdem hatte er noch eine höchst persönliche kleine Theorie – eine recht hübsche Theorie –, nach der die Menschen in sogenanntes Material und in Menschen im eigentlichen Sinne eingeteilt werden, das heißt in solche Menschen, für die zufolge ihrer hohen Stellung kein Gesetz gilt und die im Gegenteil selbst die Gesetze für die übrigen verfassen, für das Material nämlich, für den Kehricht. Dagegen läßt sich nichts einwenden, es ist eine wirklich hübsche kleine Theorie . . . une théorie comme une autre. Besonders Napoleon hat es ihm angetan; das heißt, eigentlich lockte ihn die Tatsache, daß viele Genies eine vereinzelte böse Tat für nichts achteten und bedenkenlos darüber hinwegschritten. Er scheint sich eingebildet zu haben, daß auch er ein genialer Mensch sei – zumindest war er eine Zeitlang davon überzeugt. Er litt und leidet auch jetzt noch sehr unter dem Gedanken, daß er zwar diese Theorie aufstellen konnte, aber nicht das Zeug dazu hatte, bedenkenlos ein Verbrechen zu begehen, daß er mithin kein genialer Mensch sei. Nun, und das ist natürlich für einen jungen, stolzen Mann demütigend, besonders in unserem Jahrhundert ...«

»Und die Gewissensbisse? Sprechen Sie ihm denn jedes moralische Gefühl ab? Ist er so ein Mensch?«

»Ach, Awdotja Romanowna, in unserer Zeit ist das alles doch sehr unsicher geworden – allerdings, es war wohl nie besonders in Ordnung. Der russische Mensch ist überhaupt breit angelegt, Awdotja Romanowna, breit wie sein Land, und neigt außerordentlich zum Phantastischen, zum Unordentlichen; aber es ist ein Jammer, breit angelegt zu sein, ohne eine besondere Genialität zu besitzen. Erinnern Sie sich, wieviel wir beide über derlei Dinge und vor allem über dieses Thema gesprochen haben, sooft wir nach dem Abendessen auf der Terrasse im Garten saßen? Sie machten mir damals gerade diese breite Anlage zum Vorwurf. Wer weiß, vielleicht plauderten wir darüber genau zu derselben Zeit, da er hier in seiner Kammer lag und seinen Plan ausbrütete. In unserer gebildeten Gesellschaft gibt es ja keine geheiligten Traditionen mehr, die besonders geachtet würden, Awdotja Romanowna: höchstens daß sich jemand irgend etwas aus Büchern zusammenklaubt oder aus alten Chroniken hervorholt. Aber das tun meist nur Gelehrte, Menschen, die in ihrer Art Schlafmützen sind, wissen Sie, so daß es für einen Mann von Welt geradezu ungehörig wäre, da mitzuhalten. Übrigens kennen Sie ja meine Ansichten; ich beschuldige niemanden, ganz entschieden nicht. Ich selbst bin ein Müßiggänger, und dabei bleibe ich. Aber darüber haben wir uns ja schon mehr als einmal unterhalten. Ich hatte sogar das Glück, Sie mit meinen Argumenten zu interessieren ... Sie sind sehr blaß, Awdotja Romanowna!«

»Ich kenne die Theorie, von der Sie reden. Ich habe seinen Artikel über die Menschen, denen alles erlaubt ist, in einer Zeitschrift gelesen ... Rasumichin hat sie mir gebracht ...«

»Herr Rasumichin? Einen Artikel Ihres Bruders? In einer Zeitschrift? Existiert ein solcher Artikel? Das wußte ich gar nicht. Der muß wohl recht interessant sein! Aber wohin wollen Sie denn, Awdotja Romanowna?«

»Ich muß mit Sofja Semjonowna sprechen«, erwiderte

Dunjetschka mit matter Stimme. »Wie kann ich zu ihr gelangen? Vielleicht ist sie schon zu Hause; ich will sie unbedingt sehen. Soll sie ...«

Awdotja Romanowna konnte nicht zu Ende sprechen; ihr ging buchstäblich die Luft aus.

»Sofja Semjonowna wird erst spät in der Nacht zurückkommen, nehme ich an. Sie hätte entweder gleich kommen müssen, oder sie kommt erst sehr spät ...«

»Ah, du hast also gelogen! Ich sehe ... du hast gelogen ... alles war erlogen! ... Ich glaube dir kein Wort! Ich glaube dir nicht!« schrie Dunjetschka auf. Sie raste vor Zorn und hatte völlig den Kopf verloren.

Halb ohnmächtig sank sie auf den Stuhl zurück, den ihr Swidrigailow eilig hingeschoben hatte.

»Awdotja Romanowna, was haben Sie nur? Kommen Sie doch zu sich! Hier ist Wasser, trinken Sie einen Schluck ...«

Er besprengte sie mit Wasser. Dunjetschka fuhr zusammen und kam wieder zu sich.

»Das hat stark gewirkt!« murmelte Swidrigailow mit gerunzelter Stirn. »Awdotja Romanowna, beruhigen Sie sich! Sie sollen wissen, daß er Freunde hat. Wir werden ihn retten, ihn herausholen. Wollen Sie, daß ich ihn über die Grenze schaffe? Ich habe Geld ... in drei Tagen kann ich ihm einen Paß besorgen. Und was den Mord anlangt, so wird er noch viele gute Werke tun, bis alles ausgeglichen sein wird; beruhigen Sie sich doch! Es kann noch ein großer Mann aus ihm werden. Nun, was ist mit Ihnen? Wie fühlen Sie sich?«

»Sie schlechter Mensch! Da spotten Sie noch! Lassen Sie mich ...«

»Wohin denn? Wohin wollen Sie?«

»Zu ihm. Wo ist er? Wissen Sie es? Weshalb ist die Tür verriegelt? Wir sind durch diese Tür hereingekommen, und jetzt ist sie zugesperrt. Wann haben Sie sie abgeschlossen?«

»Das, was wir miteinander zu besprechen hatten, durften wir doch nicht durch die ganze Etage schreien. Ich spotte nicht; ich habe nur keine Lust, länger in diesem Ton weiterzureden. Wohin wollen Sie denn in Ihrem Zustand gehen? Oder möchten Sie Ihren Bruder ans Messer liefern? Sie werden ihn zur Raserei bringen, und er zeigt sich selber an. Sie müssen wissen, daß man schon hinter ihm her ist, daß man ihm auf der Spur ist. Sie können ihn höchstens verraten. Warten Sie: ich habe ihn eben erst gesehen und gesprochen; wir können ihn noch retten. Warten Sie, setzen Sie sich, wir wollen gemeinsam überlegen. Ich habe Sie ja deshalb gerufen, damit wir unter vier Augen gründlich über diese Sache sprechen und nachdenken können. So setzen Sie sich doch!«

»Wie wollen Sie ihn retten? Kann man ihn denn noch retten?«

Dunja nahm wieder Platz, Swidrigailow setzte sich neben sie.

»Das alles hängt von Ihnen ab, von Ihnen, von Ihnen allein«, erwiderte er mit funkelnden Augen, beinahe flüsternd, wobei er sich verhaspelte und vor Erregung zu stottern begann.

Dunja war erschrocken von ihm weggerückt. Er zitterte am ganzen Körper.

»Sie ... ein einziges Wort von Ihnen, und er ist gerettet! Ich ... ich werde ihn retten. Ich habe Geld und Freunde. Ich will ihn sofort außer Landes schaffen; persönlich werde ich ihm einen Paß besorgen, zwei Pässe, einen für ihn, den andern für mich. Ich habe Freunde; ich kenne tüchtige Leute ... Wollen Sie? Ich werde noch einen dritten Paß für Sie beschaffen ... für Ihre Mutter ... Wozu brauchen Sie Rasumichin? Ich liebe Sie so sehr ... Ich liebe Sie maßlos. Lassen Sie mich den Saum Ihres Kleides küssen, nur den Saum Ihres Kleides! Lassen Sie mich ihn küssen! Ich kann nicht mehr mit anhören, wie Ihr Kleid raschelt. Sagen Sie zu mir: ‚Tu dies und das', und ich werde es tun. Ich werde das Unmögliche fertigbringen. Woran Sie glauben, daran will auch ich glauben. Ich will alles tun, alles! Sehen Sie mich nicht so an, sehen Sie mich nicht so an! Wissen Sie denn, daß Sie mich damit töten?«

Er sprach wie im Fieber. Es war, als hätte er plötzlich einen Schlag auf den Kopf bekommen. Dunja sprang auf und stürzte zur Tür.

»Aufmachen! Aufmachen!« schrie sie, um jemanden herbeizurufen, und rüttelte an der Tür. »Macht doch auf! Ist denn wirklich niemand hier?«

Swidrigailow war aufgestanden und zur Besinnung gekommen. Ein bösartiges, höhnisches Lächeln umspielte plötzlich seine noch immer zitternden Lippen.

»Es ist niemand zu Hause«, sagte er leise und stockend; »die Wirtin ist weg, und es ist vergebliche Mühe, wenn Sie so schreien ... Sie regen sich nur sinnlos auf.«

»Wo ist der Schlüssel? Mach sofort die Tür auf, sofort, du gemeiner Mensch!«

»Den Schlüssel habe ich verloren, ich kann ihn jetzt nicht finden.«

»Ah! Das bedeutet also Gewalt!« rief Dunja; sie war totenbleich geworden. Sie drückte sich in eine Ecke, wo sie sich rasch hinter einem Tischchen, das in Reichweite stand, verschanzte. Sie schrie nicht; aber sie verbohrte sich mit dem Blick in ihren Peiniger und verfolgte gespannt jede seiner Bewegungen. Auch Swidrigailow rührte sich nicht vom Fleck; er stand ihr gegenüber am anderen Ende des Zimmers. Er beherrschte sich sogar, wenigstens äußerlich; aber sein Gesicht war blaß wie zuvor. Es zeigte noch immer das gleiche höhnische Lächeln.

»Sie haben soeben von Gewalt gesprochen, Awdotja Romanowna. Wenn ich wirklich Gewalt anwenden wollte, dann können Sie sich denken, daß ich meine Maßnahmen getroffen habe. Sofja Semjonowna ist nicht zu Hause; bis zur Wohnung der Kapernaumows ist es weit; fünf verschlossene Zimmer liegen dazwischen, und schließlich bin ich mindestens doppelt so stark wie Sie und habe außerdem nichts zu fürchten, weil Sie sich später über nichts beklagen dürfen; denn Sie wollen doch nicht etwa wirklich Ihren Bruder ins Unglück stürzen? Zudem wird Ihnen auch niemand glauben: weshalb sollte denn ein Mädchen allein zu einem alleinstehenden Mann in die Wohnung kommen? Und so würden Sie, selbst wenn Sie Ihren Bruder opfern wollten, nichts erreichen ... Es ist sehr schwer, eine Vergewaltigung zu beweisen, Awdotja Romanowna!«

»Schurke!« flüsterte Dunja entrüstet.

»Wie Sie meinen; aber merken Sie gut auf: ich habe vorerst nur theoretisch gesprochen. Nach meiner persönlichen Überzeugung haben Sie völlig recht: eine Vergewaltigung ist eine Schurkerei. Ich sage das nur, damit Ihr Gewissen völlig rein bleibe, selbst wenn Sie . . . selbst wenn Sie Ihren Bruder freiwillig retten wollten, wie ich es Ihnen vorschlage. Sie haben sich einfach den Umständen gefügt . . . meinethalben auch der Gewalt, wenn es ohne dieses Wort gar nicht geht. Denken Sie darüber nach; das Schicksal Ihres Bruders und Ihrer Mutter liegt in Ihren Händen. Ich werde Ihr Sklave sein . . . mein ganzes Leben lang . . . Ich warte auf Ihre Entscheidung . . .«

Swidrigailow setzte sich auf den Diwan, etwa acht Schritt von Dunja entfernt. Sie hegte nicht den geringsten Zweifel mehr an seiner unerschütterlichen Entschlossenheit. Außerdem kannte sie ihn . . .

Plötzlich zog sie einen Revolver aus der Tasche, spannte den Hahn und legte die Hand mit dem Revolver auf das Tischchen. Swidrigailow sprang auf.

»Aha! So ist das also!« rief er erstaunt und mit einem bösen Lächeln. »Nun, das ändert die Dinge von Grund auf! Sie erleichtern mir die Sache außerordentlich, Awdotja Romanowna! Und woher haben Sie diesen Revolver? Am Ende von Herrn Rasumichin? Ach nein! Das ist doch mein Revolver! Ein alter Bekannter! Und ich habe ihn damals so gesucht! . . . Der Schießunterricht auf dem Lande, den Ihnen zu geben ich die Ehre hatte, ist doch nicht fruchtlos gewesen!«

»Das ist nicht dein Revolver, sondern er gehörte Marfa Petrowna, die du ermordet hast, du Schurke! Du hast nichts in ihrem Haus besessen, nichts. Ich nahm ihn an mich, sobald ich ahnte, wozu du fähig bist. Wage es, auch nur einen einzigen Schritt zu tun, und ich schieße dich nieder, das schwöre ich dir!«

Dunja war völlig außer sich. Den Revolver hielt sie schußbereit.

»Und Ihr Bruder? Ich frage nur aus Neugier«, entgegnete Swidrigailow, der noch immer an derselben Stelle stand.

»Zeig ihn an, wenn du willst! Rühr dich nicht vom Fleck!

Keinen Schritt! Ich schieße! Du hast deine Frau vergiftet, ich weiß es; du bist selbst ein Mörder ...«

»Sind Sie auch ganz sicher, daß ich Marfa Petrowna vergiftet habe?«

»Ja. Du hast mir selbst Andeutungen darüber gemacht; du hast von Gift gesprochen ... Ich weiß, daß du weggefahren bist, um welches zu holen ... Du hattest alles vorbereitet ... Du warst es ... ohne Zweifel ... du Schurke!«

»Selbst wenn es so wäre, hätte ich es doch nur deinetwegen getan ... du wärst die Ursache gewesen.«

»Du lügst. Ich habe dich immer gehaßt, immer ...«

»Oho, Awdotja Romanowna! Sie vergessen offenbar, wie Sie in der Hitze Ihrer Bekehrungsversuche schon schwankten und weich wurden ... Ich sah es Ihren Augen an; erinnern Sie sich nicht: eines Abends beim Mondenschein, als die Nachtigall schlug? ...«

»Du lügst!« Dunjas Augen funkelten vor Zorn. »Du lügst, Verleumder!«

»Ich lüge? Gut, dann lüge ich eben. Ich habe gelogen. Frauen soll man an derartige Dinge nicht erinnern.« Er grinste. »Ich weiß, daß du schießen wirst, du hübsches wildes Tierchen! Also los, schieß!«

Dunja hob den Revolver und blickte Swidrigailow totenblaß aus feurig funkelnden, großen schwarzen Augen an; ihre Unterlippe war kreidebleich und zitterte. Sie war entschlossen und wartete nur auf die erste Bewegung, die er machen würde. Noch nie hatte er sie so schön gesehen. In dem Augenblick, da sie den Revolver hob, loderte aus ihren Augen ein Feuer, das ihn gleichsam verbrannte, und sein Herz preßte sich schmerzhaft zusammen. Er tat einen Schritt vorwärts, und der Schuß krachte. Die Kugel streifte Swidrigailows Haar und schlug hinter ihm in die Wand. Er blieb stehen und lachte leise auf.

»Die Wespe hat gestochen! Zielt direkt auf den Kopf ... Was ist das? Blut?« Er zog sein Taschentuch, um sich das Blut wegzuwischen, das ihm in einem dünnen Faden über die rechte Schläfe rann; wahrscheinlich hatte die Kugel die Kopfhaut gestreift. Dunja senkte den Revolver und blickte

Swidrigailow weniger angstvoll als vielmehr in einem wirren Staunen an. Sie schien selbst nicht zu begreifen, was sie getan hatte und was da vorging!

»Nun ja, ein Fehlschuß! Schießen Sie noch einmal, ich warte«, fuhr Swidrigailow leise und noch immer lächelnd fort, aber sein Lächeln war seltsam düster. »Sonst packe ich Sie, noch ehe Sie den Hahn wieder gespannt haben!«

Dunjetschka schauerte zusammen, spannte den Hahn von neuem und hob den Revolver wieder.

»Lassen Sie mich!« stieß sie verzweifelt hervor. »Ich schwöre Ihnen, ich schieße zum zweitenmal ... Ich töte Sie! ...«

»Nun ja ... auf drei Schritt Entfernung müssen Sie mich ja treffen. Aber wenn Sie mich nicht treffen ... dann ...«

Seine Augen begannen zu funkeln, und er machte noch zwei Schritte. Dunjetschka drückte ab; der Schuß ging nicht los.

»Sie haben nicht richtig geladen. Macht nichts! Sie müssen noch einen Schuß haben. Bringen Sie es in Ordnung, ich warte.«

Er stand zwei Schritt vor ihr, wartete und sah sie in wilder Entschlossenheit aus leidenschaftlich brennenden, gequälten Augen an. Dunja erkannte, daß er lieber sterben würde, als daß er sie freigäbe. Und ... und natürlich mußte sie ihn jetzt niederschießen, aus zwei Schritt Entfernung! ...

Plötzlich warf sie den Revolver weg.

»Du hast ihn weggeworfen?« fragte Swidrigailow verwundert und holte tief Atem. Mit einemmal schien etwas von seinem Herzen gewichen zu sein. Vielleicht war es nicht allein die Last der Todesangst, die er in dieser Minute wohl auch kaum empfunden hatte – er war befreit von einem anderen, einem dunkleren, quälenderen Gefühl, das er in seiner ganzen Tiefe nicht einmal selbst hätte erfassen können.

Er trat auf Dunja zu und legte ihr zart den Arm um die Taille. Sie leistete keinen Widerstand, sondern blickte ihn nur mit flehenden Augen an. Sie zitterte wie Espenlaub. Er wollte etwas sagen, aber seine Lippen zuckten bloß, und er brachte kein Wort hervor.

»Laß mich!« sagte Dunja flehend.

Swidrigailow fuhr zusammen: dieses *du* hatte ganz anders geklungen als das von vorhin.

»Du liebst mich also nicht?« fragte er leise.

Dunja schüttelte nur den Kopf.

»Und ... du könntest es auch nicht? ... Niemals?« flüsterte er verzweifelt.

»Niemals!« flüsterte Dunja zurück.

Einen Augenblick lang tobte ein entsetzlicher, stummer Kampf in Swidrigailows Seele. Mit einem unbeschreiblichen Blick sah er sie an. Plötzlich nahm er seinen Arm weg, wandte sich ab, trat rasch zum Fenster und blieb davor stehen.

Es verging noch ein Augenblick.

»Hier ist der Schlüssel!« Er zog ihn aus seiner linken Manteltasche und legte ihn hinter sich auf den Tisch, ohne hinzusehen und ohne sich zu Dunja umzuwenden. »Nehmen Sie ihn, gehen Sie, gehen Sie rasch ...«

Er starrte unverwandt zum Fenster hinaus.

Dunja ging zum Tisch, um den Schlüssel zu nehmen.

»Rasch! Rasch!« wiederholte Swidrigailow, der sich noch immer nicht regte und sich nicht umwandte. Aber in diesem »rasch« war deutlich ein furchtbarer Unterton zu vernehmen.

Dunja erkannte das, ergriff den Schlüssel, lief zur Tür, schloß sie auf und stürzte aus dem Zimmer. Einen Augenblick später lief sie wie eine Irre, völlig außer sich, den Kanal entlang in Richtung der N.-Brücke.

Swidrigailow stand noch etwa drei Minuten am Fenster; endlich wandte er sich langsam um, blickte um sich und strich sich leise mit der flachen Hand über die Stirn. Ein sonderbares Lächeln verzog sein Gesicht, ein klägliches, trauriges, mattes Lächeln, ein Lächeln der Verzweiflung. Das Blut, das bereits trocknete, hatte ihm die Hand beschmiert; böse starrte er es an; dann machte er ein Handtuch feucht und wusch sich die Schläfe. Der Revolver, den Dunja weggeworfen hatte und der zur Tür geflogen war, fiel ihm plötzlich in die Augen. Swidrigailow hob ihn auf und betrachtete ihn. Es war ein kleiner dreischüssiger Taschenrevolver, ein altes Fabrikat; zwei Kugeln und eine ganze Patrone steckten noch darin.

Einmal konnte man also damit noch schießen. Swidrigailow dachte nach, steckte den Revolver in die Tasche, nahm seinen Hut und verließ das Haus.

6

Den ganzen Abend bis zehn Uhr verbrachte er in verschiedenen Kneipen und Spelunken, indem er immer ein neues Lokal aufsuchte. Irgendwo hatte er auch Katja getroffen; sie sang inzwischen ein neues Lied, in dem es hieß, daß

> ... ein Unhold und Tyrann
> Seine Katja küssen wollt ...

Swidrigailow bestellte für Katja etwas zu trinken, und auch den Leierkastenmann, die Sänger, die Kellner und zwei schäbige kleine Schreiber traktierte er mit Getränken. Diese beiden Schreiber hatte er eigentlich nur deshalb eingeladen, weil sie schiefe Nasen hatten: die Nase des einen stand nach rechts, die des anderen nach links. Das hatte Swidrigailow sehr gewundert. Sie schleppten ihn zuletzt in ein Gartenlokal, wo er auch noch den Eintritt für sie bezahlte. In dem besagten Garten standen eine dünne dreijährige Tanne und drei Sträucher. Das Ganze nannte sich großartig »Vauxhall«, war aber eigentlich nur eine primitive Schenke, wo man jedoch auch Tee bekommen konnte; es standen einige grüne Tischchen und Stühle herum. Ein miserabler Sängerchor und ein besoffener Deutscher aus München, zurechtgemacht wie ein Bajazzo, mit einer roten Nase, aber aus irgendwelchen Gründen außerordentlich melancholisch, belustigten das Publikum. Die Schreiber gerieten in Streit mit anderen Schreibern, eine Rauferei lag in der Luft. Swidrigailow wurde zum Schiedsrichter gewählt. Er mühte sich über eine Viertelstunde ab, den Streit zu schlichten, aber die Kerle schrien so durcheinander, daß es unmöglich war, irgend etwas zu verstehen. Wahrscheinlich war die Sache die, daß einer von ihnen etwas gestohlen und auch schon irgendeinem Juden, der zufällig dazugekommen war, verkauft hatte, daß er jedoch nach dem

Verkauf nicht gewillt gewesen war, mit seinen Kameraden zu teilen. Schließlich stellte sich heraus, daß der verkaufte Gegenstand ein Teelöffel war, der dem Lokal gehörte. Zumindest wurde er im »Vauxhall« vermißt, und die Sache nahm allmählich eine beunruhigende Wendung. Swidrigailow zahlte für den Löffel, stand auf und verließ den Garten. Es war gegen zehn Uhr. Er selbst hatte während der ganzen Zeit nicht einen einzigen Tropfen Wein getrunken und sich im »Vauxhall« Tee geben lassen, aber auch das mehr oder weniger, um nur überhaupt etwas zu bestellen. Der Abend war schwül und regnerisch. Gegen zehn Uhr zogen von allen Seiten drohende Gewitterwolken auf; Donner grollte, und der Regen brach los wie ein Wasserfall. Es regnete nicht in Tropfen, sondern das Wasser peitschte in ganzen Strömen auf die Erde. Unaufhörlich blitzte es, und man konnte zuweilen bis zu fünf Blitzen auf einmal zählen. Bis auf die Haut durchnäßt, kam Swidrigailow nach Hause. Er schloß sich ein, öffnete das Schreibpult, holte sein Geld heraus und zerriß zwei oder drei Papiere. Dann steckte er das Geld in die Tasche und wollte sich umkleiden, aber als er aus dem Fenster geschaut und dem Donner und dem Rauschen des Regens gelauscht hatte, machte er eine geringschätzige Handbewegung und ging weg, ohne die Wohnung abzuschließen. Er begab sich zu Sonja.

Sie war zu Hause, aber nicht allein; um sie geschart saßen die vier kleinen Kinder Kapernaumows. Sofja Semjonowna bewirtete sie mit Tee. Schweigend und ehrerbietig begrüßte sie Swidrigailow, betrachtete erstaunt seine durchnäßten Kleider, sagte jedoch kein Wort. Die Kinder liefen in unbeschreiblichem Entsetzen sofort weg.

Swidrigailow setzte sich an den Tisch und bat Sonja, neben ihm Platz zu nehmen. Schüchtern machte sie sich bereit, ihm zuzuhören.

»Ich fahre vielleicht nach Amerika, Sofja Semjonowna«, begann Swidrigailow; »und da wir einander wahrscheinlich zum letztenmal sehen, bin ich gekommen, um noch einiges mit Ihnen zu regeln. Nun, haben Sie heute jene Dame gesprochen? Ich weiß schon, was sie Ihnen gesagt hat; Sie brauchen es mir nicht wiederzuerzählen.« Sonja fuhr auf und wurde rot. »Man weiß ja, wie diese Art Leute denken. Was aber Ihre beiden Schwestern und Ihren kleinen Bruder angeht, so sind sie wirklich gut untergebracht, und das Geld, das jedem gehören soll, habe ich bei der zuständigen Stelle gegen eine entsprechende Quittung in sichere Hände einbezahlt. Nehmen Sie diese Quittungen an sich – für alle Fälle. Hier, nehmen Sie sie! Das wäre also jetzt erledigt. Und da sind noch drei fünfprozentige Staatspapiere, insgesamt für dreitausend Rubel. Die sollen Sie nehmen, sie gehören Ihnen; ich möchte, daß das unter uns bleibt; niemand soll etwas davon erfahren, ganz gleich, was Ihnen in den nächsten Tagen über mich zu Ohren kommt. Sie werden das Geld noch brauchen können, Sofja Semjonowna; denn so weiterzuleben wie bisher ist häßlich, und Sie haben es damit nicht mehr nötig.«

»Ich habe schon solche Wohltaten von Ihnen empfangen, ich und die Waisen und die Verstorbene«, erwiderte Sonja hastig, »daß Sie mir, wenn ich Ihnen bisher nur so wenig gedankt habe ... nicht böse sein dürfen ...«

»Ach, genug, hören Sie auf damit!«

»Und dieses Geld, Arkadij Iwanowitsch, brauche ich jetzt gar nicht, so dankbar ich Ihnen bin. Allein werde ich mich immer durchbringen können; halten Sie das nicht für Undankbarkeit, aber wenn Sie so wohltätig sind, geben Sie doch dieses Geld ...«

»Ich möchte es Ihnen geben, Sofja Semjonowna, und bitte, verlieren wir nicht viel Worte darüber; denn sogar ich habe keine Zeit. Sie werden es brauchen können. Rodion Romanytsch stehen zwei Wege offen: entweder eine Kugel vor den Kopf oder die Wladimirka*.« Sonja blickte ihn verwirrt an und begann zu zittern. »Seien Sie unbesorgt; ich weiß alles, von ihm selbst weiß ich es, und ich bin kein Schwätzer; ich werde es niemandem erzählen. Sie haben ihn damals gut beraten, als Sie sagten, er solle sich selbst stellen. Das wäre für ihn sehr viel besser. Nun, und wenn er die Wladimirka wählt,

* Wladimirka: die über Wladimir führende Straße, auf der die Zwangsarbeiter nach Sibirien marschierten (Anmerkung des Übersetzers).

dann folgen Sie ihm doch, nicht wahr? Nicht wahr? In diesem Falle aber brauchen Sie das Geld. Für ihn werden Sie es brauchen, verstehen Sie? Gebe ich es Ihnen, so ist das doch das gleiche, wie wenn ich es ihm gäbe. Außerdem haben Sie ja Amalja Iwanowna versprochen, Katerina Iwanownas Schulden zu bezahlen; das habe ich gehört. Wie können Sie nur so unbedacht derartige Verbindlichkeiten und Verpflichtungen auf sich nehmen, Sofja Semjonowna? Katerina Iwanowna war doch diesem Weib das Geld schuldig, nicht Sie, also könnten Sie auf die Deutsche pfeifen. So kommt man im Leben nicht vorwärts ... Also, wenn jemand Sie, sagen wir morgen oder übermorgen, nach mir fragen oder sich nach mir erkundigen sollte – und das wird ganz gewiß geschehen –, dann erwähnen Sie bitte nichts davon, daß ich jetzt bei Ihnen war; vor allem zeigen Sie auf keinen Fall das Geld her und sagen Sie niemandem, daß ich es Ihnen gegeben habe. Und nun auf Wiedersehen!« Er stand auf. »Meine Empfehlung an Rodion Romanytsch. Übrigens, verwahren Sie das Geld vorläufig vielleicht bei Herrn Rasumichin. Kennen Sie Herrn Rasumichin? Ach ja, natürlich kennen Sie ihn. Das ist gar kein übler Bursche. Bringen Sie es ihm morgen oder ... wenn es an der Zeit ist. Bis dahin aber verstecken Sie es möglichst gut.«

Sonja war ebenfalls aufgestanden und sah Swidrigailow erschrocken an. Es drängte sie, etwas zu sagen, Fragen zu stellen, aber im ersten Moment wagte sie es nicht, und sie wußte auch nicht, wie sie beginnen sollte.

»Aber ... aber ... jetzt bei diesem Regen wollen Sie gehen?«

»Oh, wenn einer nach Amerika will, wird er sich doch vor dem Regen nicht fürchten, hehehe! Leben Sie wohl, Sofja Semjonowna, meine Liebe! Leben Sie wohl und leben Sie lange; Sie werden andern nützlich sein. Übrigens ... richten Sie Herrn Rasumichin aus, daß ich mich ihm empfehlen ließe. Sagen Sie es ihm mit diesen Worten: Arkadij Iwanowitsch Swidrigailow läßt sich Ihnen empfehlen. Richten Sie es ihm ganz unbedingt aus!«

Er ging, und Sonja blieb verwundert, erschrocken und mit einer unklaren, drückenden Furcht im Herzen zurück.

Später stellte sich heraus, daß Swidrigailow am selben Abend, schon in der zwölften Stunde, noch einen höchst sonderbaren und unerwarteten Besuch machte. Der Regen hatte noch immer nicht aufgehört. Ganz durchnäßt, erreichte Swidrigailow zwanzig Minuten nach elf die enge Wohnung der Eltern seiner Braut auf der Wasilij-Insel am Kleinen Prospekt, Dritte Zeile. Mit Mühe klopfte er die Leute heraus und stürzte sie anfangs in große Verwirrung; aber wenn Arkadij Iwanowitsch wollte, war er ein Mann mit höchst bezaubernden Manieren, so daß sich die anfängliche – übrigens sehr naheliegende – Vermutung der überaus vernünftigen Brauteltern, Arkadij Iwanowitsch habe sich wahrscheinlich irgendwo schon so betrunken, daß er nicht mehr wisse, was er tue, sogleich in nichts auflöste. Die mitleidige, verständige Mutter schob den gelähmten Vater im Rollstuhl zu Arkadij Iwanowitsch und überschüttete Swidrigailow nach ihrer Gewohnheit sogleich mit irgendwelchen nebensächlichen Fragen. Sie pflegte übrigens mit ihren Fragen nie direkt auf ihr Ziel loszugehen, sondern setzte zuerst einmal nur ein Lächeln auf und rieb sich die Hände; und wenn sie dann irgend etwas unbedingt und sicher in Erfahrung bringen wollte – zum Beispiel, wann es Arkadij Iwanowitsch belieben werde, die Hochzeit anzusetzen –, erkundigte sie sich zunächst aufs angelegentlichste etwa nach Paris und nach dem Leben am dortigen Hofe und gelangte erst von da aus Schritt für Schritt zur Dritten Zeile auf der Wasilij-Insel. Zu anderer Stunde konnte das natürlich viel Respekt einflößen, diesmal aber zeigte sich Arkadij Iwanowitsch recht ungeduldig und äußerte kurzangebunden den Wunsch, möglichst rasch seine Braut zu sehen, obwohl man ihm gleich zu Anfang mitgeteilt hatte, das Mädchen habe sich schon schlafen gelegt. Selbstverständlich erschien die Braut. Arkadij Iwanowitsch teilte ihr ohne Umschweife mit, daß er infolge höchst wichtiger Umstände für eine gewisse Zeit Petersburg verlassen müsse und ihr deshalb fünfzehntausend Silberrubel in verschiedenen Scheinen mitgebracht habe. Er bitte sie, das Geld als Geschenk anzunehmen, da er schon längst gesonnen gewesen sei, ihr diese Kleinigkeit noch vor der Hochzeit zu überreichen. Ein besonders einleuchtender Zusammenhang zwischen dem Geschenk und der unmittelbar bevorstehenden Abreise sowie der unumgänglichen Notwendigkeit, zu diesem Zweck um Mitternacht und bei strömendem Regen zu kommen, ergab sich aus diesen Erklärungen natürlich nicht; trotzdem ging die Sache sehr harmonisch ab. Sogar das unerläßliche Ächzen und Stöhnen und die zahlreichen Fragen und Ausrufe der Verwunderung wurden sehr rasch auf ein durchschnittliches Maß zurückgeschraubt; dafür brachte man die heißeste Dankbarkeit zum Ausdruck, die sogar durch die Tränen der überaus vernünftigen Mutter bekräftigt wurde. Arkadij Iwanowitsch stand auf, lachte, küßte seine Braut, tätschelte sie auf die Wange und erklärte, er werde bald wiederkommen; und als er in ihren Augen zwar eine kindliche Neugier, zugleich aber auch eine sehr ernste stumme Frage bemerkte, dachte er ein wenig nach, küßte sie noch einmal und ärgerte sich aufrichtig darüber, daß sein Geschenk jetzt von der vernünftigsten aller Mütter gewiß gleich in sicheren Gewahrsam genommen würde. Er ging, und alle blieben in ungewöhnlich angeregter Stimmung zurück. Doch die barmherzige Frau Mama löste sogleich in raschem, halb geflüstertem Geschnatter einige höchst wichtige Zweifel; sie sagte nämlich, daß Arkadij Iwanowitsch ein großer Mann sei, ein Mann mit vielen Geschäften und weitläufigen Verbindungen, kurz, ein reicher Mann – und Gott wisse, was er im Sinn habe; da habe er's sich eben in den Kopf gesetzt, zu verreisen und das Geld herzugeben, und es sei wohl kein Anlaß gegeben, sich übermäßig zu verwundern. Natürlich sei es sonderbar, daß er ganz durchnäßt zu ihnen gekommen sei; aber die Engländer zum Beispiel gebärdeten sich noch weit exzentrischer, und alle diese Leute der höchsten Gesellschaftsschicht achteten nicht darauf, was man über sie rede, und machten nicht viele Umstände. Vielleicht laufe er sogar absichtlich so herum, um zu zeigen, daß er niemanden fürchte. Vor allem aber dürfe man keinem Menschen etwas davon erzählen; denn Gott allein wisse, was bei dem allem herauskommen werde; das Geld aber müsse man sogleich wegschließen, und natürlich sei das beste an allem, daß Fedosja in der

Küche gesessen habe. Die Hauptsache jedoch sei, daß man dieser Betrügerin, der Röslich, keineswegs, keineswegs, keineswegs etwas mitteilen dürfe, und so weiter und so fort. Die beiden Alten saßen noch bis um zwei in ihrem Zimmer und flüsterten miteinander. Die Braut selbst war viel eher zu Bett gegangen, erstaunt und ein bißchen traurig.

Swidrigailow überschritt indes genau um Mitternacht die A.-Brücke in Richtung auf die sogenannte Petersburger Seite. Es hatte zu regnen aufgehört, aber noch immer herrschte ein stürmischer Wind. Swidrigailow befiel ein Zittern, und er starrte eine Weile mit einer besonderen Neugier und sogar mit einer Art Frage in das schwarze Wasser der Kleinen Newa. Doch bald fand er es hier über dem Wasser sehr kalt; er wandte sich um und ging zum X.-Prospekt. Fast eine halbe Stunde schon lief er jetzt diese endlose Straße hinunter. Im Dunkel war er mehr als einmal auf dem hölzernen Pflaster gestrauchelt, aber noch immer suchte er irgend etwas auf der rechten Seite des Prospektes. Hier hatte er vor kurzem im Vorüberfahren irgendwo schon am Ende der Straße einen aus Holz erbauten, aber sehr geräumigen Gasthof bemerkt, dessen Name, soweit er sich erinnern konnte, so ähnlich lautete wie Adrianopel. Er hatte sich nicht getäuscht: dieser Gasthof sprang einem hier in dieser Einöde so in die Augen, daß man ihn unmöglich, selbst in der Dunkelheit nicht, übersehen konnte. Es war ein langes, hölzernes, verräuchertes Gebäude, in dem ungeachtet der späten Stunde noch Licht brannte und einiges Leben zu bemerken war. Er trat ein und fragte den zerlumpten Hausdiener, der ihm im Korridor entgegenkam, nach einem Zimmer. Der abgerissene Kerl musterte Swidrigailow, schüttelte sich und führte ihn gleich in ein abgelegenes Zimmer, das schwül und eng war und irgendwo ganz am Ende des Korridors lag, in einer Ecke unter der Treppe. Aber es gab kein anderes Zimmer; alles war besetzt. Der Hausbursche sah ihn fragend an.

»Gibt es noch Tee?« fragte Swidrigailow.

»Den können Sie bekommen, mein Herr.«

»Was gibt es noch?«

»Kalbfleisch, Wodka und kalte Platte.«

»Bring mir Kalbfleisch und Tee.«

»Und sonst wünschen Sie nichts?« fragte der Hausdiener, geradezu mit einigem Staunen.

»Nichts!«

Der Diener verschwand sehr enttäuscht.

Das muß ja ein nettes Lokal sein, dachte Swidrigailow. Wieso habe ich das nicht gekannt? Ich sehe wahrscheinlich so aus, als käme ich aus irgendeinem Café chantant und hätte unterwegs schon einiges erlebt. Es wäre übrigens interessant zu wissen, wer hier absteigt und übernachtet.

Er zündete die Kerze an und untersuchte eingehend das Zimmer. Es war ein so kleines Käfigchen, daß Swidrigailow beinahe mit dem Kopf gegen die Decke stieß; es hatte nur ein einziges Fenster; das sehr schmutzige Bett nahm mit einem einfachen, gestrichenen Tisch und einem Stuhl fast den ganzen Raum ein. Die Wände sahen so aus, als wären sie einfach aus Brettern zusammengehämmert; die Tapeten waren zerkratzt und schon so staubig und zerfetzt, daß man ihre Farbe – einst waren sie gelb gewesen – zwar ahnen, aber das Muster nicht mehr erkennen konnte. Die halbe Wand und die Decke waren schräg, wie es in Mansarden üblich ist, aber hier befand sich über der schrägen Fläche die Treppe. Swidrigailow stellte die Kerze hin, setzte sich auf das Bett und begann nachzudenken. Aber ein seltsames, unablässiges Flüstern im Nebenraum, das sich manchmal bis zum Schreien steigerte, zog schließlich seine Aufmerksamkeit auf sich. Seit er eingetreten war, war dieses Flüstern noch nicht verstummt. Er lauschte: jemand beschimpfte einen andern und machte ihm beinahe unter Tränen Vorwürfe; aber man vernahm immer nur dieselbe Stimme. Swidrigailow stand auf, schirmte mit der Hand das Licht der Kerze ab, und sogleich entdeckte er eine Ritze in der Wand; er trat hinzu und schaute. In dem Nachbarzimmer, das ein wenig größer war als sein eigenes, hielten sich zwei Gäste auf. Der eine von ihnen – er hatte ungewöhnlich krauses Haar und ein gerötetes, entzündetes Gesicht – stand ohne Jacke in Rednerpose da, hatte die Beine gespreizt, um das Gleichgewicht nicht zu verlieren, schlug sich gegen die Brust und warf dem anderen pathetisch vor, daß dieser ein Bettler sei und nicht einmal eine Beamtenstelle bekleide; er, der Sprecher, habe ihn aus dem Schmutz gezogen, und wenn er wolle, könne er ihn davonjagen, ohne daß das jemand sehe außer dem »Finger Gottes«. Der gescholtene Freund saß auf seinem Stuhl und hatte das Aussehen eines Menschen, der außerordentlich gern niesen möchte, dem das aber nicht gelingt. Von Zeit zu Zeit blickte er den Redner aus trüben Hammelaugen an, hatte aber offenbar keinerlei Begriff davon, worüber der andere sprach; er hörte wohl auch kaum etwas. Auf dem Tisch brannte ein Kerzenstummel; daneben standen eine fast geleerte Schnapsflasche, Gläser, Brot, Gurken und das leere Geschirr für den längst ausgetrunkenen Tee. Nachdem Swidrigailow dieses Bild aufmerksam betrachtet hatte, ging er teilnahmslos von der Ritze weg und setzte sich wieder auf das Bett.

Der zerlumpte Hausdiener, der mit dem Tee und dem Kalbfleisch zurückgekommen war, konnte sich nicht enthalten, ihn noch einmal zu fragen, ob er »nicht noch etwas brauche«, und nachdem er wieder eine verneinende Antwort erhalten hatte, entfernte er sich endgültig. Swidrigailow stürzte sich auf den Tee, um sich zu wärmen, und trank ein Glas voll, doch konnte er keinen Bissen essen, weil er völlig den Appetit verloren hatte. Er begann zu fiebern. Er zog sich den Mantel und die Jacke aus, hüllte sich in die Decke und legte sich auf das Bett. Er ärgerte sich ... Es wäre besser, wenn ich diesmal gesund wäre, dachte er und grinste. In dem Zimmer war es stickig; die Kerze brannte trübe; draußen lärmte der Wind; irgendwo in einer Ecke raschelte eine Maus – überhaupt roch es im ganzen Zimmer nach Mäusen und nach Leder. Er lag da und begann zu phantasieren: ein Gedanke wurde vom andern abgelöst. Trotzdem verlangte ihn danach, sich an irgend etwas Bestimmtes mit seiner Phantasie festzuklammern, was es auch sein mochte. Unter dem Fenster ist sicher ein Garten, dachte er, Bäume rauschen; wie ich doch das Rauschen der Bäume bei Nacht, im Sturm und im Dunkel verabscheue! Ein ekelhaftes Gefühl! Und er erinnerte sich, wie er vorhin am Petrowskij-Park vorübergekommen war und geradezu Widerwillen davor empfunden hatte. Darauf fielen ihm die N.-Brücke und die Kleine Newa ein, und ihm wurde abermals irgendwie kalt, so wie vor kurzem, als er über dem Wasser gestanden hatte. Nie im Leben habe ich das Wasser geliebt, nicht einmal auf Landschaftsbildern, dachte er weiter und lächelte plötzlich über einen seltsamen Gedanken. Jetzt sollte das alles für mich doch ganz gleichgültig sein, diese ganze Ästhetik und der Komfort, und auf einmal werde ich wählerisch ... wie ein wildes Tier, das sich ebenfalls unbedingt seinen Platz aussucht ... in einer ähnlichen Lage. Ich hätte in den Petrowskij-Park gehen sollen! Vielleicht war es mir dort zu finster und zu kalt? Hehehe! Suchte ich etwa angenehme Empfindungen? ... Warum lösche ich übrigens die Kerze nicht? Er blies das Licht aus. Die Nachbarn haben sich schlafen gelegt, dachte er dann, als er durch die Ritze kein Licht mehr schimmern sah. Sehen Sie, Marfa Petrowna, nun könnten Sie mich ja mit Ihrem Besuch beehren; es ist finster, die Örtlichkeit paßt wunderbar, und der Augenblick ist originell. Und doch kommen Sie gerade jetzt nicht ...

Plötzlich erinnerte er sich aus irgendeinem Grund, daß er vorhin, eine Stunde, ehe er seinen Anschlag auf Dunjetschka verübte, Raskolnikow empfohlen hatte, sie dem Schutz Rasumichins anzuvertrauen. Das habe ich wohl vor allem aus Trotz gesagt, was Raskolnikow auch geahnt haben mag. Übrigens ist dieser Raskolnikow ein gerissener Kerl. Viel hat er zu schleppen. Mit der Zeit, wenn ihm die Flausen vergehen, kann er noch ein großer Spitzbube werden, aber jetzt verlangt ihn *allzusehr* nach dem Leben. Solche Leute sind, was diesen Punkt betrifft, alle nichts wert. Nun, hol ihn der Teufel; mag er tun, was er will; was geht es mich an!

Er konnte noch immer nicht einschlafen. Allmählich tauchte die Gestalt Dunjetschkas, so wie sie heute gewesen war, vor ihm auf, und plötzlich lief ein Zittern über seinen Körper. Nein, das muß ich jetzt aufgeben, dachte er, als er wieder zu klarer Besinnung kam, ich habe an andres zu denken. Es ist sonderbar und eigentlich komisch: niemals habe ich jemanden ausgesprochen gehaßt; nicht einmal mich zu rächen hat mich jemals besonders heftig verlangt, und das ist ein schlimmes Zeichen! Ich habe es auch nicht geliebt, herumzustreiten, und konnte nie in Hitze geraten – ebenfalls ein schlimmes Zeichen! Und was ich ihr alles versprochen habe – ach, zum Teufel! Sie hätte mich bestimmt gänzlich umgekrempelt ... Er unterbrach seine Überlegungen und biß die Zähne zusammen; wieder tauchte die Gestalt Dunjetschkas vor ihm auf, haargenauso wie sie gewesen war, als sie zum erstenmal geschossen hatte: sie war entsetzlich erschrocken, senkte den Revolver und blickte ihn totenblaß an, so daß er sie zweimal hätte packen können, ehe sie auch nur die Hand zu ihrem Schutz erhoben hätte, wenn er sie nicht selbst daran erinnert hätte. Er entsann sich, wie sie ihm in jenem Augenblick beinahe leid getan, wie es ihm das Herz bedrückt hatte ... Ach, zum Teufel! Schon wieder diese Gedanken; das alles muß ich aufgeben, aufgeben! ...

Er verlor nach und nach das Bewußtsein; die Fieberschauer ließen nach; plötzlich war ihm, als liefe unter der Decke etwas über seine Hand und über seinen Fuß. Er fuhr zusammen. Pfui Teufel, das ist ja womöglich eine Maus! dachte er. Weil ich das Kalbfleisch auf dem Tisch habe stehen lassen ... Er scheute sich, die Decke zurückzuschlagen, aufzustehen und zu frieren, aber plötzlich huschte ihm wieder etwas unangenehm über das Bein; er riß die Decke weg und machte Licht. Zitternd vor Schüttelfrost, bückte er sich, um das Bett zu untersuchen – da war nichts; er schüttelte die Decke aus, und plötzlich sprang eine Maus auf das Laken. Er stürzte sich auf sie, um sie zu fangen; aber die Maus lief, ohne vom Bett zu springen, im Zickzack hierhin und dorthin, schlüpfte ihm durch die Finger, huschte ihm über die Hand und verschwand plötzlich unter dem Kissen; er warf das Kissen auf den Boden, doch im selben Augenblick fühlte er, wie ihm etwas in die Hemdbrust sprang, über seinen Körper jagte und unter dem Hemd schon auf seinen Rücken gekommen war. Nervös schrak er zusammen und erwachte. Im Zimmer war es finster; er lag auf dem Bett, nach wie vor in die Decke gehüllt; draußen heulte der Wind. Wie ekelhaft! dachte er zornig.

Er stand auf und setzte sich auf den Bettrand, den Rücken

zum Fenster gekehrt. Am gescheitesten, ich schlafe überhaupt nicht, entschied er. Vom Fenster zog es übrigens feucht und kalt herein; ohne aufzustehen, zog er die Decke zu sich heran und hüllte sich in sie ein. Die Kerze brannte er nicht an. Er dachte an nichts und wollte auch an nichts denken; aber ein Fiebertraum jagte den andern; Gedankenfetzen fuhren ihm durch den Kopf, ohne Anfang und Ende und ohne Zusammenhang. Er schien in eine Art Halbschlummer zu versinken. Ob es die Kälte war oder das Dunkel, die Feuchtigkeit oder der Wind, der vor dem Fenster heulte und die Bäume zur Erde bog, was immer es war, das in ihm diese hartnäckige, phantastische Neigung und diesen Wunsch erweckte – aber er mußte die ganze Zeit über an Blumen denken. Er sah eine herrliche blühende Landschaft vor sich; es war ein heller, warmer, fast heißer Tag, ein Festtag, ein Pfingstfeiertag. Ein reiches, luxuriöses Landhaus im englischen Stil stand vor seinem Blick, umgeben von duftenden Blumenrabatten, blühende Beete zogen sich rings um das ganze Haus; die Freitreppe war eingerahmt von Rosenbeeten und umwunden von Schlingpflanzen; es war eine helle, kühle Treppe, mit einem luxuriösen Teppich belegt, und zu beiden Seiten standen seltene Blumen in chinesischen Vasen. An den Fenstern fielen ihm besonders Sträuße von zarten weißen Narzissen auf. Sie standen in mit Wasser gefüllten Vasen, neigten sich auf ihren hellgrünen, dicken, langen Stengeln und verströmten einen starken aromatischen Duft. Er hatte gar keine Lust, von ihnen wegzugehen, aber er stieg die Treppe hinauf und trat in einen großen, hohen Saal, und auch hier gab es überall, an den Fenstern, vor der Tür, die auf die Terrasse hinausführte, auf der Terrasse selbst, überall, überall Blumen. Der Boden war mit frischgemähtem duftendem Gras bestreut; die Fenster standen offen, eine frische, leichte, kühle Luft drang in das Zimmer; vor den Fenstern zwitscherten Vögel, und in der Mitte des Saales stand auf einem Tisch, der mit weißem Atlas verhängt war, ein Sarg. Dieser Sarg war mit schwerer weißer Seide ausgeschlagen und mit breiten Rüschen aus weißem Tüll verziert. Blumengirlanden zogen sich an allen Seiten hin. Ganz mit Blumen zugedeckt, lag darin ein Mädchen in einem weißen Tüllkleid, die wie aus Marmor gemeißelten Hände über der Brust gefaltet. Aber ihr gelöstes hellblondes Haar war naß; ein Kranz von Rosen lag auf ihrem Kopf. Das strenge, schon erstarrte Profil ihres Gesichts schien ebenfalls aus Marmor gemeißelt zu sein, doch das anklagende Lächeln, das ihre fahlen Lippen umspielte, war erfüllt von einem unkindlichen, namenlosen Jammer. Swidrigailow kannte das Mädchen; kein Heiligenbild, keine brennenden Kerzen standen an ihrem Sarg, und man hörte keine Gebete. Sie hatte Selbstmord begangen – sie war ins Wasser gesprungen. Sie zählte erst vierzehn Jahre, aber ihr Herz war schon gebrochen, und sie hatte selbst Hand an sich gelegt, aus Kummer über eine Kränkung, die dieses junge, kindliche Gemüt entsetzt und verstört hatte, die ihre engelreine Seele mit unverdienter Schmach beschmutzt und ihr den letzten Schrei der Verzweiflung abgerungen hatte, einen ungehörten und frech verhöhnten Schrei in finsterer Nacht, im Dunkel, in der Kälte, im feuchten Tauwetter, als der Wind heulte ...

Swidrigailow kam zu sich, stand auf und ging zum Fenster. Er tastete nach dem Fenstergriff und öffnete es. Der Wind drang in wildem Ungestüm in das schmale Kämmerchen und schien ihm das Gesicht und die nur mit dem Hemd bekleidete Brust mit kaltem Reif zu überziehen. Unter dem Fenster lag wohl wirklich eine Art Garten, offenbar ebenfalls ein Vergnügungsgarten; wahrscheinlich wurde auch hier untertags von einem Chor gesungen, und man servierte Tee auf den kleinen Tischen. Jetzt spritzten Regentropfen von den Bäumen und Sträuchern durchs Fenster; es war finster wie in einem Keller, so daß man nur mit Mühe die einzelnen Gegenstände als dunkle Flecke zu unterscheiden vermochte. Swidrigailow beugte sich vor, stützte die Ellbogen auf das Fensterbrett und starrte nun schon fünf Minuten lang unverwandt in dieses Dunkel. In der finsteren Nacht krachte plötzlich ein Kanonenschuß, gleich darauf ein zweiter.

Ah, das Signal! Das Wasser steigt! dachte er. Gegen Morgen wird es in den tiefer gelegenen Stadtteilen die Straßen überfluten und die Keller und Souterrains überschwemmen; die Kellerratten kommen hervor, und in Regen und Sturm beginnen die Menschen fluchend und durchnäßt ihren Kram in die höheren Stockwerke zu schleppen ... Aber wieviel Uhr ist es jetzt? Kaum hatte er das gedacht, schlug irgendwo in der Nähe schnarrend, und als ob sie sich nach besten Kräften beeilte, eine Wanduhr drei. Ah, in einer Stunde wird es schon hell! Warum länger warten? Ich gehe und laufe geradenwegs zum Petrowskij-Park; dort suche ich mir irgendwo einen großen, vom Regen nassen Strauch, so daß ich nur mit der Schulter daran zu streifen brauche, und Millionen Tropfen sprühen mir über den Kopf ... Er trat vom Fenster zurück, schloß es, machte Licht, zog Weste und Mantel an, setzte sich den Hut auf und trat in den Korridor, um den abgerissenen Hausdiener, der wohl irgendwo in seinem Kämmerchen zwischen allerlei Kram und Kerzenstummeln schlief, zu suchen, ihm für das Zimmer zu zahlen und den Gasthof zu verlassen. Jetzt ist der beste Augenblick; einen besseren kann ich mir gar nicht aussuchen!

Lange lief er den schmalen Korridor auf und ab, ohne jemanden zu finden; er wollte schon laut rufen, als er plötzlich in einer dunklen Ecke, zwischen einem alten Schrank und einer Tür, einen seltsamen Gegenstand entdeckte, etwas, das zu leben schien. Er bückte sich mit seiner Kerze und sah ein Kind – ein kleines Mädchen von höchstens fünf Jahren in einem wie ein Scheuerlappen nassen Kleidchen, zitternd und weinend. Die Kleine erschrak anscheinend gar nicht vor Swidrigailow, sondern blickte ihn nur aus großen schwarzen Augen in stumpfem Staunen an und schluchzte bisweilen auf wie ein Kind, das lange Zeit geweint hat, jetzt aber bereits aufhört und sogar getröstet ist und nur von Zeit zu Zeit noch einmal aufschluchzt. Das Gesichtchen der Kleinen war blaß und abgezehrt; sie war ganz steif vor Kälte, aber ... wie kam sie denn hierher? Sie hatte sich hier wohl versteckt und die ganze Nacht nicht geschlafen. Er fragte sie aus. Das Mädchen wurde mit einem Schlag lebhaft und plapperte sofort in ihrem kindlichen Kauderwelsch hastig los. Da kam etwas von einer Mama vor, und daß sie von ihrer Mama Prügel bekommen werde wegen irgendeiner Schale, die sie zerbrochen habe. Das Mädchen sprach ohne Pause; aus dem, was sie erzählte, konnte er erraten, daß sie ein ungeliebtes Kind war, das von seiner Mutter, einer ewig besoffenen Köchin – wahrscheinlich arbeitete sie hier im Hotel –, unaufhörlich geprügelt wurde und schon ganz verängstigt war. Die Kleine hatte anscheinend eine Schale zerbrochen, die ihrer Mutter gehörte, und war nun so verschreckt, daß sie schon am Abend davongelaufen war; wahrscheinlich hatte sie sich lange Zeit irgendwo auf dem Hof, im Regen, verborgen gehalten, war aber schließlich hierhergeschlüpft, hatte sich hinter dem Schrank verkrochen und die ganze Nacht hier in der Ecke gesessen, weinend und zitternd vor Kälte, aus Furcht vor der Dunkelheit und aus Angst, daß man sie jetzt fürchterlich verprügeln werde. Er nahm sie auf den Arm, ging in sein Zimmer zurück, setzte sie auf das Bett und begann sie auszuziehen. Ihre zerrissenen Schuhe, die sie an den nackten Füßen trug, waren so naß, als hätten sie die ganze Nacht in einer Pfütze gelegen. Nachdem er sie ausgezogen hatte, legte er sie ins Bett, deckte sie zu und zog ihr die Decke bis über den Kopf. Sie schlief sofort ein. Als er fertig war, versank er von neuem in düsteres Grübeln.

Das war wieder ein glänzender Einfall, mir das aufzuhalsen! dachte er plötzlich mit einem drückenden, bösen Gefühl. Was für ein Unsinn! Ärgerlich nahm er die Kerze; er wollte um jeden Preis den zerlumpten Hausburschen auftreiben und den Gasthof so rasch wie möglich verlassen. Ach, dieses Mädchen, dachte er mit einem Fluch, als er schon die Tür öffnete, doch machte er noch einmal kehrt, um nach dem Kind zu sehen, ob es schlafe und wie es schlafe. Vorsichtig hob er die Decke. Die Kleine schlummerte fest und selig. Sie war unter der Decke warm geworden, und ihre vorher so bleichen Wangen hatten wieder Farbe bekommen. Doch sonderbar: dieses Rot schien greller und stärker zu sein, als es für gewöhnlich auf Kinderbacken leuchtet. Das ist wie Fieberröte, dachte Swidrigailow; das ist wie die Röte nach Alkoholgenuß, als hätte man ihr ein ganzes Glas Wein zu trinken gegeben. Die roten Lippen schienen zu brennen und zu lodern. Aber was ist denn das? Plötzlich kam es ihm so vor, als ob die langen schwarzen Wimpern erzitterten und blinzelten und sich höben, und darunter sahen listige, scharfe, irgendwie ganz unkindlich zwinkernde Augen hervor, als schliefe das Mädchen gar nicht, sondern stellte sich nur schlafend. Wahrhaftig, so war es: ihre Lippen verzogen sich zu einem Lächeln; die Mundwinkel zuckten, als hielte sie sich noch zurück. Doch jetzt gab sie es auf: da war schon ein Lachen, ein deutliches Lachen; etwas Freches und Herausforderndes schimmerte in diesem ganz und gar unkindlichen Gesicht auf; das war das Gesicht einer Dirne, das dreiste Gesicht einer käuflichen französischen Hure. Jetzt verbarg sie sich nicht mehr und öffnete beide Augen; diese umfingen ihn mit einem feurigen, schamlosen Blick; sie lockten ihn; sie lachten ... Etwas unendlich Häßliches, Beleidigendes lag in diesem Lachen, in diesen Augen, in diesem ganzen abscheulichen Ausdruck des Gesichtes einer Dirne. Wie! Eine Fünfjährige! flüsterte Swidrigailow entsetzt. Was ... was hat das zu bedeuten? Jetzt wandte sie ihm das feuerrote Gesichtchen voll zu, sie streckte die Arme aus . . . Ach, du Verfluchte! rief Swidrigailow voll Grauen und hob die Hand gegen sie ... doch in diesem Augenblick erwachte er.

Er lag noch immer auf dem Bett, so wie vorhin in die Decke gewickelt; die Kerze brannte nicht, und draußen schimmerte schon der helle Tag.

Albträume die ganze Nacht! Er erhob sich böse und fühlte sich ganz zerschlagen; sämtliche Knochen taten ihm weh. Draußen lag dichter Nebel, und es war nichts zu erkennen. Es mußte nahezu fünf Uhr sein; er hatte sich verschlafen! Er stand auf und zog sich Jacke und Mantel an, die noch feucht waren. Als er in der Tasche den Revolver spürte, nahm er ihn heraus und brachte die Zündkapsel in Ordnung, dann setzte er sich, zog sein Notizbuch hervor und schrieb auf die erste Seite, an die auffälligste Stelle, mit großen Zügen einige Zeilen. Nachdem er sie noch einmal überlesen hatte, dachte er nach, die Ellbogen auf den Tisch gestützt. Der Revolver und das Notizbuch lagen neben seinem Arm. Die Fliegen, die mittlerweile erwacht waren, hatten sich auf die unberührte Portion Kalbfleisch gesetzt, die ebenfalls auf dem Tisch stand. Lange Zeit sah er sie an und versuchte, mit der freien rechten Hand eine zu erhaschen. Er gab sich die größte Mühe, konnte aber keine fangen. Als er schließlich innewurde, mit was für einer interessanten Tätigkeit er da beschäftigt war, kam er zur Besinnung; er fuhr zusammen, stand auf und verließ entschlossen das Zimmer. Eine Minute später stand er auf der Straße.

Milchweißer dichter Nebel lag über der Stadt. Swidrigailow ging über das schlüpfrige, schmutzige Holzpflaster und schlug die Richtung zur Kleinen Newa ein. Er dachte an das über Nacht gestiegene Wasser der Kleinen Newa, an die Petrowskij-Insel, an die nassen Gartenwege, das nasse Gras, die nassen Bäume und Büsche und schließlich an ebenjenen Strauch ... Ärgerlich begann er die Häuser zu betrachten, damit er auf andere Gedanken käme. Kein Fußgänger, keine Droschke begegnete ihm auf dem X.-Prospekt. Demütig und schmutzig sahen die hellgelben Holzhäuschen mit ihren geschlossenen Fensterläden aus ... Kälte und Feuchtigkeit durchdrangen seinen ganzen Körper, und es begann ihn zu frösteln. Von Zeit zu Zeit stieß er auf die Aushängeschilder von Krämern und Gemüsehändlern, und jedes Schild las er sorgfältig durch. Jetzt war das hölzerne Pflaster zu Ende. Schon stand er vor einem großen steinernen Haus. Ein schmutziger Köter lief ihm, vor Kälte zitternd und mit eingezogenem Schwanz, über den Weg. Ein stockbesoffener Kerl in einem langen Mantel lag mit dem Gesicht auf dem Boden quer über den Bürgersteig. Swidrigailow sah ihn an und ging weiter. Linker Hand kam ein hoher Feuerwehrturm in Sicht.

Ah! dachte er, hier ist der richtige Ort, wozu die Petrowskij-Insel? Wenigstens habe ich auf diese Weise einen offiziellen Zeugen ...

Er lächelte beinahe über diesen neuen Gedanken und bog in die N.-Straße ein. Dort stand ein großes Haus mit einem Feuerwehrturm. Vor dem mächtigen Tor, das noch geschlossen war, stand, mit der Schulter dagegengelehnt, ein kleines Männchen, in einen grauen Soldatenmantel gehüllt und jenen Messinghelm auf dem Kopf, den man Achilleshelm nennt. Mit verschlafenem Blick schielte er gleichgültig auf den näherkommenden Swidrigailow. Sein Gesicht spiegelte jenen uralten, verdrießlichen Gram wider, der ausnahmslos allen Gesichtern des jüdischen Stammes ein so säuerliches Gepräge verleiht. Beide, Swidrigailow und Achilles, musterten einander schweigend eine ganze Weile. Achilles schließlich fand es nicht in der Ordnung, daß jemand, der nicht betrunken war, drei Schritt vor ihm stand, ihn starr ansah und nichts sagte.

»He, was wollen Se hier?« fragte er, rührte sich aber nicht vom Fleck und änderte auch nicht seine Haltung.

»Nichts, mein Lieber; guten Morgen!« erwiderte Swidrigailow.

»Hier haben Se nichts zu suchen!«

»Ich verreise in fremde Länder, mein Lieber.«

»In fremde Länder?«

»Nach Amerika.«

»Nach Amerika?«

Swidrigailow zog den Revolver und spannte den Hahn. Achilles hob die Brauen.

»He, was machen Se? Für solche Späße ist hier kein Platz!«

»Warum soll hier kein Platz dafür sein?«

»Weil kein Platz dafür ist.«

»Nun, mein Lieber, das ist mir ganz egal. Der Platz ist sogar recht gut; wenn man dich ausfragt, dann sage, ich wäre nach Amerika gefahren.«

Er setzte den Revolver an die rechte Schläfe.

»He, das dürfen Se nicht, hier ist kein Platz dafür!« rief Achilles, während er die Augen weiter und weiter aufriß.

Swidrigailow drückte ab.

7

Am selben Tag, allerdings erst abends gegen sieben Uhr, ging Raskolnikow zur Wohnung seiner Mutter und seiner Schwester – zu ebenjener Wohnung im Hause Bakalejew, wo Rasumichin die beiden untergebracht hatte. Der Zugang zur Treppe lag gleich auf der Straße. Unterwegs verlangsamte Raskolnikow immer wieder den Schritt und schien zu schwanken, ob er hingehen solle oder nicht. Aber um keinen Preis wäre er umgekehrt; sein Entschluß war gefaßt. Außerdem ist es ganz gleich; sie wissen ja noch nichts, dachte er, und sind daran gewöhnt, mich für einen Sonderling zu halten ... Sein Anzug sah entsetzlich aus: er war über und über schmutzig, da Raskolnikow die ganze Nacht im Regen verbracht hatte, und zerrissen und zerfetzt. Sein Gesicht war geradezu entstellt; die Müdigkeit, das Unwetter, die körperliche Erschöpfung und der Kampf, den er fast schon durch vierundzwanzig Stunden mit sich selbst ausfocht, hatten ihre tiefen Spuren darin eingegraben. Die ganze Nacht hatte er, Gott weiß wo, allein verbracht. Doch war er jetzt wenigstens zu einem Entschluß gekommen.

Er klopfte an die Tür; seine Mutter öffnete ihm. Dunjetschka war nicht zu Hause. Zufällig war um diese Zeit nicht einmal das Dienstmädchen anwesend. Pulcheria Alexandrowna stand vor freudigem Staunen anfangs ganz starr da; dann nahm sie ihn bei der Hand und zog ihn ins Zimmer.

»Nun, da bist du ja«, begann sie, stammelnd vor Freude. »Sei mir nicht böse, Rodja, daß ich dich so dumm empfange, mit Tränen; ich lache ja und weine gar nicht. Glaubst du, ich weine? Nein, ich freue mich, aber ich habe nun einmal diese alberne Angewohnheit, daß mir immer gleich die Tränen kommen. Das ist seit dem Tod deines Vaters so, daß ich über alles gleich weine. Setz dich, Liebster, du bist sicher müde, das sehe ich. Ach, wie schmutzig du bist!«

»Ich bin gestern in den Regen gekommen, Mama ...« entgegnete Raskolnikow.

»Aber nein, nein!« rief Pulcheria Alexandrowna, die ihn rasch unterbrach. »Du glaubst wohl, ich wollte dich jetzt ausfragen, wie ich es früher getan habe und wie es alte Weiber so an sich haben? Mach dir aber keine Sorgen. Ich verstehe dich ja, ich verstehe alles; inzwischen habe ich gelernt, wie es hier in Petersburg zugeht, und wahrhaftig, ich sehe selbst ein, daß die hiesige Manier gescheiter ist. Ich kam ein für allemal zu dem Schluß: wie könnte ich denn deine Pläne verstehen und wie sollte ich von dir Rechenschaft fordern? Gott weiß, was für Angelegenheiten und Entwürfe du vielleicht im Kopfe hast oder welche Gedanken jetzt in dir reifen; und da sollte ich dich beim Arm nehmen und fragen: Woran denkst du? Ich habe ja ... ach, du lieber Gott! Was treibe ich denn nur und warum benehme ich mich wie eine Verrückte? ... Weißt du, Rodja, ich lese jetzt schon zum drittenmal deinen Artikel in jener Zeitschrift; Dmitrij Prokofjitsch hat ihn mir gegeben. Als ich ihn in die Finger bekam, ging mir endlich ein Licht auf ... Siehst du, du dummes Ding, dachte ich, womit er sich befaßt? Das ist des Rätsels Lösung! Gelehrte sind immer so. Vielleicht hat er gerade jetzt neue Ideen im Kopf; er grübelt darüber nach, und ich quäle und störe ihn nur! Ich lese deinen Artikel, mein Lieber, und verstehe natürlich vieles nicht; aber das kann ja gar nicht anders sein; wie sollte ich es auch begreifen?«

»Zeigen Sie ihn einmal her, Mama!«

Raskolnikow nahm die Zeitschrift und blickte flüchtig auf seinen Artikel. Sowenig das auch mit seiner Lage und seinem Zustand im Einklang stand, empfand er doch jenes seltsame, giftig-süße Gefühl, das ein Autor immer verspürt, wenn er sich zum erstenmal gedruckt sieht; zudem war er doch erst dreiundzwanzig Jahre alt. Das dauerte jedoch nur einen Augenblick. Nachdem er ein paar Zeilen gelesen hatte, runzelte er die Stirn, und tiefer Kummer preßte ihm das Herz zusammen. Mit einem Schlag war ihm der ganze Seelenkampf der letzten Monate in Erinnerung gekommen. Voll Abscheu und Ärger warf er die Zeitschrift auf den Tisch.

»Nur eines, Rodja: so dumm ich auch bin, ich kann doch beurteilen, daß du sehr bald in unserer gelehrten Welt einer der Ersten, wenn nicht der Erste überhaupt sein wirst. Und da brachten es die Leute noch fertig, von dir anzunehmen, du wärest geistesgestört! Hahaha! Du weißt das nicht, aber sie haben es wirklich geglaubt! Ach, wie soll dieses niedere Gewürm auch begreifen, was Verstand ist! Und sogar Dunjetschka, sogar Dunjetschka hat beinahe daran geglaubt – was sagst du dazu? Dein seliger Vater hat zweimal etwas an Zeitungen eingeschickt, das erstemal ein Gedicht – ich habe es in einem Heft aufbewahrt und will es dir gelegentlich zeigen – und dann eine ganze Erzählung; ich hatte ihn damals selber darum gebeten, er solle sie mir zum Abschreiben geben. Und ach, wie sehr haben wir beide darum gebetet, daß man es annehme – man hat es aber nicht angenommen! Vor sechs oder sieben Tagen war ich ganz niedergeschmettert, Rodja, als ich deinen Anzug erblickt und gesehen hatte, wie du wohnst, was du ißt und wie du herumläufst! Jetzt aber erkenne ich, daß ich abermals dumm war; denn wenn du nur willst, kannst du dir jetzt bei deinem Verstand und deinem Talent mit einem Schlag alles verschaffen. Folglich willst du vorläufig nur nicht, weil du dich mit weit wichtigeren Dingen beschäftigst . . .«

»Ist Dunja nicht zu Hause, Mama?«

»Nein, Rodja. Sie ist jetzt sehr oft nicht daheim; sie läßt mich allein. Dmitrij Prokofjitsch – er soll dafür bedankt sein – kommt oft und leistet mir Gesellschaft, und immerzu spricht er von dir. Er liebt und achtet dich sehr, mein Lieber. Ich möchte von deiner Schwester nicht behaupten, daß sie unehrerbietig gegen mich wäre. Ich beklage mich nicht über sie. Sie hat ihren Charakter, ich habe den meinen; sie hat jetzt irgendwelche Geheimnisse, aber ich habe kein Geheimnis vor euch; natürlich bin ich fest davon überzeugt, daß Dunja viel zu klug ist, und außerdem liebt sie mich und dich . . . aber ich weiß nicht, wohin das alles noch führen soll. Du hast mich jetzt glücklich gemacht, Rodja, weil du gekommen bist, aber sie läuft irgendwo spazieren; wenn sie kommt, will ich zu ihr sagen: Während du weg warst, war dein Bruder hier, und wo beliebtest denn du deine Zeit zu verbringen? Du brauchst mich gar nicht so sehr zu verwöhnen, Rodja: wenn du kannst, dann komm, wenn nicht, läßt sich nichts machen; ich will auf dich warten. Ich weiß ja trotzdem, daß du mich liebst, und das genügt mir. Ich will hier deine Werke lesen, ich werde von allen Leuten über dich hören, und von Zeit zu Zeit magst du selber kommen, um mich zu besuchen . . . Was kann ich mir Besseres wünschen? Du bist ja auch jetzt gekommen, deine Mutter zu trösten, ich sehe ja . . .«

Pulcheria Alexandrowna brach plötzlich in Tränen aus.

»Schon wieder weine ich! Achte nicht auf mich dummes Ding! Ach, du lieber Gott, was sitze ich denn da herum?«

rief sie und sprang auf. »Ich habe doch Kaffee im Hause und biete dir nicht einmal etwas an! Da sieht man, wie weit der Egoismus eines alten Weibes geht. Gleich, gleich!«

»Liebe Mama, lassen Sie das, ich muß gleich wieder gehen. Ich bin doch nicht deshalb gekommen. Bitte hören Sie mich an!«

Pulcheria Alexandrowna trat schüchtern auf ihn zu.

»Liebe Mama, was immer geschehen mag, was Sie von mir auch hören mögen, was immer man über mich auch sprechen mag, werden Sie mich stets so lieben wie jetzt?« fragte er plötzlich aus übervollem Herzen, gleichsam ohne seine Worte zu bedenken und abzuwägen.

»Rodja, Rodja, was hast du? Wie kannst du so etwas nur fragen? Und wer soll zu mir über dich etwas sagen? Ich werde niemandem glauben und jeden davonjagen, wer es auch sei.«

»Ich bin hier, um Ihnen zu versichern, daß ich Sie immer geliebt habe, und ich bin froh, daß wir jetzt allein sind, froh sogar, daß Dunjetschka nicht da ist«, fuhr er in der gleichen Gefühlsaufwallung fort. »Ich bin hier, um Ihnen ganz aufrichtig zu sagen: wenn auch ein großes Unglück über Sie kommt, so sollen Sie dennoch wissen, daß Ihr Sohn Sie mehr liebt als sich selbst. Sie sollen wissen, daß all das, was Sie von mir dachten – ich wäre grausam und liebte Sie nicht –, nicht zutrifft. Ich werde nie aufhören, Sie zu lieben ... Nun aber genug; ich war der Ansicht, so vorgehen und mit diesen Worten den Anfang machen zu müssen ...«

Pulcheria Alexandrowna umarmte ihn schweigend, drückte ihn an ihre Brust und weinte leise.

»Was du hast, Rodja, das weiß ich nicht«, sagte sie schließlich. »Ich dachte die ganze Zeit, wir wären dir einfach langweilig geworden, doch jetzt sehe ich, daß dir ein großes Leid bevorsteht und daß du dich deshalb so grämst. Schon lange sehe ich das voraus, Rodja. Verzeih, daß ich das zur Sprache gebracht habe; ich denke immer daran und kann nachts nicht schlafen. Auch deine Schwester hat die vergangene Nacht die ganze Zeit wie im Fieber phantasiert und immerzu von dir gesprochen. Ich hörte einiges, verstand es aber nicht. Den ganzen Vormittag ging ich umher, als sollte ich zur Hinrichtung geführt werden; ich wartete auf etwas, ich ahnte etwas, und jetzt ist es eingetroffen! Rodja, Rodja, wo gehst du hin? Verreist du am Ende?«

»Ja.«

»Das dachte ich mir! Aber ich kann ja mit dir reisen, wenn du mich brauchst. Auch Dunja würde dich begleiten; sie liebt dich, sie liebt dich über alles, und meinetwegen soll auch, wenn es sein muß, Sofja Semjonowna mitkommen; siehst du, ich würde sie sogar gern als Tochter aufnehmen. Dmitrij Prokofjitsch wird uns helfen, daß wir alle beisammen bleiben ... Aber ... wohin ... wirst du reisen?«

»Leben Sie wohl, Mama!«

»Wie? Heute schon?« schrie sie auf, als müßte sie ihn für immer verlieren.

»Ich kann nicht mehr; es ist Zeit für mich; ich muß unbedingt ...«

»Und ich kann nicht mit dir kommen?«

»Nein; aber Sie sollen auf den Knien für mich beten. Ihre Gebete werden vielleicht erhört.«

»Komm, laß dich bekreuzigen, laß dich segnen, siehst du, so, so! O Gott, was sollen wir nur anfangen!«

Ja, er freute sich, er freute sich sehr, daß niemand da war, daß er mit seiner Mutter allein sein konnte. Es schien, als wäre sein Herz nach all dieser grauenvollen Zeit mit einemmal wieder weich geworden. Er fiel vor Pulcheria Alexandrowna nieder; er küßte ihr die Füße, und beide hielten einander umarmt und weinten. Und diesmal wunderte sie sich nicht mehr und stellte ihm keine Fragen. Schon lange hatte sie erkannt, daß mit ihrem Sohn etwas Entsetzliches geschah, und jetzt war irgendein furchtbarer Augenblick für ihn gekommen.

»Rodja, mein Liebster, mein Erstgeborener«, sagte sie schluchzend, »jetzt bist du genauso, wie du als Kind warst ... da kamst du ebenso zu mir und umarmtest und küßtest mich; noch als dein Vater lebte, tröstetest du uns, wenn wir Kummer hatten, allein schon dadurch, daß du bei uns warst; und als ich deinen Vater begraben hatte, wie oft weinten wir da, wenn wir an seinem Grab einander so umarmt hielten wie jetzt! Und daß ich so lange schon weine, liegt daran, daß mein Mutterherz ein Unglück vorausahnte. Als ich dich zum erstenmal wiedersah, weißt du noch, am selben Abend, da wir hier angekommen waren, erkannte ich alles an deinem Blick, und mein Herz zitterte; und als ich dir heute die Tür öffnete, sah ich dich an und dachte: Offenbar ist die Schicksalsstunde gekommen. Rodja, Rodja, du verreist doch nicht gleich?«

»Nein.«

»Kommst du noch einmal wieder?«

»Ja . . . ich komme wieder.«

»Rodja, sei mir nicht böse, ich wage ja gar nicht dich auszufragen. Ich weiß, daß ich es nicht darf; aber sag mir doch, sag es mir nur in zwei kurzen Worten: fährst du weit weg?«

»Sehr weit.«

»Und was erwartet dich dort? Eine Anstellung? Eine Karriere?«

»Was Gott gibt . . . Nur beten Sie für mich!«

Raskolnikow ging zur Tür, doch die Mutter klammerte sich an ihn und sah ihm mit einem verzweifelten Blick in die Augen. Ihr Gesicht war vor Entsetzen verzerrt.

»Genug, Mama!« sagte Raskolnikow. Er bereute zutiefst, daß er seiner Eingebung gefolgt und hierhergekommen war.

»Es ist doch nicht für immer? Es ist doch noch nicht für immer? Du kommst doch wieder? Morgen?«

»Ich komme wieder, ich komme wieder, leben Sie wohl.«

Endlich konnte er sich losreißen.

Der Abend war frisch, aber warm und klar; das Wetter hatte sich schon am Vormittag aufgeheitert. Raskolnikow ging in seine Wohnung; er war in Eile. Er wollte alles noch vor Sonnenuntergang zu Ende bringen und mochte vorher niemandem mehr begegnen. Während er zu seinem Zimmer hinaufstieg, bemerkte er, daß Nastasja von ihrem Samowar aufblickte und ihm unverwandt nachsah.

Es wird doch niemand bei mir sein? überlegte er. Voll Abscheu dachte er an Porfirij. Doch als er sein Zimmer erreicht und die Tür geöffnet hatte, erblickte er Dunjetschka. Sie saß ganz allein in tiefem Sinnen da und schien schon lange auf ihn gewartet zu haben. Er blieb auf der Schwelle stehen. Sie erhob sich erschrocken vom Diwan und richtete sich vor Raskolnikow auf. Ihr Blick, unbeweglich auf ihn gerichtet, zeigte Entsetzen und untröstliches Leid. An diesem Blick allein schon erkannte er sofort, daß sie alles wußte.

»Darf ich zu dir kommen, oder soll ich weggehen?« fragte er mißtrauisch.

»Ich habe heute den ganzen Tag bei Sofja Semjonowna zugebracht; wir haben auf dich gewartet. Wir glaubten, du würdest unbedingt kommen.«

Raskolnikow trat ins Zimmer und setzte sich erschöpft auf einen Stuhl.

»Ich bin ziemlich schwach, Dunja; ich bin sehr müde; und ich möchte mich doch so gerne wenigstens in diesem Augenblick ganz in der Gewalt haben.«

Mißtrauisch blickte er sie an.

»Wo warst du die letzte Nacht?« fragte sie.

»Ich erinnere mich nicht genau; weißt du, Schwester, ich wollte einen endgültigen Entschluß fassen und ging immer wieder die Newa auf und ab, daran erinnere ich mich. Dort wollte ich allem ein Ende machen, aber ... ich konnte mich nicht entschließen ...« flüsterte er, während er Dunja abermals mißtrauisch ansah.

»Gott sei gelobt! Und wie haben Sofja Semjonowna und ich gerade das befürchtet! Du glaubst also noch ans Leben? Gott sei Dank, Gott sei Dank!«

Raskolnikow lächelte bitter.

»Ich war nie gläubig, aber jetzt haben Mutter und ich miteinander geweint, und wir haben einander umarmt; ich bin nicht gläubig, aber trotzdem habe ich zu ihr gesagt, sie möge für mich beten. Gott weiß, wie das kommt, Dunjetschka – ich verstehe nichts davon.«

»Du warst bei Mutter? Hast du es ihr gesagt?« rief Dunja entsetzt. »Hast du es wirklich über dich gebracht, es ihr zu sagen?«

»Nein, ich habe ihr nichts gesagt ... nicht mit Worten; doch hat sie vieles begriffen. Sie hat dich heute nacht phantasieren hören. Ich bin überzeugt, daß sie die Hälfte schon verstanden hat. Vielleicht tat ich nicht gut daran, zu ihr zu gehen. Ich weiß nicht einmal mehr, wozu ich hingegangen bin. Ich bin ein gemeiner Mensch, Dunja.«

»Ein gemeiner Mensch, aber dennoch bereit, dein Leid auf dich zu nehmen! Das wirst du doch?«

»Ja. Jetzt gleich. Um dieser Schande zu entrinnen, wollte ich ins Wasser gehen, Dunja, doch als ich bereits am Wasser stand, dachte ich, ich dürfe, wenn ich mich schon bisher für stark gehalten hätte, jetzt auch die Schande nicht fürchten«, sagte er. »Das ist Stolz, Dunja.«

»Ja, Rodja, das ist Stolz.«

Es war, als blitzte in seinen erloschenen Augen ein Feuer auf; es schien ihm angenehm zu sein, daß er noch stolz sein konnte.

»Du glaubst doch nicht, Schwester, daß ich einfach Angst vor dem Wasser gehabt hätte?« fragte er und sah ihr mit einem häßlichen Lächeln ins Gesicht.

»Ach, Rodja, laß das!« rief Dunja bitter.

Etwa zwei Minuten lang schwiegen beide. Er saß mit gesenktem Kopf da und starrte zu Boden; Dunjetschka stand am anderen Ende des Tisches und blickte ihn voll Qual an. Plötzlich stand er auf.

»Es wird spät, es ist Zeit! Ich gehe jetzt, um mich zu stellen. Aber ich weiß nicht, weshalb ich das tue.«

Große Tränen rollten ihr über die Wangen.

»Du weinst, Schwester – aber kannst du mir noch die Hand reichen?«

»Zweifelst du daran?«

Sie umarmte ihn innig.

»Wenn du jetzt in dein Leid gehst, sühnst du damit nicht schon die Hälfte deines Verbrechens?« fragte sie, während sie ihn fest an sich drückte und küßte.

»Verbrechen? Welches Verbrechen?« schrie er in einem plötzlichen Wutanfall. »Daß ich eine widerliche, schädliche Laus getötet habe, eine alte Wucherin, die niemandem nützte und für deren Ermordung einem vierzig Sünden vergeben werden müßten, ein Weib, das den Armen das Mark aussog ... das soll ein Verbrechen sein? Ich denke nicht daran, das als Verbrechen anzusehen, und ich denke auch nicht daran, es zu sühnen. Warum bloß schreit mir alle Welt das Wort ‚Verbrechen, Verbrechen!' entgegen? Erst jetzt erkenne ich klar, wie töricht mein Kleinmut ist, jetzt, da ich schon beschlossen habe, diese unnötige Schande auf mich zu nehmen! Ich entschließe mich dazu einfach aus Schwäche und Talentlosigkeit und vielleicht auch noch um des Vorteils willen, den mir dieser Mensch angeboten hat, dieser ... Porfirij!«

»Bruder, Bruder, was redest du da! Du hast doch Blut vergossen!« rief Dunja verzweifelt.

»Das alle vergießen«, fiel er ihr wie rasend ins Wort; »das auf der ganzen Welt seit jeher vergossen wurde und noch heute vergossen wird wie ein Katarakt, das vergossen wird wie Champagner und für das man einen auf dem Kapitol bekränzt und dann Wohltäter der Menschheit nennt. Sieh die Dinge doch einmal, wie sie sind! Ich selber wollte doch nur Gutes für die Menschen und hätte Hunderte, Tausende guter Werke getan für diese eine einzige Dummheit. Und es war ja nicht einmal eine Dummheit, sondern einfach nur eine Ungeschicklichkeit; denn mein ganzer Plan war keineswegs so dumm, wie es jetzt, nachdem er gescheitert ist, aussieht ... Bei einem Mißerfolg sieht hinterher immer alles dumm aus! Durch diese Dummheit wollte ich mich unabhängig machen; ich wollte den ersten Schritt tun, wollte zu Geldmitteln kommen, und dann wäre alles durch einen unverhältnismäßig größeren Nutzen ausgeglichen gewesen ... Aber ich, ich hielt nicht einmal den ersten Schritt durch, weil ich ein Schwächling bin! Das ist des Pudels Kern! Aber trotzdem werde ich meine Tat nicht mit euren Augen ansehen; wäre sie mir gelungen, hätte man mich bekränzt – jetzt freilich sitze ich in der Falle!«

»Aber das ist doch alles ganz falsch, das ist doch ganz falsch! Bruder, was redest du da!«

»Ach! Ich habe nicht die richtige Form gewählt, keine ästhetisch einwandfreie Form! Nun, ich kann ganz entschieden nicht einsehen, weshalb es eine ehrenwertere Form sein soll, bei einer regelrechten Belagerung Menschen zu bombardieren! Die Scheu vor der Ästhetik ist das erste Anzeichen der Ohnmacht! ... Noch nie, noch nie ist mir das klarer zu Bewußtsein gekommen als jetzt, und weniger denn je kann ich meine Tat für ein Verbrechen halten! Noch nie, noch nie war ich stärker und überzeugter als jetzt! ...«

Röte schoß ihm in das blasse, abgezehrte Antlitz. Doch während seiner letzten Worte begegnete er unversehens dem Blick Dunjas, und er fand darin so viel Leid, so viel Leid um ihn, daß er unwillkürlich zur Besinnung kam. Er fühlte, daß er trotz allem diese beiden armen Frauen unglücklich gemacht hatte. Trotz allem war er die Ursache ...

»Dunja, Liebste! Wenn ich schuldig bin, dann vergib mir ... obgleich du mir nicht vergeben kannst, falls ich wirklich schuldig bin! Leb wohl! Wir wollen nicht miteinander streiten! Es ist Zeit, hohe Zeit. Folge mir nicht; ich flehe dich an, ich muß noch ... Geh gleich und bleib bei unserer Mutter. Ich beschwöre dich! Das ist meine letzte, meine größte Bitte an dich. Bleib die ganze Zeit bei ihr; ich habe sie in einer Unruhe zurückgelassen, die sie kaum ertragen wird; entweder sie stirbt, oder sie verliert den Verstand. Bleib bei ihr! Rasumichin wird euch zur Seite stehen; ich habe mit ihm gesprochen ... Weine nicht um mich: ich will mir Mühe geben, mutig und ehrlich zu sein, mein ganzes Leben lang, obwohl ich ein Mörder bin. Vielleicht hörst du noch einmal von mir. Ich werde euch keine Schande machen, das sollst du sehen; ich will es euch noch beweisen ... Aber jetzt einstweilen auf Wiedersehen«, schloß er hastig; während seiner letzten Worte und Verheißungen hatte er abermals einen sonderbaren Ausdruck in Dunjas Augen bemerkt. »Was weinst du denn so? Weine nicht, weine nicht; wir trennen uns ja nicht für immer! ... Ach ja! Warte, ich habe etwas vergessen! ...«

Er trat zum Tisch, nahm ein dickes, verstaubtes Buch zur Hand, öffnete es und zog zwischen den Blättern ein kleines Porträt hervor, ein Aquarell auf Elfenbein. Es zeigte seine ehemalige Braut, die am Nervenfieber gestorben war, die Tochter seiner Wirtin, jenes merkwürdige Mädchen, das ins Kloster hatte gehen wollen. Etwa eine Minute lang starrte er das ausdrucksvolle, kranke Gesichtchen an, küßte das Bild dann und reichte es Dunjetschka.

»Mit ihr habe ich auch viel über diese Dinge gesprochen, mit ihr allein«, sagte er nachdenklich. »Ihrem Herzen habe ich vieles von dem anvertraut, was später so häßlich Wirklichkeit wurde. Sei unbesorgt«, wandte er sich wieder an Dunja, »sie gab mir ebensowenig recht wie du, und ich bin froh, daß sie nicht mehr am Leben ist. Die Hauptsache, die Hauptsache ist, daß alles jetzt einen neuen Anfang nimmt, daß alles entzweigebrochen wird«, rief er dann plötzlich; von neuem hatte ihn sein Jammer überwältigt; »alles, alles ... Bin ich aber auch dafür bereit? Will ich es selber? Man sagt, daß diese Prüfung für mich nötig sei! Wozu all diese sinnlosen Prüfungen, wozu? Werde ich denn nach zwanzig Jahren Zwangsarbeit, zermalmt von Mühsal, von Stumpfsinn, von greisenhafter Kraftlosigkeit, weiter sein als heute? Was wird mein Leben dann noch für einen Sinn haben? Wie kann ich mich denn jetzt auf ein solches Leben einlassen? Oh, als ich heute im Morgengrauen an der Newa stand, wußte ich, daß ich ein Schwächling bin!«

Beide gingen schließlich fort. Es war schwer für Dunja, aber sie liebte ihn trotzdem! Sie trennten sich, aber nachdem Dunja etwa fünfzig Schritt weit gegangen war, wandte sie sich um, um ihn noch einmal anzublicken. Er war noch zu sehen. Als er an der Ecke anlangte, drehte auch er sich um; zum letztenmal trafen sich ihre Blicke; doch als er merkte, daß sie ihn ansah, bedeutete er ihr mit einer ungeduldigen, ja geradezu zornigen Handbewegung, sie solle gehen, und bog scharf um die Ecke.

Ich bin böse; das sehe ich, dachte er, als er sich gleich darauf dieser ärgerlichen Gebärde bewußt wurde. Aber weshalb lieben sie mich so sehr, obwohl ich es nicht wert bin? Oh, wenn ich doch allein wäre und niemand mich liebte und ich selbst nie jemanden geliebt hätte! *Dann wäre das alles nicht geschehen!* Aber ich wüßte gern, ob meine Seele in den kommenden fünfzehn oder zwanzig Jahren wirklich so versklavt werden wird, daß ich andächtig vor den Menschen greine und mich bei jedem Wort einen Räuber nenne. Ja, das ist es, eben das! Deshalb schicken sie mich jetzt in die Verbannung; das gerade wollen sie ... Da rennen die Leute auf der Straße hin und her, und es ist doch jeder von ihnen schon von Natur aus ein Schuft und Bandit ... noch schlimmer: ein Idiot! Aber es sollte nur ein Mensch wagen, mir die Verbannung nach Sibirien ersparen zu wollen – jeder würde ganz toll werden vor edler Entrüstung! Oh, wie ich sie alle hasse!

Er versank in tiefes Grübeln darüber, wodurch es wohl so weit kommen könnte, daß er sich schließlich ohne Widerrede vor allen diesen Menschen demütigte, aus Überzeugung demütigte. Aber warum sollte es nicht so weit kommen? Natürlich, das mußte geschehen – würden denn zwanzig Jahre unablässigen Druckes ihn nicht endgültig niederzwingen? Steter Tropfen höhlt den Stein! Aber wozu, wozu soll ich dann noch leben, wozu gehe ich jetzt dorthin, da ich doch selbst weiß, daß alles genauso sein wird, wie es im Buche steht, um keinen Deut anders?

Er legte sich diese Frage seit dem gestrigen Abend vielleicht schon zum hundertstenmal vor, aber er ging dennoch seinen Weg.

8

Als er zu Sonja kam, begann es schon zu dämmern. Den ganzen Tag hatte sie gemeinsam mit Dunja in entsetzlicher Erregung auf ihn gewartet. Dunja war schon am Morgen gekommen, da ihr eingefallen war, daß Swidrigailow gesagt hatte, Sonja wisse alles. Wir wollen das Gespräch der beiden Frauen und ihre Tränen nicht im einzelnen schildern, auch nicht, wie sehr sie einander näherkamen. Dunja nahm aus diesem Beisammensein wenigstens den einen Trost mit, daß ihr Bruder nicht allein sein werde: ihr, Sonja, hatte er zuerst gebeichtet; in ihr hatte er einen Menschen gesucht, als er einen Menschen dringend brauchte; und sie folgte ihm gewiß, wohin ihn das Schicksal auch verschlug. Dunja stellte keine Fragen, aber sie wußte, daß es so sein werde. Sie betrachtete Sonja geradezu mit einer Art Ehrfurcht und verwirrte sie anfangs beinahe durch die Hochachtung, die sie ihr entgegenbrachte. Sonja war den Tränen nahe; sie hielt sich ganz im Gegenteil für unwürdig, Dunja auch nur anzusehen. Das herrliche Bild, wie sich Dunja bei ihrer ersten Begegnung in Raskolnikows Wohnung so aufmerksam und achtungsvoll vor ihr verneigt hatte, hatte sich für immer Sonjas Seele eingeprägt als das Schönste und Unbegreiflichste, das ihr in ihrem Leben je widerfahren war.

Dunja hielt es schließlich nicht mehr aus und verließ Sonja, um den Bruder in dessen Wohnung zu erwarten; sie dachte, daß er zunächst dorthin gehen werde. Sobald Sonja allein war, begann sie sich mit dem schrecklichen Gedanken zu quälen, daß er vielleicht wirklich Selbstmord begangen haben könnte. Das hatte auch Dunja befürchtet. Aber beide hatten einander den ganzen Tag lang um die Wette mit allen Argumenten davon zu überzeugen gesucht, daß das gar nicht möglich sein konnte, und solange sie beisammen waren, fühlten sie sich ruhiger. Jetzt jedoch begannen beide, kaum daß sie sich getrennt hatten, nur an dieses eine zu denken. Sonja erinnerte sich, wie Swidrigailow gestern zu ihr gesagt hatte, Raskolnikow stünden nur noch zwei Wege offen: die Wladimirka oder ... Außerdem kannte sie seinen hochfahrenden Stolz, seine Eitelkeit und seinen Unglauben.

Können ihn denn wirklich nur Kleinmut und die Angst vor dem Tode dazu bewegen, am Leben zu bleiben? fragte sie sich zuletzt verzweifelt. Unterdessen begann die Sonne zu sinken. Traurig stand Sonja am Fenster und blickte, ohne eine Bewegung zu machen, hinaus – aber von ihrem Fenster aus war nur die ungetünchte Brandmauer des Nachbarhauses zu sehen. Endlich, als sie fast schon völlig vom Tode des Unglücklichen überzeugt war, trat er ins Zimmer.

Ein freudiger Schrei entrang sich ihrer Brust. Doch als sie ihm aufmerksam ins Gesicht sah, wurde sie plötzlich blaß.

»Nun ja«, sagte Raskolnikow lächelnd, »ich komme, um mir dein Kreuz zu holen, Sonja. Du selbst hast mich damals auf den Kreuzweg geschickt; hast du etwa jetzt, da es so weit ist, den Mut verloren?«

Sonja blickte ihn verwundert an. Sein Ton berührte sie seltsam; ein Kälteschauer lief ihr über den Rücken, doch sogleich erriet sie, daß sowohl sein Ton wie seine Worte nur gespielt waren. Während er sprach, starrte er in eine Ecke, als wollte er es vermeiden, ihr offen ins Gesicht zu sehen.

»Weißt du, Sonja, ich habe mir überlegt, daß es so wohl vorteilhafter für mich ist. Da ist ein Umstand ... Nun ja, ich müßte zu weit ausholen, um dir das zu erzählen, und es ist auch völlig überflüssig. Aber weißt du, was mich vor allem erbittert? Mich erbittert, daß alle diese stumpfen, viehischen Fratzen mich jetzt umringen, mich mit ihren Glotzaugen unverwandt anstarren und mir ihre dummen Fragen stellen werden, auf die ich antworten muß – mit den Fingern wird man auf mich weisen ... Pfui! Weißt du, ich gehe nicht zu Porfirij; er hängt mir nachgerade zum Hals heraus. Lieber gehe ich zu meinem Freund Schießpulver; den kann ich in Erstaunen setzen, bei dem kann ich einen tollen Eindruck machen. Allerdings müßte ich möglichst kaltblütig auftreten, und seit neuestem läuft mir bei jeder Kleinigkeit schon die Galle über. Ob du es mir glaubst oder nicht: beinahe hätte ich eben meiner Schwester mit der Faust gedroht, nur weil sie sich umwandte, um mich ein letztesmal anzusehen. Es ist eine Schweinerei, so ein Zustand! Ach, wie weit ist es mit mir gekommen! Also, wo sind die Kreuze?«

Er war offensichtlich völlig verstört. Er konnte nicht eine Minute ruhig stehenbleiben; auf keinen Gegenstand vermochte er seine Aufmerksamkeit zu konzentrieren; seine Gedanken sprangen förmlich durcheinander; er redete Unsinn, seine Hände zitterten.

Schweigend holte Sonja zwei Kreuze aus ihrer Truhe: eines aus Zypressenholz und ein anderes aus Bronze. Sie bekreuzigte sich und ihn und hängte ihm das Holzkreuz um den Hals.

»Das ist also das Symbol dafür, daß ich nun das Kreuz auf mich nehme, hehehe! Als ob ich bis jetzt zuwenig gelitten hätte! Ein Kreuz aus Zypressenholz! Also schlicht und volkstümlich; das bronzene Kreuz, das Lisaweta gehört hat, nimmst du – zeig her! Sie trug es also ... in jenem Augenblick? Da fällt mir ein ähnliches Kreuz ein – es war aus Silber – und ein kleines Heiligenbild. Ich warf sie damals der Alten auf die Brust. Wahrhaftig, die beiden Sachen sollte ich mir jetzt umhängen ... sie paßten gerade ... Aber was rede ich die ganze Zeit für Unsinn; ich vergesse ganz, weshalb ich hergekommen bin; ich bin seltsam zerstreut! ... Siehst du, Sonja – ich bin eigentlich gekommen, um dir zu sagen, daß es jetzt so weit ist; du sollst es wissen ... Das wäre alles ... nur deshalb bin ich zu dir gekommen. Hm! Ich dachte, ich würde dir mehr sagen. Du wolltest ja selbst, daß ich hinginge und mich stellte, und nun werde ich im Gefängnis sitzen, und dein Wunsch geht in Erfüllung; weshalb weinst du also? Auch du weinst? Hör auf; laß es genug sein; ach, wie sehr mich das alles quält!«

Doch ein Gefühl regte sich in ihm; das Herz preßte sich ihm zusammen, als er sie ansah. Und sie, was will sie? dachte er. Was bedeute ich ihr? Weshalb weint sie, weshalb sorgt sie sich um mich wie Mutter oder Dunja? Sie will wohl Kindermädchen bei mir spielen? ...

»Bekreuzige dich, bete, bete wenigstens dieses eine Mal!« flehte Sonja ihn mit zitternder, zaghafter Stimme an.

»Oh, bitte sehr, soviel du nur willst! Aus ganzem Herzen will ich beten, Sonja, aus ganzem Herzen ...«

Er hatte etwas ganz anderes sagen wollen.

Er schlug einige Male das Kreuz. Sonja nahm ihr Tuch und band es sich um den Kopf. Es war ein grünes Wolltuch, wahrscheinlich jenes, das Marmeladow seinerzeit erwähnt und das er das »Familientuch« genannt hatte. Das fuhr Raskolnikow durch den Kopf, doch fragte er nicht. Wirklich spürte er allmählich selbst, wie furchtbar zerfahren und nahezu schrecklich aufgeregt er war. Er erschrak darüber. Plötzlich erschütterte es ihn auch, daß Sonja mit ihm gehen wollte.

»Was tust du? Wohin willst du? Bleib hier, bleib! Ich gehe allein!« rief er verzagt und ärgerlich und wandte sich beinahe zornig zur Tür. »Wozu brauche ich ein ganzes Gefolge!« murmelte er im Weggehen.

Sonja blieb mitten im Zimmer stehen. Er hatte sich von ihr nicht einmal verabschiedet; er hatte sie schon vergessen; ein einziger bitterer, empörter Zweifel zerriß ihm die Seele.

Ist es auch richtig, ist es richtig? fragte er sich von neuem, als er die Treppe hinabstieg. Ist es denn wirklich nicht mehr möglich, innezuhalten und alles wieder in Ordnung zu bringen ... und nicht hinzugehen?

Aber er ging trotzdem. Plötzlich fühlte er, daß es ein für allemal keinen Sinn hatte, sich weitere Fragen zu stellen. Als er auf die Straße trat, fiel ihm plötzlich ein, daß er sich nicht von Sonja verabschiedet hatte, daß sie mit ihrem grünen Kopftuch mitten im Zimmer zurückgeblieben war und, weil er sie angeschrien hatte, es nicht gewagt hatte, sich zu regen; und er blieb einen Augenblick stehen. In dieser Sekunde durchzuckte ihn plötzlich ein Gedanke wie ein greller Blitz – als hätte dieser Gedanke nur darauf gewartet, ihn endgültig zu vernichten.

Weshalb und wozu bin ich jetzt zu ihr gegangen? Ich habe ihr gesagt, ich käme mit einem bestimmten Anliegen; aber was war das für ein Anliegen? Ich hatte doch überhaupt nichts bei ihr zu suchen! Ich wollte ihr erklären, daß ich *hingehe*; aber was sollte das? Das war doch ganz und gar überflüssig! Liebe ich sie etwa? Aber nein! Nein? Eben habe ich sie fortgejagt wie einen Hund. Habe ich etwa ihr Kreuz gebraucht? Oh, wie tief bin ich gesunken! Nein – ich brauchte ihre Tränen; ich mußte ihre Angst sehen, mußte sehen, wie ihr das Herz weh tat und wie sie sich quälte! Ich mußte mich wenigstens an irgend etwas klammern, mußte zögern, mußte einen Menschen sehen! Und ich, ich habe es gewagt, mich so ganz auf mich selbst zu verlassen, so große Dinge von mir zu erträumen ... Ich Bettler, ich jämmerlicher, erbärmlicher Lump!

Er lief den Kai am Kanal entlang und hatte nicht mehr weit zu gehen. Doch als er bei der Brücke angelangt war, blieb er stehen, bog plötzlich seitwärts auf die Brücke ab und schlug die Richtung zum Heumarkt ein.

Gierig sah er nach rechts und nach links; er verbohrte sich mit dem Blick angestrengt in jeden Gegenstand, konnte jedoch seine Aufmerksamkeit auf nichts konzentrieren; alles entglitt ihm. In einer Woche oder in einem Monat wird man mich in einem dieser Häftlingswagen irgendwohin hier über die Brücke fahren ... Wie werde ich dann auf den Kanal hinunterschauen – daran sollte ich mich erinnern! flog es ihm durch den Kopf. Hier dieses Schild ... wie werde ich dann dieselben Buchstaben lesen? Da steht »Gennossenschaft« ... dieses »n« sollte ich mir merken; wenn ich es dann nach einem Monat wiedersehe, wie wird mir da zumute sein? Was werde ich fühlen und denken? O Gott, wie niedrig! Muß denn das alles sein, all diese meine jetzigen ... Sorgen? Natürlich wird es in seiner Art ... interessant werden ... Hahaha! Was ich da alles zusammenphantasiere ... Ich werde zum Kind, ich tue vor mir selbst groß; nun, warum schäme ich mich meiner? Pfui, wie die Leute drängen! Zum Beispiel dieser Dicke – offenbar ein Deutscher –, der mich eben gestoßen hat: weiß er denn, wen er da stößt? Das Weib hier mit dem Kind bittet um Almosen; sie hält mich offenbar für glücklicher als sich – wie kurios! Na, der könnte ich des Spaßes halber eine Kleinigkeit geben. Aha, ein Fünfkopekenstück habe ich noch in der Tasche, woher nur? »Da ... nimm, meine Liebe!«

»Gott beschütze dich!« hörte er die Bettlerin leise sagen.

Er kam auf den Heumarkt. Es war ihm unangenehm, höchst unangenehm, sich durch die Leute zu drängen, aber er ging gerade dorthin, wo möglichst viele Menschen beisammenstanden. Er hätte alles auf Erden dafür gegeben, allein bleiben zu können; aber er fühlte selbst, daß er nicht imstande war, auch nur eine einzige Minute allein zu verbringen. Ein Betrunkener vollführte allerhand Unfug in der Menge ... immer wieder wollte er tanzen, taumelte aber jedesmal zur Seite. Man stellte sich im Kreise um ihn auf. Raskolnikow drängte sich durch die Masse, betrachtete den Betrunkenen eine ganze Weile und lachte dann plötzlich kurz und abgerissen auf. Einen Augenblick später hatte er den Mann schon vergessen, ja, er sah ihn gar nicht mehr, obgleich er ihn noch immer anblickte. Schließlich entfernte er sich und wußte nicht einmal, wo er war; doch als er zur Mitte des Platzes kam, überwältigte ihn eine plötzliche Regung; ein Gefühl packte ihn mit einemmal und nahm ihn ganz gefangen – Leib und Gedanken.

Unversehens erinnerte er sich an Sonjas Worte: »Stell dich an eine Straßenecke, verneige dich vor aller Welt, küsse die Erde, weil du auch sie geschändet hast, und sage laut vor allem

Volke: Ich bin ein Mörder!« Er erzitterte am ganzen Leib, als er sich dessen entsann. Und der hoffnungslose Schmerz und die Unruhe dieser ganzen Zeit, besonders aber der letzten Stunden, lasteten so drückend auf ihm, daß er sich geradezu gierig in dieses frische, neue, volle Gefühl stürzte, das sich da vor ihm auftat. Wie ein Anfall hatte es ihn plötzlich gepackt; es war in einem einzigen Funken in ihm aufgesprüht und hatte ihn jäh wie ein Feuer ganz erfaßt. Mit einem Schlag wurde alles in ihm weich und sanft, und die Tränen schossen ihm in die Augen. Er stürzte zu Boden ...

Er kniete mitten auf dem Platz nieder, neigte sich tief und küßte inbrünstig und voll Glück die schmutzige Erde. Er stand auf und verneigte sich ein zweitesmal.

»Der hat aber geladen!« bemerkte ein Bursche neben ihm.

Gelächter klang auf.

»Er pilgert nach Jerusalem, ihr Lieben, und nimmt jetzt Abschied von den Kindern und der Heimat; er verneigt sich vor aller Welt; er küßt die Residenzstadt St.Petersburg und ihren Boden«, fügte ein angeheiterter Mann aus dem Kleinbürgerstande hinzu.

»Noch ein ganz junges Bürschlein«, warf ein dritter ein.

»Und vornehm dazu!« bemerkte jemand in würdevollem Ton.

»Heutzutage kann man nicht mehr unterscheiden, wer vornehm ist und wer nicht.«

Alle diese Äußerungen und Reden hielten Raskolnikow zurück, und das Wort: Ich habe gemordet, das ihm schon auf der Zunge lag, erstarb in ihm. Doch nahm er alle diese Rufe ruhig hin und ging, ohne sich umzublicken, geradeswegs durch die nächste Gasse zum Polizeirevier. Unterwegs glaubte er wie eine flüchtige Erscheinung eine vertraute Gestalt zu erblicken, doch er wunderte sich nicht darüber; er hatte schon geahnt, daß es so kommen werde. Als er sich auf dem Heumarkt zum zweitenmal zur Erde verneigt und sich nach links gewandt hatte, hatte er in etwa fünfzig Schritt Entfernung Sonja stehen sehen. Sie verbarg sich vor ihm hinter einer der hölzernen Buden, die auf dem Platze standen – offenbar hatte sie ihm auf seinem ganzen kummervollen Weg das Geleit gegeben! In diesem Augenblick fühlte und erkannte Raskolnikow ein für allemal, daß Sonja von jetzt an für immer bei ihm sein und ihm selbst bis ans Ende der Welt folgen werde, wohin sein Schicksal ihn auch verschlagen mochte. Sein Herz drehte sich um ... aber da hatte er schon das verhängnisvolle Gebäude erreicht.

Ziemlich gefaßt betrat er den Hof. Er mußte ins dritte Stockwerk hinauf. Vorläufig gehe ich nur die Treppe hinauf, dachte er. Überhaupt schien ihm, als wäre es noch weit bis zu jenem verhängnisvollen Augenblick, als bliebe ihm noch viel Zeit bis dahin, so daß er noch vieles überlegen konnte.

Wieder der gleiche Schmutz, die gleichen Abfälle auf der Wendeltreppe, wieder die weit geöffneten Wohnungstüren, wieder dieselben Küchen, aus denen Dunst und Gestank herausdrangen. Raskolnikow war seit damals nicht mehr hier gewesen. Seine Beine waren wie taub und knickten ein, doch sie liefen weiter. Er blieb einen Moment stehen, um Atem zu schöpfen und sich zurechtzumachen, damit er *wie ein Mensch* eintrete. Aber wozu? Weshalb? dachte er plötzlich, als er sich seines Tuns bewußt wurde. Wenn ich diesen Kelch schon trinken muß, ist dann nicht alles andere gleichgültig? Je abscheulicher ich aussehe, desto besser ist es! In seiner Phantasie tauchte für einen Augenblick die Gestalt Ilja Petrowitschs auf, des Leutnants »Schießpulver« ... Soll ich denn wirklich zu ihm gehen? Kann es nicht ein anderer sein? Soll ich mich am Ende an Nikodim Fomitsch wenden? Wenn ich umkehrte und zu dem Inspektor in die Wohnung ginge? Wenigstens verliefe dann alles in einer mehr privaten Atmosphäre ... Nein, nein! Zu Schießpulver, zu Schießpulver! Wenn ich den Kelch schon leeren muß, dann lieber gleich und auf einmal ...

Von Kälteschauern gepackt und kaum bei klaren Sinnen, öffnete er die Tür zum Revier. Diesmal waren nur sehr wenige Leute hier; ein Hausknecht stand da, ferner ein Mann aus dem einfachen Volk. Der wachhabende Polizist schaute nicht einmal aus seinem Verschlag heraus. Raskolnikow ging in das nächste Zimmer. Vielleicht läßt es sich doch noch vermeiden, zuckte es ihm durch den Kopf. In dem zweiten Zimmer war ein Schreiber in Zivil, der vor einem Pult stand, gerade dabei, etwas niederzuschreiben. In der Ecke saß ein zweiter Schreiber. Sametow war nicht da, natürlich auch nicht Nikodim Fomitsch.

»Ist niemand hier?« fragte Raskolnikow den Mann am Schreibpult.

»Wen wünschen Sie zu sprechen?«

»Ah! Ah! ‚Mit dem Auge nicht zu sehen, mit dem Ohr nicht zu hören, aber Geruch nach Menschenfleisch . . .' Wie heißt es nur in diesem Märchen? . . . ich hab's vergessen! Meine Hochachtung!« rief plötzlich eine bekannte Stimme.

Raskolnikow fuhr zusammen. Vor ihm stand Schießpulver; er war aus dem dritten Zimmer hereingekommen. Das ist Schicksal! dachte Raskolnikow. Warum ist gerade er hier?

»Sie kommen zu uns? Was führt Sie her?« fragte Ilja Petrowitsch. Er war offensichtlich bester Laune, ja sogar ein klein wenig erregt. »Wenn Sie dienstlich etwas von uns wollen, sind Sie zu früh gekommen. Ich bin nur zufällig da . . . Übrigens, wenn ich Ihnen behilflich sein kann . . . Aber ich muß Ihnen gestehen . . . wie war doch gleich . . .? Entschuldigen Sie . . .«

»Raskolnikow.«

»Natürlich: Raskolnikow! Sie glauben hoffentlich nicht, ich hätte Ihren Namen wirklich vergessen! Bitte halten sie mich nicht für einen so . . . Rodion Ro . . . Ro . . . Rodionytsch so war es doch, nicht wahr?«

»Rodion Romanowitsch.«

»Ja, ja, ja! Rodion Romanowitsch! Es lag mir schon auf der Zunge. Ich habe mich sogar öfters nach Ihnen erkundigt. Ich muß Ihnen aufrichtig gestehen: es hat mir sehr leid getan, daß wir beide damals so . . . Später erklärte man mir die ganze Sache; ich hörte, daß Sie ein junger Literat, ja geradezu ein Gelehrter sind . . . und sozusagen die ersten Schritte machen . . . Ach, du lieber Gott! Welcher Literat und Gelehrte hätte im Anfang nicht originelle Schritte getan! Meine Frau und ich – wir schätzen beide die Literatur, bei meiner Frau ist das geradezu eine Leidenschaft! . . . Die Literatur und die Kunst! Wenn man nur edel denkt . . . alles übrige kann man mit Talent, Wissen, Verstand und Genie erreichen!

Ein Hut – nun, was ist zum Beispiel ein Hut? Ein Hut ist ein Deckel; ich kann ihn bei Zimmermann kaufen; aber was unter dem Hut steckt und von ihm bedeckt wird, das zu kaufen bin ich nicht in der Lage, mein Herr! ... Ich gestehe Ihnen, daß ich Sie sogar schon aufsuchen wollte, um mich bei Ihnen zu entschuldigen; doch dann dachte ich, daß Sie vielleicht ... Übrigens frage ich Sie nicht einmal, ob Sie nicht wirklich etwas brauchen! Ich hör, daß Sie Ihre Familie zu Besuch haben?«

»Ja, meine Mutter und meine Schwester sind hier.«

»Ich hatte sogar die Ehre und das Glück, Ihre Schwester kennenzulernen – eine gebildete, bezaubernde Dame. Ich muß Ihnen gestehen, es hat mir leid getan, daß wir beide damals so in Hitze gerieten. Das war eine Sache! Und daß ich Sie Ihrer Ohnmacht wegen etwas schief anschaute – das hat sich ja später glänzend aufgeklärt! Verbohrtheit und Fanatismus! Ich kann Ihnen Ihre Entrüstung nachfühlen. Wollen Sie vielleicht anläßlich der Ankunft Ihrer Familie die Wohnung wechseln?«

»Nein, ich wollte nur ... Ich bin gekommen, um zu fragen ... Ich dachte, ich würde Sametow hier treffen!«

»Ach, richtig! Sie sind ja mit ihm befreundet; ich habe davon gehört. Nun, den können Sie hier nicht treffen – er ist nicht mehr bei uns. Jawohl, wir haben Alexander Grigorjewitsch verloren! Seit gestern wird er nicht mehr bei uns geführt; er ist versetzt worden ... Zum Schluß hat er sich sogar noch mit allen zerstritten ... er wurde geradezu ungezogen ... Ein Windhund, sonst nichts ... Er berechtigte zwar zu einigen Hoffnungen; aber was wollen Sie von diesen Leuten, von unserer blendenden Jugend? Er möchte irgendein Examen machen, aber bei uns wird immer bloß geredet und wichtiggetan, und fertig ist das Examen! Da ist das doch beispielsweise bei Ihnen oder Ihrem Freund, Herrn Rasumichin, eine ganz andere Sache! Sie haben die Laufbahn eines Wissenschaftlers eingeschlagen, und kein Mißerfolg wird Sie davon abbringen können. Alles, was das Leben reizvoll macht – nihil est für Sie; Sie sind ein Asket, ein Mönch, ein Einsiedler! ... Sie brauchen ein Buch, die Feder hinterm Ohr und gelehrte Untersuchungen – da lassen Sie sich's wohlgehen; in diesen Regionen fühlen Sie sich zu Hause. Ich selbst bin ein wenig ... Haben Sie die Aufzeichnungen Livingstones gelesen?«

»Nein.«

»Ich schon. Übrigens macht sich der Nihilismus jetzt sehr breit; nun ja, das ist ja auch verständlich; was sind denn das für Zeiten, frage ich Sie! Ich will Ihnen ... Sie sind doch natürlich kein Nihilist? Antworten Sie mir aufrichtig, ganz aufrichtig!«

»N-n-nein ...«

»Ach, wissen Sie, mit mir können Sie ganz offen sprechen: Sie brauchen sich keinen Zwang aufzuerlegen, tun Sie, als wären Sie mit sich allein! Der Dienst ist eine Sache für sich ... und eine andere Sache ist – Sie glauben wohl, ich wollte jetzt sagen: die Freundschaft? Nein, mein Herr, Sie haben es nicht erraten! Nicht die Freundschaft, sondern das Gefühl, daß man auch Staatsbürger und Mensch ist, das Gefühl der Humanität und der Liebe zum Allmächtigen. Ich kann durchaus eine offizielle Persönlichkeit sein und meinen Dienst tun, aber trotzdem bin ich immer verpflichtet, mich als Staatsbürger und als Mensch zu fühlen und mir darüber Rechenschaft abzulegen . . . Sie beliebten eben Sametow zu erwähnen. Sametow zum Beispiel würde wie ein Franzose in einem unanständigen Lokal bei einem Glas Champagner oder Donwein Krach schlagen – da haben Sie Ihren Sametow! Ich aber glühe sozusagen vor Ergebenheit und hohen Gefühlen; außerdem stelle ich etwas vor, ich habe einen Rang, bekleide eine Stellung! Ich bin verheiratet und habe Kinder. Ich erfülle meine Pflicht als Staatsbürger und als Mensch, aber wer ist denn er, dieser Sametow, wenn Sie mir die Frage gestatten? Ich frage Sie als einen Menschen, der durch seine Bildung hoch über den andern steht ... Übrigens machen sich jetzt auch diese Hebammen furchtbar breit.«

Raskolnikow zog fragend die Brauen hoch. Ilja Petrowitschs Gerede – er war offenbar soeben erst vom Essen gekommen – hämmerte und prasselte auf ihn los wie ein leeres Geräusch. Aber einen Teil von dem, was jener sagte, verstand er irgendwie doch; er blickte fragend auf und wußte nicht, worauf der andere hinauswollte.

»Ich spreche von diesen kurzgeschorenen Mädchen«, fuhr der zum Schwatzen aufgelegte Ilja Petrowitsch fort. »Ich nenne sie für mich Hebammen und finde, daß diese Bezeichnung vorzüglich paßt. Hehe! Da drängen sie sich in die Akademie und treiben Anatomiestudien, aber sagen Sie mir bitte: wenn ich einmal krank werden sollte, würde ich da ein Mädchen rufen, um mich behandeln zu lassen?«

Ilja Petrowitsch lachte, sehr zufrieden mit seiner witzigen Bemerkung.

»Nehmen wir an, das alles geschehe aus einem unstillbaren Wissensdrang; aber wenn man einmal Wissen erworben hat, dann soll man es dabei bewenden lassen. Wozu Mißbrauch treiben? Wozu vornehme Leute beleidigen, wie dieser Taugenichts Sametow es tut? Weshalb hat er mich beleidigt? Sagen Sie mir das! Und wie die Selbstmorde jetzt überhand nehmen – das können Sie sich gar nicht vorstellen! Alle diese Menschen verjubeln ihr letztes Geld und bringen sich dann um. Junge Mädchen, Knaben, alte Leute ... Erst heute morgen ist uns zum Beispiel ein neuer Selbstmord gemeldet worden; es handelt sich dabei um einen Herrn, der erst seit kurzem in Petersburg wohnt. Nil Pawlytsch, he, Nil Pawlytsch! Wie hieß er doch bloß, dieser Gentleman, der sich heute früh auf der Petersburger Seite erschossen hat?«

»Swidrigailow«, antwortete jemand aus dem anderen Zimmer mit heiserer, teilnahmsloser Stimme.

Raskolnikow fuhr zusammen.

»Swidrigailow? Swidrigailow hat sich erschossen?« rief er.

»Wie! Kannten Sie ihn?«

»Ja ... ich kannte ihn ... er war erst vor kurzem hier eingetroffen ...«

»Ganz richtig, er wohnte noch nicht lange hier; er hatte gerade seine Frau verloren. Er war ein Mensch von liederlichem Lebenswandel, und plötzlich erschoß er sich, noch dazu auf eine so skandalöse Weise, daß man es sich nicht vorstellen kann ... In seinem Notizbuch hat er ein paar Worte hinterlassen, er gehe bei vollem Verstand in den Tod und bitte, niemandem daran die Schuld zu geben. Er soll Geld gehabt haben. Woher kannten Sie ihn?«

»Ich ... kannte ihn ... Meine Schwester war als Gouvernante bei ihm ...«

»Aha, aha ... da können Sie uns vielleicht etwas über ihn mitteilen? Haben Sie irgend so etwas vermutet?«

»Ich habe ihn noch gestern gesehen ... Er ... trank Wein ... Mir ist nichts aufgefallen.«

Raskolnikow hatte das Gefühl, als wäre ein schweres Gewicht auf ihn gestürzt und zermalmte ihn.

»Sie sehen schon wieder ganz blaß aus. Die Luft bei uns ist ja auch wirklich schlecht ...«

»Ich muß jetzt gehen«, murmelte Raskolnikow. »Entschuldigen Sie, daß ich gestört habe ...«

»Oh, bitte sehr, sooft es Ihnen beliebt! Sie haben mir ein Vergnügen gemacht, und ich freue mich, Ihnen erklären zu können ...«

Ilja Petrowitsch reichte ihm sogar die Hand.

»Ich wollte nur ... ich wollte zu Sametow ...«

»Ich verstehe, ich verstehe; aber es war mir wirklich ein Vergnügen.«

»Ich ... habe mich auch sehr gefreut ... Auf Wiedersehen ...« sagte Raskolnikow lächelnd.

Er verließ das Polizeirevier. Er taumelte, der Kopf drehte sich ihm, und er spürte seine Beine nicht mehr. Er stieg langsam die Treppe hinunter und hielt sich mit der Rechten an der Wand fest. Es schien ihm, als wäre er mit einem Mann zusammengestoßen, der ihm mit einem Buch in der Hand auf der Treppe entgegenkam, und er meinte einen kleinen Hund irgendwo in einem unteren Stockwerk wütend bellen und eine Frau schreiend die Teigrolle nach dem Hund werfen zu hören. Er kam unten an und trat in den Hof. Hier auf dem Hof, in der Nähe des Ausgangs, stand Sonja, blaß und ganz starr, und blickte ihn scheu an. Er blieb vor ihr stehen. Etwas Schmerzliches, Qualvolles drückte sich in ihren Zügen aus, etwas Verzweifeltes. Sie rang die Hände. Ein häßliches, verlorenes Lächeln verzog seine Lippen. So stand er eine Zeitlang, dann lachte er auf und ging zurück in das Revier.

Ilja Petrowitsch hatte sich gesetzt und stöberte in einem Stoß Akten. Vor ihm stand jener Mann, der mit ihm, Raskolnikow, eben erst auf der Treppe zusammengestoßen war.

»Ah! Ah! Da sind Sie ja noch einmal! Haben Sie etwas vergessen? . . . Aber was ist denn mit Ihnen?«

Mit bleichen Lippen und starrem Blick trat Raskolnikow still auf ihn zu. Er ging an den Tisch, stützte sich mit der Hand darauf und wollte etwas sagen, vermochte es aber nicht; man hörte nur ein paar abgerissene Laute.

»Ihnen ist schlecht! Einen Stuhl! Hier, setzen Sie sich, setzen Sie sich! Wasser!«

Raskolnikow ließ sich auf den Stuhl fallen, wandte aber keinen Blick von dem Gesicht Ilja Petrowitschs. Ilja Petrowitsch war sehr erstaunt und einigermaßen unangenehm berührt. Beide sahen einander eine Minute lang an und warteten. Man brachte Wasser.

»Ich habe . . .« begann Raskolnikow.

»Trinken Sie!«

Raskolnikow schob mit der Hand das Glas zurück und sprach leise und mit großen Pausen, aber deutlich vernehmbar: *»Ich habe damals die alte Beamtenwitwe und ihre Schwester Lisaweta mit dem Beil erschlagen und beraubt.«*

Ilja Petrowitsch riß den Mund auf. Von allen Seiten liefen Leute herbei.

Raskolnikow wiederholte seine Aussage.

EPILOG

1

Sibirien. Am Ufer eines großen, einsamen Flusses liegt eine Stadt, eines der Verwaltungszentren Rußlands; in der Stadt ist eine Festung, in der Festung ein Gefängnis. In diesem Gefängnis lebt nun schon seit neun Monaten der Zwangsarbeiter zweiter Kategorie Rodion Raskolnikow. Seit dem Tage seines Verbrechens sind fast anderthalb Jahre verstrichen.

Das Verfahren gegen ihn hatte keine besonderen Schwierigkeiten geboten. Der Täter hielt seine Aussage exakt, fest und klar aufrecht, verschleierte keinen der näheren Umstände, suchte nichts zu seinen Gunsten zu beschönigen, trachtete nicht, die Tatsachen zu entstellen, und verschwieg auch nicht die kleinste Einzelheit. Er erzählte Punkt für Punkt, wie der Mord geschehen war, klärte das Geheimnis des *Pfandes* auf – des hölzernen Brettes mit der Metallplatte –, das man in den Händen der ermordeten Alten gefunden hatte; er berichtete eingehend, wie er ihr die Schlüssel weggenommen hatte, beschrieb diese Schlüssel, beschrieb die Truhe und ihren Inhalt; er zählte sogar einzeln die Gegenstände auf, die daringelegen hatten; er löste das Rätsel, weshalb auch Lisaweta ermordet worden war; er erzählte, wie Koch gekommen war und geklopft hatte und nach ihm der Student; er gab alles wieder, was die beiden miteinander gesprochen hatten; er berichtete, wie er, der Täter, dann über die Treppe gelaufen war und Nikolka und Mitka hatte kreischen hören; wie er sich in der leeren Wohnung versteckte und dann nach Hause ging; und er führte schließlich unter Bewachung das Gericht zu dem Stein hinter dem Tor in dem Hof am Wosnesenskij-Prospekt, wo die Wertsachen und der Geldbeutel auch gefunden wurden. Mit einem Wort – der Fall lag klar. Untersuchungsrichter und Gericht wunderten sich übrigens sehr, daß er den Geldbeutel und die Sachen unter dem Stein versteckt und keinen Gebrauch von ihnen gemacht hatte; vor allem aber waren sie darüber verblüfft, daß er sich weder an die Sachen, die er doch selbst gestohlen hatte, genau erinnerte noch auch nur deren Zahl anzugeben vermochte. Insbesondere die Tatsache, daß er den Geldbeutel kein einziges Mal geöffnet hatte und nicht einmal wußte, wieviel Geld darin war, war im höchsten Maße unglaubhaft. Übrigens wurden in der Börse dreihundertsiebzehn Rubel in Silber und drei Zwanzigkopekenstücke gefunden; einige der größeren Geldscheine, die obenauf lagen, hatten durch das lange Liegen unter dem Stein sehr gelitten. Lange bemühte man sich herauszubekommen, warum der Angeklagte in diesem einen Punkt log, während er doch in allem anderen aus freien Stücken geständig war und auch bei der Wahrheit blieb. Schließlich räumten einige Leute – vor allem Psychologen – sogar die Möglichkeit ein, daß er vielleicht wirklich nicht in den Geldbeutel geschaut habe und daher nicht wissen könne, was darin war, sondern daß er ihn tatsächlich, ohne hineinzusehen, unter dem Stein versteckt habe; aber daraus zog man sofort den Schluß, das Verbrechen könne nur in einem Anfall zeitweiliger Umnachtung begangen worden sein, sozusagen unter dem Einfluß einer monomanischen Zwangsvorstellung, zu morden und zu rauben, ohne damit weitere Absichten zu verfolgen und ohne auf einen Vorteil zu rechnen. Hier kam ihm die neueste moderne Theorie der zeitweiligen Umnachtung zustatten, eine Theorie, die man heutzutage so gern zur Erklärung von Verbrechen heranzieht. Zudem wurde von vielen Zeugen bis in Einzelheiten hinein bestätigt, daß Raskolnikow schon lange an einer schweren Hypochondrie litt: von Doktor Sosimow, von den früheren Kameraden, von der Hauswirtin, vom Dienstpersonal. All das war der Auffassung sehr förderlich, daß Raskolnikow kein gewöhnlicher Mörder, Bandit und Räuber sei, sondern daß hier etwas anderes vorliege. Zum größten Ärger jener, die diese Meinung vertraten, unternahm der Verbrecher selber jedoch fast keinen Versuch, sich zu rechtfertigen; auf die Frage, was ihn denn nun letztlich zu diesem Mord getrieben und was ihn bewogen habe, einen Raub zu begehen, antwortete er mit brutaler Klarheit, seine einzigen Motive seien seine elende

Lage, seine Armut und seine Hilflosigkeit gewesen; dazu sei der Wunsch gekommen, die ersten Schritte auf seinem Lebensweg mit Hilfe von mindestens dreitausend Rubel zu sichern, die er bei dem Opfer zu finden gehofft hatte. Den Entschluß, einen Mord zu begehen, habe er fassen können, da er von Natur einen leichtfertigen, schwachen Charakter besitze; außerdem sei er durch Entbehrungen und Mißerfolge gereizt gewesen. Auf die Frage, was ihn denn bewogen habe, sich freiwillig zu stellen, antwortete er unverzüglich, das sei aus aufrichtiger Reue geschehen. Alle diese Aussagen wirkten fast schon plump.

Das Urteil fiel jedoch milder aus, als man nach dem begangenen Delikt hätte erwarten können – vielleicht gerade deshalb, weil der Angeklagte kaum Anstrengungen machte, sich zu rechtfertigen, sondern es anscheinend geradezu darauf anlegte, sich noch mehr zu belasten. Alle die seltsamen und ungewöhnlichen Umstände des Falles wurden in Betracht gezogen. Die Krankheit und die jammervolle Lage des Angeklagten vor dem Verbrechen konnten nicht dem geringsten Zweifel unterliegen. Daß er von dem gestohlenen Gut keinen Gebrauch gemacht hatte, wurde zum Teil seiner bereits erwachten Reue zugeschrieben, zum Teil der nicht ganz normalen Geistesverfassung zum Zeitpunkt der Tat. Daß diese letzte Annahme zutraf, wurde auch durch den völlig unbeabsichtigten Mord an Lisaweta erhärtet und durch verschiedene Begleitumstände dieser Tat. Jemand begeht zwei Morde und vergißt dabei, daß die Tür offensteht! Schließlich fiel auch ins Gewicht, daß er sich zu einem Zeitpunkt gestellt hatte, als der Fall infolge des falschen Geständnisses eines verzagten Fanatikers – Nikolajs – bereits außerordentlich verworren geworden war und als außerdem fast nichts auf den wirklichen Täter hindeutete, ja, nicht einmal irgendwelche Verdachtsmomente gegen ihn bestanden – Porfirij Petrowitsch hatte also voll und ganz sein Wort gehalten. All das trug schließlich dazu bei, das Schicksal des Angeklagten zu mildern.

Außerdem wurden völlig unerwartet auch noch einige weitere Dinge bekannt, die ein recht günstiges Licht auf den

Angeklagten warfen. Der ehemalige Student Rasumichin hatte irgendwo die Tatsache ausgegraben und mit Beweisen belegt, daß Raskolnikow, als er noch an der Universität war, mit seinen letzten Mitteln einem armen, schwindsüchtigen Kommilitonen geholfen und ihn durch ein halbes Jahr fast ganz erhalten hatte. Als der junge Mann gestorben war, kümmerte sich Raskolnikow um dessen gelähmten Vater – sein Kamerad hatte fast von seinem dreizehnten Jahr an durch seine Arbeit für den Unterhalt des alten Mannes gesorgt –, brachte den Greis schließlich in einem Krankenhaus unter und ließ ihn, nachdem der Alte ebenfalls tot war, anständig begraben. Alle diese Mitteilungen wirkten sich natürlich auf die Entscheidung über Raskolnikows Schicksal einigermaßen vorteilhaft aus. Seine ehemalige Hauswirtin, die Mutter seiner verstorbenen Braut, die Witwe Sarnizyna, bezeugte unter anderem, daß Raskolnikow, als sie noch in ihrem alten Haus an den Pjat Uglow wohnten, nachts bei einer Feuersbrunst aus einer bereits brennenden Wohnung zwei kleine Kinder herausgeholt und dabei Brandwunden erlitten hatte. Diese Angabe wurde sorgfältig überprüft und von vielen Zeugen genügend glaubwürdig bestätigt. Kurz, der Prozeß endete damit, daß der Angeklagte in Anbetracht dessen, daß er sich selbst gestellt hatte, und einiger mildernder Umstände nur zu Zwangsarbeit zweiter Klasse für die Dauer von acht Jahren verurteilt wurde.

Gleich zu Beginn des Prozesses wurde Raskolnikows Mutter krank. Dunja und Rasumichin hatten eine Möglichkeit gefunden, sie für die ganze Zeit des Gerichtsverfahrens aus Petersburg wegzubringen. Rasumichin suchte eine Stadt aus, die in der Nähe Petersburgs und an der Eisenbahn lag, um den Prozeß in allen Einzelheiten regelmäßig verfolgen und doch möglichst oft mit Awdotja Romanowna zusammenkommen zu können. Pulcheria Alexandrownas Krankheit war ein seltsames Nervenleiden und ging Hand in Hand mit einer Art Geistesschwäche, indem sie, wenigstens zeitweise, an Bewußtseinsstörungen litt. Als Dunja von ihrem letzten Zusammentreffen mit dem Bruder heimkam, fand sie die Mutter schon krank; sie hatte Fieber und phantasierte. Am selben Abend noch besprach sie sich mit Rasumichin, was sie eigentlich der Mutter antworten wollten, falls sie nach Raskolnikow fragte. Sie erfanden gemeinsam für Pulcheria Alexandrowna eine ganze Geschichte, daß Raskolnikow irgendwohin, weit weg, an die Grenze Rußlands, gereist sei, in einem privaten Auftrag, der ihm endlich Geld und Ruhm eintragen werde. Aber es verblüffte sie beide, daß Pulcheria Alexandrowna weder damals noch später irgendwelche Fragen stellte. Im Gegenteil, sie kam selbst mit einer ganzen Geschichte über die plötzliche Abreise ihres Sohnes; unter Tränen erzählte sie, wie er sie aufgesucht habe, um sich von ihr zu verabschieden; dabei gab sie andeutungsweise zu verstehen, daß ihr allein viele überaus wichtige, geheimnisvolle Umstände bekannt seien und daß Rodja viele höchst einflußreiche Feinde habe, so daß er sich sogar verbergen müsse. Was jedoch seine künftige Karriere betraf, so war auch Pulcheria Alexandrowna der Meinung, daß er unbezweifelbar einen glänzenden Aufstieg nehmen müsse, sobald gewisse widrige Umstände aus dem Wege geräumt wären; sie versicherte Rasumichin, ihr Sohn werde später noch ein berühmter Staatsmann werden, was sein Artikel und seine blendende literarische Begabung bewiesen. Diesen Artikel las sie immer wieder; sie las ihn manchmal sogar vor; fast nahm sie die Zeitschrift mit ins Bett; aber trotzdem stellte sie nie eine Frage, wo sich Rodja jetzt eigentlich aufhalte, sogar ungeachtet der Tatsache, daß man sichtlich vermied, mit ihr darüber zu sprechen – was allein schon ihren Argwohn hätte erwecken können. Schließlich begannen Dunja und Rasumichin dieses hartnäckige Schweigen Pulcheria Alexandrownas über gewisse Punkte zu fürchten. Sie beklagte sich zum Beispiel nicht einmal darüber, daß sie keine Briefe von ihm erhielt, obwohl sie doch früher, solange sie noch in ihrer kleinen Stadt gewohnt hatte, einzig in der Hoffnung und in der Erwartung gelebt hatte, möglichst bald einen Brief von ihrem geliebten Rodja zu bekommen. Diese letzte Tatsache war kaum zu begreifen und beunruhigte Dunja sehr; ihr kam der Gedanke, daß die Mutter wohl etwas Furchtbares für das Schicksal ihres Sohnes ahnte und Angst hatte, Fragen zu stellen, um nicht etwas noch Schlimmeres zu erfahren. Jedenfalls erkannte Dunja, daß Pulcheria Alexandrownas Verstand gelitten haben mußte.

Zweimal geschah es übrigens, daß Pulcheria Alexandrowna selbst dem Gespräch eine Wendung gab, die es eigentlich unmöglich machte zu antworten, ohne zu erwähnen, wo Rodja sich aufhalte; als daraufhin die Antworten notgedrungen unbefriedigend und verdächtig ausfielen, wurde sie ganz traurig, düster und schweigsam, was sehr lange Zeit anhielt. Dunja sah schließlich ein, daß es schwer war, ständig zu lügen und zu erfinden, und so entschied sie, daß es besser sei, über gewisse Punkte völlig zu schweigen; indessen wurde es immer klarer und offenkundiger, daß die arme Mutter etwas Entsetzliches argwöhnte. Dunja entsann sich unter anderem der Worte ihres Bruders, daß die Mutter sie in der Nacht vor jenem letzten schicksalsschweren Tag, also nach der Szene mit Swidrigailow, im Schlaf hatte sprechen hören – hatte sie damals vielleicht irgend etwas verstehen können? Oft, manchmal nach Tagen und sogar Wochen finsteren, mürrischen Schweigens und wortloser Tränen, wurde die Kranke in fast hysterischer Weise lebhaft und begann plötzlich laut und fast ohne Unterbrechung von ihrem Sohn zu sprechen, von ihren Hoffnungen, von der Zukunft ... Diese Phantasien waren bisweilen sehr merkwürdig. Man lenkte sie ab, man stimmte ihr bei – und sie selbst erkannte vielleicht am deutlichsten, daß man ihr nur beipflichtete, um sie abzulenken, aber sie redete dennoch ...

Fünf Monate, nachdem sich der Verbrecher gestellt hatte, wurde das Urteil über ihn gefällt. Rasumichin besuchte ihn im Gefängnis, sobald das nur möglich war, ebenfalls Sonja. Schließlich kam die Trennung. Dunja versicherte ihrem Bruder, daß sie sich nicht für immer trennten; Rasumichin tat desgleichen. In Rasumichins jungem, hitzigem Kopf hatte sich der Plan festgesetzt, womöglich in den nächsten drei, vier Jahren wenigstens den Grundstock eines künftigen Vermögens zu schaffen, wenigstens einiges Geld zu sparen und dann nach Sibirien überzusiedeln, wo der Boden in jeder Hinsicht reich war und wo es nur wenig Arbeiter, wenig Menschen und wenig Kapital gab; dort wollte er sich in jener

Stadt niederlassen, in der Rodja lebte, und dann ... konnten sie alle gemeinsam ein neues Leben beginnen. Beim Abschied weinten alle. Raskolnikow war in den letzten Tagen sehr nachdenklich, fragte viel nach der Mutter und machte sich unablässig Sorgen um sie. Er quälte sich ihretwegen so sehr, daß es Dunja beunruhigte. Als er in allen Einzelheiten von der krankhaften Gemütsveränderung seiner Mutter erfuhr, wurde er sehr düster. Zu Sonja war er aus irgendwelchen Gründen die ganze Zeit über besonders wortkarg. Sonja hatte sich mit Hilfe des Geldes, das Swidrigailow ihr hinterlassen hatte, schon längst reisefertig gemacht und war bereit, der Sträflingsabteilung zu folgen, mit der Raskolnikow verschickt werden sollte. Darüber war zwischen ihr und ihm kein einziges Wort gewechselt worden; aber beide wußten, daß es so sein würde. Beim letzten Abschied lächelte er merkwürdig über die feurigen Versicherungen seiner Schwester und Rasumichins, die von einer glücklichen gemeinsamen Zukunft sprachen, wenn er einmal die Zwangsarbeit abgebüßt hätte, und er sagte voraus, daß die Krankheit ihrer Mutter bald mit einem Unglück enden werde. Er und auch Sonja traten schließlich die Reise an.

Zwei Monate später heirateten Dunjetschka und Rasumichin. Die Hochzeit war still und traurig. Zu den Gästen zählten übrigens Porfirij Petrowitsch und Sosimow. In der letzten Zeit hatte Rasumichin das Aussehen eines Mannes gewonnen, der einen festen Entschluß gefaßt hat. Dunja glaubte blindlings, daß er alle seine Absichten durchführen werde, und sie hatte auch keinen Grund, daran zu zweifeln: dieser Mensch legte einen eisernen Willen an den Tag. Unter anderem besuchte er auch wieder seine Vorlesungen, um sein Studium zu beendigen. Beide entwarfen sie jeden Augenblick Zukunftspläne; sie rechneten fest damit, in fünf Jahren nach Sibirien übersiedeln zu können. Einstweilen jedoch setzten sie alle ihre Hoffnung auf Sonja.

Pulcheria Alexandrowna gab ihrer Tochter freudig den Segen zu der Ehe mit Rasumichin; doch nach der Hochzeit schien sie noch trauriger und sorgenvoller zu werden. Um ihr eine Freude zu machen, hatte ihr Rasumichin unter anderem die Geschichte von dem Studenten und seinem gebrechlichen Vater erzählt, ferner, daß Rodja Brandwunden erlitten hatte und sogar krank geworden war, als er im vergangenen Jahr zwei kleine Kinder vor dem Feuertode gerettet hatte. Beide Geschichten versetzten die ohnedies schon wirre Pulcheria Alexandrowna fast in Verzückung. Unablässig redete sie davon; ja, sie erzählte sogar wildfremden Leuten auf der Straße davon, obgleich Dunja sie ständig begleitete. Wenn sie in öffentlichen Verkehrsmitteln oder in Kaufläden nur irgendeinen Zuhörer fand, brachte sie die Rede sofort auf ihren Sohn, auf dessen Artikel, darauf, wie er einem Studenten geholfen und bei einer Feuersbrunst Brandwunden erlitten hatte, und dergleichen mehr. Dunjetschka wußte nicht mehr, wie sie sie zurückhalten sollte. Abgesehen davon, daß diese verzückte krankhafte Stimmung ihr gefährlich werden konnte, war stets auch die Möglichkeit gegeben, daß sich jemand an den Prozeß und an den Namen Raskolnikow erinnerte und die Sprache darauf brachte. Pulcheria Alexandrowna fand sogar heraus, wo die Mutter der beiden aus den Flammen geretteten Kinder wohnte, und wollte sie unbedingt aufsuchen. Schließlich überstieg ihre Unruhe jedes Maß. Manchmal begann sie plötzlich zu weinen, und sie war oft krank und sprach im Fieber. Eines Morgens erklärte sie mit Bestimmtheit, nach ihrer Berechnung müsse Rodja bald zurückkommen; denn sie erinnere sich, daß er ihr beim Abschied selbst gesagt habe, sie solle ihn nach neun Monaten erwarten. Sie fing an, in der Wohnung alles aufzuräumen und für das Wiedersehen vorzubereiten; sie richtete das für ihn bestimmte Zimmer her – ihr eigenes –, sie reinigte die Möbel, wusch alles, hängte neue Gardinen auf und so weiter. Dunja war sehr besorgt, schwieg jedoch und half ihr, das Zimmer für den Empfang des Bruders herzurichten. Nach einem unruhigen Tag, den Pulcheria Alexandrowna unter endlosen wirren Reden in freudigen Träumen und unter Tränen verbracht hatte, erkrankte sie in der Nacht; am Morgen hatte sie schon hohes Fieber und phantasierte. Ein Nervenfieber war ausgebrochen. Zwei Wochen darauf starb sie. In ihren Fieberphantasien entschlüpften ihr Worte, denen man entnehmen konnte, daß sie weit mehr von dem furchtbaren Schicksal ihres Sohnes geahnt hatte, als man vermutete.

Raskolnikow erfuhr lange nichts von dem Tod seiner Mutter, obwohl der Briefwechsel mit Petersburg gleich zu Beginn seines Aufenthaltes in Sibirien in Gang gekommen war. Er wurde von Sonja geführt, die pünktlich jeden Monat an Rasumichin schrieb und pünktlich jeden Monat Antwort von ihm erhielt. Die Briefe Sonjas kamen Dunja und Rasumichin anfangs irgendwie trocken und unbefriedigend vor; doch zuletzt fanden beide, daß sie unmöglich besser schreiben konnte, denn ihre Briefe vermittelten trotz allem die vollständigste und genaueste Vorstellung von dem Los ihres unglücklichen Bruders. Sonjas Briefe waren voll der alltäglichsten Wirklichkeit; sie veranschaulichte auf die schlichteste und klarste Weise das ganze Milieu, in dem Raskolnikow als Zwangsarbeiter lebte. Sie sprach nicht von ihren eigenen Hoffnungen, richtete keine Fragen an die Zukunft und schilderte auch nicht ihre eigenen Gefühle. Statt ihre Gemütsverfassung und überhaupt ihr ganzes inneres Leben zu beschreiben, teilte sie nur Tatsachen mit, das heißt, sie gab Raskolnikows eigene Worte wieder, berichtete ausführlich über seinen Gesundheitszustand, schrieb, was er an diesem oder jenem Tage bei einer Zusammenkunft gewünscht, worum er gebeten, was er ihr aufgetragen hatte, und so weiter. All das wurde mit ungewöhnlicher Genauigkeit erzählt. Und schließlich ergab sich daraus ganz von selbst das Bild des unglücklichen Bruders, genau und klar gezeichnet; nichts konnte falsch daran sein, denn es gründete sich allein auf Tatsachen.

Dunja und ihr Mann konnten diesen Mitteilungen, besonders anfangs, nur wenig Erfreuliches entnehmen. Sonja berichtete immer wieder, daß er ständig mürrisch und verschlossen sei und sich fast nicht für die Nachrichten interessiere, die sie ihm jedesmal aus den an sie gerichteten Briefen übermittle; immer wieder habe er nach der Mutter gefragt, und als sie gemerkt habe, daß er die Wahrheit ahnte, habe sie ihm schließlich von ihrem Tod Mitteilung gemacht; aber zu ihrem Erstaunen habe sogar die Nachricht vom Tod seiner Mutter keinen sehr tiefen Eindruck auf ihn gemacht; wenigstens sei ihr das dem äußeren Anschein nach so vorgekommen. Sie schrieb unter anderem, daß er sich, obgleich er offenbar so sehr in sich selbst versponnen sei und sich gegen alle gleichsam abschließe, zu seinem neuen Leben sehr natürlich und einfach einstelle; daß er seine Lage richtig einschätze, für die nächste Zeit nichts Besseres erwarte, keine leichtsinnigen Hoffnungen hege – was doch bei Menschen in seiner Situation so oft vorkomme – und sich in seiner neuen Umgebung, die so ganz anders sei als alles, was er von früher her gewohnt sei, fast über nichts wundere. Sie berichtete, daß sein Gesundheitszustand befriedigend sei. Er gehe zur Arbeit, vor der er sich nicht drücke und zu der er sich nicht dränge. Was es zu essen gebe, sei ihm völlig gleich, doch sei die Verpflegung außer an Sonn- und Feiertagen derartig schlecht, daß er endlich von ihr, Sonja, gern einiges Geld angenommen habe, um sich täglich Tee leisten zu können; was alles andere betreffe, so habe er sie gebeten, sich keine Mühe zu geben, und ihr versichert, all diese Fürsorge ärgere ihn nur. Weiter teilte Sonja mit, daß er im Gefängnis in einem Raum zusammen mit den anderen Gefangenen untergebracht sei; sie habe das Zuchthaus nicht von innen gesehen, meine aber, daß es dort eng, abscheulich und unhygienisch sein müsse. Er schlafe auf einer Pritsche und lege sich eine Filzmatte unter, sonst wolle er nichts für sich tun. Er lebe aber keineswegs nach irgendeinem vorgefaßten Plan oder aus Absicht so hart und armselig, sondern einfach aus Gleichgültigkeit und Unachtsamkeit dem eigenen Schicksal gegenüber. Sonja schrieb unumwunden, daß er sich, zumal in der ersten Zeit, kaum für ihre Besuche interessiert habe, sondern im Gegenteil über ihr Kommen beinahe ärgerlich gewesen sei; daß er anfangs schweigsam und grob zu ihr gewesen sei, daß ihm aber am Ende diese Besuche zu einer Gewohnheit und geradezu zu einer Art Bedürfnis geworden seien, so daß er sich sogar sehr kränkte, als sie einige Tage krank gewesen sei und nicht habe kommen können. Sie sehe ihn an Feiertagen beim Gefängnistor oder in der Wachstube, wohin man ihn für einige Minuten rufe; an Werktagen jedoch treffe sie ihn an seinem Arbeitsplatz – entweder in den Werkstätten oder in den Ziegeleien oder in den

Lagerhäusern am Ufer des Irtysch. Über sich selbst schrieb Sonja, daß es ihr gelungen sei, in der Stadt bereits einige Bekannte und Gönner zu finden; sie beschäftige sich mit Näharbeiten, und da es in der Stadt fast keine Modistinnen gebe, sei sie in vielen Häusern schon geradezu unentbehrlich geworden; allerdings erwähnte sie nicht, daß durch ihre Vermittlung auch Raskolnikow die Protektion seiner Vorgesetzten genoß, so daß ihm zum Beispiel leichtere Arbeiten zugewiesen worden waren und dergleichen mehr. Schließlich kam die Nachricht – Dunja hatte schon Sonjas letzten Briefen eine gewisse Unruhe und Sorge angemerkt –, daß er allen Menschen aus dem Wege gehe, daß die Zwangsarbeiter im Gefängnis ihn nicht leiden könnten und daß er ganze Tage schweige und sehr bleich geworden sei. Endlich, in ihrem letzten Brief, schrieb Sonja, er sei ernstlich erkrankt und liege im Gefangenenhospital ...

2

Er war schon lange krank gewesen; aber nicht die Schrekken seines Daseins als Sträfling, nicht die Strapazen der Arbeit, nicht die schlechte Ernährung, nicht der kahlrasierte Kopf, nicht die zerfetzte Kleidung hatten ihn gebrochen. Oh! was kümmerte er sich um all diese Qualen und Martern! Im Gegenteil, er freute sich über die Arbeit: wenn er sich bis zur Erschöpfung müde gearbeitet hatte, konnte er wenigstens einige Stunden ruhig schlafen. Und was bedeutete ihm das Essen – diese dünne Kohlsuppe mit den Küchenschaben darin? Früher, als Student, hatte er oft nicht einmal das gehabt. Seine Kleidung war warm und paßte zu seinem jetzigen Leben. Die Ketten spürte er gar nicht. Und wie hätte er sich seines rasierten Kopfes und seiner zweifarbigen Jacke schämen sollen? Vor wem denn? Vor Sonja? Sonja fürchtete ihn, und er sollte sich vor ihr schämen?

Aber wie kam das? Er schämte sich tatsächlich vor Sonja und quälte sie dafür mit seinem geringschätzigen, unfreundlichen Verhalten. Doch er schämte sich nicht seines rasierten

Kopfes und der Ketten: sein Stolz war es, den man tief verletzt hatte; er erkrankte aus verwundetem Stolz. Oh, wie glücklich wäre er gewesen, hätte er sich selbst anklagen können! Dann hätte er alles ertragen, sogar Schande und Schmach. Aber er war streng mit sich ins Gericht gegangen, und sein verhärtetes Gewissen fand in seiner Vergangenheit keine besondere Schuld, es sei denn vielleicht einen einfachen *Fehlschlag*, der jedem unterlaufen konnte. Er schämte sich einfach dessen, daß er, Raskolnikow, so blind, hoffnungslos, stumpf und dumm, dem Urteilsspruch eines willkürlichen Schicksals zufolge, untergegangen war; daß er sich mit diesem sinnlosen Urteil abfinden und sich ihm fügen mußte, wenn er auch nur ein kleines bißchen zur Ruhe kommen wollte.

Gegenstandslose, ziellose Unruhe in der Gegenwart und in der Zukunft ein einziges, ununterbrochenes Opfer, durch das nichts gewonnen wurde – das war es, was ihm auf Erden bevorstand. Und was bedeutete es, daß er in acht Jahren erst zweiunddreißig Jahre alt war und das Leben von vorn anfangen konnte? Wozu sollte er leben? Was sich vornehmen? Wonach streben? Sollte er leben, nur um zu existieren? Aber er war doch auch früher schon tausendfach bereit gewesen, sein Dasein für eine Idee hinzugeben, für eine Hoffnung, sogar für ein Phantasiebild! Das bloße Dasein war ihm immer zuwenig gewesen; stets hatte er mehr gewollt. Vielleicht hatte er sich damals einzig um der Intensität seiner Wünsche willen für einen Menschen gehalten, dem mehr erlaubt ist als den anderen.

Wenn ihm das Schicksal wenigstens Reue geschenkt hätte – brennende Reue, die das Herz zerbricht und den Schlaf verscheucht, eine Reue, bei deren entsetzlichen Qualen man an Strick und Wasser denken muß! Oh, er hätte sich über diese Reue gefreut! Qualen und Tränen – auch das ist ja Leben. Aber er bereute sein Verbrechen nicht. Hätte er sich wenigstens über seine eigene Dummheit erbosen können, wie er früher seiner häßlichen, höchst albernen Handlungsweise wegen, die ihn in den Kerker gebracht hatte, über sich zornig gewesen war! Doch jetzt, im Gefängnis, also *in Freiheit*, erwog und bedachte er aufs neue all sein Tun und fand es keineswegs so dumm und abscheulich, wie es ihm vorher, in jener schicksalsschweren Zeit, erschienen war.

Worin, worin nur, dachte er, war mein Gedanke dümmer als andere Gedanken und Theorien, die in der Welt umherschwirren und sich gegenseitig stoßen, seit diese Welt besteht? Man braucht die Sache nur einmal mit völlig vorurteilslosem, offenem und von den Einflüssen des Alltags unabhängigem Blick zu betrachten, und dann sieht mein Gedanke keineswegs so ... seltsam aus. Oh, ihr Verneiner und ihr Neunmalklugen, deren Weisheit keine fünf Kopeken wert ist, warum bliebt ihr auf halbem Wege stehen?!

Weshalb bloß kommt ihnen meine Handlungsweise so abstoßend vor? fragte er sich. Weil ich ein Verbrechen begangen habe? Was heißt da Verbrechen? Mein Gewissen ist ruhig. Natürlich habe ich ein kriminelles Delikt begangen; natürlich wurde der Buchstabe des Gesetzes verletzt und Blut vergossen; aber so nehmt doch für den Buchstaben des Gesetzes meinen Kopf ... und fertig! Freilich hätten in diesem Fall viele Wohltäter der Menschheit, die die Macht nicht geerbt, sondern aus eigener Kraft an sich gerissen hatten, schon bei ihren ersten Schritten hingerichtet werden müssen. Aber diese Menschen brachen nicht zusammen unter der Last ihrer Taten, und darum *hatten sie recht*; ich dagegen ertrug meine Tat nicht und hatte daher auch nicht das Recht, mir diesen Schritt zu erlauben.

Nur in diesem Punkt fühlte er sich schuldig: daß er nicht durchgehalten und sich selbst gestellt hatte.

Er litt auch unter dem Gedanken, warum er damals nicht Selbstmord begangen hatte. Weshalb hatte er damals am Wasser gestanden und es dann doch vorgezogen, sich anzuzeigen? Lag denn wirklich eine solche Kraft in diesem Wunsch, nur zu leben, und war es so schwer, mit diesem Wunsch fertigzuwerden? Swidrigailow hatte doch seinen Lebenswillen überwunden, obgleich er den Tod so gefürchtet hatte?

Voll Qual fragte er sich das und vermochte nicht zu erkennen, daß er vielleicht schon damals, als er am Wasser gestanden hatte, die tiefe Lüge in sich selbst und in seinen Überzeugungen geahnt hatte. Er erkannte nicht, daß diese

Ahnung ein Vorbote der nahenden Umwälzung in seinem Leben sein könnte, ein Vorbote seiner künftigen Auferstehung, seiner künftigen neuen Anschauungen.

Eher gestand er sich hier eine stumpfe Schwerfälligkeit des Instinktes zu, den er nicht brechen konnte und über den hinwegzuschreiten er – aus Schwäche und aus Bedeutungslosigkeit – wiederum nicht die Kraft hatte. Er sah seine Gefährten, die andern Zwangsarbeiter, an und wunderte sich darüber, wie auch sie das Leben alle liebten, wie sie es hochschätzten. Es schien ihm geradezu, als ob die Menschen, sobald sie im Kerker waren, das Leben mehr liebten und schätzten und größeren Wert darauf legten als in der Freiheit. Was für furchtbare Qualen und Martern hatten nicht manche von ihnen ertragen, zum Beispiel die Landstreicher! War es denn wirklich möglich, daß ein einziger Sonnenstrahl so viel für sie bedeutete, ein dämmriger Wald, irgendwo in einer unbekannten Einöde eine kalte Quelle, die einer von ihnen vor drei Jahren entdeckt hatte ... konnte das so viel bedeuten, daß er von dem Wiedersehen mit dieser Quelle träumte wie von einem Stelldichein mit seiner Geliebten? Daß er sie im Traume sah und das grüne Gras ringsum und die zwitschernden Vögel im Gebüsch? Je genauer Raskolnikow zusah, um so mehr Beispiele fand er, die noch rätselhafter waren.

Im Gefängnis, in seiner nächsten Umgebung blieb ihm natürlich vieles verborgen, und er wollte auch gar nichts sehen. Er lebte gewissermaßen mit gesenktem Blick; das Schauen ekelte ihn an und war ihm unerträglich. Aber allmählich setzte ihn doch manches in Staunen, und er bemerkte, gleichsam unwillkürlich, Dinge, die er früher nicht einmal geahnt hatte. Am meisten staunte er über jenen furchtbaren, unüberbrückbaren Abgrund, der zwischen ihm und all diesem Volk lag. Es schien, als gehörten er und sie verschiedenen Welten an. Sie betrachteten einander voller Mißtrauen und Feindseligkeit. Er kannte und verstand natürlich die allgemeinen Ursachen einer solchen Trennung; aber niemals hätte er früher geglaubt, daß diese Ursachen wirklich so tief reichen und so mächtig sind. In ihrem Gefängnis gab es unter anderem deportierte Polen, politische Verbrecher. Diese hielten alle anderen für ungebildete Kerle und Lümmel und verachteten sie voll Hochmut; doch Raskolnikow vermochte seine Gefährten nicht so anzusehen; er erkannte deutlich, daß diese ungebildeten Kerle in vielem weit klüger waren als die Polen. Es gab auch einige Russen, die das einfache Volk zutiefst verachteten – einen ehemaligen Offizier und zwei Seminaristen; Raskolnikow sah auch ihren Irrtum.

Man liebte ihn nicht, und alle wichen ihm aus. Am Ende fingen sie sogar an, ihn zu hassen. Warum? Er wußte es nicht. Leute, die weit größere Verbrecher waren als er, verachteten ihn, lachten ihn aus und spotteten über seine Tat.

»Du bist ein gnädiger Herr!« sagten sie zu ihm. »Wozu hast du dir mit dem Beil zu schaffen gemacht? Das ist keine Herrensache!«

In der zweiten Woche der Großen Fasten kam an ihn die Reihe, sich gemeinsam mit den Insassen seiner Abteilung für die Beichte und Kommunion vorzubereiten. Er ging in die Kirche und betete mit den andern. Auf einmal kam es zu einem Streit – weshalb wußte er selbst nicht. Alle fielen plötzlich wütend über ihn her.

»Du bist gottlos! Du glaubst nicht an Gott!« schrien sie ihm zu. »Dich sollte man erschlagen!«

Noch nie hatte er mit ihnen über Gott oder über den Glauben gesprochen, dennoch wollten sie ihn als einen Gottlosen umbringen; er schwieg und entgegnete nichts. Ein Zwangsarbeiter stürzte sich in völliger Raserei auf ihn; Raskolnikow erwartete ihn ruhig und schweigend; er zuckte mit keiner Wimper und verzog keine Miene. Ein Wachsoldat konnte noch rechtzeitig zwischen sie treten – sonst wäre es zu einem Blutvergießen gekommen.

Unlösbar war für ihn noch eine weitere Frage: warum hatten alle Sonja so liebgewonnen? Sie buhlte doch nicht um ihre Gunst; die Leute begegneten ihr selten, meist nur an den Arbeitsplätzen, wenn sie für eine Minute kam, um Raskolnikow zu sehen. Indes kannten sie schon alle; sie wußten auch, daß sie *ihm* nachgereist war, wußten, wie und wo sie lebte. Sie gab ihnen kein Geld, sie erwies ihnen keine besonderen Gefälligkeiten. Nur einmal, zu Weihnachten, hatte sie für alle Insassen des Zuchthauses Geschenke gebracht: Piroggen und Napfkuchen. Trotzdem hatten sich allmählich zwischen den Häftlingen und Sonja nähere Beziehungen angeknüpft: sie schrieb ihnen Briefe an ihre Angehörigen und brachte sie zur Post. Die Verwandten der Häftlinge, die zu Besuch in die Stadt gekommen waren, hinterlegten auf Wunsch der Gefangenen Sachen und sogar Geld bei Sonja. Die Frauen und Geliebten der Unglücklichen kannten und besuchten sie. Und wenn sie zu Raskolnikow ging und an seine Arbeitsstelle kam oder wenn sie unterwegs einer Häftlingsgruppe begegnete, nahmen alle die Mütze ab, und alle verneigten sich. »Liebste Sofja Semjonowna, du unsere Mutter, du Zarte, Barmherzige!« sagten diese ungeschlachten, gebrandmarkten Zwangsarbeiter zu dem kleinen, mageren Geschöpf. Lächelnd erwiderte sie die Grüße, und alle liebten es, wenn sie ihnen zulächelte. Sie liebten sogar Sonjas Gang und drehten sich um, um ihr nachzublicken und um zu sehen, wie sie ging, und sie priesen sie; sie priesen sie sogar dafür, daß sie so klein war; sie wußten gar nicht mehr, wofür sie sie noch preisen sollten. Und wenn jemand krank war, ging er zu ihr und ließ sich von ihr behandeln.

Raskolnikow lag die zweite Hälfte der Fastenzeit bis zum Ende der Karwoche im Lazarett. Als er schon auf dem Wege der Besserung war, entsann er sich der Träume, die er im Fieber gehabt hatte. Während seiner Krankheit hatte er geträumt, die ganze Welt sei verurteilt, einer furchtbaren, unbekannten pestartigen Seuche zum Opfer zu fallen, die sich aus den Tiefen Asiens nach Europa ausbreitete. Alle Menschen mußten zugrunde gehen außer einigen wenigen Auserwählten. Eine neue Art Trichinen waren aufgetaucht, mikroskopisch kleine Lebewesen, die sich im Körper der Menschen festsetzten. Aber diese Lebewesen waren Geister, begabt mit Vernunft und Willen. Die Menschen, die von ihnen befallen waren, wurden sogleich besessen und verrückt. Noch nie, noch nie hatten sich die Leute für so klug und für so unerschütterlich im Besitz der Wahrheit gehalten, wie diese Angesteckten es taten. Noch nie hatten sie ihre Urteile, ihre wissenschaftlichen Schlußfolgerungen, ihre moralischen Überzeugungen und Bekenntnisse als eine so unumstößliche Gewißheit betrachtet. Ganze Siedlungen, ganze Städte und Völker wurden von der Seuche ergriffen und verfielen dem Wahnsinn. Alle waren voll Unrast und verstanden einander nicht; jeder glaubte, in ihm allein sei die Wahrheit beschlossen, und quälte sich, wenn er die anderen ansah; er schlug sich gegen die Brust, weinte und rang die Hände. Man wußte nicht, wen man verurteilen und wen man freisprechen sollte; man konnte nicht übereinkommen, was man für schlecht und was man für gut zu halten habe. Man wußte nicht, wen es anzuklagen und wen es zu rechtfertigen galt. Die Menschen töteten in sinnloser Wut. Mit ganzen Armeen zogen sie gegeneinander, aber schon auf dem Marsch begannen diese Armeen sich plötzlich selbst zu zerfleischen; die Reihen gerieten in Unordnung; die Krieger stürzten aufeinander los, schlugen und stachen aufeinander ein und bissen und fraßen einander. In den Städten wurde den ganzen Tag Sturm geläutet: man rief alle Einwohner zusammen, aber wer sie rief und weshalb, das wußte niemand, und alle waren in schrecklicher Aufregung. Man gab selbst die gewöhnlichsten Beschäftigungen auf, weil jeder seine Gedanken, seine Verbesserungsvorschläge vorbrachte, und doch konnte man sich über nichts einigen; die Bestellung der Felder ruhte. Irgendwo Berotteten sich Leute zusammen, faßten gemeinsam einen Beschluß, versprachen, sich nie zu trennen, aber gleich darauf taten sie etwas ganz anderes, als sie eben erst gelobt hatten: sie begannen sich gegenseitig zu beschuldigen, wurden miteinander handgemein und stachen aufeinander los. Feuersbrünste brachen aus; eine Hungersnot kam. Alle und alles ging zugrunde. Die Seuche nahm zu und breitete sich immer weiter aus. Auf der ganzen Welt konnten sich nur einige wenige Menschen retten; das waren die Reinen und Erwählten, dazu bestimmt, der Anfang eines neuen Menschengeschlechtes und eines neuen Lebens zu sein, bestimmt, die Erde zu erneuern und zu säubern; doch hatte niemand je diese Menschen gesehen, niemand je ihre Worte und Stimmen gehört.

Es quälte Raskolnikow, daß diese sinnlosen Fieberphantasien in seinen Erinnerungen einen so traurigen, entsetzensvollen Widerhall fanden und daß er den Eindruck dieser

Träume so lange nicht vergessen konnte. Inzwischen war schon die zweite Woche nach Ostern angebrochen; die Tage waren warm, klar und frühlingshaft; in dem Gefangenenlazarett öffnete man die vergitterten Fenster, unter denen ein Wachposten stand. Während der ganzen Zeit, die er hier lag, hatte ihn Sonja nur zweimal besuchen können; jedesmal mußte sie dazu eine besondere Erlaubnis einholen, und das war schwer. Aber sie kam oft in den Hof des Krankenhauses und stellte sich unter sein Fenster, meist gegen Abend; manchmal blieb sie auch nur eine Minute auf dem Hof stehen, um wenigstens aus der Ferne zu den Fenstern des Lazarettes hinaufzuschauen. Einmal, gegen Abend, war Raskolnikow – er war fast schon völlig genesen – eingeschlafen; nachdem er wieder erwacht war, trat er zufällig ans Fenster und erblickte plötzlich in der Ferne, beim Tor des Krankenhauses, Sonja. Sie stand dort und schien auf etwas zu warten. Im selben Augenblick spürte er einen Stich im Herzen; er erschauerte und trat rasch vom Fenster zurück. Am nächsten Tag kam Sonja nicht, auch nicht am übernächsten Tag; er merkte, wie er voll Unruhe auf sie wartete. Endlich wurde er aus dem Lazarett entlassen. Als er wieder im Gefängnis war, erfuhr er von seinen Kameraden, daß Sofja Semjonowna krank geworden war, zu Hause lag und nicht ausgehen konnte.

Er war in großer Unruhe und ließ sich nach ihr erkundigen. Bald erfuhr er, daß ihre Krankheit nicht gefährlich war. Als sie ihrerseits hörte, wie er sich um sie grämte und was für Sorgen er sich machte, schickte sie ihm ein Briefchen, mit Bleistift geschrieben, in dem sie ihm mitteilte, daß sie sich schon weit besser fühle, daß sie an einer unbedeutenden, leichten Erkältung leide und bald, sehr bald an seine Arbeitsstelle kommen werde, um mit ihm zu sprechen. Als er ihren Brief las, schlug sein Herz stark und schmerzhaft.

Es war abermals ein klarer, warmer Tag. Am frühen Morgen, gegen sechs Uhr, marschierte er zur Arbeit, zum Flußufer hinunter, wo in einem Schuppen ein Ofen zum Gipsbrennen eingerichtet war und wo der Gips auch kleingestoßen wurde. Zu dieser Arbeit wurden immer nur drei Mann eingeteilt. Einer der Häftlinge war unter Begleitung eines Wachsoldaten in die Festung zurückgegangen, um noch irgendwelche Werkzeuge zu holen; der zweite spaltete Holz und heizte den Ofen an. Raskolnikow trat aus dem Schuppen ans Ufer hinaus, setzte sich auf die hier aufgeschlichteten Balken und schaute auf den breiten, einsamen Strom hinab. Das Ufer war steil, und man hatte einen weiten Blick rings ins Land. Von dem fernen gegenüberliegenden Ufer klang leiser Gesang herüber. Dort waren in der vom Sonnenschein übergossenen, unermeßlichen Steppe als kaum wahrnehmbare schwarze Punkte einige Nomadenzelte zu sehen. Da war die Freiheit, und da lebten andere Menschen, die mit den Menschen hier nichts gemein hatten; dort schien sogar die Zeit stillzustehen, als wären die Tage Abrahams und seiner Herden noch nicht vorüber. Raskolnikow saß da und schaute unverwandt in die Weite; seine Gedanken verloren sich in Träume, in Visionen; er dachte an nichts, aber eine schwermütige Sehnsucht erregte und quälte ihn.

Plötzlich war Sonja neben ihm. Lautlos war sie zu ihm getreten und hatte sich neben ihn gesetzt. Es war noch sehr früh; die Morgenkühle war noch nicht vergangen. Sonja trug ihren armseligen alten Mantel und ihr grünes Tuch. Ihr Gesicht zeigte noch die Spuren ihrer Krankheit; es war magerer geworden, und sie sah schmal und blaß aus. Freundlich und freudig lächelte sie ihm zu, doch wie gewöhnlich gab sie ihm nur schüchtern die Hand.

Sie streckte ihm ihre Hand immer so zaghaft entgegen, und manchmal unterließ sie es auch ganz, als hätte sie Angst, er könnte diese Hand zurückstoßen. Stets hatte er ihre Hand gewissermaßen mit Abscheu genommen, stets begegnete er ihr mit einer Art Ärger, und manchmal schwieg er hartnäckig während ihres ganzen Besuches. Es kam vor, daß sie vor ihm zitterte und tief gekränkt wegging. Doch jetzt lösten sich ihre Hände nicht voneinander; flüchtig und rasch blickte er sie an, aber er sagte nichts und schlug die Augen nieder. Sie waren allein; niemand sah sie. Der Wachsoldat hatte sich gerade umgedreht.

Wie es geschah, wußte er selber nicht, aber plötzlich packte ihn gleichsam etwas und warf ihn ihr zu Füßen. Er weinte und umfing ihre Knie. Im ersten Augenblick erschrak sie furchtbar, und sie wurde totenblaß im Gesicht. Sie sprang auf und sah ihn zitternd an. Doch sofort, in derselben Sekunde noch, verstand sie alles. In ihren Augen leuchtete unendliches Glück auf; sie hatte erkannt – und es gab für sie keinen Zweifel mehr –, daß er sie liebte, grenzenlos liebte und daß dieser Augenblick endlich gekommen war ...

Sie wollten sprechen, konnten es aber nicht. Tränen standen in ihren Augen. Beide waren sie blaß und mager; doch in ihren kranken, bleichen Gesichtern leuchtete schon das Morgenrot einer neuen Zukunft, der Auferstehung zu einem neuen Leben. Die Liebe hatte sie erweckt; in ihren Herzen waren unversiegliche Lebensquellen füreinander aufgegebrochen ...

Sie beschlossen, zu warten und auszuharren. Es blieben ihnen noch sieben Jahre unerträglicher Qual, aber auch unnennbaren Glücks. Er war auferstanden und wußte das, fühlte es mit seinem ganzen erneuerten Wesen, und sie – sie lebte ja nur in ihm!

Am Abend desselben Tages, als man das Zuchthaus schon abgeschlossen hatte, lag Raskolnikow auf seiner Pritsche und dachte an Sonja. An diesem Tage schien es ihm geradezu, als ob alle die Sträflinge, seine früheren Feinde, ihn schon ganz anders betrachteten. Er hatte sogar selbst Gespräche mit ihnen angeknüpft und freundliche Antworten erhalten. Er dachte darüber nach, doch das mußte jetzt wohl so sein – mußte sich denn jetzt nicht alles ändern?

Er dachte an Sonja. Er entsann sich, wie er sie ständig gequält und ihr Herz gemartert hatte; er entsann sich ihres blassen, mageren Gesichtes; aber diese Erinnerungen bedrückten ihn kaum mehr, denn er wußte, mit welch unendlicher Liebe er von nun an all ihre Leiden vergelten wollte.

Und was lag denn an allen, *allen* Qualen der Vergangenheit? Alles, sogar sein Verbrechen, sogar das Urteil und die Verbannung, erschien ihm jetzt, im ersten Aufschwung seines Gefühls, als ein äußerliches, seltsames Geschehnis, das gewissermaßen gar nicht ihm widerfahren war. Übrigens vermochte er an diesem Abend nicht lange an ein und dieselbe Sache zu denken; er konnte seine Gedanken nicht konzentrieren, er konnte nur fühlen. An die Stelle der Dialektik war das Leben getreten, und in seinem Bewußtsein mußte er etwas völlig Neues erarbeiten.

Unter seinem Kissen lag das Evangelium. Mechanisch nahm er es zur Hand. Dieses Buch gehörte Sonja; es war dasselbe, aus dem sie ihm die Erzählung von der Erweckung des Lazarus vorgelesen hatte. Zu Beginn seiner Verbannung hatte er geglaubt, sie werde ihn mit der Religion quälen, über das Evangelium mit ihm sprechen und ihm das Buch aufdrängen wollen. Doch zu seinem größten Erstaunen redete sie kein einziges Mal davon und schlug ihm auch kein einziges Mal vor, ihm das Evangelium zu geben. Er selbst hatte sie darum gebeten, kurz bevor er krank wurde, und sie hatte es ihm schweigend gebracht. Bisher hatte er es noch nicht geöffnet.

Er schlug es auch jetzt nicht auf, doch ging ihm der Gedanke durch den Kopf: Müssen ihre Überzeugungen denn jetzt nicht auch die meinen sein? Ihre Gefühle wenigstens, ihre Bestrebungen? ...

Auch sie war den ganzen Tag über sehr erregt, und in der Nacht hatte sie sogar einen Rückfall in ihre Krankheit. Aber sie fühlte sich so glücklich, so unerwartet glücklich, daß sie vor ihrem Glück beinahe erschrak. Sieben Jahre, *nur* sieben Jahre! ... Als ihr Glück begann, waren sie beide in manchen Augenblicken bereit, diese sieben Jahre für sieben Tage anzusehen. Er wußte noch nicht, daß ihm das neue Leben nicht geschenkt wurde, sondern daß er es teuer würde erkaufen müssen, daß er später mit einer großen Tat dafür würde zu zahlen haben ...

Doch hier beginnt schon eine neue Geschichte – die Geschichte der allmählichen Erneuerung eines Menschen, die Geschichte seiner allmählichen Wiedergeburt, seines allmählichen Übergangs aus einer Welt in die andere, die Geschichte seiner Bekanntschaft mit einer neuen, ihm bisher völlig unbekannten Wirklichkeit. Das könnte das Thema für eine neue Erzählung sein – doch unsere Erzählung ist hier zu Ende.

PERSONENVERZEICHNIS

Rodion Romanowitsch (Romanytsch) Raskolnikow, auch Rodja und Rodka genannt, ehemaliger Student der Rechte
Awdotja Romanowna (Dunja, Dunjetschka), seine Schwester
Pulcheria Alexandrowna Raskolnikowa, beider Mutter

Semjon Sacharowitsch (Sacharytsch) Marmeladow, Titularrat
Katerina (Jekaterina) Marmeladowa, seine zweite Frau
Sofja Semjonowna Marmeladowa, auch Sonja und Sonjetschka genannt, Tochter aus erster Ehe ihres Vaters

Polina (Polja, Polenka, Poljetschka) Michailowna Lida (Lidotschka) Kolja	Kinder aus erster Ehe ihrer Mutter Katerina

Aljona Iwanowna, Kollegienregistratorswitwe, Pfandleiherin
Lisaweta Iwanowna, ihre Schwester

Nikodim Fomitsch, Revierinspektor
Ilja Petrowitsch (Leutnant »Schießpulver«), Stellvertreter des Revierinspektors
Porfirij Petrowitsch, Untersuchungsrichter
Alexander Grigorjewitsch Sametow, Schriftführer im Polizeirevier

Dmitrij Prokofjitsch Rasumichin, ehemaliger Student, Raskolnikows Freund
Pjotr Petrowitsch Luschin, Rechtsanwalt
Arkadij Iwanowitsch Swidrigailow, Gutsbesitzer
Marfa Petrowna, seine Frau
Andrej Semjonytsch Lebesjatnikow, Beamter

Praskowja (Paschenka) Pawlowna Sarnizyna, Hauswirtin Raskolnikows
Nastasja Petrowna, ihre Dienstmagd
Amalja Iwanowna (Ludwigowna) Lippewechsel, Hauswirtin der Familie Marmeladow, Luschins und Lebesjatnikows
Gertruda Karlowna Röslich, Hauswirtin Swidrigailows
Kapernaumow, Schneider, Hauswirt Sonja Marmeladows
Luisa (Lawisa) Iwanowna, Inhaberin eines Amüsierlokals

Sosimow, Arzt
Nikolaj Dementjew, auch Nikola und Nikolaschka genannt, Anstreicher
Dmitrij (Mitka) Anstreicher
Afanasij Pawlytsch Duschkin, Schankwirt
Pestrjakow, Student
Koch

INHALT

ERSTER TEIL

ZWEITER TEIL

DRITTER TEIL

VIERTER TEIL

FÜNFTER TEIL

SECHSTER TEIL

EPILOG